# 秦河东流 上

QinHe DongLiu

刘集全 ◎ 著

一个中等城市招商引资的故事，再现了当时的社会生活和人们的精神风貌

陕西新华出版传媒集团
太白文艺出版社

## 图书在版编目（CIP）数据

秦河东流：全2册 / 刘集全著． — 2版． — 西安：太白文艺出版社，2017.9（2022.3重印）

ISBN 978-7-5513-1279-0

Ⅰ．①秦… Ⅱ．①刘… Ⅲ．①长篇小说—中国—当代 Ⅳ．①I247.5

中国版本图书馆CIP数据核字（2017）第186629号

**秦河东流（全2册）**
QINHE DONGLIU

| | |
|---|---|
| 作　　者 | 刘集全 |
| 责任编辑 | 曹　彦　史　婷 |
| 整体设计 | 前程设计 |
| 出版发行 | 陕西新华出版传媒集团<br>太 白 文 艺 出 版 社 |
| 经　　销 | 新华书店 |
| 印　　刷 | 三河市腾飞印务有限公司 |
| 开　　本 | 787mm×1092mm　1/16 |
| 字　　数 | 890千字 |
| 印　　张 | 49.5 |
| 版　　次 | 2016年11月第1版<br>2017年9月第2版 |
| 印　　次 | 2022年3月第2次印刷 |
| 书　　号 | ISBN 978-7-5513-1279-0 |
| 定　　价 | 148.00元（全2册） |

版权所有　翻印必究
如有印装质量问题，可寄出版社印制部调换
联系电话：029-81206800
出版社地址：西安市曲江新区登江路1388号（邮编：710061）
营销中心电话：029-87277748

# 目 录
CONTENTS

## 上 册

| | |
|---|---|
| 第一章 | 1 |
| 第二章 | 19 |
| 第三章 | 38 |
| 第四章 | 55 |
| 第五章 | 71 |
| 第六章 | 91 |
| 第七章 | 109 |
| 第八章 | 130 |
| 第九章 | 148 |
| 第十章 | 165 |
| 第十一章 | 184 |
| 第十二章 | 201 |
| 第十三章 | 221 |
| 第十四章 | 237 |
| 第十五章 | 256 |
| 第十六章 | 275 |
| 第十七章 | 295 |
| 第十八章 | 313 |
| 第十九章 | 335 |
| 第二十章 | 352 |
| 第二十一章 | 370 |

# 第一章

二十世纪的最后一年,春天来得特别早。仲春时节刚刚下过一场豪雨,满世界一片新绿,空气异常清新。

正午时分,一辆黑色奥迪车开进花馨酒店的院子,车子停在酒楼前的高台阶下。第一个从前边下车的是秦东市政府的副秘书长文佳。这时早就等在这里的市政府接待办主任方峰,以极其熟练和专业的动作打开后边的车门,手遮车篷,请出了吴芳市长。几个工作人员也走了过来,簇拥着吴芳市长走向三楼的贵宾厅。

文佳站在酒楼下,他要等候即将到来的几位客人。他环顾一下四周,随意散起步来。这座酒店位于秦东市西郊的城乡接合部,没有闹市区的那种嘈杂、喧嚣,市上常在这里接待一些重要客人。酒楼的外观豪华壮观,四层楼顶端的四个镀金仿毛体"花馨酒店"十分醒目。文佳看了不禁笑出声来,自言自语道:"他们请毛主席老人家关照,难怪酒店生意如此红火!"联想起近年来,到处都有韶山饭馆、韶山酒家以及毛家大菜系列、毛家湘菜大全……看来政治色彩注入了商业元素,商业气息日渐弥漫到了社会生活的方方面面,弥漫之快、之深、之奇特,有时超出了人们的想象。文佳边想边往里面走,酒楼后面竟相当开阔,这里迎春、金钟、连翘、结香这些报春的金色黄花盛期已过,依然香气诱人;粉红色的美人梅、山桃花、榆叶梅、碧桃孤傲而俏丽,极为赏心悦目;高雅如玉的白玉兰和火红似霞的桃花正俏笑春风,最是惹人陶醉。不难看出主人想以此提升酒店品位的良苦用心,但不知何故却把如此美好的一面配置在酒楼的背面。文佳心想,如此格局和弼马温孙猴子变庙宇,后边树个旗杆有何区别,忍不住再次笑出声来。他皱眉仔细思索,这个酒店和这座城市一样,在迅速地发展着、变化着、追逐着,也在不断地调整着、改进着、适应着,不尽如人意的地方还有很多,还会不断出现。

文佳善于观察和思考,是这座城市里秦东大学中文系毕业的高才生。"文化大革命"结束、恢复高考制度后,一批"老三届"学生有幸考入大学,文佳就是其中一员。他上大学时三十一岁,参加工作十一年之久,是三个孩子的父亲,与女儿同时上学,女儿上小一,他上大一。这种情况,在刚刚恢复高考的头两届学生中并不少见。"文化大革命"期间没有举行高考,恢复高考时十余届学生同时参加考试,年龄最大的三十多岁,最小的十多岁,师生、夫妻、叔侄、甥舅同时考试,而后又一起上大学的各地都有,甚至有的教师上大学后,由当年自己的学生,即"文革"期间的工农兵大学生当老师。这就构成了中国大学教育史上的奇观,成为绝无仅有的"77、78级现象"。

文佳所在的班级就很典型,有十多位为人父母者,上大学前有的在穷乡僻壤插队锻炼,有的在三线建设的工地上扛枕木,有的在生产队的饲养室喂牲畜,有的边辅导学生高考边自己复习备考……可谓工农商学兵无所不有。这批人在社会最底层摸爬滚打了十来年,都有了相当的阅历和经验,入学后很自然成了学生中的骨干和中坚,有的人还担任了学生干部。文佳就是班级的党支部书记。以文佳这批人为骨干组成的学生干部队伍,管理经验甚至超过了刚毕业留校的班主任老师,班级实现了高度的学生自治。这些人毕业后走上工作岗位,很快就成为各条战线的骨干力量。文佳今天所要迎接的客人,就是当年曾经担任过学生干部的几位同班同学。大家应老同学吴芳之邀将在一起聚会。

一阵笛声响过,一辆黑色的奥迪车驶进院子,紧跟着是一辆银灰色的宝马车,最后又是一辆黑色的奥迪车。车刚停稳,前后奥迪车上下来的人都急忙奔向中间的宝马车。这时宝马车上下来一个中年男子,满面红光,昂首带笑。前后过来的人七嘴八舌地喊着张总,忙不迭地招呼着这位中年男子。

文佳定睛一看,这位被众人围着的张总,正是自己要迎接的同学张洛朴,便快步走过去,高声说:"张老弟,你好,欢迎你大驾光临!""哎呀,文老兄好!"张洛朴迎着文佳,紧走两步,两人的手紧紧握在了一起。张洛朴环顾后笑问:"这些人你都认识吧?"文佳一看,秦东供电局的头头脑脑几乎全在场,笑着边握手边说:"是你的熟人,也是我的熟人,省得相互介绍了。"张洛朴摊开双手说:"没办法呀,你们秦东人好客,他们知道我中午过来,就到高速路口去接,挡都挡不住啊!"大家都笑了。

供电局的解东晓局长说:"文秘书长,我们不能和市政府争先后,中午你们招呼张总,下午就让我们给张总汇报一下工作吧!"文佳笑着说:"中午吴市长要请张总吃饭,下午你们来请好了。"解东晓看了看张洛朴的秘书和司机,笑着说:"你俩和领导一起吃饭多别扭,咱们寻个自由自在的去处吃饭吧!"大家都会心地笑了。供电局的几个领导一齐招呼着张洛朴的随员,三辆车一溜烟似的开到另外一家宾馆去了。

方峰安排好吴芳后,刚好赶到楼下来迎接客人。文佳介绍客人后,方峰边走边寒暄,领着张洛朴去见吴芳市长。

文佳没有陪着张洛朴上去,他还要迎候其他客人。他看了看表,拿出手机刚要联系,却看见去省城机场接客人的小车已开进院内,接待办副主任胡立安和老同学古济宁几乎同时下了车。文佳高叫:"老古,欢迎你!"文佳紧握着古济宁的手说:"十几年没见面了,你还是这么年轻英俊。"古济宁西装革履,文质彬彬,一派学者风度,笑着说:"老兄游走官场,身体还好,气色挺不错啊!"他扶了扶金丝眼镜,扭头说:"小丁,还不见过文老兄。"

文佳看了看古济宁身边的这位中年女性,似乎有些犹豫,刚要开口,她却抢先说:"文老兄,你好!丁燕红向文秘书长致敬。"说完微微弯弯腰,却满脸绯红。文佳顿悟,大笑,忙不迭地说:"噢,丁燕红,欢迎,欢迎丁司长!"他心里想,她要不自报家门,还差点不敢认,她脸上那片状似地图的黑色胎记怎么不见了,肯定是整容整掉了,既然她都红了,就不能再说什么了。胡立安忙着过来招呼,大家边说边笑一起向三楼的贵宾厅走去。

文佳走进贵宾厅,高兴地说:"吴市长,客人到齐了。"吴芳正与张洛朴坐在沙发上聊天,两人一起站了起来。吴芳与古济宁握过手后,紧紧握住丁燕红的手,笑着说:"燕红,多年没见了,你这个秦大才女,可是越来越有风度了。"张洛朴看着丁燕红笑着说:"还是市长厉害,慧眼识英才,我差点没认出是小丁。这京官当得是越来越有风度了,也越来越漂亮了,我看当外交部的发言人是没有啥说的了!"大家齐声笑了,丁燕红瞪了一眼张洛朴,脸涨得通红。接待办的方、胡二位主任招呼市长和客人坐定后,知是市长与老同学相聚,都识趣地去另外一个雅间,与其他工作人员吃饭去了,这里只留下文佳一个人招呼。

一张圆桌坐着五个人。吴芳坐西向东,算是主座。她刚从省计生委调任秦东市长,是这个城市自新中国成立以来的第一位女行政一把手。她中等个儿,秀气的脸上透着刚毅,一双大眼睛流露着睿智,举手投足给人以精明、干练而又沉稳的感觉。她端起酒杯微笑着说:"今天把几位老同学请来,一是自秦东大学毕业十多年了,想和各位聚聚,叙叙旧;二是各位都是方面大员,事业有成,人脉广泛,想请大家来秦东市共谋发展,支持一下母校所在地。为此,请大家干了这杯酒!"她言简意赅,开门见山。大家听了都站起来,笑着举杯互碰后饮酒落座。

大家刚坐定,坐在吴芳右边的张洛朴却大声喊道:"丁燕红女士,你这就不对了,京官怎么忽悠起乡下人了!"大家一看,原来丁燕红的酒杯仍然是满的。张洛朴大声嚷着要罚酒三杯。古济宁不语,吴芳笑着。文佳笑着说:"老张还是那么爱较真,这样吧,丁燕红喝了这杯酒,下不为例。"丁燕红笑着站了起来,看了一眼不依不饶的张洛朴,说:"罚酒可以,在座的我年龄最小,让大妹子先敬各位之后再罚。"她不等大家表态,就举杯对吴芳说:"吴大姐,首先祝贺你荣任母校所在地的市长,预祝你大展宏图,把秦东市治理好!"吴芳装作没看见直摆手的张洛朴,道谢后喝了个满杯。丁燕红举起第二杯酒,对张洛朴说:"张兄,没看出当年的体育委员竟有企业家的天赋。你这个省能源投资集团公司的董事长兼总经理,手握大权,一言九鼎,财大气粗,一定要到秦东市来投资,支持吴大姐的工作。"张洛朴开怀大笑,挥着拳头说:"一句话,体育委员一定会支持当年老班长的工作,一如既往,一如既往!"他一饮而尽,笑对丁燕红亮了一下杯底。丁燕红举起第三杯酒,对古济宁说:"老古,兴华集团公司是北京有名的民营大公司,实力雄厚,不逊洛朴兄的国有大企业,你这个大老板可要像当年的副班长兼学习委员支持班长一样,继续支持吴大姐,一定要来秦东投资!"古济宁一脸庄重地站起来连连点头,爽快地喝了个满杯。

文佳借风驶船,端着酒杯笑着说:"燕红,你是国家部委的副司长,京官要支持地方的工作,就像当年生活委员支持班长一样,大力支持吴市长的工作,大力支持秦东的发展。你要是同意,就干了这杯酒。"丁燕红听他称吴市长,微微笑着说:"你是老大哥,是咱们班的党支部书记,是吴大姐当年的老搭档,现在要当好老同学的参谋和助手。来,我提议大家共同干一杯,共同支持吴大姐的工作。"大家站起来共同干了第二杯酒。这次丁燕红也一饮而尽,她有些过敏,立即满脸通红,整过容的部分更是红得发紫,脸上也渗出了细密的汗珠,略显尴尬。张洛朴这才大悟,不再提罚酒的事。

吴芳几杯酒喝过,脸上泛着红光,招呼大家:"来,大家吃菜,吃菜,边吃边谈。"她不紧不慢地说:"时间过得真快,一眨眼我们从秦东大学毕业十几年了。年初省委派我来秦东市工作,经过几个月的调研和工作,我深感市长这副担子不轻啊。"文佳看了一眼脸色凝重的吴芳,说:"秦东市是个典型的农业市,工业基础薄弱,经济总量在全省排名靠后,特别是财政状况差,市长的确不好当。"他秦东大学毕业后,留校工作一年半,被当时的秦东行署专员要来当秘书,直到地改市后都一直在机关工作。从秘书、科长、办公室副主任到市政府副秘书长,对秦东市的情况十分熟悉。吴芳任秦东市长后,他陪着调研了一月有余,对吴芳治理秦东市基本想法的形成起了一定的作用。吴芳胸有成竹地说:"老文说得对,秦东市在省内和西部的中等城市中处于后进位置,在全国更不用说了。要尽快改变这种落后状况,除了要花极大的气力,还必须找准发展路子。从秦东的实际出发,必须加大招商引资力度,吸引大量的资金、技术、人才到秦东来,把经济搞活搞上去,这是当前和今后较长时间唯一的战略选择。"她看看大家,停了一下继续说,"秦东市多年来招商引资成果不大,许多人信心不足,我的想法是先尽快打开招商引资的局面,鼓舞一下士气,同时动员全市上下以招商引资为重点,推动经济的快速稳定发展,狠抓几年,尽快改变秦东市的后进面貌。"

其实,大家受邀时就大体清楚了吴芳的想法和意图。张洛朴听了抢先说:"老吴的意思我明白,秦东市能源丰富,是省内重要的煤炭和电力基地,省能源投资集团公司会加大在秦东的投资,我会尽快派人来考察洽谈,确定能源方面的合作项目。老吴的工作,要一如既往地大力支持嘛!哈哈哈……"古济宁不动声色地静静听着。丁燕红看了看古济宁,等了等才开了口:"支持西部大开发,国家在这方面正在研究出台一系列的优惠政策,来秦东市投资会实现互利双赢。需要时,我愿意跑北京的有关国家部委,争取各方面的扶持和更多的优惠政策。"她这话像是给吴芳说,又像是对古济宁说,还像是对大家说。古济宁微微点头,还是没有开口。

吴芳微笑着说:"不着急,可先搞点调研、考察,根据情况再说。"她指着刚端上来的一道菜,介绍说:"各位品尝一下这道菜,这鱼叫秦东黑须鲤,肉厚,刺少,鲜美,特筋道,别有一种特殊的风味。"文佳接着说:"这黑须鲤真厉害,长着两撇黑胡子,在水中特别灵活敏捷,不食草,专吃其他鱼类。秦东黑须鲤已成秦东市的一道名菜、招牌菜。前不久中央首长来省城陪外国元首时,还专门让秦东的大厨师去做这道菜。"古济宁吃了一口,微微笑了笑。张洛朴吃了一口,连声叫好,他用筷子拨弄了一下鱼的胡子,笑问:"这鱼的胡子又黑又长,难道雌鱼也长胡子?"他看大家不语,眼珠一转,笑着说:"没有人能回答上来吧!且听老张慢慢道来。据说,在很早很早的时候,秦河边的一个池塘里住着黑须鲤母子俩。这一年儿子娶了个媳妇,池塘里的鱼被母子俩吃得已经不多了,加上添了个媳妇,池塘里的鱼更是日见稀少。有一天,剩下最后一条鱼了。儿子将这条鱼捕获后,心里七上八下的,这条鱼该给谁吃呢?自己是不能吃的,给母亲好呢,还是给媳妇好呢?儿子竟拿不定主意。"说到这里,张洛朴停了下来。这是千百年来,民间说烂了的妻、母落水先救谁的两难选择故事的翻版,大家都不说话,想听听这位当年善编故事的老同学如何演绎新的版本。

张洛朴像是卖关子,又像是思索着,稍停后皱着眉头说:"天下母爱无与伦比,母亲想让儿子吃了这条鱼,可儿媳妇不好得罪,母亲必须找个让儿子吃的理由呀。这理由……"酒席上说段子本是逗开心,张洛朴说到这里竟引起了大家的兴趣和思索,没有人吭声,都等着听他的演绎。张洛朴鼻尖渗出了细微的汗珠,细心的丁燕红察觉到他现在并非卖关子,而是演绎思路受阻,刚想笑时,张洛朴却大声笑着说:"母亲终于找到了过硬的理由,说只有儿子长着又黑又长的脚,是水陆两栖,让儿子吃饱,好上岸去寻找吃的东西。于是儿子吃了这最后一条鱼,可还是上不了岸。弄不清雄性黑须鲤是进化不到位还是退化过快,这双脚竟无法走路。儿子也良心发现,断然咬下两只脚,给了两个心爱的女人每人一只脚,让她俩吃了充饥。谁知她俩吃了又黑又长的脚后,都长出了胡子,于是黑须鲤不分雌雄都长着两撇又黑又长的胡子。"听到这里大家都笑了。丁燕红却认了真,问:"那以后不都饿死了吗?"张洛朴竟一时语塞,大家又笑。文佳灵机一动,赶忙给张洛朴解围,说:"第二天秦河发大水,把一家子都冲到秦河去了,后来就叫秦河黑须鲤,也叫秦东黑须鲤。"大家开怀大笑,说结尾更有趣。一道秦东名菜,经演绎惹得酒饭桌上笑声不断,丁燕红更是笑得满脸绯红,贵宾厅充满了欢乐融洽的气氛。

张洛朴的电话响了,他接完电话后有些心急火燎地说:"不好意思,我得马上赶回去。"说着就站了起来:"省政府领导下午要到公司检查工作,我得陪陪。过几天我专门来秦东考察投资项目。欢迎老古、燕红二位回京时顺便来本公司指导工作。"他急着要回省城让司机赶快过来,司机却在电话里说,车子被一群职工围着,一时出不来。文佳立即接通了解东晓局长的手机,得知是秦东纺织厂的职工因停电来找供电局领导解决,将供电局的领导围在酒店,饭也没法吃下去。文佳又接通了秦东纺织厂厂长向平的电话,让他立即赶到现场去救急。

吴芳陪客人吃完饭,边喝茶边聊天,边等着张洛朴的司机把车开过来。半个小时后,司机满头大汗地把车开过来了,说供电局的领导还被围着出不来。张洛朴告别大家匆匆回省城去了。

楼下的院子里突然来了一群人,把要离开酒店的吴芳和客人围在了中间。原来秦东纺织厂的职工得知吴芳市长在花馨酒店请客人吃饭,约莫七八十名职工便从围困供电局领导的地方分流到这里来了。职工们高声叫喊着,说厂里已三个月没发工资了,又停了十多天的电,前几天又把家属区的电停了,水也停了……一个女职工情绪十分激动,哭喊着问:"还让不让职工活下去?市政府还管不管?"职工齐声呐喊,有人口出粗言,场面渐趋失控。在极度混乱和嘈杂中,吴芳大体上听清了职工反映的问题和要求,她站在职工中间高声表态,今天先留下几名职工代表向文佳副秘书长反映情况,随后市政府马上派人去厂里解决具体问题。听了吴芳市长的表态,有几名职工代表跟着文佳去了,其他职工便慢慢离去。

吴芳松了口气,看着古济宁和丁燕红说:"在京城很难看到这种场面吧,这是个经历,也是对下面情况的了解。"她看看表,说:"秦大毕业十多年了,你俩难得来一回秦东,我陪你俩看看城市变化吧。"二人齐声说好。古济宁、丁燕红坐到了吴芳车的后座,吴芳坐在副驾位上。紧随其后的另一辆车上坐着方峰和别的工作人员。车没有直接进城,从西郊的高速公路入口处上高速路,缓缓驶向东郊的高速公路出口处。吴芳介绍着这条刚刚投入运营的高速公路。它贯通全省中部,是省城经秦东市通往中东部的一条大动脉,大大改变和提升了秦东市的交通条件。说话间车子就到了东郊出口处。下了高速公路后,车子缓缓驶入这座城市的老城街。

老城街,沉淀着这座城市悠久的历史。这里曾是旧时的县衙所在地,随着政权机关的西迁,往日辉煌繁荣的小城渐渐变成了平民化的街巷。历经变迁的街巷中,坐北向南雄踞街道中段的旧县衙因其独特的身份,依稀保留着一些原貌,仿佛一个饱经沧桑的老人还在向世人诉说着这里曾是旧城权力中心的故事。古衙门仅存一座两层古典式拱形门楼,高大的门洞两旁镶着一副砖雕的"三秦要道,八省通衢"八个大字的对联,显示着这座城市自古以来位置的重要。老城街北临秦河,东、西两面紧贴秦岭北麓的黄土台塬,河与塬之间仅一线窄窄的通道,这便成就了该城市历史上素以"咽喉要道"著称的盛名。但受此局限,城市要发展却只能弃此向西了。于是这座建于隋代的县城降格为这个省辖中等城市的一条街道,不可逆转地沦为这座城市的过去时。吴芳的车子停在了柳河边,这条小河从南塬蜿蜒流出,穿城而过,成为新老城区的天然分界线。

吴芳下车后站在柳河边,大家一齐走了过来。"这条河的水已经严重污染,简直成了臭水河。"吴芳指着柳河上游方向说,"上游有个造纸厂,还有个小型化工厂,都向河道排污,加上生活污水,柳河污染越来越严重,迫切需要治理了!"丁燕红看着发黑发臭的河水,不无感慨地说:"当年我们上大学时,这里还是一幅小桥流水的美景,经常有市民在河边洗衣服,小孩在嬉水。夏天,秦大的学生也来这里泡脚、乘凉,一玩大半天。可现在竟是人人捂着鼻子,绕着走。"方峰几个随行人员都心里直犯嘀咕,万万没有想到市长竟领着客人看城市的不宜部分,还直言不讳,毫不护短,这在以前是从未有过的事情。随行人员便嚷嚷着说:"柳河的治理已喊了多年,几家污染企业都哭穷不愿搬迁,治理也不积极。"古济宁看着柳河两岸,看着老城区,脸色凝重,像在盘算着什么。吴芳看了一眼丁燕红,心情沉重地说:"到了下决心治理污染的时候了,老百姓的意见越来越强烈了。"丁燕红十分理解西部穷市市长的苦衷,直言说:"吴大姐,我愿意帮你跑跑北京的有关部委,争取些治污资金。"吴芳感受到了老同学的知己,会心地笑了笑说:"那就太好了。柳河治理已列入秦东市新制定的五年规划,市上资金还真的有些不足,我跑北京时一定要拉上你。"丁燕红捅了一下古济宁。古济宁会意,缓缓开口说:"可先治理污染,治污要与城市的改造和开发同步进行。其实,柳河两岸商机无限啊!"吴芳素知古济宁虑事深远,又极谨言,便走到他身旁,说:"市上也有些想法,想把沿河的几家污染企业搬走,然后拦河造湖,打造城市新景观。"古济宁点点头,不想再说什么,一抬头发现吴芳一直用期待的目光看着自己,便补充说:"美化环境可以提升这里的商业价值,沿柳河两岸可规划宽阔的大道,以吸引、鼓励开发商投资开发,还可以把老城街的改造、开发一并规划进来。"丁燕红高兴地说:"企业家首先看到的是商机,是开发价值。"她看着古济宁:"你对柳河的治理、开发动了心了吧?"古济宁笑而不答,心里想治理污染政府需拿相当的资金,得有个过程,秦东这样的穷市也许五年后才能谈上柳河开发,现在考虑这事还有点早,况且那时谁当市长也不好说。

　　大家随着吴芳又都上了车。过了柳河就进入了新市区,一进新市区立即给人以穿越了历史隧道的感觉,没有了那种历史的沧桑感,现代化气息扑面而来。新市区是新中国成立以后建设起来的,由于市区夹在两塬与秦河之间,所以整个城市只能逐步向西发展。这样就形成了特殊的城市景观:越是往西走,街道越是宽阔畅亮,楼房越是高大美观而且密度增大,人流车流更是明显增多。一句话,越向西走越繁华,越热闹,越有人气。

　　车子沿着这条称之为秦风大街的主街道缓缓西行,到市政府门前后吴芳让车停下来。下车后吴芳笑着让客人进机关去喝杯茶,稍微休息一下。古济宁、丁燕红都说不用。丁燕红指着市政府大院说:"我们上大学时机关大院还是平房,现在都建成了楼房,变化挺大啊!"吴芳说:"这些办公楼是二十世纪八十年代中期建起来的,现在已经不大适应了,一些部门已经搬出去新建了办公楼,大都比市政府大院的建设标准高。"古济宁对这些似乎没有兴趣,他在仔细地观察着市政府东邻的第一百货大楼。观之良久,他指着第一百货大楼问:"这是秦东最早的还是最大的百货大楼?"方峰赶忙走近古济宁,说:"这是秦东市最早的也是目前最大的百货大楼,是名副其实的第一,建成运营有十年了。"他发现古济宁一脸的认真,忙笑着补充:"不过这座百货大楼当初没有设计电梯,现在只有一楼在营业,二楼以上全部停业了。另外,整个市区只有这个第一,没有第二、第三……"大家听后都笑了起来。古济宁没有笑,他若有所思地点点头。

　　大家乘车继续向西,随着人流车流的逐渐增加,车子越开越慢。古济宁、丁燕红深刻感受到这座城市十几年来所发生的巨大变化。车到秦风大街中段北侧的一块空地后停了下来。吴芳下车站定后,给古济宁、丁燕红简略地讲了一下城市总体规划的设想,并说现在所处的地方将是规划中的市区中心。丁燕红听着吴芳的介绍，注视着这里的一景一物，搜索着当年的印记。十几年前，这里还是以村舍和农田为主，如今建成了一个广场，广场面积不算小，分布着几个建筑小品，周边栽植着各种树木花草，还有一两处不协调的拆迁残留物。广场南面是新建成的临秦区政府的办公大楼，虽谈不上宏伟壮观，却也新颖漂亮，成为这里的一个亮点。广场西面是建成时间不长的秦东剧院，紧挨着是一栋冠以"智慧大厦"的楼房，里边刚住进一家新组建的天然气公司。广场的东面，隔着一条街道，是错落有致的楼房和厂房，这是一家国有中型企业。广场的北面，隔着秦风大街的大道，正是吴芳和客人们现在所处的地方。这里是一块空地，再往北是下马村，分布着高高低低的村舍民房。很显然，城市发展到广场后正酝酿着新的变化，给城市建设者们留下了丰富的想象空间，也搭建下了可供大手笔挥洒的广阔平台。

　　古济宁听得认真，看得更仔细，突然眼前一亮，对脚下这块空地产生了兴趣。这块空地约有十来亩地大，中间偏北是一个偌大的坑，显然是开挖地基形成的。大坑上边到处胡乱地堆放着瓦砾、砖石、碎玻璃以及废弃的门窗等杂物。大坑里长满各种荒草，有些荒草长得比人还高，荒草中同样乱扔着各种说不清的杂物，荒草和杂物上挂着五颜六色的废弃塑料袋，偶尔还会从中蹿出一只狗或猫来。这一切与周边的热闹繁华形成鲜明对比，显得极不协调。大概考虑到有碍观瞻，在大坑周边用砖砌了简易墙围了起来，但是却出乎意料地被一些人当公厕悄然使用起来，时不时就随风飘来一股股的骚臭味。大家准备走了，却看古济宁站在一处断墙边凝视着大坑竟至入迷的程度。丁燕红走过去，不解而打趣地说："老古，这边风景独好！"她见古济宁不语，大声调侃道："老古，你喜欢荒草文化，还是大坑景观，还是要研究这里的风水？"古济宁回头看看丁燕红，平静而又肯定地说："这里是准备建一栋商贸大楼。"方峰等随行的工作人员对古济宁的一语中的感到有些惊讶，方峰不无佩服地说："古总，你说得对。市商业局要在这里建商贸大厦，由于资金短缺，地基开挖后放了四五年，现在也弄不清什么时候才能重新开工。"吴芳前一段调研时，曾经了解过此事，她接过话题说："这个工程拖的时间够长了，局长已换了几任，地基还没处理好。最近商业局落实了自筹资金五百万元，正在与银行谈贷款，争取明年重新开工建设。不过，贷款的难度相当大。"古济宁不紧不慢地说："在城市的中心地带建一栋商贸大楼非常必要，但应高标准，应建成市区的标志性建筑，以改变城市的形象，应围绕这栋大楼形成商业中心，提升城市中心区的繁荣度。"他看了一眼吴芳，直言说："如果仅有五百万元的自有资金，银行的贷款数额有限，很难建设一栋像样的商贸大楼，充其量能搞一个'第二百货大楼'"。他和"第一百货大楼"联系起来一说，大家都笑了，吴芳也会心地笑了。古济宁略停片刻,掷地有声地说:"这样吧,我们公司可以考虑来秦东投资,首先合作共建这栋商贸大楼。"大家齐声叫好,都很高兴。

吴芳深知古济宁的为人,笑着说:"你们公司愿来秦东市投资,太好了,太欢迎了。下午回去后我让商业局长来找你,你们先谈一谈。"古济宁轻轻摇摇头,果断地说:"现在就可以谈,下午我要赶回北京,做些准备后下周再来一趟秦东。"他是个看准了说干就干的人,看似一脸的平静,内心却像一团火在燃烧。他是高中老三届学生,在秦东市圆了大学梦。他挚爱这座城市,在看落寞的老城街时,深感西部城市建设和改造的落后,决心为这座城市的建设和发展做点事情。他想过柳河治理和开发项目,觉得条件尚不成熟,等以后再说。改造第一百货大楼吧,觉得没有多大的商业价值,更重要的是难以提升城市的品位。他看准了在市中心区建标志性建筑的作用,看准了搞成商贸中心的商业价值,看准了帮助吴芳尽快打开招商引资局面的破冰意义。他清楚吴芳陪他看城市变化,主要是尽同学情谊,并无马上要他做什么事情的意思。但是做任何事情都会有灵感,他觉得今天自己特别有灵感,机缘来了就要紧紧地抓住。

十多分钟后,市商业局局长黄天高接到吴芳市长的电话后就匆匆赶了过来。按照吴芳的要求,黄天高简要介绍了一下商贸大楼的筹建情况,着重说了资金的筹措,表示自筹资金有限,落实银行贷款相当困难,招商引资搞了几年也落不实。商贸大楼的建设,虽然不能说是走投无路,但一两年内能不能重新开工还不好说。他还带来一大堆相关图纸和资料,以备询问。当黄天高得知古济宁的公司准备投资合作共建这一工程项目后,立即表示欢迎,他紧紧握住古济宁的手说:"老总呀,你好眼光!这里人流物流是全城之最,是商贸业的黄金地段。我赞同老总干就干大事业的想法,可以重新规划,重新设计,搞一流的商贸大楼。"他把自己手里拿的图纸和资料转身就塞给了随行人员。古济宁微微笑着,轻轻点点头,看着黄天高说:"看来,黄局长是个爽快人。我回北京后很快会带专业人员来这里考察、论证,合作的具体事宜后边再商洽。"

大家都很高兴,特别是黄天高更是喜不自禁。商贸大楼的筹建工作是商业局的老大难问题,让几任局长伤透了脑筋。每年人大、政协开会,代表和委员都要质询、议案、提案一大堆。市民意见十分强烈,特别是涉及拆迁的城中村怪话一堆,骂声一片。大坑围墙上写着依稀可辨的诸如"秦东第一茅草坑""野狗大情场""免费公厕"的字……如今天上掉下个投资商,黄天高如释重负,他不离古济宁左右,不断地说这儿说那儿。古济宁只是微笑着。

按照吴芳的想法和安排,还要继续向西看市区,看秦东经济开发区,还要去母校秦东大学……古济宁表示这次先看到这里,以后有机会再走完市区,再去拜会师友。丁燕红深知古济宁事业心、责任心极强,主意拿定了就很难改变,便不再说什么。吴芳就主随客便,提前结束了城区之行。

一连几天,秦东市到处流传着吴芳市长被秦东纺织厂职工围堵的各种版本。有的说市长正在请客人吃饭,被一群饿坏了的工人抢完了宴会桌上的全部饭菜,连汤都被端走喝光了;有的说市长请完客被工人围在小车上讨说法,半天都走不了,误了省上的一个重要会议,被省长点名批评了;有的说市长被工人们先围起来,然后强行弄到厂里去解决问题,一天一夜都走不出厂子,和"文化大革命"那会儿差不多……这些不同版本的说法,都说得有鼻子有眼,而且越传越多,越传越广,越传越离奇。很显然,秦东纺织厂出现的问题,开始引起社会上相当多的人的关注。

文佳作为协调工业交通口的副秘书长,对秦东纺织厂的问题是有所了解的,在花馨酒店听取职工代表的意见后,更加感到了问题的严重性和复杂性。在给吴芳汇报后,他决心按吴芳进一步的要求,做一次深入细致的调研,拿出切实解决问题的办法来。在听到各种传言后,文佳心中更加着急,周一上午刚参加完例行的市长碰头会,他就带上市政府办公室工交科长田丽丽,来到秦东纺织厂调研。市轻纺局的局长周华在接到田丽丽的通知后,已经早早等候在厂区,会合后便一起去厂办公大楼。

秦东纺织厂对文佳来说并不陌生。二十世纪六十年代初他在秦东师范上学时就来过这个企业,听过工人老师傅的忆苦思甜报告,临毕业时曾在秦东纺织厂的子弟学校实习过。还有,令他难以忘怀的是"文化大革命"中,这里曾是两派群众组织激烈争夺的重点。"文革"结束、恢复高考制度后,文佳考进秦东大学中文系,上学期间偶尔路过秦东纺织厂,他总会不由自主地看上几眼那熟悉的厂房。担任市政府副秘书长以后,因协调工业交通口的工作,他曾多次到过厂子。

文佳深知,秦东纺织厂是秦东市最大的一户国有企业,在全市工业系统的影响举足轻重。秦东市是全省最大的棉花生产基地,最多时棉花产量占全省的三分之二,因此秦东纺织厂的建立和发展在秦东甚至全省曾备受关注。这个厂初建于1958年"大跃进"时期,当年的建设者们边建设边安装,把纱场、布场、机电、辅助设备四个部门的安装同时铺开,提前建成了秦东第一家棉纺织企业。企业正式投产后,仅用三年多时间,就将国家建厂总投资全部收回。此后,秦东纺织厂在多个历史时期,都做出了令人瞩目的贡献。令人十分羡慕的是,这个厂历史上曾出过一个全国劳模、两个全省劳模,并走出了多位政府工业系统的领导干部,包括现任的轻纺局局长周华。

这两年,文佳一走进秦东纺织厂就感到心里沉甸甸的,今天也是一样,他反复掂量这个秦东市曾经的标志性企业,在市场经济的大潮中,它已逐渐显露出了纺织业这种夕阳工业大势落去的种种迹象。

文佳看了看熟悉的办公大楼,一脸的凝重。

大家一起走上三楼的厂长办公室。厂长向平正在给几个副职布置任务,他站在办公桌后面大声说着什么,显得十分着急。几个副职坐在办公桌前的沙发上,没有一个人吭声。向平看见文佳一行进来后,对几个副职说:"先说到这里,大家分头去吧!"

副手们走后,向平迅速调整了一下情绪,走过办公桌,与文佳和周华握了握手,笑着说:"没来得及远迎,请文秘书长和周局长谅解。"周华笑着说:"我俩无所谓,就看田科长能不能谅解,弄不好晚上还得受罚。"文佳微笑,摆摆手说:"周局长,你可别小题大作,挑拨人家两口的关系。"田丽丽脸上没有任何表情,头也没有抬,就自顾自地坐到沙发上,从公文包内取出一个精致的小水杯,开始细细品茗了。向平尴尬地笑了笑,连忙岔开话题:"请问两位领导,喝绿茶还是喝红茶?"

文佳、周华两人都知道这对夫妇近年来一直闹别扭。来前两人曾策划了一下,想通过这次调研,在解决企业问题的同时,把这两口的关系也调和一下。田丽丽以各种理由推托着不愿来秦东纺织厂,文佳以工交科长不参与调研不好交代为由,做了不少工作,为此还把来厂的时间拖了拖,田丽丽最后极不情愿地来了。文佳、周华见田丽丽如此,知道此事不能着急,只好先谈正题。

向平拿出事先准备好的汇报材料,给每人一份,看了看周华说:"企业的情况,周局长比我还清楚,就不详细汇报了,材料上都有。"他放下手中的材料,看着文佳:"秦东纺织厂现在难题太多,职工只看到工资发不到手和停电、停水,实际上企业已在死亡线上挣扎。拖欠银行贷款两亿多,现在根本贷不到款,没有流动资金,没有原材料,效益严重下滑,实现的利润不够还银行的利息。银行、税务局、供电局、水厂几乎天天来人催息要账,加上最近工人上访,厂领导个个搞得焦头烂额,度日如年啊!"向平满脸的苦楚和无奈。

文佳和周华交换了下意见,都觉得已无听取厂领导班子意见的必要,因为已经有了经班子讨论过的详细材料,关键是这些困难和问题企业自身无法解决。文佳喝了一口茶,说:"这样吧,班子座谈会就不开了,我们到车间去看看,边看边谈,怎么样?"周华点点头拿起来材料,田丽丽迅速把材料和水杯装进了手提包。向平也是这个意思,他招呼道:"喝了这杯茶再去看,几个副厂长已到车间去了,在那里等着我们。"于是大家一起走出办公大楼,向车间走去。

秦东纺织厂的厂区相当大,绿化美化在秦东市是出了名的,特别是二十世纪八十年代中期从日本引进的一批樱花树,此时红艳绿翠,格外妖娆,微风吹来,樱花瓣纷纷飘落,让人恍入仙境。这时谁也无心赏花,周华走在最后,他对这里的每一栋厂房、每一台机器,甚至一花一木都十分熟悉。厂里往日的繁忙景象并没有出现,使得周华感到有些遗憾、不适,甚至有些压抑。一连走过几个生产车间,向平都没有停下来的意思,他边走边介绍情况。这些车间由于原料缺乏,都没有满负荷生产,有的已经停产放假。如今棉花价涨得厉害,过去市、县棉花公司还可以赊欠,如今必须一手交钱才能一手交货。而这些棉花公司也都快被历史欠账拖死了。这时大家走到了库房前,几个工人正在搬运棉花包,周华与工人们打过招呼后径直走进库房,往日堆积如山的棉花垛不见了,只见库房的一个角落里散乱地堆放着一些棉花包。文佳皱了皱眉头,问:"这些棉花能生产多长时间?"向平苦笑着嘴角动了动,一时竟不知如何回答。周华沉郁地说:"也就三五天吧!"向平自嘲地说:"就这还是省城一家企业提供的原料,让加工一批坯布,他们要赶制一批工作服,销往韩国。"向平接着说:"今年以来,我们只能搞来料加工,原料人家每周运一次,只能开部分车间,吃不饱,也饿不死。"

文佳没有料到,市上的龙头企业竟然沦为给他人做嫁衣裳的角色,再这样下去问题会更多。这时一名副厂长赶了过来,要带大家去生产车间看一看。周华说:"生产车间就不去了,巧妇难为无米之炊,没有原料车间无法组织生产,问题的症结不在那里。"田丽丽半天没有说话,拍掉落在肩上的樱花瓣,走过来说:"文秘书长,厂子你来过多次了,许多工人放假没上班,也没啥可看的,我们还是到家属区去看看吧!"文佳点点头,一群人又返回办公区,然后走出厂区大门,再往西走进与厂区一墙之隔的家属区。

秦东纺织厂近五千名职工,家属区也相当大。由于历史的原因,在家属区里还极不协调地蹲着一栋两层楼的生产车间,另外还有一片平房也夹杂在家属区,是厂里的机修车间。这种规划理念和设计原则,现在看来简直不可思议。整个家属区有十几栋各个历史时期修建的职工住宅楼。邻街有前几年修建的几栋住宅楼,特别是中层以上干部住宅楼,不论是外观还是内部结构和装修,都是相当可以的。往里走,都是二十世纪七八十年代和五六十年代盖的住宅楼。有的是单边楼,房子主人在楼道上做饭,上厕所还要到楼下去;有的是筒子楼,几家合用一个厨房,合用一个卫生间;有的楼房设施虽然齐全,但面积有些小,有的仅四五十平方米,一家几代人住着十分紧张,上下两层的架子床十分普遍,形成楼上楼、楼中楼;还有两栋楼房地基下陷,楼体裂缝,被戴上了危楼帽子,厂里一再表态要加固,却一直没有落实,职工们仍然生活在里边,每逢下大雨,厂里都要提心吊胆地组织临时性搬迁,常常搞得人心惶惶,怨声载道。不管怎样,这些职工都还住在住宅楼里。令人难以置信的是,还有数十户职工住在机修车间旁边的平房里,这些房子是刚建厂时用来放置破损机器、零部件和杂物的地方。这些房子年久失修，破烂不堪，上边苫着各种颜色的瓦片、塑料纸、牛毛毡。与这些老房子相邻，无一例外地都搭建着一间更加低矮破旧的房子，用来生火做饭。每当下班时，户户飘散着油烟酱醋的混合味，家家传出锅碗瓢盆的磕碰声，加上大人小孩的叫喊声、笑骂声，往往形成一幅淳朴真实，又与现代城市生活极不协调的奇特的生存生活状态图景。

对家属区的情况，周华熟悉的程度也不亚于向平。因里面还有两个车间，文佳和田丽丽因工作上的原因，也多次顺道来过家属区。最近，向平对家属区特别在意，一进入家属区就一直说个不停，数说着职工生活的艰辛，转而有些怒不可遏地控诉起了"电霸""水霸"，说是欺负困难企业，简直不让职工活下去。路过机修车间时，车间的大门锁着，外边堆放着一些报废的机器、零部件和杂物，周围横七竖八地拴着一些绳子，绳子上晾晒着五颜六色的衣物，一看就知道这个车间已经好久不上班了。

这时走过来七八个老太太，每人都提着一个塑料袋，边走边聊，其中一个满头白发的老太太发现了新老两个厂长，就快走两步，喊道："周厂长，向厂长，你们可来了！"向平、周华赶快上前扶住白发老太太，忙着问好。这位白发老太太名叫董莉，是刚建厂就进厂的老工人，已退休好多年了，曾是全国纺织行业的劳动模范。董莉老人提起塑料袋，有些哽咽地说："你们领导看看，老工人吃的什么？这是从菜市场捡来的烂菜叶。"她颤抖着双手，把塑料袋里的菜叶全倒了出来。她眼含泪花，张着嘴再也说不出话来。其他几个老太太见状，也把菜叶全倒了出来，满地黄黄绿绿的，散发着一股酸臭味。这些老人都是退休的老职工，给企业干了一辈子，去年以来厂里一直拖欠退休金，许多家庭的生活十分艰难，不到万不得已，她们不会去捡菜叶。最近一段时间又停电、又停水，简直没法过下去了，她们见来了几个领导，就气不打一处来，七嘴八舌地诉说起来，越说越激动，有的竟抽泣起来。

董莉沙哑着声音说："人家老太太，早晨要么去晨练，要么去跳舞唱歌，我们却去捡菜叶。怎么把一个好端端的企业搞成了这个样子！让我们这些人把老脸也丢尽了！"这时又来了一些老职工，还有一些家属也来围观，有的人开始骂了起来，有的竟哭了起来。向平一看局面会越闹越大，赶快给老太太们解释，说市政府非常重视职工生活的困难，前边吴市长安排文秘书长听取过职工代表的意见，今天又来厂里调查情况，问题会很快得到解决。

董莉这个出身农家，从外省逃荒要饭来到秦东纺织厂的老职工，这时强抑痛心和激动，劝说其他老太太也慢慢平静了下来。她让大家先回去，不要影响领导的正常工作,要相信上级会解决好职工的困难。别看老劳模退休了,说话还真有分量,不大一会儿这些人就纷纷散去。文佳前几天听到的是职工代表的意见,今天亲眼看到了职工生活的困窘,心情十分沉重。本来还准备走访几户职工家庭,这时改变了主意,连全国劳模都去捡菜叶,还要去看什么!

这时副厂长黄一鸣走了过来,说:"向厂长,我一直在秦宇公司等着,我还以为你们不来了呢!"黄一鸣说的秦宇公司,其实就是秦东纺织厂在家属区的那栋两层楼的生产车间,这是几年前向平经过反复努力,与韩国一家企业组建的合资企业。韩国企业当时以比较先进的宽幅喷水式织机入股,秦东纺织厂以厂房、土地和辅助设施入股。秦宇公司可以享受一系列优惠政策,在秦东市的纺织行业开了招商引资的先河。向平决心在此基础上组建集团公司,把秦东纺织厂从单一的劳动密集型企业状态解放出来,打造以纺织为主体,多元化发展相关产业的集团公司。应该说这是个相当不错的思路,可是人算不如天算,这时亚洲金融危机重创了韩国的经济,韩国企业开始收缩,未运来的机器设备停了下来,现金入股更无从谈起,秦宇公司的正常运转受阻,秦东纺织厂反而把一部分资金沉淀在这个项目里。

向平接过黄一鸣的话茬,给文佳解释:"文秘书长,秦宇公司还没有正式投产,所以对外一直没有宣传,你和周局长来了,就先看看。"大家在黄一鸣的陪同下,一起看了秦宇公司的生产车间。文佳对纺织行业不熟悉,只是听周华和向平讲这些喷水式织机的确不错,闲置在这里是个很大的损失。文佳问道:"为什么不尽快投产运营?"向平苦笑着说:"秦纺厂那边的纺纱车间大多停产了,秦宇这边无纱可织,也没有流动资金从其他企业买纱来织布。韩国企业最近想退出,提出把机器卖给我们来套现。"说到底还是个钱的问题,看来秦东纺织厂包括秦宇公司的全部问题,不管是组织正常生产,还是解决职工生活问题,关键是要解决钱的问题。其实,对秦东纺织厂的问题,从市政府主管领导到秦东纺织厂厂长,包括今天到场调查了解情况的所有成员,大家都是清楚的,但为了慎重,确切地说这是行政工作的程序,既是循惯例也是按规矩,必须这样做,各个方面才算认真负责地履行了自己的职责。对文佳来说,此行不仅完成了市长交办的调研任务,也有了许多感性的认识,更让他隐隐感觉到解决问题的关键是解决钱的问题,但又不完全是,秦东纺织厂的问题相当复杂、相当严重,已经到了生死存亡的紧要关头。

从秦东纺织厂回到市政府的当天下午,田丽丽就起草好了调研报告。这点活对她来说简直是小菜一碟,其实也很简单,以去厂里调研时她丈夫向平送的汇报材料为基础,前边加上一段职工围堵市长,不,她改成职工请求吴市长解决企业具体困难的情况,吴市长非常重视并责成文佳副秘书长深入了解情况,以及今天上午调研的情况。中间存在问题部分,照录厂里汇报材料的主体部分;最后一段把企业的请求略做修改,变成调研后的几点意见和建议。不到两个小时,一份洋洋洒洒的调研报告就写好了。

　　田丽丽端起刚泡好的茶,喝了一大口,却并没有产生以往写好一篇文章后的轻松感觉。她是机关写行政公文的好手,也是机关的美女科长。十年前她从省属的师范大学毕业后,分到了秦东纺织厂的子弟学校,接着又调整到了厂里的宣传科。她漂亮、时髦、性感、活泼,又是能舞文弄墨的笔杆子,不到两年就被厂里提拔为宣传科科长。当时向平是厂里的二把手,除了分管生产经营方面的业务外,还分管政工和宣传。这位西北工业大学毕业的高才生,进厂以来一直被大家认为是个工作狂,他除了工作就是工作,整天奔走在车间和宿舍之间,不分白天黑夜,没有节假日,没有任何娱乐活动,也没有多少交往,特别是没有谈过恋爱。秦东纺织厂的女工多,虽不好说美女如云,但漂亮姑娘相当多。也不是没有姑娘追他,有的说追向副厂长的姑娘至少有一个排,但他从来没动过心,闭口不谈婚恋方面的事情,竟至有人开始怀疑向平的生理是否健全。谁也不曾料到,自从向平与田丽丽有了工作方面的接触以后,关系竟然有了全面的迅速的发展,他三十一岁那年与二十五岁的田丽丽走进了婚姻的殿堂。他们建立了一个温馨而幸福的家庭,第二年又生了个儿子,紧接着向平又接替出任轻纺局局长的周华当上了厂长,田丽丽则被调到市政府办公室工作。这个郎才女貌,而又顺水顺风的家庭是多么令人羡慕啊!

　　可后来竟出现了令多数人想不到的情况。经过多年的艰苦努力,向平把符合现代管理理念的竞争意识,最早引入秦东市最大的市属企业,给企业注入了新鲜活力,使企业进入了发展快车道,但始终无法摆脱历史欠账这个沉重的包袱。田丽丽多次劝他离开厂子到机关发展,而且市政府领导也有意让他担任市轻纺局的副局长,但他坚信自己一定能使秦东纺织厂再创辉煌,并下了最大的决心,要通过秦宇公司的运营取得突破。他憋足了劲,废寝忘食地拼搏着,把家庭生活和教育儿子的重担全推给了田丽丽。田丽丽在领导身边工作,也很忙碌,目前正处在上升的通道中,她觉得再这样下去,自己的政治前途肯定会受到影响。夫妻间的摩擦由小变大,越来越严重。想到这里田丽丽感到莫名的怅惘,心里简直不是滋味。她站起来,竭力摆脱这烦人的心绪,拿起调研报告来到文佳的办公室。

　　文佳看着田丽丽送来的调研报告,笑着说:"你还真是个快枪手,我就不细看了。"他只看了看开头,中间部分翻了翻,最后一部分把建议市政府尽快召开一次协调会改成召开一次市长办公会,就签了字,然后把调研报告推向桌边:"你直接送到由市长那里去,已经说好了,明天上午开个市长办公会,由市长主持,具体参会部门你请示一下由市长。"

由锡平正在办公室批阅公文,他看了看表,下班时间已经到了,可案头还有一大堆文件没有批阅。他是市委常委、市政府常务副市长,除了分管市政府的日常工作外,还分管工业交通工作,的确是个大忙人。他刚过五十岁,有些发福,脸色红润,腹部微凸,举手投足老练而大气,一副宽边眼镜后边的那双细眯的眼睛,有着令人难以琢磨的神秘感和穿透力。他是秦东官场中的元老级人物,高中毕业后回到家乡,从最基层的村官干起,乡镇、县区他都干过,二十世纪八十年代初还兼任过两年秦东纺织厂的党委书记,一直干到了如今的位置上。在各个层级上,不管是政府还是党委,也不管是副职还是正职,他都干得得心应手,游刃有余。他从未进过大学的门,却拥有不同大学甚至是名牌大学的大专、本科和研究生文凭。他写一手漂亮的文章,常在报刊发表,还出过几本诗集。大家都赞他有文采,他却常说自己不是科班出身,写文章是做作业,是练笔。他基层工作非常熟悉,善于处理各种复杂棘手的难题,特别是人际关系处理得炉火纯青,三教九流皆有交往,各行各业都有朋友。这几年期望和支持他把副市长的"副"字去掉的"粉丝"还真不少,他却多次给人说,还是当副职好哇,天塌下来有正职顶着。

田丽丽轻轻敲了几下门后进入由锡平的办公室。由锡平在埋头批阅文件,凭感觉轻声问:"小田,有事吗?"

田丽丽把调研报告放在由锡平的桌上,轻声说:"由市长该下班了,文件还这么多,整天这样忙得消吗!"由锡平闻到了一股淡淡的脂粉香和女人体香,抬起头看了一眼亭亭玉立的田丽丽:"你稍等片刻,拿的是秦纺厂的调研报告吧?"田丽丽轻声回答:"是的,文秘书长说还要您定一下参加市长办公会的部门。"由锡平轻轻地长吸一口气,推开手头的文件,翻开她送来的调研报告:"文秘书长已经给我把情况说过了,我签个字,回头你把调研报告送给吴市长。明天上午参会部门就按文秘书长拿来的这个单子通知。"他随意翻了翻调研报告,在首页签了字,然后又拿过一页参会部门的单子,却没有立即交给田丽丽。他抬起头,微带笑意看着田丽丽。是啊,夏天尚未到,而女人往往率先换季。田丽丽穿一件绿底浅白小花的上衣,黑色长裙,似乎该遮的地方全遮住了,这是机关干部的身份使然;然而有些地方还是惹眼地凸现了出来,高高隆起的胸部和微微翘起的臀部,尽显女性曲线之柔美。由锡平太熟悉田丽丽了,这还是多年前他当市政府秘书长时挖来的才女,直接从秦东纺织厂调任市政府办公室的副科长。后来他当了主管工业交通的副市长,又提拔她当了工交科长。可是她这几年特别近来一直跟丈夫向平闹别扭,已经开始影响夫妻两人的正常工作了。由锡平收起笑容,对视了一下田丽丽那双清澈妩媚的大眼睛,问:"向平最近的压力大不大?"

　　田丽丽心想,丈夫什么时候都是压力挺大的,总是以救世主自居,想凭一己之力使秦东纺织厂走出困境。现在连家都不顾了,年前竟在办公室支上了钢丝床,压力大得连家都不回了!她语带情绪:"谁知道他有没有压力!"她脸唰地红了,自觉失言,不好意思地说:"压力还是有的,厂子都搞成这样子了,不过我不大问这些事……"她感觉自己说得模棱两可,言不由衷,略显尴尬。由锡平笑了笑,拿起调研报告走过来,淡淡地却十分知心地说:"我是随便问问,家和万事兴啊!"他把调研报告递向田丽丽:"时间不早了,你赶快回家吃饭去吧!"田丽丽赶忙接住调研报告,放在下面那页参会部门的单子却没拿住,那页纸打着转向下飘落,她紧走一步忙着去抓,她那丰满的胸部一下子撞到了由锡平递材料的手上,由锡平像触了电似的急忙将手收回。两人对视了一下,田丽丽的脸唰地一下全红了,她从地下捡起单子转身走了出去。由锡平望了望田丽丽扭动着的丰满而性感的身躯,又握了握那只酥酥的麻麻的触过她胸部的手。他本想马上回家吃饭,竟不由自主地又倒了回来,一下子坐到了椅子上。

## 第二章

秦东市区中心广场东边有家宾馆,叫银花宾馆。这家宾馆位置优越,设施和管理经营水平却很一般,平时客人并不多,入住的都是些中低档消费水平的客人。这几天入住了几位客人后,这里竟然意外地火了起来,先是市商业局的几位领导来了,接着市政府的文佳副秘书长来了,再接着市直好几个部门的领导也来了,特别是昨天吴芳市长也来过一回。这让宾馆的经理李德广有些丈二和尚摸不着头脑,说这几位入住的客人重要吧,市上的重要客人从来没有在这里安排过;说不重要吧,市上的头头脑脑来了一大帮,更令他难以琢磨的是市长竟然也光临了。李德广想,这大概就是人们常说的机遇来了,于是亲自出马,宾馆上下全力以赴,盛情接待客人以及与客人相关的每一位领导,力求各方满意。很快各位领导包括市长在内,莅临银花宾馆的宣传照片就制作出来了,只等择日悬挂,以扩大宣传,提高宾馆的知名度。

这几位客人是古济宁从北京带来的。他上次从秦东回到北京后,加紧了商贸大楼项目的筹划,召开了公司董事会,决定乘西部大开发的有利时机,进入西部谋求发展。董事会做出决定后,古济宁因联系城市规划和建筑设计专家王大成拖了一段时间,待王大成行程确定后即于5月上旬一起来秦东具体考察项目,公司的公关部经理肖冰冰随行也来到秦东市。

古济宁为了工作方便,就住到了离商贸大楼旧工地最近的银花宾馆。一住下来,就投入了紧张的工作中。他是个工作狂,除了睡觉外,整天忙个不停,像个不断旋转的陀螺,特别是脑子永远转个不停。这是他在学生时代就养成的习惯,在他上过学的所有学校的所有班级,他都被认为是最勤奋的学生。他高中上学时赶上"文化大革命",大学停止招生,这个被老师看作北大、清华未来学子的尖子生,回到了村里,不久当上了村办学校的民办教师。上大学,上名牌大学,他十年寒窗孜孜以求的梦想破灭了。母亲早年病逝,父亲年迈身残,面对现实,他准备找个合适的对象结婚,在农村建立一个完整的家。在一次公社召开的教师集训会上,他认识了邻村的民办教师王莲英。之后王莲英主动多次找他谈心,主动向他求婚。她人长得漂亮,书也教得好,上进心又特别强。不久他们就结了婚,有了一个温馨幸福的家庭。这时"文化大革命"尚在进行之中,西北地区搞起了所谓的民主革命补课,在农村补定了一批"漏划"的地主、富农成分,人为地制造了一批"阶级敌人"。古济宁的父亲古立俊也被揪了出来,这位抗日战争时期在中条山战役中伤残、新中国成立后曾担任过县政府参议员的原国民党的团长,被补戴上了地主分子的帽子,家庭被补定为地主成分。这对古家是个灭顶之灾。德高望重的古立俊成了双料"牛鬼蛇神",既是"国民党残渣余孽",又是新补定的地主分子,批斗和游街示众不断,还拖着一条伤残的腿扫大街、淘公厕。屈辱和不幸接踵而至,古济宁的民办教师当不成了,去生产队的饲养室喂牲口,成了这个村历史上学历最高的饲养员。而对家庭冲击最大的是王莲英也被邻村的小学辞退了,她痛苦不堪,待在娘家整天以泪洗面,哀叹命苦,半年后她提出了离婚。

　　这件事让古济宁伤心极了,有朋友劝他先不要答应离婚,拖一拖再说。古济宁心想,夫妻俩一定要风雨同舟,不管遇上多大的坎坷和磨难都要共同面对,做不到这一点,就没有共同生活的基础。他同意离婚,很快办了手续。

　　古立俊是一条硬汉子,中条山抗日时面对尸横遍野、血流成河的惨景,都没有怕过,也没有落过泪,而今戴上了"漏划地主"和"国民党残渣余孽"两顶帽子,也看得很淡,但对影响独生子古济宁的前程和婚姻,却揪心地痛苦,成了最大的心病。老人拖着病腿多次去妻子的坟前,久久坐在那里,如痴如呆,有时还念叨着什么。他想到了死,想以死消除给儿子带来的伤害。从死人堆里爬出来的人,早把生死置之度外,但他又怕死后给儿子带来更大的灾难。老人咬着牙活了下来,以病残之躯给儿子烧水、煮饭,父子俩相依为命,艰难度日。

　　古济宁在饲养室喂饱牲畜后,把全部精力和时间都用在了读书上,以减轻和冲淡家庭变故特别是离婚给自己带来的痛苦。他终于等来了一个转变命运的历史时刻,"文革"结束后的1977年秋天,停了十一年之久的高考得以恢复。古济宁以"老三届"学生的身份参加了高考,被录取到了秦东大学中文系。在他报考大学的同时,他家的成分得到甄别,恢复了中农成分。政府对影响了无数人命运的家庭成分做了调整,当年的地主、富农成分一律改为"社员",家庭成分影响青年人前途命运的历史永远地结束了。

　　古济宁年过三十上大学,他深知这一切来之不易,发愤读书,矢志于学,一直担任班里的副班长兼学习委员,毕业前夕加入了中国共产党,是学子中的佼佼者。他考上大学后,王莲英托人提出复婚,古济宁以既然过去不能共患难,现在就难以再走到一起为由拒绝了。婚姻问题成了他最为头疼的问题。父亲日渐年迈体衰,一个人在家让他的确放心不下,有了第一次失败的婚姻,也让他十分理智和谨慎。古立俊老人在儿子的婚事上十分豁达,叮嘱古济宁婚姻讲缘分,千万不要着急,一定要找一个实实在在的人。越是这样,古济宁越是为难,急又急不得,缓又缓不得,只能先装在心里,等待着缘分的出现吧。

古济宁上大学时班里有三个女生:一个是吴芳,两个孩子的母亲,是"老三届"这个年龄段的;一个是丁燕红,在秦东市插队的北京知青,在班级属中间年龄段的;一个是高玉,当时所在学校安排高二学生试考,最后她被录取到秦大,是个常哭鼻子,说学校毁了她北大、清华梦的小年轻。三个女人一台戏,班里有了这三个年龄不在一个档次的女生,生活也大为丰富多彩了。这三个女生而后传奇般的经历,演绎了秦大恢复高考以后"女中三杰"的故事,这是后话。

第一学年还算平静,第二学年就开始热闹起来了。好几位男生向高玉刮起了恋爱风。高玉漂亮活泼,天资聪颖,把目标已定到了考研究生上了。她清醒地知道,谈情说爱为时尚早,又不愿意得罪同学,采取谈谈可以,但不动真的的策略。任凭几位男生明争暗斗,她却不热不凉,不允不拒,笑言既然可以试着参加高考,试着谈谈恋爱也未尝不可。她给吴芳说:"这是哥哥们逗我玩,不会弄试成真,不会影响学习。"大三结束时,她试着参加研究生考试,结果一试成功,大学没毕业就到了东北某大学当研究生去了。追高玉的男生们突然发现伊人难以高攀,这几年追高玉竟是那么不现实,有一种被忽悠了的感觉,围绕高玉的恋爱故事也就戛然而止。

那么那几年那么多的人为什么不去追丁燕红呢?毕业还有一年时间,会不会掀起追丁燕红热呢?世界真是太复杂微妙了。丁燕红身材还算不错,凹凸相宜,线条优美,看其背影还挺吸引人的。正面看,脸色青灰泛黄,长着大大小小的青春痘,最令人难以接受的是左脸颊有一片黑灰色的胎记。一双眼睛冷峻而有穿透力,给人难以接近的感觉。她是个不亚于高玉的才女,上大学前已出过诗集,上大学后经常在报刊上发表新作,是省作家协会的会员。男生们对她的评价是天使和魔鬼的结合体,爱不得,恨不得。别看她其貌不扬,一般的男生她还看不上眼。除了上课和配合班长吴芳干好生活委员的事情外,抽空写写诗,她的生活过得比较平静,高玉走后也波澜不惊。其实丁燕红的内心世界并不平静,一直在观察、选择,并在毕业前夕有了自己的决断,她感情的天平倾向了古济宁。

丁燕红欣赏古济宁的博学、深沉和强烈的责任心,尽管古济宁年龄长她七八岁,且有过婚史,还是难抑爱慕之情。她送过他自己的诗集。每写出一首新诗都请他提意见，然后再拿去发表。古济宁并不喜欢诗，也知道她小有成就，但盛情难却，好在他有较好的理论素养，所提意见往往很有见地，大都被采纳了。时间长了，还真成了黄金搭档。毕业分配时，大家才知道丁燕红的父亲"文革"后复出在北京重要部门当高官，好多同学都想通过丁燕红到北京去工作，都被她婉言拒绝了。她却找到古济宁主动提出要古济宁去北京工作，古济宁以老父亲需要照顾为由没有答应。丁燕红自作主张给古立俊老人写了封信，请求老人从儿子的前途出发帮忙做做工作。古立俊老人亲自来学校，坚决要儿子到北京去发展，不要考虑照顾自己的事。丁燕红按落实老干部子女有关政策回到北京，分到某部委企业改革司工作。古济宁以丁燕红男朋友的身份，被分配到了另一部委的办公厅做秘书工作。古济宁上班数月后，方知自己是以怎样的身份被分配到国家机关，心里十分复杂，既感谢丁燕红的一番好意，又有说不出的滋味。这时丁燕红将大学时期的诗作汇编后准备出一本诗集，送来让古济宁修改，并让他写一篇序。古济宁知道这是丁燕红正式向自己求爱了，一时竟不知如何应对。

有过一次失败婚姻的古济宁，对婚恋十分慎重，他反复掂量、思索：丁燕红的长相的确太一般了，甚至有些丑陋，可是前妻长相好结果又怎样呢？丁燕红才气横溢，是女同学中的佼佼者，可是与才女就一定能组建幸福的家庭吗？她父亲是高干，难道今后不是靠自己而是靠高攀去实现自己的人生理想吗？以丁燕红男朋友的身份被分配到北京工作，固然可以理解为是一种进京的策略，这难道可以成为婚姻生活的缘由和基础吗？如果组成家庭会有怎样的心理感受呢？思来想去，最终觉得感情问题不要和工作、前程问题混在一起，不能在心理负债的状况下过一辈子。由于工作的关系，他结识了北京一家民营企业的老总，当他表示想辞去机关工作下海经商后，这位老总非常吃惊又非常欢迎他来加盟，还答应给解决住房问题，以便把他的老父亲接来北京。古济宁以这家民营企业可以解决父亲来京住房问题，让丁燕红予以理解，然后毅然决然辞去机关工作，进入了民营企业。辞职后，他卸去了心头的重负。谁也没有想到，包括古济宁自己也没有想到，他竟然具有极好的经营天赋。经过十余年的打拼，在原公司老总的支持下，他创办的北京兴华集团公司迅速发展，公司的业务范围涵盖基础设施、房地产、工业商贸、科技教育、医药卫生、酒店娱乐等项目投资和经营。公司实力越来越强，他竟成了京城有名的民营企业家。

古济宁的企业发展很快，感情生活却没有进展。丁燕红始终没有放弃对他的追求。古立俊也对儿子的婚事十分着急，但老人到底没有等到儿子把媳妇领回家，就与世长辞了。老人离世前拉着儿子的手说，他一生最大的遗憾就是没有抱上孙子。

古济宁不是没有考虑婚姻大事,到秦东来就并非单纯的投资经营活动。他坚信婚姻要讲缘分,要有坚实的基础,筹谋婚姻不比经营企业容易。在婚姻问题上老父亲去世后他完全不着急了,对公司的业务却更上心了,在秦东有了投资意向后,就尽快带着专家来具体考察。为了工作方便,他决定就近住在银花宾馆。虽然身家以亿计,他外出从来不讲究吃住,只讲究工作效率。他要做一些总体上的运筹,要与市商业局洽谈合同条款,还要安排公关部经理肖冰冰陪同专家与市上原设计人员,就商贸大楼的规划设计开展具体的衔接工作。

一连几天,古济宁都到市商业局去与黄天高局长谈投资建设商贸大楼的合同条款,这天早晨他又匆匆去市商业局准备最后定稿。王大成教授早就到现场去了,已经约好市建筑设计院的设计人员,到商贸大楼旧工地交换一下意见。

王大成教授是闻名京城的城市规划和建筑设计专家,在古济宁的再三邀请下,盛情难却来到秦东。他有个习惯,无论何时何地,即使在外出差开会,都要晨练,从不间断。这天早晨吃过早点,他就来到商贸大楼旧工地边的空地上晨练。这里是市中心,车水马龙,王大成闹中取静,旁若无人,专注而悠然地打起了自编的一套拳路,虽然七十多岁的人了,举手投足竟是那样的矫健优雅。他正打拳之际,只听锣鼓齐鸣,走来一群老头老太太在他打拳的空地上停了下来。老头们更加起劲地敲起了锣鼓,老太太们踏着鼓点扭起秧歌来。这种场面如今到处都有,在县城以上的城里,凡有广场处必有歌舞人。二十世纪末,中国以出人意料的速度即将步入老龄化社会,六十岁以上的老人越来越多。过去是人活七十古来稀,如今是八九十岁不稀奇,七十只是小弟弟。二十多年的改革开放,人们的生活水平普遍提高,医疗卫生条件越来越好,退休后的老人一般身体还很好,这部分人早晨的锻炼和娱乐活动,已悄然成为城市生活的一大亮点。这些老年人早晨起得比较早,有散步的、做操的、打拳的、舞剑的,有唱戏的、唱歌的、跳舞的、弹奏乐器的,有遛狗的、遛鸟的、遛狗兼遛鸟的,而以扭秧歌的最为惹眼,最为热闹。秧歌队的组织形式上,一般分为老年队、中老年混合队和女子队、男女混合队;乐器伴奏方面,有放录音的,有每人带个小鼓的,有专配锣鼓乐器的;服装道具方面,有传统的大红大绿服装,有时髦的现代服装,有绸带折扇,有伞盖面具;人员规模方面,有十来个人的小分队,有数十人的方队,有上百人的大团队。这些人以退休职工和市民为主体,以锻炼身体和娱乐为目的,虽无严格的组织纪律,却也聚散有规,长年坚持。

今天来到商贸大楼旧工地的秧歌队,规模不小,服装大红大绿。王大成只好停下打拳,实际上打拳的空间已被挤占。他很随和地和敲锣鼓的几个老头打起了招呼,笑着散了一圈香烟。天下老人都是见面熟,不经意间他们便融为一体。

王大成听着听着手便有点痒,笑着从敲鼓的老头手中要过鼓槌试着敲了起来,开始敲不到一块,鼓点和扭秧歌的不合拍,惹得大家哈哈大笑。王大成迅即调整,很快鼓点和秧歌配合到了一起。他纵情地敲着鼓,忘记了身份,忘记了场合,尽享融入平民的乐趣。

肖冰冰与市建筑设计院的两位工程师来到商贸大楼旧工地后,找不到王大成,他可是一早就来了的呀。找急了的肖冰冰忽然看见童颜鹤发的老教授正在兴高采烈地敲鼓。老教授竟有鲜为人见的一面,大家都高兴地等着老教授兴尽而止。

王大成敲鼓的瞬间发现肖冰冰几个人等在场边,忙停下锣鼓,向乐队的几个老人笑了笑,走向场外。肖冰冰向王大成介绍了两位市建筑设计院的工程师,准备一起说一下当初商贸大楼的设计方案。

这时又走来一队扭秧歌的老人,戴着各种面具,这队人很快融入了原来的队伍中,这时锣鼓声更响了,有人举起了一个大牌子,牌子上面写着"市商业局必须尽快结清商贸大楼征地拆迁款!"。

王大成等人发现这时围观的人越来越多,也突然明白了秧歌队原来还有健身娱乐之外的功能。这是下马村秧歌队的一大发明。随着城市建设的迅速发展,这个当年离城数公里的郊区农村,前几年已被包进了城市,变成了城中村,还成了规划中的城市中心区。当年的农民失去土地后变成了市民,许多老头老太太也逐渐像退休职工一样,早晨扭起了秧歌,平时健身娱乐,遇到有人结婚或给孩子过满月,还去演出助兴,好吃好喝还有红包。近年来演出范围有了拓展,一些小企业和门店搞开业、店庆、促销,也往往要请秧歌队演出助兴,秧歌队开始走向市场化。打前年起,下马村村委会还给秧歌队增加了一项特殊的活动内容,即热热闹闹摧欠款。城市发展过程中,下马村的土地一年比一年减少,昔日的农田变成了一栋栋高楼大厦,村舍周边冒出了商场、宾馆、酒店、医院……村委会的一项主要任务就是配合市、区政府各个部门以及开发商来征地、拆迁,整天要与方方面面洽谈,要签各式各样的合同、协议,要办各种各样的手续。最让村委会头疼的是有些征地拆迁补偿费不能及时到位,有些时间拖得很长。开始是村委会成员去催讨,后来派有些厉害点的村民去催讨,一度还雇用黑社会成员去催讨。后来有人建议让秧歌队去催讨,既容易产生轰动效应,又不会因行为过激发生冲突,村委会也不会付出太多,夏天每人给上几瓶矿泉水,冬天每人发双手套,大不了给增加点乐器和道具。老头老太太们到哪儿都是健身娱乐,也算是给村里做点贡献。这样一来,秧歌队的表演进过市、区两级一些部门的大院,到过市、区政府的大门口,以不同的表演形式和力度,产生过一定的效果。表演形式和内容视情况而定,对长期拖欠且态度不好的,表演时间长,持续天数多,表演力度大,戴面具,添锣鼓,打横幅,这时还有人说唱催款的歌词。这些歌词多是顺口溜,滑稽风趣,不乏善意的讽刺挖苦,常常让人听了忍俊不禁,笑声不断。这种兼有相声、小品、音乐、舞蹈的综合性民间表演,往往成为市区一道引人的风景线。

今天下马村秧歌队看来是带着任务来的,那个高举着的催款牌便是标志。用扭秧歌催欠款,这让京城来的王大成和肖冰冰大开眼界,也预感到这个项目的背景比较复杂。秧歌队的老头老太太想得并不复杂,大家怡然自得地扭着、唱着、乐呵着,周围有了越来越多的围观群众,也开始有人议论起了欠款问题。看来在这种氛围下商讨商贸大楼的有关事宜已不可能,肖冰冰准备招呼大家回宾馆去。

这时过来了几个穿着比较讲究的人,为首一个约莫六十来岁的男子脸色黝黑,双眼微眯,满脸堆笑地紧走几步说:"王教授您好!您老也有兴趣欣赏我们村的秧歌?听说您还敲鼓来着,我就赶快赶过来见见您老!"说着他就伸出双手要与王大成握手。

王大成看着这个透着精明的陌生男子,有些莫名其妙,心里想他怎么认识我?他是干什么的?这时有人介绍说,这位男子是下马村的刘大毅书记。刘大毅紧紧把王大成的手握住,笑着解释:"昨天从市商业局打听到您老从京城来到秦东,还说您有晨练的习惯,我一早就赶过来想结识一下您老人家。"他狡黠地笑了笑:"一看风度气质,就认出您这个名教授了!"

王大成笑了,随意说:"你太客气了!"肖冰冰弦外有音地问:"你们组织秧歌队来欢迎王教授?"市建筑设计院的两个工程师都笑了。刘大毅略显尴尬:"听商业局介绍说老教授喜欢热闹。"他觉得这种忽悠有些欠妥,自己先笑了,转身一挥手,大声说:"秧歌队回村去吧!谁还举了个破牌子?干这种惹人笑话的事!"

刘大毅话音刚落,老头老太太们就偃旗息鼓回村去了,那个高举着的牌子也不见了。刘大毅把一起来的几个人逐一介绍给王大成和肖冰冰,竟是下马村党支部和村委会的全部成员。他们以难以形容的真诚和执着,邀请王大成到他们村里去转转,去指导一下城中村如何搞好建设布局。王大成本来就很随和,也着实是盛情难却,笑着说:"把你们村的大鼓都敲了,再去敲敲边鼓吧!"大家齐声笑了起来,肖冰冰也想落个顺水人情,便招呼市建筑设计院的两个工程师一起陪王大成去下马村走走。

刘大毅是下马村担任干部时间最长的人,自从二十世纪五十年代农业合作化时当干部,直到改革开放后当了党支部书记,这一干就是四十多年。他精明强干,善于谋划和经营,改革开放以来,把下马村搞得红红火火,远近闻名。前几天他听说商贸大楼项目要重新启动,就想着要趁机将拖欠的征地拆迁款要回来,秧歌队的表演就算拉开了序幕。后来他又听说这次是北京一家大公司要来投资建设,还邀请了城市规划和建筑设计方面的专家来考察,就临时又改变了主意,决定催欠款的事先放一放,看看有无别的商机。于是他匆匆赶来要会一会专家,并邀请到村里去看一看,指点指点,谋划些更大的事情。

　　一路走,刘大毅忙不迭地向王大成一行介绍着村里的情况。最先经过的是建材批发市场,这里钢材、木材、水泥、地板、涂料、玻璃、太阳能、热水器、洁具、灯具等,应有尽有。接着来到职教城,这里是市区规划中的职教中心,有市上的职业技术学院、技师学院和一些民办技工学校。再往前是市中心医院的迁建工地。沿街走了大半圈后进入村里,这里是村民聚居的地方,典型的城中村,既有现代化城市中各式风格的楼房,又有农村那种规划滞后造成的散、乱。刘大毅笑着说:"村里的地快征完了,只剩下这一片居住区了,还不断有人打这里的主意。"

　　这时从后边开过来两辆小汽车,刘大毅笑着招呼:"请王教授上车,车子开慢些,边走边看。"王大成心想,不能小看这个人,刚觉得有些累,他的车子就来了。坐在车上,王大成有些不解地问:"村里的住宅为何建得这样散,中间还有不少空地?"刘大毅爽朗地笑了:"改革开放后城市建设发展很快,我估计要不了几年土地会被征完,总得给村里留点发展的空间。一是建了个建材批发市场,规划了个果品蔬菜批发市场,面积都比较宽裕,还扩大了村办学校的面积,这些都有调整空间;二是有意让居住区散一些,也有调整空间。"王大成听了微微一笑,觉得他的想法不无道理,但未免有些简单了。

　　刘大毅看了看王大成接着说:"过去有些地被征了,地价低得多,现在地价在翻番涨,单这一点就会让村里增收不少。"坐在小车前排的肖冰冰回头看了看坐在后排的王大成和刘大毅,笑着建议:"现在还有做大文章的基础,村上可以重新规划一下,可着重考虑一下第三产业的发展。"

　　刘大毅说:"离职教中心和中心医院比较近的地方,有的主张建住宅楼出售,有的主张建写字楼出租,有的主张建农贸市场,有的主张搞成娱乐城……我们还没拿定主意。"王大成静静地认真听着,刚才看过的情景立即浮现在脑海里。刘大毅看了一眼肖冰冰的后背说:"村子的规划的确有些调整的余地,我们想依据城市总体规划的修编情况,依据村子周边的发展状况,再做些发展思路上的调整。"王大成点点头,觉得说得很在理。

　　说话间小车停了下来,又回到了商贸大楼旧工地附近,两辆小车都停在了紧挨旧工地西边的一所学校门前。这所学校是下马村的村办小学。校长和几名教师已等在校门口,招呼大家进去喝水,看来是早有安排。校门内的空地上摆着桌凳,放着矿泉水和茶水。天气比较热,大家还真有些渴。于是大家坐下来喝水。肖冰冰边喝水边看着满脸微笑正在招呼王大成的刘大毅,这个大公司的公关部经理不得不佩服这个村支书的公关水平。

王大成发现,这所学校竟是如此的宽敞,一进校门到一排排教室之间,是偌大的花园和各种体育和游乐器材,教学区后边还有一个大操场。如此宽敞的情况在城市里十分罕见。如果把这些平房教室拆掉改成教学楼,还能省出更多的空间。王大成心想,从这个中等城市的发展看,地处市中心的商贸大楼原设计和原址都有些偏小,如果再向西扩征一部分土地,问题不就解决了么?他站起来反复看了看商贸大楼旧工地和一墙之隔的学校的大花园,恍然大悟,这个精明的村支书安排大家在这里喝茶,弦外之音竟如此婉转玄妙!

刘大毅一直在留意王大成表情的变化,估计老教授有所考虑后笑着说:"王教授,大热天让您转了一大圈,还误了您的工作,真有些不好意思。"他送上一份材料,谦恭而真诚地说:"这是我们村发展规划方面的资料、图表,请您老抽时间看一下,回头我再找您老,听取您老的意见。"

王大成笑着说:"有你这样的书记,下马村一定会有一个好的发展。晚上我看一看资料,然后再说。"他喝了一口矿泉水,缓缓地说:"从现实出发,要强化下马村的发展。从长远看要淡化下马村,要把城中村彻底融入城中,如果有一天找不到下马村了,看不到城中村的痕迹了,就说明下马村和这个城市的发展又迈上了一个新的台阶。"刘大毅听说王大成是个热心肠人,没想到他还是个讲真话的实在人,他听了直点头,看着肖冰冰和市建筑设计院的两位工程师问:"请问肖经理和市上的同志还有什么要说的吗?"他看大家都摇头,便提高声音说:"还拜托各位给市商业局说说,欠下马村的征地拆迁款不能再拖了,不然会影响项目的进展!"

肖冰冰笑着说:"刘书记把我们当成上级机关的人了,我们是企业派来的,管不了那些事。"刘大毅精明过人,心里啥都清楚,他今天的主要目的达到了,明摆一句话,也不管效果如何了。王大成知道该告辞了,他站起来说:"非常高兴结识了刘书记,欢迎你到北京去做客。我们还要到旧工地现场去讨论一下设计上的事情,今天就此告辞了!"刘大毅一直把王大成一行送到隔壁的旧工地上,一再恳请老教授对村里的规划要多提意见,还说在商贸大楼项目建设上有什么要求就给他说。王大成只是微笑着,没有再说什么。

一连几天,古济宁都去商业局与黄天高局长商议项目合同书的事情。合同条款敲定后谈的比较多的是过去的遗留问题,最后议定遗留问题由市商业局解决,并具体负责项目建设期间的环境保障工作,北京兴华集团公司则全力承建商贸大楼工程。一切都谈好后,市政府有关领导进行了研究,考虑到这是市商业系统第一个比较大的招商引资项目,为了扩大影响,打开招商引资的局面,决定举行一个规格较高的合同签订仪式,由副秘书长文佳具体牵头负责合同签订的各项准备工作。

各项准备工作基本就绪后,古济宁这天上午专程来到吴芳的办公室。吴芳正在批阅文件,她给古济宁沏了一杯茶后笑着说:"你还是老样子,干什么事情都特别认真,事情不到位也不会到我这儿坐坐。那我也学学你,你先喝茶,给我几分钟时间,把这个急件处理完。"古济宁笑着说:"客随主便。"他边喝茶,边观察这间秦东市市长的办公室。这是一间普通的办公室,面积不大,设施简朴、整洁。另外还有一个套间是卧室,对于家在市区的领导只是用来午休和偶尔值班,对吴芳这样的在秦东工作的单身来说,无疑就是她的家,古济宁心里是清楚的。吴芳上大三时,她在部队任副团长的丈夫在一次执行公务时牺牲。吴芳在丈夫牺牲后悲痛至极,一对双胞胎子女尚小,加上婆婆年老多病,的确困难很大。许多亲戚和朋友都劝她退学,好支撑这个家。看到婆婆痛不欲生的情景,吴芳一度萌生了退学的念头。古济宁是副班长兼学习委员,他带头募捐,在同学中筹集了五百余元,赶到吴芳家里,鼓励她走出悲痛,完成学业。为了劝慰吴芳,让她尽快回校,古济宁与班上的同学先后去吴芳家三次。吴芳毕竟是个意志坚强的人,打消了退学的念头,安顿好婆婆和双胞胎子女的生活后,毅然决然返回学校。她回校后对古济宁和同学们的关心表示了深深的谢意,却坚决退回了五百余元捐款,说同学们都很艰难,有的"老三届"同学是妻子带着孩子在家劳动,挣钱供丈夫上大学,这多么的不容易。说丈夫牺牲后部队上给了抚恤金,同学们的心意她领了,钱不能收。

古济宁和吴芳都是班干部,学生干部以学习为主,工作不多,也不复杂。古济宁觉得吴芳组织能力强,泼辣,有魄力,通过家庭变故这件事,还看到了她能坚强地走出生活阴影,有超凡脱俗的一面。他一如既往地支持和配合她的工作,逐渐产生了钦佩和爱慕之情。毕业前夕,古济宁因学业成绩突出,中文系主任动员他留校任教,并让他推荐一个人,他想到了吴芳。二十世纪八十年代的大学生毕业分配是件大事,往往决定一个人一生的前途和走向。古济宁瞅了个机会,试探着对吴芳说:"听系里讲,想让咱俩留校,或任教或搞行政工作,你有没有考虑过这件事?"吴芳和大家一样,都在考虑毕业后的工作去向,这个消息却让她感到很突然,她不动声色地问:"系上领导找你谈了?"古济宁如实说:"征求了我的意见。"

吴芳心想,古济宁专业知识深厚,留校任教是班级的最优人选,只要他本人愿意肯定可以留校。当然他还可以有别的选择，优秀学生的分配路子历来比较宽。而自己如果留校会安排搞行政工作，既然系里征求了古济宁的意见，为什么没有征求自己的意见？是因为可以胜任行政工作的人比较多，还是有别的原因？她意识到古济宁的内心可能深藏隐秘，接着问："你答应留校了吗？"古济宁说："我还没有表态，不过我觉得留校是个不错的选择。"他略停之后，看了看吴芳说："我觉得你若愿意留校，会到学校党政机构去工作，也许适合你的发展。"吴芳大悟，明白了这是古济宁的一种求爱试探。她对古济宁的家庭状况了如指掌，但对感情生活方面的事情还没有想透彻，她平静地说："我家里有些困难，想回县上去，这样照顾婆婆和孩子方便些。"她看了看古济宁，接着说："系上和学校都认为你是恢复高考后学校培养的第一个才子，如果留校搞学问，前程无量呀！"古济宁听出吴芳已无继续讨论毕业分配的意思，也意识到和吴芳发展感情的时机还不成熟。吴芳后来回到了县上，他在丁燕红的极力运作下分配到了北京。他知道吴芳一直是单身，从基层干起，直到省级机关，再到秦东市。这期间他俩很少联系，这次到秦东市考察投资是接触较深的一次。

古济宁喝茶遐想之时，吴芳已批完送走了急件，笑着说："我冷落了客人，不知该怎样赔罪，今天中午我请你吃饭，怎么样？"古济宁抓住时机，看着吴芳，饱含深情地说："吃饭可以，但要吃你烧的菜。听说你菜烧得不错，多年来我一直想吃你烧的菜！"吴芳心有灵犀，脸色微红，瞬间又恢复了平静，没有正面回答："最近我正准备把婆婆接来秦东，等我在秦东有个家后，请你和丁燕红一起吃饭，你看怎么样？"古济宁佩服她应对巧妙又滴水不漏，现在皮球被踢了过来，她是想知道他与丁燕红的关系到底是怎么回事。古济宁一时不好回答，想了想说："丁燕红负责部里企业改制方面的工作，这几年特别忙，我不想打扰她，这次到秦东来就没告诉她。"昨天丁燕红打电话指责他的事，话到口边却没有说。吴芳心想你没有告诉丁燕红，她很有意见，却转了个弯子说："丁燕红打电话怪罪于我，说我没有通知她。"她仔细留意他脸上的表情："我已告诉她明天要签商贸大楼项目的合作合同，让她赶来参加签约仪式。"古济宁笑着说："好，好！她是管企业改制的，现在对民营企业投资也这么关心，这是在支持秦东的发展和你的工作。"他觉得今天把想要对吴芳表达的意思表达清楚了，把他和丁燕红之间的关系状况也说清楚了。他脑子一转，提醒她："也把张洛朴叫来参加签约仪式，一起热闹热闹。"

"张洛朴最近去国外考察，说回来后要到秦东来洽谈合作项目，还多次打听商贸大楼项目的进展情况。明天的签约仪式市政府已安排文佳具体负责，你如果有啥想法可以给他谈谈。"吴芳说着，不经意间看了一下表。

古济宁站起来，笑着说："都是老同学，我不能绕道走，拜访了市长，不去拜访文佳也不合适,大学时他可是我们的领导,我这就去他那儿坐坐。"吴芳笑着说:"好哇!咱们的老书记经验丰富,善于协调,是个好参谋、好助手。我总觉得他有些屈才,可他并不计较,工作极其认真负责,难得呀!"她一直把古济宁领到文佳办公室,给文佳说:"老文,你安排一下,让由市长、黄天高局长中午与老古一起吃个饭,把签约的事最后敲定一下。我一会儿有个外事活动,就不参加了。"

第二天上午,举行了商贸大楼项目合作合同的签约仪式。市上几大班子的领导、市直有关部门的领导,市级各新闻单位、驻秦东省级新闻单位参加了签约仪式。吴芳市长在会上讲了话,要求以该项目的实施为突破口,尽快打开全市招商引资的新局面,推动秦东市的经济发展。丁燕红在仪式举行之前赶到了秦东市,提议将商贸大楼改为"开元贸易大厦",简称"开元大厦",意为拓宽经营,扩大影响,以开创秦东商贸的新纪元,开创秦东招商引资的新纪元。并承诺由她在北京找名人书写冠名。签约仪式结束后,丁燕红面对古济宁一脸的严肃,责问:"老古,你到秦东来还有秘密使命?"古济宁连忙解释:"来秦东前一天,我准备给你打电话联系,又怕这次时间长,影响了你的工作。后来我想这次如能签约,第一个会通知你赶过来。"他看看吴芳接着说:"市上也是这样安排的。"吴芳不置可否地笑了笑,看看表说:"离12点还有两个多小时,咱们一起去秦大看望一下老师和同学吧。"古济宁和丁燕红齐声说好。

秦东大学是新中国成立初成立的一所大学,开始是师范专科院校,后来逐步发展成西部有名的综合大学。吴芳的小车进入校门后停在路侧。吴芳、古济宁、丁燕红走下车来,学校巨大的变化,给三人以强烈的视觉冲击力,令人感受颇深。当年的拱形门楼已不复存在,代之以充满时代气息的宽阔的栅栏和花坛。放眼望去,十余栋各具特色的现代化教学大楼宏伟壮观,错落有致,构成学校的核心教学区。改革开放以来秦东大学取得了超乎人们想象的快速发展。

这时,上午提前来联系的吴芳的秘书丁玉丽已和副校长高玉迎了过来。高玉和吴芳、古济宁、丁燕红虽是秦大的同班同学,但大三刚读完就考取了东北某大学的研究生,以后又到美国完成了博士学业,多年来大家一直没有见过面。前几年高玉在母校的再三邀请下,回到母校任教,虽然还不到三十五周岁,如今已是学校的副校长。去年年底以来一直在国外讲学,刚刚回来不久。

高玉穿一件雪白的浅花短袖,打一条浅蓝色的领结,当年的稚气早已退尽,浑身透出一股青年才俊的干练、洒脱和自信,和当年相比更显聪颖、漂亮和优雅。她扶了扶金丝眼镜,双手握住吴芳的手,又马上改为紧紧地抱住吴芳,在她背后和肩上轻轻地拍着说:"欢迎你,吴大姐,吴市长,父母官。"大家都笑了。

这时只听一人高声说:"都说书念得多了就成书呆子了,我看高小妹不呆呀!"大家一看,是文佳也赶来了。气氛更加活跃,大家又是握手,又是拍肩。丁燕红把高玉紧紧抱住,一个劲叫着大妹子,不禁热泪盈眶。丁燕红又把吴芳拉过来,秦大"女中三杰"大学毕业十余年后再聚首,别提多么激动和高兴,三人抱在一起好久都不分开。丁玉丽深深为这一代大学生之间的真挚友情所感动,又觉得自己有点游离于这别样氛围之外,就悄然离开了。

热闹激动过后,大家一起走向新修的宏伟壮观的综合大楼。高玉的办公室在二楼,是个大三间,一张大办公桌,一圈大沙发,中间摆个大茶几,茶几上摆着一盆君子兰和一盆盛开的水仙花。古济宁感慨地说:"没想到秦东大学校长的办公室,比秦东市长的办公室还要阔绰。"文佳接过话题:"市政府机关办公楼是八十年代初修的,秦东是个穷市,财政一直拮据,没办法和知名大学比啊!"丁燕红点点头,补充说:"这几年大学的学生急剧增加,各学校不断扩招,收费标准不断提高,财政上支持,银行款也好贷,学校不差钱,难怪校长办公室超过了市长办公室。"

大家落座后,高玉给每人泡了一杯刚从国外带回来的上等咖啡,从办公桌拿过自己的茶杯,挨着文佳坐到了前边的沙发上。她习惯性地扶了扶眼镜,环视后说:"刚从国外回来,头一拨客人就是大哥、大姐们,在国外就听说吴大姐出任秦东市长,别提多高兴了,回来后听说前几个月大家还聚过一次?"

吴芳把自己想通过招商引资打开秦东市经济发展的新局面,以及想请几位同学来秦东共谋发展的想法简要说了一下。文佳也把古济宁、张洛朴在秦东投资的初步想法说了一下。丁燕红接着说:"高玉小妹,咱俩不是搞企业的,不能直接投资,但可以做些促成性和服务性工作,希望小妹发挥一下海归派和副校长的作用。"大家都说这话说得好。

高玉思路开阔,思维敏捷,几乎是不假思索地说:"像秦东这样的经济欠发达地区,突出抓招商引资是正确的战略抉择,我完全赞同和支持。我可以与国外的一些朋友联系,争取引进一些资金和技术。"她看了看吴芳:"作为吴大姐的母校,可以考虑在秦大的经济管理专业办一个招商引资研讨班,可以聘请各地这方面的专家和有经验的人来讲课,还可以走出去在实践中学习锻炼,研讨班每期半年左右,或视情况而定,专门为秦东市培训招商引资人才。"大家拍手说好。丁燕红笑着说:"这将成为秦东市的黄埔军校,不,黄埔商校,必能培养出一批杰出的招商引资奇才。"吴芳满脸都是笑意,这一切竟不谋而合。

高玉继续说:"秦东市还可以大力发展职业技术教育,打造省内乃至西部的职教中心,既可以给秦东市培养人才,也可以给更大范围培养人才,为招商引资和今后经济发展,在职业技术人才方面创造优势,增强竞争力。如果市上在师资力量方面有需求,秦大可以大力支持。"

吴芳高兴地说:"好!培养和储备职业技术人才,这招想得深远。说到支持,还是互相支持吧,秦大在发展中如果需要地方政府的支持,就请小妹来找我。在秦大办招商引资研讨班是个好事情,可以先搞起来,回头请老文和学校商量一下具体事项,拿个方案各方研究后尽快予以落实。"

文佳提议:"几个人毕业后都没有回过母校,我来时大多匆匆忙忙的,今天大家一起去看望一下华仁老师吧。"大家一致赞同。于是高玉在前,吴芳紧随其后,大家一起去看望省内外知名的国学权威华仁教授。

大家缓步来到秦大家属区,这里变化也很大,新盖的住宅楼一栋连着一栋。一直走到最后一排,是一栋旧房改造的两层小楼,楼前有不大的湖面,绿树成荫,芳草萋萋,环境极其幽静。小楼里住着一些年事已高的老教授,华仁就住在这里。

华仁的院子里种着各种各样的花草,鸡冠花、凤仙花、四季梅、爬上竹篱的牵牛花,正开得一片烂漫。还种着一些蔬菜,有红绿相间的辣椒,紫色的茄子,黄灿灿的南瓜,从竹篱上坠下的青翠的豆角。几株既不属于花卉,又不属于蔬菜,长得比人还高的向日葵十分引人注目。这一切构成一幅五彩斑斓的什锦图,令人在赏心悦目之中生出了田园风光的惬意。一楼的大门开着,教授夫人知道来意后,把大家招呼到客厅坐下,泡上茶后到二楼去请华仁。

客厅还算宽畅,布置却极其简朴典雅,一边墙上挂着一幅明代大家董其昌的字画,一边墙上挂着一幅放大了的黑白照片,是二十世纪五十年代教授从上海来支援大西北时的留影。那时的华仁,帅气潇洒,风华正茂,这一晃竟四十余年过去了。

几分钟后,华仁缓缓走下楼来,大家一起站了起来,齐呼"华老师好"。华仁朗声笑着说:"好,好!欢迎大家,难得这么多人来看我。"华仁年逾古稀,精神矍铄,面色红润,雪白的胡须飘在胸前,戴一副黑边方框的浅色眼镜,身着一身黑色的中式绸衫和类似运动服的宽大的绸裤,抬手举足都透出了学者的儒雅和睿智。他祖籍秦东,生于上海,对经史百家、汉魏六朝文学、历代诗词歌赋,甚至对佛学、音乐、医学、金石、书法等也广有涉猎,尤以研究盛世文化名满学界。他豁达洒脱,好客健谈,往往妙语如珠且富含哲理。

高玉笑着说:"华老师,我刚从国外回来,还没顾上看您,吴芳几个同学说要看望您,我就陪着来了!"文佳说:"我来过几次华老师这里。他们毕业都十几年了,我介绍一下。"接着把吴芳、古济宁、丁燕红一一介绍给华仁。

华仁捻须微笑,连连点头,落座后对着夫人说:"这几个学生我比较熟悉,是

'文革'结束、恢复高考后最先入学的那一批大学生,都很不容易,也都很优秀。我教了一辈子书,对他们那两届学生印象是最深的,后来被学界称为'77、78级'现象。"教授夫人出身农家,把全部的精力用在了操持家务上,让丈夫能够专心治学,她很少见过丈夫这么夸自己的学生,笑了笑,给每个人茶杯添了水,然后悄然退去。吴芳首先开口:"华老师,我调到秦东市工作半年多了,一直想来看望您,直到今天才来,请老师谅解。"华仁笑着说:"听说你出任秦东市长,我很高兴。秦东市地处秦河平原东部,历史上汉唐盛世时为京畿重地,曾数度繁荣辉煌。"他略做停顿,望着吴芳:"你是秦东历史上第一个女行政长官,一定要干些开创性的事业,为巾帼英才治理秦东留下浓墨重彩的一笔!"吴芳听得热血奔涌,却什么也没有说。

文佳大学毕业后,一直在秦东市工作,多次看望过华仁教授,显得随便一些。他给老师添茶后坐下说:"华老师,吴芳来秦东后,想以招商引资为突破口,促进秦东经济发展。古济宁、丁燕红就是受邀从北京到秦东来考察洽谈投资项目,以助推秦东再创辉煌。"华仁喝一口茶,款款地说:"这个想法好啊!中国历史上出现过三次盛世,前两次盛世时秦东都属京畿之地,曾相当繁荣发达。第一次是西汉文景之治到汉武帝时期,约一百三十年;第二次是唐代贞观之治到开元盛世包括天宝初年,约一百三十年。这两次盛世时,秦东都处在经济社会发展的中心圈,占尽了天时、地利。"他又喝了一口茶,继续说:"第三次是清代康乾盛世,包括康熙、雍正和乾隆时期,也是一百三十年左右。这时秦东远离了政治中心,也远离了经济社会发展的中心。秦东由于自然条件比较优越,经济社会仍有相当发展。如今嘛,在经济社会发展不断加快、不断开放的大格局下,秦东落伍了,应该迎头赶上去,应该再创盛世辉煌。"

丁燕红灵机一动,微笑着问:"华老师,有人说我们现在已逢难得的盛世,您是怎样看的?"大家都觉得这话问得有些突兀,但似乎也是自己想知道的,都疑神静听华仁如何作答。华仁看了一眼丁燕红,笑了笑半开玩笑地说:"小丁,你是京官,站得高,对全局了解得多,这个问题应该比较清楚。"他略停了停:"我研究了多年盛世文化,必然涉及何为盛世的问题。我认为盛世应有三个基本标准:一是经济高度繁荣,二是社会长期稳定,三是文化相当先进。中国历史上的三次盛世都符合这些基本条件。"他略微停了停,看大家都听得十分认真,缓缓地说:"春秋战国时,诸子百家灿若星汉,文化相当先进,但不算盛世,社会剧烈动荡嘛;北宋时经济、文化都没说的,但边患严重,也不算盛世;明代立国时间长,按说应出现盛世,但按三个基本标准衡量都有点软,特别是经济发展长期相对缓慢,一句话,综合国力不够强大,也算不得盛世。当然,我只能简要说说个人的基本看法,其他方面就不涉及了。也不一定全对,还正在研究嘛!"他说到这里停了下来。

吴芳听得直点头,其他人都静静地听着。丁燕红含笑直呼:"华老师,你没有回答我的问题!"大家齐声笑了。高玉拍拍丁燕红的肩头:"姐呀,我的理解是我们正处在向盛世迈进的重要历史阶段,或者说已跨进了新盛世的门槛。"文佳看了看面露激情的吴芳说:"我们即将走进盛世,或已经身处盛世,这个问题其实并不重要。重要的是,我们是否已经做好了进入盛世的准备,怎样才能更好地开创新的盛世,并做到长盛不衰。我相信,秦大77、78级的'女中三杰',已经把这个问题探寻、理解清楚了。"华仁满意地说:"还是你们的党支部书记说得好。"吴芳情不自禁地问:"三次盛世都是一百三十年左右,这难道是历史的巧合?"华仁仍不直接回答:"所谓盛世应是相对长的历史阶段,且都经过几代人的努力,否则就是一时之盛况,出现一时之盛况在历史上是比较多的。有些专家认为一时之盛况也算盛世,我并不这样认为。"

古济宁一直静静听着,这时实在按捺不住地说:"我们改革开放已经搞了二十多年了,如能再坚持一百年,就应该是中国历史上的名副其实的第四次盛世了!"大家齐声说好。华仁高兴得脸上放着红光,学生和自己想到一起去了。他环顾了一下自己当年的得意门生,调整了一下情绪,深情地说:"现在中国经济是东部沿海地区发展得快,秦东市地处西部的内陆腹地,不再处于繁荣和发展的先发区和中心区,经济发展相对滞后,各种困难比较多。我们这些西部人、秦东人,必须有落伍者的紧迫感和责任感,努力寻求加快发展的路子,争取同步进入盛世,可不能拉下步子呀!"华仁看着吴芳,握了握拳头,略显激动。

吴芳听老师如此强烈地强调秦东的发展,深感责任之重大,也握了握拳头说:"我们一定要顺应历史,从秦东市的实际出发,千方百计扩大招商引资,不断加快经济发展,争取成为再创中华新盛世的参与者和实践者。"高玉说:"人生难逢这样的历史时代,我们曾幸运地成为恢复高考后的第一届大学生,还将幸运地成为新的历史的创造者和见证者。"

华仁兴致盎然,如数家珍般缓缓道来:"是啊,这样的历史时代可是几百年一遇啊!中国历史上前三次盛世,都有一个短命王朝给其奠基。秦虽十五年,但统一了中国,给西汉出现盛世打下了基础;隋仅二十七年,但结束了南北朝的动乱,给盛唐的出现打下了基础;明末李自成的大顺朝十分短命,但同样给清代盛世的出现举行了奠基礼。"

丁燕红思维敏捷,禁不住又直言相问:"华老师,中华民国推翻帝制,而后虽败退台湾,难道不是给中国第四次盛世的出现奠定了基础?"华仁深为学生的知己而高兴,他笑着说:"前三次是在彻底推翻前朝的废墟上建立盛世的,这一次则要兄弟联手,共创更为辉煌更为长久的中华盛世文明了。"大家听得十分高兴,振奋而又豁然开朗,也都极为佩服老师对盛世的深刻研究和与时俱进的不凡见解,更深感肩负的历史责任十分重大和艰巨。

文佳看看表,对吴芳说:"我们该走了,让华老师休息吧。"大家一起站起来告辞。教授夫人也出来送客,华仁一直将学生们送出院子,边走边指着花园兼菜圃说:"你们的师母,把当年在乡下学的技艺都搬到城里来了,创造了独特的城市田园风光。"教授夫人在大家的笑声里显得不好意思起来。

告辞华仁老师后,大家一道去看老同学卫三乐。高玉引领大家来到一栋高层住宅楼一楼的卫三乐家中。卫三乐这一学期没有教学任务,正在家中研究白居易的诗歌。他几乎完全秃顶,仅存的头发却出奇的粗黑。戴一副深度近视镜,眼睛流露着特有的坦然和机智。清瘦的脸上布满皱纹,却难掩久历沧桑的坚毅和执着。背微微驼着,走起路来却沉稳有力。猛一看他像个老学究,接触后却觉得更像现代派学者。他出身教师世家,祖父是清代的大学者和著名塾师,父亲是省级重点师范学校的教师。他中技毕业后在一家企业的子弟学校教高中语文,是教师队伍中的佼佼者。恢复高考后以"老三届"学生的身份,与自己的学生一起进入大学。大学毕业后留校任教,主攻古汉语,在屈原研究方面有突出成就,如今已是中文系的教授。他家的客厅看不出刻意布置的痕迹,随意却又干净,家具大多是旧的,都很实用。他学生时学习偏科却极其刻苦专注,被同学们戏称卫夫子。如今治学更为专注,多年来一门心思钻故纸堆,一直不肯随大流去啃英语。按规定升教授是一定要过英语关的,他固执地说宁愿一辈子当副教授,都不去攻英语,还说研究古汉语和英语有什么关系,他做学问永远不会向世俗妥协。

生活中的卫三乐却非常现实。妻子从工厂下岗闲了一段时间后,他力主妻子在校门外开个小饭馆,妻子无所谓,但考虑到丈夫的面子迟迟下不了决心。他笑着说,汉代著名的大文学家司马相如和卓文君还开酒店呢,现在都啥时代了,我们开个饭馆有个啥?于是秦东大学的名师卫夫子的妻子,在校门外开起了小饭馆。没想到以家常饭和秦东小吃为主的小饭馆是那样的红火,每日三餐时学生们一哄而来,有的排队,有的抢座位。几年下来饭馆开大了,妻子的收入远远超过了当副教授的丈夫。家庭经济状况越来越好,他一心一意地钻研学问,专著一本接着一本,开始是自费出,后来出版社主动来约稿。他一如既往地对英语不屑一顾,对副教授的"副"从不介意,后来还是学校提出可以考虑按特例申报教授,他听其自然,从不寻人说话,后来在学校的努力下终于按特殊情况批成了教授。

卫三乐工作时闭门谢客,足不出户。今天这么多老同学来访,让他既意外又十分高兴,招呼大家坐下后,他双手打拱,感慨万千地说:"十多年了,大家还惦记着我,还来看一个钻故纸堆的书呆子,非常感谢啊!你们都成了社会上的有用之才,给当年的77、78级大学生争了面子,本人也不胜荣幸。"丁燕红笑着说:"卫夫子,你留校搞学问可是成就卓著呀!"文佳说:"老卫现在是秦东大学的名教授,是市政协委员,在秦东也是大名人。"卫三乐摆摆手,不以为然地说:"什么名人不名人,功名利禄都是过眼云烟,说点实际的吧。"他对吴芳说:"老吴呀,老文一直在秦东市政府工作,常来秦大,听他说你来秦东当市长了,我非常高兴。当年老文是我们班的最高领导,现在你成了他的顶头上司,这叫风水轮流转啊!不过,你可别颐指气使,更别为难他。当然老文也别摆老资格,要支持老搭档的工作。"

大家看着卫三乐一副认真的样子,都被逗笑了。文佳也笑着说:"卫夫子又说呆话了,我们都会支持老同学的工作,老古、小丁就是应邀来秦东考察洽谈投资项目的,高玉今天也表态秦大也要支持地方发展,要共同努力支持母校所在地把经济搞上去。"古济宁一直静静地听着,这时他有点感慨地说:"看来当年我没有选择留校是天意,卫夫子更适宜搞学问,我天生是块经商的料。"卫三乐接过话题:"你是范蠡式的大才,虽没有像范蠡那样助越王勾践称霸诸侯,却也弃政经商,成了我们班的陶朱公。"大家鼓掌表示赞同。话说到这里了,古济宁脸色坚定却淡淡地说:"我怎能与范蠡相比?说到经商,我们企业计划先在秦东投资建一栋现代化的商贸大厦,然后再逐步扩大投资规模和投资领域,届时还要请各位老同学予以支持。"

听到这里,卫三乐若有所思地自言自语:"建一栋商贸大厦,能不能经营酒店业务……"他突然意识到自己走了神,迅即调整后,笑对吴芳说:"我不懂经济,连自己工资都是老婆管。噢,老婆倒是有经营天赋,这几年还自修了大学的经济管理专业。我想,经济发展必有其运行规律。我更不懂政治,但以现行体制论,一任市长能干多长时间也不好说。"透过深度近视眼镜,他目光是那样的机敏而又淡定:"为官一任,富民一方,是公认的为官之道,那也得从实际出发,实实在在为老百姓干点实事、好事也许更为现实。定当看破红尘,勿为名利所累。"

几个人都感到了卫三乐的真诚和实在,但似乎没有听清楚他到底要说什么。吴芳听清楚了,她深知卫三乐虽是个钻故纸堆的学者,也是个清醒的现实主义者,什么时候都不随波逐流,什么时候都有自己的主见。她点点头,什么都没说。

文佳欠欠身对卫三乐说:"大家来看看你,我们就此告辞了!"卫三乐看看表说:"请诸位赏个光,到卫家饭店去品尝一下地道的秦东地方风味,也给我家店主宣传宣传。"高玉也看看表,笑着说:"学校早安排好了午饭,书记、校长都等了半个小时了。今天就不干扰嫂夫人的正常经营了,有机会一定让大家一睹嫂夫人女强人的风采!"

　　文佳心里清楚学校安排的这顿饭是非吃不可的,看了看吴芳问高玉:"不是说过只是看望老师和同学,不要惊动学校领导吗?"

　　丁燕红知道这是在重复吴芳的意思,反问:"难道高玉不是学校领导?市长来了,学校当局表示一下也在情理之中。"吴芳笑着不便再说什么,这是官场规则呀,真的违拗起来会产生负面影响的。高玉说:"华老师估计学校已经安排人请去了,市长的秘书、司机有人招呼,请卫夫子也一道陪市长去吃饭吧。"大家知道学校一切已经安排好了,于是就一起去学校饭堂的贵宾室用餐。

# 第三章

下午三四点钟,正是盛夏三伏一天中最热的时候,文佳正在办公室批阅文件。手机忽然响了起来,是老同学张洛朴打来的,说他就在市政府的办公楼下,文佳放下笔赶忙来到楼下迎接他。

张洛朴被好几个人簇拥着,身后有人给他打着遮阳伞,他摇着一把纸扇,满面笑容地说着什么,人群旁边是几辆高级轿车和一辆客货两用车。文佳快步走上前去,笑问:"老张,怎么搞突然袭击,不是说你出国了吗?"张洛朴合住纸扇,双手一摊:"没办法呀,秦东电厂要开紧急董事会,我们公司是第二大股东,我兼任副董事长,只好提前回来了。"他转过身,向文佳介绍:"文秘书长,这几位就是秦东电厂的领导,开完会要送送我,我说不回省城是去秦东市考察项目,他们还是送过来了。"他看似一脸的无奈,却更多的是志得意满。文佳素知他的做派和喜好,估计他的合作者不可能不掌握,不过秦东电厂是省属国有大型企业,厂领导如此看重张洛朴还是有点出乎文佳的意料。文佳笑着招呼大家一道去会客室喝水。

张洛朴站着没动,说:"文老兄,秦东电厂拉来了几十箱蜜桃和无籽西瓜,都是新上市的新品种,送给各位市长和各位秘书长品尝消夏,算是企业的一点心意。"文佳明知故问:"算是秦东电厂的一点心意?"秦东电厂的几位领导赶忙说这是张董事长的一点心意。张洛朴笑而不语。文佳叫来接待办的胡立安副主任,让他按张洛朴的意思具体办理此事,并再次招呼大家去会客室喝水。秦东电厂的领导说他们还有事,执意要回厂子去,张洛朴只是笑着并不挽留。

秦东电厂的一帮客人走后,张洛朴向文佳介绍了他的两位随员。一个是省能源投资公司计划投资部经理严玉华,她人已中年,体态婀娜,风姿绰约,一头秀发瀑布般顺肩流淌,很是吸引人的眼球。另一个是严玉华的助手王堂堂,是个帅

## 第三章

小伙,仪表堂堂,不辱其名,只是显得有点腼腆,令人惊讶不已的是这位小年轻竟是吴芳的儿子。张洛朴介绍王堂堂时,故意卖关子:"堂堂,文秘书长你可得叫叔,正儿八经地叫叔。"他转而问文佳:"你看王堂堂长得像谁?"文佳心想,这个张洛朴今天怎么了,让陌生人叫叔已经欠妥,不过这还说得过去,难道能随便说人家小伙子长得像谁吗?文佳灵机一动,诙谐地说:"长得像父母。"大家都笑了,张洛朴大笑:"长得像他母亲,特别是一双眼睛简直是吴芳的复制品。"文佳再看王堂堂,从脸形到表情特别是眼神,简直与吴芳像极了。王堂堂恭恭敬敬地说:"您好,文叔,我母亲经常提到您。"文佳点点头,高兴地说:"那我还真是你地地道道的叔,那好,叔领你们去见你母亲。"

文佳带大家一起来到吴芳的办公室,门是开着的,文佳敲了敲门框刚要进去,这时通讯员给文佳送来一个文件夹。张洛朴见状一掀门帘走了进去,看见一个女人正背身站在公文柜前翻东西,他高呼:"大妹子,架子不小啊,也不迎接……"张洛朴的面部表情突然凝固了,那个女人转过身来微笑着说:"您是找吴市长吧,她刚刚去省上参加一个紧急会议。"文佳拿着公文夹赶忙走过来介绍:"丁秘书,这位是省能源投资集团公司的张董事长。"

张洛朴脸色微红,笑着点头,风趣地说:"丁秘书好风度呀,猛一看还有点像吴芳,说不定将来能成为秦东的第二位女市长。不过先要给秘书后边带个长,把文秘书长的位置取而代之。"大家都笑了,刚才尴尬的气氛顿时烟消云散。文佳感到张洛朴的随机应变还着实今非昔比,他刚要开口,只见张洛朴看着这位年轻漂亮的女秘书,风度翩翩地抬起手:"介绍一下,这位是本公司计划投资部的经理严玉华同志。"他看着二位漂亮的女性握着手,略停后笑着说:"丁秘书呀,这位男士我可要隆重推出了,他是本公司计划投资部的首席经济分析师王堂堂同志,是贵市吴芳市长的儿子。"丁玉丽是第一次见王堂堂,握住他的手不知说什么好,只是笑着。王堂堂显得很不自然,点了点头。文佳对丁玉丽说:"张董事长是吴市长的老同学,今天来拜会吴市长。"丁玉丽说:"吴市长半个小时前接到省政府的通知,去参加一个紧急会议,让我找齐有关资料后赶到省城送给她。她知道张董事长这几天要过来,让我转告文秘书长负责接待,有什么事情找由市长。"张洛朴有点遗憾:"没有办法啊,市长忙嘛,身不由己,也分身无术。文老兄,还是到你办公室坐坐吧!"丁玉丽看着这位气宇轩昂,与市长、秘书长称兄道妹的董事长,知道定有来头,十分客气地将客人们送出办公室。

走进文佳的办公室,有如走进桑拿房的感觉,刚一坐定张洛朴头上的汗就流了下来,赶忙从茶几的卫生纸盒里抽出一张纸来擦汗。他看了看坐在一旁的严玉华,也是两腮发红,香汗直流,正用手帕擦着脖子。王堂堂静静地坐在那里,似乎闷热与他无关,也许应了心静则凉的说法,他任何时候都沉静得与年龄极不相符。文佳汗流浃背,一边给大家递矿泉水瓶,一边说:"我的办公室在西南角,夏季西晒太阳一到下午就发威,我这里是最难熬的。摸摸西边的墙都是热的,有人戏言可以烙饼子。"说毕自己先笑了起来。张洛朴看了看吊在屋顶的电扇在飞快地转着,墙角的桌子上还有一台老式的台扇在吱扭吱扭地摇着头,上下两台不同年代的电扇在通力合作着,可屋子里的温度还是降不下来。张洛朴不解地问:"堂堂市政府的副秘书长,办公室怎么不装空调?这能办公吗!"文佳解释道:"市财政困难呀,只有各位市长办公室和会议室、接待室才装有空调。"严玉华也大惑不解地说:"财政再困难也不会买不起几台空调,现在一台壁挂式空调两三千元,就是正副十个秘书长也不过花上两三万元呀。""我让秦东电厂给市政府的秘书长们把空调配齐,这算个啥呀!"张洛朴说。文佳赶忙说:"不行呀,让企业给市政府领导同志配空调犯忌讳,再说市委、人大、政府、政协四大班子,几十位正副秘书长,除了市委秘书长是市委常委配有空调外,其他人要配都得配,不然就是个事情。"王堂堂静静地听着,政界原来这么复杂,母亲就在这样的环境中拼搏,他的头上也冒出了汗珠。张洛朴却朗声笑着说:"都什么年月了,空调早就进了寻常百姓家,从当年的奢侈品变成了必需品。这样吧,等我见了你们的书记和吴芳以后把这个小事给办了。"他说得十分轻松,赶忙又扯出一张卫生纸擦汗,话题一转:"听说古济宁要建一栋商贸大楼,合同都签了?""上周古济宁带人来秦东考察完项目后签了份合同,这里有一份复印件,你看看。"文佳边说,边从办公桌的文件堆里翻出一份合同复印件递给张洛朴。张洛朴仔细地看了第一页,后边的翻了翻,脸上的汗水滴到了纸上,他灵机一动,随口吟道:"翻阅合同书,汗滴手中纸。"文佳笑着打趣:"老张呀,你的长项是说段子,吟诗实在不敢恭维。"严玉华抿嘴微笑,接着擦了一把汗。王堂堂脸上没有表情,似乎什么也没听到。

这时胡立安走了进来,向文佳请示:"文秘书长,招待所的客房已安排好了,这里太热,要不要让客人过去休息一下。"还不等文佳表态,张洛朴已站了起来,他面前的茶几上擦过汗的卫生纸已扔了不少。文佳也立即站起来,和胡立安一起陪送客人们去市政府隔壁的市政府招待所。

秦东市政府招待所,建于二十世纪六十年代,后又冠名为秦东迎宾馆。当时多数人主张叫秦东宾馆,但有学者引经据典,说是加上"迎"字才能体现出官方经营的特点,而这个"迎"字也不是随便哪个宾馆酒店就能用的。不过现在很少有人叫迎宾馆,叫招待所的依然是多数,就如自家人在一起时多叫乳名,对外才称大名一样。当年的招待所在秦东市算是皇帝的女儿,风光无限,市上的各类会议都要在这里召开,各方面的客人都要在这里招待,整天人来人往,热闹非凡。可是改革开放以后,特别是进入二十世纪九十年代以来,秦东市的宾馆酒店不断地拔地而起,开始是三星级,后来是四星级,再后来五星级也有了。不经意间,招待所的生意每况愈下,经营越来越惨淡。如今不入星级的招待所竟是那样沧桑,如同人老珠黄的女人,当年的风姿已不复存在。

　　文佳、胡立安陪张洛朴一行,不大一会儿就来到与市政府一墙之隔的招待所。一个高大的拱形门,门额上是"秦东迎宾馆"几个已经斑驳的鎏金大字,西边的门墙上还挂着一个木牌,上面写着"秦东市政府招待所"。这种传统的门面已不多见,而一所两名已成秦东市区独有。进得门来,传来阵阵嬉闹之声,原来是刚进门的西边有一个地热水大游泳池,一群放了暑假的孩子正在游泳嬉戏。精于经营管理的严玉华有些纳闷,这里的经营者不知是何经营理念,大门口是宾馆的脸面,一个老式的大拱门就不说了,刚进门的地方最好用来绿化美化,或是搞成停车场,怎么搞了一个游泳池?她无论如何也想不到这竟是招待所增加收入的无奈之举。往前走迎面是一栋住宿楼,一楼的门厅是经过改造的,一边经营小百货和烟酒,一边经营书报杂志,登记住宿的服务区则被挤到了南边的角落。张洛朴下意识地看了一下电梯的位置,发现根本就没有这项设备,他忽然觉得这里竟如此寒酸,加上客人稀少,他心里升起一丝无名的不快。严玉华感到经营者在增加收入上是想尽了办法,却难掩颓势中的困顿。这时王堂堂忽然问了一句:"文叔,这是第几招待所?"文佳一直陪张洛朴边走边聊,没听清王堂堂说什么。胡立安笑着说:"什么第几,这是市政府唯一的招待所,不像有些富裕地方,市一级政府有好几个招待所。"这时招待所的文晓风所长和三四名服务员迎了上来,招呼客人上二楼客房的贵宾间下榻。

　　二楼客房的贵宾间倒也宽敞,卧室外边是一间大会客室,整体色调偏冷趋稳,家具古朴典雅,一应用具还算时髦。东边墙上镶一幅毛主席《七律·长征》的书法作品,西边墙上挂一幅秦东名家的国画《秦岭雄姿》。一圈浅褐色皮沙发的中间,是两个当地出产的墨玉制成的大茶几,茶几上放着时令水果和各种饮料,两盒软中华烟在墨玉的衬托下显得格外耀眼。大家坐定后,服务员给每人斟满一杯清茶,拧开了一瓶矿泉水。文晓风笑着说:"邓省长昨天路过秦东住在这里,今天上午回省城去了。"胡立安心有灵犀,立即接过话茬:"这是邓省长当年在秦东行署当专员时,专门安排装修的贵宾间,用来接待省上的领导,大家称作'省长间';后来一位退休的国家领导人去省城时,路过此处上了趟卫生间,喝了杯水,于是许多人私下里叫成了'总统间'。"张洛朴这才得知,邓省长昨天开完董事会后来这里住过,刚才心里的不快悄然退尽,诙谐地说:"这也叫'总统间',那我就做一次总统梦吧!"张洛朴乘兴和文佳商量了一下日程安排,晚上住下来,第二天上午谈项目投资，等吴芳市长，下午回省城。文佳让客人们先休息，他回办公室做些安排，晚饭时与由锡平副市长一起过来陪客人。

下午不到6时，市政府招待所餐厅二楼的贵宾厅灯火通明，乐声悠扬，里里外外站着身着盛装的服务员，所长文晓风一直在忙前忙后地指挥着。6时许，常务副市长由锡平陪着张洛朴走进了贵宾厅，文佳与其他人紧随其后，鱼贯而入。由锡平居中，张洛朴、文佳分坐两边，严玉华、王堂堂依次而坐。胡立安坐在下席，随时准备充当服务人员的角色。给文晓风也留了一个座，但他一直站在边上招呼着客人和领导并继续指挥着服务员们。

大家刚坐定，服务员送上温毛巾，大家都擦了把脸。由锡平笑容可掬地对张洛朴说："吴市长去省上开紧急会，让我陪陪张董事长。"他抬起手："文秘书长是你的老同学，不用介绍了。这位是市接待办的胡立安副主任，站着的这位是市政府招待所的文晓风所长。"张洛朴微笑着点点头："谢谢由市长的盛情接待，这几位都见过了。"他看着严玉华介绍："这位女同志是我们公司计划投资部的经理严玉华，准备让她负责公司在秦东市的所有投资项目，昨天已接替了我在秦东电厂的副董事长职务。"

由锡平看似随意地说："呵，副董事长。"张洛朴听者有意，解释说："那年秦东电厂上二期工程，邓震西副省长刚退休，省上让他出任董事长，牵头上这个大项目。老领导非拉上我不行，还给我挂了个副董事长，谁让我们公司树大招风，钱多人盯呢！"贵宾厅的大功率空调威力逐渐显现，凉意嗖嗖，他却夸张地擦了把脸，接着说："如今邓震西副省长年事已高，他坚辞董事长，昨天董事长换成了秦东电厂的老总，我随即也辞去了副董事长，让严玉华同志接替。"他略停了一下，终于没有说出辞职的原因。严玉华看了一眼一脸不屑的张洛朴，深知他是不愿给秦东电厂的老总当副手，才辞去了副董事长。张洛朴接着说："应吴芳老同学之邀，我这次来秦东要具体考察洽谈投资项目，实施起来也将由严玉华同志负责。"

"那好啊，"文佳望着严玉华，"那今后可要多联系啊。张董事长事情多，有时还真难找见人，我们有事就找你！"严玉华很有风度地站起来，弯了弯腰，连着说好。由锡平快速地上下打量了一番严玉华，为她的举止优雅和身材如此之美而暗自惊叹。

张洛朴看着王堂堂，笑着介绍："由市长，这个年轻人是严玉华的左膀右臂，经济学博士，是贵市市长的接班人。"由锡平尚未从人体美的韵味中走出，听此言后猛一激灵，他对"市长的接班人"十分敏感，自觉有些失态，迅即回过神来："请问尊姓大名？""我叫王堂堂。"王堂堂恭恭敬敬地站起来，看了一眼张洛朴，犹豫了一下说:"吴芳是我母亲。由叔,请多关照。"由锡平释然地笑了,抬起手往下压了压:"请坐,请坐,原来是吴市长的公子!"大家都笑了,席间立刻洋溢起欢乐的气氛。

由锡平满面笑容,缓缓举起酒杯说:"张董事长,今日幸会,首先我代表吴市长欢迎你!"张洛朴也举起酒杯笑着说:"谢谢!"由锡平环顾左右:"来,大家一起干!"宾主一起举杯,由锡平率先喝了个满杯。酒过三巡后,文佳礼节性地给客人敬了酒,接着是胡立安和文晓风给客人敬了酒。

张洛朴喜欢喝酒,但几杯酒下肚后脸就红了,如果高兴他可以一直喝下去,不想喝时就以脸红为据说不胜酒力而罢杯。由锡平是海量,喝多少脸色都不变,却从不露底,往往是喝了几杯就宣称自己不行了。二人难得一遇,都在观察探测对方,暗中思忖着是否需要展示一下,抑或一决高下,却想着如何寻觅和创造一种合适的气氛。

这时上来了第一道大菜,由锡平饶有兴致地介绍:"这道菜叫'秦东吉祥'。"张洛朴看了一眼,心想不就是只油炸鸡嘛,什么吉祥不吉祥的,秦东这地方还真能忽悠人!由锡平看到张洛朴一脸的不以为然,回头问:"文所长,这是那只会游泳的鸡吗?"众皆茫然,文晓风也一时摸不着头脑。忽然他醒悟了,由市长要说段子了,这是他的长项,只要高兴就会说段子,如果场合合适还会说一些荤段子,常常让人笑得前仰后合、喷饭不已。文晓风大声应道:"是,是的,就是那只会游泳的鸡!"大家更加莫名其妙,王堂堂一直没有表情的脸上也挂满了困惑。只见由锡平不紧不慢地说:"前几天,小偷偷了文所长从日本引进的一只鸡,正在河边给鸡拔毛。这时一个警察和文所长赶了过来,小偷急忙把鸡扔到河里。

"警察问:'你在干什么?河里是什么东西?'

"小偷说:'那是一只鸡,正在这里训练游泳。'

"文所长大声说:'不对,是你偷了我的鸡!'

"小偷说:'它若能叫应,就是你的鸡。'

"文所长大喊:'吉祥太郎!'

"这只鸡就飞了过来,跟着文所长回来了。"

大家听了大笑,一致说先喝酒,再吃吉祥太郎。张洛朴满饮了一杯,并敬了由锡平一杯,心里有点痒痒的。由锡平意犹未尽,接着说:"文所长妻子的女同事,得知吉祥太郎脱险后来家听新鲜。聊完鸡的故事后,文所长妻子说:'四岁的儿子不敢单独睡,每晚仍要和我一起睡。'

"文所长妻子的女同事逗小儿:'阿姨今天不走了,晚上和你妈妈睡。'

"儿子一听急了,忙说:'不行不行!我要和妈妈睡,你要怕的话,和爸爸睡好了！'"

　　大家开怀大笑。严玉华一手捂着嘴，笑得脸潮红晕。她是那种浓妆淡抹总相宜、举手投足皆优雅的女人，酒场上既不主动也不拒绝，不温不火地应付着，既保持着女人的矜持，始终不失态走板，又以十足的女人味征服着男人。她怡人迷人的气质和长相就是一道菜，成为酒场上的一个亮点。王堂堂向来拘谨，这会儿笑得眼泪都快出来了。由锡平两眼掠过在笑声中更加妩媚动人的严玉华，不动声色地吃着吉祥太郎，在大家笑得难以动筷的时候先垫点底，说不定后边会大喝的。大笑过后是劝酒，每人都给由锡平敬了一杯酒，他心里感到十分舒坦，立即不失时机地宣称自己已不能再喝了。文晓风却不依，一定要再敬三杯酒，说是要代表妻子、儿子还有那位阿姨敬酒，还模仿小品演员再三表白，说那位阿姨看过吉祥太郎后天不黑就回去了，又惹得大家一阵大笑，酒桌上的气氛更加活跃了。

　　这时又上来一道大菜，张洛朴不等主人介绍就说："这不是秦河黑须鲤吗？我上次来秦东时吃过。"由锡平说："也叫黄河黑须鲤。""呵，还取得了黄河的绿卡，具有双重河籍，好厉害呀。"张洛朴笑着说，"不过不分雌雄都长胡子，不知影响不影响接吻？"大家都笑了，张洛朴看了一眼由锡平，仍觉得欠缺点什么。

　　菜比较多，文晓风催促后上菜的速度加快了。服务员小心翼翼地端上来一个特制的高脚大盘，下边冒着蓝色的火苗。文佳介绍说："这道菜叫四季清廉，素菜类，亦菜亦汤，边煮边吃。菜里有四季豆，寓意四季；有小白菜、大青菜和嫩莲菜，寓意清廉。当然还有虾、蛋、粉丝和葱、姜、蒜等作料。"张洛朴点点头，他是第一次听说这道菜。"这道菜是秦东的传统菜。"由锡平接着说，"秦东地改市后的第一任市委书记白子卫，在庆祝宴席上突发奇想，让给菜里加上嫩莲菜，起了个'四季清廉'的名字。不料他到省上任政协副主席后东窗事发，因贪腐被判了死刑。这道菜嘛，并未因人而废，仍作为传统菜保留了下来。"张洛朴灵机一动，接过话题："这个案子是我省新中国成立以来最大的贪污受贿案，大家都知道。"他皱了皱眉，一脸认真地问："他死后有人给他上坟的事，不知听说过没有？"无人接话，文佳知道这是在卖关子，估计他早就想说段子了。张洛朴自恃文才高，说段子喜欢现编现说，时有精彩之处。张洛朴喝了一口茶，见无人回应，心想刚才由锡平说了逗笑的段子，自然不能步其后尘，说荤段子场合不合适，就先玩点深沉的。文佳一直看着张洛朴，终于憋不住了："老张，你听到什么了，就说说嘛。"大家有点急切地看着张洛朴，他不慌不忙，再喝了一口茶，款款道来：

　　"白子卫被执行以后，他母亲悲痛极了。老太太拄着拐杖，提个篮子，篮子里放着，对，放着咱们吃的这种千层饼，流着泪去给儿子上坟。她在坟前泣不成声，哭着说：'儿呀，妈从小就教你做个好人，千万别贪财，可你当了大官后竟拿了人家那么多钱,钱太多了会压死人的!你从小爱吃妈烙的千层饼,说吃了千层饼好为千家万户做好事。今个妈给你带来了千层饼,吃了千层饼好在那边多做点好事,妈啥时来了也高兴。'"

说到这里,张洛朴轻叹一口气:"可怜天下父母心啊!"是啊,天下最是母爱无边,儿子在尘世时牵肠挂肚,到了那边还深深地惦念着。这时的母亲已非白子卫母亲,而置换成了一种既模糊又清晰的泛母亲形象,似乎像普天下的母亲,又似乎就是自己的母亲。大家听得心里都沉甸甸的。由锡平心里不是滋味,尽管他知道白子卫的母亲多年瘫痪在床,是不可能去给儿子上坟的,但他深知白子卫的母亲是多么痛苦啊,他又想到了自己去世多年的老母亲,眼里竟是一阵酸楚。没有人喝酒,都慢慢吃着菜。

张洛朴感到了气氛的凝重,略停后吃了口菜,继续慢慢道来,他已悄然将具体所指换成了概念化的贪官:"过了一会儿,贪官的妻子来上坟,她哭丧着脸,一边烧着五颜六色的冥币,一边数落着:'死鬼呀,你让我和孩子怎样做人?自从嫁给你没安稳过一天,年轻时我在村里劳动,你在外边打拼,虽然清贫却也快乐,也没发现你爱钱呀!后来你官越当越大,和我说的话却越来越少,特别是进城后,十天半月都见不上你。到了这几年有时你明明在城里,却来电话说在外地出差,后来才知道你的心里早就没有我了!'"

张洛朴看大家都在静心听着,可这是酒场啊,他口气略变:"妻子喃喃地说:'人都说一日夫妻百日恩,我知道你爱钱,今天给你烧的纸钱啥都有,美元、日元、欧元、英镑、港币,还有泰铢,都是我花自家钱买的,你就放心地花吧,反贪局肯定不会追查的!'"

大家会心地笑了,气氛终于恢复了轻松愉快,张洛朴脸上也露出了笑容。文佳提出:"说得好,要喝酒!"胡立安、文晓风立即站起来,要给张洛朴添酒,张洛朴笑着摆摆手:"先欠着,还没有说完呢。"于是大家议定,刚才算是说了两个段子,每说一个段子说者饮酒两杯,大家陪饮,谁要敬酒则加倍,段子说完后算总账。

张洛朴看了一眼由锡平,似乎更来劲了,继续侃侃道来:"贪官的妻子刚走,一直藏在树后的二奶来到坟前。她把一对纸糊的美女放下后,一脸的怨怒:'哥呀,你个花心大萝卜!你可说过这个世界上就爱我一个,谁知去年联名告你的二奶竟有十多个,后来查出与你有染的女人多过一个连,难怪你贪污受贿那么多钱。圣人都说了唯小人与女子难养也,你要养一个加强连的女人,咋能不翻船?'二奶从身上摸出一个纸盒,略显羞涩地说:'我知道你好那个,看在你安排过我七大姑八大姨的份上,给你带来了两个美女,还有你剩下的这盒伟哥。'"他说得兴起,也不再顾及场合了。

饭桌上哄堂大笑，严玉华莞尔一笑，满脸红晕，低下头端起了茶杯。张洛朴和由锡平几乎同时把目光转向了严玉华，似乎某种发酵剂使得这位俊美的女人更加楚楚动人。往往有女士特别是漂亮女士在场的时候，有的男士犹如注射了兴奋剂，说段子特别是说带点荤的段子时更加来劲。文佳笑着招呼："老张，快吃点菜，大家都吃菜，要听段子吃饭两不误。"他在笑声中并未忘记自己应尽的职责。

张洛朴随意吃了几口菜，意犹未尽，却给文佳说："文老兄，你也不喊停，我可是江郎才尽了。"文佳笑而不答，心想没人让你继续说呀。胡立安、文晓风一致嚷嚷着故事没有完，要继续说，说完后还要落实喝酒的事呢。张洛朴有些亢奋，却也心中有数："听说贪官的部下、秘书、司机都去上了坟，对，狗也去上了坟。我已欠了六杯酒，凑够八杯图个吉利，最后再说一段，说啥呢？"

"狗也上坟？就说狗吧。"王堂堂说，他想听听自己的老板如何演绎狗的故事。王堂堂席间烟酒不沾，不苟言笑，偶尔说一句半句话，有时还给人出下难题，其实他今天并未给老板出下难题，却正中老板下怀。只见张洛朴稍事思索，就打开了话匣子："贪官的宠物犬瞅准上坟的一应人等走后，急忙溜到坟前，痛心疾首地诉起苦来：'主人啊，你怎么就丢下我不管了呀！业内公认我排行犬界老二，二郎神的神犬为大，它咬过大闹天宫的孙悟空，我比不过它，只能屈居为二了。当年跟着您可是风光无限呀！山珍海味都吃腻了，外边的狗见了我都摇尾巴，那些叫'贵妇人'的洋狗，见了我直抛媚眼。可如今我成了丧家的贪官的臭走狗，竟然被一些野狗、流浪狗欺负，不光吃不上肉，连骨头都啃不上了。幸好今天捡到一块骨头，我没舍得啃，给您叼来了，请您笑纳。'"

又是一阵笑声，有人轻轻摇头，有人直夸张董事长的段子精彩。王堂堂想笑却笑不出来，他真佩服老板能把狗演绎到如此地步。但贪官也是人，不能侮辱其人格呀，他喜欢较真的书生气又上来了，好在他是不动声色的。张洛朴自我感觉良好，似乎某种情绪得到了充分释放，大声戏言："版权所有，严禁传播。"

胡立安、文晓风明白把喝酒掀向高潮的时刻到了，抢着过来要敬酒。张洛朴摆出一副来者不拒的架势，却松口说："这几年喝酒是越来越不行了，好在有言在先，我只喝八杯，还要慢慢来。""刚才说的是你喝八杯外，谁给你敬酒，敬者加倍呀。"胡立安笑着端着一满杯酒，要给张洛朴敬酒。他被称为秦东劝酒第一人，会以各种理由、各种名目，给客人敬酒、劝酒，只要有他在酒桌上，气氛就十分活跃。文佳说："别着急，让张董事长先喝八杯酒，落实了承诺后，你们再个别活动。"他干什么事都极其认真又善于协调，酒场上也是如此。

"乱了，乱了，应该是我说一个段子，听的人喝两杯酒，一共喝八杯，怎么反过来让我喝起来了?"张洛朴知道自己一喝酒就上脸,"我的脸都红成这个样子了,不能再多喝了,一定要喝谁劝酒谁翻番。"酒场就是这样,向来没有标准的游戏规则,如果说有的话,那就是怎样高兴怎样来,怎样能达到某种目的怎样来。

文晓风与张洛朴一样,也深谙酒场规则,甚至是一些潜规则,他一手端杯,一手提瓶,笑着说:"张董事长,您能光临招待所,我感到十分荣幸。我先敬您,规则您定,加几倍都行。"他自诩秦东第一海量,什么场合都敢上,什么对手都敢较量。张洛朴看这来头,心里明白今天这个场合非同一般,先让小卒打头阵,后边肯定有主将后发制人,好在自己的部下严玉华是个不醉之身,喝上一瓶两瓶没感觉,加上自己也算海量,可以放开较量一番。"先按加倍喝,如再喝就加两倍。"张洛朴看着一脸谄笑的文晓风,笑着说,"文所长,吃了你会游泳的鸡,还真得再喝一下你加倍的酒。"大家又笑,在笑声中张洛朴一连喝了八杯酒,脸更红了,显得更加神采焕发。文晓风一连喝了十六杯酒,额上渗出了细微的汗珠,却没有停下来的意思:"张董事长,再喝一轮吧,招待所条件差,原来是秦东老大,现在变成了小弟弟,但喝的茅台酒还是天下第一呀!"

张洛朴刚进市政府招待所时,看到条件的确很差,心中老大地不舒服。后来又产生了投点钱,让其改造一下的想法,也算是给吴芳帮点小忙,他直入主题:"招待所是市政府的一个重要窗口,要接待方方面面的客人,为啥不装修改造一下呢?"文晓风是个人精,他已从胡立安那里弄清了客人的身份和公司的实力,而客人又是带着投资意向来的,他立即不失时机地哭起穷来,说是市直部门大都欠着账,银行又贷不到款,正常经营都有些困难,根本没有资金装修改造。文佳也直入主题帮着说话:"张董事长撒点胡椒面,就够招待所装修改造了!"由锡平看着张洛朴,微笑不语。

张洛朴想落个人情,回头问文佳:"招待所是哪个领导分管?"文佳回答:"由市长分管政府办公室,招待所是办公室的下属单位。""这个好说,老吴几次邀请我来秦东考察投资项目,招待所又是由市长分管,这就算本公司在秦东第一个投资项目吧!"张洛朴更加亢奋,"这样吧,文所长你换个大杯,每喝一杯我投一百万!"

胡立安立即递过来一个盛一两多的大杯来,文晓风接过大杯,在大家的说笑声中,一口气喝了九杯,脸上大颗大颗的汗珠直往下滴,他又毫不犹豫地端起了第十杯酒。由锡平估摸着文晓风连前已喝二斤开外了,他抬起手往下一按:"这是最后一杯。"文晓风头一仰,咕嘟咕嘟喝完了最后一杯酒,把杯底亮给大家看,大声说:"张董事长,十杯,一千万元!"他一把从服务员手中拿过毛巾,擦了擦满头的大汗。张洛朴刚才心里还有点紧,怕他一直喝下去,钱倒事小,万一喝出点事来会扫兴的,他急忙畅快地说:"好,就一千万！玉华,你随后和文所长商量一下,拿个投资和装修改造的方案,尽快把资金落到实处。"由锡平说:"张董事长是个痛快人,市政府这边就由文秘书长负责协调,有什么事你们同学之间也好沟通。"大家一齐鼓掌,谁也不曾想到,多年来十分难办的一件事情竟这样解决了。

"非常感谢张董事长慷慨解囊,促成了迎宾馆的装修改造。"由锡平笑着举起酒杯。他喜欢后发制人,而今天更多的是想营造一种一见如故的气氛。张洛朴早有预料,更感到了一种酒逢知己的快意,索性来个一醉方休,他痛快地举起酒杯,与由锡平碰杯后一饮而尽。觥筹交错,酣畅淋漓,宴会直到晚上9时多才兴尽收场。

走出贵宾厅时,由锡平和张洛朴还勉强支撑着。由锡平在胡立安的搀扶下上了车,一上车就昏昏然睡去。张洛朴在文晓风和服务员的搀扶下,高一脚低一脚地走上住宿二楼。王堂堂早已不胜其烦,他很难适应这种场合,终于盼到了收场,他和严玉华看见有人关照张洛朴,就自顾自休息去了。文佳将客人送到住宿楼下,觉得头重脚轻,就告辞回家去了。

张洛朴一进"总统间",就大口大口地吐了起来。文晓风一边安排服务员打扫脏物,一边把张洛朴扶到套间的床上。张洛朴吐后有点清醒,他就势爬到床上打起了呼噜,一声高一声低的,还打着鸣。脏物打扫干净后,文晓风打发走服务员。不一会儿进来一个风情万种的年轻女郎,她一进来就将门掩上,看着文晓风。文晓风把她领进套间,推了推张洛朴,示意女郎过来,大声喊着:"董事长,张董事长,洗个地热水澡再睡吧！"他又使劲推了一下。张洛朴哼了哼,翻过身来,平躺着,睁了睁眼睛,女郎已拿过来一个热毛巾给客人擦起了脸。文晓风退出套间,将门拉死,坐在外边看起了电视。

"你起来洗个地热水澡吧！"女郎边用热毛巾擦客人的脸和脖子,边摇他的肩和背。张洛朴醉眼蒙眬,挣扎着说:"玉华呀,我没醉……""我叫玉燕。"女郎嗫嚅着说,顿时心生疑惑:他不会认识我吧？她爬到客人耳边再次说:"洗个澡吧！"说着就要给他脱衣服。她看着体魄够大的醉汉,发愁衣服难脱,没想到脱得十分轻松,醉酒人在蒙蒙眬眬中配合得相当默契。女郎随后脱下自己的衣服,再看赤条条的醉汉,那个地方已是直挺挺的了,女郎心中涌起一股热流,轻捷地爬上去,略抬肥臀,以极其熟练的动作完成了准备阶段。下边醉汉的两只手随之摸到了一双丰乳,像是用鼻子在哼着说:"玉,玉什么来着？大呀,大多了……"上边没有再说什么,开始施展手段。下边先是一动不动,接着哼哼起来,以至呻吟不断。

文晓风在外间迷迷糊糊地喝着醋饮,眼睛实在睁不开就勉强听着电视,忽听套间里长啸一声,之后又没有了动静。他意识到该走了,摇晃着站起来,摸索着关了电视机,趔趄着走出房间,拉死门后步履蹒跚地找地方睡觉去了。

第二天早晨8点多钟,吴芳在文佳的陪同下来看老同学张洛朴。张洛朴刚吃过早饭,由文晓风领着看迎宾馆的一应设施。张洛朴精神焕发,满面笑容,边看边给严玉华、王堂堂交代有关事宜。吴芳来后,两个老同学相见十分高兴。王堂堂也见过母亲,有点拘谨地站在一边。吴芳对张洛朴说:"昨晚从省上开会回来有点晚,一早就过来看你。""我从国外回来,连家都没回就赶来秦东,要抓紧落实大妹子……大市长的指示啊!"张洛朴看了看周边站着的人笑了笑,接着说,"先投资一千万元,把市迎宾馆改造成四星级宾馆。如果一千万元不够,多少合适由市长定。"文晓风赶忙接着说:"张董事长刚才看了一下客房、大餐厅、洗衣房,认为设施都落后了,需要全面更新改造。"吴芳笑着说:"好啊!省能源投资集团公司先从改造市迎宾馆拉开投资序幕,这太好啦!文秘书长一上班就把这个情况告诉我了。上午我们一块在市区转转,怎么样?""好!就到市中心区转转。"张洛朴在文佳那里看到开元大厦项目的合同后,就想看看开元大厦的位置和周边的状况。

两辆小车很快就来到了市中心广场。一行人跟在吴芳、张洛朴后边缓步而行,文佳指着广场北边说:"古济宁签约的开元大厦项目,就在隔马路的那片空地上建设。"张洛朴看了看周边,不禁暗中赞道:古济宁好眼力呀!这可是黄金地段,城市的白菜心,开元大厦必成标志性建筑。又心想既然是老同学,何不来个锦上添花,让古济宁高兴,让吴芳更高兴呢。如今的官员都要搞政绩工程,吴芳岂能在市区中心没个想法?他又仔细察看了广场周边的建筑和布局,停下脚步说:"这个广场面积还可以,只是有些土里土气的,与中心城市的发展不匹配。可以改造拓展一下,搞些现代化的建筑小品、雕塑以及相关设施,按照欧美风格绿化美化一下,与将来的开元大厦互相烘托,打造现代城市的新形象。"他看了看吴芳,接着表态:"我们公司愿参与中心广场的改造!具体改造方案市上拿,我们出资承建。"

"这当然好哇!"吴芳高兴极了,脸上放着红光,紧紧握着张洛朴的手,好久没有松开。这个设想市城建委早就给她汇报过了,只是苦于没有资金而难以落实,而今天这一难题出乎意料地破解了,这简直让吴芳大喜过望,激动难抑。张洛朴也笑容满面,心里十分受用,恍惚间他发现吴芳竟有如此动人心旌的魅力,这是一般女人很难具有的特质,他松开手后下意识地感到有股电流似的东西还在继续传导着。他竟像不认识似的仔细端详起了吴芳:她略显方正的脸上挂满了端庄和自信,一头油黑的短发显得飒爽利落,衣着简朴大方、优雅得体,尤其是那双睿智深邃的大眼,饱含从政女性难得一见的柔情和欢愉。他的内心感受到了巨大的冲击和震撼。

　　吴芳如此动情,文佳也很少见过。从学生时代到现在,他对吴芳十分了解,也十分理解。是呀,她历来事业心极强,是那种把生命融入事业的女强人,担任秦东市长后是多么想通过招商引资尽快打开秦东经济发展的局面,而两个企业界的老同学都十分支持她,在如此短的时间内就有了相当的进展,她心里当然高兴啊。她是单身,又有老人拖累,本可以待在省城不下来,既然是工作需要,她还是向省上领导表了态,要克服个人和家庭的困难,竭尽所能把秦东的经济搞上去。她的战略构想,半年来虽然已经为秦东上上下下的干部和群众接受,可是多数人还在等着看实效呢。而今产生实效的步子已经迈了出去,她能不高兴,能不激动,甚至能不忘情吗?而她真情的流露,被张洛朴和文佳都真切地感受到了,王堂堂也看到了母亲难得一见的另一面。

　　突然,张洛朴的电话响了,他接完电话说:"江伟书记的电话,我们在省城是棋友,他听由市长说我昨天就来了,要我去他那儿坐坐。"吴芳点点头。张洛朴对文佳说:"严玉华经理和堂堂贤侄这几天归你老兄指挥,留在秦东就市迎宾馆和中心广场两个改造项目实施的细节,和有关方面协商一下,搞个合作的合同文本。不过对咱们的贤侄要放宽一些,让他给母亲尽点孝道。"大家都笑了,王堂堂看了一下母亲,有些不好意思。严玉华知道老板的意图后,迅即把一个包交给了司机,还交代了一些事宜。

　　张洛朴与吴芳、文佳一行人握手告别,说是见到江伟书记后就直接回省城去了。张洛朴与吴芳握手时,有一种异样的感觉,是以往从未有过的,直至上车后他仍然在寻觅这种感觉背后的东西。

　　张洛朴是共和国的同龄人,二十世纪六十年代中技毕业后在省城郊区的一家电厂当技术工人,"文革"结束恢复高考后,他以"老三届"学生的身份考入秦东大学中文系。上大学前他一直与妻子闹别扭,上学四年都没有回过家。大学毕业后妻子患子宫肿瘤,手术后生理、心理上都发生了一些变化,本来就很僵的夫妻关系,越来越恶化,以至发展到了长期分居、互不搭理的地步。张洛朴的家庭生活虽然不顺心,在职场打拼中却顺水顺风,先是在省电力部门工作,后来又到省能源投资集团公司工作,从办公室主任一直干到副总经理、总经理,最后成了手握大权的董事长,相当于正厅级干部。他事业上可谓成功人士,在感情生活中却走进了死胡同。前几年还有儿子在夫妻之间起缓冲作用,后来儿子去了美国,再后来妻子发现张洛朴与多位女人之间关系暧昧后,二人就形同路人了。半年前妻子到美国看孙子去了,临走给张洛朴留下一份签了名的离婚协议书。他一直奉行"家里红旗不倒",但妻子不能容忍他"外面彩旗飘飘",最终使这段婚姻走到了尽头。半年来,他一直在思索下一步该怎样走,今天与吴芳的接触,使他突然萌生了一个重大想法。以他的身份地位和经济条件,要重组家庭完全可以选择年轻美貌的女人,他也的确喜欢这样的女人,这几年接触的也不算少,还接触过一些名星和模特,总觉得这些女人缺乏某种撼人心魄的魅力,缺乏某种他一直追寻的风韵和气质。今天在与吴芳短暂的接触中,终于发现了非常熟悉的老同学身上,竟有他过去并未察觉的潜质,原来政界女强人也有非凡的别样的女人味。他知道吴芳在丈夫因公去世后一直单身,难道这是上天的安排,难道这就是人们常说的缘分……

车子已经停下来了,张洛朴还在遐想之中,司机提醒后他才知道阳光酒店已经到了。张洛朴刚下车,就走过来一位年轻人,自称是江伟书记的秘书,把张洛朴直接领上了酒店的三楼。秘书敲开一间客房,在江伟和张洛朴握手致意时,悄然退出,随手拉上了房门。

"我是刚刚在这里参加完一个会议,听由锡平说你来了,我就没有回机关,请你过来聊聊,中午顺便在这里吃午饭。"江伟与张洛朴握罢手,笑着示意他坐下:"茶是刚刚沏好,是朋友从杭州带回的新上市的明前西湖龙井,先品尝一下。"他知道张洛朴喜欢喝上等的龙井,特意沏上了自己带来的新茶。

张洛朴慢慢喝了一口茶,咂了咂嘴,连呼:"好茶!好茶!正宗的明前西湖龙井。"他高兴得脸泛红光,抬起头看见江伟正在按动笔记本电脑,边操作边说:"我从网上查看贵公司这几年的业绩直线上升,足见董事长经营管理上高人一筹。"张洛朴故作自谦地笑了笑说:"哪里,哪里。运气好而已,搭上了经济快速发展的列车罢了。"他十分佩服江伟竟将电脑运用得出神入化,比一般专业人士还精通。他每次开会面前都放着这部手提电脑,从来讲话都不需要拿讲话稿,记录也不需要动笔。一开始大家还难以接受,觉得与以往的领导在公开场合的形象迥然不同,慢慢地大家也就习以为常了,原来市委书记也可以是这样的。江伟还要求部下都要学会使用电脑,他亲自出题,自任监考,考过市直部门和县(市、区)党政一把手,并将他们电脑操作的考试成绩在《秦东日报》上登出。他认为熟练使用电脑是现代管理者的基本技能,如同过去要求干部必须自己动手写材料一样。江伟边操作电脑边和张洛朴交谈,不时查阅有关资料,不时把张洛朴谈话的有关内容输入电脑。在交谈中江伟知道了张洛朴在秦东的投资意向,当即表示大力支持,指出这两个项目的实施定会在秦东产生大的影响,对各方面工作会有大的促进。接着他迅即把这两个项目输入电脑,初步进行了测算,认为投资市迎宾馆的效益还可以,如要追求更大的效益可以考虑另选良址再造一个高档宾馆;改造中心广场可以与拓宽周边道路及沿街商业开发相结合,投资如何收回需要精心运筹。

　　张洛朴实实在在地感到了老朋友的真诚和坦率,更是从内心深处佩服江伟看问题的现实、精到和深刻。老练精明如张洛朴这样的企业家,历来是追求利润最大化的,亏本的事是绝不会干的,他已有了下一步的考虑。在这里,行政管理者的政治智慧和企业经营者的市场理念,既是一种碰撞,也是一次交融。

　　江伟继续按着键盘,还在查阅着什么。他们是老朋友,张洛朴并不介意,也就客随主便,自顾自地品起茶来,并兴趣盎然地观察了一下这间客房。他突然觉得这里才是秦东市真正的"总统间",迎宾馆的"总统间"与这里显然不在一个档次。迎宾馆的"总统间"只能算作小家碧玉,还脱不了土气。而这间客房才是大家闺秀,既典雅大气,又雍容华贵。单是面前摆放的高档红木茶几,以及茶几上的景德镇精品茶具的价值就以万元计。一幅装裱得十分考究的毛泽东《沁园春·雪》的仿毛体书法更是增色不少,令人眼前一亮。这是江伟前几年在省委任副秘书长时应邀所写,没想到如今这幅书法作品身价倍增,成为这家酒店的镇店墨宝,更没有想到如今这间客房已成为江伟接待重要客人的重要场所。人生在世难以预料的事情太多了,而这也正是人在旅途的魅力所在。江伟和张洛朴都是江苏镇江市人,江伟从基层干起,后来调省委机关工作,从处长升任副秘书长。就在吴芳请几个老同学来秦东聚后不久,江伟履新秦东市委书记。到任后江伟跑遍了秦东市十一个县(市、区),做了大量的调查研究,可以说他尚处在任职涉事的初始阶段。

　　江伟中等身材,稍显发福,头发乌黑发亮,前几年已开始谢顶。戴一副金丝眼镜,举止文雅,谈吐诙谐。除精通电脑外,酷爱书法,写一手漂亮的仿毛体,闲暇时喜欢与朋友下围棋。而闻名省内的是善写各类调查报告,立意高新,见解独到,文笔洒脱,堪称一流。他自学取得硕士学位,可谓才华横溢,风流倜傥。江伟以极快的速度边操作电脑,边笑着说:"老张啊,和你一席话可是受益匪浅,在招商引资方面产生了些新想法,我把走完全市后刚刚写好的调研文章稍做了些修改。"他端起杯子喝了一口茶,显得十分高兴。

　　张洛朴有点茫然,心想我没有说什么呀,怎么对才子书记还产生了影响? 也许只是随便说说而已,这些搞政治的人总有让人摸不清猜不透的时候,管他呢! 张洛朴从身边拿过一个意大利精品皮包,取出一个精致的纯银盒子,打开后是玉制的围棋子。他笑着问:"要不要切磋一下? 你现在成了封疆大吏,难得一见了!"江伟脸上掠过一丝勉为其难而又却之不恭的难堪,却笑着说:"愿意领教,不过吃饭为止,不求胜负。"张洛朴一边摆子,一边笑着说:"自然,自然,谁的地盘谁做主。"几分钟后张洛朴发现对方下棋不在状态,索性随便聊了起来:"听说你和吴芳曾在一起工作过?""那是当年三线建设时期,高中毕业后分到学兵连锻炼,一起修过铁路。后来都在省直机关工作,业务上没有多大联系,现在又走到一起了。"江伟回答后也问道:"你们是同班同学?"张洛朴说:"'文革'结束恢复高考后,我们一起考进秦东大学中文系,她是我们班的班长,当时是两个孩子的母亲,很不容易。"两人对望了一眼,张洛朴发现对方的眼神分明是要他继续说下去的意思。"她是个要强的人,十几年单身过,到秦东上任后压力很大,要我们几个同学过来给她开开道。"张洛朴说着,漫不经心地下了一个棋子,"大型国企嘛,到哪里投资都是投资,能帮的忙还是要帮嘛。"江伟也漫不经心地投下一个棋子:"我刚到秦东,吴芳就找我谈过她的想法。秦东要加快发展,加大招商引资无疑是明智的选择,你们来帮忙打开局面是件好事,是会互利双赢的。"江伟看着张洛朴投下棋子后,执子的手停在空中,若有所思地说:"动用各种关系也是一条路子,路子还可以拓宽一下。咱俩都是镇江人,可以考虑和镇江结成友好城市,吸引那里的一批企业来秦东投资。也许东部有些产业要逐步向西部转移,我们应主动去承接,去实现这个转移。"

　　江伟喜欢也善于思考,特别喜欢从战略层面研究问题,他越想越感到肩头担子之重,眉头紧紧地皱在一起。张洛朴边听边点头,随意问:"你把这些想法写进调研文章中了?"江伟没有正面回答:"另外,还需要在改善投资环境和创建投资平台方面做些基础性的工作。"张洛朴隐隐约约地感到江伟和吴芳在招商引资加快发展方面大的想法是一致的,似乎也有不一致的地方。他清楚官场上的事情太复杂,很难弄清楚,也不想弄清楚,他看了一眼下棋越来越心不在焉的江伟,灵机一动:"我想请你给我写一幅字,不知方便不方便?""这有什么不方便的!"江伟有一种解脱了的轻松,他一般在上班时间不下棋,赶忙放下棋子站起来:"这就给你在里间写一幅。"张洛朴随江伟进入里间,里间淡雅古朴,温馨自然,给人以家的感觉。床边的高脚几上整齐地摆放着书籍,边上的青花瓷盘里放着一盆俗称吊兰的花草,嫩绿的枝条上挂满了白色的小花,非常低调地给屋子里注入了生气。一张大桌子上摆放着文房四宝,一个碧玉制的大笔架上挂着大小不同的各色毛笔,桌上铺着写毛笔字用的浅褐色的细绒毡。显然这一切是特意布置的。江伟在紧张的工作之余喜欢独居,要深入思考一些问题,要写文章、读书、整理资料,这是多年来形成的习惯。这个酒店的老板与江伟是老朋友,特意按新书记的老习惯精心布置了这个房间。反正这套"总统间"平时也无人入住,闲着也是闲着,让市委书记在这里思考秦东大事对地方也是个贡献。

　　张洛朴情不自禁地吸了一口气,觉得有一股淡淡的墨香味和书卷味,他指着贴在墙上的两幅一横一竖尚未完成的书法作品,问:"这是你最近的大作?"江伟笑着说:"昨天写的,上下款都没题,是练着玩的。""好!我就要这两幅练着玩的墨宝,这分明是天意!"张洛朴满脸挂笑,看着江伟急切地说:"你就把上下款添上吧!一幅'道法自然',一幅'厚德载物',这两条意思深合我意,缘分,缘分啊!"

　　江伟微笑着走向桌边,这几年向他求字的人越来越多,但并非有求必应,张洛朴如此钟情他的书法,令他多少有些意外。这时秘书来请吃饭,江伟乘兴题完上下款,盖上书法专用章,两人都很满意地随秘书一起去贵宾间用餐。

## 第四章

秦东迎宾馆的会议大厅里,正在召开全市企业维护稳定工作大会。会议规格相当高,会议一开始由主管工交工作的常务副市长由锡平传达全省企业维护稳定工作大会精神,并安排部署全市企业维护稳定工作。接着进行第二项议程,由企业介绍维护稳定工作的经验。

第一个介绍经验的是省属企业和诚制药厂的厂长秦东方,他大高个儿,白净脸,穿一身深蓝色的名牌西装。他时不时扶一下大黑框眼镜,吐字清晰,声音洪亮,显得非常自信,甚至有点志得意满。可坐在大厅左前方的中央和省属企业方阵中,却不断有人交头接耳,流露出不以为然的样子。有人说尽是胡吹,有本事前几年工资都发不出去,职工多次堵塞国、省道主干公路,弄得省、市、县三级都不得安宁。还有人说,不就是投靠了一家外资制药企业,药还是原来那些药,只不过换了个合资企业的标签,价也涨了,货也畅了,工资也多了,福利也好了,职工谁还去堵路?企业当然稳定了,就这点能耐也敢在大会上神吹!秦东方的发言结束了,这个方阵里的掌声稀稀落落的,要不是别的方阵例行鼓掌,估计秦东方会十分尴尬。说实在的,中央和省属企业的经营状况比市县属企业好多了,有些是垄断行业,是天之骄子,比较而言是当地最为稳定的企业。像和诚制药厂这种企业只是少数,即使出现不稳定问题,责任主要在省上,市上要做的就是不断给省上发传真,不断告急,大不了配合省上做些辅助性的工作,因此中央和省属企业的稳定工作不是市上考虑的重点,但是开这类会议还是要让省属企业做足文章。

第二个介绍经验的是市属东井头斜井煤矿的矿长南金山,他五短身材,也是一身名牌西装,红色名牌领带格外惹人注目。他粗声粗气地念着稿子,嘴里直喷唾沫星子,时不时蹦出一两个念错的字来,惹得下边一阵笑声。坐在右前方的市属工交企业方阵里,竟有人大为不恭地拍起手来。还有人在下面不屑地揭他的老底,前年东井头斜井煤矿还瓦斯爆炸死过人,他吓得尿了一裤子,一年多没出事故竟厚着脸皮介绍起了经验。秦东市是产煤大市,大大小小的煤矿遍布北部的山区,是省内重要的能源基地。但这里的地质结构特殊,是典型的高瓦斯区,几乎每年都出事故,影响企业的稳定,也影响整个矿区的稳定。这几年上级加大了惩处力度,并对行政领导进行责任追究,令市上十分头疼。之所以安排东井头斜井煤矿介绍经验,主要是考虑到这是市属最大的一家国有煤矿,影响比较大,近两年也没有出过大的事故。其他一些小矿特别是民营煤矿,问题更多,更没办法介绍经验。从这个角度讲,让南金山介绍企业维稳经验实属无奈之举。南金山终于发言结束,他汗流满面地给大家深深鞠了个躬,竟赢得了热烈的掌声,特别是市属工交企业方阵的掌声响亮而持久,大家对他发言时带来的阵阵笑声予以回报。

这时市政府办公室工交科长田丽丽急急忙忙地走上主席台,给正在主持会议的副秘书长文佳说了几句话。文佳立即站了起来,表情有些紧张,给田丽丽交代了几句话,又坐了下来,他随即宣布由秦东纺织厂厂长向平介绍经验。

向平缓缓走上主席台,慢慢坐在发言席上,轻轻摊开前两天在省上交流过的维护企业稳定的经验材料,没有抑扬顿挫地念了起来,与前面两个发言人的昂扬姿态形成明显反差。他似乎有些不情愿,有些勉为其难,给人一种被强迫了的感觉,因此更像是在做检查。他为人低调众所周知,但也不至于如此提不起神。市属工交企业方阵里的人都知道秦东纺织厂当下日子不好过,可谁家日子好过呢?

向平的发言材料去省上交流时文佳就修改过,把过关,内容是熟悉的。可几分钟过去了,文佳竟什么也没听清楚,他离开座位走过坐在中间的吴芳市长,给由锡平副市长说了几句话就迅速走下主席台,与等在会议厅门口的轻纺局局长周华和田丽丽一起到市政府大门口去了。

与市迎宾馆一墙之隔,市政府大门口正人声鼎沸。秦东纺织厂的数百名工人将市政府机关的大门堵得严严实实,大门的栅栏上挂着一幅长长的横幅,上书"工人没饭吃,政府管不管"。围观的群众越聚越多,市政府门前的大街快被工人和群众堵死了,两边路上开不动的各种机动车辆排成了长队,喇叭不断地嘶鸣着。

文佳和周华刚进入人们的视线,就被工人们团团围了起来,大家七嘴八舌地嚷嚷着,质询着,指责着,甚至谩骂着。文佳和周华都心知肚明,秦东纺织厂工人要说的肯定还是老问题,无非是工人上不了班,工资发不出去。虽说市上前一段做了不少工作,但并没有从根本上解决问题,隐患始终存在着,随时都会爆发出更大的问题。这一点市政府领导和经过调研的文佳和周华都非常清楚,也因此省上刚开过企业维稳工作会市上就接着开。果不其然,工人们说的都是老问题,只不过增加了对有关部门的强烈不满,情绪显得十分激愤。

　　文佳被围在工人中间,脸涨得通红,心里感到十分的憋闷和焦虑。刚开春他受市政府领导委托,牵头到秦东纺织厂调研,在常务副市长由锡平召开市长办公会后,他费了九牛二虎之力,按会议纪要协调有关部门和企业,解决了企业和职工生活中的一些问题。但会议纪要的大部分内容落不到实处,难啊,实在是难啊!文佳是那种不管谁当市长都竭尽全力工作的人,何况吴芳市长还是大学的同学,又亲自把解决秦东纺织厂难题的工作交给了他。可他看得出来,分管工业交通的由锡平对此事并不怎么在意,使出了云遮雾罩的太极手法,开市长办公会时讲了些正确的官话和套话,确定事项时定了几条有效有力却难以落实的措施,把他夹在中间十分被动。眼下市政府正在一墙之隔的市迎宾馆开企业维稳工作会议,可市政府机关竟闹成了这个样子,如果工人们知道市迎宾馆正开企业维稳会,去冲击会场,那局面将更加难以设想。文佳心里简直不是滋味。长期的政府工作经验使他立即做出决断,不管怎样,首先要保障企业维稳工作会议能正常开下去,其次要尽快疏通市政府的大门,使机关的正常秩序得以恢复。他当即让周华去招呼工人集中起来,动员大家回去,留下代表到市政府座谈。文佳悄悄让田丽丽去会场将有关情况报告给由锡平,等向平发言一结束,赶快让向平也来现场做工人的工作。

　　向平正在大会上介绍维护企业稳定的最后一条经验,即"企业维稳的关键是领导重视"。一直低调照稿念的向平,突然来了精神,竟离开了稿子,大讲特讲起来,从市长、常务副市长说到秘书长、局长,直至有关部门、各商业银行的领导,总之各级各方面领导都十分关心秦东纺织厂的发展和稳定,做了大量的工作,给予了大力的支持,说到动情处还向在坐的领导们表示了衷心的感谢,并深深地鞠了一躬。会场上响起了热烈的掌声,经久不息。吴芳微笑着抬起头,心里却沉甸甸的,明显感到了某种压力,大家在维护企业稳定方面对领导的期望值超出了她的想象。由锡平脸上挂着极不自然的笑容,他是唯一掌握着会场内外情况的领导,这会儿正揪心着哩,刚才田丽丽又急匆匆给他说了文佳的意见,他感到外边的事情相当严重和棘手,有点坐在火炉上的感觉。向平的发言在热烈的掌声中结束了,会场很快静了下来,接着是冷场,大家都莫名其妙地望着主席台。由锡平看了一眼文佳空着的座位,突然醒悟过来,立即代为宣布:"会议的最后一项,请吴芳市长做重要讲话。"接着掌声大作,由锡平舒了一口气,他走下主席台把向平叫到一边,告知秦东纺织厂的工人把市政府的大门堵了,问他知道不知道,到底是咋回事。向平并不感到意外，只是觉得工人今天来闹有些大煞风景，他说："前段时间省城的合作厂家从新疆购进部分棉花来厂里加工，市工商局以影响本市棉花销售为由，查扣了运棉车辆，还要罚款，弄得厂里的加工车间也停工了。七八天来我们一直在做市工商局的工作，没想到工人今天竟闹到了市政府。"由锡平听了让向平赶快去现场做工作，让田丽丽通知市工商局局长伍志豪马上来见他。由锡平长期在基层工作，类似的事情经得多了，一般情况下他不会在意，但今天不同，与会的许多人都知道前段秦东纺织厂不稳定是他协调处理的，他又是分管工业企业的，更令他尴尬和不安的是他今天就在会议现场。如果他不在场，闹多大也不大在乎。他一直想见识一下当今一把手处理危机的能力，按规定一把手是维稳第一责任人呀！他是个极爱面子的人，唯恐事态继续扩大甚至失控，使得他又着急上火又气极难抑，但又竭力保持着不慌不忙的风度。

文佳在现场很快弄清楚了问题的直接诱因，已经叫来了市工商局的局长伍志豪，正在询问有关情况。伍志豪的手机响了，是田丽丽要他速来见由锡平副市长，他告诉文佳后匆匆到市迎宾馆会议厅去了。

向平缓步来到现场，工人们一下子就围了上来，高叫着向平为什么不管工人的死活，这几天钻到什么地方去了。文佳走过来埋怨向平："厂子最近有问题，为什么不及时采取措施，也不报告情况？"向平一脸的无奈，摊开双手："我最近在省上开会，黄一鸣副厂长一直在做各方面的工作，说好今天下午一起去轻纺局汇报情况，没想到上午就出了问题。"文佳说："啥话也别说了，先动员工人回去，问题马上想办法解决。"

人群有些骚动，不知道有人从什么渠道得到了市上正在市迎宾馆开企业维护稳定工作会议，秦东纺织厂还在大会上介绍经验。有人高呼着，工人下岗没饭吃，还介绍狗屁经验；还有人鼓动大家到会场去找市政府领导讨个说法。工人们情绪越来越激愤，场面开始失控。

这时只见一个头发花白的老头走出人群，他微弯着腰，手里拿着一个长杆旱烟袋，不紧不慢地大声说："你们年轻人去会场找市长，我老汉肚子饿了，要去市政府食堂讨饭吃！"他叫李正正，是秦东纺织厂的老锅炉工，是个单身，多年来一直住在厂机修车间边的废弃房子里，自称是秦东纺织厂贫民窟的窟长。他和黄一鸣是同村人，在厂里只听黄一鸣的，是个天王老子都不怕的角色。他一边走，一边嚷嚷，后边跟了一大群工人，到市政府大门口后，他把旱烟袋高高举起，大喊："谁拦就敲谁的脑袋！"一大群工人跟着李正正蜂拥着走进市政府大院，直奔机关食堂而去。

文佳让周华赶快去制止李正正带着工人在机关胡闹，自己赶紧去了会场，生怕工人冲击了会场。文佳快步流星赶到会场,会议刚好结束了。吴芳正和几个部门的负责同志站在大门边上说话,其余与会人员都纷纷离开会场。这时一大群秦东纺织厂的工人正向会议厅拥来,看到会议已经结束,一些工人就拦住散了会的人诉起苦来。这些与会人员大多只关心自己企业的事情,对秦东纺织厂工人的诉求没有兴趣,都随意应付着很快脱身走掉了。只有个别人像听故事一样,想寻求点新鲜和刺激,当听到秦东纺织厂和别的企业当前情况大同小异后,都失望地离开了。也有人幸灾乐祸地说,真好玩,厂长在会上介绍维稳经验,工人在会外上演闹剧。

文佳不想让工人将吴芳围在市迎宾馆,就安排吴芳从馆内一个侧门回到了市政府机关。吴芳觉得事发意外,边走边问文佳:"不是说秦纺厂的问题都解决了吗?省上、市上都作为维稳典型在宣传,工人这样闹不是笑话吗?"文佳说:"几个月来一直比较稳定,也解决了一些问题。前一段时间市工商局查扣从外地运棉花的车辆,原材料供不上,工厂停了产,工资发不出去,工人才来闹。"吴芳生气地说:"查一下,市工商局到底是怎么回事!"文佳说:"由市长已叫来伍志豪局长,正在说这件事。"看见市政府的大门被堵着,吴芳更加生气:"赶快让轻纺局领导给职工做工作,先把市政府大门疏通,这成何体统!"说话间,就到了机关食堂门前。这时竟发生了令人意想不到的情况。

中午开饭时间快到了,天阴得很重,乌云低垂,又闷又热,像要下雨的样子。早来的机关家属和一些提前下班的机关工作人员一边站队,一边催着开饭。食堂师傅正在将一锅蒸熟的馒头往下端,大蒸笼摆在屋檐下,雪白的馒头冒着热气。这时一大群工人乱哄哄地拥了过来,打头的李正正把旱烟袋往腰间一别,作揖道:"大师傅好哇,我们是秦纺厂的下岗职工,已经饿了好几天,今天来市政府讨饭吃,你们发个慈悲吧!"说毕,他不容分说一只手抓了一个馒头就吃了起来,其余的人在呐喊声中一哄而上,将刚出锅的馒头一抢而空。大师傅们眼睁睁地看着,谁也无可奈何。提前来买饭的人见状,乱嚷嚷了起来。前来买饭的机关人员越来越多,都站在院子里看工人抢馒头吃,乱哄哄的,说什么的都有,却没一个人上前制止。吴芳刚好路过现场,亲眼目睹了这一幕,她站着看了看,什么也没说。她又能说些什么呢?能制止这种失控的场面吗?能去责怪工人吗?她感到了责任,感到了压力,胸口有些憋闷。文佳感到十分难堪和尴尬,半年来一直是他牵头具体解决秦东纺织厂的问题,出现这种情况大出他的意料。天上开始掉雨点,文佳催吴芳快点回办公室,吴芳并未加快脚步。突然大雨如注,倾盆而下,院子里所有的人在呼喊声中四散而去。吴芳没有回办公室,她不紧不慢地走向机关大门口,一任大雨浇灌。她走到机关大门口,这里值勤的保卫人员已不再紧张,堵门的工人们一落雨就避雨或回家吃饭去了,只剩下大门栅栏上挂着的横幅仍在大雨中坚守着。下班后打着伞、披着雨衣的机关工作人员,鸣着笛的各种机动车辆,一齐向外涌去,一片嘈杂喧嚣,却畅通无阻。一队公安干警冒雨急匆匆而来又急匆匆而去,像是奉命在执行某项任务。文佳陪着吴芳,两人淋得浑身是水,好在立秋不久,并不觉得特别凉。吴芳转身要回办公室,才知文佳一直陪着自己,她说:"老文,你赶快回家吃饭去吧,看把你老兄淋成了啥样子!"文佳听到她称老兄,心里热乎乎的:"你也赶快回办公室换身干衣服吧,淋这么大的雨容易感冒的。"吴芳心情略感轻松:"这场大雨没有打雷闪电也够让人震撼的了!大雨也帮了忙,要不这会儿还不知是个什么情况呢!先吃饭吧,下午再一起研究一下秦纺厂的事情。"

由锡平一直没有离开迎宾馆,伍志豪当着他的面打了一通电话,说总算弄清楚了,是秦东纺织厂所在区域的工商所按照过去老文件精神,查扣了运棉车辆。按老规定企业买棉花要通过当地的棉花公司买地产棉,不能随意从外地购棉。伍志豪电话尚未打完,由锡平心中就全明白了,市工商局准备盖家属楼,正想着法儿在弄钱。而向来还算老诚的伍志豪竟敢在他面前演戏,故装糊涂,令他大发脾气,严厉斥责了这种典型的地方保护主义,并严令立即给秦东纺织厂的运棉车辆放行。随后由锡平又电话要求市公安局立即派公安干警来市政府,疏通机关大门,保障机关正常的运行秩序,于是便出现了一队公安干警来去匆匆的景况。

雨停了,乌云仍在翻滚,太阳时不时地露一下脸,地面上的水还在哗哗地流着。由锡平处理完这些烦心事,在文晓风的陪同下去雅间吃午饭。

第二天,一辆白色的凌志牌小车从省城方向朝秦东市疾驰而来。坐在前边的汇隆棉纺织有限公司的经理李菊,她拿着秦东市轻纺局发来的传真看着。市长亲自过问了秦东纺织厂的事情,秦东纺织厂又一日三催,她怀着复杂的心情来秦东处理相关事宜。在秦东纺织厂最为困难的时候,是她的企业通过来料加工,让这个厂相当一部分职工避免了下岗,当然她也赚了不少钱。前一段时间秦东市的工商部门却查扣了运棉车辆,还要大数额罚款,使得这项业务不得不停了下来。她对在秦东发展业务并不看好,也没多少兴趣,一直让助手白银具体经营。昨天秦东纺织厂的职工冲击市政府把事情闹大了,秦东方面一再邀请公司负责人过来,白银昨天也连连催促,今天她准备过来看看情况再做定夺。家人也顺便来了,想去一趟秦东著名的六泉寺。小车没有直接进市区,从秦东市南边的高速公路下来后,绕过一个村庄,缓缓地开往柳河川塬区深处。

秦东市市区往南几十公里便是著名的秦岭山脉,奇峰耸立,气势磅礴。秦岭北麓至秦东市区之间是逶迤而神奇的南塬,秦东人称之为"长寿塬"。由于秦岭之巅的阻隔,南下的雨云常常在这里滞留,降下比其他地方要多的雨水,塬上的农作物往往比平原地区的收成还要好。更令人惊叹的是,如同鬼斧神工一般,南塬在这里竟被劈成两半,分成东西两塬,流经两塬中间的柳河从秦岭深处蜿蜒而来,而后穿城而过。但凡有水则灵,川流不息的柳河进入两塬之间的川地后,不断接纳着清溪碧潭的加盟,水流至最宽阔处时简直犹如仙境一般。南望峰峦苍翠,足下流水潺潺,两岸树木葱茏,野花烂漫,空中时常轻雾迷蒙而又飘忽不定,夏秋时节常有彩虹挂在塬顶,既美不胜收,又充满着神奇。半塬上林木掩映中露出一处寺院,这就是李菊一家人要来的六泉寺。

李菊的车停在塬脚下的一个亭子边,第一个从司机座上下车的是李菊的丈夫汪达其,三十多岁的样子,小个、平头、微瘦,疏眉细眼,格外的精神,显得十分洒脱和自信。他是省城金鑫企业集团公司的董事长,是省内民营企业中的一颗新星。汇隆棉纺织公司是其旗下的子公司,由妻子李菊打理,只是在涉及重大决策时他才过问。这次来秦东是想协助妻子处理好秦东纺织厂的事宜,顺便了解一下这里的经营环境和经营前景,还有一项要务就是要陪老父亲拜佛。汪达其下车后走到车的另一边,和从前边下车的李菊一起把父亲汪诚搀扶下车。汪诚七十多岁,老伴去世后身体时好时坏,却出人意料地竟信了佛,且虔诚备至,一直要来六泉寺拜佛。汪达其顺便让老父亲来秦东,以了六泉寺拜佛的心愿。

汪达其的女儿汪小菊没等爷爷下车,已兴高采烈地跑到了小亭上,大声说:"刻的是'六泉堡',我们来错了,这里不是六泉寺!"她又看到了路边的一个路牌,高声叫道:"没有错,牌子上标个箭头,写着'六泉寺',你们跟我走,我是向导!"说毕,她就朝着路牌指引的方向哼着小曲蹦蹦跳跳地往前走。汪诚看着孙女高兴的样子也乐了起来。汪达其搀着父亲,缓缓向塬坡爬去。塬坡路两边古木参天,藤萝倒垂,遍布奇花异草,一股清凉之气扑面而来。汪诚顿生佛地神圣之感,自觉两腿有力,竟一口气走了上去。

不多时,一家人上到了半塬的平台处,一排刷着土红色颜料的房子映入眼帘,一块白底的横牌上写着"六泉纯净水",只见七八个小和尚正在忙着把透明的塑料水桶往货车上装。汪达其出于商业上的敏感立即走了过去,却又心生疑惑,寺院的和尚不念经怎么搞起了纯净水?李菊和汪小菊也好奇地走了过来。汪诚一脸困惑地站在那里一动不动。

汪达其走近小和尚问:"请问小师傅,你们寺院里还生产纯净水?"一个像是头目的小和尚走了过来,赔个小心,答非所问:"施主请里边坐,你们喝点六泉纯净水吧,我们对施主是免费的。"汪达其发现一个房间里摆着桌凳,边上放一台热水器,上边架着印有"六泉纯净水"明显标志的水桶,看样子是为信众和游客准备的饮水歇脚的地方。汪达其的确有点渴,索性叫来了老父亲,一家人围着桌子坐了下来,立刻有小和尚用一次性纸杯给每个人送上一杯温水。令汪达其惊叹不已的是这水出奇的清醇甜润,口感极好。小菊喝着水直喊:"这水好喝,比电视上打过广告的水还好喝!"汪诚、李菊看着小菊,都微笑着点点头。

汪达其细看房子,显然是新近的建筑,另外几间房子里放置着净化水的现代设备,生产流程和工艺相当先进,与屋外涂着古朴的土红色显得很不协调。忽然响起了手机铃声,李菊赶忙拿出她的手机,却并没有响。原来是一个小和尚正拿着手机在通话,说着送水的事情。李菊心想:不得了啊,前几年有身份和有钱的人才用上"大哥大",像砖块一样,十分笨重。不几年就换成了手机,可只是个别人才用上,政府机关里也只有领导才配发,还按奢侈品由纪检部门备案控制使用哩。而如今寺庙里的小和尚也用上了手机,估计要不了几年随便什么人都会用上手机,经商的、打工的、摆摊的,甚至扫马路的人都会腰里装个手机。汪达其看着这些小和尚虽然身着僧装,却忙着装装卸卸,大桶小瓶堆得满地都是,心想这和尚庙里的商业味怎么这样浓?这还是佛界净土吗?那个小和尚头目似乎读懂了几位施主脸上越来越明显的疑惑,不失时机地走了过来,主动来释疑解惑。他看了看汪达其一家人,微笑着问小菊:"小施主,想不想听六泉纯净水的故事?"小菊瞪着好奇的眼睛,看了看小和尚,又看了看妈妈默许的眼光,笑着说:"想听,想听听这里泉水的故事!"

没有想到,这个小和尚竟装了一肚子的故事和学问,他侃侃而谈,讲了"六泉纯净水"的前世今生。还递给汪达其一本佛家常用的黄裱纸印制的册子,册子散发着油墨和禅香的混合味,竟是佛界和俗界语言相结合的宣传册。原来在寺院的地界里,约莫数百米之内,高高低低布有六处泉眼,虽是涓涓细流,却常年浸流不断,水十分清醇甘甜,极其罕见,自古以来被这里的老百姓视为仙泉,这得天独厚的六眼泉便是六泉纯净水的水源。远在古代这里就建了寺庙,曾一度达到极盛,庙宇连片辉煌,六泉寺也闻名遐迩。明代因大地震使庙宇遭到严重毁损,香火却一直没有中断过。几十年前,现今的方丈慧泉法师弃学皈依佛门后,一直就没有离开过六泉寺。二十世纪八十年代初,慧泉法师云游了东南沿海一带,回来后用多年信众所捐钱物,在寺庙外修了六间房子,购置了净化水设备,将六股泉水汇聚到一起,严格按照国家规定的卫生标准,开始生产销售"六泉纯净水"。凡来六泉寺的人,无论信众和游客,天然泉水和纯净水随便畅饮,若要带回去只让带纯净水,且只收瓶子钱。每到夏季,六泉寺还要在寺外路边多处设摊舍水,但只舍纯净水。寺里还常年给城区福利院的孤寡老残免费送饮用纯净水。没想到城里人越来越喜欢喝这里的纯净水,"六泉纯净水"竟一路走俏,牌子越来越响亮,销售额直线攀升,庙宇连年翻修,僧人的生活明显改善,秦岭深处的穷苦人家不断有人要来这里出家为僧。

汪达其边听小和尚讲故事般的宣传性讲解,边翻小册子。他十分佩服这位年轻僧人的博闻、聪敏和口才,同时也感悟到僧人也是人,也要吃饭穿衣,佛门是净土,可僧人通过劳动创造的财富也是干净的呀!汪诚则心生后悔,自打年轻时就听说六泉寺香火极盛,远近闻名,多年来一直想来进香礼佛,原来这庙里的和尚竟然只卖水不念经,简直是不务正业,早知如此,不来也好。李菊心细,好奇地发现这里的和尚有点怪,好几个都是残疾人,那个用计算器算账的年轻和尚,竟需扶着拐杖才能站起来。小菊饶有兴趣地听着小和尚给她讲有关泉水的故事,听着听着竟一头的雾水,她和电影电视里的和尚联系了起来,刚听完就不解地问:"你们这庙里的和尚为啥不念经?"小和尚低下头说:"阿弥陀佛,经是念的,我们每天早晨5点起床,念到9点……"汪诚终于隐忍不住问:"这地方能念经吗?"讲泉水故事的小和尚其实早就看明白了,恭恭敬敬地说:"老施主,您是来进香的,我这就领您去。"说毕,小和尚在前,领着汪达其一家去进香礼佛。

从喝水间出来往南,走过这六间房子大约五六十米,沿着突出的塬棱向右一拐,装修一新的庙宇立即进入视野,"六泉寺"三个金光闪闪的大字更是令人眼前一亮。汪诚直了直腰,高兴得脸上泛起了红光,一把甩开儿子和孙女的搀扶,径自走了过去。小菊笑着说:"佛给了爷爷力量!"她一溜儿小跑,站在寺院的门口笑着等候爷爷。汪达其笑着对小和尚说:"谢谢小师傅,你该回去了!"小和尚说:"不用谢,我第一眼就看出您是个干大事的施主,我要带您去见我师傅。"李菊笑着问:"是慧泉法师吗?太有名了,能见识一下当今的高僧大德那太好了!"

汪达其站在六泉寺大门口纵情向塬下望去,只见苍翠的古木笼罩在随风缓缓流动的薄雾之中,塬脚下蜿蜒而过的柳河隐约可辨,藏在树丛中的小鸟不时鸣叫几声,橘红的太阳刚刚爬上东塬头,透过雾霭将万道霞光洒在寺院里,令他感到既神秘又静穆;再看看一脸虔诚的父亲,又朦朦胧胧地生出某种机缘要到来的感觉,心中不禁叹道这佛地还就是不一样,其实还没见到真佛呢!小和尚客气地招呼了一下有点忘情的汪达其,把汪达其一家人领进寺内,并不急着去见师傅,听任大家随意走走看看。汪诚走过不少寺院,觉得这里的主殿算不上宏大,塬坡往上的几处配殿也都一般,但都金碧辉煌,装饰一新,加上布局奇特,显得香火旺盛,气象万千,心中只怨来得晚了。早来的信众正三三两两地在进香礼佛,汪诚一股礼佛之心油然而生,他要过李菊提着的袋子,从里边取出了带来的上好檀香。汪达其和李菊很快发现院子东西两侧的廊下各有一张长条桌,上边摆放着小瓶的"六泉纯净水",显然是听任信众和游客随意饮用的。也许是习惯性的商业思维吧，二人都暗自佩服这种高明的广告意识。小菊跑着在院子里转了一圈，悄悄给妈妈说，她又发现了残疾人和尚，这个寺庙好怪啊！

汪达其看小和尚一直微微弯腰静候一旁，不禁为其恭谨所动，笑着问："请问小师傅怎么称呼？"小和尚答："施主，您就叫我陆泉吧。"汪达其心想，这里的方丈是慧泉法师，小和尚叫陆泉，都带个泉字。小和尚虽则年轻，也许小看不得，说不定是六泉寺的重要角色和未来的接班人。汪达其看着这个身着僧衣、透着聪慧而又沉稳的小和尚，接着笑问："陆泉小师傅，我们什么时候去拜见你师傅呢？""等老施主上完香，我领你们去师傅的禅房。"陆泉笑着答。他看出来汪诚虽非此行人的主角，却是最虔诚的信众，而且早就急着要上香了。汪达其笑着点点头，李菊急忙说好。于是陆泉领着汪诚一行人先去主殿进香。进得殿来，香烟缭绕，香炉上已插了不少信众上的香。汪诚拿过一炷香，一脸的虔诚，恭恭敬敬地点燃插上后，跪伏在蒲团上久久没有起来。李菊带着小菊，在边上的蒲团上磕了个头，就被小菊拉着到外边去了。汪达其看了看佛像，是一尊身材肥硕的大肚子弥勒佛，袒胸露腹，箕踞而坐，喜眉乐眼，笑口半张，新镀的金闪光发亮，十分堂皇。佛像两侧是一副对联，上联是"开口常笑笑世间可笑之人"，下联是"大肚能容容天下难容之事"。汪达其心想，在商场打拼，也应有佛的肚量，敬意油然而生，他上前深深地鞠了三个躬，看父亲还跪伏在那里，便悄悄退出大殿，看见小菊正和母亲在院里看奇花异草，就和一直等在外边的小和尚陆泉聊了起来。

两人正聊间，一个老和尚缓缓走来，陆泉赶忙迎了上去，低着头给老和尚说了几句话便一起走了过来。陆泉对汪达其说："这位长老就是我师傅，刚好到前面来了。"汪达其躬身说："您好，老师傅好！"老和尚也躬身说："施主好。"陆泉接着说："这位施主便是省内知名的民营企业家，汪达其董事长。"老和尚合手领首说："久仰，久仰。"汪达其暗自吃惊，陆泉是如何知道自己身份的，一时竟不知如何作答。陆泉看了看心有疑惑的汪达其，补充说："前一段省上开民营企业表彰大会，汪董事长在电视上露过面，前几天我在报纸上还看了汪董事长的照片和事迹介绍。"汪达其顿觉释然，忙说："惭愧，惭愧，我的企业才刚刚起步。"他看了看陆泉，正遇陆泉那极其聪慧而又有穿透力的目光。他觉得这个小和尚虽身在佛门，对外面的世界却十分关注和熟悉，有着超出一般和尚的过人潜质。说到企业，汪达其不由自主就想打听"六泉纯净水"的事情，却见父亲走出了大殿，忙着过去搀扶一把，给父亲说："爸，这位老师傅便是您仰慕已久的慧泉法师。"慧泉双手合十微笑着说："老施主好！"汪诚一时手足无措，不知说什么好，他深深地鞠了一躬，心中充满了仰慕之情。李菊母女也过来了，大家一一见过，都十分高兴。

汪达其细看慧泉法师，鹤发童颜，慈眉善眼，黑白相杂的眉毛特别长，却难掩炯炯的目光,有脱俗超然之气度,不禁暗自称奇。汪诚慢慢不再拘谨,想到了至关重要的事情,吞吞吐吐地问:"这殿里供奉的佛祖是……"慧泉说:"老施主,这主殿供奉的是弥勒佛,是幸运之佛,会给您老人家带来好运的;又称未来之佛,会保佑您的子孙后代事业有成,前途无量。"汪诚听了,似乎明白了,原来这里主殿供奉的佛祖和其他寺庙的不一样,不是那种救苦救难、有求必应的佛,不过这大肚佛可以让人运气好,保佑儿孙们将来好,这实在是太好了!慧泉看出汪诚是虔诚的,是那种心中有所求、所求很具体的信众,便接着说:"弥勒佛笑口常开,笑对人间苦难,向往未来的幸福,管大事,是大智慧。"听到这里大家都露出了笑容。汪诚心想我求的是小事,大事都办好了,就啥都好了,似乎终于听懂了,也像是受了感染,舒心地张口笑了。慧泉看着汪达其夫妇又娓娓道来:"弥勒佛大肚能容,大度宽博,可助彼此相依,和美与共。大而言之,这是而今而后应昌明的一种盛世心态,在物欲横流的尘世里,可以打掉人内心的贪欲和妄想,征服烦恼,达到善良冲和,让世界阳光无限。"听到这里,汪达其方感佛法的高深和奥妙,又感到佛法的贴近和实在。李菊也深以为然,当今在商场拼搏还真累,有时还有荆棘、有险恶,弥勒佛的佛性也许会帮人走出某些误区和险境。汪诚有些听不大明白,心里却坚信凡是佛都是慈悲的,这尊笑佛大概是要人干干净净地活着,开开心心地活着,给这个大肚子佛进香磕头值啦!小菊对慧泉法师讲的不感兴趣,早就到处跑着去看新鲜了。听得最认真的当属小和尚陆泉了,他极其专注地听着师傅的讲解,唯恐漏掉一个字,深深地领悟着师傅谈吐中流露出的佛家智慧和精髓。

慧泉看了看汪诚说:"本寺还供奉着几尊佛,老施主可以去进香,贫僧愿在前导引相陪。"汪达其、李菊齐声道谢,汪诚更是高兴。一家人就跟着慧泉向主殿后边走去。这时寺院周边的薄雾渐渐散去,前来进香的信众和游人渐渐多了起来。

走到一座陪殿,里边供奉着观音菩萨,是汪诚最熟悉的佛,也是最信仰的佛。陆泉过来搀着汪诚入殿进香,小菊出于好奇已先爷爷一步进去了。汪达其和李菊给观音菩萨鞠躬跪拜后退了出来,继续与慧泉聊了起来。汪达其对佛教并不熟悉,也没多少兴趣,只是这几年外出旅游和陪父亲进香去过一些寺庙。他看这里到处装饰一新,也有其独特之处,刚才陆泉虽讲了这个寺庙前世今生的故事,还是忍不住想问。他看了一眼陆泉,换了个角度问慧泉:"请问老师傅,六泉寺不知什么年代修建的?"慧泉知他心里想的是什么,并不直接回答,用手指了指远处的一个村子,说:"那个绿树环绕的村子,据说是当年秦始皇焚书的地方,后世就称为灰堆村。东汉末年灰堆村一个儒生出家后,募资在这里修建了一座寺庙。到了唐代,这座寺庙进入全盛时期,曾建有大雄宝殿和多个陪殿,还建有藏经阁。因周围有九眼甘泉,始称九甘寺,后改称六泉寺,香火极盛。后世六泉寺屡遭战乱毁损，特别是明代遭到地震的严重毁损，逐渐破败荒芜。日本投降那年我云游到这里时，发现仅有一处破烂不堪的小殿内供奉着一尊满身尘垢的弥勒佛，蛛网满挂，虫鼠乱窜，供桌坍塌，佛却依然张口微笑，无忧无恼。我看到了乐观，看到了未来，就留了下来。"汪达其边听边点头，心想这座寺院的历史的确相当久远，但这些建筑并不久远，他静待着，知道慧泉法师还会往下说。李菊禁不住问："这些佛殿是在老师傅手里建成的？"

慧泉法师脸上泛起红光，颇有成就感地说："治世兴佛啊！六泉寺在唐代曾盛极一时，这么多年又逐渐兴盛起来，信众多了，尤其是游客多了，捐钱也多了，加上政府助推旅游业，趁着好机缘，五年前便开始重修六泉寺，主殿是去年刚刚落成的。"汪达其笑着说："重修六泉寺，老师傅可是功德无量啊！"慧泉双手合十，连忙说："哪里，哪里，适逢治世，全凭机缘好啊！"汪达其心想，老父亲这么多年生活好了，却开始信佛了，还喜欢和一些老头老太太谈经论佛，好像还挺有市场，过去爱说这是什么迷信活动，现在看来更像是一种精神生活方式罢了。人老了，只要他高兴就顺其自然吧。

这时汪诚走出陪殿，一脸满足的笑容，拉着小菊，兴高采烈地说："这个观音菩萨是我见过的塑得最好的，肯定也是最灵验的！"小菊也高兴地说："特像我奶奶！"李菊大声呵斥："别胡说！奶奶去世十多年了，你才八岁，从来就没见过奶奶。"小菊满腹委屈："我说的是梦见过的奶奶，要不是像奶奶我早就出来玩了。"说完噘着嘴又去看花了。童言无忌，大家都笑了，汪诚也呵呵地笑了。陆泉跟着师傅，一直一言不发，这时在一旁插言："这尊观音菩萨是省内知名的雕塑专家前年雕塑的，自开光以来进香的人越来越多。"汪达其和李菊也觉得这尊观音塑像还真的是既温柔慈祥又飘逸俊美，服饰上还加入了现代元素，愈加精美绝伦。

慧泉看了一眼兴奋而又虔诚的汪诚，知其给观音菩萨许了重愿，接着陆泉的话说："观音菩萨是佛教自印度传入中国后，与中国主流文化融合的过程中，最为中国化的形象。塑像最多，信众也最多。观音菩萨在印度是男性，是长胡子的，到中国后变成了女性，母性化了，让人更觉慈祥温柔，可亲可信。许多人在拜观音菩萨时常会闪过母亲的意念，刚才小施主说像奶奶此言非妄。有道是佛在心中，心中有了最美好的东西，就离佛近了。"汪诚大悟，难怪每次拜观音菩萨总会想到慈爱的母亲，难怪大家都说观音菩萨最是大慈大悲，有求必应，但愿观音菩萨保佑我儿好好做人，生意兴旺。汪达其心想，国外的东西只有中国化了，才能得到最好的发展，搞企业也是如此。李菊心想，有了菩萨心肠，才会赢得人心人气，事情才会办得红火起来。汪诚看了看儿子，又看了看儿媳，嗫嚅着说："我想给菩萨捐点钱。"李菊忙说："好啊！爸你想捐多少钱？"汪诚看儿媳乐意，心里轻松了,试探着说:"一千元行吗?"李菊从手提包中拿出一沓百元大钞,数了十张,笑着递给汪诚。汪诚大悦,看了看儿子,汪达其笑着点点头。慧泉一边让陆泉收下这笔数额不小的善款,一边双手合十连声道谢。

小菊跑了过来,小声对父亲说:"爸呀,有一个小和尚是傻瓜。"尽管她声音压得低,大家都听见了。慧泉弯腰对小菊说:"善哉,善哉,小施主,那是一个还没有醒来的小和尚,不能叫傻瓜。"小菊瞪着眼睛,不解地问:"几个游人逗他玩,让他数大丽花,他数不到六,大家都笑,说是个傻瓜,怎么是没睡醒?"陆泉低声解释:"他是智障,在扫院子。"汪达其明白了,对小菊说:"别胡说了,要尊重和爱护残疾人。"李菊联想到生产和销售六泉纯净水的那边也有残疾人,忍不住陪着小心问:"请问老师傅,好像贵寺还有几个残疾人?"慧泉说:"佛家以慈悲为怀,力行普度众生。寺院多年来收养了一些弃婴和残疾人,让他们生活无虞。对残疾者,寺院只求其心中向佛就行了。"他看了看陆泉,不无自豪地说:"小徒陆泉就是19年前收养的弃婴,连姓名也没有,六泉寺收养的就按谐音取名陆泉。他极其聪慧,寺院供他依俗家子弟受完中等教育,他又自学拿到了大学文凭,是本寺的未来!"汪达其和李菊再看陆泉,虽一身僧装,却难掩其机灵沉稳,更有几分儒雅不凡,真乃僧界的青年才俊。

一行人沿塬坡再上一个台阶,前面有一小殿,里边供奉着一尊菩萨,衣着古朴,和蔼亲善,笑脸上挂着浓浓的村妇般的怜子之情。她怀里抱着两个孩子,两边腋下各依偎着一个孩子,肩上趴着一个孩子,背上还背着一个孩子。孩子们光着身子,神情不同,憨态可掬。进得殿来,神圣之感稍退,温馨之情顿浓。汪诚没有像前边那样长时间地跪伏,进香磕头后就退了出来,静静站在殿外等候孙女出来。小菊对这尊菩萨产生了浓厚的兴趣,十分新奇地指点起了这位奶奶身上的孩子,前后左右转着看,对着笑,反复数,乐此不疲。汪达其和李菊在外边看了看,没有进去。这一切慧泉都看在眼里,他看了看默默立在一边的汪诚,回过头给汪达其夫妇说:"这是一尊送子菩萨,是清代早期的塑像,前几年从秦岭山中迁到本寺,重新彩绘后开光的。"汪诚说:"老辈人都叫送子娘娘。"慧泉点点头,接着说:"佛教传入中国后,还经历了世俗化和地域化,一些地方就有了送子菩萨。"汪达其仔细端详了一下这尊文物级的塑像,心想多子多福是中国的传统观念,过去信奉跪拜送子菩萨的估计不会少。汪诚说:"过去许多村里都供着送子娘娘,香火盛得很,原来也是菩萨。"陆泉说:"心中有佛佛则有,佛在心中佛则在。"李菊看了陆泉一眼,心想这话说白了就是这尊菩萨是人造的,又由人来敬来求。慧泉环顾左右,不无幽默地说:"佛界为了保持观音菩萨的圣洁清静,把她的一部分职能交给了送子菩萨,送子菩萨就成了不占编制的民间菩萨。"汪达其和李菊会心地笑了，汪达其高兴地说："沾上民间好啊！那么民营企业离菩萨就更近乎了，会更红火！"大家都笑了。汪诚也笑了，笑得十分开心，心想菩萨会心向民营企业的，所有的菩萨都会保佑儿子的企业，这正合他此行的主要目的。小菊满心欢喜地跑了出来，加入了大家的笑声中，她大声地宣布着自己的重大发现："这个奶奶了不起，一个人带六个孙子，四个男娃，两个女娃。"又是一阵笑声。李菊亲昵地把小菊拉到身边，心想这菩萨可别重男轻女。汪达其趁着气氛好，笑着说："现在提倡计划生育，送子菩萨会受冷落的。"汪诚听了直摇头。慧泉正色道："善哉，悠悠万世为佛，佛为万世悠悠。"汪达其听了一时难解其意，张了张口竟不知说什么好。李菊更是一脸的迷茫，心中愈加佩服佛法的深奥。陆泉见状，忙把刚刚拿来的小瓶"六泉纯净水"递了过来，恭恭敬敬地说："请各位施主喝点水，润润嗓子，接着往上走。"

一行人又爬上一道坡，放眼望去，又平添许多风景。汪达其此时无心赏景，他喝了一口水，想解一解心头的疑团，试探着说："这水品质极佳，贵寺挺有眼光，也挺会商业运营。"汪诚也醒悟过来，又喝上了寺庙产的纯净水，的确甜润，不过和尚不好好念经，做什么买卖，不务正业嘛！李菊心想，还是市场经济厉害，连和尚也要下海经商。慧泉以手捻须，不紧不慢地说："治世多礼佛，盛世方兴佛。这么多年政府关注多了，信众捐赠多了，寺院收入也多了，方能重修庙宇，使佛门生辉呀！"慧泉略显激动，瞬间又复平静："佛陀说过，贫穷不是佛教。不蓄资财，乞食为僧，已经永逝。如今适逢好世道，须设法让僧人生活得好一些，让其中的残障者得到救治，这样搞活寺院经济更合于佛教的'因缘和合'。"李菊大悟，笑着说："这也是与时俱进呀！"慧泉笑而不语。汪达其拿起瓶子说："为啥不冠名'六泉佛水'或'六泉圣水'呢？这比普通的纯净水更利于销售呀！"慧泉微皱眉头款款地说："水则水矣，近佛近圣亦乃水，饮此水者不必是佛是圣，饮此水者亦未必能成佛成圣。"他看了看汪达其，为其精明的商业思维所启迪："不过'六泉纯净水'的'纯'字可以去掉，世上本无纯，纯非世间物，可改名'六泉净水'，也就有了佛家的色彩。"李菊不禁拍手称赞："好！《西游记》里观音菩萨有个净水瓶，叫'六泉净水'好！"慧泉脸上露出了少有的欣喜之情，向着汪达其一家连声道谢。

汪诚在陆泉的陪同下又给一尊佛上了香，小菊蹦蹦跳跳地跟在后边，三人一起走了过来。小菊看到爸爸妈妈还在跟慧泉老师傅说着什么，悄悄走到妈妈跟前，从背后拿出一束花来问："妈妈，你知道这是什么花吗？"李菊看了看说："这是紫薇花，你怎么随便折花呢？"小菊头一歪，不以为然地说："花可多啦！"大家看过去，果然有一大片紫薇花，开得正盛，有如彩云飘落下来，美丽极了。周围有不少赏花的人，有的还在拍照留念。汪达其赞叹着问："好漂亮啊，寺院里怎么种了这么多的紫薇花？"慧泉犹豫了一下，慢慢地说："你们是企业家，想来不涉政治，说说无妨。这是秦东原来的市委书记白子卫带人来种的，紫薇与子卫谐音，让这些花代他侍佛敬佛，以求庇佑。"汪达其不解："白子卫我知道，以后当了省政协副主席，因贪腐判了死刑，怎么寺院……"汪达其想问的话还是没有说出口。慧泉知其所想，并不直接回答，说起了一段往事："有一年白子卫从欧洲考察归来，说欧洲的旅游景点往往都有大教堂，巴黎圣母院、梵蒂冈大教堂等一些著名教堂更是游人如织。"汪达其前几年去过一趟欧洲，深有同感，说："还真是这样，我就看了十多个有名的教堂，都是人气很旺的人文景观。"慧泉接着说："白子卫提出了建设柳河川塬旅游区的设想，包括重修佛教六泉寺，恢复道教双泉观，新建儒家孔子学院，让儒释道在柳河川塬区实现大融汇，共推旅游业兴起。"李菊不解地说："《西游记》里，佛道两家可是互不相容啊！"陆泉见师傅示意，解释说："《西游记》写唐僧一行去西天取的是佛经，路上要降妖除怪，就把遇到的道士妖魔化了，显得佛道水火不相容。实际上几千年来，儒释道三教是互相融合、互相渗透的，在民间更是佛道两家亲，许多人是佛道不分，佛道并信的。"汪诚心想，是神就要敬，还分什么佛呀道呀的干啥？

慧泉打开瓶子喝了两口水，指着南边说："你们看，在这大约五里路的地方共有九眼泉，但一般不说九泉，九泉之下不吉利呀！后来就做了拆分，六泉寺占了六眼泉；接着往南是道教双泉观的旧址，占了两眼泉；再往南是第九眼泉，白子卫开始要在那里建孔子学院，后来据说是受了开发商的贿赂，建成了'柳湖塔园'，成了秦东第一公墓，正好应了九泉之下的谶语。"汪诚听得身子有点抽紧的感觉。李菊感悟到天地造化竟如此之奇妙。陆泉在一旁说："白子卫死后，骨灰就放在了柳湖塔园。他死时五十六岁，六泉寺感念他在重修六泉寺时出过力，便向柳湖塔园移栽了五十六棵紫薇树。其实，白子卫早已在柳湖塔园也搞了一个紫薇花园，有人就将柳湖塔园称为紫薇陵园。"汪达其说："白子卫是重罪之人，贵寺这样做是犯忌讳的，有人追查吗？"慧泉说："紫薇非子卫，紫薇年年花开亦花落，也可以看作是善意的警示，再说一个人只做坏事，能当大官吗？柳河川塬区的旅游不是越搞越红火了吗？沿途的农家乐饭店就开了数十家……"他突然停住，后悔不该多说俗世的人和事。陆泉接着说："六泉寺的纯净水也卖得越来越好，寺院里的紫薇花园成了秦东有名的主题花园，看花的人也越来越多。"他看了一眼师傅，急忙换了话题："寺院原准备沿塬坡向南再建几个主题花园，包括牡丹园、菊花园、玫瑰园，只是没有懂种花的人，只好先放下了。"好长一会儿了，汪诚对他们说书上的事、欧洲的事、官场上的事都不感兴趣，一听寻人种花的事，一种潜意识突然冒了出来，他急着问："找不到会种花的人？"慧泉看着汪诚说："是啊，谁愿来寺院种花呢？正准备选小和尚去外面学园林花卉栽培技术呢。""你们看我行吗？我务了几十年的苗圃，当年给生产大队务过，后来给自己干，又种树又种花。前几年儿子说我年龄大了，硬不让我干了，都快把我憋闷死了！"他身子晃了一下，有点亢奋的样子，李菊忙过来搀公公，他一甩手说："我身子骨硬朗着哩，一生爱的就是种树务花。我老了，不要一分钱的工钱，就图个烧香拜佛方便！"说完他半握双拳，满怀希冀地望着慧泉。

汪达其深知父亲一生酷爱种树务花，母亲去世后又爱上了烧香拜佛，脾气又倔又犟，他认准了的事情，十头牛也拉不转。可这事太突然了呀，忙着表态说："只要爸高兴，就随爸，不过也要回家商量一下，还要看人家寺里愿不愿意。"汪诚不高兴地说："家里人都在这里，难道还要回去和你妈商量！"慧泉看出老人是一片真心，也真诚地说："一切随缘吧，如果老施主真有这个缘分，这是一件好事啊！"

汪诚显得异常兴奋，有一种难得的归宿感，执意当天就要留下来。在大家的劝说下，才同意回去做些准备，三天后正式来六泉寺半为园丁半参佛。

## 第五章

汪达其一家人离开六泉寺后,小菊直喊肚子饿了。汪达其便将小车停在离六泉寺不远的一家路边饭店旁,准备吃一顿农家饭菜。

一家人下车后,李菊看了看这家挂着"快活寨"招牌的农家饭馆,笑着说:"这是《水浒传》里'快活林'的分店,我们今天要在野外快快活活地吃一顿农家饭菜。"小菊高兴地蹦了起来,大声说:"今天要吃野菜野饭了!"汪诚笑着说:"有野菜,哪里有野饭?"小菊固执地说:"就有野饭,野外吃的饭就是野饭!"汪达其说:"那你到了野外就成了野孩子!"小菊不高兴了:"爸,你说谁呢?"李菊笑了:"好啦,好啦,赶快找个地方坐下来。"

一家人刚要坐下来,一个衣着朴素的大眼睛姑娘迎了上来,笑容可掬地说:"你们来啦,快请坐,随便坐。"汪达其一家人围着一张桌子坐了下来,大眼睛姑娘端来一壶热茶,拿来几瓶"六泉纯净水",随后把菜谱递了过来。如今路边店也学起了城里的饭店,搞起了菜谱,还挺讲究的。汪达其笑着看了一眼,把菜谱递给李菊。这是家庭小宴时她的专利,她也没有推辞,仔细地翻着菜谱,思量着点起菜来。

汪达其细看这"快活寨",倒别有情致和特色。这家明显是近年来兴起的乡间小饭馆,背靠南塬,层层梯田直上塬顶,塬坡上枝繁叶茂的柿子树上挂满了青涩的柿子。饭馆两旁是连片的玉米、棉花、豆类和各种菜蔬果瓜,一派丰收在望的田园风光。四周用木桩和竹竿围了起来,吃饭的地方是木料、钢管和石棉瓦搭起的简易棚,寨门还插着几面褪了色的五彩旗子,门顶高悬一块长长大大的"快活寨"招牌。整个布局四面通透,八方来风,粗犷而又气魄,看来以"寨"为名并不虚妄。简易棚下摆放着七八张饭桌,有两张饭桌上有客人正在吃饭,说笑之声此起彼伏,看来叫"快活寨"也名实相副。近几年来随着乡村旅游的兴起和城里人追求休闲渐成时尚,这种农家乐饭馆越来越多,生意也越来越好。汪达其难得如此放松,高兴地对李菊说:"要上一瓶酒,我要和爸喝几杯。"

大眼睛姑娘很快把菜端了上来,一盘青翠碧绿的扫帚菜拌蒜末,是乡下人常吃的一种野菜;一盘白白嫩嫩的绿豆芽,拌着少许细细的青红辣椒丝;一盘黄灿灿炒鸡蛋,蛋是塬坡放养的土鸡所产;一盘粉红色的水萝卜丝,水萝卜是院子菜圃里刚刚拔下的。接着桌子中间又摆了一大盘刚刚炒出来的兔肉,冒着香喷喷的热气,边上放了一碟切碎的新泡好的韭菜花末。李菊笑着说:"这'快活寨'做的菜色泽搭配不错,香味扑鼻,只不知味道如何?"小菊咽了口唾液:"尝尝就知道了,我先来吧!"说着就要夹菜。李菊嗔道:"咋不懂礼貌,爷爷还没动筷子呢!"汪诚看小菊噘起了嘴,忙说:"娃先吃,娃先尝尝。"他夹了一块兔肉,又夹了一块鸡蛋放在小菊前边的小碟里。小菊真饿了,有爷爷的呵护她就旁若无人地吃了起来。

大眼睛姑娘拿来一小瓶秦东名酒酒圣酒,汪达其问:"怎么是小瓶?"李菊说:"你要开车,意思意思就行了,主要是给爸要的。"汪达其说:"没关系,我今天不回去了,我要在秦东市会会几个老朋友,了解一下秦东市的纺织行业。你开车和爸、小菊先回去,给爸准备一下日常起居用品,后天和爸一起来秦东,我等着你们。"李菊说:"那也行。不过已经说好了,今天我要见一下秦纺厂和市上有关领导。"她还以为丈夫忘记了今天来秦东的主要目的。汪达其说:"我想了再想,这边的事不要急着处置,你给长住秦东的助手打个电话,说你有事脱不开身,等两天再说。"李菊说:"好,反正秦东这边业务的利润远不如铜城那边,实在不行,就趁此机会撤出秦东的业务。"汪达其说:"等我考察一下再做商量。""换一大瓶酒圣酒吧。"李菊看了看大眼睛姑娘,"爸今天高兴,就都放开喝吧!"

一家人开始吃饭,汪达其、李菊分别给父亲敬了酒,小菊也给爷爷敬了酒。汪诚几杯酒下肚,脸上放着红光,话也多了,他问大眼睛姑娘:"你们这叫什么寨来着?"姑娘忽闪着一双大眼睛,笑着说:"大爷,刚才给你说了,叫'快活寨'!"汪诚也笑了:"呵呵,'快活寨','快活寨',记住了,你们这儿有什么好吃的?"他抬起头,却不见了大眼睛姑娘。她一个人要招呼几个桌子的客人,够忙的,不过她眼观六路,穿梭往来,上菜端饭倒茶,哪一桌的事都没误下,尽显农家姑娘的手脚麻利。"大爷,我给您推荐几样我们'快活寨'的特色饭菜,您老人家看怎么样?"大眼睛姑娘给别桌上完菜,又来到了汪诚身边。汪诚只是心里高兴,随便问问,他对吃什么饭菜从来就不讲究,笑着说:"随便、随便。"大眼睛姑娘没问出究竟,抿着嘴笑了笑,她一开始就判定这一桌客人中拿事的是李菊,就给李菊推荐了几样特色饭菜。

不一会儿端上来一盘秦东特产"时辰包子",据说这种包子在清代光绪年间是按时辰卖的,错过上午九、十点就买不到了,故此称为"时辰包子"。馅料用猪板油切丁,加调料,制成油丁馅,上放大葱片。包子包成"僧帽"状,面细皮白,小巧玲珑,油渗在包子底上,呈金黄色,香气袭人,油而不腻。汪诚一连吃了两个,连说好吃。李菊知道老人一般爱吃这种食品,她掰开一个包子闻了闻,真香,给了汪达其,她从来不吃这种高脂肪食品。接着又上来了一盆羊肉糊饽,据民间传说是在元代由蒙古族传入而遗留下来的,被誉为秦东四大名吃之一。过去曾有"宁吃一盘糊饽,不吃酒席一桌"的俗谚。汪达其尝了一口羊肉糊饽,味道极其鲜美,刚要称好,却觉口中嚼的饽饼条很有筋道,便知这是妻子侧重给自己点的,就埋头不语吃了起来。很快又上来一盘菜盒,烙得又软又黄,是一种叫马齿苋的野菜做的馅,这种野菜当地又叫长寿菜。据说古时秦东的一个县太爷,在菜地里种了这种菜,被菜农当杂草拔得扔了一地,晒了个半干,谁知落雨后这些菜又活了过来。县太爷由怒转喜,便称其为长寿菜,这长寿塬上的长寿菜尤为有名。马齿苋菜盒吃起来又香又软,小菊吃得挺高兴,直夸野菜野饭吃着香。汪诚不再纠正孙女说的野饭,也吃了一个菜盒,喝了几口儿子盛的羊肉糊饽汤,惬意地咂了咂嘴,又接过儿媳递来的一杯酒圣酒,一饮而尽。好久以来他都没有今天这么高兴,也没有吃得这么多这么香过。

"快活寨"又来了一拨客人。一辆黑色的奥迪车停在寨门外,车上下来三个西装革履的中年男子。打头的一个矮胖黝黑,是秦东工业系统有名的南金山矿长,他一脚刚踏进寨门,就大呼:"来人呀!有没有雅间?给我们安排个雅间!"大眼睛姑娘立即迎上前来,笑着说:"欢迎光临,实在对不起,我们这里条件差,没有雅间,但有雅座,请师傅先坐下喝茶。"南金山哈哈大笑:"什么叫雅座,我看看,在什么地方?"他很不以为然地四处看着。大眼睛姑娘指着东南角的一张大桌子说:"那就是雅座,远可看川塬风光,近可欣赏院内盛开的鲜花……"南金山打断她的话:"可放个屁这棚子里的人都能听到呀!"他话一出口竟使棚子里的人笑得直喷饭,大眼睛姑娘羞红了脸,站在那里不知道该说什么好。汪达其也笑了,他抬头看了看,这个衣冠楚楚的人竟说出这般粗话,怎么如此面熟,这不是南金山吗?他的心绪立即复杂了起来,要不要打个招呼,他有点犹豫。这时"快活寨"年轻的女老板白玉燕过来了,她和大眼睛姑娘的年龄差不多,却长得更加风姿绰约,曾是市迎宾馆最漂亮最惹眼的小姐。文晓风安排她伺候了一次张洛朴,张洛朴一时高兴给了她一大笔钱。白玉燕就盘下了这家农家乐饭店,当起了这里的女老板。很快就有人称她为一枝花寨主,饭店的生意竟越来越红火。白玉燕看南金山说话虽粗鲁一些,却显然是个兜里有货的主儿,就笑着招呼,要把他安排在库房里，说那里虽也简陋，却僻静一些。南金山刚要离去，听女老板这样说，也只好凑合凑合了。他挺了挺胸脯高声问："听说'快活寨'的王八泡馍做得好，今天有没有王八？"大眼睛姑娘已经恢复了常态，赶忙上前说："有，有，我们做的甲鱼泡馍秦东第一，今天池子放的是野生甲鱼，就是有点贵。"南金山的音调更高了，像是给五十米开外厨房里的大师傅直接报菜名："贵怕个屁！今天就吃这野王八！"棚子里又是一阵哂笑声。南金山后边一个白净脸皮的男子笑着纠正："野生的，吃野生王八。"

南金山走近汪达其一家人的饭桌，想看看桌上有什么好吃的饭菜，边走边问："还有什么特色菜？统统都要！"他忽然发现了汪达其，两人对视后汪达其站了起来。南金山大呼："小达子，还认得老哥不？听说你这几年发达了，当上了董事长，又上电视又上报的，怎么在这里冒了出来？"他看像是一家人在一起吃饭，把有些粗话咽了下去。汪达其离开座位，紧紧握住南金山的双手，笑着说："老兄好！我是陪老父亲来六泉寺转了转，顺便在这里吃顿农家饭菜。"接着向南金山介绍了一家人。南金山十分客气地向汪诚、李菊问了好，摸着小菊的头直夸孩子长得漂亮。

汪达其问："不知老兄现在哪里发财？"南金山摇摇头："别提了，咱不会巴结领导，先把我从秦纺厂提溜出来，塞到印染厂当副厂长，后来又摆弄到秦河北当煤黑子。"汪达其说："那肯定是高升了。""高升个屁！当东井头斜井的矿长，相当正处级。"南金山说到正处级时脸上露出得意之色，他转过身指了指白净脸皮的男子说："不说这些了，给你介绍两个哥们。这位是秦河北最大的民营煤矿的矿长，都把挖煤的叫煤黑子，可他偏长得又白又嫩，是大名鼎鼎的白矿长！"汪达其脑子迅即闪过不能称白矿长，万一是南金山在调侃，岂不失礼，他握住这位矿长的手笑着说："矿长，你好，认识你很高兴。"南金山从汪达其的称呼上立即觉得这个人已今非昔比了，因为这位矿长并非姓白而是姓伍。他拉过另一个留长发的男子说："这位兄弟开矿是副业，主业是倒腾煤，大家都叫他王倒煤。"汪达其笑着说："王矿长好，我的姓比你多三点水，我叫汪达其，也是个生意人。"他俩的手紧紧握在一起。

大家一一见过后，汪达其客气地说："再加几张凳子，一块儿吃饭吧。"李菊也站起来招呼。南金山说："你们快吃，我们昨天来市上开企业维护稳定会议，会后几个哥们要在城里玩两天。今天要去柳河水库钓鱼，先来这里吃点饭填填肚子。"大眼睛姑娘早已站在边上，已听出了客人的身份，她见缝插针笑着说："雅间已收拾好了，请矿长过去点菜。"南金山挥挥手大声说："老白你和王倒煤去点菜，拣好的点，先要上两瓶白酒，野王八泡馍给汪董事长这桌也来上几碗，今天我买单!"汪达其赶忙说:"我们都吃饱了,什么也不要了。"等二人去点菜后,南金山坐在汪达其身边,点燃一支香烟说:"这么多年没有见面了,你的企业搞大了,名气也大了。下午我和他俩去钓鱼,晚上我在城里请你们全家吃个饭。"汪达其说:"谢谢南老兄的好意,明天星期一孩子要上学,他们要赶回去。我在秦东还有点事要办,晚上可以聊一聊。"汪达其想,南金山曾在两家纺织企业干过,也许掌握一些情况,交流一下会有好处。"好!一言为定,晚上我们好好聊一聊。"南金山说着给了汪达其一张名片,汪达其也给了南金山一张名片。南金山朝李菊点点头,站起来说:"那你们慢慢吃,我就不陪了。"说毕他大摇大摆地走向临时雅间,边走边拨通手机:"喂,李秘书吗?晚上订一桌饭,档次要高,另外再开个房间。对了,再安排一下桑拿……"他尽管越走越远,声音前高后低,后边几乎成了密语,李菊还是听清楚了。她皱了皱眉头,把汪达其的酒杯收了起来,轻声却又坚决地说:"别喝了,让爸多喝点。"汪诚问:"那个黑胖子是干啥的?好大的势。"汪达其说:"他当过秦纺厂的销售科长,那时我们常打交道,刚才听他说后来当过秦东印染厂的副厂长,现在是市属最大煤矿的矿长。直筒子脾气,挺讲义气,爱讲粗话,人倒是个好人。"

不大一会儿,临时雅间里便传出了大呼小叫的猜拳行令声,包括司机只有四个人,弄出的声响远远盖过了棚子里这么多人全部活动的总音量,这时的"快活寨"更加快活了。李菊最烦这种场合,她招呼公公和女儿抓紧吃饭,想尽快离开。汪诚有点累,也想着快点回去,他把碗一推,说:"吃好了,这顿饭吃得好香啊!"他想站起来活动一下身子,却"哎呀"一声,腰疼得竟直不起来。汪达其赶紧扶着父亲坐下,问:"是不是腰疼的老毛病又犯了?"汪诚痛苦地说:"这一段时间一直好好的,不知咋弄的,疼得直钻心。"李菊结清饭钱后也跑过来焦急地说:"这咋办呀?要不要到市区的医院去看一下?"

这时一个人缓缓走来,以手捻须不紧不慢地说:"是腰疼吗?我可以治治看。"汪达其、李菊一看,是位长者,他脸色黑里透红,留着稀疏的胡子,头戴一顶斗形黑帽子,帽前镶一块绿色的玉片,上身穿一件大领长皂衫,裤子略显肥大,长筒白布袜直抵双膝。小菊不眨眼地看着这位着装奇特古怪的老人,像是看天外来客一般。看这身打扮,汪达其知其是一位道士,赶忙拱手说:"道长好,请问怎么个治法?"老道示意把三张凳子并排放好,让汪诚趴在上面,他详细询问了疼痛的部位,略做推拿按摩后,从背兜的锦囊中取出几枚银针,扎在汪诚腰、腿、肩、背的多个部位,轮番轻捻慢进数分钟后,取出银针,又全身拍了一遍,微笑着站在一旁说:"好了,站起来试试。"汪诚慢慢站了起来,腰竟不疼了,又走了几步,觉得轻松多了,忍不住哈哈大笑:"今天遇到神医了!"小菊也随着爷爷高兴地跳了起来,心想今天竟见到神医了,回去给小伙伴有的牛吹了!李菊取出一张百元票,笑着说:"谢谢您,老道长,这点钱请您收下。"老道正色说:"贫道是行善,不是行医,做善事是不收钱的。"汪达其也笑着要老道收下钱,说是一点心意。老道不再推辞,说:"如果要给钱,算是善款,算是给重修双泉观捐赠的善款。"汪诚笑着说:"那就算我汪诚的捐款吧。"老道从背兜里取出一个发黄的小册子记下了汪诚的捐款。汪达其看老道如此认真的样子,忽然想到双泉观不就是慧泉法师讲的六泉寺南边曾经的道观吗?忙问:"请问道长,双泉观现在还是一片荒坡呀,什么时候才能重修呢?"老道的眼睛流露出了无比坚定的神色:"总会有这一天的!"他转身关切地对汪诚说:"看气色你老的身子骨挺硬朗,腰这点毛病不算啥,你如果方便的话,多来几次,我给你治治,还有一种自制的膏药可以贴,不出两三个月就可以完全治好。"李菊问:"请问老道长尊姓大名?现在住在什么地方?"老道说:"贫道薛乙。我本四海为家,为了重修双泉观,临时借住六泉寺外的一间小房子,来时到纯净水作坊一问便知。"汪达其说了父亲很快就要来六泉寺帮忙种花的事,这倒可以方便治病。李菊说:"这是天意,老爸一生积德行善,真是好人有好报。"汪诚大喜过望,摸着小菊的头,又把小菊拉到自己身边。小菊不解地看看爷爷,又看看老道,原来世上还有这样碰巧的事,再看看两位老人都面露慈祥,这种表情为什么又是如此相同呢?

这时川道里飘来缕缕薄雾,汪达其去临时雅间与南金山打了个招呼,告别老道后与家人乘车去城里。汪达其没有喝多少酒,就自己开车。雾渐渐大了起来,车子开得很慢。李菊给助手白银打电话询问了秦东纺织厂的情况,知道市工商局不再扣车,也不会罚款。为了维护企业的稳定,市上有关领导反复邀请经理来具体商谈有关事宜,以便尽快组织运料,尽快恢复生产。李菊告诉白银,这事先不着急,自己这两天有点事,处理完后再来秦东市。她按照汪达其的意思,没有提他来秦东的事。

雾越来越大,车子几乎是向前挪。李菊回头看了看坐在后排的爷孙俩,小菊靠着爷爷已入梦乡,汪诚头靠着后背闭着双眼,也是迷迷糊糊的。李菊喜欢看小说,她经常说自己当年如果上大学一定会学中文,把小说看个够。这时汪诚打起了轻微的呼噜,她忽然想到《西游记》里有关瞌睡虫的描写,心中笑道莫不是孙大圣给车子里放了瞌睡虫。

汪达其在中心广场附近的银花宾馆停下车,拿过李菊递给他的一个大皮包,向父亲和女儿打过招呼,就去办住宿手续。李菊舒了舒腰,深深地吸了口气,开着车回省城去了。汪达其在银花宾馆转了转,是一个很普通的宾馆,由于位居市中心广场附近,房价并不便宜。他走了出来准备找一个价格合适的宾馆住下。

他现在虽然身家上亿,在个人消费上却一如既往,和当年从事小商小贩时并无多少差别。除了特殊场合和特殊需要外,着装朴素,吃饭简单,住宿更不讲究。唯一让人上眼的是那辆进口的凌志车,他说那是经商象征而非身份标志,完全是为了应酬上和生意上的某种需要。今天有老父亲随行,吃饭不能太过马虎,不过这有李菊安排,其实父亲生活上也不讲究。现在他们都回去了,他就要完全按自己的习惯行事了。在一个背巷里,他选定一家小旅社住了下来。房子不大,但收拾得挺干净,有一台十四寸的小电视机。其实有没有电视机都无所谓,平时他就很少看电视,更何况今晚的主要任务是睡觉。半年多了,他忙得简直像高速旋转的陀螺,从现在起这个陀螺该停止运转了。他泡了一杯茶,半躺着将双眼半合起来。熟悉他的人都惊叹他的经商大赋,特别是他高中的班主任老师,多年来一直遗憾他因母亲突然病故,差半年竟没有毕业和参加高考。这位省级特级教师后来无限感慨地说:这个世界上少了一个名牌大学生,却多了一个必将著名的企业家。近年来汪达其在企业界已崭露头角,他经营的金鑫企业集团公司从棉纺生产起步,如今已形成以棉纺为主多元经营的企业集团,他本人也被省上评为先进民营企业家,成为企业界一颗冉冉升起的新星。他志存高远,并不满足这些,通过自学如今已取得了经济学硕士的学位,并不断向国内外著名的企业家学习,不断地提高自己的经营管理水平。他想通过努力将来让金鑫企业集团公司在国内上市,成为一家有名有作为的企业。要实现这一目标,就要抓住机遇,尽快把企业做大做强。可是文章从哪里做起呢?如何才能破题呢?他苦苦地思索着,忽然他想到了六泉寺慧泉法师所说的机缘。今年7月份,国家确立了西部大开发的重大战略决策。秦东市地处西部,自己是搞纺织起家的,秦东市是全省的棉花主产区和棉纺重镇,也许到秦东市来并站稳脚跟就会有机缘。马上就要跨入新的世纪了,全世界都认为21世纪将是中国的世纪,处在世纪之交本身就是机缘。机缘也许看不见,可遇而不可求,但必须置身于随时可能产生机缘的环境中,才有可能获得机缘,机缘也是为随时准备迎接机缘的人而准备的。来秦东市扩大业务,寻求更大发展的决心是否该下了,明天要详细了解一下这里的市场环境,然后再做决断,当然还得与妻子达成共识。妻子一直对在秦东发展不感兴趣……汪达其迷迷糊糊地睡着了。

  汪达其睡得正香,手机响了,他以为是妻子到家后打来报平安的,一听是南金山粗重的口音,要他到一家酒店去吃饭,还说已给他安排好了住处。老朋友相邀,却之不恭,汪达其答应一块吃个饭,说已经住好了,推掉了其他一切安排。他看看表,还不到下午6点钟,他叫了一辆出租车,很快便到了一个相当豪华的酒店。

大约 7 点多钟的样子,汪达其回到了住处。他洗了把脸,脱去后背湿透的上衣,一股浓烈的酒气弥漫在不大的房间里,那湿透衣衫的是酒不是汗。没办法呀,如今商场上的朋友相见大喝一通已成不成文的规矩。令汪达其没有想到的是南金山竟有那么多商场朋友,原以为就钓鱼的那几个人,实际上来了十多位,其中不乏商界精英,并非全是酒肉之徒。据说明清时的秦商喜欢结帮,喜欢豪饮,极其讲诚信、讲义气,纵横了半个中国,风靡了几个世纪,如今有人喊出了重振秦商雄威的口号,治世百业兴,也许秦商将由这一代人重新崛起。汪达其戏称自己与妻子曾约法三章,有人则说他是妻管严,老婆比纪检委还要严厉。一是不用女秘书。这一条他是不折不扣地做到了,因为他从来就没有过秘书,尽管企业越做越大,他也不准备设这个岗位。二是不醉酒。从商之人不喝酒是不可能的,能做到不醉酒也相当困难,但他做到了。他有一位远亲在官场多年,为了应付酒场练就一个绝技,喝酒时极其巧妙地将酒倒向脊背,据说曾将棉袄湿透过。汪达其把这一绝技学了过来,运用得出神入化,虽然酒没少喝,但还没有醉倒过。今天的酒喝得猛,虽有相当一部分渗到了布衫后背,他还是觉得头有点晕,但不到醉酒的程度。三是不去夜总会、歌厅、洗浴中心。这类娱乐场所的生意越来越火爆,官场和商场的一些人趋之若鹜,挥金如土,灯红酒绿,乐此不疲。汪达其久历商场,深黯个中深浅与玄妙,何况人在江湖走,焉能不随俗。为了生意他并没有少去这些场所,且许多生意都是在这些场所谈成的。他只把握住核心一条"不泡妞",他给妻子夸口说,这一条是当今国人最难过的一道关,多少高官显贵、社会名流、商界大亨都过不去,我一个普通商人却常在河边走,就是不湿鞋,无数次地进出娱乐场所,却从未食过言。妻子嘴上从未饶过,总是反问难道当今还真有坐怀不乱的柳下惠?常常是半信半疑,时不时还要敲一敲警钟,暗里也曾查访过。不过,商界从未传过汪达其的绯闻。所幸今天酒至半酣时,矿上打来电话,说是市政府的安全检查组已到矿上明察暗访,让南金山马上赶回。事关重大,酒宴只好提前结束,其他安排也都免了。令汪达其感到满意的是,在酒桌上听南金山神侃时,知晓了不少秦东纺织行业的情况。没想到南金山至今仍对纺织行业情有独钟,又了如指掌,他毕竟长期在秦东纺织厂和秦染厂工作过,所说情况还有些参考价值。

汪达其洗罢脸,重新换了一件上衣,然后开始喝茶,想早点睡觉,好明天早点起来。这时手机响了,他估计是妻子打来的,果不其然。当李菊知道他已回到住处,放心多了,南金山打电话的内容一直搁在她心里,还是忍不住问:"你那朋友没有给你安排销魂摄魄当一回神仙的事?"汪达其笑了:"他知道你会查岗,所以一切从简了!"李菊嗔道:"谁查岗了?我是那种人吗!我看那个矿长怕不是啥好鸟,怕他把你灌醉了,误了正事。"汪达其有些当真了:"南金山是粗鲁了一些,但不算坏,别说误啥事,说不定会帮咱打开一扇了解秦东的窗户。"李菊笑了:"别当真,早点睡吧!"她先自关了手机。

第二天,汪达其起了一个大早。一夜好睡,他觉得神清气爽,洗漱后来到早市,想吃点什么。变化大呀!几年没来,这里的早市已今非昔比,门店相连,地摊遍布,还有不少到处叫卖的游贩。煎炒烹煮的饭菜小吃,红黄绿白的蔬菜瓜果,宰好的猪牛羊肉,鲜活的鸡鸭鱼虾,琳琅满目,应有尽有。这些与他当初来秦东贩布时迥然不同,那时市场的物资远没有现在这样丰富,也冷清多了,有时想找个吃饭的地方都不容易。他放眼望去,上班的职工,上学的学生,买东西的大婶大嫂,还有晨练路过的老头老太太,拎篮的背包的,提鸟的牵狗的,熙熙攘攘,热闹非凡。汪达其信步来到一辆标明"政府放心早餐"的三轮车旁,这是秦东市政府去年在市区推出的一项便民项目,由市政府委托有关部门统一管理并组织经营,统一采购食材,统一制作标准,销售点遍布大街小巷。这种早餐快捷卫生,保本微利,既安排了一批下岗职工,又方便了市民生活。看着几个男女学生正在津津有味地吃着烧饼夹菜,汪达其高兴地想,咱也当一回中学生,吃一回"政府放心早餐"。他向一位大婶要了一个烧饼,夹些红萝卜丝、炒土豆丝、凉拌豆芽和酱制咸菜丝,咬了一口,还真香。没有人会想到这是一个亿万富翁在和学生们吃一样的简单早餐。汪达其吃完烧饼,又要了一小碗豆浆喝了。结账时仅一元三角钱,汪达其在兜里掏出了几张银行卡,显然这种小摊是不能刷卡的,他又掏了掏发现竟没带零钱,只好掏出一沓百元票来,递出一张给卖饭的大婶。这一切都被那几个学生看在眼里,他们好奇而又不解地看着这位绝对是个大款的中年男子匆匆离去。

汪达其离开早市,首先来到秦东纺织厂。这是他再熟悉不过的地方,十多年前他刚入商场,就是从这里开始贩卖布匹的。他和当时秦东纺织厂销售科长南金山就是那时结识的,另外两个副科长任东山和黄一鸣也都十分熟悉。如今他们都高升了,南金山当了矿长,改了行;任东山据说当了轻纺局副局长,听南金山说有可能重返秦东纺织厂任职;黄一鸣当了秦东纺织厂的副厂长,仍然分管着销售这一块业务。当然自己早就不再贩卖布匹了,如今成了秦东纺织厂来料加工业务的实际主宰者,虽然从未露过面,却完全可以决定这项加工业务的进退去留。人世沧桑,一切都难以预料啊!来到厂区大门口,一切都是那样熟悉。他看了看门口站岗的保安人员,突然觉得心里一阵紧抽,他停下了脚步,思绪回到了多年前的一幕。随着贩卖布匹生意的逐步扩大,他的足迹遍及东南沿海一带,并十分敏锐地感觉到了打开国际市场的必要。但秦东地处内陆腹地,与外商直接打交道的条件当时尚不具备,他只好到江浙一带寻找代理商。终于有一家浙商愿意与他合作,他一次性将秦东纺织厂的全部库存布匹运走,答应一个月内付款。他做了多年布匹的贩卖和推销,在秦东纺织厂的信誉一直是最好的,上自厂长,下至销售科长,甚至普通的销售人员无不熟悉,无不称道他的诚信。但这一次却违约了,岂止是一个月,三个月过去了货款还迟迟未到,汪达其都急死了,吃不下饭,睡不着觉,去了几趟浙江,连那个浙商的面也见不上。秦东纺织厂开始只是催,半年后说是要向警方报案。汪达其在设法筹钱的同时,来到厂里解释以求宽限,谁料来后被黄一鸣扣住了,黄一鸣让几个年轻保安将汪达其绑在篮球架的杆子上,逼其还货款。几个保安不顾汪达其的感觉,打球玩了起来,投球时甚至故意投向汪达其,球打得他鼻血流了一脸,白上衣也染红了,受了极大的痛苦和侮辱,令他终生难忘,每每想起此事就心痛不已。到秦东纺织厂来搞加工业务,他从未出过面,也不让李菊出面暴露身份。李菊一直让助理白银具体负责秦东的业务,她还不曾出头露面。即使这次来秦东考察纺织业市场,汪达其也犹豫了好久,为了企业的发展,他下了最大的决心,咬着牙要忘掉过去的恩怨,李菊也曾鼓励他要学西汉开国名将韩信受了胯下之辱,仍不堕青云之志,终成一番大事业。可是一看见这几个并非当年的保安人员,他还是停下了脚步。自己并不是韩信啊,我是汪达其,汪达其就是汪达其,一个普通的商人,仅此而已。他从栅栏处望了望熟悉的厂区、办公楼、车间、库房、职工食堂,还有那不堪回首的篮球场,这一切依稀未变。但给他最强烈的感觉是冷冷清清,一个数千人的国有企业不见了往昔那种繁忙兴旺的景象,竟沦落到毫无生气,甚至是奄奄一息的状况。说实在的,只要自己狠狠心,会让这个企业立即窒息。汪达其心里五味杂陈,有一种说不出的滋味。再一想,这也是机缘呀,秦东纺织厂缺的是钱,可自己企业的现金流是充裕的,有的是钱啊!钱这个东西太神奇了,是世人拼命追逐的东西,是世间最不可或缺的东西,有了钱可以让人有身份有地位,赢得社会尊重和心理满足;缺了钱社会无法正常运转,再好的企业也会停工停产,普通人就会生计维艰,甚至会像他当年那样蒙羞受辱。那一年,多亏李菊东奔西走,贱卖库存物资,还借了高利贷,才还上了秦东纺织厂的一半货款,并签下契约答应两个月还清全部货款后,终于把他从秦东纺织厂的一个破仓库里领回了家。当然,钱这东西在冥冥之中往往与命运相关,那一年就令他感到了钱会捉弄人,也会成就人。在全家人都绝望时,那位浙商竟如鬼使神差一般来到了汪达其身边,说是找了一家出价更高的外商,虽然时间拖得长了,但利润更丰厚了,知他受了委屈和损失,还特意做了补偿,并约定继续合作下去。这一下,汪达其立即还清了秦东纺织厂的全部货款,还获得了他从商路上的第一桶金,从商的实力大增,他也从商贩蜕变成了商家。想到这里,汪达其释然地笑了,秦东其实是自己的福地,名将韩信自然难望其项背,但应该走出受辱的阴影。完全可以用资本来撬动秦东纺织厂,说不定还能再掘一大桶金呢!汪达其仔细端详了这几个保安,全是陌生的面孔,也并无凶神恶煞的样子,他还是身不由己地走过大门,离开了秦东纺织厂。黄一鸣现在当了副厂长,还有一些熟人,万一碰见会相当尴尬,好在秦东纺织厂是十分熟悉的,不去也罢,一切随缘吧!

汪达其离开秦东纺织厂后,有些脱离险境的感觉,又觉得有些怅然,去哪里呢?昨天南金山在酒桌上发牢骚夹带神吹时,说过秦东纺织厂、印染厂、针织厂号称秦东"纺织三星",他给两颗星添过光,镀过金,如今让他当煤黑子,是欺人太甚,天理难容。秦东纺织厂这颗星虽未殒落,但已黯然失色,干脆去秦东针织厂和印染厂这两颗明星级厂子走走,这也是本有之意。从秦东纺织厂往东走,是新修的十分宽敞的史圣路,《史记》作者司马迁的故乡离这里不远,故取名史圣路,走过这条路不远便是秦东针织厂。该厂的建设显然是考虑了方便就近消化秦纺厂的半成品,在建设期间汪达其曾多次路过,但都没有进去过。这里倒是挺热闹的,人们进进出出,手里提着大包小包。栅栏门内的广场上各类机动车辆停得不少。汪达其信步走近一个大车间,仔细一看原来是省城家家乐超市的连锁店。针织厂怎么办起了超市?汪达其好奇不已,想着既然来了就进去看看。汪达其超市去得多了,觉得这里的超市并无什么特别之处,在令人眼花缭乱的各种商品中,汪达其还是发现了"秦针专售"的牌子,他走了过来想看个究竟。一位大嫂笑着迎上前来,汪达其点点头,忙说随便看看。这里的针织品还真不少,大的有窗帘,小的有各种玩具、小饰品、头巾、手绢等,更多的是不同规格的T恤衫、童装,还有婚纱。汪达其发现几乎全是南方的品牌,真正贴秦东针织厂品牌的仅有T恤衫一个类型的产品,所谓的"秦针专售"完全是一块名实不副的招牌而已。碰巧这位大嫂就是秦针厂的老职工,她给汪达其解开了这个谜。原来秦针厂先天不足,建成后资金严重不足,加之产品单一,根本竞争不过南方的企业。1998年亚洲金融危机爆发后出口定单锐减,厂子根本无法组织生产。多亏厂长同六六及时调整经营策略,将最大的车间租赁给了省城的家家乐超市,并安排相当一部分职工在超市上班,才保住了职工的基本生活,也才使企业维持了基本稳定。厂子的机器设备大部分堆到了库房,任其锈蚀,有些已变成了废铁。一些技术骨干租赁或廉价购买了部分机器设备,租下不临街的小车间,开起了家庭作坊,"秦针专售"处卖的针织T恤,便是这类产品或原来的库存积压产品。汪达其给小菊买了几件针织玩具和小饰品后,告别这位大嫂走出超市,在厂区转了转。厂区面积相当大,又居于市区的准中心区,位置优越,可这个秦东市的明星级国企竟一蹶不振，空有其名，实在令人扼腕叹息。

走出秦东针织厂继续往东走，紧挨着便是秦东印染厂。汪达其看到厂子的大门高大气魄，门额上"秦东印染厂"五个大字是请京城的一个书法大家所写，昨天南金山吃饭时曾特意炫耀过。一门卫问了他的身份后，异常客气地让他进入门内。迎面是一栋新潮壮观的现代化办公大楼，小车从侧坡可直达楼门口，给人的感觉是这家企业的实力不凡。难怪南金山昨天一再说，秦东印染厂是他负责基建的得意之作，气派堪称秦东第一。汪达其正要去生产车间转转，办公楼内走出一个中年男子，走下台阶客气地问："请问你是汪达其董事长吗？"汪达其看了看来人，有点疑惑地回答："我就是，我就是汪达其。"那个中年男子握住汪达其的手说："欢迎，欢迎汪董事长到我们厂里来。我叫章省民，是厂里的党委书记。昨天晚上老厂长南金山给我打电话说你今天可能来厂里，说你们是老朋友，也是老纺织，让我代他招呼你。刚才门卫给我打电话说你来了，我就赶忙迎了出来。"汪达其心想这南金山挺够朋友，忙说："我随便转转，想在车间看看，没啥事，真不好意思打扰你。"汪达其谢绝去办公室喝茶，章省民就陪汪达其走向车间。汪达其细看章省民，穿一件深蓝色夹克衫，黄军裤，朴实而精干，十分亲和的样子。章省民笑着说："汪董呀，人不亲行亲，你算是咱纺织行业的排头兵。省上开会时你在台上领奖发言，我就认下了你。"汪达其觉得距离拉近了许多，也笑着说："行亲了，人也亲了，请问老兄也是老纺织了？"章省民苦笑着说："我是复转军人，对印染是个外行，前两年从市经委派来当书记的。"汪达其听出其中必有苦衷，刚好也进了车间，便转了话题："车间还挺不错的！"章省民说："我们的厂房、设备都是一流的，这是南金山当副厂长时一手搞的。当时来这里考察学习和参观的人可多了，现场会也开过不少，报纸、电视台都宣传过。"汪达其点点头，心想南金山走到哪里都放得开，敢干事，还是个大气派。他看车间人并不多，就问："你们厂是周一休息？"章省民被捅到了疼处："唉，哪里是休息，是停产，这里只留了少量的人维修养护机器，干点杂活。"说到这里，章省民开始诉起苦来。原来秦东印染厂是作为秦东纺织厂的配套厂建设的，现在秦东纺织厂生产不正常，不能满负荷生产，还经常停产，印染厂也只好停产。加之印染厂的设计能力大大超出了秦东纺织厂的生产能力，前多年还到处揽活干，现在整个纺织行业不景气，活也不好揽了。特别雪上加霜的是，几年前厂长招商引资时被骗了三百万元，本来流动资金就缺乏，这下更使厂里彻底陷入困境。厂长常年在外追债、打官司，把这个烂摊子交给章省民打点支撑，多家银行催还贷，不少企业催欠款，职工工资难保障，把他搞得身心交瘁，苦不堪言。汪达其默默地听着，知道这个表面看来不错的企业，其实是外强中干，已经濒临破产。汪达其还看了另外几个车间，一部分工人正在生产童车和玩具,与印染业务已相去甚远。一问才得知这几个车间建成以后由于资金缺乏,机器尚未购置,只好出租给一家生产童车和玩具的企业。现在看来这倒是件好事,起码让职工在停产后的基本生活得以维持。汪达其突然想到秦纺厂能不能整体租赁经营呢?这样经营就更有主动权了。

汪达其再三谢绝了章省民代表南金山请吃午饭的好意,告别章省民离开了秦东印染厂。汪达其信步向东走,不大一会儿来到了中心广场附近。这里车水马龙,人流如织,是市区最繁华的地方,他站在广场边,心情不禁豁然开朗。他看了看四周,觉得广场中唯一有特色的是广场南端矗立着的一座不锈钢雕塑,有人说像无芒的麦穗,有人说像竖放的玉米棒,有人说像古代的兵器,有人说像待发射的火箭,还有人说这是典型的四不像。也许这正是雕塑家的匠心之所在,他把想象空间留给了所有的人。而令人惊叹的是,不管从哪个角度看,这一雕塑都具有一种蓄之已久的向上的张力,给人的感觉是一旦爆发,必将直上九霄云外,显然这寓意着即将喷薄向上的祝愿和期盼。汪达其心想,秦东市地处西部,目前的确是落后了,但也许正在积蓄力量待时后发。他环顾中心广场四周,四条主干街道呈井字形形成了城市中最繁华的区域,中心广场占了这个区域的大半。这个区域的东西方向,北是秦风大街,南是长阳大街,这是整个城区最主要的两条主干街道;南北方面,西是字圣路,东是酒圣路。他以资深商人的敏感立即发现这里充满商机,遍地是宝,可以建商厦、酒店、超市,打造秦东的商业旗舰;还可以围绕中心广场搞房地产开发,打造全城最佳的黄金地产。他站着的地方是字圣路,是为了纪念创造汉字的黄帝史官仓颉而命名的,中心广场东面那条酒圣路是为了纪念发明酿酒术的白酒鼻祖杜康而命名的。据考证,这字、酒两圣,包括前边提到的史圣司马迁都是秦东人氏,尽管史学界尚有争议,城内依然新添了三条冠"圣"字的街道,这也是近年来各地加大自我宣传的一种手段。他又想到了秦东的纺织行业,秦东的"纺织三星",现在看来都名不副实,已不再是三颗明星,都已黯然失色,特别是秦东纺织厂这颗最大的星随时都可能殒落。如果市上重新整合一下,也许还会出现转机。可怎样整合呢?依秦东市的经济和财力状况看,估计整合的难度很大,尤其是秦东纺织厂这个龙头企业更是积重难返,难题不断,又火烧火燎迫在眉睫,市上肯定会想出各种办法来应对。也许这对于民营企业来说,恰好会闪现难得的机遇,不管怎样,只要仍然有利可图就暂时不撤离秦东市,留下来看看有没有新的机遇。机遇这东西太神奇了,有时会不期而至,门板都挡不住;有时则会失之交臂,赶都赶不上。没办法,对这种可遇而不可求的东西,只能听其自然!想到这里汪达其有些超然,他看看表快12点了,先吃了午饭再说。路边有几家卖小吃的,他转着看了看,坐了下来要了一碗凉皮,吃完后又要了一小碗热面汤喝了。

汪达其下午想去轻纺局见一下任东山,这位当年秦东纺织厂的销售科副科长如今当了市轻纺局的副局长,也算是老朋友了。时间还早,需等到下午上班后再去,他来到一家银行的营业部,在靠墙的排椅找个空位坐了下来,看了一眼排队办业务的人,拿过报夹随意翻了翻就以报纸盖脸闭上了眼睛。

汪达其本想略微休息一会儿,闭上眼睛后满脑子竟是秦东纺织厂的事情。值得这样吗?不是全权委托给了妻子吗?接着脑子里又出现了秦东针织厂和秦东印染厂……他索性拿出手机,一个上午都没有开机了,他拨通了李菊的电话,只听电话那边怨愤指责之声不断。原来李菊的助手白银拗不过黄一鸣副厂长和新上任的秦东纺织厂党委书记任东山,一行人一大早就赶到省城公司总部邀请李菊来秦东共商有关事宜。黄一鸣过去认识李菊,当然也就知道了汪达其是真正的老板,又坚持要请汪达其一起过来。既然这样了,也无密可保了,李菊就与汪达其联系,可他一直没有开机。实在没有办法,就只好先来秦东后再联系。汪诚对到六泉寺种花十分上心,加上腰疼明显好转,他也一起提前赶了过来。李菊到秦东后仍然没有联系上汪达其,只好一个人先把公公送去六泉寺住下。

很快李菊的小车就开来了,汪达其有些不好意思地迎上来,笑着再三表示歉意,忙着解释:"手机整天响个不停,烦死人了,既然出来了,我想一个人心静一点,一直没有开机,不会误啥事吧?"李菊心想,说的也是,他难得片刻宁静,百忙中偷得半日清闲,也许对健康会有好处。不过像他这样的人想心静未必就能心静,有什么办法呢?她转过身看着任东山、黄一鸣对汪达其说:"都是你的老朋友,我就不介绍了。"

任东山立即上前紧握汪达其的手:"汪董事长,士别三日当刮目相看。几年不见你已今非昔比了,成了全省知名的企业家。"汪达其看着笑容满面的任东山,也笑着说:"哪里,哪里,还是一个商人。你如今是轻纺局的副局长了,是政府官员了,本来准备下午要去轻纺局去看望你,没想到在大街上见面了。"黄一鸣在一旁说:"汪董事长,任局长又兼任了秦东纺织厂的党委书记,今天上午刚宣布完我们就一块去省城请李经理和你。大家一起聚聚,叙叙旧,机会难得嘛。"汪达其一见到黄一鸣心口就发堵,恨不得扇他两个耳光,而他竟还去省城找自己,现在又当面套近乎。汪达其强压心头怨恨,人在江湖上的确身不由己,李菊刚才还违心地说是老朋友呢,实在无法拒绝黄一鸣含笑伸过的手,他没有表情地轻握一下,什么也没有说。黄一鸣心知肚明,汪达其对过去的不愉快依然耿耿于怀,不然为啥这次合作不光他不出面,也没有让妻子出面。黄一鸣毕竟也是见过世面的人,笑着说:"我们这次合作很难得呀,听说李经理具体负责,她可是个女强人,把各方面运筹得是没得说,连我们这些老纺织也打心眼里佩服!"李菊忙说:"哪里,哪里,黄厂长言过了,秦东的业务主要是白银在打理。"她觉得这个人挺精明,他夸她分明是在讨好她的同时也让丈夫高兴。听说他虽是副厂长,却挺有实权,在生意场这种人是不能得罪的,她接着说:"听我们小白说,业务上的事主要是找黄厂长联系。"白银一直站在边上不说话,这时开了腔:"黄厂长挺支持我的工作,这次发生扣车后,黄厂长一直在跑这件事。"

任东山笑着说:"不能一直站在大街上,要不然先到轻纺局我的办公室坐一会儿,刚好汪董事长也想去局里转转。然后我再和周局长联系一块开个会。"大家都上了车,一起去轻纺局。汪达其上车后问李菊:"你电话上说爸也来了,人呢?"李菊说:"你现在才想起爸了,丢不了!我已经送到六泉寺了,一切都安顿好了,被褥、床单、换洗的衣服、日常用品、锅碗瓢盆、油盐酱醋都备齐了。对了,爸和那个老道长住在一起,陆泉大管家在招呼,还安排了一个学过厨艺的小和尚给做饭。你就放一百二十条心吧!"汪达其听了十分高兴,妻子还真是心细如发,把老父亲安排得如此妥帖,这是老人的福分啊,他禁不住作揖说:"谢谢,谢谢夫人!"惹得白银和司机都笑了。李菊反而有些不好意思,她情不自禁地冒出一句话:"小白,今后要经常去老爷子那里照看,这是你的一个重要任务!"刚说完她又觉得说早了,秦东的业务说不定就要打住了。

不大一会儿,一行人来到了轻纺局机关大院。这个大院是两个部门共有,以大门为中轴直到后边的家属院,以西归轻纺工业局,以东归重工业局。去年机构改革时,这两个部门都改成了总公司,但人们不习惯叫轻纺总公司和重工总公司,仍然以局相称,只是行政公文和正式场合才冠以总公司。大家仍然把领导称局长,没有人叫总经理。说实在的,就这两个部门而言,几乎没有人愿意改成总公司,也没有哪一个领导愿意当什么总经理。我们也权且继续使用这已经不规范了的称谓吧。由于历史原因,重工局后边的一栋家属楼为两家共有,住着两个部门的干部职工,轻纺局前边的院子里有一个厕所,也属两家共有。如此你中有我,我中有你,按说两个部门应亲如一家,其实不然。大家都清楚,这两个部门业务上没有多少联系和往来,卖白布的轻纺局还见不得卖黑煤的重工局,矛盾不大却也不断。多年来,两个部门互相瞧不起,喜欢攀比,喜欢较劲,也喜欢看对方的热闹。而轻纺局往往占据上风,特别是重工局引以自重的煤炭业务被划出去,另外成立了煤炭局以后,更是如此。但这几年轻纺局的日子却越来越不好过了,属下的企业都在市区,"纺织三星"一出问题,职工就上了街,去了市政府,也没有少冲击轻纺局。把轻纺局搞得相当被动,有时还相当狼狈。院子里来了上访的职工,轻纺局从领导到职工忙于应对,而重工局的职工则端着茶杯在院子里看热闹,有的还在那里点评,甚至还嫌事情闹得不够大。事情过后,轻纺局的职工则说,别幸灾乐祸,你们更可怜,整天没事干,哪个企业还找重工局?你们能给人家办啥事?

两个部门虽都改成了公司制,却并不参与任何经营,还是搞行政管理。随着体制改革的深化,事情越来越少,行政管理职能也日渐弱化。目前的工作重心变成了维护稳定,干部们戏称机关变成了"消防队",特别是轻纺局整天都在忙于"灭火"。对这样的总公司,终于有人发明了"行政性公司"的称谓,没有多少实权,也不赚钱,政府的重视程度也在不断调低。原来市政府准备给两家共盖一栋办公楼,由于两家意见难统一被拖了下来。后来两家想通了,可市政府却不再考虑了。

汪达其、李菊走在轻纺局的院子里,院子里铺着砖块的地面坑凹不平,破损的砖缝里长着杂草,觉得这儿哪像市政府部门办公的地方,还不如外地一些乡镇政府的办公条件呢!几排平房便是机关的办公室,第一排靠边的墙上挂着一个白底黑仿宋字的大牌子,上书"秦东市轻纺工业总公司"。看到这块大牌子后,汪达其和李菊几乎同时互相看了一眼,两人都看出了对方的疑惑和惊讶。汪达其心想原来也成了公司,我们不也是公司,还是集团公司呢!既然变成了企业,形象就很重要,但除了一块超大的牌子外,如此寒酸的公司,估计连个形象代言人也找不到。他还是换了个角度,试探着问:"你们总公司下辖几个公司?"黄一鸣抢着回答:"改叫总公司是应付机构改革,还是局级职能,我们这些企业仍是下属单位。"他看看任东山:"我们从没叫过你副总经理,任局长你说是吗?"任东山笑了笑,没有回答,要还是局级职能,谁还会去兼秦东纺织厂的党委书记?党政机关领导干部是不能到企业兼职的。叫不叫副总经理,上级还是按副总经理对待,他真是不愿在这个时候去兼这个职,放着清闲不清闲,去蹚什么浑水,有苦难言啊!

进到任东山的办公室,大家都坐了下来。任东山笑着说:"机关条件差,没办法,秦东太穷了,不说这些了。我们是老朋友了,说些大家高兴的话……"还没说完他的手机就响了,就连忙到外面去接电话。黄一鸣接过话茬:"山不转水转,我们这些老朋友又聚到了一起。汪董事长如今成了全省企业界的领军人物,我们能再次合作也是天意。"李菊觉得此人要么是没话找话说,要么是在套近乎,她不动声色地喝着茶。汪达其心里愈加反感,什么老朋友?什么天意?分明是冤家路窄呀!不过多年生意场上的打磨,使他毕竟成熟了许多,他似乎漫不经心地说:"秦东这边的合作一直是李菊负责,其实李菊也不大管事,主要是白银在经管。白银在大学是学经济管理的,李菊很放心,也很放手。你们不专门去叫李菊,她是不会来秦东的。"这时任东山走进来说:"周华局长和向平厂长,昨天到今

## 第五章

天上午一直在等候你们,下午受市政府领导委托去机场接北京的客人,周局长让我们先议一下合作的事情。他们二人得知汪董事长是合作方的大老板后特别高兴,让我代为问好,还说回头要好好聚一聚。"汪达其笑着点点头,当年周华在秦东纺织厂当过厂长,向平从副厂长到厂长,汪达其都有过接触。不愿暴露身份的汪达其,终于携妻子一起从后台走到了前台。他的脑子在快速转着,在下着最后的决心。李菊平静地喝着茶,心里也在盘算着。

任东山坐下后,打开文件夹说:"周局长不在,那咱们就开个会吧。难得汪董事长、李经理和白助理都来了,事情就好办了。"任东山简要说了一下市政府前几天召开的关于秦东纺织厂专项问题会议的精神,代表市上对汇隆棉纺公司表示诚挚的道歉。讲了市上采取的一些重要措施,包括任命自己到秦东纺织厂兼任党委书记的事情,还准备从北京请有关人员来参与谋划,下决心为秦东纺织厂的经营和稳定创造良好的外部条件。汪达其和李菊都听得很认真,感到秦东市政府的确十分重视秦东纺织厂的事情,也都在等着说具体的事情。任东山说了总的情况后,笑着说:"扯得多了,和汇隆公司直接有关的事情,其实很简单,就是商量一下尽快恢复生产的事。"

黄一鸣说:"来料加工业务一直搞得很好,工商局查扣运棉车以后,生产停了下来。现在工商局撤了,白助理一直说要李经理点头后才能投放原料。"听黄一鸣的口气好像停产的责任全成了汇隆公司的,不给个说法就糊里糊涂地放话行吗?李菊忍不住问:"还有罚款的事呢?"任东山忙说:"罚什么款?工商局什么都不提了,这事就算过去了。"白银补充说:"市工商局的一位副局长找我做了些解释,没有像市上说的那样道歉,也没有再提罚款的事。"汪达其看了李菊一眼,李菊知道丈夫现在不便说什么,就慢慢地说:"汇隆公司这几年铺的摊子有些大了,资金有些吃紧,想收缩一下,原想把铜城的加工业务停下来,因为秦东离省城毕竟近一些。但这边的加工费却高出那边百分之十,秦东这边的利润远不如那边,我想了一个多星期,秦纺厂这边的业务既然已经停了,也就把这边的业务暂时先撤了,等以后有机会时我们再重新合作。"汪达其并不感到意外,妻子一直不看好这边的业务,自己也一直听凭她去经营,且看秦东这边是何态度再说。白银则有点吃惊,李菊虽然对这边的业务有看法,但一直没说过要趁机撤出的话。应该说秦东这边的态度够积极的了,甚至情急之下有些低声下气了。但自己是打工的,有什么办法呢?

黄一鸣急不可耐地说:"白助理也多次说过要降低加工费的事,但降低加工费,工人的工资就要降,会增加新的不稳定因素,搞不好又会闹起来。"他是厂里具体负责与汇隆公司合作洽谈的,局里领导也说过,这方面出了问题唯他是问,他心里十分焦躁不安,头上渗出了细微的汗珠。李菊说:"大家都有难处,互相谅解吧。停产半个月,运输车辆被扣,我们损失了不少,既然都是老朋友了,我们就不算这笔账了。其他账项算一算,该给秦纺厂付的款,我们一次性结清。"

任东山也着急了,不管怎样上级算是重用自己,可一履新就弄到这地步,无法向各方面交代,后边也肯定会影响前程,情急之中,他果断表态:"秦纺厂来料加工费可以降,降多少合适可以商量。停产期间的损失算一下,将来在付来料加工费时予以冲抵。我们要给汇隆公司提供良好的服务和良好的外部环境,把我们的合作越搞越好。"黄一鸣擦了一把脸上的汗,语无伦次地说:"一定要让企业赚大钱,让李经理满意,我们一定能服务好,一定要做好服务,让汇隆公司放心,让汪董事长也满意。"白银知道在重大决策问题上以她的身份并无参与资格,这时竟不由自主地着急起来,禁不住说:"秦纺厂的服务工作做得还算比较好,当然还可以改进……"她竟不知怎样说才好,脸红了,心跳也快了,鼻尖上也渗出了汗珠。大家没有听出她想说什么,汪达其听出她是想让秦东纺织厂的业务继续下去,又怕违拗了李菊。这个妻子最为满意的助理,大学学经济管理的高才生,一心想搞出业绩来,不愿让她从事的工作半途而废,但一个打工的,无权参与决策,说几句模棱两可的话也是鼓足了勇气。汪达其以不经意的眼光瞄过白银,她人长得不算漂亮,留着齐耳短发,穿着不像一般就业后的大学生那样讲究,精明干练,事业心很强。当然汇隆公司虽是民营企业,给她的年薪却高得让她的同学们羡慕不已。这会儿她竟像个小学生那样红着脸很不自然地坐在那里。不过她的真实想法汪达其已了然在胸,他隐约觉得白银也在看他,便微微点了点头。

汪达其喝了一口水,慢条斯理地问白银:"小白,秦纺厂生产的纱和布的质量还可以吧?"白银是个极聪明的人,一听董事长的口气,已然感到了某种转机。她看了一眼周围的人,李菊一脸的平静,任东山、黄一鸣正看着她,眼睛都露着希冀的光芒。白银轻声说:"董事长,李经理派我来秦纺厂主要有两个任务:一个是联络,一个是负责质量监督。李经理对质量一直比较满意。"她声音不大,却毫不含糊。任东山心里轻松了一些。黄一鸣从心里佩服这个平时不大说话的小女子在重要关头还真会说话,不说自己满意,而说成是李经理满意,事情如何定还难说,她的态度汪达其拍板时是会考虑的。汪达其十分满意白银的表态,如此聪敏,难怪李菊让她当助理,看来当初高薪从大国企挖来这个人才是值啦。不过她说的是真话,和秦东纺织厂打了那么多年的交道,对其产品质量自己是清楚的,李菊也说过秦东纺织厂前几年陆续更新了设备,产品质量比较好,这便给自己运筹打开了一扇窗口。他并不急着表态,经过多年摸爬滚打,在重要时刻更加的冷静和沉稳,这是无数次的挫折和坎坷磨砺而成的。李菊深知丈夫,她在静待汪达其的表态。尽管人们都说她是女强人，在重大决策问题上她还是尊重和相信丈夫的。汪达其思之良久才慢慢地说："搞企业赚钱天经地义，也得有社会担当。我从不过问秦东的业务，这次来秦东是陪父亲去六泉寺进香，这回头还要去一趟六泉寺。李菊多次给我讲在秦东的业务，对维护秦纺厂的稳定有好处，所以尽管效益不理想，她一直咬着牙坚持着，可这次扣车罚款搞得李菊很伤脑筋。"汪达其略做停顿，看了妻子一眼，尽量斟酌着说："既然秦东方面已做了处置，而且愿意做好以后的生产保障和服务。而且都是老朋友、老熟人了，除了南金山离开了纺织行业，任局长、黄厂长，还有周局长、向厂长这些当年的老朋友、老熟人，又走到一起来了。"黄一鸣知道其他人是老朋友，只自己一人是老熟人，他还是笑着说："难得，难得，这实在是难得呀！"汪达其强压心中的厌恶，不理睬黄一鸣，继续说："李菊是个爱面子人，这边效益不好，她不好给董事会交代，既然这边愿意降一下加工费，我看是不是和铜城那边搞成一个标准吧。"任东山立即说："行，降百分之十。"黄一鸣补充说："从本月开始，加工费降百分之十。"汪达其说："李菊虽然只是汇隆公司经理，但这边的事情是她说了算，她特别重视质量，我看白银今后可以质量技术监督员的身份，参加秦纺厂的经营管理活动。"任东山说："就叫质量技术顾问吧！按副厂长对待，参与厂里的一切经营管理活动。回头我给周华局长说一下，局里发个文明确一下。"汪达其先从李菊容易接受的内容说，估摸着她这会儿心里活泛些了，又接着说："李菊一直想拓展业务，这一段时间资金偏紧，就只想着拓展铜城的业务。既然这边老朋友、老熟人多，我想她会给我这个面子的。这样吧，除了原来生产的车间外，再扩大一倍，秦宇公司也全算进来，这样秦纺厂可以有更多的职工上岗，也算李菊对秦东稳定尽一点社会责任吧！"任东山怎么也没有想到会有这样的好事，他用手摸摸额头确认这不是做梦后，立即站起来说："谢谢，谢谢！汪董事长真是大气魄，大企业家风范啊！"黄一鸣想，这不等于全员上岗了吗？妈呀，天上还真会掉馅饼。他也站起来说："汪董事长，太感谢了呀，这样李经理就成了秦纺厂的观音菩萨，秦东市的大名人！"李菊知道这是丈夫深谋远虑后的表态，他在商场打拼十多年，过的沟沟坎坎比自己多，阅历比自己丰富，他能这样表态肯定有其道理，她尽量保持着平静，平淡地说："老汪表态了，先干起来再说吧。我今天回去后先马上组织资金、原料。厂里还有部分原料，你们和白银商量一下什么时间开工。"白银高兴得脸上泛起了红光："工人们早就嚷嚷着要上班，明天就可以部分开工。"不过她仍然没有忘记对企业应尽的责任和忠诚，问："这半个月的损失怎么算？"李菊刚才已盘算过了，既然准备继续合作，而且摊子铺大了，这点损失就成了小菜一碟。她对白银说："这个就不再提了，算是不可预见因素造成的，再说都是老汪的老朋友了，总得给点面子！"大家一齐笑了,气氛一下子好多了。任东山和黄一鸣提出要请客,李菊却说:"算了吧,老汪还要去看老父亲呢!"汪达其非常客气地说:"谢谢各位的好意,以后有机会大家好好聚一下,今天我还要去看老父亲安顿好了没有。"他站起来告辞,接着与李菊、白银一起赶往六泉寺去了。

## 第六章

中秋节前夕,古济宁和丁燕红一起来到秦东市。去省城接他们的是两辆小车,前边一辆红旗车上坐着市轻纺总公司总经理周华和秦东纺织厂厂长向平,在前边开路。丁燕红这次来秦东要一起谋划秦东纺织厂的事情,所以市政府安排他俩也去接客人。坐在后边一辆奥迪车上的是古济宁和丁燕红,坐在前边的是市接待办主任方峰,是奉市长吴芳之命乘市政府最好的接待用车去接北京客人。春季就有过接触,算是熟人了,方峰本来就是个见面熟,一路上和客人又说又笑,不知不觉就到了秦东。方峰刚刚安排客人在阳光大酒店住下,就接到了吴芳市长秘书丁玉丽的电话,说是市长正在开发区处理急事,让客人来一趟开发区,先抽时间见个面。

原班人马又急匆匆赶往秦东经济开发区。文佳早就迎候在开发区的入口处,他和古济宁、丁燕红见面后非常高兴。文佳要二人坐到自己的车上,笑着说:"我坐的是辆旧红旗车,二位就委屈一下吧!"古济宁毫不在意地说:"再好的车也只是个代步工具,坐在你的车上更随便一些。"丁燕红笑着说:"堂堂市政府副秘书长,就坐这种档次的专车,也该换换了!"文佳笑着说:"让京官见笑了,我哪里有什么专车,这是辆公用车,谁用派给谁。"方峰立即说:"快了,听说很快就要给各位副秘书长配专车了。文秘书长就坐这辆奥迪车吧,我坐那辆红旗车回宾馆去,还有些别的事情。"文佳就坐到了方峰刚才的位置上,车沿着开发区的主干路缓缓向西开去。文佳说:"我和老吴正在开发区处理秦河化肥厂的一起严重的氨气泄露事故。这是家污染大户,影响了开发区的发展。老吴让我先陪你俩在开发区转转,然后再挤时间见个面。"文佳说完,边指点边给两位老同学介绍秦东经济开发区的情况。

古济宁、丁燕红二人都跑的地方多,看的各类开发区也比较多,对这个西部最早的开发区实在觉得太一般了。这个成立于十年前的开发区,面积不算小,一期规划开发十八平方公里,二期开发到三十平方公里。可给人的感觉是几个村庄中间建了几个厂子,沿途两边许多地块还种着庄稼和蔬菜。道路还算宽敞,人流车流并不多,人气不够旺,缺乏应有的繁华热闹和生机勃勃的现代化气息。

文佳还是按捺不住地说:"秦东开发区位置十分优越,西距省会城市五十公里,南依铁路大动脉和新修成的高速公路,北靠水资源丰富的秦河,东边紧挨着秦东中心城市。从长远看,秦东开发区大有发展前景。"

古济宁一直在认真地看着想着,他认同文佳的看法,说:"文老兄说得不错,京城的王大成教授在秦东考察和构思开元大厦的设计时,曾来开发区看过,也看过秦东的城市总体发展规划,王老是十分看好开发区的。"他停了停接着说:"至于环境污染问题,国家越来越重视治理了,相信秦河化肥厂这个大型国企是会加快治理的。实话实说,十年了秦东开发区还是这个样子,的确没有发展起来。不过今后的发展空间不是更大吗?国家要搞西部大开发,机遇来了,开发区一定会有大的发展。"

古济宁说得十分认真,文佳相信他说的都是心里话,现场气氛一下子活跃了。文佳招呼大家上车往北去看一下秦河,刚到秦河边上,吴芳的秘书打来电话,说是吴市长抽了点时间,请客人到开发区管委会的会客室见个面。

大家刚到秦东经济开发区管委会的会客厅,吴芳匆匆而来,和古济宁、丁燕红边握手边说:"实在不好意思,刚才和省上的调查组一块开了个会,想抽出点时间和二位说说有些事情,管工业的副省长又赶来了,不但要来秦河化肥厂,还要去别的企业,这两天我得去陪副省长了。"她显得比前两次来时消瘦了,也略显疲惫,她苦笑了一下:"没办法,政府的事有时不可预见,往往身不由己,我婆婆搬来半个多月了,还没好好陪过一次呢!这样吧,关于开元大厦的设计,老古先找商业局黄天高局长商量一下。秦纺厂的事情,就让周总陪燕红先去秦纺厂看看,沟通一下想法再说。"

看样子今天是说不成什么事情了,古济宁和丁燕红都很理解。丁燕红笑着说:"看来市长这活还真忙,可得注意点,累趴下了可没有人照顾的。"古济宁看着明显在超负荷运转的吴芳,心里有些沉沉的,她不但要夜以继日地忙公事,还要里里外外承担全部的家庭重担,的确是太辛苦了,要是有个人能分担一部分家庭重担,也许会好一些。

周华站起来,对吴芳说:"吴市长,我和向平也有这样的想法,这两天就先陪丁司长去秦纺厂考察一下,听听丁司长的意见,你陪完省长后再给你汇报。""也只能这样了。"吴芳说,她转过身指着身后一直站着的一个中年男子介绍,"这位是秦东经济开发区管委会主任郭梦龙同志,他和我刚从秦化厂过来,留下来给二位北京客人介绍一下开发区的情况,让文秘书长和我一起去陪省长视察工作。"

吴芳把事情说完后,就匆匆离开。郭梦龙安排有关人员端上了各种时鲜水果、花生、瓜子和糖果,重新续上了茶水。郭梦龙中等个儿,大脸盘,一双眼睛炯炯有神。他大学是学水利专业的,1983年机构改革时被提拔到杏水县当了县长。这个县处在秦河下游,由于泥沙淤积,秦河流到这里已经变成了悬河,河床比地面高出好几米,每当秦河发大水时,这个县就成了全省、全市的防汛重点。这个当过水利工程师的县长,经过一年多的调研和探索,想出了一个妙招,要把新农村规划和防汛结合起来,沿秦河地带统一规划,用黄土垫高两米左右修成村台,家家户户都盖成水泥顶板房,发小水时淹不着村庄,发大水时人可站上屋顶避水,叫作避水楼台。资金问题,群众自筹一部分,县上补助一部分。县上穷,郭梦龙就跑省上,跑水利部,跑黄河水利委员会。他亲自带队,吃方便面,住低档旅馆,多次跑,反复跑,不厌其烦地跑。县上的干部说,郭县长真厉害,几乎把水利部和黄委的领导找遍了,甚至有人戏称那里的门槛都快被县长磨平了,办公室的椅子快被县长坐塌了。郭梦龙当县长的第二年,秦河没有发水,但秦河的南山支流决了堤,部分村庄被淹,损失相当惨重。水利部、黄委的领导视察灾情时,看到了这里防汛形势的严峻,也被郭梦龙为民请命的执着感动了,时隔不久就划拨了一笔防汛基建资金,省上也配套了一部分资金。这里开始修建避水楼台,郭梦龙亲任建设总指挥,实行统一规划,统一施工,确保工期和质量。历时三年,这个县沿秦河地带终于普遍建好了避水楼台。群众搬进新房时,许多门上都贴着"翻身不忘共产党,住楼不忘郭县长"的对联。郭梦龙费尽九牛二虎之力,为当地老百姓办了一件实实在在的好事。

在许多人看来郭梦龙快升官了,他却被安排到市水利局当了总工程师。《秦东日报》还登出了一则消息,说是郭梦龙主动请辞县长,要求去搞专业,发挥所学专业的特长,后来省报还转载了这则消息,配发了短评,被作为典型炒得沸沸扬扬。据知情人士透露,郭梦龙说他从来没有提过辞职一事。他一连几年把大量精力用在建避水楼台的事情上,忽视了和县上有关领导的关系,特别是和时任县委书记由锡平的关系。避水楼台工程建成后,县委宣传部组织新闻媒体报道时,都说是在县委的正确领导下取得的成果。郭梦龙不计较这些,有些部下却在不同场合说过些公道话,后来他感到工作上总是阻力重重,市上领导检查工作时他发过牢骚,这些发牢骚的话大概就成了辞职的依据。市上要搞经济开发区,需要一个能打开局面的人,需要一个能扑下身子干实事的人,于是郭梦龙被重新重用,当上了秦东经济开发区的第一任管委会主任。

郭梦龙还像当年那样，拼劲十足，决心尽快打开局面。秦河化肥厂这个大项目的上马，他功不可没，先是竭尽全力争取这个项目，项目落实后又竭尽全力抓征地拆迁和水电路等基础设施建设。随着这个项目的竣工投产，秦东经济开发区初具雏形，牌子也打出去了。可是之后的发展并没有进入快车道，社会上流传着秦东经济开发区醒来得早，起床迟，走得慢，由省内经济开发区的大哥哥变成了小弟弟这样的说法。现在国家实施西部大开发，郭梦龙决心抓住这个大好机遇，加大招商引资力度，实现二次创业，打造省内一流的经济开发区。今天吴芳市长亲自安排他给北京客人介绍有关情况，他十分重视，让分管招商引资的副职和有关人员都来了。

郭梦龙看了看与会人员，客气地说："丁司长，古总，文秘书长刚才陪二位视察了开发区，你们先说说。"他看二人笑着摇头，略微停了一下，开始介绍起了秦东经济开发区，从初创到现在，从区位优势到规划布局，从西部大开发到新制定的优惠政策。古济宁和丁燕红听得很认真，周华和向平随意听着，后来也越听越认真，在场的人都被郭梦龙的激情、真诚和执着所深深感染。这时市政府接待办的副主任胡立安来接客人去吃中午饭，郭梦龙笑着说："我已安排过了，客人中午在我们这里吃饭。"胡立安刚走，几个工作人员就带来了一些盒饭，郭梦龙笑着说："让北京的客人受委屈了，一点多钟专家组要开个会，会商秦河化肥厂的治污问题，他们点名让我去参加，只好边吃边谈了。"丁燕红笑着说："这样好，这样就很好。"古济宁笑着点了点头，心里想这个人挺实在，如今这种人已经不多了。在场的十多个人都端着盒饭吃了起来，气氛随和热烈，大家觉得彼此间的距离也拉近了。周华、向平吃得很香，看北京的两位客人也吃得挺香，挺高兴，原来客人即便是市长请来的贵客也是可以这样接待的。大家一边吃盒饭，一边听秦东经济开发区副主任姜树青介绍项目策划和储备情况，他讲得很详细，有数据，也有分析。古济宁听得十分认真仔细，听着听着就忘记了吃饭。他对几个大的高新技术项目很感兴趣，详细询问了有关情况。

很快大家吃完了盒饭，一边喝茶，一边继续听一位科长介绍招商引资的进展情况。丁燕红这顿饭吃得很惬意，她翻阅着一份秦东经济开发区的彩印宣传册，问："郭主任，开发区的宣传材料还有吗？我可以带回北京宣传宣传，可以拉一些部委的人来这里考察项目。"郭梦龙笑着说："有，有，宣传材料已经给丁司长准备好了，请你多宣传多做工作。"工作人员给丁燕红提来一个装着宣传册的袋子，丁燕红会心地点了点头。古济宁翻着手头的一份项目册，觉得有些简单，就问："郭主任，项目介绍还有没有详细一点的材料？"郭梦龙说："有，但不很成熟，有些项目正在组织专家论证，这个也给你准备好了，可供参考。"工作人员给古济宁也提来一个袋子,里边装得鼓鼓囊囊的。古济宁提了提袋子,很是高兴,心想郭梦龙不光是个实在人,还是个细心人,和这种人打交道让人心里踏实。他又想这一切会不会是吴芳做了交代,她可是一贯虑事周详,心细如发。今天见到她憔悴的样子,足见其身心俱疲,便油然生出些许敬意,又着实有些心疼。如果秦东经济开发区适合投资,是可以考虑的,加上开元大厦的建设,今后就可以多来秦东,多接触吴芳,在共同的奋斗中,才能有更多的共同语言和更多的理解和支持。

又有人来催郭梦龙去参加专家组的会议,郭梦龙临离开前紧握丁燕红的手说:"丁司长你是京官,务请回京言好事,多为秦东开发区发展做些工作。今后我去北京少不了要拜访你、求助你。"丁燕红望着这位以盒饭招待自己的管委会主任,见他竟是满脸的真诚和期待,心里不禁充满了由衷的敬意,她坚定有力地说:"郭主任你放心,我会为母校所在地尽最大的努力。结识你非常高兴,以后我们要多联系。"

郭梦龙又紧握古济宁的手,说:"古总,你是京城有名的企业家,欢迎你来秦东开发区考察,如有合作意愿请打个招呼,我一定亲自去北京共商合作大计。你不介意我的直白吧?"说着就不好意思地笑了。古济宁摇了摇紧握的手说:"我就喜欢和实在人打交道,有什么合作意向,我会来秦东找你。"郭梦龙又拍了拍古济宁的手背才松开手,回头向周华和向平说:"咱们是自家人,周局长和向厂长要多来指导,有需要帮忙的事就吭气。"他交代姜树青招呼好客人,就匆匆离开了。

姜树青又陪客人聊了一会儿,让人拿来几盒月饼,笑着说:"中秋节快到了,给各位带一点开发区的特产'秦东开口酥'月饼,请品尝后宣传宣传。"古济宁、丁燕红不好推辞,周华、向平和司机也都拿了一盒月饼,告辞后一起回阳光酒店休息。

回到阳光酒店稍事休息后,古济宁要去市商业局找黄天高征求对开元大厦设计的意见。丁燕红本想去秦东纺织厂,又想陪古济宁去市商业局,就让周华和向平先回去,随后再联系去秦东纺织厂的事情。市商业局在市政府斜对面,路也不远,古济宁和丁燕红就不让胡立安安排小车接送,两人边散步边看街景,去市商业局找黄天高。

仲秋时节,这座城市美丽的程度并不亚于春季。街道两旁草坪的各种小草经过春夏两季的生长,显得更加厚实和碧绿,美人蕉、大丽花、一串红等花卉开得艳丽多姿,道路两旁的青槐枝繁叶茂,上面挂满了一串串青翠的槐豆,让人在城市里也能感到这是个成熟的季节,收获的季节。古济宁和丁燕红边走边聊边赏街景,二人好长时间没有在一起散步了,虽然同在京城,但平时都很忙,古济宁有时还故意躲着她,他根本没有想到二十世纪就要完了中国还有如此痴情的女子。

街上行人如织，丁燕红靠近古济宁，有意走得很慢，她的脑海里同样很快闪过学生时代和毕业后的往事。她一直认为古济宁想让老父亲在北京有房子住，生活得好一些，是人之常情，为此他弃政从商也无可指责，而以后又表现出杰出的商业天赋，说明这也许是一种明智的选择，可从商也不应该影响感情生活呀！记得有一次她去看望古济宁的父亲，和王莲英不期而遇。据老人家说，这个女人过去走错了路，一心想和古济宁复婚，到北京来过几次了。她离婚后也没有再结婚，说这都是为了和古济宁重归于好。老人家一直反对复婚，这时也有些拿不定主意。老人家说任凭王莲英痛哭流涕，古济宁始终都没有表态。丁燕红觉得在这种情况下，必须加大接触的次数和力度，让古济宁感情的天平尽快倾向自己这边。她又觉得古济宁的父亲拿不定主意，古济宁也不知是怎样想的，在感情问题上强人之所难未必就好，还是听其自然，看看再说，这件事又放了下来。多年过去了，古济宁还是没有复婚，恐怕那位曾悔恨不已的王莲英早就另有新爱了，丁燕红这才下决心和古济宁重新把感情问题向前推进。丁燕红论长相的确太一般了，虽说去年整了容，去掉了脸上的一片黑胎记，却仍然离漂亮有很大距离。不过以她的身份、地位和年龄段来说，追求她的人相当不少，也不乏优秀者，她却芳心如铁，丝毫不为所动。她自己也觉得奇怪，除了古济宁，其他男人很难走到心里来。难道世间只有古济宁这一个男人才值得爱吗？这位颇具诗人气质的才女竟百思不得其解。今年春季吴芳邀请几个同学来母校所在地秦东共谋发展，她曾在这里下过乡上过学，对秦东这块地方挺有感情，加之想与古济宁在共同的奋斗中发展个人感情，就几次和古济宁一起来到秦东。

　　古济宁尽管还有事情急着要办理，也只能按着丁燕红的步伐和节奏缓步而行，边走边聊，两人都竭力想不谈过去，想着要面对现实，重新开始。两人不知不觉走到了建国路中段，这条路他俩大学毕业后已多年没来过了，这是秦东市最早的街道之一，是新中国成立初建成的。这里有栋前几年就建成的大楼，名叫朱雀大厦，是这条街道最高档的酒店，是临秦区前多年引以为自豪的改革开放的成果。古济宁有了感兴趣的话题，他指着朱雀大厦对丁燕红说："这是市商业局长黄天高在区上当商业局长时干的一个大项目，前次去市商业局时听说的。当时区上想让黄天高当选副区长，开人代会时组织人大代表来建设工地参观，结果许多代表质询，区里这样穷，为啥要建这么豪华的宾馆酒店。最后事与愿违，黄天高竟落选了。"丁燕红说："其实嘛，这个酒店看起来很一般，占地也不大，不要说绿化美化，就是停车也会越来越紧张。"古济宁说："人大代表中有许多农民，艰难日子过惯了，在改革开放之初难以接受比较高档的宾馆酒店。要放到现在代表肯定不会有意见，有些代表可能还嫌赶不上时代呢。一切都在发展变化，有时快得叫人难以想象。"

两人继续往前走,出现了让丁燕红十分开心的街道,她指着街名牌笑得弯下了腰,揶揄地说:"老古,原来华尔街是在这个地方!秦东人太厉害了,太有创意了。"古济宁抬头看了看"华尔商业一条街"几个大字,也忍不住笑了起来,说:"听说这也是黄天高的创意。在区上时为了发展个体工商户,他把连接两条主干街道的这条小巷道全盖成了门面房,然后租赁给个体工商户,当时是市区最为繁华热闹的商业区,曾是秦东支持个体工商业发展的典型,省上也多次表彰过、宣传过。"古济宁看着这条非常一般的街道,问:"有没有兴趣去转转?"丁燕红估计他并无这种兴趣,说:"算了吧,一条小街,站在街口就看到尽头,也不见得有多么繁华和特别的地方。"古济宁说:"是呀,如今个体工商户已遍布大街小巷,商业网点越来越多,过去国外才有的超市秦东也有了,这条小街沦为普通的商业区是再正常不过的了。"丁燕红说:"香港和深圳之间的中英街,刚实行对外开放时整天人满为患,摩肩接踵,繁华之至,可现在谁还争着抢着去那儿呢?听说早就恢复了昔日的常态。"她笑了笑,接着说:"我们可以想象秦东的华尔商业一条街曾经的繁华,到了如今这种普普通通的样子,其实并没有多长时间,这个满含期盼和寓意的街名也不能留住当年的繁华。"古济宁也笑了:"其实美国华尔街主要是经营金融资产的,可秦东人发展个体工商业时也祭出了'华尔'这个法宝,可见对外开放中只学了一些皮毛性的东西。"

丁燕红看了看古济宁,发现他今天很有谈兴,也兴致大增,说:"社会上曾流行一种说法,说中国人二十世纪四十年代全民扛枪,五十年代全民炼钢,六十年代全民吃糠,七十年代全民抓纲,八十年代全民经商。都全民经商了,经商之风大行于天下,自古以来从未有过,商贸业岂能不迅猛发展。"古济宁听了觉得她说得蛮风趣,似乎又听出了弦外之音,他略做思索后缓缓地说:"中国历史上素以农业立国,历来重农抑商,直到改革开放后商业才赢得了应有的地位,无商不活嘛!"他清楚丁燕红当初强烈反对他弃政从商,说凭他的才华和能力要不了几年就会当上处长、司长,如果机遇好还会往前走。可他不为所动,坚决地走上了从商之路。丁燕红也听出他话中有话,说:"同学圈里都佩服你的商业天赋,说你会成为当代的陶朱公范蠡,也有人留意过你是否曾泛舟西湖。"古济宁听了她的最后一句话竟十分敏感,说他是陶朱公范蠡,他并不在意,当今成大器的企业家已在批量涌现,其中也不乏弃政从商的人,可说到范蠡携美女西施泛舟西湖的故事,却令他心头乱跳,尽管丁燕红并未说出西施,却分明是在问西施的事。他一时想不出合适的话来,词不达意地说:"谁去西湖泛舟啦,我常去杭州,却从来没有过那份闲情逸致……"说着他的脸竟红了,这都说了些啥呀,也太没水平了。

丁燕红的脸也红了,他在说什么呀,还是大学中文系的高才生呢。不过她强烈地感到他一如既往,在男女之事上是严谨的,他并不像有些富翁那样把男女两性的事情看得无所谓。不过他的情商远低于智商!她追求他的事,上大学时同学就知道,工作后同事也知道,可十多年过去了,有些人可能以为他俩早就泛舟西湖了,其实现在仍然是一锅夹生饭。反正拖了多年了,不要着急,慢慢来。丁燕红换了个话题,问:"黄天高你联系过了吗?"古济宁也迅速调整了一下心绪,说:"接待办的胡立安副主任已经打过招呼了,说下午黄天高局长在机关专等,我们稍微走快点。"

市商业局在市政府机关的斜对面,临街是一栋五层高的办公楼。别小看这栋小楼,在计划经济时期曾极为红火,谁想买自行车、缝纫机什么的都要跑这里,甚至买几斤白糖也得到这里找熟人批条子。紧俏商品的批条权一般都掌握在局长手里,逢年过节去找局长的人络绎不绝,长长的队从办公室直排到楼道里。商业局从领导到干部都有一种优越感,每到春节前夕干部们身上都揣着几张盖过章的供应条子,希望有同学、朋友或熟人来找,好体现一下自身的价值,得到心理上的满足。随着经济的快速发展,市场上的商品供应越来越丰富,需要凭批条购物的状况成了永远的过去。商业局逐渐变得不如往日红火了,后来又从商业局分出了工商局,再后来工商局又搬了出去。谁也没有想到随着市场经济的迅速发展,工商局的权力和重要程度越来越大,特别是经费状况远远超过了商业局,先后建起了高大的办公楼和多栋家属楼,让当初分家时不愿去工商局的干部后悔不已。商业局的职能在改革中逐渐弱化,权力逐渐缩水,机关慢慢变得冷清了,干部职工也越来越感到失落,当年的优越感已荡然无存。黄天高正是在这种情况下到市商业局任副局长的,几年后又成了局长。今天他一边修改新作《商战奇谋》,一边在等待古济宁的到来。

市商业局白底黑字的牌子挂在临街小楼的外墙上,显得十分醒目。丁燕红虽然是第一次来这里,但一眼就瞅见了这个牌子,她松了一口气,还真有点累了。她随便和古济宁聊着,走到挂牌子的门洞后往里边望了望,后边不远处是一栋家属楼,各家的晾台上挂着五颜六色的衣物,有的窗户上安装着防盗网,有的墙上挂着空调。古济宁和丁燕红边聊边走进临街挂机关牌子的小楼,很明显一楼是小餐馆,一股饭菜和油烟的混合味直钻人的鼻子。丁燕红忍不住打了个喷嚏,笑着调侃道:"如此浓的酒饭香味,楼上的干部能安心办公吗?说不定早被司马相如和卓文君的酒饭把魂勾走了!"她说着先自脸红了起来。古济宁却平淡地说:"如今临街的楼房底层一般都搞商业经营,这很正常。"至于司马相如和卓文君当垆买酒的故事他有意回避了,他认为这个典故用在这里文不对题,尽管他知道丁燕红也许另有用意。

　　二人拾级而上走到了二楼,二楼楼梯口设了个吧台,有个女服务员笑着问:"要住宿吗?开套间还是标准间?"丁燕红脸唰地红了,她心里嗔道:这里的服务员素质怎么这样差,连话都不会说,能这样随便问吗?但也许在外人眼里两人在一起时有了夫妻相,想到这里又是别有滋味在心头。古济宁连忙摆摆手,说:"我们是找人的,小丁我们往上走吧!"丁燕红几乎没有听到他在说什么,只是习惯性地随他走上三楼,她看到楼道边的墙上挂着写有"保健按摩"的牌子,警惕的目光扫了过去,心里直犯嘀咕。古济宁也是一头雾水,半年来自己来过几次了,记得只有一楼对外营业,二楼以上是办公室,黄天高就在三楼办公,今天这是怎么了?一个女服务员笑吟吟地走了过来,他生怕她又说出什么不妥的话来,忙主动问:"请问黄天高局长在哪里办公?"那个女服务员一听不是顾客,脸上的笑容立即就不见了,撂了一句话:"这里只做各种保健按摩,你找的人我不认识。"说完背转身走了。

　　古济宁和丁燕红倍感尴尬,尤其是古济宁头上开始冒汗,脸上热辣辣的。这时黄天高给古济宁打来了电话,古济宁说:"你在哪里等呀?我正在三楼找你哩!呵,办公搬到后边家属楼一层了?好,我马上下楼。"古济宁对丁燕红摆摆手,二人转身下楼。黄天高已急匆匆赶过来迎接,边走边向古济宁道歉。古济宁与黄天高握完手,给他介绍了丁燕红,黄天高笑着说:"久仰,久仰,上次开元大厦签约时就听说丁司长很关心这个项目,非常欢迎你来局里指导工作。"黄天高领着二人去他的新办公室,边走边解释:"我们局里穷,除了干部工资和日常办公经费外,一无所有,现在招商引资要到处跑,只好把办公楼腾出来搞经营,弄点活钱补贴经费不足。"古济宁点点头,表示理解。黄天高说:"要不了几年,我们要另外征地,盖一栋像样的办公大楼,起码要超过工商局的办公大楼!"他说话办事都是大气魄,喜欢把事情干得轰轰烈烈,特别喜欢和别人较劲,今天无意中把工商局也抖了出来。他前不久让把办公楼改造后用来经营餐饮和住宿,实属无奈之举,在市政府招待所对面小打小闹,有点像乞丐和龙王赛宝。这位干了几十年商业的商界领军人物憋足了劲,心想出水才看两腿泥,总有一天世人会刮目相看的。

　　黄天高的新办公室在旧式单面住宿楼一层的最东边,大家坐定后,黄天高笑着说:"办公条件比古总前几次来时还差,让京城来的客人见笑了。费了好大劲才腾出了底层职工住宿的房间,一个科室四五个人挤一间,两个副局长挤一间,只能先凑合着办公了。"他看两位客人微笑着表示理解,大声笑着说:"只有我这号人才这样干!"

　　古济宁经过几次接触,感觉黄天高这个人还是挺想干一番事业的。他把自己带来的开元大厦设计图纸拿出来,简单地说了一下主要的设计意图,想听听黄天高的意见。黄天高说:"吴市长很重视这个项目,听说项目的名称也反复研究过,最后还是采纳了丁司长的建议。"他边说边摊开图纸,很快看了一遍,最后把彩色效果图放在上边,看了看古济宁欲言又止。丁燕红也看了看正慢慢喝茶的古济宁,说:"一定要搞成秦东的标志性建筑,建成秦东第一高楼!"黄天高说:"我完全赞同丁司长的意见,这是市中心区的招商引资项目,一定要能产生轰动效应,现在的设计可以达到这个目的。"古济宁已经看出他有别的想法,就静等他说出来。黄天高知道这是京城的权威专家所设计,就试探着说:"这个设计无疑是第一流的,主楼高大宏伟,可只一边有裙楼,给人的感觉是凤凰单展翅,另一边的翅膀没有展开。"古济宁解释说:"王大成教授设计时曾说过,如果能在西边再征一块地方,将来可以搞二期工程,这样就会凤凰双展翅了。"丁燕红补充说:"古总原来和黄局长的看法是一致的,我俩曾反复争论过,也请教过王教授。对称是一种美,是一种传统的普遍的审美观。不对称也是一种美,这种美有时会产生强烈的视觉冲击,更容易引发人们的审美情趣,关注度会更高。"她停了停,继续说:"欧洲有个著名广场的著名建筑,由于设计上的失误,造成了不对称,但是这座建筑自建成以来参观的人却从未间断过,赞叹之声代代相传。当然,这只是说即使不搞二期工程,也不影响这座大楼未来的形象,如果搞了二期工程则会有另一番景象。"黄天高会心地笑了笑,说:"王教授真是用心良苦,其实,他的想法上次来秦东时曾流露过。"

丁燕红说:"王教授是大师级的专家,有些设计理念会超出我们的想象。主楼部分是按写字楼设计的,将来可以解决你们的办公问题,听说商业局前期有些投资,可以冲抵嘛。"这件事她没有和古济宁商量过,只是看到商业局的办公条件如此之差,又想到这样可以把商业局前期的投资消化掉,古济宁肯定会愿意。黄天高说:"主楼可以搞成酒店,与裙楼的商贸形成互补,这样更有利于打造繁华的城市中心区。"古济宁心想,主楼搞成写字楼是市上的意思,说是想改善几个部门的办公条件,但他最近听说张洛朴要改造市政府招待所,就萌生了将主楼设计改成秦东一流星级酒店的设想,自己也不清楚为什么心里总有一股要和张洛朴较劲的冲动。他点点头说:"黄局长的这个想法值得考虑,写字楼放在闹市区也不一定合适,搞个酒店更合适。"其实这一段时间他已反复想过了,接着说:"裙楼可以在原来五层的基础上增加一层,这一层和主楼连通起来,作为酒店的大餐厅和会议厅。主楼以雅间和住宿为主,还可以搞些娱乐健身和观光设施。"黄天高猛地站了起来:"古总的想法太好了!干就干一流的,这样秦东的商贸和酒店业就会上水平,上档次。"丁燕红觉得二人说得很有道理,看了看一个外向一个内敛的两个男子汉,高兴地说:"英雄所见略同,你们想到一块了,就按你俩说的定吧!"古济宁说:"咱们还得听听吴芳的意见,最后再定。"丁燕红笑着说:"谁出资谁拍板嘛,再说改成酒店更有利于提升中心广场的人气,对城市发展更为有利,吴大姐会同意的,这事就包在我身上了!"

黄天高今天特别高兴,他认定古济宁是个干实事的人,丁燕红也力挺这个项目,他更知道这是得到市长支持的一把手工程,大功必将告成。当年在临秦区搞朱雀大厦时壮志未酬,反而受了不少无端的责难,这次一定要促成开元大厦高规格的建设,打开商业领域招商引资的新局面。他是个有事干就兴奋,有大事干就热血奔涌、激情难抑的人。他叫来两位副局长,执意要留古济宁和丁燕红一起吃晚饭。古济宁赶忙推辞,说还有些事要急着安排。丁燕红说:"这次本想快来快回,机关还有一大堆事等着我,可吴大姐要陪省长检查工作,只能等两天了,也只能放慢节奏。这两天活动我来安排,今晚就在这里的一楼餐厅吃饭吧。"黄天高说:"丁司长真畅快,不过要另外找个大酒店去吃饭,咋能在这里招待北京的客人呢!"古济宁说:"就按她的意思,在你们这里吃饭吧。"黄天高笑着说:"恭敬不如从命,那就要委屈二位客人了。"两位副局长赶忙到前边去张罗晚饭。

夜幕低垂,下班时间已过,大街上车水马龙,行人匆匆,几个人坐在临街的一个雅间,边吃饭,边欣赏这个城市一天之中最为热闹喧嚣的景况,别有一番韵味。

第二天是周五,市政府机关比平时热闹了许多。后天就是中秋节了,这是节前的最后一个工作日,许多干部要抓紧时间完成节前的走动。这个传统节日团圆喜庆的内涵正在发生着变化,尽管这种变化是渐进的,但变化之大之广泛远远出乎人们的想象。许多人都难忘一家人坐在一起分食一包月饼的无比快乐和幸福。月饼是那样香,那样甜,特别是爷爷奶奶掰的那半块月饼,吃了让人永生回味无穷,似乎那就是人间最好的珍馐美味。那时的月饼也像是一种文化符号,承载的是合家团圆,幸福美满;吃出的是香甜,更是一种亲情或友情。如今的月饼还叫月饼,可承载得太多太重了,工作调动、职务升迁、子女就业、评优加薪……月饼也像孙大圣一样有了七十二变,先是包装的变化,最初用麻纸包裹,偶或加一张以求喜庆的红油纸,纸绳包扎,被提着走进千家万户。后来月饼被装进了印制华丽精美的纸盒、纸袋,再后来有的被装进木盒、铁盒,还有的被装进镶着银、镀着金甚至嵌着钻石的盒子,中国人讥笑了数千年买下盒子退还珠宝的"买椟还珠"的故事被无情地颠覆了。月饼也在变化着,由普通的甜食变成了各种水果包括名贵水果的混合食品,有的月饼还包进了燕窝、鱼翅和鲍鱼,成了非素非荤的混合食品。再后来,有人竟把月饼变没了,既无须包装,也没有了包装物,变成了银行卡、购物券,有的干脆变成了人民币。这些东西中人民币是不便赤裸裸出现的,于是被装进了信封,而信封逐渐变成了最冠冕堂皇最体面也最普通的包装物。月饼和中秋节的功能,被一些人异化和运用得出神入化,令人叹为观止。

在中秋节前的最后一个工作日里,一些一般干部会到领导的办公室去坐坐,一些部门的头头脑脑会来给领导汇报工作,但坐的时间和汇报工作的时间都不长,大家都心照不宣,后边人来了,前边来的人立即告辞。在机关大院包括在家属院给领导提着大盒小袋送月饼的寻常做法已渐行渐远,但"月饼"仍在送着,以新的更加灵活和更加体面的手法在送着。

今天市政府机关二号办公楼,也就是被人们称为市长办公楼幢楼,来这里汇报工作的部门领导还真不少。这些部门领导尽量互相回避,实在无法回避也就是这回事了,反正是司空见惯,见怪不怪了。吴芳是在秦东过第一个中秋节,大家都不知道她的家不久前已搬来,这几天来办公室汇报工作的部门领导比较多,今天上午也来了好几个,但都没见上人。快下班了,又来了两位找吴芳的人,不过不是哪个部门的负责人,是两位老人。这两位老人的到来,让这些值班干部后来竟久久难以忘怀。

两位老人一男一女,约莫七十来岁。老太太步履矫健走在前面,她满头青丝,面色红润,只是皱纹多了一些,不过这些皱纹布局相当好,让人看起来始终像在微笑着。她穿一件红底蓝花上衣,黑裤黑布鞋,提着一袋雪白的农家花馍。跟在后边的老头个儿不大,清瘦的古铜色脸上没有任何表情,穿一身黑色裤褂,脚上是一双灰色的厚底胶鞋。他一只手提着一公一母两只鸡,一只手提着一袋刚成熟的大枣。

进入市长办公楼的门厅后,老太太立即大声说:"小伙子,把芳芳给咱叫一下!"几名值班的工作人员正在开会,安排中秋节期间的值班。大家以为是哪儿来的上访人员,一个工作人员赶忙从值班室走出来问:"你们是上访的吗?"老太太惊诧地瞪大了眼睛,难道市政府的人是人精不成,忙说:"我娘家是在上方村,我家在司马村。"工作人员哄堂大笑。老太太急了,从身后拉过老头子,说:"我还能哄娃们不成,这是我老头子,他可以做证。"大家又笑。老太太被笑蒙了,也莫名其妙地笑了。老头不紧不慢地说:"不是上访的,是来找吴芳市长的。""咋不是上方的?"老太太有些不高兴了,大声呵斥说,"你个死老头子,要找芳芳就不敢说我娘家是上方村了!娃们快去叫芳芳,把芳芳给我叫来!"老太太越是认真,大家越是笑声不断。

值班室的江立仁主任听这个老太太直呼吴芳市长的名字,又拿着礼物,估计不是一般关系,走过来问老头:"请问你们找吴芳市长有什么事情?"老头尚未回答,老太太抢着说:"找芳芳没啥事,是来看她婆婆的。"江立仁说:"吴市长一个人在秦东工作,她婆婆没有来城里。""这娃咋还哄人哩!我是她婆婆的妹妹,我姐搬家那天我儿子还来帮过忙,咋能说还没来?"江立仁稍微迟疑后,摊开双手说:"我说的是真话,吴市长今天不在办公室,不然我会去通报一下。"一听说吴市长不在,老太太以为是不相信自己的身份,就急眼了:"你说芳芳也不在?哄我吧!我真是芳芳她姨,她婆婆叫方玉桂,我叫方金桂,我是她婆婆的亲妹妹。"老太太来城里时就对老头说,穿衣打扮亮身份,不然为啥连狗都咬穿烂的。这次来城里看姐姐,来找市上最大的官,是个露脸的事情,她为了不被城里人小看,为今天的穿衣打扮着实费了心思,还请几个老姐妹们参谋了一番,自以为绝不比城里的老太太逊色,加上自己的口气,无论如何也像是市长的亲戚,可这些把门的咋还这样呢?她有些生气地大声说:"快去叫芳芳,叫你们的市长来见她姨妈!"她有意挺了挺胸脯,抻了抻衣服,心想要把势扎起来,不然这些年轻人还会把自己不当回事。

忽然老头子急走两步问江立仁:"厕所在哪里?我要上厕所!"老太太说:"你早不上厕所,晚不上厕所,咋这时上厕所!"她把这正常的生理现象也视为没眼色,不过她知道老头内急时一点不敢怠慢,不然会丢人现眼的。江立仁看老头有些急迫,也读懂了老太太脸上皱纹紧急收缩的意蕴,立即说:"大伯,这边来,我带你去。"一直木讷呆立的老头子竟小跑起来,刚跑了两步他突然明白了要更快一些,就扔下了手上提着的两只鸡和一袋大枣,他一手捂着肚子,急急忙忙去办事。

两只一直被倒提着的鸡,估计是极不情愿的,但也无可奈何,这时突然被主人重重地扔在了地上,竟瞬间失控地尖声叫了起来,拼命地挣扎着。那只大红公鸡率先挣脱了绳子,先是嘶鸣着就地打转转,母鸡也极力响应,高声叫着拼命挣扎。老太太见状,急忙过来逮鸡,她伸出双手,弯着腰,慢慢接近那只公鸡,然后突然扑过去。谁知那只公鸡不认老主人,拍打着翅膀飞快地从老太太胯下直冲过去,竟将楼道里放的痰盂撞倒了,痰水混合物流了一地。江立仁刚刚折返过来,差点滑倒,他大声喊着,要几个部下赶快出来抓鸡。在鸡棚和农家大院长大的公鸡,何曾到过这种地方,也从未有过被四五个人在喊笑声中追捕的经历。公鸡尖厉地嘶鸣着,发疯似的下蹿上飞,忽左忽右,充分展示着雄性的刚烈和威猛。母鸡也大受激励,终于挣脱了绳子,可能出于惊喜过度,竟发出了刚下过蛋后报功时的叫声,只不过有些急迫和凄厉,尚没有人来抓它,它却也跑着跑着飞了起来。老太太这下更急了,既要追公鸡,又要追母鸡,她一边追鸡,一边以略带沙哑的女高音喊叫着,指挥着。

市政府的办公大楼里史无前例地上演了人鸡大战,地上还有鲜红的大枣在滚来滚去,不知是谁在忙乱中踢倒了老头提的大枣袋子。下班时间到了,楼上下来了不少干部和领导,看到这一幕,有惊诧的,有不满的,有指责的,也有看热闹的,说声笑声责难声此起彼伏。几个小年轻也加入了抓鸡行动,那只母鸡体力不支,在喘息声中被首先抓住了,老太太忙用绳子重新拴好,拍打着说再跑就摔死。那只公鸡不愿就范还在做最后的挣扎,它拼命向二楼的玻璃窗做最后的冲刺,竟将刚刚走到楼梯中间的副市长由锡平手中端着的茶杯撞飞,茶叶沾了一墙,碎玻璃散了一地。由锡平愠怒地问:"这是怎么搞的?谁把鸡弄到这里的?还像是政府机关吗!"秘书长程杰人匆匆走了过来,给由锡平说:"由市长,这是吴市长的亲戚,是来看吴市长的,带的鸡大概没有拴好。"由锡平一脸的不高兴,什么也没说径直走出楼门,坐车走了。

那只公鸡在冲击窗上的玻璃时撞昏跌了下来,终于被抓住了。滚撒满地的红枣也被捡了起来。下班的人都匆匆走了,门厅和楼道又恢复了平静。老太太疲惫地坐在楼梯的台阶上,刚才挺胸扎势的气度不见了。老头办完事慢慢走了过来,他平静地站在那里,像什么事也没发生过一样。江立仁庆幸及时找了秘书长,弄清楚了吴市长的婆婆的确搬来了,由于秘书长及时到来,也避免了由市长或别的领导对自己的批评和指责。

程杰人悄悄给江立仁交代,要他亲自把两位老人送到家属院,尽量不要让别人知道吴市长的新家,这是吴市长交代过的。江立仁心想,这有啥好保密的,再说能保得住密吗?江立仁笑着搀起老太太,一边叫姨一边道歉,说自己真不知道大姨也搬来了,现在问清楚了,要送她去大姨家里。老太太看到被值班室干部一直叫江主任的头儿如此谦恭起来,自尊和优越感立即又回到了脸上,她拍了拍屁股,抻了抻衣襟,就着楼道墙上镶着的大镜子用手拢了拢头发,又开始扎势了,挺起胸脯大声说:"芳芳家不远吧?咱们走!"江立仁一边答应着,一边招呼着素不相识的大叔,一手提着花馍,一手提着大枣,走在前边带路。老太太从老头手中拿过那两只闯了祸的鸡,不忘调侃地对老头说:"你呀,吃鸡的时候一个顶俩,可连个鸡都不会提溜,还当过多年的村干部,老不中用了吧!"老头子知道自己今天有重大失误,什么也没说,看了看也没什么可拿的,就跟在老太太后面走出了楼门。

江立仁看到了下班时间,就领着两位老人走机关后门。他早就看出这两位老人中老太太起主导作用,笑着说:"姨,咱们走后门吧。"老太太早就听说过"走后门"的意思,认为那是没办法了才走的路子,如今自己是市长的亲戚,去找市长的婆婆难道还要"走后门"?就有点疑惑地问:"我去看娃他姨还要'走后门'?"江立仁一时没有反应过来,反应过来后忍不住笑了起来:"姨,去家属院走机关后门近得多,上班时间后门就锁了,想走也走不成。"一直跟在后面一声不吭的老头子"吭"的笑了。老太太回头喝道:"笑什么笑? 当过几年比芝麻还小的村干部,你以为你见过大世面!"老头子并不恼,脸上立即笑意全无。是呀,想方设法找有权有势的人"走后门",为自己谋私利,曾为人们所深恶痛绝,但许多人却羡慕别人会"走后门",又想着法儿地去"走后门"。"走后门"就像臭豆腐,闻起来臭,吃起来香,不想吃时躲得远远的,要吃的时候再臭也不怕。可这些年已少有人提及"走后门"了,因为"走后门"早就升级演变为行贿受贿了,早就由羞羞答答的丑女子变成了变化多端的白骨精。老头子之所以笑出声来,是想起了他当村干部时的所经所见。如今谁还稀罕"走后门",有办法的人会堂而皇之地"走前门"了,事情办得会更顺畅。别看老头子不大吭气,心里并不糊涂。老太太忽然觉得在市政府的江主任面前不应该这样对待老头子,立即笑着说:"江主任,老头子年轻时可精着哩,打从刚解放就当村干部,当过贫协主任,当过组长,当过生产队长,当过大队书记,还当过啥代表,就是年年在县上开会,听说又吃鸡又吃鸭的。"江立仁不假思索地说:"县人大代表,对吧?"他看看老头子。老头子点点头,脸上没有任何表情,他对这些如烟往事早就看淡了。老太太脸上露出了得意的神情,接着说:"那时十里八乡的,谁不知道司马村的李升堂,我娘家上方村的女子们见了我都羡慕死了,都说方金桂前辈子烧了高香!"她忽然觉得夸过了头,这不是无形中贬低了自己吗? 她有些后悔,脸上立即晴转阴,有些悻悻的。这一切江立仁都看在眼里,他揣摩了一下,笑着说:"姨,现在大家不是常说,每一个成功的男人背后都有一个特别能干的女人嘛!"老太太在电视里听过这话,开心地大笑,说:"他呀,打年轻时就听我的,现在嘛,得了老年抑郁症,整天闷着头想心事,比国家主席操的心都大。他呀,现在一脚都踢不出一个响屁来,出门还得我带着。"江立仁不知该说什么好,她一会儿夸老头子,一会儿又贬老头子,老头子又什么都不说。他灵机一动,就说些笼统的吧,便笑着说:"你老两口一看就是乡下的大能人,德高望重,我们晚辈可要好好尊着学着呢!"

要走的机关后门实际上是个偏门,真正的后门是一排铁栅栏门,平时并不开,机关有重大活动时才会开。出了偏门就进入家属区的中院,走出这个院子不大一会儿就到了与家属区中院仅隔一条巷子的西院,这是前几年刚刚建成的,是市政府办公室从福利分房向商品房过渡的产物。这里的业主也就是市政府和市政府办公室的头头脑脑们,出了比福利房价高比商品房价低的房钱,拿了个不是全产权的房产证。许多人开始发过牢骚,过后又相当满意,葡萄虽然有点酸毕竟是吃上了,而市政府办公室其他没有吃上这酸葡萄的人则意见很大,大加诟病,却也无可奈何。

这是从临秦区畜牧兽医站买的地皮上建成的家属院,一共三栋楼。中间是一梯两户仅一个单元的六层小楼,市政府的市厅级领导住着;北边是一个半单元的小楼,是市政府办公室的县处级领导住着;南边是两个单元的小楼,是部分科长住着。中间的楼体短,两边的楼体长,有人说这像是两边的人抬着一顶轿子,称中间的楼为"轿子楼",里边恰好又住着市政府的最高领导层。江立仁没能住进这个家属院,即使住进来也只能是抬轿子的,每来这里他总是忍不住说上几句牢骚话,今天他忍住了,怕话传到市长耳朵去了不好。

门卫上的老头儿见是值班室主任领着两位老人来了,只是笑眯眯地打了个招呼,没有询问也没有登记。江立仁微笑着点了点头,就领着两位老人走向中间的"轿子楼"。江立仁回头看看,老太太提着的两只鸡由于过度折腾,都羽翼低垂、脑袋耷拉着,一点声响也没有,老太太昂首挺胸显得越来越精神。老头子就不一样了,气喘吁吁,头上直流汗,到了楼门口他抬头看了看,主动开腔说:"要上楼哩,歇口气吧,实在走不动了。"老太太不屑地说:"你空着手还走不动了,人家还提着东西呢!"她晃了晃手中提着的鸡,鸡就像死了一样,连眼睛都懒得睁,便无可奈何地说:"那就歇口气,让鸡也松泛一下,好有点精神。"江立仁会心地笑了笑,招呼二位老人坐在楼前女贞树下的石凳上。

老太太抬头看了看"轿子楼"和北边的县处级干部楼,突然有了新的发现,原来所有的晾台都安装了铁网,从一楼直到六楼无一例外。她忽地站起来大声笑着说:"还是城里人想得周到,家家都有大铁网,再厉害的鸡都飞不出去,省得满街满巷去撵鸡。"几个下班回家路过的女人听了她的"高见",再看看她神采飞扬的样子,都哂笑着上楼去了。江立仁实在忍不住也笑了,说:"姨,那叫防盗网,是防小偷的。"老太太一脸的狐疑,缓缓坐下后问:"小偷就那么厉害?能爬那么高?有那么长的梯子吗?"江立仁就给老太太讲,现在城里的小偷可厉害了,别说这么高的楼,比这高的楼小偷都有办法作案,别看安装了防盗网,小偷一样能得手,这院子里已经多次被盗,好几家都丢了手提电脑、项链、手机和现金。他指了指面前的一楼东户说,这家主人是个离休老干部,有一天晚上小偷剪断铁网进入室内,正在翻箱倒柜找东西,这位老干部躺在床上动也没动,淡淡地说:"老弟,你再别翻啦,没有啥值钱东西。"小偷吓了一跳,不过翻了大半天,的确也没一件值钱的东西。小偷自认倒霉只好失望地走了,临走还撂了一句话:"没想到还有这么穷酸的大官!"

老太太听了感叹地说:"没想到城里的小偷和乡下的一样厉害,我们乡下人养的牛呀、猪呀、羊呀,都不得安生,有时早晨起来就没影了。我们还常埋怨政府咋不管,看来连政府的头头脑脑都让小偷箍住了。这回我要给芳芳说一下,要动真格的,不信把小偷治不住。"老太太还不忘发挥一下当官的亲戚的作用。

# 第六章

老头子站了起来,看样子是已经歇好了,其实是不想让老太太再在这里出丑卖乖了。老太太知道该上楼了,看了看靠东墙的简易房子,心想这大概是方便的地方,想去一下省得上楼后再下来,就说:"等一下,让我去茅房解个手,咱再上楼。"说着就向那简易房子走去。江立仁忙说:"姨,那是老年活动室,不是解手的地方,大姨家里有卫生间,解大小手都挺方便。"老太太立即转过话题:"这个我懂,来时就听说城里人吃饭、睡觉、拉屎都在一个房间里……"她嘴里这样说着,心里却在犯嘀咕,那样弄能行吗?但没有再往下说,怕说出外行话来让江主任笑话。她话题一转说:"噢,老年活动室,老年人就在这里边锻炼,活动活动身子骨,就是地方小了点!"

江立仁笑着说:"是老年人打麻将的地方,打麻将也算是一种娱乐活动。"老太太觉得有些新鲜,问:"市政府院里也有人打麻将?"江立仁历来反感这项活动,妻子经常活动得他吃不上热饭,睡不上安稳觉,家务活几乎全扔给了他,就略含不满地说:"现如今凡有人群的地方,都摆有麻将摊,找一个人聊天难,找一群人打麻将容易,城里、农村、机关、厂矿,从普通老百姓到有头有脸的人,不分男女老少,不分白天晚上,都有打麻将的,市政府家属院里打麻将也没啥稀奇的。"老太太听得瞪大了眼睛,原来城里也有一帮子闲人搞这种活动。老头子挪了一下身子,感慨地说:"啥活动嘛!刚解放那会儿就禁了,那时叫赌博不叫活动。工作队一进村,我们几个村干部就领着把麻将摊子给提了,还禁了大烟,禁了逛窑子……"说到这些事,老头子脸上马上有了灵气。老太太打断他的话,大声说:"咱们上楼吧!"她不想让老头子显摆,以免盖过自己,其实老头子今天是第一次说话超过了三句,也绝无显摆的意思。

吴芳新家在四楼东户,是一位副市长调到省上后空下来的房子。江立仁敲开房门,是保姆开的门,吴芳的婆婆方玉桂坐在沙发上拣豆子。方金桂高声叫着:"姐呀,妹子看你来啦!"李升堂面带微笑,看着方玉桂。方玉桂站起来,高兴地说:"哎呀,妹子,你来就行了,还带这么多东西干啥!"她赶忙招呼妹子、妹夫坐下。江立仁放下手中提的东西,就要走。方玉桂以为是外甥也来了,就要他坐下。江立仁说:"我是值班室的小江,把姨领过来了,没啥事我先走了。"

方金桂像到了自己家里一样,一把挡住江立仁,说:"我说小江,你也是第一次来吧,一定要喝杯茶再走,再说你把姨领来了,没功劳也有苦劳。"她不容分说把江立仁按在了藤椅上。保姆很快就泡好了三杯茶,江立仁只好硬着头皮先坐了下来。

方金桂刚端起茶杯便急着想方便一下,就这边瞅瞅,那边瞅瞅。江立仁一看便知其意,给保姆说:"你把姨领上到厕所去一下。"他没有说到卫生间去,怕方金桂听不明白。方金桂一听就直点头,她实在服了这小江有眼色,难怪人家当什么主任,也不知道这主任官大官小。她跟着保姆快步去了卫生间。进到卫生间,保姆试探着问:"姨,你看这马桶好用吗?"保姆没有说坐便器,以为这样她会听得更明白一些。方金桂看了一眼马桶,说:"这个好用,我懂。"保姆还想说点什么,一看老太太自信的样子,就拉住门离开了。

方金桂一直认为自己在乡下的老人中算个能人,十分自信,可她面对这个马桶,却一时不知如何使用,心想谁拉屎都是蹲着拉,在地上弄个坑才好蹲呀,这城里人拉屎还要猫着腰拉,看起来拉屎的时候还不能尿尿。马桶竟像一件稀世珍宝一样被她端详着研究着,终于她急不可耐地办完了事。她长出了一口气,大为感叹,难怪听人说进城市上厕所难,这简直太难了。再看马桶时,她皱起了眉头。庆幸的是边上的浴盆里盛了半盆水,她用一个小盆从中舀水边冲边用卫生纸擦拭,里里外外总算是弄干净了。地板上的尿和洒下的水混在了一起,这就没办法了,再一看脚上穿的布鞋已经湿了,她一脸的不快和不屑,悻悻地走出卫生间。

方金桂刚走出卫生间,保姆就走了过来,招呼她在外面镜子前的面盆洗了手,重新坐下后递上茶,又递上一个刚刚削好的苹果。方金桂脸上很快又恢复了常态,马上又说又笑起来,她问:"姐呀,那两只鸡呢?"方玉桂说:"小江说鸡放在家里又叫又脏的,拿到外边去杀了,一会儿就送过来。"方金桂笑着说:"杀了好,杀了好。这两个赖货死了也不冤,谁家的鸡还能在市政府大楼里飞来飞去的,也算是见过大世面的鸡了!"说完看了一眼李升堂又笑。李升堂正在吃苹果,听她说鸡的事,脸上便不自在起来。

## 第七章

　　窗外细雨蒙蒙。古济宁、丁燕红和肖冰冰正在阳光酒店吃早点。肖冰冰是昨晚从京城赶来秦东的。昨天在市商业局的小饭店吃晚饭前，古济宁给王大成教授打电话说了想把开元大厦主楼改为酒店的想法后，王大成教授大笑，说他早就料到了，而且让他带的几个研究生当作作业搞了三个方案。古济宁带来的是第一方案，主楼是按市上的意见设计成了写字楼；第二方案是把主楼设计成酒店，正是古济宁现在想要的；第三方案是在主楼西边即下马村小学的地址上，再搞半边裙楼，形成凤凰双展翅的格局。二、三方案算是预备方案，其实是比较好的方案，尤其是第三方案教授最为满意，虽然是让学生们完成的，他却倾注了不少心血。他认为第一方案是秦东官方提出的，估计基本上也就确定了，既然还有商量的余地，他十分高兴地将两个预备方案一并给了古济宁派来的肖冰冰。肖冰冰乘当天最后一架班机连夜赶到了秦东。古济宁、丁燕红和市商业局几位领导看后比较满意，都倾向第三方案。回到酒店后，古济宁的心里却七上八下地想得很多，第三方案虽然涉及征地拆迁，比较麻烦一些，但既然要干就应该干最好的。他想第二天上午去现场看看，但丁燕红约好一大早要去秦东纺织厂，只好又将去秦东纺织厂的时间推后了。

　　三个人吃完早点，刚来到一楼大厅，就有两个人迎上前来，一个是市政府接待办副主任胡立安派来的司机，另一个是省报驻秦东记者站的站长原秀山。原秀山是开元大厦项目签约时和肖冰冰认识的，而且一直与她保持着联系。他得知肖冰冰昨晚来秦东后，一大早就赶了过来。他首先做了自我介绍，然后与古济宁、丁燕红和肖冰冰一一握手，笑着说："上次签约时，我们见过。开元大厦是市上的重点招商引资项目，作为新闻工作者，我要积累一些资料，听说你们来做后续考察，我就赶过来了，希望能提供各方面的方便。"他是一名资深记者，话说得恳切又顺乎情理。古济宁看着这位彬彬有礼的记者,虽然极不愿意这个时候来记者,却一时也不好说什么,只在心里嘀咕这个胡立安不是在添乱嘛!丁燕红看一眼脸上微微泛红的肖冰冰,心里明白了八九成,笑着说:"原站长是秦东通,来了好,可以给我们提供各方面的信息,那就一块儿出去转转看看。"肖冰冰知道古济宁素来处事低调,不喜欢与新闻媒体打交道,心里一直惴惴不安,不敢暴露记者是她约来的。丁燕红的几句话让肖冰冰心里一块石头落了地,她喃喃地说:"原站长和文秘书长熟悉,上次签约时就是文秘书长邀来参与报道的。"谁也弄不清她想说什么。

原秀山拍了拍站在一旁的司机的肩膀,笑着说:"大兄弟,你可以去休息了,我是开着车来的,让我替你拉客人出去一趟。"他立即以主人的身份招呼古济宁、丁燕红和肖冰冰上车,一声喇叭响,小车就直奔下马村小学去了。

不大一会儿就到了下马村小学,原秀山把车停在校门口按了几声喇叭,探出身子高喊着:"老谢头,快把门打开,北京来的客人要来学校考察!"一个秃了顶的看门老头慢悠悠地走了出来,见是原秀山,打过招呼后赶忙把门打开。小车径直开进校园,原秀山停车后一边招呼大家下车,一边说:"今天星期六,学生不上课,学校里静悄悄的。"他含笑瞥了一眼肖冰冰,给看门的老头说:"老谢头,打电话叫一下牛校长!"老头看了看来的客人们,感觉不是一般人,笑着说:"实在不凑巧,我们王校长今天给儿子结婚,恐怕来不了。"原秀山不满地说:"噢,牛校长给儿子结婚也没给我说,真是越来越牛了!"大家这才知道,他说的牛校长,其实并不姓牛。丁燕红看了一眼秃了顶的老头,又看了看一脸调笑的原秀山,忍不住笑了。古济宁也恍然大悟,这个老头是因为谢顶而被原秀山称为老谢头的,便轻轻地摇摇头。肖冰冰看丁燕红笑得怪怪的,古济宁又直摇头,一时被弄得一头雾水,原秀山忙对着她悄声耳语道:"我这个老朋友不姓谢,是个谢顶的大葫芦头。"肖冰冰瞪了一眼原秀山,掩口笑了。老头被客人笑得有些尴尬,原秀山赶忙递给老头一支烟,还替他点着了。原秀山是个善于与人交往的人,三教九流中都有他的朋友,且不分年龄也不分男女,也许这是他的职业特点使然。

原秀山笑着说:"牛校长来不了,估计其他人也去凑热闹了,我就当一回临时代理校长,陪陪几位客人。"看门的老头笑着说:"原记者多次来我们学校采访,和王校长是老朋友,我们都很熟悉,他对学校的情况也很熟悉。"

千万别小看这所村级小学。改革开放以来,这座城市以前所未有的速度在扩张着,当年离城五六里的下马村已成为城市的中心区。城市的人口也在急剧地膨胀着,下马村周边需要上学的孩子越来越多,下马村小学身价倍增,一下子成了明星级小学,每个班级的学生都在八九十名,最多的超过百人,所有教室都挤得满满的。每年开学时,找校长的人络绎不绝,有拿村干部批条的,有拿区级领导批条的,还有人拿着市上领导的批条,一些没有门路的人提着大包小包,在校长的家里和办公室乱撞。刚开学时,校长的行踪飘忽不定,实在难找,即使找到了也不一定都能办得成,就是办成了,学生上学还得交借读费、基建费等这费那费的。一个村级小学的校长牛到这种程度,超乎许多人的想象。

原秀山介绍了这些情况后,笑着说:"这也不能全怪牛校长,这是城市化进程中的必然现象。我到农村采访时,发现由于一些进城务工人员把子女带到城里去了,农村学校的生源在不断减少,许多地方都在撤并学校,而城里校舍建设一时还赶不上需求。这种变化来得实在是快呀!"古济宁听了点点头,心想开元大厦扩张的想法要慎重考虑。

大家站在校园里,觉得挺宽敞的,绿化美化也不错。学校的大门与临街的一排商铺相比显得有些狭小低矮,丁燕红不无遗憾地说了她的看法。看门的老头听了,解释说:"前一段时间,学校刚刚把临街的平房改建成了两层的商铺,听说今后拆迁可以多得些补偿。"他说的话泄露了天机,惹得大家笑了起来,老头被笑得莫名其妙。原秀山向肖冰冰挤了挤眼,拍了拍老头的肩膀,笑着说:"老谢头,你一个聪明绝顶的人,怎么把村里的底都抖出来了?"老头听得有些不知所措。肖冰冰瞥了一眼原秀山,微微笑着,心想你也说得太损了点,老头也是一把年纪的人了。

原秀山说:"这所学校的前门是象征性的。一出前门就是最繁华的闹市区,为了安全放学时学生一律走后门,接学生的家长都在后门等候,那条街道的车流、人流要少一些。"老头接着说:"我负责看前门,学生只准进,不准出,原记者说过这是全市唯一,全省没有。"丁燕红笑着说:"恐怕全国也少见。"肖冰冰说:"这还真没见过,这是城市发展中的新情况、新问题。"原秀山说:"学生在这里上学不只是安全上问题多,环境也不够好,村上多次想把学校搬走,可也不知道什么原因,地址都选好了,喊了几年却没有动真的。"

古济宁边听边想,开元大厦扩张的想法看来相当复杂。征迁占用学校的地皮涉及方方面面,估计村上会趁机提出迁校的问题。八字还没见一撇,听到点风声,学校沿街的门面房就由一层改建成了两层,征迁的补偿费用谈起来肯定也不会顺当。

丁燕红看了看校园的状况,心里也有了底,知其可为,但相当复杂。昨天她就主张古济宁分两步走,这时她更坚信自己的看法是实事求是的。她看古济宁一直在思索着,估摸他心中有了谱,就笑着说:"古老兄,你的想法虽好,还是分两步实施吧!"古济宁点点头。

原秀山从肖冰冰那里知道了古济宁来这里的真实想法,古济宁来后却只说些别的事情。原秀山心想,看门的老头都隐隐约约知道了一些情况,说明某种博弈早就开始了,和古济宁这种心中有数的人不能说得浅露了,也不便打听什么。他深信什么事情都要弄清楚,什么事情都想知道,不是聪明的记者,而是愚蠢的包打听。原秀山感觉到来学校看看的事情该结束了,还要找点时间和肖冰冰聊聊呢,这才是他主要的目的。其实肖冰冰也在盼望着看学校的活动赶快结束,尽管她并不十分情愿原秀山如此明目张胆地来找她,还是为他如此多情而心存某种慰藉。

古济宁转了一圈后,对丁燕红说:"就看到这里吧,咱俩到秦纺厂去转转吧。"丁燕红笑着说:"我陪你去了商业局,又陪你看了下马村小学,总算换来了你陪我去趟秦纺厂,这不容易啊!"古济宁笑了笑说:"丁司长吃了亏,我就在秦纺厂多陪一段时间。"他回过头说:"谢谢原站长陪我们来学校看了这么长时间,你把肖冰冰送回宾馆吧,她还另有工作。这里离秦纺厂不远,我俩步行去,还可以顺便逛逛街。"于是大家握手告别。原秀山开车出校门时,从车窗探出头大声说:"老谢头,再见啦!"

走出校门后古济宁看了看表,试探着说:"离约定的时间还早着呢,要不要绕点路去开元大厦的旧工地上去看看?"丁燕红也看了看表,笑着说:"行啊!看看也好,你说了算。"二人往东走了几十米就来到了开元大厦的旧工地,这里似乎比春季来时更加难以入目,几年前挖下的大坑里荒草经过夏秋两季已然长疯了。令古济宁特别触目的是垃圾明显增多了,不但倒了大量的生活垃圾,而且倒了不少建筑垃圾,这简直就是在用垃圾填埋这个大坑!这分明是有意为之,将给以后施工带来麻烦。他生气地说:"这简直是胡闹!怎么能把垃圾往打地基的坑里倒?"丁燕红很少见古济宁生气,故意淡淡地说:"为啥要把垃圾往这里倒?大概是图方便吧。""是想挣工钱!将来清理这些垃圾时他们就会主动来揽活干。"古济宁指了指下马村说。他迅速调整了一下情绪,接着说:"没办法呀,但愿以后施工时能有个好的环境。"

二人绕着旧工地先是向东走,到酒圣街后又向北走,一直走到了旧工地的终端。古济宁笑着问:"有没有兴趣去看看下马村学校的后门?"丁燕红看了看古济宁,调侃地说:"有啊,没有也要培养和你相同的兴趣。"她知道他干什么事情都特别认真,都力求尽善尽美,也无比执着。想看学校的后门,是说明他还在想着开元大厦扩大规模的事情。

二人沿着酒圣街继续向北走,到了一条东西向的街道口,这条街是随着城市的不断扩张逐步从主城区那边延伸过来的。这条街前几年城建部门已命名为利民街,但秦东人却仍称其旧名二马路。下马村小学前门所临的街叫秦风大街,旧名叫一马路,但现在人们却都叫秦风大街,没有人再叫一马路了。这有点像有身份有地位的人,人们都喜欢称其大名,而小人物常常被人呼其乳名。现在三马路也延伸过来了,东西拉通新修的四马路、五马路也通畅了,城市发展的速度超出了人们的想象。也许按排序叫街名比起个响亮的街名更具历史延续性,更带民间色彩,也许这种状况还将延续相当长的时间。二人来到利民街后折道向西,直奔下马村小学的后门。

利民街宽阔和繁华的程度远不如秦风大街,但也人来车往,熙熙攘攘。这里是秦东市的批发一条街,批发的商品有日用百货、糖果烟酒、时令水果、文具账表……街道两边店铺相连,而且无一例外都在门前搭一个简易棚,有的是用塑料棚布搭的,有的是用牛毛毡搭的,有的是用玻璃钢瓦搭的,高高低低,五颜六色,参差不齐,加上琳琅满目的各种商品,形成了一道奇特的景观。丁燕红说:"还记得吗?我们上秦大时曾在这里植过树,那时这里还种着一片片的庄稼呢!"古济宁点点头。

这里还有一个农贸市场,用钢架和硬质塑料搭建,高大宽敞透亮,里边摆着各种蔬菜瓜果、鸡鸭鱼肉、花生芝麻、豆子大枣,还有卖饸饹、凉皮、凉粉、豆腐和烧饼的,大多都有固定的销售摊位,也有临时占地销售的。农贸市场里人头攒动,说笑声、叫卖声,人声鼎沸,好不热闹。丁燕红感慨地说:"老古呀,我们刚上秦大那年,农村还没有实行联产承包责任制呢,物资还相当匮乏。我是班里的生活委员,多次向学校提意见要求改善学生的伙食,大家都对食堂老吃土豆、白菜、萝卜老三样有意见。可现在你看看,啥肉啥菜都有,还有许多反季节蔬菜。"古济宁又点点头。

两人边看边走,不大一会儿就到了下马村小学的后门。还真别说,后门比前门排场多了,前门被两边的商铺挤压得很不起眼,后门是一长排喷着黑漆的三开铁栅栏门,东边的门房新颖别致,屋檐微翘,临街一个六棱型的玻璃窗,墙上通体贴着白色的瓷片。虽然没有像前门挂校牌,可谁一眼都能看出这是所学校,因为栅栏门里边校舍的墙上写着醒目的"好好学习,天天向上"的大字。这种后门超过前门的情况还真的很稀罕。在城市建设的快速发展中出现了许多奇特现象,而以这种形式体现在学校就分外引人注目。难怪在市区早就流传着,要到下马村小学上学就要走后门这样的说法,当然这里另有所指了。

学校的对面是一座清真寺。一个传统的四合院里,坐落着一座圆形拱顶的正殿和尖塔式的宣礼楼,整个建筑虽然算不上高大雄伟,却显露着特有的尊严庄重。寺院里正在做礼拜,唱经的声音通过扩音设备不时传了出来。古济宁心想,这种环境能不影响学生的学习?这种布局怎么就会形成呢?看来学校想搬迁这也许是其中一个原因。

学校后门走出一位老人,搭讪着说:"二位看样子是外地客人,请问有什么事情吗?"古济宁和丁燕红正站在校门口静静地观察着周边,回头一看是位老人,古济宁忙回答说:"老人家好,我们是从北京来的,随便转转。"老人说:"我是学校后门的门卫,刚才前门的门卫老李头说了,说是原记者领着你们在前边看了看已经走了,没想到有幸在后门口又遇见了北京的客人。"丁燕红看了看老人,老人满头密发,只是全白了,几乎没有一根黑发,连眉毛和胡茬都白了。她看后门的门卫谈吐不俗,身上透着一股儒雅之气,就客气地问:"老师傅在这里时间长了吧?"老人说:"我是这个学校最早的教师,已经退休了。因为太喜欢学校了,太喜欢孩子们了,就义务当门卫,这样觉得生活充实,心里也高兴。"古济宁心想,这太凑巧了,估计老人知道的事情比较多,试探着问:"对面清真寺不影响学校的正常教学吗?"老人笑着说:"这看从哪个角度讲。你们看,清真寺前边比较开阔,放学时能容纳大量来接学生的家长,正是清真寺前的小广场帮了学校的大忙,也给学校后门发挥重要作用提供了一定的条件。"古济宁、丁燕红听了直点头。老人接着说:"那个小广场原来是几家卖肉的店铺,我们王校长的弟弟也算一家,这些店铺除了卖牛羊肉,还卖回民忌讳的猪肉,后来秦东市回民的头儿、市政协的马常委领头打了几年官司,才把那块地方收了回去,竟无形中支持了我们学校。我们校长牛,马常委更牛,到后来特牛的马常委为我们校长变成秦东市最牛的校长添了把力。"老人说得笑了起来,古济宁和丁燕红也笑了。

　　古济宁又冒出了想法,却淡淡地说:"听说村委会一直想把学校迁走,想找个环境更好的地方建一所新学校。"老人前不久就听说北京的一家大企业要建开元大厦,有征迁扩建的意向,就坦率地说:"有迁校的想法。学校是村里建的,后来民办教师都转成了公办,再后来校长和教师由区教育局委任和管理。要搬迁学校村里不愿出钱,区里财政困难又拿不出钱,只好拖了下来。今后就看有没有好的机遇了。"丁燕红说:"看来既有钱的问题,又有体制的问题。老古我们走吧!"她看了看表。

　　丁燕红向路人问了一下去秦东纺织厂的路,二人便沿着一条穿城而过的铁路边的人行道向西南方向走去。路虽然不太好走,却是一条去秦东纺织厂的捷径,丁燕红之所以选择这条路,还有一个原因,就是这条路二人在上秦大时曾经走过。仲秋时节,铁路两边坡沿上野草花依然疯长着,让年代久远的枕木几乎无法露出沧桑的面目来。毕业十几年了,这条始建于二十世纪三十年代的城郊支线铁路,仍然以其老迈的身躯躺卧在如今的市中心区。随着城市的发展,当年的北货场被包围在城市之中,穿城而过的铁路直接影响着城市中心区的发展,也给沿线群众带来诸多不便。丁燕红感慨地说:"城市变化如此之快,这条铁路却依然故我,这很不协调啊!"古济宁说:"听文佳说市上几年来一直和铁路部门交涉,要求拆除这条割裂城市的铁路。条条和块块利益不同,这件事办起来有很大的难度,就一直拖了下来。"他也有些感慨地说:"该改变的终归要改变,不是谁愿意不愿意的问题。"

古济宁让丁燕红走在前面,他跟在后面。丁燕红在路边拔了一把野菊花,笑着问:"老古,你认识这种花吗?"古济宁看了看,漫不经心地说:"不认识,那是什么花?"丁燕红哂笑道:"上大学时我就告诉过你,你这个大才子竟如此健忘,该不是故意装糊涂吧!"古济宁听出了弦外有音,也知道她认了真,脑海里立即浮现出了当年两人曾沿着这条铁路散过步,只不过那次是从另一端走过来的,他忙说:"好像想起来了,那叫黄花。"丁燕红笑了:"黄色的花叫黄花,红色的花叫红花,你也太有创意了吧!"古济宁说:"有诗为证,毛主席的诗里不是有句'战地黄花分外香'吗?"他迅速把思维从企业家方向转了过来,以应对这位颇具才情的老同学。丁燕红马上接过说:"《木兰辞》里还有句'对镜贴花黄'呢!李清照还写过'人比黄花瘦'呢!"她脸唰地红了,摇着手中的花束说:"这叫野菊花,每到秋季开得黄灿灿的,散着浓浓的清香,南方北方都有。秦大毕业前的那个秋天,咱俩在这条铁路边曾欣赏过这种被毛主席写进诗里的野草花。"她有意无意地认可了古济宁的说法,努力趋同总是好嘛。古济宁也想起了十多年前的往事,那时丁燕红在想方设法接近他。一个星期天,他一个人到校外去散步。这是多年养成的习惯,从当民办教师开始,不管到了什么地方,也不管有多忙,星期天下午都要散步一两个小时,边散步边梳理工作上和学习上的一些做法和想法。他在校外散步的路上遇到了丁燕红,她随着他一起散步。沿着这条铁路边上的小路,二人一路走,一路欣赏和辨识着路边的各种野花野草,随便聊着,非常轻松,非常惬意。两人还谈到了毕业后的工作去向,古济宁说要照顾年迈的父亲,想回到家乡去。丁燕红鼓动他一起到北京去寻求发展,古济宁当然明白她的深层含意,当时只是含糊其辞地说要和老父亲商量一下。二人一直走进城里,后来又在一个茶馆喝了茶,直到上晚自习时才回到学校。那是两人大学期间谈话时间最长的一次,二人都留下了极其深刻的印象。时光荏苒,转眼间十多年过去了,两个人竟都是如此地固执。丁燕红的心中再难走进任何一个男人。古济宁常想既然当初没有走到一起,就说明没有这种缘分,有她这样一位优秀的同学和朋友也是幸运和幸福的。这个世界实在是太复杂了,这两个智商如此之高的人,情商却是如此之低,十多年过去了,两人不仅走不到一起,还都没有找到另一半,抑或月老要在后面的岁月里,别出心裁地导演出令人意想不到的活剧来。

丁燕红一边走,一边重温当年的感觉,似乎当年那种充满种种期盼和愿望的激情没有了,当年那种随意和轻松感也减退了。那时的话题多,想谈什么就谈什么,甚至就花呀草呀的说个没完没了,可现在那种兴趣淡多了。如今两人都算是成功人士了,一个是国家部委的企业改革司副司长,一个是京城知名的民营企业家。尽管是老同学,可以随便一些,可人在社会上经历了多年的人世沧桑后,往往是什么都读懂了,什么都参透了,一旦接触到敏感的话题时都慎重了,都想以最恰当的语言来表达,往往却不知该如何表达了。丁燕红已燃起当年美好的回忆,可是一触到个人感情这个话题,丁燕红竟有些犹豫了起来。她好长时间以来,一直想和古济宁好好谈谈心里话,机会来了,她的勇气和激情却没有了。她心想,大概是机缘还不够成熟,那就再等等吧。古济宁担心丁燕红一旦挑明了说感情生活,他会难以应答,会非常尴尬,无论如何都要保持良好的同学和朋友关系,甚至可以说是一种兄妹关系。

丁燕红走得很慢,秦东纺织厂还是出现在了这条铁路的西边,走过秦风大街紧靠铁路就是秦东纺织厂。对这个秦东市最大的国有企业,他俩上大学时就多次路过,还是比较熟悉的。以往多是透过大门看看而已,这次丁燕红是带着任务来的,她要在西部地区抓一个此类企业改制的典型,还要就这个企业适合走什么样的路子给吴芳提出建议。古济宁主要是陪丁燕红来的,而他自己也要从商业开发角度,看看有无投资的可能和必要,不过这些都装在他心里。

丁燕红调整了一下情绪,说:"还说时间充裕呢,你看看十点一刻都过了,咱们快点走吧!"古济宁加快了脚步紧跟丁燕红,很快来到了秦东纺织厂的大门口。丁燕红刚要给门卫打招呼,只见秦纺厂的厂长向平走了过来。他早就在门房等着,客人一到就忙着和丁燕红、古济宁又是寒暄,又是握手,笑着说:"周局长在会议室等着,这位是厂里新上任的党委书记任东山。"他把一直满面笑容站在旁边的中年男子介绍给客人。大家见过面后,丁燕红看了一下厂区,感到这个秦东国企的老大,似乎比当年更气派了。修剪过的绿篱和新放置的各种盆栽花卉令人赏心悦目,周边的围墙刚刚粉刷过,包括篮球场的篮杆架也刚刚刷过漆。宽阔的厂区道路打扫得干干净净,两边道沿上的草也拔得一棵不剩。不错啊,第一印象不错啊,丁燕红和古济宁都在心里想。向平看出了客人的心思,笑着说:"任书记来了以后,抓了一下厂风厂貌,想改善一下企业形象,提振一下职工信心。"丁燕红点了点头没有说什么。古济宁心想,这些国有企业就爱做表面文章,工资都发不出去,还有心思搞这些?

走到办公楼前,向平、任东山招呼着要到三楼会议室去。丁燕红停下脚步,说:"先看看生产车间吧,古总你说呢?"古济宁点点头。大家便一起走向生产车间。各个生产车间都在满负荷生产,机器轰鸣,人员往来穿梭,一派繁忙紧张的景象。任东山说:"现在工人们上班的积极性很高,许多人都要求加班加点。"向平说:"许多人几年都不上班了,有的在外地打工,最近都回来了。"这时副厂长黄一鸣赶了过来,说周华局长和厂里的中层领导一直在办公室等着,问什么时候开汇报会。丁燕红以为只是一般的听听看看,是小范围内的非正式活动,既然都这样安排了,只好不再看生产车间了。

丁燕红随大家一起来到工厂的办公大楼。刚进会议室,市轻纺总公司总经理周华立即迎上前来,任东山带头鼓起掌来,会场立即掌声大作。大家坐定后,周华面带微笑说:"丁司长和古总在百忙中从北京赶来,到秦东纺织厂检查指导工作。受吴芳市长的委托,我陪同二位客人。今天上午我们召开秦纺厂中层以上的干部会议,汇报有关情况。下面首先请丁司长讲话。"接着又是一阵热烈的掌声。

丁燕红没有想到把事情搞得如此之大,笑着说:"今天来到秦纺厂非常高兴,我和古总都是秦东大学毕业的,秦东纺织厂是母校所在地最大的一家国有企业。我们是来这里学习的、调研的,是想了解一下企业在市场经济的大潮中,有什么困难和问题,职工们有什么意见和要求,企业下一步该如何发展。"她看了看坐在两边的总公司和厂级领导,接着说:"原想小范围听听看看,没想到来了这么多人,估计影响了企业正常的生产和经营,让我感到心里很不安。既然来了,就听听大家的想法,也是一次难得的学习机会。就请厂里先说说总的情况吧。"周华要古济宁也说说,古济宁摆摆手,低下头看起了桌面上放着的一份厚厚的介绍秦东纺织厂情况的材料。

向平开始介绍厂里的情况,刚念了几行材料,丁燕红笑着说:"这满墙的奖状、锦旗和那么多的奖杯,足以说明企业过去的辉煌,我和古总也算是老秦东了,基本情况就不介绍了。着重说一下当前面临的困难和问题,特别是有什么好的措施和想法。最好也听听中层们的意见。"向平略停后翻到材料的后面,又接着念了起来。丁燕红听得非常认真,边听边问边记。

古济宁抬头看了看布置一新的办公室,墙壁刚粉刷过,桌布是新的,特别是那些琳琅满目的奖品很是吸引人的眼球。他笑着对坐在旁边的黄一鸣小声说:"秦纺厂不简单,获了那么多的奖。"黄一鸣从古济宁的眼神中觉察出了言外之意,悄声说:"这些奖品都是任书记上任后让重新摆出来的,还装修了会议室,整治了厂区的环境,前后花了十来万元。"他瞟了一眼仰头抽烟的任东山,继续悄声说:"这个人在局里,现在是总公司,一直是抓宣传的,喜欢……"他还想说些什么,却摇摇头去翻阅一直看都没看一眼的材料去了。

古济宁翻了翻材料,迅速依据基本数据做出初步评估。秦纺厂已经严重资不抵债,数千工人辛苦一年,也清偿不了银行的利息,更谈不上偿还贷款本金,有点利润都让来料加工的供料方拿走了,包袱只会越背越重。他的结论是这种企业即便是神仙下凡,也无可奈何!曾经的明星企业怎么能搞到这种地步?让他难以理解的是,都到了生死存亡的严重关头,还写这种应景文章,其实几页纸就把问题说清楚了。他有点抑制不住自己,又凑近黄一鸣说:"这份材料的内容挺丰富,看样子是下了功夫的。"黄一鸣小声不屑地说:"这是任书记亲自主持起草的,按在局机关做报告搞的,这是他的拿手戏。"古济宁有点后悔,不该再和黄一鸣说什么,看来此人心里像是有啥想法。原来秦东纺织厂书记一职一直空着,黄一鸣自恃在企业经营管理上能力比人强,一心想让向平改任书记,他当厂长,现在这样一摆布,他就没戏了,所以一肚子怨气,看谁都不顺眼,尤其是反感任东山。

向平念了念稿子,觉得虚话太多,就离开稿子说了起来,他情况熟稔于心,说起来让人听得更清楚。说完后,他加了一句:"没有说到的地方,请任书记补充。"任东山看了看丁燕红,心想这位上级领导只对困难和问题感兴趣,犹豫了一下说:"没有啥要补充。"厂里的中层们听了都静静地等待着看下文。黄一鸣皱了皱眉头说:"我补充一点,简要说一下秦宇公司的情况,这是个厂中厂,名义上是中外合资企业。"他不紧不慢地说着,只用了几分钟时间,把情况、问题和想法都说清了,显得思路清晰,胸有成竹。

周华又让中层们说说想法和意见,开始是冷场,这些中层们摸不清底子,都不好说什么。后来周华反复强调这是吴芳市长从北京请来的负责企业改制的领导,要大家抓住这一难得的机会,为企业如何解困和发展谈一下各自的想法。丁燕红不愿别人这样说,自己也不是什么救世主,可她想听听中层们的真实想法,就不便说什么,静静地等着听发言。中层们一阵小声交流后,开始有人发言了。第一个人说了企业要保证工人能正常上班,不要随便让工人下岗。任东山接过话茬后说:"这一点领导班子非常重视,现在已实现了全员上岗,这是维护企业稳定的根本。"他认为这是自己任书记后干的一件大事,不由自主地做了炫耀性的插话。

第二个人说:"也不是全员上岗,有几十个技术骨干下岗后到南方去打工,有的现在还没有回来。他们说我们厂的工资太低了。现在工人除了死工资,奖金和各种福利津贴都没有了,短时间可以凑合,时间长了人心就散了。"黄一鸣心想,知足吧!按原工资计发已经不错了,得陇望蜀,还想着发奖金和津贴呢!他眼珠一转插话说:"奖金和福利的事情,我正在和汇隆公司方面交涉,看能不能让点利,明天还要去谈。"向平惊讶地瞪大了眼睛,他什么时候做过这方面的工作,这明显是在争取民心,可也不能睁着眼睛忽悠人呀!

接着又有几个人提出,要上新产品,打开销路,开拓市场。向平非常自信地说:"我们厂开发的喷气系列导电布和特高支高密织物系列,有望列入国家级开发项目,如果资金设备问题解决好,很快就可投入生产。"他是一个技术型的领导,多年来一直醉心钻研技术,把经营管理上的事情大都交给了黄一鸣。他认定只要有新的产品,企业就一定能再创辉煌。黄一鸣听了向平的插话,脸上露出了不以为然的神情,心想企业买原料的钱都没有,还搞什么新产品开发,巧妇难为无米之炊呀!

几个中层开始说起了最为敏感的话题:一个明星级国有企业的几千职工给私有企业老板打工,这个老板竟是当年在这里贩卖布匹的小商贩,企业的形象何在!职工的尊严何在!说到动情处,一个中层干部声音哽咽,差点掉下泪来。全场有些骚动,议论声和不满的发泄声此起彼伏。这让向平和黄一鸣很没面子,非常尴尬,这些中层也不分个场合,二人无法解释,也无可奈何。这时有人提出让汇隆公司退出,让秦东纺织人自己来干,附和的人不少,但底气显然有些不足,谁有求于谁是明摆着的。

有人给市政府出难题了,提出由市政府出面给企业解决流动资金。在这一点上大家的想法竟出奇的一致,所有的中层几乎都表了态。有困难靠政府,这是国有企业的惯性思维,这也怪不得谁。在这个问题上市政府不是没有做过工作,为贷款的事市政府常务副市长由锡平亲自召开过市长办公会,态也表了,文也发了,有关部门和企业的领导也反复跑了各家银行,可一分钱的贷款也没落实。如今的银行哪一家还会看地方政府的脸色,只要企业效益好,信誉好,银行会撵着给贷款,哪里还用得着政府说话,老皇历早就过时了。冷静下来后会场多数人心里都有了答案,说说而已,向平和黄一鸣感受更是太深了。

接下来是冷场。忽然一个中层干部站了起来,说出了大家意想不到的意见,提出了走申请破产的路子。一石激起千层浪,大家激烈地反对着,指责着,有人还愤怒地骂了起来,最后竟然被几个人愤怒地拉扯着推搡着。这个中层干部是厂里的技术尖子,这几年一直在南方打工,最近刚被叫回厂,上班后他十分失望。他经多见广,认定秦东纺织厂迟早要走破产重组的路子,早日破产还可以买断工龄,拿到一笔钱。没想到此话一出立即成为众矢之的。其实还有一个人支持他的观点,看到这种场面没敢开口,只是站起来扶了一把这位几乎被推搡跌倒的意见相同者。二十世纪末的国有企业职工,对破产的内涵还没有多少认识和了解,认为企业破了产自己就会无家可归,生活无靠,成为既丢人又没法生活的社会弃儿。这怎么能行呢?这不是在夺职工的饭碗吗?这不是要职工的命吗?谁主张企业破产,谁就会成为职工的对立面,遭到职工的激烈反对。难怪提出破产的这位中层干部的话还没有说完,就受到了超出会场容许的待遇。周华不得不出面干预,大家才慢慢静了下来。

丁燕红数月前曾看过文佳到秦东纺织厂调研的报告,从调研报告提供的情况看,她认为这个企业选择破产重组比较合适。她这次到秦东就是拿着实施破产的意见来的,来前已与有关方面做了相应的政策衔接。今天刚到秦东纺织厂时看到的是出乎想象的正常生产的繁忙景象,翻了翻长长的汇报材料,空话大话虽多了一些,却不难看出领导班子还是有信心的。当然只要不是外行,从提供的数据上分析,都能看出这个表面上挺不错、还在强撑的国有企业其实里面已经烂透了,只剩下一个空壳,已经走到了尽头。中层干部们提出的问题都很现实,这些问题在现有的机制框架内是无法解决的,破产重组已成唯一的选择。当那个中层干部提出破产的意见后,她觉得终于说到点子上了,刚想插话说说实施破产的有关程序和政策时,万万没有想到的场面出现了。她开始谨慎和冷静了下来,从许多人激愤的一言半语中,还是听出了大家的担忧和不满。职工是非常讲求现实的,这些厂里的中层干部尚且如此,普通职工恐怕就更难以接受企业破产了,看来要实施破产还有许多工作要做,还要走相当长的一段路。

古济宁在中层干部发言开始后,一直静静地坐在那里听,脑子却在快速运转着,他和丁燕红的看法一样,这样的企业只有实施破产的一条路子可走。如果这个企业实施破产,就给民营企业低成本扩张提供了机会,可以收购重组另辟蹊径,谋求新的发展。秦东纺织厂位于市区繁华地段,将来可以迁出去在旧地皮搞房地产开发,与开元大厦的建设珠连璧合,也许这是天赐良机。他看了看不动声色的丁燕红,心想她是搞企业改制的,肯定会给吴芳建议实施破产,不经意间竟生出一缕期盼,也明白了她要他来这里的良苦用心。向平阴沉着脸,实施破产对他来讲那简直就意味着灾难,他的努力,他的追求,他的理想,他的尊严,这一切都会化为泡影,是他最不愿意想也最不愿意听的。好端端一个国有企业,秦东市最耀眼的明星企业,能在他当厂长时破产倒闭吗?一个工科大学的高才生,一个研制出了多个新产品的精英厂长,如何面对职工,如何面对亲人、朋友和同学。他不敢想这些,也不能去责难这位提出破产的下属,只能沉默,沉默……

任东山觉得破产不破产无所谓,如果真的破产了就回机关安心当行政官员,省得再蹚这浑水。黄一鸣当不上正职,心中有气,心想船烂了,落水都落水,厂长谁也别当了!说不准闹一闹破产,会有人把自己推到厂长的位子上去。他妈的,爱咋咋,老子啥也不怕。黄一鸣脸上露出了一丝别人难以觉察的笑意,他点着一根烟悠然自得地抽了起来。周华控制住会场秩序后,不想再让中层干部发言了。他对任东山顿生一股怨气,本来说好的是小范围座谈一下,主要是听听丁司长的意见,任东山却要把范围搞大一些,说丁司长是吴市长的同学,要把面子给足,这下倒好。任东山明明知道职工长期下岗，工资、福利没保障，心浮气躁，随时都会情绪失控，还要讲什么排场。加上黄一鸣又极力赞同任东山的意见，这分明是想讨好任东山，别有用心嘛。这两个人都极力让自己主持这个座谈会，又不是机关开会，企业有的是厂长嘛，这两个小子是想把厂长架空，结果让自己钻进了套子。周华压住心头的怨气，说道："请丁司长和古总讲讲吧。"

丁燕红再次申明自己是来调研的，她充分肯定了秦东纺织厂多年来为地方经济发展所做出的贡献，肯定了秦纺厂干部职工的辛勤工作。在盛赞曾经的辉煌后，她中肯地谈到了企业存在的困难和问题，列举了各地企业走出困境的对策和路子，包括实施破产重组的成功例子。她本想多讲一讲破产重组方面的内容，考虑到大家的接受状况，没有展开讲。关于秦东纺织厂应该怎样走出困境，她没有直接讲，一些人还是听出了她的倾向，特别是几位厂级领导包括周华、古济宁在内，都听出她是主张秦东纺织厂走破产重组路子的。古济宁什么都没有讲，尽管他想得最多，也最具体。

丁燕红讲完后，任东山立即接着发言，说："丁司长讲了重要的指导性意见，对秦纺厂走出困境必将产生重大的作用……"听得丁燕红瞪大了眼睛，心想我讲什么意见了，真是莫名其妙！任东山好不容易讲完话，周华倒松了一口气，已经有人总结了，自己还说什么，他看了一下表，说了几句感谢客人的话，就宣布散会。

已经下午1时多了，早过了吃中午饭的时间，周华和向平要安排去外面吃饭。胡立安早就来接客人了，在楼下已经等了一个多小时。见市政府接待办已有安排，厂里也不再坚持留餐，周华和厂里几位领导一直把客人送出厂区大门。

在阳光酒店吃过午饭已两点多钟了。听说吴芳下午四点多会回到家里，古济宁和丁燕红商量了一下，决定休息起来后一块儿去吴芳的新家看望一下吴芳的婆婆。刚好明天是中秋节，好给老人送些月饼。

四点刚过，古济宁和丁燕红提着秦东经济开发区赠的几盒月饼，又买了一箱纯鲜牛奶和一筐石榴，就一起来到了市政府家属院。两人按门卫所说找到了吴芳的新家。

开门的是吴芳婆婆的妹妹方金桂，听说又是吴芳的同学，老太太立即笑容满面地招呼道："快进来，快进来，卫教授两口子刚刚来，也是芳芳的同学。"丁燕红一眼就看见了卫三乐，她放下手中提的东西，快走几步握住卫三乐的手说："卫夫子也来了。"卫三乐笑着说："明天中秋节，我和你嫂子来给老人家送个节，顺便认一下市长大人的家门。"说得大家全都笑了。丁燕红又握住卫三乐妻子宋彩珍的手说："嫂夫人好！久闻你是秦东的女强人。"宋彩珍不好意思地笑了。卫三乐笑着给妻子介绍："这位是我的老同学丁燕红女士，北京的女精英，副司长大人。"他回过头握住古济宁的手说:"这个也是我的老同学,北京的大企业家古济宁先生。不知你俩是什么时候从北京过来的?"

方金桂在一旁听着,便有些吃惊,这一男一女更不得了,都是从北京过来的大人物。她思忖着一男一女一起从北京过来,那肯定是两口子,她赶忙语无伦次地招呼着说:"大家都快坐,都快坐,卫教授两口子先喝茶,我给这两口子也倒杯茶。"丁燕红听了脸唰地红了。古济宁装作没有听见,把带来的东西往角落挪了挪坐了下来。

丁燕红坐下后首先问起吴芳,原来吴芳的婆婆有病,她没有陪完在秦东视察工作的副省长就赶了回来。刚才她婆婆打过针后就睡着了,吴芳又有点急事,说临时出去马上就会回来。呵,原来招呼客人的不是吴芳的婆婆。丁燕红很快恢复了常态,看了看这位脸上始终挂着笑容,热情得手足无措的农村老人,笑着说:"阿姨,您歇着吧,我们不用您招呼。"方金桂呵呵笑着,坚持要给北京的客人泡茶。茶泡好后按说就没事了,她忽然想起这几天保姆给客人端茶时都要说"慢用"的话,就客气地说:"你两口慢用!"这一下不得了啦,古济宁和丁燕红都闹了个大红脸,丁燕红脸上手术除去黑色胎记的地方更是红得发紫,场面尴尬极了。宋彩珍开始也以为两人是夫妻,后来看不大像,这时她明白了两人不是夫妻,两人都没吭声,可能是话不太好说吧。

卫三乐忽然来了灵感,何不借机为促成此事加点温呢,他笑着说:"老人家,人家现在不是两口子,如今叫男女朋友,但不排除将来会成为两口子。"这下该老人家难堪了,要是在村里的话,她会毫不迟疑地说自己的嘴该打就完事了,可这是城里呀,是在当市长的芳芳家呀,她想说出有点档次的话来,脸憋得通红竟说不出合适的话来。卫三乐看在眼里,大声说:"您老人家慈眉善眼像个月老,有人会借您的吉言使好事成真的!"老人嗫嚅着说:"越老,是越来越老……"她话刚出口,惹得卫三乐哈哈大笑,他想说红娘觉得不妥,说媒婆更觉不妥,便说了个似乎也不大妥的月老,没想到被老人家误解了。大家也都笑了。老太太更迷糊了,她似懂非懂听出像是夸自己,可又说越来越老,她压根就不知道什么"月老"。李升堂一直在里间屋子听着,老伴如此丢人现眼,他着急得都想出去把她拉进来,可他站起来几次又都重重地坐下了。

吴芳和保姆从外边回来了,吴芳说着笑着和大家一一握手,保姆赶忙把方金桂扶进里间后出来给客人添水。

重新坐定后,大家问起吴芳婆婆的病情,吴芳说:"老人家没有休息好,血压突然升高,没有多大问题。"原来老人一直怕孤独,前多年曾在省城住过几年,后来孙子寄宿学校后家里只剩下她一人,吴芳又经常忙得不沾家,她实在过不惯就回乡下

## 第七章

家里去了。吴芳到秦东工作后做了许多工作,又把婆婆接来了。妹妹两口来家后,老人非常高兴,整天有唠不完的话,导致血压不稳,由于治疗及时并无大碍。

大家闲聊了一会儿,吴芳对古济宁说:"老古,开元大厦的设计就按你的意思办,燕红在电话上给我说了。谁出资谁拍板,按市场经济的规则办嘛。"古济宁没想到她在家里说起了此事,说:"设计图纸在宾馆放着,我让人送过来你看看再定。"吴芳说:"不用看了,把主楼改成酒店符合周边的整体氛围,是从实际出发,就这样定了。"丁燕红笑着说:"老古,我给你推荐一个酒店的大经理,你看怎么样?"古济宁说:"好呀,只要人家不嫌秦东远。"他以为丁燕红要推荐京城的熟人。丁燕红狡黠地说:"远什么远,我说的是秦东当今司马相如的夫人。"吴芳、古济宁听了都看着卫三乐笑了。卫三乐先是摇摇头,接着笑着说:"秦东如今没有司马相如,更没有当垆卖酒的卓文君。不过,我老婆虽然文采远不如卓文君,但生意却做得大多了。古人云'内举不避亲',我也乐见其成。"

宋彩珍一直静静地坐在那里,慢慢地喝着茶。他们是同学,心口无忌,什么话都能说,而她不好说什么,没想到话题竟引到了自己的头上。丁燕红看着沉静自如的宋彩珍,笑着说:"嫂子,开个玩笑,这是商家之间的事情。"

吴芳话题一转,对丁燕红说:"听说你到秦纺厂去过了,明天抽时间咱俩专门谈谈。"丁燕红点头同意。这时卫三乐提出要告辞,古济宁、丁燕红也站起来要告辞。吴芳坐着不动,说:"都别走,今天在我这里吃晚饭。"多年来她养成了几乎在所有场合都忙着谈工作的习惯,已然根深蒂固,想改也难,特别是当了秦东市长以后更是如此。今天来了几位老同学,她本想谈点轻松的话题,情不自禁地又扯到了工作上。好在几个老同学都理解她,知道她工作的确很忙,婆婆搬来半个多月了,还没有好好陪过,要不是婆婆生病这会儿还在外边忙工作呢。

大家瞧着她略显疲惫的神情,坚持要走。吴芳突然说:"老古,你不是要吃我做的饭吗?今天我就做几个菜你好和大家品尝一下!"古济宁脸上掠过一丝惊喜,慢慢坐了下来。其他人看古济宁不走了,也都坐了下来。卫三乐笑着说:"行啊,今天领略一下市长大人的厨房手艺。是否让我家店主帮个忙,也露上一手?"说得大家笑了起来。宋彩珍终于找到了摆脱不自在的机会,忙不迭地说:"好啊,好啊!你们继续聊,我去帮保姆做饭。"话刚说完,就和保姆一起去了厨房。难得聚在一起,几个同学重新聊了起来,气氛更加欢愉。

吴芳忽然拿起笔在一页纸上写起了什么,卫三乐喊道:"哎,哎!吴大市长从现在起不涉国事,禁止办公!"吴芳笑而不语。丁燕红拿过写好的这页纸,笑着念道:"猪排骨两斤、红萝卜一斤、嫩玉米五个、豆子、江米、大枣、核桃若干……"吴芳叫来保姆,要安排她去上街买食材。方金桂也跟着过来了,她听说要做饭就急不可耐地围上了围裙。宋彩珍笑着站在一边,看来她难以插上手了。古济宁素知吴芳做什么事情都极其认真,一丝不苟,几个同学一块吃个便饭也不马虎,也看到方老太太是个热心肠人,就笑着说:"既然是应我之请备饭,我说三个原则:一是只做家常饭菜,最好能有农家饭菜;二是要有特色,当然有独门绝艺更好;三是每位女士各做两种饭菜,不能有例外。"他看了一眼丁燕红,接着问:"大家以为怎样?"卫三乐拍手笑道:"三条原则好,就这么办!"丁燕红刚才还在想,古济宁什么时候讨吃过吴芳做的饭菜,他还有这雅兴?是不是别有用意……听古济宁说出三条原则,卫三乐又极力赞成,忙着说:"这不是想出我的洋相吗?我够不上美食家,如品尝起来那也是博士水平,可厨房手艺还停留在幼儿园阶段。不过这三条原则弹性很大,我可以在原生态方面展示一下独门绝艺。"说着她拿过单子,添了几样要备的食材。几个女人又在一边合计了一下,保姆拿着经过补充的单子匆匆上街购置食材去了。

市长的家里呈现出一副奇特的生活场景,一边是几个身份各异的同窗好友聊得酣畅淋漓,笑声阵阵;一边是几个年龄参差、地位不同的女人轮番显露厨艺,乐不可支。

时间过得真快,不知不觉间饭菜已经备好。方玉桂老太太也睡醒了,她还真无大碍,看起来身子骨还算硬朗,一副慈眉善眼,除了白发稍多和脸上皱纹稍少外,和妹妹方金桂长得像极了。她和大家见过面,说不想吃饭,略坐一会儿又去休息了,吴芳进屋把婆婆安顿好后出来招呼大家吃饭。

八个人围坐在一张大圆桌上,吴芳打开一瓶红酒,她给李升堂老两口各倒了一杯酒,保姆要过酒瓶给其他人都倒上了酒。吴芳笑着说:"明天是中秋节,我们算是提前过吧,都不要拘束,随便一些,图个高兴,先干一杯酒!"说着她端起酒杯,和大家一一碰杯。古济宁知道她凡事都认真,生怕她说感谢这个感谢那个,欢迎这个欢迎那个,而听了这几句致酒辞,顿觉有了家宴的味道。他高兴地端起酒杯,和吴芳有力地碰了杯,又和其他人一一碰了杯,和丁燕红碰杯时隐约看出她眼神中有一丝忧郁和寻觅的意味。

卫三乐看了看饭桌,忽发奇想,笑着说:"先别动筷子,让我们三位男士猜猜看,这些饭菜分别是哪位女士做的,至少说出两种,说不好的要罚酒!"大家都愣住了,这看似小事却并不简单。丁燕红说:"卫夫子还有这一手?那就先请卫夫子猜猜看。"卫三乐笑着说:"今天虽然没有山珍海味、珍馐佳肴,却也琳琅满目,色香俱佳,其味亦必佳矣!"他先卖起了关子。方金桂听了不知他在说什么,心想这教授就是不一样,吃饭都有讲究和说词。李升堂一脸的平静,仔细看着饭桌上的饭菜。丁燕红说:"卫夫子快点说呀,别来虚的,大家还等着吃饭呢!"

卫三乐举起筷子指点着说:"这一盘月饼是我家店主的手艺,是我家酒店的镇店甜点,葡萄干土豆泥月饼。这种月饼水分多,脂肪少,热量低,葡萄干含铁丰富,是老少咸宜的滋补佳品,远胜外边卖的月饼。"吴芳笑着说:"这可以申报著名食品品牌嘛,中秋节前就先品尝一下月饼吧!"大家品尝后觉得的确别有一番风味,齐声称好。卫三乐高兴地直说:"不一样就是不一样嘛,算不上独门绝艺,但还蛮有特色的,符合三条原则的第二条吧!"他一脸的得意。宋彩珍不好意思地说:"别听老卫神吹,食材除了土豆、葡萄干,还有蜂蜜和椰蓉粉,平时做成普通甜点,中秋节前做成月饼,销量倒是挺不错。"

卫三乐又指着一盘菜说:"这盘清炒虾仁也是我家店主的拿手菜,特点是咀嚼时,会有虾肉在嘴里爆开的感觉,口感脆嫩,非常爽口。大家先喝口酒,然后再品尝!"他站起来和大家一一碰杯。喝酒后大家开始吃虾,还真的是感到虾仁饱满,既脆嫩又耐嚼,又是赞声连连。

卫三乐笑吟吟地说:"老古呀,这下该你了!"他想着古济宁应该能把丁燕红烧的菜说准,估计丁燕红也是这么想的。古济宁微笑着说:"还是请老叔先说吧,长辈优先。"大家都把目光投向了李升堂。方金桂的心顿时狂跳了起来,这死老头子可别犯糊涂呀!还得像人家教授一样说点名堂出来,可得给我长点脸,这里坐的可都不是一般人啊!李升堂已经心中有数,老伴最拿手的韭菜系列今天竟在这里露脸了,他头也不抬,缓缓地说:"农村老太婆平常做的都是家常便饭,我家户主在村里尽管爱逞能。"他听卫教授称妻子为店主,竟说出了户主的称谓,惹得大家差点笑出声来。方金桂似懂非懂,觉得他像要贬自己,眉毛立即皱了起来。李升堂看在眼里,马上做了些调整,接着说:"我家掌柜的村里有红白喜事,都要去帮忙做宴席,今天做的是这两个菜。"他指了指桌子上的两个菜,又看了方金桂一眼,就不说什么了。老太太听出老头在夸自己,心想这死老头子心里亮着哩,她忙站起来用筷子指着说:"这个菜叫韭菜炒核桃,那个菜叫韭菜炒土鸡蛋。我们那里核桃树多,家家都养土鸡,家家都种韭菜。村里人都爱吃我炒的这两个菜。"老太太有许多话要说,却一时说不到位,说不到点子上。李升堂看老伴急得头上直渗汗,便款款说:"韭菜是大众菜,也是上等好菜。过去我们那里人说,富人吃葱,穷人吃韭,韭菜割了一茬又长一茬,生生不断,葱一吃就没了。现在都说是凡人吃葱,神仙吃韭,韭和九谐音,是最大的数,和长久的久也是谐音,神仙神通广大,也才长生不老哩!"如此说来,韭菜的身价竟如此不凡,连卫三乐也听得入了神。方金桂受到启发,抢着说:"九月韭佛开口,八月十五就到了,韭菜鲜嫩味长,再有半个月佛都要吃了!"大家齐声笑了,老太太这话说得相当有水平。

可别小看方金桂做的这两盘菜,满桌菜就数老太太做的时间长,核桃挑了又挑,挑的是最小的山核桃肉。先用开水略煮,剥了皮,然后才炒,油、盐、味精、糖、红椒丝放多少和入锅先后都拿捏得很到位。韭菜只取茎,切成寸段,也要先从开水中过一下才炒进锅里。这道菜吃起来,清爽脆香,回味无穷。土鸡蛋炒韭菜,韭菜只取叶不取茎,切成略长的寸段,同样先入开水掉过。土鸡蛋打在碗里,先放进少许盐,再倒入少许水,然后把韭菜放入,搅拌均匀。待油热后倒入锅中,先开大火翻炒至土鸡蛋变黄后,马上关火,略停立即出锅。这道菜金黄透亮,碧丝缕缕,吃起来清香爽口,堪称色香味俱佳。在大家的啧啧赞叹声中,方金桂不禁心花怒放,笑逐颜开,这是老人家做菜以来,得到的最高级别的赞赏,不满足的是受到限制,没有充分展示全部的厨艺。

又喝了一轮酒后,该古济宁开口了,可他仍在犯难,尽管已有四种菜点被排除了,可难度依然很大。你卫三乐是吃惯了的嘴,自己老婆做的自家酒店的招牌菜点,那还用猜吗?李升堂老人吃了大半辈子老伴做的菜,单是韭菜,一盘菜用茎,一盘菜用叶,就容易看出是一人所为。自己虽对吴芳心仪已久,和丁燕红交往多年,可都没有发展到他们那种关系。半年前自己提出要吃吴芳做的饭,可还没有吃过呢!看来她是记在心里了,今天也说了出来。说出来也好也不好,好处是看到她还是挺在意的,不好的是丁燕红会不会不高兴,她是诗人型的女人,十分敏感。古济宁看似平静,心里却七上八下的。

卫三乐笑着开始发难,说:"古董事长,该企业家了,企业的诚信和形象可是至关重要呀。"他故意把企业家和企业的概念混到一起,其实也不关乎什么诚信和形象,只是想激一下老同学,逗个乐子。吴芳笑了,这个卫夫子也太当真了。丁燕红不动声色地暗笑着,她心里在嘀咕,且看古济宁对自己是否了解,对两个女同学能了解到什么程度。

保姆今天特别高兴,没想到这些有身份有地位的人,这样喜欢逗乐,这样随便,没有一点架子。她忙前忙后,端饭递菜,倒茶添酒,却不便说什么。她看古济宁实在有些为难,忍不住说:"这盘烙饼不能算,是我中午烙好的,是为了配中间炒的八宝辣子才端上来的。"卫三乐差点笑出声来,这不等于又排除了两种饭菜,不就剩下那四种饭菜了吗?不是吴芳所做,便是丁燕红所做,随便蒙一下,错对都是个乐嘛,这个古济宁还是老样子,凡事都认真,都要深思熟虑,活得多累呀!

古济宁还真如卫三乐所想,他很认真地在判断着,刚才就是弄不清这盘八宝辣子是谁做的,理不清思路。保姆刚说完,古济宁就十分自信地说:"这盘排骨嫩玉米和这一盘八宝甜稀饭是老吴做的。这盘蒸毛豆,还有那一大碗菜疙瘩是小丁做的。"说完他如释重负地出了口气,等大家的反应。保姆悄声笑了,惊讶地看着古济宁,古济宁立即读懂了她的眼神。方金桂惊奇地瞪大了眼睛,刚要拍手称赞,看大家都没吭声,又把手放下了,古济宁也看在眼里,脸上却愈显平静。吴芳笑了笑,不予置评。丁燕红心想这老古还真神了,竟说得这样准,却故意笑着说:"不对,不对,你是依据什么判断的?这不是胡猜乱蒙嘛!"卫三乐从保姆和老太太的表情和举动上,也迅速判断出古济宁说对了,宋彩珍这时在他耳边只说了一句话:"这个人太厉害了!"

  卫三乐笑着说:"对也好,错也罢,都无所谓。老古你就回答一下燕红提的问题,说说你判断的依据是什么,我们边品尝边听你说。"说完他要大家一起动筷吃起来,保姆赶忙给每个人盛了一小碗八宝甜稀饭。说实在的,这四种饭菜都没得说,各有一番风味,大家吃得又香又有滋味。尽管卫三乐一再催促古济宁作答,古济宁只是吃着笑着并不回答,心想你卫夫子也应该明白,丁燕红生在高干家庭,从小饭来张口,衣来伸手,哪里会做饭菜。蒸毛豆和菜疙瘩肯定是当知青下乡时学的,属地道的原生态食品,当年是充饥,现在则成了佳肴和稀罕物。不过那带荚的黄豆蒸煮的火候和调料的搭配都挺不错,菜疙瘩蒸的软硬和调味辛辣的奇特也恰到好处。吴芳行事历来喜欢把方方面面都考虑进去,排骨嫩玉米这道菜,有点小荤小素,亦粮亦菜,既可当菜吃,也可当主食吃。八宝甜稀饭更不用说了,米、豆、枣、核桃、肉末、蜂蜜,食材丰富,营养全面。稀饭一般是最后才吃的,是收官之食。不管从她的社会经历考虑,还是从她的家庭身份考虑,她都最有可能做这两种饭菜。看似辨认饭菜是谁所做,其实是内心深处对两个女同学的思考和判断,怎能说出口呢?古济宁不管卫三乐怎样说,只是笑而不语,慢慢吃着饭。这两个女同学做的饭菜都相当不错,古济宁吃得十分惬意,好长时间都没有吃得如此之香之多了。

  吴芳其实也不想让古济宁再说什么,她估计除了李升堂老人还在谜中外,其他人的谜底都揭晓了,就引开话题说:"改革开放以来,与民生息息相关的餐饮业发展迅猛,受益很大,也涌现出了一批行业的领军人物,宋大嫂就是秦东餐饮业界的佼佼者。"卫三乐忙说:"哪里,哪里,你嫂子是逼上梁山的,下岗后她别无选择,才搞起了卖饭的营生,谁知一发而不可收,不过仍处在初级阶段。"丁燕红半开玩笑说:"嫂子做的菜点可不是初级阶段,相当教授级厨师,和卫教授一个级别。"宋彩珍脸色微红,不好意思地说:"做菜是前几年在省城学的,这几年手都有些生了。"卫三乐笑着说:"我家店主已多年不看菜谱,改看兵书了,如今主要是钻研企业经营管理,运筹商场征战,本科文凭拿到手了还不满足。也不想想,学会了屠龙术,有龙可杀吗?"古济宁听到这里,觉得也许此人就是将来开元大酒店总经理的合适人选,要留心考察一下,也不知道她是怎么想的。

  吴芳说:"商聚万家,食通天下,舌尖上也可显民意彰国风。秦东在加快招商引资中,也要重视发展餐饮业。"她对古济宁说:"老古,你的开元大酒店一定要搞成秦东市一流的。不知什么时候能动工?"她不由自主地又说到了具体工作上。古济宁说:"马上就可动工,你定时间吧!"吴芳以为更改设计尚需时日,看古济宁说得如此肯定,就说:"那就定到国庆节收假后的第一周。"丁燕红说:"要搞个开工典礼,扩大一下影响,促一促招商引资。"卫三乐心想,现如今生活节奏快多了,同学家宴聚会也要忙着谈工作,自己不也介入了吗?不也谈菜论饭了吗?在人家政界人士的眼里餐饮是个行业,当然属于工作范畴。自古以来民以食为天,还是天大的事呢!其实当今许多工作、许多大事,都是在饭桌上谈成的,士农工商、三教九流概莫如此。这是世风日下吗?真的不好说,至少今天不是。他越想越多,竟有些煞不住,难道这也会成为自己研究的课题?他情不自禁地停下了筷子。

门铃响了,保姆去开门。随着一阵笑声,两个年轻人提着大包小包快步走了进来,看见这么多人正在吃饭他们站住了。吴芳说:"这是我的一对儿女回来了。"她站起来,对着两个年轻人说:"莎莎、堂堂你俩过来,我给你俩介绍一下长辈们。"方金桂和李升堂是熟人,王莎莎前几天已认识了卫三乐,为了照顾老奶奶,她前不久刚刚调到了秦东大学,卫三乐就是通过她知道了吴芳的新家。一下子见到好几位叔叔、阿姨,两个小年轻十分高兴,并一一向长辈们问好致意。这对双胞胎兄妹长得像极了。弟弟王堂堂高出姐姐半头,他穿一件棕色的夹克衫,里边是一件纯蓝衬衣,戴一副眼镜,内敛、温文尔雅的气质表露无遗,还透着一丝执着和沉稳。姐姐王莎莎着实令人有些惊艳,她穿一件黑色短裙,配以极具时尚感的红色丝袜,肩上挎个同样鲜艳的大红色手提包,两种红色交相辉映,让亮丽元素打破了深色沉默,一看就是一个性格开朗的外向型知识女性。真是幸福啊,吴芳有这样一对龙凤胎儿女,在座的人都生出了这种感慨。丁燕红凝神片刻,推开杯碟,挥笔疾书,不知写起了什么。寒暄过后,两个年轻人就到奶奶屋子去了,里边立即传出了婆孙三人欢愉的说笑声。

这顿饭大家吃得太舒心了,卫三乐和古济宁提出要告辞,丁燕红迅速收起面前的两页纸。吴芳一直把客人送到楼下。一轮皓月已挂在东边的女贞树梢,将圆未圆,把水银般的清辉洒了一地。一位年轻的司机早就等在楼下,他按照吴芳的吩咐将客人一一送到住处去。

下车后,丁燕红站在酒店门前的草坪前问:"老古,我就不明白,你是依据什么判断那两个菜是我做的?"月光下,古济宁仍然能看出这位极具诗人气质的女司长认真而固执的神情,他轻松而略带诙谐地说:"谁不知道诗人惜字如金!表现在厨艺上,食材用料肯定是最少的。能把复杂事情简约到一,才是最高境界嘛!"丁燕红朗声笑了,毕竟他是这世间最为知己的男人,她认真地说:"那盘毛豆可是精选的,先放了各种调料,煮到半熟,入味后又蒸熟,再放到锅里略微炒了炒。那碗菜疙瘩也是一样,制作程序并不简约,卫夫子称其风味绝佳并非虚夸之词。这是我当知青时从一位老大娘那里学来的独门绝艺,我还秘不传人呢!"说着她放声大笑,显得激情难抑。古济宁看着她动情的样子,笑着说:"说实话了吧?席间你不是说我说得不对吗?诗人就是诗人,激情喷涌时也是真情流露时。"丁燕红从衣袋里取出两页纸,说:"吃饭间隙我写了一首小诗,请你斧正。"古济宁把丁燕红的手推回,说:"我岂敢班门弄斧,今天你必得佳句,我想先听为快。"他深知她有着超乎想象的记忆力,尤其是自己的作品,一般是写在纸上也就刻入脑中。

丁燕红把纸装进衣袋,抬头看了看明月,小声吟道:

月到中秋分外圆,
古往今来,
有多少文人墨客曾纵情咏叹。
可谁人想到过,
明月独行天穹的孤独。
也不总是圆,
从细如鹅毛,
到半露粉脸,
待到十五月方圆,
圆又渐行渐缺。
往复的旅行,
路上固然美景无限,
却只能遥闻银河的感叹。
年盼中秋月盼半,
纵然孤独也要圆,
最是月到中秋分外圆!

古济宁听了心灵受到了强烈的冲击,这是她的心声,她在期盼着人生的圆满,在追寻着感情上的圆满。今天的欢聚,使他心情十分舒畅。席间丁燕红刚一动笔,卫三乐就对他耳语相告,说诗人要给他写诗了,他假装没有听清,同时也想未必吧。刚才他说了些让丁燕红高兴的话,可等她深情地吟诗后却不知说什么才好。两人都默默地站在草坪旁,月光如水,酒店的霓虹灯不知疲倦地在无声地明灭变幻着。

# 第八章

这一段时间，文佳一直陪着郑副省长在秦东视察工作。先是在秦河化肥厂处置氨气泄漏事故，接着到几家省、市属企业检查企业改制情况，最后到秦东电厂参加建厂四十周年庆典活动。在庆典活动上文佳见到了应邀前来的张洛朴，张洛朴说要顺道去一下市上，衔接一下投资项目上的事情，顺便看望一下吴芳的婆婆。庆典活动结束后，文佳和张洛朴一起回到秦东市。

张洛朴谢绝了文佳的安排，让随行的严玉华和秘书李飞以及司机安一秋在阳光酒店先住下，他坐文佳的车来到了市政府家属院的西院。张洛朴从王堂堂那里知道，吴芳前不久把婆婆接到了城里。他一直想来看望一下，还托人从韩国买了两瓶浓缩高丽人参营养液。他多次听吴芳谈到过婆婆，知道她十分敬重婆婆，感恩之情常常溢于言表。既然自己与妻子的感情已经破裂，结束这桩婚姻成了定局，那就要向吴芳这边靠拢，取得吴芳婆婆的好感和认可也许是有益的，这样做还能得到吴芳的好感。自从婚姻出现危机后，他认真地进行了分析和权衡。以他的身份地位和经济条件，完全可以选择一个年轻貌美的女人做妻子，但总觉得吴芳这样成熟的女性更具风度和魅力，她的身上有着一般女性身上没有的元素、气质和魅力。再说，年轻貌美的女子接触得也多了，玩玩可以，真要找妻子还是要找像吴芳这样的杰出女性，这也可以提升自己的身份地位，体现自己的人生价值。只要一想到吴芳，他就觉得也许这是上帝的安排，这大概就是人们常说的缘分，不然为什么丈夫因公牺牲后，她在长达十余年的时间里始终没有再婚，而自己都有了孙子，老婆却铁了心要分手。他知道中国人讲究门当户对，吴芳要找一个和她各方面条件相当的男性却不容易。中国人还讲究高嫁低娶，女的嫁人要嫁各方面条件比自己好的男人，这样在人前才显得风光。至少也要嫁一个和自己条件相当的人，心里才平衡。男人娶妻一般要娶一个各方面条件比自己低

# 第八章

一点的女人,这样才好控制对方,再说谁愿意在别人的眼里比妻子还差一截呢。张洛朴觉得吴芳虽然是市长,可自己是省属重点国企的董事长,也是正厅级,自己的前任还当了副省长呢,足以说明这个位置的重要,而且收入比同级行政领导要高出几倍。再说,自己怎么说也应算个美男子。各方面权衡起来,相当般配,他下定决心,近期尽快把前段婚姻做个了断,然后开始运筹新的婚姻生活。

文佳也知道吴芳把婆婆接来了,就住在自己楼前的"轿子楼"里,搬家时在楼下还见过一面,后来一直没机会去家里看望一下老人家,刚好两人都有这个想法,文佳顺路买了些营养滋补品,就领着张洛朴上到了"轿子楼"的五楼。

敲开房门后,保姆把二人领进客厅。客厅里坐着好几个人,吴芳一看见文佳和张洛朴二人,忙迎上前来,稍事寒暄后说:"我请了一个老中医正给婆婆看病,请二位先坐在我的书房里。"二人望去,一个老中医正聚精会神地给老太太把脉,他头微低着,就像雕像一般一动不动,连眼皮都没抬一下,似乎这个世界上就他一个人一样。保姆接过二人手上提着的营养滋补品袋子,把二人领进书房,倒上茶后又返回客厅。

文佳坐在靠墙的一把藤椅上,张洛朴坐在书桌前的真皮转椅上,两人一边喝茶,一边闲聊起来。对文佳来说,这间书房并不陌生。在吴芳之前这里曾住过一位副市长,这套房子就是按这位副市长的想法装修的,后来这位副市长去省上的部门工作,就把房子退回政府办公室。吴芳到秦东后一直一个人住在办公室的套间里,宿办合一。把婆婆接来后,她就住到了这里。这套房子的装修基本未动,只是家具和布局有了变化。书房的空间并不大,除了新买的书柜外,靠墙还放着一张与书房气氛不协调的钢丝床。文佳有些不解,三居室的房子还需要弄这玩意儿?再一想市长到婆婆家所在地工作,估计亲戚朋友来的会多一些,钢丝床大概有时会派上用场。

张洛朴随意看了看书房,普普通通的,一股脂粉味直钻鼻孔,他吸了吸,心想女性书房还就是不一样。他看到书桌的左上方摆了一摞书刊,随手翻了翻,心竟怦怦地跳了起来。除了第一本是《现代汉语词典》外,其余全是关于性学方面的书籍和小册子,什么《中国性学发端》《性学概论》《性学的普及与提高》……他想,以安邦治国为己任的政府官员研究这些干啥?这大概是长期过单身生活的女性的一种特殊需要,一种自我排解和宣泄,抑或是一种性扭曲行为。他瞬间感到了一缕难抑的冲动,看来女市长也是常人,也有七情六欲,也有难以启齿的需要。这难道不是天意?这是在提醒自己,尽快把婚姻生活方面的筹划付诸行动,加快这方面的进程。

文佳看张洛朴翻看书桌上的书刊,也发现叠放着的钢丝床中夹着一本书,抽出来一看，竟是一本关于性学方面的书籍，他一下子蒙了，翻到扉页，下面写着一个"莎"字，字写得龙飞凤舞，几乎难以辨认，他又不动声色地塞回原处。文佳随便问："老张，你平时有时间看书吗？"张洛朴正想心事，没有听清，反问："你说什么？"文佳看他脸色潮红，心不在焉，觉得怪怪的，就再问："你平时有时间看书吗？"张洛朴迅速调整情绪，拂去略微的尴尬，调侃着说："现在谁还看书呢！如今人们回到家里，不是坐在电视前，就是趴在电脑旁，真有时间了又会泡到麻将桌上。"他很快恢复了常态，喝了口茶，笑着说："其实，你这是一个伪命题，重要的不是有没有时间，而是有没有必要，有没有兴趣去看书。"

文佳听了点头不语，说的也是，如今经济有了很大发展，可物欲横流，干什么事情都要讲物质利益。在一些人看来，读书未必能赚来钱，当年曾经批判过的"读书无用论"，正在悄悄地蔓延着。销售生活资料和生产资料的市场越来越红火，可销售精神产品的图书市场却冷冷清清，许多地方的图书是放上一大堆，按斤论价，比白菜、萝卜还便宜，许多经典名著也是五元一本、十元三本地在卖。当然，这类书籍中有相当一部分盗版书，印刷相当粗糙，语句不通，错别字满篇。他常说这是让斯文扫地、文化无颜的市场，又是让他这样的工薪族购书者暗恋的市场。他是个爱逛书摊的人，除了几占图书市场半壁江山、摆得琳琅满目的各级各类指导升学考试的书籍外，曾买过许多廉价书，其中不乏一些劣质的盗版书，是个对图书市场情有独钟又了如指掌的人。他沉吟了一会儿，对张洛朴说："你说得很实在，读书的确与兴趣和必要有关，但有时也会莫名其妙地读起书来。"他皱了皱眉，接着说："我当秘书科长的第二年，送岳母回家，不幸出了车祸，把一个违反交通规则的路人撞成重伤。我承担经济上的损失并不算什么，可当时组织部门已考察了我，准备提拔副处级，说是车祸造成了不良影响，放下了此事。这让我后悔不已，痛苦至极，特别是当我的几个部下提拔后，简直精神都要崩溃了。这时我选择了读书，拼命地读书，工作照常忙，一年时间竟然读了三十多本书。这谈不上什么兴趣，好像也没有产生什么功利，你能解释吗？"

"呵，这大概是读书的另类功能，可以治疗心病，缓解痛苦，助人走出困境，这可是大功大利呀！"张洛朴说完，看着文佳先自笑了起来。文佳的这段经历张洛朴知道，却不知道文佳竟是以读书的方式来减轻心里痛苦。可见吴芳看性学书籍，并非出于兴趣，而是一种生理和心理方面的自我排解。人嘛，谁没有七情六欲，只是这种方式太让人匪夷所思。今天自己无意中窥知了她的闺中私密，看来真是天意，是上天在提醒自己赶快努力，去完成天作之合。他再次意乱心迷，差点将手中的茶杯掉到地上。

文佳看张洛朴好像有什么心事，刚要问时吴芳走进书房，她笑着说："让两位久等了,老人的病看完了,我想把老中医介绍给你俩。"于是三人一起来到客厅。文佳和张洛朴齐声向吴芳的婆婆问好,询问了病情。吴芳向婆婆介绍了两位同学,接着笑着对坐在沙发上的老中医介绍说:"这位老先生,是秦河北一带有名的中医师辛清玉,人称辛法师。"辛清玉双手微握胸前一拱,微笑着点点头。他精神矍铄,微黑红润的脸上布满慈祥和善良,刚才把脉时雕像般的感觉已不复存在。文佳和张洛朴问好致意后坐了下来,一位妙龄女郎面带微笑给文佳和张洛朴倒上了茶。吴芳说:"这是我女儿,这两位都叫叔叔。"张洛朴脱口笑着纠正:"不,小吴要叫伯伯!""伯伯好,我叫王莎莎。"王莎莎甜甜地笑对张洛朴说。张洛朴大窘,脸上掠过一丝不自在,这是王堂堂的姐姐呀,怎么说成了小吴!王莎莎又向文佳问了好,文佳瞥了一眼张洛朴,笑着说:"叔叔伯伯差不了多少,小吴小王可就差大了!"张洛朴笑着狡辩:"毛泽东的两个女儿李敏、李讷,不都是随母姓吗?我还以为吴大市长的千金也随母姓呢!"文佳笑着说:"老张上大学时,就是说错说对都能占上理,如果你改姓常,就可以叫你常有理了!"吴芳笑着说:"不改姓常,也是常有理!"大家都笑了。辛清玉和方玉桂两位老人看几个很有身份的晚辈开着玩笑,也不再拘谨,大家随便聊了起来。

张洛朴问:"堂堂呢?听他说奶奶搬来了,我就让他提前回了家,走得急竟忘了带上我从韩国买的高丽参浓缩液,咋不见人呢?"听吴芳说堂堂送方金桂老两口回家去了,张洛朴不再说什么。文佳家在农村,深知中医在农村的重要地位,深知像辛清玉这样的资深老中医在农村是备受尊崇的人物。他面向辛清玉,客气地问:"请问辛老前辈,今年高寿?"辛清玉含笑回答:"算不得高寿,刚过八十岁生日。"文佳和张洛朴都有些吃惊,老人怎么看也就六七十岁的样子呀!方玉桂说:"我比他小几岁,在别人眼里我比他年龄还大。小时候,我明显比他小,老了以后我明显比他老。"听得出,他俩是老相识了。吴芳说:"我婆婆的娘家在上方村,辛老先生的家在下方村,是邻村,我婆婆几十年来看病只信辛老先生。在省城住院时,专家要会诊,她坚持要把辛老先生请来。开始有些人认为简直是开玩笑,班门岂容弄斧,后来那些专家也服了,成了那家医院的一个传奇故事。"辛清玉面带微笑静静地坐着。

方玉桂说:"习惯了,有病就想请老中医看。我见不得西医一弄就动刀动剪的,感个冒也要打吊针。有一次我胸闷头疼,又是化验,又是拍片子,还做啥CT、啥共振……光检查就花了好多钱,也没查出啥毛病,针没少打,还吃了一大堆片片子药,也没见好。后来,吃了辛老先生三服中药就好了。"

辛清玉见方玉桂提到自己,便微笑着说:"中西医各有所长。中医推崇天人相应,调节阴阳,辨证施养,劳逸结合。老太太那次是因长期孤独忧伤,思虑过度所致,这种病要三分治七分养,既要药治,更要心治,这样才会效果好一些。"他稍微停了一下,看着吴芳说:"说实在的,老太太的病是陈年老病。那几年老太太一个人在家带两个孙子,那会儿刚分田到户,还要请人种地,心情也不好,是心力交瘁种下的病根。我知根知底,自然药到病除。"

吴芳见辛清玉提到她上大学时,婆婆曾经的艰难岁月,怕老人家想到儿子伤心,忙说:"还是辛老先生的医术高,名不虚传。"方玉桂与辛清玉对望了一眼,她笑着说:"我就是相信老中医,这次犯病市中心医院的大夫说没啥大问题,我心里就是不踏实,刚才辛老先生把脉后说没啥大问题,我好像马上就感到轻松了。"她说得大家都笑了。王莎莎说:"奶奶是中医最铁的'粉丝',对中医坚信不疑,多有些这样的'粉丝',我就不信中医学这个国粹能衰落到这种地步!"文佳看得出方玉桂相信中医,好像更相信辛清玉。张洛朴几乎没有看过中医,没想到乡下竟有如此推崇中医师的老人。两位老人都听不明白,弄不清中医和"粉丝"会有什么关系,也不便去问。

吴芳说:"市卫生局前不久对中医的现状做了些调查,现在中医药行业整体萎缩,收入水平低,从业人员在减少。据说最好的中医医院医生的收入水平,还比不上三流西医医院医生的收入水平。"王莎莎给文佳添了水正要给张洛朴添水,她停下说:"奶奶说辛大爷的针灸是秦河北一绝,一次只收四元钱,还比不上一个理发师剪一次头发的收费。"说完她下意识地用手掠过自己飘逸的黑发,一股浓浓的香水味散发开来。文佳猛然和那本性学书籍联系了起来,那就是这个性格开朗的女孩的书,上面不是写着一个"莎"字吗?张洛朴深吸一口气,望了望这个穿着时髦、洋溢着青春气息的女孩,她的一双大眼睛简直就是吴芳眼睛的复制品。他看了一眼吴芳,两人目光相遇,张洛朴不由得想到了那一摞性学书刊,心里瞬间升起一股热流,觉得吴芳的眼睛是那样的摄人心魄。

说到收费,辛清玉一生奉行"贫者不取资财,富者不计多寡",以治病救人为己任,直到现在仍不改初衷。这时辛清玉轻叹一口气,说:"现在农村真正的中医师也不多了,有些中医师连望闻问切都不大会用,也不大愿意开中药,一般爱用中成药,特别喜欢开西药,西药能多卖些钱嘛!"王莎莎说:"一切向钱看!可向钱看,中医还能存在下去吗?"辛清玉感慨地说:"多年来我带了七个徒弟,如今有六个到县城和镇上开门店去了,城里比乡下好挣钱啊!到头来只剩下一个徒弟和我老汉还在乡下守着。不过话说回来了,他们能在城里站住脚,也是好事情。"

吴芳听了老人的话,心想农村缺医少药的状况的确不容忽视,如果再不支持中医的发展,中医药业会越来越衰微下去,特别在农村可能会出现后继无人的现象。文佳的父亲晚年有病常请中医诊治,他对老中医有一种天然的亲近感,对辛

## 第八章

清玉说:"我父亲晚年对中医修身养性的理论推崇备至,经常说人老了容易跌进'爱钱、怕死、没瞌睡'这三个大坑里,如果能跳出这三个大坑,就能多活几年。"

辛清玉不紧不慢地说:"你父亲说得太好了,中医历来注重修身养性,认为养生必先修德,这是中医养生的一个特色。说到修德,从时下来讲,就是不要一心想着发财享乐的事,多想想日子不好过的人,不要跌进贪赃枉法和吃喝嫖赌的大坑里去,这样人的体内就和谐了,人和社会也和谐了,人的病呀灾呀的就少了,自然也能延年益寿。"

听了辛清玉这番话,大家都很佩服。文佳惊讶地看着辛清玉,他在农村见过的中医比较多,像这样的老中医却从未见过,简直太不可思议了,这么大年纪了思想还能跟上时代的步伐,他崇敬之情油然而生。王莎莎好像读懂了文佳脸上的表情,说:"辛大爷从医六十多年,钻研了《内经》《伤寒论》《金匮要略》等经典著作,注重'不治已病治未病,不治已乱治未乱'。特别擅长妇科和儿科。辛大爷还花几十年功夫,积累了大量的中医理论和临床方面的文稿,正让我帮忙整理校订呢!"大家听了对辛清玉更是刮目相看。

吴芳知道女儿大学学的是生物专业,后来又爱上了医学,最近又研究上了性学,辛清玉让女儿整理校订文稿,自有一定道理。从女儿对辛清玉了解的情况看,这一老一少之间的交流已非一朝一夕的事了,只是自己不清楚罢了。吴芳对女儿放得很开,只要她高兴干的事情,就听任女儿去做,只是对她一个大姑娘要研究性学不大同意,正准备找时间和她谈谈呢,现在知道她要帮辛清玉整理校订中医文稿,心里十分高兴,心想这也许可以转移她的兴趣。

文佳听了王莎莎的话,对辛清玉益加敬佩,心想这就是传统意义上的民间良医,由衷地说:"中国自古以来就有'不为良相,即为良医'的说法,老前辈让我见识了良医风范。"辛清玉忙说:"哪里,哪里,我只是在乡间为乡民医小伤小病,谈不上良医。上医医国,你们官场上的人经邦治国,是医国的。现在农村政策好了,这就是处方开对了,很灵验呀,农民很快就富起来了,民富了国也就强了。"

张洛朴笑着说:"妙呀,老先生说得妙极了!看来二位老同学是治理秦东的上医,可要拿出治世良方来,当个良相型的地方官。"说完他心里有种酸酸的感觉,你们都是"医生",难道我是个"病人"?文佳朝张洛朴摆摆手,说:"我是个幕僚,最多是出出主意,做些辅助性的工作,什么良相不良相的根本不沾边。"

吴芳避开他俩的话题,感慨地说:"改革开放这个大处方用了二十年,经济社会有了很大发展,坚持下去,强国之梦必能实现。"说完她想,治理秦东现阶段最好的处方就是扩大招商引资,一定要坚定不移地搞下去。她看辛清玉坐的时间长了,要让女儿送他到市政府招待所去休息,没想到婆婆也要去送,既然中西医都说婆婆的病无大碍,出去走走也好,这样连同保姆在内三个人一块送辛清玉休息去了。

送走辛清玉后,三个老同学重新坐下。吴芳问文佳:"郑省长回去了?"文佳说:"秦东电厂的庆典活动一结束就回去了。我和江书记送走郑省长后,就和老张一起来你家里看看老人家。"张洛朴说:"我听堂堂说他奶奶接来后身体一直不太好,参加完秦东电厂的庆典活动就顺便过来看看。看来老人家没有多大的问题,这就放心了。"吴芳笑着说:"谢谢二位,我婆婆是我们家的大功臣!我上大学四年,她一人在家带着莎莎和堂堂,还要请人种责任田,里里外外全靠她一个老人,那可不是一般的辛苦啊!"

文佳当年在吴芳丈夫牺牲时曾到她家去过,也见过方玉桂,他和张洛朴都对老人家表示了由衷的敬意。张洛朴说:"我这次过来,还想把投资项目工作推进一下,我带的几个人已经住下了,让堂堂也参加进来。"吴芳说:"好啊,你有什么具体想法?"一谈到工作,吴芳总是有些兴奋,她看着张洛朴,端着茶杯的手停住了。张洛朴也看了看吴芳,两人的目光再次相遇,他又一次感到了一股热流迅即通过全身,没想到她的眼中流露着如此灼人的激情。他喝了口茶压了压狂跳的心,说:"董事会专题研究了在秦东的投资,为了资金好运作,想参股秦东市天然气公司,然后以市天然气公司的名义贷款,我们公司出面担保。先贷五千万元,一千万元用来改造市政府招待所,其余资金用来改造市中心广场和拓宽广场周边的城市道路,这样以一带二,实现三个项目的共同推进。"

吴芳问文佳:"老文,你觉得怎样?"文佳觉得中间好像绕来绕去的,这资本运作上的事奥妙无穷,自己也吃不大准,就说:"这很好啊,要不要先和市建委沟通一下?天然气公司是市建委的下属公司,也可以听听他们的意见。"吴芳说:"这件事要抓紧,最近市委、市政府在招商引资方面将有大的动作。请你尽快召集计划、城建、财政、经贸、工商等部门商量一下,天然气公司也参加上。"文佳说:"明天早晨我召集这些部门议一下,不过老张这边得有个更详细的意见,我通知天然气公司来人先碰个头。"吴芳说:"这件事就交给你,你酌情办理,有啥问题及时告诉我。"

吴芳总是这样,一谈起工作上的事情就十分认真,把本该轻松的同学相聚也搞得不那么轻松。张洛朴在吴芳给他添水时,闻到她衣服上飘过一缕淡淡的清香。从政的女人也是女人,她虽然穿着庄重得体,依然尽显女性的曲线美,特别是隆起的胸脯,让张洛朴忍不住多瞟了几眼。文佳不经意间发现张洛朴今天有点异常,眼睛老在吴芳身上溜来溜去的。

忽然门响了,王莎莎手提一个大包飘然而归,她莞尔一笑,说:"奶奶今天可高兴了,她的病连影儿都没有了,陪着辛老先生走了两家商场,上楼下楼都不要人搀,硬是给辛老先生买了两件衣服。"吴芳高兴地问:"奶奶人呢?"王莎莎说:"奶奶平时老闷着,不大爱说话,可见了辛老先生又说又笑的,像个老小孩。她说要陪客人吃晚饭,还硬留他过两天再回乡下去。"吴芳说:"奶奶是要感谢人家,辛老先生过去多次给她看过病,帮过忙,就按奶奶的意思办。"

王莎莎笑嘻嘻地在母亲耳边说:"根据我的观察和研究,奶奶有不可告人的秘密。"尽管是耳语,文佳和张洛朴都听得清清楚楚。吴芳抬手打了女儿一下,嗔道:"别贫嘴!快去把奶奶的屋子收拾一下。"王莎莎笑着转过身,又飘然而去。

文佳望着王莎莎的背影,心想这个女孩显然是个外向型现代女性,和其母亲除了外貌酷似外,性格迥然不同。年纪轻轻的看什么性学书,不过这也无可非议,吴芳有个活泼快乐的女儿挺幸福呀!张洛朴明显感受到了王莎莎、王堂堂这对双胞胎姐弟的性格迥异,当然也看出了母女俩的不同,觉得母女俩都挺有女人味,只是母亲受身份地位的限制,内心的激情被压抑着,不能随意表露罢了。他也为吴芳有一个漂亮时髦的女儿感到幸福不已。

张洛朴看看表,说:"老吴,你该休息了,我们就此告辞。"文佳也站起来告辞。吴芳的确累了,还想去招待所看看辛清玉,也没有挽留,将二人送到屋门外。

走到楼下后,文佳要张洛朴到家中小坐。张洛朴笑着说:"早就有这个想法,你搬到新家后我还没来过呢,也好顺便看望一下嫂夫人。"

文佳的家里好热闹,妻子章燕正在哄三岁的孙子吃饭,孙子边跑边玩,她端着碗在后边追着喂,汤汤水水撒了孩子一身,大人嘴里不停地念叨着,小孩嘴里胡乱地哼着唱着。文佳和张洛朴进门后,小孩跑得更来劲了,声音也更大了。章燕认得张洛朴,笑着说:"老张你来了!我家小祖宗是个'人来疯',越是有人,越是捣蛋!"张洛朴笑着说:"小文,小文,快来让张爷爷抱抱!"小孩是个见面熟,跑了过来,嘴里嘟囔着:"我爸没回来,你抱抱我……"他只知道别人叫他爸小文,还知道家里只有自己才能享受被人抱的特权。张洛朴哈哈大笑着纠正:"呵,应该是小小文,小小文,好,张爷爷抱抱小小文!"张洛朴抱起小孩,笑着问:"认得张爷爷吗?"小孩瞪大眼睛,摇了摇头,忽然笑着亲了一口张洛朴,说:"亲过了,放下我!"张洛朴的脸上立即沾满了饭和鼻涕的混合物。文佳赶忙拿来毛巾递给张洛朴,笑着说:"这是我立的规矩,不亲一下,我就抱着不放,有时还用胡茬扎娃脸,今天让你享受了当爷爷的特权,却弄脏了脸。"张洛朴擦了把脸,笑着说:"爷爷的脸孙子舔,孙子的鼻涕爷爷沾,此乃人生之一大乐趣也!"文佳和章燕齐声笑了,文佳站在那里满脸都是当爷的喜悦。

小孙子摆脱张洛朴后已转了几个大圈,索性蹦蹦跳跳起来,章燕脸上冒着汗,开始生气了,小孙子仍然不买账。这时里屋走出一个扎着小辫的小女孩,大声说:"正正,胡闹啥哩!姐姐还做不做作业!"屋子里立即静了下来。文佳笑着说:"这是外孙女,上小学三年级,她管弟弟最灵验。小家伙总想让姐姐带着玩,就最听姐姐的话。"他边说边招呼张洛朴坐下。张洛朴羡慕地说:"你老兄好幸福啊,年纪不算大,外孙内孙都有了。"文佳感慨地说:"光阴不催人自老呀,都五十多岁了,年纪还不算大?对在这个层面从政的人来讲,已过了黄金年龄段。"年龄问题已成了他的心病和敏感点,他望了望已安静下来的孙子,接着说:"带孙子是人生的一大乐事,孙子能治百病,你在外边再不顺心,再不高兴,一见到孙子就烦恼全无。这个世界上现在唯有孙子可以揪我的耳朵,拍打我的光头,把鼻涕偎到我脸上。"张洛朴不由自主地抹了一下脸,会心地笑了。文佳和张洛朴边喝茶,边聊了起来。

两人上大学时关系就十分要好,毕业后两人来往不断,无话不谈,情同兄弟。

章燕悄悄走出里屋,笑着说:"正正睡着了,一个孩子忙坏一家子。"她走过来给张洛朴添了茶。张洛朴站起来说:"让我参观一下市政府官员的府邸。"张洛朴在文佳夫妻的陪同下,仔细地看了一遍屋子的角角落落。这套房子三室两厅、两卫,面积大约一百二十平方米,布局还比较合理。张洛朴看后羡慕地说:"文老兄,不错呀,如今省城里能住上如此宽敞房子的人也不多呀,我的住房还不足九十平方米呢!"

文佳和张洛朴重新坐下。文佳看了看妻子对张洛朴说:"这是去年才住进来的,不瞒你说,在住房问题上我可是伤透了脑筋。1985年妻儿农转非进城后,机关只给我分了一个单间宿舍,十几平方米,仅仅能支两张床。两个儿子睡一张床,妻子和女儿睡一张床,我只好在办公室用两张桌子对起来睡觉。当时农转非的理由是解决夫妻两地分居,可我竟变成了夫妻一地分居,更为彻底地分居。"三人都笑了,张洛朴不失时机地笑问:"那嫂子对你没意见?"

章燕脸色微红,忙岔开话题:"做饭是在楼道上做,锅碗瓢盆都没处放。最头疼的是三个孩子晚上做作业,都抢着趴仅有的一张桌子,谁也不愿意趴床上。等孩子们各就各位后,我却没地方待了,老文回来后更没地方待了。"文佳:"后来分了套两居室房子,女儿大了,一个人住一间;我两口和两个儿子住一间,支两张床,两个儿子睡一张床,中间隔一层硬纸板。"文佳看张洛朴要说什么,赶忙补充说:"这下总算夫妻团聚了。"张洛朴大笑。

文佳说:"这套房子是改革福利分房后集资盖的,超过了当时县处级规定住房的标准,也享受了一些优惠。共付了五万多元,不是全产权,不伦不类。管它呢,咱是自住,进城十多年了,在城里终于有了一个自己的家。"说到这里,文佳释然地笑了,心想不管怎样,在他这一代,随着城市化的推进,举家进城,完成了家庭生活的历史性转变。几十年来,农村那个令他魂牵梦绕的家,如今仅剩象征意义了。二十世纪八十年代初大学刚毕业,按照他建立巩固的农村根据地的设想,他和妻子东挪西凑了几百元,费了九牛二虎之力,重盖了老家的几间旧瓦房,房子内部还没有完全整修好,就实现了妻儿农转非的新的更大的梦想,迅速融入了中国历史上最伟大的城市化的洪流之中。这个转变之快之普遍,若干年后还令文佳感叹有加。

说到取消福利分房,张洛朴觉得省城好像还没有秦东市的政策灵活,特别是企业这一块更为滞后。他握紧拳头,决心想些办法把公司的商品住房建设向前推进一下。他环视了一下客厅,心里有一丝莫名其妙的妒意,心想一个堂堂国有大公司的老总,住房总不能还不如一个县处级干部。他情不自禁地说:"我们公司也要建家属楼,要创省城一流,搞黄金楼盘!"

章燕擦了擦茶几上的水滴,看着有些激动的张洛朴说:"让老张笑话了,我们孩子多,手头比较紧,新房简单装修了一下,毛毛糙糙的,也只能将就着住了。"她话虽这样说,内心的满足却全都写在了脸上,张洛朴一眼就能看出。装修的确相当简朴,甚至有点寒酸。张洛朴知道文佳历来为人低调,吃饭穿衣从不讲究,这种素面朝天式的人格化了的装修,也许在文佳看来更为宜居,也不存在过时不过时的问题,因为在这套居室里从来就不会追赶时髦。

文佳笑着说:"现在好多了,咱上大学那会儿,才叫艰难呀!老婆一个人在家带三个孩子,我和女儿一块儿上学,后来大儿子也上了学,一家大小三个学生,幸亏我是带薪上学,要不然就更难熬了。这也是中国教育史上的奇观,两代人同时上学,我堪比范进中举,但我的家庭比范进的家庭可强多了。"文佳和张洛朴哈哈大笑,这是一代人经历的艰难岁月,更是难以忘怀的金色年华。章燕不无自豪地说:"老文上大学后就分田到户了,当时我还蛮有情绪,也骂过人,让一个女人带着几个孩子咋种地?谁知第一料庄稼就大丰收,麦子收了近两千斤,是生产队分粮的几倍,虽然苦点累点,但吃饭问题一下子就解决了,老文上大学也安心了。"文佳听了直点头。

张洛朴说:"嫂子为了这个家,是立了大功啊!"他看着这位穿着仍不脱乡土气息、朴朴实实的中年妇女,她体态稍显肥胖却不失干练,谈吐算不上文雅却也得体,微黑透红的脸上流溢着健康自然的美,有着一种老去的从容,又有着一种历经艰难后的恬淡。她们这批人是改革开放后最早进城的一批中年妇女,是城市化进程开始加快的亲历者和承上启下的一代。张洛朴从章燕的待人接物和谈吐中,深深地感到她们这些人是当今城市人群中积极乐观的一派,已经深深地融入了城市之中。

小孙女轻盈地跑过来，头上的小辫颤悠悠的，她笑着说："奶奶，我的手工劳动作业不会做，你帮帮我！"文佳笑着说："你还没问张爷爷好呢！"小孙女看着满脸笑容的张洛朴，甜甜地说："张爷爷好！"话刚说完就拉着奶奶去了里屋。张洛朴刚才在吴芳家看到了一幅家庭幸福的画卷，在文佳这里再次感受到了人伦之乐的魅力，想到自己失和的家庭心里一阵发凉。他有些苍凉地说："你老兄好幸福，事业有成，含饴弄孙，实在让人羡慕呀！"

文佳说："这样说来，你比我幸福多了，你是正厅级董事长，亦官亦商，儿子在国外发展，家庭收入比我高多了，应该是我羡慕你才对！"张洛朴苦笑着摇摇头："老兄有所不知，这么多年老婆一直和我闹别扭，半年前就扔下我去国外给儿子看小孩去了！"文佳笑着说："看看，都添孙子了，这不更幸福了。都老夫老妻的了，老婆还能闹多大的别扭。那是太想孙子了，过一段时间就会回来。"文佳说完，想起上大学时张洛朴就曾和妻子闹过别扭，有一次妻子还找到学校，吴芳几个女同学做了不少工作，妻子才回去了。之后就有人拿这说事，背地里同学之间说啥的都有，一些人对张洛朴在处理个人感情问题上有了看法，不然为啥讨论入党问题时，有近半人投反对票。当时自己认为这是家庭私事，夫妻间的小矛盾而已，从来没有过问过，没想到十多年过去了，还在闹别扭。

张洛朴沉吟了一会儿，抬起头有些痛苦地说："不瞒你说，我的婚姻已走到了尽头。"他看着文佳吃惊的样子，继续说："她已提出离婚，在离婚协议上把字都签了。我们已分居好几年了，已无可挽回了，只差办个正式的离婚手续了。"

看着一向豪放甚至有些傲慢的老同学，今天竟是一副苦楚和无奈的样子，文佳一下子不知说什么好。张洛朴能给自己说这件事，肯定是把自己当成知心朋友，除了倾诉排解郁闷，当然也有讨主意的意思。可感情上的事情说得清楚吗？人们常说，婚姻上的事要说和不说散，他就试探着说："你能不能找和老婆相好的人做做工作，让儿子也做做工作，你也要放下身段多说些好话。"张洛朴听出文佳是一片好意，没有问感情破裂的原因，却提出了一个常规办法，就直截了当地说："啥办法都用过了，甚至提出给一大笔生活费，只保留一个夫妻名义都行，可她早就铁了心，说什么都不要，只要一纸离婚证书。我也想通了，离就离，长痛不如短痛。"

文佳见他把话说到这份上，知道此事已难以挽回，也就不再说什么。张洛朴说："这事就算是一场噩梦，我想重新考虑未来的生活，想听听你老兄的意见。"这事太突然了，文佳坦诚地说："我在这方面是弱智。"他想打破有点沉闷的气氛，笑着说："你嫂子是农民出身，好哄好对付。再者，你刚才都说了她是我家的功臣，现在又是我家的领导,户口簿上她是户主,将来我退休后把户口转回家,排行还在孙子后边哩。这种环境里能培养出解决婚姻家庭问题的高智商人才吗?其实,解决这类问题需要的是高情商,这我就更不沾边了!"

张洛朴被文佳自我调侃的话逗笑了,很快又恢复了昂扬和自信,他喝了一口茶说:"未雨绸缪,我得提前给自己物色后半辈子的新搭档。你说说咱的老同学怎么样?""老同学?"文佳一时如坠雾中,问,"你说哪个老同学?"张洛朴说,"吴芳呗,她单身十多年了,正待嫁闺中。"文佳惊诧不已,怎么也想不到吴芳身上,他看着一脸自信的张洛朴,说:"你的离婚手续还没办呢!""不说这个,"张洛朴摆摆手,说,"你只说合适不合适。"文佳和张洛朴对望了一下,文佳读懂了对方毋庸置疑的眼神,说:"呵,合适啊,合适。"张洛朴大笑,说:"都是正厅级,都是二婚,年龄也相当,如果有什么不同,就是我的经济条件更好一些。"

文佳想,感情上的事哪能这么简单,吴芳十多年一直单身,肯定有原因,未必没有碰到条件相当,甚至条件更好的优秀男性。文佳隐约知道古济宁学生时代就追过吴芳,他也挺优秀啊。既然是挚友,文佳就善意地提醒说:"据说,同学中古济宁追过吴芳。"张洛朴说:"这恐怕只是个传说,古济宁毕业后就一直在北京发展,丁燕红多年在苦追这位大哥哥,到现在还是单身呢。再说,吴芳现在是迫切需要解决个人问题了,这是天意,要顺乎天意,通乎人情嘛!"

文佳看出来张洛朴早就考虑好了,不过令他不解的是吴芳迫切需要解决个人问题,自己怎么毫不知情?整天在一起工作,怎么一点蛛丝马迹也没发现?看来自己的智商、情商真的是十分低下,抑或是对老同学根本就不够了解,不够关心。文佳又想起前不久自己问过古济宁和丁燕红的事情,古济宁只是淡淡地说,学生时代不合适,现在依然不合适,别的什么也没有说。唉,这两个同学在感情生活上,一个苦追苦恋,不舍不弃;一个遮遮掩掩,不即不离。实在让人摸不清,猜不透,想帮帮不上,想促没法促。

张洛朴看文佳不再说什么,知道他历来严谨,就试探着问:"如果我想请个月老,你看谁合适?"文佳说:"这个,你怎么说风就是雨呢?这事要从长计议。"张洛朴笑着说:"非你莫属,你是当年的党支部书记,我们都是你的部下,你出面是最合适不过的了。"文佳笑着说:"你太抬举我了,这辈子我还没说过媒呢。等你具备了谈婚论嫁的基本条件以后再做商议,我们总不能违法嘛!"张洛朴笑了笑,转变了话题:"你和吴芳在一起工作,还顺心吧?"

文佳说:"我在市政府机关工作了十几年,虽然当上了副秘书长,可一直搞的是服务性工作,这几年老想着换换环境,干点实实在在的事情。我们这一代人上大学赶了趟末班车,起步晚了,现在也没啥大的想法了,就是想干点实事,心里踏实点。"张洛朴说:"那你就给吴芳说说嘛,到一个能干点实事的部门去。就像我吧,到省政府去是小媳妇,回到公司我是婆婆,我说了算。三十年的媳妇熬成婆,你也该熬出来了!"

文佳说:"吴芳刚来,我就提出要到部门去,她会怎么想?这让我太为难了。"张洛朴想了想,说:"这有啥为难的,这个话我来说,我们互相帮忙怎么样?"他狡黠地笑着,看文佳怎样回答。文佳连忙说:"别,别急着说,让我再考虑考虑。"张洛朴说:"你老兄凡事都慎之又慎,在政府机关工作别太书生气了,这样太累,也太吃亏。"张洛朴看文佳犹犹豫豫的,就说:"你还可以调整思路,看看能不能在现有的岗位上,干点实实在在的事情。"文佳顿悟:"你说得好极了!老同学呀,还是你的脑袋好使!"

张洛朴指了指南边墙上挂着的一幅书法作品,说:"这四个大字的确写得好,'观海听涛',我也有一幅同样的条幅。"他眼珠转了转,变了个角度说:"不过,老兄别再'观海听涛'了,我很同意你干点实事的想法,要'下海冲浪',在搏击风浪中,寻求新的发展。"文佳深以为然,说:"地改市后,市政府相比行署,在职能上发生了很大变化,工作越来越实了,作为市政府的副秘书长也要转变观念,把虚事干实,把实事干好!"他看着那幅字,接着说:"这幅字是朋友送的,去年布置新房子时小儿子挂上去的,说我年龄大了,心态要淡然一些。见仁见智吧!"

章燕正在帮孙女剪纸,学校里布置的作业是把一个南瓜剪下来,她又用纸给孙女剪了几朵南瓜花,正在兴头上听见孙子睡醒了,又赶忙去看孙子,尽管忙个不停她却是一副乐呵呵的样子。她领着一边揉眼睛,一边哼哼着要吃大苹果的孙子,笑着对张洛朴说:"都说爷爷、奶奶溺爱孙子,有啥办法呢!"文佳笑着说:"中国人的家庭是无限责任公司,管了子女管孙子。他奶去年刚到五十岁就退休了,成了专职免费保姆,仍然从早忙到晚。"张洛朴看着文佳两口虽然忙点,却尽享天伦之乐,心中再次充满了羡慕之情,他起身告辞。文佳安排司机把他送回宾馆,约好明天上午一块说入股市天然气公司的事情。

张洛朴很快来到了阳光大酒店。这是秦东市区唯一的一家准五星级酒店,说是准五星级是因为已经评估过了,正在报批过程之中。这家酒店是秦东电力系统去年刚刚建好投入运营的,张洛朴前次和江伟会面时来过一次,吃过饭后就走了,并没有住过。他是省能源投资公司的董事长,又是一个喜欢热闹的人,一般情况下,肯定要会一会秦东电力系统的头头脑脑,但这次他一再告诉秘书李飞和严玉华不要声张,想静静地休息一下,不要让任何人来打扰。

李飞把董事长安排在豪华大套间,秦东人俗称的"总统间"里。其实,这样豪华的套房平时基本上无人入住,市委书记江伟刚履新职时,市委机关的住房正在整修,曾临时在这里住过一段时间,如今早已搬走了。张洛朴进入房间后,首先看到了上次来这里时见过的江伟的书法作品,再到里间看了看,布置格局与上次来时已发生了很大变化,清新儒雅的风格已被富丽堂皇所取代,看来"总统间"的身份已经悄然恢复。

张洛朴洗了把脸,李飞已泡好了带来的明前西湖龙井茶,严玉华已削好了新上市的秦河北富士苹果。严玉华笑着说:"张总,请你尝一尝秦河北新上市的富士苹果。"张洛朴笑吟吟地从严玉华手中接过苹果,咬了一口,说:"不错,不错,稍微有点酸,你们女同志喜欢吃。"他看到严玉华脸上掠过一丝红晕,猛地想到秘书李飞也在场,赶忙说:"玉华你和小李也削一个,尝尝鲜,回头给司机也带上几个。"李飞笑着说:"我们房间里都有,张总你先休息,过一会儿我们来请你吃晚饭。"李飞和严玉华一块走了。

时过中秋,张洛朴依然觉得有些燥热,他打开通往晾台的门,端着茶杯站在晾台上放眼往北望去。远处是鳞次栉比的楼房,眼下是车水马龙、喧嚣无比的长阳大街,是前几年才建成的一条市区最宽阔的大街。酒店建在闹市区,有方便的地方,却少了些轻松安静的气氛,难怪上次来这里时江伟建议自己建一家园林式宾馆。

"一石二鸟怕有点悬啊!"张洛朴自言自语地说。他再次想到了江伟建园林式宾馆的建议,也不知道吴芳是怎样想的。已经答应了投一千万元改造市政府招待所,这完全是为了让吴芳有面子。可无论怎样改造也赶不上阳光酒店呀,把年老色衰的老娘们打扮得再花枝招展,也无法和人家十七八岁的大姑娘比拼呀!但即便如此,也要拼命去打扮,把她看作是吴芳的婆婆精心地打扮起来,不为赚钱,就赚个吃喝,只要能让吴芳高兴,有面子,值啦!当然这个项目太小了,难以产生轰动效应,要着力在城中央的中心广场改造上做足文章,打造成亮点工程、形象工程、政绩工程。在秦东的一系列努力,要能给吴芳带来政治上的好处,让吴芳对自己产生深刻而良好的印象,为以后感情发展起到推动作用。不过也要想到以后的事情,吴芳不可能长期待在秦东,自古以来都是"铁打的衙门流水的官",吴芳离开以后自己的公司还得有利可图。这一点已经想好了,就是要入股市天然气公司,并实现控股。省能源投资公司就是省天然气公司的大股东,这样自己和公司都会进退自如,有利可图。没办法,谁让自己是个亦官亦商的角色呢!

吃晚饭时,张洛朴开始说不喝酒,说只有四个人,司机又不喝,人少了喝酒没气氛。后来他想到了和文佳年龄差不多,人家如今是孙儿绕膝,家庭和美。吴芳虽依然单身,也不缺天伦之乐。可自己呢?啥都不缺,就缺一个完美的家庭,要重建一个完美的家庭还有好长的路要走。心里好烦,实在是烦,他就让开了一瓶茅台酒。严玉华是海量,是一个不知道自己究竟喝多少酒才醉的女人,有公关任务时才放量,平时却不显山露水。秘书李飞喜欢喝酒,却没多少量,有张洛朴在场还有些拘谨,也不敢多喝。主要是张洛朴一个人喝着闷酒,不知不觉间酒瓶就见了底。这时宾馆总经理鱼海清知道张洛朴来了,就带了几个副手和中层来给张洛朴敬酒,结果又喝了不少酒。

吃完饭,鱼海清要给客人安排跳舞,张洛朴今天心情欠佳,酒又喝得多了点,不大想去跳舞。架不住鱼海清的一片盛情,一行三人就随着鱼海清去跳舞。

张洛朴平时对跳舞的兴趣并不大,他更喜欢体育运动,学生时代喜好篮球,后来是围棋、游泳,如今是高尔夫球。特别是打高尔夫球几乎到了痴迷的程度,是省城的业余高手,经常参加一些比赛活动,去年还当上了省高尔夫球协会的副会长。高尔夫球这种富人的高消费活动,在秦东这个中等城市里还没有人玩,也没有运动场地。张洛朴今天心里似有块垒,觉得排解排解也好,就听从了鱼海清的安排。

鱼海清知道张洛朴是江伟书记的棋友,关系非同一般,就刻意安排到一个豪华包间。谁知张洛朴今天不想跳舞,连叫来的几个年轻漂亮的舞伴看都没看一眼,说是有点累,想看看跳舞,听听音乐。严玉华和李飞陪着,都觉得奇怪,老板向来豁达畅快,今天情绪咋如此低落,好像对什么都没有兴趣。二人不便说什么,就陪着张洛朴一起来到宾馆的大众舞厅。

阳光酒店在主楼十二层的最东边,开设了一个东西短南北长的长方形大众舞厅,中间是舞池,面积不算很大,顶上吊满了各种灯光和音响设施。南端是一个高出舞池三十多厘米的弧形演出台,可安排小型的演出活动,是指挥、乐队和演职人员活动的地方。北端放置了几排长座椅,是供休息用的,最前边摆几张小圆桌,顾客会放一些食品和饮品。司机没有来,张洛朴和严玉华、李飞来到舞厅后,鱼海清安排服务员端上来几盘各种饮料、时令水果、黑白瓜子、花生和糖果,满满当当摆了一圆桌。几个人坐定后,张洛朴看了一眼小圆桌上摆满的东西,偏偏提出要喝热茶,鱼海清赶忙又让泡了一杯好茶。几个原来坐在前边的人,看到酒店老总跑前跑后地招呼着,知道这拨客人有来头,就都悄悄坐到后边去了。只有一个女的坐着没动。张洛朴呷了一口茶,抬起眼皮,笑着说:"鱼总呀,你也忙,不要陪我了,我听会儿音乐就回房间睡觉去了。"鱼海清忙说:"没事,没事,晚上不忙。"张洛朴执意推着要他走,鱼海清笑着客客气气地走了。

到场的人开始跳舞了,大灯关后五彩灯光闪烁着变幻着,音乐声时而高亢急促,时而舒缓低回,刚才坐着的人纷纷融入了舞动的人群。张洛朴今天跳舞的心思一点也没有,甚至懒得看上一眼,他闭上眼睛听着起伏的音乐声竟打起了呼

## 第八章

噜。听到呼噜声,慌得严玉华和李飞不知所措。老板打呼噜,部下紧张岂非咄咄怪事?原来张洛朴打呼噜那可不是一般水平,如果正常发挥,即使有音乐声,整个舞厅都会听到。大庭广众之中怎能让老板丢人现眼,大失身份。据传上大学时,同宿舍的人曾测试过他打呼噜的力度,一个同学把手帕放在他脸上,被打到一米多高,把臭袜子放到他鼻子上竟被打落床下,他口鼻并用,响度和力度超出一般人的想象。今天却令严玉华和李飞多少有些诧异,老板打呼噜的频率不减,响度则极其一般。

严玉华紧张的心情一下松弛了下来,她看了看周围,来的人都在兴高采烈地跳舞,只有另一张小圆桌旁还坐着一位女子,她衣着新潮,在不停地摆弄着一台相机。她时而站起来,时而又坐下去,像在选择合适的摄像内容和角度,看似十分专注,却又有些烦躁的意味。这位女子是肖冰冰。古济宁在秦东敲定开元大厦的设计方案后,就和丁燕红一起返回北京去了,把她留在这里筹备开工典礼。她是一个摄影迷,不管走到哪里都随身携带着一台相机,这几年也零星在刊物上发表过一些摄影作品,多次参加过各种摄影比赛和摄影展览。前半年她在秦东结识了省报驻秦东记者站的站长原秀山,没想到此人既是文章高手,更是摄影界的大腕,笔名"绿野",他的作品多次在全国摄影大赛中获奖。两人有着共同的爱好,一见如故,竟成了忘年交。这几天原秀山一直陪着她采风,走遍了秦东市区的大街小巷和附近的景点,拍了不少摄影作品。吃晚饭时原秀山酒喝得有些多了,提出晚上要跳舞。肖冰冰开始不大愿意,架不住他说要拍一组舞厅大众舞蹈作品的鼓动,就一起来到了这里。刚才原秀山出去接个电话,好长时间没有回来,肖冰冰正生着气呢。

看着张洛朴紧张口慢吹气,半坐半躺极不舒服的样子,严玉华和李飞商量着把他搀回房间去休息,可老板又说过要听一会儿音乐,两人一时拿不定主意。这时原秀山有点踉跄地走了过来,看样子也是酒喝多了。他走到肖冰冰旁边,大声问:"冰冰,你怎么还坐在这里?"肖冰冰没好声气地说:"等你跳舞哩!你站都站不稳,还跳什么舞呢?坐上一会儿让眼睛过过舞瘾算了。"原秀山心有余而力不足,谁让两条腿不听使唤呢,他晃了几下无奈地坐下来,随手取下斜挎在肩上的一台相机,看着肖冰冰滑稽地笑了笑。

原秀山虽然腿脚不大听使唤,摆弄起相机来竟是那样的熟练和专业,随着一连串闪光,咔咔咔就拍了好几张照片。猛地听见旁边有人打呼噜,他扭头看了看笑道:"一定是喝得多了,还不如我呢!"再一看,那张小圆桌上怎么放了那么多吃的喝的,自己面前的小圆桌上却空空如也,顿时妒上心头,高声叫着服务员,问为什么不给自己的小圆桌上也来点什么。女服务员解释说那是经理特意安排的。

一听解释原秀山噌地站了起来,喝道:"去,叫你们经理来,给我也安排一下!"女服务员被他喷出的酒气差点熏倒,知道是喝多了,笑着就要走。肖冰冰调侃着说:"原大站长,那是要付费的,别给服务员出难题了。""付费?那个桌子付费了吗?"原秀山斜眼看着旁边的小圆桌,愤愤地说:"经理就会巴结当官的,当官的有什么了不起,贪官付得起费,我也付得起!"

严玉华和李飞看原秀山酒喝得多了,开始时并不理会,李飞还有点看热闹的意思。没想到原秀山竟将矛头对准了他们,更难以容忍的是无端地说出什么"贪官"来。李飞正年轻气盛,走过去质问原秀山:"你说谁是贪官?"原秀山刚才因加强为秦东宣传上的事在电话上和上司吵了一架,正窝着火,借着酒劲答非所问地骂道:"贪官没有一个是好东西!""你怎么还骂人!"李飞大声嚷着,也上火了。严玉华不愿惹出事端,赶快过来劝李飞。肖冰冰也拉住原秀山,要他先坐下。谁知原秀山看李飞火了,竟挣脱肖冰冰的手,三步两步走到张洛朴前面,拿起相机咔咔咔地拍了起来,腿也不抖了,人也不晃了,猫着腰变化着角度,嘴里还大声说着:"你瞅瞅这副德行,不是贪官我就不当记者站站长了!这幅贪官醉酒图作品不获大奖,我就把这破相机摔了!"

张洛朴对闪光灯十分敏感,灯光一闪他猛地醒了过来,大声喊道:"拍什么拍,拍哪门子邪照!"他站起来,一把将相机挡到一边,一脸的怒气。李飞一把夺下相机,把原秀山推得站立不稳差点倒下。

严玉华、肖冰冰都过来劝说,一些跳舞的人开始围了过来。服务员领着鱼海清也赶了过来,鱼海清见状生怕引起大的冲突,不好收拾,急得直摆手。张洛朴和原秀山这时都有些清醒,大家都是有身份的人,一旦事情闹大了,传出去很丢面子。张洛朴从李飞手中拿过相机,还给原秀山,强压心头怒火,问:"敢问这位先生,你可知道不经本人同意随意摄像是一种侵权行为?"他问得义正词严,很有风度,让他的两个部下深为佩服。肖冰冰挺了挺胸,面带不屑微笑着说:"对不起,他酒喝得有些多了,看见你们小圆桌上摆了那么多的东西,有些与众不同,出于记者喜欢猎奇的职业习惯,就按捺不住地拍了起来。"她看似道歉,却语含讥讽,又亮了记者的牌子,一点没有示弱的意思。

听说是记者,谁也不想惹,特别是有身份的人都不愿得罪这些能呼风唤雨的无冕王子,张洛朴心里憋着的劲已散去大半。鱼海清已劝走了围观者,他笑着对原秀山介绍说:"这几位是省城来的客人,是市上领导请来的客人⋯⋯"他看张洛朴摇了摇头,没有再往具体的介绍。原秀山指着肖冰冰说:"这位女士是京城来的客人,是吴芳市长请来的项目投资方代表。"肖冰冰微微一笑,说:"我叫肖冰冰。他是省报驻秦东记者站站长原秀山。"张洛朴看着肖冰冰问:"请问,古济宁认识吗?"肖冰冰说:"他是我们公司的董事长。"张洛朴哈哈大笑:"大水冲了龙王庙,自家人不认自家人了!我是古济宁的老同学,和吴芳都是大学一个班的。"他拍着原秀山的肩膀说:"走,记者老弟,一块到我的房间去聊聊,难得啊,难得!"气氛立即变得和缓多了,大家脸上都挂上了笑意。严玉华轻轻摇摇头,她没想到两个醉酒之人,瞬间又都醒了过来。这其实都是心醉而已,心里有块垒,一受刺激就酒醒了。她轻轻拉着肖冰冰的手走在前边,大家一起来到张洛朴下榻的房间。

## 第九章

开元大厦10月8日就要重新开工建设了。这对秦东市政府来讲是一件大事。为了鼓舞人心,扩大影响,形成招商引资的热潮,市政府在市长办公会上议定,将举行较为隆重的开元大厦重新开工典礼,由常务副市长由锡平负责筹办事宜,由文佳副秘书长协调联系各方。

10月7日上午刚上班,黄天高匆匆赶到了文佳的办公室,还没等坐下,就急呼呼地说:"下马村几个村干部昨天来局里催拖欠的征迁款,扬言如不立即先拿一百万元,就别想搞什么开工典礼。我看来者不善,赶忙过来汇报。"谁都清楚,举行开工典礼首先需要一个良好的外部环境,说透了就是要能顺利地把活动搞完。文佳这几天最为担心的正是这个问题,真是怕啥就来啥。文佳详细询问了有关情况,原来下马村得知开元大厦近期要举行重新开工庆典活动,就放出风声不清偿欠款就别想动工,昨天到市商业局去算是先礼后兵。情况严重,时间紧迫,文佳和黄天高商量后决定马上去一趟下马村,视情况做些工作。

下马村,是秦东名村,相传汉武帝一次出巡时驻跸秦东老城,晚上梦见匈奴北犯边地,第二天招京城几位将军来议事。这些将军离老城五里下马,然后步行去晋见汉武帝,后来村名就叫下马村,直到今天。如今离老城五里的下马村已成城中村,且雄踞城市中心地段,这里已是寸土寸金,今非昔比了。当年市商业局在下马村最好的白菜心地段,选址筹建商业大楼无疑是明智之举,但苦于筹资困难,最后地基都没处理完就被迫停工,除了给城市中心留下一个大坑外,还留下了一屁股的欠债。文佳让车停在开元大厦旧工地旁,想顺便看看开工现场准备的情况。

文佳和黄天高下车后,看到这里热闹极了,正值晨练时间,一大群老头老太正在这里扭秧歌,锣鼓齐鸣,欢声阵阵。原秀山和肖冰冰也在这里,两人各拿一台相机,一会儿站着,一会儿蹲下,正从各个角度拍摄照片。文佳看见后,高声笑着问:"原站长,今天在这里忙活啥?"原秀山回头看是文佳,忙过来握手,说:"文秘书长好,我正陪京城来的肖女士采风,想拍一组群众舞蹈的作品。"原秀山是省内名记者,黄天高认得,也和他握手寒暄了几句。肖冰冰用手甩了一把秀美的长发,款款走来与文佳握了握手。文佳笑着说:"我们是开元大厦签约时就认识的,没想到未来的开元老总还有这特长。"肖冰冰笑着说:"说不上特长,只是爱好而已,原站长是著名摄影家,跟着学习呗。"黄天高也和肖冰冰握过手,说:"肖女士摄影可不是一般水平,上次在局里给几个人拍的工作照,大家都说非常好。"都是熟人了,一见面大家就聊得挺愉快。其实,原秀山和肖冰冰还有一个任务,就是来这里看看下马村老年舞蹈队的阵容和水平,让舞蹈队参加明天的开工典礼。肖冰冰刚才看了赞叹有加,说是服饰古朴艳丽,动作大气奔放,乡土气息浓厚,欢快又热烈,视觉冲击力强,很能营造庆典气氛。原秀山和肖冰冰还要在道具和动作上再加点时尚元素,接下来还要指导排练。开工现场的宣传,按分工由投资方北京兴华集团公司负责。知道这些情况后,文佳在这方面放心多了,接着来到施工现场看了看,这里也在紧张地筹办着,文佳一行就驱车到下马村村委会去了。

  下马村村委会办公地址原来在开元大厦的旧工地上,是栋两层小楼,办公条件比上级酒圣街道办事处还要排场。村支部书记和村委会主任的办公室都是套间,一应办公设施也不比街道办事处差。那一年为了建商业大楼,村委会的办公楼被拆掉了。这么多年村委会就在当年的知青点临时办公,而黄天高对这里是再熟悉不过了。当年知识青年上山下乡居住过的地方,人们习惯上称为知青点。三十多年过去了,知青点保存下来的已经不多了,即使还有遗存也都在山区或乡下。在中等城市里怎么会冒出一个知青点,这里是有故事的。

  二十世纪六十年代末,离下马村三十多公里的长寿塬上,从京城和省城来了一批上山下乡的知识青年。那里靠近秦岭北麓,条件相当艰苦。这群年轻人都对人生对未来充满了激情,特别是分在三官村的黄天高,浑身有着使不完的劲。他痴迷于科学种田,和几个同学一起搞起了棉花试验田,而且连续几年获得高产。秦东地区是省内重要的棉花生产基地,各级都十分重视棉花生产,当时的县委书记邓震西多次来过三官村,极力鼓励知青开展种棉科学试验,加快向大田推广。秦东棉花主要是种在灌溉条件比较好的平川,特别是秦东城郊是全省乃至全国的棉花高产区,下马村更是传统的种棉村,曾经出过多位闻名遐迩的种棉能手。邓震西一直想把三官村的几个知青迁到种棉高产区来,这与上山下乡的政策规定又不一致。二十世纪七十年代初,一次塬上下大雨,三官村附近出现了滑坡，全村住房全成危房。邓震西把受灾群众安置好以后，把八个知识青年带回了城里，临时安置到了下马村，让他们专心搞棉花高产试验。鼓励他们潜下心，多读些书，多请教专家，多向老棉农学习，争取在棉花高产试验上搞出成绩来。后来这里挂了一块三官村和下马村联合棉花高产试验站的牌子，后来又改挂成知青科研站，但人们更习惯把这里叫成知青点。叫什么并不重要，后来人们看重这个知青点的是，"文革"结束恢复高考制度后，这个知青点里竟一年考上了七个大学生，这七个大学生都是女的。民间流传着七仙女下凡的故事，而这里演绎过七个女知青排队进城读大学的传奇故事。七个女知青中有大半人报考了与农业和纺织业有关的专业。听后来的七个女知青讲，下马村的知青点恐怕是那个年代唯一的一个设在城郊村的知青点。她们对曾给自己创造过良好的工作和学习环境的邓震西非常感激，终生难忘。而谈到此事时，邓震西总是淡淡地说，自己只是爱才而已，她们能走向成功是时代提供了更加广阔的大舞台。

　　八仙过海各显神通，七个女知青读大学去了，剩下的黄天高只能另辟蹊径寻求发展了。女知青务棉花比较合适，在三官村时就是几个女知青务棉花。黄天高喜欢钻研科学种田，就加入了务棉组，还当上了组长。到下马村后黄天高活动范围更大了，要负责对外联系，负责后勤服务，整天忙得团团转。备考大学那会儿，他让大家专心复课，他去省城和附近的学校找来了一些复习资料，还请来了辅导老师。他给大家烧水、做饭，做出了很大的牺牲。恢复高考第一年七个女知青都奇迹般地考上了大学，成了远近闻名的下马"七仙女"，只有黄天高一个人因几分之差落榜。邓震西知道后安慰了黄天高，后来安排他到县种子站工作，再后来他就一步一步地当上了县上和秦东市的商业局长，成了秦东商业战线的领军人物。

　　来到当年的知青点，黄天高好像又回到了激情燃烧的岁月，他深情地看着这个大院，不禁思绪纷飞。随着岁月的流逝，当年用红漆写在墙上的那些标语已斑驳难辨，而黄天高看一眼便知其内容，这些关于知青的标语早就深深地刻在他的心上。院子里的梧桐树已长成参天大树，枝繁叶茂，郁郁葱葱，给大院带来了无限的生机。黄天高用手拍着一棵粗大的梧桐树，笑着问文佳："文秘书长，你知道这棵树的名字吗？"文佳被问得莫名其妙，说："梧桐树啊，这在北方太普通了。"黄天高搂着这棵梧桐树，把脸颊贴在树上，说："我是说这棵梧桐树还有个名字。我当知青时，在这个院子住过，经过八个知青的公议，这棵梧桐树代表我，大家都叫小黄。"知青们刚住进来时，院子里没有一棵树，年轻的村干部刘大毅买了八棵梧桐树，栽到院子里，说是村有梧桐树能落金凤凰，希望八个知青能像这八棵梧桐树一样扎根下马村，一起建设新农村。知青们被刘大毅的挚爱和期盼感动了，就每人对应了一棵梧桐树，让这棵树叫上自己的名字，决心和树一起把一生献给新农村。黄天高深情地回忆和诉说,深深打动了文佳。文佳慨叹这个普通的小院竟落过八只金凤凰,既然是金凤凰就应该让其在更为广阔的天地里去飞翔,这是金凤凰的希冀和梦想,也是时代的需要和选择。

黄天高抱着那棵梧桐树,有些动情地说:"小黄,你是永远的小黄,你一直扎根在这里,长成了大树。我成了老黄,有一天还会成为黄老,我要在秦东干一辈子,哪里都不去了!"在文佳的眼里,黄天高是一个十分阳刚的男子汉,却也有如此柔情的一面,从他的身上文佳也看出了知青岁月在这一代人身上所打下的深深烙印。黄天高如数家珍,给文佳说了每一棵梧桐树的名字,说了与其对应的那只金凤凰的故事。如今那七个女知青都已步入中年,事业有成,有两个先后回来过,一个是教授,一个是国外的银行家,都说这里是让人魂牵梦绕的地方,都曾抱着那棵与自己对应的梧桐树,泪流满面。那个国外的银行家说,生命之根在中国,事业之根在这里。她把自己的知青经历,视为人生事业的根基,当作激励自己前行的动力。大家还有个约定,在合适的时候八个人要在下马村聚一聚。

黄天高慢慢从对往事的回忆中走出来,笑着说:"让文秘书长见笑了,前多年没有想这么多,人到中年以后好像有些爱怀旧,特别是那个教授和银行家来过后,更有这种感觉。"他看了看不断点头感叹的文佳,略微调整了一下情绪,说:"这里我比你熟,你跟我来吧。"

大院的大门开在西边,南边有几间房子是当年知青做饭的地方,有一小间是黄天高住过的地方,如今都常年锁着,已好多年不用了。北边是一排平房,最西端是当年知青的小仓库,是存放种子、化肥和农药的地方,现在是村党支部和村委会的值班室。紧挨着这间房子是七名女知青住过的地方,三小间连通着,现在是会议室。东端两小间是知青学习和搞科研的地方,现在是村支部书记和村委会主任的办公室。

黄天高领着文佳首先来到了村党支部和村委会的值班室。门开着,桌上茶杯的水还微微冒着热气,烟灰缸里的烟还丝丝向上扭着,显然人是刚刚出去。文佳和黄天高就坐了下来,想等等看。听声音隔壁正在开会,而且争论得相当厉害。这一排房子的墙都没有垒到顶,天花板也是简易的,当初女知青都嫌仓库里放的化肥味难闻,嚷嚷着要把墙垒到顶,直到大家都上学去了也没垒成。这边气味能窜过去,那边声音也能传过来。虽然听得不十分真切,文佳和黄天高还是能听清楚,那边正在讨论应对开元大厦开工庆典的事情,黄天高一听就知道是刘大毅在主持着会议。

听得出有几个人主张让群众打着讨债的横幅去冲击开工现场,阻挠开工,说只有闹大了问题才能得到解决。这几个人情绪激动,似乎意见占了上风。文佳听了十分吃惊,他只知道下马村不太安稳,没有想到还有这等隐忧,如真的发生,将会十分被动。正在抽烟的黄天高,把大半根烟往烟灰缸里一扔,两道浓黑的眉毛直竖了起来。

显然会开了很长时间,有人嚷嚷着赶快定点子。另一个人坚决反对大闹的意见,认为会影响村里的形象,主张让村里的秧歌队去现场演出,关键时刻打出讨债的横幅,以引起到会领导的重视。文佳心想,这样搞也不行啊,这不是出组织者的洋相,给与会领导制造难堪吗?这主意也够馊的!黄天高看文佳脸上依然平静,却从眼睛里看出了他内心的波动。文佳早就看出了黄天高此时的心境,说:"我们来这里是对的,看来问题比想象的还严重。"黄天高腾地站起来,说:"没事,你放心,我去叫刘大毅先过来再说。"说完他就快步去了隔壁的会场。

几分钟后,黄天高带着刘大毅以及刚才值班的村会计雷义德过来了。黄天高介绍后,刘大毅握着文佳的手说:"文秘书长好,你深入基层来了,也不打个招呼!"文佳握着这个秦东知名的村支书的手,笑着说:"我们是老熟人了,前多年我经常去省人代会上办简报,每一回都要登你的发言,这成了政治任务。"刘大毅转了转他那双充满精明智慧的小眼睛,笑吟吟地说:"你是全市大名鼎鼎的笔杆子,人代会上离不开啊!"文佳微笑着直摇头,心想什么离开离不开的,这么多年没有去,省人代会照开不误,你刘大毅依然是省人大代表,哪次人代会简报都照样登你的发言。雷义德给几个人泡好茶,到隔壁和暂时休会的村干部们聊天去了。

黄天高喝了口茶,对文佳说:"我当知青时曾是刘书记的兵,这一晃就二十多年过去了。"刘大毅以为文佳还不知道黄天高的这段经历,就略含夸耀地说:"还是老领导邓震西有眼光,有魄力,冒着风险把你们几个知青从塬上搬下来,搞了几年棉花高产试验,使下马村成了全省、全国有名的棉花高产村,你们八个知青如今已是八仙过海,各显神通了!你成了县处级领导,给下马村添了光彩!"

黄天高截住寒暄,直奔主题:"文秘书长代表市政府来村里,是想了解一下村里对开元大厦开工庆典有些啥想法啥要求,都是熟人,你就直说吧!"刘大毅瞥了一眼烟灰缸里冒着的烟,心里清楚两位上级领导已经掌握了刚才开会的大体情况。其实,两人来的意图他一见面就清楚了。刚才他心里盘算着,市商业局拖欠征地拆迁款是历史形成的,也不能全怪黄天高,村组干部和群众主张借此机会讨债,也不是没有道理,令他处于两难境地。不讨债吧,干部群众有意见;讨债吧,又怕搞过火了,影响村里和自己的形象,自己毕竟是有身份的人。两位上级领导主动来了,比自己去找他们强,也许会有个好的解决办法。黄天高话音一落,刘大毅就坦率地说:"刚才村上开干部会,就是专题讨论这个事情。大家谈了三个意见,一是不加阻止,听任群众去现场阻挡开工;二是让村里的秧歌队到庆典现场去助兴,在演唱时讨债;三是到会场去散发讨债的传单。"说完他喝了口水,想看看文佳和黄天高的反应。文佳和黄天高心想,还有三套方案,招招都很麻烦呀!二人都没有说话,想听刘大毅的下文。

刘大毅当了几十年村干部,经验极其丰富,他知道上级已经掌握了底细,就什么招都不好使,接着说:"我知道这些做法都带点'文化大革命'的味道,一直在做劝阻工作,还想着要给区上和市上汇报呢,你俩既然来了,这事情就好办了。"他的确做了不少工作,但也买好了飞机票,准备开完会就去外地出差,万一明天出点啥意外,他就没有直接责任了。他当然知道事已至此,这张机票是必须退的了,即便真的需要出差,今天也不能走了。

文佳对黄天高说:"拖欠征地拆迁款也是个现实问题,北京兴华投资集团公司那边知道吗?"黄天高说:"这个问题比较复杂,项目签约时约定拖欠款由商业局负责解决。"他转向刘大毅,说:"咱弟兄俩是老关系了,你当大队团支部书记那会儿,我是知青组长,咱们就摸爬滚打在一起,谁不了解谁呀,处置这类事你比谁都有办法,你说说这事该咋办?"他把皮球踢给了刘大毅。

刘大毅沉吟片刻,说:"你能不能先拿点钱,我再给村干部和群众做做工作……"黄天高一听说钱的事,立即打断他的话,说:"钱是一分都不会少的,但要给我点时间,你也知道商业局的底子。这样吧,一月之内,我先解决一部分,半年之内全部解决。"文佳说:"刘书记,你看怎样?这是前任局长手里的事,已经拖了多年,黄局长答应半年之内解决,我看相当不错了。"

刘大毅心里清楚,市商业局哪里有钱,前面的钱也是贷的借的,现在搞得一点信誉都没了,谁还会借给钱,银行现在也不给行政机构放贷了,这事已折腾了好几年,现在难道就能弄到钱?可黄天高这样说了,也只能顺着向前走了。更何况文佳是代表市政府来的,文佳能来就说明事情很重要,总不能无视上级政府,顶风扰乱重要的大型活动。刘大毅显得十分痛快地说:"行,黄局长说咋办就咋办。"他笑对文佳说:"文秘书长,黄局长可没少给村里办事,前多年农用物资紧张时,没少批条子,没少开后门。"说得大家都笑了起来。

刘大毅站起来说:"文秘书长你先喝茶。黄局长是下马村走出的一路神仙,来了不能不和村上的干部聊聊,我俩过去一下马上就回来。"他是想让黄天高过去表表态,做做工作。文佳笑着挥挥手,让他们过去。文佳一个人端着茶杯站在院子里,边喝茶边欣赏这几棵颇富传奇色彩的梧桐树。他想,世间万事万物一旦被赋予其特殊的涵义,就显得非同一般。这几棵梧桐树,在世人的眼里只是普通的梧桐树罢了,而当年的栽树人却寄托了让引来的"凤凰"能长久栖息的期望,更令人感动的是那些知青们竟把梧桐树当成了自己生命的一部分。开元大厦开工典礼也是一样,已不是一般的工程开工,是市区招商引资的一个新起点,是打开秦东市招商引资新局面的动员令。作为具体负责这项工作的副秘书长,他深感肩上担子的重量,也决心尽职尽责把这件事情办好。

一阵喇叭声响,文佳看见一辆桑塔纳小车开进了大院。车就停在自己车的旁边,从前边下来一个年轻女郎,这不是肖冰冰吗?接着原秀山也从司机座上下来了。文佳过去问:"怎么又到这里采风来了?"原秀山笑着说:"文秘书长工作真扎实,一直深入到村组来了,今天采风可有了好素材。"说着,他就拿起相机对准文佳,文佳摆着手笑着说:"别、别,你没看见我手里端着茶杯,道具也不对呀!"三个人都笑了。肖冰冰问:"文秘书长是大忙人,怎么有时间到村上来?"文佳说:"听说村里有些不安宁,怕影响明天开元大厦开工典礼的正常进行,就到这里来了。"文佳简略地把刚才的情况说了说。

肖冰冰听得瞪大了眼睛,有点吃惊地说:"我是来找村里的会计雷义德,他是村秧歌队的大管家,准备花点钱请村秧歌队参加明天的活动。这不是花钱买难受,没事找事吗!"原秀山有些惊讶,这主意是他出的,也是他在中间联系的,差点弄巧成拙,帮了倒忙,却笑着对肖冰冰说:"他们敢!雷义德知道是我领你来联系的,借给他十个胆,秧歌队也不敢扰乱庆典活动!"文佳不以为然,却微笑着说:"原站长说的也是,这么多年你宣传下马村的报道写得不少,总不能一点面子也不给。"

这时,刘大毅和村干部簇拥着黄天高从会议室走了出来,大家又说又笑,十分融洽。黄天高大声说:"我也是半个下马村人,谁要是敢给村上抹黑,我就打谁的屁股!"刘大毅说:"几个小年轻也是一时心血来潮,现在知道是你引来的大项目,谁还会和黄局长过不去!"雷义德说:"我们还指望着你给咱村再引个大项目呢!"文佳听了觉得奇怪,这个大项目怎么成了黄天高引进的,不过心里悬着的一块石头总算落了地。原秀山听出刚才的担忧已经排除,仍大声说:"刘书记,听说村里还想趁开元大厦开工,干点轰轰烈烈的事情,我专程赶来报道来了!"刘大毅这才发现原秀山也来了,赶忙握住他的手,说:"啊呀,原站长来了,也不打个招呼,你个名记者不要哪壶不开提哪壶!"黄天高也过来和原秀山打了招呼。几个年轻村干部也有认识原秀山的,在一旁嘀咕着,说这事差点闹大了,连省报的记者都惊动了。

原秀山看村干部来得不少,就更上劲了,说:"开元大厦是秦东市直单位第一个大的招商引资项目,谁敢胡来,就是破坏投资环境。各大媒体正在抓这方面的反面典型,可不要往枪口上撞!"几个原秀山过去采访报道过的干部都过来解释,笑着给他说好话。原秀山给肖冰冰挤了个眼,高声对雷义德说:"雷会计,你过来。本来是给你送钱来了,想让村里的秧歌队露露脸,谁知给脸还不要,要搞什么阴谋诡计,难怪前天我一说你就满口答应,原来是想要我,现在我做主表演不搞了!"他说得气呼呼的,摆出一副要寻点事的架势。雷义德满脸通红地辩解着:"想胡弄的事我真的不知道,现在没事了,秧歌队、锣鼓队都去助兴。刘书记刚才说了,一分钱都不收,这是自家的事嘛,要钱不成了笑话!"原秀山朗声大笑,调皮地看了一眼肖冰冰,故意问雷义德:"现在真成了自家的事?"大家都笑了,肖冰冰笑得弯下了腰。

刘大毅一直赔着笑脸,原秀山的确没少宣传过下马村,再说记者是一定不能得罪的,就让他显摆显摆,也发泄发泄。刘大毅看村上的其他干部都走了,灵机一动,就吩咐说:"雷会计,你安排一下,请大家去葡萄园看看风光,品尝一下刚成熟的新鲜葡萄。"这正中原秀山的下怀,他连声说好,肖冰冰这几天正嚷嚷着要拍一组果园风情照呢,这不是想睡觉了,有人递来了枕头。文佳本不想去,但心想明天开工庆典的筹备工作已全部就绪,一直担心的隐患也排除了,心里轻松了许多,就答应一块儿去领略一下田园风光。

下马村的葡萄园是村里最后一块田园。村里祖祖辈辈耕种的土地,经过多年的征用,大都变成了钢筋水泥制品,村子周边楼房林立,建起了工厂、商场、酒店、学校、医院……

这些地原本是平展展的一等好地,后来由于取土整修秦河防洪大堤,这里有一大半地势低于周边,也许这是有幸留给村里的一个原因。

一到葡萄园,让人眼前一亮,简直太美了,这绝非一般的葡萄园所能比。这里引种了十多种葡萄新品种,有高架的,架上挂满了一串串成熟了的果实;有矮化的,俯首可以触摸到几乎坠到地面的葡萄。葡萄中有滚圆的,有状如马奶的,多数是紫色的,也有淡红和碧绿的,简直美如玛瑙,艳比翡翠。葡萄园地势高低不平,更增加了层次感,别有一番韵味。更具匠心的是,园里还种了一些大丽花和菊花,这时开得正盛,火红的大丽花和五颜六色的菊花,给葡萄园平添了许多妩媚和生气。还有几株藏在葡萄树丛中的桂花树,正散发着令人心醉的幽香。

肖冰冰放眼望去,深吸一口气,惊叹地说:"竟有如此美丽的葡萄园,来这里观光真是一种享受呀!"原秀山兴奋不已,早已按捺不住,摆弄起了相机,肖冰冰也赶忙拿出相机,两人似乎忘记了身边还有其他人,就一前一后到处摄影去了。黄天高感叹地说:"这里是我们知青种过棉花的地方,曾在这里挥洒过几年汗水,如果大家重新在这里聚首,一定会百感交集。"文佳点点头,说:"这里正在去农村化,过几年下马村'七仙女'回来,就再也认不出来了。"刘大毅笑着说:"这是下马村最后一整块土地了,说不定哪一天还会被征用。"他指了指葡萄园,接着说:"城里人现在讲究休闲,我在南方看了几个城市后,就搞了这个可以观光、劳动、采摘品尝的葡萄园,节假日带孩子来这里的人可多哩!"文佳和黄天高看了看,快吃中午饭了还有人在这里观光,有的还提着买好的葡萄。

文佳和黄天高随着刘大毅在园子里随意转了起来,文佳觉得心旷神怡,好像完全融入了大自然,虽然并未远离城市却少了许多喧嚣,还真有些闹中取静的况味。黄天高出于商业局长的职业习惯,在心里快速估算着搞这个葡萄园的商业价值,终于他明白了这比种棉花的经济效益好多了,这里葡萄就近甚至不出园就卖给城里人,几乎没有运输成本,还给城里人提供了绿色、宽松和独特的休闲场所。他对刘大毅的经营理念十分佩服,这个当年的团支书如今村里的当家人可得刮目相看呀!

雷义德过来了,招呼大家去棚子下面品尝新采摘的鲜葡萄。芦席搭的棚子下边,摆放着一张石桌,石桌上放满了洗净的各色鲜葡萄。饱满的葡萄上挂着晶莹的水珠,既像工艺品一样吸引人的眼球,又令人馋涎欲滴。石桌周围放了一圈小石凳,大家围着石桌逐一坐定。肖冰冰忽然站起来说:"我给大家照个相,太有诗情画意了!"她变换着角度,一连拍了几幅,才重新坐下来。原秀山啧啧赞道:"这个果园里有花园的韵味,田园风光里又添了些许古朴的元素,可以说是雅俗共赏,老少咸宜,实在妙不可言。"大家都有同感,齐赞大记者说得好。

刘大毅指着穿一身蓝色工作服的小伙子,给大家介绍说:"这位是村里的团支部书记雷雨,是这个果园的负责人,以后大家想吃上好的鲜葡萄就直接来找他。"接着他又把客人一一介绍给雷雨,最后介绍到肖冰冰时说:"这位是北京来的客人肖……"他一时竟找不到合适的称谓。原秀山含笑瞥了一眼肖冰冰,接住刘大毅的话茬:"肖冰冰小姐。"肖冰冰眼瞪原秀山嗔道:"谁小姐啦!"原秀山看她恼了,忙改口说:"女士,肖女士,我郑重纠正,肖冰冰女士!"大家都笑了,肖冰冰也笑了。

文佳笑着说:"今后大家都称肖经理吧,她是北京兴华集团公司在秦东的项目经理,具体负责开元大厦的筹建。"他看肖冰冰脸上绽出了满意的笑容,接着说:"现在如何称呼也成了一门学问,既要沿袭传统,又要从实际出发,还要与时俱进。比如,同学之间直呼其名,这是再普通不过的了,历来如此,也倍感亲切。可我上大学时,有一批'老三届'学生,都三十来岁了,已为人父母了,就被同学称为老王、老李,我也是被老文了的人,肖经理的老板我的同学古济宁,见了我就叫老文,我也叫他老古。这是中国教育史上的特殊现象,是我们这一代大学生独有的。"

黄天高说:"文秘书说得对,好像官场上有特殊的潜规则。我的一个同学当了县长,有一次我直呼其名,他竟然装作没听见,我一叫某县长,他马上连声应诺,笑逐颜开。尽管上级曾发文要求党内一律称同志,可能起多大作用呢,再说我们见了市委书记、市长能叫同志吗?"刘大毅说:"这么多年我都不会称呼人了。老早之前,大家见面都叫'同志',后来'师傅'开始流行,再后来又遍地成了'老师',常常让人在称呼上犯难。"他看了看肖冰冰,算是对刚才找不到合适称呼做了解释。原秀山笑着说:"在称呼上真是你方称罢我登场,各领风骚没几年。打开国门后,有人对女性改口叫'小姐',喊你小姐才证明我是绅士,中国古代也把未婚女性叫小姐。可小姐这亦尊亦昵的称谓,如今容易与那特殊行业挂上钩,现在的清纯女子都不愿别人称小姐。今天这里人多,要不我刚才早就被人赏一大嘴巴了!"原秀山看一眼肖冰冰笑了,大家知道他俩一直爱开玩笑,齐声笑了。

刘大毅赶忙招呼大家品尝葡萄,新摘的葡萄又鲜又甜,大家边吃,边赞不绝口。肖冰冰十分惬意,吃得很仔细,边挑边剥皮边品味,有些忘情地说:"这是我吃过的最鲜最美的葡萄了,这个园子也太美了,都说世外桃源好,我看这市区葡萄园也挺有魅力嘛!"她对刘大毅笑着说:"可惜我们公司没有投资过农业项目,要不我会给老总建议来这里投资,我来当葡萄园的园长,当一个隐于市的大隐者。"刘大毅笑着说:"肖经理开玩笑,葡萄园的池子太浅了,盛不下巨龙。不过我们准备在这里建一个酒店,突出绿色环保,把这个园子也利用起来,打造城市田园风光品牌。酒店名字都起好了,叫绿岛日光酒店。现在就差资金了,要不为啥急着向黄局长讨债呢。如果贵公司愿意投资这个项目,那我们可是十分欢迎啊!"文佳听了这才明白了下马村急着讨债的原因,也明白了把大家领到这儿来的另一番用意。黄天高说:"这件事,等老总来了我和肖经理一块说说看。"他心中却在想,你们两家都想建酒店,这不成了竞争对手,说不定后面还有好戏呢!

雷义德和雷雨给每位客人提来了一个装满精品葡萄的纸箱子,还说葡萄园旁边的农家乐饭店已准备好了午饭。文佳老婆来电话,说家里来了客人,就先走了。剩下的人就随着刘大毅去农家乐饭店吃午饭去了。

文佳回到家里,心里轻松了,可腿脚却有些酸疼,他把提回家的葡萄箱放在茶几边,一屁股坐到沙发上,微微闭上了眼睛。妻子章燕正在厨房做饭,她两手沾着面,出来看了看文佳疲惫的样子,说:"看把你累的,五十多岁的人了,还给人鞍前马后地跑,还能提拔咋的!"他知道妻子是疼自己才说得那么冲,看了一眼烟灰缸里横七竖八的烟屁股,问:"谁来了? 客人呢?"章燕说:"你登哥来了,还是老样子,胡吹胡擂了一阵子,说有点急事不等你了,走了半个多小时了。"

文佳又看了一眼十几根半寸长的烟屁股,笑着说:"他爱吹爱摆架子是出了名的,你看这烟屁股,只有他才会这样大方。"章燕笑着说:"走的时候,他说我兄弟是当官的,抽的是不出钱的好烟,把我新放的一盒烟还拿走了。"文佳大笑,说:"这不掉价吗? 其实也是另类摆架子。传说他爱摆架子是出了名的,说是登哥睡觉都要把势扎起来,衣服脱光了,皮带还要扎上,一边挂的传呼机,一边挂的手机。住在宾馆的一间房子里,也要给睡在对面床上的人打手机,还要装模作样地'喂'一声,大声问你的方位在哪里?"说得章燕笑弯了腰。提起文登,文佳一时兴起,接着说:"登哥撒尿都要把手背起来,那叫大撒手,扎大势,宁可把裤子尿湿,势不能倒。"章燕嗔道:"说着说着就没个正经了,把别人编排登哥的话还当真了。"文佳笑着刹住,说:"走了也好,他十回来,九回没好事,总爱给你出难题。"他停了停,禁不住问:"他没说有啥事吗?"章燕说:"没说有啥事,可电话打个不停,好像说要讨什么工钱,要教训谁,还说要让哪里的工开不成咋的。我没问,也听不大清楚,你也别管这些闲事。"一听说讨工钱和开工,文佳立即警觉了起来,连忙问:"他还来不来家里?他留电话号码了吗?"章燕看他有些着急,不解地说:"到底是你登哥,看把你猴急的!还来不来他没说,电话号码也没留。"她略停了一下,不屑地说:"人我可是留了的,不过他还是急急忙忙地走了。他这种人神来神去的,谁能摸得透。"文佳无可奈何地摇了摇头,他是不大愿意文登来,这会儿又希望他赶快到家里来。

文佳口中的登哥,是他的堂兄,比文佳大一岁。当村里还是生产队建制的时候,文登就外出打工,那时他还不到二十岁,是名副其实的第一代农民工。那时他在外地的建筑工队上干活。每年给生产队交一部分钱,生产队给他换算成工分。生产队的工分哪有现金对一个农家有用呢,后来他就不大愿意再交现金了。这样只要他回家,生产队就要给他开批判会,说要割他的资本主义尾巴。每次批判时他都笑嘻嘻的,说自己是属兔子的,有资本主义尾巴属实,但不太长,也越割越短了。他总是满口承诺很快交钱,却常常是第二天天不明就走得无踪无影了。文登在外打工,只带一把砌墙用的瓦刀,那把瓦刀在他的手里,简直出神入化。砌墙时只见瓦刀上下翻飞,左右变幻,水泥灰沙绝少失撒,砖缝勾勒得严丝合缝,质量绝对上乘。他个大臂长,控制范围大,两手特别有力,砌墙速度快得惊人,一个人可以顶得上两个人。用文登的话讲,他是一把瓦刀闯世界,打遍天下无敌手。尽管他爱说大话,那把瓦刀却的确了得,在十里八乡是出了名的,他只要回到村里,就有人来请他帮忙砌墙,他也乐于亮一手,还从来不要工钱,只图扬个名,外加酒肉管饱。有了这一层,生产队开他的批判会,群众总是严厉不起来,愤怒不起来,只能不了了之。

一招鲜,吃遍天。文登有此特长,成了城里工队争相争夺的名工匠。后来他索性自立门户,当起了包工头。舞弄瓦刀是一把好手,搞管理却不大入行,他就请村里的年轻人文一民来给自己当管家。他这个大头儿主外,主要跑承包工程,有时也到工地上指教工匠;文一民主内,管理一帮民工干活。不到几年工夫,文登的工队就开始崭露头角。再后来农村实行了联产承包责任制,富余劳动力越来越多,他就带出去了本村和周边一大帮年轻人,还聘请了一些工程技术人员,购置了一些施工设施,文登的工队成了铜城很有名气和实力的包工队,再后来就蜕变和升级为民营建筑公司。

文登从腰别瓦刀混生活,到腰别现金包工程,再到手提皮包揽工程,直到手提皮箱砸工程,事情越干越大了。他本来就出手大方,有这方面的潜质,这么多年他淋漓尽致地发挥着自己的特长,许多国有建筑公司都没活干,他的公司却有着干不完的活。他多年在艰难拮据中度日,突然间有了大把大把的钱,就重修了家里的住房,给母亲和年龄并不大的岳父母都做好了棺材。慢慢地他觉得人生不过如此。不是缺钱吗?这玩意儿现在有的是,来得也太容易了。有钱不花那不成了一堆花花绿绿的纸了吗?他喜欢讲排场比阔气的作派,与大把大把的金钱碰撞后,放射出了诡异的火花。先是专找名牌服装穿,西服最流行,就花上万元置办了一套行头,可西服、领带、革履配套后,让他倍感束缚,浑身都不舒服,就常常把领带拉松吊在胸前,有些不伦不类。他自嘲地说:"粗狗就是粗狗,装什么细狗。西服这玩意儿适宜当官的人穿,咱家祖坟上没这脉气,穿西服是找罪受。"他毫不犹豫地把那套西服送了朋友,于是穿起了休闲装,也不大讲究名牌不名牌了。穿不出名堂,就要吃出名堂来,便开始出入高档酒楼饭店。他吃着鱼翅总觉得像粉条,甚至没有老婆放上芥末油凉拌的粉条吃着过瘾,还能舒舒服服地打几个响喷嚏。就是鲍鱼也没啥好吃的,没啥嚼头,吃起来还要动刀动叉的,多别扭。吃来吃去还是觉得吃水盆羊肉好,先给饼子抹上油泼辣子夹肉吃,再泡上饼子就蒜吃,吃足喝饱后,满头大汗,要多舒服有多舒服,人吃饭不就是图这个嘛!文登吃遍了天上飞的、地上跑的、山里藏的、水里游的,说:"咱这农村人的肚子里,不适宜装那些山珍海味,吃得多了还上火,拉不下来,花钱买难受,还是家常饭好吃!"吃饭是不大讲究了,喝酒却成了一大嗜好,酒瘾还越来越大。打麻将他慢慢也不喜欢了,主要是坐不住,赌资再大也吸引不了他,也形不成刺激,在他眼里钱算个啥!最后他喜欢上了拍屁股活动,屁股有啥好拍的,他竟由爱好到了痴迷的程度。文登的拍屁股,不是一般的做保健操,是他独创的一项娱乐活动。他经常到一些歌舞、洗浴场所去,让过来几个小姐,脱光衣服后依次过来,供他品评一番,然后用巴掌猛拍一下屁股,啪的一声后让走人,每人发一张或几张百元票。他喜欢这项娱乐活动,出手相当阔绰,以此寻求某种刺激,而且乐此不疲。他给朋友吹嘘说:"听说有些贪官爱弄那事,叫检阅小姐,那是动真的。咱没检阅的资格和身份,就拍拍小姐的屁股,发几张大票,图个大家高兴。咱不动真的,就比一比是贪官检阅得多,还是我屁股拍得多!"动不动真的只有文登自己清楚,他喜欢拍屁股的畸形嗜好，朋友圈内却是人人皆知。至于他的坐骑，由最初的轻骑摩托换成了桑塔纳小轿车，接着是帕萨特、奥迪，前两年又换成了宝马，他放言："这辈子坐车就止到宝马了，名字吉利，以后有啥好车也不坐了。"这位登哥和文佳是一起光着屁股长大的，文佳对其人十分了解，爱不得也恨不得，近不得也远不得。

前多年，文登常来秦东找文佳，说是要来秦东发展，曾缠住让文佳给前任商业局长搭话，想承建商贸大楼工程。文佳当时任行署办公室的副主任，实在推不过就给商业局长写了个条子，后来听说是省外一家工程公司承建了这个工程，文佳就没有再问过。实际上是文登用省外一家资质更高的工程公司的名义，最后承揽了这个工程。文登把工程拿到手后腰椎病复发了，治了一年多的腰椎，秦东的工程由他的副手文一民经管，后来因资金严重缺乏就停工了。文登明白，文佳生怕此事带来不必要的麻烦，以后也再没有找过文佳。文佳早把这件事忘掉了，听妻子说文登打电话的内容后，又想起了那件事，心里竟七上八下的。他知道文登这种人很难摸透，说话做事会出乎意料的离谱，没准会在开元大厦开工典礼上弄出啥事来，想到这里他有些坐不住了，得想些啥办法找到文登才行。

文佳胡乱地吃完中午饭，按照习惯该午睡一会儿了，可躺在床上竟全无睡意。章燕看他在床上不断翻转，说："睡吧，天塌不下来，芝麻大个官操那么大的心干啥！你不就是怕你登哥干啥出格的事吗？多上些公安干警不就行了，现在亲兄弟都不好对付，何况那种德行的堂兄，该动硬时就动硬。"妻子算是摸透了文佳，说的话句句都在点子上。文佳不由得佩服起这位出身农家的发妻来，听了妻子的数落，他倒是呼呼地睡着了。

文佳睡得正香，市政府值班室打来电话，说是村里来了个人，急着要见文佳。文佳松了口气，对章燕说："登哥又找到办公室去了，看来他还真的有啥事，离下午上班还有半个小时呢！"章燕若有所悟，说："你登哥是大款，大概嫌我做的饭不好，避开了吃午饭时间。"文佳洗了把脸，说："不吃饭也好，要不又要缠着喝酒，我现在就怕和登哥这种人喝酒。"说完就拿起公文包到办公室去了。

文佳来到办公楼，刚进楼门旁边闪出一个年轻小伙子，叫了声哥，就微笑着站在一边。文佳一看，原来是同村的文一民。几年不见，小伙子显得沉稳老练多了，衣着时尚而又得体，诚挚中透出几分儒雅，这哪像当年的包工头，似乎更像一个知识分子或机关工作人员。毋庸讳言，这个年轻的乡党已经完成了从包工头向农民企业家的蜕变，这种蜕变速度之快已超出了人们的想象。文佳领着文一民边上楼边说："没想到是你，还以为是文登哥来找我。"文一民听了有些诧异，进到文佳办公室坐下后问："登哥说到秦东后要先见见你，他没有来？"文佳说："他到家里去了，我赶回家里他已经走了，没见上面。"文一民沉吟了一会儿，说了他

## 第九章

此行的目的。

原来文登前不久得知曾施过工的商贸大楼要重新动工建设了,却没有和他们联系过,心中窝火,就带了十几个民工准备来秦东闹事,讨个说法。这是历史遗留问题,当初市商业局的资金筹不到位,被迫停建商贸大楼,还拖欠了几十万元的民工工资,文登派人多次催要,甚至动了粗,砸了当时市商业局长的办公室,最终问题仍未解决。后来文登出了个奇招,让民工把工地上剩余的钢筋、水泥和设施偷偷拉走,这些物资折价和应开的民工工资大体相当,这事按说已不了了之了。

这几年,民营秦铜飞龙建筑工程公司实力有了很大的增强。文登虽是董事长,仍自称是大掌柜的;文一民是总经理,文登仍叫其二掌柜的。令人没有想到的是,公司的管理和运作越来越规范了,文登在公司的作用却越来越小了。竞标工程、施工管理都是文一民负责,文登除了吃喝玩乐,摆摆谱,耍耍阔,好像也没有多少事情可干了。当听说秦东商贸大楼重新开工的消息后,他高兴异常,说一直等着市商业局有了钱,接着再干这个大工程呢,还说是机会来了,要大闹一下,至少讨个说法,弄上一笔钱,好显示一下大掌柜的威力。

文一民认为民营建筑工程公司能发展到现在这种状况极不容易,应不断地规范经营,创造良好的企业形象,不要为不当得利去干有损社会有损企业形象的事情。他再劝也劝不住,文登还是悄悄带了十几个民工来秦东闹事。文一民知道后急忙从铜城赶了过来,文登的手机开始还通着,后来就关了,到秦东后连人也见不上,情急之下只好来找文佳,打探文登的下落,也讨个主意。

文佳弄清了事情的原委,心里像灌满了铅一样沉甸甸的。他知道以文登的脾性,什么事情都能干得出来,如果在开工仪式上胡闹,就会造成十分恶劣的影响。他问文一民:"他还有什么联系方式吗?"文一民说:"没有了,前几年还带传呼机,现在只带手机,手机一关就没办法联系了。"文佳不解地说:"他既然来找我,没见上面他倒没影了,我还真的急着想见见他,自家兄弟万一出点事,方方面面都不好交代。"文一民说:"他这种人没法说,好像兜里有了钱,就成了天王老子,干事往往不按常规出拳,不顾后果。"文佳说:"得赶快先找到他,然后再想些办法。"文一民想了想说:"登哥这么多年越来越爱赶时髦,越来越管不住自己,爱到歌厅、洗浴中心这些地方去,我去找找看,找到后给你打电话。"文佳说:"只能如此了,我在办公室等你的电话,找到找不到都要给我个音讯。"

文一民走后,文佳再次逐一检查询问了明天上午开元大厦开工仪式的各项准备工作,一切都已就绪。原以为下马村的问题解决后,安全保卫工作就安然无虞了,谁知半路里又杀出个程咬金来,又是自己的堂兄,搞不好流言蜚语的唾沫也会把自己淹死。一定要想点办法,一定不能让他制造事端,带来不必要的麻烦。能面见文登最好，就像下马村一样来个釜底抽薪，这样最好最稳妥。不过，事情需往最坏处着想，必须防一手。他给公安局长打了个电话，提出要把负责开工仪式现场和周边保卫的公安干警，由原定的三十名增加到六十名，由一名副局长带队，以便临机处置可能的突发事件。做了这样的安排后，他心中稍感舒缓，就开始翻阅文件。这一段时间比较忙，文件夹摞得足有一尺高。文山会海是行政干部永恒的功课，实在没有办法呀。一般文件他只看题目，然后签上名字，涉及自己分管工作的，则翻翻内容，该批的批一批，属急办的则抽出来另行处置。他轻车熟路，一个多小时就把那一摞文件批阅完，长出了一口气，轻松了许多。

文佳站起来想活动一下身子，看了看表，文一民的电话咋还没来，也不知道找到文登了没有。他心里不由得又七上八下的，索性来到阳台上，想务弄一下花花草草。

文佳用铁铲给几盆花松了松土，接着又提着一把铝壶给花浇水。这时手机响了，正是文一民在办公楼下打的。文佳匆匆走下楼坐着文一民的车出了机关大门。

一上车文一民就笑着说："登哥是沿柳河川道到秦岭山里边打猎去了，刚刚回来。准备在望乡海鲜城吃饭，让我把你接过去一块吃饭。"文佳说："让你在城里瞎找了大半天，他啥时又爱上打猎了？"文一民哂笑道："他哪里有啥正性，带的人里边有两个爱打猎，一鼓动，登哥就跟着去了。"

望乡海鲜城是前几年新建的三层酒楼，以经营各种海鲜类菜品为主。像秦东这样的北方内陆城市，鱼虾蟹蚌一类海鲜过去很少有人经营，也鲜有人吃，可这几年吃海鲜竟成时尚，党政机关和企事业单位，但凡有重要接待或商务活动，都喜欢在这里请客吃饭。鱿鱼海参已很平常，动辄就会上鱼翅、鲍鱼和龙虾，方显大方气派，尊贵高雅。当然这里的菜比别处要贵许多，属于高消费场所。文登说要让弟兄们开开眼界，就堂而皇之地来到望乡海鲜城吃饭。

望乡海鲜城的一楼东雅间，里边可热闹了。十几个人东倒西歪地坐在那里，几个人正在打扑克，鼻子上额头上贴着纸条。一个人还做着鬼脸猫着腰在钻桌子，围观者大呼小叫。几乎人人嘴上叼着一根烟，到处弥漫着呛人的烟草味。文登斜躺在西南角的沙发中，一条腿搁在沙发帮子上，半闭着眼睛在吐烟圈。文佳一进到里边，就感到两眼有些酸涩，心想这烟也抽得太厉害了。文登看到文佳来了，忙站了起来，大声说："兄弟你来了！老哥专门去家里看你，没见上。下午给你打了一只野兔，还没顾上送到家里去。"说着，他拿过来一个大塑料袋子："你看看，挺大挺肥的一只野兔。"文佳忙说："谢谢，太让你费心了！"文登回头大声说："大家声音小点，我兄弟来了，他不是一般人，是咱秦东市政府的大官，大家要讲点文明。"文佳不好意思地说："啥大官，就是个七品芝麻官，大家越随便越好，都是乡党嘛,讲究个啥!"他笑着向大家挥了挥手,话虽这么说,嘈杂的声音还是小了许多。

雅间里摆了两张餐桌。东边的桌子上和靠墙的沙发上早就坐满了人,各种声音主要是从那里发出的。西边的桌子上空着,显然是主桌。文一民招呼文佳坐在主桌的上座,他和文登分坐两边。服务员很快给三人倒上茶,文佳直奔主题:"登哥,听说你这次是来教训人的?"文登一怔,扫了一眼文一民,说:"是的,市商业局欠我们几十万元的民工工资,一拖再拖,听说要重新开工搞商贸大楼,把我们这老施工方晾到一边,不让接着干,不给点颜色不行!"他说得气呼呼的,好像马上就要动真的。

文佳这会儿倒不急了,不紧不慢地说:"几年过去了,原来的设想和商贸大楼的设计方案都变更了,投资额度比原项目大了好多倍,由北京的一家投资商来建设。人家有自己的工程公司,不可能再叫别人干了,这个你要理解。再说,这是市上的重点招商引资项目,要建秦东市区的标志性工程,你们也不一定能干得了。"文登多年在外承揽工程,听了文佳的话,清楚再来接着干是不可能了,却大声说:"你兄弟太小看老哥了,如今再大的工程都敢干,那年春节你给哥写的对联咋写的?"他瞪圆双眼,直盯着文佳。文佳从文登的眼睛里看出来,他现在需要的是精神上的满足,就笑着说:"上联是'技艺超群走州县闯天下',下联是'财源茂盛通四海达三江'。村里人都说对联写得实在,都夸你是咱那一带顶尖的匠工,最能干的包工头,现在是最有名的民营企业家。"

文登听了高兴地说:"还是我兄弟了解我,看得起老哥。我们秦铜飞龙公司在铜城那边是坐金交椅的,凭老哥的名声,有干不完的活。说句不客气的话,现在谁请我们来秦东干活,还不一定来呢!商贸大楼那点活也没想着一定要干呢!"他说大话从来不脸红,文一民听了倒有点不好意思,小声说:"现在建设工程招投标竞争很激烈,一般建筑公司都吃不饱,到处找活干。"他泛泛地说着,给文登留足了面子,还是忍不住对文佳说:"这么多年公司也一直想着来秦东这边发展,以后有合适的建筑工程,公司也愿意过来,到时候还要请您帮忙呢!其实文登哥也是这么想的。"文佳点点头,觉得这位年轻人非常实在,非常理智,显然已成为这家民营企业实际上的掌门人,不过在承揽工程方面自己也帮不上什么忙。

文登挥挥手,说:"这是后话,有啥事我会来找兄弟。这次既然来了,我想把工钱要到手,该出手时就出手,我也不是省油的灯!"文佳听他话说得很硬,又似乎底气有些不足,就问:"怎么个出手法呢?"文登直言:"让明天开不成工。"文佳笑了,说:"你想去扰乱开工典礼?登哥,实话告诉你,这个项目的建设由我协调,明天的开工典礼也由我负责筹备,你难道要对自己的兄弟出手!再说市政府在安保方面已经做了许多安排。"文登惊讶地说:"原来这事归兄弟管,差点给你惹出大麻烦!"文佳说:"欠债是要还的,农民工的工钱必须还,政府部门是讲信誉的,这涉及到政府的形象。这件事我来协调,等明天过后我给商业局说说,争取尽快把拖欠的工钱给你们。"

文一民想说什么,嘴张了张没说出口。文登心想,既然接着干工程没指望了,还讨什么债,那一年从工地上拉走的东西难道不是钱,估计只多不少,也没吃什么亏,就大咧咧地说:"不看僧面看佛面,看在兄弟的面子上,工钱就不说了,小意思,哥不在乎!"文佳认真地说:"不,你写个东西,我随后找商业局,农民工的血汗钱不能不给。"文一民知道文佳历来办事认真,就说:"算了吧,这事就到此为止。说实在的,登哥办事啥时吃过亏,不过有时也乐意吃点小亏。"文登笑着说:"你干脆说登哥是个吃小亏占大便宜的人算了,绕什么弯子!"他狡黠地看看文佳:"实话实说,工程下马后从工地拉了些东西,抵顶工钱了,墙倒坑凹平,是一桩不赚不赔的买卖。"文佳看着这位堂兄一副玩世不恭的样子,心想你这不是没事寻事吗,若真的冲击了开工现场,公安部门还真的要当案件来办呢。

两张餐桌上摆满了各式大菜,还有几样野味,并无特别名贵的大菜。文登看了菜单后有些后悔,原来天价菜都在这里,他点了些量大价低的菜后,让酒店把下午打猎弄来的野味也做熟了。这个酒店从来没这样上过菜,有些不伦不类,却也十分丰盛。看着满桌的海鲜加野味,这些农民工都乐不可支。文登摆开架势,问文佳:"兄弟,喝茅台还是喝五粮液?"文佳看了看坐满两桌的年轻人,猜度他这是个姿态,笑着说:"喝咱秦东的酒圣酒。"文登说:"好,听兄弟的,上酒圣酒!"几杯酒下肚后,文登站起来说:"弟兄们,放开喝,吃好喝好后回铜城!"大家一片嚷嚷,说这是怎么了,说来就来,说走就走,要干的事情还没干呢!文登摆摆手,大声说:"商贸大楼项目现在归我兄弟管,他是市长身边的人,咱能给市政府领导脸上抹黑?能给当官的乡党脸上抹黑?啥话都不说了,吃完饭走人!"又是一阵嚷嚷,不过很快就被喝酒的吆喝声淹没了。

文登酒足饭饱后忽然心血来潮,向文佳讨要原市商业局一位领导的电话号码。文佳查出电话号码后说他早就调到别的部门当领导去了。文登还是走出餐厅给这位领导打了电话,回到桌上后,给文佳耳语说:"那位局长马上派办公室主任来给咱结账。"文佳看着文登竟一时无语。

吃完饭后,这帮年轻人挤上一辆面包车,先开走了。文登提着装野兔的塑料袋,打着趔趄,让文一民先把文佳送回家。上了奥迪车后,文一民笑着问:"登哥,今晚不拍屁股去了?"文登喷着满嘴的酒气,呵斥道:"拍什么屁股?再胡说,我打烂你的屁股!"他歪头斜视文佳,有些不好意思地笑了。

# 第十章

10月8日上午,文佳一如既往地提前来到办公室。这是他多年从事秘书工作养成的习惯,当了副秘书长以后依然如此。

他昨晚休息得比较晚,和文登一块吃过晚饭刚回到家里,就接到了古济宁的电话,说他已经赶到了秦东,想见个面。文佳又急忙赶到阳光酒店,和古济宁商量了有关开工典礼的事宜,尽管许多事情在电话上已做过反复沟通,当面说过以后大家就更放心了。文佳知道古济宁办事极认真,凡事都要瞻前顾后,反复掂量,面面俱到,毫不马虎。文佳向来很欣赏古济宁的认真劲,不过还是超出了他的想象。比如开工典礼的时间,古济宁提出9时18分正式开会,10时18分宣布正式开工,要求活动准时正点,不能有误差。其实,议程原定9时正式开会,10时发布开工令,这样变更并无大的变化,文佳自然就答应了。在交谈中文佳方悟,原来9时18分的谐音为"就要发",10时18分的谐音为"实要发"。文佳取笑这位老学弟也讲起这一套来了,不料古济宁十分较真,说这是董事会的意见,还进一步解释说,在时间问题上可以看出各方面对项目合作的诚意和重视程度。文佳也是个办事认真的人,他对以往这类活动时间概念不强就很不满意,但并没有上升到如此高度看待,他毫不含糊地答应了古济宁的要求。文佳还看望了北京兴华投资集团公司的几位副总,以及王大成教授等随行人员。丁燕红本来是一起来的,到省城后她专程到省委党校去找高玉,要拉着一块来参加开工典礼,她知道高玉正在参加省高教系统的学习班,也在被邀之列。文佳没见上丁燕红,却乐见她主动去完成这一邀请任务。高玉一直运筹在秦东大学举办秦东招商引资研讨培训班的事情,吴芳就提出要请她来参加开工典礼。可据高玉说省委党校的假很难请,文佳昨天已将高玉列入不能应邀者之中。

也不知道高玉到底能不能来,丁燕红可别误了时间。文佳咳了一声,自语说:"想这么多干啥!"他习惯性拿过摆在桌子右上角的几个文件夹,打开文件夹后又抬起头,沉思了起来,不知今天开工典礼筹备工作还有什么未尽事宜没有。想着想着,他把面前的几本文件夹又放回原处,站了起来,想提前到开工典礼的现场去看看。

开元大厦项目重新开工典礼仪式将分两部分进行,一是在主会场开会,二是在工地宣布开工。主会场设在离工地不到百米的银花宾馆。文佳先来到主会场,刚到宾馆一楼门厅,就碰到了市政府办公室商贸科科长史二东,他正在忙着做最后的检查。史二东满面笑容地说:"文秘书长你来啦,还是老作风,总是第一个提前到。"文佳笑着点点头。史二东是他的老部下,是他任办公室主管秘书工作的副主任时,从别的部门调来给领导当秘书的,如今是商贸科的老科长了。史二东名牌大学毕业,是学经济管理的,写一手好文章,工作能力强,点子也多,就是脾气有点犟。对一般人犟也就罢了,谁让人家牌子硬又有本事呢,他有时竟和领导犟,也不是犟得没有道理。这种犟劲用在其他方面也许无伤大雅,用在官场上实在是讳莫大焉,官场讲的是沟通协调,讲的是灵活变通,讲的是下级服从上级。如此,史二东便成了市政府办公室资格最老的科长,那些和他一起当科长的同事,一个个都提拔了,他却多次被考察,多次被放下。这次让史二东参与开元大厦开工的筹备工作,文佳是费了思索的。招商引资工作,这么多年并无综合机构负责,都是分散在工交商贸等经济主管部门,由各部门自行招商引资。吴芳任市长后,力主大抓招商引资工作,特别是想尽快落实几个大的项目,尽快开工,尽快打开局面。她在亲自抓此事的同时,让常务副市长由锡平也抓一下此事,并指名让文佳也参与此事。文佳是协调工交口的,市政府办公室的工交科归他管,但工交科按设置并无招商引资这一项职责。这就给文佳出了一个难题。如果让工交科参与开元大厦开工典礼的筹备工作,就有些名不正言不顺,这是行政机关最为忌讳的事情。如果让商贸科参与,话还好说一些,因为这是商业系统的项目。商贸科却不归文佳管,好在史二东是文佳的老部下,文佳布置任务后,史二东欣然领命,干得十分卖力。最棘手的事情,就是处理好与协调商贸工作的副秘书长的关系。让文佳十分头疼,又一时苦无良策的事情,前几天竟悄然而解,那位副秘书长到外地考察去了。谁也说不清这位副秘书长为什么在这个时候去考察,是真的需要,还是别有原因,不管怎样这让二位副秘书长避免了尴尬,都解脱了。

银花宾馆一楼的大餐厅,其实并不大,算不上理想的开会场所。只是这里离工地最近,最后才选择了这里做主会场,迎来了这个宾馆开馆以来最为荣耀的时刻。长方形的大厅里最多可摆二十余桌,这些餐桌已被搬走,另行做了布置。最南边是主席台,上方挂着横幅,上面贴着"开元贸易大厦开工仪式"十个大字。主席台上的扩音器、鲜花、矿泉水早已摆好。文佳一进主会场,商业局的黄天高局长就迎了上来,他满面笑容地握住文佳的手说:"文秘书长,你是第一个到会的领导啊!"文佳笑着说:"我是提前来看看,看看各方面都准备好了没有。"黄天高忙不迭地说:"文秘书长你就放心吧,一切都准备好了。前几天局里几个领导就分了工,分头抓筹办工作,今天一大早都到现场来了。我一直在主会场,已检查几遍了,刚才连扩音器都试了。"他看了看会场,接着说:"这是局里的一件大事喜事,干部们积极性很高,都争着抢着干。"文佳笑着点点头,看了看一脸兴奋和自豪的黄天高,心想这市上的大事喜事,竟成了局里的大事喜事,当然黄天高这样说也是对的。

文佳环顾了一下会场,向主席台走去。黄天高边走边说:"地方有点狭窄,主席台上的座位排得有些太紧。"他一直认为在这个餐厅设主会场不够大气,如果由他来安排,会在中心广场搭建一个主席台,搞得高大华美,十分气派。他知道这是市政府和投资方商定的,没有办法,只能空自遗憾罢了。史二东清楚文佳到主会场来,最为关心的是主席台上人员的摆布,他边走边给文佳说:"桌牌都是严格按照事先你审过的位次排好的,你再检查一下。"文佳逐一把主席台上的桌牌看了看。他深知,这小小的桌牌,其实至关紧要,标志着这个人的身份地位和权力大小,以及在这件事情中的重要程度,信息涵盖量很大,尤其政治含量高。谁个居中,谁个紧挨,谁个靠边,谁个居右,谁个居左,都有讲究。上下级关系、主宾关系、四大班子的次序、正副职级别等等因素,都要考虑进去,一点马虎不得。一旦排序不当,就会引来不必要的麻烦,如若涉及个别喜欢计较的领导时,会造成难以想象的后果。

文佳看完桌牌的摆放后,看了一眼黄天高,说:"黄局长说得对,主席台成员坐得太挤了。这样吧,取掉一个牌子。"说着,他拿掉了贴着"文佳"的牌子。史二东说:"文秘书长,这不合适,这件事一直是你在协调联系,你是当然的主席台成员。"黄天高说:"史科长说得对,无论如何不能把你的牌子取掉。"文佳说:"主席台上除了投资方老总和主要来宾,全摆地市级领导,县处级就留下程杰人秘书长一人,就这么定吧!"文佳顺手掀开桌布,把手中的桌牌放进桌斗,看到里边还有一个贴"高玉"的桌牌,这是备用的,高玉先说能来后又说来不了,现在丁燕红去叫高玉,来不来也不好说。史二东从桌斗拿出文佳的桌牌,摆在了主席台下前排中间的位置上。摆好桌牌后,文佳想到开工现场去看看。

文佳几个人刚走出主会场,在宾馆的门庭迎面碰上一帮人,走在最前面的是接待办主任方峰,他看见文佳后立即说:"文秘书长,孟市长陪着古总过来了。"文佳笑着与古济宁和几位副总握过手,又紧握王大成教授的手说:"欢迎您,王老。"

王大成笑着说:"古总非要我来一趟不可,我是个做案牍工作的,不应该到幕前来。"大家都笑了。只见灯光一阵闪烁,原秀山和肖冰冰趁机又摄了几张照片。文佳笑着对孟可芹说:"孟市长好!"孟可芹笑着说:"文秘书长真忙呀!"方峰看寒暄已毕,就招呼客人到二楼的来宾和领导休息室去。文佳也要送客人上二楼去,孟可芹笑着说:"文秘书长,你有事就先忙吧,我陪客人去休息室。我刚去阳光酒店把客人迎过来,有方峰主任在,你就放心去忙吧!"

  文佳看着孟可芹,她今天穿一身浅蓝色的衣服,淡雅而庄重,白皙的瓜子脸上挂着善解人意的微笑,一双大眼睛流露着和年龄不相符的平和与淡定。她四十岁刚出头,是非党副市长,当上副市长半年后又成了市民盟的主委。她名牌大学毕业,先在市上经济部门工作,喜欢写调研文章,为人极为低调。在部门工作时多次到文佳的办公室送审材料,文佳看材料时要她坐下,她却从来都不坐,一直站着等文佳批改完材料。她还称文佳为老师,文佳多年主管市政府的秘书工作,是公文撰写方面的权威,属下一些年轻的笔杆子都喜欢称文佳为老师。孟可芹当时也称文佳为老师,给他留下了极深的印象。后来县上要配非党副职,她被提拔到一个小县去当主管教育、文化和计划生育工作的副县长。这个县的高考升学率连续几年名列全市第一,计划生育工作获得了省上的先进。几年后市上要配非党副职和女性领导,她既是非党又是女性,在市人代会上高票当选了副市长。对文佳来讲,她几年时间就从以老师相称的机关干部,变成了他的上司。不过,孟可芹当了副市长以后仍然非常低调,对文佳依然非常尊重,虽然不再称老师了,却开口必称文秘书长,连一声老文都没叫过,估计永远都不会叫老文,更别说叫名字了。

  孟可芹任副市长后,分管商贸工作。开始一些朋友都认为她会管教科文方面的工作,觉得她在这方面有突出业绩,也有经验。她笑着对朋友们说,这是他们不了解情况,业绩都是大家干出来的,她的经验就是放手让大家去干,不过多干预,不指手画脚。这样说,即使有业绩,有经验,和分管什么工作并无必然联系。到市上工作后,她一如既往,经常到部门和基层去了解情况,商贸系统的情况她已了如指掌,但如何工作仍以部门为主。开元大厦签约后,她出乎意料地从未过问过这方面的具体工作,她知道这是吴芳市长直接抓的一个重点招商引资项目,在相关会议上又明确让由锡平抓招商引资工作。在这种情况下,她认为如果过问此事,由锡平会怎样看,怎样想,还是不过问为好。当市政府办公室通知她参加今天的开元大厦开工典礼后,她欣然接受,市商业局是她分管的部门,当然要参加。尽管整个筹备工作她都没有参与,她并没有也不会像某些领导那样心生不满。她不仅要出席还要以积极的姿态去出席,上午一上班,她就叫来接待办主任方峰,要他领着自己去请投资方人员出席典礼仪式。其实,按照礼仪惯例,市上领导无须去请去陪,有工作人员陪领着就可以了。孟可芹在没有人安排的情况下,主动去请投资方让方峰也感到有些突然,因事先并没有这样的安排。尽管孟可芹是管商业的,她至今尚不认识古济宁,如果她认识的话连方峰也不会叫着去陪的。在政坛打拼,她有自己的价值判断和行事风格。她是这样想的,这是政府一、二把手都在抓的一件大事,她必须有明确的态度,放下身段去请一下投资商,这就表明了自己高度重视和坚决支持的态度,但这仅是礼仪性的,并未介入具体工作,不会让人觉得她有权力和利益方面的想法。

孟可芹陪着北京来的客人,最先来到贵宾休息室。大家入座后,边喝茶边聊天。

主会场开始热闹了起来,来的人多是市直各部门的头头脑脑,大家见了面要开开玩笑,天南海北的神聊一番。最活跃的是黄天高,他在不断地招呼着与会的人员。其实这种招呼可有可无,各个部门都放着牌子,来的领导对号入座就可以了。黄天高认为这是自己部门的一项重大工作,理应尽这方面的责任。不过,也不时有人说着祝贺的话或是赞扬的话,有人还夸黄天高是秦东招商引资的开路先锋。黄天高听了这些话直摇头摆手,心里却乐滋滋的。除了各部门的领导,市直企业的领导也来了,商业局机关全体干部和下属单位的领导早就来了。主会场人坐得满满的,在有人提议下,一直放着的录音音量突然提高了,放起了电影《红高粱》里的歌曲:"妹妹你大胆地往前走,往前走,莫回呀头……"听着这首红极一时的粗犷而又激情四溢的歌曲,有人情不自禁地和着哼唱起来,有人则在大腿上轻轻地打着节拍,还有人摇头晃脑地乐呵着,整个主会场的气氛一下子热烈了起来。黄天高在喧嚣声中,乐呵呵地走出主会场,来到门厅,他估摸着市上的主要领导该来了。

两辆黑色的奥迪车,从不同方向同时驶抵银花宾馆的门前。第一个走下车的是市委书记的秘书冯少平,他刚站稳脚,另一辆车上走下市政协主席吕增辉。冯少平拉开车门,车上缓缓走出市委书记江伟。江伟一抬头,吕增辉就笑着伸出了手,两人的手立刻紧紧握在了一起,笑着互致问候。等在门外的方峰和几个工作人员立即过来招呼,黄天高急忙走出门厅过来迎接,文佳也从工地方向赶了过来。大家簇拥着秦东政坛的两位巨头,走上二楼的休息室。文佳知道吴芳市长尚未来到,在主宾的寒暄声中,他赶忙走下二楼。他想给市长的秘书丁玉丽打个电话催问一下,想了想又把手机装进了兜里。

吴芳正在自己的办公室,听旅游局副局长钱升汇报工作。钱升曾经在市政府办公室的秘书科工作过,历来十分关注领导层的动态,善于研究和把握领导的意图。吴芳到秦东后极力推进招商引资工作,大抓项目建设,大家都逐渐清楚了,钱升更是摸准了市长的思路和倾向。他前不久就拿了个围绕下马村开发旅游景点的方案,一直想找个合适的机会汇报一下,今天一大早就来到吴芳的办公室。他清楚吴芳上午要参加开元大厦的开工典礼,肯定不会远出,但9时前将会离开。他还没有坐下,就开门见山地说:"吴市长,我来了几次你都不在,想给你汇报一下围绕下马村发展旅游业的事情。"吴芳放下手中的笔,示意他坐下说。钱升说:"开元大厦是个大项目,将建成市区的标志性建筑,人气一定很旺。我们想依托这个大项目,围绕下马村把旅游项目也搞上去,使两个项目互相配合,互相促进,实现更好的经济和社会效益。"吴芳推开桌前的文件,听他继续说。钱升看出市长很感兴趣,劲也来了,接着说:"总的想法是,在汉武帝的将军们当年下马的地方,建个仿汉古建筑下马亭,亭子里刻划上下马村的历史故事。在下马亭附近建一座拴马石博物馆,把秦东民间历代的拴马石收集到这里,建成别具一格的民俗博物馆。"吴芳问:"古代的拴马石能收集多少呢? 文物和旅游价值高吗?"钱升站起来,递过一叠照片,说:"秦河北几个县前几年已收集了不少,你看看这些照片,挺有意思。"

吴芳随意翻着看了看钱升递来的照片,有两张是上马石照片,是人上马时脚踩的石头,体形很大,一块上面四周刻着《西厢记》里的故事,另一块刻着民间流传的二十四孝故事。更多的是拴马石照片,从照片看这些民间称为拴马桩的雕刻相当精美,有的是人物造型,有的是动物造型,有的是民间故事。其中一个拴马石刻着一尊满面笑容的笑佛。吴芳看得相当仔细,好久凝神不语。钱升笑着说:"这是大肚子弥勒佛,开口大笑,估计马都争着往这个拴马石上拴。"吴芳头也不抬地说:"笑佛拴马桩上没有系绳的孔,未必真是用来拴马的。也许是官宦人家或是大户人家用来为马群驱邪,或是显示主人的身份地位的。"钱升先是惊讶,接着说:"这个笑佛拴马桩的确极其罕见,几个这方面的专家也是说法各异。"他看吴芳饶有兴趣,笑着说:"还可以在老城区汉武帝住过的地方,搞个驻跸阁,把汉武帝的故事也带进来。"听到这里,吴芳眉头一皱,问:"这要不要请专家论证一下?"钱升说:"周秦汉唐时,秦东地处京畿,是帝王将相过往的必经之路,不用考证,秦皇、汉武包括唐太宗都曾经路过秦东。"吴芳笑着说:"这样说,汉武帝也可以来帮忙了!"钱升愣了一下,一时竟摸不准市长的意思,只是笑着,等市长进一步表态。

吴芳不再说什么,心想钱升的想法不是没有道理。秦东市区也的确没什么旅游景点,如果这些想法可行,搞起来对发展旅游产业和市民的休闲娱乐还是有好处的。不过搞旅游项目是要拿钱的,就目前市级财政的状况看,还需要慎重考虑。钱升看市长迟迟不肯表态，猜想大概是钱的问题，就笑着说："我知道市上财政偏紧，如果要搞，项目资金我们通过招商引资来解决，不过你得解决一点启动资金。"吴芳惊讶地看着钱升，他说的话正是自己要说的，她换了个角度说："你的想法很好，回头再听听各方面的意见。如果要搞，资金问题就按你说的主要靠招商引资来解决，财政上可以考虑给一点跑项目的资金。必要时开会再议一下。"钱升听了暗自高兴，心想只要市长同意了，这事就好办了，只要能给一次钱，就能给第二次、第三次……他看了一下表，是市长该走的时候了，边站起来边笑着说："谢谢吴市长的支持，有你的支持我们招商引资的信心更足了。回头我把方案再完善一下，开会时再供讨论。"吴芳点点头，她也看看表，说："就说到这里吧，我要去参加开元大厦的开工典礼。"钱升说："我也要去，我陪你一块去。"

丁玉丽早就等在市长办公室门口，文佳已经催了两次，说江书记已经到了，她已推门进去了两次，看见市长正在和钱升说事，只好又退了出去。丁玉丽知道参加重大的礼仪活动，书记、市长到场的时间差不了多少，更多的情况下是市长先到，这是官场上不成文的规矩。今天书记早早就到了，说明书记非常重视这个活动，市长也不能在时间上差得太远，加上文佳催了几次她就有些着急。其实市长现在去时间并不算晚，说实在的，今天给市长在时间上把关的还有钱升呢，他在这方面经验也极为丰富。

吴芳的车在前，钱升的车在后，一路驶向银花宾馆。吴芳一上车，没有想开元大厦开工典礼的事，却想到了钱升，连她自己也感到有些奇怪。她觉得钱升这个人脑子好使，善解人意，好像历史文物知识也挺丰富，看来还挺想干点事情。不过她对这个人了解并不深，得到的关于这个人的信息并不多。领导干部嘛，一是要决好策，二是要用好人，到秦东快一年了，要加倍留意和了解干部。

钱升坐上车后，喜不自禁，他也没有想参加开元大厦开工典礼的事，正在想终于给吴市长直接汇报了工作，时机选择得好，加上紧扣开元大厦项目，引起了市长的关注。这还在其次，重要的是以他敏锐的直觉，知道市长对他这个人明显关注了起来。钱升虽然想法多多，但也清楚自己是个毁誉参半的人物。二十世纪八十年代中期，他曾在行署办公室的秘书科工作，那时文佳是他的科长。他只有初中文化程度，显然写材料是不行的，就在秘书科管内务，收文发文，领发工资，安排打扫卫生，代表科室参加一些无关紧要的会议。这些杂事那些有文凭的秘书们谁也不愿干，钱升没有文凭，只好先干着。干这些事，好处是接触面宽，特别是能和领导接触。他充分发挥善于揣摩领导意图，善于为领导服务的特长，竟赢得了一把手邓震西的好感，后来就成了邓震西的秘书。邓震西妻子身体一直不好，那几年病情又明显加重，经常要到省城或京城的大医院去看病，联系医生、看病买药、安排吃喝拉撒睡,钱升都打理得井井有条,令邓震西一家人十分满意。

邓震西是一个爱才识才的人,他不可能不知道钱升的底细,是他多病的妻子成就了钱升。试想邓震西会让一个有才华的秘书去伺候妻子吗?再说有才华的人未必能干好这类事。从这个角度讲,钱升是一个幸运的人,他的长处也会被欣赏,也有机会得以施展。钱升成了一把手的秘书,为领导起草各类文稿的主要职责却要别人来完成。不太重要的文稿是钱升让别人代劳,以供烟供茶来补偿。重要的文稿则由文佳亲自起草,文佳历来把起草一把手的重要文稿,视为自己的职责,甚至不愿意钱升参与哪怕是校对文字的工作,既嫌其碍手碍脚,更怕质量难以保证。就这样,钱升的短板问题解决了。就这样,钱升当了三年一把手的秘书。当秘书期间,他解决了家人的农转非问题,把妻子安排到了事业单位,七大姑八大姨都跟着沾了光。钱升一下子成了机关最有神通的人物。求他办事的人越来越多,他的妻子经常出入礼品处理商店,廉价卖出高档烟酒。后来邓震西感到了某种危险,就将他安排到商业局当副局长去了。

钱升到商业局不到两年,与局长闹起了别扭。局长有心脏病,不想生气,也不想去惹这位来自领导身边的副手,就长期称病在家休息,局里的工作由钱升主持。在主持工作期间,钱升开始筹建商贸大楼,资金长期落不实,欠了一屁股外债,告状信满天飞,后来被调整到旅游局当副局长。他到旅游局后不久,局长被调到省上工作去了,他又主持上了局里的工作,这一主持就是几年。在商业局时主持工作,在旅游局又是主持工作,他不是不想当正职,也不是没有努力,但始终只能主持工作,有些人就戏称他为"钱主持"。他也自嘲地说叫"主持"行,叫"方丈"也行,都是领一群和尚撞撞钟罢了。他认为不能升迁的主要原因是没有学历,几年下来他先有了大专学历,接着又有了大本学历。文凭这东西不能见人就说,也不能贴在额上,只要组织上掌握就可以了。要让更多的人刮目相看,就要做点文化营生,于是他连续出了两本书,把在商业局时办公室写的讲话稿、调研材料等,请人加工后出了一本《对秦东商贸的思考》,也算是对前几年工作的宣扬。又把市上有关旅游方面的资料、领导讲话和工作部署找来,让人修补剪裁一番,加进了一些文物考古方面的资料,又出了一本《布局秦东旅游》。这年头出书太容易了,倒腾个书号,给出版商些钱,书就出版发行了。钱升出书的消息竟不胫而走,钱升的履历,特别是新的学历状况,当然书的序、跋都有,也就很快传开了。钱升自我包装后,感觉良好,以为进入了文化人的行列,具备了干部四化里的"知识化"。他的真实底子自己最清楚,就让一个文科硕士研究生当了办公室主任,给自己撰写各种文稿,提供相关的知识和资料。今天上午他给吴芳市长汇报前,已让办公室主任给自己准备了相关的历史文化和旅游经济方面的知识,难怪吴芳听了觉得此人的历史和文物知识还挺丰富的。而这一会儿钱升想的则是如何在引起领导关注的基础上，进一步赢得领导的信任。他看准了吴芳市长对招商引资工作十分重视，超过了历届一把手，清楚只有在这方面大做文章，才能实现政治上的突破。想透了，他心头为之一轻，对司机说："跟上吴市长的车，不要落下距离。"其实他的车一直紧紧跟着前面市长的车。

文佳站在银花宾馆的大门口，知道该来的都来了，主会场热烈的气氛站在门外也能感受得来。刚才焦急的心情慢慢平复了下来，心想江书记是提前来的，吴市长只要按时来也没有啥，自己着的哪门子急，再说着急也没啥用。由锡平副市长也该来了，他是政坛老手，时间会拿捏得很好，这不用操心。文佳看了看开工现场，这会儿更加热闹了。

一路之隔的开工现场，是围绕着前多年动工后开挖的地基布置的。那是一个非常大的深坑，多年丛生的荒草和乱堆的垃圾早就清理了，坑底排列着几台施工机器，上面都挂着红布。周边站着等待施工的工人，工人们戴着橘红色的头盔，身着橘红色的工作服。坑底还有一些西装革履的人员，显然是指挥者，他们不时地走动着，交谈着，耐心地等待着。大坑北边用铲车推出了一道斜坡，显然是作为上下的通道，通道最上端立一个高大的红色拱门，是用鼓风机吹起来的塑胶布搞成的。拱门的前边是一块不大的平地，那里备有一个包着红布的落地式扩音器，是领导宣布开工时用的。十来个衣着时髦的礼仪小姐，早就等在一旁，等着秦东最高领导层和投资方老板的到来。大坑的四周插满了五彩旗子，空中吊着数十个氢气球，氢气球上又挂满了宣传标语。在大坑上面稍远处的一个高台上放着许多鞭炮和礼花弹，工作人员在那里等着燃放的命令。大坑四周的人行道上和空地上人站得满满当当的，这是商业局下属的八大公司组成的八个职工群阵。职工群阵中还夹有五六个锣鼓队，这些锣鼓队是原秀山出谋划策，从秦东不同的地方请来的。鼓乐手们都身着以红黄为主色调的盛装，有的头裹红黄色头巾，有的戴着吊有红缨的古装武士帽。各地鼓乐高手汇聚一起，都激情难抑，想比个高下，个个敲得满头大汗，敲了一遍又一遍，虽累都不愿停下来。尽管各地的鼓点敲法各具特色，有所不同，但汇在一起，秦东锣鼓高昂激越的格调更加强烈，有着撼人心魄的听觉冲击力，给人以鼓舞的力量，欢乐喜庆的气氛也更加浓郁。四周围观的群众越来越多，周边的交通开始受到影响，交警渐渐忙碌了起来。

两辆黑色奥迪车缓缓驶来，文佳一眼就看出前边的车是吴芳的专车，那么后边的车该是由锡平的车了。领导终于到齐了，他松了一口气。和文佳站在一起的黄天高、方峰和一些工作人员立即迎了上去。车刚刚停稳，车门就被工作人员打开了。吴芳下车后四下看了看,显然被周围的热烈气氛感染了。她在大家的簇拥下,缓步走向宾馆大门,向在门口迎接她的文佳微笑着点点头。文佳刚要说什么,钱升快步走上前来,握住他的手说:"文秘书长好!"文佳一边应着,一边向后边那辆奥迪看去,他突然明白,原来那是钱升的坐骑,还以为是由锡平的专车呢。市级领导都配的是黑色奥迪车,市委书记(兼人大主任)、市长、市政协主席坐的是六缸奥迪,其他副职都是四缸奥迪。市直各部门只能置购桑塔纳牌的小轿车。钱升以旅游局经常要陪中省和外地的要员为名,给局里购置了一辆四缸奥迪做接待用车,可这辆车大部分时间都坐在他的屁股底下,难怪没有来得及看车牌号的文佳,还以为是由锡平到了。小车本是代步工具,可是人们往往把它看成是权力、身份和地位的象征。也难怪呀,三国时曹操不是把吕布的赤兔马赠给关羽了吗?说明坐骑和主人身份的尊贵和重要程度还是有关的。如今也是一样,许多时候比如今天就是,停车场地有限,只安排市级领导和来宾的车辆停放,部门领导和其他与会人员的车辆不安排停车位,这里停的一排车都是奥迪车,钱升的车跟着市长的车就顺理成章地停在了一边。站在不远处的商业系统的干部们熟知老领导钱升,好些人目睹了刚才的一幕。有人挖苦着,说这是狐假虎威,想着法儿抬高自己的身价;有人在讽刺,说有本事在商业局时咋不把这个项目搞成,现在还有脸来凑热闹;有人在骂着,说这是笨狗扎的狼狗势,天生吃屎的命老折腾着要肉吃……这些毫不掩饰的情绪和难以入耳的话语,钱升听不到,他此刻的情绪也不会受到一丝一毫的影响。这时钱升紧随着吴芳一起来到了休息室。

  吴芳来到休息室后,先和坐在北边沙发圈中的古济宁等客人一一握手问好。然后,吴芳轻拍孟可芹的肩,笑着示意她坐下继续陪客人聊。之后,她缓步向南边走来,和坐在沙发中的江伟、吕增辉招过手,然后坐了下来。坐在边上的钱升先开了口:"刚才我给吴市长汇报工作,吴市长急着来这里,我没汇报完,又跟到这里来了。"吴芳放下服务员递过来的茶杯,笑了笑,刚要说有点事晚来了一步,现在不用说了。江伟微微笑着,慢慢地品着茶。吕增辉看了一眼老部下钱升,笑着问:"你是不是向吴市长汇报开元大厦过去的情况?"钱升按惯例估计市长来得正是时候,没想到书记已经先到了,随便一句话替市长解释了,本想再说句以后另找时间汇报,就马上离开,没想到吕增辉从这里问起。当年筹建商贸大楼对钱升来讲是一次失败的经历,这不是哪壶不开提哪壶吗?钱升就是钱升,他接住吕增辉的问话,笑着说:"开元大厦项目的基础,是吕主席分管商业局时打下的,从立项到筹集资金,包括征地拆迁等前期工作,我们都是在吕主席亲自领导下搞的。"钱升就是会说话,既没忘记显摆自己,又让吕增辉听了心里也挺舒坦。吴芳说:"这个我早听说了,吕主席为这个项目的筹建做了大量的基础性工作,没有前面的工作,这个项目还无从谈起呢,请吕主席继续支持这个项目的建设。"江伟微笑着说:"吕主席对经济工作非常熟悉,是市委和市政府的总参谋长,秦东经济要大发展离不开吕主席的鼎力支持。"吕增辉笑着说:"哪里,哪里。我一直关注着秦东的经济工作,我会尽力而为,市政协一定会全力支持市委和市政府的工作。"钱升看到市上三巨头已从开元大厦说到了全局性工作上,忙站起来告辞,去了主会场。钱升当然知道这类活动的休息室里,一般只安排市级领导和重要来宾,像他这样的中层领导只能直接去会场,他今天却破了例,从市政府陪着市长一直陪到休息室,他要抓住机会,尽量给市长留下比较深刻的印象。他自认为这个目的达到了,感到十分庆幸和满意。

文佳不断地看着手表,心里又着急起来。9时差5分,这应是领导与会的底线时间,由锡平副市长却仍然没有到。开工典礼是9时18分开始,发出的通知是9时整开始,幸好由于古济宁的提议,给庆典活动留下了并不充裕的余地。当然,整个活动安排都是经由锡平审定的,他也知道活动的实际时间改为9时18分,可也不能来得太迟呀!9时整,文佳看了看表,这下该来了吧,还是没有来。他从休息室走出来,到主会场看了看,又来到大门口。方峰和几个工作人员也在这里等着由锡平。9时过5分,由锡平仍然没有来。文佳听了方峰的建议,急忙拿出手机,给由锡平拨了过去,竟然关机,这是怎么了?文佳有些火急火燎的感觉。他再给由锡平的秘书打电话,秘书说昨天下午由市长把他叫到办公室找一份文件,说明天一大早就要用,要送给某领导。详细情况也没有说,现在在哪儿也不清楚。文佳这会儿有些不知所措,看看表已经9时10分了。他喊来史二东,问由市长是不是直接去了主会场,会不会坐在部门领导堆里说闲话。一直寸步未离主会场的史二东做了否定的回答。文佳就让史二东坐自己的车,速回机关去找由市长。文佳看了一眼显得一点也不着急的接待办主任方峰,忙问由市长会不会在别的房间等着开会,几个工作人员都抢着做了否定的回答,他们似乎也并不那么着急,并不把领导来早来迟当一回事,看着文佳着急的样子,他们不再说说笑笑,都静静地站在一边。文佳自我感觉有些过分神经质了,是啊,再急也没用,领导的时间永远都是标准时间,再说谁也奈何不得顶头上司。

这时由锡平的秘书打来电话,说与司机联系上了,司机说由市长一大早就赶到省委,去了某领导那里,现在正往回赶。方峰素知文佳办事极认真,时间观念极强,无论和谁处事,从不迟到,平时上班也总是提前上班。文佳不仅自己这样做,也是这样要求部下的,这是当年他分管秘书工作时养成的习惯。文佳经常强调,严格遵守时间,既能在工作中赢得主动,避免陷入被动,又能体现人的工作态度,展示人的基本素质。方峰清楚,在时间问题上严格要求自己和部下是对的,对待上级领导就另当别论了。他看着文佳心慌意乱的,甚至有点神经过敏的样子,理解这是责任所系的缘故,就说:"文秘书长你去休息室等着,由市长一到我就领上来,就先给你打手机。"文佳心想也好,说不定还有什么事情需要商量,就转身走向二楼休息室。

由锡平一大早就去了省委组织部,这会儿正在返回秦东的路上。他最近心里比较烦,半眯着眼睛,斜躺在奥迪车的后座想心事。安全生产工作归他管,最近连续出事。先是一起交通事故,造成二十余人死伤。接着是秦河北一家乡镇煤矿发生透水事故,死亡失踪好几个。再接着是烟花爆竹之乡的浦湖县,一个烟花厂前几天发生爆炸,死伤十余人。接连出安全生产事故,省上要追究相关领导责任。由锡平虽无直接责任,却是主管领导,加之事故连续发生,看来难辞其咎。他是省委管的干部,如何处理需报省委研究。省委组织部一位副部长是他省委党校的同学,这位副部长打电话,要他补充一份关于安全生产讲话的材料。乡镇煤矿透水事故发生后,全市召开过安全生产会议,他有个讲话,会后还以文件形式印发到基层。尽管这几年已经不允许以文件形式印发领导个人讲话了,他还是坚持印发了。怎么样?还是有用了嘛!在政界工作,干出政绩非常重要,还不能出事故。十件事情干好了,一件事情干砸了,就可能影响提拔使用。这份文件也许能减轻对他的处分,不然副部长能亲自做出这样的安排?昨天下午他找到了这份文件,一大早就送到省委组织部副部长那里去了。

由锡平亲自到省委组织部去送文件,无可厚非,这不仅涉及他本人,还涉及一批党政机关和企业的领导干部,以关心这么多干部前程命运为目标的行动,任何人都可以理解。由锡平选择今天上午去,是经过精心考虑的,本来昨天下午可以去,今天下午也可以去,还可以派人去送,那位副部长并没有要求一定是今天上午送来,也没有要求一定要他本人送来。开元大厦是市级第一个招商引资的大项目,他又分管招商引资工作,他当然是今天开工典礼的主角之一。可他心里一直觉得别别扭扭的,老有替他人做嫁衣裳的感觉。谁都知道吴芳到秦东后,把招商引资当作重点工作来抓,并亲自在抓,抓得很紧。在这种情况下,自己能有多大作为呢?成绩再大都在一把手的阴影里。就说这次开元大厦重新开工典礼吧,吴芳让他负责整个筹备工作,有些事情却并不是他说了算。比如开工典礼的时间吧,开始定的是9时开会,会开完就去工地现场宣布开工。可偏要改成9时18分开会,图个"就要发";还要10时18分宣布开工令,图个"实要发"。市政府嘛,信这一套干啥,如此迁就开发商,政府尊严何在!既然确定由他主持会议,就偏要把时间往后拖一拖,该发还能发,不该发还能怪时间不成?再说"九一八"就一定吉利吗?日本帝国主义不是在这一天发动了"九一八"事变,侵占了东三省

## 第十章

吗？这当然不是事情的全部，也要让开发商知道，秦东的事情不可能由某一个人说了算。

由锡平一大早就去了省城，手机却一直没有开。领导的手机开是应该的，不开也是可以的；接听是应该的，不接听也是可以的。他平时外出总是带着秘书，秘书的手机是常开的，一般来电都要接听，生怕误了领导的事情。人们都知道领导外出，秘书、司机必然随行，是以领导为中心的三人行。开始时司机的职责最单纯，开好车就行了，大事领导定，小事秘书办，大小事情司机都不闻不问。慢慢地情况发生了很大的变化，被民间称为"二领导"的秘书重要程度逐渐弱化，而司机的重要程度逐渐提高。特别是市级领导，而后扩大到县处级领导，都有了专车以后，司机慢慢变成了领导的贴心人、大红人。你想想，领导的夫人要用车，子女要接送，给领导家搬运大大小小的东西，还有领导也有私密活动，秘书可以不带，却少不了司机开车。司机又不是瞎子、聋子，即使不能知之很细，也能看出一些蛛丝马迹。难怪领导给司机的家人办好事，甚至提拔司机，已渐成官场的潜规则。不过物极必反，别看司机的风头有时压过了秘书，甚至还在看涨，但随着许多领导都在学习自己开车，总有一天司机的地位还会跌落地下的，那则成了后话。由锡平的司机米小安，是个有眼色又会来事的小伙子，是他从好多个司机中选中的。他十分喜欢米小安，从不当外人看，米小安也逐渐融入了由锡平生活的角角落落，除了经常接送家庭的大小成员，逐渐把家里的购物也包揽了，甚至家里用的卫生纸、卫生巾都是米小安买回的。米小安对由锡平妻子的称呼也从"老嫂子"提升成了"阿姨"，究竟是米小安主动改口的，还是这个女人以阿姨自居的，这些都已无从考证，而且是在不经意间完成的。这谁都不能怪，这是现实生活导演的，涉事人都乐意这种存在，没有谁觉得不合适。米小安如今也配上了手机，因为一些原来由秘书承担的职责，有时要由他来承担。接到秘书党文打来文佳找由市长的电话后，米小安立即给由锡平说了。

米小安说文佳在找他时，由锡平刚从高速路边服务区的卫生间走出来，他看了看表，淡淡地说："知道了。"刚要上车时，又说："我头有点晕，你在车上把我喝水的杯子拿来，让我喝点水，缓一缓再走。"由锡平接过米小安递来的水杯，在旁边的一排座椅上拣了个位子坐下，没有马上要走的意思。米小安是个聪明人，从由锡平的脸上看出他想单独待会儿，就回到车上坐在驾驶座上静等。他俩这是第一次来这里休息，这是秦东和省城中间秦东界内唯一的一个高速公路服务区，秦东的车辆行人极少光顾这里，无论是进省城还是回秦东都是二十来分钟的距离。由锡平要到这里上卫生间，米小安估计是他拉肚子发紧，就赶忙把车停在了这里。由锡平上完卫生间后并没有立即要回去的意思，米小安感到有些蹊跷，却还是恪守多年来给领导当司机的基本规则,就是不该看的不看,不该听的不听,不该问的不问,不该说的不说。想到这里他心里顿觉平静,慢慢眯上了眼睛。

由锡平这会儿还真的没有立即赶回秦东的意思,一大早起身,赶到省委组织部,结果没有见上副部长,把材料交给了办公室工作人员,就返回秦东,到了这个服务区时决定稍微休息一下再说。米小安是个大嗓门,有人给他打手机,由锡平在卫生间就听到了,不用问就知道是什么事情。就让司机和其他工作人员去传话吧,用不着亲自去回话。米小安给由锡平说文佳在找他时,他看表9时过10分,往回赶已难以按时参加并主持开元大厦开工典礼,但不会差多少,他稍有犹豫,做出了先不上车的决定。时间不长,米小安又跑着来说:"文秘书长在催问现在到了什么地方,什么时间能到,我说正在往回赶。"由锡平很满意这模棱两可的答复,也真有点为难他了。由锡平摆摆手,仍淡淡地说:"我这会儿实在不舒服得很,我手机已开通了,再来电话让直接给我打。"他横了横心,反正已经迟了,等等再说。

文佳着急而又无奈地再次来到休息室,这里正分两摊在聊天。南边一圈沙发上坐着江伟、吴芳、吕增辉,秦东三巨头在轻声慢语地聊着。北边一圈沙发和椅子上坐着古济宁等京城来的客人,孟可芹陪着,原秀山和肖冰冰也在陪着。在这种场合,大家显得愉快随意而又谦恭礼让,虽也说说笑笑,却不会失之喧哗吵闹,气氛显得轻松而又和谐。文佳心里却压抑不住一阵又一阵的焦急,马上就要开会了,担任主持的由锡平还没有到场,作为具体的组织协调者能不着急吗?他正在犹豫要不要和吴芳说一下,只见古济宁站起来说:"老文,再差5分钟就9时18分了,该去会场了吧!"文佳赶忙走过去,说:"你先坐下,我正要和你商量一下,主持会议的由市长正在从省城往回赶,要等他回来才能开会。"古济宁说:"不是定好是9时18分正式开会吗?"他历来讲求一诺千金,从不马虎随意,就较真起来,大声说:"还是要按既定时间开会!"

"好哇!一定要按既定时间开会,我把高玉从省委党校硬是拉来了,离9时18分还有几分钟。"丁燕红在方峰的陪同下,匆匆走进会议室,边走边接着古济宁的话茬笑着说。她身后紧跟着高玉,高玉后边是张洛朴,都是一脸的笑容。张洛朴笑着说:"高校长架子真大,让我在党校门口等了一个多小时。"吴芳见状,赶忙走了过来,笑着把张洛朴、丁燕红和高玉介绍给江伟和吕增辉以及孟可芹。张洛朴握住老朋友江伟的手说:"我的车要拉二位女士,来迟了一步。"大家寒暄过后,古济宁仍是一脸的凝重,坚持着说:"还是要按9时18分准时开会!老文,这是市政府同意的!"他的几位副手也都拿起了提包,准备去参加会议。文佳说:"由市长正急着往回赶,他一到就开会。"吴芳问:"开会时间告诉由市长了吗?"文佳看着吴芳说:"开会时间他知道……"这时史二东急急走了进来,他刚奉文佳之命从机关返回,急忙对文佳说:"文秘书长,我在机关没有找到由市长,找到党文联系后才知道由市长是被省委领导叫到省城去了,现在正往回赶。"吴芳听了什么也没有说,转身回到座位上去了,剩下的事情她相信文佳会处理好。

古济宁听了史二东的话只好坐了下来,他的几个副手也都把手中的包放了下来。文佳这时心里反而平静了下来,尽管他和古济宁一样都特别认真。古济宁坐下后对着文佳说:"政府应最讲公信力。"文佳一时语塞。孟可芹脸上闪过一丝尴尬。文佳抬头看见史二东还站在那里,显然是等文佳还有什么吩咐。文佳忽然想起高玉一直定不下来能否与会,现在来了,她是副厅级,又准备和市上一起办招商引资培训班,肯定得上主席台,就对史二东说:"秦东大学的高玉副校长,专程从省委党校研讨班赶来参加今天的活动,你把她的桌牌放到主席台上。"他看史二东答应后,显得勉为其难的样子,立即醒悟,便把史二东叫到一边说:"这样吧,你把程秘书长的桌牌放到下边第一排,和我的桌牌放到一起。"史二东点点头,转身离开了。

文佳看看表,他自己也弄不清是第几次看表了,离9时18分只差3分钟了,由锡平仍然没有赶回来,说实在的,即使这时回来了,也无法准时开会了。他心中顿感无奈,也确实没有办法了,再说由锡平是省委领导叫去的,这是碰巧赶上了,也算是不可抗拒因素。再看古济宁也是脸露无奈,似乎还夹杂着遗憾和不满。文佳想了想,说:"老古,看来得推迟开会的时间了,估计由市长很快就会赶回来的。"古济宁抬起头,固执地说:"9时18分开会,是各方商定的,因一方的原因就更改,那后面项目合作上会不会也这样呢?"张洛朴笑着说:"古老兄太较真了,还是老脾气,省上开会有时也不按时间呢!"文佳心想,其实市上开会不按时也是常有之事。丁燕红和古济宁小声说着什么,忽然她站起来大声笑着说:"这样吧,把9时18分开会,改成9时48分开会,'就要发'变成'就是发',把可能变成肯定,怎么样?这也是天意啊!"说得大家都笑了起来。文佳看那边三巨头也听得笑了,吴芳还朝他点了点头,他顺势宣布说:"就这样定了,活动推迟半个小时,9时48分准时开会!"古济宁的脸上终于露出了笑容。增加了三位成员,特别是张洛朴的加盟,使得休息室北边这个圈的气氛一下子活跃多了,大家又说又笑,似乎已经忽略了南边秦东三巨头的存在。张洛朴几次想加入南边圈里去,到底没有去,他知道坐在这边圈里的孟可芹副市长已经代表了秦东市。在社交场合,到了那边即使面对老同学、老朋友,也有些拘束,还不如这边畅快,就坐着没有动。他看着古济宁,灵机一动,笑着说:"说个段子调整一下尴尬的气氛,不,给大家助助兴。"丁燕红笑着说:"好啊,让高玉和诸位也领略一下段子大师的风采。"

张洛朴瞥了一眼丁燕红,款款道来:"从前有一个老书生,姓胡,古月胡。他儿子也是个书生,这小胡书生对老胡书生十分尊崇,也十分孝顺。小胡书生在外地教书授徒,每月的最后一天都要回家看望老胡书生,也顺便讨教一下学问。几年下来,就约定成规,小胡书生从未爽约。每次小胡书生去看望老胡书生,都骑一头小毛驴,可有一个月末,小毛驴竟然走失了。到了第二个月的月末,这孽畜竟然羞羞答答地回来了,原来是和恋人悄悄度蜜月去了。小胡书生也不好过多指责,赶忙骑着毛驴,诚惶诚恐地回家去看望老胡书生。老胡书生罕见地摆出了老父的尊严和架势,弦外有音地说:'小古呀,上个月忙啊?'小胡书生听了,惊诧地瞪大了眼睛,老父亲怎么叫自己小古?再一想,上月没回家探视,小胡少了一月,岂不成了小古,分明是责怪上月没按约定回来。哎,这老胡书生也太较真了!"大家听得齐声笑了。突然高玉对着张洛朴捶了一下后背,哂道:"你想着法儿损古老兄,再这样我可不答应!"古济宁脸色微红,尴尬地摇摇头。丁燕红狠狠地瞪了一眼张洛朴,心想这个段子说得尖酸刻薄,场合也欠妥。他就是这种人,思维敏捷,也有才,往往特恃才,爱显才。老同学嘛,也没办法,只能让小学妹高玉教训教训。张洛朴大笑后感到了认同感的不足,高玉的话也让他顿悟,古济宁历来爱较真,本无可厚非,他忙着对高玉说:"小学妹言重了,古老兄是何等人物,大胸怀,大境界,岂会如此想问题?"说完,他赶紧引开话题,又逗起了乐子。

休息室南边的秦东三巨头,一直坐在那里随便聊着等开会,听了文佳把活动推迟半小时的话后,也只能继续边聊边等开会。江伟听说由锡平被省委领导叫去省城后,第一反应是由锡平的工作会不会发生变动,很快就得出了不可能的结论。秦东市在人事方面的重大变化,省委领导会征求他的意见,至少也会在事前吹吹风。事情有点蹊跷,可能是工作人员传话传走了样,也不排除当事人在使什么招。这个常务副市长,经验有,能力有,却少了点肚量和担当;喜结交,重友情,却城府太深。他是吴芳的主要助手,主动配合不够,三心二意的,有些不大看得起一把手。吴芳力主加大招商引资力度,如果由锡平不积极,就难以形成合力。看来要搞好这方面的工作,需要在机制上制度上做些文章,必要时在人事上也要做出考虑,以保障吴芳工作的顺畅和效率。

吴芳也为史二东的话所触动,省委领导叫由锡平去省城,有什么重要事情?由锡平会被调走,他一直不满副职的位置,这种可能性是有的,也许这是好事情。他真的走后,要慎重推选一名常务副市长,要重新确定一名副职负责招商引资方面的事情。可万一走不了呢?他会不会对招商引资工作仍然不那么在意?如果有一个部门专门负责这事情,可能会好一些,责任扛实了,这方面的工作才会落得更实。看来需要给江伟说说这个想法了。吕增辉也在思索,省委领导这时候叫由锡平是什么意思?他很快就做出判断,由锡平目前云里没雨,不大可能被提拔调动,也许是由锡平自己在故弄玄虚。对由锡平的为人和作派,吕增辉太熟悉了。他俩是同时提的副市长,两年后常务副市长出现空缺,民意测评时吕增辉票数最高,呼声最大,最后由锡平却当上了常务副市长。事后朋友们都说吕增辉太中规中矩了,不像别人跑这个领导,跑那个部门,最后终于跑成了。结果常务副市长没当上,社会上还传出一股风,说吕增辉"文化大革命"中有问题,是大学生中的闹派人物,弄得风风雨雨的,据说始作俑者就是由锡平。吕增辉咬咬牙,这些都让它过去吧,说到底职务是组织决定的,他认啦。可是实在受不了由锡平当上常务副市长后,仍以他为竞争对手的作派,就找了省委领导,要求变动一下工作。结果市上换届时,他当上了秦东市的政协主席,成了全省地级市中最年轻的政协主席。副市级提拔成了正市级,按理说这是好事,可吕增辉就是高兴不起来。他认为年龄还不大,完全可以多干些实事,没想到过早地到了政协,一度感到莫名其妙的失落、彷徨和懊恼。不过为秦东的发展多做些工作的想法却依然十分强烈,他一直在思考,一直在等待合适的机会。开元大厦的前期工作,包括立项、征地拆迁等工作都是在他任主管副市长时搞的,融资工作当时也有了眉目。可他离开市政府后,这方面的工作由由锡平代管,由锡平由于对他有成见,对这个项目一直不闻不问,最后导致融资失败,这个项目就下马了,一直摆在那里好多年,还让吕增辉背上了黑锅,备受各方面的诟病。吕增辉思前想后,觉得由锡平今天不能按时参加会议,很可能是搞什么鬼名堂,给吴芳出难题,让她难堪。

在官场上,人事问题是最为复杂、最为敏感,也最能牵动人心的话题。秦东三巨头在听到省委领导叫由锡平谈话的信息后,都迅速做出了推测和判断。要说三人的反应也许只是一两分钟的时间,都不动声色,都好像是静等文佳协调开会时间的结果。应该说三人中吕增辉是最先把这一问题想透彻的,因为他太熟悉由锡平了。文佳刚一做出推迟30分钟开会的决定,吕增辉就打破了三人之间极其短暂的沉默,他语含激愤地说:"开元大厦项目,我在市政府时就开工了,我离开后被拖了这么多年,也不在乎再拖30分钟。秦东的事情就是这样,往往因个别人作梗,而被一再贻误,实在是没有办法呀!"吴芳当然听明白了,却避开敏感话题,笑着说:"这个项目的基础是吕主席打下的,还请吕主席继续支持这个项目的建设。"她再次说了说前边说过的意思。吕增辉笑了,觉得自己的话说得有些太直露了,忙说:"没问题,这是市上的大项目,也是我手里遗留下来的半拉子工程,我会大力支持的,市政协会大力支持市政府的工作的。"

江伟没想到吕增辉对由锡平如此不满,也进一步判断出今天会议被拖延,极有可能是由锡平有意为之,他当然不会说出这些,笑着说:"吕主席对经济工作非常熟悉,政协也集中了一批秦东的精英,今后秦东的经济工作、招商引资工作,还要请吕主席献计献策,多出些力。"吕增辉说:"人们常说,党委是点戏的,政府是演戏的,人大是评戏的,政协是看戏的。我到政协工作后,从演戏的变成了看戏的,从大忙人一下子变得悠闲起来,心里简直不是个滋味。你俩到秦东后,很重视政协的工作,就说今天出席开元大厦开工典礼吧,吴市长还亲自给我打了邀请电话。江书记,你放心,政协一定会支持市委、市政府的工作,我会尽心尽力的。"江伟说:"吕主席说得好啊,秦东要发展,各方面一定要互相支持,形成合力。"他对吴芳说:"今后政府有重大活动,最好让人大也来一名副主任,我虽兼任人大主任,日常工作有时也顾不上。对唱好秦东这台大戏而言,党委是导演,人大是评委,政府是主演,政协是助演。"说着他自己先笑了,他知道这种说法同样未必严谨准确,但还是蛮形象的。吴芳和吕增辉也笑了。江伟接着说:"政协不光是助演,还是助导,助理导演,我今后还要不时请教吕主席。"吕增辉忙说:"助演可以,为吴市长跑跑龙套,拾遗补缺干点具体工作。助导不行,一是没那水平,二是有越位之嫌。"江伟笑着说:"吕主席水平绝对有,也不存在越位的问题。大家同演一台戏,导演讲开明,评委讲公正,主演讲主动,助导、助演讲配合,大家群策群力,和衷共济,一定能演出秦东大发展的精彩活剧来。"吴芳、吕增辉听了齐声说好,觉得书记讲得生动形象,又真诚实在。

江伟说:"我已考虑了好长时间,刚好今天我们碰到了一起。吴市长考虑一下,就招商引资工作拿个方案,围绕总体思路、领导机制、优惠政策、奖励办法、具体措施等方面提出意见,上市委常委会讨论一次,四大班子成员都参加,以便形成共识,形成决议,把招商引资工作向前推进一下。"吴芳说:"好,我尽快安排人先调研,再拿出方案,市政府常务会议讨论后报市委常委会讨论确定。"吕增辉说:"政协也马上组织人员进行这方面的调研,吸收部分民主党派和民营企业人士参加,我亲自负责,为市委、市政府决策提供些基础性的资料。"市委、市政协的主要领导如此支持招商引资工作,令吴芳十分高兴和感动,也信心大增,她说:"今天这个开工典礼,本意就是要开成招商引资工作的动员会,你们两位就都讲一讲吧。"会议原定议程只有吴芳一人讲话,市委书记、市政协主席只是出席,所以也没有准备讲话稿。江伟立即表示同意。吕增辉笑着说:"我讲可以,可讲什么呢?我就表表态,造造舆论吧!"他显得十分兴奋。江伟、吴芳看着吕增辉点点头,都会心地笑了。

时间在众人的不经意间过去了,可对凡事都极其认真的文佳和古济宁来讲,是读着秒看着分过去的。9时40分了,再有8分钟就要开会了,由锡平依然没有出现。文佳看了一眼古济宁,正和他的目光相遇,他眼中流露着明显的不满和困惑,而古济宁则看到了文佳焦急和无奈的眼神。文佳心想,没法再和古济宁说什么了,他站起来,快步走向秦东三巨头。"时间马上到了,由市长还没到……"文佳看着吴芳说,现在该咋办的话没有说出口。吴芳听出了文佳想说而没有说的后半句话,果断地对文佳说:"准时开会,你招呼客人去会场。"她看文佳没动,就站起来补充了一句:"会议我来主持,江书记和吕主席都要讲话,其他议程不变。"江伟和吕增辉都站了起来,准备去开会。文佳把会议议程单交给吴芳,转身去招呼古济宁等客人。

# 第十一章

开元大厦开工典礼马上就要开始，秦东三巨头走出休息室，江伟居前一起缓步走进主会场，古济宁等客人紧随其后。一进入主会场，江伟停下礼让古济宁先行，古济宁不肯，吴芳笑着说："古董事长不愿破例，江书记你就不必客气了。"江伟笑着说："一起走，一起走。"他一手轻抚古济宁后背，一手抬起示意主席台，古济宁盛情难却，与江伟一起走向主席台。

这一切都被等在一边的原秀山和肖冰冰拍个正着，抓拍之后，肖冰冰就到前边自己的嘉宾位置上去了，原秀山满意地来到了记者席。这几年秦东市凡有重大活动，都要设记者席，其实就是放个记者席的牌子，有几张桌子归记者们活动和休息。一般都是在会场的后面，记者们虽然很重面子，但把记者席放在后面他们却很乐意，这样更随便一些，活动空间也大一些。

今天的记者席照例设在后面，由于地方太小，靠墙摆了两张桌子，上边放着"记者席"的牌子，桌子边上摆了七八张椅子。原秀山摄完影过来后，一把将"记者席"的牌子拿起，他看了看周围，发现没地方可扔就又放到桌子上，顺手将牌子压倒平放在桌子上，这样"记者席"就实存名亡了。原秀山拿牌压牌时，一副目中无人的样子，他觉得今天的"记者席"太寒酸了。早有几个记者过来把原秀山按在"记者席"最中间的位子上。不管怎么说，原秀山是秦东各媒体的资深记者，是行政级别最高的处级记者。原秀山一支笔好生了得，就说路对面的下马村吧，就是他当年宣传出名的，从农业学大寨到实行联产承包责任制，他都是宣传队伍中的第一笔杆子。自从就任省报驻秦东记者站站长以来，他更是以秦东媒体的老大自居。

今天来现场报道开元大厦开工典礼的，有《秦东日报》、秦东电视台和几个小报的记者。很明显那个扛着摄像机的电视台记者有点自我为中心的感觉，这没

## 第十一章

有办法呀,他的作品今天晚上就能在秦东电视台正点播出,还可以复制好送到省电视台去交涉播出。可别的记者呢,包括原秀山这个省报驻秦东记者站的站长,神通再大,也要明天才能见报。即使登上省报大概也就香烟盒抑或火柴盒大小吧,而最大的问题是谁看呢!这一切原秀山心知肚明,要不他前几年就醉心于摄影呢,当然这主要是出于爱好。他要做一个文字、摄影双栖记者,既拓宽了业务领域,也提高了自己的身价。

原秀山被几名记者按在记者席最中间的座位后,他扶了扶挂在胸前的相机,这是他有别于其他文字记者的标志性动作,笑着向站在不远处的史二东招了招手。史二东赶忙过来,问:"原站长,你有什么吩咐?"原秀山这才环顾了一下众星拱月般围在他身边的几名记者,大家都笑望着他,好像看着都眼熟,一时却叫不上名字。紧挨他坐着的是秦东电视台的记者,一只手摸了摸放在地下的摄像机,一只手扶了扶眼镜,一副满不在乎的样子。原秀山说:"史科长,你把会议材料给各位记者每人拿一份。"听了这话,电视台记者脸上露出了笑容。原秀山看了一眼放在桌上的矿泉水,接着对史二东说:"再拿上些可乐和雪碧,这几位不太爱喝矿泉水。"说完他瞥了一眼紧挨着的电视台记者,心想你小子也试试看,别看如今电视台记者牛气,在秦东谁是老大那可是明摆着的。很快史二东和一位服务员拿来了可乐和雪碧等饮料,还递过来两盒好烟。记者们都知道原秀山这两年很少参加这类活动,一般都是派员参加,今天能亲自来足见这次活动的重要,也让同行们目睹了原站长的尊崇和气派。原秀山坐定后点燃一支烟,微闭双目慢慢抽了一口,记者席马上就安定了下来。

一名工作人员对着扩音器大声说:"全场静一下!会议马上就要开始!"主会场在主席台成员就座后就基本静了下来,这句话通过高音喇叭,让整个汇聚在开工现场的人群甚至更远的路人都能听见。开工现场的鼓乐声和人群的喧闹声,立即停了下来。吴芳看了看表,9时48分,她对着面前的扩音器宣布:"秦东市开元贸易大厦开工仪式现在开始!"略停后,她接着说:"首先,介绍一下今天出席仪式的领导和嘉宾。"她逐一介绍了主席台上的人员,当介绍到北京兴华投资集团公司董事长古济宁时,台下爆发出了长时间的热烈掌声。吴芳几次要接着介绍下面的人员,都被掌声阻断,古济宁只好一连两次站起来,向大家颔首致意。不管怎样,秦东人是真心实意地欢迎客商来这里投资建设的。

吴芳介绍了主席台成员和参加仪式的方方面面,最后介绍说:"参加今天仪式的还有省、市有关新闻媒体的记者。"原秀山睁开微闭的眼睛,长吐一口烟。心想,这一句话是说给他听的,市上新闻媒体的记者充其量算是工作人员,而工作人员是无须介绍的。冲着市长这句话和她进场时向他的举手示意,也看在肖冰冰的面子上，一定要把这个项目宣传好。这次先写篇消息在省报报道一下，后面或者竣工时再写一篇有分量的通讯稿，着力宣传一下，当然这成了后话。

　　吴芳介绍完与会人员后，宣布："现在进行开工仪式第一项：鸣炮奏乐！"她的话音刚落，主会场外面立即鞭炮齐鸣，鼓乐震天，主会场里面也感到了声浪的冲击，特别是礼花弹的爆裂声震得窗上的玻璃都在抖动。数分钟后，吴芳宣布："下面进行第二项议程，请市商业局局长黄天高介绍开元大厦项目有关情况。"黄天高立即从座位上站起来，他今天穿一套深蓝色的西装，打一条红色领带。昨天刚理过的头发，乌黑发亮，一丝不乱，他气宇轩昂地走向主席台左前方的发言席。

　　当黄天高从座位上站起来准备去发言时，由锡平出现在会场，他一只手拿着水杯，一只手微微抬起向看着他的人致意，少了些以往的沉稳自若，倒有几分难得一见的行色匆匆。他的出现立即吸引了大家的目光。他的桌牌下面一直没见本人，开始并未引起大家特别的注意，后来传出因他的迟迟未到，推迟了庆典仪式，还得继续等他。再后来又传出他被省委领导找去谈话，可能有啥变动，不能出席仪式了。一时传言纷纷，直至仪式开始，他的桌牌下一直空着。许多人就开始猜测他是否对这个项目不感兴趣，而更多的人则开始构想人事变动的各种版本。

　　由锡平无疑是秦东政坛有重大影响的人物，在大家的猜测中他突然出现在主会场，当然会引起各方面的关注。他肯定感觉到了大家的关注，以及内涵相当含混和复杂的目光，他的大脑比电脑还要快地运转着。他脑海迅即闪过，庆典仪式并未死等自己来主持，吴芳亲自担任主持，说明主要领导下了最大的决心，已不再顾忌自己可能产生的想法。他一眼就看见了江伟和吕增辉另两个主要领导，就迅速做出决断，立即调整心境，顺应形势。他稳步走到主席台右侧，从椅子后边向左依次走过，高玉不认识，丁燕红不熟悉，吕增辉头一直低着，他都径直走过。到了张洛朴身边，由锡平轻拍了一下他的肩头，笑着握了一下他的手。由锡平转过头，正和江伟目光相遇，立即轻声说："今天省委组织部要研究安全生产方面的一批干部处分问题，我赶去做了些工作，来迟了。"说完，他走过古济宁、吴芳，坐到了自己的位置上。黄天高这时已站在了发言席上，他看了一眼由锡平，从西服内的口袋里取出发言稿，高声念了起来。由锡平看大家开始听发言后，稍微倾斜了一下身子，对坐在一旁的吴芳小声说："省委今天要定安全生产方面的干部处分，涉及的人多，让我去对有些问题做些说明，我也顺便做了一些工作，这些涉及的干部也得保一保。实在是没办法呀，要不是我硬要走，就参加不了今天的开工仪式。"吴芳想说点什么，竟一时无从说起，她看了一眼由锡平，点了点头。由锡平回过头，对坐在另一边的孟可芹点点头，就坐着不再动听起了发言，可是什么也听不进去,心里又盘算着还该做点什么。

黄天高简要介绍了开元大厦项目的过去,这是前任局长做的工作,他不感兴趣,但又是必须有的内容。接着就开始讲部门是如何开展招商引资活动的,讲着讲着就脱开稿子,讲起了招商引资的必要性和重要性。今天他超常发挥,既有理论高度,又紧密结合了秦东的实际,开始还有所控制,慢慢地有点口若悬河,讲得酣畅淋漓。许多人开始只是一般地听着,听着听着就有些惊讶、不解乃至腻味,终于有人鼓起掌来,随后爆发出几次更响亮的掌声。他犯了忌讳,从理论上战略上讲招商引资的重要性,是市委、市政府领导的事情,他稿子上的内容是介绍项目和部门所做和要做好的具体工作,是会前各方面商定好的。他越级干了上级领导的活儿,引得台下政坛的老听家们给他反复鼓了倒掌。黄天高在掌声中开始有些亢奋,接连的掌声和同僚们的神情使他省悟了。他不动声色,十分老练地转回到了稿子上,讲部门要做好征地拆迁的遗留工作,做好项目实施的环境保障工作,讲得既实在又有激情。黄天高结束发言后又是一阵掌声,这是例行的鼓掌,内涵却要丰富得多,有佩服,有赞赏,有嘲讽,有嫉妒……

吴芳就黄天高的讲话做了小结,肯定了市商业局多年来为这个项目所做的工作,并提出要通过这个项目的实施,打开秦东市招商引资的新局面,进而推动全市经济社会的发展。这些内容是原定她讲话的主要内容,现在她要主持会议,就在这里简要地讲了一下。讲完后,她郑重宣布:"下面请北京兴华投资集团公司董事长古济宁先生讲话,大家欢迎!"她满面笑容,率先鼓起掌来。

在雷鸣般的掌声中,古济宁站了起来。吴芳要他坐下讲,不必到发言席上去,古济宁还是离开座位来到了发言席,给大家鞠了个躬,在再次发出的掌声中开始发言。他一开始也介绍了项目,却与黄天高讲的迥然不同,全是数据和测算,包括立项也说到某年某月某日,由何部门批准;该项目最初设计的建筑面积是多少,投资概算是多少,项目重新设计后的建筑面积是多少,投资概算是多少;项目的建设期是多长,建成后的经营收入预计是多少,上缴的税费预计是多少……这些内容,企业界的人士听得很入神,也很钦佩这位企业家的精明细致。这些内容,政界的人士也在听,大多只对上缴的税费感兴趣,对其他数据不大在意。当然也有人希望他继续扩大在秦东的投资,甚至在想要不要与这位投资商建立某种关系,争取在自己分管的系统也搞些投资。

古济宁介绍完项目,擦了一下脸。中秋已过,天气早已转凉,他的脸上仍然渗出了细细的汗珠,不是紧张,是太认真了,也许是对未来的期望值太大了。接着他要讲今后的目标,正在这时,宾馆大门外传来一阵急促而杂乱的吵闹声,接着有妇女的哭喊声传了进来。与会人员纷纷扭头回望,不知发生了什么事情。

开始有人小声嘀咕,特别是企业界人士坐的地方有点乱。文佳赶忙站起来,对坐在身边的程杰人说:"我去看看,咋回事情!"他迅速向门外走出。古济宁看会场有点波动,停了下来。要换成黄天高这会儿肯定不会停下来,会有意识地继续讲下去,这样才能使会议照常进行。不过这种状态需要经验,需要历练,需要一定的心理素质。古济宁太认真了,他怕大家注意力分散了,继续讲会影响效果。他的顾虑完全是多余的,其实大多数与会者都不会像他那样认真,换句话说,需要句句都听得真切的人并不多。吴芳示意古济宁继续讲。她看见文佳急匆匆地出去了,心想在保障会议秩序上文佳是有经验的,肯定也没少做工作,怎么还会发生这种情况?她不由得皱紧了眉头。这时外面依然传来断断续续的吵闹声,不过声音慢慢变小了,会场在短暂的波动后又恢复了正常。程杰人这时看了一眼主席台,上面的人都认真地听着记着。他今天到会后心里一直不爽,对把他安排坐在主席台下面极为不满,很是反感。他清楚这定是文佳所为,所以一直没有搭理文佳。文佳向他打招呼时,他只是哼了一声,连头都没抬。当会场出现波动后,他还有些幸灾乐祸,想看看文佳的难堪。不料会场很快恢复了正常,他轻轻摇摇头,情不自禁地站了起来,缓缓走出会场,想让心里平静一下。

  文佳今天特别生气,在庆典活动的安保问题上下足了功夫,满以为可以确保无事,谁知偏是害怕处有鬼,最不想让出问题的地方出了问题。他很快就弄清了真相,原来是开元大厦项目当初征地拆迁,除了涉及村上的办公楼和一些公用设施外,还涉及七户村民的住宅或商用房,这七户村民的补偿虽然多付了一些,但也没有付清。村组不再暗中组织村民冲击庆典活动了,可这七户村民吆喝着来了,闹了会场,要不是公安人员多,差点让这十几个人冲进会场,还差点让一名"哭丧手"演出一场闹剧来。那位以哭丧闻名方圆的妇女,常有过丧事的人家请她去渲染气氛。她不但哭声特别大,持续时间特别长,还会像演员一样说唱念白,声泪俱下,算是下马村的一个人物。她的嘴在被公安人员塞上白手套后,并不嫌堵得慌,只是遗憾才艺没有充分展示。黄天高这时从会场叫来了下马村的书记刘大毅,边走边严厉指责着,脸色涨得通红。他觉得昨天的工作白做了,脸丢大了,文佳定会小看他,传到市长耳朵里那就更麻烦了。文佳一直给人的印象是书生型领导,很少有人见他发脾气,今天他竟严厉地喝斥着:"刘书记,你出尔反尔,说话不讲信用!"刘大毅看见文佳满脸怒容,忙着道歉,说是工作出了漏洞,没有及时给那几户村民做工作,现在出了问题咋处理都行。跟在刘大毅后面的村团支部书记雷雨,看了一眼文佳,赶紧跑了过去。这时公安人员正把那十多个村民,强行拉到宾馆远处的一个角落,那里吵闹依旧,渐渐有些失控。主会场外工地四周人群的注意力全被吸引了过来,人们指指点点,议论纷纷,尽管大喇叭仍然放着庆典活动的进展内容,人们更关注更感兴趣的是这个吵得沸反盈天的小角落。只见雷雨跑步到了这个小角落后,对这些村民说了几分钟的话,立即就静了下来,接着这些人三三两两地回村里去了。雷雨快步赶过来说:"文秘书长,黄局长,没事了。"文佳和黄天高都目睹了这个言语不多、办事干练的小年轻,像变戏法一样轻而易举地解决了这个十分棘手的事情。以至于有人怀疑,这场小插曲就是他导演的。黄天高事后专门做过调查,是村会计雷义德搞的鬼,是想出刘大毅的洋相,故意暗中鼓捣的。雷雨在村民中威望很高,人气渐渐盖过了老支书刘大毅,其实他只向那十几名村民传递了三个信息:一是如何解决这个问题已经和黄天高局长说好了,二是这样闹会影响村里和本人的声誉,三是这件事情包在他身上。以黄天高和雷雨的双重信誉和影响力,加上下马村最具权威的老书记也出现在现场,这些村民们像是泄了气的皮球,不走还待怎的!文佳和黄天高以及刘大毅、雷雨又回到了主会场。

  不管外边发生了什么情况,主会场的议程照常进行着。古济宁在用一大堆数据对项目进行分析介绍后,提出一定要把开元大厦建成秦东的标志性建筑,为秦东的城市化建设做出贡献,还要把开元大厦建成秦东商贸业的旗舰,努力做西部大开发的排头兵。讲着这些经过深思熟虑的心音,他激情难抑,拳头紧握,像宣誓似的语言字字掷地有声。当他不再涉及数字,讲到这些方向性和前瞻性的内容时,许多人特别是一些行政领导,这才觉得台上这位企业家既精明,又虑事深远;既细致周到,又目光远大。很明显,他瞄准了西部大开发,要捷足先登,寻求发展。丁燕红听出了他的激情,惊讶古济宁也有激情燃烧的时候,顿觉多次陪他来秦东促成这一项目值啦!她的心不由自主地狂跳起来。

  古济宁在极其热烈的掌声中结束了发言,当他回到座位上时,江伟和吴芳都站起来和他握了手,台下又是一阵掌声。经济发展滞后的秦东,人们期盼和欢迎投资商来这片热土开发的殷殷之情,深深感动了古济宁和他的部属。古济宁坐下后下意识地看了一眼吴芳,觉得她今天特别有魅力,心想这个项目启动了,了却了她的一桩心愿,自己的心里也有一种说不清的愉悦。

  接下来发言的是临秦区的区长赵崇敏。这位全市最年轻的行政一把手,雷厉风行,意气风发,正前程看好,谁知一发言就先做起了检查。说由于工作粗疏,致使下马村的部分村民由于讨要征迁款,刚才干扰了大会的正常进行。会后要追查责任,同时也做好相应的工作,并保证今后要切实做好项目实施期间的环境保障工作。他这一讲,大家都明白了刚才外面吵闹的原因。黄天高却有些生气,刚才他已表态要搞好项目的环境保障,临秦区也表这个态,分明是别有目的,想把项目揽到自家怀里去。赵崇敏接着表态,为项目顺利实施,临秦区要全方位提供优质服务,在税收等方面提供优惠。黄天高心里说,看看这小子的小算盘终于露馅了,就因为这个项目在你的地盘上,就想把它变成区上的摇钱树,简直是利令智昏!说得尽管冠冕堂皇,却不该触动税收这根敏感的神经,其实在这种场合说了也没用。这位老弟扑着身子干事,可区上的财政实在是太困难了,如今还欠干部职工两三个月的工资没有发。在这个问题上,财政上捉襟见肘的上级实在是爱莫能助。他还想听赵崇敏会有何发挥,表态发言已经结束,倒也干脆利落。

接着是吕增辉讲话。他轻轻地挪了一下扩音器,笑着说:"我本来不想讲,还是按捺不住。秦东要发展,人人有责任啊!"稍做解释后,他讲了两点。首先是完全同意吴芳市长加大招商引资工作的构想,接着话锋一转,表态要坚决支持开元大厦的建设,把失去的时间夺回来。他痛陈这一项目搁浅了多年,群众意见很大,给秦东造成了不必要的损失,对不起秦东的父老,要汲取这一沉痛教训,把今后的招商引资工作搞好。

一向沉稳老练的由锡平,一直不动声色地听着所有人的发言,心里也在盘算着如何能有上佳的表现。吕增辉讲话时,他心里想,请你来参加会议只是摆摆样子,请你讲你还真讲呀,也不掂量一下自己的身份。听着听着由锡平的脸色就变了,这不是冲着我由某人来了吗?难道是我压着不让干这个项目,也不想一想你当年分管的责任。听到最后由锡平脸色铁青,头上的筋一根根地暴了出来,不满和愠怒已经布满脸上,他低下头尽量藏而不露。吕增辉的讲话在极其热烈的掌声中结束了,他曾分管过企业,台下大都曾是他的部下,他的口碑和人缘相当不错。

文佳这会儿竟有些琢磨不透,程杰人这时悄悄地坐在了他的身旁。他扭头看过去,阴转晴,程杰人一直阴沉的脸上挂着微笑,主动向文佳点了点头,文佳也笑着点了点头。文佳处理完群众吵闹,一回到座位就发现程杰人不见了。开始以为他去了卫生间,时间长了仍不见人影,文佳心里就犯起了嘀咕。对这位秘书长的工作文佳一直是支持的,虽然内心深处对他并不佩服。这位初中毕业后被推荐上大学的工农兵学员,也有不少过人之处。程杰人最大的过人之处,就是喜欢也长于给部下办点实事,比如帮忙调动配偶的岗位,帮忙安排子女的工作,帮忙料理家中的病人等。他还喜欢跑组织部和劳动人事部门,给干部跑职务晋升,给职工跑技术升档。跑实职,也跑虚职,市政府办公室副处级调研员的职位,硬是被他跑得增加了三四个。这些事对干部职工来讲都是大事难事好事,秘书长帮忙解决了,自然谢天谢地,感恩不尽。他还特别乐意解决领导的秘书和司机的难题,这些人有啥难题他会主动与领导商量沟通,然后常以领导的名义去办理,事情办起来当然顺畅,他费的力气并不大,事成之后当事人高兴,领导也高兴,可谓事半功倍。有这特点,拥护的人自然就会多起来,至于他有没有才华,工作是否得力,在许多干部职工的眼里就不那么重要了。所以不管是年终考评,还是领导干部的民意测评,他的得票率始终居高不下。前任市长觉得他工作上实在不够得力,就想调整一下。吴芳任市长以后开始还正常使用程杰人,时间不长就发现这个人也太平庸了一些,于是就采取哪个口子有事情,就用哪个口子的副秘书长,程杰人的事情也就少多了。他感到了危机的存在,文佳和市长是同学关系,他更是感到了被取而代之的危险。今天他对座位的安排大为不快,就想给文佳一点脸色看看,出去走了一圈后又想开了,不想过分得罪文佳,又由阴转晴了。文佳当然看出了程杰人的不快,感到了他行为的不大正常。

吕增辉讲话后,吴芳宣布请江伟书记讲话。江伟首先对北京兴华投资集团公司在秦东投资表示了热烈的欢迎。他指出开元大厦项目的实施,必将有力推动秦东招商引资工作的开展。他强调秦东要大发展,必须顺应国家实施西部大开发的战略,突出抓项目建设,加大跑项目的力度,加大招商引资的力度,当前要以招商引资为突破口。接着江伟十分动情地说:"自古以来,嫌贫爱富都是贬意的,但我们要提倡嫌贫爱富!嫌贫是我们要坚决地甩掉贫穷落后,爱富是指我们要大胆公开地亲商爱商。凡是来秦东谋求发展的投资商,我们都要像亲人一样对待,要提供尽可能多的优惠政策,要全方位提供各项优质服务,全力支持投资商在秦东做大做强发大财!"说到这里,全场响起了雷鸣般的掌声。古济宁心里十分激动,他深切地感到了书记的关爱和支持,他边鼓掌,边扭头看了一下吴芳。她面露微笑,正在鼓掌。其实吴芳此刻的心情也十分激动,明显地感到了市委书记对招商引资工作的重视,对自己工作的支持。由锡平深深地感到了江伟讲话的分量,令他没有想到的是坐在下边的人对招商引资的认同是这样快,竟有了在会上也讲一讲的强烈冲动,可按常规书记讲话都是压轴戏,心里便有些莫名的遗憾。

江伟在热烈的掌声中结束了讲话。吴芳准备稍做总结就结束在主会场的活动,然后去工地宣布正式开工。她突然想到了由锡平,本来是安排他主持会议,结果是自己主持了,不管怎么样,他是常务副市长,又分管招商引资,就礼节性地说:"由市长,你也讲一讲。"她看到的不是摇头,也不是摆手。由锡平微笑了一下,把扩音器往嘴边拉了拉。他清了一下嗓子,说:"本来不想说,可是今天这个会太重要了,也太让人激动了,我就讲上几句,也算表个态吧!"在书记讲话后仍然讲话是犯忌讳的,台下的人都注视着这位不可能不懂这一规则的政坛老手,看他如何走钢丝。不能不佩服,他没有再讲招商引资的重要性一类的内容,而是讲要认真贯彻落实江伟书记的重要讲话精神,讲了要努力为开元大厦项目的实施提供良好的环境保障。他讲得言简意赅，十分得体，又热情洋溢，竟赢得了热烈的掌声。谁都能看出会场里他的拥护者是相当多的，不说政界，企业界还归他分管呢！

吴芳站起来，笑着问了问主席台其他成员还讲不讲话，谁都知道这是礼仪性的，都表示不再讲话。吴芳便直接宣布到工地去举行最后一项议程。

主会场上的人都站了起来，要到宾馆门外去见证吴芳市长宣布正式开工令。肖冰冰早已等在主会场门口，她领着几个工作人员要给所有主会场的与会人员发纪念品，每人一块手表。手表很精致美观，表壳和表链都是金色的，显得高贵典雅。表面上印有"开元开工纪念"六个小字，寓意六六大顺，再下面是"1999.10.8"一组更小的阿拉伯数字。表，也许算不上名贵，有些人还不大喜欢戴刻有文字的表，这却是古济宁反复思考后安排定购的。他认为表最公正无私，不管这个世界如何风云变幻，也不管戴表的人怎样的尊卑贵贱，它都会不舍昼夜地走着，毫不含糊，力求准确无误。这表，是礼品也是信物，凝聚和渗透着古济宁殷殷的希冀和期盼。他知道投资商和地方政府打交道，最需要的是诚信，他对吴芳深信不疑，但害怕其他官员办事拖拉，遇事推诿，不讲信用，陷企业于被动。今天推迟开会，就足以说明他的担心并非多余，其实他的愿望只是投资商最普通不过的底线要求。文佳当初同意以表作为纪念品，还考虑到与会人员可以放进衣服口袋里，不至于出现每人提一个纪念品袋子出现在外边，须知开工现场还有许多干部职工和围观群众，还要顾及现场的观瞻和影响呢！

门口在发纪念品，人流比预想的要慢一些。主会场又热闹了起来，人们在等待中三三两两地说笑着。严玉华和王堂堂今天也应邀出席了会议。严玉华穿一身黑色的衣裙，加上她那流瀑般的一头黑发，简直美极了。王堂堂和她同行，穿一身浅灰色的牛仔服，完全看不出博士的风采，倒像是一个普通的蓝领工人。最近两人奉命一直在与市建委和市天然气公司洽谈，组建股份制公司已达成共识，在所占股份的比例上却陷入僵局。张洛朴定下的底线是省能源投资公司控股的省天然气公司，最低占百分之五十一的比例，必须实现控投。市天然气公司不同意，实际上是市天然气公司的主管部门市建委不同意，说穿了是市建委主任关立峰不同意。严玉华是投资方面的专家，她认为入股秦东市天然气公司是明智之举。省城周边几个市的天然气公司要么是省公司的分公司，要么是省公司控股的股份公司，唯有秦东市是市级独资公司，如能实现省公司控股，就为以后省公司上市融资创造了良好的条件。严玉华处事沉稳，极有心计，她和王堂堂反复与市天然气公司进行了洽谈，弄清了市公司只听主管上级的，说到底是要看关立峰的态度。王堂堂曾建议去关立峰的办公室找找看，她考虑再三还是没有去，说最好的办法是等待,就不再找任何人谈了。关立峰是从县委书记调任市建委主任的,是从基层干上来的,从政经验相当丰富。他就任市建委主任后,誓言要把天然气引到秦东来。在市财政仅借给九十万元启动资金的情况下,他跑省上跑北京,把所有的人脉关系都用上了,耗费了不少心血,争取了六千多万元的国债资金,终于把天然气引到了秦东市区,让数十万秦东市民用上了梦寐以求的清洁能源,也给秦东企业节能减排创造了良好的条件。秦东市区通气后,关立峰一心想把市天然气公司做大做强,使之成为秦东的明星企业。什么是政绩,这就是政绩,下届市级班子换届时也就有了民意基础。关立峰年龄大了,党委、政府的事就不想了,到人大或政协做个副职总可以吧!他一开始就不愿意市天然气公司搞什么股份制,认为别人是想来摘已经成熟了的桃子,后来他知道吴芳是支持的。他就去找吴芳,直截了当地说市天然气公司运营良好,不需要引入资金。吴芳话也不多,说市天然气公司不需要引入资金,秦东市却需要引入资金,局部要服从服务于全局。关立峰看吴芳态度十分坚决,只好表态搞股份制,接着就是组建股份制企业的洽谈。洽谈前他又去找了一下由锡平,当年一起当县委书记时都是哥儿们,如今由锡平又分管招商引资,找他也名正言顺。由锡平知道关立峰的内心并不愿搞股份制,就模棱两可地说,凡是企业间的活动都涉及各自经济利益,这个关还是要把的。关立峰把关的底线是市公司要控股,不能大权旁落。张洛朴的底线是省公司必须控股,理由很简单,要以市天然气公司为平台融资并投资其他项目,省公司不控股就难以运作。今天这个大会,对关立峰的触动很大,他看到了市委、市政府主要领导力推招商引资的决心和迫切心情,也从吕增辉的发言中听出了贻误项目建设会受到指责,甚至会追究责任。由锡平的态度也让他清醒了许多,关键时刻谁都要和市委、市政府主要领导保持一致。主会场活动结束后,他还看到了张洛朴不但与吴芳亲切交谈,竟然与江伟互相拍着肩膀说笑,看来此人是不能得罪的。他上去与张洛朴打了个招呼,握了握手,刚想说点什么,张洛朴却把古济宁拉到一边说什么去了,把关立峰晾在了一边。也许是无意,也许是有意,关立峰略觉尴尬。他忽然从人群中发现了严玉华,不禁眼前一亮,便忙着挤过来。

关立峰和严玉华打过招呼后,严玉华微笑着把王堂堂介绍给关立峰,说:"这位是王堂堂同志,在我们公司计划投资部搞策划。"她接着补充说:"呵,他是你们吴市长的儿子。堂堂,这位是市建委的关立峰主任。"王堂堂握住关立峰的手,微笑着点头问好,心想总算见到了洽谈对方的后台老板。关立峰心里猛一惊,呵,原来市长的儿子也是谈判对手,那么好长时间两家谈不到一块,市长岂不心中有数?其实,王堂堂从来都不和母亲谈工作上的事情,吴芳也从不过问儿女工作上的事情,一直鼓励儿女要自立于世,努力打拼属于自己的事业。

关立峰心中不禁翻江倒海,毕竟是政坛老手,迅速做出了决断,笑着对严玉华说:"严总呀,听说你们和市天然气公司一直谈不到一块,这你要理解。市公司几个经理苦心经营了几年,把企业当自己的儿子一样,太过钟爱了,都不舍得让别人抱抱。"他看了看默默站在一旁的王堂堂,接着说:"我已经给市公司的那几个经理做过工作了,就按你们的意见组建股份公司,这几天他们就会找你俩。"其实,会前市公司经理曹希打电话请示时,他的态度依然未变,还相当坚决。严玉华一时摸不着头脑,知道关立峰是决策者,市公司那几个经理根本就拿不住事,他这一说让她竟有点如坠雾中的感觉,只是微笑着。关立峰果决地说:"没问题,按省公司百分之五十一、市公司百分之四十九的股份比例组建新的公司。你们起草个合作合同,双方上级审批后就签字运作。"完全出乎意料,严玉华和王堂堂都乐了,董事长安排的任务出乎意料地完成了。严玉华笑着说:"还是关主任办事痛快。"关立峰说:"这是应该的。要不求所有,但求所在。不能老盯着股份占多少,生怕自己吃亏。"说着他拍了一下王堂堂的肩,朗声笑了,随即与两位客人握手道别,转身领纪念品去了。

史二东用塑料袋把主席台成员,包括程杰人和文佳两位秘书长的纪念品提来了,他逐一把手表发到每个人手中。当发给古济宁时,丁燕红开起了玩笑:"别,这是他发给大家的,你还要发给他?"张洛朴笑着说:"关键是看那表准不准,古董事长的手表可是标准的北京时间,是分秒不能差的!"说得大家都笑了。高玉走过来,拿过手表装到古济宁的上衣口袋里,笑着说:"这算是大会统一发的表,今后也就有了一致的时间,一样的信念,一致的目标,好一起把秦东的经济搞上去。"大家笑着齐声称好。在史二东的带领下,主席台成员一起向开工现场走去。

开工现场这会儿又沸腾了,鼓乐手们憋足了劲,抓住这段时间再次爆发,围观的群众更多了。不远处下马村超大阵容的秧歌队也来了,不分男女老少但凡会扭秧歌的都加入其中。这是雷雨回村紧急动员并组织起来的,开会时十几个村民扰乱了会场秩序,他想到了这个补救办法。果不其然,这个突然出现的超大阵容的秧歌队,一下子吸引了全场的目光。秧歌队占了大半边街道,行进中有人举起了两个大横幅,前边的横幅上写着"扩大招商引资",后边的横幅上写着"保障投资环境"。看到这一幕,主席台成员都很高兴,会议期间下马村少数村民制造的阴霾一扫而光。

文佳和史二东领着主席台的成员,通过马路后来到工地现场的北端,这里是开工现场的核心区,等候多时的礼仪小姐立即上来招呼。文佳走到吴芳身边,小声说:"吴市长,让程秘书长主持,你宣布开工令。"吴芳看着文佳,点点头,知道这个建议文佳肯定有所考虑,几乎是不假思索地同意了。议程原定是由锡平主持,吴芳宣布。文佳考虑到由锡平已经讲了话,前边又没有主持,还考虑到程杰人今天一直不大高兴,就让他露露脸也许比较好。文佳给程杰人说了这种安排后,程杰人说:"你是分管秘书长,你主持比较合适。"他知道这种活动的所有程序都是提前定好的,还以为这是客套话。文佳说了这是吴市长的意见后,程杰人说:"那就恭敬不如从命了。"他知道这肯定是文佳的建议,就朝文佳笑着点了点头。文佳心头略觉轻松,看了看周围群众越聚越多,脑海里突然闪过文登的身影,他会不会真的没有离开秦东,会不会捣乱会场,文佳的心马上又收紧了。文佳刚才随着主席台成员走过街道时,远远看见了文登在走动,当时觉得不可能,他昨晚不是已经回铜城了吗?大概是自己眼看花了。可是不怕一万就怕万一,下马村不是认为风平浪静了,刚才还掀起了一阵波涛呢?说不定文登也会突然掀起汹涌大浪来。这么多的群众,他会不会在乱中作乱呢?文佳顿时紧张起来,他立即叫过公安局的由进京副局长,做了布置后就向刚才瞅见文登的地方走去。

文登还真的就在开工现场。昨晚他和文一民把文佳送回家后,就往回赶,还没出城就变卦了。他给文一民说,还是想留下来看看情况,公司还是要想办法来秦东搞工程。到了一个宾馆门前他要车停下来,说他要在秦东待两天,还要和文佳叙叙旧。文一民看了看霓虹灯闪烁的宾馆,以为他"拍屁股"的瘾又犯了,只好让他一个人留了下来。

今天早晨,文登并没有睡懒觉,吃了一大碗羊肉泡,早早就来到了开工现场。他喜欢这种热闹场面,觉得很刺激,很过瘾,但并非玩玩而已。他想看一看秦东市政府对招商引资到底有多重视,这里可干的工程有多少,能不能进得来站得住,至于闹事的想法早已忘到脑后去了。他要是一味地浑,能混到今天这个样子吗?当然也可以这样说,他要是不犯浑,能混到今天这个样子吗?他就是这种人,也谋事,也犯浑。用他的话说,他是好人里边挑出来的,既可以说是好人里边挑出的更好的人,也可说是挑出的混进好人里的坏人,还可以说分不清是好人还是坏人,或者干脆说既是好人也是坏人。昨晚吃饭时,他弄清了钱升已不当商业局的头儿了,不是丢了乌纱帽,而是换了岗,还是头儿,还能很快派人来清饭钱,说明这个人还不能完全放弃,当年的付出还没有完全打水漂。他在开工现场一边看热闹,一边观察,当他发现钱升坐着奥迪车,随着女市长一起被一群人迎进宾馆后,惊得瞪大了眼睛,看来钱升是越来越发达了,成了市上的大腕。他也听到商业局的一些人在议论钱升,有人嘲讽钱升跟在市长屁股后边装大,是狐假虎威。他想钱升是狐狸就好了,如果是老虎还敢摸他的屁股吗?他决定会一会钱升。主会场活动结束后,他就一直盯着出来的人流。文登那架势被文佳无意中瞥见,文佳急着招呼主席台成员,也没想到真会是他,一晃就过去了。文登也看见了文佳,就赶快往偏旁挪了几步。文登灵机一动,拨通了昨晚使用过的手机号,小声说了几句话。钱升边张望边缓缓走了过来。钱升脸上的不乐意和无奈,没有被挤出来的微笑完全遮掩掉,这一点文登还是看得出来。两人在这种场合见面,彼此多少都有些尴尬。钱升看了一下附近,问:"昨晚你吃饭的账不是结了吗?"文登笑着想握个手,可钱升的双手垂着一动也没动。文登收起笑容,说:"钱局长,账都结清了吗?结清后我把那破玩意儿立马还给你!"钱升的脸上立即又浮上了极不自然的笑容,忙着说:"有啥事你说,你说。"文登说:"这个大楼的地基我们搞了半年多,就这样把我们赶走了?这得有个说法!"钱升说:"我早就不在商业局了,老兄你别为难我。"文登听他叫起了老兄,也知道这确是为难他,就说:"那就不说这事了,有其他工程干也可以,堤内损失堤外补嘛!"他狡黠地笑着。钱升走近文登,一只手搭在他的肩上,说:"我已经给市政府打了报告,准备建个博物馆,报告批准后我就和你联系。不过,这是仿古建筑。"他把八字尚无一撇的事说得有鼻子有眼的。文登不管是谎言还是真情,急切而又肯定地说:"仿古建筑我们也能干。"文登说完心里觉得有些虚,仿古建筑还真的没干过。不过他担心的是对方在耍他,斜睨着钱升欲言又止。钱升眨眨眼,拍了一下将信将疑的文登,说:"你放心,只要旅游系统有工程项目,就不会忘记你。"

"登哥,你怎么在这里?昨晚你没有回去?"文佳确信是文登后边走边问。钱升看见文佳过来了,掉转头急忙离开,很快就消失在宾馆门前的人群中。文登见是文佳,先是一怔,马上就笑着说:"你知道哥爱看热闹,走到半道心里发痒痒,哥一个人就留下来,今天来看热闹。"文佳听说只有他一个人留下来,周围也没啥动静,心里一下子就踏实了。文登说:"你是不放心哥,怕哥来这里胡闹。这怎么会呢!哥答应不闹就不闹。男子汉大丈夫,不,你老弟的面子特要紧。"他看着文佳,嘿嘿地笑着。文佳看着这位常说大实话,又喜欢编造谎言的堂兄,实在不知道说什么才好。他看了看宾馆门前已经集合好了的主会场人员,随便问:"你找钱升局长有啥事?""不是我找他,是他找我。"文登啥时候都不会忘记把势扎起来,接着说:"我在秦东干工程的心不死,我要用一盘录像开路,不信拿不到工程。"文佳第一次听他提到录像的事情。文佳听文一民说过,说登哥有一盘录像,内容不详,被他称为"玩意儿",还说这"玩意儿"只要交给纪检委,有个当官的就会见光死,那个官员是谁也弄不清。文佳有事在身,顾不上问,也顾不上想,就说:"你看完热闹到家里去,章燕在家里,咱中午吃大肉臊子面。"文登摆摆手,说他另有安排。文佳告别文登大步向开工现场的核心区走去。

## 第十一章

主席台成员站的开工现场核心区变得越来越小,周边的群众不断地向里边挤,想看一看秦东市的头面人物和投资这个项目的京城大老板。再说这里也是最热闹和亮丽的地方,几套锣鼓班子把鼓乐奏得震天响,十几个衣着时髦漂亮的礼仪小姐十分吸引人的眼球。面对拥挤的人群,现场维持秩序的公安干警费了好大的劲,可效果并不明显。文佳挤到核心区后,程杰人凑到文佳面前说:"刚才找不见你,我和古董事长商量了一下,11时08分宣布开工令。"文佳笑着说:"好啊,要要发。"两人都会心地笑了。文佳心里顿觉轻松了许多,文登的警报解除了,古济宁的要求也满足了。特别是最后时刻找到了打开程杰人心结的钥匙,还真有效,令他如释重负。毕竟要在一起共事,在领导的眼皮底下共事,两个人别别扭扭的总非好事。程杰人清了一下嗓子,对着扩音器大声说:"鼓乐停一下!大家静一下!"会场很快静了下来。文佳和古济宁同时看了一下手表,马上11时08分。程杰人接着说:"请秦东市市长吴芳宣布开工令!"吴芳从主席台成员的行列中跨前两步,对着扩音器以沉稳坚定而又浑厚高昂的女中音高声宣布:"秦东市开元贸易大厦开工!"她的声音随着高音喇叭响彻全场,飘向远方。吴芳的声音尚未落地,鞭炮声骤起,锣鼓齐鸣,天空炸响了朵朵散开烟雾的礼花弹,升起了无数的彩色气球,鼓掌声呐喊声此起彼伏,下马村超大阵容的秧歌队再次跳起了欢快的秧歌……开挖现场的几台机器随着市长的一声令下,立即全部开动。工人们顿时忙碌起来,运水泥的、搬钢筋的都鼓足了劲,几乎是跑着干活。今天的一切活动都是为了这一时刻的到来,谁都知道这是象征性的,但也是转折性的。秦东市这一将成为标志性的建筑,在历经坎坷曲折和脱胎换骨后终于重新开工了。

主席台成员纷纷和古济宁握手致意,气氛十分热烈。张洛朴凑到古济宁耳边说:"老兄捷足先登,后边该我啦!"丁燕红看在眼里,笑着对吴芳说:"这下张洛朴该着急了,他好大喜功,要催着他干更大的项目。"吴芳笑了笑。史二东招呼主席团成员,缓缓走过街道回到宾馆门前。刚才聚在这里的主会场人员已纷纷离去,只剩下市级领导们的司机站在车旁待命。按照安排,主席台成员要到阳光酒店去参加宴会。参加宴会的还有京城和省城来的客人,以及一些项目涉及部门的领导,有的已经去了宴会厅,有的还在这里等候。

高玉要按时回省委党校去,谁都留不住,她对吴芳说:"吴大姐,我从省委党校回来后,立即着手办招商引资培训班,这事不能再拖了!"吴芳笑着点点头。丁燕红说:"十几年了,咱姐仨还没照过相,今天刚好聚到一起了,就留个影作为纪念吧!"跟在古济宁后边的肖冰冰闻言立即走过来,笑吟吟地说:"我来吧,就是摄影的技术不太高明。"古济宁看着自己的部下,说:"冰冰摄影大有长进,你就大胆拍吧。"这时田丽丽和丁玉丽给吴芳拿来工交口一个急件。吴芳签批完急件后习惯性地捋捋头发,站过来准备照相。不远处等候肖冰冰的原秀山看见市长要照相,赶忙走了过来,他熟练地举起挂在脖子上的相机,极其专业地与肖冰冰同时摆好了拍摄的架势。原秀山那招牌式的动作,立即引起了大家的注目。文佳笑着说:"原站长摄影是飞机上提暖水瓶,高水平!"程杰人附和着说:"说不定又会在全国摄影大赛得大奖。"张洛朴拍了一下手,双目紧盯吴芳,大声说:"一定能得大奖,关键是秦大女中三杰太有风度,太,太有魅力了。"他差点说出太漂亮了,但瞬间改了口,怕丁燕红听了不高兴。虽然是即兴摄影,原秀山拍得却十分认真。古济宁看过去,眼前一亮,这三个当年的女同学风度气质的确非同一般,魅力四射,各具风采。吴芳穿一身蓝色西装,显得质朴而大方;丁燕红穿一身几近黑色的藏青色西装,有些凝重而深沉;高玉穿一件蛋青色的衣裙,似觉飘逸而高雅。三个人都不乏知识女性和女中强人的特质,吴芳举手投足间多了几分久历官场沉稳与睿智,丁燕红那整过容的脸上始终挂着几多诗人般的执着与激情,高玉身上明显洋溢着现代型学者的洒脱与机敏。她们都很优秀,都是各自领域的佼佼者。古济宁深情地看了看吴芳,她平静地望着前方,似乎在思考着什么。他又爱怜地看了看丁燕红,正和她热辣的目光相遇,突然他感到心里一阵莫名其妙的剧烈跳动。他迅速移开目光,心里在翻江倒海。一个年纪小许多的学妹,一直在追自己,却始终无法进入自己的内心深处。一个年龄相当的学妹自己心仪已久,可她多年都没有个态度。是缘分不到,还是命运作祟?他睁大眼睛看看丁燕红,又紧紧盯着吴芳。

　　三人照很快就完成了,张洛朴却突发奇想,他说:"你们三人都别动,在场的女同胞一起合个影,让大家沾沾秦大女中三杰的灵气。"在场的女同志都笑着说好,很快就挨着三杰站成一排。原秀山不禁暗中叫绝,这简直就是美女聚会呀!他把肖冰冰也掀到美女堆里,要一个人独享这难得的摄影盛宴。文佳看去,从左到右依次站着田丽丽、严玉华、丁燕红、吴芳、高玉、肖冰冰、丁玉丽七位女性。所有人的目光都聚集到了这里,正在一旁闲聊的江伟和吕增辉也被吸引了过来。

　　张洛朴看了看严玉华,虽已徐娘半老,却风韵犹存,仅她一人穿一身黑色衣裙,还真应了要想俏一身皂的俗语。再看吴芳虽也步入中年,身上既有传统女性的特质,更具现代从政女性的风采,其竭力内敛却又自然流露的风韵气质是严玉华这个商场精英明显缺乏的。人到中年什么清纯呀,漂亮呀,都随风吹雨打去,剩下的风度气质,其实是女性身上最美的东西。吴芳身上的美方显成熟美,更耐寻味,尤有魅力。张洛朴不禁心旌摇动,紧紧握了握手,决心尽快打开吴芳已封闭多年的芳心。

## 第十一章

由锡平站在边上惊异于一场开工仪式,竟让上苍将如此几位职场美女聚在一起,展现在眼前。他一直视吴芳是自己政治上的克星,从她脸上看到的是冷艳和深不可测,不知是什么缘故,他越来越不愿意看她的脸部,特别是不愿目光相遇。同样是中年女性,严玉华却依然是那样楚楚动人,引人注目,然而毕竟年华易逝。看来看去,还是田丽丽更为青春美貌,令人陶醉,引人遐想,他游移的目光锁定在田丽丽身上。

原秀山多年从事新闻媒体工作,经多见广,爱上摄影后更是阅人无数。如此多的美女汇聚一起,还是让他惊讶不已。他相信即便是选美比赛也不一定能收此奇效,因为世间许多真正的美女,是永远不会去参加什么选美比赛的。他看了看站在肖冰冰左边的高玉,真的是高雅圣洁,宛如天仙一般,却让人有一种高不可攀的感觉。再看站在肖冰冰右边的丁玉丽,漂亮不亚于肖冰冰,却略显拘谨。试想吴芳能让一个张扬的人当秘书吗?再看肖冰冰,就显得不但眉清目秀,身材娇美,更显浪漫潇洒,超凡脱俗,俨然一个引领时尚的现代大美女。他一时走神,摄影已经结束了,还呆在那里,一时自觉脸上涨红起来。

摄影在众目睽睽中结束了。张洛朴笑对江伟说:"没想到秦东竟美女如云,还都是各界的精英。"江伟笑着说:"秦东自古地灵人杰,历史上曾出过八十多位宰相,如今巾帼强人一时风云际会,秦东必能兴旺发达。"吴芳听了认真地说:"大家都会在江书记的领导下,尽心尽力,把秦东各项工作搞上去。"吕增辉说:"说得好,都说得好。"工地周边的人群,还有锣鼓队、秧歌队,以及他们掀起的喧嚣声浪,像退潮似的逐渐散去。工地上火热的施工仍在继续,发出的各种声响逐渐清晰起来,这种声响将延续下去并成为一种常态,直至工程竣工。

史二东开始招呼主席台成员和与会的客人,乘车去阳光酒店参加中午的宴会。当史二东走到孟可芹的车前时,发现这位副市长已坐在车内,透过车窗朝他微微笑着,还摆了摆手。史二东已经张开的嘴又合上了,还能说什么呢?只是笑了笑,算是回应。这位一惯处事低调的副市长,刚才听到吆喝女同志摄影时,她赶忙悄悄地坐到了车上,司机也心领神会地坐到车上。其实,这位副市长也是一名大美女,她有自己的行事原则,不愿在这种场合出头露面,更不会去抢什么风头。几乎所有在场的人,包括心细如发的文佳,都没有发现摄影时竟丢了一名重要的成员。只有吴芳觉察到了,她是凭政治上的敏感知晓的,但她没有说出来,她要尊重助手的意愿和选择权,特别是在这种非原则性的事情上。孟可芹在今天的活动中不显山不露水,却让吴芳感到这位助手和她心贴着心,是值得信赖的。小车纷纷启动,孟可芹的小车不经意间汇入了车队,一长溜小车鱼贯而行,驶向阳光酒店。

古济宁一上车,急忙把丁燕红刚才给他的一个香烟盒打开,背面写着一首诗。诗的题目是"贺开元大厦重新开工",诗云:

在那不算遥远的过去,
曾把希望播撒在这片土地。
辛勤的汗水,
浇灌过稚嫩的未来之芽。
梦幻中,
曾多次浮现过枝繁叶茂树长大。
几多风吹雨打,
荒草葳蕤把未来之芽埋压。
乾坤转,星斗移,
未来之芽在期盼中重显生机。
风云再际会,
播雨露洒甘霖,
参天大树会当拔地崛起!
磨砺后的重新开始,
必能锻造出动人心扉的奇迹。

这是丁燕红在主席台上听古济宁讲话,当讲者动情时,听者亦激情难抑,她随手拿来一个空烟盒撕开,即兴写下了这首诗。古济宁心有灵犀,他把烟盒贴在胸前,丁燕红给烟盒时那深情而固执的眼光似又重现,他的心再次剧烈地跳了起来。他深知这首可以公开发表的诗,其中深层意蕴只有自己才能体味出来。

## 第十二章

开元大厦开工典礼结束了,人们逐渐散去。汪达其对父亲汪诚说:"爸,热闹吗?"汪诚还沉浸在刚才开心无比的场景中,他看了一眼儿子,说:"热闹,真热闹。我数了一下锣鼓队,有六支,那光着身子敲锣鼓的特厉害。你看那个敲鼓的老汉,头发胡子都白了,还有大家叫王教授的北京老汉,连敲了三家的鼓,那才是真厉害呢!哎呀,还有下马村的秧歌队,那么多人,老汉、老婆也不少……"站在一旁的儿媳李菊惊讶地看着公公,老人平时不大爱说话,今天竟说个没完,还指指点点的。汪达其笑着打断父亲的话:"我看让你敲鼓,说不准比那两个老头还厉害呢!"汪诚笑了,知道儿子是讨自己高兴。自己是从来不敲鼓的,不过要说精神头,那可不输那两个老汉。是的,自从老人到六泉寺后,心情好了,吃饭好了,腰也不疼了。和老道长薛乙巧遇后,老道长又教了他不少强身健体的招数,如今身板竟日渐硬朗起来。李菊对汪达其说:"还不摘下你的墨镜?爸不喜欢,说像个特务分子。"汪达其摘下浅色墨镜,装在一个塑料盒里,递给李菊,说:"你先收起来。没办法呀,我不想在这里被熟人认出来,谁还稀罕戴那玩意儿!"他转身对父亲说:"爸呀,热闹看过了,咱找个地方去吃饭吧。"汪诚说:"行,找个干净又便宜的地方,随便吃点东西。"他知道儿子如今腰缠万贯,不过老人一生节俭惯了,尽管也知道自己这个特点完完全全地遗传给儿子了,出于习惯还是叮咛了几句。李菊说:"达其不想碰见熟人,其实也没啥。如果要在秦东发展,难道还不见人了?怕个啥!"她拍了一下手,笑着说:"差点忘了,最近有一家饭店刚开张,那里僻静,就是远点,达其你看咋样?"汪达其说:"越僻静越好,远点就远点,那就走吧。"一家三口走到停在下马村学校门口的宝马车旁,司机早就等在车上,人一上齐车就疾驰而去。

李菊坐在副驾驶的位子上,回头问:"达其,没想到你从省城赶来看这个庆典,你感觉怎样?"汪达其说:"超出了我的预料,我就想亲眼看看秦东市对招商引资重视的程度,看来是真心实意想干点事。书记、市长讲了,政协主席也讲了,要亲商爱商,还要出台更多的优惠政策,这下我心中有数了。"李菊听丈夫说心中有数了,心中一喜。他历来出言谨慎,特别是事关大计时更是守口如瓶,能这样说足见他经过长时间考虑后有了成熟的想法。她尽量让心情平静下来,不动声色地说:"是啊,眼见为实。我看秦东市从上到下,特别是上层对招商引资非常重视,心情十分急切。"其实,李菊自从秦东纺织厂的业务扩大后,经常来秦东,早就有了这种感觉。"看来,我们要逐步把汇隆公司的重心移到秦东来,抓住这个难得的机遇,我们该出招了!"汪达其说着,情不自禁地握紧了拳头。汪诚听见儿子和儿媳谈起了正事,就慢慢闭上了眼睛,他历来不闻不问这些,相信儿子干的是正事,是能干成的。没过几分钟,汪诚就打起了轻微的鼾声。汪达其往父亲身边靠了靠,不再说什么。

汪达其的宝马车不到半个小时就开到了锦绣源酒店。这家饭店上个月刚开张,地处秦河和柳河交汇处,滔滔秦河从西向东流过,穿越市区的柳河从南向北静静地汇入秦河,在这里形成个不规则的三角地带。经高人指点,老板就把饭店建在这块被称为福地的地方。这里一派田园风光,地地道道的北方风情。时下,碧绿青翠的秋菜长得十分喜人,冒头青萝卜长得有胳膊那么粗,大白菜、大葱、韭菜片片相连,一眼望不到边。连片的玉米已经成熟,有的已经收获,田头路边堆满了金黄的玉米棒子。汪诚下车后就盯上了一堆堆的玉米棒子,黄亮亮,金灿灿,好像自家庄稼丰收了一样乐呵呵的。这就是金子,就是宝贝,曾经忍饥受饿,度过艰难岁月的老人那无比珍惜粮食的潜意识迅速被激活了。李菊心细,从老人的脸上和眼睛中看出了老人的心思,说:"爸,今年玉米大丰收了。"汪诚收回神来,说:"是啊,是啊,玉米棒子又粗又长,太好了,太好了!"

汪达其笑着说:"爸,我们快点去吃饭,你饿了吧?"汪诚说:"不饿,现在整天吃得好,吃得饱。陆泉不叫,薛道长不叫,就想不起来要吃饭。"汪达其看了李菊一眼,问:"要不要请陆泉和薛道长一块吃个饭?"还不等李菊答话,他就给司机说:"你再跑一趟,快去六泉寺接陆泉小和尚和薛道长来这里吃饭,就说我请客,务必请来赏个光。"司机多次去六泉寺给汪诚送东西,上午又接汪诚来看热闹,轻车熟路,就急忙开车去了。李菊笑着问汪达其:"你想让爸吃一顿素食?"汪达其恍然大悟,忙说:"刚才你咋不说?快打手机让司机返回。"汪诚说:"请就请呗,感谢感谢人家也是应该的。我吃饭从来不讲究,吃什么都行,他俩吃啥我吃啥,蛮好的。"汪达其看着父亲,老人家是那样慈祥,那样真诚,又是那样高兴。汪诚知道儿子是在尽孝道,也理解儿媳的一片好心,把欣喜之情全写在了脸上。看父亲乐意,汪达其不再说什么,心想这也许是一种缘分,那就一切随缘吧。

一位衣着透着农家风情的女服务员走上前来招呼,她轻轻扶着汪诚,一家三口缓缓向酒店大门走去。

这个新开的酒店别具一格,极有特色。正对的门厅高大,大门宽敞,全是玻璃构件。放眼望去,晶莹通透,简直就是一座水晶宫。进得门来,迎面整齐地排放着一组落地式穿衣镜,顾客首先看到的是自己,不由得乐呵起来,于是镜里镜外全都乐了,加上四面透亮,让人有入幻境的奇特感觉。穿过门厅,可以看出整个酒店是个大四合院的格局。四周是大大小小的雅间,这些雅间装饰古朴典雅,又不乏现代元素,墙上那些衣着奇少的现代女郎挂像,会提醒你这里并非古村落。雅间之间除了中间的隔墙,对着院内和院外的两边都是落地玻璃墙幕。拉开向里的竹帘,院内尽收眼底;透过向外的玻璃墙幕,是一望无际的田园风光。置身其间,谁个能不身心舒缓,忘掉忧惧烦恼呢? 最令人不可思议的是,四合院的中间是一棵奇大无比的法国梧桐,树身七八个人方可合抱,树冠几乎覆盖了整个院子。树下高高低低地散放着一些花木盆景,以及盛着五色小鱼的玻璃缸,其间错落有致地摆放了一些石桌石凳。客人可在这里小憩,品茶聊天。树侧放一木梯,可攀至树上,树上安放有三四张小桌,可供客人用餐。置身树上似有腾空的感觉,听着树上小喇叭播放的轻音乐,透过枝叶可俯瞰整个院落,也可观赏无边的绿色原野,还能遥望城里连绵的楼房和更远处逶迤的群山。到了树上不是神仙,也会有神仙的感觉。远古的有巢氏来此,都会惊叹后辈竟会有此奇思妙想,也会乐不思归的。但有巢氏无论如何也不会想到这棵旷世巨树竟是水泥制品,树上的一枝一叶都是人弄上去的,这一切并非天地造化。世人并不介意巨树没有生灵而冷落它,尽管在树上消费的价格高出一大截,想让有巢氏羡慕的却大有人在,现在上边已经坐了两桌。

汪达其一家三口跟着服务员缓缓进到门厅。汪诚一看镜子,就呵呵笑了,脸马上就红了,有些不好意思。上午儿子、儿媳去接他来城里看热闹,给他带了一套衣服。说啥他都不愿穿,汪达其就哄他说不穿这套衣服,警察就会把他挡在外面。他在儿子的半哄半硬上手的情况下,只好换上一件宽领铁锈红夹克,一条有白裤缝的深蓝裤子,一双白色的胶底运动鞋。一身名牌,时尚新潮,刚刮过胡子,老人家显得年轻了许多,精气神全都出来了。不看则已,看了自己的形象,老人家竟有些手足无措,大声责怪说:"你看把我打扮成啥样子了!"李菊说:"爸,你今天才像个城里的老太爷。""啥老太爷? 我就是个老农民。"汪诚喃喃地说。汪达其说:"爸,你今天是老年模特秀,这样走几步,肯定会赢得满堂喝彩!"说着,汪达其对着镜子走了几步猫步,禁不住自己先笑了起来。汪诚被儿子逗笑了,再看镜子里的老汉也笑着,还怪模怪样地瞅着自己,老人家竟乐得大笑起来。李菊第一次见公公如此作态,也跟着大笑起来,竟至笑弯了腰。服务员瞅着这一家人乐成这样子,先是莫名其妙,再细看了一下乐呵得有点颤抖的汪诚,禁不住也乐了,眼前这不就是一个标准的"老小孩"吗?

李菊收住笑,知道该自己了。有李菊在场,这类生活上的事都是她说了算,一切由她安排,汪诚父子恪守成规,从不越雷池半步。李菊看老人家高兴,就想着来点别致的。她问了问陪在一边的服务员,就想把老人家扶上大树,领略一下别样风情。她慢慢爬上木梯,走到树上看了看,树上有四张小餐桌,有两张餐桌旁坐着人。她忽然掉转头,赶忙从树上下到地面,决定在下面找一个雅间用餐。她看见一个熟人坐在上边,汪达其一直不愿见任何一个熟人,今天也是如此,想着回避一下比较好。

树上两张餐桌的人刚刚坐定,也都是从开元大厦开工现场慕名而来。南边靠东的餐桌旁坐着文登、高小三和李晓南三人,靠西的餐桌旁坐着南金山、向平、同六六和章省民四个人。北边视野虽更为开阔,却是阴面,两张餐桌还都空着,先来的两桌人都选择了阳面。他们几乎是同时来的,却互不认识。

文登看了看对面餐桌上的四个人,从衣着和举止看,显然不是一般的平头百姓。心想不管他们是谁都要把势扎起来,他扶了扶墨镜,挺起胸,高声叫道:"小姐,把菜单拿来!"其实女服务员就近在咫尺,菜单就放在眼前的小桌上,女服务员赶忙把菜单双手递给他。他一只手刚要取下墨镜,却瞬间改变方向,拿起桌上的菜单簿塞给服务员,大声说:"你报一报,你们店都有些啥特色菜,拣好的给咱报!"女服务员心想,这位大叔的嗓音挺不一般,她哪里知道文登是喊给另一桌人听的。心有灵犀,也许是文登的高声喊叫感染了邻桌,西边桌上也开始点菜了。四个人推来让去的,谁也不肯点菜,与东边桌上文登的一言堂迥然不同。

文登近视,按理要戴近视镜,他说近视镜戴上文绉绉的,那就不是文登了,已经配好的近视镜早就不知扔到哪儿去了。他想观察一下邻桌的动向,索性把墨镜推上去架到额头上,这是他的标志性形象。其实,他平时是不戴这副方形的特大号墨镜的,上午在开元大厦开工典礼现场就没有戴,当来这里吃饭时才想起戴上的,墨镜实际上成了他提升身价、摆摆谱的道具。他就是这种人,喜欢和人较劲。按说都是来吃饭的,井水不犯河水,何苦要与邻桌暗里较劲,但文登心想,在树上吃饭要贵得多,老子是花自己的钱,爱怎么着就怎么着。那四个人大概是花公款的,不心疼,凭什么?其实邻桌的四个人,没有一个人留意文登这边。

文登上午看热闹时,匆匆见了钱升一面,清楚对方答应的事是在忽悠他,也清楚对付这种人还得花点心思。市长宣布开工令后热闹非凡,他正抬头看礼花弹爆炸后的烟云时,忽然肩头被重重地拍了一下。他扭头一看,一个戴着扁圆形小墨镜的男子正微偏着头从墨镜的上方斜视着他。文登犹豫片刻,一只手从肩上取下对方那只铁钳似的手来,说:"高师傅,是你!秦东只有你才有如此大的手劲。"高小三看他认出了自己,嘴角露出一丝笑容,问:"好几年不见了,你还记得老弟?""哪里话,咱弟兄俩是啥关系嘛!"文登笑了笑,接着说,"中午老哥请你吃饭。"高小三转过身,指着身后一个男子说:"登哥,这位是李晓南经理,是我的朋友。晓南,快来见过文登大哥。"文登看那位男子也戴着墨镜,圆形,浅色,略大,笑着说:"你的朋友,也是我的朋友,一块儿吃个饭。"李晓南站着没动。高小三拉过文登,耳语道:"他是新来女市长的亲戚,有啥事可以找他帮忙。"文登笑嘻嘻地拍了一下李晓南的背,套起了近乎:"走,咱弟兄三个一块去吃饭,热闹热闹。"三人挡了辆出租车一起来到这里。

片刻,酒菜就上来了,文登三人开始喝酒吃菜。文登大大咧咧的,一再说放开喝,放开吃。李晓南不怎么喝酒,也极少说话,像有什么心事,把墨镜压得很低,显然是尽量不让别人认出自己。他前几年就从乡下来到城里,先是跟别人搞室内装饰装修,后来自己开了个公司搞。有一年一家企业装修后一直拖着不给工钱,实在没有办法了,去找了高小三,很快就把工钱拿到了,他和高小三也成了要好的朋友。今非昔比了,如今吴芳当了秦东市市长,他顿觉自己的身价也大涨了,今天便不想让人觉得自己是闲人来看热闹,特别不想让吴芳或文佳等官场上的人看见自己。不料今天戴着墨镜,竟被高小三认出来了,觉得很不舒服。高小三也戴着墨镜,是那种小型号的,既不想让别人看清自己,还要从墨镜的上方和侧方看清别人。其实,他认出李晓南更多的是凭感觉,这才是他超出一般人的地方。

李晓南如今是避还避不及呢,压根儿就不想见到高小三。高小三是市政府办公室清洁工高双江的儿子。他初中毕业后,一直找不到一份稳定的工作,办过养鸡场,承包过果园,开过饭店,可都没有赚到钱,却发现了自己的长处。那是开饭店时,一家企业的老板拖欠了他的饭钱,他讨了多次也没结果,实在无奈就横了一次,钱很快就拿到手。他悟出了,谁都怕横的,横的怕不要命的。以他的身板,稍微横一横,就不会没饭吃。既然不是做生意的料,就干脆干点帮别人要账的营生。高小三身材异常强壮,胸脯的肌肉暴得老高,一块一块的,两臂的肌肉十分罕见,一般人捏都捏不动。更特异的是他身上的伤口好得特别快,打记事起不管是碰伤了还是划破了,即使血流不止,从来都没包扎过,没抹过药水,没服过消炎药,没打过消炎针。一句话,不用管,最大就是用纸或毛巾把血擦净,没几天就全好了。他甚至故意把自己弄伤,只为检测一下究竟,也是很快就好了。

高小三的第一桶金是从李晓南那儿淘的。李晓南的装修公司给一家油脂厂装修办公楼后，几年时间都讨不到工钱。李晓南多次到机关劳动部门和信访部门反映问题，无意中结识了高小三。高小三提出让自己试着讨讨账，李晓南答应事完后给他提成。高小三那天找到油脂厂厂长的办公室，厂长听说他是来替李晓南讨账的，就头也不抬地问："你是谁？"高小三慢慢走到厂长的办公桌前，啪的一声拍到了厂长面前的玻璃板上。只见玻璃板已裂开无数道缝子，鲜血顺着缝子流到玻璃板下的一张放大的照片上。这是厂长家人照的全家福，照片上的厂长和妻儿的脸上身上立即浸满了鲜红的血渍。厂长抬起头，看到了一双令人恐怖的三角眼，再看那胸脯，隔着T恤衫也能看到令人惊异的肌肉群，再看那只胳膊就像一根粗实的橡子，定在那里一动不动。高小三手上的鲜血流得更快了，血已经从玻璃板下顺着桌面流到了地下，手却一动不动。厂长打了个激灵，噌地站了起来。高小三抬起流血的那只手，拍到了厂长的肩上，厂长踉跄了一下，几乎倒下，他肩上的白衬衣立即就渗出了殷红的鲜血。这是高小三的血，也有厂长的血，高小三手掌上带着的玻璃碎屑也拍进了厂长的皮肉。厂长头上瞬间滚下了豆粒大的汗珠，忙不迭口地说："有事好商量，有事好商量。"他知道对方绝非善主，依对方那拳击运动员似的身躯，略微发点力，就会让自己满地找牙，甚至出现难以预测的后果。高小三以极其强硬的口气说："没啥商量的，马上结账！"厂长忙说："马上，马上，我这就让会计过来结账。"这桩事就这样办结了。李晓南的死账变成了活钱，也如约给了高小三一笔钱，他俩成了朋友。高小三替人讨账的营生从此开张。他运作的主要方式是威慑对方和自残，他那副长相和身板就足以让人望而生畏，又常常把头脸、手臂或胸脯弄得鲜血淋漓，大多情况下都能达到或部分达到讨债的目的。他还有一个特点是单打独斗，不大愿意与人合伙而为。当然，干这种事情难免会得罪一些人。不知是谁曾雇请了一批恶少，想给高小三点颜色看看，结果被高小三教训得哭爹喊娘，后来这批恶少竟一直缠着要拜高小三为师。高小三曾被派出所叫进去多次，但进去时间都不长，就被放了出来。说他为非作歹吧，难道欠债不还或恶意欠债就可以容忍；说他是黑社会团伙吧，他一人做事一人当，从不隐瞒什么，常常交代的情况比派出所掌握的情况还要多。几进几出，让高小三的名气渐渐大了起来。当初文登讨债就曾慕名找到高小三，高小三推辞说，兔子不吃窝边草，钱升曾在市政府办公室工作过，他不能去找钱升。不过，高小三对钱升心存怨恨，当年钱升训过高老师傅，还给他爸小鞋穿。高小三就给文登出了个主意，说钱升喜欢到娱乐场所去，给他录盘见不得人的录像，事情就可搞妥。文登如法炮制，抓住了钱升的命门，可是他很快就调离了商业局，文登只好自认倒霉。现在看来，说不定还能从钱升身上榨点油水。文登就说起了钱升的事情,高小三不感兴趣,只是淡淡地应着。李晓南更是心不在焉。他如今已经不愿意和高小三打交道了,不想再和黑道上的人纠缠了,正盘算着如何堂而皇之地走正道,走"红道",逐渐向官场渗透,大把大把地赚钱呢!今天碰见高小三算是倒了霉,但也不能得罪,只好到这里来了。他扶了扶墨镜,不想让邻桌的人认出来,其实他已逐一辨认过了,并无一个熟人。他对结识文登一点兴趣也没有,只等着吃过饭就赶紧离开。

邻桌虽然只比文登这边多出一个人,却显得热闹多了,大家谈兴甚浓,争着抢着说得不亦乐乎。南金山显得有些亢奋,摆出一副老大哥的架势,神秘兮兮地问:"不知三位厂长老弟,参加完开元大厦的开工典礼发现了什么?"三个厂长面面相觑,不知从何说起。向平摇了摇头,章省民瞅了瞅同六六。同六六年龄最轻,机敏过人,素知南金山是个直人,藏不住话的,就笑着说:"你老兄啥时学会了卖关子,掌握了啥情况,就赶快说出来。"南金山身子往前伸了伸,大家一齐凑了上来,他皱着眉头说:"看来市委、市政府真是招了女婿忘了儿!"他看几个人一脸的茫然,接着直说:"招商引资是好事,但来个把投资商就值得这样吗?我们国有企业才是市政府的儿子呢!各位都在场,听到哪位领导还提我们一句?"原来是说这事,几个人都直起腰来。同六六笑着说:"我们针织厂是后妈生的,早就没人疼了,早就自寻出路,讨饭为生了。"章省民阴沉着脸说:"都比我们厂强,我们印染厂是抱养的儿子,爹不亲,娘不疼。现在是想讨饭去,还找不下一根打狗的枣木棍呢!日子难过呀!"向平苦着脸说:"不错,秦纺厂是亲儿子。按企业排队,应算是长子,长子的担子重啊!几十年来没少做贡献。现在有困难了,根本没人管。全社会的工资都在涨,就秦纺厂工人的工资一直没动,工人们恨不得把我撕着吃了,真是度日如年啊!"南金山说:"据说,对县市那些半死不活的小企业,准备逐步包装上市,吸引外商外资收购,要招更多有钱的新女婿。"同六六露出精明的笑容,调侃着说:"抓大放小呗,我们厂早就自行放了,让省城一家大公司租赁搞起了连锁超市。新女婿早就来了,只是不愿像我们那样攀附上级,丈母娘还没疼上哩!"说得大家都笑了。南金山说:"看来,我们想办法自救才是出路,不然有一天也会被卖掉。"他看着三位厂长,继续说:"今天市上主要领导明确表态,今后要以招商引资为重点,所以我很替各位着急啊。三家纺织企业如果能组建成秦东纺织企业集团,实力就会大大增强,就不会被轻易卖掉。"

章省民听了,觉得这倒是个好主意。印染厂实在烂得不成个样子了,厂长常年在外追债,让他这个业务并不熟悉的书记主持工作,简直就是放到火炉上烤,如能这样他也就解脱了。他点点头说:"这个主意好,这等于弟兄三个过到一起了,爹娘再狠心也不会一次卖掉三个儿子。"同六六脑子机灵着哩,一听就知道这是南金山在给自己回来铺路。南金山一开始就不愿意待在秦东北部的山里当矿长，也一直没瞅上一个合适的位子。如果搞个集团公司，他在两家纺织企业干过，也算是个合适人选。可这是自己想咋就能咋的吗？也太天真了点。同六六再仔细一想，现在是悠哉游哉地只等着收租赁费，比过去收地租的地主老财还省心。庙是穷了点，可自己这个方丈并不穷呀，何苦跟着别人去蹚浑水。他笑着说："好倒好，这只能纺织和印染两家搞了，我们针织厂已名存实亡了，机器都卖得差不多了，剩下些破铜烂铁，我们不等上级卖就自己先卖了！"说完他摊开双手，做了个怪异的动作。

向平低着头，心想这是何等样的大事呀，是轻纺总公司和市政府才能定的，企业顶多只能吆喝吆喝，起不了多大的作用。不过他倒觉得此事可行，有了集团公司，就有人组织原料，有人负责推销产品，自己只负责生产就行了。组织企业生产，提高产品质量，研发新产品，这些都是自己的长处。记得当年任管生产的副厂长时，年年都是地区的先进个人，还多次被评为省上的先进个人。不过，市场经济条件下，有这等好事吗？向平是个极认真和极实在的人，就试探着问："你这想法和总公司的领导说过吗？"南金山说："如果你们意见一致了，可以想办法运作，必要时可以一块去找总公司和市上的领导。"他知道自己现在属煤炭总公司管理，补充说："我是替你们着急，都是老朋友了，如果需要帮忙，我可以找由锡平副市长去说。"他自以为和由锡平关系比较铁，说得自信满满。章省民说："这事要解决，就得直接找主管市长。"他是个直人，认可了就力挺就坚持。同六六心想，南金山怎能去找轻纺总公司领导呢？名不正言不顺，只好说找市政府领导了，这类事关体制的大事，总公司没态度，直接找市长未必合适，就不再说什么。向平沉吟了一会儿，郑重其事地说："这是件好事情，也是件大事情，如何运作，大家再考虑一下。"南金山说："好啊，还是向厂长虑事周详，这事也急不得，慢慢来。今天主要是想和弟兄们聚一聚，咱酒桌不谈国事，一块痛痛快快喝几杯！"说完，他先举起杯来，几个人一齐响应，一起举起杯来。

汪达其一家人正在大树底下西北角的一个雅间里喝茶。汪达其催着要李菊点菜，李菊笑着说："你又忘了，佛道两家清规戒律多，等二位师傅来了再商量着点菜不迟。"汪达其笑着说："说的是，今天该长见识了，估摸着这世间很少有人和佛道两家弟子同桌共餐。"汪诚看了一眼儿子，心想这有个啥呀，我在和尚庙里和薛道长吃了好长时间饭了，却没有说出来。儿子和儿媳谈论时，他不大插嘴，也不想扫了儿子的兴，就有滋有味地品着茶，透过北边的玻璃幕墙欣赏着外边的秋景。向着院内的玻璃幕墙的竹帘低垂着，只能影影绰绰地看见外边的大树、盆景和往来走动的人们。一直播放着的轻音乐不时透过竹帘飞了进来，温馨浪漫，又充满农家风情。和儿子、儿媳在一起，汪诚心情格外愉悦，浑身舒坦，要是孙女也来了，那就更好了。一想到孙女，汪诚的脸上泛起了红光，幸福得有点晕晕乎乎的。

汪达其凭直觉知道父亲今天特别高兴，是啊，好长时间没有在一起吃过饭了，今天老人家能不高兴吗？他看李菊给老人添过茶，就对她说："没想到啊，秦东市招商引资的决心够大的，看样子是要动真的了。书记、市长、政协主席一口腔，都要加大招商引资，还要亲商爱商。"李菊说："你今天来对了，亲自感受一下有好处。我看开元大厦开工典礼后，市上会有大动作。"汪达其说："这是千载难逢的良机，我们该出手了！"李菊看着丈夫问："出什么手，怎么个出法？"汪达其不紧不慢地说："秦东的纺织三星我早考察过了，后来又收集了许多相关资料，也咨询过专家的意见。可以这样说，这三家纺织企业从外面看还像大厦，可里边全烂了，经不得风雨了，随时都会倒塌。"李菊知道他最近在盘算着收购重组秦东的纺织行业，就说："我是问该怎么出手的事。"她常来秦东，有时还在秦东纺织厂待一段时间，对纺织三星的状况也比较清楚。汪达其看看父亲，老人家正面对玻璃幕墙，双目微闭，好像做起了自己的功课。李菊看汪达其不答，又问："你有啥具体想法？"汪达其一脸的凝重，缓缓地说："前一段，我们扩大了在秦纺厂的业务，让几乎全部工人都上了班，这对秦纺厂是好事，但运作不好，人越多包袱就越重，搞不好还会引发大的不安定。"他看李菊静静地听着，接着说："向平不是一再找你，说工人的工资实在是太低了，要求提高来料加工的费用，这中间就大有文章可做。提高加工费的事你是怎样考虑的？"李菊说："这件事要慎重。黄一鸣几乎是在缠着我，打着全厂工人的旗号，再三要求提高加工费。我给他说，许多工人反映厂领导的花费太多了，要压缩。向平像是有难处，主要是任东山书记大手大脚花钱，开始还顾及影响，后来就越来越不像样子了。工人想增加工资，他还想压点工资出来呢！"汪达其："秦纺厂早就资不抵债了，银行的利息都付不了，还本金根本就谈不上。我们做的事只是杯水车薪，解决不了根本问题。秦纺厂只能走破产重组的路子了！既然如此，还不如让它早点破产，由我们收购重组。"李菊问："你的意见是不答应秦纺厂的要求？"汪达其眼睛露出了少有的精明和坚决："再找就答应，按秦纺厂提出的比例和数额满足他们的要求！"李菊忙着说："按他们的要求办，就到了盈亏平衡线，搞不好我们就亏了！"汪达其说："亏了就亏了，亏大了我们就可以名正言顺地收摊了。"李菊不无讥讽地说："我也一直想撤出这边的业务。我还以为你要出什么高招，原来是出这一手？还要亏大了才撤，亏你想得出！"汪达其说："你误会了，不是真撤。我们一撤，厂子就乱了，市上就会很快实施破产。听说早已有人主张破产了，我们杀个回马枪，先收购秦纺，再瞄准那两家纺织企业,两三年内,我们就会在秦东做大做强。"

李菊恍然大悟,原来亏点钱是为了赢得工人的好感,为以后运作铺路,说透了是要收买人心,就着实有些惊讶,盯着丈夫说:"这有点像《三国演义》《水浒传》里的谋略,你也研究起兵法来了?"汪达其笑而不答,他知道妻子喜欢看古典小说,估计又和小说里的故事联系了起来。李菊也是极聪颖的,一经汪达其点拨,脑子里很快就有了实施的办法,笑着说:"我看还要先谈上几个回合,让向平他们看不出破绽,让工人们知道我们是忍痛割肉,争取些民心,为我们以后的运作争取些群众基础。"汪达其舒心地笑了,说:"知我者妻也。商战是没有硝烟的战争,日本的企业家喜欢研究《孙子兵法》,你喜欢看古典小说,古人的智慧和经验还是蛮有借鉴价值的。我看呀,秦东的事就这么定了,仍由穆桂英挂帅,肯定战无不胜!"

李菊历来在大事上特别是在战略性谋划上完全是听丈夫的,笑着说:"你是董事长,你咋定,我咋执行,按老规矩办。"她给公公添茶时,发现茶杯是满的,老人家这会儿像睡着了似的,一动不动地端坐在那里,也许是在念刚学会的经文,也许是在祈祷佛祖保佑儿孙,也许只是在静静地闭目养神。有一点是肯定的,他不会刻意去听去想儿子生意上的具体事务,这是老人家达观明智的地方。汪达其看看表,说:"两位师傅该接来了,不会请不来吧?"李菊说:"你那司机机灵着呢,让我到门口去接一下。"

李菊走出雅间,看见外边的人比刚来时多了许多,抬头看看大树,上面正热闹得不可开交。文登天生爱热闹,耐不得寂寞和冷清,总想弄点动静出来。高小三向来寡言少语,几句话说过就不再开口,只是静静地喝酒吃菜。李晓南本来就不想跟着高小三来,来后更觉后悔,除了时不时压一下墨镜外,只是喝着闷酒,不大说什么。文登尽管在热情地劝酒,场面还是凉凉的,心里就有些失落和不快,便提出划几轮拳,说喝闷酒容易醉,三个人就划起拳来。这是文登的强项,他出拳果断,变幻莫测,特别是声音很大。他连连赢拳后,有点兴奋,斜视着邻桌还在文质彬彬地喝着酒,就再提了提嗓音,由喊着划拳升格为吼着划,分贝大增,十分刺耳。

邻桌四个人一直以说话为主,除了谈企业的事情外,天南海北地扯着,谈话热点也不断切换着,好像有说不完的话,气氛相当融洽而热烈。南金山本来以为自己在秦东企业界,特别是在纺织行业可以一呼百应,没有想到对他筹谋已久的想法,纺织三星厂长的意见竟不一致。他心想,后边再想想办法,借机会教训一下同六六这个不知天高地厚的年轻人,不信他不往一个壶里尿。自己要有点气度,先痛痛快快地喝酒,痛痛快快地谝一谝。他豪爽地说:"今天老哥请客,大家不要客气，放开喝，放开吃，放开谝，不醉不散！"同六六连忙响应："还是南矿长豪爽，不愧是秦东企业界的大哥大。下次我请客，原班人马，南老兄定时间定地点。"他知道，南金山今天心里对自己有点那个，就趁机做点心理修补。南金山斜眼看着同六六说："好哇，下次就吃你老弟！"心里想，这个年轻人亮清着哩！同行在一起，三句话不离本行，扯着扯着就扯到秦东纺织厂的事上了。向平一脸的忧郁，低声说："秦纺厂要破产的事越传越真了，还说吴市长的老同学就是专管这事的，已经上下沟通了，最近就要定点子。今天我看见北京来的丁司长后，就心里慌得不行，也不知道该咋办。"南金山心里说，该咋办，刚才我都说了。同六六只是吃菜，不再说什么。章省民说："我们的确需要好好商量商量了，秦纺厂要真的破了产，其他厂会不会像多米诺骨牌一样，一个个都倒下去？"他的担心不是没有道理，说到揪心处，心里都不是滋味。南金山不屑地看了邻桌一眼，很不爽地说："那个墨镜戴在头顶的大个子，都不怕把破锣嗓子吼炸了！"听了南金山的话，几个人直摇头，听着邻桌那让人难以忍受的高分贝吼拳声，实在是一种煎熬。话说到了关键处，却无法让人静下心来，南金山心中腾地升起一股无名火，他站起来高声说："哥们，声音能不能小点！"李晓南扶了扶墨镜，忙着说："好，好，声音小点！"这既是回答，也是对文登的规劝。他很不习惯文登高喉咙大嗓门的吼叫，也不愿因此吸引别人对这里的注意，邻桌的干预正合他意。高小三的声音不算大，应在正常的划拳声分贝范围内。他透过小墨镜的上沿，看了一眼有点盛气凌人的南金山，没有理这茬。酒桌上他话尽管不多，心里还是畅快的，他喜欢文登这种豪爽劲，多年了还拿他当朋友待，酒喝了不少，菜也吃了不少。他也觉得文登的声响是弄得大了点，不过在这种场合，也说不上啥。文登心想，妈的，你过来好好说一声，或给老哥敬上一杯酒，老哥也想省点力气。嫌我声大，你喊的声音就不大？说实在的，老哥就是喊给你们听的。四个人凑起一起，嘀嘀咕咕的，要是有个女的就是"四人帮"嘛，没有也是"四人帮"，一看就是在一起搞阴谋诡计。文登只是调整了一下姿势，继续以原有的声音强度和高小三划着拳，似乎南金山说的话他没有听见。

南金山发怒了，向邻桌走了走，可着嗓子大喊："你们想把人吵死不成？也不听满酒店就你们声大！"文登也不示弱，站起来说："嫌声大不会把耳朵捂住？这又不是你们家！"南金山大怒，向着文登走过来，呵斥说："这是你们家？是你们家也不能这么大声喊叫，没教养！"文登也大怒，站起来向南金山走近，喊道："谁没教养？我看你才没教养！"看着盛怒的南金山还要往前走，章省民赶忙过来拉住，说："南矿长，算啦，算啦。"李晓南也示意高小三劝一劝文登。高小三拉了一下文登的衣服，让他坐下。谁知文登今天酒喝得有些多，加上一听对方是个矿长，就有些收不住了,这几年他对凡是带"长"的人极易产生一种敌意,大声说:"老子从来天不管,地不收,没听说矿长还管声大声小,狗逮老鼠,多管闲事!"南金山满脸紫涨,脖子上的筋暴得老高,怒不可遏地朝文登扑过来,吼道:"你嘴里放干净点!"文登也不是省油的灯,他挣脱高小三拉衣服的手,也向南金山扑了过去,眼睛通红,紧握着拳头吼:"咋,想打人?你先摸一下试试!"南金山也酒喝得有些多,盛怒之下有些不能自控,却并不想打人,经他这一激,竟挥起拳头,真的向文登打去。章省民是军人出身,眼疾手快,一把在空中拦住了南金山的拳头。文登经此一闹,头脑有些清醒,也不想打架,趁高小三再次拉他的机会,趔趄着退了回去。同六六和向平一看闹得快打起来了,都赶忙过来劝说,李晓南也站起来两边劝着,眼看一场风暴就要结束。谁知南金山酒气上涌,竟至失控,用手指着对方三个人说:"一看就像黑社会,一人一副墨镜。就是把眼蒙起来,我也能认出来!"话音刚落,高小三蹭地站了起来,厉声问:"你说谁是黑社会?"他最忌讳别人说他黑社会,一脸怒气,三角眼睁得老大。南金山要是不再言语,这事也就过去了,他偏不知进退,抬起手直指高小三,说:"我看你就像黑社会!"高小三怒不可遏,拽住南金山伸过的手指,只轻轻一拉,南金山就跟跄着向前奔去,重重地倒在李晓南的怀里。南金山握住手指尖厉地喊叫起来,疼得直钻心,脸抽搐得变了形。章省民不由得伸出手臂,向南金山奔去,高小三正好回过头来,误以为章省民是向自己下手,就抬起右臂挡过去。这一挡不知力有多大,章省民就歪斜着倒了下去,树上空间本来就不大,脚又被一个小凳子绊了一下,竟掉下树去。大家大惊失色,齐声叫了起来。树下也坐着许多喝茶闲聊的人,突然树上掉下一个人来,就一齐惊呼起来。在这千钧一发之际,只见一个人迅捷闪到树下,一只手向上猛地托起。只见重重摔下的章省民如同体操运动员一样,双手握住树枝,一个空翻又回到了树上,尽管姿势并不那么优美,站得也不够稳当。树下立即爆发出一片喝彩声、呐喊声。章省民是转业军人,在部队上练过几年体操,拳脚功夫也相当不错,虽然年纪大了,仍眼捷手快,在掉下去那一瞬间,双手紧紧握住了一根胳膊粗的树枝,在最宜受力的部位又被有力地托了一下,他借力发力,完成了一个惊险又堪称奇特的高难动作。章省民迅速站稳脚跟,看了看大家惊恐、庆幸、愤怒而又不知所措的脸色和眼神,他沉住气,微微喘着气说:"这位兄弟好大的气力,只一挡就差点让我摔个底朝天。"高小三以为这下闯了大祸,岂料此人也是高手,竟神奇地重回树上,他看对方未出恶言,便双手一拱,回答道:"一时失手,请老兄包涵,你的功夫也太厉害了!"其实,高小三虽然不想吃亏,也并无把事闹大的想法,他称对方为老兄已释放了善意,也不愿对方再纠缠,灵机一动,说:"都怪这个小木凳绊了人!"说着,他猛的一拳打下,只听啪的一声,木屑四散,小木凳已不复存在。

这啪的一声,是拳砸在木凳上,但已停止呻吟的南金山突然又呻吟起来。他看高小三如此神力,怕再闹下去会出人命,就赶紧转移大家的注意力。其实,在场的人都不愿再闹下去了,谁都不愿意看到可以使木凳变木屑的铁拳在人身上发力,也不想看见跌落树下又能翻身而上的高手与之对决。两虎相斗必有一伤,说到底并无大的利害冲突呀!

李晓南在南金山跌倒在自己怀里时,就双手捂着脸,故作被撞伤,呻吟着不辞而别。边走边心里嚷嚷,都市长的亲戚了,划不着跟别人蹚这浑水,弄不好会给市长添乱,让市长生气,误了自家的事。再也不能干这蠢事了!一下到树下,他就快步跑出酒店大门,叫了一辆出租车,很快就无影无踪了。

文登生性爱装腔作势,喜显摆,好争胜要强,不曾想到今天差点弄出大事来。酒劲早过去了,再看市长亲戚李晓南溜走了,心就有点虚,想快点收算了,一时又手足无措,大嗓门也哑了火。同六六笑着说:"弟兄们萍水相逢,也是缘分啊!有点小误会、小摩擦,没关系,不打不相识嘛!都是朋友了,就此为止,就此为止!"向平笑着说:"是啊,朋友嘛,别耽误了吃饭,都快点吃饭吧!"章省民虽然十分恼怒,却相当清醒,他开口就称兄弟,就是向高小三送去了和解的信息,高小三也立即回应,这就奠定了这场冲突以和解了结的基本格局。同六六圆场的话一出,向平再一附和,大家各自重回自家桌旁。

文登坐下后,觉得有些尴尬,看着高小三明知故问:"你那朋友呢?"高小三也觉无趣,说:"我没有朋友!"说着站起来就走,头也没回。文登叫来服务员,结了账,又多给了几元钱,算是赔了那个小木凳。他用塑料袋提着吃剩的半只鸡,悻悻地走下树去。临下树时,看了看邻桌的"四人帮",竟没有一个人向他说声再见,心里骂道,刚才还说是朋友呢,狗屁朋友!还是什么矿长呢,明天就出大事故,砸死他!

这时还有两个矿长正急急走上树来,差点与文登撞在一起。来人是伍长河和王增。王增这几年以煤炭运销为主,对自家矿上的安全重视不够,前不久出了矿难,县上正在追究他的责任,搞不好要进去的。他吓坏了,就约了伍长河一起来找南金山,想在市上找门路,以减轻处罚。两人见了南金山,急急慌慌的,王增说着说着眼泪就下来了。南金山觉得今天大失面子,有些尴尬,正好借坡下驴,他结了账,让其他人继续吃饭,就和两位矿长匆匆离开了。

大树下西北角的雅间里,一直似睡非睡的汪诚,这会儿高兴得像个小孩似的,嘿嘿嘿笑个不停,也问个不停。才离开半天时间,就像半年不见一样,弄得老道长薛乙和小和尚陆泉都有点不好意思。李菊笑着说:"没想到小陆师傅有此身手,说时迟,那时快,就像闪电侠一样,眨眼间就把大树上掉下的那个人,硬是推了上去。没有小陆师傅霸王举鼎的力气,那人会摔个半死。"汪诚听得瞪大了眼睛,惊叹着:"没想到小陆师傅有这么大的力气!"陆泉笑着说:"哪里,哪里,那个人才是高手,他倒下时双手握着树枝,是不会摔到地下的。我只是给他加了把力,是他借力发力翻身上去的。"薛乙说:"陆泉的功夫可是得了真传的,看似轻轻一托,既到位又力大无比,真让人开眼界。"汪达其听了这一僧一道的话,觉得两人对功夫都有些研究,这是他的盲点,就笑着转换了话题:"老父亲说,多亏薛道长和小陆师傅平日的关照,他的身体好多了,今天非要在这里设宴谢谢二位不可。"他看着平静的老道长和微笑的小和尚,试探着问:"只是不知道这菜该如何点?"薛乙低头喝茶,并不作答。陆泉喃喃地说:"薛道长给我说是聚一聚,没有说吃饭。"薛乙素知陆泉从不去外面赴宴,饭食严守佛家的戒律,怕他不肯来,就和司机合计了一下,故意说得含糊其词。话已至此,薛乙看了看汪达其,说:"司机先见到我,说是汪董事长来了,大家聚一聚,乐呵乐呵。"他清楚去买什么东西的司机不会回来吃饭,就没有说实话。陆泉看老道长说得遮遮掩掩,便明白了大半,说:"我吃过饭了,喝茶就行了,你们只管点菜吃饭吧。"

　　李菊也清楚了,这个鬼机灵司机挺会来事,就笑着说:"佛家戒律虽多,不也出过鲁智深和武松这样的绿林好汉吗?"她酷爱读古典名著,就搬出了这两个家喻户晓的好汉来,话没有明说,谁都能听出是什么意思。陆泉也素喜读书,他接过李菊的话题,说:"佛教戒律确因对象不同,有五戒和十戒之说,但都有不饮酒之戒。"汪达其立即说:"不饮酒,今天都不饮酒。"他本想今天让大家喝点好酒,陆泉话既出口,便赶忙表态,也找到了切入点和底线。汪诚说:"薛道长是喝酒的。"薛乙微笑说:"道教也有许多清规戒律,也有五戒八戒之说,都是戒酒的。不过道教还分派,正一派的道士可以不居道观而有妻室,也可以喝酒食荤。贫道是正一派,不过今天就不喝酒了。"汪诚呵呵笑了,说:"我活这么大年纪了,是真心实意地拜佛拜神,可不大分得清佛家道家的。佛也好,道也罢,在我看来都是劝人学好的,要人积德行善的。"陆泉说:"道教是中国土生土长的宗教,佛教是中国化了的外来宗教,两家有许多共通的地方……"他对儒释道三家有着相当的研究,却打住了话题,知道老人家对这些东西不一定感兴趣,会越听越糊涂。汪达其问:"如今社会竞争如此激烈,佛道两家能合得来吗?"他是企业家,越来越感到了生存竞争的压力,也认为竞争无处不在,禁不住这样问。

　　"你这就外行了,你以为人家像生意场上的人。"李菊认为这句话问得让老道长和小和尚难以作答,就抢着接话,接着又引经据典,"自古以来,佛道两家是最好的合作伙伴。孙悟空算是佛家弟子吧,他遇到困难时,有时请佛家的观音姐姐帮忙,有时去请道家的玉皇大哥帮忙。到了生地方,常常金箍棒一戳,叫出土地神,咨询社情民俗或者是当地妖怪的底细。土地神算是道家的基层领导,相当科级干部。"大家听得笑了起来,气氛一下子融洽了许多。汪达其笑着说:"如此说来,唐僧取经是佛道两家联手实现的,应在此基础上组建股份公司才好。"李菊和陆泉看着汪达其笑了,薛乙和汪诚两位老人一脸的茫然,他们弄不清什么是股份公司。李菊顺着汪达其的话说:"《红楼梦》中僧道联手,就像股份制运作,让青埂峰下的大顽石变成贾宝玉,演绎了宝黛爱情的千古佳话。如今佛道两家能联起手来,那才叫好哩!"老道长和小和尚都能感受到这对夫妻的良苦用心。薛乙笑着说:"别处的佛道关系如何,不敢妄言,秦东这里佛道两家关系可好着哩!"他说的是实话,他的住处就是六泉寺给提供的,汪诚来了以后,他俩住在一起,吃在一起,寺里还专门安排人给做饭,全部费用都是寺里承担。薛乙一直心存感激,不过他知道汪诚与他的关系起了重要作用。在汪达其夫妻看来,父亲一心向佛,精神上得到了极大的满足,薛乙又精于养生之术,这实在是父亲的福分,佛道两家处好关系,对大家都好。

　　点菜是李菊的长项,她弄清了老道长和小和尚的戒律底线,就白酒红酒都不要,荤素齐点,只把素菜放在陆泉一边。陆泉心想,和汪诚处好关系,说透了是要和汪达其两口处好关系,是慧泉法师交给他的一项重要任务,就不必过分拘泥于清规戒律了。他微笑着说:"僧人外出,多为化缘乞食,没想到竟能赴此盛宴,深为破戒不安,不过也十分感谢!"李菊笑着说:"无妨,算不得破戒,唐僧师徒西天取经途中,不也多次赴过大大小小的宴席吗?小陆师傅但请坦然用饭。"菜上齐后,汪诚尽其所能劝这一佛一道用餐,不时给客人夹菜,话说得虽有点语无伦次,真诚殷切之情却尽显无遗。与僧道同席,汪达其两口还是第一次,多亏老道长饭菜无忌,要不该有多别扭,也多亏老父亲超常发挥,让饭桌气氛活跃了许多。

　　汪诚给老道长夹了一块牛肉。他稍停一下,微笑着换了一双筷子,小心翼翼地夹了一个鸽子蛋,颤巍巍地放到了陆泉的碟子里,笑着说:"尝尝这个,味道蛮好的。"陆泉皱皱眉,没有动筷,脸上立即挂上尴尬的微笑。汪诚还要再劝,看见儿媳摆了摆手,就不再说什么了。他知道和尚不吃荤,当然不会给陆泉夹肉,可这鸽子蛋也算荤菜吗?几个人都看在眼里,薛乙停下筷子,笑着说:"其实,不管吃什么,终究都会变成肉的。再者,难道蔬菜就没有生命?这世上绝对不伤生是不存在的。"今天,佛道终于发生了首次碰撞,汪达其两口难免捏了一把汗。陆泉微笑着,不紧不慢地说:"薛道长讲的也是一家之言。佛教追求的是大彻大悟,是精神上的升华。日本的佛教是从中国传入的,如今日本的僧尼能结婚生子,也吃肉。在日本,佛教和普通人没有太大的距离,人们通过佛教活动获得的是心灵的宁静和提升。"他的知识面宽，信息源广，接着说："宗教在中国始终有一层神秘的薄纱，寺庙的人间烟火味恰是未来佛教充满魅力的源头活水。"尽管陆泉后面的话说得有些隐晦，李菊还是听出了其中的深义，说："事物都是发展的变化的，小陆师傅将来定有一番作为，如果能把寺院办得活一些，就像学校一样，成为普通人修炼身心的地方就好了！"汪达其说："越是现代化，竞争越激烈，生存压力越大，越是让人身心疲惫。如果能世俗一些，让普通人都能到那里去，使心灵得到休息调整就再好不过了。"汪诚说："半年多时间，我就欢实了许多，心里啥事都没有了，就是求求佛，让佛保佑保佑。"汪达其知道，父亲求佛保佑，多是为了儿子好，就笑着对陆泉说："你看，现在老年人越来越多了，专家预言再有十来年，中国就要进入老龄化社会了，寺院里应该专门为老年人搞些设施，最好再塑个寿星佬。"薛乙笑着说："这个你就不懂了，寿星是我们道家的一路神仙，白发老翁，拄一弯弯曲曲的长拐杖，高脑门，头特长，人见人爱。"李菊哂笑说："看看，张冠李戴了吧！"汪达其瞥了一眼李菊，说："在普通人眼里，佛道分得不是很清。不是有个说法，见庙就烧香，见神就磕头吗？不管社会发展到何种程度，只要有助于身心健康，佛也好，道也好，都会有人信的。"李菊说："扯远了，不说这些了，大家抓紧吃饭吧，老道长和小师傅一定要吃饱吃好。"汪诚看懂了儿媳的示意，不再劝客人，让客人自便，就低头吃起饭来。饭菜十分丰盛，僧道二人吃好放下筷子，慢慢品起茶来。汪达其最后一个吃毕饭，僧道二人道谢后就要回去。

汪达其礼让着僧道二人，慢慢走出酒店，刚要上车听见有人喊："达其，汪达其！"汪达其回过头来，只见一个中年男子走上前来，满脸笑容地说："果然是老弟，我还怕认错人了呢，要不是李经理站在一边，我还不敢喊你哩。"他紧紧握住汪达其的手，对笑着站在一边的李菊说："汪老弟来了，你咋不打个招呼呢？"汪达其虽然好多年没有和向平打过交道了，还是一眼就认了出来，只是微笑着连声问好。李菊笑着说："他是来六泉寺看看老父亲，顺便请老道长和小陆师傅吃了个饭。"汪达其不想见熟人，因陪客人没有戴墨镜，被向平认了出来。他想既然要在秦东寻求发展，就躲得了初一，躲不过十五，还是顺其自然吧。

向平当年任秦东纺织厂管生产的副厂长时就认识了汪达其，不过那时的汪达其只是个卖布匹的小商贩，尚有求于他。他也知道汪达其今非昔比，已成为左右秦东纺织厂的后台老板，就拉住汪达其的手，连珠炮似的说："多年不见了，今天一定要到厂里去看一看，到老哥的办公室坐一坐，晚上一块吃个饭，还有些事情要请教哩！"汪达其想推辞，还没来得及开口，向平又接着说："千万不要推辞，我知道你很忙，但也不在乎一半天时间吧？一定要给老哥个面子。"汪达其见他说到这份上了，再看李菊只是笑着，也不给他帮腔，知道是难以推托了，就笑着说:"这是缘分,难得见面,不一定去厂子,就在这里喝喝茶,叙叙旧,我还真的有事要急着回省城。"向平面露不悦,说:"那就让李经理定吧。"李菊对汪达其说:"这样吧,你先随向厂长去他的办公室聊聊,我去送送老爸他们仨,回头再说。"她指指停在一边的宝马车,说:"老爸还在车上等着哩,我先走了。"她坐好后按下车窗,向外招招手车就开走了。

　　向平是和南金山等人散后去了趟卫生间,刚好出来碰见汪达其。长时间以来他一直要黄一鸣联系,想见一见汪达其。黄一鸣负责与汇隆公司联系,这个任务他一直没能完成。今天凑巧碰见汪达其,向平想抓住这个机会,谈一些紧迫的事情。向平的车子是前不久才买的一辆新奥迪,是任东山坚持给换的,说厂长外出坐一辆破旧的车子,会影响企业形象。任东山是书记,也配了一辆新奥迪。向平很快就回到了秦东纺织厂。车进大门后,汪达其第一感觉是和几个月前从大门外看到的情况大不一样,里里外外焕然一新。门房砌上了瓷砖,四周的围墙也粉刷过了,还增加了草坪、花坛,新栽的几棵大树上挂着给树输液的吊瓶。汪达其走下车后,站在办公楼前,再看这座过去的老楼如今也装饰一新。办公楼前除了另有一辆奥迪外,还一字排着几辆其他小车。汪达其心想,这比当年秦东纺织厂鼎盛时期还排场,哪像困难得要破产的样子啊?

　　向平要招呼汪达其去办公室喝茶,汪达其说:"多年没到厂里来了,还是先转转再上楼吧。"向平说:"有啥好看的,还是老样子,你来的次数恐怕自己也记不得了。"汪达其说:"变化还是挺大的,国有企业的气魄还是不一样啊!"向平也辨不清他说的是真话,还是在讥讽,苦笑着说:"那我就陪你转转。"

　　一进入生产区,绿化一如既往搞得不错。秦东栽植最早的樱花树,秋季虽然不开花了,却也枝繁叶茂。一串红和鸡冠花开得一片火红,葱绿的草坪修剪得整整齐齐。厂房却明显地破旧了,一个车间墙体的裂缝拳头都能塞进去,也不知算不算危房。汪达其不愿到车间里边去,凭他的经验判断是在满负荷生产,这是他上次来秦东时商定的。路过库房时,他向里边瞅了瞅,堆积的棉花垛还不少,布匹库房却是空的,说明原料供应和产品销售都还不错。汪达其心想,向平说得对,的确没啥好看的。从外面看企业好像一派兴旺发达,这是国有企业一贯喜欢做的表面文章,如今都这样了还不忘作秀。细看里面,难掩穷困潦倒的颓势。如果再接触一下多年不涨工资的工人,估计谁都会感到这家企业就如同一个病入膏肓的危重病人,不管穿多么亮丽的服饰,不管怎样涂脂抹粉,都不能改变其生命垂危的绝境。

　　汪达其心里直犯嘀咕,李菊说厂里反复交涉要求提高给汇隆公司的加工费用,要给工人增加工资,可今天一看,办公区面貌焕然一新,领导也坐上了新车,这中间会不会另有文章。就对向平说:"向厂长是秦东企业界的翘楚,特别是生产管理方面无人能及,今日一看更加令人佩服。外界传言企业很困难,我怎么不大看得出来?"向平知他话里有话,说:"快别这样说,我都惭愧死了。企业真的是非常困难,常常电费水费都交不起。几个月前,企业刚全员上岗,几家银行就以为企业好转了,齐来催还贷,上个月还派了驻厂催促人员,可以说度日如年啊!"他看出了汪达其的疑惑,接着说:"任东山当了书记后,通过南金山,从东井头煤矿借了一笔钱,说好用来修缮一下危旧厂房,我就同意了。可钱拿到手后他坚持先改善一下企业形象,提振一下领导班子的信心,买了几辆小车,又整修了一下办公区。工人意见可大了,要不是因能全员上岗对领导还抱有希望,估计乱子早闹大了。"汪达其心头的谜解开了,这是任东山在往火炉上坐呀,总有一天工人会算这笔账的,这恰是汇隆公司赢得工人好感的好时机。他说:"任东山当年是搞销售的,头脑灵活,常有奇点子。"向平微微摇头,心想任东山和南金山幕后有啥交易谁也说不清楚。

向平带着明显的情绪说:"他当了几年副局长、副总经理,如今奇点子更多了,前几天还提出把企业的住宅楼全部出售给工人,可以拿回几千万元,企业马上就会起死回生。"汪达其听了,脑子轰的一下,如真能如此,自己的一切努力和心机岂不白费了。这几年党政机关和部分事业单位正在搞房改,不就是把单位的房子买给个人吗?这可真是奇招呀!不过,听向平的口气似乎并不赞同,他竭力使自己冷静下来,说:"企业能拿到几千万元,我们汇隆公司就该退出秦纺厂了。"向平说:"任东山想让秦纺厂像党政机关一样率先搞房改,工人们会答应吗?他们电费水费都不愿交,现在还是厂里代交。再说多数职工下岗多年,上岗了也是拿着低工资,工人们连饭都吃不饱,拿什么买房子?这一段时间工人们正吵吵着要涨工资,搞不好会闹出事来!"汪达其听了心里轻松了许多。是啊,再好的办法,也得有物质条件和群众基础,否则也只能是画饼充饥。他心里更有底了,秦纺厂的确是千疮百孔,也失去了人心,不管是谁,不管用什么办法,都难以挽救了。促其尽快破产,然后予以收购,该下这个决心了!

黄一鸣风风火火地赶了过来,边走边大声说:"汪董事长好!听司机说你和向厂长回来了,我正在开会,就散了会,赶过来了。"听口气,汪达其已成了自家人了。汪达其尽管对黄一鸣很反感,出于礼貌还是握住了他的手,说:"多年没进过厂子了,向厂长让过来转转。"黄一鸣忙套近乎:"这里就是你的家,要常回来看看。现在全员上岗了,工人们都很感激,都想见见你。"向平被提醒了,对汪达其说:"要不要先把车间主任叫到一起,让大家见见面。"汪达其忙摆摆手,说:"不必,不必。"黄一鸣笑着说:"汪董事长,向厂长多次让我通过李菊联系你,要给你

## 第十二章

汇报一件事情,你是大忙人,今天总算见上了。"他回过头,问向平:"向厂长,事情你说过了吗?"向平说:"等会儿,到我办公室再一起说说。"汪达其知道是要说提高来料加工费的事,就说:"向厂长,大家都很忙,办公室我就不去了,刚好黄厂长也来了,有啥事就一块儿说说。"向平说:"也好,任书记出国考察去了,咱三人一起商量一下。"黄一鸣首先说了感谢汪达其的话,又说了工人全员上岗后工作是如何卖力,产品质量也大有提高,接着又说了一大堆困难,说了工人的工资多年没有涨过,成了秦东工资最低的国有企业。工人涨工资的要求十分强烈,已出现了闹事的苗头,搞不好会出大事。最后才说到请求汇隆公司提高来料加工费,好给工人涨点工资。

汪达其听完后,沉吟片刻,说:"秦纺这边的事情,一直是李菊具体管着,有啥事直接找李菊好了。"黄一鸣说:"找过多次李经理了,说这件事她不好做主,要董事会表态才行。"向平看汪达其皱着眉头不说话,就笑着说:"我们知道,这件事的确让你为难,这也是实在没有办法的事,工人闹起来,就没法收拾了。"汪达其仍然不开口,心想工人迟早是要闹的,闹得越大问题才能解决得越快越彻底。他对向平说:"向厂长,你是行家,棉花价格在节节攀升,按现在这个标准给你们付加工费,汇隆公司已难以盈利了。不过已经合作了,又是老朋友,你说个标准吧!"向平伸出了三个手指头,说:"在现有标准上提高三个百分点吧。"他咬咬牙,说了出来,估计对方会压一压,如能答应增加两个百分点,就达到了预期的目的。黄一鸣惊讶地瞪大了眼睛,向平往常做事可不是这样的呀,商量好要提两个百分点,多次和李菊也是这样交涉的,怎么就变成了提三个百分点?像汪达其这样精明的企业家,难道会干赔钱的买卖?汪达其听了,先是一怔,接着说:"好吧,就按你说的办,随后我给李菊打个招呼。"汪达其如此痛快,着实让向平没有想到,他既惊讶又高兴,还有些不安,紧紧握住汪达其的手,一时竟不知说什么才好。黄一鸣握住汪达其的另一只手说:"汪董事长,谢谢你,秦纺厂全体职工都会感激不尽,你可是大企业家的风度啊!"三个人的手久久握在一起。

汪达其心想,这可是用真金白银在说话呀,向平这个厚道人家竟如此狮子大张口,也是出于无奈,但只要能赢得人心,值啦!日后汇隆亏大了,再收缩时工人也会理解,至少反面声音会小一些。想到这里他释然了,当即提出要去六泉寺看看,然后回省城。向平心想,汪达其是从小商小贩干大的,是一分一分完成原始积累的,精于算计,他能如此让利,足见其心志之大,展现出了谋大事的企业家风范,真可谓是士别三日当刮目相看,是一个难得的合作伙伴。秦东纺织厂如能渡过当前难关,避免破产厄运,自己就能带领全厂职工,重振秦东纺织厂的雄风,实现多年的夙愿。出于感激之情,向平再三挽留汪达其,要一块吃晚饭。

汪达其执意要走,打电话让李菊在六泉寺等着他,说是要看望一下慧泉法师。黄一鸣让司机开过车来,他要送汪达其到六泉寺去。黄一鸣特别高兴,没想到汪达其如此痛快,答应提高秦纺厂三个百分点的加工费,这是一笔不小的数字。自己一直负责与汇隆公司的联系和洽谈工作,上次汪达其来时,实现了全员上岗,在厂内引起了极大的轰动效应,工人们好评如潮。特别是任东山书记对自己信赖有加,加上自己极力拥护任东山,看来取代向平当厂长希望很大。这次汪达其来厂里,又提高了来料加工费,尽管向平起了重要作用,可他从来就不爱张扬,不懂做舆论工作,自己若略施小伎,功劳还不都算到了自己的头上。只是这些钱能不能都用来增加工人的工资,就不好说了。任东山虽然是秦东纺织厂书记,可又是轻纺总公司的副总经理,如今厂子里实际上是他说了算。什么厂长负责制,在他看来就是在他领导下的厂长负责制。真没想到他竟是个花钱像流水的主儿,花钱的胆子也特别大,皇上买马的钱都敢花,这笔钱他肯定会瞄上。说实在的,没有自己的大力支持,他在厂里说话的分量就会减轻许多,也不至于想咋就能咋。再说任东山这次出国考察吧,向平一直不同意,由于自己坚决支持,最后也就成行了。可以这样说,换掉向平的厂长,任东山的想法比自己还要强烈。这次增加来料加工费,更是加重了自己在厂内的砝码。想到这里,他心里美滋滋的,让司机停下来,买了些营养滋补品,要送给汪达其的父亲。东西买好后,他讨好地对汪达其说:"你老爸身体看来是越来越好了,中秋节我去六泉寺看望老人家时,他正在花园里务花,简直就像个年轻人一样精神。"汪达其笑着说:"谢谢,谢谢你和厂里对我老父亲的关照。"他早就知道厂里几次派人去看望老父亲,黄一鸣也去过。黄一鸣一直在通过多种途径修复和汪达其的关系,他早就想着如果自己当了厂长,还得和汇隆公司继续合作,不光要和李菊处好关系,更重要的是要和汪达其处好关系。他知道汪达其父子情深,就想在汪诚老人的身上也下些功夫。他感觉到今天和汪达其见面,比上次见面时好了许多。

车子开得飞快,时间不长汪达其就被黄一鸣送到了六泉寺。

## 第十三章

开元大厦开工典礼午宴结束后,古济宁说有些后续工作还需要做些安排,就匆匆忙忙到工地去了,估计还要在秦东待上几天。丁燕红因部里有事,急着要回北京,已约好和王大成教授同行,恰好文佳要去省城开会,便顺便送他俩去机场。

有关市直部门的领导吃过饭后纷纷散去,只有关立峰还和张洛朴说着话。吃饭时他就几次给张洛朴敬酒,并邀请张洛朴下午到市建委去坐坐。酒桌上人多,关立峰不便说什么具体事情,他的姿态分明是在告诉吴芳,在与省能源投资集团公司的合作上他是积极的。张洛朴对所有的敬酒都是来者不拒,也痛快地喝了关立峰的酒,对是否到市建委去却是顾左右而言其他,不肯明确表态。心想你一个处级干部,让我一个厅级领导到你办公室去,你也不看看,和我坐在一起吃饭的,除了你们的书记、市长、政协主席外,也多数是副厅级领导,何况你在合作事宜上还有点拿捏,就有意在这高规格的酒宴上摆起谱来。酒宴结束后,关立峰又来邀张洛朴。张洛朴心想,合作上的事该抓紧推进了,可得先把这个据说爱摆老资格的市建委主任摆布顺,就说下午先要和书记、市长说点事,让关立峰在办公室等着,4点左右将来市建委。总算落到了实处,关立峰高兴地和张洛朴握手告别。

张洛朴和江伟在饭桌上约好,晚饭后去江伟办公室聊天。关立峰走后,他赶忙过来对等在一边的吴芳说:"你下午先开你的会,下班前我到你的办公室来聊聊。"吴芳说:"也不是开会,是交通局的领导来说高速公路的事情,我下午就在办公室,你借便吧!"张洛朴笑着说:"那好吧,我下午先和公司几个人说点事,完了咱们再聊。"吴芳走后,张洛朴对一直等在车旁的严玉华和王堂堂说:"咱们下午先看看园林式宾馆的选址。"严玉华说:"我和堂堂跑了城区的角角落落,有两个地方比较合适,你看了以后选一个定下来。"

张洛朴的小车穿过市区,来到柳河与秦河的交汇处,在距锦绣源饭店不远处停了下来。张洛朴走下车来,第一印象是风光秀美。这里位于市中心区的东北方向,往南是新老市区接壤的地方。他驻足看了看,提出要欣赏一下两河交汇的景观,几个人沿着田间小路向河边走去。不一会儿,就来到了柳河的防洪堤上。柳河从秦岭深处蜿蜒而来,穿过秦东市区,向北汇入秦河。柳河平时静如处子,即使夏秋时节发洪水,也从来没有带来过大的灾害。这里的柳河防洪堤又高又宽,上面可以通行大卡车,河两岸的防洪堤呈喇叭状对着秦河。可以说,这里的柳河防洪堤,也是秦河的防洪堤,主要是为了防秦河河水倒灌而修的。

站在防洪堤上,纵目远眺,不论是柳河的河床里,还是秦河的河床里,宛如黄绿相间的大地毯,一眼望不到尽头。河床里的玉米成熟较晚,至今尚是绿的。黄的是大豆,已经成熟了,还不曾收割。今年未发洪水,看样子防洪堤内的庄稼是个大丰收。

回转身来,再看两河交界处这块三角地带,的确是建园林式宾馆的极佳地带,可以巧借两河交汇的自然景观,视野开阔,动静相宜,如再加上人工雕饰之力,定能打造出秦东一流的园林式宾馆。张洛朴观之良久,最后注目在眼前的锦绣源酒店上,慨叹道:"这个锦绣源酒店可是占尽了地利,老板看来是一位有眼光的经营者。"严玉华说:"老板是浦湖县人,妻子笃信风水,据说请了一位深谙风水的道士在市区看了几个地方,最后选在这里,把酒店建在那片略微隆起的高处,说那是二龙戏珠的珠子,秦河和柳河是两条风云际会的龙。"她平静地说着,像在讲故事一样。张洛朴沉吟了一会儿说:"别人摘了珠子,占了风水宝地,我们还来这里凑什么热闹?"严玉华脸色微红,知道老板的脾性,向来不肯甘居人下,解释说:"这里地域宽阔,如果建个较大的园林式酒店,就像一块碧玉,那个小酒店就算是颗明珠,也成了点缀。如果抵两河交汇处建宾馆,就是扼住两条龙的龙首,财源就会像河水一样滚滚而来。"张洛朴大笑,说:"严经理什么时候也学会了这些,还一套一套的,干脆也挑个帘子,上写'看风水'三个大字,当个走街串巷的风水先生算了。"王堂堂一直默默跟着转,这时竟"吭"的一声笑了。张洛朴看了一眼迅即收起笑容的王堂堂,顿悟,忙笑着更正:"当个风水女士,这风水女士,恐怕历史上还没有过,天下第一风水女士。"说毕三个人都笑了起来。

王堂堂说:"其实,严经理讲的据说也是那个道士的说法,说实力大则控龙头,实力小则占明珠。"张洛朴再仔细看了看,摇摇头说:"干,就要既扼龙头,借景两河,又据明珠,以求视野开阔,建个一流的园林式宾馆。鲸与虾同游为伍,龙则暗自窃笑。来这里与小酒店争高下,实在是有失国有大企业的颜面。"果然不出严玉华所料,她原本不想领老板来这里,王堂堂却说这里挺不错,看看也好。张洛朴一眼就看出了严玉华的心思,故意把话题引开:"不知这位道士是何方神圣?给那位小老板指点迷津,让锦绣源酒店占了先机。"

严玉华面南,指着远处的柳河川塬方向说:"就在那白云飘处的六泉寺住着。"张洛朴看着严玉华,面露疑惑之色。王堂堂解释说:"那是一个云游道士,临时寄居在六泉寺。我和严经理去过一次,也见过那个道士一面。"张洛朴笑着说:"我觉着怪怪的,道士怎么住到了和尚的寺庙里,这不是鸠占鹊巢吗?原来是临时借住,这就对了。"张洛朴往南顺着柳河举目远望,湛蓝的天空下,秦东著名的东西长寿塬十分清晰,层层梯田如同拾级而上的天梯。再远处的秦岭山脉逶迤磅礴,重峦叠嶂气象万千。严玉华看见张洛朴看得入神,仍像讲故事一样缓缓地说:"张董事长,柳河川塬最是钟灵毓秀,十分神奇的是那里水汽极重,长年云雾缭绕,有时雾泻如瀑,夏秋两季时有彩虹出现,还多次出现过双虹竞挂,连通东西两塬的奇观。人到那里既感深邃厚重,又觉神秘空寂,不经意间还会有灵光闪现的幻觉。"张洛朴听得如临其境,指着远处说:"你看塬头上飘着的白云,就像冠盖一样,经你一说好像也有了仙气。"王堂堂也受了感染,说:"源于秦岭深处的柳河,携中分南北气候名山的灵威之气,流经披满神秘色彩的长寿塬,穿过繁华的闹市区,潇洒地汇入秦河,似乎是一条连接秦岭和秦河的缎带,把仙气、灵气和人气全连在了一起,又集中展现在了柳河川塬区。"

张洛朴和严玉华都惊讶地看着王堂堂,这个平时寡言少语的年轻人,其实也蛮有想象力,有着一肚子的花蝴蝶,只是平时极少放飞罢了。张洛朴突发奇想,问:"能不能在柳河川塬地带,面水依塬背山向城建一园林式宾馆?"他这问得还真有些突然,严玉华稍事停顿,缓缓地说:"张董事长,我在秦东也待了一段时间了,柳河川塬区虽山峻塬秀,空灵秘幻,堪比世外桃源,我们的园林式酒店却不宜在那里布局。也许那里更适宜发展旅游业。"

张洛朴对严玉华是信任的,知道她在投资经营上极有见地,既然她说那里不宜布局,那就算了。张洛朴有点遗憾地说:"太没缘分了,我在秦大上了四年学,也没去过那里,有机会一定要到那里去看一看。那是一块神秘的风水宝地,让我也沾沾那里的灵仙之气。"张洛朴拍了拍裤角沾上的草屑,说:"走,你们还选了哪里,也去看看。"

不到半个小时,三人又来到了秦河边。这里位于秦东市区的西北方向,距刚才看的地方约有七八公里。这里别是一番景象,秦河流到这里后河床异常宽阔,人们形象地说这里是秦河的肚子,是超常的大肚子。大肚子的南岸地势有些低洼,于是秦河流到这里后竟形成了一个季节性的湖泊。今年雨季汛情不大,形成的湖面也不大。荷花盛期虽过,仍零星开着些娇美的花朵。从满湖碧绿的荷叶看,今年莲藕收成一定不错。欣赏着这有点南国水乡风情的美景,张洛朴不觉心旷神怡,深深吸了一口气,刚想说什么,却紧紧皱起了眉头。严玉华看在眼里,以她惯有的舒缓语速说:"这里往南是秦东经济开发区,发展很快,要不了几年就会拓展到这里。秦东市区现在约三十万人口,按中期规划要建成五十万到八十万人口的中等城市,这里距未来的市中心区非常近。我们可以抢占先机,在这里布局建设园林式的五星级宾馆。"张洛朴一边欣赏着这里的风光,一边认真地听着,脸上仍然挂着重重的疑虑。王堂堂补充说:"有人建议同时搞一个现代化的会展中心,一并规划、设计,分期实施,这样效益会更好一些。"

张洛朴沉吟良久,一言不发。严玉华知道这是老板的脾性,说明他心中仍有疑虑,就继续说:"我们和市规划局的同志反复接触过,他们说这里是规划中的湖泊,我们可以依湖建设,借用水景,形成独特的景观优势,可以省下征地造湖的一大笔投资。"张洛朴脸上的疑虑似乎仍未散去,终于忍不住问:"季节性小湖泊,一旦到了枯水期,湖底坦露,鱼虾无存,荒草萋萋,还有什么景观优势。吸引不到客人,生意岂不亏大了?"

严玉华并不着急,依然缓缓地说:"市规划局说了,要在这里搞一个永久性的人造湖。我从他们那里了解到一些情况后,又做了些调研,形成了一份材料。你先看看。"她从手提包里取出材料,递给了张洛朴。张洛朴戴上司机递来的金丝老花镜,开始翻材料。材料竟像故事一样吸引住了张洛朴。

秦河流到这里,水利部门叫西门屯险工段,老百姓叫秦河大肚子。这里不仅河床出奇地宽阔,且地形尤为奇特复杂。河床里边有一块高地,虽经千百年的冲刷,依然坚定地固守着。在这块高地上有一个村庄西门屯,村民们世世代代在这里繁衍生息。每当秦河发大水时,西门屯就会成为一个孤岛。可老辈人说村民并不害怕发大水,发大水时就成了年轻人比拼的节日。从水中捞上来的东西,堆得满地满村,有瓜果蔬菜、衣被饰物、门窗家具、大小木料等,还有畜禽野兽的尸体、人的尸体。当然,也曾使不少生灵获救,包括半死不活的老人和小孩。可以这样说,发大水会给西门屯带来损失,也会带来无法预料的收益。发一次大水,有人捞的粮食一年都吃不完,好些家庭的房子就是水中捞的木料盖起来的。据说曾有一个青年后生捞了一个挂着银锁的大木箱,发了大财,举家迁走,至今还像谜一样流传着。可是近几十年来,由于秦河入黄河不畅,泥沙淤积,河床抬高,每当发大水时,西门屯就成了秦东市抢险救灾的重点之一,被省水利部门正式命名为秦河西门屯险工段。秦东市也下决心三年内将西门屯举村迁至河床外的安全地带,然后在小湖周边取土,把多年想整修而没有整修的西门险工段的防洪大堤整修一下,再引秦河水把现在的季节性小湖扩建成一个人造湖。

## 第十三章

看了这些情况,张洛朴的脸上浮出了笑容。材料的后半部分是大量的数据和分析,附有许多表格和示意图。他随便翻了翻,把材料还给严玉华,说:"好,好啊!市上造湖,我们借景,这里征地的费用也不会高,如果要建会展中心,还可以让市上多给些优惠政策。"他看了看滔滔东流的秦河水,十分自信地说:"秦东市要有大的发展,不光要西扩,更要跨秦河北进。要不了十年,这里就会繁华起来,一个园林式宾馆必有其独特的魅力和吸引力。"王堂堂说:"是这样的,听市规划局的人说,准备在秦河上再架两座大桥,其中一座大桥离这儿很近,以利于城市向北发展。"说到这儿,王堂堂恍然大悟,严玉华不建议在柳河川塬区布局项目的根本原因,是那里离城市发展的重心会越来越远。

张洛朴看了看表,到了与关立峰约定的会面时间,却不想按时赴约。一个县处级干部躲在幕后,软磨硬拖,让天然气合作项目迟迟无法取得实质性进展,使其他项目也没个实施的平台。古济宁的项目已正式动工了,自己的项目尚在洽谈阶段,还不断地扯皮、卡壳。一想到这里,张洛朴就气不打一处来。让我这个厅级领导到你办公室去?说实在的,你们的市长要不是我的老同学,我还不一定到她办公室去呢!我是看在市长的面子上,才勉强答应你的,真有些后悔,怎么能干这种违心事,实在掉身价。先拖一拖时间再说。他回头问王堂堂:"小王,你去过西门屯吗?"王堂堂说:"没有。"他知道严玉华调研时去过两次,她工作一惯认真细致,凡事涉投资,来龙去脉,根根蔓蔓,都要弄得一清二楚。想到这里王堂堂顿时有些不好意思起来。严玉华说:"小王刚来秦东,一直忙着和市天然气公司洽谈。"

张洛朴看出两个部下误会了自己的意思,笑着说:"那可是西门庆故里,西门大官人是商场精英,我们这些商场打拼的人可得去西门屯看看呀!"严玉华、王堂堂和一直默默站在一旁的司机都笑了起来。王堂堂知道老板并无责怪他的意思,心里轻松多了,禁不住说:"前几天我看了严经理写的调研材料,觉得那个村子还有些传奇色彩呢!""好啊,小王想朝拜西门庆故里,我们就陪陪吧,也沾沾西门大官人做大生意的灵气。"张洛朴说完自己先笑了起来。王堂堂心想,分明是老板想去,怎么就变成了我想去,反而让老板陪同呢?严玉华心想,说西门屯老和西门庆往一起连,老板这是怎么啦?想到这里她的脸上有些热辣辣的。

司机要开车去,张洛朴故作惊讶地问:"你又不做生意,去学西门庆啥本事?"说毕大笑,说:"你就在这儿看好车,村子也不远,我们去去就过来。"司机嘻嘻地笑着,脸却红了,讪讪地说:"我等着,路不好,车也不好开。"王堂堂心中暗笑,这不是偷换概念吗?是去西门屯,不是去见西门庆,还学什么本事?他搞学问的认真劲又上来了。严玉华也没想到,老板今天怎么对西门屯有如此雅兴,难道是因为他对西门庆有点那个不成？自己来过两次，也没有想到过西门庆，他怎么……她习惯性地捋捋满头黑发，说："我来过这里，就带路吧！"其实，只一条路，也没有什么可带的。严玉华在前，张洛朴居中，王堂堂随后，三人一起向西门屯走去。

很快三人就越过了秦河防洪堤，走了二十多分钟，才来到村口。张洛朴满头是汗，严玉华早已气喘吁吁，香汗淋漓，加上穿着高跟鞋，脚歪得直咧牙。张洛朴喘了口气，笑着说："歇会儿吧，这段路真不好走哩！"王堂堂擦了一把汗，埋怨道："这叫什么路呀，坑坑凹凹的。"张洛朴调侃说："应该让西门庆捐资修修路啊！"三个人都笑了起来。严玉华从手提包里取出半包卫生纸来，撕开了递给张洛朴和王堂堂，说："我们就坐在河神庙前歇歇吧。"张洛朴说："呵，来这里还可以沾沾神仙的光！"三人在庙门前的台阶上铺开卫生纸坐了下来。

这是建在西门屯东门外的一座小庙，是清末民初的建筑，青石底座，青砖青瓦，相当坚固，半墙上留着一层层隐约可辨的泥沙浸泡过的印痕，是历次发大水的见证。里边供奉着秦河的河神，显然是为了保一村人的安宁。据说最初的河神是木雕的，"文化大革命"期间被毁，前多年村民集资塑了一尊泥像。这尊泥像只保了三五年的平安，前年的一场洪水，保村民平安的河神竟被泥水浸泡冲刷坍塌了。张洛朴隔着早已锁死的栅栏门，看着这尊曾备受尊荣的河神歪斜半倒的狼狈相，叹道："自身尚且不保，谈何保佑村民！"严玉华说："村民们嚷嚷了多年，请省城美院一个教授做指导，才雕塑了这尊堪称最美河神像，香火盛极一时，可还是没保佑好西门屯。前年大水后，听说一些上了年纪的人也对重塑河神失去了兴趣。搬迁的事区人代会上喊了多年，去年区政府已将整体搬迁西门屯写进了政府工作报告。"王堂堂说："政府如果再不作为，这尊河神就是先例。只拿俸禄不为民办事，不管是神还是人，都会倒掉的，倒了也没人愿意去扶。"看毕这尊已几年没有再享香火的倒掉的饿神、弃神，三人喘息方定。

西门屯不算很大，树却特别多。村庄四周、巷道院落都栽着树。大树也比较多，多是古槐，前多年又有人栽了法国梧桐。树多可以使这块地处河床的村基更加稳固，大树还可在危急时用来避难。张洛朴点燃一根香烟，长吐了一口烟，侧着头问："小王，你说说这个村子有啥特点？"王堂堂看了看老板的眼神，知道是随便聊聊，便不假思索地说："没有做过调研，说不好。村子绿树成荫，郁郁葱葱，看似生态环境极好，实际上面临着极大的生存危机，说不定哪一天会出现灭顶之灾；看起来土地资源丰富，水资源得天独厚，却都难以掌控并高效利用。如无大的变化，这个村难以富裕起来。"严玉华说："小王说得好！还说没有调研，都跑到村口了，还看了我写的调研材料。如今当官的能做到这个份上，就算是个好官了！"她猛地想到王堂堂的母亲就是这里的地方长官，他不会以为自己是含沙射影吧,说完就有些后悔。张洛朴看出了她的心思,忙换了个话题:"小王,你是哥哥,还是弟弟?"严玉华知道王堂堂是双胞胎,兴趣也上来了。王堂堂说:"我是弟弟。"张洛朴略停了停说:"只知道是双胞胎,不知道你是弟弟,那你就是老二了。"他瞅了瞅严玉华,脸上浮出一丝狡黠的笑容,接着说:"过去,有一个叫王二的人,算是你的同宗。"他停了下来,要卖个关子。严玉华知道老板又要讲段子,就侧过身来。王堂堂听了个半句话,忙问:"那个王二怎么了?"张洛朴一本正经地问:"想听吗?"不等王堂堂回答,接着说:"这个王二呀,生了个儿子,于是引经据典,查八字看星座,还咨询了几位饱学之士,发誓要给儿子起个有底蕴、有意趣、惊天动地、万世流芳的大名。最终嘛,定名为王小二。"说完他忍住笑,看二位部下笑得前仰后合,实在憋不住也笑了起来。严玉华摸透了张洛朴,知道他兴之所至来到了西门屯村口,是不会到村子里去的,还是礼节性地问:"要不要到村里去看看?"张洛朴估摸着时间耗得差不多了,笑着说:"算了吧,到村里去,若见不上西门庆同志你俩就会有意见了。"严玉华的手机响了,她边接边说:"张董事长,是司机打来的,说关立峰主任在催,还让你把手机打开。"张洛朴说:"你先让司机把车开过来,这段路太难走了。"

张洛朴抽完剩下的半根烟,慢慢拿出手机,刚打开铃声就响了,他接通后哼哈了几句后说:"再等等吧,江书记正说个事儿,过会儿我就过来。要不你给江书记说说,我马上过来。"打完电话,他生气地说:"关立峰这种人,老资格,老油条,难缠、难说话、难打交道。他非要请我到市建委去,不就是要说天然气公司的股份嘛,何不痛快点!"严玉华忙说:"张董事长,关立峰今天的态度变了,在会场上专门给我俩说了,他同意我们提出的股权比例,还说已经给市天然气公司的经理说过了。"王堂堂这才若有所悟,老板今天的考察是一箭双雕,还有逼关立峰就范的意图。不过他的戏演得太妙了,特别是刚才说的就像是在江伟书记的办公室,这不是在耍关立峰吗?不过自己和严玉华不也被关立峰玩得团团转吗?这世界真是太复杂、太奇妙了。严玉华显得很平静,像什么也没听见,什么也没发生一样,她早就见怪不怪了。心想,这有什么,要不是王堂堂在这里,他可能会说正在吴芳市长的办公室呢。她并没有想到今天整个的视察活动都有演戏的成分。

看到司机把车开过来了,张洛朴站了起来,忽然回过头来问:"市天然气公司的综合楼盖得怎样了?"严玉华说:"正在紧张施工,主体快起来了。"张洛朴说:"你给关立峰打电话,说我不到建委机关去了,要直接到市天然气公司综合大楼工地上看看,有啥事在工地上说。"他知道严玉华会理解的,忍不住又补充了一句:"不能他让到哪儿,咱就到哪儿。"三个人上车坐好后,车子就颠颠簸簸地向前开去。张洛朴不无遗憾地说:"这里太有诗情画意了,也太有趣了。今天要是我的老同学丁燕红也来了,她肯定会诗兴大发,说不定会一连作几首好诗哩!"

丁燕红正在前往省城飞机场的路上。她这次到秦东市来参加开元大厦的开工典礼,本想陪古济宁再待上一两天,还要和吴芳谈一下秦东纺织厂破产的有关事宜,可京城有事只好匆匆离开秦东。王大成教授也有事,就一起回京。他们是老熟人了,当年古济宁执意辞去公职下海时,他们就开始接触了。古济宁经过几年商场打拼,开始进入房地产行业,王大成教授既是建筑设计专家,又是城市规划专家,古济宁曾经多次请求他帮过忙。经过长期交往,王大成认定古济宁定能成为一个有为的企业家。他钦佩和赞赏古济宁勇入商海的拼搏精神,以德经商、以诚经商的理念,就想帮助古济宁成就一番事业。古济宁是改革开放后最早下海的那批开拓者,也是一个幸运者,既有大企业家的大力支持,又有知名专家的倾心相助,刚进入二十世纪九十年代就打开了局面,古济宁的企业先后获得了房地产行业的"最佳楼盘"和"宜居小区"双奖,一下子就成了京城房地产开发商中的佼佼者。古济宁一直像对待长辈一样对待王大成,王大成走出书斋,以自己所学服务社会,也更有成就感。他们之间建立了非同寻常的友情,成了让许多人羡慕的忘年交。丁燕红在长期的交往中,还多了一层诗友的关系。王大成学贯中西,除了在专业领域里有着极深的造诣外,爱好十分广泛,喜欢国学,酷爱古典诗词,对民间鼓乐歌舞很有兴趣。丁燕红一直以师相待,王大成则一直以诗友相交。王大成对丁燕红说过,他喜欢古典诗词,对新体诗没研究,没有资格当老师。丁燕红则认为,是诗都是相通的,何分旧体新体,他完全有资格当她的老师。

王大成平时非常忙,随着近年来城市化进程的加快,王大成是越来越忙了,要不是古济宁邀请,肯定不会来秦东市。当然他这次来还有继续收集有关资料的想法。别看老教授学富五车,可并非书生气十足的那种老冬烘。他在开工典礼举行期间,找下马村的刘大毅要了不少资料,还和市规划局局长做了些交流。他正在应古济宁之请,围绕开元大厦建设和下马村改造,搞一个规划。他已有了一个建设秦东市最大的商贸休闲娱乐中心的设想,还需要补充些资料,估计很快就会拿出一个详细的规划来。

丁燕红平时也非常忙,她负责企业改制,这项工作已进入攻坚阶段,整天忙得团团转。不过,她到秦东来倒是一举多得,既帮了古济宁的忙,也帮了吴芳的忙,还通过秦东纺织厂了解了企业改制方面的情况。两个大忙人难得碰到一起,更难得有交流的机会,丁燕红想借此机会和王大成好好谈谈。不等她开口,坐在前边的文佳便问:"小丁,最近有啥新诗集出版?也不给我带一本来。"今年以来丁燕红来了好几次,却都没有好好聊过,文佳刚刚坐稳就开了口。司机看文佳已开始和客人说话,立即启动小车,向省城的飞机场急驶而去。

## 第十三章

丁燕红坐在后排,她关照了一下坐在旁边的王大成,笑着说:"还出诗集呢?这几年已不大关注诗歌了,现在基本上不看诗了,诗歌刊物一本也没订,偶尔会在报纸上扫上两眼。不过现在刊登诗歌的报纸也不多,遇到头几行能看下去的诗,会大致浏览一下,如果头两句就莫名其妙,就不会看下去了。"王大成笑着说:"诗在唐代达到了顶峰,都说与那时的经济社会发展程度有关系。现在经济发展了,社会稳定了,诗歌却让人越来越失望。新诗我过去还看,现在也不看了,想看旧体诗却几乎看不到,旧体诗该不会绝迹吧!"文佳听了觉得挺沉重,说:"好像写诗的人也少了。像小丁这样过去几乎一年出一本诗集的少壮派诗人,如今也不写诗了,挺遗憾的。"丁燕红说:"不是不写了,现在是偶尔写写诗,激情少了,手也生了,诗的质量好像也每况愈下。人都说文章憎命达,好像我当了副司长以后,诗歌也憎开了,我可是芝麻绿豆大的官儿呀!"说着她先自笑了。王大成笑着说:"诗歌没有憎命达呀,屈原是部长级高官,唐宋官至部长、总理的大诗人比比皆是呀,许多人官都比你这个副司长大啊!"他侧身看了一眼憋不住快要笑的丁燕红,调侃说:"对了,你的官比杜甫的八品高了几级,李白的大学士不知是几品,可没干几天就丢掉了,成了没品级的前大学士,那诗歌不憎你憎谁呀?"文佳和丁燕红都笑了起来。文佳心想,王大成是搞建筑设计和城市规划的,看来对诗人还挺熟悉,说话也蛮幽默,看来是个豁达又平易近人的长者,觉得气氛一下子活跃多了。

文佳说:"王教授说得对,诗歌从来没有憎过命达。中国诗歌的发展,离不开官场的助推,更离不开历代官员的创作实践。在当代,毛主席就把诗词创作推向了一个新的高峰。你读读《沁园春·雪》,那才叫会当凌绝顶呢!"文佳虽不像丁燕红那样喜欢诗,却对毛主席的诗词情有独钟。"对,对!那时候毛主席虽说过不要提倡写旧体诗,旧体诗却还是兴盛了一段时间,也带动了新体诗的发展。陈毅元帅和叶剑英元帅就写下了不少好诗,陈毅元帅还是旧体、新体诗都写的。我的旧体诗就多半发表在那时候。"王大成说到这里十分兴奋,脸上泛出了红光。文佳敬佩地回过头来,看了看这位知识渊博、兴趣广泛的学者。

丁燕红说:"王老的诗我读过不少,清新明快,细腻严谨,对我写诗很有启发。我刚参加工作时,还像学生时代一样天真,激情澎湃,经常涂涂写写,也出了几本诗集。当了副司长后工作忙了许多,也怕别人说不务正业,诗就写得少了,慢慢也写不出来了。可以这样说,这些年对诗歌是渐行渐远了。"文佳说:"官员谁个不忙,如今官员出书却成了时髦。就说秦东吧,好几位领导都出了诗集,开始也赢得了不少喝彩。新诗集一出来大家都说某某领导有文采,知识分子型领导就是不一样,干部中还争相传看。我的办公室就放了七八本诗集,当然有些诗也写得不错。我至今记得一位从基层上来的领导,为当年在生产队打胡基,就是制作土坯写了首诗,诗中有'三锨六脚十二窝,双脚扫边跺一跺',虽然没有多少诗意,倒有些生活情趣,也记录了这位领导的成长历程。我也是农家子弟,也干过这种苦活,他写得竟像跳舞一样,因此至今尚能记得这一句。到后来领导的诗集越出越多了,受关注的程度也就越来越淡了。"文佳略微停了一下,对老同学和王教授无须戒备,但还有司机呀,他斟酌着放缓了语速:"还有的领导除了沽名钓誉外,就是想弄些钱。权大的自有市直部门和县市区的头头脑脑主动去购买,一买就是几百本,甚至上千本,然后发给下属。权小的就摊给下属单位,让其推销,还不是让单位买下送人完事。有些诗集送都送不出去,就堆在房间的角落里。反正写诗的领导该拿的都拿了。有的作家搞签名售书,哪有这样售书来得方便快捷。"

王大成说:"中国古代诗歌情况比较特殊,'学而优则仕''仕而学必优',历代官员中不乏诗词大家,许多人都对中国诗歌的发展和繁荣做出了重要贡献。没想到如今竟是如此有辱斯文,让高雅圣洁的诗神也蒙羞受辱。"他想不通有些领导干部竟会这样,就问:"这些人不是有稿费和版税收入吗,怎么还这样不择手段地弄钱?"文佳说:"这些人出书不少是买了书号,是自费出诗集,当然这笔钱是变着法花公款或企业老板代出的,出书时就没想过稿费和版税的事。"王大成听了觉得简直不可思议,一时无语。丁燕红说:"又要名,又要利,在这样的氛围中,诗歌还能发展繁荣吗?"文佳神情怪异地说:"咋不能发展繁荣,秦东的前任书记白子卫,就是秦东当代最大的诗人,一连出了三本诗集。秦东日报社经常去约稿,有一次《秦东日报》上登出一首九言律诗。有谁见过九言律诗?我看了后简直惊呆了。秦东历史上的大诗人白居易不行,恐怕李白、杜甫也不行啊!"说毕直摇头。这更加让王大成难以理解,问道:"那《秦东日报》也刊登吗?"丁燕红说:"王老,这你就不懂了。市委书记写的诗,市委办的报纸敢不登吗?说不定还在头版登呢。"文佳说:"小丁说得对,就是登在头版最显著的位置上。据总编说白书记想写一首像诗像词又像赋的作品,能够有所突破。当时总编还想写一篇诗评,吹吹牛,多亏他绞尽脑汁也写不出来,不然当白子卫贪腐大案东窗事发后,他会相当被动难堪。"

丁燕红说:"诗歌的发展繁荣,离不开时代因素。现在经济社会发展的速度快了,竞争也激烈了,人们生活压力大了,就业问题、住房问题、子女上学、看病养老……一般群众不会有很多闲情逸致关注诗歌,诗歌的发展似乎进入了一个怪圈。"她轻轻叹了口气:"不过,话说回来了,诗歌即使不景气,写诗的人可不会少,少说全国也有几十万人吧。文老兄是了解我的,诗歌是我一直的爱好,将来工作闲暇了,或者退休以后,我还要加入到这个队伍中去。"文佳笑着说:"其实,你现在就在这个队伍中。工作固然重要,业余时间写写诗也是好的。"王大成说:"业余时间写写诗,既可以陶冶性情,也是一种休息调节。毛主席的好些诗是在马背上哼成的,忙中偷闲也是一大乐事啊。"丁燕红笑了笑,不再说什么。心想王老说得不错,自己今年以来已经开始调整思路,特别是几次陪古济宁到秦东后,更是加快了调整的步伐。她也说不清什么原因,反正经常会产生某种冲动,激情与灵感并至,不想写诗都不成,尽管已写不出令自己满意的好诗了。想到古济宁,她禁不住问:"王老,听古济宁讲,您对开元大厦项目的拓展有些新的想法,不知有啥进展没有?"王大成简单地讲了讲。说着说着小车就到了离省城三十多公里的飞机场。

司机小李前后跑着买票,办理各种手续。王大成去过卫生间后,一个人到一家古玩店转悠去了。文佳坚持要把客人送上飞机才去省城报到开会,这会儿就和丁燕红坐在候机厅贵宾间的一个角落里闲聊。文佳几次想问她和古济宁的事情,却不知如何开口,倒是丁燕红先说了起来:"文老兄,你经验丰富,你说说我和古济宁的事情该怎样办才好?"文佳没想到她竟是如此的直截了当,忙说:"我在这方面恰恰最缺乏经验,连教训也没有。你是知道的,我和你嫂子是经人介绍才认识的,一年后就结了婚。没有恋爱的过程,没有这种实践,哪来的经验教训。不过,话说到这儿了,我就直言吧。"他稍做停顿,接着说:"这事不能再拖了,哪里有一拖十几年的道理?依我看你就主动点,老古那人你比我还清楚,在婚姻问题上受过挫折,你就迁就些。"

丁燕红从来没有给文佳谈过这方面的事情,上大学时也没有,如今主动向他谈起,是对这位学兄的充分信任,也有所期待。听了文佳的话,她摇摇头说:"我还不主动吗?上大学时,给他洗过衣服,缝过被褥,有一年寒假期间还到他家去了一趟,还给他写过不少诗。我一个女孩子,这还不主动吗?有些情况你也是知道的。"文佳忙说:"我说的是现在,现在你是国家部委的副司长,是有身份、有地位的人了。"说到这里,连文佳自己也觉得不妥,说得有些言不由衷,还差点没说出你是高干子女的话来,他实在是不知该怎样说才好。丁燕红说:"你老兄还不了解我,再说,我当副司长才几年呀,之前他不也是若即若离、不热不凉的。"文佳心想,这婚姻上的事太复杂了,按说丁燕红对古济宁够痴情的了,可十几年过去了,两人仍然都是单身。要不是今年吴芳把几位老同学邀来共促秦东发展,还以为他俩早就结成伉俪了。古济宁是个深藏不露的人,心里怎样想,别人很难探清,年初问及此事时,他还遮遮掩掩地不愿谈呢。当然,古济宁对吴芳的想法,更不会对文佳谈。上大学时他追吴芳的事,文佳曾有耳闻,却一直没有当真,毕业后随着古济宁的进京,文佳也就淡忘了。文佳说:"老古这个人不苟言笑,不善与人交流,但极讲诚信,是个负责任的人。我原以为像他这种人不宜在商场发展,没想到他在商场上竟如鱼得水,大展其才。可见世上的事情有时很难说呢!我觉得还是要多接触,多交流思想,说不定就差一点火候,也许会有出乎意料的突破。"

"老兄说得有道理,我也是这么想的。"丁燕红喝了口水,像是征求文佳的意见,又像是自言自语,"最近部里要选派干部到基层挂职锻炼,该不该争取一下?争取能到秦东这个西部中等城市来工作一段时间。"文佳心想,工作上的事情,涉及个人前程,最好决之于己,再说也不了解她的工作环境,最好别表态,就又回到刚才的话题上:"你俩在北京经常见面吗?交流多吗?"丁燕红也觉得自己刚才说的话让文佳不好回答,忙说:"都很忙,我常出差,他也常在外地跑生意上的事,难得见上一面,他有时好像还在有意回避。看来,他下决心要在秦东干点事情,估计没有一年两年的,摆不顺秦东的事情。我如果能在秦东挂职锻炼,见面的机会反而比在京城多。再者,我还想帮吴芳抓一下企业改制,至少把秦纺厂这个老大难问题给解决掉。"文佳不禁刮目相看,如今这个学妹,激情澎湃的诗人气质虽少了一些,深谋远虑的素养却多了不少,便笑着说:"好啊!我将多一个要伺候的顶头上司。"

丁燕红没有想到这一层,笑着说:"哪里话?这事还八字没见一撇呢。再说,就是来了,你还是我的老学兄啊!"文佳摇摇头,官场有官场的规则,俗话说官高一级压死人,等级永远是存在的,上下级关系也不容马虎,不会因同学关系而有所改变。丁燕红抬起头,有些感慨地说:"吴芳这个市长,应该让老同学到一个强力部门去当头儿才好。"文佳听了又能说些什么呢?在这个问题上他已拿定了主意,不再想,不再说,不再做任何努力,完全听其自然。转而他又想,不管何种情况,如果有机会,要在古济宁和丁燕红之间做些沟通,即使不算月老,也要牵牵线,搭搭桥。他觉得自己有这方面的义务,也乐意做点啥,尽管丁燕红并没有提出这方面的要求。这不同于张洛朴给自己出的难题。去找吴芳说张洛朴对她有意,这叫哪门子事?如何措辞?简直不可思议!文佳从来没有做过月老职责范围内的事情,这时他突然觉得干这类事其实也挺有责任感,这类事也并不简单,也许进入实际操作后还大有学问呢!丁燕红看文佳不再说话,后悔触到了他的痛处。是啊,当年班级的党支部书记,学生中的最高领导,也是学生中的佼佼者,如今要给当年部下当部下。人都是有尊严的,难道他不计较这些?但他对本职工作仍是那样的认真和卖力。看来他的确是一个高素质的公职人员,着实让人钦佩,也为有这样一位老同学而欣慰。

司机办好了一切登机手续,拿着机票、登机卡、机场建设费和人身保险费等一叠票据和两人的身份证急急忙忙地走进候机厅的贵宾室。文佳让他坐下休

## 第十三章

息,说是等客人进港后再走。王大成笑吟吟地走了进来,高兴地说:"过去逛书店的时候多,现在又有了古玩店可以逛了。"文佳笑着说:"下次王教授去秦东,我一定陪着去逛逛秦东的古玩店。"王大成忽然想起,文佳要去省城开会的,忙催着他走,说:"我还没有老到不能自理的地步,再说又有小丁陪着,你就放心走吧!"文佳只好起身告辞。

关立峰下午一直在自己的办公室等着张洛朴的到来。茶几上早就摆好了上好的红富士苹果、青翠的冬枣,这两样都是秦东的名产。还有一盘金黄的香蕉、一盒软包装中华烟、一盒极品龙井茶叶。晚饭也安排人预订了。

关立峰等到约定的下午4时后,左等右等也不见张洛朴来,打他的手机又关着,没法取得联系,就有点坐立不宁。费了好大的劲,才让人联系上了张洛朴的司机,也终于联系上了张洛朴。随后又说不来了,要去看市天然气公司在建的综合大楼。还没订婚呢,就要去看新房、买大床,这是急于求成,还是信心太足?也许是在逼我要我,关立峰心里有说不出的滋味。开始谈时就不愿搞股份制,自家熟了的桃子谁愿让别人来摘,后来更不愿意对方控股,听凭自家一树熟桃子让别人来当家、去支配。没办法,这些都认了,但也不能做得太过分了!关立峰虽窝了一肚子的怨气,却只好叫了几个随员,极不情愿地来到市天然气公司综合大楼的工地上。

不大一会儿,张洛朴的车就来了。他隔窗看见关立峰已经等在工地上,就缓缓走下车来。关立峰忙迎上前来,两人紧紧握住手,就像老朋友见面一样久久不肯放开。张洛朴笑着说:"我的两个部下,我给你介绍一下。"他回转身看着严玉华和王堂堂。关立峰笑着说:"我们是熟人。"边说边迎上前去和严玉华、王堂堂握了握手。

市天然气公司的综合大楼建在市区繁华的长阳大街西段。大楼坐北向南,东西摆开,楼体宏伟气派,设计新颖独特,主体即将封顶。张洛朴看了心中欢喜,脱口赞道:"到底是建委的下属单位,选址好,设计好,完全是现代企业的气派。这是关主任的大手笔呀!"关立峰舒心地笑了,这类夸奖的话他听得不少了,听了张洛朴的话心里仍然觉得美滋滋的。是啊,市上的公安局、财政局、人事局等几个强势部门都争着在这里建办公楼,结果市天然气公司争到了手。谁都知道这是关立峰起了关键性作用,赢得了建委系统内的一片喝彩,也让许多部门又羡慕,又嫉妒。这栋大楼他几乎当成自己的亲儿子一样关爱有加,从选址到设计都是他一手操持。在市区显眼的位置上建一栋漂亮的大楼,就是一种宣传,就是在给自己树碑立传。这是下属单位建的大楼,张洛朴仍能看出是自己的大手笔,也算是知音啊!关立峰高兴地说:"大楼内外装饰装修也做了精心设计,内装修准备请省城一家知名企业来干。大楼前后还要绿化美化，要搞成城区一流。"他看张洛朴挺感兴趣地听着，赞许地点着头，就接着说："张董事长，你往北看。那边还要建几栋家属住宅楼，地基已开挖了。以人为本嘛，要让所有职工安居乐业。"

张洛朴听得兴趣上来了，他踩着满地的水泥碎块，绕过地上横七竖八乱放的钢筋、木料和模板，兴致勃勃地看了一圈。关立峰也把开始时的不快扔到了脑后，不断地让人催市天然气公司的经理曹希快点来工地现场。

严玉华穿着高跟鞋，跟在后面走得很慢，也很小心，还是被一根木料上的钉子把鞋戳了。她心疼地咬了咬牙，那可是一双高档的意大利名牌皮鞋呀！王堂堂心想，一栋在建的大楼有什么可看的，还绕着圈看，有这种必要吗？这会不会是洽谈双方决策者的一种姿态，或者是一种博弈。这世界太复杂了，这人特别是这些头头脑脑的头脑太复杂了。看就看呗，王堂堂就跟在后面边转边看。他很快就发现，关立峰的随员们也和他一样，跟在领导后面漫不经心地转着看着，一副例行公事的样子。

一圈转完了，也看完了，市天然气公司的经理曹希还没有来，关立峰有些恼火，却不便发作。下一步怎么办，总不能再转一圈，显然客人是不会到自己的办公室去的，人家可能是不愿放下身段屈就，才到这里来考察。去宾馆吃饭吧，为时尚早。关键是曹希这小子还没露面呢！忽然他看到了不远处的一个小亭子，灵机一动笑着说："张董事长，咱到那边的亭子里歇歇吧，你看把严经理累成啥样子了？"严玉华不是累，而是有点狼狈不堪，她最后一个趔趔趄趄地走了过来，一边擦头上的汗，一边小心翼翼地看着脚下，生怕有什么利器再戳了自己的新鞋。张洛朴看了一眼严玉华，立即表态："好，好，歇一歇，我也累了。"

曹希阴沉着脸来到亭子间，看见这么多人，便弯了弯腰，说："我来迟了，对不起，实在对不起，家里老母亲有病，耽误了一下。"关立峰看着曹希，有些不快地说："你让客人久等了，我先给你介绍一下，这位是省能源投资集团公司的董事长张洛朴。"曹希紧紧握住张洛朴的手，连声问好，握毕手笑着说："其他的都是熟人，严玉华经理和小王是现在的谈判对手，机关来的几位是老哥儿们。"他拱了拱手，算是都见过了，接着说："该看的你们都看过了，要不要我把大楼设计和建设的有关情况给张董事长汇报一下？"

曹希按关立峰的要求，开始全面汇报。他讲了市天然气公司的筹建过程，着重说了筹资的艰难，以及取得的出乎意料的好成效。这是关立峰的得意之作，听得他心里美滋滋的。曹希又简要讲了公司当前的运营情况，接着详细讲了综合大楼的有关情况，从设计到施工，从投资到备料，从工程进展到竣工后的使用，讲得头头是道，如数家珍。张洛朴其实并不想听这么多，他来这里很大程度上只是一种姿态。当听到曹希说到筹资成效时,甚至有些反感,那弦外之音不就是说市天然气公司不缺钱,根本不需要和你们合作吗?有拒客于千里之外的感觉。

曹希说完后,关立峰问:"张董事长,还有什么情况要问吗?"他听了曹希的汇报,还比较满意。曹希是他的得力部下,对他的工作向来是支持的,最近以来他一直在做工作,想把曹希的行政级别提一提。张洛朴摇了摇头,一开始就觉得曹希善于言辞,但一直没说到实质性的事情。严玉华在路上已说了关立峰的表态,想着在这里能得到确认,他不动声色地抽着烟,静静地等着。

曹希是坚决反对搞股份制的,毕竟胳膊扭不过大腿,关立峰同意了,他只好也同意了。在股权比例上不想再让步了,这一点他和顶头上司的想法是一致的。如果省公司控股,就会派个董事长,自己虽然还会当总经理,但就换了门庭,要给别人打工,这无论如何难以接受。今天张洛朴要来看在建的综合大楼,他就非常反感,饭还没熟哩,你就拿起了筷子,算什么事呀?母亲是有点病,却无大碍,他是故意磨磨蹭蹭才来迟的。

严玉华谈项目合作相当多了,以往都是别人有求于己方公司,一般己方公司处在主动的位置上,还没出现过这种被动的情况。己方公司拿着钱要给人家投,人家还推三阻四,这不是拿热脸硬贴人家的凉屁股吗!出乎意料的是关立峰上午当面表态,同意了己方提出的股权比例,还说已给曹希说过了。可是曹希说了半天,却未提组建股份制企业的事,更未提股权比例的事。严玉华忍不住说:"曹经理,双方洽谈股份制的事,你还没有说呢。"

曹希说:"成立股份公司的事情已经谈好了呀!"他看了看关立峰,又看了看张洛朴,似乎什么问题都不存在了。严玉华极其认真地说:"话要说到明处,股权比例我方占百分之五十一,贵方占百分之四十九,对吧?"曹希立即说:"你说反了,比例应该颠倒过来!"他也一脸的认真,口气坚决,似乎一点商量的余地都没有。严玉华大感意外,她看了一眼关立峰,一时不知说什么好。王堂堂也大感意外,就问关立峰:"关主任,你不是说曹经理已经同意了我们的意见吗?"他没有按关立峰上午的说法问,恐怕关立峰下不来台,也给他留下一点回旋的余地。严玉华紧紧盯着关立峰,看他怎样回答。

关立峰脸唰地红了,其实他还没有来得及给曹希说股权比例的事,上午只是他的想法和一个姿态。他有些尴尬,却以不容置疑的口吻说:"就按严经理说的股权比例办,明天你们就签合同。"曹希听了惊讶地张着口说不出话来。不让对方控股这是底线,关立峰一直强调在这个问题上不能退让。是不是他想演双簧,让我演白脸,他演红脸。他毕竟是市建委主任,不能不做做样子,张洛朴毕竟是吴芳市长的同学,这个合作项目一直是吴芳市长同意并关注的。想到这里,曹希狠了狠心大声说:"这个恐怕不行,市上好不容易办起的企业,刚要起步却把控股权丢了,职工会说我是秦东的李鸿章,签了卖企条约。"

张洛朴瞪着曹希,大感不解,主管部门主要领导表态了,下属怎能如此?这不是让我也难堪吗?难道我成了外国列强,逼着你签不平等条约,真是岂有此理!

曹希没有搁住关立峰的话,这让关立峰着实下不来台,他看张洛朴的脸色十分难看,强压下心头的不快,对曹希说:"老曹,你胡说些啥呀!不管谁控股,企业不是还在秦东吗?就是真卖了,也没卖给外国,怎么把清朝的李鸿章都抬出来了?"他觉得把爱将说重了,转向张洛朴:"张董事长,你要理解,这个企业是他一手筹建起来的,就像亲儿子一样,感情深着哩!"说着他先笑了起来,可曹希仍然皱着眉,其他人也丝毫没有笑的意思。没有一个人再说啥,顿时静默下来。

曹希心想,我今天既然唱了白脸,就一唱到底吧,关立峰是能理解的。自己是他一手提拔任用,自己对他历来坚决拥护和服从,但这件事涉及部门、企业的重大利益,特别是涉及自己的核心利益。前一段时间,由锡平副市长专门把他叫到办公室,说他这几年干得很好,筹建市天然气公司为全市经济社会发展做出了贡献,鼓励他继续好好干,并答应想办法解决他的副处级待遇问题。如果让对方控了股,成了给别人打工,由锡平副市长还能解决他的问题吗?想到这里他更是铁了心,无论如何也不想松口了。

冷场,这让大家都感到十分尴尬和别扭,尤其是关立峰。关立峰知道这事拖的时间太长了,很明显吴芳市长已经不高兴了,虽然没有指责他,但这件事必须办好的意思是明确无误地表达了。如果再拖下去,影响了招商引资的进程,不仅市长,可能书记也会有看法,说不定还会影响他的职务晋升。既然无法改变对方的态度,就只能做出让步,首先要让部下服从自己。他对着曹希说:"老曹,张董事长今天在场,就这样定吧。明天早晨你和严经理到建委会议室来,我主持,搞个简短的签约仪式,你俩把合同签了,然后你们一起去工商、税务等部门履行相关手续。"说完他看了一眼张洛朴,又看了看严玉华和王堂堂,心想,这下你们应该满意了吧!既然曹希怕当李鸿章,就把责任全揽在自己身上,这个一惯听话的部下也该没有后顾之忧了。

大大出乎关立峰的意料,曹希竟然说:"关主任,让我们班子成员先统一一下思想,然后再说。"关立峰一听火冒三丈,大声喝斥:"统一什么思想?这事就不是你们能定的!"张洛朴实在忍不住站了起来,不热不凉地说:"我还有些事,要先走一步,等你们定好了再说。"说毕,他抬腿就走。严玉华还想说点什么,可是张着嘴什么也说不出来,她向王堂堂使了个眼色,两人一起跟着张洛朴走了。

## 第十四章

文佳最近非常忙,有点焦头烂额的感觉。开元大厦开工后,他去省上参加了煤炭行业的一个会议,领回了关井压产这个十分艰巨的任务。市政府常务会议上决定由锡平副市长主抓这项工作,具体工作由副秘书长文佳负责督促协调。文佳原定要到县上去督促检查几天,可是抽不出身来,只好先由市煤炭总公司抽调人员督促检查。开元大厦由于急着开工,一系列基本建设程序还没有履行到位。古济宁的重心目前还在企业内部的各项运作上,根本顾不上这些外部事务。这就必须借重文佳这个市政府副秘书长来帮忙,来协调。吴芳还让文佳牵头对招商引资工作进行调研,并着手起草一系列政策性文件,这是个重头戏,文佳已经召集有关部门做了安排。

文佳手头大大小小的事情还没铺排顺,国务院检查煤炭行业关井压产的检查组今天就要来了。市煤炭总公司的副总经理章显上午刚上班就赶到了文佳的办公室,说是市煤炭总公司也接到了省厅的通知。他正在县上检查关井压产,昨晚连夜就赶回来了,要先给文佳汇报一下情况,再看市政府是怎样安排的。昨天市政府接到通知后,文佳认为这是业务上比较强的事,加上招商引资的事实在忙不过来,写拟办意见时提出由市煤炭总公司领导去陪同上级检查组。结果由锡平批示,由文佳牵头去陪上级检查组。这出乎文佳的意料,他心想这会不会是因前段市内煤矿事故多发,给主管这项工作的由锡平造成了很大的压力,他才这样批示?招商引资工作也是他分管,这更是目前的重点工作。恍惚间文佳觉得好长一段时间以来,由锡平几乎不大过问招商引资工作,有事给他请示汇报时,总是一副不大在意的样子,还常常在最后补充一句,说这事最好给吴芳市长说一下,令他有些难以琢磨。看来一、二把手在这项工作上态度并不一致,至少配合不够默契。出现这种情况,让文佳有些左右为难,一、二把手之间的微妙关系,无疑很难把握，很难应对。鉴于吴芳是他的老同学这种特殊关系，他就拿定主意，在事涉一、二把手关系时，要弱化参谋的作用，多发挥些助手的作用，也就是要少说话，多做事。既不给自己惹事，又不给领导添麻烦。由锡平批示让去陪上级检查，那就去吧。不能去说招商引资工作忙去不成，那样由锡平可能误解成吴芳安排的事重要，他批示的事就不重要。

章显昨晚已安排给各产煤县打了电话，提了具体要求，并和省厅做了联系。关井压产已在煤炭系统搞了一个多月，但进展并不大，文佳前几天在省上参加的会议，其实就是省政府召开的汇报督促会。章显拿着几张表，上面列着省市两级确定的要关的煤井，正在逐县给文佳通报情况，然后还要一起在上午11时赶到清水县，去迎候和陪同上级的检查组。文佳边听边问，感到进展迟缓，事情相当棘手。

正在这时，市交通局局长孔里来了。他一进门就说："文秘书长，你约我上午8点半说事，今天我可是准时正点，1分钟都不差！"他素知文佳时间观念强，说完再瞅了一眼手表。文佳和章显也看了一下表，接着三人都笑了。门外又闪进来一个人，他高声说："文秘书长，我也是按时来的，去了趟卫生间，比孔局长晚了一步。要发准时奖，我应拿个银牌！"来人是市公路总段的副段长杨剑三，是和孔里一起来说事的。

文佳忙得差点忘了今天约孔里和杨剑三谈高速公路的事，说："今天不凑巧，我要到县上去陪国务院派来的关井压产检查组。孔局长，我看这样吧，秦浦高速公路项目的事，我基本清楚，在我这里就不说了。咱们直接去见由市长，你和杨段长把想法给他说说，看他是啥意见，然后再说。"他给章显说："你先在我办公室喝茶，等我见过由市长咱们再去清水县。"

文佳和孔里、杨剑三一起来到办公楼的二层。市政府的领导全都在这一层办公，最东边靠楼道的南面有两个办公室，西边是吴芳的办公室，东边是由锡平的办公室。他们对面是两开间的小会议室。文佳敲开由锡平的办公室，看见市委组织部部长李宏国正在和由锡平说话，就马上退了出来。文佳让服务员打开由锡平办公室对面的小会议室，坐下等候。一般情况下，文佳到由锡平的办公室无须回避部门领导，可是组织部不是一般的部门，人称"天下第一部"，市委组织部长是市委常委，是市级领导，说不定正在说人事方面的事，人事方面的事属于核心机密，其他人是绝对不能与闻的。这是政界的潜规则，也是政治常识，文佳自然及时退了出来。

李宏国部长今天就是专门来说人事上的事。吴芳已经给市委组织部打了招呼，让选一名熟悉招商引资工作的招商局长，却一直在领导层达不成一致。组织部已经先后提了三个建议人选,都在交换意见的过程中被由锡平否定了。组织部长只得继续周旋,尽量不在领导层引起矛盾。文佳此时并不清楚,由锡平在他进到办公室时,正在推荐他出任秦东市的第一任招商局局长。由锡平接连否定了其他建议人选,并非对这几位同志有意见,而是想把文佳推出去。由锡平非常欣赏文佳的人品、才华和能力,对他一直非常信任。可吴芳来了以后,却产生了一种说不出的感觉,认为他与市长是同学关系,肯定无话不谈,哪还有什么密可保。按说政府的一、二把手之间没有多少密要保,由锡平应该积极主动地配合支持吴芳的工作。这一点从表面看他是做到了,从内心深处讲他是不服她的,他有着自己的想法,时不时还会出些招数。他知道文佳长期在领导身边工作,不可能看不出这中间的文章。时间长了,会不会自己的一言一行都暴露在吴芳的面前,这样将会非常被动,弄不好还会翻船。尽管他清楚文佳不会做有损领导团结的事,防人之心却越来越强烈。文佳想离开副秘书长的岗位,领导们都知道,只是一时没有合适的岗位。难道招商局长的岗位就合适?由锡平清楚并不合适。老副秘书长了,得给找一个强势一点、红火一点,至少是有钱花的部门。招商局虽然机构编制批了,却还没有挂牌成立,而且可以料定是一个要去下苦的部门。从这个角度讲,组织部门不会同意,吴芳不会同意,文佳本人也不会同意。由锡平狠了心,明知不行,也给李宏国部长提了出来,至少是表明个态度,告诉组织部长应该考虑解决文佳的问题了。李宏国听了由锡平具体明确的意见后,立即明白了,这是反打正着,声东击西,他是不愿意文佳再给他当助手了,却不好明说,显然是在耍手腕、搞交换,要组织部门设法调走文佳。招商局长的事其实极好商量,但李宏国又是一次来而无果,不过他总算弄清了由锡平的真实意图。他深感这个政坛老手的确难以应对,看来这事只能放一放了。事缓则圆,尽管吴芳催得很紧,也只能如此了,李宏国开始说起了闲话。

当由锡平拿文佳当筹码说事的时候,文佳正在由锡平办公室对面的小会议室等着见他。刚一坐定,杨剑三马上说:"文秘书长,说到秦浦高速公路,还有一个新的情况。"半年多来,他一直在运筹这个项目,做了不少调研,与上级有关业务部门交换过意见,情况最为清楚。他从衣袋里掏出一份图表递给文佳,接着说:"你看,浦湖县的立交桥,有专家建议不要离县城太近,最好往西挪一下,给县城留下发展的空间,也可以将这条路贴着县城延伸到清水县去,这样秦东市就可以实现县县通高速。"文佳拿着图表仔细地看着,杨剑三在图上指着具体的建议位置。

秦浦高速公路项目是市公路总段提出来的。第九个五年计划期间,秦东市以市公路总段为主力军,对全市的二级公路进行了全面改造。在二级公路改造过程中，市公路总段也逐渐形成了一支过硬的技术和施工队伍，开始产生了干大项目的想法。这时省内高速公路建设也进入了大发展时期。一条横穿秦东市直达省城的高速公路修通了，一条东北走向穿过秦东市北部通往京城的高速公路正在建设。如果能把这两条高速公路南北连接起来，把秦东市区和秦东北部最大的浦湖县连接起来，将对秦东市经济社会发展产生重大作用。规划中的秦浦高速公路，就是这两条高速公路的连接线，这一创意就很自然地发端于市公路总段。

文佳仔细地看毕图表，说："挪一下立交我看有好处，有利将来的发展。这是技术性的事情，还是多听听专家的意见。现在的关键是如何落实建设资金。"孔里说："我今天来，主要是想说说筹资的事。我们继续跑银行的贷款，同时走招商引资的路子。市上最近招商引资力度越来越大，秦浦高速项目也要考虑通过招商引资来实施。"文佳听了觉得眼前一亮，说："对，两条腿走路，尽快把这个项目包装一下，扩大宣传，展开招商引资。这也符合市上的总体思路。"他想了想接着说："杨段长，你刚才说的是技术性的事情，以后再说。今天给由市长只说招商引资的事情。"杨剑三说："行，其实那也是需要领导定的事，下次再汇报吧。"

小会议室的门半开着，文佳一直注意观察着，只等李宏国一出来，就要去由锡平的办公室。一等再等还是不见李宏国出来，文佳在不断地看着表，还操心着去陪上级关井压产检查组的事。忽然他瞅见田丽丽的身影匆匆而过，连忙喊住叫了进来，说："小田，孔局长和杨段长要见由市长，我要到县上去，你在这里陪着。一会儿由市长办公室的客人走后，你陪他俩一块去给由市长汇报，情况你也掌握一下。"文佳看了看孔里和杨剑三，笑着说："对不起，实在不能陪二位了，我该去清水县了。"他与孔里、杨剑三握了握手，迅速离去。

田丽丽被拉了个飞差，她其实是来打探情况的，南金山领着伍长河和王增正坐在她办公室，等着要见由锡平。一来她是工交科长，和她的职责有关；二来南金山和她丈夫向平是老同事，关系要好，所以推托不得。刚上班，她就碰见李宏国去找由锡平，估计这会儿人该走了，就从四楼下到二楼看情况，不料被文佳逮个正着。不过也好，陪这二位见过由市长后，可以约好再让四楼的三位矿长下来，现在还可以在小会议室具体掌控整个进程，避免别的人插队，有时想见由市长的人还真多得让人难以运作。还好，时间不长李宏国出来了，由锡平一直送出门。田丽丽立即招呼孔里和杨剑三来到锡平的办公室。

刚一坐定，孔里就直奔主题："由市长，我俩来给你汇报一下秦浦高速公路项目的一些事情……"由锡平打断孔里的话："有啥进展没有？贷款跑得有眉目了吗？"孔里说："杨段长一直在跑贷款，看来要贷十几个亿，还真的很难。我们有个新的想法,想通过招商引资来解决这个大难题,把秦浦高速公路项目搞起来。"杨剑三说:"总段前段时间开了会,让我把其他工作放下,专门跑贷款的事。"

由锡平对着杨剑三说:"你再跑也没用,你们改造二级公路已经欠了各大银行十来个亿,靠收费还本付息已经够折腾的了,哪个银行还敢再把钱往无底洞里填?"他一脸的冷峻,对公路总段的现状和前景有着清醒的判断,转而对孔里说:"你刚才说的招商引资是个好主意,可以和市外有实力的企业合作搞;也可以用国外通行的 BOT 形式搞,让投资商建设并运营若干年后,再转让给地方政府管理。当下先把项目前期工作搞好,然后请专家包装好,通过宣传,扩大影响,把招商引资搞起来。"孔里听了很受鼓舞,看来由市长对招商引资工作还挺有研究的,而且一套一套的,赶忙表态:"我们局里马上开个局务会,把你的意见传达讨论一下,把大家的思想统一起来,尽快展开招商引资工作。"

由锡平笑着直点头,心想招商引资已开始在秦东赢得人心,我也抓一个大项目吧,最近一直在考虑这个问题,这不刚好就有一个大项目,简直是天助我也!刚才李宏国也透露了江伟书记加大组织工作力度,以推动招商引资的想法。话音刚落,就拿来了这么一个大项目,难道不是天意!这个项目总投资十几个亿,比起吴芳抓的几个项目大多了,影响也大多了。一定要把这个项目抓在手里,搞出个名堂来,让大家看看究竟谁是秦东最能干事的。想到这里,由锡平说:"你二位想必清楚,秦东这种欠发达地方,招商引资同样难度很大,有啥困难及时和我联系,需要我出面随时告诉我。秦浦高速项目你俩要继续抓住不放,争取尽快搞热乎,尽快打开局面。"

孔里站了起来,该告辞了。由锡平对一直静静坐在一旁的田丽丽说:"小田,就说到这儿吧。"好像是出于田丽丽的缘故,他才接见二位部门负责人似的。田丽丽送出孔里和杨剑三后,返身给由锡平说:"由市长,南金山矿长带着两个煤矿的矿长,说是想给你汇报一下工作。"由锡平拿起公文包,头也没抬:"汇报啥工作?我想出去一下,让他们去找煤炭总公司。"田丽丽说:"南金山已来过好几次了,一直想见见你,都没有见上,昨天还找到我家里去,打探你今天上午在不在。今早一上班他们就在我办公室等着。"由锡平抬头看着脸含微笑的田丽丽,禁不住笑了:"看来他们已经打通了关节。好吧,你带他们快点下来。"他看着田丽丽优雅的背影,以莫可奈何的口吻说:"最近煤炭上的事儿多,肯定是添烦添乱来了。"田丽丽听了,不以为然,心想再烦再乱的事,你都应付得了,谁都知道你是秦东政坛处置难题的高手,她头也没回急忙上楼去了。

南金山正等得有点着急,听田丽丽说由锡平在办公室等着,立即站起来说:"老白,你就在田科长这儿喝茶等着。我和王倒煤去去就来。"他对田丽丽说:"谢谢田科长。"田丽丽知道无须陪同了，就坐了下来。

南金山一边下楼，一边问王增："包带着吗？"王增说："带着。"他下意识地夹紧了腋下鼓鼓囊囊的皮包。南金山敲门后进到由锡平的办公室，笑着快步走上前去，想和由锡平握手。由锡平坐着没有动，以手示意，说："坐下，坐下。"南金山介绍说："这位是浦湖县南坪矿的矿长王增。"他看由锡平点了点头，手上仍然拿着笔，掀过一个文件夹，又拿了一个文件夹，忙对王增说："老王，你坐下，抓紧时间给由市长把你的事说一下。"王增是第一次见市级领导，还有些紧张，语无伦次地说着。由锡平虽然一直在批阅文件，还是听清楚了。王增的私人煤矿前段出了重大事故，县上要借这次关井压产，把他的煤矿关了。他一再强调他的煤矿为县域经济的发展做出了重要贡献，储量丰富，很有前景。想请由市长打个招呼，把他的煤矿列入整改范围。他将下最大的决心，把煤矿整改到位。王增总算说完了，头上已渗出了细密的汗珠，心里忐忑不安地等着领导表态。南金山时不时插上一两句话，给王增帮衬着。他和由锡平熟悉，显得自如多了，也等着由锡平的表态。

由锡平依然在批阅文件，似乎房间里只有他一个人一样，半天方开口说："文秘书长具体负责这事，你们去找一下文秘书长。"南金山马上站起来，说："我先去看看文秘书长在不在。"话音未落，他已走出办公室，拉住了房门。他刚才从田丽丽那里已经知道文佳下乡去了，就去了趟卫生间，又敲开由锡平的办公室，一进门就说："由市长，文秘书长下乡去了，还得你给县上打个招呼。王增的煤矿规模不小，关了对全市煤炭行业的发展也不利。"他瞅了一眼王增，王增已不像刚才那样紧张了，他一只手搭在瘪了的皮包上，两眼看着墙上的地图。由锡平说："关井压产是为了更好地发展，要实事求是，对一些有条件整改的煤矿不能一关了之。这样吧，老南你赶快回矿上，文秘书长估计要到你那里去，你把我的意见给他说说。"南金山听得一头雾水，你的意见是什么？他突然醒悟，忙对王增说："老王这下你放心了，要赶快筹钱准备整改，今天下午我们一块去找文秘书长。你先去田科长那儿等着，我还有事情要给由市长汇报。"听了南金山的话，王增看了看不再说话的由锡平，这不就是默认南金山的说法吗？他心里亮堂多了，知道已不虚此行，道谢后告别由锡平，迈着轻快的脚步走了。

王增走后，由锡平递给南金山一根中华烟，说："你们大矿周围的那些小煤窑，要盯紧，该关的一定要关掉。好些小煤窑都采到了国有矿区内，多年来解决不了，这回要下大决心，仁慈不得。"南金山知道领导误会了自己的意思，怕又要给私营小矿说情，就提前封口，忙笑着说："由市长说得对。这一段我们矿正在集中整改，不能再出事故了。尽管我早就不想干这个矿长了，但也不能灰溜溜地下台。"他看由锡平也拿起一根烟,忙站起来把手中的打火机打着,等由锡平抽着喷出一口烟,才重新坐下,说:"你知道我的底子,在纺织系统干了多年,朋友也多。你也知道我的脾性,就爱给朋友帮帮忙,跑跑路。几家纺织企业的厂长都反复找我,说想成立纺织企业集团,说再不抱成团都活不下去,特别是秦纺厂,不这样搞可能很快就要破产拍卖。他们都催着让我找你汇报一下,希望得到你的支持。"

由锡平仰靠在转椅上,慢慢吐出一口烟。心想,你南金山狗逮老鼠,多管闲事。不好好当你的煤矿矿长,管人家纺织行业的事干啥,这不是明摆着想当纺织企业集团的老总吗?不要以为你在秦东纺织厂和印染厂都干过,就一定要让你来干。不过,这倒是个好主意。秦东纺织厂破产的事,吴芳和他交换过意见,听说她的同学丁燕红更是力主破产重组,引入市外投资者。这事虽然一时难以确定,但破产风早就吹得呼呼响了。如果能组建起纺织企业集团,就可以将破产之事暂且放下。想到这里,由锡平问:"秦东纺织系统的情况,你是清楚的,过去的'纺织三星',现在没一颗是亮的了,捆绑在一起就能起死回生吗?"南金山说:"事在人为,实力壮大后,从银行贷款就容易一些,资金问题解决了,一河的水就开了。"他相当的乐观,接着说:"再说,职工的观念一时转不过来,都反对破产,认为企业破产了,就无家可归了,弄不好会引发社会不安定。"

由锡平若有所思地说:"组建纺织企业集团是件大事,需要充分地调研和论证,关键在于企业要有积极性,要从下而上达成共识。"南金山清楚,话只能说到这个份上了,看来他是支持这件事的,至少不反对,如何运作,这就看自己的本事了。只要打着由锡平的招牌,凭自己的活动能量,一定会把秦东的"纺织三星"捏合到一块。南金山站起来,满怀信心地说:"由市长,只要你管工业,这事一定能干成,干出名堂。我再去和那几个厂长商量商量。有啥办法呢,那几个难兄难弟托付的事,不能不跑,不能不当这个联络员。"南金山告辞由锡平,叫上伍长河和王增,又匆忙到县上找文佳去了。

文佳正在赶往清水县的路上。清水是个小县,是秦东市的产煤县之一。秦东市秦河以北共有五个县产煤,是省内重要的煤炭生产基地。这里分布了三个省属矿务局,年产煤炭三千多万吨;分布了十余个市县属国有煤矿,年产煤炭一千多万吨。在这些国有煤矿之间,星罗棋布地撒了几百个民营小煤矿,通常叫作小煤窑。这些小煤窑是近几年迅速发展起来的,应该说这些小煤窑的兴起,为缓解煤炭供应紧张、发展县域经济、增加农民收入起了重要的作用。但问题也比较多,如严重地胡挖乱采,浪费资源,污染环境,甚至蚕食国有矿区,直接争夺国家资源。突出的是安全问题。这些小煤窑设施简陋,有些还是独眼井,安全条件极差,透水、瓦斯爆炸、坍塌等安全事故时有发生。令人难以容忍的是,个别黑心窑主视人命如蝼蚁,死了人偷偷一埋了之,死的人多了黑窑主则一逃了之。如果再不整治的确是不行了,关井压产主要是针对的这一块。其实质是一次生产格局的调整,以及煤炭资源的整合。

文佳从机关出发时,就把章显叫到了自己车上。章显带的几个科长和干部,就坐着章显的车子,跟在文佳车子的后面。章显和文佳都是浦湖县人,又在一个乡,算是比较近的乡党了。工作上虽然接触不算多,但有这层关系,两人就有些无话不谈了。文佳说:"你从外地回来时,是国有煤矿的副矿长,正儿八经的副处级,可回来后只安排了一个局长助理,太不公平了。现在好了,机构改革后让你当上了副总经理。"

章显说:"真把人能气死,我是托省煤炭厅一个领导给白子卫搭话才调回秦东。白子卫曾答应回来安排相应职务,可几年过去了,他都调到省上去了,后来都见阎王爷了,也没见动静。后来才知道他是等着我给他进贡哩,他认为副矿长应该是个大款。还多亏这几年煤炭行业问题多,组织上才想起了我。"他曾长期担任外地一个国有煤矿的副矿长,自认为精通煤炭行业的生产和管理,不屑于去找人打点谋官。经过几年的磕磕碰碰,慢慢明白了官场不同于商场,适应得还算比较快。文佳说:"我一直顾不上下去,对下边关井压产进展心里没底,会不会达不到要求,让上级检查组批评?"

章显笑着说:"文秘书长,你没在矿上干过,复杂着哩。前一段,我一直在下边跑着检查,底下这些人精着哩。当然,他们要糊弄我还有点嫩,也不想想看,我在煤矿干了几十年,啥事没经过,有没有问题,该不该关,关到啥程度,我一眼就能看出来。"他看文佳听得很认真,接着说:"上级来的人,多半是坐办公室的,对下边的情况未必能弄清楚。我想这事好办,你不要担心。"文佳听他答非所问,就认真地问:"现在到底关了多少井,整改了多少,达到省上下达的指标了吗?"章显依然笑着说:"文秘书长,下边肯定会说出一大堆数字,也不会说百分之百完成了任务。他们还会摆出一大堆困难,提一大堆各种要求。"

文佳问不出究竟,估计这项工作的进展不会太好,就换了个角度问:"各产煤县对这项工作重视不重视?"章显说:"咋能不重视呢? 县办国有矿是县上的亲儿子,有些也要注销户口,县上能不心疼? 小煤窑是县上财税收入的一大块,关得七零八落,能不心疼? 再说开小煤窑的啥人都有,有些就是县上领导的亲朋好友,有些县上的领导还暗中入有股份,说关就能关吗? 有些小煤窑投了一大笔钱,本钱还没有拿回来,有些井刚打成还一分钱没赚,你要关他的井,他还不和你拼命! 再说省上大矿也有小井,是什么劳动服务公司搞的,充其量算是集体性质,说是安排职工家属,实际上是个别人的自留地,按理也应该关停,县上还盯着不放呢!"文佳听了觉得关井压产远不是想象的那样简单,说:"看来这也是一次利益调整,矛盾错综复杂,利益链交织,不下大的决心,不动大手术,就难以完成工作任务。"

章显看文佳那么认真,索性直言不讳地说:"文秘书长,如果真要实打实地关起井来,我估计会把秦东五个产煤县的领导得罪完,说不定连饭都没人管了。"文佳说:"不会那么严重吧,这是中、省布置下来的工作,还能顶着不办?"章显笑着说:"你老兄一贯工作认真,这个我很佩服。你也听我一次,这件事上你不要太过认真了。你要替县上想想,实际上也替市上想想,市县两级财政都穷得叮当响,再把这条财路断了,那不是自讨苦吃吗?"

章显看文佳不再说话,就笑着说:"如今许多事都是雷声大雨点小,甚至一阵风就刮过去了。我看关井压产也是这样,我这一段检查是牙子咬得咯咯响,话说得挺凶挺凶的,眼睛往往是睁着一只,闭着一只。县上把我像神一样供奉着,糊弄着。其实情况我比县上还清楚,他们糊弄人还处在初级阶段呢,我还真想培训培训他们呢!"文佳听了笑出声来,这位乡党倒挺坦率,在自己面前毫不设防。司机听到这里笑了,说:"文秘书长,有章总在你还怕把检查组哄不睡着?"在司机看来,此行的目的竟是要去糊弄上级派来的检查组。文佳听了不语,心里有一种说不出的滋味。

文佳一行两辆车一路急驶,不到11时就赶到了清水县城外。县上和乡上的陪同人员早就等在路边。按照县上与省厅沟通后的安排,市县乡陪同人员一起在县城西南的公路上迎接国务院派来的检查组。县上是主管副县长郑雄飞带队陪同检查。文佳的车子刚停下,就一溜烟似的开来五六辆越野车,这是省煤炭厅的领导陪着上级检查组来了。检查组一行三人,其余一大帮人都是省上的陪同人员,从省城机场接机后直接来到了清水县。

纷乱中,大家又是寒暄,又是互相介绍。从京城到乡镇五级政府派出的工作人员齐聚一处,阵容豪华,声势不凡。国务院检查组组长刘敬堂副司长年已六旬,头发花白稀疏,戴一副近视镜,慈眉善眼,脸上一直露着微笑。他上身着咖啡色夹克,下身穿深蓝色裤子,脚蹬一双白色运动鞋,显得既随和又精神。他笑着对省煤炭厅的领导说:"谢谢你们的周密安排,你们请回吧。"原来刘敬堂坚持不让省厅领导陪同,最后答应送到县上,只留下越野车和司机。这样陪同人员大大减少,但仍有二十来个人。

陪同人员没有再上车,检查工作随即正式开始。大家走下公路,沿着一条沟边的小路向前走去,离公路不远就到了一口煤井边。郑雄飞说:"刘司长,这是东头乡不久前关掉的一口井,是个'独眼龙',第一个被喀嚓了!"他用手做了个被斩首的动作,引来一片笑声。郑雄飞原是省矿务局的干部,前几年到地方任职锻炼,后来不愿再回煤矿工作,就一直在清水县任副县长,分管工业。他对煤炭生产和管理十分熟悉,对县上大大小小的煤矿了如指掌。他想让检查的气氛轻松一些,故意做了个搞笑的动作。刘敬堂脸上始终挂着微笑,这时依然微笑着。随行的女同志王秋丽被郑雄飞的滑稽动作逗笑了。在她看来,这和想象中的县老爷似乎相去甚远。她大学毕业参加工作后是第一次下基层,看什么都感到新鲜。随行的熊东来处长,脸上一丝笑容都没有,他走近井口极其认真地检查起来,这边瞅瞅,那边看看,边看边从挎包里取出一片塑料布来,在井口铺好,趴在上面伸着头往井口里看。他这个动作让县上陪着的人都很诧异,原来以为上边来的检查组只是随便看看,没想到竟是如此认真。熊东来观察良久站了起来,收起塑料布,一脸的凝重。刘敬堂看得也十分仔细,他走近拆倒在一边的木井架旁,看到木料有些发朽,半边已被拆下劈成了烧火柴,心中明白这是一口早已停产的废井。抬头再看离井口不远处的几间破旧的房子里仍然冒着炊烟,说明井主人尚未离去,边上还堆着一大堆煤,似乎这口井不久前还在生产。他绕过倒在一边的木井架,走向住人的地方。

　　这是几间靠着土崖建起的房子。有一间眼看就要倒塌,里边堆满杂物。两间好点的房子显然是住人的地方,走近房子后刘敬堂问:"里边有人吗?"闻声后里边走出一个中年妇女,她正在做中午饭,手上还沾着面,有点疑惑地问:"不是检查过了吗?这井早就关了。"郑雄飞马上接住说:"刘司长,这口井是最早关的,我刚才就说了这是第一个关掉的。"刘敬堂仔细看着,这房子外观虽然破旧,里边却开着一台大彩电,靠墙是一张大床和两个品相不错的皮沙发,里边的各种用具和城里人用的并无二致。虽然拥挤杂乱,但丝毫掩盖不住当前种种时髦元素。里边一个胖乎乎的小男孩,正在饶有兴致地啃着鸡腿,满脸满手都是油,还不时在崭新的衣服上抹一下。显然,这是许多开小煤窑农户中的一家。章显凑近文佳说:"这里我前几天来过,是口废弃了的井。女主人是在这里给丈夫和女儿做饭,丈夫在沟南还有一口正在生产的井,女儿在县城上初中。"他笑了笑,接着说:"这是拿死老虎充数,不过这次关井压产县上发了文,算是正式判了死刑。"文佳心想,这个郑雄飞敢于糊弄北京来的检查组,并非没有思想准备。其实,郑雄飞早就掂量过了,自古以来就是不怕官只怕管,掌握县官乌纱帽的人并不在这个检查组手中,能糊弄就尽量糊弄。

　　郑雄飞生怕女主人说漏了嘴,笑着对她说:"这是北京来的领导,还有市上来的领导,来看看你家的煤井是不是真关了,关死了。"那女人竟有点急:"你不是县上的领导吗?上次你来我都说了,这井是真关了,叫开都不开了。我掌柜的说了,我家沟南的井可千万别关呀!"郑雄飞没有料到这个女人如此多嘴,不想让她说话,她竟越说越多。他赶忙说:"刘司长,上午就检查这一个点。你来了还没顾上喝一口水,现在回县城吃中午饭,下午咱接着检查。""刘司长,抓紧回县城吧,央视午间新闻要播一条重要新闻,还要看呢!"年轻女随员王秋丽在一旁说。她好像对关井压产检查的事不怎样在意,慢慢腾腾地走着,没有到井口去,远远看了几眼,就自顾自欣赏起这里的秋景来了,手里拿着一把刚采的野花,时不时地嗅一嗅,一听郑雄飞说要回县城,赶忙表了态。熊东来显然是看出了什么,几次想发作,但毕竟是下车伊始,他还是忍住了,不过肚子还真的饿了,就随着大家一起到县城吃饭去了。

　　吃过午饭,没有休息,原班人马就出发接着检查。车队来到一条大沟边停了下来,大家要步行到现场去。郑雄飞继续在前边带路,他发现熊东来和刘敬堂一样也穿着运动鞋,看来是有备而来。王秋丽穿着皮鞋,是中跟的,走平路没问题,走沟壑小路就够呛。下沟的小路曲折盘旋,路边的野草经过夏天的疯长,爬满了坡坡畔畔,几乎把小路遮严了。野花开得十分烂漫,花儿虽小,却极艳丽,如同织锦一般,脚踩下去就有一缕缕清香扑鼻而来。王秋丽似有怜花惜草之意,脚抬得老高,没有多久她的鞋上还是沾满了花屑,她拍了拍裤角上的花屑,笑着说:"这地方太美了,简直就是花的海洋、花的世界。"郑雄飞看着她灿烂的笑容,笑着说:"往前走景色会更好,只怕你乐不思归呢!"

　　转过一个大弯,视野更加宽阔,沟道里秋意已浓,此时已是林木尽染,有如五彩祥云坠落沟底,美不胜收。刘敬堂禁不住驻足观赏起黄土沟壑令人心醉的秋景来,惊叹着这大自然的神来之笔。王秋丽站在刘敬堂身边,深深吸了一口野花的清香味,用手遮住西斜的太阳,尽情地眺望着秋日美景,似乎已经忘记了此行的目的。熊东来似乎并没有多少赏景的情趣,不过他发福的身体让他也站了下来。开始时他走在王秋丽的前边,这时已走到了王秋丽的后边,大口喘着气,不断地看着前方,希望快点到达要检查的煤井。

　　文佳和章显紧随熊东来身后,文佳很少到沟里来,也在尽情地领略着秋日的美景,心旷神怡,一切烦恼都忘却了。章显是深山沟壑里的常客,对这里的一切都已司空见惯,什么样的美景都引不起他的兴趣。他断断续续地给文佳诉说着单位里的事情,说一把手不懂业务,对关井压产根本就不关心,说自己也不想干了。文佳知道他不是不想干了,是想把现任的一把手顶走,自己当一把手。文佳心不在焉地听着,偶尔模棱两可地应上几句,越来越感觉到官场上的副职都在想着当正职,不过这事太复杂了,自己也帮不上啥忙,不能随便介入其中,只能打着哈哈来应付。

眼看就要到沟底了，一直通往西南的小路转了个弯往北去了。这时眼前出现一大片苹果园，红艳艳的苹果挂满枝头，压得枝丫低垂，苹果无疑是个大丰收。王秋丽是第一次走近苹果园，半是高兴，半是惊讶，竟有些手舞足蹈，喘息着大声说："苹果园太漂亮了，太漂亮了！"走在前面的刘敬堂已站住纵情欣赏了。郑雄飞也停了下来，介绍说："清水县海拔高程七百米左右，有着深厚的黄土层，是苹果的最佳生长区，也是省上和国家命名的苹果生产基地。这里产的红富士苹果着色好，甜度高，特别脆，口感极佳，闻名遐迩，远销欧美和俄罗斯等地。"他看客人很感兴趣，就提议："要不要尝尝鲜，也品评一下？"他不等客人回答，就立即安排一个年轻人去找果园的主人。年轻人高声喊着叫人，刚进入果园就有两只黄狗愤怒地扑了过来，疯狂地叫着。那个年轻人很有经验地蹲了下来，以手摸地，一声不吭。两只黄狗虽摆出了一副要撕咬来犯者的凶猛架势，却不再前行，只是朝天狂叫，以示抗议，也在提醒着主人。很快果园的主人来了，是一个中年男子。他一声断喝，两只黄狗就趴在地上，只是瞪着眼，伸着舌头喘气，不再狂叫。年轻人走上前去，和中年男子说了几句，掏出几张十元票，中年男子推让一番拿了两张，就叫起两只大黄狗，回果园深处去了。

年轻人给郑雄飞回了话，郑雄飞笑着说："刘司长，现在我们可以自由进入果园，现摘现尝了，那两只赛虎犬也不会再来干扰了！"刘敬堂微笑着点点头，县长的盛情难却，这大概是果乡的待客之道，那就入乡随俗吧，便乐呵呵地进入了果园。王秋丽早就想领略一下果园风情了，她兴高采烈地进入了果园，像欣赏艺术品一样欣赏着成熟了的苹果。她摸摸这个苹果，又摸摸那个苹果，一会儿说这个苹果大，一会儿又说那个苹果色泽艳，却又舍不得摘下来，似乎怕损害了这里的景致。有几棵树的苹果上有着"福""寿"字样，更引起了她极大的兴趣，她摘下一个有"寿"字的苹果递给刘敬堂，说："刘司长，这个苹果你一定要吃，吃了会寿比南山不老松。"刘敬堂含笑接住苹果，拿在手里把玩着，笑着说："我留着。"郑雄飞递给王秋丽一个"福"字苹果，说："小王，你也留一个'福'字果，可以福如东海长流水。"其他人也纷纷进入果园，有的赞叹着这家果园苹果务得好，有的摘个苹果吃了起来。

熊东来略停了几分钟，随便看了看果园，待气喘匀就独自一人向前走去。文佳对章显说："咱俩走吧，跟着熊处长，这个人不可慢待。"章显早就觉得这个处长难对付，就紧走几步，和文佳一起陪着熊东来继续前行。没走几步，熊东来就喘着气问："离井口不远了吧？"章显前不久来过这里，说："不远了，再走半个小时就到了。""啊，还得再走半个小时？"熊东来说完，加快了脚步，不大工夫就大口喘着粗气。文佳看他性子有些急，好意说："这沟里的小路坎坷不平，又弯弯曲曲，实在不好走,只能走走停停,急不得。"熊东来说:"走走停停,也不能停太久,那个大小姐只想停不想走哩!"显然,他对刘敬堂那些人停在果园有意见,只是不好说上司,就拿刚刚参加工作的王秋丽说事。他无论如何也想不到这是郑雄飞的刻意安排,为的是少看些矿井,连这条费时费劲的线路也是郑雄飞精心策划后的安排。

熊东来根本没有等候正在果园兴致勃勃品尝苹果的那些人的意思,反而鼓足了劲奋力前行,满头大汗,气喘吁吁。文佳也头上冒汗,对跟着的这位处长有些不大理解,心想你工作认真是对的,也不能把上司晾在那儿呀。没办法,只能陪着往前赶。章显心想,这个熊处长,还真有熊样,走起路来不仅走不过刘司长这个老头子,还走不过他挖苦的那个大小姐,没办法只好笨鸟先飞,自己先往前赶,连苹果也顾不上吃一个。幸亏自己是轻车熟路,陪着他正好,反正不管怎样这段路总是要走完的。下到沟底后,按章显的指引,三人又掉转头往西南方向走去。

约莫半个小时,三个人率先来到一个井口。偌大的一个钢井架平躺在井口旁的荒草中,靠沟坡是间机房,门上挂着一个大锁,斜贴着县煤炭局的封条,封条上的红印十分醒目。熊东来一边喘着粗气,一边从挎包里取出塑料布,趴在井口仔细观察了一遍,用手摸了摸井口的煤屑。又走下井台,用脚踹了踹堆放的煤堆,以质疑的口气说:"这煤还是湿的,井口边的煤屑也像是新抛撒的,看样子这口井最近还在生产嘛!"文佳不好说什么。章显是行家,不用手摸脚踹,一看就立马判断出这口井上午还在生产。他走近机房朝里看了看,绞车被破席子盖着,露在外面的钢索上油渍渍的,心里骂道:这帮笨蛋,只顾藏头,把屁股露在了外面。再看贴着的封条,上边是半月前的日子,忙说:"熊处长,这封条是半月前贴的,你来看看。"他没有说出和熊东来相同的看法,也没有肯定这井就关了半个月,他毕竟是代表市上来陪同检查的,但倾向性文佳一听就清楚了。熊东来走过来仔细看了看,对盖在上边的大红印也是看了又看,他眼中的疑惑始终没有散去。

郑雄飞陪着刘敬堂过来了,一行人又说又笑,十分热闹。短暂的果园活动拉近了大家的距离,县乡陪同人员的戒备心被冲淡了许多。郑雄飞对着早到的三人笑着说:"你三个也不累?我陪着老领导和女同志多在果园休息了一会儿,还给你们三位上级领导每人带了个大苹果。"他话音刚落,那个前后联络的年轻人立即给熊东来递上一个红艳艳的"福"字果。熊东来看着年轻人满脸的笑容,以及一直伸着的手臂,勉强把苹果接了过来,随手装进挎包里。文佳和章显也没有吃,都把苹果装了起来。

刘敬堂井台上下转着圈看了一遍,走到机房门前,从门缝里反复看了看。他皱了皱眉,拿出一个小本本,询问起来。从这口井的投产时间、产量效益、关井原因、关井时间、矿主态度等,问得仔细,记得认真。问完后他沿着紧贴沟坡的小路向南走去,他看见了几十米开外露出的屋角,判断那块是这里的生活区。那里是一条东西走向的断头沟,坐北面南盖了一排简易房子,是挖煤工吃饭和休息的地方。最西边向沟外露出一角的一间房,算是这里的厨房。里边胡乱地堆放着几袋米面。黑乎乎的案板上,散乱地摆着些大小不一、颜色各异的碗碟和瓶瓶罐罐。案头一顶破草帽里放了一堆筷子。外边垒一个土灶台,上边放一口大黑锅,锅里还有些残汤剩菜。灶边苍蝇乱飞,一股怪味直钻人鼻子。

往东紧挨厨房是挖煤工住的地方,门锁着。从窗口往里看,地上铺些麦草,麦草上胡乱放着又油又腻、露着棉絮、无法辨别出颜色的被褥。从窗户透出的味儿比锅里剩的饭菜味还难闻。一连几间房子都是如此。王秋丽看了一间房子后就远远地站在一边,她无论如何也无法想象挖煤工是怎样在这样的生存环境中生活的。再往前走,土里埋着一排收获后的苞谷秸秆,刘敬堂走近一看,不动声色地掉转头来。熊东来也看了看,皱着眉头,转身就走。王秋丽一时好奇,也走了过去,往过一看,差点吐了出来,那竟是一大片人拉的屎,一堆接着一堆,密密麻麻的。她脸色通红,捂着鼻子,快步走向一边。县乡的人见状,都悄悄笑了。章显也觉好笑,大城市来的客人竟然不知这是乡下人的简易厕所,还以为有什么好看的东西。他无论如何也想不到,那里也有煤井并非半月前关闭的证据,因为有些粪便明显是新近才拉的,这些不堪入目的东西还来不及风干变黑呢!而这恰好被细心的刘敬堂看在眼里。

章显看到这个煤井关得破绽百出,就一直等着看郑雄飞如何把戏演下去。熊东来终于憋不住问:"郑县长,我看这口煤井的主人和挖煤的都像是刚刚离开,你说呢?"郑雄飞笑着说:"熊处长,不是像刚刚离开,而是根本就没有离开。这里还有这一大堆煤没卖掉,能离开吗?"他往南指了指:"那边还有一口井,也是关了的井,主人可能在那边,我们去看看。路不大远,也就三五华里吧。"说着他就准备上路。熊东来立即向郑雄飞走去,他要继续走在前面,想到那里看后再发表自己的看法。

文佳看了看表,说:"不是还要到清水沟去检查吗?那边是重点。时间也不早了,这条沟是不是就看到这里。"还不等刘敬堂表态,王秋丽就说:"文秘书长说的是,要突出重点,到那边再多看几个点,看细点。"她一听还有三五华里路,就有点腿软,赶紧率先表态。刘敬堂脸上掠过一丝谅解和无奈,微笑着点点头。郑雄飞说:"好吧,咱们原路返回。"王秋丽听了,率先掉头向北走去,大家跟着纷纷折返。郑雄飞边走边和他的部下随便聊着,心里轻松多了,觉得上级来的检查组不过如此罢了。熊东来走在最后面,一副极不情愿的样子。文佳和章显继续陪着熊东来,三个刚才的开路者,变成了殿后者。

刚来时,王秋丽觉得一切都很新鲜,在欣赏美景中走走停停,并不觉得疲劳,返程就不同了,爬起坡来费劲多了。她走得上气不接下气,汗流不止,最难受的是两只脚疼得直钻心。下来时刘敬堂让她换双运动鞋,她心想凡有煤矿的地方,肯定有人活动,别人能到自己就能到。再说曾经见过的那些煤老板,哪个不是西装革履,他们能穿皮鞋,难道自己就不能穿?尽管刘司长到了退休年龄,这也是老人家最后一次下基层,但他的话还是要听的,她就换下高跟鞋,穿了双中跟鞋。这会儿她后悔了,双脚仿佛不是自己的脚,一点都不听指挥,不是东倒就是西歪。下来时还有些怜花惜草,生怕踩着了野草花,这会儿已顾不上那么多了,深一脚浅一脚地踩到哪儿算哪儿,竟有点讨厌起这些花呀草呀的净绊腿脚,有几次还差点让草蔓绊倒。刘敬堂不紧不慢地走着,他已经走到了最前边,一边擦汗水,一边和跟在身后的人闲聊,走路的速度始终不减,这让跟在身后的年轻人佩服不已。终于爬上了沟顶,大家喘息着来到了小车旁边。

十几分钟后王秋丽一瘸一拐地爬上来了,她竭力调整好状态,笑着说:"爬上来了,爬上来了,胜利了!"似乎她是来参加体育活动,已胜利完成了任务。大家看着她都笑了起来。刘敬堂看着她脚下沾满花瓣草屑的中跟皮鞋,轻轻地摇了摇头,慈祥的脸上泛起了宽容无奈的笑容。他今年年初就到了退休年龄,因为参与制定关井压产的一系列政策规定,就一直拖了下来。前不久组织上已找他谈了话,他这次下基层无疑是退休前最后一次。他想看看关井压产中还存在些啥问题,还有哪些规定需要完善和补充。他为人宽厚随和,不急不躁,心中却是有数的。几分钟后熊东来也爬上来了,他张大口呼呼地吹着,不断地擦着汗,走得挺急,脸拉得挺长,脸色十分难看,似乎和谁过不去。文佳和章显紧随其后,边走边聊,显然他俩完全可以早点上来,俩人却始终不肯越雷池半步,一直跟在这位上级检查人员的后面,恪守着陪同者的职责。熊东来走到车边,喘息未定,看了一眼微微笑着的刘敬堂,转过身对郑雄飞说:"郑县长,走吧,抓紧时间!"好像他是此行的最高领导,也好像是别人耽误了检查时间。

大约过了半个多小时,车队进到一条大沟,不是刚才那样的黄土沟,而是一条山沟。两边的山并不高,沟里的路极差。前不久下了一场暴雨,洪水过后曾经的沟底运煤路面目全非,大坑连着小坑,大石挨着小石。人坐在车内,被颠得前仰后合,还不时被高高抛起,弄不好头就撞上了车顶篷。王秋丽双手牢牢抓着车上的固定物,几次撞头后,已失去了欣赏车外美景的兴趣。刚进沟时她还惊叹着山沟里的美景,兴趣盎然地给刘敬堂指指点点着,全然不顾熊东来以沉默不语表达的不感兴趣。说实在的,熊东来坐在车内,感到对体力的消耗不亚于走路,有时觉得五脏六腑有被颠出来的危险。他赶快嚼了几粒晕车的药,在这一点上挺有自知之明。他坐在副驾的位置上,紧握车前方的把手,双目微闭,紧咬牙关,并不回头望一眼坐在后排的刘敬堂和王秋丽。

车开得很慢,忽然停了下来。前边开路的郑雄飞跳下车来,隔着车窗给刘敬堂说:"前边有一段胶泥路车没法走,要步行才过得去。"文佳的车也过来了,大家都下了车。刘敬堂伸伸臂,扭扭腰,笑着说:"我这架机器老了,差点弄散了架。"大家就地活动了一下手脚,想稍微缓一缓再走。前边是一大片沼泽地,芦苇一片连着一片,芦叶绿中泛黄,芦花雪白飘逸,阵阵山风吹来,芦苇随风摇曳,顾盼生姿,野趣横生。再看远处是一大片银杏树,叶子黄亮亮的,斜阳照处闪着碎屑而又灵动的金光。背阴处的树丛着色深沉,加上望不到尽头的深沟,颇有些神秘莫测的感觉。王秋丽忘情地欣赏着山沟里的美景,感叹着大自然的神奇造化。

刘敬堂微微笑着,不动声色地欣赏着山沟里的秋色野趣。郑雄飞说:"刘司长,这是一条支沟,往前就通到了清水沟。那是清水县最大的一条山沟,清水河顺沟东去,那边风景才更好呢!"他看出这位宽厚长者赏景的兴趣很浓,用手指点着前方。熊东来冷不丁地说:"咱们走吧!要看的井在哪里?"他生怕赏景冲淡了主题,及时提醒着。文佳也在兴致勃勃地观景,心想这个熊处长倒挺认真的,也不怕扫了上司的兴。

郑雄飞领头,熊东来抢在刘敬堂前面,大家紧跟着往前走去。前边的沼泽地是大水冲积而成,都是黄胶泥,黏糊糊的,踩下去直黏脚,抬腿动脚相当费劲。大家贴着沟沿一条小路走,不时用手拨过芦苇,小心地看着脚下,生怕滑倒。没走多远,王秋丽的鞋就陷进胶泥,拔不出来。她反而乐了,笑着说:"熊处长,快来拉我一把,鞋子定在这儿了!"熊东来回过头,隔着刘敬堂大声说:"弯下腰,手趴在地上,鼓点劲鞋就出来了,可要小心点!"文佳紧跟着王秋丽,刚要扶扶她,王秋丽按照熊东来说的一试,鞋子还真拔出来了。她伸出两根手指,做了个胜利者的手势,笑着说:"耶!熊处长的办法还真灵!"她擦了擦手上沾的泥又继续往前走,不过脚下小心多了。

没走多远,熊东来脚下一滑,双脚陷进一洼胶泥,他费劲地拔出了一只脚,另一只脚却怎么也拔不出来。王秋丽一边比画,一边大声喊着:"熊处长,趴下,趴下鼓鼓劲就拔出来了,要用标准的熊氏拔脚法!"前后的人听得笑了起来,都这样了她还要幽默一下。郑雄飞赶忙走过去,要帮熊东来。熊东来固执地要自己来,他把挎包甩到了背后,双手趴在地上,一条腿在前面弯着,像牛拉犁一样,鼓足劲猛一拽,脚终于拔出来了。白生生的运动鞋已面目全非,沾满了黏糊糊的黄胶泥。尽管鞋带系得很紧,鞋里还是灌进了不少黄胶泥,裤角也弄脏了。急得郑雄飞拿出自己的手绢让熊东来擦泥。章显赶快走过去,拿着两张报纸让他擦泥。熊东来抬起头,摆摆手,打开挎包取出一条毛巾,先擦了擦手,又取出一双运动鞋,迅速换到脚上,把那双沾满泥的鞋子装进一个塑料袋,然后装进挎包。他就像魔术师在表演一样,准确熟练地完成了这一系列动作,完全不同于刚才拔脚时的笨拙和滑稽。前后的人驻足看完了他的全部动作。郑雄飞有些惊讶地说:"看来,熊处长是有备而来。"章显笑着说:"佩服,熊处长有先见之明,没有备用鞋还真不好办。"王秋丽几乎看傻眼了,这下也服了,她没有想到熊处长竟是如此之细心,更不会想到这是熊东来给她准备的,怕她穿皮鞋实在走不成时再换的。刘敬堂微笑着说:"还是有备无患嘛,咱们缓缓走,不要着急。"

很快就看到了煤井,相距不远有大小三个煤井,井架都放倒了。走到最近一口煤井的机房,门上贴着半月前的封条,大印鲜红鲜红的。井旁堆着一大堆煤。人尚未站稳,拴在不远处棚子里的几只狗就狂叫起来,远处两个煤井的狗也跟着叫了起来,叫声此起彼伏,声声不断。有狗的地方肯定有人,有这么多的狗在叫,人能少吗?有不少人在这里,能说明什么问题呢?熊东来一到井边就取出塑料布,趴在井边观察,大家已经见怪不怪了。刘敬堂走近机房往里边看着,掏出小本本边问边记。王秋丽看着累了的熊东来爬起来时那笨拙的动作,忍不住对刘敬堂说:"刘司长,你快看,标准的熊氏动作,标准的熊动作。"她声音不大,还是被文佳和郑雄飞听到了,刘敬堂装作没听见,微笑着继续问着记着有关情况。

文佳想小便,走到一块刚收获过的玉米地旁,忽然觉得里边有人,仔细一看里边人还不少,躲躲闪闪的,看样子是些挖煤的民工。文佳心里顿时明白了,这里的煤井仍在偷着生产,这些民工是在和检查组躲猫猫。他转身就走,到一片芦苇丛中小便去了。

第一口井检查完了,熊东来的脸拉得老长。郑雄飞看了看熊东来,仍然给刘敬堂说这说那的。要去看另外两口井了,郑雄飞说:"前边有一大片积水,没法通过。要从半山腰的小路上绕着走,比刚才的沼泽地还要费时费劲。我在前边走,大家跟着我慢慢走,千万小心,安全第一。"章显说:"隔山不远,隔水远。看着很近,走起来就不近了,谁的身体不好,就不要过去了。"他是说给王秋丽听的,谁知她竟是一副跃跃欲试的样子,她心想只要熊东来能过去,我准行。

山腰小路坑坑坎坎,曲折盘旋,有几处还确实有些危险。走完这段盘山小径,大家都有些累。熊东来一直大张着口喘气,早已汗流浃背,始终紧紧跟在郑雄飞的后面,是当之无愧的亚军,这种精神和韧劲令郑雄飞十分佩服。王秋丽以倒数第三到达,她过高估计了自己。穿的中跟皮鞋极不适宜走这种山路,脚歪得她直咧嘴,面色苍白,虚汗直流。走在最后的是文佳和章显,他俩一直陪着王秋丽走完这段盘山路，两人都后悔没有让王秋丽留在第一口井边，也埋怨县上工作不细致，没有安排一两个女同志来陪王秋丽，必要时予以适当的帮扶。

　　山沟里没有了阳光，时间也不早了。郑雄飞想着都累成这样子了，估计会草草看看就会完事。谁知熊东来认真的程度丝毫未减，王秋丽再次见证了标准的熊氏动作。刘敬堂依然看得仔细，问得认真，记得详细。文佳仔细观察着周围的动静，发现和前边一样，隐隐约约有人在暗中活动，显然这是经过策划和安排的统一行动。文佳的警觉章显看在眼里，他悄声给文佳说："文秘书长，这里的情况有些异常，估计刘司长、熊处长也有觉察。不过，县上会应对的。"文佳听了越发觉得有些不大对劲，有点搞地下工作的感觉。心想什么叫上有政策，下有对策？又有点被裹挟着走，身不由己的感觉，文佳不禁摇摇头。在群狗的狂叫声中，检查继续进行着。熊东来在认真履行完程序后问："郑县长，还要检查哪里？"郑雄飞说："结束了，今天就检查到这里，估计回到县城天就全黑了。"

　　刘敬堂虽然十分疲劳，却微笑着说："前边就是清水河，我看不太远嘛。"郑雄飞说："是不太远，那是中国白酒的母亲河。据说白酒的发明人杜康就是用这条河里的水酿酒。沿河向东走有个清水潭，潭水清澈甜润，传说杜康酿酒的作坊就建在那里。"刘敬堂听得高兴，不禁吟道："何以解忧？唯有杜康。"文佳说："这曹操的诗句，如今已印在了多个品牌的白酒产品的瓶子上了。"郑雄飞刚要说去河边看看的话，却看见熊东来已叫上王秋丽沿原路开始返回，就咽下已到嘴边的话。他看刘敬堂依然兴趣不减，就接着说："传说杜康当年在一家有钱人的庄上当塾师，家里还雇了几个长工。这家有钱人有个怪癖，雇长工专挑饭量大的，说是能吃就能干，饭量越大力气也越大。偏偏有个力气大饭量并不大的长工，常常把吃不了的饭偷偷倒在一棵半枯古槐的树洞里。天长日久，院子里到处弥漫着钻鼻的异香，原来是树洞里的剩饭发酵后飘出来的香味。杜康受到启发，几年下来就用这道沟里产的六种谷物酿出了中国历史上最早的白酒。后世就把杜康尊为酒圣。"刘敬堂听得直点头。章显笑着说："郑县长你还卖啥关子？把你的故事新编，不，把你那更具传奇色彩的故事也给刘司长讲讲。"郑雄飞看了一眼章显，会心地仰首笑了，接着说："从杜康酿酒的清水潭往西溯河而上，有个清水泉。那可是天下奇泉，世间少有，泉水清冽甘甜，周边绿树葱茏，长满奇花异草，兔子喝了泉水跑起来就像长上了翅膀。"他听大家笑了，也笑了笑："传说清水泉是杜康哥哥杜健酿酒的地方。其实杜健就是那个往树洞里倒饭的长工。兄弟二人都对酿酒产生了兴趣。杜健弄走了发酵的饭渣，杜康弄走了发酵的汁液，都酿出了美酒。杜健酿的酒其实还更好一些，只是他独居深沟，酿酒只为自饮，不像杜康把酒酿出了规模，卖到了远方，竟成酒圣。其实杜健也是酒圣呢！杜康要称圣，只能是二圣。"章显笑着略带揶揄地说："今年关井压产,我多次到过清水泉乡,那里的老百姓都对老乡长赞不绝口,说郑县长当乡长时就十分了得。不知请何方神圣考证出了杜健这个大酒圣,还建起了酒圣酒厂,奇迹般地注册了酒圣酒,创造了现代版的酒的传奇故事。"郑雄飞拍打了一下章显,仰首大笑。章显小声对文佳说："郑雄飞真的会来事,堪称忽悠大师。"文佳不知他是赞扬还是贬损郑雄飞,就看了看刘敬堂。刘敬堂微笑着不置一词,明显有了去河边看看的意思,但当他看到已走出数十米的熊东来和王秋丽时就改变了主意,不无遗憾地说："咱们回吧,难得到杜康酿酒地来一回。"他似乎认为这就算到过酒圣活动过的地方了。郑雄飞马上说："刘司长如有兴趣,明天可做些安排,顺便到清水县该看的地方看看。"文佳和章显在旁边听了,同声说好。文佳居前,陪着刘敬堂开始返回。郑雄飞和章显走在后边,边走边商量着明天的活动安排。文佳明白了今天的所有活动章显和县上早就商量好了,索性就让他们继续商量着去办好了。

## 第十五章

　　从清水沟检查回来,已是晚上7时多了。大家都有些累,洗毕脸就到贵宾厅去吃晚饭。刘敬堂直接走到中午吃饭时的位置,他坐定之后大家也纷纷入座。刘敬堂右边坐着熊东来,王秋丽紧挨着;左边坐着文佳,章显紧挨着;正对面坐着郑雄飞,两边是几个部门和乡镇的负责人。另外两张餐桌上都是些陪同人员。

　　郑雄飞待大家坐定后,笑着说:"刘司长,我们的秋书记和祝县长去外地招商引资,听说你来了要赶回来宴请你,因飞机误点今晚不能出席,让我代表县上宴请刘司长一行。今晚是豆腐宴,清水县的豆腐闻名省内,很有特色。就请京城来的客人们品尝一下。"刘敬堂微笑着点点头。熊东来一听心中一乐,他一直在减肥,对大鱼大肉不感兴趣,晚饭一般只喝点粥,吃点青菜,有时干脆啥都不吃。晚饭是豆腐宴正合他的心意,一直紧绷的脸也舒展了。王秋丽心想,清朝有满汉全席,听说过国宴,赴过别人的婚宴、寿宴,《林海雪原》书中,侦察英雄杨子荣赴的是"百鸡宴",今天清水县摆的是豆腐宴,让客人吃些豆腐,这恐怕有点那个了。她看了看两位上司,刘敬堂脸上始终挂着微笑,熊东来看起来兴致也不错,她也慢慢地释然了。

　　章显看透了王秋丽的心思,说:"郑县长只点睛,不画龙。豆腐宴是清水宾馆这几年打造出的一个新品牌,很有特色,挺不错。"他吃过一次,指着桌子上刚摆上来的凉菜说:"看看,有豆腐丝、豆腐片、豆腐条、豆腐块,一会儿热菜中还有豆腐丸子。豆腐材质有硬有软,还有各种手法炮制的豆腐干,豆腐家族可以说要悉数登场亮相。凉菜中还拌有葱丝、笋丝、紫甘蓝丝、红萝卜丝和蒜末、姜末,可谓色香味俱全……"文佳笑着打断他的话:"你在给郑县长当推介大使吧!"章显说得有些高兴,对着文佳笑笑,接着说:"我要隆重推介的是这盘凉拌三丝,黄色的豆腐丝领衔,墨绿色的海带丝佐之,那雪白的蛋清丝才是真正的大腕。蛋清丝制作堪称一绝,是把鸡蛋清吸到大针管中,加点作料,把水加热到一定火候,再把鸡蛋清均匀地注射进热水中,熟后迅速捞出来。这个制作工艺是绝招,大师傅制作时身边是要清场的。上次我说了许多好话,想看个究竟,也被拒绝了。"

经章显一说,大家对豆腐宴的兴趣浓了许多。再看眼前制作精致的凉菜,竟有点像豆腐工艺品大展示,不仅五彩斑斓,而且直觉香气扑鼻,就只等着细品其味了。郑雄飞没想到章显竟能把豆腐宴说得一套一套的,心中着实有些高兴,说:"无酒不成宴,晚上喝点清水县的酒圣酒吧!"说着他拿起酒瓶,先给刘敬堂斟满一杯酒。中午饭时,刘敬堂以下午要工作为由谢绝喝白酒,这会儿他没有再说什么。服务员从郑雄飞手中接过酒瓶,给每个人的杯子里都倒上了酒。文佳已弄清楚郑雄飞就是凭着酒圣酒,把一个穷乡变成了县上的首富乡,他也由乡长提为副县长,今晚喝此酒是宣传酒圣酒,也是宣传他自己,这似乎也顺理成章,无可非议。

郑雄飞端起酒杯站起来,高声说:"大家一起来!刘司长一行从北京赶来,检查指导关井压产,非常辛苦,为表示欢迎和感谢,大家一起干了!"说完自己率先干了,三桌的人一起喝了头杯酒。文佳喝完后问:"刘司长,这酒还可以吧?"刘敬堂说:"不错,清水酒圣酒,不错!"文佳举起筷子招呼:"请,吃菜,都吃菜。"王秋丽挑了一筷子凉拌三丝,欣赏起来,特意拨弄着白色的蛋清丝,光滑细嫩,微微颤着。她单挑蛋清丝尝了尝,咂着口说:"不错,这就怪了,蛋清丝竟像鱼翅一样,口感简直好极了。"熊东来嘴里嚼着一块豆腐,斜视着王秋丽说:"这你就外行了,豆腐宴嘛,主角不是蛋清丝,不能喧宾夺主,你尝尝豆腐丝味道也不差。"他一路觉得王秋丽对自己有些不恭,以为抓住了机会,似乎在说工作上的事一样,一脸的认真。王秋丽眨着眼睛,脸上闪过一丝不服气,略微思索后说:"刘司长是主,也不影响我们两个随从比他老人家吃得多、吃得快。"初一听,谁也不知她这是说啥,细一品却能品出她的弦外之音。如今的年轻人可别小看,厉害着哩!郑雄飞急忙说:"来,大家喝第二杯酒。"刚喝毕,他又提出要喝第三杯。刘敬堂两杯酒下肚,兴致大增,笑着说:"你们秦东人这种喝法,我看可以叫急饮。我们四川和贵州盛产白酒,成都人喜欢吃火锅,夏天还围着火锅,光着膀子喝酒,脸上的汗水常常滴进酒里,那叫大饮;我去过内蒙古,后边有人弹着激越的马头琴,旁边有人捧着雪白的哈达,女主人跳着舞,然后拿大碗盛着烈酒,鞠着躬让你喝,尽显成吉思汗子孙的豪迈之气,那叫豪饮;东北和山东人喝酒更厉害,梁山泊英雄好汉大块吃肉,大碗喝酒,特别是武松打虎前连喝十八碗,那叫痛饮。熊处长是东北人,但不知酒量如何,你们可以试试。"原来刘敬堂对喝酒挺有研究,大家都说刘司长说得好。郑雄飞笑着说:"我不是着急,是想酒过三巡后就可以进入自由发挥阶段。

那我就提前进入角色了!"他端着酒瓶要敬酒,从刘敬堂开始,他端着瓶,被敬者端着杯,逐一让客人们喝了一杯,他一口没喝。说这个规矩叫作"端",敬酒者端着瓶,被敬者端着杯。

熊东来喝了郑雄飞的"端"酒后,觉得哪有这样敬酒的,让客人喝自己却不喝,就向郑雄飞要酒瓶,他也要敬一下"端"酒。章显一眼就看了出来,急忙从郑雄飞手中拿过酒瓶。他清楚刘敬堂刚才已经明示了敬酒的重点,就笑着对熊东来说:"熊处长是东北人。清末民初山东人闯关东时,武二郎的后代把痛饮之风就带到了东北。我想领教一下熊处长这个东北人的酒量和酒风。"熊东来说:"我们东北人喝酒与山东无关。东北人有量不说明我有量,但我敢保证酒风绝对没问题。"他接着补充:"你再要喝'端'酒恕不奉陪,这种喝法有失公正公平,要喝都要喝。"章显笑了:"好,我同意大家都不再喝'端'酒。这样吧,我喝两杯,你喝一杯,纠正一下刚才的不公。"说毕章显连喝两个满杯。熊东来没了说词,只好满饮一杯。文佳站起来敬了刘敬堂一杯酒,说了些欢迎的话。接着敬了熊东来一杯酒,自己喝了两杯酒,强化了章显立下的规矩。最后敬了王秋丽一杯酒,王秋丽故意皱着眉憋足劲把酒喝了,一喝完就把杯子翻转放下,说:"我平时只喝一杯酒,今天高兴喝了三杯,大大超限,到此为止!"她清楚,刘司长刚才已明确了喝酒的重点,既然熊东来忌讳喧宾夺主,那就让他这个主喝者喝足,喝好,喝个够。

热菜上来了,看起来全是豆腐系列。刘敬堂去的地方多了,没想到豆腐竟然能做出如此多的花色品种来,他边品尝边微笑着点头,觉得挺不错。郑雄飞说:"一方山水养一方人。清水县的水土独特,产的豆腐、豆干省内首屈一指。每年春节前到清水县买豆腐的络绎不绝,大车小车摆得到处都是,常常是供不应求。"章显补充说:"清水县的豆腐有三大特色:色纯、细嫩、筋道。豆腐经得刀,见得水,耐得火,煎炸蒸炒煮皆宜,片块条丝丸可做。豆腐大菜色香味俱佳,营养丰富,口感极好。"刘敬堂呷了一小口酒,看着章显,脸上挂着微笑,心想这里的豆腐大菜系列的确不错,这天下之大真是无奇不有,清水县的豆腐还真的有些奇特。文佳今天才发现章显这位乡党挺能说道,说起豆腐来竟像演小品一样,挺逗的,挺引人的。突然他想到,这不会是配合郑雄飞演双簧吧?

热菜一上,喝酒也进入了新阶段,各方面的陪同人员开始轮番敬酒。刘敬堂是随意喝,点到为止。王秋丽早就翻转酒杯,高挂免战牌,大家也不再勉强。敬酒的主攻对象自然是熊东来了,他喝一杯,敬酒的喝两杯。熊东来凡事都较真,要眼看着别人喝完两杯,他才满饮一杯。他容不得别人耍花招,自己也一点不作假。熊东来十来杯酒下肚,觉得有点热。刘司长不是要试试东北人的酒量酒风吗?试就试。他竟忘了刚才说的东北人量大不说明自己量大的话。文佳细看熊东来脸色通红,依然喝得那么认真,每喝完一杯酒都要亮一下杯底,以示诚意,就悄悄给章显说:"让那两桌的人不要再过来敬酒了,弄不好把熊处长就灌醉了。"章显小声说:"你还看不出来?他属于没有喝倒,就没有喝好的那种类型。放开让他喝,没事的。"王秋丽故作关切地说:"熊处长,实在不行就算了吧,你喝醉了没人能背得动。"大家都笑了。熊东来借坡下驴也就好了,他却说:"你把杯子扶正了,咱俩一起接着喝。"王秋丽笑着说:"不行,就说不行呗,还想拉个垫背的!"说毕,她把杯子递给服务员,干脆撤了。熊东来无奈地摇摇头,还是不想说示弱的话。

又上来一个大菜。一个特大的盘里用豆腐做成山的形状,还有些重峦叠嶂的韵味。郑雄飞介绍说:"这叫'豆腐山',是去年推出的一个特色大菜,请品尝。"大家一齐动筷,刚吃几口,"豆腐山"竟露出了肉。郑雄飞笑着说:"大凡山里有的飞禽走兽,这'豆腐山'也不例外。顶部是野鸡肉,野鸡飞得高嘛;山腰填的是野猪肉,野猪多在半山腰活动;山脚兔子多,填的是野兔肉。这些野味全是瘦肉,不会增肥,制作也独特,是清水县待客的佳品。"听说不增肥,熊东来就吃了一块野鸡肉,也好填填肚子,说不定还得接着喝酒。这盘"豆腐山"在筷子的夹戳拨挑中,山的形体很快面目全非,难得吃到的野味让大家吃得十分惬意。王秋丽高兴地说:"我还没吃过这样纯正丰盛的山珍野味呢!这盘大菜要放在大城市的酒店里,可以分成豆腐、野鸡肉、野猪肉、野兔肉四个大菜呢!"郑雄飞笑着说:"还是乡下人厚道实诚吧!"熊东来听了,心想乡下人也挺能忽悠人。什么"豆腐山"?分明是野味大拼盘嘛!再一想今天检查中明显有被忽悠的感觉,就说:"什么'豆腐山',名不副实嘛,应该叫野味大拼盘!"文佳说:"能吃到几种野味,也是口福,叫'福山'更好,福和腐也是谐音。"刘敬堂说:"好,这个菜叫'福山'再好不过了,豆腐宴的压台大菜。"他认为菜已经上完了。

前来敬酒的又站了好几个,说是县上的敬完了,该乡上了。熊东来埋头正吃一块兔肉,不愿搭理,知道这些敬酒的都是冲着他来的。这些人站着不肯走,说不能不给乡上人面子,他们愿喝三杯,换熊处长喝一杯。熊东来实在推不过去,心想就剩这几个人了,就勉强答应了。他依然喝得很认真,满杯上,杯杯见底。谁知喝开后,后边又续了几个人,熊东来脸露不快,看样子是在忽悠自己,一些敬过酒的又来了。章显觉察熊东来像是要发作,忙说:"敬酒到此为止,这几位已经来了,每人喝四杯,熊处长喝一杯。乡镇比国家低四级,四杯换一杯。我陪着熊处长喝,我是市上的,一次喝两杯。"文佳怕闹得不愉快,刚要劝止,谁知熊东来竟点头同意了。在一片叫好声中,熊东来打起精神,以固有的酒风喝着酒,只是监视别人的力度大减,给敬酒者留下了随意操作的空间。

又一个热菜上来了,是一大盆软质豆腐做的。郑雄飞忙着介绍:"这个菜叫'豆腐岛',四面是汤水,汤水中是上好的雪白细嫩的软豆腐,中间是个岛状的豆腐团,故名'豆腐岛'。"刘敬堂笑着说:"啥子'豆腐岛',不雅。既然有汤水,何不叫'福海'呢!前边有'福山',后边有'福海',岂不更好?"大家齐声说好。文佳说:"如能把水中间的'岛'换成'帆船'就更好了,就成了'福海扬帆',一帆风顺!"大家又齐声说好。熊东来趁着上菜的机会挡住边上的敬酒者,站起来说:"别急,让我先看看这'豆腐岛'是不是豆腐做的,到底地道不地道。"说着他举筷直趋大盆,使劲夹了一筷子,盘子中间的'岛'几乎坍塌大半。他歪着头说:"看看,什么都没夹着!现在改名叫'福海'了,这不成了海中捞福,一场空吗?"他明显是喝多了。郑雄飞急忙说:"熊处长,吃这个菜要用勺子,用勺子定能舀到福满多,你用勺子试试。"大家都要他试试看。熊东来打了个趔趄,赶忙又坐下来,拿起勺子旋着在盆子里剜了一下,勺子触底的声音十分清脆。勺子刚出水,他的手不由自主地抖了一下,上边雪白的软豆腐纷纷落下,留下了大半勺子的鱿鱼丝。他抖着勺子问:"郑县长,哪有豆腐呀?没有福满多呀!"章显笑着说:"熊处长,鱿鱼丝呀,你是福有余呀!"大家齐声大笑。王秋丽拍手说:"熊处长,福有余,分点福给别人吧!"熊东来忽然拉下脸,把勺子重重地放到面前的碟子里,好些鱿鱼丝蹦出碟子,落到了桌布上,他神情怪异地说:"忽悠,忽悠,豆腐里忽悠出了山珍,又忽悠出了海味。啥事都能忽悠,啥事都敢忽悠,接着忽悠!"

大家看熊东来动了真,话中有话,都有些尴尬。没有敬完酒的几个人唰地都走了。刘敬堂脸上的微笑也消失了。王秋丽脸色通红,开始还以为熊东来是冲着她,后来才弄清他是借酒发泄心中的不快。这时一个女服务员走了过来,笑着说:"熊处长,您沾泥的运动鞋已经洗净烘干了,现在给您,还是一会儿送到您房间去?"熊东来看了看满脸笑容的女服务员,站起来说:"给我吧,谢谢你,谢谢,谢谢啦!"他拿着洗得雪白的运动鞋,仔细看了看,扭回头说:"我去试试新鞋,试试新洗的鞋,试试鞋……"说着他就回房间去了。郑雄飞赶忙让服务员去扶熊东来。

第二天,吃过早饭后原班人马继续检查关井压产。刘敬堂起得早,晨练是他的必修课,即便是下乡也不可或缺。熊东来一夜好睡,早早就换上了洗净的运动鞋。昨天他后来穿的那双给王秋丽备用的鞋子并不合脚,早晨起来后脚有点疼,但精神挺不错。王秋丽早晨起来后脚有点肿,大家都劝她别去了,她却坚持要去。刘敬堂提出,今天最好不要去山沟。熊东来看了一眼王秋丽,什么也没说。其实,昨晚郑雄飞和章显就把这些因素考虑进去了,已有合适的安排。

出清水县城往北走了不到一个小时,车队停在了蚕公庙前。这是始建于汉

## 第十五章

代的一座古庙。在前边领路的郑雄飞下车后来到刘敬堂车前,提议顺道看看蚕公庙。熊东来问:"要不了多长时间吧?"郑雄飞看着他认真的样子,忙说:"很快,半个小时吧。"章显笑着说:"到了清水县不看蚕公庙,等于没有到过清水县。这个景点是郑县长用心血浇灌过的,他一直盼着京官来参观指导呢!"文佳也想看看这个清水县宣传了几年的旅游景点,笑着说:"刘司长一行是钦差大臣,参观一下定会给蚕公庙增辉的!"刘敬堂笑而不语,迈步向蚕公庙走去。熊东来脸无表情地跟了上去。王秋丽笑着紧紧跟了上去。

蚕公庙里早就等着几个人,是县上安排好的文物管理人员,其中一个跛腿的是讲解员。一进入庙内,让人顿生庄严肃穆的神圣感。庙内古柏参天,这些历经数千年风雨的柏树都是数人才能合抱的树中巨人,大部分依然枝繁叶茂,看上去黑森森的,让人敬畏;有的尽显沧桑,半倒着的,歪斜着的,脱皮的,枯枝戳天的,似乎挣扎着走到了生命的尽头,让人看着唏嘘。阵阵秋风吹来,声声涛声入耳,让人顿感凉嗖嗖的。刘敬堂看得入神,惯常微笑的脸上换上了敬仰和凝重。他心中在想,难得到此呀!

跛腿的讲解员口才极好,讲得也风趣幽默。他从传说中的黄帝的妃子嫘祖讲起,说是她发明了"养蚕取丝"。又讲了中国考古学家1958年和1998年两次重大的考古发现,发现了距今五千三百多年前和五千五百多年前的丝绸织品和丝绸碎片。所以,现实中丝绸究竟是何时被发明尚具争议。讲解员着力讲了清水人从东汉时就建了这座蚕公庙,说是蚕公将养蚕取丝带到了清水,并组织了一个颇具实力的商帮,把这一带生产的丝绸通过丝绸之路,远销到了中亚和欧洲。这里人为了纪念蚕公就修了这座蚕公庙。讲完这些,讲解员笑着说:"我们郑县长功德无量,他上任之初分管旅游业,就重修了蚕公庙,并将其列为县级文物保护单位。"王秋丽突然问:"蚕公叫什么名字?"讲解员尴尬地笑了:"这得问郑县长。"郑雄飞笑着说:"当时我已安排有关方面考证,要不调整我的分管工作,大概早就考证出来了。"章显拉了一把文佳悄悄笑了。大家仔细看着新塑的蚕公像,蚕公慈眉善眼,长髯垂胸,捧着的双手爬满了白白胖胖的蚕。刘敬堂却对庙里的一块石碑大感兴趣。讲解员说:"这块石碑如今成了镇庙之宝。石碑上边有几行字,谁也无法辨识,据讲出自黄帝史官仓颉手书,是最早造出的字。"刘敬堂沉吟有倾,慢慢地说:"文字应是古人在长期的生产和生活中逐渐创造的,仓颉应是搜集整理了古文字,当然也有再创造的过程。不管怎么说,他都称得上是'字圣'。"熊东来冷不丁地说:"这是蚕公庙,把别人的石碑放进来,难道要喧宾夺主不成?"他扫视了一下王秋丽,却不见了人影。郑雄飞笑着说:"这是我当初的主意,想请各路神圣共创旅游圣地嘛!"讲解员说:"这些神圣都有联系,我们郑县长说蚕丝之祖是黄帝的妃子,仓颉是黄帝的史官,一个堪称'蚕圣',一个就是'字圣',将这两圣请进蚕公庙,给蚕公当助演,两圣一公就可以演绎一台旅游景点的大戏。只是实在难以发现蚕圣有什么文物遗存可以助演。"刘敬堂听得大声笑了,这是他来清水县第一次笑出声来。章显忙说:"古为今用嘛,只要能搞火旅游景点,就得搞点奇的特的怪的出来。有些地方还考证孙悟空的花果山,还抢着修西门庆故里呢!"文佳听了直摇头。

王秋丽忽然急急忙忙地走过来,惊喜地说:"刘司长,你见多识广,见过槐树长在柏树上吗?"她像哥伦布发现了新大陆一样激动,硬是拉着刘敬堂来到一棵奇树前,大家也跟着走了过来,只见一棵树身几乎全枯的古柏里长着一棵大槐树。柏树枝叶黄中杂以墨绿,依然顽强地活着,用粗黑的外皮紧紧裹着大槐树。裹在里边的大槐树长得郁郁葱葱,树上挂满已经成熟的晶莹泛黄的槐豆。讲解员笑着说:"这位女士有眼力,这是蚕公庙有名的柏抱槐,是难得一见的奇观。"王秋丽笑着说:"像是母亲抱着儿子,不,是抱着养子。"讲解员认真地纠正说:"这棵大槐树,充其量是个百年古槐,而这棵柏树的树龄应是几千年了。槐树算不得养子,孙子辈也够不上,恐怕至少是百代孙了!"大家都听得笑了。刘敬堂走近摸了摸古柏,深情地说:"千年古柏抱着百年古槐,和谐共存,这是一种伟大的宽容、伟大的胸襟。"

讲解员把大家领到一个亭子里,说:"这是明代的亭子,几百年来翻修过多次,上面这些画才最有价值,流传至今,为人称道。"大家都抬起头,仔细看着亭子檐下彩绘木板上一长幅古画来。传统的画法,着色清丽,古朴典雅,人物神态各异,特别是面部表情耐人寻味。最前边是一顶四台轿子,一官员端坐轿上,目不斜视,气宇轩昂;紧跟着是一骑马者,马上的人衣冠整齐,面露急切之色;马后是一步行后生,边走边回首,脸上露着难以言表的复杂神情;接着是一个挑担人,正在抬手擦汗,脸上显得有些疲惫和无奈;后边是一个讨饭的老妇,一手捧着破碗,一手拄着拐杖,满脸的苦楚和悲凉;最后是一只狗,边跑边叫,像是在追咬讨饭老妇,又像是抬头吠日。

王秋丽仔细看着亭子上方这些画,似乎觉得没有什么好看的,就等着听讲解员有啥说法。跛脚的讲解员一路上说个不停,偏这会儿站着不再说什么。王秋丽禁不住问:"怎么不讲讲这些画呢?"讲解员笑着说:"蚕公庙里需要讲解的内容很多,唯独这一组画不好讲,历来是仁者见仁,智者见智。"他看王秋丽摇着头,一副不以为然的样子,就接着说:"还真不好讲,我就试着做点提示吧。大家看中间那个步行的后生吧,他的前边是坐轿的和骑马的,他不如吧,心里不平衡了吧。他的后边是挑担的和讨饭的,这不如他吧。这扭头一看,心理失衡的问题会好点吧。这叫往前看不如别人,往后看别人不如自己。赶路后生的回头一望,是点睛之笔,脸上的表情则更为精彩,有人说是不满、嫉妒和怨愤,有人说是知足、满意和释然,有的说是不解、疑惑和无奈,当然还有其他的说法。说法各异,都有道理。合在一起的这一组画,就更难讲解了,真的是只能意会,不可言传。"大家听了都觉得有些道理。

刘敬堂用手扶了扶眼镜,仔细地欣赏着这组画,他半握的手慢慢定格在耳旁,一动不动,有点像宣誓一样。他心想,这组画意蕴很深啊,要对号入座的话,自己应是那个坐轿的官员。可是已经过了退休年龄,就要退出主流社会,就会成为一介平民。社会是个大舞台,人人都要扮演某种角色,又都是这个舞台上匆匆忙忙的过客。自己从普通老百姓成为官员,又要成为普通老百姓了。关井压产是自己为官任上做的最后一件事,要尽力做好,要多想想老百姓才好。

熊东来对顺路来蚕公庙看看兴趣不大,对看这组画也没啥兴趣,听讲解员一讲,也细细品起画来。他很快给自己定位为骑马者。多年的老处长了,要说真骑马的话,屁股早磨出老茧了。他估计刘敬堂退休后,自己将晋升副司长,成为前边那个坐轿的。不过那个骑马的好像有点着急上火的样子,是不是骑在马上就身不由己了呢?他看了看凝神看画的刘敬堂,心想看得再认真,也该腾轿换人了吧。他的心竟狂跳起来,脸上自觉有点烧,就赶快往前走了过去。

文佳对这组画也看得十分仔细,心想这是一幅社会百态图,自己应和那个骑马的差不多,是为前边坐轿的当参谋和助手,说白了是给当官的服务。自己年龄偏大了,一直想离开副秘书长这个位子,不想整天紧紧张张地围着领导转圈圈了。可是没有办法呀,吴芳刚来秦东,自己实在是无法开口。既然还骑在马上,就不能信马由缰,还是要像画上那位骑马人,快马加鞭往前赶,当好市政府领导的参谋和助手。

这组画章显然看过几次了,他笑着说:"这组画是一副心灵鸡汤,可以治疗心理失衡症。谁有了烦心事,看看这组画就会好一点。"王秋丽说:"典型的官本位宣传画,有失公平正义,越看心理会越失衡,会影响社会的和谐稳定。"她用手指了指,笑着说:"连狗都看不过眼,在叫着提醒着人世的不公。"听了她的说法,大家都觉得很新鲜。郑雄飞说:"年轻人看问题的角度就是不一样。有一次一个人说,自己再差也比讨饭的强。那么讨饭的人看了该说什么呢?总不能说再差也比狗强,说不定狗正追着咬呢!当然也有人说狗是在咬前边所有的人,主要是在咬最前面坐轿的。坐轿的至少应让所有的人有饭吃,社会才能稳定和谐。"

刘敬堂听了地方官的心里话,微笑着直点头,是啊,坐轿的人才最应该往后看,往最后边看,而且心里装着他们。大家都说郑县长说得有道理。郑雄飞说:

"再随便转转，看看，来一次不容易啊！"他显然是在给北京来的客人说，他发现熊东来正在独自一人转着看着，似乎没有了刚进来时那种急着要走的意思。

熊东来正在一棵巨柏前凝神观看。旁边一个牌子上介绍说，解放战争时期，国共两党的军队曾在这一带展开拉锯战。这棵树上经常写有关于保护蚕公庙的布告，有时是解放军写的，有时是国民党部队写的。双方都尽量不在庙内驻军，尽量避免在这里交战，使得蚕公庙和这些千年古柏得以完好地保存了下来。熊东来看着这棵千年巨柏，它通身如同鳞甲一般，一片一片的。树身有一片皮被刮掉了，裸露着树干，是当年写布告的地方，墨迹早被风吹雨打去，连字的影子也没有了。一根枯枝如同虬龙一般斜着伸向空中，顶端如龙的角尖尖的，白白的，格外引人注目，难怪交战双方都要在这棵树上写布告。熊东来心想，清水县的文管部门倒挺尊重历史，并没有隐去国民党军队为保护蚕公庙所做的事情。可是清水县在关井压产这件事上并未实事求是，明显有忽悠检查组的地方。刘司长要退了，可以马虎一些，自己能睁着眼睛听凭县上忽悠吗？陪同检查的郑雄飞，看样子挺能干，但无疑是个大忽悠家，需提防着点。

大家都转过来了，郑雄飞笑着说："熊处长独具慧眼，在凭吊这棵虬龙柏。这是一棵做出过历史性贡献的柏树。"熊东来说："我刚才看了牌子上的简介，这棵柏树履行过保护文物的职责。写布告这件事过去了仅半个世纪，应是可靠的，这棵树是这段历史最忠实的见证者。"王秋丽迅速看完牌子上的简介，听了熊东来的话，明白了他为啥在这棵树下流连。他凡事喜欢较真，有时尽管有些偏颇，但毋庸置疑的是他喜欢实实在在的东西，包括这段并不十分重要的历史故事。还有几处有特色的景观，大家饶有兴趣地转着看了看。

看完蚕公庙，大家乘车去检查关井情况。郑雄飞继续在前边带路，车队沿着公路一直向北驶去，直到清水县最北端的县界旁才停了下来。郑雄飞对刘敬堂说："前边就是要看的煤井，两口井都在公路边。"他看了看王秋丽，笑着说："女同志还是要照顾嘛，今天不钻山沟了。"王秋丽也笑着说："今天钻山沟我也不怕，再说昨天我也没落到最后呀！"她看了一眼熊东来。熊东来什么反应也没有，跟着郑雄飞快步向井边走去。

很快就到了井口。机房上的石棉瓦拆了，破破烂烂地扔了一地。门窗虽在，里边却是空的，什么也没有。煤场上余煤不多，边上堆了不少的煤矸石。钢井架平躺在地上，井也被填埋了。刘敬堂转着看了看，又仔细看了看门上贴的封条，掏出自己的小本子问着记着。熊东来没有取挎包里的塑料布，他不需要再趴在井口张望了，就直接向已经填埋了的井口走去。急得郑雄飞高叫："熊处长，这边来，我正汇报情况呢！"刘敬堂停下手中的笔，看着郑雄飞有点失态的样子，恍然大悟,忙说:"老熊,你和小王都过来一下,有些事情一块说一下!"急切之下,他还招了招手,一直挂在脸上的微笑也瞬间消失了。王秋丽暗自笑了,刘司长这是怎么啦,我就站在他身边,还说要我过来一下。熊东来已经走到了井口边,听到几个人在叫,只好返了回来。这一切文佳都看在眼里,就仔细看了看井口,土还是黄的,分明是新填埋的。这倒是其次,如果是临时放上些木板、钢板什么的,在上面抛撒些黄土,如果人走上去,就会有一定的危险。如果真是这样,熊处长回过头去听汇报实在是一种幸运。章显对文佳悄悄说:"刘司长才是真正的火眼金睛呢,这口井离公路这么近,不动点真的说不过去。要恢复开采也容易,机器设备说拉就拉来了,把井口刨开,钢架子升起来就能重新生产。这种状况,很难瞒得过刘司长。别看熊处长一副特认真的样子,老头子把他装进去都绰绰有余。"文佳点点头,心想章显什么都清楚,他和郑雄飞实际上是导演,是在演戏给上级检查组看。自己呢,是陪同检查的,是代表市政府来的,也被下级明里暗里地忽悠着,还在不自觉地参与着忽悠上级检查组。文佳心里有一种说不出的不快和无奈,纠正或指出吧,得罪下级,也令上级尴尬;装糊涂吧,这算哪门子事?这官场上实在是越来越难适应了,这副秘书长也越来越不会干了。

刘敬堂今天一路上话都不多,这会儿问得特别详细,涉及的范围也超出了这口井,问到了县上的总体情况,还问到了群众对关井压产的看法和意见。王秋丽听得有些不耐烦了,周边又没啥景观可欣赏,只好漫不经心地听着。问了好长时间,刘敬堂看了看表略停了一下,问郑雄飞:"还看别的井吗?"郑雄飞听出了他的口气,忙说:"没时间了,就看到这里吧。"他刚说完,大家就纷纷返回路边上车去了。熊东来站着没有动,觉得好像事情还没有办完。章显笑着说:"熊处长,走吧,下午的任务重着哩,还得抓紧时间。"熊东来没有说话,跟着章显慢慢返回车边。章显小声对文佳说:"郑雄飞的工作重点早就转移了,他正在筹建县上的工业园区,想在招商引资上搞出名堂来。他一心瞄着县长的位子呢!"文佳听了点点头又摇摇头,想说什么却没有开口,他清楚检查组在清水县的关井压产检查实际上已经结束了。

吃过中午饭,检查组要去浦湖县检查,郑雄飞一直把检查组送出县城。文佳和章显领路,三辆小车直奔清水河畔。浦湖县分管工业的副县长程东带队,早就跨河等在清水河北岸的路边。文佳刚下车,程东就走上前来,高叫:"老领导好!老领导好!"他曾在市政府办公室当过秘书,是文佳的老部下。他紧紧握住文佳的手,满脸是笑,接着又握了握章显的手。文佳给程东逐一介绍了国务院检查组的成员。程东带的陪同人员比清水县的陪同人员明显多,除了县上和乡镇有关人员外,市东井头煤矿的南金山矿长还带了一大帮人。

下午要检查市东井头煤矿的整改工作,南金山矿长在前边带队,一长溜小车直奔三号斜井,这是检查的第一站。这口井处于两县界河清水河的北岸,是浦湖县在清水县界内一块飞地上的煤井。说起这块飞地,面积并不大,是历史形成的。当年的一个生产大队,历史上曾多次要划给清水县,但那个生产大队的群众死活都不愿意。因为隶属浦湖县,就把这里了划入山区。一个大县不在乎其公购粮缴多缴少,任务轻得多。如果划归清水县,就算进了重点产粮区,公购粮任务就会重很多。后来发现这块飞地下面煤炭资源相当丰富,浦湖县当然也不会同意划给清水县了。东井头煤矿是市属的国有煤矿,重心一直在浦湖县沿清水河南岸一带,前几年又在清水河北岸的飞地中打了这口斜井。

　　一到矿区就热闹了起来。三号井的办公区彩旗迎风招展,一条大横幅挂在大门上方,上书"热烈欢迎国务院关井压产检查组莅临检查指导"。门口两边站着几排欢迎的矿区人员。带路的南金山一下车就带头鼓掌,欢迎的人群也一齐鼓掌。刘敬堂刚走到门口,南金山一挥手,五六个穿橘红色服装的人就敲起鼓来。南金山侧身伸出右手,做了一个请进的姿势。刘敬堂轻轻摇了摇头,缓步走了过去。熊东来习惯性地拂了一下有些凌乱的发型,宽脑门上的眉头紧锁,腮帮子绷紧,眼睛几乎不看两边,一副严肃认真又显然不满的模样。王秋丽笑容满面,好奇地四面张望着走进了大门。文佳拉了一下程东,皱着眉问:"搞这一套干啥?"程东满不在乎地说:"这有个啥?这是企业自己搞的,再说也是市属企业呀!"文佳竟被老部下说得无话可说。南金山就爱搞这一套,凡事都喜欢弄大,弄热闹,弄出点名堂,好像可以给自己长脸似的。

　　来这里是检查煤井的整改情况,这口井的设施比较好,但出过几次瓦斯爆炸事故。这里是高瓦斯区,所以一度也被列入要关闭的名单。南金山活动能量很大,经他跑上跑下疏通,就变成了责令整改的煤井。应该说这次整改还是下了功夫,也花了不少钱。别的煤矿都是藏着躲着,不想让上级来检查,南金山偏偏是赶着求着,要求上级来检查。他认为这是难得的公关机会,可以提升煤矿的知名度,也可以提升自己的身份和地位。

　　首先在矿区会议室汇报。会议室很普通,布置得却相当讲究,正中墙上贴着"关井压产整改汇报会"的横幅,两边墙上贴着标示整改进展情况的各种图表,以及煤井负责人签的责任书、班组长的决心书。汇报开始后,基本上是南金山在唱独角戏。煤井负责人刚说了几分钟,就被南金山截断,他滔滔不绝地说了起来。先是讲企业是如何重视这个煤井的生产和安全,然后又讲起了这个井的生产状况和历年的贡献,越讲劲头越大。主持汇报会的章显提出要着重讲一下整改的措施和效果时,他才回到主题,可是讲着讲着,又发起了牢骚,说是省矿务局在

## 第十五章

排挤市县企业,告企业的黑状,把这口煤井硬是列入了关停的黑名单,严重影响了企业的声誉。他越说越激动,似乎是在开控诉会和声讨会。章显再次提示他围绕主题讲,南金山才重新回到整改汇报。他又大讲起了安全责任重于泰山,最后才讲到了具体的措施,如购置了国内最先进的检测仪器,配备了防护设施,建立了预警机制,演练了逃生和自救……章显听他把最关键的内容说了后,立即打断他的话,生怕他又扯到别处去,并说有些内容可以边看边说。文佳只是听说南金山口才好,能说会道,今天才算领略了,其实只是爱说爱道罢了。上级是来检查的,你讲那么多大道理、摆那么多功劳、发那么多牢骚有啥用?他没有想到,南金山的用意是双关的,有些话是说给他听的,是在为后面说王增矿的事情做铺垫。

程东听着听着就半闭上了眼睛,心想这个矿长除了爱摆摆架子,还爱吹吹牛。平时县里通知开会,他极少参加,一般只派办公室主任来,偶尔来个副职。说东井头煤矿是正处级单位,和县上是平级,没必要来领导,特别是一把手更没必要来县上参加会议。上级检查组来了,你就说与关井压产整改有关的事好了,吹什么牛?难道忘记了出事故后的狼狈相?上次出了事故,被工人和家属追着围着,差点挨了打,听说还给人家下了跪,吓得好多天都不敢回矿上,为啥不给检查组说说?上次要不是县上派警察维持秩序,说不定会闹成啥样子哩!是明白人,就借着这次关井压产把安全整改好好抓一下,免得再出啥事,又来找县上。程东越想越觉滑稽,还有点气不顺的感觉,就干脆紧闭双眼,做出打瞌睡的样子,想以此提醒南金山少说点。南金山说得高兴,根本就顾不上看别人的反应,要不是章显截住,他也许还会说下去,程东也许会真的打起鼾来。

要检查了,南金山把大家带到井口附近的一间大房子里,里边的墙上挂了不少矿工下井时佩带的设施,还有监测瓦斯的仪表仪器。接着又带着大家去看了新增加的风井和抽排气设施。看完这一切仅仅用了十多分钟,章显招呼着就要离开。熊东来心想整改的重点应是井下,看样子好像没有安排下井检查。他看了一眼不动声色的刘敬堂,急忙问南金山:"矿长,啥时间下井检查?"不等南金山回答,章显抢着说:"南矿长本来都安排好了,看来时间有些紧,到清水河南岸的主矿区再安排下井检查吧!"他心想,下什么井,一个老头子,一个女同志,还有笔杆子出身的文秘书长,能让他们去钻黑洞子?万一出点啥事,谁来担这个责任!这个北京来的处长太较真了。还是能推尽量推吧,他早就拿定了主意。

章显话音刚落,程东转身就走了。他心想,下什么井,有必要吗?行政领导总不能天天往井下跑,还不把人累死。再说自己是县上的领导,在辖地检查市属企业,陪陪而已,还能下到市属矿井里去不成?王秋丽的脚早晨起来后一直有些疼,这会儿似乎也不疼了,她紧随程东像逃离一样,走得很快,生怕熊东来这个死认真,非要坚持下井不可,衣服弄脏了还在其次,井下该有多危险啊!

熊东来的脸一下子就拉下来了,什么时间有点紧,刚才那个矿长啰啰唆唆说了那么多,时间就充裕了?这是典型的避实就虚!再说我话都说出来了,也不商量一下,哗啦一下都扭头走了,这不是让我白扔话嘛!他看一直喜欢问这问那的刘敬堂也随着大家走了,只好慢慢向小车走去。刘敬堂在这里没有发问,因为南金山说得已经够多了,还有什么可问呢?

其实,南金山已经准备好了下井穿的外套、长筒皮靴,都是新买回来的。他真的是想陪着上级领导下去看看。井下的技术人员、安监人员和一线的挖煤工都做了相应的布置,都一直在下面等着上级领导的视察。对浦湖县的整个活动安排,程东只是和章显商量过,给比自己级别高的南金山只是打了个招呼。这使得南金山的精心安排白费了劲,令他多少有些失意,也有些不满。南金山尽量挥去心头的不快,赶上文佳,笑着说:"文秘书长,这里的情况还可以吧?"文佳说:"不错,这次整个检查活动,只安排看你们矿的整改情况,其他都是看关井的情况。"南金山走近说:"文秘书长,昨天上午我在机关见到由市长,他让我找你。听说你到县上陪国务院检查组,本来要赶到清水县去找你,后来又接到通知,说你要陪着检查组来矿上,我就在矿上等着你。"文佳问:"你找我有啥事?"南金山说:"不是我要找你,是由市长让我找你。他已答应了人家,让我传个话好落到实处。"南金山把领导的一般性表态,说成了铁板定钉、实打实的事情。接着他把王增煤矿要关的事添盐加醋地说了一下,最后又轻描淡写地说:"改成整改矿不就结了嘛!"文佳听了,觉得像是上级在给他布置任务一样,有点别扭,忙说:"快点上车吧,别人在等我俩。"说完就急忙上了车。

程东等文佳上车后,就领路率先出发,车队向浦湖县境内驶去。车队出发不久,天就下起雨来,一阵大一阵小。

下雨路滑,沟底又堵车,天快黑了车队才上到沟顶。上沟后不久,按文佳的吩咐,南金山带的东井头矿的几辆小车就直接回矿上去了。南金山非常失望,为了让上级满意,在矿本部这边做了精心准备,谁料由于堵车没有去成。他上车后和程东联系了一下,想明天再安排来矿上看看。程东早就摸透了他的心思,笑着说:"县上问题多,实在不愿意让上级检查。你有想法,给文秘书长说说,明天继续去你们矿检查。"南金山哼哈了几句,只好算了。

第二天早晨起来,天下着蒙蒙细雨。吃过早饭后,检查车队就出发了。熊东来特别强调,检查一定要抓紧时间。县上还增派了一辆警车,以免车队再次被堵。上午第一站是伍家沟煤矿,这是一家村办煤矿。远远就望见了矿上的办公楼上悬挂着一幅横幅,上面贴着"热烈欢迎国务院检查组莅临检查指导"的一排

## 第十五章

大字。村长伍长河兼着这个矿的矿长,他早就迎候在办公楼前。伍长河皮肤异常白皙,头发乌黑发亮,一身深蓝色的西装,脚上的棕色皮鞋特别引人注目。

检查的车刚停稳,伍长河就笑着迎上前来。程东刚把上级来的客人介绍完,熊东来就直言:"今天一律不听汇报,直接去检查。"程东拍着伍长河的肩膀笑着说:"说实话,这个矿长是不下井的,也没挖过一镢头煤,平时不管具体事,估计也没什么可汇报。"熊东来听了,不知道他想说什么,不过,只要不进办公室去听汇报,便不再说什么。王秋丽从头到脚打量了一下伍长河,这才是自己想象中的煤老板,一身名牌,一尘不染。他能穿一双意大利名牌皮鞋领着检查,自己就哪里都敢去。

伍长河领着大家来到一个井口,是个平洞,运煤的车正在往外运煤,显然煤井依然在生产。伍长河说:"要问技术和安全方面的事,由管生产的副矿长来说。我想说的是,这样好的煤井说关就能关吗?"程东说:"刘司长,伍家沟矿是村办矿。省浦清矿务局认为这家煤矿的煤井在他们矿区范围内,属越界开采,一直在告状。这次被列入了关井范围,县上已经发文要求尽快关停。""既然发了文为啥还在继续生产?"熊东来问,"没有关停还来这里看什么?我们又不是来检查煤炭生产的!"他的脸拉得老长,腮帮子也鼓了起来。

伍长河看熊东来不高兴,说话也挺冲,不慌不忙地说:"说实话,我们是天天盼着上级来检查,来主持公道。省浦清矿务局凭什么说我们是越界开采,鼓捣着要关我们的井,我们还想关他们的井呢!"刘敬堂听得出来,这家村办矿和省属矿务局在顶牛,微笑着问:"怎么还想关省矿务局的井呢?"伍长河说:"省矿务局又咋啦?他们当初是跑马圈地,想在哪里挖就在哪里挖。我们村上有土改时发的土地证,我们在老先人留下的地里挖煤,难道还非要关掉不行?"章显解释说:"这是历史遗留下来的问题。当初省矿务局不知是什么原因,土地征用手续没有办到位,加上这一片又划给矿上的劳动服务公司来开采,经常和村里扯皮,起冲突。"章显笑了笑,毫不掩饰地接着说:"村里好像还占着上风,把矿务局劳司的井倒强封了几次。"伍长河也笑了,说:"那是村里的小青年干的,把人家矿长打得在地上爬,又贴了个中国最大的封条,上面用红笔画的大印有碗口大,落款是'中共中央国务院伍家沟村土地检察院'……"大家听了哈哈大笑,连脸一直绷着的熊东来也忍俊不禁地笑了。王秋丽眼泪都笑出来了,也发现熊东来自下乡检查以来第一次笑了。村上的几个副矿长和矿上的中层七嘴八舌地嚷嚷起来,听他们的口气是天王老子都不怕,谁要硬关就和谁拼命。

程东说:"矿务局有资金和技术,村上有劳力,如果能把两家撮合到一块,就好了。省得经常闹矛盾,也强如县上到处去招商引资。"刘敬堂听了,觉得有道理,走资源整合的路子也许能解决许多问题,不然国有、集体、个体煤矿之间的利益纠葛如何平衡？看来关井压产既是生产经营秩序的整顿,也是各方利益格局的调整。这方面的政策一定要实事求是,不能搞一刀切。文佳听了很受启发,招商引资的路子其实很宽,可以通过各种办法引来资金、技术和人才,来促进秦东经济的发展。这不也是在搞招商引资的调查研究吗？

熊东来心想,这项工作咋搞得一点权威性都没有,发了文也不起作用,随后再说这个问题。他急着问:"还要看哪里？要抓紧时间！"程东说:"村里还有一口井,是废弃了的,早就停了,也上了这次要关的名单。要看就看看,不看就算了。"他直言不讳,说得很实在。熊东来看着程东,觉得此人倒挺坦诚,没有一点要忽悠人的意思,不过去看一只死老虎也觉没趣,他摇了摇头。刘敬堂转身向小车走去,大家也跟着走去,这里的检查没费多少时间就结束了。

接着,车队驶向王庄。王庄离清水河不远,一马平川,是远近闻名的富裕村。当年是公社最大的棉花生产大队,后来是乡上最大的苹果生产村,如今是县上最大的产煤村。这里的煤井都不深,煤层不厚,储量不大,煤质也欠佳。国营大矿不愿意在这里开采,给村里留下了巨大的采煤空间。在国家、集体、个体一起上的推动下,加上易于开采,这个村几乎家家户户都进到了煤炭行业里。有合伙的,有单干的。煤井挖了不少,到处竖着各种材质的井架。这种急功近利,舍不得投资,又一哄而上的掠夺式开采,很快就带来了严重的后果。安全事故接连不断,县上想收的各种税、费也远没有达到预期的目标。近年来安全生产责任追究越来越严厉,县上没少写检查,也没少处分干部。市上曾多次通报批评过,把县上搞得非常被动。这次县上想借着关井压产,彻底解决这个老大难问题。程东曾几次带队来这里督促关井,绝大多数小煤井已经关停,一些出过安全事故的、安全设施不健全的关得相当彻底。有的井炸毁了,有的填埋了,还断了电、停了水。程东和章显通气后,对安排来这里检查蛮有把握。

程东领着大家看了几处关掉的煤井,煤井已完全封堵,地面设施已全部拆除。刘敬堂看了直点头。熊东来直夸说:"这才是真正的关井,干净彻底,不会死灰复燃。"王秋丽心里说,也省得熊处长趴在井口往下瞅。不过她也挺高兴,不用走多少路,脚上的皮鞋也不再沾煤屑了。文佳对章显说:"看来浦湖县的工作做得挺扎实,进展不错嘛！"章显看出了他对老部下的偏爱,迎合着说:"程东有魄力,也有能力,到底是在领导身边工作过,就是不一样嘛！"

程东看上级检查人员都比较满意,也非常高兴,大声招呼着:"咱们再往前边走,前边还有几口井关得更彻底,已经实现了复垦,前不久就种上了小麦,麦苗都长老高了。"熊东来连声叫好,情不自禁地走到刘敬堂前边去了。说话间来了一

## 第十五章

大帮村民,乱嚷嚷着把路堵住了。乡上几个陪同领导,一看就知道是咋回事,都悄悄退到后边去了。他们对关王庄的井一直不积极,暗中抱怨井都关死了,乡上的经费就少了一大块。不是谁的儿子谁不疼,这下好了,谁动的手谁就顶着吧!

来的村民大约有三五十人,嚷嚷着要见北京来的领导。程东大声说:"有什么事给我说!"几个村民认得他,其中一个喊着:"程县长,你闪开,我们嫌你官小!"村民们毫不客气地把他推到一边。文佳刚要上前,章显悄悄拉了他一把。熊东来这时开了腔:"有什么事,给我说,我是北京来的。"村民们看他挺着将军肚,挺有气派,像个当大官的,就迅速围在他的身边,把其他人都挤到一边去了。村民们七嘴八舌地乱嚷着,很快熊东来就听出了是对关井有意见,在这种场合他一时竟张口结舌,不知该说什么,该做什么。

程东在两个警察的协助下,和几个乡镇领导挤进村民圈,程东大声说:"大家有意见可以提,明天我和乡上领导专门来村里听取大家的意见。今天国务院检查组是来检查关井压产工作的,希望大家不要干扰正常的工作。"乡上几个领导也帮着做工作,村民们这才极不情愿地让开道,仍嚷嚷着不肯离去。程东在前,熊东来紧随其后,检查人员继续向前走。

走不多远,前边又来了一大群村民,有老人,有妇女,还有小孩,迅速和先到的那些村民会合在一起。远处还有三三两两的村民,陆陆续续往这儿赶,像赶集一样,大呼小叫,会聚而来。许多村民还带来自家的狗,这些大大小小的狗难得聚会在一起,撒欢的,调情的,追着咬的,乱成一团,吠声连连。村民们很快就把检查关井压产人员团团围在中间。几个老头上前质问,七八家凑钱打的井,说关就关了,多年的积攒就这样打了水漂,还让不让老百姓活?还有没有天理王法?接着上来了几个老太婆哭天抢地的,一个老太婆一屁股坐在地上,哭着说儿子把自己的棺材都卖了,钱拿去打了井,没赚一分钱哩,就把井填了,我死了难道拿席卷不成?一个老太婆一把鼻涕一把泪地哭着说,为挖煤儿子把命都搭上了,现在把井都炸了,这不是人财两空吗?

程东看乱成了这样子,就站上路边的一个倒放的碌碡,高声说:"乡亲们,静一静!大家反映的情况县上都清楚。今天国务院检查组,要来检查关井压产,大家要支持……"这时一个愣头青小伙子,口里骂骂咧咧地说:"情况县上都清楚,还整老百姓做尿!"他快步走到碌碡前,弯下腰用肩膀只一顶,碌碡就倒了,又骨碌碌地滚了。程东猛不防掉了下来,打了个趔趄,跌倒在地上,脸涨得通红。村民中传来一片笑声、叫好声,有的人还拍起了手。一个警察跑过来呵斥,小伙子满不在乎地说:"这是我家的碌碡,我顶着玩。现在不挖煤了,没尿事干,攒下劲了。你看不顺眼,抓进去,还能混口饭吃!"警察既尴尬又生气,却也没啥办法。

章显对文佳说:"没想到能闹成这个样子,还能检查个啥!"他对安排到王庄检查一直拿不定主意,在程东的一再坚持下才定下来。现在闹得有点大,就心生悔意。文佳这会儿反而不着急了,正在思索着,若有所悟地说:"这也是检查,是在检查民意啊!"刘敬堂就站在边上,把他俩说的话听得清清楚楚。刘敬堂觉得文佳和自己想到一块去了,任何时候,干任何事情,都必须考虑到群众的切身利益,否则很难得到群众的理解和支持。王秋丽哪里见过这阵势,刚才熊东来被围时还有点看热闹的意思,这会儿心里觉得凉凉的,生怕闹出点啥事来,她紧紧地跟在刘敬堂的后面。她早就发现有点乱后,一个警察一直不离刘敬堂左右。

熊东来心里有些窝火,这个副县长看起来挺能干,怎么到了关键时刻掉链子。他习惯性地拂了一下头发,大声说:"乡亲们,我是从北京来的,是奉命来这里检查关井压产工作。希望大家支持配合我们的工作。"他看乱哄哄的人群静了下来,就回头看了看刘敬堂,接着以更大的声音说:"这里的关井压产搞得很好嘛!这和大家的支持和配合是分不开的,对工作中存在的不足和问题有些意见也是正常的。希望大家继续支持我们的工作,好不好?"说完他一脸的严肃和庄重,期待着村民的回应。谁知半分钟的静场后,人群中有个人大喊:"还说王庄的井关得好,好个屁,不说赔钱的事,我就不活了!"说着这个人就一头向树上撞去,顿时头上鲜血直流,昏倒在地。人群立即高强度爆发了骚乱,又是喊,又是哭,又是骂……几个老太婆抱住熊东来的两腿,号啕大哭。老头、老太婆和妇女跪了一大片,乞求北京来的大官为民做主。一些年轻人火气很大,挥着拳头在叫骂。两个警察出于职业经验,紧紧贴着这伙年轻人,盯着这个随时可能制造麻烦和危险的群体,以防不测。一群狗以为主人受了欺侮,群体性爆发,疯狂地叫了起来,有的竟红了眼,随时有乱咬人的危险。

程东意识到人群有可能失控,忙着过来商议。文佳果断地说:"算了吧,先回县城再说。"刘敬堂点点头。王秋丽这回没急着动,刘敬堂不走,她半步都不动。熊东来这会儿一点动弹不得,有四个老太婆前后把他的腿抱得死死的,正鼻涕一把泪一把地哭诉着,他的裤子也被眼泪和鼻涕弄湿了。显然他要走一时还不好走。

一辆小车疾驰而来,车上坐着南金山。昨天下午因堵车,检查组没有到东井头矿总部去,让他十分遗憾。后来听说今天上午要检查王庄的关井情况,他不放心王增的事情,就赶了过来。这么多村民乱哄哄的,把路也堵实了,南金山不知发生了什么事情,就停车走了过来。走近一看,心里明白了大半,怪道王增在电话上不要他来,说上午王庄要演大戏。原来这就是王增说的大戏,估计这家伙不是导演也是策划者。不过犯不着来武的,不是正在帮忙做工作吗?王增是他的铁哥们,平常没事南金山常和伍长河一起来这里玩,有时打打牌,有时下沟去打兔子,还常吃王增老婆做的农家饭菜。

南金山看着检查关井的人被村民团团围着,马上拨通了王增的电话,南金山大声吼道:"王倒煤,你要倒八辈子霉了!村里人胡整哩,要闯大祸,你赶快过来!""我早就过来了!"王增拍了一下南金山的肩膀,狡黠地看着他。南金山转过身,一看是王增,一把把他拉到一边,指着他的鼻子说:"你王倒煤好大的胆子!挑动群众围攻国务院检查组!是不是想进去了?"王增斜披着一件灰夹克,嘴里叼着一根烟,笑眯眯地说:"这是群众自发的。当初县上大张旗鼓地动员群众挖煤,现在说关就关了,这不是拿老百姓开涮吗?"南金山拍了一下王增,坚决地说:"事情闹到这种地步,够了!你听老哥的,先让村里的人都回去,后边的事我再和文秘书长说。"

南金山不容分说,拉着王增走进人群中间。程东和乡上的领导正在给群众做工作,群众的情绪有些缓和,却仍然不肯离去。南金山拉了一把程东,说:"程县长,我有事路过这里看到情况复杂,就到王增家里把他叫来了。王增人熟,让他劝劝吧!"程东当然认识王增,就说:"行啊,那就试试吧!"

王增就是王庄人,从倒腾煤的小商贩,成了如今的大老板,运销业务越搞越大,现在还自家开矿采煤,在王庄说一不二,在县里名气也很大。王增抽了抽嘴角,心想程县长说让试试,那我就试试。他耸耸肩,先向熊东来走去。王增看了一眼头上冒汗的熊东来,嘴角一抖,差点笑了。他弯下腰不知说了几句什么话,那几个老太婆就松开了熊东来的双腿,他又挥了挥手,现场就静了下来。他把嘴角叼的烟扑地吹掉,把斜披着的夹克拿下来搭在胳膊上,大声说:"这是谁的馊主意?这不是胡闹吗!还有没有国法!大家都回去,有什么话留下几个人好好说,不能胡来。"他看大家都没有动,就拉下脸:"咋啦,还不动弹!不就是想让赔点钱吗?闹也闹了,上面的领导也知道了,这下好啦,都回去吧!怎么还不走?国家不赔,我王增赔!"王增有些火了,开始用手推几个年轻人,口里骂骂咧咧的。村民们这才慢慢离去,三三两两地议论着,随后就乱哄哄地走散了。一些小年轻打着呼哨,引着狗,跑着闹着远去了。

程东很快恢复了常态,笑着对章显说:"章总,都说贵县刁野,看来是名不虚传呀!"章显也想调节一下气氛,笑着回应:"还是程县长治理有方,老百姓召之即来,来之能战。"程东忙不迭地说:"谁召啦,谁召啦?可别胡说!"文佳看了一眼不动声色的刘敬堂,笑着说:"来也匆匆,去也匆匆,一场闹剧,有惊无险,耐人深思。"熊东来也缓过神来,心里一动,一场闹剧,闹剧也是剧,会不会有人在幕后导演?目的何在?程东问:"文秘书长,现在咋办?"熊东来不等文佳回答,坚决地说:"继续检查,该咋办咋办!"

南金山捅了一下章显,章显走到程东身边,小声说了几句。程东说:"咱们去看看王庄有争议的两口深井,已投入二百多万元,还没见上煤。"他对站在一边的王增说:"王增,你坐在我的车上,在前边带路。"要看的两口深井正是王增新打的,县上已发文要求关闭。程东把他叫到自己车上,实际上已表明了态度,他已从章显口里知道由锡平要文佳酌情办理的意思。这两口井看后,以没有见煤、地下水源很旺为由,作为灌溉用井保留了下来。关井压产结束后是否还会采煤,就是后话了。

明天上午上级检查组将赴别的地市检查。下午将召开清水、浦湖两县关井压产汇报会和上级检查组检查通报会。除了县政府主要领导、主管领导和相关部门领导参加外,各产煤乡镇的领导也将到会。文佳因机关有急事,留下章显代表市上参会。吃过中午饭,文佳首先来和刘敬堂告辞。刘敬堂表示,秦东市的关井压产做了不少工作,问题也不少,要在资源整合上做些探索。关井压产是阶段性工作,从长远看要力求整合后的煤炭企业做大做强。要在关井补偿上做些调研和调整,以保障群众的合法权益。文佳接着向熊东来告辞,熊东来对秦东的关井压产工作很不满意,认为清水县竟敢忽悠上级检查组,是典型的上有政策,下有对策;指出浦湖县出现公开阻挠检查,背后有别有用心的组织者,必须严查严处。他越说越多,要不是有人请他去参加会议,文佳还不好离开。

文佳坐在车上,心里沉甸甸的。看来关井压产只是煤炭行业整治的开始,后面的路还很长,工作难度还很大,但无论如何都要有利于这个行业的发展,如果能和企业改制特别是招商引资结合起来也许更好。

## 第十六章

入冬半个多月了,可天气一点也不冷。星期一上午8时半,文佳就来到秦东市行政干部学校。这里9时要举行招商引资研讨班开学典礼。研讨班由秦东大学和秦东市行政干部学校联合举办。秦东大学副校长高玉想帮秦东市培训干部的愿望由来已久,由于种种原因一直没有落实。吴芳市长为进一步推动全市的招商引资,决定先办一期研讨班。高玉已在秦大校内做了多方面的准备,吴芳为了促一下行政干校的工作,决定在条件较差的行政干校举办。十多天前就发了办班的通知,前天又发了补充通知。

秦东市行政干部学校,位于老城区的西北角。一进校门正中是个操场,仅有两三个篮球场那么大。操场北面是一栋三层楼,一层是学校办公的地方,二、三层是学员学习和住宿的地方。操场东面是礼堂,兼有开会、上大课和饭厅多种功能。操场南面是一栋教职工住宅楼。操场西边大门的南侧是一排临大路的平房。

二十世纪的最后十年里,是秦东市区各类学校快速发展的时期。唯独行政干校日渐冷落。如今的人都很实际,来这里学习能否学到真本领并不重要,混不到一纸文凭就一点吸引力也没有了,谁还愿来行政干校学习呢!行政干校的老师也失去了信心,有些人跳槽了,有些人到校外谋自己的事去了。有人开玩笑说,别的学校的老师是在校外兼职。这里的老师是在校内兼点职。实际上多数教职工在校内早已无所事事了。

吴芳在行政干校来过一次,看着学校冷冷清清的,连操场都长满了草,就想着把这一批知识分子的作用发挥起来,让他们参与招商引资的研讨活动和宣传活动,为经济建设做些贡献。经过文佳的协调,秦东大学由高玉负责,安排本校经济管理系并联系省城有关专家或教授来授课;行政干校由副校长叶博负责,安排有关行政管理和后勤服务工作。

　　文佳早早来到行政干校,一进校门就遇见了老同事叶博。叶博边笑边快步走上前来,紧紧地握住了文佳的手。叶博身材高大,清癯的脸上挂满笑容,他名牌大学毕业,曾和文佳在一所师范学校教过书。文佳握着叶博的手,高兴地说:"老叶呀,我们又一次合作共事了!"叶博忙说:"哪里,哪里,是我要在你的领导下,干点具体的工作了。"文佳故作不悦:"你怎么也沾染上了官场上那一套?"叶博哈哈大笑,说:"老文呀,是你身上的书生气太多了,要不你早就干上去了!"文佳也大笑,摇摇头说:"江山易改,本性难移。我还真的适应不了官场这一套,现在看来,还是做学问好啊!"叶博换了话题:"你还像当年当教师一样认真,总是提前到岗。不过还有近半个小时,到我家店里转转怎么样?"说完他不容分说,拉着满脸迷茫的文佳向紧挨大门的一家小商店走去。

　　这间小商店里,摆满了各种各样的日用百货、食品以及烟酒,门朝校内开着,显然营业的对象主要是校内的住户。一个中年妇女正在炉子上烧水,叶博大声说:"掌柜的,文秘书长来了!"文佳一看是叶博的妻子王勤勤,忙笑着说:"你好,正忙着哩!"王勤勤一脸的憨厚,有些不好意思地对叶博说:"你咋把客人引到这儿来了?"文佳忙说:"我是来学校开会,顺便看看。"叶博笑着说:"文秘书长又不是外人,看看怕啥?"王勤勤说:"去年老叶当了副校长,我就不想开这个店了,怕别人说闲话,可老叶偏不管这些。"叶博笑着说:"自古以来文人都爱面子,我把这算看透了,我当我的副校长,她开她的小商店,这有啥不好的?谁爱说啥就说啥去!"其实,学校的教职工根本没人把这当回事,许多人都在外面干着自己的事,谁还有兴趣说别人家的事呢,更何况行政干校的副校长能有个啥权,也难以给小商店谋私利。

　　稍事停留后文佳走出小店,想到北边的楼上去看看。这时楼门飘然走出一个年轻女性,文佳尚未看清就听到了她的问候:"文叔,您好!"文佳笑着说:"呵,原来是莎莎!你怎么到这儿来了?"王莎莎说:"前几天,学校安排我参与联合办班,协助行政干校的班主任工作,相当班主任助理吧!"叶博说:"前几天,秦大高玉副校长亲自定的,我们非常欢迎。她昨天就到岗了,算是副班主任。"

　　文佳问:"学员都到齐了吗?"王莎莎说:"都到齐了。昨天下午县上参加研讨班的人就到齐了,今天上午8时前市直部门参加研讨班的领导就到齐了。现在都在各自的宿舍等着参加开学典礼,再有几分钟就会下楼。"

　　叶博说:"这是多年来第一次联合办班,也是级别最高的研讨班。这些学员都挺重视,没有一个人缺席,也没有一个人迟到,这在以往还从未有过。"叶博说的是实话。过去干部参加学习班、培训班什么的,觉得是组织上的信任,也是学习提高和互相交流的好机会。后来慢慢就不行了,许多人觉得参加什么班都意思不大,都市场经济了,还务这些虚干啥?许多人就不再愿意参加这种学习,派谁谁都不愿去。领导干部也不例外,特别是主要领导更是鲜有人愿意参加什么学习,摊到单位头上了就派个副职去,或干脆以各种理由推掉了事。这次办的招商引资研讨班,各县(市、区)来的是政府分管这方面工作的领导,还有一名部门负责人,市直几个部门来的全部是主要领导,在叶博看来大大超出了他的预料。他哪里知道参加这次研讨班的人员名单,是吴芳市长亲自审定的。为了确保这些人员能参加研讨班,市政府办公室提前十多天就发了通知,而且逐一反复落实到了人头。吴芳市长还让孟可芹副市长具体负责办好研讨班。孟可芹最担心的是这些部门的一把手到时派个副职来充数,她就逐一与这些部门一把手通了电话,有的她还专门约见或去部门当面谈了此事。这种超常规的通知,以往从未有过。市政府如此重视这项工作,与会人员当然谁也不敢马虎。

离9时还有十几分钟,学员们都下楼来了。走在最前面的是市直的几个部门一把手,为首的是市建委主任关立峰,他看见文佳后说:"文秘书长,你来得早,不过今天可没我们来得早。"紧随其后的市商业局局长黄天高笑着说:"时间变了,也该通知一下,让我们等了整整一个小时。"文佳听了忙说:"通知了呀,上周五发了补充通知。"这些要去参加开学典礼的人,似乎并非所有人都介意是否发了补充通知,说着笑着向礼堂走去。县上来的程东、郑雄飞几个副县长,都在和文佳打着招呼。王莎莎向文佳挥挥手,随着学员们去了礼堂。

文佳这才发现除了应到的学员外,市直部门竟无一人进入校内,自觉头顶轰的一下,脑子顿时一片迷茫。为了扩大影响,吴芳决定让市直部门科以上干部也参加今天上午的开学典礼。上周五下午文佳审稿后,让由锡平副市长签发了补充通知。离开会只有十多分钟了,应该是与会人员到场最集中的时候,怎能一人未见?加上刚才黄天高的说法,文佳头上直冒汗。他赶忙拿起手机接通了机要科,一问才知道补充通知还没有发出。原来是当天下班后补充通知才印出来,工作人员把印好的补充通知放到了公文柜,以为别人第二天会处理。接着是双休日,把发补充通知的事竟误了。

补充通知没有发出去,这是极其罕见的严重的低级失误。文佳在市政府办公室工作近二十年,还未未经过此类事。他已经听出了新任机要科长江立仁的紧张与恐慌,就没有批评,反而觉得对方的情绪传导给了自己。文佳沉吟了一下,尽量让自己冷静下来,立即发出指令:"你立即动员机要科所有人员,一部分人跑步把补充通知送到机关院内的所有部门,一部分人用电话通知机关外的部门,要求应到会人员立即赶到行政干校。"文佳收起电话,这才发现叶博还站在自己身旁。叶博看出了文佳的高度紧张,一时不知该说什么才好,不过心里在嘀咕,这事难道真的很严重吗?难道在领导身边工作的人都这样吗?

文佳想着开会的时间要推后了,对叶博苦笑了一下,说:"真让人没法说,看来开学典礼至少需要推后半个小时。"叶博轻描淡写地说:"你是讲过课的,时间不够了,就少讲几句嘛。我听过陈鹏研究员的讲课,人虽年轻却老练得很,会把这些技术性问题处理好。"他想让紧张得脸色发白的文佳能有所缓解,就从另一个角度说了自己的看法,说完还笑了笑。文佳一听说上课的事,马上就想到了课堂气氛的营造,急忙说:"你能不能让行政干校的全体教职人员也听听讲课。"叶博会心地说:"这好啊,我马上安排人去通知。"

文佳想了想,星期一上午各部门事情比较多,加上快9点了才接到通知,很可能随便派几个人来应付差事,离行政干校较远部门来的人还不知道什么时候才能到,礼堂坐得稀稀落落的成何体统?看来非常情况下必须采取非常措施!文佳就以十万火急的口气,给几个离行政干校近的部门领导打了电话,让通知全体干部火速来参加开学典礼。打完电话,他松了口气,不管情况如何,也只能这样了。

一辆黑色奥迪车开进校门,是秦东大学副校长高玉陪着省社科院的研究员陈鹏来了。为了能按时参加开学典礼,陈鹏提前一天就被高玉接到了秦东大学。高玉按照上周五文佳的临时通知,对各方面的工作做了安排,陪着陈鹏来到行政干校。文佳看到高玉后立即迎上前来,叶博也赶忙迎了上来。大家握手寒暄后,叶博说:"文秘书长,让陈研究员和高校长先到我的办公室稍事休息一下。"文佳忙说:"好,叶校长你就陪二位客人喝杯茶,待会儿人到齐后我来请客人。"

叶博陪客人刚进入北楼门厅,孟可芹副市长就到了,小车直抵礼堂门前停了下来。孟可芹脸上挂着惯有的平静,不紧不慢地走进礼堂大门,接着又退了出来。王莎莎忙从里边出来说:"孟市长,活动可能要推迟,各单位正在通知科以上干部来参加会议。"里边坐着几位部门一把手,科以上干部要来参加会议,在家的副职能不请示?这时里边正在热议,觉得会议安排上出了问题。孟可芹一进门就觉得有些异常,偌大的礼堂只坐了两排人,难道上周五的补充通知精神又变了?补充通知走审批程序时自己是看过的呀!听了王莎莎的话,让她更是一头雾水。文佳走了过来,刚要解释,吴芳的车就停到了旁边。

吴芳微微笑着,向门外的几个人点点头,稳步走向礼堂大门。秘书丁玉丽一手拿着公文包,一手端着水杯,紧紧跟在吴芳身后。文佳嘴张了张,竟不知该说什么,急忙向吴芳走去。吴芳进入礼堂看了看会场,又看了一眼主席台,退了出来。她眉头紧皱,看了看手表,抬起头大声问:"丁玉丽,怎么回事?"丁玉丽慌得

## 第十六章

差点将手中的水杯滑脱,她从来没经过吴芳这么大声过问她,而且平时都是叫小丁,更要命的是她不明白市长问什么,又该如何回答,窘得满脸通红,不知所措。文佳对吴芳说:"工作环节上出了点问题,正在采取补救措施,开学典礼大概要推迟半个小时。"他没有说漏发补充通知的事,心中还想着不要让市长知道得太具体了,必要时还可以替科室的干部承担点责任。

由锡平也到了,他面无表情地走了过来,并不理会这边在说什么,直接进入了礼堂。他笑着和与会的人挥了挥手,突然觉察情况异常,迅速退了出来。几个副县长却跟了出来,和由锡平又是握手又是寒暄,似乎什么事情也没有发生。

吴芳听到由锡平的说笑声,心中一股火气冲了上来,疾言厉色地对文佳说:"哪个环节上出了问题?这分明是思想上出了问题!是对招商引资工作不重视,有意见!"她说话的声音相当大,礼堂内外都听得很清楚,几个副县长见市长发火,都赶忙进到里边去了。这是吴芳到秦东后第一次发火,里外顿时鸦雀无声,一片寂静。由锡平听出了吴芳话中有话,忙问文佳事情的原委。吴芳脸色凝重,语气虽然放缓,却很坚决地说:"文秘书长,回头查一查,究竟是哪个环节出了问题,谁的责任,要严查严处!"她意犹未尽,又补充了一句:"市政府办公室要做出检查!"最后这句话在由锡平听来指向性太明确了,市政府办公室工作是他分管,他顿时气不打一处来,脸上的肌肉抽搐了几下,对文佳说:"文秘书长,回头一定要严查严处,按破坏招商引资论处!"他声音并不大,让人听着像是带着刺儿。

这时许多大小机动车辆开了进来,车上拉着来开会的机关工作人员。许多机关工作人员随后也跟着涌进了大门,有骑自行车的,有骑摩托的,大多还带着人。院子里喇叭鸣叫,人声嘈杂,乱哄哄的,不像是来开会,倒像是来赶集似的。市政府办机要科在通知各单位时,要求动员所有车辆在20分钟内赶到行政干校,参加紧急会议。一个准备了数月时间,本应从从容容举办的招商引资研讨班,竟开成了紧急会议。

吴芳听了由锡平的话心里简直不是滋味,看着乱哄哄的场面,就转身向操场南边没人的地方走去,想一个人静一静。最近一段时间,她心里特别烦,总感觉工作上有些掣肘。就说由锡平吧,明里支持自己的工作,至少没有公开唱过反调,暗里却不是这样的。她听自己的司机讲,由锡平的司机米小安一次喝醉了酒,讲出了由锡平在开元大厦开工典礼那天,如何去高速路服务区故意拖延时间的事。再说招商局长人选吧,自己催了市委组织部多次,催得急了组织部长竟说市政府最好有个意见一致的人选才好上会研究。这不等于把话说明了吗?是市委常委、副市长由锡平有不同意见,弄得组织部不好运作此事。这不是在使绊子吗?还有一些招商引资项目迟迟推不开,比如天然气合作项目,这固然有多种原因，但由锡平不热不凉的态度甚至后边的小动作，很可能起了负面作用。想到这些，她心中十分窝火，看到招商引资研讨班又搞成这个样子，就按捺不住心中的火气，到秦东工作以来第一次发了火。

来参加会的机关工作人员越来越多。由锡平给副秘书长兼办公室主任仵天才打了个电话，就被几个刚来的部门领导簇拥着进入礼堂。这几个部门领导是由锡平的老哥们，根本不看他的脸色，也不管他高兴不高兴，就围坐在一起谝起了闲传。还一再问究竟发生了多大的事，有的竟调侃地问是地球要爆炸，还是中国要沉没，如此火烧火燎地要大家来开紧急会议，说这种情况多年没有过了！由锡平尽管有些烦，但老哥儿们的亲密无间还是让他十分受用，他知道这些人脉关系也是政治资本呀！这会儿由锡平只是胡乱地支吾着，心里清楚在这种场合最好什么也别说，有时一两句闲话可能会造成不必要的麻烦，甚至会造成严重后果。他可能还不知道，他刚才的一个电话已在市政府办公室孕育着一场轩然大波。仵天才接到由锡平的电话时，正坐镇机要科处置这一工作中的失误，丁玉丽已在第一时间给他打了电话，不过由锡平极其严厉的口气，着实让仵天才吃惊不小。前不久他从省委党校学习回来后，一直想着要整治一下办公室的风气。今天他突然觉得机会来了，应借势发力做点什么。这个新任的机要科长江立仁，跟秘书长程杰人跟得太紧了，板子要狠狠地打在他的屁股上，疼在有些人的心上。

孟可芹正站在报栏旁静静地看着报纸，她的身后是嘈杂而过的参会者，报栏里贴着昨天的省报和《秦东日报》，她昨天在办公室就仔细看过了，却仍然在看着，似乎什么都没有看进去。刚才一、二把手说的每一句话，还在她的脑海里翻搅着。她早就看出了一、二把手在招商引资问题上的不协调，没想到今天几乎发生正面冲突。吴芳在市长办公会上早就明确了招商引资让由锡平牵头负责，一段时间以来又多次交代要她多操些心，这次办研讨班又安排她具体负责。说她是工商硕士，又正在读经济管理博士课程，很合适抓这件事。工作是重要的，更重要的是处理好人际关系，对此应有清醒的认识。她转过身来，看文佳正在给丁玉丽吩咐着什么，缓缓地说："文秘书长，人坐满了吧。"她凭感觉估计人来得差不多了，就及时提醒一下这位十分辛苦的副秘书长。

文佳恍然大悟，人坐满即可，太多了坐不下就会产生新的混乱。他刚要让丁玉丽去看看情况，叶博和几个工作人员从礼堂走了出来，叶博对文佳说："文秘书长，人基本上坐满了，后边来的人恐怕坐不下了。"文佳当机立断："叶校长，你安排人到门口解释一下，让后边来的人回去。"叶博立即做了安排。文佳看看表，比原定的时间晚了半个多小时，他对叶博说："咱俩去请一下陈研究员，马上开始吧！"接着文佳招呼吴芳进礼堂，正式举行开学典礼。

# 第十六章

吴芳走到门口,转身从丁玉丽手中拿过茶杯和提包,稳步走上主席台坐了下来。由锡平、孟可芹也相继走上主席台,下边开始安静下来,大家知道活动就要开始了。

丁玉丽在吴芳拿走茶杯和提包时,先是一愣,接着心里突突地跳了起来,今天这是怎么啦,自己到底做错了什么?这两样东西,平时都是自己拿上主席台并放好,今天市长怎么从自己手中直接拿走了。她看看主席台上的吴芳,脸上十分平静,还挂着一丝淡淡的微笑,一如往常,一点也没有不高兴的意思。会不会由于今天活动时间上的不确定性,让领导的行动也产生了某种随意性。她是市政府办人秘科科长,后来兼做吴芳的秘书,这是她做梦也没有想到的。秦东市建国以来,行政一把手从来都是男的,自然不会配一个女秘书。吴芳是秦东历史上第一个女行政一把手,她来了以后好长时间没有配秘书,不是不愿配,是没有合适人选。后来她听说公交科科长田丽丽文章写得好,一度曾想让田丽丽做秘书,后来又听说田丽丽是由锡平重用的人,就选了丁玉丽做秘书。丁玉丽文章写得不如田丽丽,精明的程度却毫不逊色。丁玉丽深感能当上一把手的秘书实在是一种幸运。谁都知道一把手的秘书能通天,前程看好,几乎所有的县处级领导对她都要礼让三分,这一点她感觉相当明显。秘书是为领导服务的,她对吴芳的服务是全方位的,从政务工作到日常生活,包括吴芳不怎么用的化妆水、粉底、眉笔、睫毛膏、吸油纸等等都是她买的,卫生纸、卫生巾都换成了名牌。可以说她想得比吴芳的女儿王莎莎还要周到,对吴芳的体贴关照丝毫不逊于王莎莎。丁玉丽多年来喜欢打听小道消息,这倒无所谓,又偏偏爱给朋友们吹吹风。如今不一样了,她成了一把手身边的人,知道的就不是一般的小道消息了,有时控制不住也就说了出去。这一点吴芳已有察觉,曾委婉地提醒过她。她也曾暗下决心,一定要守口如瓶。今天又按捺不住,给仵天才打了电话,说办公室捅了篓子,让市长大发脾气,自己也跟着挨了训。她是仵天才从后勤科室安排到人秘科又提拔到科长位子上的,尽管她知道文佳在直接处置此事,还是觉得应该把这一重要的信息告诉仵天才。仵天才还以为是吴芳让她打的电话呢,加上由锡平接着又打了电话,让仵天才想的就更多了。

文佳和叶博陪着陈鹏和高玉进到礼堂,吴芳站起来迎上前来,与陈鹏、高玉握手致意。主席台上的人刚一坐定,主持人孟可芹就清了清嗓子,她简要讲了市政府举办这次招商引资研讨班的主旨和设想,接着陈鹏在热烈的掌声中开始了第一讲。

陈鹏的讲话首先从秦东市经济发展的历史和现状讲起,一下子就把大家吸引住了。他和高玉是国外留学时的同学,这次两人合作,对秦东市经过了半年的深入调研,讲得非常实在又非常深刻。接着讲了秦东要大发展就要抓住西部大开发的机遇,加大项目投资,扩大招商引资。着重讲了如何搞好招商引资,从国外讲到东南沿海的发展历程及经验教训,又讲到省内和秦东如何借鉴并走出一条自己的路子……

他拿着讲稿却没有看,如数家珍,如讲故事,深入浅出,绘声绘色。台上台下到场的人都听得是那样的认真,那样的入神,那样的津津有味,原来招商引资还有这么大的学问。高玉一边听着,一边观察着,她明显感觉到经过精心准备的第一讲效果不错,终于松了一口气。看来开学典礼的效果挺不错,吴芳心里挺高兴。谁也没有想到,礼堂外不远处这会儿正热闹着哩!

经过文佳现场的临机处置和仵天才坐镇机要科的特事特办,各单位在接到通知后都做了紧急安排,让一次正常活动极度升温,机关工作人员都急急忙忙地赶来参加招商引资研讨班的开学典礼。当礼堂的人坐满时,按叶博的安排,门房的李师傅挡住了后来的人。多数人对听报告和讲座并不感兴趣,听说不让进了,掉头就走。有的人免不了要说上几句牢骚话,个别人还要骂上几句,这都无所谓,毕竟还是散去了。可偏有一批人不肯散去。文佳生怕人少冷场,让离得近的几个部门全体机关工作人员都来,建委循惯例连下属单位也通知了。如今哪个单位不养几个闲人,听说要听重要报告,一帮闲人都来了,一些临时工也跟着来了。来了后却不让进去,这帮闲人就嚷嚷着不肯走,有的说:"这不是拿人开涮吗?让来就来,让走就走!"有人问:"别人能进去,为什么不让我们进去?误了工谁认误工费?"有的故作神秘地说:"听说是要涨工资,上午宣布方案。"有的煽动着说:"听说是要宣布机关裁人计划,害怕大家有意见,才不让再进人了!"一涉及敏感话题,有些人就有些冲动,开始乱喊乱叫起来,有的人还恣意着往进冲。

由锡平的司机米小安一直坐在车上闭目养神,听到喊声后走下车来。他注重仪容仪表,常说跟领导工作,不能给领导丢脸。在司机队伍中,他被大家戏称"二领导"。业界流传着一个关于他的故事,说是有一次去县上处置搬迁移民闹事,他的派头和架势,让许多移民误判为市上的领导。移民们围着他诉说着生活的艰辛和苦难,乞求着给予关照和扶持。他背着手,站在那里仔细地听着,俨然一副关心民间疾苦的样子。当几个移民一把鼻涕一把泪地提出具体要求时,他才觉得领导的角色不好扮演,赶忙溜之大吉。当他再出来上厕所时,被移民堵在里边,他这才连声告饶说:"我是司机,司机,别为难我!"有人说:"司机,不就是给市长开车的吗?是个车户!""车户?车户也猪鼻子插葱,装什么大象?竟敢冒充领导!""现在啥东西都有假的!打这个人模狗样的冒牌货,让他知道移民的厉害!"正在气头上的移民,虽然没有真打,却将米小安堵在臭烘烘的厕所里,当了大半天厕所里的"一把手"。这事传开后,有人给他戴上了"二领导"的头衔。不过他从来不反感,甚至还有些自鸣得意。

米小安正了正领带,缓步走了过去。他站在行政干校大门口看了看,威严地说:"吵什么吵?太不像话了,哪里有这种素质的干部!"他是工人身份,常觉有些干部也不咋样,今天抓住机会发泄了出来。场面一下子静了下来,这些人仔细辨认后,发现说话的人并非市上的头头脑脑,反弹后的喊叫声更大了,往进冲的欲望更强烈了。米小安被大家的不恭激怒了,断喝一声:"闹什么闹,把门关了!"门房的李师傅,看着米小安的派头,还以为他是个啥领导,赶忙用力推着大门就要关。

丁玉丽也走了过来。她今天心里一直不痛快,就从会场走了出来,想在外面散散心。丁玉丽边散步边看着大门口纷乱的场面,情不自禁地走到了大门口。

聚在大门外的人没想到真的把大门关上了,像炸了锅似的,几个年轻人愤怒地一拥而上,隔着大门的铁栅栏狂喊狂叫起来。一直远远站在一边的高小三也走近门前。前不久他父亲高双江老师傅通过程杰人秘书长给建委主任关立峰搭话,让高小三到新组建的城管大队临时开车。今天上午他拉着一帮年轻人到城西去执勤,接到参加会议的通知后,就掉转车头赶来了,由于路远还是落在了后面。他并不介意别人能不能进去,当看到米小安装模作样的架势就有些不顺眼,再看到他吆喝着关了大门,就联想到他在机关大院曾多次对着老爸吆五喝六的样子,就有些气不打一处来。他顺手捡起一块砖,走过来狠狠地拍门,砖碎屑乱飞,样子挺吓人。这边动静越弄越大,坐在礼堂前排的王莎莎走上主席台给文佳说了,两人就一起走了出来。

丁玉丽隔着铁栅栏,看着大门外的年轻人情绪有些失控,围观的人也越聚越多,就对门房李师傅说:"不能关大门,把大门打开,有话好好说。"李师傅看着依然威严不减的米小安,为难地说:"领导让关的,你给领导说说吧!"按说米小安借坡下驴,啥也不说,或拍屁股走人也就罢了,谁知他还要装大,高声对着外面喊:"不要胡闹,越胡闹越不开门!"高小三隔着门反讽:"你和我一样都是开车的,给由锡平开车,你就真成了'二领导'?哈巴狗站在粪堆上装啥大狗!"门外的人听了,一齐起哄,一片笑骂声。

丁玉丽大声对李师傅说:"我是吴芳市长的秘书丁玉丽,你把大门打开,有啥问题我负责!"李师傅一听是市长的秘书,立即去开大门。丁玉丽还搭了把手。大门打开了,这帮年轻人的火气减了大半,并没有出现冲向会场的情景,也不再提参加会议的事情。也许他们根本就不想去听什么报告、演讲,他们已转移了话题,只是嚷嚷着问,为什么要关大门?由市长的司机有什么资格耍横?说着说着就变成了由市长为什么要派人关门,把我们看成了什么人,有的还说要不是吴市长派秘书打开大门,我们早就把这门砸了……刚刚发生的事情,还没有离地方,就七嘴八舌说得走了样,这到底是怎么啦?丁玉丽困惑地站在那里,她不好再说什么了,怕把本来十分简单的事情越弄越复杂。门房李师傅只是一个劲地在说他只能听领导的,关门开门都听领导的。说急了,竟说出了就是把门砸了、挖了,他也只能听领导的。

　　文佳目睹了丁玉丽处理这一事情的果断和理智,觉得挺不错,也知道该自己出面了。他拍了一下手,大声说:"大家静一下!"有人认得他是副秘书长文佳,也帮着说话,现场马上静了下来。文佳接着说:"首先,我给大家道个歉!大家赶着来参加招商引资研讨班开学典礼,由于行政干校礼堂地方不大,容纳不下了,让大家来了又要回去。这是我们工作中的一连串失误造成的,我也有很大责任。我再次向大家表示歉意,请大家回去吧。今后我们会吸取教训,把工作做细做好。请大家回去吧!"

　　大门口的年轻人听了文佳的几句话,马上就说着笑着散去了。文佳对看门人说:"师傅,让你受委屈了,受惊了。"李师傅擦着头上的虚汗,挺了挺腰身说:"我还没见过那阵势,太害怕了,一块大砖,让那个小伙子两三下就敲碎了,敲飞花了。"他用脚踢了踢地上的碎砖块,接着说:"听旁边有人说,那就是一把能把人头捏五个窟窿的黑老大高小三。弄得黑社会也上手了!"知道自己帮了倒忙的米小安,一直站在边上,听到这里忙接住话茬,添盐加醋地说:"文秘书长,高小三带着一帮不三不四的人,我怕出事,才让关了大门。要不是你来,这些人会越闹越大。"文佳听了摇摇头,弄不清是在否定米小安的说法,还是在表达对闹事者的不满。

　　王莎莎一直跟着文佳,听着看着,一言不发。她心想,办个招商引资研讨班,怎么竟一波三折,这社会上和学校里就是不一样。

　　几个人看没啥事了,就一起往礼堂走去。米小安到车上睡觉去了。

　　多年冷清的行政干校,自从与秦东大学联合举办招商引资研讨班以来,异常地热闹起来。办班第三天,市建委就在这里召开主任办公会。这是市建委多年来在外单位第一次召开主任办公会。首先是因为孟可芹知道参加研讨班的市直部门领导都是些一把手,有些还是重要部门的一把手,这些人的事都比较多,弄不好人会走光,便采取了封闭式管理,研讨班成员一律不得离校。孟可芹本人带头住进了学校,一步也不离开。这些部门领导实在不好意思违拗这位民主党派女副市长。关立峰尽管是老资格了,也不便离校,只好在校内开主任办公会。其次是开学典礼那天,一帮年轻人在校门口闹腾后开始发酵,到处传说是市建委对

## 第十六章

招商引资有看法,有意安排这些人来冲击会场,通知的是科以上干部,建委连临时工都派来了,甚至还和黑社会组织挂上了……越传越离奇,越炒越严重。给关立峰打电话询问的部门领导越来越多,有的说:"实在不愿参加研讨班,请个病假算了,不值得弄成那个样子。"有的劝道:"对市长有意见要忍,不能明着干,得考虑自己的前程。"这把关立峰搞得有些哭笑不得,心里又乱乱的。特别是由锡平的电话更让关立峰有些坐立不安,由锡平大半夜了在电话中问他这几天都听到了些啥传言,开学典礼那天建委的什么人到底干了些啥事,怎么还传到了领导的耳里。这还了得,此事已涉及到了市政府领导,实在不能等闲视之了!

关立峰一连几天在行政干校召开了主任办公会和科以上干部会,机关和下属单位凡参加那天开学典礼的人都签了名,来了没有进门又回去的人也签了名。严肃追查了制造和传播小道消息的人,弄得像搞清查运动。对那些在大门口闹腾的人员进行了严厉的批评,这些人都写了书面检查,几个带头的还在会上做了公开检查。事后大家都有些不服气,说这是市政府工作中出了娄子,让一般干部埋单,再说那天大门口有个能把话说清楚的人,也许什么事都不会发生。建委的几个副职也不高兴,说建委去了七十多个人,是参加人数最多的,是按文佳副秘书长的通知去撑摊子的,没记上功,反而记了过。关立峰弄清了情况,并做了必要的处置,赶忙向由锡平做了汇报,向文佳做了说明,心里轻松多了。他清楚这既是做工作,更是一种姿态,有什么办法?谁让自己政治上有些想法呢?至于部下有些意见没有大的关系,也只能听之任之了。至于说什么涉及黑社会的事,他一笑付之,不闻不问,他知道这类传言越描越黑,不予理睬就会随风飘散,被人淡忘。

黄天高是个坐不住的人,对参加研讨班既无奈,又不感兴趣。他别出心裁,在行政干校开起了商业系统的招商引资座谈会,热蒸现卖,把在研讨班刚学到的内容,拿来大讲特讲。开始是部门科以上干部参加,后来经他反复邀请,王莎莎也参加了,黄天高就把座谈会扩大到全体干部和下属单位的主要负责人参加。黄天高很客气地把自己写好的讲话稿,送给王莎莎修改。王莎莎看后,只是称赞,没有动一个字。她猜测黄天高看重的是自己的特殊身份,是想让她在母亲那里美言几句,但她不会向母亲提及。这是吴芳早就定了的家规。王莎莎在行政干校的工作是行政管理,不涉及具体的招商引资研讨。她经不住黄天高的再三邀请,只好参加了商业局的活动。她感到这个局长是个想干事的人,也是个能干成事的人,但愿母亲的这种部下越多越好。

参加研讨班的临秦区区长赵崇敏,是县(市、区)政府的唯一正职领导,也例外地分到了市直组。他寸步不离行政干校,也没有一个人来找,看似十分悠闲。

其实他的脑子一直在高速运转,一刻也没有停下来。这位秦东市政坛的少壮派,最年轻的县处级一把手,脑子亮着哩!他看到各县(市、区)参加研讨班的都是副职,唯独自己是正职,而这个名单是吴芳市长亲定的,这不是明摆着吗,是领导要自己在招商引资工作上做开路先锋。平时工作实在太忙了,无论如何也难得静下心来思考一些带战略性的大问题。现在有了这个相对安静的环境,他就想利用这个难得的机会,认认真真地想些重大问题。好长时间以来,他一直在想临秦区有其独特的地方,是市政府的所在地,有这棵大树当然好乘凉,会得到市政府更多的倾斜和支持。也有不利的一面,大树也会影响底下小树小草的生长。即使有了好的项目,投资商也可能更愿意与市上合作,更愿意落户到秦东经济开发区去,临秦区岂不是干着急。他想着在秦河北岸搞个工业园区,使得区上招商引资能有个平台。有秦东经济开发区做借鉴,还可以把工业园区搞得更好,更有吸引力。他在宿舍里贴上一幅临秦区的地图,在地图边一站就是几个小时,有时还用手指量着,计算着,偶尔自言自语地说着什么。经过好多天的"面壁",秦河北工业园区的雏型在他的脑海里逐渐明晰起来。这张地图上标的地方他不知跑了多少遍,早已了然于胸,如今上面用红蓝铅笔标满了圈圈杠杠。如何安排相关部门拿出详细的方案,如何组织专家论证,如何筹措启动资金,如何筹建工作班子等,这一系列的具体工作他都考虑好了。当这一切都考虑好了之后,他突然有了立即离开行政干校的冲动。他去找孟可芹说了自己的想法,孟可芹笑着说:"有啥事可以把人叫来安排呀,你难道没有发现这里大会小会没停过,人来人往没断过。"赵崇敏这几天脑子一直在高速运转着,哪里还注意这些事,他听得直点头,暗暗佩服孟可芹的政治智慧。她看似管得极严,其实仍给研讨班的大员们留有充足的自由空间。

秦东经济开发区管委会主任郭梦龙,是个闲不住的急性子,他最不喜欢的是开会,最反感的是开长会,最害怕的是参加什么学习班、培训班之类的活动。他越是怕什么越是来什么,这次招商引资研讨班他也被圈定了。他的口头禅是,是骡子是马拉出去遛遛。常说靠耍嘴皮子还能把事干成,驴叫的声音最大,不但不如马,连骡子也不如。以前的学习班之类的活动,被称之为政治活动,不好拒绝,甚至不能说啥。这么多年学习班、培训班之类的活动逐渐去政治化,他应对这类事也有了经验,就是派副职去,实在不行就先去然后中途溜走。谁知这次研讨班的通知刚到,副市长孟可芹就上门来了,没别的事,就是说让他一定要亲自参加研讨班。他当时真佩服孟可芹的先见之明,副市长亲自登门落实市长的意图,他还是第一次享此殊荣,只好亲自来参加研讨班了。

说实在的,请来讲课的专家、教授的确讲得都很好,郭梦龙听得还算认真,可

## 第十六章

其余时间就太难熬了。市直组的几个部门一把手难得聚在一起,第一次讨论时气氛无比热烈,你争我抢地说个没完没了。然而都忘了说正题,净扯些闲的,一片欢声笑语,满屋子烟雾缭绕,该吃晚饭了还神聊正酣,都舍不得散会。记录员手中的笔一直没能发挥作用,一个下午记录本上竟空无一字。饭厅里等着开饭的行政干校的老师们大为赞叹,说还没见过讨论如此热烈的学员。第二次讨论,却只有郭梦龙一个人去了,他坐了半天仍没见一个人来,生气地骂道:"这些瞎东西,不开会了也不通知老哥一声!"骂完,他恍然大悟,这怎么能通知呢?各干各的事就行了。唉,自己年龄大了,不如这些瞎东西精灵。他抬起屁股就回到了自己的房子里,顺手关了门。

干什么?郭梦龙刚坐下就拍了一下桌子在心中问。抽烟呗,这是自己最大的嗜好,也算一大特点吧。有人说秦东市有三大烟筒,郭梦龙算是其中一个。他给嘴角叼着的大半根烟屁股上又续了一根,弹了一下烟灰,看着这超长的烟自己也笑了。烟一根续一根地抽,不长时间房间的角角落落都充斥着烟雾。郭梦龙自我调侃说:"满屋子都是烟,就没个人聊天,可来个人也找不见我呀!"他用手挥了挥浓浓的烟雾,竟一个人大笑起来,他实在耐不住这种寂寞。忽然他想起一个朋友说的话,说人在最清静的时候,脑子里闪现的东西往往是最重要的事情。他决定试试,把正抽的半根烟放在烟灰缸上,双目紧闭,正襟危坐,半个小时过去了脑子里却是一片空白。他心中叹道,老了,脑子啥都装不进去了,难怪市长亲点自己来参加这次研讨班充电。不过参加研讨班的一把手,好几个都是方面大员,有的还是炙手可热的政坛新秀,可见领导还是看重自己的。他又反过来想,市上当初成立秦东经济开发区不就是要多上项目,多招商引资吗?自己干了十来年,实际上只搞成了一个大项目,就是促成了秦河化肥厂,这是自己引以为荣的事。不过这个项目上去后,没有更多的项目跟进,原因是嫌这里污染太严重。秦河化肥厂对城市的污染的确很典型,都上了中学的教科书,名副其实地成了反面教材。秦东经济开发区可谓是成也秦河化肥厂,败也秦河化肥厂。这几年副主任姜树青一直在全力抓这个企业的污染治理,而且很有成效,连年受到了省上的表彰奖励。今年以来,市上突出抓招商引资,郭梦龙也决心在新的条件下大干一番,几次带队去南方洽谈项目,最近也达成了几个意向。姜树青却提出了另外的想法,说是由于环境污染的原因,已经耽误了多年,需要调整思路,在新的条件下实现跨越式发展,应以引进高新技术项目为主,把经济开发区转型为高新技术产业开发区。

想到这些,郭梦龙眼前一亮。市长亲点自己来参加研讨班,就是让自己来认真考虑如何利用好经济开发区这个大平台!看来朋友的话是对的,这一清静,脑子也清醒多了,现在想的不就是摆在面前的大事吗?他立即接通了姜树青的电话,让马上到行政干校来,说有重大事情要商量。

交通局长孔里敲了敲郭梦龙的房门,门开后大呼:"失火了,失火了!郭老兄快叫消防车!"郭梦龙笑着斥道:"胡咋呼啥?你们这些年轻人就爱耍弄老汉,下午不讨论了,也不打个招呼。"孔里故作惊讶地说:"谁说没有讨论?就你一个人没参加讨论。你年龄大,资格老嘛!我就是来看看你是不是犯老毛病又溜走了。"说完他就笑着跑了。其实,孔里是想让这位老兄在必要时能证明他是在行政干校的。孔里早就盯准了家属楼一楼叶博家有一个后门,是王勤勤做面粉生意时为方便开的。王勤勤娘家和孔里同村,给他提供了这个秘密通道。他第一次通过这个小门溜了出去,小车早就等在路边,一上车他就火急火燎地到工地去了,二级公路改造有许多急事大事要他去处理,去拍板。

有了第一次,就有了后边的许多次。除了听专家、教授讲课外,其余大部分时间孔里都在工地上和自己的办公室。他成了研讨班唯一能够以特殊方式自由离开行政干校的学员。叶博自然清楚,除了佩服这位善于打游击的局长,就是睁一只眼闭一只眼。还打定主意,如果有人问起,就说孔里是找他谈研讨班上的事情。孔里是市直组的副组长,谈工作上的事也在情理之中。

孔里是聪明人,招商引资的事情的确重要,但并非急事,眼下的工程都是急事,马虎不得。安排他参加研讨班,他岂能不知市长的良苦用心,实际上早就有所考虑了。孔里高中毕业后,曾和当时的知青江伟在三线建筑工地上是战友,当年在备战的形势下,在战略基地建设中,在那激情燃烧的岁月里,两人建立起了深厚的友情。江伟任秦东市委书记后,以孔里搞过大工程的特长为由,让他当了交通局长。这个位置好几个县委书记、县长争得难分难解,偏偏县委副书记孔里轻而易举地坐到了这把重要的交椅上。孔里心里有谱,对招商引资并不着急,但也想在这方面干出点名堂来,如果能得到两个一把手的器重,岂不更好!

轻纺总公司总经理周华参加研讨班后,看到市直组的成员都是重要部门的一把手,心里很高兴,觉得市政府领导是看重自己的。后来又觉得不对劲,交谈中得知他们在招商引资方面都有些具体的任务和想法,而轻纺系统目前并没有这方面的动作。研讨班上许多时候都是文佳找他谈秦东纺织厂的事情,一提到秦东纺织厂他的头就大了。

关于秦东纺织厂要实施破产的消息早就传得沸沸扬扬,周华当然清楚。他觉得如果真的破产拍卖了,能引来投资者予以收购重组,当然很好,也算干了一件大事。听说市长是倾向这一意见的,让自己参加研讨班,大概有这方面的考虑。但是破产也难啊,太复杂了,搞不好会弄得焦头烂额,甚至丢了乌纱帽。他心乱如麻,越想心里越没底,好在有文佳一直在协调此事,再说还有主管市长由锡平呢？天塌了自有大个子顶着。待在行政干校尽管熬煎依旧,却不需到一线去处理这些烦心事,也是好事情。想到这里他心里反倒释然了,踏实了,参加研讨班就参加吧,时间长些也没关系。

在研讨班里,可以自由进出的唯文佳一人。文佳历来自我要求严格,从来不愿搞特殊,也不想让孟可芹不高兴甚至难堪。他每次无奈离校时都要给孟可芹请假,孟可芹没有说半个不字,也没有流露出任何的不快。有一次孟可芹说出了心里话,笑着对文佳说:"你最近工作有特殊性,就不要请假了,校内外的事情兼顾好就行了。"她这样理解文佳,文佳反而尽量把有些工作放在校内来做。他先是和向平在秦东纺织厂找李菊,后来又一起去省城找汪达其。汇隆公司答应预付部分加工费,让厂里先给职工补发并增加工资,总算让秦东纺织厂暂时稳定了下来。文佳十分清楚这种挖东墙补西墙的办法绝非良策,也想到了与汇隆公司的合作充满变数,秦东纺织厂更加千疮百孔,危机四伏,必须寻求治本之策了。

除了秦东纺织厂的事情,还有机关的事情也黏着文佳。研讨班开学典礼出了娄子后,此事在机关大院炒得很热。流传最广的版本说,一、二把手在招商引资上意见不一,二把手压根儿不愿办什么研讨班,暗示压下通知不发,不然哪个工作人员有这胆量？开学典礼那天,二把手的司机故意在大门口搅局,后边没人他敢吗？要不是一把手让秘书去制止,还不闹翻了天！二把手和一把手较劲,把市长的女儿都急哭了,把文佳副秘书长夹在中间要多难受有多难受……

市政府办公室是领导眼皮底下的办事机构,出了这种事,秘书长程杰人和办公室主任仵天才都很重视,在如何处置上却说不到一块。文佳是当事人,就被叫回机关商议。文佳澄清了各种捕风捉影的传闻,认为这就是个工作失误,不要把问题复杂化。刚从省委党校回来不久的仵天才,并不这样认为,说办公室工作无小事,小事也会制造大麻烦。处置时不可复杂化,也不能简单化。主张从查处这件事入手,对办公室工作作风进行一次全面整顿。文佳隐约觉得在这件事上,仵天才借机要与程杰人较量了。他不想介入,就匆匆回到行政干校。

研讨班县(市、区)两个组的活动相当认真而活跃。一个是政府领导组,赵崇敏被分到市直组,其余的都是副职。另一个是部门领导组,多是正职也有副职。大家平时都很忙,现在离开县城,放下了工作,没有了压力,不在一起工作也没有是是非非,都乐得聚在一起。专家、教授的几次讲课,从国外讲到国内,从东部率先发展讲到西部大开发,让大家很开眼界。高玉讲课时,还带来了大量的研究资料,有各地招商引资成功的案例,有各地经济开发区和产业园区的发展概况,有国内外著名企业和产品简介,有各地招商引资政策汇编。后来,秦东大学又搞了个图书专车,运来了各种图书,既有经济、科技类的书籍,还有一些文学、艺术类的书籍。如此好的学习和研讨条件,在行政干校还是第一次。再后来,秦东大学又派来了学校舞蹈队,来给学员教舞蹈,开展联欢活动,还组织了一次篮球友谊赛。

  这两组学员除了参加学校安排的活动外,都抓住机会找市直几个部门一把手,谈工作,谈项目,联络感情,忙得不亦乐乎。找的最多的是市建委主任关立峰,他为人威严,不苟言笑,平时很难接触,在这里大家成了同学,他躲不成,也拒不得,几乎所有的学员都拜访了他。这些学员都摸准了他嗜烟的老爱好,知道他和郭梦龙同为秦东"三大烟筒"之一,见了面还爱争个排行老大、老二的。关立峰房间的高档烟越来越多,尽管他不断地整条回赠这些新同学,还给了大烟筒郭梦龙好几条烟,抽斗里的烟还是放不下了。王勤勤对学员香烟的消费档次和量异常吃惊,高档烟一连进了好几次货,还差点断货,香烟生意简直好得出奇。关立峰给新同学直言不讳地说:"我在这里答应的事不一定算数,回去要上会研究。"新同学才不信这一套,一把手说的话还能不算数,特别是他这样的强势一把手,肯定说一不二。

  这两组学员,对神出鬼没的交通局长孔里简直没有办法,难的是抓不住人。他看似无时无处都在人们的视野里,听课时总坐在最前边,吃饭时说笑的声音最大,有时还爱说个笑话什么的,常常让大家笑得喷饭。吃过早、午饭后却常常找不到他,只有晚饭后才能找到他。学员们早已掌握了孔里的特别爱喝酒,却对下酒菜不讲究的特点,就轮番晚上在宿舍摆起了酒宴。都是同学了,也没必要到酒店去摆谱,只不过出点钱,让大师傅加炒几个菜罢了。却之不恭,应则皆喜,也不能厚此薄彼,孔里就只能让这些县上来的同学,轮番见识见识啥叫豪饮了。这两年正在加快通乡镇公路的建设,孔里说县上有积极性是好事呀,通了乡镇还要通村呢!他索性现场办起公来。但凡他答应了的事,当场就拍板,就签字,不管醉没醉,醉到什么程度,只要划到纸上都算数。这下子王勤勤小商店的高档酒也卖火了,她高兴地给叶博说,这种班最好接着办,不要停,一直办下去才好。

  研讨班最后一天,上午安排秦东大学华仁教授和卫三乐教授讲课,下午讨论,第一次招商引资研讨班的校内活动就结束了。休息、准备一周后,这些学员将组团去参加上海商品交易会,参与商品推销和招商引资活动。文佳一直期待着能在毕业多年后再听华仁老师一次课,也想听听老同学卫三乐的讲课,市政府办却通知他参加上午的党组会,说要研究重要议题,不得缺席。文佳虽然遗憾,也只能参加党组会了。

  上午8时半,市政府办公室党组会开始。会议室北面正中坐着秘书长、党组书记程杰人,他右边坐着副秘书长、办公室主任仵天才。另外三面坐着四个副秘书长、三个办公室副主任和一个纪检组长,另有两个工作人员。总共十名党组成员,是市直部门最大的党组,也是唯一的双子星座,两个核心。秘书长和办公室主任两个都是正处级,在运行中形成了两把刀子裁扯、两只手拍板。如果秘书长和办公室主任关系和谐,这种运行模式也不是不可以。偏偏这两位正职常常意见相左,心里疙疙瘩瘩的,仵天才又比较强势,弄得程杰人相当被动。这样党组会开得就比较少,程杰人能推就推,能拖则拖,力图研究的事少些,会开得少些。去年仵天才主动要求去省委党校学习,如今回来了又看着许多事不顺眼,就想抓住招商引资研讨班通知出娄子这件事情作为典型,整顿一下办公室的工作作风,立立威,也让跟着程杰人跑的人清醒一下,让大家知道办公室究竟是谁在拿事。

　　第一个议题是关于公车使用改革的有关规定。大家讨论得很热烈,说什么的都有,有的意见还比较强烈,但所有人说完后都表态同意这个方案。谁都清楚,公车使用改革是一个大难题,也不是没搞过,都走了过场。要破解这个大难题,靠秦东市不行,靠秦东市政府办公室更不行。大家都同意了这个立意和内容俱佳、难以落到实处并必将流产的短命货色。文佳没有说什么,只简单表了个态,只想着会议快点结束,好去行政干校听课。

　　第二个议题是关于改进市政府办公室工作作风的意见。这是政府工作部门永不过时的议题,改进工作作风过去强调,现在重要,将来永远都需要。不过,谁都清楚要落到实处实在是太难了!人秘科科长丁玉丽当了市长秘书后,副科长李林成了党组会的主要工作人员,他刚念完稿子,大家异口同声地表态同意。文佳看看表,心里一喜。

　　第三个议题是关于按市委组织部要求,抽调保卫科科长马胜利去清水县下乡扶贫的事。文佳心想,这一段正在搞企业改制,职工上访多,经常出现非常情况,保卫科长的担子很重,简直就是自己的左膀右臂,怎么能在这个节骨眼上让马胜利下乡呢?他清楚,如今干部下乡成了难题,让部门领导十分头疼,需要反复做工作,甚至许愿才能落实。他正在思考是否发表意见时,大家已一致表态同意。程杰人拍板说:"大家都同意,就确定马胜利下乡扶贫,由人秘科会后报市委组织部。"

　　最后一个议题是人事任免,提议免去江立仁的机要科科长,任命他为新组建的市政府办公室工会主席。议题念完后,会场一片静默。有的在喝茶,有的在抽烟,有的在随意翻着眼前的议题材料……干部问题是机关深不可测的一潭水,干部职务的任免极为敏感,搞不好看似平静的潭水也会掀起轩然大波。大家清楚,市政府办公室每一个干部职务的变动,都是两个主要领导博弈的结果,一般是不能反对的,但表态同意也得掌握好火候。率先表态同意说不定会让其中一个并不真愿这样安排的人不高兴,会以为率先表态者是支持另一个呢! 大家还想等等两个主要领导咋解释,然后才相机表态。这次关于江立仁的任免正是这种情况,是仵天才和程杰人激烈争斗的结果。仵天才想杀鸡给猴看,让干部都清楚跟着程杰人跑不一定能得好处,得了好处也不一定就稳当。仵天才的理由是江立仁缺乏机关工作经验,责任心不强,不适宜搞机要工作。程杰仁坚持认为江立仁素质好,可以边干边学,逐步适应。仵天才最后亮出了底牌,说由锡平对江立仁工作中的重大失误很生气,在领导之间造成了不少误会,影响了领导之间的关系,必须严肃处理。程杰人无奈,只好做出了妥协。

谁都不急着表态,好长时间大家都静静地坐着。按说两个主要领导应该有人做出解释了,他俩却一直都不吭声。程杰人面色平静,拿笔在本子上写着什么。仵天才一脸的凝重,皱着眉在慢慢地抽烟。其实,大家心里都清楚,不久前机要科捅了娄子,在机关弄得沸沸扬扬,直接当事者已经停职,机要科也写了检查,都以为这事过去了,没想到秋后还要算账,这事并不像想象的那么简单。

文佳坐在程杰人的正对面,他是老资格的副秘书长,按排序在仵天才之后,相当于办公室党组的三把手,开会时大家都把这个位子留给他。文佳看对面的程杰人仍然低头在本子上写着什么,实在是拿得稳! 再看仵天才仍然半仰着头在抽烟,眼睛却不时瞟一下文佳,两人的目光已几次相遇了,文佳觉得对方传递的似乎是一种期待。两人年龄相当,平时处得也不错,相互还爱开个玩笑。文佳终于按捺不住了,一种强烈的责任感促使他第一个开了口:"关于江立仁同志的职务变动,我想谈点意见。"文佳略做停顿,接着说:"江立仁同志担任机要科科长时间并不长,现在提出变动,应该是有原因的,不管是什么原因也应该说透嘛!"他知道仵天才是这次人事变动的推手,原因都心知肚明,仍觉得凡事都得按规矩来。

程杰人不再写了,头仍然低着。仵天才有些失望,他以为机要科的失误,曾直接造成了文佳工作的被动,他应该带头表态同意,现在却装起糊涂来,不知葫芦里卖的什么药,就把烟摁进了烟灰缸,说:"原因人所共知,还需要说透吗? 要说透恐怕文秘书长最能说透!"他玩起了外交辞令,还把球踢到了文佳一边。调整江立仁的职务出乎大家的意料,文佳的表态也出乎大家的意料。大家以为文佳会同意,然后顺着表个态,事情就算到头了。仵天才话说到这份上,大家都看着文佳,想听他的下文。

文佳心想该坚持的一定要坚持,没有必要想得太多,看了一眼仵天才说:"如果人所共知,那就是漏发补充通知的那件事了。招商引资研讨班开学那天,我在现场。这次失误的确造成了很大影响,搞得我也十分被动,甚至有些狼狈。事后

## 第十六章

有人指责我随意扩大参会范围,乱上添乱,几乎让开学典礼搞不下去。可是……"仵天才听到"可是"二字后,略带讥讽地打断文佳的话:"岂止是指责,是到处当笑话讲,说你导演新版《烽火戏诸侯》,把打扫厕所的临时工都动员去勤王,去了后又让人家回去,说是逗你玩!"大家听了哄堂大笑。程杰人抬起头,脸色凝重,并没有笑。仵天才也没有笑,脸涨得比文佳还红,尽管他平时爱和文佳开玩笑,但这明显超出了开玩笑的范畴。他意犹未尽,竟脱口而出:"什么惹得市长发飙,什么引来黑社会成员……"他急忙煞住,自知有些失言,改口道:"当然这些都未必符合事实,和文秘书长没有关系。我是说这次失误的确造成了严重的负面影响,必须有人承担责任。"

文佳迅速调整自己的情绪,喝了口水,正色说:"机要科这次失误的确造成了严重的负面影响,但谣传和夸大不实之词不能作为处理人和事的依据。有些事我前不久已经澄清过了,不想再重复了。"他没有想到仵天才竟能在党组会上说出一些不靠谱的事,接着说:"要说承担责任,我也有责任。平时经我手的每一个通知,我都要看到印制好的红头文件。唯独这一份补充通知,因我在秦纺厂待了两天,没有看到,也没有过问,所以我也有责任。"程杰人已心中有数,尽量以平静的口气说:"文秘书长,你有啥责任?你又不分管机要科。那天要不是你采取一些非常措施,研讨班开学典礼还不一定能正常举行呢,那才叫后果严重!"他一开始就看出了文佳的真实意见,及时地给以策应,也扭转一下会议走向。

文佳当然清楚,即使自己承担一些责任,也减轻不了江立仁的责任,说:"江立仁同志肯定有责任,不是直接责任,是领导责任,难道办公室领导就没有责任?"他看了一眼仵天才,接着说:"这是工作中的疏漏、失误,这种过错不是有意的,也不属于个人品质上出了问题,批评、诫勉谈话、写书面检查都是应该的,但是现在调整职务显得过了点。我不同意现在就调整江立仁同志的职务。"

程杰人脸上露出一丝淡淡的笑意,环顾会场,依然平静地说:"大家议议,议议。"仵天才一脸的不屑,从烟灰缸又拿起刚才摁灭的大半根烟,点着抽了起来。谁也没有议的意思,这件事已经摆明了,推手是仵天才,程杰人内心是不同意的。按说该同意的文佳持反对意见,讲得又入情入理,都想着先等等,看看两位主要领导如何进一步表态。

文佳感觉到大家是支持自己意见的,突然有了一个新的想法,笑着说:"我有个想法,能不能这次安排江立仁同志去下乡。当然下乡绝不是一种惩罚,是为了让他换个环境,好好总结一下教训。再说,江立仁同志长期在部队和机关工作,也需要下去了解一下基层的情况,也是一次锻炼的机会。其他问题等他下乡回来后再说。"大家听了,齐声说好,一致表示同意。仵天才心想,保卫科长马胜利虽然答应下乡,其实心里怨气大着哩。江立仁是个聪明人,安排他下乡应该不会有意见,即使有意见也只能认了。就笑着说:"还是文秘书长经验丰富,打了别人的屁股,还让他叫不出声来,狡猾狡猾的!"说完大声笑了起来,大家也都笑了。程杰人看一眼微笑着的文佳,总结说:"这事就这样定了。人秘科会后立即把江立仁同志报市委组织部安排下乡。由仵秘书长代表办公室给江立仁同志谈一次话。今天的会就开到这里。"

文佳看看表,非常遗憾地摇摇头,上午想听华仁老师和卫三乐的讲课已不行了,就和大家一起离开了会议室。

## 第十七章

　　上午招商引资培训班要举办专题讲座。叶博对今天举办的讲座很重视。他知道今天来讲课的华仁教授是吴芳市长的老师,卫三乐教授是她的同学,而且吴市长和北京及省上的客人要来听讲,一大早就先到礼堂来检查。前几次讲座都是在综合大楼三楼的教室举行,这次特意安排到礼堂。礼堂中间用桌子摆了个长方形,南端的桌子上铺着雪白的桌布,放了两个话筒,摆了两盆开得黄灿灿的菊花,显然这是两个主讲人的位置;西边摆了两排桌子,这是学员们坐的地方;东边放了一排桌子,准备让市长和北京及省上来的客人坐;北边的几张桌子是工作人员的座位。叶博一直在学校工作,对老师在讲台上讲课、学生在讲台下听课这种基本格局再熟悉不过了。这种基本格局从小学到大学,从国内到国外,从一般学校到著名学府,大同小异,概莫如此。对此,孟可芹副市长却让他听听文佳副秘书长的意见再定。为如何布置教室的事,叶博专门找了文佳。在叶博看来的小事竟让文佳犯了大难。文佳绞尽脑汁,搜索枯肠,参照各种会议的布置形式,结合讲座的授课氛围,终于想出了这样一种举办讲座的布置格局。文佳和叶博还详细计算了与会人数,探讨了放在教室和礼堂的利弊,最后画了一张草图交给叶博。

　　叶博想到副秘书长如此认真,就不敢马虎,仔细检查完礼堂后,想着需到大门口去看看。王莎莎背着一个皮包,迈着轻盈的步子走了过来,打过招呼后就跟着叶博一起来到大门口。她也不放心这个环节,上次乱喊乱闹的一幕,至今还印在她脑海里。这时叶博的手机响了,是高玉打来的,说是因故把上午的讲座推迟到下午两时半举行。叶博就让王莎莎赶快去通知楼上的学员,免得他们下到楼下来。叶博走到大门口,发现今天这里打扫得比以往任何时候都要干净,就夸了几句。李师傅笑着说:"听说吴市长又要来,还有北京和省上的大领导也要来,这可是咱学校的大事,得给学校争点面子嘛!"叶博听了,觉得话从这个老头的嘴里出来咋就放大了,再传下去说不定会说国务院总理和省长要来哩。再一看,这老头子上下穿着一新,像是要去哪里做客似的,就忍不住笑了,又忙收住笑容说:"有点小的情况,今天上午的讲座推迟到下午两点以后。"说完他看了看李师傅,老头脸上刚才泛着的有点亢奋的红潮迅速退去。李师傅小声说:"上边来的大领导该不会不来吧……"他心里还在想着前几天后勤科长要他好好干的话,说是办研讨班期间只要来学校的领导满意,就把开学典礼那天罚他的奖金退给他,但愿下午领导们真的能来,千万别一推再推,推得没了影儿!

下午两点过后,行政干校连续开进来几辆小车。这些小车没有一辆在大门口停过,都是直接开到礼堂前边去了。这让一直守候在大门口的李师傅十分失望,这些领导说不定看都没看这儿一眼呢!今天并没有出现许多人一齐涌来的场面,也根本无须维持秩序,这让心里一直绷得很紧的李师傅一下子就泄了气。

两点半差一两分钟,最后一辆小车急驰而来,直接开到礼堂门口,文佳下车后急急忙忙走进礼堂直奔自己的座位。文佳刚刚在学员席上坐定,坐在对面的高玉就宣布讲座开始。

首先由秦东大学著名教授华仁开讲。老教授戴一副标志性的黑边方框浅色眼镜,身穿一件黑色的中式布褂,童颜鹤发,神彩奕奕,尽显儒雅睿智的大家风范。他微笑着站起来向两边拱拱手,然后缓缓坐下,轻轻推了推话筒,声音洪亮地说:"欣闻秦东市政府委托秦东大学和市行政干校共同举办招商引资研讨班,此乃盛举。学校要我也来研讨班讲讲,招商引资对我来说实在是隔行如隔山,但也却之不恭。我就把自己多年来对盛世文化研究的一些心得略讲一二,以求对研讨班的研讨能带来一点帮助。我要讲的题目是'从诗仙李白谈盛世情怀'。"老教授喝了一口茶,如数家珍,侃侃而谈,概说了中国历史上曾在西汉、唐和清出现过的三次盛世。大家听得十分入神,老教授忽然停了下来,笑着说:"不对呀!这不是研讨班吗?不能名不副实搞成一言堂。这样吧,大家可以提问,也可以发表自己的看法。"

高玉说:"行啊,大家都可以向华老师请教。"她看着文佳笑着说:"特别是文佳同志,你这是第二次给华老师当学生,可要珍惜这次机会啊!"文佳庆幸这次讲座推迟到了下午,否则会因上午参加市政府办党组会错失这次机会。他实在佩服自己的老师,八十多岁了讲课依然片纸不带,不管是讲历史事件还是引经据典,都像是顺手拈来,是那样的胸有成竹,那样的准确无误。他听了高玉的话,笑着点点头。是啊,坐在对面席上的吴芳、丁燕红、张洛朴包括高玉和坐在老教授旁边的卫三乐,虽然都是华仁教授的学生,但在学员之列只有自己一人。想到学员,他看看坐在自己左边的孟可芹,觉得这是实在没有办法安排的安排。孟可芹是按照吴芳的安排来参与学员管理的,但学员的管理是秦大和行政干校的业务。文佳最后终于从体育代表团的人员组成中受到启发,把孟可芹按照领队安排到这个位置,坐在学员行列之首,而没有安排到对面的领导和来宾席上。其实,孟可芹并不计较这些,十分平静地坐在那里听讲,当高玉提到文佳后,她看了一眼文佳,脑子里闪过自己是坐在学员行列里,也应算是学员,或者算是学员的头儿吧。她清楚座位是文佳安排的,肯定有其道理,依然是那样的平静和淡定。

华仁喝了口茶,接着讲道:"我扯那么远,是想说中国五千年的文明史,只出现过三次盛世,而且每次盛世都只有一百多年,是非常的不容易。而我们竟是如此的幸运,可谓是躬逢中国历史上的第四次盛世。"大家听了这种说法倍感新奇,吴芳、丁燕红和文佳这是第二次听老师的盛世说了,不过没想到这次老师的态度是如此之明朗。高玉前不久看到了老师写的几十万字关于盛世研究的文稿,不过主要是对前三次盛世文明的研究,对于第四次盛世的明确定义也是第一次听到。华仁接着说:"新中国成立五十年了。前三十年是第一个而立之年,中华民族站起来了,自立于世界民族之林,是政治上的而立之年;改革开放已经二十年了,再过十年,是我们国家的第二个而立之年,中国会富起来,是经济上的而立之年;新中国成立九十周年的时候,是第三个而立之年,规范提法是新中国成立一百周年的时候,中国会强大起来,综合国力会数一数二,那将是中华崛起,实现伟大复兴的而立之年,那将是无比辉煌的新盛世啊!"老教授说得有些激动,脸放红光,手微微颤抖,略停片刻后接着说:"我刚才说的三个而立之年,时间上有些穿插,也是个概数,当然也是一家之言。我想特别强调的是,既然我们赶上了盛世,或者说走在了渐入盛世的大道上,就一定要有盛世情怀。什么是盛世情怀?我先给大家朗诵几首诗,大家体会一下再说。"

华仁站了起来,右手缓缓拂过满头的白发,朗声诵道:"君不见黄河之水天上来,奔流到海不复回!"坐在旁边的卫三乐忙着要把话筒递给老师,华仁轻轻按下他的手臂。要的就是原声态,华仁要让诗的意境和自己的情怀得以原汁原味地流淌。他全神贯注以中国传统的格调和韵律朗诵完李白的名篇《将进酒》。这简直就是一种享受,是晚会和电视节目中难以寻觅的享受,大家被老教授带进了一种让人激情荡漾的无比美妙的意境之中。"噫吁戏!危乎高哉!蜀道之难难于上青天……"华仁又朗诵起了李白的名篇《蜀道难》,他突然取下了自己的方框眼镜,双目炯炯,露出了奇异的光芒。他的忘情和投入立即感染了大家,抑扬顿挫、缓急有致的朗诵,让大家回肠荡气,震撼不已,以至于他朗诵完了,大家还深陷其中。不知是谁第一个鼓掌,接着大家一齐鼓掌,完全忘记了这是在上课。

丁燕红双颊通红,浑身热血涌动,激情难抑,边鼓掌边站了起来,直到坐在边上的张洛朴拉了她一把,她才坐了下来。张洛朴笑着问:"女诗人激动了吧?你没完没了地鼓掌,华老师还讲不讲课?"丁燕红微笑不语。她是昨天在省城听高玉电话中说华仁老师要讲这次课,就执意要约几个同学一起来听。古济宁接到她的电话从北京赶到省城,却因急事又飞赴香港去了,致使这个讲座由上午推迟到了下午。学生时代华仁教授就是丁燕红的偶像,她也是老师特别器重的学生。华仁是唐宋诗词研究领域的知名教授,晚年致力于古代三大盛世文明的研究。丁燕红大学毕业时曾一度想留校任教,继续师从华仁教授,以求在诗歌领域里有所成就,后因父亲年迈多病才回到北京。今天她时隔十多年后再次听到老师不同凡响的讲课,令她激情荡漾,久久难以平静。

华仁坐下后,戴上了他极少摘下的眼镜,看着高足丁燕红最后一个停止鼓掌后,娓娓道来:"李白是中国文学史上最伟大的浪漫主义诗人,才气沛然,举世无双。如果李白活到今天,再有一个多月就一千三百岁了,该真是'白发三千丈'了吧!"礼堂里传出一阵轻轻的笑声,气氛似乎一下子轻松了许多。他接着说:"李白之后追随者不绝于世,而一个毫无疑问的事实是,尽管代有英才,却再没有谁被众人披上'诗仙'的锦袍。为何世间再无李白?换一句话说,李白何以成为李白?"老教授停了下来,客气地对坐在近处的文佳说:"文佳同学,你是当年中文系的高才生,你给大家说说。"

文佳一直在寻找当学生的感觉,沉浸在上课的氛围中,听到老师的话后习惯性地站了起来,看到老师的手势后又坐了下来,笑着说:"当年学习李白的诗歌时,背诵呀、译成白话文呀、和同学争论诗的意境呀,还真没研讨过李白何以成为李白。不过,我并不认为'铁杵磨针'的佚闻传说,不管是谁包括李白在内,单有把铁杵磨成绣花针的毅力和苦功也成不了诗仙李白。毕业后我把李白的诗忘得差不多了,最大也就记得些短诗和名句。"说着他自己就笑了起来。华仁也笑了,他不想再为难自己的弟子了,说:"李白成为无法复制的独一个,有无数原因,其中一个重要的原因是以后没有再出现过李白所处的时代氛围。李白成长于开元盛世,是唐盛世的顶峰,是相当的开放呀!是中国古代三次盛世的典型时期。李白二十六岁出蜀,前后漫游天下十余年,深受盛世氛围的浸染和熏陶,形成了独特的盛世情怀。反过来说,他的盛世情怀在诗里得到了最大的体现,使得他的诗歌或气势磅礴、雄伟奔放,或俊逸清新、自然可爱。让人读来壮思云飞,逸兴满怀,给人以积极向上的力量。可以说李白的诗歌充满了盛世情怀,读李白的诗就要汲取这方面的营养。"他看着文佳笑着说:"文佳呀,你在政府工作,是当政者,就更要有一种盛世情怀。秦东不是要扩大招商引资吗?这就需要盛世情怀,要大气魄、大智慧、大包容、大跨越。我对招商引资是外行,开不出灵丹妙药。但我认为要以盛世情怀去搞这件事,通过搞好这件事推动秦东迈向新的盛世。"

高玉听得十分惬意和入神,觉得老师的讲座收到了意想不到的效果。她原来是想请中文系的两位教授来讲讲文学方面的内容,设想对研讨班学员的研讨是个调节。她和吴芳谈到这个想法时,吴芳很感兴趣也很支持,并表示一定要来听讲。吴芳听得十分认真,觉得老师说得很有道理,开创盛世文明,的确需要有良好的精神状态,要胸襟开阔,海纳百川,奋发向上。她看似十分平静,大部分时间都低着头在本子上写着,其实内心早已激情涌动,深深感到老一代知识分子对再创盛世的热切期盼,以及对秦东发展极大的关注和支持,也深感自己责任的重大与任务的艰巨。张洛朴是丁燕红邀来的,他估计古济宁也要来,想在听完老师讲课后好促促两个老同学的感情进程。没想到年愈八旬的老师讲起课来竟是如此的激情洋溢,令人心潮澎湃,他好久以来都没有过今天这样的感觉了。丁燕红一旦激情难抑,就有了创作的冲动,她边听边时不时地在本子上飞快地写写画画着。张洛朴转身拽了一下丁燕红的胳膊问:"大诗人,又该诗兴大发了,是不是新的诗作就要诞生了?"丁燕红没有理,依旧挥笔疾书,似乎没有感到张洛朴的存在。

前几天学员们得知华仁教授要来讲课的消息后,也都想一睹秦大名教授的风采,没想到竟有着如此超常的魅力。尽管老教授一再说是研讨,要求大家随便发言,但谁也不愿意和名家谈学问,落个班门弄斧,说不准还会弄出笑话来。文佳是他的得意门生,说了几句也不甚了了,其他人更不想发言了。老教授讲着讲着就联系到了现实,说起了招商引资的事情,这让黄天高心里一热,就学着文佳也站了起来,问:"请问华老师,我可以不可以谈一点想法?"高玉忙笑着说:"坐下说,这位同志请坐下说。"吴芳小声给高玉说:"市商业局的黄天高局长。"黄天高一开口,大家全都把目光集中到了黄天高身上,想听听他要说什么。

华仁看着坐在文佳旁边的黄天高,微笑着说:"好哇,欢迎您一起交流,请讲。"黄天高看了看坐在对面的吴芳说:"听了华教授的讲课,给我的印象太深了,启发很大,华教授讲得简直太好了!"他按照官场上的一套先来了个开场白,接着说:"我理解华教授讲的要有盛世情怀,就是要解放思想,要大胆开拓,要敢想敢说敢干,要像黄河之水奔流到海不复回!"听到这里文佳扭头看了一眼黄天高,心想这个没进过大学门的人,悟性挺不错呀。黄天高清了一下嗓子,声音也大了,话锋一转:"秦东市今年把招商引资作为发展战略,必将推动秦东经济社会的快速发展。十天前我们商业系统就在这个礼堂召开了一个大会,安排部署了今后的招商引资工作。现在看来,我们还需要有盛世情怀,有高昂的激情,勇当排头兵。首先把已开工的开元大厦项目搞好,尽快打开招商引资的局面。"他又看了一眼吴芳,看她听得很认真,就围绕开元大厦的建设说了起来,说到了当前的工程进展,下一步要做的工作,局里的设想和安排……

几个市直部门的领导都知道黄天高爱发言,善表态,没想到连这种场合也不放过,还越扯越远,这不成了汇报工作吗?显然是冲着吴芳市长的。关立峰对坐在旁边的周华说:"这家伙就爱显摆,刚搞了个招商引资项目就吹上天了,谁不知道这是吴市长直接抓的。"周华点点头,又摇摇头,心里酸酸的,人家爱显摆是有的显摆,自己分管的行业麻烦可是越来越大了啊,还显摆呢,屁股都快遮不住了,盛世情怀怎么就没人家那样浓烈呢?赵崇敏是黄天高的老部下,深知老上级的作派,心里一直捏着一把汗,生怕他说得刹不住,下不来台。孔里戳了一下赵崇敏的腰,挤了挤眼说:"少壮派,赶快说上几句,总不能让黄大局长独占鳌头嘛!"赵崇敏心中有数,笑了笑说:"你资格老,又是市直部门的头,你说了才能轮到我呀!"郭梦龙既不爱开会,又不爱发言,也最见不得别人在会上长篇大论。他对今天别开生面的讲座倒是十分满意,这会儿黄天高的发言却让他直起鸡皮疙瘩,他咬咬牙,轻轻拉了一把坐在旁边的黄天高,提示他见好就收。

黄天高似乎并不理会郭梦龙的提示,也许是拉得轻了没感觉,在讲了商业局关于招商引资的安排后意犹未尽,接着说:"现在中央提出西部大开发,我们要抓住这个从未有过的好机遇,把招商引资工作搞得更好……"华仁打断他的话:"西部大开发的确是难得的机遇,要以史为鉴,搞好西部大开发。"文佳很是惊讶,第一次看到温文尔雅的老师打断别人的讲话,也许学员不同于学生,老师从不打断自己学生的讲话。正感到左右为难的主持人高玉,轻轻舒了一口气,暗暗佩服老师的睿智。黄天高发言时张洛朴一直抽着烟,他看出这是部下在给市长表演,就把头凑过来想给坐在旁边的吴芳说点啥,吴芳却没有一点回应的意思,直视前方,不动声色。张洛朴见状,只好扭转头继续抽烟。华仁接过黄天高的话后,张洛朴吐出了一个大大的烟圈。

华仁对着黄天高微微笑了笑,算是一种歉意,接着缓缓地说:"说到西部开发,历史上也曾有过。历史往往有惊人的相似之处,中国历史上出现过的西部开发往往都伴随着盛世的开启和形成。西部开发最早出现在西汉时期,张骞两次出使西域,揭开了中国西部开发的序幕。不过那时的西部开发主要是指治理和开发新疆地区,主要是屯垦戍边,实施宽松的民族政策,基本上不向当地各族人民征收赋税。到了唐代,西部开发又进入了一个新的阶段。从范围上看,唐代在西域共建立了十一个大的屯垦区,几乎遍及新疆的各个地区;从时间上看,开发延续了一百六十一年;从人数上看,唐代屯田的军队比西汉时期多了好几倍。到了清朝,尤其是康熙、雍正和乾隆时期,均将维系和开发西部提到攸关社稷安危的高度加以重视,从而迎来了历史上西部开发的又一个高潮。在经济方面,以军屯、民屯等形式大规模开发荒地,发展农业经济。同时还十分重视在新疆地区发展商业,以低关税政策吸引外商到新疆从事贸易,并撤除传统关卡,鼓励新疆商人到内地经商。"老教授侃侃而谈,大家听得十分入神。黄天高也认真地听着,开始还觉得有点不好意思,后来方觉得原来西部开发有着如此深的历史渊源,自己的历史知识也太浅薄了,不过没有自己抛出的砖,哪能引出老教授的玉,想到这里他的心里也就释然了。

说完历史上和三次盛世有关联的西部开发,华仁喝了口茶,看着坐在东侧的自己的几个学生,继续说:"今年,国家提出了西部大开发的重大战略,气魄之大是历史上历次西部开发所不能比拟的。不是叫西部大开发吗?要说大首先是大范围,涵盖西部十几个省区,近半国土;其次是大包容,从基础设施到各大产业,从乡村到城市,无所不包呀!"吴芳高兴地说:"还有大优惠,政策也将向西部倾斜,听说国家正在制定一系列优惠政策。"她被老师一直充盈的激情深深感染了,禁不住补充了一句。华仁看吴芳激动的样子,点点头,动情地说:"我经过多年对盛世文明的研究,觉得实施西部大开发,也是开启新的盛世的一个重要节点。我深信中国人有超越前人的大气魄、大智慧,会在适当的时候把西部大开发与西部大开放结合起来,实施大包容,推进大跨越,沿着古丝绸之路,继续向西开启与中亚直至欧洲的大合作,不断缩小我国中西部的差距,最终赢得中国的大发展和大繁荣。我坚定地认为改革开放是启动中国第四次盛世文明的标志和原动力,改革开放元年,也应是新盛世元年。我老了,在座诸位都将有幸成为开创新盛世的参与者和见证者。李白诗云:'长风破浪会有时,直挂云帆济沧海。'我相信只要满怀盛世情怀,通过不懈努力,中华民族一定会实现伟大复兴,迎来更加辉煌灿烂的新盛世!我就讲这些,谢谢大家!"老教授站起来,向大家深深地鞠一躬。又是一片掌声,经久不息。老教授年事已高,略坐了坐就起身告辞了。

接着由秦东大学的卫三乐教授讲课。他穿一件深蓝色的西服,戴着一幅小而巧的扁圆形的老花镜。他习惯性地从镜框上沿看了看请他接着讲课的主持人高玉,掀了一下面前的一页用毛笔写的讲课提纲,微微点了点头便开了腔:"华教授是我的老师,和他同台讲课,有点班门弄斧之嫌。高玉校长又坚持要我讲一讲,我权衡再三,还是觉得领导是不能得罪的,就硬着头皮也来讲一讲。"听了他那略显口吃的沙哑的男低音和调侃的语调,文佳和丁燕红对视后都小声笑了。张洛朴对坐在身边的丁燕红笑着说:"这卫夫子现在也学坏了,竟当众耍起贫嘴来了。"卫三乐看现场气氛有些活跃,接着说:"华教授晚年倾力研究历史上的盛世文明,我第一个拜读了他刚刚完成的文稿,深为折服。他今天讲的仅仅是给我们展示了全豹之一斑。至于新时期的盛世文明,也就是所说的第四次盛世的开启,只是他这几年初步的研究和探索,并没有写进已成的书稿中。"他用手轻轻梳理了一下秃头上仅存的些许头发,清瘦的布满皱纹的脸上露出一丝狡黠来:"华教授认为当下已经跨进了新的盛世之门,为啥有些人包括我在内感觉并不明显呢?对这个问题我思考了很久,想放到后边再说。我现在要讲的是'从诗圣杜甫谈以民为本'。"

卫三乐是教古代汉语的,主攻先秦典籍,用他的话说是钻故纸堆的。这次他本想讲屈原的《离骚》,讲爱国主义。这是他最拿手的,学生都说佶屈聱牙的《离骚》他能倒背如流。当他听说老师要从诗仙李白切入讲盛世情怀,就改为从诗圣杜甫切入讲以民为本。他讲了杜甫的生平,所处的时代背景,诗歌创作的主要成就,突然站了起来,挺了挺有些佝偻的腰身,说:"我也朗诵杜甫的一首诗《茅屋为秋风所破歌》。"他清楚自己远比老师年轻,却远没有老师那样的精气神,也远没有老师那洪亮的嗓音,就一把扯出面前小支架上的话筒,清了清嗓子,高声朗诵道:"八月秋高风怒号,卷我屋上三重茅……"他拼着劲,竟至破了音,发出颤抖而尖厉的怪音,好些人实在控制不住悄悄笑出声来。卫三乐只好停了下来看着全哑的话筒,脸上的颜色十分难看。叶博坐在最北边的服务人员席上,赶忙跑过来,从卫三乐手中拿过话筒弹了弹,还是没声,仔细一看是话筒扯出时给关住了,便急忙打开递给卫三乐。张洛朴哂笑着对丁燕红说:"卫夫子只会钻故纸堆,连个现代化的小玩意儿也不会用。听说多年都不用钢笔了,就喜欢用毛笔,有点儿食古不化。"丁燕红摇摇头,说:"别看他满脑子的经史子集,满口的之乎者也,可你看他穿的那身西服,绝对的名牌,那条领带至少值几百元。时尚着哩,整个一老潮哥呗!如果长得帅点,那回头率还说不定多高呢!你不要给他简单地贴什么标签。"

卫三乐拿起话筒调整了一下情绪,以他特有的嗓音和语调重新朗诵起来,听起来略带磁性,别是一番韵味,一下子把大家吸住了。朗诵到风狂屋破时,节奏急促,有声有色,使人如临其境;接着又显得十分焦愁、沉痛,又有点窘况难奈……最后他用力挺了挺身子,一只手奋力向上,几乎是呼喊着:"安得广厦千万间,大庇天下寒士俱欢颜,风雨不动安如山!呜呼!何时眼前突兀见此屋?吾庐独破受冻死亦足。"他伸过头顶的手猛地放到胸前握成拳头,双目圆睁,满脸通红,浑身微微抖动着。大家一齐鼓掌。

丁燕红以手击拍,和着卫三乐把诗默诵完,激动地脸色涨红,呼吸也急促起来。学生时代二人曾多次合作,在学校的晚会上演出过诗朗诵。一个是略显沙哑的带磁性的男低音,一个是清脆激越的女高音,大家都说不般配。两人都是倔性子,偏要合作,经过反复演练磨合,竟收到了奇异的演出效果。今天她似乎又找到了当年的感觉,心旌摇动,激情难抑。她又埋下头,挥笔疾书起来。张洛朴对着她的耳朵说了卫三乐的好话,她一句都没听清。

卫三乐重新坐下,小心奕奕地夹好话筒,试着弹了弹,又吹了一下,缓缓地说:"杜甫生当唐朝由盛转衰之际,他的诗深刻展现了当时的社会现实,真实地反映了人民的痛苦生活,被后世称为'诗史',杜甫也被誉为'诗圣'。我认为杜甫之不朽,就在于他关注了民生。他从盛世走进乱世,对民生问题体会特别深刻。我们现在是从治世走向盛世,民生问题其实也很多,住房问题同样相当突出,当然不是茅屋为秋风所破的问题,是居者有其屋的问题。还有其他问题,比如看病难,上学难,就业难,物价涨,谁养老,等等。由于存在这么多的民生问题,所以许多人没有盛世的感觉,反而觉得活得很累,倒多了一些危机感。出现了端起碗吃肉,放下碗骂娘的现象。只有不断解决好民生问题,才能让人们逐步感受到盛世的滋味,逐步认同盛世,慢慢产生一种盛世情怀,向往和追求盛世,努力打造和维护新的盛世。"张洛朴听到这里心想,难怪丁燕红说不能给卫三乐随便贴标签,看来这个钻故纸堆的教授其实对现实生活挺关注,说得也很尖刻。他一直不太服气这位老同学,知道卫三乐读大学时并不是最优秀的,却是最独特的一个,也是最现实的一个。卫三乐是"老三届"学生,上大学时年龄偏大,记忆力差了,便不追求门门皆优,只是拼命钻研古代汉语,毕业时总分几乎全班最低,英语还不及格,古汉语却全班分数最高。最后他出乎大多数同学的意料,被留校任教了。张洛朴想留校的梦想也随之破灭了。不过张洛朴后来挺感激这位当年的竞争者,他终于发现自己的长处不在做学问上,如果留校搞一般的行政性工作,一定不会有如今的社会地位。想到这里他有点飘起来的感觉,想仔细听听这位老同学还会有何高见。

卫三乐明显感到大家听课的兴趣浓了,拉了拉话筒,接着说:"我是教古代汉语的,满脑子装的都是古董,但也装了一肚子的现实生活。说句不嫌大家笑话的话,我这满肚子的现货都是吃出来的,是用酒肉饭菜交换来的。"他老婆宋彩珍下岗后先在学校旁开了个小饭铺,后来又开了个大饭店。他每日三餐都到自家店里去吃饭,喜欢和顾客一起边吃边聊,聊得高兴就加个菜,甚至上点酒,免费招待顾客。顾客里边三教九流啥人都有,除了秦大的学生,普通老百姓尤多。十多年他以这种特殊的方式,结交了一大批朋友,保持了对社会生活的敏锐感知,对普通群众生存状况和各种诉求了然于胸。他约略抖了抖自己的底子后诙谐地说:"都说知识分子爱面子,但面子顶不上银子,我偏把自家的民生放在第一位,让老婆放下身段去卖饭。结果老婆开饭店远比我这个教授挣得多。说实话，不是每个人每个家庭都能像我和我家店主一样，能这样好地解决生计问题，乃至富足起来。这就需要……"他看着吴芳，发现吴芳也正看着他，就提高了嗓音："这就需要当政者以民为本，关注民生，解决民间疾苦，至少也要像杜甫老先生那样为民疾呼'安得广厦千万间，大庇天下寒士俱欢颜'！"吴芳听了直点头。

程东和郑雄飞一直在悄悄地交流着，这会儿争论了起来。程东挺华仁教授，说老教授是一个理想主义大师，豁达乐观，激情洋溢，积极向上，给人以鼓舞和力量。郑雄飞偏要和他较劲，说卫教授是个现实主义学者，比较务实，其实也不缺乏激情。当他听到卫三乐再次大呼"安得广厦千万间，大庇天下寒士俱欢颜"时，捏了一下程东的胳膊说："怎么样？这位务实派教授的激情并不逊其老师，只是他的底气和魅力似乎赶不上他的老师。"程东笑着说："就不是一个等量级的，一个是主角，一个是凑合着当配角，连这都看不出来！"程东一脸的不屑，不想再争了。

卫三乐转了个话题，严肃而又难掩其幽默："这几年，我生怕自己变成老古董，遭老婆嫌弃，就在闲暇之余，把十余年间在我家饭店吃进肚子里的东西搜罗一下，整理成册准备出版。书名暂定《百家实话录》，收有家长里短、逸闻趣事、俚语村言……以民生题材为主，以小故事的形式反映小人物的生存状态和社会诉求。拙作也许会对当政者了解民情民意、治理一方有所帮助。出版后首先要送当今担纲治理秦东的老同学斧正，抑或有所助益。"吴芳听了含笑点点头。张洛朴笑着大声说："卫夫子，你可别嘴毒，含沙射影，嘲讽谩骂，惹是生非，自讨苦吃。"丁燕红听了觉得逆耳，不知张洛朴是一片好心，还是借题发挥，忙放下笔，抬头说："卫教授，别听他的，要写出你的风格来，就是要嬉笑怒骂皆成文章，既要当夫子钻研学问，也要学鲁迅针砭时弊。如今没人会把你打成右派了，抓紧把你的书印出来。"

卫三乐脸上的幽默已经退去，郑重其事地说："市上要扩大招商引资，别看我家有人经商，其实涉商涉资我完全是个外行。不过我有个建议，也不知可否？经常在我家饭店吃饭的一个学生，常年组织农村年轻人到广州去打工，有时在饭店集体吃饭，有时还搞短暂的培训，说干这行比他当教师收入高得多。我想农民外出打工赚的钱拿回家乡，这不也是引资吗？是否可由政府出面组织？这样外出的人数会更多，引回的资金也更多。不知可否？谨以此作为我讲课的结束语。谢谢大家！"他话音刚落便响起一片掌声，大家都为这位与众不同的教授和与众不同的讲课由衷地鼓起掌来。吴芳说："好啊！这个建议好啊！"她看着对面的学员，以布置工作的口气说："各县（市、区）政府都有领导在这里，回去后立即研究一下，要组织大量农村的剩余劳动力外出打工。过一段时间要给市政府汇报一下进展情况。"卫三乐没想到吴芳如此快就下了决断,忙说:"我的学生叫韦朋,路子也熟,是这方面的行家,请吴市长能用其所长,别让他失业!"大家都笑了。吴芳看着坦诚率真的卫三乐,笑着说:"你让韦朋找个时间来我办公室一趟,我还要咨询一些事情。你放心,只要是人才政府会用的。"卫三乐说:"好,刚好这几天他在我家饭店培训一批保姆,晚上吃饭时我给他说一下。"张洛朴笑着说:"卫夫子反反复复提到自家饭店,看来是时时不忘做广告啊!"

卫三乐听了张洛朴的话先是一愣,知道他是在取笑自己,继而灵机一动,难得一见地笑了,说:"我家开的桃花源酒家,还需要做广告?经常是人满为患。如今又开了一家连锁店,大家都叫桃花源酒家新店,有的叫新桃花源酒家,我还想叫成桃花源新酒家哩!"他心想,做广告咋啦,你那是大型国企无须做广告,既然提醒了我就做一回给你看。丁燕红看着卫三乐会心地笑了,没想到他说起有点像绕口令似的话来如此流利,一点都不口吃。她知道这个人称夫子的同学最讲实际,你讽刺也好,挖苦也好,他是不会在乎的。大家看着这两个老同学时不时地斗斗嘴,倒觉得挺有意思。卫三乐略停片刻,索性爽快地说:"张董事长既然说到了做广告,那我就郑重地诚恳地邀请在座的诸位领导、学员和同仁,今天下午到桃花源新酒家聚会一下,品尝一下秦东别具特色的美味佳肴,也好宣传宣传。全部免费,一文不取。同时,略表桃花源新酒家对市上招商引资工作大力支持的一片心意。"说完,他站了起来,深深地鞠了一躬。

没想到卫三乐当了真,张洛朴多少有些尴尬。丁燕红看着吴芳,看她如何表态,吴芳一脸的平静,没有任何要表态的意思。文佳没料到卫三乐会这样,就有点埋怨张洛朴不该和实在人玩虚的,把虚事坐实了也不好办。不过他清楚这个难题只能由自己来破解了,就问坐在工作人员席上的叶博:"叶校长,晚饭安排好了吗?"叶博办事务实又极认真,他听到文佳的问话后,急忙快步走到文佳身旁,小声说:"文秘书长,研讨班下午结束,多数人要回家,只给个别人安排了晚饭。"他本来只需坐着不动,说一句晚饭已安排好了的话,就把文佳解脱了,文佳就等着他这样说呢!谁知这位副校长如此实在,尽管是小声说,几乎所有的人都听清楚了。卫三乐以不容置疑的口气说:"文秘书长,既然学校没有准备大家的饭,就按我说的办,你就定下来吧!"文佳看着卫三乐一脸的真诚和期待,看了一眼对面的吴芳,笑着说:"好,今天大家的晚饭就安排到桃花源新酒家饭店。不过不能免费,当然可以打点折优惠一下,过后由市政府接待办清账,算是研讨班结束时吴市长对大家的宴请。"孟可芹补充说:"算是研讨班学习阶段结束时吴市长的宴请。后边研讨班还要进行招商引资的实战演练,学员们还要去参加上海的商品交易会。"

第二天上午刚上班，韦朋就来到了市政府机关找吴芳市长。值班室主任李林详细询问了韦朋。李林是这次办公室科级干部调整时从人秘科副科长提拔的。按说副科提正科是个好事，李林却并不满意，他想着丁玉丽提拔后自己可以接任人秘科长，位置重要多了，升迁机会也多。李林多年在市长办公楼上班，在他看来这值班室主任除了和上访的群众打交道，就是给楼上的领导们服务，实际上是挂着主任头衔的看门人和跑腿的。整天忙忙碌碌，还常出差错，也少不了挨骂受气，是个出力操心不讨好的角色。仵天才给他谈话时，高度强调了这个角色的重要性，说是重用他，要他切实负起责来，保障市长和秘书长们能有一个良好的工作环境。俗话说新官上任三把火，凡是找市长和常务副市长的他都要亲自过问。他先是端详了韦朋，文人模样，说话也挺文气，就松了一口气。接着又问找市长有啥事情？是公事还是私事？事情急不急？韦朋是第一次来市长办公楼，没想到工作人员审视自己的目光和询问的口气有点像警察，实在有些不太适应，也许这里的工作程序和规则就是如此，可见一般人要见市长挺不容易。韦朋只好亮出底牌："是吴市长要找我，不，是吴市长要我来找她。"李林听他如此一说，不敢造次，想着得上去请示一下再说。韦朋看李林仍然迟疑的样子，便拿出一封信递了过来："这是秦大卫三乐教授写给吴市长的信，让我拿这封信来见吴市长。"李林拿过信一看，信封上用毛笔工笔正楷写着两行大字：正中写着"面交吴芳先生启"，下面落款为"卫三乐弟缄"。李林惊讶得不知所措，怎么写信的人连市长是男是女都弄不清，还称兄道弟的，这该咋办呢？让他更加犹犹豫豫起来。这也难怪，李林无论如何也想不到，吴芳当了秦东市长后曾十分客气地给卫三乐说过，有事就来找她。卫三乐说他从不去权力机关，有事会写信，并约定公事称市长，私事称女士，说不清是公是私时称先生。韦朋给李林出了个大难题，其实让李林难上加难的是卫三乐。恰好丁玉丽来到值班室，给李林交代说："一会儿有个叫丁燕红的女领导，来了后直接领到吴市长办公室。"李林趁机把韦朋拿来的信递给丁玉丽，丁玉丽看后笑着问："请问你是韦朋同志吗？"韦朋惊讶地说："是，我是韦朋。"丁玉丽说："昨天下午我跟吴市长去行政干校参加招商引资研讨班的活动，卫三乐教授在讲课时提到你，没想到你今天上午就来了。"韦朋看了一眼李林："我不知道这还挺麻烦的。"李林忙着解释："信封上把吴市长称为先生，我以为是生人呢！仵秘书长反复叮咛，不能把生人随便领到领导的办公室去。还说出了问题，要追究责任呢！"旁边的几个工作人员和通讯员听说把吴市长叫先生，觉得挺意外也挺可笑，都围过来瞅着信封看新鲜。丁玉丽笑着说："这就有点外行了，鲁迅给夫人许广平写信有时也称她先生，毛主席也曾在信上称孙中山夫人宋庆龄为先生。卫教授和吴市长是同学，称先生说明他们的关系非同

## 第十七章

一般嘛,这有啥好奇怪的!"丁玉丽稍显卖弄地说完后对韦朋说:"走,老韦,跟我去见吴市长。"

韦朋跟随丁玉丽来到吴芳办公室。丁玉丽刚介绍完,吴芳立刻放下手中的笔,走过来握住韦朋的手说:"我是昨天听卫三乐教授说起你,快请坐,坐下再聊。"市长的热情让韦朋一直紧张的心情有些舒缓,却一时不知道该坐在哪里。丁玉丽微笑着给他打了个请坐的姿势,韦朋才坐到西边的长沙发上。刚坐下又往南挪了挪,想着坐在中间不合适。刚坐稳,猛地想起信还没给呢,他又站起来双手捧上卫三乐写的信,说:"吴市长,这是卫教授写给您的一封信。"吴芳微笑着接过信,对丁玉丽说:"你让劳动局局长伍志豪马上来一下。"丁玉丽放下给韦朋泡好的茶,点点头就退了出去。

吴芳接过信,一看称先生,心中暗想,这个卫夫子,如何称谓是有约定,怎么真的连公私也分不清了?谈劳务中介分明是公事嘛。对了,他说过韦朋是他的学生,要政府重用呢,在他看来这算是私事。又是公又是私,他的意思是难以分清,也不想假公济私。哎,难怪别人说卫三乐是个怪人!抽出信纸,仅有一页,依然是工笔正楷的毛笔字。上款"吴芳:";中间四个字,"韦朋来矣!",用的是感叹号,是提示我得重视;落款"卫三乐握手",倒比正文多出一字,是在强调同窗之谊。吴芳看罢,差点笑出声来。她放下信,微微一笑说:"你卫老师挺认真,怕你见不着我还写了封信。依我看,你拿着这封信才难见上我呢!"韦朋说:"要不是丁秘书碰见,还真有些麻烦。"他想,市长看问题真的很准。吴芳说:"我也是秦大中文系毕业,咱们算是校友。"吴芳看出韦朋有些拘谨,想让他放松一下。韦朋说:"我知道,你和卫老师是同班同学,也算我的老师辈。"吴芳忙说:"不,不,这是两码事,咱俩是名副其实的校友啊!"韦朋笑了。

这时有人敲门,一下子进来了三四个人,看样子像是些领导同志,都说要给吴芳汇报工作。吴芳说:"现在我要谈一件耽误了多年的大事,各位都另外找时间吧。伍局长你留一下,咱们和老韦一块谈谈。"吴芳给伍志豪介绍:"这位是韦朋同志,是我特意请来的,一起谈谈劳务输出的事,也没来得及给你提前打个招呼。"伍志豪满面笑容,一双大手紧握着韦朋的手,像老朋友见面一样,连声问好,十分亲和的样子。他挨着韦朋坐了下来,心里嘀咕着,没有见过这位韦朋同志,也不知是哪路神仙,为说他的事,竟让市长屏退了几个部门的主要领导。韦朋心想,看来市长挺重视,是当作大事来考虑的。

吴芳等两人坐定后,对韦朋说:"听说你原来在学校工作,怎么搞起了民工中介?能不能谈谈南方农民工市场的情况?"韦朋说:"我现在还算是学校的教师,编制仍在省第四建筑公司子校。公司前几年没活干,下岗职工经常到公司闹事。

领导听说我弟弟在广州办的企业规模很大,让我去给下岗职工联系活干。跑了几回发现那边用工量相当大,我的业务也搞大了,就转到以农村为主,介绍起农民工了。"说到这里韦朋不像刚才那样拘谨了,把他掌握的广州和深圳那边劳务市场的情况细说起来。他越说越多,从珠三角又说到长三角。忽然他停了下来,有点不好意思起来,大概觉得自己说得太多了。来时卫三乐给他说别紧张,把知道的情况全部告诉市长。可老师写起信来却那样的惜字如金,这到底是咋回事?是不是市长的时间很宝贵?他停下来想看看市长的反应再说。

吴芳很有兴趣地听着,看他停了下来,就接着问:"咱这边的农民工多吗?"韦朋说:"不多,远不如四川、河南的农民工多。我到有些纺织厂去,一说话全是'啥子哟',几乎全是川妹子。"吴芳听得笑了起来:"咱也把秦东妹子给带过去呀!"韦朋说:"我忙得焦头烂额,一年也只能带过去几百人。"伍志豪说:"据我们统计,全市大概有万把人在南方打工,人数的确不多。"他是几月前从市工商局长调任市劳动局长的,情况掌握得还不是十分清楚。吴芳问韦朋:"你看由政府出面组织农民工,到南方去打工怎么样?"韦朋说:"这当然好啊,政府有公信力,不管是用工企业还是农民工都信得过,特别是咱这边。男孩子还好说,谁放心女孩子叫人带到远处去,政府一出面这些问题就解决了。"伍志豪说:"这么多年我们没有组织过农民工外出打工,就是统计也是刚刚搞,渠道也不顺畅。"吴芳看着韦朋问:"让你到市政府来搞这方面的工作,不知你愿意不愿意?"韦朋觉得有些突然,他没有这方面的考虑,卫三乐也没有告诉他讲课时说过的话。韦朋沉吟了一下说:"政府是得抓紧做这方面的工作了,实际上是在抢占劳务市场。我的看法是要不了几年就会形成民工潮,就会更加市场化、常态化,到那时也许不需要政府做啥事了。我已在广州那边联系好了工作,但愿意参与这件事,可以干一段时间。"韦朋知道卫三乐老师一直不愿让他离开秦东,很可能给吴市长说了,让把他留在秦东,可他有自己的想法。吴芳说:"好,算是临时借调吧,帮助市劳动局打开局面。"伍志豪看出市长要下决心搞这件事,干事情当然需要熟悉情况的人,忙说:"好,明天我就安排人联系借调的事,将来韦朋同志愿意留下来,就正式调过来。"吴芳说:"伍局长,你很快拿个意见,在劳动局成立一个科室,专门负责外出务工人员的推介和管理工作,各县(市、区)直到乡镇政府都要抓起来。"伍志豪说:"下午局里就开会研究,先指定一部分人干起来,等编委批了编制后再定岗定员。"他跑了多次想给局里增加几个编制,一直都没门儿,没想到这个门竟由市长直接打开了,还要新设一个科室,简直太意外了。看来市长还是支持他的工作的,并没有因为他在市工商局任职期间,处理秦东纺织厂问题上的不当不力而受影响。吴芳站起来,指着墙上的地图说:"让市深圳办事处也抓一下这方面的工作,还可

## 第十七章

以在广州和上海等一些地方设农民工联络点。争取用一两年时间让外出务工人员突破十万人,然后逐年扩大,争取形成一支五十万人的秦东农民工大军,进占南方的劳务市场。"韦朋受到了鼓舞,肯定地说:"如果有十万人在外打工,就会产生极大的连锁反应,很快就会发展到四五十万人,甚至更多。"

丁燕红叩门而入,后边跟着张洛朴。吴芳让二人先坐,她接着说:"伍局长,市技工学校也是你们局里管吧,要扩大招生规模,对贫困地区和山区的学生要少收费甚至免费。年轻人有了技术才能在南方谋到一份好工作,等秦东发展起来了,有些人还会回来成为我们的技术骨干嘛。"吴芳看了一眼伍志豪,正和伍志豪的目光相遇,她似乎看出了什么,接着表态:"回头我给财政局说一下,今年从预算外资金中给技工学校安排二十万元,解决扩招和对贫困生的补助。"伍志豪急忙表态:"下午局里开会技校校长也参加,他是局党组的成员,在会上把这事也议一下,尽快落到实处。"市长开口就给二十万元,让伍志豪惊讶得不知所措。秦东市财政紧张尽人皆知,许多部门领导给市长要个三万五万的,都要在门口转悠半天,生怕碰了钉子。没想到不等他开口市长就先开了口,更没想到市长出手如此大方。

伍志豪高兴得像个孩子似的,连连表态一定要把工作搞好,拉着韦朋的手告辞了。丁燕红说:"吴大姐,你经常哭穷,出手倒挺大方,一张口就给一个技工学校二十万元!"吴芳说:"我还准备给劳动局批十个编制呢,让把组织民工外出抓起来,明年突破十万人,每人一年拿回来一万元,就是十个亿,争取两三年搞到五十万人,一年就可给秦东拿回五十个亿。你想想农民手头多出五十个亿,是个啥概念啊!"张洛朴说:"我一进门就看出市长是在落实卫夫子昨天说的事。"吴芳听出了张洛朴的言外之意和对卫三乐的不屑,接着说:"让农民尽快增加收入,这不单纯是钱的问题,实际上是以民为本的理念问题。给技工学校增拨二十万元,这是给三年后布局,今后技工肯定会走红南方市场。"丁燕红看了看张洛朴,笑着说:"我知道只要瞅准的事,你吴大姐比有些男同志还果断,还有魄力。"吴芳愣了一下,她是从来不夸人的,也不能这样夸呀,她看了一眼张洛朴忽然醒悟,忙说:"我到秦东快一年了,到农村做过多次调研,农村的确有大量剩余劳动力,政府也迫切需要帮助他们寻找出路。"她怕张洛朴不高兴,拿起桌子上卫三乐写的信:"你俩看看,这个卫三乐竟拿我这个市长开涮!"

丁燕红把信拿到手中一看,立即笑得前仰后合,眼泪都出来了,直呼:"卫夫子,真真个夫子,夫子!"张洛朴从丁燕红手中抢过一看,仰面哈哈大笑,骂道:"卫夫子,就是个伪夫子!狗屁夫子!"吴芳也放声笑了,把好久竭力压抑的情绪尽情释放了出来。三人纵情笑过,吴芳说:"都说卫三乐是个怪人,整天钻故纸堆,却偏偏喜欢也善于接触普通老百姓。他接地气，知民意，往往会把中国传统理念和现实生活结合起来。他昨天这个建议，是要政府以民为本，关注民生，价值岂能用亿万来衡量！"丁燕红说："你昨天有急事没去他家新酒店吃饭，我和老张去了。那么豪华气派的大酒店，谁料一楼却是大众餐厅，还搞了下岗职工之家、农民工之家和大学生乐园。他还说当今的桃花源里应有更多的普通老百姓，他来新店也只在一楼吃饭。许多人都叫他布衣教授、草根教授。"张洛朴说："卫夫子历来重现实，是个超现实主义者，教授当上了，在秦大率先富起来了。如今又有名，又有钱，好像成了人精。昨晚两杯酒下肚，竟拍起了我的肩膀，说他要找古济宁谈谈，把小丁和老古的事给办了，还自诩是秦东第一月老……"丁燕红正色说："老张，我还有正事要说呢！"吴芳笑着说："这也是正事呀！必须提到重要议事日程上。"丁燕红急忙岔开："组织上安排我到省经贸委当副主任，挂职锻炼两年，负责企业改制工作，干老本行。很快就会发文。"吴芳说："好啊，太好了！这下你到秦东来更方便了。"张洛朴说："我这个搞企业的又多了个顶头上司，这也好，我办点啥事也方便。"丁燕红扁扁鼻子笑着说："你还找谁办啥事？又有权又有钱，听说找你办事的人把门槛都磨平了，还是多支持支持我和吴大姐的工作吧。对了，老张你在秦东的投资项目进展得咋样了？人家古济宁的项目都开工多时了，好像还没见你这边有啥动静。"她还是忍不住把想说的话挑明了。

张洛朴双手一摊，说："我拿着钱找人家，可人家看不上我的钱！搞的项目一拖再拖，弄得我很没面子。说老实话，其他地市的领导把我当神敬，轿子抬我还不去呢！秦东是谁当市长？我一心想往这里撒钱，效益好坏我连想都没想过，真赔了我连眉头都不会皱一下。"吴芳说："老张，这件事不说了。我已经找建委关立峰主任谈过了，除了干部思想不解放，生怕丢了权，肥水流了外人田之外，关键是有别的领导在后边做文章。这有个转变观念的问题，也有改善投资环境的问题。最近我正在考虑在全市范围内开展一次投资环境治理活动，把阻碍招商引资的问题梳理一下，下决心予以解决，对一些突出问题我要亲自调研解决。"丁燕红说："整治投资环境，这个想法好啊！这是招商引资的基础建设。如果市政府一把手抓的项目都推不开，招商引资还怎样搞？"她又转向张洛朴，半开玩笑地说："既然是合作项目，老张是否姿态高点，能让就让点，国有大企业嘛，不要计较蝇头小利。你说呢，董事长先生！"张洛朴哈哈大笑，笑完后说："丁司长，丁厅长，也不对，丁主任呀，哪有龙王和乞丐争高下的，我扔到垃圾桶的东西对他也是宝贝，拔根汗毛都比他的腿粗。秦东天然气公司那个经理呀，就是怕吃亏，怕把乌纱帽弄丢了。这样吧，老吴也急着推项目打开局面呢，我就违反一下《公司法》，让这小子继续当总经理，再把应是我方担任的董事长也让他兼着，由他说了算。我让省天然气公司只派个管财务的副总经理,这总行了吧?我们公司不图赚钱,也不要啥权,只求推一下秦东的招商引资,支持一下咱们的老班长。"他说得慷慨激昂,一心想把这个人情落到吴芳这里,其他都不重要。丁燕红说:"这还有点大老板的气派,下一步就看你这秦大足球队的老队长能不能进球了,别像中国男子足球队那样臭,丢了秦大的脸。"吴芳笑着点点头,张洛朴能做到这地步的确是够意思了,如果这个项目还没有进展,就要另想办法了。必要时动动人,甚至不得不与站在后台的人交手了,不过她暂时还不想这样做,要把这一招留到最后。

张洛朴站了起来,急急地说:"我这就去给严玉华安排,她是我们公司在秦东的总负责,让她去找关立峰转达我的意见。我想在秦东蹲上几天,把天然气合作项目的合同签了再走。小丁你也别急着回省城,签合同时你也要在场。你现在是管企业的省厅领导,也给老兄撑撑体面。"他刚走出两步,又回过头故作认真地对丁燕红说:"小丁,卫夫子当年是咱班里倒数第二名,智商充其量比高中生略高一点,你可别指望他那水平的月下老,等古济宁来了我亲自上手,我就不信我这个国企董事长拿不下他那个民企董事长。这个月老的职责非我莫属,你就等着好消息吧!"说完哈哈笑了,不等丁燕红做出反应,急忙朝吴芳挥挥手,拉开门快步走了出去,身后留下了丁燕红的笑嗔声和挺响的关门声。

丁燕红回身坐下后笑着说:"张洛朴这人没个正性,啥玩笑他都开。"吴芳说:"你的个人问题也该认真考虑解决了,都奔四十岁的人了,不能再拖了,让他俩去做做古济宁的工作也是好事嘛。"她端起水杯却没喝水,凝视着丁燕红,心里乱成一团麻,这个古济宁实在难以琢磨呀!恢复高考后他以高分考上了大学,是班里数一数二的高才生。智商高情商却不高,虽然和丁燕红一起进了北京,却一直走不到一块去。这还不说,十几年来竟一直对她这个有着婚史和子女的人,不明不暗地表达着爱意,看不出放弃的意思,也没有个明确坚决的态度,让她十分为难。丁燕红避开吴芳的目光,沉思了一下说:"一切随缘吧,吴大姐。上午我想和你商量一下秦纺厂破产的事情。"丁燕红听得出吴芳的一片关切之情,她一直把自己当小妹妹看待,但只是说让那两个男人去做古济宁的工作,这其实是在重复别人的态度,在这件事上她的心扉似乎半开半闭,就想着先回避一下。吴芳看出了丁燕红的心思,就放下手中的水杯说:"谈秦纺厂的事要叫上文佳,他一直负责协调秦纺厂的工作,情况熟悉。我打电话让他过来,咱们一起谈。"说完就给文佳打了电话。

文佳这会儿正在办公室犯难呢。张洛朴从吴芳那儿出来后直奔文佳办公室,他高兴极了,终于瞅准机会在这两个女人当面戳破了一层纸:同学之间都是想促成丁燕红和古济宁的婚事,连卫三乐都要做这工作,足见民意的充分。你吴芳也不能不成全师妹吧,丁燕红都三十大几了,多年来苦恋古济宁,穷追不舍,当大姐的总不能横插中间,惹人笑话,有失风范。他料定吴芳必然要接着自己撂下的话茬,谈及丁燕红的婚事。既然当面谈过了,总不能背了丁燕红又去和古济宁发展个人关系吧。吴芳只有拒绝了古济宁,自己才能和吴芳在个人关系上取得突破。

　　张洛朴一进文佳的办公室,就添枝加叶地说刚才吴芳和丁燕红要他做月老,务必拿下古济宁的事。文佳听了张洛朴的话大为惊讶,哼哈着不知说什么好。张洛朴看文佳只是哼哼哈哈的,就追问他到底给吴芳说没说他的想法,并再次提出要文佳当月老。文佳正在为难,吴芳的电话来了,张洛朴只得告辞。文佳听说要和丁燕红一块说秦纺厂的事,从桌上拿过几页纸急忙来到吴芳办公室。

　　文佳一见丁燕红就笑着说:"女诗人变得男女难分了,你看看整理好的这几首诗。"丁燕红接过文佳递来的几页纸,是昨晚在卫三乐家酒店宴会上即席朗诵的几首诗,被几个发烧友整理后要文佳征求丁燕红的意见,说是想在《秦东日报》发表。丁燕红一看署名就笑了:"这是学生时代我用过的笔名'愿宏',取燕红的谐音,卫夫子知道。不过从来没署过'丁愿宏',有名有姓的。当然男同志叫着更合适一些,要说男女不分这就不对了,言外之意是女同志不该志愿宏大?"文佳忙说:"不是这个意思,你误会了。"丁燕红笑着说:"我知道你不是这个意思,开个玩笑,你看看这个。"她从桌上把卫三乐写给吴芳的信拿给文佳。文佳看了大笑起来,笑罢对丁燕红说:"更不能说是男女不分了!这个卫夫子往往不按常规出牌,一个钻故纸堆的,却出奇的现实。你说他贴近现实吧,又把过去上流社会的一套搬来,称女士为先生。不过他不是那种附庸风雅的人,肯定别有用意。"他看吴芳点了点头,就不再说什么,也不想问什么。

　　吴芳拿起诗稿翻了翻,递给丁燕红:"诗写得不错,你再看看,可以发表嘛,先在《秦东日报》发表一下。"丁燕红说:"不用再看了,有几处字句略有变化,显然是卫夫子改过的,就这样吧。丁愿宏就丁愿宏吧,反正我也姓丁,说不定卫夫子用心良苦,就从了他吧。"文佳点点头,感到丁燕红已今非昔比,已经融会了诗人特有的敏锐和政治智慧。文佳从吴芳手中拿过诗稿,说:"就算定稿了,后边我来安排在《秦东日报》发表。"吴芳说:"老文你还不知道吧,小丁到省经贸委挂职做副主任,主要负责企业改制工作。"文佳说:"好啊,这下离得更近了,工作上也好联系了。上次她说过挂职的事,原来想着到秦东来挂职,不过也好,上边有人好办事嘛!"吴芳说:"小丁一直关心秦纺厂的改制,还做过调研,也多次谈过破产重组的意见,小丁你就再说说吧。"文佳说:"说秦纺厂的事,最好把工交科长田丽丽也叫来,她那里掌握的情况比较多,有些具体工作也是她负责联系。"文佳清楚解决秦东纺织厂的问题,由锡平的态度十分重要,他的真实想法田丽丽掌握得往往比较多。

# 第十八章

　　孟可芹明天就要去上海参加商品交易会,一个下午都在处理手头的事情。快下班时她送走了最后一个部门领导,急忙打电话让下午联系了几次的保卫科科长马胜利来自己的办公室。

　　马胜利接到电话后匆匆来到孟可芹的办公室,把一个黑皮包放在办公桌上,问:"孟市长,不会再有人来吧?"孟可芹被问得有些莫名其妙,她放下手中的笔,说:"有啥事你说。"她看这个军人出身的保卫科长,脸上的表情怪怪的,说是高兴吧,又有些得意的样子;说是严肃吧,又有些神神秘秘的感觉。他一边打开黑皮包,一边说:"上个月的盗窃案破了,被盗的东西追回来了,我把几样东西拿过来了,先让你看看哪些是你的。"孟可芹点点头。马胜利先取出两个盒子,说:"这是两盒英雄牌金笔,是信息科准备奖励优秀信息员的,是从四楼信息科办公室偷走的。这是四块名表,你看看。"孟可芹摇摇头,心里觉得沉甸甸的。马胜利又取出六枚金戒指,放到了孟可芹的眼前。孟可芹只瞥了一眼又摇摇头,心里有点吃惊。马胜利感到有些诧异,名表没有,怎么惯常女人有的金戒指也没有?他又拿出八条项链,有黄金的,也有铂金的,还有带钻石坠子的。这让孟可芹惊得差点叫出声来,办公室里怎么会有这么多的贵重物品?而且是在市长办公楼上盗走的。她一眼就认出了自己丢失的项链,那是她结婚时戴的,多年来一直不离身,自从当了副市长以后她逐渐戴得少了,有时出于场合的考虑有意不戴,偶尔也有忘戴的时候。上个月她陪省上领导去县上检查工作时,这条心爱的项链在办公室被盗。保卫科统计失盗物品时,她说能记清的就一条项链,大概还有些小东小西。后来她听说同时被盗的还有由锡平副市长、一个刚上任的挂职副市长、两个秘书长和信息科长,共计六个办公室。孟可芹刚要去拿自己失而复得的项链,办公室的门开了,吴芳微笑着走了进来,她到孟可芹的办公室来一般不敲门。孟可芹见吴芳来了,笑着问:"吴市长,今天下午咋消闲了?"吴芳说:"你明天要去上海,来给你送送行。"她看了一眼站在办公桌旁的马胜利,马胜利用有点微微发颤的声音说:"吴市长,你忙啊。"说完脸上红一阵白一阵的,显得极不自然。吴芳看着桌上摆着的东西,不解地问:"这是怎么回事?"马胜利竭力控制住自己紧张的情绪,说:"这是上次二号楼被盗后追回的东西,来让孟市长辨认她丢失的东西。"孟可芹拿起自己的项链,抖了抖说:"这条项链,我戴了十九年了,简直太有感情了,失而复得,得感谢马科长破案有功。"说完笑了笑,她已感觉到马胜利似乎有难言之隐,就尽量显得轻松一些。吴芳却认了真,把名表一块一块拿起来,翻来覆去地看。把金戒指和金项链也一一拿起来仔细看了看,又数了数。把两盒英雄牌金笔也打开看了看。看完这些后吴芳坐到了沙发上。马胜利恢复了常态,也完全豁出去了,等着市长发问。

吴芳并不急着发问,她接过孟可芹递来的茶杯,慢慢喝了一口茶,然后盯着马胜利问:"四块名表,六枚金戒指,包括孟市长的共八条项链,还有二十支英雄牌金笔,就追回这些东西吗?""孟市长是第一个认领,被盗的东西大多都追回来了。"马胜利指了指桌面,看吴芳紧盯他的目光是那样的威严,接着说:"还有一些高档烟酒和几万元的现金。我想这些都和孟市长没关系,就没有带来。"她看了一眼孟可芹,像是也给她一个解释。吴芳依然紧盯马胜利不放,问:"二号楼被盗后仵天才给我说,没丢多少东西,贵重东西就一条项链,怎么一下子就多出这么多的贵重物品?还有几万元的现金,到底是几万元?"马胜利说:"八九万元。"吴芳说:"要精确到个位数,不要打马虎眼!"马胜利忙说:"九万四千整。"他看吴芳一直紧紧盯着自己,现在又语含不信任的味道,就后悔不该说话含糊,刚才还想着豁出去了,怎么又犯糊涂了!吴芳移开目光,沉吟不语。这么大的事情,都开始善后了,为什么没人给自己汇报?被盗后公安部门就介入了,怎么又是保卫科长在处置追回的东西?这中间必有文章。她喝了口茶,缓和了一下语气,接着问:"这个案子不是公安部门一直在办吗?"马胜利说:"是的,一直是以公安为主办案,保卫科只是配合。后来作案的查清了,是信息科长的儿子和两个司机的儿子合伙作的案。"马胜利心想,尽管由锡平再三叮嘱办案要绝对保密,这毕竟是市长在问,真该豁出去了,接着说:"其中一个是由市长司机的儿子。信息科长的儿子知底,先偷了他爸办公室的两盒金笔,然后才撬了五位领导的办公室。星期六晚上被盗,第二天一发现我就给公安报了案。仵天才秘书长直接抓这案子。后来嫌疑人查出来了,案子快弄清了,公安上的人却走了。仵秘书长说是领导发了脾气,嫌保密工作没做好,后来就由我负责查处这个案子。其实,到了现在这个份上,我也没了主意,完全是领导让我咋办我就咋办,只要不给领导添乱,不在机关和社会上造成不良影响就行了。现在看来,办案我是外行,善后工作更是外行。现在几乎天天挨批评,都被批晕了。"他索性把知道的情况都抖了出来,说完像个受了委屈的孩子似的站在那里。

吴芳静静地听着,有些情况还是第一次听到,她不动声色地看着这位几次让坐都不肯坐的机关保卫科长。对马胜利她并不熟悉,二号办公楼失盗后他到她的办公室来过一次。当时的印象是快人快语,见了她第一句话就说要不是套间里的收音机一直开着,她肯定也被盗了。他指着撬门的痕迹给她看,似乎工作挺细心,挺内行的。她一直在自学英语,那天有事急着走忘了关收音机。听文佳说,马胜利是个连级转业军人,平时喜欢习武,每天5点多就起床在机关大院练拳脚,据说能手劈砖断,特别是舞起那根白蜡木棍子来,呼呼生风,让人眼花缭乱。每天晚上,他还要在机关疾步走上数十圈,一为健身,二为履职。除了他的大肚皮受人诟病外,机关多数人还是认可这位保卫科长的。最近几年,神出鬼没的小偷竟在市政府大院大显身手,让这位功夫了得的保卫科长颜面大失。特别严重的是上个月竟让小偷光顾了常务副市长由锡平的办公室,他是分管公安工作的,也是分管办公室工作当然包括机关保卫工作的。当时由锡平在省上开会,回来后立即把仵天才和马胜利叫到办公室,让马胜利充分领略了领导批评的滋味。那能叫批评吗?有讽刺和挖苦,还有威胁和恐吓。批评完后强调的并非尽快破案,却是要严格保密。指出市长办公楼出了事,当时就应严格保密,然后再秘密破案,已经弄得满城风雨了,更得做好秘密破案特别是结案。由锡平余怒未息,市公安局长就来了,由锡平挥挥手,马胜利才逃跑般地离开了。这之后,马胜利便没安宁过一天。先是仵天才找他谈话,想调整一下他的岗位,后来又要安排他到清水县下乡扶贫。马胜利深感这次工作上的失误和以往有点不一样,过去出了问题,领导都是要他深入一线,抓实抓细,这次却有些不想让他介入得太深知道得太多的意思,特别是要求不能把实情告诉任何人。马胜利从来没有这样干过,很不适应,今天来见孟可芹就有些别别扭扭的感觉,吴芳来后让他更是坐立不是,几乎连话都不会说了。他突然醒悟演不了的角色就不能再演了,由着性子好了,该说的都说出来。说着说着又觉得还是要给自己留条后路,终于没有把由锡平几次找他谈话的事说出来。

吴芳已明显感到由锡平在起着某种重要的作用。她听得出市长办公楼被盗的事相当复杂,背后的故事不会少,公安部门破案也许容易,但处置起来会很棘手。看得出马胜利在这次破案中其实是一个十分尴尬的角色,也看出了他真实性格的一面,就不想再过分为难这个保卫科长了。她想既然事情这么大,仵天才是应该给她汇报的,为什么没有汇报呢?孟可芹一直静静地听着,深知这不是一件普通的盗窃案件，却并不想知道得太多。她看吴芳沉思不语，就对一直站着的马胜利说："马科长，我这条项链算不得很值钱，但对我而言很珍贵，现在又回来了，谢谢你。那些小东小西的就不提了吧！"说完笑了笑，并做了个让他收起东西的手势。马胜利也极不自然地笑了笑，赶忙收起摆在桌上的东西，看着吴芳。吴芳看他在等自己发话，就说："老马工作还是挺认真的。既然要求你保密，你就保密吧，今天你到孟市长这里的事也要保密。"马胜利忙说："好，一定保密。"他没想到吴芳也要他保密，又迅速悟出不是要保孟可芹的什么密，谁都知道她把项链丢了，而是不能对其他人讲今天吴市长的所见所讲，显然她也有什么顾忌或想法，看来这次的确是蹚进了深水区。孟可芹看吴芳依然脸色凝重，知道她心里更沉，后来话说得虽然轻淡和委婉，内涵则深不可测。吴芳笑着说："那个进口的24小时腕表，我还是第一次看见，挺贵重吧？老马你可得拿好。呵，对了，孟市长要到上海去，你要特别关注一下她这里的安全，不能再出啥事了！"马胜利憨笑着说："一定，一定确保孟市长办公室的安全。"他如释重负，赶忙拉开门走了出去。走了几步又觉市长话中有话，她是在提醒那块名表的去向要告诉她，其实是在提醒这件事整个进展情况都要告诉她。他马上觉得两腿像灌满了铅似的沉重了起来。

马胜利离开后，吴芳对孟可芹说："太幸运了，那晚你如果在办公室休息，会受惊吓的。"孟可芹说："是啊，事后想起来还真有些后怕。现在好多了，安装了防盗网，套间也改造过了，里边有了卫生间，晚上睡觉踏实多了。多亏你力排众议，拨出专款，对各位市长的办公室进行了改造和装修。"吴芳笑了笑，又摇摇头。

孟可芹看吴芳只是摇了摇头，并未说什么，知道她此刻想得比较多。是啊，看来这不是简单的盗窃案件。刚出事程杰人秘书长就来到办公室安慰她，并表示要督促破案，追回她丢失的东西。接着办公室主任仵天才也来了，他检讨了自己的工作，还通报了被盗的情况，说只有她损失严重，丢了价值几千元的项链；只有由锡平办公室破损严重，加锁的抽斗全被撬，床上的被褥扔了一地，几乎被翻了个底朝天，一片狼藉；只吴芳幸运，因为录音机忘了关，声音吓退了小偷；只有程杰人扫兴，刚取回的全家福大彩照，被小偷用签字笔在他脸上画了大叉，就像"文化大革命"中的走资派；只有他倒霉，不但办公室被撬，还被由锡平狠批一顿，说他不懂政治，破这类案子竟不保密，闹得沸沸扬扬。说完这些后，仵天才一改常态，吞吞吐吐地说，最让他没有想到的是，一直花钱抠门的吴市长，竟慷慨批钱，让给各位市长办公室安装了防盗网，改造了套间，增设了卫生间，而且根本不管别人说三道四，她听的非议多了，解释说总得让我这个女人晚上能睡得着觉吧！孟可芹清楚吴芳家早搬来了，用不着再睡办公室，显然这是替她这个非党副

## 第十八章

市长在考虑。一想到这里孟可芹心里就热乎乎的。仵天才离开时又悄悄说,其实由锡平的态度才是他最没想到的,除严厉训斥他外,还极力反对安装防盗网,说哪有只给领导安装的道理,领导办公室管好文件就行了,还能有啥值钱东西?想到这里,孟可芹有些如坠雾中,既然办公室不会有值钱的东西,也都没丢贵重物品,刚才马胜利带的东西和说的话又该怎样解释?想到这里她愈加惶惑和迷茫。仵天才还当面表态,她的项链如果追回来,一定要亲自送来。他今天并没有来,说明问题复杂和严重的程度超出了她的想象。

吴芳接完了一个电话,看孟可芹脸上明显挂着疑惑和凝重,顺手放下手机,语含幽默却又掷地有声地说:"天下之大无奇不有,公安破案就像变戏法一样,把一条项链变成了八条,还基因生变,衍生出了别的东西,岂非咄咄怪事?我想纪检委会破解的!"孟可芹知道市长是想缓和一下气氛,也表明一下态度,不过这个题目又显沉重了一些,忙笑着说:"我还没来得及向你辞行呢,你倒给我送行来了,这不把程序搞乱了吗?"吴芳微笑着问:"还有啥困难吗?"孟可芹说:"没有啥困难。有文佳协调抓总,他虑事周详,善于协调,本来是商贸科的科长史二东要去,临行前他调整成工交科科长田丽丽随行,说是女同志便于关照我。"吴芳问:"文佳已经走了?""昨天坐火车已经走了。他让我明天乘飞机去,票都买好了。临秦区赵崇敏带区上有关领导已提前去苏州工业园区考察,秦东经济开发区郭梦龙一行已在上海浦东开发区考察,后面再会合在一起。县上的人员有些变化,市建委关立峰请了假,说是最近要签天然气合作项目的合同。"吴芳说:"好,按实际情况灵活安排好哇。办招商引资研讨班也好,去上海参加商品交易会也好,要的是开阔大家的视野,激活大家的积极性,当然若能取得具体成果就更好了。"孟可芹说:"这是秦东市第一次组团参加上海商品交易会,各方面都挺有压力。"吴芳说:"一切从实际出发,尽力而为吧,也不要有啥负担。不管是推销产品,还是招商引资,对我们这样的后进地方而言,困难肯定多,期望值也不要过高。"她略停了一下,以朋友的口气说:"托付你一件事情。秦大和行政干校安排莎莎代表学校方面随团去上海,开始我不同意,后来学校方面坚持说要让年轻人多历练。我想想也有道理,不过我女儿是她奶从小惯大的,偏执任性,你就多操些心,多管着点。"孟可芹笑着说:"可怜天下父母心,看来市长也不例外,女儿都当大学老师了还操这份心。这个我义不容辞,也有些勉为其难,莎莎人家是代表校方对学员履行管理职能,我充其量算是学员的领队,严格说我得听从莎莎的管理。"她看着一提女儿就慈爱有加的吴芳,接着说:"不过,你放心,莎莎一直把我叫姨,我也不会把她当外人。文佳已做了安排,让她和我明天一道乘飞机去,一起行动,这下你该放心了吧!"说完她先笑了,吴芳也会心地笑了。

文佳乘坐的火车已到长江边的一个车站。车尚未停稳就听到阵阵锣鼓声和哨声、喇叭声，接着一群排列不算整齐的队伍喊着口号沿着站台一路走来。队伍中多是年轻人，衣着杂乱，多数戴着橘红色的帽子，个别人戴着马戏团丑角那样的帽子，有人脸上还涂着红黄两种颜色。并不整齐的锣鼓声夹着哨子声、喇叭声，激昂、尖厉而又杂乱刺耳，形成了奇特的行进奏鸣曲。队伍中有人喊出："建业队！"马上就会形成整齐划一的强烈呼喊："冤！冤！冤！"这支队伍很快就引起了大家的特别关注，停在站内的所有车窗都打开了，人们争抢着一睹这样的表演阵容。文佳一行四人索性下到站台上，得以近距离感受这种略带疯狂的视觉和听觉冲击。下面有人说这是一群河南的足球迷，河南球队在上海输了球，这群球迷认定是吃了黑哨的亏，一路喊冤返程，遇到停车时间稍长的大站都要下车发泄一通。黄天高祖籍河南，一回到车上就开始声援："昨晚那场球赛我看了，建业队进了一个好球，被裁越位，这哨子吹得太黑了！简直太黑了！我差点砸了电视机。去上海的这些球迷，都是些超级球迷，来回路费自掏腰包，吃不好，喝不好，晚上睡车站睡马路，图个啥？球队挨了黑哨，他们比球员还愤怒……"任东山说："看样子黄局长也是个超级球迷，对这些情况还蛮清楚。"黄天高说："超级球迷不敢说，但意甲联赛只要转播，还很少落下过，看通宵眼皮都不眨一下。不过中国足球实在不争气，有一回开场仅九分钟，就被韩国队灌进去三个球。我一气之下把茶几上的两个水杯都摔了，这下惹怒了老婆，说你摔你的杯子，怎么连我的也摔了！"孔里笑着问："跪搓衣板了吧？"黄天高说："去去去，我一吼你嫂子就不吱声了。"孔里说："中国男足也太臭了，听说许多家庭吵架、闹矛盾甚至闹离婚都是男足惹的祸。外战外行，孔夫子搬家净是书（输），被没听过的小国踢得屁滚尿流；内战内行，裁判黑哨吹得神，球员拳击练得熟，高层受贿手法精。一个家庭只要男的是足球迷，就别想安生，球输了要撒气，吹了黑哨要撒气，出现球场斗殴要撒气。时间长了，两口不吵、不打、不闹才是怪事。"任东山笑着说："能有如此深的体会，足见孔局长也是个足球迷。"孔里笑着说："你说得对，但比黄局长还差一个档次。中超联赛我看了几回后再也不看了，不想生那闲气了。这说起来也怪，过去我爱看乒乓球，觉得过瘾。不过中国队老是赢，一弄就把奖杯全拿回来了，没悬念了，不够刺激，就改看足球赛了。可足球老是输，更没劲了，我现在是啥球都不想看了。可一有重要的比赛又控制不住自己，特别是足球的魅力，那简直无法抗拒。"一说到足球，马上触发了两个球迷的兴奋点，不一会儿黄天高和孔里就马拉多纳的评价特别是"上帝之手"争上了，挺马派与倒马派一交手便没完没了。任东山最害怕寂寞，乐于出现这种场面，便取出自己的软中华烟，轻轻弹出三支，给了黄天高和孔里一人一支，自己也点燃一支，笑眯眯地看着两位局长特别的消磨时间的方式。

文佳这会儿正半躺着,听着列车运行中发出的声响。在这节软卧车厢里住着他们四位,他看另三位兴致勃勃地侃着他并不感兴趣的足球,眼前又浮出了刚才球迷激愤的一幕,恍惚间似乎又回到了"文化大革命"中。那时的红卫兵比球迷更深谙此道,游行活动比球迷组织得好多了。不过那时红卫兵乘火车遭的罪,却远远不是球迷所能想象的。当年自己去上海大串联时,就是坐的这条干线上的火车。那时车上的人挤得满满当当,座位上、走道上、货架上都是人,肩背相依,脚手相抵,谁想动一下都很困难。男女相邻时动作幅度还得把握好,否则会引发事端。特别是厕所里都挤满了人,也顾不得味不味的了,车上谁都别想方便,每到一站都有大量的人争着抢着到站台上的厕所去方便。如今自己在软卧车厢里,想坐就坐,想睡就睡。想到这里便情不自禁地自语道:"三十三年啦,变化太大了!"

黄天高自恃是个足球迷,没想到遇到了孔里这样的体育通。人家开口就是欧美,不仅知道体育名星,还知道著名教练和著名裁判,就有点自愧弗如,想转移个话题。他听了义佳的话,忙问:"文秘书长,你说啥三十三年啦?"文佳坐了起来,说了当年大串联时坐火车的难忘经历。黄天高看着感叹不已的文佳,笑着说:"你说这些情况,他两个年轻,听了有些遥远,像是听故事。咱俩是同时代人,我听了好像是昨天的事一样。"黄天高看了一眼孔里,心想这下你没得说了吧,就摆起了老资格,习惯性地摸了摸下巴说:"那时我和文秘书长一样都是红卫兵,也参加了大串联。不过我是徒步串联的,几十个人打着红旗,背着背包,学习红军二万五千里长征,步行走到了革命圣地延安,然后步行到了北京。对了,路上还到过山西的大寨,河北的西柏坡……"黄天高终于逮住了话题,讲起了一路所见所闻,具体详尽,时间地点都不马虎,也恰到好处地提示了自己是当时的队长。他说得绘声绘色,还夹杂一些评论,他的口才、记忆力包括精彩的点评的确让人暗暗佩服,但炫耀和演绎的意味也让人能感觉得到。反正在车上没事,有人神侃,大家也乐得解闷。

孔里开始听着还觉新鲜,渐渐就有些烦,也看不惯黄天高有点卖弄和彰显自我的作派,忽然急急地走了出去。黄天高以为他去厕所,就说得慢了许多,想着他很快就会回来。只有三个听众,一下子就少了四分之一,他说话的声音也有些小。不大功夫孔里兴冲冲地回来了,手里提着一瓶酒,笑嘻嘻地说:"郑雄飞那里有酒,我顺手拿了一瓶,咱们刺激刺激,不然我要打瞌睡了。"都知道孔里是个酒鬼,见了酒就不会安生。黄天高不屑地说:"原来是打家劫舍去了!"他知道继续演说的条件已不复存在,就不再吭气。孔里先用钥匙撬再用嘴咬,十分熟练地弄开了瓶盖,笑着说:"这是一瓶上好的清水县酒圣酒,条件所限,咱们就吹喇叭吧!文秘书长你先来。"文佳摇摇头,他不习惯拿着瓶子像吹喇叭似的喝酒。任东山笑着说:"吹什么喇叭!我这里有一次性纸杯。"说着他从自己的大黑皮包里取出四个纸杯,又变戏法似的拿出一包花生米、一包豆干、一包果脯,最后又取出一个塑料袋,里边刚好装着四只烧鸡腿。"四个人,四杯酒,四样下酒菜,还有烧鸡腿,蛮不错嘛!"黄天高嚷道,刚才心中的不快,已飞到九天云外去了。

  文佳看着任东山那个鼓鼓囊囊的大黑皮包,不知道里边都装了些什么东西,显眼的整条软中华香烟还是露了出来。他的心不禁一沉,估计这些东西是用秦东纺织厂的公款购买的。如今的秦东纺织厂已是千疮百孔,职工工资都发不出去,这位派去维稳的党委书记竟是如此的阔绰。文佳还在沉思,孔里已给文佳递过来了酒杯,说:"给你看得浅,知道你不善此道,你官最大你先来!"文佳接过杯子看了一下,说:"倒了这么多,还说看得浅,我意思到就行了。"说着他抿了一口,"好酒,这酒圣酒不错。"孔里说:"这是特制的陈酿好酒,价钱直逼国酒呢!"说着他仰起脖子就是一大口,像喝凉开水一样。三圈酒下肚,车厢里的气氛更见活跃。孔里是干喝酒,并不急着吃东西。黄天高一手端酒杯,一手拿鸡腿,进展却不够快,他总是有说不完的话。这阵子开始埋怨秦东几乎没有像样的工业品拿去参展。他摇着头说:"这酒圣酒虽好,但知名度太低。市直企业只有小型磨面机销路好,可那玩意儿总不能拿到大上海去,那只能销往农村市场。还有煤矿机械和推土机有市场,那么大的家伙也没办法去上海。只剩下任老弟的产品能去上海了。"吃了人家的嘴软,便说了句任东山的好话。任东山接住话茬说:"这也是无可奈何呀,按说是我们周局长,不,周总经理要赴上海,他是招商引资研讨班的学员,又分工负责工业品展销洽谈业务。他知道巧妇难为无米之炊,不想受这活罪,硬说我业务熟,如今也是正处级,硬把这事安到了我头上。没办法,谁让咱是个业务干部,又兼着秦纺厂的党委书记,不替别的企业考虑,也得替秦纺厂效力嘛。再说周总最近血压高得住了院,去上海就是下油锅我也得去!"说完摆出一副舍我其谁的样子,是那样的自信自得。文佳没有吃任东山反复递过来的鸡腿,只吃了几粒花生米,恍惚觉得这些东西都是职工的血汗钱,职工多次上访闹事的一幕幕情景不断地在他脑海里闪现。文佳习惯性地用手挥了挥眼前缭绕的烟雾,看了一眼还在递烟的任东山,站起来说:"我去透透气,你们三个继续喝。"文佳走出包厢,长出一口气。很快包厢就传出了划拳的吆喝声,高一声低一声的。

  文佳信步走到门口,透过玻璃放眼望去,深深为这里的巨大变化所吸引所震撼。这里的工厂比秦东多多了,不管是城镇还是乡村都比秦东建设得好,靓丽得多,看来东西部的差距是相当大啊!不知道过了多长时间,他慢慢走回包厢。打

## 第十八章

开门子,烟雾弥漫,酒气熏天,一片狼藉。任东山斜躺着,酒杯放在胸前,双目半睁半闭,轻微地打着鼾声,明显是喝多了。孔里和黄天高还在那里对饮。黄天高看文佳进来了,忙给文佳喝过的杯子里添了些酒,双手捧着说:"文秘书长你咋出去这么长时间?他俩说你去卫生间了,不对吧?又不是去屙铁轨、尿长江,还能这长时间?你也别太那个了,该喝还是要喝,来,兄弟敬你一杯!"文佳接过酒杯诧异地问:"一瓶酒不至于把你们喝成这样子吧?"黄天高端起杯子碰了一下文佳手中的杯子,说:"喝成啥样子了?再说也不是一瓶酒,你看看这个。"他用脚踢了一下地上放着的两个空瓶子。孔里迅速抓住被黄天高踢滚的瓶子,笑着说:"任正处还带了两瓶酒,主动拿了出来,一瓶酒根本没法尽兴!"看来孔里是一点事也没有。黄天高上前一步,扶住文佳的右手说:"文秘书长,兄弟敬你的这杯酒无论如何也要喝了,不然孔老弟会认为我没面子,任正处醒来也会笑话。"文佳喝了一口,笑着说:"谢谢,谢谢黄局长。"孔里也端起杯子笑着说:"文秘书长,老弟也敬你一杯。你随意,老弟干了,先喝为敬!"他让文佳看了一下杯子,仰起脖子一饮而尽,又亮了一下杯底,斜睨了一下黄天高,说:"黄局长正盼星星盼月亮,盼你回来给他解围,你再晚回来几分钟,他就会和任正处一样,也梦见周公了!"黄天高不屑地看了一眼仍在打鼾的任东山,噌地站起来说:"你咋能把我和任正处相比,要不我再去找一瓶酒,咱俩比个高下,别人叫你酒缸、酒鬼,我还酒圣、酒仙呢!"他脚下却不由自主地晃了一下。文佳看在眼里,忙岔开话题:"好啦,好啦!你俩一口一个任正处是什么意思?"黄天高哈哈哈笑了起来。孔里推了一下任东山,看他仍在打鼾,笑着说:"这位老弟再三说他现在是正处待遇。你听过吗?据说一个客人问坐台小姐是不是处女,小姐扭捏着说,还没结婚呢,按说应该是处女,正儿八经的正处。可是由于那个了,成了负处,成了名副其实的副处,但享受正处待遇。任老弟虽然喝多了,仍不忘提示他是正处待遇,我俩干脆就称他为任正处。"黄天高说:"你瞧他那副德行,一看就是混进我们正处队伍里的副处嘛,还正处待遇哩!"文佳说:"你俩吃了人家的,喝了人家的,还说人家坏话哩!"黄天高说:"对这种为富不仁者,该出手时就出手。再说也是周瑜打黄盖,一个愿打,一个愿挨!"文佳看着任东山,穿一身名牌西服,系红底花格领带,皮鞋擦得锃亮。这光鲜的一面,并不能掩盖让文佳越来越失望的一面,这次同行是难得好机会,一定要和他好好商量一下秦东纺织厂的事情。

忽然黄天高发出了粗重的鼾声,他刚爬到上铺,便酣然入睡。任东山的鼾声虽被别人压制,依然熟睡不动,孔里没法让他睡到他的上铺去,只好紧挨着他也半躺半靠着闭上眼睛,手里拿着的一份材料也掉到了床铺上。文佳看三人都进入了梦乡,再看车厢实在无法入目,就站起来准备收拾一下。他先将三个空酒瓶和纸杯扔了出去,又找来扫帚和小簸箕,把茶几和地上的鸡骨、果皮和纸屑收拾掉,然后又拿来抹布把茶几擦干净。干完这一切,他也想眯上一会儿,就打开门想让烟雾散一散,又怕风把谁吹感冒了,就又关上了门。他挪了挪被子,发现被子后边有一个塑料包,里边装着几个小袋子,一个小袋里装一根鸡腿,另有几小袋干果,还有一包中华烟,显然这三个人酣饮时并未忘记他,也明知他不抽烟还给装了一盒,心里顿觉热乎乎的。快到上海了,下午就得紧锣密鼓地展开工作,要抓紧时间休息一下,文佳躺下闭上了眼睛。

经过昨天下午、晚上和今天上午的紧张布展,秦东市参展的准备工作基本就绪。中午孟可芹乘飞机到达上海,下午在文佳和黄天高的陪同下来检查布展情况。秦东市是第一次参加上海商品交易会,市上非常重视,曾多次开会研究并做了精心的准备。孟可芹仍不大放心,想来看看。

明天上午上海商品交易会就要开幕了,各地参会参展的准备都在紧张地进行着,运展板的,送商品的,车鸣人喊,喧嚣而又杂乱。文佳走在前边,一行人边走边随意看着各省市的展馆,虽未完全布置到位,已是异彩纷呈,令人眼花缭乱,多是工业产品,还有许多新产品。各个参展单位都把自己最好的产品带来了,有如龙宫比宝,都想胜出一筹。走过几个大的展馆,一行人来到本省展馆内的秦东市展厅,远远就听到几个人正在高一声低一声地嚷嚷着,一看到孟可芹来了,展厅的人忙迎了上来。大家见过面后,孟可芹便开始询问和查看布展情况。秦东市的展区仅一百五十平米,是反复争取后省上给划出来的。展区的一边是工业品部分,多是摆着或挂着展板,用图片和文字进行宣传。实物产品只有几种纺织品和酒类产品,纺织品虽是任东山精选的靓品,到了大上海也成了丑小鸭。然而再丑的孩子爹娘亲,任东山为了工业产品的展销面积刚才还和郑雄飞吵个不休。最让他难以接受的是,郑雄飞竟然说秦东的工业品是猪八戒相亲,吓不跑人,也没人瞧得上。郑雄飞极力要突出展销清水县的红富士苹果,想尽量多摆些精选的上好靓果。程东也想宣传一下浦湖县的酥梨,却苦于带来的果品不多,虽不想介入地皮争夺战,却看不惯任东山的傲慢和强横,就时不时给郑雄飞帮点腔。其他工作人员看县处级领导争得面红耳赤,没一个人吭一声。

展区的另一边是农产品部分,有黄河滩产的花生、大枣和黄花菜,有秦东北部产的花椒、南部产的大葱等,都是秦东最著名的特产。最引人眼球的是清水县的苹果,色泽鲜艳,果面光洁,个儿特大,清香扑鼻,让人垂涎欲滴。特别是部分苹果上还有"福""寿""囍"字样,那是太阳的杰作,也是果农精心作务的结晶,似乎吉祥喜庆之气随果香飘荡,还平添了浓浓的传统文化韵味。许多过往的各地工作人员都忍不住要过来看看,有人竟问这是真苹果吗?是不是打了蜡?是不是喷了香水?有个山东客人拿着一个苹果看了闻,闻了看,直叹道:"这简直是天外仙果,还没见过这么漂亮这么清香的大苹果,太惹眼了,太有竞争力了。"浦湖县的酥梨也不错,黄澄澄金灿灿,个儿特别大,一个梨足有一斤重。苹果和酥梨红黄相间,两相辉映,成了这里的一大亮点。

看完后孟可芹问:"咱的展区好像没有二百平米呀?"黄天高说:"原来答应给二百平米,后来省上硬是要压一半,反复争取后还是少给了五十平米。"郑雄飞说:"面积压了就要突出重点,咱是农业大市应多给农产品一点展出空间,有人还要挤农产品呢!"任东山急了:"文秘书长说了,地方就这么大,工业一半,农业一半。有人非要把过道放到工业这块,还说什么先工后农,不就是想挤工业这块十几个平米嘛!"文佳没想到布展时任东山劲头挺足,还特别的较真,工业这块非要占够一半不可,而且寸步不让。

孟可芹指着工业品的展板说:"这一块重点还是蛮突出的嘛,市县工业品的图片大,文字材料也比较翔实。"黄天高说:"好些都是任总重新制作的。"孟可芹点点头,接着说:"依我看省属驻秦东企业的产品介绍可以取掉,估计省展厅也有这些内容。这样重点就更加突出了,也可以节省些空间。"任东山笑着说:"行!原来都说市县工业太薄弱了,想着用这些大企业给秦东撑体面哩!"他觉得这样展出秦东纺织就成了秦东工业的老大,"纺织三星"就成了主角,心中十分高兴。文佳说:"这样也更实在了。"孟可芹说:"工业、农业不一定分得太开,可以一部分搞成图片展区,着重宣传;一部分搞成产品展区,着重推销。两部分都要关注招商引资,争取签上几个合作合同。"文佳说:"这样好,既实事求是,又重点突出。"他看着任东山说:"图片展区由任总负责,你带的轻纺工业产品就摆在两个展区之间,仍由你负责推销,就两边都跨着点,多操点心。"任东山笑着表态:"好,好呀!"文佳接着说:"产品展区面积要占到三分之二,以农产品为主,突出秦东的特色,黄局长是整个布展的总负责,并具体负责这一块。孟市长你看这样行不行?"孟可芹笑着说:"好哇!就按文秘书长说的办。"黄天高也笑着点点头。一直站在一旁的田丽丽,对孟可芹着实有些佩服,知道这位非党副市长不爱表态,为人行事比较低调。今天一看她其实挺会来事,也挺会说话,话虽不多,句句都在点子上。她也再次领略了文佳的善于协调,对他迅速把孟可芹的意图领会和分解得头头是道,让所有的人都乐于接受,十分叹服,简直太值得自己学习了。王莎莎一路紧跟孟可芹,几乎寸步不离,这会儿她被清水县的苹果吸引住了,开始只是静静地看着,似乎这些苹果是供人欣赏的艺术品。红艳艳的苹果上还有缕缕的略带黄色的纹络,真是太美了,而且美自天成。加上富有创意的吉祥字,简直太有魅力了。看着看着她忍不住拿起一个大苹果,左看看右看看,又闻了闻,一缕清香直沁心脾,她感叹地说:"这样好的苹果,谁还舍得吃啊!"田丽丽笑着说:"这样好的苹果,谁不想着吃啊!"孟可芹也拿起一个苹果,对郑雄飞说:"她俩说得都有道理。现在这边地方大了,苹果尽量多摆点,最好摆些造型出来,给人以美的享受,争取成为交易会上最引人注目的苹果展区。另外,放几把刀子,可以品尝。要让客人知道咱们的苹果不光品相好,而且品质好,口感好。要展销并重,能销就销。"郑雄飞忙说:"好,这个办法好。"说完他就安排人再搬运些苹果过来,这争来争去无法解决的问题迎刃而解。程东有些后悔,觉得错失了机会,浦湖的酥梨带得有些少了,原来只想着宣传,销售想得少了,其实销售才是最好的宣传。郑雄飞说:"其他展馆我也看了,还有几个省也带来了苹果,我们可以比他们的价格便宜一些。"孟可芹说:"不,价格一定要比他们高,而且高很多,最好不称斤论两,按个卖,要独此一家,别无分店。要有这个信心!"文佳惊诧不已,这个平日办事平和,不显山不露水的女市长,其实也有其难得一见的另一面,便笑着补充说:"浦湖县的酥梨也一样,按个卖。河北有著名的鸭梨,新疆有著名的库尔勒香梨,"鸭"是从形象上说的,"香"是从嗅觉上说的,咱突出一个"大"字,就叫浦湖大酥梨。"程东笑着说:"我们每天只卖五十个,多了不卖。我们的梨个儿最大,价格也最高,这样才能卖出名气来。"他的兴趣也被激活了,想着剑走偏锋也许效果会好一些。谁也没有想到,第二天交易会开幕后,秦东市的果品展销竟成一大亮点。每天这里人头攒动,熙熙攘攘,展出的苹果、酥梨上午就被一抢而空,只好挂了个"限量展销,下午暂停"的牌子。交易会还没结束,带来的苹果、酥梨便只剩下少许展品,只展不销了。后来一家省属果品企业把一些苹果搬到这里来销售,虽然标明非清水苹果,竟也火得不得了。更令人没有想到的是,秦东的优质苹果引起国内外几家知名果汁加工企业的极大青睐和关注。

孟可芹对任东山说:"任总,你是搞企业的,如果有啥投资项目,你负责前期洽谈。如果需要我出面,随时和我联系。"任东山连声答应。她看看表,想到其他展馆转转。郑雄飞说:"孟市长,还有个难题想请你出面解决。"说着他拉过来一个年轻人介绍:"这位是清水县酒圣酒厂的厂长姜小军,是我当乡长办酒圣酒厂时选中的酿酒奇才。我和他跑了好几趟,事情都说不到位。小军你给孟市长把情况说说。"姜小军个头不高,白净面皮,西装革履,显得十分干练。他和孟可芹握了握手,微笑着向周围的人点点头,不紧不慢地说:"酒圣酒主要是销往北方几个省区,一直想打开南方市场。这次来上海想大力宣传一下,搞了个特大充气拱门,还做了个五层楼高的充气大酒瓶,但交易会管理层不让在展区布置,看您能不能帮着做些工作。"孟可芹说:"好,咱们一起去找找组委会。"任东山说:"酒是轻工产品,我也去。"孟可芹说:"好啊,你是轻纺总公司的副总,你去很合适。"黄

## 第十八章

天高看了一眼任东山,心想你再表现也没用,她一个非党人士还能提拔你不成?

一行人在姜小军的带领下来到大会组委会办公的地方。郑雄飞认得那位工作人员,上前打过招呼后把孟可芹、文佳、黄天高、任东山逐一做了介绍,田丽丽和王莎莎也主动和工作人员握了手。工作人员听说是副市长后,近乎冷淡的脸上露出了浅浅的笑意。布展开始好几天了,找他的人不少,这个级别的领导带着一帮人来找他还是第一个,便问:"郑县长,还是说那事吧?"显然他已猜出了郑雄飞的来意。郑雄飞说:"是的。我们孟市长一到上海就先来这里,务请帮忙想点办法。"工作人员这次没直接拒绝,看了一眼孟可芹说:"这事我拿不住。这样吧,我去请示一下领导。"说着他卷起桌上的展馆示意图,慢慢走出办公室。黄天高大声说:"我们是大西北来的,穷地方来一趟不容易啊!"任东山急忙赶了出来,从背着的大黑皮包里取出一条中华烟,塞进工作人员夹在腋下的展馆示意图中,拍着他的肩膀直说好话。工作人员"哼"了一声,就转身走了。站在门口的文佳看在眼里,心想这个任东山呀,还真的不好说。

过了好长时间,工作人员回来了,说:"领导忙,在广东馆才找到的。说秦东是西部后进地方,可以适当照顾,同意酒圣酒厂在大门左侧的空地搞宣传。"大家听了十分高兴。工作人员铺开展馆图纸,指给郑雄飞说了具体位置,对姜小军说:"你这个年轻老板不简单呀!县长给你跑事,连市长也带着秘书长、局长给你跑事,但愿酒圣酒打开南方市场。"姜小军握着工作人员的手连声道谢。

姜小军早有准备,很快就在展馆大门左侧的空地上,搭起了一个巨大的橘红色充气拱门,尽管位置偏了一些,依然极为抢眼。进出展馆的行人,都新奇地看着这个超大拱门。还有蹲在一边的超大充气酒瓶,瓶上"酒圣"两个大字十分醒目。姜小军索性把带来的精装酒圣酒,摆到大酒瓶下来展销,还摆了些酒杯,来了个现场品评,搞得风生水起,别具一格。姜小军万万没有想到交易会开幕那天下午,孟可芹来到这里,披起红缎带来帮忙推销酒圣酒,市长卖酒顿时成了交易会的一大热门新闻。

王莎莎兴致勃勃地陪孟可芹一行人参加了交易会开幕式。她没有想到,如此知名如此规模的商品交易会,开幕式仅仅举行了十五分钟,极其隆重却也十分简朴。之后就是摩肩擦踵的人群在参观,开始她跟在孟可芹后边,慢慢地就走在了田丽丽后边,到最后干脆落到了秦东一行人的末尾。她对参观提不起兴趣,觉得这和自己的工作性质、专业领域并无多大关系,越这样想,越觉得拥挤、嘈杂、烦闷,参观不到一半就头上沁汗,出气也不均匀了,当鞋子被人踏掉时竟有点哭笑不得的感觉。田丽丽明白自己的职责,紧紧跟着孟可芹不离左右,没法关照王莎莎。倒是黄天高和王莎莎一起走着,边走边和王莎莎聊着,又指指点点地评论着看到的各种展销产品，一个上午王莎莎总算熬过去了。下午她听说孟可芹要到现场去推销秦东的产品，就给田丽丽说有个上海工作的同学邀她去叙旧，就一个人出去了，再也没有去过交易会。

王莎莎这次是有备而来，知道商品交易她是外行，又永远不想入这个行，之所以愿意到上海来，主要是想借此机会开展她研究领域的调查。她大学是学生物的，是班上和系上的高才生，毕业后就留校任教了。一个偶然的原因，让她决心研究和教授人类性学。毕业实习时她到一所高中实习，辅导老师是学校教生物的杨老师。杨老师工作认真，成绩蜚然，是省级教学能手。她有一个上小学的女儿，聪明漂亮。因女儿偷看隔壁的男孩撒尿，杨老师盛怒之下竟失手把女儿打死了。面对痛不欲生的杨老师，王莎莎深有感触。杨老师是知识女性，而且是生物老师，尚且弄不明白，女儿看男孩撒尿是受性好奇驱使，而性好奇是天生的。王莎莎以此推断在中国百分之九十九的成年人是性盲，中国的性学教育还处在启蒙阶段，从此决心把人类性学作为自己的研究方向。几年来她钻研了大量关于性生理、性心理和性社会等有关的书籍。而对"二奶""小姐""色诱"等故事充斥媒体、占据网络、蜂拥书架的状况，甚至个别女大学生也"傍大款""当三陪"，她既痛心又迷茫，深感性教育的缺失，特别是女性性教育的缺失。她还感到性的根本问题已不是单纯的道德问题，必然会涉及政治问题和经济问题。作为一个有良知的知识女性，她想的是要尽自己最大努力，成为中国在性学领域里的开拓者，为社会健康发展做出贡献。

王莎莎这几年在性学领域里的钻研和探索都是秘密进行的，称自己是性学地下工作者，不过还是没能瞒住母亲。当吴芳知道女儿要做开创性的工作，决心成为中国性学教育第一代专家的时候，她表明了坚决支持的态度。莎莎研究性学从此在家中成为半公开，不过她知道这事迟早要公开。

这次来上海前，王莎莎自制了一份调查表，想在一些性工作者中做些调查，以便了解这些人生存和生活状态，涉足这个领域的动机、想法和诉求，当前生理、心理和观念的变化，年龄、职业、学历的状况等。她知道像上海这样对外开放的大都市，应该是比较理想的调查地。参加完开幕式后，王莎莎就开始了一个人的行动。她先是到几家大酒店去联系，处处遭到了冷遇，都说本店没有这类非法活动。又到一些娱乐场所去联系，那些管理人员和保安听了都要赶她走，让她相当难堪。后来干脆到一些偏僻的小街巷去，不料那些按摩店、理发店还以为她是想来从业赚钱的，都乐意她这个漂亮优雅的大姑娘留下来，让她既羞愧又害怕。看来，这个调查实在是没法搞下去了。一连几天到处碰壁，让王莎莎十分失望，她在酒店闷头睡了一整天，准备放弃这次调查。

## 第十八章

王莎莎就是王莎莎，闷睡一天后连口饭也没吃，便买了一副墨镜戴着，来到大绿地酒店洗浴中心，想到按摩女郎中去卧底调查。她想透了，过去战争年代有些特工人员为了获取情报，不也打入敌人内部去卧底吗？不入虎穴，焉得虎子？她咬咬牙，豁出去了！看着大绿地洗浴中心红红绿绿的霓虹灯，她突然有了"红灯区"的感觉，前几次来时并无这种感觉啊？她停住了脚步，似乎进进出出的人都在看着她，每个人都能看穿她的五脏六腑，她的墨镜似乎只影响了自己的视觉，并不妨碍别人对自己的辨识。她猛地摘下墨镜狠狠地扔向草坪深处，心中吼道：不管大绿地也好，"红灯区"也罢，都要正大光明地去，从今天开始我要公开干了！哪有搞学术研究还偷偷摸摸的道理？就从大上海正式告别地下性研究！她用手理了一下因极度冲动而散乱的头发，尽量让心情平静下来，昂起头走进了洗浴中心的服务大厅。

王莎莎迅速恢复了常态和自信，款款走来，微笑着向服务员打招呼。这里的几个服务员都认下了王莎莎，其中一个中年女人看样子是带班的，不热不凉地说："小王老师，你还是来搞调查的吧？"王莎莎说："是的，师傅，我是来搞性学调查。"她一改前几次小声交流的小心和隐密，大声说着而且亮明了性学。这让几个服务员多少有些惊讶，特别是那个年轻小伙子，两眼直直地看着王莎莎，似乎突然变得不认识了。王莎莎这几天一直是他们谈论的中心，他们既反感她的到来又希望她出现，每当她走了以后大家就可以开心一番，可以毫无顾忌地笑谈她的变态和诡异，并且预测这个遮遮掩掩的性学研究者，碰了钉子后会不会再来。俗话说有再一再二，没有再三再四，王莎莎不仅有了再三，再四也竟然发生了，而且这次竟毫无遮掩之意。那个中年女人被她的执着感动了，就如实说："王老师，我们这里是营业单位，要考虑形象和声誉，还要考虑收入和利润，你想过没有想过这些？"王莎莎听她把小王老师改成了王老师，说明她对自己开始看重，又委婉地提出了可能影响营业的事，说明了她的现实和可商量的余地。这时一个年轻女子从里间走了出来，在场的服务员立即各就各位，神情变得严肃认真起来。中年女人立即迎上前去，欠着身子向她问好。年轻女子问王莎莎："这位客人，听口音你不是上海本地人？"王莎莎估计刚才的对话她已听到了，微笑着说："你好，看样子你是这里的老板。我刚才说的是普通话，你能听出我不是上海人，足见你到过的地方比较多。"年轻女人不置可否，抬臂拍了一下手，叫道："姜老板，你出来一下！"

姜小军听到叫声，急忙走出里间，径直走到王莎莎面前，说："王老师你好，我叫姜小军，布展那天我们见过面。"王莎莎看着酒圣酒厂的老板，一时竟不知说什么好。姜小军指着年轻女子介绍说："这是大绿地酒店的老板柳薇女士。"王莎莎左手接过柳薇递来的名片,右手握住柳薇的手说:"柳老板好,结识您非常高兴。"王莎莎也取出一张名片递给柳薇。柳薇看了看名片,笑着说:"秦东大学生物系老师,久仰,久仰。"姜小军说:"我们秦东市市长的女儿。"王莎莎听了脸上掠过一丝不快,她最不愿意别人这样介绍自己。柳薇看出了王莎莎细微的变化,笑着说:"我大学毕业后就下了海,非常羡慕你们这些搞专业的,咱们坐到里间谈。"她就像久别重逢的朋友一样,拉着王莎莎的手向里间走去。

一到里间,姜小军就高兴地说个不停,说他这次来上海打了一个大胜仗。孟市长亲自出马助阵,上海的媒体也着实宣传了一番,还没经过那阵势,带来的酒很快就销售一空,酒圣酒订单暴增,大绿地酒店还签了一个长期供货的大订单,终于打开了南方市场。为了庆贺一下,也感谢一下各方面的关照,他晚上在大绿地酒店宴请了秦东市来沪参展的全体人员,却到处找不到王莎莎。王莎莎听了说:"谢谢姜厂长,我闷头睡了一天,谁也没法找。"她看了一下柳薇,说:"柳总,祝贺你们建立了长期的合作关系。"柳薇笑着说:"秦东人豪爽,我以后少不了要去秦东看望各位朋友。"王莎莎说:"欢迎,欢迎柳总去秦东做客。"姜小军说:"柳老板,王老师是搞专业的,要搞的调查能不能配合一下?"柳薇面露难色,说:"王老师搞性学调查的想法,昨天领班就给我说了。刚才领班也给王老师讲了,这里的小姐,不,这里工作的女孩子都是来赚钱的,个别人还是大学生,工作的性质和方式也不完全一样。有些是靠美丽的姿色赚钱的,有些则是靠优雅的服务赚钱的,但不管何种服务都需要时间,还应该是自愿的。"姜小军拉开自己的皮包,取出一沓钱,放在茶几上,说:"柳老板,怎样调查听王老师的,怎样安排听你的,如果费用不够我解决,怎么样?"柳薇脸色微微发红,有些难为情又极其坦率地说:"实在不好意思,不过也实在没办法呀!来这里工作的女孩子大多没了女性的矜持和淑惠,有些是不顾一切、不惜慷慨地奉献自己的身体,去大把赚钱,去获得吃喝无忧、光鲜漂亮,过上灯红酒绿的生活。你来搞性学调查,我看值得,你是我遇到的第一人,关注的人多了,也许会好些,不过也难呀!"王莎莎说:"我要在广泛调查的基础上做些探讨和研究。这样吧,我先见见这些女孩子。"柳薇说:"我让领班来具体安排,你提要求,她想办法配合。"姜小军问:"王老师还没吃晚饭吧?"王莎莎点点头,事情有了眉目顿觉肚子饿了,她已经一天没吃饭了。姜小军说:"我给你安排一桌饭,你请这些小姐,请这些女孩子一起吃个饭,先熟悉一下,也可边吃边交谈。"柳薇笑着说:"这个办法好,你尊重她们,她们才给你讲真话。我来陪陪王老师。"王莎莎高兴极了,连声道谢。柳薇贴着王莎莎的耳朵说:"你可得注意保护好她们的隐私哟。"王莎莎并不回避,正色说:"这是底线,我搞性学调查坚持以不损害任何人的名声和利益为前提。当今中国的性学领域还是一个待开垦的

## 第十八章

处女地,作为拓荒者,理应有一个基本前提,那就是'无伤原则',这也是做人应有的起码道德。"姜小军说:"也不会损害'大绿地'和柳老板的商业利益。"他半是替王莎莎说话,半是提醒她。他看了一下表,站起来说:"我得去看看几位朋友洗完澡了没有。"他笑着握手告别,明显感到王莎莎握手超过了女性惯常的力度。

郑雄飞正在蒸桑拿,他满脸通红,浑身冒汗,痛快极了。这次参加上交会,清水县可算露了脸。他和孟可芹披着红缎带卖酒圣酒被媒体广为宣传,照片也上了报纸,酒圣酒的订单飙升得有些惊人。更令他激动和兴奋的是,清水县的红富士苹果成了上交会上的一大亮点。苹果论个卖,一个两元钱,竟被抢光了,许多人都是当礼品买的,还签了不少的购销合同。特别是有好几家知名公司有意到秦东来投资果汁加工业,其中两家还签了框架协议,会后要去秦东考察,然后签订正式合同,准备在秦东建设中国的苹果汁加工基地。这是秦东招商引资的一件大事,是一个重大突破。孟可芹给吴芳打电话时,吴芳极度兴奋和大加赞扬鼓励的话他听得清清楚楚,孟可芹高兴得有些失控的神情他看得清清楚楚。他当时也高兴得有些手足无措,可一想到有人和他争功就有些不满和生气,甚至有些恼怒。他没有想到任东山不光在布展时和他意见相左,交易会开幕后更是和他较上了劲。任东山坚持说苹果加工业属轻工业范畴,他是市轻纺总公司的副总经理,谈苹果汁加工的事归他管。任东山还临时搞了个苹果汁加工项目的说明书,凡来谈这方面项目合作的一概大包大揽,根本无视他这个苹果主产县的副县长。任东山还有点人来疯,来的人越多,他越来劲,谁来都谈,随到随谈。任东山整天不离展室,有时吃饭也不离开,泡包方便面了事。秦东来上海的人都抽时间浏览了上海的著名景点,有的还到附近别的地方转了转。任东山哪里都不去,一心等着追着谈苹果加工项目。没想到这方面竟取得了大的进展。按说人家都是冲着清水县的苹果来的,可清水县的副县长却成了配角,有时连配角都当不上。签框架协议时,任东山反复鼓吹最好把加工基地建在秦东市区,说清水县的条件比较差。这让郑雄飞十分生气,难道苹果产区不应优先考虑建加工基地吗?郑雄飞就去找黄天高帮忙,不料经常说任东山坏话的黄天高却站在了任东山一边,还帮着给任东山出主意,说建在秦东经济开发区合适。郑雄飞又去找文佳,文佳说加工基地建在哪里,需投资商考察后才能定,我们可以提建议,最终还是要由投资商拍板。现在市县要共同努力,互相配合,先把项目拿下来,项目搞成了,市县都有功劳。郑雄飞听了文佳的表态轻松多了,觉得秘书长的水平就是高,也够朋友。下午吃过饭后,姜小军要请郑雄飞来大绿地酒店的洗浴中心洗澡,郑雄飞就生拉硬拽着文佳也来了。郑雄飞桑拿蒸得也够长了,觉得几天来的劳累全蒸没了,不舒心的情绪也蒸没了。他站起来自我打量了一下,"吭"地笑出声来,拿

329

过洗浴中心特制的大裤衩,穿上后准备按摩。一个年轻的按摩女郎早就等在外边,她是姜小军通过这里的老板特意挑选的,另一名经他过目和交代后早就到文佳那边去了。

　　文佳洗不惯桑拿。他几十年来坚持冷水浴,以求强身健体,数九寒天也不间断,从来没洗过桑拿。他一进桑拿房就有些憋闷,心里慌慌的,似乎血压也往上蹿,十几分钟后他就结束了这种难以承受的高档享受。他穿好衣服,照了照镜子,拿着毛巾边擦汗边开门,想要瓶清凉饮料。门刚打开,就见一个女郎款款而来,她微笑着点点头,径直走了进去。文佳心想,这大概是郑雄飞和姜小军安排来按摩的。文佳只好退了回来,问:"你是……"女郎莞尔一笑,说:"先生,你就叫我小苟吧,我是来给你做按摩的。"文佳一时紧张得乱了方寸,竟忘了百家姓中的苟性,问道:"你叫小狗?是昵称吧?"小苟"咯咯咯"笑了:"草字头,下面一个句号的句,姓苟,不是汪汪汪叫的小狗!"说毕又"咯咯咯"笑了。她笑起来甜甜的,坦坦荡荡的。文佳大窘,脸色通红,连声"噢噢噢",又连连点着头,自觉汗水又流了下来。小苟像是老熟人一样,微笑着从茶几的纸包抽出一张纸巾递给文佳,问:"先生,你好像还没有洗桑拿,就要按摩吗?"文佳用纸巾擦了擦汗,紧张的情绪有些缓解,说:"洗过了,洗不惯,太闷,稍稍洗了洗就出来了。"小苟已盛好一杯清凉的纯净水,像是猜透了文佳的心思,双手捧了过来。文佳也不客气,接过后一饮而尽,似乎紧张的气氛进一步缓解。他这才正眼打量了一下眼前的年轻女郎,衣着普普通通,长相文文静静,一双眼睛又黑又亮,显得妩媚温柔而又自信从容。碰上她的目光后文佳情不自禁地移开了目光,恍惚觉得她并不陌生,像是当年上大学时的某位女同学。

　　小苟看文佳有些不知所措,便问:"先生,你常来这里做按摩吗?"文佳说:"我是外地人,第一次来这里,第一次蒸桑拿,也是第一次做按摩。"小苟说:"看得出来,不过你也是让这里的一号按摩技师为你服务,我也是第一次被这里的老板点名安排为贵客服务。"文佳忙说:"我不是什么贵客,是朋友硬拉着来的。"小苟说:"先生,这样说你的朋友肯定是个有身份的人物,或者是个大款,至少是个想干大事的人。我们老板一般不过问具体业务,说明你的朋友和我们老板关系不一般。"她是第一次遇见文佳这样的客人,既然是来做按摩的,是来娱乐的,甚至是来寻欢作乐的,却迟迟坐着不动。若换成别的客人早就跃跃欲试,甚至猴急地动手动脚了。老板和客人的朋友都有交代,一定要让客人满意,她就试探着问:"先生,你不是要做按摩吗?咋不换衣服呢?"文佳问:"穿这身衣服不行吗?"小苟笑了,说:"这里又不是小街巷的路边店,要换上特制的衣服,这样按摩效果好。"文佳看了看小苟拿过来的大裤衩,摇摇头,说:"不换了,我就穿这身衣服按摩吧,效

## 第十八章

果好不好无所谓。"小苟蹙起眉头说:"先生,这怎么按摩呢?你西装一身,还打着领带,像是出席会议……"文佳低头看了看,问:"我把外套脱掉,怎么样?"小苟无奈,只好点点头。文佳脱掉外套,穿着一身浅灰色的衬衣,按照小苟的指点躺在按摩床上。小苟也脱掉外衣,露出了洗浴中心的工作服,上身是粉红色的低胸吊带式薄纱短衫,吊带一边宽一边窄,下身穿一件粉红色紧身短裤。她浑身曲线尽显,特别是乳房和屁股绷得很紧,似乎随时都会蹦出来,一股青春和性感的魅力迅速荡漾开来。文佳赶忙闭上眼睛。

小苟开始按摩,先从双手开始,接着是双臂。文佳觉得她温热绵软的双手,时轻时重,时缓时急,时而舒服地如同毛毛虫从身上爬过,时而又微微作痛,一些从来没响过的关节竟响出声来。文佳双目紧闭,似睡非睡,小苟从他的呼吸却可以清楚地感到他内心的紧张与惶惑。接着按摩头部和胸部,她的长发时不时轻轻拂过他的脸颊和胸部,痒痒的、凉凉的,有一缕淡淡的香味。忽然文佳嗅到一股奇异的混着体液味的浓香,他忍不住睁开眼睛,眼前晃动着一对雪白的颤微微的半露的乳房,乳房差不多就要碰到他的鼻尖。文佳差点失声叫了出来,不由自主地打了个激灵,连忙紧紧闭上眼睛,呼吸也急促起来。小苟轻声说:"大哥,别紧张,我的手法你放心,一号也不是随便什么人都可以编的,一定会让你满意。"文佳听她把"先生"换成了"大哥",轻松了一些,既然是"大哥"和"小妹",那就规范多了,他哪里知道在娱乐场所这是在向另外的方向发展。小苟见文佳不语,停下来问:"你觉得手法轻重如何?"文佳说:"刚好,轻重合适。"小苟笑着问:"大哥,你是做保健按摩,还是做全保健按摩?"文佳答:"这就好。"小苟说:"你的朋友已经付了全保健按摩的钱,如果做好了,你满意了,他还会加倍给我付小费呢!"文佳说:"既然如此你就做全保健按摩吧,那啥叫全保健按摩呢?"小苟被他的天真感动了,附在他耳边小声说了几句,文佳顿时睁开双眼,猛地坐了起来,急促地说:"这个不好,你年轻轻的怎么能干这种出轨事!"小苟见状,缓缓地说:"先生,你别激动,这一切都是你的朋友安排的。要不是家贫我们是不会在这种地方碰面的,我明年大学就毕业了,自以为还不是那种忘乎所以的女孩,也不是不知道'上床'会对今后人生造成什么伤害,更不是随便对什么人就慷慨地奉献自己的身体。我进来不到半个小时,就发现你不是来玩弄女性的,自尊也尊重我们这些从业者。我只是替你的朋友征求你的意见而已,主意你拿吧!"文佳看了一眼穿着虽然浅露,人却不显轻佻的小苟,沉思有倾,就轻轻地说:"那就继续做保健按摩,可以多做一会儿,算是做全保健按摩吧。"说完就慢慢躺下,又闭上眼睛,心里想着这样就把各方面都对付住了。

小苟擦了把汗,开始做腹部按摩。她看着文佳,心想这位客人大概以为做按摩就要闭上眼睛，完全不像有些客人拼命瞅着你身上的每一个部位，有时眼睛珠子都能飞出来，更有甚者口出邪谑挑逗之言，还动手动脚的。像这种在娱乐场所让自己紧张惶恐，甚至有点受罪似的人她还是第一次碰到。她有点不忍地问："先生，看样子你是个搞专业的文人？"文佳说："书生，是一介书生！"他有些纳闷，从政几十年了，怎么在别人的眼里还像个文人？难道就一点官相也没有！也许是长期在领导身边搞服务性工作，给身上留下了某种印记。小苟这句话竟点到了他心中一个极其敏感，又极不愿他人触及的穴位上，有些隐隐作痛。小苟终于听他大声说了一句话，却明显杂有某种情绪，就半是调侃半试探地说："都说古时候的柳下惠坐怀不乱，是真君子，我看你也不差啊！"文佳说："开什么玩笑？我要是柳下惠，能来这里做按摩！"今年以来他总是紧紧张张的，的确有种身心俱疲的感觉，经她这一按摩，觉得浑身轻松多了，他动了动身子。小苟发现他有了配合的意思，就在他脐下的几个穴位上点了点，文佳又动了动。小苟说："你还没有告诉我你搞什么专业？"文佳说："我在大学是学中文的。"小苟见他顾左右而言他，笑着说："这就巧了，我是学艺术的，咱们学的是姊妹专业。"她有点兴奋，按摩动作的力度开始加大。文佳向上挪了挪，又向下挪了挪，有一种异样的感觉。小苟说："搞文学的人是不是都像你这样拘谨？我们搞艺术的可不是这样啊！"文佳轻轻睁开眼，正遇小苟热辣辣却充满善意的眼神，便又闭上眼睛，说："那倒不一定。唐代大诗人李白曾狎妓漫游，白居易则蓄妓自娱；宋代大文学家苏东坡亦是风流倜傥，放浪不羁；到了近代……"文佳忽地收住，说这些干啥，自己只是学中文的并非搞文学的。他以较大的幅度动了动身子。

小苟开始做腿部按摩，她先从上往下用力直抹到脚腕，几次下来文佳觉得血脉贯畅，仿佛腿也直了许多。小苟听文佳欲言又止，就接住他的话茬："到了现在，搞艺术的成了最开放的，许多艺人靠潜规则走红，靠潜规则成名。"她开始在大腿根部按摩，文佳的嘴也紧紧闭了起来。"你知道什么是潜规则吗？就是陪睡，陪大腕睡觉，陪导演睡觉。"她似乎漫不经心地说着，奔着大腿根部的几个穴位开始施展她的绝技。她两手并用，十指无闲，舒舒缓缓，半按半晃，但不管手指如何穿梭，两腿根部的中心位置一下都没触及，时间不长小苟已是香汗轻流。文佳浑身像是一股电流间歇性通过，大腿根部周围麻麻的，痒痒的。他恍惚意识到脐下和大腿根部的诸多穴位，都和一个不便言传的隐密部位相通，似乎所有的感觉和信息都传导到那里去了，而且让他欲罢不能，欲忍难耐。小苟的一只手又轻轻点到脐下的几个穴位上，按着按着便轻轻地晃了起来，另一只手仍紧按大腿根部的穴位，也轻轻晃了起来。文佳顿觉隐密部位有一种奇异的感觉，像刚才接通的电流全部集中到了这儿，又热又麻又抽又痒。他有些要飘起来的感觉，似仙似

# 第十八章

醉,如梦如幻。让他难以自控的是隐密地方很快就暴露了,硬生生地凸显出来,还在微微抖动着。文佳大窘,慌忙把小腿收曲起来,以遮掩失控和难堪。小苟顺势收起双手,一只手按住他曲起的膝盖,另一只手熟练地按在他尾巴骨的穴位上,先是轻轻地按,轻轻地放,接着便按住不放,随后就加大力量,又是旋转又是摇晃。小苟也有些忘情,竟轻轻地喘息起来。文佳只觉底下躁热难耐,似乎电压突然加大,猛地浑身抖了一下,他长出了一口气,膝盖歪向一侧。小苟轻轻放平他的双腿,文佳似乎觉得从天上又飘然回到了地上,脑子里一片空白。小苟缓缓走过来,轻声说:"大哥,保健按摩做完了。"她看文佳仍静静地躺着,就俯下身子深深地吻着文佳的耳轮。文佳觉得她的嘴唇热热的,闻到了她的体香,恍然间意识到她温热的乳房正紧贴着自己的脖子,他睁开双眼,轻轻推开小苟,坐了起来,脸上挂满若有所失的茫然。

小苟看着这个始终不肯暴露从事什么职业的男子,刚刚还有一丝可亲近的感觉,这会儿又倏尔远逝。文佳迅速穿好衣服,对小苟说:"谢谢你,我得走了。"小苟说:"先生,你的朋友花了数倍的钱,让你休闲娱乐,怎么这么快就要走?再说你的朋友肯定还没出来呢。"她还真想和文佳多聊一聊,她的眼睛里充满期待和留恋。文佳看懂了她的眼神,毫不犹豫地说:"我还有事,不等他们了。"说着就拉开房门匆匆走了。

文佳逃离似的来到大街上,看着来来往往的人流,有一种尽快融入其中的冲动。他叫住一辆出租车,车行十几分钟后又不想回宾馆了,让改到外滩去,他想到黄浦江畔去平复一下难以名状的心情。这是他这次来上海第二次来到外滩。包括"文革"大串联时来过的一次,是第三次来这里。他手扶栏杆,听着涛涛的流水声,不仅感慨万千。"逝者如斯夫",三十三年过去,他已由当年满怀激情的青年学生步入中年,长期以来以书生自居,自命清高。随着时间的流逝,仿佛传统意义上的书生,已不为人们认同和看重了。比如这次来上海,一行四人一个包厢,自己却不会打麻将,不喜欢打扑克,一根烟不抽,一杯酒喝不完。让本该可以一路欢畅的行程,被自己弄得兴味索然。黄天高笑着说他这样活着太累,也不值;任东山劝他要潇洒走一回,人生就那回事;孔里弦外有音地说,如今领导都喜欢开放型干部,机关大院就亏了文老兄这样的实在人。他们都说的是知己话,都是善意。但孔里的话还是刺疼了他,听起来是给他鸣不平,言外之意是他不够开放,所以领导不赏识。让异性按摩够开放了吧?可这种开放价值何在?还是少点为好。一想到刚才的按摩,身上顿生一种异样的奇奇怪怪的感觉,既有蒙羞负罪的惶感,又有新鲜轻松的快意,弄不清吸食鸦片会不会也能产生这种感觉。他站直身子,抬头远望,想尽量挥去这些说不清、理还乱的思绪。江对面是浦东新区,前天曾登临了电视塔"东方明珠"和刚刚竣工的摩天大楼"金茂大厦",那种宏伟壮观,挟强烈的现代化气息,有着震撼心灵的视觉魅力,有着壮人魂魄的精神冲击力。可以说浦东新区是上海建设和发展的标志,也代表了中国改革开放的最新成就。回首再看江这边的外滩,这旧上海繁华的经典之作,便有些沧桑和落伍,三十三年前来这里时的惊奇赞叹之情已然淡去,如今哪堪与浦东那边相比,真可谓"三十年河西,三十年河东"!联系前几天刻意去寻找三十三年前曾让自己大开眼界的上海国际大饭店,记得当年仰首数了二十四层,惊叹难抑,几十年间常在心头萦绕,如今这个昔日的上海巨人已淹没在高楼大厦丛中,沦为一栋普通的大楼。还有新落成的上海大剧院,简直就是一座美轮美奂的现代水晶宫,让人流连忘返。故地重游,上海发生了翻天覆地的巨大变化,这些变化主要得益于近十几年来的快速发展。可自己到市政府十几年来却少有成就感,近年来替他人做嫁衣裳的感觉越来越揪心撕肺。就说这次上海之行吧,取到了意想不到的好成绩,农产品一炮走红,工业上又签了引进大项目协议,孟可芹被媒体盛赞,市直和县上都很有成就感。明天交易会才闭幕,昨天秦东所有的活动已全部结束,一切都很顺利,个个喜气洋洋。田丽丽今天上午就将参加上海商品交易会的汇报材料写好了,孟可芹看后批示"请文秘书长文字把关后呈吴、由市长阅示",她签名后又批注"此稿可送王莎莎写研讨班总结时参考"。田丽丽没有先让他看材料,说明怎样写和写什么都是孟可芹授意的,他只需修改一下文字就可以了。按说多一事不如少一事,文佳想到这里却多少有些失意和不快。会前和会中自己够忙碌的,到了论功行赏的时候竟和自己关系不大了,这有官场运行规则的原因,恐怕和自己不会来事也有关系,也许副秘书长的角色就该如此。不管怎么样,总算圆满地完成了吴芳交给自己的任务,对得起她的信任和期待。

## 第十九章

　　1999年的最后一天,似乎比以往任何一年的最后一天都充满期盼。因为过了这一天就是2000年元旦,而更为重要的是人们将迎来一个崭新的重要节日——千禧年庆典日,也就是说将迎来一个新的千年。说这个节日崭新,是以往从来没听说过这个节日,也从来没有过过。这个节日目前既无约定俗成的名称,也无法定的名称,我们暂且叫成千禧年庆典日吧,当然有人要叫千年元日也是可以的。说这个节日重要,因为一千年才过一次,身价理所当然高多了,比每年都要过的所有节日似乎重要了一千倍。是否真的那么重要,恐怕还要看人们的实际感受,以及当时的社会和经济等环境因素。

　　节日,其实是人类寻求精神慰藉的产物,是人类给自己找快乐的手段。不管何种节日,其实和平常的日子并无两样,依然是日出日落,该刮风刮风,该下雨下雨,地球照样在运转。随着人类历史长河永不息止地奔流,一些节日逐渐淡出人们的记忆,变成了一种历史符号。一些节日则有着难以置信的生命力,被固化下来,世世代代地传承下去。一些新的节日则幸运地被历史制造了出来,进入社会生活,加入了众多节日的运行轨道。还有一些节日,伴随着二十世纪七十年代末以来国门的逐渐打开,从国外被请了进来,前几天刚刚过去的圣诞节便是。当大多数人还没弄清楚圣诞节的内涵,以及原创的怎么过和我们该怎么过的时候,许多年轻人已开始有滋有味地过上了。就说秦东市的中心广场吧,前几天圣诞节前过平安夜那个夜晚,一大群男女青年,有不少是高校的学生,聚集在这里整整闹腾了一个晚上,又是唱,又是跳,又呐喊,又放鞭炮……第二天早晨,环卫工一看遍地都是啤酒瓶和爆竹皮,竟都是一头的雾水,说这过洋节就要猛喝啤酒吗?过洋节也像过土节一样放鞭炮吗?这不就是图个能疯一个晚上嘛!包括果皮和纸屑等垃圾拉了一车又一车。

还是这个中心广场,如今又要迎千禧年庆典了。这是市政府组织,千年一遇,有洋味亦有中国元素,供元旦平台上演,尚未列入法定节日的重要节日。秦东市把这次庆典命名为"千面锣鼓迎千喜",注入了明晰而又实在的内涵和地域特色。为了把这个庆典组织安排好,市政府还成立了一个筹备班子,由常务副市长由锡平牵头,市政府副秘书长、办公室主任仵天才和市城建委主任关立峰具体负责。关立峰想趁机展示一下城市建设方面的成绩,从昨天开始就组织了市区的市容市貌大检查,还安排在广场插千面彩旗,摆千盆菊花,并要求广场周围所有机关、企事业单位、个体工商户和居民住户都要在门前插上彩旗、摆上花卉,还对几家大单位提出了特殊要求,一心要搞出点名堂,干出大气魄来。今天一大早,关立峰就带着一帮人来中心广场看了看,他急着要去参加市委常委会,提了些具体要求就匆忙走了。

关立峰今天心情相当好,前两天刚刚和省能源投资集团公司敲定了天然气合作项目,今天市委就要专题研究招商引资工作,简直是"好雨知时节,当春乃发生",在最需要出成绩的时候出了成绩,这个项目实施后还将运作相当的资金助推城市建设,包括改造中心广场及周边道路,这不又要出新的亮点吗?小车到市委院子停下后,他让司机等着,说会议中间还要去中心广场检查。

关立峰进会议室时人已基本到齐,他看仵天才旁边有个空座,就走了过来。仵天才笑着说:"这是给你占的座位,知道你会晚点到,还要和我坐在一起。"他边说边拿过放在旁边的公文包。关立峰会心地笑了,坐下后说:"谢谢。"关立峰刚坐定,仵天才就凑过来打听中心广场的准备工作情况。关立峰一边小声说着,一边扫视着全场。这是一个长方形的会议室,北端正中坐着市委书记江伟,他正在笔记本电脑上查看什么。在公开的会议场合使用笔记本电脑,他是秦东第一人。开始时大家还有微词,说市委书记怎能玩这一套,慢慢的大家也就习惯了,如果他面前没有摆笔记本电脑,才会觉得奇怪呢。

人刚到齐,江伟就宣布开会。江伟微笑着说:"今天市委常委会专题研究市政府党组《关于切实加大加快全市招商引资工作的意见》,以及围绕这个《意见》形成的系列文件。招商引资是一件大事,所以把各大班子领导请来一起讨论。"他言简意赅,点题的同时强调了议题的重要性。首先由市政府秘书长程杰人宣读《关于切实加大加快全市招商引资工作的意见》。他清了清嗓子开始念稿子,平时讲话总是磕磕绊绊的,让人听着难受,今天照本宣科还算可以。不大一会儿,他鼻尖上就渗出细微的汗珠,虽然经过了充分的准备还是有些紧张。《意见》的第一部分,是近年来特别是今年以来全市招商引资工作的总体情况,肯定了市直、县上和上海商品交易会上取得的成绩。第二部分分析了当前招商引资工作

## 第十九章

中存在的困难和问题,着重指出了投资环境、工作作风和服务质量方面存在的问题。最后一部分是推进工作的具体措施,是《意见》的主体部分。很明显市政府的《意见》带有思路性、全局性和战略性,不是一般性的工作安排。

程杰人念稿子时,文佳在翻几份他要念的系列文件。这些文件是他牵头,经过长达半年时间,在调研的基础上参考外地经验,反复讨论和修改形成的。特别是有关优惠政策,是和工商、税务、土地和城建等部门反复沟通、协调才达成一致。期间开了多少次大大小小的会议已经记不清了,市长还召开了几次协调会。整个文件是文佳一字一句反复修改过的,又是熬夜,又是节假日加班,备尝艰辛。程杰人念的稿子,是市政府常务会讨论了几个系列文件后,提交市委常委会讨论前吴芳让文佳起草的。主要内容是讨论系列文件时吴芳的总结讲话精神,实际上有了很大的升华。这些正常的工作再辛苦,文佳都觉得没有啥,让他犯难的是几个强力部门死守部门利益,对一些条款寸步不让,而让他头疼的是由锡平难以捉摸的想法和态度。看起来这位常务副市长是支持招商引资的,但在一些具体事情上却暗中和吴芳较劲,把文佳夹在中间十分难受,这些系列文件的形成之所以拖了这么长时间,这其实也是一个重要原因。从这个角度讲,会上拿出的系列文件其实是一种博弈的结果。

程杰人念完稿子后,吴芳简要讲了讲市政府《意见》和系列文件制定的意图和形成过程。许多人边听边翻手头的材料,感受到了吴芳对这项工作的高度重视,也掂量得来《意见》和系列文件,是迄今为止秦东市针对招商引资形成的最有分量、最为系统的文件。难怪市委安排专题讨论,几大班子领导成员悉数参加,主要经济主管部门和行政执法部门的主要领导均通知与会,整个会议室坐得满满当当。

吴芳做了简要说明后,大家都觉得应该讨论《意见》了。程杰人却开了口,为了避免口吃出现磕绊,他缓缓地说:"吴市长对招商引资十分重视,工作抓得很细,经过半年精心打磨形成了系列文件。她先后三次亲自召集部门领导协商有关政策,还安排政府办收集了十多个外地市这方面的政策规定……"程杰人一开口,忤天才就惊讶地直摇头,他对关立峰说:"秘书长念稿子念昏了头,这地方哪里轮到他说三道四,又不是政府那边开会,更不是他主持开什么低层次的会。"他一脸的不屑,讥讽说:"巴结讨好市长也得分清场合嘛,也不掂量一下自己是啥角色,在市委常委会上竟公然表扬起市长来了,有失身份,有失身份啊。"关立峰却不以为然地说:"当今的政坛,竞争太激烈了,逼得人不得不犯点规。不过,有时犯规更能给各方面留下深刻印象。看过法国球星齐达内在足球场上用头撞翻人吗?罚是罚下场了,却在球迷心中留下了永远的印记,让他头上的光环更加夺目更加久远了。"仵天才被噎得说不上话来,不过细想一下,这话说得也有道理,尽管好些人瞧不上程杰人的能力,但今天他至少向秦东的最高决策层表明他是坚决拥护吴芳的,也坚决拥护她的主张,尽管有失,也有得,也许得大于失。

文佳也大为惊讶,关于招商引资的系列文件一直是自己牵头搞,吴芳有啥想法都是直接给自己说,她几次召开协调会也是自己组织和参与的。可听程杰人这样一说,好像这些工作他都参与了,好像是市长安排他搞的。这个人的水平和能力一般化,这一手却委实够厉害。按说这一切吴芳是最清楚不过的,但人家极力为她说好话,她又该怎样想呢?特别是他竟把系列文件长达半年才形成,说成是市长工作抓得细,也不知他是不明就里,还是巧说为妙?文佳今天算是看到了程杰人的另外一面。其实,还有一个人看到了程杰人的另外一面,这就是由锡平,他却见怪不怪,不动声色地抽着烟,看着程杰人并不算高明的表演。

江伟看着说完话的程杰人,微笑着说:"政府那边制定系列文件下了很大功夫,那就把这些文件念完,再结合《意见》一并讨论。"他看程杰人没有动,接着说:"那就接着念。"文佳看了看江伟,说:"我来念。先念《秦东市关于招商引资的若干优惠政策规定》。"文佳说完就念了起来。仵天才听文佳念起了文件稿,一丝难以名状的不快闪过心头,就对关立峰说:"这些文件从起草到讨论你都参与了,有啥听头,咱俩去中心广场看看,千万别出啥漏洞。人家红得发紫,咱黑得发霉,出不起事啊!"关立峰早就看出仵天才今天的不满和失意,不过他也放心不下中心广场的事,说到底仵天才着重负责协调,具体工作还得建委去做,再说真的出点漏洞对谁都没有好处,就笑着说:"我早就料到你要去检查,我的车还在外面等着哩。"两人给市委秘书长打了个招呼,离开会议室到中心广场去了。

中心广场经过两天的装扮,已是面貌一新,变得十分亮丽。中心部分偏南的不锈钢雕塑经过环卫工人的精心清洗擦拭,变得更加光洁,在阳光下银光闪烁,更显魅力。围绕不锈钢雕塑北边的平台、台阶和通道,用千盆菊花摆成各种造型和图案,连同彩旗共同组成了晚上演出时的舞台背景。继续往南,背景的纵深直达临秦区政府机关。机关大门的栅栏上插满了各色彩旗,门前摆了不少花卉盆景,高高的门楣上吊了一对特大的灯笼。

两人信步来到临秦区政府的大门口,看着这些布置似乎都觉得有些别扭,又说不出来。仵天才拨通手机,大声说:"武天才主任吗?我是仵天才,在你的大门口等你!"关立峰听得莫名其妙,刚想问个究竟,机关大楼内快步走出一个人来,他满脸笑容,远远就挥着手打招呼,一握住仵天才的手就连声问好,拉着就要进去喝茶。仵天才笑着给关立峰介绍:"关主任,这位是临秦区政府办公室主任武天才同志,文武的武。"他看两人握住了手,故意说:"关主任刚才还以为我给我打电话,逗他玩呢!"三个人都笑了起来。仵天才说:"武主任,我和关主任是来看看中心广场庆千喜的准备情况。"武天才知道了来意,忙说:"我们接到市政府办的通知后就做了安排,我们算是中心广场周边最大的机关,理应搞得隆重一些。怎么样?两位老领导多多指导。"仵天才皱着眉头,试探着说:"看样子是挺重视的。"听口气不像全是肯定的意思,更像是有惑而问,武天才眼珠一转,说:"谁也没经过千禧年,也不知道这个节日该怎么过,该怎样布置。我们地方志办公室骆主任是个老学究,竟也被难住了。后来他还查阅了资料,也没查出啥结果。"关立峰听了,觉得有些小题大做了,不过他说得倒很实在。武天才稍停后像讲故事一样接着说:"骆主任是个极认真的人,首先界定了节日的属性,既然是按照公元纪年确定的节日,应是个洋节,属舶来品,非传统的国粹。在中国实行公元纪年毕竟近百年了,也应该有一定的中国元素。他还认定这个节日无任何政治色彩,于是就建议机关改变一下重大节日只插国旗的惯例。插了几十面彩旗,竟对周边起了示范效应。为了更为喜庆,又摆了数百盆花卉。这几天所有的花卉店都被抢购一空,只好从家属院住户借了一部分,这些花卉还可以吧?"仵天才微笑着点点头,他一直听边看着这位下级政府的同行。关立峰觉得武天才有些啰唆,一直都面对仵天才讲话,几乎无视他的存在。市建委虽然是强势部门,临秦区经常有部门领导包括区政府领导找他说事,这个办公室主任还是第一次接触。武天才看仵天才脸藏疑惑,便猜了个八九分,依然不紧不慢地说:"为了给庆典加点中国元素,就在大门口挂了两个大红灯笼。有人提出反对,说又不是过春节,有些不伦不类。骆主任反问,到过天安门城楼吗?那里不知举行过多少重大活动,却没举行过一次春节庆典,每次活动时都挂着八个超大的大红宫灯,这便是典型的中国元素。在骆主任的坚持下,就挂上了这两个大红灯笼。我们下级政府一定要把上级政府的意图领会好,落实到位。"仵天才握住武天才的手说:"好,很好!你先忙,我和关主任还要到别处去看看。"说也奇怪,仵天才和关立峰再看那两个大红灯笼时,觉得挺好挺吉庆,两人都没有说出口的心中疑团已烟消云散了。

告别武天才,两人贴中心广场东侧,沿酒圣街往北一路走来。隔路看过去,沿街所有的单位、商铺、饭馆门前都摆上了花卉,由于节令的原因难以达到万紫千红,却也林林总总,构成了冬日里难得一见的美景。忽然两人不约而同地停了下来,酒圣街对面银花宾馆十几面迎风招展的红旗,吸引了两人的目光。仵天才和关立峰几乎同时说:"咱过去看看。"两人走过酒圣街来到了银花宾馆门前。这里临时搭起的花坛上摆着各色菊花和别的花卉,花儿开得十分漂亮,却被十几面呼呼啦啦飘着的红旗抢了风头。大门口站着一位穿着艳丽的迎宾女郎,里边有人在大声讲着什么。关立峰对迎宾女郎说:"服务员,让你们李经理出来一下,就说市建委关立峰要见见他。"这时门里走出来一个人来,笑着说:"仵秘书长,你来了。我们正在这里培训参加晚上活动的服务员呢!"说完他朝关立峰点头笑了笑。仵天才看是胡立安,有点疑惑地说:"噢,你们是请这里的服务员,我还以为是让市政府招待所的服务员晚上来。"这项工作是仵天才安排的,他素来是只要安排到位,具体事情都放手让科长们去做。科长们都清楚,他虽然手撒得很开,若出了娄子处置起来却够手狠,因此他布置的事情哪个还敢马虎。胡立安说:"这里离中心广场近,服务员素质比较高,再说这里的李经理主动要求,还答应免费提供各方面的服务。"胡立安看仵天才脸上露出了笑容,补充说:"李经理保证万无一失,让领导满意。"仵天才叮嘱:"一定不能出差错,出了差错我不找这儿的经理,只拿你是问!"

正说着李德广急急忙忙走了出来,高声说:"关主任好!你是来找北京客人吗?快请里边坐。"胡立安忙着给李德广介绍:"李经理,这位是市政府仵秘书长,二位领导来检查千禧年庆典准备情况。"李德广握住仵天才的手,笑着说:"幸会,幸会,欢迎仵秘书长来检查工作。"关立峰本不想进去,看仵天才进了门厅,便也走了进去。门厅里站着十几位身着盛装的女服务员,每人手里端着一个盘子,盘子里放着瓶子,显然是正在演练,不过这会儿是等着李德广继续训话。李德广说:"她们都训练有素,是我亲自挑选的。不过没经过大场面,得培训培训。二位领导要不要训导?"关立峰拍了拍李德广的肩膀,挤挤眼睛说:"啥时候都轮不到我来讲,仵秘书长管的是大事,向来不管这些鸡毛蒜皮。"他看了一眼毫无表情的仵天才,顿觉失言,忙说:"仵秘书长派了一员大将坐镇指挥,也够重视的了。"李德广马上接住话茬:"是很重视,接待办胡主任一直在这里现场指导,说仵秘书长要求服务一流,万无一失。"他边说边给两位领导敬烟,服务员把茶也端来了。仵天才既不要烟也不要茶,对接待大厅的照片却发生了浓厚的兴趣,他根本想不到这个不起眼的小酒店,有这么多的部门领导都来过。就说关立峰吧,有吃饭的照片,有会客的照片,还有和李德广下棋的照片。程杰人也来过了,是和临秦区的赵崇敏一块儿来的。特别让仵天才难以理解的是,吴芳竟然也在这里陪过客人,看样子还开过相当重要的会议,好几个重要部门的领导参加了,文佳也参加了。他突然觉得自己有一种被排除在某种圈子或某种气场之外的感觉。今天要不是碰见胡立安,说不定还不进来呢,没想到秦东这个无星级不入流的小饭店还演绎过这么多的故事呢!忽然想到刚才李德广说到北京客人的事,便问:"关主任,听李经理的口气,这里还有你北京的客人?"关立峰惊讶地反问:"难道你不知道北京兴华集团公司老总经常住在这里?"李德广说:"兴华公司在秦东的办事人员常住这里,今早肖冰冰经理说是到开元大厦工地去了。"仵天才恍然大悟,说:"噢,

# 第十九章

古济宁老总我认识,他常来这儿?"他指着多个照片上出现的古济宁说,像发现了什么秘密似的。这让关立峰更为惊诧,显然仵天才是第一次来这里,说明他没有介入开元大厦这个众人瞩目的项目,直到现在仅仅只是认识古济宁,难怪如此有能力的"天子近臣"就是干不上去,他在政治上的敏感简直还不如李德广。你看看人家李德广多会打政治牌,多会宣传,多会运用领导资源,把个小酒店搞得风生水起,红红火火,开元大厦开工后人来人往,经济效益翻着跟头往上涨。听说最近准备腾出一层楼,让北京兴华集团公司办公,还装修拓展了各种娱乐设施。李德广更是不断地找建委和国土部门,准备扩大地盘,拓展业务呢!

　　照片没有看完,仵天才就停了下来,觉得没有必要再看下去了。这些照片已经对他产生了巨大的冲击力,虽然有着炒作的意味,却也聚焦了秦东招商引资的人气,是得好好想想这方面的事情了。他什么也没说,就往外走,李德广急着喊:"仵秘书长稍等一下,我已打了电话让摄影师过来,给你拍个视察工作的照片。"仵天才说:"只是随便看看,照什么相?"说着就走出门厅,再次看着中心广场到处彩旗飘飘,唯独这里是红旗招展,十分惹眼,心境却大为变化。关立峰看仵天才仰面观旗,便问李德广:"各机关单位都插些彩旗,你们怎么全插红旗?"李德广说:"这是原秀山站长出的点子,上午他来时说大家都插彩旗,你们全插红旗,就会引人注目,这也是一种宣传。说红色是五彩之首,也是彩旗。""是啊,谁也不敢说红旗不是彩旗,就是白旗也是彩旗,只是全插白旗不喜庆罢了。"原秀山大声说着,说完大声笑了起来,他已从近在咫尺的开元大厦工地过来了。仵天才、关立峰赶忙和原秀山握手问好。原秀山又把肖冰冰介绍给仵天才,然后笑着说:"关大主任和肖冰冰是老熟人就不介绍了。李经理打电话说二位领导来检查工作,要我来拍张工作照。"李德广说:"仵秘书长难得一来,我的摄影水平太低,今天刚好原站长过来了,我就请摄影大师过来帮帮忙。"原秀山说:"摄影大师不敢当,摄影师还是够格的。好,二位领导摆个检查工作的架势吧!"肖冰冰笑着说:"我是第一次见仵秘书长,我也拍一张。"说着她也举起了相机。仵天才看那么多领导都在这里留下了影像,心里不是滋味,要给他摄像时又有些不大乐意,眼前这个名记者也不想得罪,何况他后边还站着北京兴华集团公司的客人,有点勉为其难地说:"我是随便来看看,照相合适吗?"原秀山满不在乎地说:"什么合适不合适?领导开口就是金玉之言,指头动动就是指导工作。这样吧,为了有点真实的情绪感,你就指着这些花盆问,是谁在搞摊派?机关单位还说得过去,怎么还给老百姓摊派?让他们到处去借,借不来的还要花钱买这些花花草草!"仵天才听了立即当了真,严肃地问:"市政府办通知是说中心广场周边有花卉的让摆放到门前,没有硬性要求呀!"关立峰有些不快地说:"可能是城管人员为了好工作,就让所有的单位和住户都摆放花卉，不然不好操作，大冷的天谁肯把自家的花卉往外摆，怕冻坏了花花草草。"两人话音刚落，原秀山说："拍好了，非常逼真生动，两位领导在红旗下讨论老百姓摊派花草的事。"仵天才有一种被捉弄了的感觉，真是"人在江湖飘，怎能不挨刀"啊！关立峰当然也不爽，也不好说啥，对神情凝重的仵天才说："咱们走吧，到开元大厦工地那边看看。"

仵天才一到中心广场，就感到动静最大的是开元大厦工地。他清楚文佳一直在抓这个项目的落实，就心生别种滋味。文佳的为人他很佩服，也清楚文佳在机关有着很高的威望，吴芳来后又非常看重她的老同学，便觉他的地位受到了威胁。所以一段时间以来，他对文佳工作上的任何一点成绩都觉酸酸的。说不想吧又想去看看，再说那边也太吸引人了，虽一路检查别的地方，眼睛却时不时地要瞅瞅那边。既然关立峰说了，就去看看那里也好。仵天才刚迈步，李德广就喊："等等，我们店熬了一大缸热豆浆，正准备送过去给搭彩楼的民工喝呢，刚好二位领导要过去，就以领导慰问的名义送过去吧！"原秀山太佩服这位酒店经理了，一缸豆浆既让肖冰冰高兴，又让两位领导有脸面，这岂非一礼两送，效益翻番吗？就拍了拍推车送豆浆工人的肩头，笑着说："走吧，我们一起去慰问，也沾沾领导的光！"

这两天，开元大厦工地搭彩楼成了中心广场最大的亮点。前天主楼刚好建到十二层，完成设计的一半，恰逢市上要搞千禧年庆典，于是这个将成为秦东第一高楼的在建项目，便承担了一项特殊使命。按庆典活动的安排，迎千喜之夜将在十二层楼顶放焰火，昨天施工就停了下来。昨天关立峰看现场时要求用塑料布把脚手架遮起来，以免影响观瞻。后来原秀山给肖冰冰出主意，利用脚手架和在建的楼体，用松柏树枝叶搭个彩楼，说他当年上大学时曾用松柏枝叶搭建过庆典彩楼，很有特色。关立峰也赞同这个点子，直夸有创意，并安排市园林处给予大力帮助。市园林处派人沿几条主干街道和几个公园，对松树等长青树种，包括国槐、法国梧桐等尚未落完叶的树木进行突击性修剪。幸亏这个冬天出奇地暖和，能用上的带叶树枝还算不少，全都被送到开元大厦工地上。昨天干了一天，夜里也没停。仵天才到这里时彩楼已基本搭建好。这个高大宏伟又别具一格的彩楼，让凡是看到的人无不拍手称绝。下边用大树枝构组，呈向外伸出之势，往上逐渐收缩，通体呈宝塔之形。下边多为法国梧桐枝叶，黄中带绿；中间部分多为国槐枝叶，绿中泛黄；顶端全是松树枝叶，虽值隆冬依然苍翠碧绿。从上往下还夹杂着一些其他树种的红色枝叶，更为添彩，更为耀眼。本来要废弃的赘枝败叶，在人的奇思妙想中，鬼使神差般地变成了一个魅力四射的酷似宝塔的超级大彩楼。

## 第十九章

一到彩楼下面,仵天才就久久仰望着这个极富创意的杰作,感到了一种强烈的视觉冲击和心灵震撼,又隐约觉得是这个在建项目极具生机的另一种形式的勃发,不禁慨然叹道:"这个大彩楼,不,我看干脆叫作'千喜多彩塔'吧,太宏伟壮观了,太难得一见了!"肖冰冰笑着说:"好,就叫'千喜多彩塔'!"原秀山拍手称赞:"好个'千喜多彩塔',这是我见到的最为气魄的大彩楼!""原站长说得对,这也是我有生以来搭建的最气派的大彩楼!"下马村书记刘大毅边说边从彩楼里钻了出来,然后拱手作揖算是和大家见过面了。肖冰冰说:"刘书记是总设计师,又直接在一线指挥搭建。"刘大毅说:"关键是原站长的点子好,在秦东恐怕只有他才能想出这个点子。三十年前,为了迎接党代会召开,我负责搭过一个彩楼,当时是秦东城里最大最漂亮的彩楼,但根本没法和这个比。这一改革开放,没想到下马村的地盘上竟要盖二十多层的高楼,今天竟借着在建的楼体搭起这么气派的大彩楼!"肖冰冰笑着纠正:"刘书记,仵秘书长已命名为'千喜多彩塔'了,别一个劲大彩楼大彩楼地叫了!"原秀山看肖冰冰心情特别好,笑着说:"应该说是千年一遇,开元大厦项目在秦东算是中了头彩,今后肯定会大发展,发大财!"大家都高兴得笑了。原秀山接着对刘大毅说:"仵秘书长代表市上来慰问搭彩楼,呵,搭'千喜多彩塔'的有功人员,还带来了热豆浆,快让干活的人过来喝点热豆浆。"刘大毅忙说:"谢谢,谢谢仵秘书长!"说完就安排人去叫正在忙活的村民过来喝热豆浆。

刘大毅心中十分高兴,村民们干活肖冰冰给开高工钱,市政府仵秘书长还来慰问,可见搭彩楼挺重要。自己只是爱好和一时兴起,来这里组织和指挥村民搭彩楼,顺便来玩玩散散心。最近村里不大安宁,弄得头有点大,心有点烦。没想到还给玩大了,玩出了千年之最,玩得市民狂夸,玩得市政府也重视了起来。

关立峰连续两天到这里来了好几次,非常关心搭彩楼的进程,还多次催促园林处抓紧修剪和转运树枝,可仵天才一来就抢了自己的风头。他指着西墙边堆放的一大堆水泥袋问:"那边堆的是什么?"肖冰冰说:"是昨晚刚运来的袋装水泥。""怎么能堆到人面前?太难看了,把这些水泥袋运走!"关立峰冷冷地说。肖冰冰听了竟愣住了,刚才还高高兴兴的咋突然晴转阴了,一时不知说什么才好。原秀山笑着问:"这不是搭彩楼挡住了进楼的通道吗?怎么个运法呢?"关立峰依然冷冷地说:"这个我不管,反正不能把这么大一堆水泥袋放到人面前!"肖冰冰一听急了,说:"关主任,你要求我们用塑料布遮挡一下脚手架,我们花大价钱雇人搭了个彩楼,为的是给你撑脸面,你也得体谅一下我们。"关立峰向来说一不二,容不得别人说不,毫不买账地说:"都是为了市委、市政府的重大活动,什么脸面不脸面的。说到钱的事,建委对开元大厦项目够优惠了。你看看这份纪要上都写了些什么?"说着他从上衣口袋里掏出一份红头文件:"这是文佳副秘书长召开市政府专项问题会议的纪要,把法定的建委收费项目,不该免的免了,不该减的减了。几百万呀,不是小数字。就是让你们花钱搭个彩楼还有啥说的?这水泥袋一定要搬走!"仵天才知道关立峰向来做事霸气十足,没想到在小事上也不给人商量的余地。也不难看出他对文佳定的项目建设的优惠条件很有意见,纪要竟然装在身上,实际上是刻在了心里。这让他既有点莫名的高兴,又有些莫名的不快,可见关立峰不把副秘书长放在眼里,就站在一边不想再说什么。这时村民喝豆浆的地方传来了哭喊声,仵天才就走了过去。

原秀山本想着通过搭建彩楼,对这个项目进行一次有特色的宣传。肖冰冰却想着通过这个难得一见的景观摄影,在影展竞赛中拿大奖呢!一提到摄影原秀山还真来劲了,说这个彩楼弄不好就是天下第一,无处可觅,如配上欢庆的人群,不要说摄影得大奖,说不定这个大彩楼可创一项吉尼斯世界纪录。原秀山这两天几乎不离现场一步。没想到刘大毅竟是个彩楼迷,更是个彩楼通,还诡秘地说搭彩楼吉祥,兴大运。当年他搭的彩楼备受市民称赞,还受到了当时县上领导的表扬,此后他就一路顺风,从团支部书记干到了党支部书记,当上了县、市、省人大代表。两人一拍即合,共同设计和指导了"千喜多彩塔"的搭建。原秀山正在兴头上,没想到关立峰竟是如此态度,一股无名火直往上蹿,他大声说:"关主任,开元大厦项目市上是出台了一些优惠政策,你可以不执行啊,不能把气往投资商身上撒!"一句话把关立峰呛得脸色通红,半天憋出一句话来:"我现在就是代表市上检查工作,水泥袋运不进楼去,就运到别处去!"他态度依然很坚决。肖冰冰心想,吴芳市长来了几次都是有事商量着办,你个部门领导就这样霸气,就顶了一句:"没有地方放呀,你是城建委主任,给划一块地方我们再搬走!"关立峰怒气上冲,脸色由红变紫,正要发作。边上站着的一个中年男子说:"这事好办,把这些水泥袋先搬到我们学校吧。"他看了一眼怒容满面的原秀山:"你们看,下马村学校的东南角有一段危墙,离水泥堆很近,拆了这段墙,我安排六年级学生,四人抬一袋,很快就搬完了。将来事完后让施工队再把墙垒好,这不皆大欢喜吗?也算我们学校给千禧年庆典做点好事嘛!"原秀山马上收起已经打开的相机,他刚才灵机一动,想拍一张"霸道的建委主任"的照片,既然这个"牛校长"都肯放下身段来平息此事,还有啥必要把事弄大呢,再说为肖冰冰着想也不能得罪这个重要部门的领导,他马上换上一副笑脸,介绍说:"关主任,这位是下马村小学的牛校长。"关立峰当然也高兴,就顺坡下驴,与校长握手。校长自我介绍说:"我叫王顺章。"刚刚过来的仵天才笑着说:"原站长,你咋把校长的姓都搞错了?"说着也和王顺章握了握手,边上立即就有人向王顺章介绍了仵天才。原秀山指

## 第十九章

着王顺章笑着说:"我们是老朋友了,你问问他,市区哪个学校的校长有他牛气?"大家齐声笑了。仵天才说:"你还得回答秦东哪个记者最牛气,今天是'牛'碰见'最牛'了!"原秀山看了一眼关立峰,调侃说:"'最牛'又碰见'最最牛'了!"仵天才大笑,笑罢对眉头紧皱的关立峰说:"关主任,时间不早了,我们到别处去看看吧。"

两人离开开元大厦工地,向中心广场西边走去。仵天才边走边说:"我今天才弄清了,开元大厦建设工地是是非之地,水深着呢!刚才有几个老人赶到工地来找刘大毅闹事,听口气是要拆迁款,还哭着要来工地干活挣点钱。那么大年纪了,走路都不稳当还能搭彩楼?这不明摆着是给刘大毅出难题嘛!现在看来多种矛盾都聚集到了这里……"他没有再往下说,心想今后还是尽量少涉及这个项目,别没事找事。不几分钟,两人来到一处位置十分凸出的小屋旁。小屋把人行道占去大半,离字圣街的机动车道仅两三米距离,这间小屋成了人行道上的一处孤岛式建筑。小屋两个开间,一间卖鞋,是主人租出去的;一间卖各种铁钉,是主人自己经营。这便是秦东最著名的"钉子户",历史悠久也名副其实的"钉子户"。户主关青山是一个年近八十的孤老头子,是古济宁父亲古立俊当年的贴身警卫,在著名的中条山抗战中抢过大刀片,后来因腿受伤致残回到了村里。老人孤身一人,"文化大革命"中还被当作"国民党残渣余孽"批斗过,游过街。前几年却成了抗日壮士,还有记者采访过,又上了报纸和画报。老人珍藏的一把大刀,也成了人们争相参观的"文物"。在有关人员的建议下,老人从前年起开始卖刀,卖各类刀具,他的那把大刀被擦得锃光闪亮,挂在小店显眼处成了镇店之宝。仵天才早就听说了这个有名气的"钉子户",站在小屋旁停下来,明知故问:"关主任,这么多年了这个'钉子户'也搬不走,听说这个老头是你本家叔伯?"关立峰摇摇头说:"啥本家叔伯!不过这老头也姓关,前多年有人说是个兵痞,要动硬的,谁知这倔老头啥都不怕,拿着大刀片站在门口,说谁拆就和谁拼命。后来又成了抗日壮士,成了媒体关注的人物,更没办法了。有些人听说老头姓关,就拿我说事,你怎么也信这些传言?"仵天才笑着说:"我才不信呢!这几年在你手里拆迁了那么多'钉子户',如果真是你本家,恐怕早就拆迁了。"关立峰笑了,说:"知我者,仵秘书长也!老头现在还真以我的叔伯自居,不过我也正在想办法呢。"说着他走近老头店门口,高声叫道:"关老,关老!您老人家好,市政府仵秘书长看您来了!"老人光头,眉毛粗而长,几根白眉毛似乎格外长,古铜色脸盘上深刻着长长短短的皱纹。老人除了一条腿有点瘸,还算硬朗,他站起来说:"贤侄,你是检查花盆的吧?来的人说是你派来的,我就让卖鞋的姑娘给我买了两盆花,摆在了门前。这周围的人看我摆了两盆花,各家各户就都想办法摆上了。有人还拿我说事,说那么倔的老头都认了,咱们还怨啥摊派不摊派的。哈哈,我也是听政府话带了一次头!"关立峰一看,果然门前摆着两盆菊花。他没想到部下竟打着自己的旗号摊派到老头身上来了,就有些说不出的味道,忙说:"关老,我们是来看您的,这位是市政府仵秘书长,也来看看您老人家!"老人朝仵天才点点头,拉住关立峰的手"呵呵呵"笑了起来。仵天才明显感到老人与关立峰之间,已建立了非同寻常的关系。

　　二人告别关青山老人,又回到了中心广场北端。从下马村学校借来的数百张课桌,已按要求在这里摆好,这便是今晚的主席台以及主席台人员入座的地方。仵天才只是随便看了看这些摆成一定格局的课桌、鲜花和彩旗,便匆匆走到扩音器旁,仔细地看了看扩音器,又让旁边的工作人员打开试了试,他也用手弹着试了试,问:"装了几台高音喇叭?"他听了回答后说:"不行,两台肯定不行。千面锣鼓迎千喜,要的就是一种气势。千面锣鼓一定要敲出声震云天的效果来,要有强大的震撼力。再增加四台,开元大厦最高处装两台,临秦区政府办公大楼顶装两台,东西两面的高处各装一台。"他想自己晚上将担任现场总指挥,一定要高调出场,要大音量,大气派,大将风度,给全场人留下一个气宇轩昂的好印象。仵天才等关立峰具体安排后,才叫上他赶回市委常委会议室去了。

　　市委常委会议室里常委们正在讨论。这里并非没有讨论过招商引资这个议题,但从来没有像这次讨论如此广泛深入又极为热烈。当文佳宣读完市政府党组提交的六个系列文件后就开始了讨论。这是秦东最高议事和决策会议,会议室里虽然坐得满满的,发起言来却极有规矩,尽管这规矩无须每次开会时说明,甚至就没有人说过,参加会议的人心中都很清楚。当然可以说这是惯例,也可以说凭秦东官场精英们的素质完全可以心领神会。当仵天才和关立峰再次来到会议室时,市委的几个副书记和几位常委已经发过言了。两位都久历官场,不用听都能猜到发言的内容,肯定都讲了招商引资的重要性,同意市政府的《意见》,同意提交讨论的几个系列文件。谁都清楚这些文件稿都经过了市政府常务会讨论,能再上市委常委会讨论,书记肯定是原则上同意的,谁还能表示相反的意见呢?至于提些修改完善的意见则十分正常,有的要表示一下重视和认真,有的要显示一下水平和素养,至于采纳与否也许并不重要,因为这些毕竟要政府组织实施,要政府负责。

　　市委常委发言完了,该人大、政府和政协三大班子的领导发言了。人大主任是书记兼任,是会议的主持人,随时可以发言,一般是在最后做总结性讲话。市长兼任副书记,吴芳开始时已讲过了。这几大班子的一把手只剩下政协主席吕增辉不是市委常委,他也不避讳重复,仍然谈了加大加快招商引资对秦东发展的

## 第十九章

重要性。表明基本态度后,他翻着几个系列文件说:"这几个系列文件的一些条文,我在政府工作时也曾搞过,但没有这次搞得详细和系统,而且有许多新的东西。落实好这些文件不是一件容易事情,我认为应有所侧重,应着力在工业项目上下功夫。秦东之所以落后就落后在工业基础太过薄弱,'六五'期间,我们以'把发展工业的气氛搞浓'为指导思想,上了一批项目,市直像秦东热电厂、针织厂、印染厂都是那时上的,县市区那时也上了不少工业项目……"他如数家珍般地说起当时上的工业项目。由锡平紧皱双眉,看了看当年的老搭档吕增辉,心想他这是想干什么,难道要兜售唯工业重要的老一套,谁不知道他分管工业多年,跟着工业派主帅邓震西,不也没有改变秦东农业大市的地位吗?吕增辉讲了秦东当年发展工业的艰辛和取得的重大进展后,有些感慨地说:"经过上下一致努力,秦东终于在1989年,工业总产值第一次超过了农业总产值,实现了历史性的突破。说实在的,要不是一部分人固执地坚持小农经济思想,片面鼓吹唯农业为大的发展思路,或者是那个后来走上不归路的人早离开秦东几年,说不定秦东会迎来工业大发展的好时机。十年过去了,秦东的工业仍然十分落后,一定要坚持'工业兴市',把招商引资的重点放在工业项目上。"

吕增辉最后表示要组织政协委员开展关于招商引资的调研,还要动员和团结各界人士积极参与招商引资,共谋秦东的发展。

由锡平本不想发言,他在市政府常务会上该说的都说了。听了吕增辉的发言,竟按捺不住开了口:"我现在是分管工业的,当然同意重视工业的说法,但是招商引资工作既要重工,也要重商,更要重农,这完全符合秦东的实际。任何工作,包括招商引资工作,都必须实事求是,都必须从秦东的实际出发,都必须从秦东五百多万人的福祉出发。着力加快秦东农业现代化是秦东广大老百姓的愿望,不能因为某某人栽了,就因人废言,因人废事,这不是实事求是的态度。"他稍微停了停,如数家珍般地谈起了秦东农业产业的优势。

由锡平在市政府分管农业时,曾紧跟当时偏重农业的市委书记白子卫,极力鼓吹发展农业的重要性。后来秦东竟出现了"农业书记""工业市长"的格局。"上有所好,下必甚焉。"秦东的干部队伍中逐渐形成了农业派和工业派。

吴芳静静地听着由锡平的发言,刚才吕增辉发言时她就有些不解,现在就感到有些惊讶了,秦东的领导层怎么这么多年了还在农业、工业问题上如此纠结?她刚到秦东在各县(市、区)调研时,就听说了秦东在发展思路上的两派之争。今天是讨论招商引资,两人竟也较上了劲,大家都清楚两人在同一县任书记、县长时就较上了劲,到市上后又一直较着劲。今天毕竟不是讨论工农两大产业,尽管剑拔弩张,还不至于直接发生冲突。吴芳调研时清醒地看到,单纯依靠秦东自身的力量，不管是工业还是农业都难以快速发展，只能是越来越落后，就下决心抓住招商引资这个牛鼻子，走出秦东发展的新路子，也避开两派之争。

由锡平说到最后看了一眼对面的吕增辉，说："说实在的，我历来是支持发展工业的，今后招商引资一定要注重涉农工业，比如这次上海商品交易会谈成的苹果汁加工项目，这个项目就非常好嘛！另外，我建议四大班子的领导都要包联县（市、区），包联重点招商引资项目，要形成合力，把这项工作搞好。"

江伟迅速把由锡平的建议输入电脑，心里也释然了。他到秦东后除了亲自调研外，还让全市所有县处级正职以上领导干部，给自己写了一份如何加快秦东发展的建言书。他也详尽地掌握了秦东工农业两派长期争论的状况和如今的态度。在他看来，吴芳提出以招商引资为重点的发展思路，符合秦东实际，还可以避免陷入新的两派之争。他多次表示支持吴芳的想法，并安排了今天可以起到统一认识的重要会议。吕增辉和由锡平的发言，各有侧重，仍在较劲，应属正常，也在可控范围内，不会影响招商引资工作大局。这也验证了吴芳想法符合秦东实际，今天要做出决断，尽快将其变为秦东各级领导和广大干部群众的共同意志，上下同欲，大力推进招商引资。

由锡平发言结束后，人大和政协其他副职也都简单表了态，一致同意市政府的《意见》和系列文件。市政府的副职没人发言，这些都是他们讨论过的。部门领导都多次参加过讨论也没人发言。大家都觉得讨论已经结束了，该江伟最后总结了。江伟的目光离开电脑，循惯例礼节性地问："还有谁要发言？"

"有。我到秦东不到一个月时间，有点下车伊始，但还是想说几句。"熊东来说。大家的眼光全聚集到了这位从国家部委下来挂职的副市长身上。熊东来接着说："以招商引资为重点，推动秦东经济又好又快发展的思路不错。这项工作需要实实在在去做，干部的工作作风就显得非常重要。我发现秦东干部中有相当一些人的工作华而不实，还存在大量弄虚作假的情况。秋季我曾作为国务院关井压产检查组成员，到秦东北部的几个产煤县检查过工作，当时就发现了干部作风方面的问题，抵制和批评了一路。当时文佳同志代表市政府陪同检查，最后开总结会时却请了假，本来我要在总结会上严厉批评文佳同志。"文佳听到这里，大惑不解，这是哪一码跟哪一码呀？其他人也听得莫名其妙，在这种场合一个挂职副市长怎能指名道姓地指责一位老资格的市政府副秘书长呢？熊东来旁若无人地说："秦东几个产煤县关井压产完全是走过场，检查组临走时提的要求全当成了耳边风，一点作用都没起。我到秦东挂职后，首先到产煤县去做调研，完全是上有政策下有对策，根本就没有把关井压产当回事。我还查阅了市政府大事记，文佳同志的确是因秦纺厂职工堵路赶回来处理急事的，不然我还要追究他的责任哩!"文佳听得脸上红一阵白一阵,也只能受着。其实心里最不好受的是由锡平,关井压产是他分管的工作,敢肆无忌惮地在市委常委会上指责他分管工作的人,还是第一次遇到。即便是市委书记、市长也不会以这种口气和措词来说事。他心想,这种干上两年就拍屁股走人的"飞鸽牌",敢向他这样根深蒂固的"永久牌"叫板实在有些匪夷所思。

江伟看着这位挂职副市长,脸色十分平静,想听听他后边到底想说什么。熊东来放缓语速,逐一谈到他最近到几个产煤县调研的情况,应关多少井,实际关了多少,死灰复燃了多少,有些矿长的名字都叫得上来,情况掌握之多之细丝毫不亚于市煤炭总公司的领导。说着他竟像讲故事一样,说起了在清水和浦湖两县几个村连蹲一个星期的事,硬是把上次检查时被忽悠的事情弄清楚了。把县乡村三级干部叫到了当场,让他们下不来台,当场签了整改责任状。听着熊东来绘声绘色的发言,有人竟笑出声来。这简直就是新时期的地下工作者卧底侦察故事嘛!在如此高规格的会议上,敢把发言搞得像故事会还是第一次。吴芳平静地看着这位刚来不久的助手,显然他工作挺认真,人也挺率真。最近安排他下乡熟悉情况,如何给他分工正在考虑和沟通。由锡平的意思是把他分管的煤炭总公司和安监局让熊东来接管。现在看来,让熊东来分管煤炭总公司比较妥当。这时熊东来和吴芳目光相遇,说:"吴市长,前几天市政府常务会研究招商引资时,我有事赶回北京,见了几位到部里开会的电厂老总,顺便邀请他们到秦东来洽谈煤电联营的事情。我也清楚只是关井压产会影响地方经济发展,影响就业。还可以整合组建煤炭企业集团,引进战略投资者,围绕煤炭资源发展其他产业,避免资源枯竭后出现大萧条。还可以搞坑口电厂,引进电解铝等高耗能项目。总之,要通过招商引资在资源富集区走出一条可持续发展的路子来。"吴芳听了点点头,看来他还挺有想法。心想就这么定了,让他分管煤炭总公司。安监局事关重大,弄不好会影响全局,还是让由锡平继续分管吧。秦东经济开发区一直是由锡平分管,但开发区相对独立,和县(市、区)差不多,管紧管松都会照常运行。由锡平平时也不大顾得上,弄得开发区四平八稳的,干脆借此机会让熊东来分管,撞一撞,冲一冲,也许会带来一些新气象,再说总不能让一个副市长只管一个部门,由锡平也不好说啥。江伟听到最后也点点头,他对这些上边派来的"空降官员"是按新兵对待的,知道他们有激情,敢讲真话,但缺乏基层工作经验。他完全能感觉到与会人员对熊东来在这样高规格会议上高谈阔论并不买账,好些人脸上都挂着明显的不屑与不敬。不过他倒觉得市政府增加一位率性,敢讲真话,不怕得罪人的副市长有好处。难道他不知道关井压产是由锡平分管的吗?敢把话说到这份上,也许无意中起到了某种对冲的作用,有助于吴芳更好地处理市政府班子成员间的关系。熊东来讲完后,江伟便开始做总结性讲话。

江伟扶了扶眼镜,十分沉稳地说:"为了开好这次会议我和吴市长商量过多次。市政府党组经过长时间的准备,给市委常委会提交了关于招商引资的思路性意见,以及六个系列文件,经过讨论市委常委们一致同意。与会其他同志还提了一些好的意见和建议。这个会开得非常好,非常及时,非常必要。"他连用了三个"非常",稍停后接着说:"对市政府党组《关于切实加大加快全市招商引资工作的意见》,会后修改后以市委和市政府的文件下发,意见改为决定,作为秦东市今后经济社会发展的指导性文件。秦东市要实现跨越式发展,必须以项目建设为中心,以招商引资为重点,不断提升秦东发展的核心竞争力和综合实力。《关于秦东市整治和改善投资环境的意见》《关于落实部门招商引资责任制的意见》这两个文件,以市委、市政府两办的文件发出,把责任落实到党政机关的各个部门。要明确写进市级四大班子领导包联县(市、区)、包联重点项目的内容。对各级各部门和领导干部的招商引资工作实行重点考核。对影响和破坏投资环境以及影响和阻碍招商引资的人和事要坚决查处,坚决打击。这些内容不仅要明确写进这两份文件,还要在前面所说《决定》中加以强调,不要怕重复,就是要反复讲。《关于秦东市招商引资的优惠政策》《关于秦东市奖励招商引资项目和引资人的若干规定》《关于对重点招商引资项目实行重点保护的意见》《关于加快招商引资基地建设和建立项目库的意见》等四个文件,以市政府的文件发出。总之,一定要在全市范围内大张旗鼓地开展招商引资,尽快把这项工作推开并引向深入。这个议题就进行到这里。"

江伟稍停片刻,说:"下一个议题是市委组织部关于公开招聘市招商局局长的意见。"听说是讨论干部问题,除市委常委外大家纷纷收拾面前的东西准备离开,手脚麻利的已走到了门口。这是不成文的规则,干部问题是核心机密,一般情况下只有市委常委以及组织部的个别工作人员和常委会的记录人员可以参加会议,其他人员都会自觉离开。江伟看了看会场,微笑着补充:"都别走,今天的干部议题不涉及具体人,大家听听有好处,有利于后面的工作。"书记发话了,大家重新坐好,一些对人事问题并不关心的人也只好坐了下来。

组织部副部长吕晓照稿念了《关于在全市公开招聘市招商局局长的意见》。李宏国就意见的形成做了简要说明。江伟说:"公开招聘领导干部,在一些地方早就不是啥新鲜事了,在我们秦东还是第一次。组织部关于公开招聘的范围、条件、方法和程序都讲得很清楚,大家讨论一下。"常委们纷纷表态,一致表示同意。发言都很简单,陈志正按惯常的风格只说了"同意"两个字,整个发言也就几分钟时间。江伟说:"常委们一致同意公开招聘市招商局局长的意见。会后由市委组织部具体组织实施,完成必要的程序后由市委常委会讨论决定市招商局局长。今天的会议就开到这里。"

下班时间已过了半个钟头,大家说笑着匆匆离开了会场。吴芳心里轻松了许多,招商引资终于确立为秦东的发展战略。似乎又觉得沉沉的,她万万没有想到招商局长的事竟弄得如此复杂,反反复复,一拖再拖。她知道这是由锡平在从中作梗,组织部门最后竟冠冕堂皇地以干部人事制度改革来解决这一难题。也许这样真能选聘一位优秀的招商局局长,也许公开招聘领导干部会越来越多,会常态化,会产生更好的社会效果。想到这里,吴芳心里也释然了。

## 第二十章

冬日时光,夜幕降临得特别早。1999年的最后一天,下午5时才多一点,天就暗了下来。一到5时半,秦东市中心广场齐刷刷亮起了灯光。这里在卸下白天色彩艳丽的衣服后,瞬间换上了一袭华美动人的晚礼服。千面彩旗在灯光映照下呼呼拉拉地飘着。千盆菊花在夜风中悄然散放着淡淡的清香,这些菊花是由锡平当年引进并经改良的新品种,特耐寒,可开至春节。这些彩旗和菊花从白天起就一直守候在这里,将和秦东人一起喜迎新千年。6时过后,广场南端便传来阵阵锣鼓声,今晚表演的主角开始高调登场了。全市十一个县(市、区)"千面锣鼓迎千喜"的锣鼓队伍,已全部聚集到了临秦区政府机关大门外的一条小街上。锣鼓表演虽然还没开始,这些素不相识的表演者却暗暗飙上了,都按捺不住想露一手,纷纷拿出看家的本领敲打起来。尽管难辨鼓点节奏,杂乱的合奏齐鸣却有着出人意料的声威和气势,更为震撼人心,更具引人魅力。听到如此激昂雄浑和持续不断的鼓声,市民们吃完晚饭就扶老携幼赶到中心广场来了。

仵天才比早到的市民还要来得早,他是市委、市政府今晚举办的"千面锣鼓迎千喜"活动的现场总指挥。他穿一身深蓝色西服,里边是新买的最好的保暖内衣,打一条红色领带,胸前挂一朵小红花,小红花下是红底黄字的总指挥绶带条。染过的黑发被发胶固定着,在风的吹拂下纹丝不动。他一如既往地昂着头,挺着胸,迈着坚定自信的步伐,往来指挥着现场的工作人员。他身后跟着三个科级干部。一个是接待办主任方峰,负责招呼各大班子的领导成员和离退休市级老领导,以及一些重要嘉宾。事关礼仪,一点都不能马虎。另一个是接待办副主任胡立安,负责现场的各项服务工作,具体带领一批服务员,也出不得差错。还有一位是机关保卫科科长马胜利,今晚的保卫工作是市公安局负总责,马胜利只须对主会场核心区负责,并与市公安局直接联系,以防出现什么突发事情。也不知道

## 第二十章

怎么搞的,这么多年一直强调社会稳定,抓社会治安综合治理,可是举办大型活动时,保卫工作还是一点都不敢马虎。仵天才刚想到这一层,就看见市公安局的副局长由进京过来了。由进京是今晚市、区两级执勤干警的总负责,两人见面后,由进京就忙着说:"仵秘书长,今晚市、区两级的公安干警全部出动,中心广场主会场的干警已全部到位。一到7点钟,中心广场周边所有道路的机动车辆一律禁行。"仵天才看了看周边正在值勤的干警,郑重地说:"好哇,关键是放焰火时的安全,估计全城至少有十万人要涌到中心广场周边,是秦东史上之最,一定不能出问题,出了问题咱俩都没法交代。"由进京说:"你强调了多次,这方面已有预案,临秦区的公安局长亲自坐镇开元大厦工地,以防不测。"仵天才看了看在建的开元大厦,再一次感受到了一种强烈的刺激和震撼。

中心广场周边的市民越来越多,多数人是被日间的传闻和阵阵锣鼓声吸引来的,到了这里后锣鼓声的引力却大为减退,在建的开元大厦,当下的大彩楼如同巨大的磁场,一下子把人们的注意力全吸引过去了。虽已入夜,这个拔地而起的十二层宏伟建筑并没有被夜色淹没,俨然变成一座像从地宫冒出来的亦真亦幻的神奇架构。楼内照明灯和新增的彩灯已全部开启,灯光透过披在楼身的树枝树叶,有一种似乎通透又朦胧的奇幻美,一种难以抗拒的极具魅力的另类美。这种美如配上空旷静谧,则极有诗意;这种美如配上低吟浅唱,便更为抒情。可这种美偏出现在中心城市的闹市区,且人声鼎沸,鼓声震天,于是原本可期的恍如一湖涟漪,抑或是潺潺流水般的情调被淹没了,更多的是大江东去和飞流直下的气势和宣泄。市民们在享受听觉冲击的同时,尽情地享受着极其罕见的视觉盛宴,别有一番荡人心魄的情趣和意境。

不到7时,由进京就下令中心广场周边主干街道机动车辆一律禁行。这时通向中心广场的各条街道已是人流如织,一到中心广场又是万人仰首。大彩楼已成吸引人眼球的最大亮点,人们议论纷纷,交口称奇,不约而同地涌向那里。仵天才怕出意外,就通过高音喇叭不断地劝导,要开元大厦工地周围的市民,自觉维护现场秩序,观赏过"千喜多彩塔"的市民要及时离开,不要在工地附近逗留。说也奇怪,市民们都知道中心广场北边正在建大楼,但少有人知道楼的名称,通过仵天才之口"开元大厦"一夜间便叫了出去。市民们也通过仵天才之口,很快知道了盛妆亮相的大彩楼叫"千喜多彩塔"。于是"开元大厦"和"千喜多彩塔"的名称通过高音喇叭和市民们的口口相传,迅速传遍了秦东市区的角角落落。经过一年的辛勤劳作,市民们都乐意在这一年的最后一天出来放松一下,甚至是放纵一下,在喜庆欢乐中也迎来充满新的期盼的新的一年。对即将迎来的新千年,对任何人来说都是个新鲜话题,因为谁也没迎过上个千年,都有些说不太清的感觉。不过说清说不清并不重要，重要的是凡来到大街上的人，无论男女老幼都是那么的高兴，都在尽情地享受着这说不太清的新千年庆典所带来的愉悦。

7时半左右，庆典活动的核心区开始来人了。最先到来的是几位离退休市级老领导，方峰赶忙迎上前去，招呼他们坐到摆着桌牌的座位上。立即有服务员过来倒上了茶水。来了的老领导边喝茶，边聊天，平时难得一见，见了面都挺高兴，昔日的恩怨似乎已随岁月逝去。

来得早的还有秦东大学的华仁教授，他在高玉和卫三乐的陪同下，都以嘉宾的身份来参加今晚的庆典。文佳一如既往地提前来了，正遇自己的老师和同学，便以主办方的身份来招呼，方峰也急忙过来招呼。华仁一到广场就对这个大彩楼发生了浓厚的兴趣，笑呵呵地说："文佳呀，听说这个项目是古济宁投资搞的，今天不知在变啥戏法？"文佳听肖冰冰在电话中说搞了个秦东第一的大彩楼，要他来先睹为快。下午他急着要处理上午市委常委会讨论过的几个文件，想在节前把这些文件全部修改到位，然后以2000年的一号文件发出。整个下午他都和市委王志东秘书长在处理这些文件，没有来得及看上一眼。他也是刚刚看到这个让他大开眼界的大彩楼。方峰看文佳笑而未答，有点手舞足蹈地说："今晚要在开元大厦楼顶放焰火，为了更为壮观，就凭借脚手架和楼体搭了个特大的彩楼，没想到竟成一大景观！"高玉笑着说："高音喇叭不是一直在说嘛，这叫'千喜多彩塔'！"文佳也听到仵天才在不断地提到"千喜多彩塔"，就说："市委、市政府今晚举办的活动叫'千面锣鼓迎千喜'，这个彩楼叫'千喜多彩塔'，也算顺理成章。"说着便笑了："不过，这个千禧年庆典还真没经过，刚才我听周围的群众还在互相打听呢。有人还问一个老头，问他过去是怎样过千禧年的。"说得大家哈哈大笑。华仁笑罢，略做思索，慢慢地说："那个老头如果从上个千年走来，他应是北宋时的人，公元1000年应在宋真宗赵恒的咸平年间。赵恒在即位之初的几年中，能广开言路，锐意兴革，勤政治国，所采取的措施促进了当时社会经济的发展，全国人口由他即位初年的四百多万户增加到近八百万户，出现了后世所称的咸平之治的小康局面。历史往往有着惊人的相似之处，而今在公元2000年即将到来的时候，我们的经济社会有了咸平之治无法比拟的发展，普天欢庆一下也是好的！"老教授今天有些高兴，他看大家听得很有兴趣，接着说："再说，有跨世纪的老人，哪有越千年的老人？如果今天出生，能活到一百零一岁，便能跨三个世纪，但人生能遇一个千禧年就至为幸运了。如果能遇两个千禧年，那宋真宗的宰相寇准就应该坐在这里了，他可是秦东历史上的名人呀！"说毕他看着文佳笑了起来。文佳说："寇准一生胸怀大志，三十一岁就任副宰相，以刚直清正、善断大事而名彪史册,蜚声后世。市旅游局正准备以他为名头搞个项目,刚刚开过项目论证会,有个名人可不得了……"这时仵天才又大声喊着什么,整个广场全成了他一个人的声音,文佳听得直想捂耳朵,心想声大顶啥用,人家寇准三十多岁就成了副总理级干部,你和我一样都五十多岁了,还在干这种服务性工作,也值得咋咋唬唬？他明显觉得仵天才今天有些刻意显摆和张扬,便心生反感。仵天才的声音刚落地,一直默默坐在一边的卫三乐对文佳附耳说:"老兄,往年过元旦就是休息休息,今年却打了个迎接新千年的旗号,你看看这场面,看看那个'千喜多彩塔',简直是穷折腾,又劳民又伤财！若一千年前的寇准再世,肯定和当政者过不去,又要冒死挽衣留谏！"说完又摇摇头,自顾自品起茶来,不再吭一声。文佳听了无语以对,心想这卫夫子的迂腐劲儿又上来了。不过"一人向隅,满座不欢"的古语似乎也不全是如此,尽管他一人不怎么高兴,不仅满座皆欢,而且满场、满城皆欢呀！文佳看高玉在招手,就离开座位走过华仁在高玉身边坐下。高玉说:"明天元旦你该没事了吧？我已邀张洛朴和丁燕红明天来赏这个难得一见的'千喜多彩塔',上午我已从网上把朋友拍的照片传过去了,没想到晚景更迷人,明天你也来聚一聚。"高玉是第一次邀他,文佳推托不得,笑着答应了。他看部门领导快到齐了,场外早已熙熙攘攘,越来越多的人群将主会场围得水泄不通,就起身告辞走向自己的座位。

　　由锡平满面笑容来到广场中心区,仵天才急忙迎上前去。由锡平是这次庆典筹备工作的总负责,又要担当晚上活动的主持人。由锡平一到,仵天才就心照不宣地跟在他后面,陪这位市政府领导履行官场礼仪。由锡平首先走到最东边用课桌摆成的方阵前,这里前几排坐着市上各大班子的离退休老干部。由锡平和这些老同志一一握手,寒暄问好,坐得稍远点的他几乎是趴在桌子上握手,而且始终面带笑容。坐在老干部后边的是各中小学校的师生代表,已坐得整整齐齐。中间方阵前边是四大班子的现职领导,人尚未到齐,后边是市直各部门的主要领导,已坐得满满当当。由锡平的桌牌摆在第一排,他没有立即入座,而是双手半握举到胸前,向坐在前边的领导微笑致意,然后举起右手向后边挥了挥。随后快步向西边的方阵走去,西边的前几排是嘉宾席,这些嘉宾有些由锡平认识,有些并不认识。方峰早就等在这里,他恰到好处地把领导不熟悉的嘉宾予以介绍,仵天才也时不时做些补充。由锡平见到华仁时,关切地说天气冷,衣服一定要穿好；见到汪达其和李菊时,竖起大拇指直夸夫妻店开得好,一下子就笑倒一大片；见到严玉华时,叮嘱要代问张老板好；见到肖冰冰时,指着"千喜多彩塔"大加赞赏；见到慧泉法师,竟双手合十,行了个标准的佛家礼……会见嘉宾的气氛显得既热情又随和,让方峰大开眼界,深感要当好接待办主任还得跟着领导好好学。嘉宾的后面是中央及省驻秦东单位的代表和市直企业的领导,也已到齐。由锡平含笑向他们挥手致意,刚要离开却发现关立峰也坐在这里。关立峰站起来笑着说:"由市长,我在这里陪着一位没有列入名单的嘉宾。"他指着坐在旁边的一位老人:"这便是咱秦东有名的抗日壮士关青山,参加过有名的中条山战役,一把大刀曾威震敌胆。"由锡平忙握住老人的手,连声问好,不解地看了一眼关立峰。老人听说是市长,想要站起来,由锡平连忙按住老人的肩膀。老人戴一顶俗称火车头的黄棉军帽,披一件黄棉军大衣,透出一股军人的英气,显得格外精神。这一身行头,是关立峰下午给老人带来的,款式虽旧却极实用。历史就是这样,老人当年如果是在八路军或新四军里,那如今就是抗日老英雄了,不至于嘉宾的名单上也没有,说不定还会坐在离退休老领导的位置上。不过还算不错,在他剩下的岁月里,没有人再叫国民党残渣余孽或兵痞了,而被尊称为抗日壮士了。如果在前多年,像关立峰这样的人当建委主任,老人那两间破房子早就被拆得底朝天,荡然无存了。可如今关立峰不得不降下身段,尽量和老人商量着如何和谐拆迁,如何皆大欢喜。老人看市长也如此客气,就张大嘴说:"拆,拆!我答应拆。"由锡平听不明白老人在说什么,看了看并不解释的关立峰,竟是一脸茫然。关立峰只是笑笑,这种场合不便说什么,只是手搭在老人的手上捏了一下,示意不要再说了。关立峰心里更加有了底,这个几任建委主任都啃不动的"钉子户",终于在前几天松了口,答应把自己的旧房拆掉,一旦寻下合适的住处就可动工。老人觉得拆自己赖以生存的祖屋是天大的事,如此大的事市长肯定会管,就向市长表白自己的态度。由锡平在关立峰耳语几句后点点头离开了。老人心里有点说不出的感觉,秦东过大事竟然把自己这个老头子也请来了,关立峰的官就够大了,据说和当团长的古立俊差不多一样大,却陪着自己坐在正经位子上,市长的官比古立俊还要大,也来问候自己,哪个老百姓能活到这份上?不过又有些迷惑,弄不清被人看重是因为当年打鬼子抡过大刀片,还是因为如今答应了拆旧房,也弄不清这两件事有啥联系没有?

忽然,大家的目光都集中到几乎是同时从人群中慢慢开进广场中央的三辆小车上。江伟、吴芳和吕增辉三位市上的主要领导来了。

随着三位主要领导的到来,主会场开始静下来。周边的群众不断地向主会场涌来,嘈杂声、呼叫声汇成一片,声响和动作的幅度也越来越大。由进京一直在现场指挥着公安干警在维持着秩序,不让群众进入主会场。这会儿他大概是最忙最紧张的人了,大冷的天他头上竟冒出了一层细汗。仵天才下意识地摸了一下扩音器,环顾了一下广场周边的人群,8时整他的目光离开手表,大声说:"静一下,大家静一下!"他的声音通过高音喇叭传遍中心广场,传向远方,偌大的中心广场顿时静了下来,只剩下仵天才一个人的声音:"秦东市'千面锣鼓迎千喜'庆典活动即将开始,现在请秦东市市委常委、市政府常务副市长由锡平同志主持庆典活动。"由锡平离开座位,稳步走向仵天才身边的立式扩音器,站定后从上衣口袋里取出两页纸,平视前方宣布:"秦东市'千面锣鼓迎千喜'庆典活动现在开始!"在全场雷鸣般的掌声和场外呐喊欢呼声中,他接着说:"首先,请秦东市委副书记、市政府市长吴芳致辞。"一阵掌声过后,场外出乎意外地静了下来,人们都想一睹秦东历史上第一位女市长的风采。

吴芳离开座位,在万众瞩目中迈着矫健的步子,向由锡平所在的位置走去。

吴芳代表市委、市政府,对全市人民喜迎新千年表示了热烈的祝贺,对一年来辛勤工作在各条战线的干部群众表示了衷心的感谢。她充分肯定了全市一年来在经济社会发展方面取得的成绩,对今后工作提出了殷切的希望,着重强调了要进一步加大加快招商引资工作,努力实现秦东的跨越式发展……中心广场周围挤满了人,黑压压的看不到尽头,人们都在听着女市长的讲话。吴芳的致辞虽然只有短短的十来分钟,却热情洋溢,鼓舞人心,多次被场内热烈的掌声打断。吴芳致完辞掌声更加热烈,场外也响起掌声和叫好声,吴芳在浓烈的声浪中走向自己的座位。刚走了几步,她看到了嘉宾席上的华仁教授,就微笑着走向自己的老师。她要向老师问好致意。

由锡平接着宣布:"下面将进行秦东史上最大的'千面锣鼓迎千喜'大汇演,由各县(市、区)和市直的锣鼓队表演……"他的话还没说完,场外顿时掀起一阵狂热的呐喊声和欢呼声,由锡平提高了音量,以压倒万千人的气势接着说:"请市政府副秘书长、办公室主任仵天才同志主持锣鼓大汇演!"说完由锡平把议程单递给仵天才,回到自己的座位去了。仵天才看着议程单大声说:"第一个节目,由韩县锣鼓队表演著名的'威风锣鼓'。"大家的目光迅速集中到广场南端的表演场地。几十名身着古代戎装的巾帼们,在惊天动地锣鼓声中,手持彩旗跑到不锈钢雕塑的前边,迅速构成了威武雄壮的背景。紧接着是一群赤裸着上身的壮士呐喊着击鼓登场,两边的十余面大鼓配合着壮士的表演,擂出阵阵撼人心魄的鼓点。大冷的天,许多人穿着棉衣尚且打颤,这些壮士们似乎是神兵天降,把士兵的无畏与威风表现得淋漓尽致,他们是那样忘情,那样专注,似乎对天寒地冻早就失去了知觉。看了韩县的锣鼓表演,还真的让人感到勇武难挡,威风无限,震撼不已,难怪称之为"威风锣鼓",还真的名不虚传。这大概有其历史渊源,韩县地处黄河岸边,距此不远,历史上曾有过韩信率军木罂渡河的传奇,现代有过八路军东渡黄河抗日的壮举。再说黄河岸边还产生过一位替英雄立传,创作过赞美英雄的不朽史册《史记》的史圣司马迁。受创造历史的英雄故事和歌颂英雄的壮美华章浸润的土地上，产生"威风锣鼓"再自然不过了。如今的韩县虽离秦东这个中心城市最远，由于得改革开放风气最早，很快就成了秦东发展最快的地方，已列为省内十强县之一。今年又签约了几个招商引资大项目，后劲增大，前景无限。县政府领导亲自挂帅，组织培训了这支威风八面的锣鼓大军，向现场十万秦东父老展示了"威风锣鼓"的气势和神韵，把大家看得激情荡漾，听得热血奔涌，表演已经结束了似乎还在震撼之中。

　　一连好几个县的锣鼓表演，鼓点节奏不同，风格韵味各异，表演形式多样，奇招特色迭出。有时让人如临古战场，在激越粗犷的鼓声中，似乎还听到了战马的嘶鸣和勇士的呐喊；有时则让人如临风听雨，是那样的细腻抒情，像是倾诉，又像是吟诵……除了鼓乐大多还伴以歌舞，表演队伍中有男有女，以青壮年为主，也有不少银发老人和花季少年。

　　市直单位的锣鼓队就要出场表演了，人群中一阵骚动，许多人开始往前挤。首先出场的是秦东纺织厂的纺织女工腰鼓队，女工们穿着白色的工作服，戴着白帽子，身披标有"秦东纺织厂"的红缎带，胸前挂着红色的腰鼓，有如雪映红梅，仿佛仙女下凡，一出场就引发场内外掌声一片。秦东纺织厂女工腰鼓队素负盛名，曾多次进省赴京表演，几次获奖，上过省电视台的春晚节目。只是近几年企业效益不好，大批职工下岗，好久已见不到秦东纺织厂女工腰鼓队的倩影了。白银是腰鼓队的领舞，这位汇隆公司的驻厂代表，早就融入了女工之中，通过这次排练更变成了她们的知心姐妹。她娴熟优雅的舞姿，一下子就吸引了全场人的目光。李菊对这位大学高才生寄予厚望，白银一出来，就直对坐在身边的丈夫夸个不停。汪达其静静地看着，想得比较多，他知道这是任东山一手组织起来的。企业如此困难，还值得穷折腾吗？任东山得知市上要搞这次活动后就去找由锡平，要以"纺织三星"为主组建市直锣鼓队，没想到由锡平欣然同意，还让他去找找南金山，看能不能弄点赞助费，没想到南金山二话没说就慷慨解囊，并称愿做坚强后盾。任东山既是领队，又兼导演，还请来白银当助手，市直锣鼓队就顺利地组建起来了。纺织女工的腰鼓表演，明显加进了一些新的表演手法，令人耳目一新。在腰鼓队表演的同时，不锈钢雕塑前已整整齐齐地站好了男女各半的二百人的合唱队。在朗诵声中，合唱队唱起了传统歌曲《咱们工人有力量》，气势如虹，声震云天，再次引发一阵热烈的掌声。由锡平是率先鼓掌的人，显得异常高兴。吴芳听朗诵词多是些赞扬秦东工业战线和"纺织三星"曾经的辉煌，觉得这是一种宣传，很正常。可仔细一想，为什么在筹划企业改制的关键时期，特别是秦东纺织厂破产改制已进入决策阶段，却宣传"纺织三星"呢？再看由锡平有点亢奋的样子，她想这种安排会不会和由锡平有关？再看最近他一直推荐的任东山忙前忙后的样子,她忽然有些警觉。文佳也觉得有些怪怪的,有关秦东纺织厂破产的想法和筹划工作已七八个月了,现在高调宣传"纺织三星"合适吗?搞得动静如此之大,自己怎么就不知道呢?也不知朗诵词是谁搞的,也不交换一下意见?仵天才对这个节目相当满意,节目策划期间周华曾提出和文佳沟通一下,仵天才认为这是文化娱乐活动不涉及经营管理,没有这个必要。他清楚由锡平对此事十分支持,就更加放手让任东山搞出点名堂来。汪达其看着妻子蛮有兴趣的样子,脸上甚至挂着"六一"儿童节看女儿表演时的表情,便轻轻地摇摇头,心里有一种说不清道不明的感觉,隐隐觉得妻子远未看清秦东纺织厂这潭水其实深不可测。

最后是临秦区的锣鼓表演,是压轴节目。临秦区展示的是大气魄、大规模和大组合,以乡镇为单位组建锣鼓队。来时都是大卡车拉来的,表演时多数用平板车推着鼓,有的则是四人或者八人抬着鼓,在行进中以各种方式进行着表演。三十几个锣鼓队首尾相连,逐一通过广场,气势显然盖过了前边的表演。最后上场并停下来的是下马村代表下马办事处的锣鼓队。他们表演的叫"汉武出巡"锣鼓,据传是当年汉武帝出巡驻跸秦东时兴起并流传下来的鼓风,古朴粗犷,又加进了现代元素,成为临秦区用来压轴的招牌性演出内容。三面特大鼓以品字形摆在广场,先是一通集体表演,每面特大鼓旁都围着五个大汉同时击鼓,让人看得眼花缭乱,又荡气回肠。接着是单鼓表演,都拿出看家本领尽展独门绝技,其中一个小伙子竟在鼓上玩起了鲤鱼打挺,有点像杂技,击打着特殊的鼓点。李菊对汪达其说:"这简直就是现代版的'鼓上蚤',倘若《水浒传》里的好汉时迁再世,也恐自叹弗如。"叫好声、呐喊声此起彼伏。表演队伍中,忽然有人打出了一条白色横幅,上写"下马村独裁者下马"。横幅刚一冒出来,就被几个公安干警按下拿走了。现场没有多少人看清楚,刘大毅却看了个真真切切,不禁心惊肉跳,知道村里有些人对自己有意见,又是告状又是上访,今天竟在这里出自己的洋相,幸亏有人干预,不然麻烦就惹大了。

下马村的现代版"汉武出巡"锣鼓表演结束后,仵天才看了看表,郑重地宣布:"今晚的'千面锣鼓迎千喜'大汇演就到这里。马上就要进入新的千年了,值此重要的历史时刻,请市委常委、市政府常务副市长由锡平主持即将举行的秦东市撞响千喜钟仪式!"由锡平再次离座走向主持人的位置。他满面笑容地宣布:"下面我介绍一下今晚代表五百四十万秦东人民撞响千喜钟的人员,并请这些人员到千喜钟下集中。第一位是秦东市委书记、市人大主任江伟,第二位是秦东市委副书记、市政府市长吴芳,第三位是市政协主席吕增辉,第四位是秦东军分区司令员郑重……"

当由锡平介绍到参加撞钟仪式的工人代表秦东纺织厂的老劳模董莉时,这位已经退休多年的老工人，赢得了场内场外一阵热烈的掌声。当介绍到农民代表刘大毅时，掌声固然热烈，场外却夹杂着嘘声。刘大毅走上场时依然是那样的意气昂扬，却难掩脸上的忧郁和尴尬。

知识分子代表华仁教授以年迈为由早就回家休息去了，最后由高玉代表前往撞钟区。省能源投资集团公司驻秦东代表严玉华也款款走来，原来投资商也是商，她有如模特走台般的风度和气质立即吸引了无数人的目光，许多人惊叹如今商业战线的代表竟是如此风姿绰约！学生代表李菁菁身着节日盛装，跑步来到千喜钟下，她浑身洋溢着青春的靓丽，脸上挂着少女的天真和清纯，代表着更加美好的未来。最后一位是宗教界代表六泉寺的方丈慧泉法师，他今天穿着出席重大法事活动时的绣金袈裟，缓步而行。撞钟人到齐后互相见过，谈笑风生，等待着即将到来的撞响千喜钟的那一刻。

这个千年一遇的时刻终于到来了！由锡平庄重地宣布："请江伟书记和吴芳市长以及社会贤达组成的撞钟人就位。"这是一个新铸的铁钟，上面铸有隶体"秦东人民喜迎2000年"字样，还有秦东最负盛名的标志性山水图。十个人两排站好，江伟和吴芳站在最前面，大家共同托着一根缠着红绸的悬起的木桩，摆好一副撞钟的架势，十个人是那样郑重、专注和认真。由锡平看着表略显激动地说："请大家一起倒计时！"他稍做停顿，大声说："十、九、八……"全场数万人齐声跟着喊，随着激动人心、震撼全场的"一"字喊出，悠扬激越的钟声立即响彻天空，高音喇叭让秦东半城人听到了进入新千年的钟声，现场掌声雷动，到处欢声飞扬，整个秦东城沉浸在欢乐的海洋中，一个崭新的千年开始了！

由锡平让仵天才继续主持下面的议程，就走回自己的座位去了。仵天才扶了扶从撞钟处挪回的扩音器大声说："让我们满怀激情，在新的千年刚刚到来之际，在开元大厦工地，在'千喜多彩塔'顶，举行万众期待的焰火表演。"广场核心区的所有领导和嘉宾都面北倒坐了过来，数万人从不同角度一起面向在建的开元大厦，"千喜多彩塔"再次以其独特的靓姿进入人们视野，全场又是一片欢呼，谁都知道这是在为"千喜多彩塔"喝彩。仵天才发现人群在向广场北端涌动，其他大街小巷的人也向那里涌去，急忙大声说："广大市民们，务请大家注意安全，不要拥挤，防止发生踩踏！焰火表演将在十二层楼高的'千喜多彩塔'顶举行，站在任何地方都看得清楚，站在'千喜多彩塔'下反而不安全。"忽然他觉得说法不妥，忙说："站在'千喜多彩塔'下的市民更要注意安全，请所有的公安干警切实负起责来，切实负起责来！"仵天才反复通过高音喇叭强调着安全，他既要为现场的安全负责，也要展示指挥才能。这是他今夜履行职责的最后时刻，显得特别精神，特别卖力，甚至有点亢奋。

## 第二十章

临秦区政府机关大门口也挤满了人,各县(市、区)的锣鼓队表演结束后都在这里休息,等着看今晚最后的焰火表演。锣鼓和道具摆得到处都是,这些忙活了一天的鼓乐手,有的坐着,有的躺着,人都过不去。临秦区政府办公室主任武天才和地方志办公室主任骆向东,一直站在大门口,好像还挺忙的。丁玉丽和王莎莎陪着两位老人坐在大门口的椅子上,倒是十分的轻松惬意。一位老人是王莎莎的祖母方玉桂,她向来身体不大好,穿一身厚厚的棉衣,戴一顶吴芳用羊毛织的橘红色棉帽,披一件王莎莎从省城买回的铁锈红色羽绒外套,脚上穿着棕色棉皮靴。面前放一个炭火正红的铁炉子,侧旁是一个高脚小茶几,上面摆着瓜子、糖果和一包香烟,边上放着两杯刚添过水的茶杯,这些都是武天才特意安排的。在方玉桂旁边坐着一个老头,头戴一顶黑皮棉帽,穿一件黑皮大袄,看着挺时髦;下身穿着厚厚的老式棉裤,脚上穿一双宽大的老式棉窝窝,稍显臃肿。老头脸上始终挂着微笑,看上去精神头挺好。他是秦东著名的中医师辛清玉,两月前他从乡下来到秦东市区,开了一家名为"春和堂"的中药店,由儿子辛友成打点,他只是坐堂应诊。没想到找他看病的人越来越多,最近更是天不亮就排起了长队。辛清玉一直认为中医有着几千年的传承,是国粹,对一些人唱衰中医相当反感,坚信中医永远都有一席之地。他进城后惊喜地发现,许多城里人也相信中医。城市是聚集现代文明的地方,作为国粹的中医仍有这么多人追捧,看来中华古老文明有着顽强的生命力。这么多的人看中医,让辛清玉的心情越来越好。今天方玉桂让孙女邀辛清玉来看热闹,他痛快地一起来了。

王莎莎陪祖母和辛大爷到中心广场后,刚好碰到吴芳的秘书丁玉丽。丁玉丽看广场人多拥挤,生怕老人有啥闪失,就要安排老人到核心区去,两位老人都不愿去,丁玉丽就招呼两位老人来到临秦区政府大门口,还打电话叫来了临秦区政府办公室主任武天才,让他关照一下。武天才安排人搬来了椅子、茶几和火炉,按贵宾来招待。他本来在广场核心区安排有座位,也没有再回去。他还叫来了地方志办公室主任骆向东,让他陪陪两位老人。骆向东是个见面熟,幽默健谈,又研究和编撰地方志多年,在锣鼓表演的间隙做些简要的介绍和点评,既引经据典,又穿插民间传说,还糅进了现代人的感受,绘声绘色,诙谐风趣,听得两位老人和周围的人喜笑颜开,似乎比看锣鼓表演还有趣。听得丁玉丽也不想离开了,原来"威风锣鼓"和"汉武出巡锣鼓"的背后还有如此精彩的逸闻趣事,原来临秦区政府还潜藏着这么一位博学多才又堪当节目主持人的人才呢!

撞钟结束后,大家的注意力都集中到了开元大厦工地,武天才不断地重复着"注意安全"和"千喜多彩塔"两个关键词。一直只听只笑不问一句的方玉桂实在忍不住了,便问:"'千喜多彩塔'是啥东西?"这突如其来的发问,竟让口若悬河的骆向东一下子愣住了。王莎莎笑着给奶奶指着说："奶奶你看,前边那个又高又大像个宝塔,用树枝围起来的大楼就叫'千喜多彩塔'"。方玉桂摇摇头,似乎没有听懂。辛清玉说："就是咱乡下说的大彩楼嘛!"方玉桂点点头笑了。骆向东接着说："古时候王宝钏的父亲老丞相,当年就搭了个彩楼,让女儿抛绣球招女婿,结果王宝钏把绣球抛到了薛平贵的怀里……"方玉桂的兴趣来了,截住骆向东的话,故作不懂地问："这个彩楼够大的了,是谁要在这里抛绣球?"大家齐声笑了,方玉桂也开心地笑了。丁玉丽笑着说："这还用问,这是市长让搭的大彩楼,肯定是市长要让女儿来抛绣球!"大家又笑。王莎莎嗔道："丁秘书,你怎么也胡说八道呀!"大家都不再笑,不过这话倒说到了方玉桂的心上,她动了动嘴又把话咽了下去,心想孙女的确到了找女婿的年龄,在自己的有生之年里,一定要看上重外孙才好。可儿媳吴芳的婚事拖了这么多年还没眉目呢!是不是自己拖累和影响了儿媳的大事?想到这里老人有点烦,情不自禁地看了看坐在身旁的辛清玉。这时中心广场周边的人越来越多,比刚才锣鼓表演时的人还要多,估计超过了十万人的预计规模,市民们都是冲着焰火表演来的,对焰火表演的兴趣更浓一些。这时武天才带着几个公安干警来到机关大门口,显然是为了维护这里的秩序和安全。

高音喇叭里,仵天才高声喊道："焰火表演准备就绪,马上开始,马上开始!"他的话音刚落,几束礼花弹便在爆响中腾空而起。接着绚丽多姿、五彩缤纷的礼花,不断地从高大宏伟又灯光迷幻的"千喜多彩塔"上,把烂漫和惊喜撒向夜空,万众仰视,惊叹连连。人们不再走动拥挤,仵天才一直担心的安全问题并没有出现。如此高上加高的烟花,在哪里都能看清,谁还愿意去挤什么热闹。半个小时过去了,方玉桂仰得脖子有些疼,忍不住又问："咋还不放火呢?"王莎莎听了不解,反问："放什么火?"骆向东笑着说："王老师,这个你就不懂了,民间就把焰火表演叫'放火'。不是有句成语叫'只许州官放火,不许百姓点灯'嘛,本意是指燃放焰火,后来才有了杀人放火一说……"方玉桂不语。辛清玉在边上撂了一句："她是想看'杆火'呢!"骆向东接住说："秦东人历来爱看的是'杆火',就是栽上许多木杆,把烟花爆竹一类的燃放物固定在杆上,然后用特制的引线连接起来。点燃一处杆上的烟花,就可以逐次引燃其他杆上的烟花。这些焰火有些表现传统故事和传说,如"火烧曹操""孙猴盗扇""天女散花"等,有些焰火燃烧时能呈现出灯笼、摇钱树、葡萄、瀑布等多种形状……""对,对,我说的'放火'就是指的那!"方玉桂像遇到了知音似的。骆向东看老太太兴趣上来了,便顺着她的意思说："今晚'放火'的就是浦湖县最有名的班子,曾在法国总统府表演过,还得了大奖。不过今晚不放杆火,因为人太多,放杆火太危险,很容易伤着人,再说也没有合适的场地。他们原本还想放上几杆最有名的传统焰火,还想着在楼顶放一杆'黄河飞瀑',后来都取消了,谁也承担不起这么大的风险呀!现在城里'放火',不管哪个州官'放火',只能往天上放啰!"他说得大家又笑了起来。方玉桂也会心地笑了,她弄不清州官有多大,儿媳当的这个市长官也不算小了,她'放火'也不能伤着老百姓呀!既然不放那种焰火,自己和辛老头坐在这里也就安稳多了。

在十来万人的注目、欢快、惊叹和评判中,在一些人的紧张、担心和惶惶不安中,流光溢彩、璀璨烂漫的焰火表演结束了。又是一阵阵喧闹的声浪,仵天才及时履行着最后的职责,在宣布"千面锣鼓迎千喜"庆典结束后,还不忘叮嘱市民离场时要注意安全,但声音明显小了许多。

2000年的元旦,没有因为横空出世的新千年庆典而失去其法定节日的资格。对秦东市民来说却与往年有些不同,多了一个可以去玩的去处,就是到中心广场去,领略一下搭上新千年庆典平台的元旦的特殊气氛,观赏一下千面彩旗飘飘和冬日罕见的千盆菊花竞放,特别是观赏一下千年一遇的"千喜多彩塔"。文佳昨晚参加了中心广场的庆典活动,自然没有到广场去的必要。紧张了一年,就想着早晨多睡一会儿,轻轻松松地看看电视,喝喝茶,哪儿都不想去。不到10点钟张洛朴突然打来电话,要他赶快到茗香阁茶庄来,说要在那儿开一个小型研讨会,大家都等着他。妻子章燕吃过早饭带着两个孙子去中心广场看新鲜去了,文佳刚刚品尝上宽松清闲的滋味,不过张洛朴向来爱开玩笑,哪里有他哪里就有欢乐,所谓的小型研讨会显然只是调侃而已,估计高玉、丁燕红几个同学会在场,就喝完杯中的茶离开家中。

茗香阁茶庄是秦东市区最大的一家茶庄,位于长阳大街中段最为繁华的地段。茗香阁茶庄始创于清朝中叶,鼎盛于民国,原为秦晋巨贾之商号,分号遍布西北数省,东及江浙一带,可谓"生意兴隆通四海,财源茂盛达三江"。盛时茗香阁多种经营,茶叶、绸缎、中药、生漆尽在其中。由于商号主人由姓子弟多为文墨之人,与茶道结下不解之缘,遂以茶叶、茶庄取代其他,以茶交友,以茶会天下。茶以载道,使由家文脉丰盈,人脉旺盛,世代相传。二十世纪九十年代初,由锡平的小儿子由同亮技校毕业后,以由姓传人的身份在秦东开了首家茶庄,志在恢复祖业,传承家风。由锡平从小就宠小儿子,指望他上名校,入官场,给家族争光。谁料小儿子偏不是这种料,从小学到初中虽然都上的是重点学校的重点班,可是考高中时三门课只考了一百来分。由锡平只好按着儿子的想法让他上了秦东技工学校的财会班。由同亮在财会班学习成绩也不咋样,毕业后就到市财政局的会计委派中心上了班。由同亮对会计工作不感兴趣,非要开茶庄不可。由锡平实在没有办法,就租了几间门面房随他去折腾。由同亮也许有祖传的经商基因,课堂上学习虽一窍不通,茶馆里经营却像阳台上的纱窗千眼开,把个茶庄经营得红火无比。几年下来便鸟枪换炮,盖起了三层小楼,还发展了几家分店,由同亮的称呼也从店长、经理变成了茗香阁集团公司董事长。

文佳到茗香阁来过几回,原想着闹中求静,来这里寻觅清静优雅之氛围,体味禅茶同味之意境,期盼能在清明淡泊中物我两忘,品茗悟道,领略"茶笋尽禅味"之妙趣。去了几次后让文佳十分失望,没想到茗香阁茶庄的现实和自己的想法落差竟是如此之大。在文佳看来这就是卖茶的地方,或者说是打着卖茶旗号的另类。这里有商务会谈,也有朋友聚会,更多的是来这里娱乐消遣,说透了就是打麻将。许多工薪族上班时间也来这里消费,打完麻将赢家请客,餐后方散。这里的房间普通的一百元包定,上点档次的二百元、三百元包定。吃饭另算,饭菜虽一般,价格并不菲。来者络绎不绝,其中不乏秦东精英名家和大款巨贾,联络感情者有之,放胆豪赌者有之,找人说情者有之,求人办事者有之。许多人都把这里视为曲径通幽之处,在这里演绎了一个个匪夷所思的故事。许多无形之手也助捧着小小年纪的由同亮,使他迅速成了一个成功的企业家,圈内甚至有人还给他冠以社会活动家的名头。文佳终于感到这里是不宜常来的是非之地,加上他根本就不会打麻将,就更加不愿再来此地。张洛朴偏偏选在这里开什么小型研讨会,文佳只好硬着头皮走进好久以来再未迈入的茗香阁门厅。

文佳刚要问服务员,一边闪出的由同亮立即招呼道:"文叔,您来了。张洛朴董事长说您很快就会来,我就等在这儿。他们在二〇八雅间。"说完就要带文佳上二楼。文佳问:"你认识张董事长?"由同亮站定说:"认识,他不是常去市政府吗?"他看了一眼文佳,意识到自己答非所问,解释道:"他和我爸是朋友,一块吃过饭。"文佳点点头,尽管由同亮仍没说透,文佳还是听明白了,不就是通过由锡平认识的吗?何必吞吞吐吐!由同亮不到三十岁,中等个儿,白净面皮,精干而机灵,一对眼睛滴溜溜地转着,好像在迅速观察和捕捉着对方和周围的动静,与乃父由锡平的不动声色和深藏不露大相径庭。由同亮知道文佳对他知根知底,脸上的轻蔑和不悦一眼就看得出来,仍然满脸笑容地陪着文佳来到了二〇八房间。

张洛朴一看见文佳,就击掌高叫:"老文来了,文老兄好!"文佳一看果然高玉、丁燕红在座,还有两人不认识。文佳微笑着和大家打了招呼。张洛朴指着坐在自己和高玉中间的一位男子介绍:"这位是美国猎鹰投资公司的副总裁孙静安先生。"指着坐在左边的一个年轻人说:"这是孙总的助手张隆,我儿子。"他手敲了一下桌子对张隆说:"还不叫文叔!"丁燕红笑着纠正:"叫文伯!"张隆忙说:"文伯您好!"他站起来欠欠身,一脸的笑容。高玉笑着对张隆说:"你丁姨凡事都不马虎,你爸称老兄,你当然得叫伯了。"大家都笑了。文佳挨着张洛朴坐了下来。由同亮问:"文伯,喝西湖龙井,还是喝武夷山铁观音?"文佳抬起头,刚才还叫叔,这会儿又叫上伯了,看来这位公子哥儿着实机灵。听人说由同亮常把市政府接待办的几个头儿请过来,请教如何招呼官场上的人,学习官场上接待的规格、程序和礼仪,难怪进了茶庄就觉得像是接待办在这里招呼自己。文佳漫不经心地说:"随便。"他看由同亮没有动,说:"那就来一杯西湖龙井吧。"站在旁边的女服务员立即冲好一杯西湖龙井,恭恭敬敬地放在文佳面前,然后跟着由同亮悄然离开。文佳更加觉得政府机关在接待方面一些独特的做法,茗香阁好像都学来了,足见由同亮对公款消费者的重视,足见由同亮今非夕比,当刮目相看了。

文佳一手轻按茶杯,不看张洛朴却对坐在左手的丁燕红说:"老张说是要开个小型研讨会,也不知道研讨的内容是啥?"说完又看着高玉,昨晚她说要邀请丁燕红、张洛朴来看"千喜多彩塔",显然也不全是,一时竟有点如坠雾中的感觉。张洛朴笑着说:"据说,为了迎接新千年,你老兄搞了一个足以申请吉尼斯世界记录的超级大彩楼,我和厅级大诗人就应邀赶来观赏,诗人说不定还会有佳作问世呢!"文佳忙说:"这个大彩楼和我没一点关系,我平时只是抓项目建设。听到消息时彩楼都弄成了,我是昨晚参加市上组织的庆典活动时才看到的。"文佳对这件事并不感兴趣,甚至认为这一搭一拆的影响正常施工。知道时木已成舟,又能怎样呢?文佳怕扫了大家的兴,忙说:"既然来了,就去看看,也许机会只有一次,谁也别想着下个千年再看的事!"丁燕红笑着说:"刚才已经看过了。高玉说昨晚在夜色和灯光中更显神奇无比,今天只能欣赏高大壮美,少了朦胧奇幻的神韵。"她略停片刻,接着说:"太有想象力了!这是秦东人将招商引资项目另类包装后,借迎千喜大平台隆重推出,是一种认可,是一种张扬,也是一种宣泄。"张洛朴喷了一口烟,轻轻掸了掸烟灰,有些不以为然地说:"前段时间我到外地出差,看到了一种更为奇特的大渲染、大宣泄,那里把几个山头用绿漆全染了,靠近道路的山坡全披上了用塑料制作的绿草大衣,并冠以山川秀美工程。那气势,那作派,远非秦东的彩楼可比……"文佳打断他的话说:"这完全是两码事,绿漆染山、山披绿衣那叫弄虚作假,劳民伤财。适逢新千年庆典,搭个彩楼娱乐娱乐,无伤大雅。再说秦东人挺喜欢这种传统的庆典形式,觉得挺喜庆,挺吉祥。"文佳尽管不大赞成搞什么大彩楼,也不愿听别人来贬损,也许是爱屋及乌吧。丁燕红说:"中国人缺的就是这种浪漫,西方过圣诞节,到处都是流光溢彩的圣诞树,有些也挺高挺大;满街都有盛装打扮的圣诞老人,有真人扮的,也有布艺和雕塑,有的圣诞老人好几米高,比篮坛小巨人姚明高多了。现代城市生活太紧张,竞争太激烈,好不容易搞了个可以张扬个性、尽情欢乐的平台,把现实生活夸张一下,虚幻一下,浪漫一下,没有什么不好。这和人造伪绿山有天壤之别,和别有用心地走邪门歪道不能相提并论。"丁燕红一眼就看出张洛朴是对古济宁投资项目快速推进有点不服气，在旁敲侧击，就有了说公道话甚至挺身而出的冲动。

文佳笑了笑，以和缓的语气说："这和这几年来经济快速发展也有关系，别说城市了，如今农村人过红白喜事，还要搭台子唱大戏，图个热闹，也有钱呗。"由同亮刚进来，招呼着给大家续了茶水，接住文佳的话茬说："文伯说得对，前段时间我一个本家老奶奶过八十大寿，村子里搭了三个大戏台，唱对台戏。一个装饰得大红大绿的古装台唱秦腔，老头老太太看上了省城名角的表演，过足了瘾。一个装扮得花枝招展的现代舞台，唱流行歌曲，半裸着跳摇滚舞，年轻人狂呼乱叫着过了把瘾。一个台子是在一块地势高点的地方随便平了平，搞了个土得掉渣的舞台，演的是秦东老腔。老艺人们青一色土布裤褂，只有一个中年妇女穿了件红缎上衣，头上顶了条红丝帕，算是唯一化妆出台的演员。整个演出全是原生态、原声态，老艺人们的演出哪能叫投入和卖力？简直就是在卖命！特别是一位年近八十岁的老演员，满头白发，边敲击长木凳，边尽情演唱，简直太震撼了！观众们呼啦啦都被吸引过来了，省城的几个名角都被吸引过来了……"由同亮突然停了下来，他意识到自己说跑题了，尴尬地吐了下舌头，有点不好意思地离开了。丁燕红有点遗憾地说："秦东老腔上大学时就听老师讲过，已流传上千年了，只可惜没有机会欣赏一下。"张洛朴笑着说："这有个啥！秦东电厂4月份搞四十周年厂庆，安排秦东老腔搞一次演出，届时丁司长莅临指导一下不就得了。我也搞个大平台什么的，让大家开开眼界，突出现代元素，绝不用一根根破树枝之类的破玩意儿！"高玉知道张洛朴历来好排场，喜欢和别人较劲，一听他连说两个"破"字，忙说："听说用树枝搭建大彩楼是新闻媒体的主意，是想把招商引资项目包装宣传一下，算是做实物广告。再说搭彩楼有地方特色，有一定的文化传承，只要老百姓喜闻乐见也是好事。只不过有些人觉得有些包装过度，卫三乐看了就直摇头。"丁燕红笑着对孙静安说："孙先生，你怎么一言不发？你也是看了'千喜多彩塔'的呀！"

孙静安应是今天的主角之一，大家的目光全聚集到了他身上。他三十六七岁的样子，眉清目秀，文质彬彬，举手投足显得从容淡定而又干练稳重。他是高玉国外留学时的同学，两人情投意合，却对在国内还是国外发展上意见不一，使得婚恋变成了马拉松长跑，迟迟走不进婚姻殿堂。这次见面都想着把这件大事定下来，高玉就约丁燕红来参谋筹划，也请张洛朴出面做做工作，便以看"千喜多彩塔"为名把两位老同学请了过来。文佳虽然不知就里，但猜测肯定不是专为观景而来。茶座上高玉和孙静安坐在一起，不时附耳轻言的亲昵，也让文佳猜到了几分，当然他也乐意陪陪客人。孙静安听了丁燕红的话，微笑着说："这么多年来经济社会快速发展,到了一定程度,文化也必然会逐渐繁荣和复兴。俗称大彩楼,被冠名'千喜多彩塔'的出现,无疑闪烁着传统文化的火花和魅力,似乎也难掩某种炒作的痕迹,其实经济发展才是最大的推手。"他稍停片刻,不再就事论事:"中华文明实现全面复兴,是我们梦寐以求的。在这个历史过程中会出现各种现象,有些合情合理,有些可以商榷,有些可能还会走错路。但总的状况会随着时间的推移逐步改善,我们不必过分担心。从历史发展的大势来看,今天的中国文化复兴是在中国与世界开放竞争的基础上出现的,所以这是更高层次上的回归,而不是简单的复古。中华文明只要对外开放,就能推陈出新。真正的大国崛起一定是一种文化的复兴,这个时代正在到来。当然,这只是我个人的理解,也不一定对,张隆你说呢?"

张隆一愣,上司怎么点了自己的将? 这位经济学博士,风流倜傥,一表人才,喜欢高谈阔论,与其父神似,在张洛朴面前则只能低调收敛了。他想老父在场,岂容我置喙,可上司之命也难违呀! 他左手下意识地正了正领带,挺直腰开了腔:"孙总说得太精辟了。社会是复杂多元的,人们对事物的看法往往是不同的,仁者见仁,智者见智,是正常的,也是难以避免的。"他知道不能只说这些,在座的谁都懂这些,他看了一眼父亲接着说:"我们五个人,包括茶庄小老板六个人,对'千喜多彩塔'这种宣传模式有些不同的看法,这其实十分正常……""错!"张洛朴毫不客气地斥道,"其实,大家的看法本质上是相同的,透过那些枝枝叶叶,大家看重的是这个项目,开元大厦项目经此宣传,必将走红秦东,将来定会成为秦东商界旗舰。看问题要看实质,我经常训斥你,还要孙总多批评多管教你,难道就不爱你了,不相信你了?"大家听得哄堂大笑。张隆满脸通红,没想到替父亲说了几句好话,反被劈头盖脸呛了一顿。文佳对张洛朴实在有些佩服,为了体现父亲的尊严,不经意间就偷换了概念,还训了儿子几句,简直太会幽默了!

由同亮恰到好处地进来问:"饭菜准备好了,要不要吃中午饭?"不等高玉表态,张洛朴大声说:"免了,免了! 这样吧,今天过元旦都没啥事,我做东,一块到省城去吃顿饭。看了秦东的'千喜多彩塔',也去省城新建的景点'大唐芙蓉园'转转,最好都在省城玩上两天,一切由我安排。孙总是我儿子的上司,我还谋划着要聘孙总为本公司的高管,今天就斗胆和高校长PK一次嘉宾款待权。怎么样诸位? 这个面子还是要给的!"他一个人把话说完了,其他人还能说啥呢? 文佳笑着说:"你到哪里都会干出这种喧宾夺主的事,我就不一定去了吧!"大家齐声说要去。张洛朴说:"老文请假有些困难,但今天就是老婆罚跪搓衣板也得去!"大家齐声笑了。张洛朴迅速拨通电话,没出茶庄就在省城的高档酒店定好了午餐。张洛朴不让文佳带车,拉着他上了自己的车。张隆便坐到丁燕红的车上去了。孙静安上了高玉的车。三辆小车离开茗香阁直奔省城去了。

　　下午四五点钟文佳疲惫地躺在家里的沙发上,妻子章燕在喋喋不休地埋怨着,时不时还挖苦上几句。孙子正正也在一边给奶奶帮腔。好长时间了文佳都没有像今天前半天这样愉快过,轻松过。在省城非常惬意地吃了一顿午饭,并不是饭菜有多高档,而是环境极佳,气氛和谐,一年来的紧张和劳累似乎全没了。饭后刚要到大唐芙蓉园去,文佳却接到十万火急的电话,原来开元大厦工地发生了民工与村民打架斗殴,几个人受伤住了院。先是由锡平催促查处的电话,接着是吴芳询问情况的电话,文佳只好匆匆赶回。及至赶到现场事态已经平息,"千喜多彩塔"正在拆除,一些想阻挡拆除的村民已经走了。刘大毅满不在乎地给文佳说:"文秘书长请回,没有多大的事,几个刁民胡搅蛮缠,想阻拦拆彩楼,我已经摆平了。"不等文佳问个明白,刘大毅推着文佳说:"大过节的,你回家休息去吧,这里有我在你尽管放心好了!都怪那个肖冰冰,没经过战阵,屁大个事都要给市政府汇报。这种小事根本用不着市政府管,你就回家休息吧!"话说到这份上了,文佳也就回到了家里。谁料刚进家门,章燕就唠叨上了:"不就是当个秘书长嘛,还是副的,连个元旦都过不好,好不容易几个同学在省城聚聚,也不得安宁。你为啥不把那催命的手机关掉?"章燕说得气呼呼的,像是文佳干下了啥错事。儿女们正在饭厅的餐桌上打麻将,大家都装没听见。外孙女伊伊在书房玩电脑。正正手里拿着遥控器随心所欲地搜着台,爷爷一回来就关了电视机,感觉听奶奶训话更有趣。章燕看丈夫整天不得安生,实在心疼,就边洗衣服边唠叨:"政府办公室已给家里打过八次电话了,这些小鬼像是催魂,比阎王还厉害,还打着市长的旗号。我想哪个市长也不会这样干!刚才值班室还在问你回来了没有,我说回来了,正感冒发高烧,有啥事找正秘书长去。"文佳只是苦笑着,他能对妻子说些什么呢?她也是一片好心,好在也没误啥事。正正背着手憨态可掬地说:"要听奶奶话,不要惹奶奶生气,听奶奶话就是好孩子!"

　　文佳听了一下子乐翻了,章燕"吭"地笑出声来,打麻将的也笑成一片。正正看了奶奶一眼,眼珠一转,忙着纠正:"听奶奶话就是好爷爷!"他一脸的得意,觉得这一下说对了。文佳和章燕齐声大笑。这下正正不干了,扑向奶奶问:"奶奶,正正说得不对吗?"文佳拦住正正,抱在怀里说:"正正说得对,很对!都要听奶奶的话,奶奶是户主,是家里的领导。"章燕嗔笑道:"你啥时候都只听领导的!"正正从文佳怀里挣脱,说了句"只听领导的",就找姐姐玩去了。文佳听毕训话便静静地半躺在沙发上,觉得和谐幸福的家就像心灵的港湾。眼前又浮现出在省城见到张洛朴妻子的一幕。她是和张隆一起回国的,看来她是铁定要离婚,是那样决绝,谁劝也没用。张洛朴对离婚似乎并不在意,正筹划着给孙静安在本公司安排职务,以促成高玉的婚事,还反复联系古济宁,要促成丁燕红的婚事。文佳本想在省城多待一待,离开秦东彻底放松一下,也给几个同学在个人问题上出出主意,帮点忙。大家都把他这个当年的党支部书记视为长兄,长兄就得尽点长兄的责任嘛!可两位领导电话一催问,只好又返回秦东了。还是妻子说得对,啥时候都只听领导的。不过,这又有什么办法呢?谁让自己多年来一直在领导身边工作呢?

# 第二十一章

一辆宝马车出了机场停车坪,向秦东市急驶而去。古济宁静静地坐在后排,闭着眼睛想休息一会儿。最近他实在太忙了,元旦前夕秦东市政府邀请他参加"千面锣鼓迎千喜"活动,他没有来;昨天是元旦还在深圳谈业务,接到高玉邀他来秦东观赏"千喜多彩塔"的电话,他只能一笑付之;接着又连续接到张洛朴发来的短信,要他务必来省城一趟,说有要事相商。好在深圳的事忙完了,也正想着要来秦东,他就答应了张洛朴。张洛朴派秘书李飞来接机,古济宁却要先到秦东开元大厦工地上去看看。他太了解张洛朴了,有多重要的事还要和自己相商?就是天大的事他都会独拿主意,何劳他人参谋,说不定又要玩什么新创意、新花样,于是就想先去趟秦东再说。

机场到秦东全是高速公路,一个来小时车就驶入秦东市区,很快车就停到了紧挨开元大厦工地的下马村小学门前的空地上。

听到李飞的招呼,古济宁睁开眼睛,缓缓走下车来,眼前的景象让他一下子傻了眼。工地上到处堆着杂乱的树枝,满地都是枯黄的树叶,阵阵寒风吹来,枝叶翻卷着呼啸着直扑街面,不断有路人侧目、埋怨,甚至还有人在骂。在建的主楼顶部两三层的周围还绑扎着树枝,远远望去有点像庄稼快成熟时,田间吓唬麻雀的戴破草帽的稻草人,是那样的古怪滑稽。古济宁看了心里简直不是滋味,脸色一下子变得苍白,便要给肖冰冰打电话。刚拨了两个数字,又把手机装进兜里,他想看看再说。肖冰冰前两天在电话里炫耀搞了个什么大彩楼,给项目做了个大广告。高玉还说什么大彩楼赢了个满堂彩,市民们无不一睹为快,还特此邀几个同学元旦来观赏。难道就是看这个不伦不类的丑东西?太匪夷所思了!

李飞一脸的狐疑,说:"这是怎么回事?楼上绑那么多的树枝,是冬季施工的新工艺吗?"安一秋"吭"地笑了,他昨天拉着张洛朴来这里观赏过,说:"这你就外行了吧,秦东人把这叫'千喜多彩塔',是为迎新千年特意搭的超大彩楼。不过昨天看着挺有派,来看的市民还拥堆堆,这拆个半截后就难看死了,像个卸了妆的干瘪老太婆!"李飞看古济宁脸色很难看,斥道:"你个一秋呀,应该再加个一秋,就成了二秋(屎),嘴里胡说些啥呀!"他是个聪明人,马上明白了是怎么回事,也知道古济宁很看重这个项目,怕司机说出更难听的话来,说完还给安一秋使了个眼色。安一秋昨天虽然来看了大彩楼,对底细并不清楚,看李飞又骂"二屎"又使眼色,还是弄不清这鬼精灵葫芦里卖的什么药,便不再说什么。

古济宁历来行事低调,不喜欢搞这些花里胡哨的东西。不过将在外不由帅,再者他看在肖冰冰父亲的面子上,对她放得宽,没想到竟弄成这个样子。元旦都过完了,彩楼拆个半截子还摆在那里,也不见工地上组织施工,哪有这样管理工程项目的!古济宁再次把拿出的手机装了进去,强压心头怒气,绕着简易围栏,迈过道沿上胡乱放着的一堆堆树枝,踩着满地枯叶向施工通道走去,他要看个究竟。李飞想说点什么缓和一下气氛,又不知道说什么好,只好跟在古济宁后边一路走去。安一秋本来守着车就行了,却预感今天这里可能有啥情况,也跟在后面走去,想看看新奇。

开元大厦按设计二十四层高的主楼紧挨下马村学校,主楼东是七层的裙楼,裙楼北端预留一个停车场。现在的施工通道就在预留停车场的位置上。施工通道相当宽,有两扇用铁丝织成的网状大门,平时所有的建筑器材都是从这里运进,施工人员都从这里进出。两扇大门敞开着,却没有了往日施工人员进进出出的繁忙景象。大门南边一位穿着时尚的老太太在晒太阳;大门北边一位妇女整理着一辆破旧三轮车内的杂物,另一位妇女站在一边诉说着什么。门内最北端一个老太太正给一个老头剃头。稍远处有一个老头,看见古济宁一行后立即站了起来,观察了一下又慢慢躺在了水泥袋上。他旁边卧着一只大黄狗,正瞪大眼睛看着大门口的动静,等候着主人的号令。

古济宁在大门口没有停,径直走向带狗的老头。李飞看见那么大一条狗心里有点怵,犹犹豫豫地迈不出步子,安一秋调侃说:"狗咬穿烂的,像你这样穿得像王孙公子一样的人,狗不但不会咬,还会欢迎!"说罢向李飞挤眼笑了笑,就跟着古济宁往前走去。李飞捏着一把汗,紧走两步壮着胆子跟在安一秋身后。三个人刚到老头面前,那只狗就呼地一下站了起来,李飞惊得一个趔趄,忙抓住安一秋。狗似乎并无多大敌意,一声也没吭,主人手指略压了一下,狗就放下立起的前腿,收起绝技表演。安一秋笑着说:"看看,我说对了吧,狗是在欢迎李秘书。"

古济宁从小在农村长大,没少玩过狗,却没有见过这么大这么壮实又这么有灵性的狗。在狗后腿着地前腿直立起来时,他情不自禁地欣赏了这只秦东市区引进的首只藏獒杂交的后代。狗的主人雷汉公看来人脸上露出了欣赏之意,心里的戒备也散去大半。他一直半躺在用水泥袋摞起来,上边垫一件破棉大衣的"沙发"上,一副旁若无人的样子。这时他坐了起来,想看看这几位气度不凡的来人有何举动。古济宁看出了这只狗是老人的心爱之物,戴着银项圈,还系着红兜肚,便从此切入问:"请问老先生,这只狗是你养的?像是一只好狗。"雷汉公的记忆中,还没有人叫过他"先生",他辈分高,村里雷姓人都叫"雷公爷"。其他姓氏的中年以下人,也都参照着叫他"雷公爷",年龄大的人称他"雷公"。陌生人有叫"师傅"的,有叫"同志"的,也有叫"大爷"的。就是没有人叫过"先生",而且是"老先生",这在过去往往是村里有学问、德高望重的人才配那样称呼。今天他竟被这位肯定很有身份的人称为"老先生",就赶快直了直身子,情不自禁地拉了一下衣襟,回答说:"是我养的狗,是纯正藏獒和本地最好的狗生的藏獒二代,我叫它二獒。""这是藏獒二代?这么大的狗,一个顶俩!"安一秋啧啧赞道。没有了危险,李飞这才仔细看了看这只被称为二獒的大黄狗,威武有狮虎之状,漂亮有熊猫之态,估计其实战能力远超一般的狗,且极具观赏价值,也随口夸了几句。

雷汉公像遇到知己一样,脸上的皱纹也舒展开来,站起来说:"不瞒三位客人,我家二獒在秦东是数一数二的……"李飞打断他的话,指着古济宁说:"古总可不是客人,他是这里的主人。"雷汉公一说起爱犬便有些忘乎一切,什么主人客人都顾不得了,接着说:"我一生只爱好两件事,一个是吼两句秦腔,别的不敢吹,咱的声大着哩,有没有喇叭不要紧。再就是爱养狗,年轻时养细狗,撵咬的兔子排成队能到市政府大门口。如今老了,就改养粗狗了,不,改养这藏獒二代了,也算是名狗中的名二代嘛!我家二獒人见人爱,有人出一万元我也不卖!""老雷公!你吹什么吹,你干的好事,还要不要王法!"突然有人大喊着。雷汉公猛地抬头,看见有人对着自己斥责,还举着相机要摄像,忙打一个呼哨,那二獒便呼地冲了出去,狂吠几声。来人惊得跌坐在地上,相机也掉到一边。古济宁回头一看原来是原秀山,就赶忙拉起他,说:"原站长,受惊了吧?"李飞也认识原秀山,忙给他拍了拍身上的土,忽然想到了在阳光酒店发生冲突的一幕,心中一阵窃笑。

原秀山上午正在外县采访,忽然接到肖冰冰的电话,要他赶快过来,说是他的创意"千喜多彩塔"变成了"千疮百孔塔",成了千人笑万人诉卸不了妆的苦主,被下马村的村民挡住拆不成,又施不成工,快把人急疯了。接到肖冰冰的电话,原秀山急忙往回赶。到开元大厦工地后一下子就傻眼了,昨日耀眼的明星,万千市民赞不绝口的"千喜多彩塔",一夜之间竟变成了这副模样,有如一个披着破蓑衣的老乞丐,站在寒风中飒飒发抖。他走到大门口,门并没有像肖冰冰说的紧锁着,还以为问题解决了,无论如何也想不到有人已把生意做进院子里了,大门必须敞开着才行。一进大门他就看到了雷汉公和蹲在一边的大黄狗,便肯定这个说话雷人,吼秦腔更雷人,发脾气特雷人,做事能雷死人的"雷公爷",是阻挡拆"千喜多彩塔"和工地恢复施工的头儿,就气愤难抑,直冲雷汉公,没想到他竟敢恶意纵犬。不过经此一吓,原秀山倒是清醒了不少,自己这个知识分子型"牛人",遇到这种江湖型"雷人",还得退避三舍,这种"雷人"往往是不按常规出牌的!原秀山尽快调整情绪,恢复了常态,却仍难掩脸上的尴尬和不快。

雷汉公早就认识原秀山这个名记者,刚才只是吓唬吓唬他,要真想伤他,就不只是打个口哨,还得喊一声"上",那后果就不堪设想了。在雷汉公看来,下马村就是靠这些记者捧出名的,刘大毅就是被这些记者吹成名人的。尽管他现在极力反对刘大毅,也不想得罪这个名记者,有人曾给他说过记者的笔不但能捧红人,也能把人送到监狱里去。他看原秀山刚来时的霸气收敛了许多,就又半躺到了临时"沙发"上,还端起一个宜兴紫砂壶,叽咕叽咕地喝起茶来,摆出一副老子天下第一的架势来。

古济宁看气氛有些缓和,就又问:"请问老先生,大冷的天你怎么还躺在这里?"雷汉公再一次听到"老先生"的称呼,放下紫砂壶,一反常态没有说出这关你屁事的话来,坐直了说:"你是问我为啥要到这里来?我们七户人是来讨个公道。我们的房子和村里的办公楼是一起拆迁的,为啥给村里的拆迁费涨了,不给我们涨?"他站了起来,气呼呼地说:"要涨都要涨,不然别想施工!我躺的地方就是我家的地皮,老祖宗留下的,谁敢来施工就让我家二獒咬下几条腿尝尝鲜!"二獒听到主人提到它的大号,竟激动地啃得啃牙。古济宁听得莫名其妙,拆迁补偿没有增加呀。开始谈开元大厦建设项目时,市商业局主动提出开发商以零地价签约,古济宁清楚这是出于招商引资心切,但这样容易留下隐患,果然在开工前后下马村就不断有人闹事,催讨拆迁款。后来古济宁在市商业局的确无力解决的情况下,主动把当初拆迁签订应付的费用全付了,为了及时兑付及以后工作的顺利,也考虑到市商业局的实际困难,还多付了二十万元的工作经费,但是从来没有说过增加拆迁费的事。他大惑不解地说:"从来没有增加过拆迁费呀。"李飞对雷汉公说:"老大爷,这位是北京兴华集团的古董事长,开元大厦项目是他们公司投资建设的,增加没增加拆迁费古董事长最清楚。"原秀山说:"这里现场总指挥肖冰冰也说过,市商业局表态不会增加一分钱的拆迁费。你得把情况弄清楚了,这是市上的重点招商引资项目,可别往高压线上撞!"雷汉公斜眼看着原秀山,一脸的不屑,厉声说:"狗屁高压线,老子偏要撞!"

"他个雷公爷就是撞上了高压线,高压线还不得断了!"一位老太太边走边微笑着说。大家的眼光全集中到了老太太身上,她约莫六十多岁的样子,浅浅淡淡的黄发略显蓬松,细细弯弯的眉毛长而微翘,上着淡妆的脸上挂着淡定而又自信的笑容,浑身上下流淌着引人的时尚元素和难以言表的魅力,她正是下马村的"潮奶奶"。她在下马村,在这一条街上名气很大,现在几乎无人知道她的名字了,只知道她叫"潮奶奶"。在邻居、村民和朋友眼中,她绝对是这个年龄段中的"时尚达人"。她的穿着看似随意,却透着别人无法模仿的味道,以及难以描述的形色。"潮奶奶"凭着自己对美的理解,每次走在大街上,都是一道亮丽的风景线,回头率不能说百分之百,至少也有百分之九十。人们流露出的目光大多是赞赏和些许惊讶。很多人特意向她请教穿衣搭配的知识,大多以为"潮奶奶"那些好看的衣服一定价格不菲。其实她的衣服中几百元一件的都很少。她常说,别人一千元买一件衣服,穿在身上不一定好看,我一千元买十件衣服,不仅好看,还可以天天换。她还说,穿衣服,我只买对的不买贵的。时尚,不是流行也不是模仿,满大街的人如果都穿得和你一样,有何美丽可言?

"潮奶奶"时尚的装扮,引来许多老太太的羡慕,她便义务担当起了她们的发型着装顾问。喜欢跳舞的"潮奶奶"还当上了村老年舞蹈队的"形象大使",每有演出或大的活动,都是她领舞,有时还兼任报幕员。下马村老年舞蹈队多次承担过讨债演出,去过大小企业,到过市、区政府,便有人给下马村的老年舞蹈队打上了"讨债专业队"的烙印,不过这并没有损及"潮奶奶"的形象,反而让她更加声名远播。人们都知道"潮奶奶"不缺钱,她图的是"潮",不是图"钱"。让原秀山大惑不解的是,"潮奶奶"这样的时尚达人怎么也来这里蹚浑水,便直戳痛处,问:"'潮奶奶',你也想来这儿多要几个钱?""潮奶奶"是原秀山的老熟人,几乎是他摄像的专业模特,出镜率相当高。她微笑着说:"大记者,啥钱不钱的,我儿子是银行的行长,我缺钱吗?"雷汉公说:"那银行的钱都成了你家的钱?"他顶了一句,谁有钱他就看谁不顺眼。"潮奶奶"并不理会他,接着说:"我正在省城给儿子看小孩,硬是让女儿叫回来了,说是七户每户都要出一个人闹腾一下,说是刘大毅少给了拆迁款……"她觉得说漏了嘴,急忙转了个弯:"我女儿正活人哩,能来这里闹事吗?再说她正申请入党呢,敢得罪拿事的吗?我只好从省城赶回来支这个差。"她既想解释又想掩饰,说清楚了却又漏了馅,说完后略显尴尬地笑了笑。

雷汉公听得却急了眼,大声说:"你女儿和雷义德这小子一样,都是胆小鬼,属兔子的,都不敢惹刘大毅这只老虎,叫我们这些老家伙出头闹事。"他突然意识到自己也说漏了,一咬牙索性来个痛快点的:"雷义德和刘大毅一样,也不是啥好东西,让我们七户出头给他当二葵,来这里瞎汪汪!"他话音刚落,已经平静好久的二葵猛地狂叫起来,它误判了主人的意思,被雷汉公一声断喝耷拉下脑袋,委屈地趴在地上一动不动。大家先是一惊,看到二獒的熊样后又都笑了起来。

古济宁越听越明白了,下马村内部有矛盾,有人故意加以利用,把村里的矛盾转移到开元大厦工地上,是想把事情闹大,达到某种目的。看来背景挺复杂,需与文佳联系一下,他拨了文佳的电话,电话关机。原秀山也听明白了,知道下马村这么多年发展越来越快,村里的矛盾也越来越多,越来越尖锐。"潮奶奶"尽管遮遮掩掩,也差不多说出了真相;雷汉公更是差点说出这七户人就是受雷义德唆使,来整刘大毅的,显然要求增加拆迁补偿只是个由头而已。这事市政府肯定会出面,这大概就是幕后导演的图谋。他忽然心中一动,拿起相机,想把这七户人家的闹事者拍下来,记录下这个项目推进过程中的另类影像。"潮奶奶"一看原秀山摆弄起了相机,便心领神会地拉了拉衣角,拢了拢头发,还摆了个姿势。原秀山见状急忙抓拍,拍完笑着说:"拍此为据,将来以破坏招商引资论处。""潮奶奶"微笑不语,她心里清楚真正破坏招商引资的人谁会来这里?她快七十岁了,却是三十多岁的心态,什么都看得透,也想得开。正因为如此,她的气色、皮肤都比同龄人看上去年轻许多。

原秀山看着雷汉公有点犹豫,几次拿起相机也没有拍,生怕"雷公爷"随时会电闪雷鸣。雷汉公看了看原秀山,朗声说:"原站长,没事,想拍就拍。你说以破坏什么论处来着?将来最好给我以破坏刘大毅的名声论处!他的名声是茅房门口卖臭豆腐——臭上加臭,还用得着破坏吗?"他拍了一下胸脯:"谁敢动我一指头,就叫二獒从他屁股上咬一块肉当下酒菜!"二獒这回吸取了教训,只是习惯性地动了一下,没有做出大的反应。"这样吧,给我家二獒也拍上两张吧。"雷汉公脸上露出了难得一见的笑容,他怕原秀山不干,几乎有些乞求的意思。二獒已站了起来,抬起头,瞪着眼睛,似乎领悟到了什么。原秀山拍手说:"行,行啊,正合吾意。先拍一张合影,叫藏二獒和'雷公爷'在一起。不对,是'雷公爷'和藏二獒在一起。"大家大笑。在笑声中,雷汉公和爱犬留下了历史性的大合影。之后,雷汉公又以弹指、拍手、挥拳、打呼哨以及发口令等多种形式,让二獒表演了腾、挪、扑、滚以及立卧、叫唤和狂吠等一整套技能,让大家大开眼界,称奇不已。向来爱狗的安一秋情不自禁地鼓起掌来,并提出要和二獒也来一张合影,要二獒表演成后仰站立的姿势。李飞站在一旁揶揄着说:"好,安一秋与藏二獒,一对新朋友,两个好伙伴!"大家齐声笑了。雷汉公觉得没啥好笑的,却也跟着放声大笑。安一秋不为所动,依然摆了个爱怜和羡慕的姿势,原秀山以极其专业的眼光,捕捉到了这一瞬间,熟练地按下了快门。安一秋看大家在晒笑声中,随古济宁向北边走去,就凑到雷汉公身边悄声问:"雷大爷,藏二獒生下仔能不能卖给我一只?"为了取悦主人,他也郑重地给二獒加上了姓氏。雷汉公瞪着双眼说:"二獒能生个尿,见了母狗就发疯,硬着上,铁绳都挣断过!"安一秋低头看了一眼二獒那部位,那玩意儿挺显眼,怎么爱狗爱昏了头?他脸唰地红到了耳根,扭过身就走。

古济宁再次拨文佳的电话,依然关机。他边走边让李飞和安一秋先回省城去,告诉张洛朴他这边还有些事情要处理一下,李飞和安一秋也看出事情比较复杂,就告辞离去。原秀山似乎突然醒悟,大声说:"肖冰冰咋不见人?她到哪里去了!"古济宁不语,他正生肖冰冰的气,工地上成了这个样子,她却连个影儿也不见!不过他要再等等。"你是问那个漂亮妞儿吧?"跟在原秀山身后的"潮奶奶"搭了腔。她回头看了一眼已远离的雷汉公,接着说:"她一大早就来过,我们七个人锁了大门后她就赶来了。当时上工的工人都挤在大门口,那位'雷公爷'站在门口撒上了野,又是喊又是骂,还吼了两段秦腔《血泪仇》里的段子,最吓人的是让他亲儿子二獒也撒开了野,跳着吼着乱扑人,狗眼血红血红的,尽管牵条绳子,谁个不害怕呀!看热闹的人把酒圣街都堵住了。那个穿一身名牌的漂亮妞儿,着急上火啊,把鞋子都跑掉了,还差点让二獒咬住,怪让人心疼的。妞儿有啥办法呀,只好说今天先停工吧,工人们也只好散去了。"她像讲故事一样,似乎这一切都和她没有关系。原秀山还是接通了肖冰冰的电话,通完话后对古济宁说:"古总,肖冰冰正在市政府,说是已给几位领导汇报过了,领导正在开会研究。"古济宁这才消了气,心想就是要让这位大小姐经点磨难,在风口浪尖上锻炼锻炼。他的心慢慢静了下来,继续向北边走去。

大门内靠北墙的地方,苏向芝大妈正在给雷顺德大伯剃头。苏向芝低着头十分专注,雷顺德挺胸抬头,漫不经心地看着大门内人们的活动。靠墙放一辆旧四轮婴儿用车,婴儿坐的地方算是工具箱;车子靠背上放一块旧牌匾,上面写着"理发"二字,中间是"专理中老年男女发型"两行字,落款是"秦纺厂退休职工"。墙上挂着一面镜子,边上摆几条旧木凳,显然这已构成了一个露天理发摊格局。是的,这便是这座城市"最后"剃头匠的工作场所。相比于装修考究的各式美容美发店,这种简单的理发方式早已成了老古董。然而,在开元大厦工地北面下马村的巷子里面,和理发摊一样"老古董"的主人却固守着这道城市最后的风景,每天守候着那些忠实的顾客以展示其独有的手艺。城市"最后"剃头匠秦东纺织厂老职工苏向芝,前多年这里曾有过一间自己的房子,退休后在这间房子理过几年发,拆迁后她就开始露天理发,这一理好多年又过去了。

一张木凳便可操作苏向芝的大业,剃平头、光头、修发都是她的强项,喜欢时髦的人们永远不会光顾她,忠实顾客都是些中老年人。一次收一元钱,理完抖一抖碎发,也不用热水洗头,回家自个儿洗个头,冲一冲,发茬就没了。当晨练、买菜、接送孩子的人们忙碌过后,一上午也就过去了,她的生意随之就忙完了。今天上午她却把理发摊从巷子挪到了大街工地的院子里。苏向芝是个勤快人,闲不住,说是让来坐在这里堵大门,坐着站着都一样,便想到了边站边给人理发。结果挪了个地方后,还没有顾客找来,她就主动提出给一起来堵门的雷顺德老头免费理发。免费理发也是理发,苏向芝依然剃得仔细,剪得认真,一刀刀、一剪剪丝毫都不马虎。耳朵里的耳毛刮得一根不剩,鼻孔里的鼻毛修剪得十分到位。她似乎忘记了来这里的目的,把心思都用在了剃头上。在车水马龙、高楼林立的秦东街头,冬日暖阳里苏向芝的身影,犹如一个容易唤醒记忆并渐渐退去的时代印记,犹如一坛历久弥香的窖藏美酒,简直就是一道温馨世俗的风景。

古济宁看了一眼理着光头的雷顺德,老父亲古立俊的音容立即浮现在他的眼前。老父亲投笔从戎后一直理光头,当了团长也理光头,伤残回乡直至离开人世一直都剃光头。"文化大革命"中被批斗时,"红卫兵"说就这个国民党残渣余孽不用麻烦剃光头。古立俊不但一生剃光头,他剃头的手艺也极高,给别人剃自不必说,还能给自己照着镜子剃,后来还教会了儿子古济宁。古立俊晚年都是儿子给剃头,老父亲总是夸儿子剃头是天下最好的。想到这些,古济宁的眼睛就泛潮,差点落下泪来,走近两步问:"老大妈,请问您这么好的手艺,咋到这儿来摆理发摊?"他说完后也不清楚这到底是在夸人还是在质问人。苏向芝说:"人家让我来这里坐在门口堵人,我想着没别的事干就带来了理发摊,能理几个就理几个,闲着怪难受的。"她停下剃刀,抬起头看了看似乎并无恶意的古济宁,继续说:"我有固定摊位,也不愿来这里。堵什么门,这不影响人家施工吗?"原秀山说:"不是想多要些拆迁补偿钱吗?"苏向芝说:"当初是签了协议的,说拆迁是为了支援城市建设。钱给的是少了点,可人家按协议该给的钱都给了。咱也不能随便反悔,不讲信用。不过,听说后来给村上办公楼拆迁费加了不少钱,那也不能把我们七户撂下,这就不公平了。"原秀山说:"根本就没有增加拆迁补偿嘛,这是有人在故意煽动不明真相的人闹事。这位就是开元大厦投资方的古老板,他是最清楚的。"古济宁说:"是啊,是按过去签的拆迁协议付的补偿款。"雷顺德开了腔:"我家老二给我说,这回加了不少钱,要不刘大毅的女儿拿啥钱盖'白宫'?""你说什么?盖什么'白宫'?"原秀山诧异地问。雷顺德被问得愣了起来,有点拿不准地说:"我听说中国有'黄宫',怎么刘大毅盖'白宫',白颜色也没有黄颜色吉利呀!"原秀山看了一眼不动声色的古济宁,差点笑出声来。苏向芝笑着说:"皇帝住的宫殿叫皇宫,什么黄呀白呀的,听你家老二雷义德说,刘大毅要学美国,要把村上办公楼盖得像白宫。我们不说这些,顺德老汉你活得比我还不容易,你就给古老板说说你想咋?"憨厚老实的雷顺德想了想说:"苏大妈刚才也说了,咱不能和人家胡说,写到纸上的东西不能说不算数就不算数。我土都拥到脖子上了,还能活几天？还想咋的？就盼着咱的日子越过越好。"他略停了一下，以商量的口气说："苏大妈的女儿到处摆地摊，做点小生意，风吹雨淋的。这楼盖好了，能不能给上一片做生意的地方？"苏向芝忙说："你儿子一个大男人，不也是到处摆地摊，像个跳蚤，跳来跳去的。"她似乎对雷顺德替自己说话并不领情，脸上掠过一丝轻微的不快，看了一眼古济宁便继续剃头，不再说话。雷顺德憨厚的脸上挂着明显的期盼，嘴唇动了动却什么也没说。

古济宁听了两位老人的话，心中涌起一股热流，这些生活在社会最底层的群众是多么的淳朴、善良和厚道啊！他们爱自己的家，也爱这座城市，更坚守着传统的道德规范。他们日子也许过得并不宽裕，甚至还有些艰难，但也有着自己的愿望和期盼，也愿意为这座城市的发展有所付出。这么多年不管是城市建设还是整个经济的发展，他们的付出其实挺大的，甚至做出了不少牺牲。城市里不断冒出的高楼大厦，有他们加上的一砖一瓦，看不见的地基里也有他们填埋的灰土沙石，他们是改革开放洪流中的水滴和浪花。古济宁心想，作为一个企业家，谋求利润最大化天经地义，但也要想到这些普通人的生计和利益。企业家首先是人，应该有人的良知，有社会责任感，如果眼睛只盯着钱，岂不成了没有人性的赚钱机器？自己应吴芳之邀来秦东投资、谋求发展，应该追求和实现双赢或多赢才好。企业能多赚钱，政府有政绩，老百姓得实惠，那才叫好呢！而为项目建设直接做出贡献的这些老百姓，更不能让他们吃亏。父亲当年常说："我当团长拼死抗日从没想过钱，你当老板经商也不要把钱看得太重了。"父亲的话似乎又在耳畔响起。古济宁眼前顿时一亮，恍惚觉得父亲的影子又是一闪，雷顺德脸上的憨厚老诚瞬间退去，换上了父亲的威严和刚强，又似乎两者重合在了一起，他情不自禁而又动容地说："大妈，把剃刀给我，让我给大伯剃剃头。"

原秀山也被两位老人感染了，也以新闻工作者的敏锐觉察到这个谨言慎行的大老板，脸上的表情急速地变化着，显然他的内心世界也极不平静。古济宁突然提出要给雷顺德剃头，让原秀山大感诧异，忙问："古总，你还会剃头？"古济宁点点头，显得十分自信。苏向芝看了一眼伸过手来的古济宁，叮嘱说："小心点，也没几刀剃的了。"说完慢慢把剃刀递到古济宁手里。古济宁接过剃刀，看出了苏向芝的半信半疑，缓缓说："我父亲在世时都是我给剃头。"他顺便也说给雷顺德听。雷顺德说："你就剃吧，刮破点蹭伤点没有啥。"古济宁看了看刀锋，弯下腰，极其内行却也小心翼翼地开始剃头，一下两下，慢慢地加快了速度。雷顺德微蹙的双眉舒展开来，古铜色的脸盘上露出了憨厚的笑容。苏向芝一直放在胸前的手垂了下去，舒心地笑了。原秀山笑着说："没想到京城的大老板还有这手艺，不可思议，难以复制。"他不失时机地拍了几张难得一觅，有点穿越时空的风俗画,一个西装革履的大企业家,在给一个普普通通的村民剃头,现代精英用最原始的工具,在为社会最底层极易被忽略和遗忘的老人服务。

古济宁似乎找到了为老父亲剃头的感觉,舒心极了,眼睛里觉得湿湿的。很快剃完了头,古济宁侧首仔细看了看自己剃过的地方,把剃刀递给苏向芝,掷地有声地说:"大妈,开元大厦建成后,以最优惠的条件,让你女儿挑一块地方经营。"他对已站起来拍打衣服的雷顺德说:"大伯,大楼建成后你儿子愿意开店铺和大妈女儿一样对待,还可以当保安或干别的事情。"原秀山听了激动地拍着手说:"好,太好了!古总一言九鼎,大妈、大伯的事全妥了!"

两位老人听了非常高兴,雷顺德笑得眼睛眯成一条线,满脸的皱纹像盛开的花朵。苏向芝却收起脸上的笑容,不无怜悯地说:"其实,我们七户中最穷的是那位姓宁的拾荒母,她才最需要照顾。"她指了指大门口的一位女人。雷顺德声音低沉地说:"她是个可怜人。"

大门口北边的一辆三轮车旁站了两个女人,无论谁一眼都能看出哪一位是拾荒者。另一位显然不是拾荒者的女人,在古济宁和原秀山走过来时却到雷汉公那边去了。"潮奶奶"也坐在那边的一把椅子上晒太阳。被苏向芝称为拾荒母的女人,看起来身高不到一米六,又瘦又弱。她穿一件几近黑色的铁锈红棉袄,棉裤的颜色已不好辨别。拾荒母看起来有六十来岁,其实她只有四十多岁。古济宁走近后问:"宁大嫂,你是上午过来的?"拾荒母听他叫宁大嫂,知道是两位老人告诉的,估计也说了一些情况,刚才转身离去的女人已告诉了她来人的底子,也就直言相告:"我是上午过来的。耽误了我一个上午的拾荒,要不是起得早和刚才在外边的垃圾箱捡了些废瓶子,这三轮车说不定还是空的呢,实在没办法呀。"古济宁看了一下这辆三轮车,车厢里堆放着一些旧纸箱、废纸皮、空瓶子、塑料筒、铁丝等物。原秀山使劲瞅着拾荒母,忽然说:"你是宁叶叶对吗?几年前我采访过你,对不对?"他差点说出怎么老得这样快,差点让我认不出来。"我是宁叶叶,你一进大门我就认出你是原记者。"拾荒母回答道。原秀山感叹地说:"一晃多年过去了,你也挺不容易。"他看了一眼神情凝重的古济宁,接着说:"那一年,我采访了十几位拾荒者,写了几篇系列报道,反映这一阶层人的生存生活状态。其中有一篇叫《拾荒母的一天》,专门写的就是宁大嫂,后来下马村人都管她叫拾荒母。"原秀山打开了记忆的匣门,缓缓地给古济宁介绍着这位堪称伟大的母亲。

宁叶叶今年实际只有四十六岁,还没有古济宁年龄大。她瘦弱和显得苍老的身躯承担了太多的东西,她一度要养活家里的三个男人,生病的丈夫和两个儿子。"文化大革命"刚结束,大儿子出生,因为家里的床是十几块木板拼起来的,就顺口给老大起名"板板",大了学名叫于建国。农村搞联产承包责任制时,小儿子出生了,家里分了三四亩责任田,于是给小儿子起名"田田",学名叫于建秦。六年前丈夫被确诊为脑部恶性肿瘤,花光了家里所有的积蓄和市商业局首付的拆迁款,人没有留住,还欠了一屁股债。从此家里的全部重担都压在了这个女人的肩上,她开始了艰难的拾荒。放在门口的这辆车是六年里的第二辆三轮车,花一百元买的旧车,也是她最值钱的财产。收废品的利润很薄,一斤纸箱有一角差价,一斤废铁有二角多差价,其他废品的差价更低。她每天上午收废品,下午将废品整理分类后,再卖给废品收购站。偶尔也可收点用得上的东西,比如身上穿的衣服、车头上挂的饭盒。春节前是她最忙碌的时候,辛苦一个月能有一千多元的收入,到了淡季每月只能有三四百元的收入。最初两个儿子在家门口上学,花不了多少钱。后来大儿子上了大学,小儿子上了高中,花费就大多了。为了儿子的学业,她咬紧牙关,起早贪黑,省了又省,紧了又紧,早晨起来简单吃点就出了门,车头上的盒子里装的是中午饭,路过农贸市场常捡点别人扔掉的菜叶,好晚上当菜吃。她每月的生活费开支只有几十元,硬是把从牙缝里省出来的钱,都花在了两个儿子的身上,过着常人难以想象的生活。

　　古济宁对普通人的生活并不陌生,但艰辛到这种程度,还是让他惊讶,觉得心里沉甸甸的,双眉紧蹙,似有所思。原秀山看着似在沉思的古济宁,说:"当年我采访了十多位拾荒者,采访到宁大嫂时让我落了泪。母爱深似海,她硬是含辛茹苦地供养着两个上学的儿子,用瘦弱的肩膀撑起了这个家,是一位伟大的母亲啊!"古济宁听了直点头,既崇敬又怜悯,他指着地上散落的废纸问:"你怎么不把这些废纸捡起来?"宁叶叶说:"这是工地呀,要人家同意才能捡。"原秀山说:"有些拾荒人是不管这些的,还偷偷摸摸地顺人家的东西。宁大嫂是不会的,还是有名的良心秤,让人放心。不像有些人耍秤杆子,一斤只称七八两,甚至五六两。"说着他转向宁叶叶问:"宁大嫂,你今天来是不是想让涨一涨拆迁款?"

　　宁叶叶平静地说:"就说这废纸吧,前几年一斤卖五角钱,现在卖一元钱,能去找人家收购站补前几年的钱吗?这不是钱的事,是人品的事。"原秀山问:"你不是也来堵门,逼得人家停了工吗?"宁叶叶说:"雷义德鼓捣着让来,这人阴着哩。他说七户里哪家不去人,就整治哪家,谁敢得罪他?"原秀山说:"古总,这不越说越清楚了吗?"古济宁不语,看着这位朴实的拾荒者,相信她说的都是实情。宁叶叶接着说:"我大儿子大学毕业后参加了工作,他说过现在咱不在乎几个钱,但要讨个公平。不过,我还是觉得协议上的手印是我按的,钱是我一张一张数的,人家按协议没少给一分钱。谁都知道好些地方都是开着掘土机拆迁,来硬的,弄得鸡飞狗跳,我们倒是和和气气搬走的。"显然她的心情是矛盾的,平静的脸上挂着疑惑、无奈,还有些许期盼。

古济宁好久没有说话,心里却在翻江倒海。投资这个项目的初衷是想支持一下老同学吴芳,也给家乡和母校所在地做点实事。看来最后吃亏的还是普通老百姓。要长期在秦东发展,老百姓的口碑和支持无疑十分重要,也许这是彰显企业家社会责任的一次机会,也是可以打给吴芳的一张政治牌。他握了一下拳头,一个重要的想法开始萌生并迅速变得明晰起来。

原秀山觉得这是让古济宁犯难的话题,就换了个话题:"宁大嫂,刚才和你在一起的那位女人也是你们七户里的?"宁叶叶摇摇头,悄声说:"她是人家雇来顶差的。'潮奶奶'来了后才知道可以雇人,就马上约了一位爱下棋的大伯。雷义德没交底,谁知道要闹腾到哪一天?"古济宁听了,心里不禁一沉。这时大门外有人喊:"羊肉泡,大家快来吃羊肉泡!"原秀山好奇地问:"谁个堵工地大门还雇人顶替?"宁叶叶看了看南边,压低声音说:"小姐呗,下马村有名的小姐。"原秀山一听就明白了"小姐"所指,笑着说:"这样说,那位女的是小姐花钱雇来的,那她就是小姐代表了!"

"谁是小姐代表?"那位女人已站在原秀山身后,她横眉冷对转过身的原秀山,"原记者,我认识你,你一进门我就看见了,我惹不起总躲得起吧,现在躲也躲不成了!你说谁是小姐代表?我是代表小姐的。代表小姐怎么啦?我又不是小姐,我是代表小姐来讨账的!"原秀山看她绕来绕去的,忍不住大笑,调侃说:"好,就算你不是小姐代表,是代表小姐的,我问你这里谁欠小姐的钱了?你找谁给小姐讨账来了?"雷汉公牵着二獒也站在边上,不耐烦地对无言以对的女人吼道:"你个哭丧妇,就会哭爹喊娘,连个话都不会说。人家原站长说你是小姐代表,你偏要说成代表小姐,让人家问住了吧?小姐生意再好,也没听说有专人讨账,哈哈哈,快去吃羊肉泡,走吧,走!"这个穿着一新却难有美感,被雷汉公称作哭丧妇的女人悻悻地跟在二獒后面走了。"潮奶奶"款款移步,小声撂下几句话:"这货色别看穿得光鲜,是个驴粪蛋外面光,里面没啥正经东西,只会嚎天嚎地嚎爹娘,替人哭鼻子抹眼泪。她要真是拆迁户,我们丢人就丢大了,她非哭个昏天黑地,看热闹的还以为谁家死了人。"她把这个也爱追求时尚却难以入流的女人,压根儿就没放在眼里。说完"潮奶奶"优雅地做了个告别的姿势,迈着模特走秀般的步伐离去。她的代表已经来了,刚才扛个椅子让她坐的老头便是,"潮奶奶"走后这老头算正式上岗。

"'潮奶奶'说得对。这个乔凤呀,她自称小乔,现在人都叫哭丧妇,也是个惹不起的主儿。"苏向芝说。听到乔凤大声嚷嚷后,苏向芝和雷顺德一块儿走了过来。雷顺德说:"羞先人哩,啥人的钱她都敢挣!"老人对这个远房侄媳一直看不惯，常在心里骂，盼人穷就够缺德的了，她却盼人死，看到她就恶心，总想躲得远远的。苏向芝说："没想到啊，现在有些人有了钱啥事都能干，老爸老妈死了，出钱雇人哭丧，花钱买哭声让人夸孝顺。说也怪，就有人干这出声抹泪的营生。"苏向芝看了一眼雷顺德，知道他对这个侄媳很看不过眼，摇着头说："那个哭丧妇听说有钱人家死了人就高兴得要命，不是仇富，是生意盼来了。听说还闹过一回笑话，有一天两家都雇她在殡仪馆哭丧，她哭声哭相特引人，却是一个样，被殡仪馆的工作人员认出来了。有人说她家死了两个人，有人说她哭错了一个人。这话被她听到了，还和人家急，骂人家胡说八道，说老娘家一个人都没死，两个人我都哭对着哩！殡仪馆的工作人员全傻了。"几个人都听得笑了起来。

　　古济宁的手机响了，是张洛朴的电话，他边接听边说："宁大嫂，应该叫你大妹子，大门内的废纸你就全捡了吧。今后这里的废纸全归你清理，算是帮工地搞清洁。"古济宁对着电话说："谁让你搞清洁，张大董事长！我是给一个大妹子说话呢，你别胡说啊，再胡说我就挂啦。"古济宁往旁边走了几步，便全成了"嗯""啊"，最后说了句"好"就挂断了。宁叶叶认真地问："这合适吗？收废品是要付钱的。"古济宁愣了一下，说："不说钱的事，工地也不给你付清洁工费，好不好？就这样吧。"原秀山笑着说："他是大老板，比芝麻还小的事，一句话就定了。以后你常来这里转转，回头我给肖冰冰说说，多关照着点。"

　　隔壁的小伙子又吆喝着叫三个人去吃羊肉泡。雷顺德说："我就不去了，躲还躲不过呢。"他不光要躲侄媳，还要躲年龄和他差不多的堂叔雷汉公。他摇着头，叹息着往北墙根去了。宁叶叶说："我要捡这里地上的废纸。"说完就开始捡地上的水泥纸袋，她心想"潮奶奶"是爱打扮的有钱人，来了后压根儿就没到三轮车边来，人家是嫌自己穿得太旧太脏，怕低了她的身份。乔凤倒是来过三轮车旁，却连车子挨都不愿挨，生怕弄脏了她的衣裳。她隔着三轮车神侃了一会儿，吹人家小姐如何的挣钱像揽钱，兜里装着十来个银行卡，花钱像流水，出手特大方，自己代表她来堵门美着哩，比哭丧挣的钱多了去。还神神秘秘地说听说秦东也要搞红灯区，小姐要当区长，她也要弄个肥差干干。和这两个女人在一起吃饭，她实在有些不情愿，还不如捡废纸呢。苏向芝给那个小伙子说："我要看我的理发摊呢，也不进去了。"她看小伙子走后，对古济宁和原秀山说："'潮奶奶'是挑着吃，今天算是吃个鲜，明天拿轿抬人家还不一定去。老雷公和小乔是飞着吃，今天算是吃上了飞食，他俩是盼着天天来堵大门，顿顿能吃羊肉泡。老雷公倚老卖老，剃头从来没给过钱，今天离得远远的半躺着装大，好像认不得我。和这号人一起吃饭，实在不美气。"说完她摇摇头，招呼古济宁和原秀山到她的摊上坐坐。古济宁看看表，就向理发摊走去。

## 第二十一章

原秀山边走边问："这水香阁羊肉馆挺大方的，请你们几位吃羊肉泡。"苏向芝说："哪有这好事，水香阁也是拆迁户，当年为拆迁还耍过杀羊刀，差点出人命。还是黄天高会来事，让拆一半，留一半继续卖羊肉泡。这次闹腾，我们六家各出一个人，水香阁不出人给我们管饭。"她有些不好意思地笑了，这不全把底子抖出来了吗？"来了，新出锅的羊肉泡来了！"一个小伙子边喊边一只手端着盘子，像耍杂技一样，快速碎步把热气腾腾的三大碗羊肉汤汤水水地端了过来。他蹲了个弓箭步，一只手把盘子放在一把理发凳上，另一只手像变戏法一样从身后托出一盘焦黄冒油的烧饼。他收起弓箭步，双手端着烧饼盘弯腰笑着说："爷爷、奶奶请！"说完又直起腰，摆出要站着端盘服务的样子。

苏向芝笑着说："快把烧饼放下，把你宁阿姨叫过来一起吃。"说完又礼让了古济宁和原秀山。小伙子忽然惊呼："啊呀，原记者也来了！"他忙放下烧饼盘子，毕恭毕敬地向原秀山鞠了个躬。原秀山上下打量了一下小伙子，紧身对襟棉袄，宽大灯笼毛裤，举手投足似乎比过去更加敏捷有力，像杂技演员，也像体操运动员，却一点不像羊肉馆的服务员。原秀山笑着给古济宁介绍："古总，这位小伙子叫尤有风，是一位奇人。前几年《秦东日报》记者部主任硬拉着我采访水香阁，那时认识的。"他拍了一下尤有风，尤有风瞬间做出了一个双手拱拳的姿势，说："见过古总，您好！"原秀山讲起了尤有风的奇人奇事。

尤有风奇在能徒手捉苍蝇，手到擒拿，鲜有失手，被誉为捕蝇神手。苍蝇是天生的飞行家，它不以直线飞行，而是以锯齿形在空中前进并突然改变方向。这种高超的飞行技术，即使人类目前最先进的航空、航天器也无法与之媲美。想徒手抓苍蝇，谈何容易。然而这个尤有风却是干这种绝活的行家，他抓苍蝇是抓动不抓静，只在苍蝇飞行时才动手。他说过苍蝇不飞不动是逮不住的，随便什么地方，只要苍蝇在活动，他就会手到拿来。水香阁的老板尤来水，他叫三爷，是他堂祖父，说这是古人斥责的雕虫小技，不，是"逮虫小技"，当不得饭吃。谁料尤有风到店里后，给这个秦东名店又添一绝，许多慕名而来的食客，既想饱口福，还想饱眼福。羊肉馆有苍蝇是讨嫌的事，许多食客却希望能飞来一只苍蝇，好一睹尤有风逮苍蝇的绝招。那真叫过瘾，尤有风手眼并用，快如风，疾如电，瞬间胡飞乱撞的苍蝇便落入手中。他总是一伸手，让大家看个清楚，常常赢得满堂喝彩，大家也吃得更加津津有味，没看到的人还有些遗憾。

原秀山说完，拍了一下尤有风的肩头，尤有风瞬间做了个弯腰伸手的动作，说："请，请二位贵客到馆里品尝一下水香阁的羊肉泡。"原秀山调侃着说："无功不受禄呀。你三爷常说自己尤来水是金水、银水，福如东海长流水；来水、来财，一年四季来大运。说你尤有风是大风、狂风，灾比天上龙卷风；有风、有难，三天两头有晦气。你咋能让我俩白吃白喝呢?"说着,话头一转:"其实风和水可以互补,风云际会才会风生水起,造就风水宝地,水香阁就是一块风水宝地嘛!"

"谁在说水香阁是块风水宝地?但愿吉言成箴!"尤来水端一个宜兴紫砂壶,边说边缓步走了过来。他有一对龙凤紫砂壶,上午被雷汉公硬把凤壶端走泡茶喝,他端着与水有关被视为宝物的戏水龙壶,欠了欠身子说:"听他们三个讲,京城大老板和原大记者来了,我想请二位过去吃顿羊肉泡,请赏个脸。"原秀山是熟人,忙把古济宁介绍给这位长者。寒暄之后尤来水低下头问:"你们吃这羊肉泡怎么样?"苏向芝说:"肉烂烂的,不钻牙缝,味道也蛮好。"宁叶叶说:"好香啊,平时晚上煮肉和早晨头锅羊肉出锅,大老远就能闻到香味。""嫽,嫽得很。"雷顺德张着几乎没牙的嘴连连夸道。听了三位食客的话,尤来水笑了。

原秀山说:"古总,咱秦东的名吃羊肉泡馍历史可够悠久的了。"他看着凡事都认真的古济宁:"牛羊肉泡馍是在古代牛羊肉羹的基础上演变而来的,远在西周时曾将牛羊肉羹作为国王、诸侯的礼馔,多用于祭祀及宫庭御宴。据传,汉武帝驻跸秦东时曾召见一批武将,这些武将返回下马地时,在拴马处也就是如今的下马村,饱餐一顿羊肉羹,诸将赞不绝口。据说名将霍去病说灭匈奴后将再返食此羊肉羹。可惜他只活了二十四岁便去世了,没有再吃上这羊肉羹。"尤来水端着茶壶微微笑着说:"原记者为了写水香阁的稿子,掌握了许多历史掌故。"原秀山说:"是秦东日报社的记者搜集的。北宋的大文学家苏东坡曾有'陇馔有熊腊,秦烹唯羊羹'的赞美诗句。经过元、明、清各民族的进一步迁徙、融合,极大地促进了秦东畜牧业发展,如今秦东大县裕平县已成全国著名的奶山羊基地,秦东的羊肉泡早就成了遍布城乡的名吃。"古济宁挺有兴趣地听着,频频点头。原秀山瞥了一眼尤来水,看出了他目光中善意的期待,话锋一转:"秦东凡有集镇处,必有羊肉泡,但首推下马村的水香阁,水香阁的羊肉泡才是秦东第一碗!而堪称秦东一绝的是尤老师傅的无敌第一刀。"他看尤来水兴奋得脸都红了,就撩拨着说:"尤老师傅,给北京的大老板说说你的刀上功夫吧!"

尤来水细声慢语地说:"不就是杀羊嘛,那都是以前的事了,有啥说的?"他的脸更红了:"我儿时家贫,十二岁时就在父亲开的羊肉馆跑堂,后来慢慢练了一套杀羊的刀法,就是杀羊杀得快呗。没想到越传越远,不光下马村周围的人,许多乡下的群众都一早赶来,不光要吃羊肉泡,还要看看我杀羊的绝活,来得迟了,就看不上了。四面八方吃羊肉泡的客人,慕名而来看杀羊的乡下人,常把店里店外挤得满满的,生意当然就好嘛。"原秀山说:"还去北京参加过全国技术革新、技术表演大会,那是哪一年的事?"尤来水脸红得放起了光,看了看三位吃完羊肉泡也在静听的乡邻,对着古济宁不假思索地说:"1961年6月6日,是一个六六大顺的日子,我代表省上进京参加技术比武,咱省就我一个人。许多中央领导也来了,我现场表演了拿手绝活宰杀全羊,仅用了1分16秒。1分16秒,你可能不信,可那是真的,现在还有当时的照片呢。"古济宁微笑着点点头。尤来水满面红光,嗓音也高了:"那时候年轻,一只几十斤重的羊提在手里不觉啥。一只活蹦乱跳的羊,扑地一刀下去,血还在流,腿还在蹬,皮却给剥下了。哗地又一刀,肠肠肚肚全掏出来,一腔羊肉放在案头,那肉还在跳呢。表演时看得代表们都惊呆了,哗哗地鼓掌……"话还没说完,尤来水的背后有人使劲鼓起了掌,尤来水回头一看,原来是一直站在他身后的尤有风在鼓掌。他叹息着说:"我七十六岁了,老了,现在杀羊的活儿让我侄孙有风干了。他眼尖手快,连苍蝇都能逮住呢,可惜现在天冷没苍蝇,要在夏天一定会让古总开开眼。"说完便把手中的茶壶递到了尤有风的手中。

尤有风似笑非笑,脸上多少有些尴尬,这个堂祖父夸他时总是拿逮苍蝇说事。他尽管能逮飞蝇,杀只羊再快也要五六分钟,就因为不是三爷的亲孙子,三爷硬是不肯把绝招传给他。尽管五六分钟杀只羊已经够快的了,在秦东城里还无人能超出,可与三爷比就差远了。其实尤来水还是很看重这个精明干练的侄孙的。水香阁的生意越做越大,连锁店已开了好几家,可他仍把侄孙放在身边,自己也坚守水香阁老店不离不弃。老店后院有一眼古井,已无从考证其年代,水质特异,煮的羊肉烂而且香,吃了还想吃,让人上瘾。有人曾怀疑水香阁煮肉时偷偷放罂粟壳,据说工商和质检部门还暗查过,根本就是没影的事,反而越查传得越神了。那年拆迁时,尤来水坚持不肯,说此处是风水宝地,水香阁的命脉所系,最后竟拿着宰羊刀要抹脖子。后来黄天高出面做工作,答应给他留下一半地皮,那口古井也在其中,于是水香阁就成了半边店。尤来水气愤难平,将"水香阁"门匾换成了"水禾门",以示抗议,挂了半年后经朋友劝说才恢复了原来的门匾。尤来水说自己是水命兴水运,挂的画是山水画,养的花是水仙花,喝茶的紫砂壶上也是蛟龙戏水……他最不舍的是那眼古井,而非几间瓦舍。前不久,雷义德悄悄告诉他,开元大厦项目方要扩大停车场面积,他的半边店怕保不住了,怂恿他出头闹一闹,刹刹这家企业的威气,保住他的半边老店。尤来水年龄大了,也是有头有脸的长者,便不想出头,但答应另六家出人闹事,都在水香阁吃饭,闹多久都让闹事的人吃饱吃好。于是雷汉公就成了挑头人,尤来水放话给他,只要能保住水香阁老店,以后他啥时想吃就啥时来。

这时雷汉公背着手哼着秦腔绕着工地去遛狗,他提的袋子里给二獒装着些弃肉和骨头。二獒跟着主人也饱餐了一顿,昂着头跟在主人后面大摇大摆地东瞅瞅西看看,还对着吃过羊肉泡后捡废纸的宁叶叶啮了啮牙,而后又扬长而去。

代表"潮奶奶"上岗的佝偻着身子的白发老头,悄然坐在刚才"潮奶奶"坐过的椅子上,等着雷汉公遛狗回来后好聊天。代表小姐的乔凤,大幅度地扭着屁股,远远跟在二蓥后面去散步,她本无这种习惯和爱好,是怕门里边的人再次调笑她。

原秀山把古济宁拉在一边小声说,他刚才悄悄问了尤来水给堵门人管饭的缘由,看来这次堵门的情况很复杂,下马村这潭水很浑很深,里边还有鱼鳖在兴风作浪。古济宁早就看出来了,心里也一直在盘算着。尤来水笑着对古济宁和原秀山说:"只顾了说话,走走走,到咱水香阁总店吃碗羊肉泡,我亲自给你俩掌勺。老了,不比当年,但手艺还在。保管汤清、味鲜、肉烂、香扑面,吃了好给咱水香阁传传名。"原秀山说:"古总,盛情难却啊!"古济宁朝着尤来水含笑点点头。古济宁刚走几步便把原秀山拉到一边说:"原站长,我感觉这几个人堵门逼开元大厦项目停工,是打在黄天高脸上,给政府难堪;疼在投资方心上,让政府出面;矛头实指下马村掌门人,逼政府查处。看来,区政府、市政府都会介入的。"原秀山听了深以为然,心中暗暗佩服这位不爱讲话的企业家看问题的深刻和独到,也暗暗佩服这出闹剧背后的导演。古济宁拿出手机第三次拨打文佳的电话,依然关机。

文佳这时正在市政府参加市长碰头会,进入会场时他就关了手机。快 11 时了,各位市长才说完。文佳发现,也许元旦放假大家休息好了,也许是新的一年、新的世纪、新的千年的工作开始了,大家的情绪都相当好,好像话也多了,话也长了。文佳还惊奇地发现,所有市长都说完了,竟没有一个人再提起"千面锣鼓迎千喜"庆典活动。按说吴芳应说上几句表扬至少是肯定的话,她却连提也没提。由锡平是庆典活动的总负责,总该说上几句吧,可以不委婉地表扬和自我表扬,总可以中性地不带评判地提一下此事吧,他也竟连提都没提一句。难道这个秦东四大班子领导和十余万群众参加的庆典活动,还没有元旦期间一起入室盗窃演变成抢劫、强奸的刑事案件重要?这个案件由锡平足足绘声绘色地说了五分钟,像是公安局内在讨论案子。当然他分管公安工作,也有理由说说。也不知道是因为大家参加活动时该说的已经说过了,还是集体性失忆?这就是尚未凝固的历史。有人说:"世上本没有什么历史,说的人多了,也就成了历史。"看来,没人说了便什么也不是。似乎历史只会记住那些对经济社会发展有实质性意义的事件,但似乎又不尽然。尽管"千面锣鼓迎千喜"庆典活动规模空前,隆重热烈,万众欢腾,还有一个横空出世、千年一遇、可申请吉尼斯世界纪录的"千喜多彩塔",这一庆典活动还标志着新的一年的开始,一个新世纪的开始,一个新千年的开始,可是仅仅过去了不到两天,似乎已淡出了秦东市政府的最高决策层,普通老百姓估计也没几个人再说此事了,也许柴米油盐的事更值得一说。

## 第二十一章

市长们说完了,程杰人说了些机关事务,说了几个要召开的工作会议,几分钟就结束了。仵天才接着汇报了两项工作,也没有提及让他大露其脸、风光一时的新千年庆典活动,尽管他是具体的组织者和现场总指挥。他政治上很精明,心想既然一、二把手都一字未提,自己也就算了,难道还要汇报在座者都参与了的一项活动,还要炫耀自己的组织才能,还要表功讨赏吗?只能听其自然,让其随风散去,就此淡出这个层面。接着该文佳汇报,文佳说:"说三件事。一是清水县的副县长郑雄飞元旦前来联系,说上海一家公司最近要来秦东考察苹果汁加工项目,想请市上安排领导参与一下。这个项目在上海商品交易会上已签过协议。"吴芳当即表态:"孟市长如果有时间,就去清水县陪陪投资商,没时间文秘书长去一下。"她稍停后,对由锡平说:"如果投资商到市上来,请由市长出面招待一下。这个协议签订后清水县抓得很紧,书记、县长都到上海跑了好几趟,如果能落实就会打开秦河北四五个县苹果加工业的局面。最近我要到省上去开会,这方面有啥大的问题,文秘书长可和我电话联系。"吴芳显得很高兴,最近她到各县(市、区)跑了一下,发现下面招商引资的积极性越来越高,特别是清水县党政一把手亲自抓大项目,她想让这个大项目率先实现突破,好把清水县逐步树为招商引资的典型,进一步带动全市的招商引资工作。

第一件事情刚说完,吴芳就做出了具体安排,足见她对招商引资进展相当关注。文佳面露微笑,心情很好,接着准备汇报天然气合作项目,忽然眼前闪过张洛朴难以捉摸的表情,便改说开元大厦项目:"第二件事,开元大厦项目元旦期间发生了村民和民工在工地上的冲突,村干部已出面解决了,工地上已恢复了正常施工。"文佳略停,准备接着说第三件事情。"别忙,"由锡平盯着文佳说,"你是说工地上已恢复了正常施工?""是的。"文佳回答。由锡平眼神怪怪的,仍然盯着文佳说:"我掌握的信息是,现在工地上大门紧锁,一大批人堵在门口闹事,还有人纵犬伤人,工人根本无法进去施工,看热闹的群众差点阻断交道。"文佳听得有些蒙,一时竟无言以对。大家无人说话,静静听着。由锡平紧盯文佳,神情怪异地继续问:"你去过工地现场?""去过了。"文佳回答。他顿觉有些蹊跷,接着说:"昨天下午我从省城赶回来,四时半左右就到了工地现场,见到下马村的书记刘大毅,他正在现场处理问题,说事情已基本解决。"由锡平忽然哈哈大笑:"噢,你是昨天去的!我还以为黄天高又在忽悠,他说话有时云天雾地的。他早晨刚上班就到办公室找我,说刚从开元大厦工地过来,那边可不得了啦,弄不好会出大问题。我知道他这个人能把绣花针说成金箍棒,也能把金箍棒说没了,就让他先等着,等开完会再说。"说完他一脸的严肃。仵天才听到这里嗤嗤地笑了,尽管声音不大,大家还是听见了。程杰人也以异样的眼光看着文佳,还轻轻地摇了摇头。文佳有一种被戏弄了的感觉，脸唰地红了，显得十分尴尬，几乎忘记了自己正在汇报工作。吴芳刚上班，肖冰冰就找来了，接着黄天高也找来了，她还以为文佳已经知道了情况，汇报时就会谈到，原来他并不知情。她又想文佳工作是极认真仔细的，怎么在这件事上连底子都没弄清楚，搞得如此被动。

由锡平意犹未尽，正色说："对群体性事件要见事快、反应快、出手快，否则会影响正常工作，影响安定团结。"这话是对的，是当今官场上的常识，是行政工作的 ABC。他像是对大家说，更像是对文佳说；像是谈观点讲道理，更像是在教训和嘲讽文佳。会场一片静寂。熊东来觉得由锡平有些不依不饶的意思，实在忍不住，便开口说："秘书长工作很难搞，也很辛苦。下面有些人喜欢越过秘书长直接找领导，连信息也不传递，有时就把秘书长架空了，甚至忽悠了，造成了工作上的被动。"前几天他在市委常委会上，说过文佳工作上被人忽悠了的事，会后几个领导给他说，文佳是个实在人，下面有人善忽悠任凭是谁都防不胜防。今天他听明白了，文佳并不知情，不能把责任全推到文佳身上。熊东来接着说："今后应改进秘书长工作机制，让这个层面了解和掌握尽量多的信息，以便更好地服务上下，协调左右。"会场一片静寂，谁也没有想到，熊东来竟公然替文佳说话，难道他看不出由锡平是和文佳过不去，竟还针对由锡平讲起了官场规则，简直是班门弄斧，让人匪夷所思。

文佳也没有想到，这位在关井压产检查中打过交道的挂职副市长，一直以来似乎有些和自己过不去，今天却公开替自己说话，还不避讳一贯强势的二把手，不禁心里一动，忙说："我说完了。"他想赶快让会议继续进行下去，第三件事情以后再说。其实除了吴芳已无人还能记起他尚有一件事没说呢。汇报工作发展到这种程度，显然已冲淡了前面所有的内容，也使得后边的事情不再那么重要。吴芳说："开元大厦项目是市上确定的重点招商引资项目，现在看来周边环境比较复杂，为了项目能够顺利推进，成立一个项目环境保障协调小组，由文佳副秘书长牵头，商业局局长黄天高和临秦区区长赵崇敏参与，负责开元大厦项目的环境保障工作。"她刚说完，各位副市长就一致表示同意。吴芳对文佳说："文秘书长，协调小组马上开始工作，黄天高还在等着，你俩先去现场了解一下情况，顺便也通知临秦区政府派员一起参与协调。"文佳说声好，马上拿起笔记本离开了会议室。

# 秦河东流

QinHe DongLiu

**下**

刘集全 ◎ 著

一个中等城市招商引资的故事，再现了当时的社会生活和人们的精神风貌

陕西新华出版传媒集团
太白文艺出版社

图书在版编目（CIP）数据

秦河东流：全2册 / 刘集全著． — 2版． — 西安：太白文艺出版社，2017.9（2022.3重印）
ISBN 978-7-5513-1279-0

Ⅰ．①秦… Ⅱ．①刘… Ⅲ．①长篇小说—中国—当代 Ⅳ．①I247.5

中国版本图书馆CIP数据核字（2017）第186629号

### 秦河东流（全2册）
QINHE DONGLIU

| | |
|---|---|
| 作　者 | 刘集全 |
| 责任编辑 | 曹　彦　史　婷 |
| 整体设计 | 前程设计 |
| 出版发行 | 陕西新华出版传媒集团<br>太白文艺出版社 |
| 经　销 | 新华书店 |
| 印　刷 | 三河市腾飞印务有限公司 |
| 开　本 | 787mm×1092mm　1/16 |
| 字　数 | 890千字 |
| 印　张 | 49.5 |
| 版　次 | 2016年11月第1版<br>2017年9月第2版 |
| 印　次 | 2022年3月第2次印刷 |
| 书　号 | ISBN 978-7-5513-1279-0 |
| 定　价 | 148.00元（全2册） |

版权所有　翻印必究
如有印装质量问题，可寄出版社印制部调换
联系电话：029-81206800
出版社地址：西安市曲江新区登高路1388号（邮编：710061）
营销中心电话：029-87277748

# 目 录
CONTENTS

## 下 册

|  |  |
|---|---|
| 第二十二章 | 389 |
| 第二十三章 | 406 |
| 第二十四章 | 426 |
| 第二十五章 | 447 |
| 第二十六章 | 467 |
| 第二十七章 | 487 |
| 第二十八章 | 506 |
| 第二十九章 | 525 |
| 第三十章 | 542 |
| 第三十一章 | 562 |
| 第三十二章 | 581 |
| 第三十三章 | 594 |
| 第三十四章 | 616 |
| 第三十五章 | 632 |
| 第三十六章 | 648 |
| 第三十七章 | 663 |
| 第三十八章 | 684 |
| 第三十九章 | 702 |
| 第四十章 | 720 |
| 第四十一章 | 740 |
| 第四十二章 | 762 |

# 第二十二章

在市长碰头会上,因开元大厦施工受阻的事,文佳被由锡平不热不凉地数落后心情便不好。走出会议室,文佳更觉一阵心酸。为这个招商引资项目的推进,他做了不少工作,操了不少心,可是分管领导仍然不满意,稍有问题便借题发作,放大他应负的责任,很显然,事情的背后有着深层次的原因。好处是开元大厦项目的环境保障工作现在有了协调小组,可以把工作做得更细更实。文佳回到办公室放下笔记本,让心情稍稍平静了一下,便接通了商贸科长史二东的电话,要他联系黄天高马上到办公室来。尽管文佳清楚黄天高正在吴芳对面的会客室等着,路过时却没有叫上一起来办公室。

不到几分钟,黄天高便从二楼会客室来到三楼,一进文佳办公室便大声说:"啊呀,市长碰头会咋碰这么长,你碰我,我碰他,大家碰碰碰,男市长该不会碰女市长吧!"说完他哈哈大笑。跟在他后边的肖冰冰和史二东也笑了起来。文佳翻着笔记本,脸上没有一丝笑意。黄天高一愣,马上说:"文秘书长,一大早开元大厦工地就被下马村的村民堵了,我看闹大了就赶快到市政府找你汇报,一进办公楼刚好碰上由市长,他问了情况后说要开市长碰头会,让我先等着。会议中间我几次想把你叫出来,可把我等得心慌死了!"尽管文佳啥也没说,黄天高却看出文佳心里不快,肯定要受命处置开元大厦工地的事情,说完便等着文佳详细询问情况。肖冰冰看着黄天高,心想找两位市长是他领着找的,在会客室他电话打个不停,又说又笑,几乎和她说不上几句话,根本就没有要找文佳的意思呀。史二东给两位客人倒上茶也坐了下来。

文佳抬起头,问肖冰冰:"昨天闹事不是解决了吗?今天上午咋又闹起来了?"肖冰冰说:"昨天是拆'千禧多彩塔'时村民抢着干活,还有人偷工地建筑材料,结果村民之间、村民和工地施工人员之间发生打架斗殴,刘大毅来后问题就解决了。"说到上午发生的事,她看了一眼黄天高说:"文秘书长,上午的事黄局长已经说了。闹事的拆迁户虽然不多,但有人玩命,就越闹越大了,我看问题棘手,就急着给黄局长打了电话,也赶到市政府来了。"她没有说见两位市长的话,尽管她不懂政府的运行规则,从黄天高的谈话中还是悟出了一些道道。她这才觉得最终解决问题还是要文佳出面,既然文佳把黄天高晾在一边先问自己,就应该说得详细一些。不等文佳再问,她便补充说了起来。这时市公路局的副局长杨剑三急急忙忙地来了,文佳示意他先坐下。

  肖冰冰枝枝蔓蔓详细地说了拆迁户早晨闹腾的情况,最后挺生气地说:"村上的干部也太没水平了,刘大毅一来就大呼小叫地训斥人,混乱中被谁推了个大马趴,手也划破了,爬起来就包扎伤口去了,还来了两个姓雷的村干部,叽叽咕咕了一阵子就没踪没影了。"黄天高说:"几个村干部就不是一股道上跑的车嘛,其实问题的根子就在村干部身上。"黄天高看文佳把自己晾在一边,便知是越级奏事惹的祸,必须尽量弥补,接着说:"这些村干部我熟着哩,对付这些人必须区政府出面,要不我不等上班就赶到市政府来,想让上级给下级发个话,事情就好办了。"

  杨剑三听了多时,笑着说:"对付村上的事,还是乡镇干部厉害,来软的能哄死人,来硬的能整死人。"他一说话就刹不住:"开元大厦能征几亩地?能拆几间房子?拆迁户能闹多大个事?我们改造全市的二级公路,几千、几万亩地征地,拆迁户一弄就几十、几百,堵路、围机关、打架斗殴还不是家常便饭。这有个啥嘛!要不来硬的,让乡镇干部上,实在不行让公安抓几个人就平顺了;不想来硬的,就多花几个钱也能摆平。"最近市公路总段变更为市公路局,他由副段长改成了副局长,尽管并无实质性变化,他心情还是特别好,话也多了许多。黄天高最看不惯别人在他面前逞能,不热不凉地说:"城中村的村民和乡下的农民不一样,难缠得多,你在城里搞拆迁先试试。"杨剑三不以为然地说:"城里拆迁咋啦?我们改造两条穿城路,拆迁量比开元大厦项目大多了,胡搅蛮缠的"钉子户",寻死觅活的泼皮,啥人啥阵势没见过,还不都摆平了!"说完笑了笑,一副自鸣得意的样子。黄天高顿生被人小瞧甚至戏弄的感觉,瞪着杨剑三说:"咋能和公路部门比呢?敞着口子贷银行的款,腰粗气壮得很。有钱能买鬼推磨,还有啥事摆不平?行贿受贿都是大手笔,大大领先其他行业,这几年公路系统进去的官员真是前赴后继啊!"

  杨剑三被噎得没趣,便对文佳说:"文秘书长,本来是孔局长要来请你,他正陪着投资商,让我过来请你。"他不再顾及黄天高的事情尚未说完,接着说:"这是上海一家有名的企业,想投资秦浦高速公路项目,十几个亿的大项目,是大事啊,孔局长让我过来请你去陪客人吃个饭。"

　　文佳十分关心秦浦高速公路项目招商引资的进展,这是目前秦东市最大的招商引资项目。文佳觉得虽然是吃饭,却涉及大的招商引资项目,算是大事,开元大厦工地施工受阻却是急事。文佳思忖片刻,决定按急事先办的原则先到开元大厦工地去一趟。他刚要给杨剑三解释,黄天高在一边急上了:"文秘书长,开元大厦堵门急如灭火,那么多工人等着要施工呢!陪吃个饭是多要紧的事嘛?!"说完瞥了一眼杨剑三。杨剑三张了张嘴,没有说出口,心中却在嘀咕:吃饭咋就不要紧啦?如今大事要事都是在饭桌上谈成的,这个大项目谈成了能给小小的开元大厦项目当爷!

　　文晓风敲了敲门框,掀起门帘走了进来,笑着和大家打了招呼。黄天高发现文晓风不认识杨剑三,灵机一动便指着杨剑三说:"晓风,你认识公路局的杨剑三局长吗?他和你同为秦东三大酒缸之一,喝酒绝对是一流的。"其实黄天高并没有和杨剑三喝过酒,也是听人说的。文晓风立即握住杨剑三的手,笑着说:"久闻大名,久闻大名。"杨剑三看出黄天高想调和一下气氛的意思,也笑着说:"我啥时设个宴,把你和孔里局长请来,咱三大酒缸翻江倒海对决一次,就请黄局长当评判,你看怎样?"文晓风说:"我是开酒店的,我来设宴,请黄局长定时间。"黄天高笑着说:"时间由文秘书长定,我是评判员,文秘书长是监审。"大家齐声笑了。文佳看了看表,看了看一脸焦虑的肖冰冰,她正小声给史二东说着,让赶快催一下文佳。文佳其实也很着急,开始收拾桌上的东西。文晓风看出文佳急着要走,忙说:"文秘书长,邓省长来了,说想见见你,他正在招待所的'总统间'等着。"已退休的邓震西副省长曾在秦东行署任过专员,文佳就是他从学校调过来搞秘书工作的,并在他身边工作了多年。文佳又看了看表,再有半个多小时就12点了,如果去了还得陪老领导吃顿饭。老领导要见实在无法推托,文佳沉吟了一下对史二东说:"史科长,你通知临秦区政府派有关领导,下午两点钟到银花宾馆,黄局长、肖经理也参加,大家一起先碰个头,然后一起去解决开元大厦工地被堵的问题。你也参加一下。大家看看怎么样?"大家还能说什么呢,文佳也实在是身不由己呀!大家一起来到办公楼下,分手后文佳随文晓风去见邓震西。

　　原来邓震西是让文佳催着落实市政府招待所改造的事。看来文晓风的能量不能低估,竟然能搬动到省上工作后极少过问秦东事情的原副省长。

　　陪老领导吃过中午饭,文佳告别邓震西来到银花宾馆。看到史二东已等在一楼大厅,招呼着前来参加会的人。文佳看了看表,先来到八楼八号古济宁在秦东的办公室。敲开房门后,文佳握住古济宁的手笑着说:"老古,听说你上午就过来了,我一直忙得过不来。"古济宁说:"给你打了三次电话都是关机,估计是开啥重要会议。"说着便给文佳倒了杯茶，接着就说起了上午他在开元大厦工地上的事。他向来寡言少语，讲话极其简洁，绝无枝枝蔓蔓，今天却一反常态，讲得既细致入微，又生动形象，还不时加点分析和评判，像讲故事一样，似乎这一切都和自己无关。看来多年的商场打拼，并没有淹没这位中文系高才生的文学细胞，他又是那样的自信和淡定，一下子就感染了文佳，让文佳顿觉轻松了许多。

文佳看古济宁停下说话，便说："说来说去，是这七户拆迁户嫌给的补偿少了。商业局当年和村上是签了协议的，解铃还需系铃人，准备让商业局做些工作，让临秦区配合一下。"古济宁说："工作要做，让他们做做工作也好。现在看来，当初的拆迁费的确是定得低了一些，我想着可以按当时市区的平均补偿费补齐，如果还不行就按去年市区的平均补偿费补齐。公司虽多付些费用，却能和村里有个了断，下马村的事复杂着哩！再说，也不能给吴芳可能的反对者留下做文章的把柄。"文佳听了深以为然，点点头说："这样做也可以尽快树立企业在秦东的形象，有利于打开企业在秦东发展的局面。"他很佩服古济宁的风度和气魄，也感受到了他处理这一问题时为吴芳着想的良苦用心，虑事深远，又情意浓浓。古济宁说："听说你要召开各方面参加的协调会，我已把想法告诉了肖冰冰，让她代表我参加会议。我下午想去看望我父亲在中条山抗日时的一个老部下。"文佳笑着说："人家嫌给的钱少了，刚起点风，你就下起了雨，如此慷慨解囊，还有开协调会的必要吗？本来我是想给区上压死任务，下决心解决阻碍施工的问题，这下好办了。"他停了停说："这样吧，你等等我，我去做些交代，下午陪你一起去看看这位抗日壮士。"

两点刚到，史二东来到古济宁办公室，他把文佳带到七楼一间不大的会议室。里边雷义德正脸红脖子粗地嚷嚷着："都说下马村出了李鸿章，当初签了卖村协议，把村办公楼和地皮贱卖了，还不如白送人算了！肯定有人吃了昧心食，一定要查个水落石出，还全村人一个公道！"雷雨不断在边上劝说，像是给雷义德泄火，又像是火上浇油，他小声说："扯啥李鸿章，照你说黄局长成了日本天皇？"尽管声音不大，正在和肖冰冰说话的黄天高却听得清清楚楚，顿时气得脸色通红，刚要发作文佳进来了，接着赵崇敏和几个随员也进来了。打过招呼后文佳坐了下来，开门见山地说："大家都很忙，开个短会。一是宣布一个决定，市政府非常重视开元大厦项目的建设，决定成立项目协调小组，由我任组长，黄天高局长和赵崇敏区长任副组长，市、区有关部门领导任成员，主要负责环境保障工作。市政府办公室随后就会发文。二是这次几户拆迁户围堵工地大门，干扰正常施工，影响非常恶劣，区上要严加查处，确保以后不再发生类似事件，这件事由赵区长负责落实。三是拆迁户提出要增加拆迁补偿费，投资方答应这个要求，具体按

## 第二十二章

什么标准增加以及如何操作,由黄局长牵头,和肖冰冰经理以及村上协商解决。怎么样?大家还有啥事没有?"来时大家都以为这是一个扯皮会、吵架会,还可能开成马拉松长会。同时,按常规应先汇报,再讨论,最后由文佳做结论。谁也没想到会刚开,文佳就做出了结论和安排。

黄天高一个上午都在想招数,想竭力维持原签协议,他认为协议的法律效力尚在其次,关键是自己的面子往哪儿放。当初签协议时黄天高是建委副主任,负责城市的征地拆迁。黄天高在下马村插过队,和刘大毅关系非同一般,经过黄天高的软磨硬泡和超强忽悠,使以当时的最低补偿标准签了协议。不过,在这事之前之后黄天高也没少给下马村办过事,就是下马村的普通村民找黄天高办事的人也不少,黄天高凡能办的都给办了。应该说黄天高在下马村口碑不错,说话也有分量。只要区上配合,他对做好这方面的工作还是满有信心的。让他没有想到的是,文佳一开始就表态同意增加拆迁补偿费,而且说是投资商同意的。既然如此还开这个协调会干啥?这让向来爱面子好表态的黄天高一时竟不知该说些啥。

赵崇敏来时带着办公室主任武天才和酒圣街道办事处主任王清,看来对这件事相当重视。文佳说完后,赵崇敏看了看黄天高,稍停后说:"下马村个别村民到开元大厦工地堵门,干扰了正常施工,影响非常不好。这不是个小事情,暴露了我们在投资环境方面是个薄弱环节,我已安排酒圣街道办事处要落实专人负责这方面的工作。今天王清主任也来了,随后他要下到村里彻底解决问题,对破坏招商引资环境的要严查严处,决不姑息迁就。"他说得很严厉,却一脸的轻松,心想:这个问题实际上已经解决了,拆迁户要增加补偿,投资商同意给,村上也沾上了光,拆了的办公楼还不又拿一大把钞票。谁说天上不会掉馅饼?这不唰唰地在掉大大的馅饼!看来这个投资商绝非等闲之辈,一定要和这种大气魄的投资商建立和发展关系,争取让其在秦河北工业园区的创建中发挥作用。

黄天高听了赵崇敏的话急了,忙说:"这次开元大厦工地出现问题,责任主要在我们。局里早就明确了一名副局长专门负责这方面的环境保障工作,从动工以来做了不少工作,这几天刚好有事外出就出了问题。"他意犹未尽,看了看肖冰冰,然后盯住王清直言不讳地说:"这次出现这个问题,我看是有人在背后捣鬼,是故意给市商业局脸上抹黑。王清主任一定要把幕后挑唆闹事的人查清楚,不能手软。"

王清听了黄天高的话,先是一愣,接着看了看坐在边上的雷义德和雷雨,两人虽然并不十分在乎,脸上还是挂着不满的阴云。什么幕后挑唆?这不分明到了台前!这两个人精似乎无论如何也玩不过刘大毅。刘大毅在接到参加协调会的通知后，便让人通知了这两个人精，说是办事处点名要他俩去开会，便把幕后的人撑到了台前。王清当过多年乡镇长、书记，有着丰富的基层工作经验，来时有着充分的思想准备，以为遇到了大难题，可听了文佳的话后，觉得来个普通干部都可以拿下此事。可是按黄天高说的办，还真是遇到大难题了。下马村的情况，他怎么能不知道呢，要从根子上解决这个秦东名村的问题，区委、区政府不下决心，任谁也扛不动。这些情况黄天高应该清楚，怎么能让别人去干这出力不讨好的事情呢？

文佳不愿扯那么多，便及时收住，说："大家都很重视开元大厦这个重点招商引资项目，愿意给投资商创造一个良好的投资环境，这很好。这个会开完后，由赵区长和黄局长负责，具体商量并尽快解决好堵门的事件，明天早晨必须恢复工地正常施工，确保以后不再发生类似事件。明天务必把处置结果报市政府。今天的协调会就开到这里。"说完就站了起来，告别大家后便到古济宁办公室去了。

文佳走后，赵崇敏笑着说："黄局长，下来该咋办，你就发号施令吧！"黄天高也笑着说："除了肖总和史科长，这儿都是你的兵，我发什么号？施什么令？"他眨眨眼，果断地对雷义德和雷雨说："你二位先到工地上，叫那几个人先回去，闹什么闹？马上让工地上恢复施工，还能等到明天早晨？丢人死了！"王清说："你俩快去快回，我要立等结果！"赵崇敏说："慢着，让拆迁户来上两名代表一起参加会议。"王清说："赵区长，咱们换个地方，到村委会新办公楼去开会吧。"赵崇敏说："我和黄局长就不去了吧。史科长代表文秘书长，武主任代表区政府，肖经理代表投资方，你王主任主持会议，尽快把文秘书长说的落到实处。"王清说："你和黄局长顺便去看看几个在建项目，一起指导指导。"他好几个月以来一直亲自在抓项目建设，很想让领导支持一下，也宣传一下，文佳已经走了，不能再让这两位领导也走了。黄天高对赵崇敏说："赵区长，既然来了就去看看，看看下马村这个老典型在搞什么新花样。"大家离开银花宾馆，分头乘车前往下马村村委会。史二东看文佳不去也准备回机关，赵崇敏却说他代表文秘书长，黄天高又拉着他上了自己的车，便也来到了下马村的村委会所在地。

村委会办公楼按说应在村里，至少应在村子边上，下马村村委会的新办公楼却远离村子，建在村北的秦河边上。

三四辆小车一溜烟儿似的来到了下马村村委会办公的地方，如今这里被称为下马新村。这里的规划布局是请北京的王大成教授编制和设计的，最北端沿秦河是预留的景观长廊，将来要绿化美化。西边是下马村的葡萄产业园，前几年开始引进美国红提葡萄，种有红提、克伦生、巨峰、京亚等优良品种，加上其他美化内容和开放式的经营方法，如今已成为市民们休闲娱乐的热点区。往东紧挨着是一座仿汉古建八角亭,亭子刚建好,正在装饰彩绘,典雅大气,古色古香,很有特色。亭子名为"下马亭",上面要绘西汉一批名将在秦东朝见汉武帝的故事。据说还要在下马亭周围搞几匹石马。再往东就是下马村村委会办公楼,最初是按仿古建筑设计的,刘大毅的女儿刘秀秀却在省城另请人参照美国白宫的形状,别出心裁地设计和建造成现在的样子:一个大圆顶,白瓷砖贴面,雪青硫璃瓦,塑钢窗,虽远无美国白宫的宏伟大气和庄重肃穆,却也清爽明净,粲然生辉,别有一番杂有中国元素的另类魅力。办公楼坐北向南,楼前十分宽阔,虽值隆冬时节,新栽的青松和刺柏在暖阳中依然墨绿,极具油画风情。再往东是汉文化社区,在建的是秦东市的第一个博物馆,博物馆一期将建成拴马石馆,已在秦东各地搜集了一大批乡间的拴马石,横七竖八地摆了一地。

几辆小车刚到下马村村委会办公大院的门口,刘大毅和女儿刘秀秀便迎了上来。刘大毅握住赵崇敏的手笑着说:"赵区长,实在不好意思,市旅游局的钱升局长来说项目合作上的事,拉着不让走,我就安排雷义德和雷雨去银花宾馆参加协调会,没想到你们又赶了过来。"黄天高笑着说:"你的消息倒挺灵通,看来耳目不少。"他指着百米外新落成的办公楼说:"太厉害了,我还以为到了美国的华盛顿,美国总统要在白宫接见我们呢!"刘大毅大笑,笑罢指着刘秀秀说:"没办法呀,原来搞了个仿古的,秀秀说色调太暗,要在这一片古建群里搞个洋一点的,靓一点的,搞什么两种文化、两种理念的碰撞,说会碰出灿烂的火花。只要碰不倒楼那就碰吧,反正未来是年轻人的,我扭不过秀秀呀!"刘大毅说得大家都笑了起来,他竭力推举女儿之心,谁都听得出来。王清笑着说:"刘秀秀是下马村企业办主任,修楼的钱她拿了大半,谁出钱多谁说了算嘛!"他很欣赏刘秀秀有似乃父的魄力和能力,刘大毅一直推荐她接班,但村上有一股很强的反对势力,王清一时难下决心。穿一身深蓝色西装的刘秀秀,扫了一眼微微笑看自己的王清,笑着说:"请各位领导到一楼会议室喝茶,边喝边谈。"

钱升从院内匆匆走了出来,笑容满面地边打招呼边和大家握手。黄天高问:"钱局长今天咋有兴趣到白宫旅游来了?"钱升说:"彼此,彼此,你们不也参观白宫来了?"他看这么多人,便想趁机炫耀一下:"白宫是人家下马村的总统办公楼,朝拜的人自然不会少。当初我是上了王清主任的当,把这个超现代化的玩意,硬是捆绑到了我们搞的下马亭和博物馆项目上,还说是给古建项目增加点现代元素,这不等于给汉武帝脖子上挂了块怀表嘛!"王清接住话茬说:"我们准备在这里搞几个联建项目,钱局长跑项目筹资金,主要解决钱的问题;下马村把办公楼融入项目建设,还提供建设用地;我们办事处负责环境保障和进一步扩大招商引资。联建算是刚刚起步吧。"搞项目联建的事赵崇敏当然清楚,王清多次汇报过也多次请他来视察，赵崇敏一则主要忙于秦河北工业园区的筹建，二则想等有些眉目时再来看，三是对市旅游局主导项目合作不感兴趣，不愿给他人做嫁衣裳，所以也就一拖再拖。钱升说："这太巧了，今天我来检查项目建设，刚好就碰上了赵区长和黄局长，还有这么多陪同人员，务请大家赏光，顺便检查指导一下项目建设。"说着他不由分说，一手拉着黄天高，一手拉着赵崇敏，就要去看。赵崇敏看着黄天高说："黄局长，咱就先看看联建项目再开会吧，反正拆迁户代表还没来哩！"黄天高素来瞧不起钱升，心想胡扑腾啥哩，你有本事，开元大厦项目早就建成了，还能轮到我来收拾烂摊子。他讪笑着说："都说捆绑难成夫妻，今天也开开眼界，就看看由钱局长捆绑的项目建设。"王清本来是借机请赵崇敏来看的，半路上杀出个钱升，又明显夺了头彩，便心里有些不快，但看赵崇敏兴致勃勃的样子，就紧紧跟在赵崇敏的身后，边走边给顶头上司说。对办事处来说，这也算是招商引资有了进展，他生怕功劳被钱升抢了去。钱升显得异常兴奋，领着大家先向下马亭走去，边走边说："整个这一片开发地带，大家要叫下马新村，我的意思叫下马新区好，要与时俱进嘛！早晚会包进城里去的，还叫村就有些土里土气。"王清忍不住说："石家庄还是省会城市哩，庄不就是村吗？"黄天高瞥了一眼钱升说："还是叫下马新村好，有历史传承感，既厚重又响亮。叫下马新区，还以为是下了马的新区，不吉利。"钱升的优越感一下子就被打掉了不少，他不在乎王清说什么，可黄天高何需硬往驴槽里插什么马嘴！钱升转而说："这个下马亭修得还不错吧？是铜城一家擅长古建的建筑公司修的，是京城一个大师级人物按汉代风格设计的，很有特色，古朴典雅，堪称经典。"钱升这话说得倒在行，大家看了眼前一亮，纷纷赞不绝口。钱升的劲又上来了，有些自得地说："还准备搞八匹石雕骏马。唐昭陵有六骏，我们准备搞下马汉八骏，想用招商引资解决钱的问题，或用石马冠名的办法吸引企业投资。"王清急忙补充说："我和裕平县我家乡的石雕厂已洽谈好了，还看了霍去病墓马踏飞燕的石雕，汉八骏的设计图纸专家也初步评审过了，万事俱备，只差钱了。"黄天高揶揄道："有钱局长运作，不会差钱的！"钱升并不介意，几乎要拍胸脯，大声说："钱没问题，这个包在我身上，吴市长多次表态，大力支持下马系列项目，她也在想办法解决钱的问题。"他竟打出了市长的牌子，也及时把捆绑项目改为系列项目。王清指着下马亭西边的葡萄生态园说："大家看那一大片葡萄园，我们准备将来在那里建市区最好的商住区，下马新村搞红火了，人气旺了，加上城市重心北移，那里开发前景会更加广阔。我们办事处已确定专人负责这方面的招商引资，前几天还专门开会研究……"钱升不等王清说完，就急忙打断他的话："大家随我到东边去走走，那里才是系列项目的重点。"他心想说得那么远有啥意思，谁还能把办事处主任当一辈子？肖冰冰一直跟在大家后面,她对看下马亭和什么系列项目没有一点兴趣,只想着早点把堵门的事情解决了,好回去忙自己的事情。当听到将来要开发葡萄园周边的事,眼睛却突然一亮,古济宁不是在运筹二期项目吗?自己何不建议在那里投资,捷足先登呢!其实老板早就在王大成那里得到了相关的信息,已开始了这方面的运筹。

钱升在前,招呼大家随他去东边看在建项目。这时雷义德、雷雨带着两个拆迁户代表来了,王清让他们先到一楼会议室等着。大家跟着钱升继续往前走,钱升想让气氛活跃一下,边走边笑着说:"下马白宫的东边,是规划中的汉文化区。"刘大毅说:"钱局长怎么又拿我们开涮了?"刘秀秀笑着说:"叫下马白宫挺好的,炒作炒作知名度更高,这叫村可敌国,说不定哪一天会卖票参观呢!"大家听得笑了起来。钱升继续说:"汉文化区要做大文章,一期项目是先建一个拴马石博物馆。这些搜集来的拴马石差异很大,年代正在考证和鉴别,将来要按年代排列组合。"他指了指摆在地上的拴马石:"形态各异,千姿百态啊!还有一批上马石,有些雕刻非常精美,有人物故事,还有……"黄天高对着一个拴马石踢了一脚说:"这是个啥货色?人不人鬼不鬼的!"钱升急忙说:"别踢,别踢。"似乎石头能踢碎似的,他走到跟前看了看说:"黄局长,这下可不得了啦,你咋能踢齐天大圣孙悟空呢?"黄天高细看一眼,原来雕的是石猴,就不屑地说:"就算是踢了一下弼马温孙猴子,他的官还没你的副七品大呢!"钱升听了不悦,他最忌讳别人说他是副职,正想回敬几句,不远处却传来一片大呼小叫的嘈杂声,大家的注意力一下子就被吸引了过去。

一大批下马村的村民正呼呼啦啦往村委会办公楼涌去,到了楼下立即有人扯出两幅横幅,一幅上写"要民主,不要独裁"。另一幅上写"要民主选举,不要家族世袭"。村民们大声嚷嚷着要刘大毅出来对话,显然这些村民是针对刘大毅和刘秀秀而来。发现异动后,武天才急忙跑了过去,想了解一下情况,以备赵崇敏询问,也要防备不测事件。雷义德和雷雨看见武天才过来了,以为赵崇敏和王清也跟在后面,会很快来到这里,就走出办公楼,站在楼前的台阶上开始训斥村民。雷义德提高嗓音,大声责问:"没事寻事,为啥要到这里胡闹?"没人回应,老实巴交的雷顺德嘟囔着说:"啥没事寻事,不是你让大家来的吗?"大家哄堂大笑。武天才也"吭"地笑了,这双簧演得也太拙劣了。他对下马村一部分群众要求刘大毅下台、反对刘秀秀接任村书记兼村委会主任的事情是清楚的,也知道王清一直拿不定主意还在犹豫,在这敏感时期来这一套,显然是有人急眼了。武天才明白了大半转身就走。忽然楼内传出了吵架的声音,接着又传出了摔东西的声音,随后便是声嘶力竭的号哭声,武天才回头看了看,加快脚步迅速离去,似乎办公楼里暗藏着无尽的凶险。

下马村村委会办公楼由铜城飞龙建筑公司承建，是钱升运作的结果，他通过把几个旅游项目和办公楼捆绑实施，使文登的公司从承建这栋办公楼入手，得以重返秦东市的建筑市场。下马亭项目也是文登的公司承建，目前又接手了秦东博物馆项目，据说钱升正在老城运作的汉武驻跸阁项目也将由文登公司承建。李晓南的公司通过刘大毅拿到了办公楼的室内装饰装修业务。文登和李晓南通过高小三结识，这次一个搞主体，一个搞装修，由一面之识发展成了合作伙伴。文登知道李晓南是吴芳市长的亲戚后，就显得格外热情。李晓南却自恃如今背靠大树，根本不把文登当回事，随意使用文登公司工地上的材料，明取暗拿，像是用自家公司的材料。文登实在忍无可忍，今天听说李晓南在楼上，便从博物馆工地赶了过来，想说说李晓南。高小三自从上次在市行政干校大门口闹事后，市建委已将其辞退，现在又给文登开起了小车，实际上也兼当保镖，几乎不离文登左右。文登本来想商量着解决问题，三句话没说完，李晓南就冲着文登说："哥们，你看不顺眼可以告状嘛！"文登本来就爱冲动，瞪着眼睛大声说："告就告，告你这个小偷，盗窃犯！"李晓南厉声说："你嘴里放干净些！"文登双眼变红，嚷道："你偷了老子的材料嘴还硬！"李晓南吼道："你有证据吗？"文登眼珠都快憋出来了，握着拳头骂道："羞先人哩，做了贼嘴还硬！"对方要不是市长的亲戚，他的拳头早就出去了。李晓南听了火气上蹿，猛地推了文登一把，大声吼道："你骂谁？你才羞先人哩！"文登没有防备，一个趔趄差点摔倒，把刚要上卫生间的哭丧妇乔凤撞倒在地。乔凤是作为拆迁户的代表来参加会议的，除了雷汉公是当然的代表外，其他几户人家说啥都不愿来开会，乔凤这位小姐代表就提升为七户拆迁户的代表来开会。乔凤一下子被文登撞倒，还没来得及反应，突然又有一个男人重重地倒在了她的身上。高小三看见文登差点被推倒，就快步上前，一只手扶住文登，另一只手轻轻一拨，李晓南就重重地倒在了乔凤身上。乔凤立即觉得裤裆里一热，一泡尿全撒了出来。乔凤不禁一展哭丧妇的才能，立即大声哭号起来，还胡乱地喊着："快来人呀，有人打人，有人调戏妇女……"她偷看了看裤子，并无尿湿的痕迹，多亏穿着棉裤，全渗在裤裆里了，要不人就丢大了。当然已无须去卫生间了，她索性边回会议室边放声哭号，重复着"打人"和"调戏妇女"……里边动静如此之大，武天才听了弄不清水的深浅，只能匆匆离开了。

李晓南一看高小三动了手，自知不是对手，好汉不吃眼前亏，瞅了一眼怒目握拳的高小三，爬起来就向楼上逃去。文登不想过分去惹李晓南，给高小三摆了摆手，两个人看了看号哭着的乔凤，大步向楼外走去。雷汉公听见哭声从会议室走了出来，乔凤抹了抹一滴泪没有的眼睛，大声说："雷公爷，我是跟着你来的，赶快挡住打人凶手！"她自知有些离谱，已不再提调戏的事了。雷汉公喊道："谁敢

## 第二十二章

在这里撒野打人,比刘大毅还可恶!"他摆出一副拦人的架势。文登看这个老头来者不善,往后一闪。高小三迎上前去,挥起一条胳膊只轻轻一撞,雷汉公就踉跄着退后,要不是玻璃门挡住定会跌倒在地。在下马村谁敢在雷公爷头上动土?恼羞成怒的雷汉公吼了起来:"你小子别走,有种你往这儿来!"他拍着胸脯叫道:"刘大毅的走狗,老子和你拼了!挡住刘大毅的走狗!"他边追边喊,要楼外边的人挡住高小三和文登。听说刘大毅的"走狗"打了人,外边立即群情激奋,高喊着不要放走打人凶手。高小三怒目圆睁握着拳头,有人认得高小三,悄悄告诫都别去碰。文登跟在高小三后面离开大楼坐车走了,他始终没有弄清这里到底发生了什么事,弄得就像"文化大革命"中一样。外边乱哄哄的这么多人,成了乔凤和雷汉公表演的捧场者,一个放声哭号,一个怒声叫骂,竟都指向了刘大毅,表演者和捧场者竟鬼使神差般地找到了同一目标,走到了一条道上。

钱升本想引着大家多看看,还准备介绍一下姊妹项目汉武驻跸阁呢,不料下马村村民来办公区闹事,大家兴趣骤减。刚才办事处的干部已给赵崇敏说了办公区发生了群体事件,武天才又赶过来给赵崇敏说了那边的特殊情况。赵崇敏叫过王清,拉下脸说:"看来下马村的情况错综复杂,你到办事处这长时间了,村上的问题咋还没解决?今天这会还能开不能开?"王清并不显得紧张,胸有成竹地说:"没事,会照开。我先主持召开村干部会,人基本到齐了,不管是台前的还是幕后的,都由我来调治。别看群众来得多,只要有人出面打个招呼就散了。"说完他看了看黄天高,黄天高好像也不大在乎,笑着说:"兵分两路吧,我出面召集拆迁补偿方面的协调会,摆平开元大厦工地堵门的事。这是我手里形成的,再在我手里把这个疙瘩解开。再说我在这里插过队,算是下马村的老村民,这里的事情我不担当谁担当!"他历来好大喜功,生怕赵崇敏抢了风头,稍停,他又补充说:"两个会同时开,不过让刘大毅先到我这边来参加会。"赵崇敏并不想参与这些具体的事务,乐得做个顺水人情,便笑着说:"有黄局长出面,一切都会迎刃而解。这样吧,一切都按黄局长说的办。我下午还有急事要办,就把武天才主任留下,代表区政府参加协调会。"说完他就告别大家坐车走了。

文佳开完少有的短时间的协调会后,上到银花宾馆八楼敲开了古济宁的办公室。他如释重负地对古济宁说:"今天我开了一个真正的碰头会,有的人头还没碰着,会就开完了。应该说堵开元大厦工地大门的问题已经解决了。"古济宁笑着说:"希望把你高效办事的灵气带到我的这间办公室里来。"文佳转了话题:"是要高效,也需灵气,更要当机立断,你最当紧的是极需金屋藏娇了!"

古济宁摆摆手说:"你又要老调重弹了,你老兄快来参谋参谋,我下一步该怎样扩大在秦东的投资。"他边说边递过来一张秦东市区图,上边用红蓝两色铅笔画着密密麻麻的各类图形和标注。文佳推开地图,以不容分辩的口气说:"今天我不想说这些事,我把手头所有的事都放下了,专门腾出时间要说说你个人的私事。"古济宁说:"文老兄,这事你已说过好几次了,老弟在心里记着哩,我又不想当和尚,解决这事只是时间问题。"文佳半是认真半是调侃地说:"这事不能再拖了,再拖下去将来生的儿子别人还以为是孙子呢!"古济宁不好意思地笑了:"你老兄也要笑老弟,不过我向来是不在乎别人是怎么看和怎么说的,这个你是清楚的。"他转了个话题:"我要去看望的抗日老壮士,你老兄想也知道吧?"文佳说:"好啊,你要去看望关青山吧!"古济宁惊讶地问:"你怎么知道?"文佳说:"我是从《秦东日报》上看到的,也听关立峰说过,这事传开后好多企业和慈善机构都有人去看望过。"古济宁说:"关青山和我父亲一起参加过中条山抗战,是我父亲的老部下,还救过我父亲,我已寻找多年了。"文佳说:"那我更要陪你去,去看看这位秦东抗日壮士。"古济宁固执地说:"你先参谋参谋我在秦东的投资意向吧,买东西的人回来后咱们再走。"古济宁一边指着地图一边详细地解说着。文佳边听边点头,他太佩服这位老同学了,开元大厦项目还没竣工,他已瞄上二期、三期投资项目了。文佳半开玩笑半认真地说:"你的胃口不小啊,吃着一个,夹着一个,还看着一个。我算弄明白了你为什么如此大方,在开元大厦项目上一掷千金,原来你是要放长线钓大鱼。"古济宁摆摆手,认真地说:"你是搞行政工作的,开元大厦这件事如果处理不好,对吴芳包括你都可能造成负面影响,带来不必要的麻烦。就说今天你来牵头协调,如果硬压老百姓认旧账,你能压得下去吗?就算硬压下去了,别人会怎样说?"文佳听了,深以为然,谁说商人只爱钱,都唯利是图?看来古济宁更在意打造企业形象,也不像有些商人寻情钻眼地傍官员以谋私利。文佳不禁为老同学的胸襟和深谋远虑拍手叫好:"好!老同学能在企业发展中不忘让利于民,很有儒商风度,一定会走得更远。"古济宁不语,心想商场也是战场,只有赢得人心才能走得更远;要赢得人心,当然得讲良心,不能为富不仁,在创造财富的同时得有益于老百姓,有益于社会的发展和进步。

  下午3点多钟,橘红的太阳正最大限度地把阳光无私地洒向大地,这是冬日里最为暖和的时候。古济宁提着两个包,文佳也帮忙提了一个包,两人披着暖阳一起去看望关青山老人。走出银花宾馆,两人不约而同地先向开元大厦工地走去。那里已恢复了正常施工,一派繁忙紧张的景象,两人的目光碰在了一起,都会心地笑了。原秀山也来到了工地旁,他拍了几张照片后发现了文佳和古济宁,高兴地打过招呼笑着说:"看来问题解决了,我已留下了原始资料。还是文秘书长有办法,一上手就恢复了施工。这个肖冰冰也太不像话了,董事长都来了,她又不知道跑到哪儿去了!"说着他就拨通了肖冰冰的电话,大声问:"堵门的人连影儿都没有了,咋不给我说一声?"接着便是一阵哼呀哈呀的,接完电话不解地对文佳说:"怎么黄天高还在主持什么协调会?他在会内会外把下马村的干部群众从头上训到脚下,还骂有的人爱钱不顾脸。最后又答应按拆迁时秦东城区的平均补偿标准,给七户拆迁户补齐差价款;村里的办公楼却一分钱都不补,说村委会和他当初签的协议不能无效,不能把村委会的信誉和他的面子扔到秦河里去。各方面还都认了账,黄天高这个人在下马村还挺有威望。还说王清这下捅了马蜂窝,被一百多村民弄得焦头烂额,估计十天半月也别想吃安稳饭睡安稳觉。"文佳听了心里踏实多了,心想今天给黄天高做工作留下了足够的空间,他也发挥得不错,至于王清要干的事情本来就十分错综复杂,也不是短时间就能解决的问题。

听说两人要去看望抗日老壮士,原秀山也来了兴趣,于是三个人一起向字圣大街走去。古济宁从衣袋里取出一张去年8月份的《秦东日报》,第二版是纪念抗日战争胜利五十四周年的专版,上载一篇《抗日壮士关青山》的报道,还配了一幅照片。按照这张照片的背景,很快就在秦东剧院旁边找到了关青山住的地方。古济宁看着这个路边小商铺,心不由怦怦地跳起来。父亲古立俊在中条山抗战中曾两次遇险。一次是一块假银元救了一命。部队开进时,父亲在一个老妇的粽子摊吃粽子,老妇看他是个长官便流着泪诉说,一个军人用一枚假银元骗了她,父亲当即掏给老妇一枚银元,把那枚假银元顺手装在胸前的口袋里。一次激战时,一颗子弹刚好打在胸前的假银元上,假银元被打了一凹痕,而父亲却安然无恙。第二次是父亲身负重伤,关青山硬是从死人堆里把昏死的团长背了回来。古立俊生前曾多年寻找这位老部下,却杳无音信,去世前曾嘱咐古济宁要接着寻找。古济宁走到卖鞋的门店看了看,里边是一个年轻人,他又走到一墙之隔的门店站了下来,紧随其后的文佳和原秀山也站了下来。

这是一个刀具店。去年8月关青山见报后,好心人让老人由卖钉子改卖各类刀具,把他当年在抗日前线用过的那把大刀拴着红绸挂在墙上,作为镇店之宝,也作为吸引顾客的招牌。古济宁第一眼就看见了这把大刀,父亲当年也有一把这样的大刀,被他视为宝物挂在书房的墙上,还常常取下擦拭,并独自一人与大刀喃喃地说着什么。一样的大刀,必是关青山所用,可是人呢?看到有人来了,老人放下饭盆,从昏暗角落的矮凳上站了起来,抹了把嘴,缓缓走了过来。老人身躯高大,古铜色的脸庞上有两道有如扫帚般的粗长眉毛,正是父亲描述的模样。古济宁微微弯腰,客气地问:"大叔您好,您是关青山老人吗?"关青山微微侧首,看了看古济宁说:"我是关青山。"古济宁立即放下手中的袋子,抓住老人的双手,动情地说:"关大叔,可找到您了。我是古立俊的儿子古济宁,我父亲和我找了多年没找到您,今天总算找到了。看来您老人家身体还挺硬朗,这就好,这太好了!"文佳和原秀山看到参加过抗日战争的老人如此硬朗,不免暗暗称奇。关青山惊喜地瞪大了眼睛,朗声说:"啊,你是古团长的儿子!古团长身体还好吗?"古济宁低声说:"我父亲去世好几年了,去世前一再叮嘱我要找到您,他一直坚信您还活在世上,说您福大命大,后福更大。"关青山听了立即双眉低垂,长而粗的眉毛几乎连眼睛都挡住了,古济宁还是看到了老人眼中的泪光。尽管关青山估摸着老团长可能不在人世了,听到这个消息还是十分难过。过了一会儿老人慢慢走到床铺前,用手在褥子下面摸索了一阵,手微微抖着伸了开来,声音颤着说:"小古呀,这是一枚假银元,你先看看。"古济宁拿起这枚假银元,一眼就看到了银元上的凹痕,他再次动情地抓住老人的双手,声音低沉地说:"关大叔,这枚假银元我没见过,但在梦中梦到过多回。父亲生前常给我念叨,说是见到了您就会见到这枚假银元,您和这枚假银元都曾救过他的命。"关青山说:"那一年你父亲重伤差点死在战场,当他要回后方养伤时,把这块假银元送给我,说这块假银元也救过他,说我带着假银元就权当和他在一起。就这样这块假银元跟了我四十多年,每天都和我在一起,要是见不到你,我走时也要带着它一块去见老团长。"古济宁听得眼圈直发红。原秀山唏嘘叹道:"人间自有真情在,假做真时情亦真。"文佳听了也直叹息,说:"不要再叫假银元了,就叫古元吧。一是它曾救过古团长的命,而今古团长也已作古,算是古家的传家宝;二是古元也是一个时代的见证,留下了抗日战争的印记,叫古元让人鉴古知今,永远不忘这段历史。"关青山听了频频点头,对古济宁说:"小古,你收下吧,这是你家的传家宝……这样,让我再摸摸。"说完老人把古元夹在两手手心,接着又把古元贴在脸上,他这是在和老团长做最后的诀别,老人低着头脸上流下了两行热泪。好长时间老人抬起头,缓缓地拿着古元,然后把古元放到了古济宁弯腰捧着的双手上。

原秀山想换换气氛,就笑着说:"老人家好饭量啊,这么大年纪了还用瓷盆盛饭吃,不由让人想起了'廉颇老矣,尚能饭否'的典故。"后面的话老人听不明白,说起瓷盆盛饭,老人脸上顿时露出了笑容:"不嫌你们笑话,说饭量大,也确实大,我今年七十六了,一顿还吃一瓷盆饭,人老了就凭的是饭嘛!"看着老人完全不像年过古稀的样子,三个人都点头称是。关青山接着说:"那一年部队在中条山增援友军,一锅饭煮熟了,可盛饭的碗太少,情急之下,我到房东家的后院拿了一个尿盆,用水涮了涮就盛了一盆饭赶紧扒拉,还剩一点没吃完前边就接上了火。接着是白刃战,我们抡起了大刀片,那个惨呀!一个连一百多号人,没剩几个。我活下来了,那一盆饭长力气啊,多数人都是饿着肚子拼死的。"听到这里原秀山开始想笑,这时却笑不出来了。文佳说:"从此以后,你就喜欢用瓷盆吃饭了?"关青山说:"就是的,回到家乡后我一直用瓷盆吃饭,都几十年了。要不是当年那一瓷盆饭,说不定我早就吃不成饭了。那一仗下来,老团长的护兵也战死了。老团长一打仗,两眼就发红,吼着叫着往前冲,挡都挡不住。他一身是血来看活下来的士兵,走到我跟前后,把我从头看到脚,突然一记重拳打来,我趔趄着倒退一丈多,差点摔倒。他却哈哈大笑,说好样的,跟着我当护兵吧!老团长虽然个儿没我高,力气却比我大多了。老团长一拳过去,没有不被打倒的,我是硬撑着没有倒地。他把我这个护兵当成了亲兄弟,知道我饭量大,总是想办法让我吃得饱饱的,还说跟他的护兵死了好几个,一定要让我活下来。"说到这里老人把话收住了,他从不讲他后来死里逃生的故事。古立俊因伤回乡后,关青山被编进"河西愣娃"组成的大刀队,多次与日寇血战,战败后宁死不降,发生了"八百壮士投黄河"的悲壮故事。关青山虽腿受伤,却幸运地抓住了一根朽木,得以活着回家养伤。文佳若有所思地说:"历史就是历史。过去相当长一个时期对历史不够尊重,这几年才开始还原历史真相,肯定了国民党部队在抗日战争中的地位和作用。"古济宁一直听得很认真,尽管有些事父亲在世时也讲过,父亲在他的心目中一直是英雄,是偶像。新中国成立初父亲曾是县政协委员,说明当时是认可父亲的抗日经历的,可是"文化大革命"期间却成了"牛鬼蛇神""国民党残渣余孽",后来又补划了家庭成分,戴上了"地主分子"的帽子,又是挂牌子、戴高帽子游街示众,又是站板凳、跪桌子开批斗会,差点被折磨死。如果父亲能活到现在,能感受时代的进步,看到对历史公正的评价,那该多好啊!听了文佳的话,他只是低声叹息,感慨不已。

古济宁看着关青山尚未吃完的饭,说:"关大叔,我给您带了两瓶茅台酒、两盒铁观音茶叶,还有几斤腊汁牛肉。"说着他从提来的袋子里把这些东西取了出来。老人也不客气,打开酒瓶,仰起脖子咕咚咕咚就是半瓶,然后撕下一块腊牛肉大口嚼了起来。老人满脸通红,扫帚眉直竖,一身豪气不减当年。原秀山咔咔咔一连拍了几张照片,高兴得直竖大拇指,嘴里喊道:"壮哉,壮哉,抗日壮士豪气冲天!老壮士还能舞刀乎?"文佳也被关青山的豪壮之气感染,问:"老壮士还能抡大刀片吗?"关青山朗声说:"试试看!"他从墙上取下那把跟了他几十年的大刀,用袖子擦了擦,口对锋刃吹了吹,又用指头弹了弹刀背,然后健步迈出小店铺,在一块人少的空地上站定。他略微活动了一下腰身,走了一圈碎步,然后蹲了个马步,像钉子钉在那里一样一动不动。这时路边开始有人围了上来。关青山运足力气,突然立起,健步如飞,大刀随之呼呼如风,浑身上下银光闪闪,刀柄的一兜红绸也随之上下翻飞。周围顿时一片掌声。这里是闹市区,路人如潮水般越聚越多,叫好声连连不断。酒壮豪气,人捧气场,关青山兴致勃发,亮出了平生的绝活,步步坚实,招招威猛,看得人眼花缭乱。挥舞了几圈他大喊两声,戛然收住。瞬间掌声雷动,呐喊声四起。原秀山可忙坏了,又是站着拍,又是蹲着拍,一连拍了好多张老壮士舞刀的照片。关青山收住时,原秀山激动地跳了起来,纵情地说:"舞刀之人不绝于世,可真正杀过日寇的舞刀人少之又少了。绝版,绝版,我拍下了稀世绝版照!大刀向鬼子们的头上砍去!砍去!砍去!"他有点近乎疯狂的举动,惹来众多好奇和不解的目光。文佳笑着说:"原站长今天收获可大了,意外的大收获。"原秀山依然有些亢奋:"回头我要深入采访关大刀,真正的秦东第一刀,绝非那些花拳绣腿之流可比。他是不是从山西迁过来的?"古济宁说:"听老父亲说,他家在秦河岸边,具体村庄却说不清,没听说家在山西。""可惜,可惜!"原秀山摇摇头,"我想着他应该是关羽的后代呢,也罢,关羽使用的是长柄的青龙偃月刀,关青山使的是短柄的大刀片,但我将来的通讯稿和发表的照片,还是要用关大刀这个名字。"文佳笑了,心想记者都挺有想象力,不过关羽的后代不大可能在山西运城一带,应该多在四川成都一带,也许是原秀山太冲动了,没有想好。

关青山满脸通红,微微气喘,古济宁忙过来要扶他。关青山左手挡住古济宁,右手挥挥刀,说:"老了,不比当年了。你爸的大刀功夫那才叫绝呢,军中无敌手,是真正的秦军第一刀,和日本鬼子肉搏,从没遇到过对手。"原秀山突发奇想,兴致盎然地说:"应该把老壮士包装一下,再拍几张照片,也拍几张与大家的合影。"古济宁说:"好啊,要拍合影照,要拍。"他快步走回小店铺,从一个提包里取出一条大红长围巾,高兴地说:"我给关大叔带来一条大红围巾,围上怎么样?"原秀山拍手说:"绝妙,绝佳。""我这里也有一条红围巾。"跟在古济宁后面的关青山说着,从被子后面取出了一条红围巾。文佳拿过一看,和古济宁带来的一模一样,仔细一看都是"凤凰"牌,笑着说:"都是'凤凰'牌,一个厂家生产的围巾。"原秀山说:"凤遇凰,巧逢奇。就用古总带来的新围巾。"关青山说:"这条也是新的,我一次也没围过,不好意思呀,哪有老头子围大红围巾的?"古济宁问:"这么说,这条围巾也是别人送您的?"关青山说:"是啊,是你媳妇送我的呀!"他眼露疑惑,看着古济宁,心想难道她没给你说过?古济宁一下子愣住了,文佳也愣住了。原秀山说:"怎么样,我说对了吧!这叫凤会凰。"他拿过古济宁手中的围巾搭在关青山的脖子上,笑着说:"关老壮士,红围巾好啊,关云长当年就披的是红战袍,戴的红缨头盔,再说如今越是年龄大越要披红戴花。你看看,你搭上这红围巾,又显年轻,又时尚,又威武,要多精神有多精神。只可惜差一顶好帽子。"关青山被原秀山说得呵呵大笑起来,说:"小古媳妇还送我一顶火车头棉帽,一件军大衣,都没舍得用呢。"说着老人从床下的一个木箱里取出了草绿色的棉帽和大衣。古济宁和文佳都听得如坠雾中,两人对视了一下,古济宁微微摇头,两人都没有说什么。原秀山忙着帮老人穿好大衣,戴好棉帽,围巾试着弄了几种围法,总算按他的意思把关青山包装好了。原秀山端详了一下关青山,赞道:"真是老当益壮,雄风不减!老壮士拿上您的大刀片,咱们去拍合影!"文佳拉了一把满脸疑惑的古济宁,说:"走,咱俩与老壮士合张影。"

小店铺外边,刚才围观的人大多已经散去,还有十几个人听说要合影,都还等在那里。关青山再次出来时,人们立即为他的雄姿勃发所倾倒,周围赞声一片。也有人叹息着说:老人当年要是在八路军干该多好呀,如今还会住这样破旧的小屋吗?也有人说:如今再没人寒碜和批斗老人了,也算进步了。也有人说:这老头每天五点就起床舞刀,直舞到天快亮,功夫了得,壮心可嘉。还有人说,当年都是抗日呀,舍生忘死的,应该善待抗日老壮士,让他安度晚年。很显然,经过《秦东日报》的报道,这些人里有人知道了关青山的经历,还想着要和老壮士合影留念呢。这些人的议论文佳听到了,他觉得应该和民政部门沟通一下,看看能不能在生活上关照一下老人。刚刚开始合影,关青山突然指着说:"小古,你看,你媳妇来了!"古济宁和义佳同时惊讶地看过去,只见一个中年妇女笑吟吟地走了过来,油黑的披肩长发,穿一件合身得体的米黄色羽绒大衣,一条大红围巾一半吊在胸前,一半搭在背后,衣着简单大方,又有些时尚,看起来清纯又具魅力。古济宁一眼就认出来了,心里骤然一紧:王莲英怎么也来了?文佳当年在秦大上学时,曾以班上最高领导党支部书记的身份,接待过想与古济宁复婚的王莲英,也劝说过古济宁。他看了一眼古济宁尴尬的脸色和难以言状的眼神,忽然想起这是古济宁的前妻呀!关青山缓步迎上前去,对王莲英说:"你也来了,咋没和小古一起来?"原秀山举着相机,笑着招呼道:"嫂子,快来呀,我给你和古总也来一张。"他猛地发现王莲英脸上的笑容瞬间全无,特别是那双美丽的大眼睛里流露着复杂的情愫,让这位极其敏锐的职业名记者顿时傻了眼。古济宁拉了一把文佳走进小店铺去了,文佳不由得回头看了看。大感不解的关青山张着嘴,半天憋出一句话:"媳妇来了,小古咋不照相了?"原秀山看古济宁和文佳都走了,似乎悟出了什么,看了一眼周围还等着搭车与老壮士合影的人,遗憾地摇摇头,提着相机拉了一下关青山,向小店铺走去,把王莲英晾在了一边。

## 第二十三章

关青山看古济宁和文佳进小商铺去了,原秀山也提着相机进去了,他正有些不解,王莲英却笑吟吟地问:"关大叔,您老好吗?"她已没有了刚才的惊讶和尴尬,恢复了常态。"好,好着哩。"关青山笑着回答,脸上挂着迷茫。走到小商铺门口后,王莲英端详着关青山,笑着说:"关大叔,您穿着这身衣服真精神,真威武,特别是围上这条红围巾显得年轻了许多,可您一直不愿围,还嫌太红太艳呢!"关青山看了一眼古济宁,从脖子上解下围巾递给王莲英,半嗔着说:"这条围巾是小古刚才带来的,你也不给小古说一声,买重了,你看看你俩买的还一模一样。"王莲英接过围巾的同时,一眼就看到了床上的另一条红围巾,笑着问:"济宁,这条围巾是你刚才给关大叔带来的?"古济宁点点头。文佳看了看古济宁,微笑着对王莲英说:"好多年不见了,你还认识我不?"王莲英笑着说:"咋能不认识,坐呀,大家都坐下来说。"她像是这里的主人,挺熟悉地从柜台下边取出一个高凳子,让关青山坐下。古济宁、文佳坐在床上,原秀山坐在老人吃饭时坐的矮凳上。王莲英接着对文佳说:"文老兄,你当年在秦大上学时是班里的党支部书记,还调解过我和济宁的事呢。"她直言不讳,似乎心中并无芥蒂。听了调解的事,原秀山微微摇头,原来过去就有恩怨,难怪让人觉得怪怪的,如今怎么……关青山听了脸上的疑惑很快散去,心想这对夫妻过去就闹过别扭,最近大概又有啥事过不去。

文佳没想到会遇到如此场面,对王莲英说:"你也坐下吧。"说着拉了一下古济宁,古济宁却向相反方向挪了挪,文佳只好也向边上挪了挪。王莲英看在眼里却并不在意,走过来坐在了古济宁和文佳中间,把一股浓浓的香水味带了过来。她两边看了看,问:"济宁,你咋样寻到关大叔这儿的?"还不等古济宁回答,她从包里取出一份旧报纸递给他:"济宁,你看看这张介绍关大叔的《秦东日报》,我正想着用啥办法给你捎去呢。爸当年多次说过寻访关大叔的事,爸说关大叔是一条汉子。爸是英雄惜英雄呀,爸和关大叔都是名副其实的抗日英雄!爸对这事很上心,爸怕你事多事忙忘了,还叮嘱让我多提醒你哩!"她一口一个爸地说着,让文佳心中不禁一动。关青山听夸自己是条汉子,是英雄,脸上露出了笑容,变得乐呵起来。原秀山对二人的关系依然疑惑,静静地听着。古济宁从上衣口袋里也取出一份旧报纸,淡淡地说:"这报我也有。"他头都没抬,声音也不大。文佳看了有些过意不去,忙问:"老王,这多年你都忙些啥?"王莲英脸上立即光彩焕发,说话的声音也大了:"管小孩子呗!办幼儿园,管了一群孩子。如今农民进城务工经商的越来越多,许多都是夫妻双双进城,还带着小孩,公办幼儿园太少,许多小孩进不去。前几年我就来秦东办了一家幼儿园,没想到越办越大,孩子越来越多。幼儿教师也不够了,我就聘了十几个秦纺厂的下岗职工,经过培训,当了幼儿教师……"原秀山听到这里,才大体上明白了古济宁和王莲英现在的关系,也看出了王莲英对办幼儿园的深爱和自豪,忙问:"哪个幼儿园是你办的?"王莲英说:"蓓蕾幼儿园,在双清里临秦区政府招待所。招待所停业后我先租了两层楼,现在四层楼全租下来了,整个院子全租下来了。前边隔一条街有个公办幼儿园,许多孩子都转到我们那儿去了……"文佳打断她的话,半开玩笑地说:"你说的公办幼儿园是市政府机关幼儿园,你挺胆大呀,敢和市政府机关唱对台戏!"原秀山说:"公平竞争嘛,市政府机关幼儿园教室里坐得实在是太满了,再说收费也有些高呀。那里'六一'搞演出时我去过,我还给来的领导提过改进意见。对了,文秘书长你可能还不知道,蓓蕾幼儿园现在名气是越来越大了,是省级示范幼儿园,多次上过电视节目,我只是不知是王大姐办的。"王莲英听出他把大嫂换成了大姐,便知他极有心机,笑着说:"欢迎你去参观指导蓓蕾幼儿园。"文佳介绍说:"他是省报驻秦东记者站的原秀山站长、名记者。"他转向原秀山:"啥时去采访报道一下吧,王莲英老师搞了多年的教育工作。"原秀山说:"我还真有这想法,对这方面的报道已筹划多时,也积累了不少资料。如今城市的大街小巷办了不少幼儿园,多数很不规范,经常出事故,去年夏天一家接送幼儿的校车,竟把一个睡着了的三岁男孩忘到了车上,硬是把这个男孩困在车上七八个小时,闷死在车上。男孩的奶奶当天就心脏病复发死了,小孩的母亲差点气疯了。悲剧啊,悲剧!王大姐咱说好了,过几天我就去采访,搞点正面的宣传。"王莲英说:"好啊,我在幼儿园等你。"关青山身居闹市,却从不过问小买卖之外的事情,小商铺有点像闹市中的世外桃源,对幼儿园的事情听不大明白,刚才又招呼了两个顾客,便有点越听越糊涂的感觉。他也不大关心自身之外的事,却隐约觉得这两口之间好像有啥事,就问古济宁:"小古呀,看样子你媳妇在管小孩,你忙些啥事呀?"他瞪直眼睛看着古济宁,把疑虑和关切之情全挂在了脸上。古济宁极不自然地笑了笑,张了张口,还没有说话,王莲英急忙转向古济宁,笑着说:"济宁,你就给关大叔说说你现在都干些啥,这次来秦东还有别的啥事。"她觉得老人对自己管孩子的事可能误会了,不想让古济宁说出令人尴尬的话来,就给古济宁定了说话的调子,不过她也很想知道古济宁现在的情况。

　　古济宁听了王莲英的话,扭头看了她一眼,正遇她那双似怨似嗔而又充满期待的大眼睛,便说:"一直经商呗,来秦东也是经商。"他猜透了她的心思,偏偏惜字如金,半句话也不肯多说。文佳看了王莲英一眼,笑着对关青山说:"关大叔,济宁现在事干大了。大学毕业后就去了北京,先在国家部委机关工作,后来下海经商,先给京城大地产商肖一当秘书、助理、副总经理,后来自己干……"文佳索性尽自己所知,尽量把古济宁的经历说得细一些,既是说给关青山,也是说给王莲英,今天遇到王莲英后忽然想得多了。关青山听得十分认真,却不大听得懂,这会儿又不断有顾客来买刀具,就断断续续地听着。王莲英前多年几次去过北京,听文佳一讲,思绪一下子就回到了多年前。对当初主动提出和古济宁离婚,王莲英深为后悔、自责和痛苦,古济宁考上秦大后她主动提出复婚,古济宁到北京后她又几次找到北京去谈复婚,有一年还在北京伺候了一段时间病中的古立俊。临走时古立俊说了许多感谢的话,对儿子和复婚的事却只字未提。古济宁在复婚问题上是九头牛都拉不回来,临走时硬是给王莲英开了一笔工钱,弄得她哭笑不得。在伺候古立俊时,古立俊又说起了寻访关青山的心愿,她便牢牢记在了心里。找到关青山后王莲英正筹划着去一趟北京,要把这个消息告诉古立俊父子,没想到在这里遇到了古济宁。开始时的尴尬已经被一阵阵莫名的兴奋和一缕缕强烈的期望冲淡了,王莲英心里乱乱的又有些庆幸,甚至还有些亢奋。文佳看着脸色潮红的王莲英听得是那样的专注,便着力讲起了古济宁极尽艰难的创业历程。这正是原秀山求之不得的,他一直想着深度报道开元大厦这个招商引资项目,多次想采访古济宁的创业经历,古济宁总是婉言谢绝。有此机会,原秀山不光听得认真,还打开了随身携带的小型录音机。古济宁从来不愿给别人讲这些,只给最为信赖的老同学文佳说过,没想到向来谨言慎语的文佳,当着王莲英的面给关青山讲了起来,何况原秀山这个记者还在场呢。古济宁中间几次示意别讲这些,文佳不理会,继续讲着。古济宁便伸出手来拉文佳,却碰在坐在二人中间的王莲英手上,古济宁红着脸说:"老文再不要说过去这些事了!"文佳见状,看着有些尴尬的古济宁笑了,说:"好,不说了。我是想几十年了,你好不容易找到了关大叔,总得让老人家知道你这多年在干啥吧!噢,对了,我还没说你到秦东干啥来了呢。"说完又看了一眼王莲英。王莲英向古济宁挪了挪,淡淡地笑着说:"来秦东也是经商嘛。"关青山打发走几个顾客,边坐边说:"小古,来秦东做啥生意?"

　　原秀山不等文佳开口,忙说:"古总来秦东是投资项目建设。"他已猜透了文佳的心思,瞥了一眼王莲英说:"老人家,中心广场北边那座大楼就是古总投资在建,已经建了十二层,还要再建十二层,大楼东边还要建七层裙楼,将来要建成秦东最高最大的商贸大楼。""那楼离这儿很近嘛。"关青山说。原秀山用手指着说:"是呀,出了小商铺就能看见那座在建的大楼呀!"老人点着头。原秀山接着说:"老人家,古总现在不是一般的商人,成了大企业家,他是咱秦东吴市长请来的客人。他给古团长增光了,您老人家也该高兴高兴。"关青山大笑,仰起头,双手作揖说:"古团长,你该放心了!"他忽然转过身,一脸认真地对王莲英说:"你说你管小孩子,咋每次都是一个人来呀?"王莲英唰的一下红了脸,无言以对。古济宁把身子向外挪了挪,显得极不自然。小商铺里的空气似乎一下子凝固了。

　　门外突然有人大声喊:"关壮士在吗? 三叔我来了!"声音尚未落地,便有两个人出现在门口。为首的是关立峰,他从跟在身后的邱长富手中拿过一个提包,放到柜台上说:"三叔,我给您带了两包好茶叶。"他看到小商铺里坐着好几个人,又看到了文佳,就马上打起了招呼。关立峰和文佳握过手后,握住古济宁的手说:"古总呀,好长时间不见了,啥风把大老板也吹到这里来了?"古济宁说:"我们是一起来看望关大叔的。"关立峰不假思索地说:"一定是文秘书长领着你来拜访抗日壮士。"文佳摇着头说:"是古总领着我们来看望关大叔,古总的父亲和关大叔当年同在中条山打过日本鬼子。"关立峰说:"噢,是这样的。"他拍了拍原秀山的肩头,看着王莲英说:"这位女士……"王莲英忙说:"我叫王莲英,是蓓蕾幼儿园的老师。"关青山说:"是小古的媳妇。"关立峰听了立即热情地握住王莲英的手,笑着问:"不知该叫嫂子,还是叫大妹子?"文佳说:"就叫王老师吧。"关立峰看了看古济宁,又看了看王莲英,马上客气地说:"王老师,王老师好!"

　　关立峰对文佳说:"文秘书长,关壮士我仰慕已久,我俩已成了忘年交。噢,五百年前我们是一家人,老人家说他排行老三,我就叫他三叔。我是来请老人家吃饭的,刚好你们几位来看望关壮士,大家就一块去助助兴。"关青山笑呵呵地说:"关主任,你怎么还当了真,我刚吃过饭,一点都不饿。"关立峰说:"说好的要请您吃一顿饭,前几天有些忙,今天下午是专门来请您吃饭,没想到连陪同的人也有了,这就是缘分。"他怕大家不去,尤其是文佳推辞,接着说:"我一直想请古总吃顿饭,想谈谈工作上的事,原站长是老朋友了,王老师是新结识的,文秘书长你就带个头,叫上大家一块去。"文佳笑着说:"你别急呀,大家没有说不去嘛。好,我就带个头,大家一起去陪关壮士吃顿饭。都要去,一个都不能少。"他心想,这还真是个难得的机会,让古济宁和关立峰多接触,正是自己一直以来的想法。

再说很难有机会碰上王莲英,让古济宁和她一块吃吃饭也许很有必要,还真的是机缘巧合。文佳站起来说:"这里地方小,关主任连个坐处都没有,干脆咱们现在就走。"关立峰没想到一向不喜欢陪人吃饭的文佳竟一反常态,忙笑道说:"行,马上走。现在大家都到大皇牛火锅店去。先喝茶聊天,等关壮士饿了再开席。"说得大家都笑了,关青山也呵呵笑了起来。文佳过来拉了一把原秀山,一块走出小商铺。王莲英对古济宁说:"我去不合适,你老同学说了,又不能不去。找了几十年了,就和关大叔一块吃顿饭吧。不知道爸现在……"古济宁打断她的话:"走吧,我本来也要请关大叔吃饭。"关青山锁好门,王莲英和古济宁扶着关青山坐上关立峰的越野车,这时肖冰冰急呼呼地赶了过来。

肖冰冰走到古济宁跟前,喘着气说:"古总,我听办公室人说你来这里看望一个长者,就赶过来向你汇报开协调会的情况。啊,文秘书长也在这儿,人还不少呀。"她边说边扫视着其他人,突然愣了一下,慢慢走到王莲英跟前,惊讶地说:"这不是大嫂子?呵,王大姐,王老师!"王莲英上下端详着肖冰冰,忽然瞪大了眼睛,惊讶地说:"你是冰冰吧,都快认不出来了,长成大美人了!"肖冰冰抱住王莲英,十分激动,嘴里喃喃地说:"王老师,好想你啊……"肖冰冰抱着王莲英好长时间才放开,又拉着她的手对古济宁说:"古总,你是知道的,那一年是王老师在照料古大爷时给我辅导了几个月,帮我考上了重点中学。后来我才知道她上高中时考过全县第二,底子可厚哩!"王莲英忙摆摆手,小声说:"别提过去的事了。"原秀山来了精神头,好像是他做东,招呼着:"走吧冰冰,都上车,到酒店再叙旧,再给古总汇报。"关立峰也跟着招呼:"好啊,来得巧,快上车。"文佳把肖冰冰叫到车前,打开车门给她介绍了关青山,肖冰冰连声说:"关大爷好,关大爷好!"她已听说了关青山的故事,向老人恭恭敬敬地鞠了个躬,这才和文佳一起上了车。

大皇牛火锅店是秦东新开的一家火锅店,位于长阳大街中段,老板是四川人,麻辣味突出。关立峰早就打听到关青山爱吃火锅,尤喜麻辣。自从他结识了这个性格倔犟的抗日壮士,成了无话不谈的忘年交。经过他长时间做工作,这个昔日秦东有名的"钉子户"终于答应拆迁,今天就要在饭桌上签拆迁协议。在外人看来这是个小事,在关立峰看来并非如此,因为改造中心广场的方案已趋成熟,张洛朴答应,天然气合作项目一旦启动,首先解决中心广场改造的资金问题。这对改善城市形象,提升城市品位,实在是太重要了,也最能彰显城市建设和招商引资的新成就,说俗了这是给他脸上涂脂抹粉,说透了这是增加他在市级换届过程中的政治筹码。在城市拆迁中,大家都习惯了先是政府发红头文件,然后主管部门全力逐户动员,最后剩下的所谓"钉子户"则要动硬的。最后阶段往往要公安配合,还要出动铲车等大型工程机械,常常搞得鸡飞狗跳,毁物伤人,甚至死人的事时有发生。关立峰向来比较强势,但不想在政治敏感期动硬的,特别不愿在一个参加过抗战的老兵身上动硬的。经过一段来往,他还从心底深处喜欢上了这位老壮士,老人同意拆迁后,也没有提出任何苛刻的条件,说土都埋到脖子上了,钱财啥的已经没用了。多好的一个老人,过去满街都叫"钉子户",现在市民都叫他关大刀。但不管怎样,都要按政策上限给以优惠,绝不能让老壮士吃亏。

大家簇拥着关青山,上到了大皇牛火锅店的二楼。关立峰对关青山说:"三叔到了,咱在二〇三大雅间吃饭。"进到里边,既宽大又敞亮。雅间中间偏北是一张圆桌,大家把关青山招呼到靠北最中间的位置坐下。文佳说:"关主任,你做东本应居中,就挨着关大叔坐吧。"关立峰走到关青山右边,说:"文秘书长你也挨着老壮士坐吧。"文佳说:"还是老古挨着关大叔坐吧。"古济宁摆着手说:"你是政府官员嘛。"文佳不允,要拉古济宁挨着关青山就坐,忽然看到原秀山在摇头示意,文佳顿悟,改口说:"那你就挨着我坐吧。"古济宁不等文佳坐下,他就坐下了,生怕文佳再谦让。文佳看着王莲英说:"坐吧,大家随便坐。"王莲英看了一眼文佳,微微笑着紧挨古济宁坐下。肖冰冰看一眼原秀山,笑着对王莲英说:"我挨着王老师坐。"说着就坐了下来。原秀山快步越过站在身旁的邱长富,挨着肖冰冰坐了下来。

一个女服务员上来问客人,需要三鲜底料还是麻辣底料。关立峰给关青山点了麻辣底料,还特意叮嘱:"要料纯味正。"

女服务员依次按点的底料,给七个人各端上来一个小火锅。很快汤就开了,关立峰和文佳同时给关青山的火锅里放上了牛肉和羊肉。关立峰说:"这家火锅店最主要的是肉好,肥牛是美国进口,羊肉是现刨,川味汤料,麻辣突出。"他挑了挑关青山火锅里的肉说:"肉差不多了。先喝酒吧,酒都倒好了,大家一起来。"文佳端起关青山面前的酒杯,递到老人手里。关立峰站起来,端起酒杯开始致词:"今天大家欢聚一堂,一是向抗日老壮士表表敬意,祝老人家健康长寿,也感谢老人家对建委工作的支持,对秦东城市建设和中心广场改造项目的支持。"文佳听到这里便明白了,关立峰不愧是政坛老手,老谋深算呀,摆的虽不是鸿门宴,却并非无的放矢,且看下文如何。关立峰接着说:"这第二嘛,建委将和省能源投资集团公司联手实施中心广场改造项目,请省能投公司张洛朴董事长的老同学文秘书长,还有秦东媒体权威原站长两位给予大力支持。"原秀山双手一拱,笑着说:"没问题,在此对关主任招商引资取得的重大突破谨表祝贺!"关立峰也拱拱手,接着说:"这第三嘛,古总在秦东城市建设上的重大进展,也是对建委工作的支持,在此表示感谢,并对古总夫人王女士表示欢迎。这第四嘛……"文佳忙打断关立峰的话:"一箭双雕就够厉害了,难道你一杯酒说了三还要道四不成?来来来,大家先干了第一杯!"原秀山说:"应该是连干三杯,然后让关主任说了三再道四。"大家都笑着站了起来,一起先与关青山碰杯,然后互相碰杯。关青山看大家都站了起来也要站起来,被关立峰一把按住,说:"三叔您只管坐着,只管放开喝酒。"关青山一仰脖子喝完一杯酒,女服务员抿嘴一笑,给关青山又倒满一杯酒。大家看老壮士喝得痛快,便陪着关青山连饮三杯。关青山这才看了一下,发现文佳杯子里的酒没有喝完,再细看有人的杯子还是满的,心想原来吆喝得厉害,其实并没有喝多少酒,也弄不清这中间还有啥讲究。文佳知道关青山下午已经喝了差不多半瓶茅台酒,生怕老人受不了,便招呼老人吃点菜。王莲英微笑着走过来,帮着老人从火锅里把牛羊肉捞到汁子碗里。站在一旁的女服务员抿着嘴,笑看着这一桌衣着时尚、谈吐不凡的上流人士,在哄一个土里土气的老头子愣喝愣吃。大家刚吃了几口菜,关立峰就停下筷子说:"我刚才话还没说完呢,这第四嘛……""祝肖冰冰早日建成开元大厦!"文佳和原秀山齐声说好,只不过原秀山是站起来说,声音更大一些。二人说完,关立峰笑着说:"可谓英雄所见略同,正是这意思,正是这意思。"原秀山从女服务员手中要过酒瓶,给肖冰冰添满酒,以命令的口气说:"喝了这杯酒,给古总表个态。"肖冰冰瞪了一眼原秀山说:"今天把影响正常施工的最大障碍排除了。"她看着古济宁:"只要施工环境不出问题,一定能按时竣工。今天下午的协调会上是这样定的……"原秀山轻轻踩了一下肖冰冰的脚,她立即改口:"具体情况我随后再向古总详细汇报。我只说一句,工地已经恢复正常施工。"原秀山端起肖冰冰的酒杯说:"喝了这杯酒,干干脆脆的,算是立了军令状。"肖冰冰又瞪了原秀山一眼,接过酒杯抿了一下,然后慢慢喝下。原秀山拿过她的酒杯,底儿朝上洒下一股酒水,站起来说:"没喝净,心不诚。滴一点,罚一杯。该罚多少?这可是国酒茅台呀!"肖冰冰有些生气地说:"你还不依不饶是咋的啦!"

　　关青山正在吃肉,听说喝的是国酒茅台,便端起酒杯闻了闻,一仰头又一杯喝了下去,一副旁若无人的样子。关立峰说:"还是三叔痛快,给您换个大杯吧。"关青山点点头,不好意思地说:"我平时喝二锅头都是拿碗喝,还真的不习惯用这么小的杯子。"关立峰说:"好哇,干脆换成碗,让三叔喝个痛快。"古济宁摇摇手说:"换个大杯就行了,让关大叔慢慢喝。"他心想老人下午舞刀前已喝了半瓶茅台酒,无论如何不能再拿碗喝了。文佳也帮着古济宁说话。女服务员一手拿个高脚玻璃杯,一手拿个玻璃茶杯,王莲英看关青山看着酒场上令人生畏的玻璃茶杯,忙从女服务员手中拿过高脚玻璃杯,笑着对关青山说:"关大叔,就换上这个别人喝红酒的大杯,多时尚啊。"女服务员把玻璃茶杯放了回去,又过来善解人意地给老人斟了半杯酒。关立峰一把拿过酒瓶,把酒添得满满当当,笑着说:"三叔,咱把拆迁协议签了再痛痛快快地喝,算是对三叔搬往新居的庆贺。"关青山直戳戳地说:"有啥庆贺的?我本来就不愿意搬嘛!"关立峰双手合揖说:"算是向三叔赔罪!"关青山有些不高兴地说:"赔啥罪?我答应过的事还有啥说的!"邱长富从皮包里取出一份备好的拆迁协议书,走过来放在关青山面前,笑着说:"老人家,关主任亲自主持签拆迁协议你是秦东第一人。我把字已经签了,您在这里签个名。"邱长富一只手指着表格下面的空处,一只手向老人递签字笔。关青山抬起头说:"我这手握过枪、握过刀,也握过锄把子,就是没握过这玩意儿,这事咋还这么麻烦?"王莲英从自己包里取出一个印泥盒,问:"让关大叔盖个指印行不行?"

古济宁此时完全清楚了,关立峰致祝酒词时说关青山支持建委工作,是指老人家同意拆迁那两间小商铺,的确应该拆迁,即便不改造中心广场也该拆迁。又听说要给老人搬新居,便问:"关主任,不知道关大叔拆迁后是怎样安排的?"关立峰说:"我们在下马村给老人租了一间民房,先住着。随后政府小区的经济适用房盖好后,再给老人家解决一套,各项补偿一律从优。剩下的事,就是让抗日老壮士颐养天年了。"大家听了都放心地舒了口气。古济宁沉吟了一下说:"这样安排很不错。我想着为了老人生活方便,先让关大叔住到银花宾馆的八楼吧。离我办公室不远,挨着肖冰冰办公室有一间空房,水电暖都方便,吃饭就随公司职工,安排人每天送饭,老人愿意自己做饭吃也可以,随后让肖冰冰置办好一应炊具。这间房子正对楼梯,老人就操心一下八楼的安全,算是八楼护楼员,每月按宾馆保安标准发给工资。"原秀山激动地说:"这是秦东,恐怕是全省、全国最大年龄的保安啊!很有新闻价值。"肖冰冰拉了一下他的衣角,心想这分明是古总为了老人拿钱拿得心安理得嘛!古济宁接着说:"等开元大厦建成后,在酒店楼上再给安排一间更好的房间,吃住行由酒店全包。"原秀山率先站起来鼓掌,接着大家一齐鼓掌。

文佳拿过拆迁协议看了看,是秦东市的制式拆迁协议,与其他人签的并无二致,协议上背书一行字:"关青山系参加过抗日战争的老兵,应予以特殊关照。"下面是关立峰的签字和签字日期。这句并不具体的话,现在都有了明确的内容,不光有政府部门还有企业的承诺。文佳说:"这样安排和补偿老人家,我看很好,就让老人家在拆迁协议上按个手印吧。"关立峰说:"文秘书长表态了,就按市政府领导说的办。"邱长富忙着走过来,王莲英也把印泥盒拿了过来。关青山用大姆指在印盒里重重按了一下,又顺着邱长富指的位置在协议上重重地按了一下,抬起头笑着说:"其实按不按手印,我答应过的事就铁定了!"邱长富收起协议,竖起大拇指说:"还是老壮士痛快啊!"关立峰慢慢端起斟得满满的大酒杯,笑着说:

"三叔，啥也不说了，这下该喝酒了。我们要为老壮士的痛快和豪气不减当年，连干三杯。"关青山接过酒杯，凑到鼻尖闻了闻，酒顺着老人的手指和手心，滴滴答答直往下流，老人长长的扫帚眉也插进了酒杯。随着一句"真香啊"的话刚出口，老人便昂首把酒倒进嘴里，酒顺着老人的嘴角和下巴直往下流，洒了一桌布。喝完酒他向两边看了看，呵呵笑着放下酒杯。在这一瞬间，原秀山咔咔咔连照几张相，兴奋地说："这叫豪饮中的老壮士，不，叫老壮士豪饮，难得一觅，难得啊！"大家齐声喝彩，都把手中的酒杯放了下来，陪酒的人显然跟不上老人的节拍。关立峰拿起酒瓶就要给老人添酒，回头说："大家一起来，第二杯酒共同祝老人家健康长寿。"古济宁提醒说："关大叔下午在小商铺就喝得不少了。"关立峰扭头说："三叔，换个小杯子吧，要不就喝高了。"关青山不以为然地说："高不了，换个碗吧，不习惯杯子喝。过去上阵前都是用碗喝酒，老团长用的还是大碗呢！"王莲英笑着说："关大叔，济宁说的也是，您下午已经喝了半瓶了，就用杯子喝吧，我给您倒酒。"说着她走到关青山身边，从关立峰手中接过酒瓶，倒了半杯酒放到老人面前，说："关大叔，这一杯大家要陪您一起喝，您要和大家喝得差不太多才好。"关青山说："好，我听你的，听你两口的。"王莲英迅速瞥了一眼古济宁，正遇到他那不再冷峻的目光，她的心怦怦跳了几下。关立峰看关青山说完话，便端起酒杯说："三叔，来碰一下，祝您老健康长寿！"文佳也站起来和关青山碰了杯，大家齐声祝福着关青山一起喝下这杯酒。王莲英看老人满脸通红，就犹豫着不想再添酒。文佳见状说："酒喝得有些急了，吃些菜再喝。"关青山生怕别人小看了自己的酒量，呵呵笑着说："没关系，喝完三杯再吃菜，就一展了。"王莲英只好又给他倒了半杯酒。古济宁说："第三杯酒是我们向老人家做保证，一定要把拆迁协议和刚才的承诺尽快落到实处。"关立峰提高声音说："好，古总说得好，一定要百分之百地兑现，尽快兑现，绝不含糊。"

关立峰向邱长富使了个眼色，邱长富走到关青山旁边，笑着说："老壮士，落实协议就包在我身上，我给您把酒添得满满的，以表达我的诚意是满满的，决心是满满的，一定把拆迁协议落实得圆圆满满的，也让您老人家满意。"原秀山打趣道："弄反了，你向老人家表这表那，自己不喝，却让老人家多喝，还说诚意是满满的，这叫诚心诚意忽悠老壮士！"邱长富挥了挥手，大声说："服务员，取大杯，满上，我要向老壮士献诚心、表决心，让文秘书长和古总两口放心，也不让新闻媒体再恶心！"说得大家齐声笑了。细心的王莲英发现古济宁今天第一次笑了，她回头抓住肖冰冰的手"咯咯咯"地笑个不停，正发笑的肖冰冰先是一怔，看了一眼这一回合有点落败的原秀山，也"咯咯咯"地笑了起来。邱长富给关青山添满酒后，也给自己满满地倒了一大杯。关立峰笑着说："大家陪一下，都来监督我们的落实工作。"邱长富和关青山碰了一下杯,关青山仰头就喝,咕嘟咕嘟就是大半杯。邱长富故意高高抬起头,刚喝两口就呛了,转身咳了两声,然后倒拿着杯子,满脸通红地说:"干了,我干了,滴一滴罚一杯。"再看关青山也已喝完,空杯放在面前,脸比刚才还要红。大家喝酒时原秀山一直盯着邱长富,他倒拿的酒杯是滴酒未剩,袖口却湿了。原秀山刚要发作,戳穿邱长富的不敬不诚,肖冰冰却拉了拉他的衣角,悄声说:"别惹人嫌,那人并非善类,咱俩碰一下。"说着笑眯眯地举起了酒杯。原秀山看了一眼肖冰冰,小声笑道:"把你杯子里的雪碧换成酒再碰。"肖冰冰嗔道:"碰不碰?不碰拉倒!"原秀山边碰边小声说:"弄虚作假蔓延到了方方面面、角角落落,浸蚀了男男女女、老老少少,大不幸,大悲剧啊!"肖冰冰不屑地撇撇嘴,把杯子里的雪碧"吱"地一声喝光了。

　　古济宁看关青山从脸上一直红到脖子根,长眉毛下的眼睛也红了,担心地问:"大叔,您没事吧?"王莲英也担心地看着老人。关青山说:"没事,啥事也没有。当年我跟你爸时,都是用碗喝。要是老团长还在,我俩痛痛快快喝上几大碗该多好啊!"说完他的双眼更红了,红得像能渗出血来。王莲英忙问:"济宁,爸咋啦?爸还好吗?"她今天碰到古济宁一直想问古立俊的情况,可古济宁冷着脸一直不愿搭理她,听了关青山的话,她抓住古济宁的胳膊,一脸的急切和惊恐。古济宁低下头,久久没吭声。关青山看着王莲英,惊讶地问:"难道你爸去世了你也不知道?"王莲英死劲抓住古济宁的胳膊,声音哽咽着问:"济宁,爸真的去世了?"古济宁抬起头,两对泪眼遇到了一起,他低声说:"他老人家五年前就去世了。"王莲英慢慢松开古济宁的胳膊,从提包里取出一张压着塑胶的老照片,捧在手里泪流满面地说:"爸,您走了,他……也没告诉我一声。"关青山站起来伸过手,声音微微颤抖着问:"小王,你拿的是古团长的照片吧?"王莲英抽泣着说:"是我爸十多年前的老照片。"说着她走到关青山旁边,把照片递给他。关青山把古立俊的照片拿在手中,端详了好久,流着泪说:"老团长啊,我今天也是才知道你不在人世了,老团长……"他忽然抬起头:"我想借这里的酒祭奠一下老团长。"不等别人回答,王莲英流着泪说:"关大叔,咱俩一块祭奠吧。"还是原秀山反应快,他说:"这样吧,我来安排一下。"他走到雅间西边,摆好靠墙的深褐色沙发,两张沙发中间的黑色大理石茶几,与之相配仿佛有一种冷峻肃然的气息。原秀山说:"把照片给我,就放在这个茶几上祭奠。"肖冰冰拿来一个插花的黑瓷瓶,取掉花后放在茶几上,把照片靠着黑瓷瓶摆放好,然后又从窗台上取下一小盆水仙花放在照片前方,说:"古大爷一生钟爱水仙花,记得那一年为古大爷送行时,灵堂摆了好多水仙花,今天恰好这里也有水仙花。"临时祭奠的地方很快就布置好了。

　　王莲英扶着关青山走到古立俊的照片前,关青山推开她的手,王莲英退后几步和古济宁并排站着,陪老人祭奠。其他人都站在桌边看着这场特别的祭奠仪式。关青山作揖鞠躬后跪了下来,连磕三个头,流着泪说:"老团长啊!老团长,是你带着我们一千多号愣娃,到中条山打日本鬼子的。你总给别人说我救了你一命,你咋不说你救过我?要不是你亲自带队冲杀,我们连还不死光了,我还能给你当护兵?后来你又把我当成亲兄弟,总想着要我活下来,可当年能活着回来的没有多少人呀,能活到今天的又有几个?你的老部下,你的护兵,你的秦东乡党,你的兄弟,关青山给你磕头了!"关青山声泪俱下,说着又连磕三个头,头撞地的声音大家都能听得见。老人磕完头说:"酒,我要给老团长敬酒。"肖冰冰急忙端来一大杯酒,老人看了一眼说:"用碗盛,老团长喜欢用碗喝酒。"女服务员从柜子里取出一个青花瓷碗,原秀山倒了大半碗酒端给关青山。关青山跪直把碗高高举起,高声说:"老团长,谢谢你几十年没有忘记我,我很快就会来见你,还给你当护兵!"说完他以一种老军人独特的方式,把碗里的酒泼洒在地上,然后把碗举过头顶,再放到茶几上。原秀山从几个角度抓拍了几张老壮士祭奠的照片,感觉在浓烈的酒气中平添了几多悲壮和豪迈。原秀山脸上露出一丝与整体气氛并不那么吻合的得意和兴奋。肖冰冰上前扶起老人,老人一脸的沧桑、悲凉和凝重,长长吐了口气,慢慢回到桌旁。关立峰上前扶他坐下,竖起大拇指说:"三叔,你老人家重情重义,也真豪爽啊!"

关青山刚离开,王莲英便缓步向前,跪在关青山跪过的地方,叫着爸放声痛哭。她面前的地上全是酒,酒很快渗湿了她的双膝,肖冰冰要拉她,她却一动不动,仍然撕心裂肺地哭着。好久她才抬起头,嘶哑着声音诉说起来:"爸,爸呀,儿媳当年对不起您老人家。我做错了呀,早就后悔死了。'文化大革命'那会儿,我年轻无知,在大会上批判您,骂您是国民党残渣余孽,我错了呀!您是抗日有功,功在民族,功在国家呀。'文化大革命'中,家里成分变成漏划地主,您够痛苦了,我还说要和您划清界限,这不是往您心上捅刀子吗?我错了呀!国家后来纠正了补订的地主成分,给你摘了地主分子的帽子,可见您根本就不是地主分子呀!我错了,爸呀……"

王莲英呜咽诉说了一阵后,突然大声哭着说:"爸呀,我知道这些错您都能原谅,您最不能容忍在您和济宁最痛苦的时候,我和济宁离了婚,离家而去。我错了,爸,那时他们不要我当民办教师了,说我是地主狗崽子的媳妇。我娘家是贫农,我爸是老党员呀,我受不了一时的委屈,做了后悔一辈子的错事。爸,我后悔啊!爸,您原谅我吧!"她的哭诉让人心里酸酸的,在场的人也都明白了古济宁和王莲英之间的真实关系。文佳摇摇头,轻轻地叹息着,慢慢走到王莲英跟前,拉着她说:"大妹子,起来吧,过去的事就不提了,让古老先生在天国安安静静的。

起来吧,大妹子。"他看到地上的酒已渗湿了王莲英膝盖下的裤子,袖口也湿了不少,她全然不顾也不动,就又使劲拉了拉。古济宁走过来,轻轻拉着王莲英小声说:"莲英,起来吧。"王莲英听到有人叫莲英,便知是古济宁在拉她,说了句:"爸,您在那边多保重!"这才慢慢站了起来。肖冰冰从餐桌上拿来几张餐巾纸,递给王莲英。王莲英抬头看了一眼古济宁,擦干了脸上的眼泪和鼻涕。文佳收起茶几上摆放的照片,看了看照片上的古立俊,再看古济宁,儿子简直就是活脱脱的复制品,只是少了些威武和冷峻,却多了些儒雅和执着。他把照片还给王莲英。原秀山没有给王莲英拍照,心里想得却多了,想着如何继续跟踪收集这对离异夫妻的素材,想着如能在投建项目的同时,夫妻又重归于好,就能把将来的长篇报告文学写得更精彩,更有魅力。

大家重新坐定后关立峰说:"三叔,您和王老师祭奠过古团长了,咱们重新开席吧。"他示意女服务员给大家都添上酒。市政府办公室的江立仁这时推门走了进来,他皱着眉用手在鼻子前扇了扇,小声自言自语:"酒气这么浓,不知喝了多少酒?"他和大家打了个招呼,走到文佳跟前说:"文秘书长,上海投资苹果加工项目的投资商已经到了清水县,准备实地考察,郑雄飞县长让我赶回来给你汇报,请你去陪同考察。"不等文佳表态,关立峰说:"文秘书长,张洛朴董事长说他明天要来谈合作项目上的事,反复叮嘱一定要请你参加,还说丁燕红司长也要来。"文佳也接到了张洛朴的电话,还要他无论如何要留住古济宁,便无可奈何地对江立仁说:"江科长,实在是分身无术。这样吧,你去找一下孟市长,给她汇报一下,请她去陪陪客商。她如果不能去,我随后抽时间去一趟清水县,见见客商。"江立仁刚走几步,文佳又叫住吩咐说:"如果孟市长能去,就让田丽丽陪孟市长一块去,她陪孟市长去过上海商品交易会,对情况熟悉。"他看江立仁行色匆匆的样子,补充说:"要和县上配合好,把这件事干漂亮!"听了文佳明白直露的指点,江立仁顿时感到了他殷殷的关爱之情,便连声答应着离开,顺便注视了一下席中壮健的老者,几个领导还有名记者陪着,喝的是茅台酒,肯定是敞开喝,深浅莫测。他从没见过这种阵势,直到出了门心里还在犯嘀咕。

让江立仁更犯嘀咕甚至感到意外的是,孟可芹在机关小饭厅听了他的汇报后就放下饭碗,要立即赶往清水县。江立仁坐着自己的车在前边带路,孟可芹和田丽丽坐在后面的车上,直奔清水县。江立仁瞥了一眼窗外一闪而过的街灯,这才取出烧饼当晚饭。他心情好极了,嚼着烧饼觉得美味异常。自从招商引资培训班发通知出现失误,他被安排到清水县的穷山沟里下乡,一度情绪极度低落,有一种被贬到边关再难出头的感觉。没想到他下乡的那个乡是有名的苹果产区,县上就让他参与招商引资的事,还专门给他临时配了一辆小车,郑雄飞还明确他的主要任务就是联系市上的领导,还交代了要千方百计把苹果加工基地运作到清水县的底线。今天是江立仁第一次出马联系市上领导,本意是把文佳请去,实在不行,就让文佳协调去一位部门领导。没想到文佳让他去找孟可芹,更没想到这位副市长竟爽快应诺,还要连夜赶到县上去,这大大出乎他的意料。首战告捷,让他觉得在县上很有面子,今后的身价会继续看涨。他清楚当初要不是文佳替他说话会更惨,今天文佳又指点他要把这个项目搞漂亮,显然是要自己好好表现,让各级领导看得见又满意。其实即使文佳不说自己也清楚,招商引资已成市上的重大战略决策,吴芳市长亲自在抓,自己在这事上吃了亏,哪里跌倒就要在哪里爬起来。江立仁有滋有味地吃完烧饼,美滋滋地一路想着心事,快到清水县时才给郑雄飞打了个电话,告诉他请到了孟可芹副市长,还答应全程陪同。郑雄飞听了高兴得直夸还是上级机关的人会办事。市上如此重视这个项目,郑雄飞赶忙给县委书记秋梅和县长祝克敬通报了这一情况。好在大家陪客人吃过晚饭还没离开宾馆,就等着孟可芹来后一起见一下客人,提高一下接待规格,也显示一下市上重视的程度。

晚上8点多钟,孟可芹赶到了清水宾馆,和县上领导见过后便一起来到二楼。秋梅打头,孟可芹紧随其后,接着依次是祝克敬、郑雄飞,江立仁谦让了一下田丽丽便跟在了郑雄飞后面,县委办主任康辉和政府办主任李庆庆跟在最后。大家先到大套间看望了投资商于洛行老板,孟可芹在上海和于洛行见过一面,彼此像老朋友见面一样高兴,略坐后大家又到几个标准间看望了于洛行的随员。随员有的准备洗澡,有的准备打麻将,听说秦东市副市长专程来看望,都十分高兴。礼节性看望结束后,孟可芹被安排在一楼的大套间里,大家都一起来到这里。坐定后秋梅说:"谢谢孟市长对清水县工作的支持,在百忙中连夜赶来,让我们心里很是不安。"孟可芹笑着说:"这是应该的。"她看了看江立仁说:"江科长说县上非常重视,书记、县长亲自安排,不离左右,我能不连夜赶来吗?"说得大家都笑了。秋梅看着这位非党副市长,心想她太会说话了,一句话让各方面都听了高兴。没想到大家笑声刚落地,孟可芹又补充说:"田丽丽是工交科长,不归我管,她随我在上海参与过项目洽谈,知道后也来了,可见大家都盼着这个项目落地生根嘛!"说得田丽丽又高兴又有些不好意思。

秋梅是从基层干上来的,当过生产队长、大队书记,泼辣能干,有闯劲,被一步步提拔为乡镇和县上的领导。她素知孟可芹为人低调,处事细心认真,便笑着说:"郑县长,你把咱这次考察接待方案给孟市长汇报一下,看有没有要调整和完善的地方。"郑雄飞拿出一份打印好的材料,李庆庆也给了孟可芹一份。郑雄飞说:"好,我把上海投资商来清水县的考察接待方案汇报一下,请孟市长看看有啥不合适的地方。"这份考察接待方案非常细致,考察路线画有示意图,考察时间具体到了分,什么时间从什么地方出发,什么时间到达什么地方都写得清清楚楚。陪同人员、迎候人员都具体到了人。车辆安排上,借来酒圣酒厂的一辆奔驰车拉投资商,其实从机场接客人已用上了这辆高档车。其余车辆都编了号,排好了出行顺序。考察地有全县最大的苹果园,也有作务最好的苹果园,几个省、市级示范园则全部列入;全县最大的果库和设施先进的果库全部列入;果汁加工厂的选址列了两处,并附有简介说明。考察接待方案如此细致,让田丽丽大为惊讶。她也搞过多次类似的接待方案,那都是省上领导来检查工作时搞的,没想到县上接待企业老板的规格竟如此之高。郑雄飞正说着,祝克敬插话说:"孟市长来了,明天考察的车队做些调整吧。郑县长和政府办李主任在前边带路,客商的车随后,然后是孟市长、秋书记和我的车,有关部门的车按原方案跟在后面。"说完他扶了扶金丝框眼镜。他是从省上一家科研机构下派的,虑事周祥,一丝不苟,不允许任何一个环节出差错。李庆庆好长时间才适应了他的工作要求和习惯,这份让田丽丽惊叹不已的考察接待方案便是李庆庆亲拟,祝克敬审查过的。

　　接着郑雄飞开始汇报接待方面的安排,这时市轻纺总公司副总经理任东山走了进来,握手寒暄后任东山对孟可芹说:"于董事长给我打了个电话,说他到了清水县,我就撂下手头事情,赶过来陪陪他。刚才见了个面,他说你先一步来了,我就过来看看咋安排。"郑雄飞听了,脸唰地变了颜色,在上海他就和任东山顶上牛了,知道任东山想把苹果加工基地放到秦东市郊或秦东经济开发区。八字没见一撇,就要抢着摘桃子,简直可恶!县委、县政府把这当作一件大事抓,书记、县长齐出动,好不容易把投资商请来了,你任东山又想插一杠子,真是岂有此理!郑雄飞没有理睬任东山,翻了翻材料继续说:"接待方面,住宿已安排过了。吃饭嘛,每天每顿都有食谱,主客排序都有安排。材料已经给了孟市长,我就不说了。"这时他脑子里突然冒出孟可芹要全程陪同,任东山又赶了过来,这是偶合还是一种安排?他不由自主地看了看秋梅,正遇秋梅坚定自信的目光。他略停片刻,放下材料,把材料中最后一个问题提到了前边,接着说:"这次考察活动的组织领导,县委、县政府决定由我牵头,两办主任协助,抽调了两办接待方面的精兵强将。"他瞥了一眼任东山,想给他传递一下明确的信号。祝克敬看着手中的方案,心想郑雄飞咋越来越粗,还来了个大过桥。他没有想到郑雄飞此时已心境大变,不可能也没心思把卧室和宴会的安排也细说一番。而这一切精心的安排难道是要为他人做嫁衣裳吗?秋梅刚才一直挂在脸上的微笑已悄然退去,她以不容置疑的口气说:"好,就这样。还有啥事吗?"田丽丽发现任东山来后气氛变得有些微妙,郑雄飞开始汇报时那点按捺不住的兴奋没了,倒有点心烦甚至乱了方寸的样子。秋梅开始时客气地一再征询孟可芹的意见,任东山来后便一声不吭,说到组织领导时更是直接拍板,一脸的冷峻,旁若无人。说实在的,在秋梅看来整个汇报都可有可无,送一份考察接待方案,听听孟可芹的意见不就结了!即便如此郑重其事的汇报也是程序性的,在很大程度上是出于礼节,出于对孟可芹全程陪同客人的某种回报。一旦孟可芹陪客人的目的值得探讨,这种汇报还有多大意义呢?

郑雄飞有些漫不经心地说:"还要安排投资商考察一下旅游资源,到蚕公庙去一下,再去看看酒圣庙和酒圣泉。"尽管他是这些景点的推手或开发者,说到这里却没有了往日的得意和自豪。秋梅转过头似乎是想征询孟可芹的意见,任东山却开了口:"蚕公庙的确值得去看看,酒圣庙是酒圣酒厂搞的,就一尊塑像,说是酒圣杜康的什么哥哥杜健,也是酒圣,没啥好看的,小山沟里的酒圣泉就更没啥好看的了。"他不知道这是县上借用人家酒圣酒厂奔驰车的一种回报,还有深层的谋划,接着又说:"最好把客人拉上到秦东几个著名景点考察一下,把咱秦东顶级旅游资源好好宣传推介一下。"这一下戳到了郑雄飞的痛处,也露出了任东山想拉客商到市上投资的居心。郑雄飞很不客气地说:"这安排是县上研究确定的。"任东山一直认为这个项目之所以在上海签了框架协议是他努力的结果,事后也得到了市上领导的肯定,特别是由锡平为此给他说了不少好话,还说要重用他。任东山这次来,仍想劝说投资商把加工基地摆到市区去,以扩大和彰显他的工作业绩。任东山似乎铁了心,仍然坚持说:"县上的决定也可以调整嘛,要有全局意识,要从全局出发……"郑雄飞脸气得发青,口不择言地说:"秦东市市长最有全局意识,最能从全局出发,市长说调整才能调整。"任东山被噎得说不上话来,脸色通红,脖子上的筋都暴了起来,一跳一跳的。房间里一片静肃。江立仁和田丽丽互相看了一眼,都没想到为了考察旅游资源,说透了就是陪客商逛一逛,竟能弄到这地步,实在不可思议。康辉和李庆庆也没见过这种阵势,两人都惊呆了,开始还互相说着什么,这会儿都怔怔地坐在那里。秋梅清楚郑雄飞说的市长是泛指,要说实指也是指的吴芳市长,这里并没有指向孟可芹的意思,这会儿若征询她的意见,就会让这位副市长十分为难,便一时无语。任东山一较劲,祝克敬也明白了他的心思,便从心底反感这位不速之客,扶了扶金丝框眼镜,对李庆庆说:"回头你把考察接待方案修改一下,酒圣庙和酒圣泉就不一定去了,那里正在修路,车也不好过。"他想给任东山一个台阶,毕竟是市直部门的负责人,也避免让孟可芹为难。孟可芹对县上的意图当然清楚,对任东山的想法早已洞悉,在她看来这个项目无论花落何处,都是一件大好事。想到这里孟可芹对秋梅说:"秋书记,这次考察项目活动安排得满满的,时间挺紧,如果有时间就去蚕公庙看看，实在安排不过来，以后再说吧。"这明显有放下争议、回避矛盾的意思，实际上有利于县上，把决定权给了县上。秋梅正想表态，房门打开了，市煤炭总公司副总经理章显进来了。章显握住孟可芹的手问："孟市长，你是啥时候来的？"其实他已经知道了，几句寒暄过后，就直奔主题，对郑雄飞说："郑县长，你是主管县长，我先给你说。"他笑着看了看秋梅和祝克敬："熊东来副市长来了，他下午已经检查了几个煤矿的安全生产，明天要接着检查，还要说资源整合和招商引资的事情，你看……"后面的话再没有说，他看了一眼孟可芹就停了下来，意思所有的人都清楚。两个副市长同时来了，郑雄飞面露难色，一时不知该怎样说。秋梅站了起来，笑着对孟可芹说："孟市长你也累了，早点休息吧。"县上的人都站了起来，知道书记要离开这里定点子，江立仁也跟着告辞，剩下任东山和田丽丽陪着孟可芹。

　　刚出房门，郑雄飞就埋怨章显："熊市长来了，你咋不早点打招呼？"章显说："郑县长，这个你又不是不知道，熊市长下乡经常不打招呼。今天我说要给你打招呼，他还训了我几句。刚才是他让我来找县上我才敢来。"说得郑雄飞笑了起来，这种情况他已领略过几次了。不过今天让他为难的是两个副市长同时来了，这该咋办？好在两个一把手都在，就不再说啥。熊东来下乡，一不打招呼，二不带秘书，三不准摆酒宴。有时他下完乡人都走了，县上还不知道。他最反感工作中弄虚作假，一旦被发现，训起人来一点情面都不留。尽管训过后一般不会有啥事，这一手仍让基层干部有些怕。工作上他极其认真，凡打招呼肯定有事要商量，下边的干部一般都不会马虎。就说章显这次陪着来，也是知道熊东来要下乡后，硬着头皮要求陪着来的。他清楚去年秋天熊东来以国务院关井压产小组成员身份来检查工作，对秦东这方面的工作很有意见，对他本人也没留下好印象，就千方百计要挽回一点负面影响。熊东来出于章显对下面底子最清，也就让他陪着来了。熊东来最近刚被省委任命为市委常委，章显就表现得更加殷勤，连秘书的活都干了。刚才他已把熊东来领到了清水宾馆，一听说孟可芹先一步到达，已住进剩下的一个大套间，就忙着把熊东来领到刚建成的酒圣宾馆去了。酒圣宾馆的条件比这里还要好，他已摸清楚了熊东来下乡什么都不讲究，唯对住宿条件很在意，要求干净又安静，特别是要能洗热水澡。熊东来比较胖，爱出汗，每晚又要锻炼一会儿，然后再泡个热水澡。当然章显刚才主要是怕孟可芹住大套间，给熊东来却安排个标准间，这样弄往往会产生难以预料的后果。一般情况下，尽量不要把两个领导安排在一起，使得许多事情不好办，各方面都为难。章显对这一套不成文的官场规则当然心知肚明。章显把熊东来安排到酒圣宾馆住下，给浴盆放上热水后才来找郑雄飞说事。秋梅也在想，一个副市长是请来的，不能马虎；一个是不请自来的，也不能马虎。特别是不请自来的熊东来，最近刚被任命为市委常委。省委布的这着看似不特别重要的棋局，却标志着秦东市党政班子换届的序幕已经拉开。自己是全市唯一的女县委书记，上个台阶的可能性应该比较大，熊东来尽管是挂职干部，但敢于直言，又敢于坚持，无论如何不能马虎，更不能冷落，想到这里她心中的陪同方案迅速形成。

很快大家来到了一楼的门厅，李庆庆早就跑着到这里让服务员摆好了椅子，他判定领导一定会坐下认真商量如何陪同上级领导这个难题。秋梅站定说："郑县长，两摊事都离不开你，你就学学孙悟空，再变一个出来。"她想把难题轻松化一下。大家听得笑了起来。祝克敬接过话茬，笑着说："郑县长要是能变成女的就更妙，好去陪女市长。"他也想过了，换届在即，盼着秋梅能上个台阶，好给自己腾下位子。如果腾不下位子，就得另找路子。熊东来虽然起不了决定性作用，但这是一次难得的套近乎的机会。他的想法，秋梅一听就明白了，心想你不回省上去谋事，在县上掺和啥？就抬明了说："这样吧，上海投资商来考察项目，是大事，涉及规划、土地等方方面面，比较具体，祝县长你就主抓这一摊事吧。熊市长兼任市委常委，是党委领导，就由我去招呼吧。"说完回头看了一下康辉，就想要离开。郑雄飞急忙说："熊市长来了多次，这次是来定点子，秋书记去了刚好。前几天他就给我打电话，不让我外出，章总刚才说熊市长叫我现在就去见他。"章显听得有些莫名其妙，刚才郑雄飞是和自己说了几句悄悄话，不过问的是熊东来有没有发现啥问题，瞬间他恍然大悟，心中叹道，这个郑雄飞太有才了，不过让郑雄飞陪上也好，毕竟情况更熟悉，就顺势说："熊市长还等着呢，要他明天陪着一起看，一起商量定点子。"章显和郑雄飞这两年处得还不错，便做了个顺水人情。李庆庆眼里的大难题就这样解决了，看着着急慌忙让人摆下的椅子一直空在边上，不禁摇摇头为自己的不够老辣暗暗遗憾。康辉心中有数，一直不慌不忙，不动声色，好像是个局外人似的。

酒圣酒厂的厂长姜小军从二楼下来了，他看这么多领导站在门厅，就急忙过来打招呼。打完招呼姜小军拉住就要随领导离开的李庆庆小声问："这么多领导聚在门厅干啥？"李庆庆说："商量了一下接待上海投资商的事情，你是知道的，我还借了你的大奔哩。"姜小军"噢"了一声，轻轻笑了。他刚见过上海的客人，还从客人那里看到了县上的考察接待方案。客人没说什么，他却有些说不清道不明的感觉。上海投资商于洛行，是上海大绿地酒店老板柳薇的丈夫，在上海和柳薇谈供酒合同时他俩就认识。于洛行早就委托姜小军请专家对清水县苹果的品质、产量、销售和储存等做了全面调研，绘制的苹果种植分布图十分详细，远非县上考察接待方案上的示意图可比。果汁加工厂的选址也根据专家建议，内定到了酒圣酒厂附近,那里的地形、水质和交通运输都有详细的资料,两家企业准备联手打造清水县的食品加工基地,把清水的苹果汁加工规模搞成省内第一、全国前茅和世界有名。于洛行这次考察,在很大程度上是程序性的,是要眼见为实后最后拍板。刚才还说好了要去考察一下酒圣酒厂,顺便看看酒圣庙和酒圣泉,其他旅游景点就不去了。在姜小军看来,商业运作有自身的规律,客商到这里投资是来赚钱的,其他事情其实并不那么重要。县委、县政府咋就把个考察接待弄得如此复杂,方案竟弄了个本本,别的不说,连吃饭上几道菜、上啥凉菜、上啥热菜、喝啥酒、喝啥汤、吃什么水果,都写得清清楚楚,真是难为了政府办主任李庆庆,连这些都得想到,也太伤脑子了。也许这样做是党政机关的运行规则,只是自己未解其中奥妙罢了。站在旁边的江立仁对其中奥妙则了然于胸,还看出了新的门道,就是几个领导都想着要陪熊东来,也悟出了尽管都是副市长,熊东来的身价和分量显然要高出一截。便想到熊东来不是为煤炭上的事来的吗?自己不也在重点产煤乡下乡吗?想到这里便急忙去追章显,先见见熊东来副市长,好明天随他一道活动,该调整时就及时调整嘛。

第二天晚上 8 点多,两个副市长当天分头主导和参与的考察、调研活动结束了,整个活动过程和结果大大出乎活动组织者的意料。李庆庆急急忙忙从宴会厅出来,小跑着去赶江立仁。康辉一如既往地稳稳迈着八字步,一边打着酒嗝,一边小声嘀咕:"难怪机关干部叫你'跑主任',不就是调整一下接待方案嘛,也值得那么慌张?用得着一路小跑?你不是自以为心细如发吗?方案制订得再细也没用,该调整还得调整。"话虽这样说,康辉心里也犯了难,书记随便一句话就把明天活动如何调整安排的事搁到了他和李庆庆肩上。李庆庆说要把江立仁拉上三个人商量一下。人家毕竟是上级机关下来的,拉上就拉上吧。

李庆庆赶上江立仁后三个人来到一间客房坐了下来。江立仁酒喝得有些多,脸色发红,笑着说:"见过喝酒,还没见过这样喝酒!见过喝高了的,还没见过喝高一片的!见过……"李庆庆哂笑说:"你喝多了,江科长,喝多了……"江立仁回敬说:"你才喝多了,刚才我看你差点摔倒,是吧……"康辉揶揄道:"那是因为跑得太快了!"李庆庆听了不悦,反讽说:"谁能和人家'酒主任'比,机关里谁不知道人家喝米汤还要掺酒,半根黄瓜下酒都能喝个一瓶两瓶,收破烂的哪一天不堵着'酒主任'夫人要收酒瓶子!"李庆庆真的喝多了,放在平时你借给他胆,也不会如此损康辉。别看都是主任,人家是县委办主任,衙门高呀,听说快当上县委常委了,那就更要高出一头了。江立仁大笑着说:"都说秦东有三大酒缸,其中两个县处级领导,一个酒店老板,没想到康主任竟被排除在外。"康辉站了起来,一脸的不屑,说:"早就听说了,什么秦东三大酒缸?顶得上一个酒瓮吗?这个大酒瓮是不醉之身还是假酒鬼,得让杜康老先生评判评判。"他看了一眼被镇住了的李庆庆,坐了下来,说:"咱们言归正传吧,商量一下明天考察调研活动咋安排,咋调整。"说到难题三个人都不说话了。

这也许不算难题,但难以把握和预测时便成了难题。就说今天的活动吧,熊东来的调研随意性很大,都是他说了算,想去哪里就去哪里,想停就停,想走就走。秋梅、郑雄飞都只是陪着走,章显虽然说东道西的,都是顺着熊东来的意思,所以活动安排根本无须陪同人员费脑子。孟可芹参与的考察活动,上午按打印成册的方案进行,不说别的方面几乎是滴水不漏,就是最难把握的时间,误差都在五分钟左右,这让搞过多次重要接待的田丽丽也佩服得五体投地。没想到吃过中午饭,于洛行忽然提出要去酒圣酒厂看看。俗话说客随主便,在这事上孟可芹和祝克敬却只能主随客便了。有一段路的确坑洼不平,好在酒厂职工一大早就填了填。于洛行又在姜小军的陪同下,兴高采烈地看了酒圣庙和酒圣泉。还没想到在看酒圣泉的沟里遇到了熊东来一行,更没想到熊东来竟和于洛行是老朋友。于洛行在煤炭行业打拼多年,经常去北京部委寻求支持,就和熊东来成了朋友。于洛行有个习惯,对官员说的话都要打个折扣,换句话说就是认为官员说的话常常有水分,有夸张的成分,但对熊东来却十分信任,把在秦东煤炭行业的投资调研全部委托给了熊东来。于洛行想在秦东搞"红加黑"项目,"红"就是苹果汁加工;"黑"就是投资煤炭行业,想先搞坑口电站,进一步搞铝电联营,生产铝锭。熊东来与于洛行不期而遇,互相说了项目方面的情况,于洛行以手加额直呼:"幸哉,这是天意!"他握住熊东来的手说:"你下决心要关酒圣泉附近的小煤窑,这太好了!这里依山傍水,绿色环保,水量丰沛,水质极佳,只是道路差一些,县上说已列入二级路改造规划,再把附近的小煤窑关了,简直就是最佳的食品加工基地。这是上天所赐,定啦,铁定就在这里建苹果汁加工厂,争取生产出中国的名牌产品来!"大家听了一齐鼓掌,市、县两级领导纷纷过来和于洛行握手致意。任东山明显有些失落,慢腾腾过来和于洛行握手,于洛行紧紧地拥抱着他,大声说:"任总全力牵线搭桥,功不可没!"任东山勉强笑了。

晚上大家一起回到清水宾馆,县上举行了盛大的宴会。酒宴上于洛行当场郑重承诺:在县南清水河岸的酒圣沟建苹果汁加工厂,在清水县北蚕公山麓投资整合建坑口电厂搞铝电联营。熊东来当场挥笔题词:"让果汁飘香如清水河长流直入东海,令铝锭闪光像蚕公山巍峨径上云端。"然后便开怀畅饮。姜小军带来一箱酒圣酒厂的顶级产品,还带来了能和号称"酒主任"的康辉一较高低的女秘书。很快就出现了让江立仁大开眼界的喝酒场面,他不断嗅鼻子,觉得酒味大大超出了昨晚关青山泼过酒的屋子里的浓度,让他有一种眩晕甚至飘起来的感觉。

他终于熬到了酒终席散,究竟几个人是被搀着离开的没弄清楚,熊东来被两个人架着离开他看得非常清楚。

江立仁这会儿没有了要飘起来的感觉,眼睛睁起来却越来越费力。他鼓劲捏了一下大腿,有点怕睡着了把人丢到县上的两位主任面前,便催着说:"二位大主任,你俩快点说吧,调整个考察、调研活动安排,这有啥难的?"李庆庆说:"江科长,你先说说明天是分头活动,还是合在一起?我看合在一起算了,两个市长实际上拜的是一个神。于老板又提出要去看看登上哈佛大学讲台的两个清水县的果农,他连杜大牛、杜小牛两兄弟的名字都能叫上来,管理和收入状况全清楚,这就有些神了!"康辉冷冷地说:"什么神不神的?不过,这个老板真不简单,人还没来就把清水的底子全摸清了,有些比我们还清。肯定有内线,有人给提供情况。什么考察不考察的,做做样子罢了。不过,我们可不能马虎。"他转而问江立仁:"明天活动最难的是两个市长咋摆布?如果活动合在一起搞,还需要两个都带'副'字的市长吗?如果一个不带'副'字就好办了。""是呀,这车咋个排?谁的车在前,谁的车在后……"李庆庆搔着头,"就说今天晚上的酒宴吧,可把我难死了,最后只好破例让于老板坐在中间,一边一个副市长,主不是主,客不像客。江科长你在大衙门干事,你说明天的事咋办?"康辉也瞪大眼睛看着江立仁,似乎这难题只有他能解。江立仁忽然灵机一动,立即拨通了文佳的电话,急迫地说了这个似乎无解的难题。文佳听了只笑着说了一句话就挂断了电话。江立仁满脸狐疑,怔怔地坐着不说话。康辉和李庆庆互相看了一眼,都摇了摇头,连市政府极有经验的文佳副秘书长也没办法,这让我们该怎么办?突然江立仁的电话响了,是田丽丽打来的,说孟市长有急事需要马上赶回去,让他给县上转告一下。江立仁跳起来说:"哎呀,文秘书长简直料事如神呀!他说别操心,孟市长就会解开这个难题,果然如此!"他看两位主任一脸的茫然,不解地看着自己,忙说:"孟市长有急事,要连夜赶回秦东,让我给你俩说一下。"他一屁股坐了下来,三个人同时哈哈大笑。

## 第二十四章

二十一世纪的第一个春天来得特别早。吴芳上午一连找人谈工作,直至快10点钟了办公室的人才走完。她端着茶杯走到阳台上,欣赏着楼下红叶李早已开盛的粉色小花。红红的嫩叶刚刚露芽,树上却已花团锦簇,红叶李要把最美丽的一面率先展示出来。淡淡的清香随微风飘来,吴芳身上的困倦似乎也去了许多。昨晚,她在办公室把《关于进一步加大秦东市招商引资工作的设想》一文写完了。文章回顾总结了一年来全市招商引资工作的进展情况,指出了存在的问题,着重就今后如何进一步加大招商引资工作写了八条意见。她经过一个多月的调研,亲自起草,直至凌晨两点多才画上了句号。她有个习惯,重要文章喜欢亲自动手,尽管秘书丁玉丽对她的思路和文风都已熟悉,仍不愿委手秘书起草。自从婆婆和老中医辛清玉一起生活后,她就辞了保姆,又一个人住到了办公室,这样她晚上有了更多时间学习、思考和写文章。

上午吴芳先叫来临秦区区长赵崇敏。赵崇敏这个秦东市最年轻的县级行政一把手,向来激情奔涌,敢干敢闯,他亲自带队考察了多个南方的工业园区,极力主张在秦河北岸也建一个工业园区,作为区上招商引资平台。市上却有一些人不大赞成,认为市上有秦东经济开发区,区上又搞个工业园区,是重复建设。其实骨子里是害怕竞争,不想同城搞两个招商引资平台来唱对台戏。吴芳对区上的想法很支持,她想把搞了十年的秦东经济开发区转型搞成高新技术产业开发区,让其在更高的层面上发展。在市区搞两大发展平台,既可竞争,又可互补,以求共同发展。她还有个想法,想先抓两三个县级工业园区建设,然后在全市推广。今天上午吴芳明确表态,为了尽快促成秦河北工业园区率先起步,她将做工作让准备搬迁的几户市直企业落户秦河北工业园区,先给那里添点人气。吴芳要赵崇敏不要管别人说三道四,抓紧实施,尽快推进秦河北工业园区的建设。

# 第二十四章

　　吴芳随后又和市交通局局长孔里谈了秦浦高速公路项目,这是当前秦东市最大的基础设施项目。洽谈项目的投资商越来越多,最近还有投资商托关系直接找到吴芳这里,她又都介绍到孔里那里。吴芳肯定了既跑银行贷款又抓招商引资的做法,并提出让文佳做好协调各方的工作,务求尽快取得突破性进展。

　　吴芳深吸一口气看了看表,就要到省委组织部副部长在市委约谈的时间。市级党政班子换届已拉开了序幕,这是秦东市政治生活中的一件大事,上级组织部门当然要听听市委副书记、市长的意见。这时,她看见自己的小车从外面回来了,丁玉丽提着一个塑料袋,下车后匆匆向办公楼走来。吴芳知道她刚才又出去给自己买各种生活用品去了,说实在的,她虽然是秘书,却连保姆的事情都干了,尤其是从家里搬回办公室以后,自己想到的她想到了,没想到的她也想到了,挡也挡不住。吴芳已经给市委组织部谈了,推荐丁玉丽担任市政府办公室副主任,既为了她便于协调和处理工作事宜,也想着她有了副处级职务以后就不会再干这些杂活了。吴芳听到门响了几下,接着门就打开了,她站着没有动,问:"小丁,你又买什么东西了?"刚进门的丁燕红"啊"的一声愣住了。张洛朴看着阳台上吴芳的背影,大笑着说:"小丁是给你送大礼来了,市长大人!"吴芳转过身看是两位老同学来了,后边还跟着儿子王堂堂,忙从阳台走回办公室和两位老同学握手寒暄加解释。王堂堂叫了声"妈"站在一边。丁燕红走到阳台上,放眼望去,市政府大院里已满是春天的气息,楼下近处盛开的红叶李特别赢人,便笑着说:"吴大姐,没想到日理万机的市长还有如此雅兴,在这里独享红叶李上粉花香。"张洛朴拍手笑道:"好,大诗人你就以红叶李上粉花香为题,赋诗一首,说出市长赏花背后的故事。"吴芳笑着说:"快别附庸风雅了,我是有点头胀,透透气。"丁玉丽这时进到办公室,把塑料袋放进套间后便忙着招呼客人,王堂堂被丁玉丽按了一下方才坐下。丁玉丽边泡茶边笑着说:"吴市长昨晚写稿子又熬了夜,在阳台上透透气。"丁燕红问吴芳:"你够忙的了,还要亲自写稿子?"张洛朴看着浑身洋溢着青春气息又带来阵阵香水味的丁玉丽,笑着说:"丁秘书是写文章的好手,市长得给她点机会呀!"他对丁玉丽并不十分了解,就是喜欢替漂亮女人说好话。丁燕红看他眼睛在丁玉丽身上扫来扫去,就揶揄说:"张董事长,你能说说这背后的故事吗?"吴芳笑着说:"你俩这是怎么了?总想挖什么背后的故事。"丁玉丽笑着说:"吴市长现在搬回办公室住了,加班熬夜成了家常便饭,还常常熬通宵。有一次打着吊针熬夜改稿子,医生都劝不住,现在是谁劝也听不进去。"丁玉丽无奈的口气中满是佩服和关爱。丁燕红问吴芳:"你咋又搬回办公室住了?"丁玉丽瞥了一眼目光一直游移在她身上的张洛朴,忙说:"吴市长,我去给司机说一下,让他在车旁等你。"说完话转身便走。张洛朴看了一眼丁玉丽的背影,对吴芳说:"既然你还有事，就言归正传。我俩找你都有事要说，在楼下正好碰到一起。这样吧，女士优先，丁司长先说。"他朝丁燕红摆了个手势，丁燕红摇摇头。张洛朴笑着说："那我就先说。先说一下中心广场改造的事情……"一直一言不发的王堂堂打断老板的话说："董事长，严玉华经理病了好几天，我到市中心医院去看看。"张洛朴皱了一下眉头，略作思忖，说："好吧，一会儿我给你打电话，下午另有安排。"张洛朴知道这位死心眼的下属对中心广场改造项目一直持反对意见，认为对企业没效益，看来他是想回避，不愿意当着母亲的面说这个项目。张洛朴看着王堂堂匆匆离去了，眼前又闪过了严玉华的身影，她哪里是有病呀，分明是心里不痛快嘛！他的心不禁一抽，略微停了停，让心绪平静了一下，然后说起了中心广场改造的想法。

张洛朴谈了中心广场改造项目的资金运作，由市天然气公司贷款，省能源投资集团公司担保，先贷五千万元，一千万元用于中心广场改造。字圣街、酒圣街的改造以及其他项目随后再议再定。吴芳素知张洛朴爱和人较劲比高下，古济宁搞了开元大厦项目，他就要搞中心广场改造，不过这也挺好。她笑着说："你的想法关立峰给我说过，建委很赞同，就抓紧搞吧，有啥困难我出面。"丁燕红笑着说："张老兄向来是雷声大、雨点小，看来这回是要下点雨了，只是别老像毛主席当年批评的小脚女人那样，慢慢腾腾的。"张洛朴不以为然地说："这你就说错了，老兄我向来是雷声大，雨点也大，不信你就走着瞧。至于这个项目迟迟没有推进，那就怪不得本公司了，那个关立峰关老爷，架子太大，心眼太小，总以为市天然气公司是唐僧肉，生怕我们吃了，迟迟谈不到一起。"他看了一眼吴芳接着说："说老实话，要不是看在吴大市长的面子上，我早就甩袖走人了，见都不想再见这个穷酸货色了。"吴芳问："听说你最近又提出要在省上举办的东西部经贸洽谈会上再签一次合同，两家企业都是本省企业，这合适吗？"丁燕红听了，惊讶地说："张老兄，凡事得有个底线，这自欺欺人、无端作秀的事咱可别干，不能给吴大姐添乱啊。"张洛朴说："亏你还是个诗人，连一点创意都没有。上海有家企业，想进入秦东谋求发展，我顺便让他搭了个顺车，就让他占了百分之十的股份，这不就成了名副其实的东西部合作。"丁燕红更为惊讶了，说："你的想象力简直太丰富了，给你一个肥皂泡，就能把它吹成大气球，还五光十色的，你就不怕它破了呀？"张洛朴大笑着说："什么肥皂泡？不会吹泡泡的诗人就不会成为伟大的诗人。李白不是有'白发三千丈'和'黄河之水天上来'的诗句吗？毛泽东也有'可上九天揽月，可下五洋捉鳖'的诗句啊！"他瞥了一眼丁燕红，看着吴芳说："这个招商引资项目在大型会上签一次合同，是一种宣传，可以提升秦东企业的知名度嘛！再说秦东人的思想太不够解放了，观念太落后了，就让关立峰这号角色也开开眼界,见见世面吧。"吴芳笑着不置可否,看了看手表。

丁燕红说:"吴大姐你还有事,我就长话短叙了。我是来催秦纺厂破产重组的,国家正在实施优化资本结构试点,秦纺厂破产如能列入这个盘子,就可以冲销几个亿的银行呆坏账,然后可以通过拍卖引入投资者,让企业重生,轻装上阵,实现新发展。这个机会实在难得,千万不可错过。"张洛朴听了忙说:"这话说得对,机不可失,时不再来。小丁又负责这方面工作,其他地方是烧香见不到真佛,秦东是菩萨找来了,还坐着不动,这岂非咄咄怪事?"尽管丁燕红不替他说话,张洛朴还是力挺丁燕红。吴芳说:"你俩说得非常对,在这件事上我也非常着急。秦纺厂的问题解决好了,可以救活一个企业,安置好一批职工,冲销掉几亿元的债务,还能引来战略投资者。"她想了想,对丁燕红说:"你也知道,在秦纺厂问题上一直有两种声音,似乎时机还不够成熟。要不,你再到轻纺总公司去一下,了解一下情况,也做做工作,随后咱俩再抽时间深谈一次。"这时电话响了,吴芳接了电话后说:"市委组织部的电话,催我过去,说省委组织部的副部长正等着谈话。市级班子要换届,上面要听听各方面的意见。"丁燕红和张洛朴一听是重要事情,马上都站了起来,三个人一起走出办公室。

刚出办公室,丁燕红说:"老张,咱俩到文佳老兄办公室去坐坐。"张洛朴说:"好啊,好长时间没见文老兄了。"吴芳边走边说:"文佳到新疆去了。秦纺厂和当地合资办的棉纺厂,在分红上出了问题,他去协商解决。"丁燕红说:"文佳这个副秘书长,倒像是个消防队长,哪儿失了火,他就往哪儿跑。"吴芳说:"没办法呀,秦纺厂一直不稳定,从新疆拿点钱回来虽是杯水车薪,也得跑啊。"丁燕红说:"文佳一直想到部门去,看样子还真离不开这位元老级副秘书长。"吴芳笑而不答。张洛朴笑着说:"文佳是不得志啊,何不趁着换届给他谋个好位子。"他看吴芳依然不语,接着说:"至少也要把那个'副'字去掉吧。这个'副'字太讨厌了,简直就是压在官员头上的一座大山,我当年当副手就被压得像个小媳妇,气都喘不过来,说话办事一点底气都没有。"丁燕红讥讽道:"难怪你现在口大气粗,原来你是正职呀,不过这不是在你的公司里边,企业老板说一不二……"张洛朴听到这里哈哈大笑,恍然大悟去"副"也触到了这位副司长的痛处。

吴芳三个人说话间便来到楼下停车处。丁玉丽早就等在车旁,她微笑着说:"吴市长,这是一板治喉咙发炎的药,一次含服一两粒,你带在身上。"张洛朴笑眯眯地盯着丁玉丽,忍不住说:"丁秘书挺心细的啊,政府办最需要的就是这样的人才,尤其是掌管文秘工作的主任,必须是这种心细如发的文字高手。"吴芳笑着向张洛朴和丁燕红挥挥手,上车走了。丁玉丽和张洛朴、丁燕红握手告别后,笑盈盈地上楼去了。

丁燕红扭过头说："老张，我准备去一下轻纺总公司，你咋个安排？"张洛朴今天一见面就看出丁燕红不像以往那样高兴，就走近她说："这个古济宁呀，再忙见个面总能行吧。元旦前我反复约他，元旦刚过我还让我的秘书去机场专门接他，这个你是知道的，他偏先来了秦东。后来又答应在省城见个面，也没见上，他又急急忙忙去了上海。"他以为丁燕红又和古济宁闹别扭，接着说："我不是夸海口，非把这头犟驴说服不可，我又不是乱点鸳鸯谱，是奉天承命完成一项神圣的职责，还等着要喝你俩的喜酒呢，现在还真有些急不可待了！"丁燕红嗔道："你老兄啥时候都爱开个玩笑。"张洛朴一本正经地说："开啥玩笑？这是正事、大事，开不得玩笑。我现在要去和卫三乐合谋一下，要千方百计把古济宁捉拿归案，当然也不会搞拉郎配，不过你应该相信就凭我这三寸不烂之舌，完全可以把这头犟牛，不，刚才说的是犟驴，说得服服帖帖。"丁燕红似笑非笑地说："谁不知道你爱吹牛，反正也不上税，你就吹吧！"张洛朴大笑，问："你去不去？也到卫三乐家新店去转转，看看当今司马相如开的酒店是啥样子。"丁燕红说："我早去过了，今天就不去了。卫夫子的酒店是一绝，你去看看，也开开眼界。"张洛朴摇摇头，说："开什么眼界？白宫的酒宴我没去过，再啥样的酒店、酒宴没见过？等我把古济宁拿下后，你要给我发颗一吨重的喜糖！"丁燕红打了一下张洛朴，笑着说："快滚，快滚！"张洛朴极其夸张地踉跄了一下，故作恼怒："好你个诗人，竟敢对月老动手！"说完就上车走了。

丁燕红上车去轻纺总公司，其实，她昨天就约好周华在机关等她。刚出市政府大门她又让司机先去开元大厦工地看看，到中心广场后又让司机先到银花宾馆，到银花宾馆门前下车后，她往门厅走了几步又停了下来。丁燕红也不知道为啥今天如此的犹犹豫豫，心神不定，明明知道古济宁并没有来秦东，却想着他可能在银花宾馆八楼的办公室，让车开到了这里。这到底是怎么了？丁燕红粲然一笑，定了定神，转身隔着酒圣街远远看着在建的开元大厦。去冬无雪，今春又暖，工程进展得很快，主楼即将封顶，裙楼工程量已经过半。丁燕红不禁叹道，岁月如梭呀，从去年应吴芳之邀到秦东同学相聚马上就一年了，后来又到省厅挂职，这段岁月给她留下了许多美好的记忆。到下面工作，事情具体，却很实在，很有成就感，还交了不少朋友，也很开心。到下面搞搞调研，到处跑跑，眼界开阔了，思路活跃了，似乎创作激情也被激活了，诗作比前多年多多了，新诗差不多又可以结集出版了。让她欣喜的是和古济宁的关系有了改善和进展，接触多了，交流多了，尽管他依然不苟言笑，不那么主动，却没有了过去那种冷漠。她坚信他是一个负责任的人，敢于担当，凡事都极其认真又实实在在，表面冷峻而内心火热。眼前这栋快速崛起的地标式大楼，便是古济宁人格人品的见证，他想为家乡为母校所在地干点事,答应了就马上干,而且干得十分漂亮。

丁燕红看着开元大厦火热的工地,又想到了这个项目推进中的坎坎坷坷,自己不也一样吗？就说去年挂职的事吧,本来想着来秦东市挂职副市长,好认真推进一下秦纺厂的破产重组,解剖一只麻雀,好累积一些经验,验证和摸索一些政策措施,也为秦东市打开这方面的局面支持一下吴芳的工作。可是最终是熊东来挂职当了副市长,自己这个副司长败给了一个处长。她没有想到熊东来的老上司刘敬堂,退休后反而认了真,在北京找人,在省上找人,还给省委写了一份《一个退休老人的建议》,极力推荐熊东来到秦东市挂职,负责关井压产和煤矿企业的整合工作。不过这件事她很快就想通了,在省厅挂职工作面更宽,也不影响对秦纺厂工作的推进。再说部里调整中层领导的事吧,不管从资历还是从能力说,自己都应该去"副"了。谁知中国作家协会的几个朋友反复动员她去作协当秘书长,还说后面会当上副主席。自己尽管喜欢写诗,只是业余玩玩,对去作协不感兴趣,但却鬼使神差地以单位领导不同意为由婉拒。更不可思议的是这几个书生当了真,竟反复去找单位领导做工作。结果"副"字没去成,后来给她的解释是等挂职回来再安排合适工作。这件事让她心里十分不爽,这叫什么事啊？要多憋屈有多憋屈。连张洛朴也看出了自己心情不好,还误以为是和古济宁闹啥别扭了。不过好长时间没见到古济宁了,想到这里她更想尽快见见古济宁,可又一想就让张洛朴和卫三乐他俩先说说再看。她突然懊恼自己什么时候竟变得如此没有主见……

丁燕红正准备上车离开,肖冰冰和王莲英从银花宾馆走了出来。肖冰冰一眼就看到了丁燕红,快步走过来打招呼："丁司长您好！"丁燕红看了看肖冰冰,说："是冰冰。"肖冰冰想上前握手,看丁燕红没有握手的意思,便笑了笑站住了。她上下打量了一下丁燕红,穿一件黑色风衣,一双长筒黑皮靴,胸前搭一条深蓝色花格围巾,戴一副金丝眼镜。看上去更多的是诗人的潇洒和儒雅,并无多少官员的庄重和威严,却让肖冰冰觉得有些难以接近,一时竟不知道说什么好。丁燕红看她笑脸上闪着难掩的不自在,便微微一笑说："冰冰干得不错呀,开元大厦项目进展挺快嘛,我看了十分高兴。"肖冰冰听着像是领导在表扬,却高兴不起来。肖冰冰在北京就认识丁燕红,知道她一直在追古济宁,也见过好多次,可还是没有熟人的亲近感,想叫她阿姨,怕她嫌称老了,想叫大姐又怕她说自己装大,只好称官衔,一直从处长叫到了司长。不管怎样她在夸自己,肖冰冰忙回应："丁司长是来视察项目建设的,你咋不打个招呼？"丁燕红知道京城地产大亨的这位千金,向来娇生惯养,任性不羁,不知为什么见了自己倒有些拘谨,甚至像老鼠见了猫似的,忙摇摇头,拍着肖冰冰的肩膀笑着说："随便看看,随便看看。"肖冰冰笑了,说:"古总元旦后再没来过,把我一个人扔在这里扛着。我每周给他汇报一次,他现在是遥控指挥。"她及时把重要信息传递了过去,接着说:"丁司长,进去喝杯茶吧。"丁燕红摆摆手,这才仔细看了看悄然站在肖冰冰后面的中年女人。

那位中年女人,上身穿一件驼色长翻领西装,下身穿一条浅灰色高腰直身裤,手臂上挂一方形皮革手袋。看上去优雅而不乏时髦,干练中又添了些大气。细看漂亮妩媚的脸庞上,却凝固着狐疑和排斥,嘴唇紧抿,眼光冷冰冰的。两人目光相遇时,丁燕红脑海里迅速闪过一缕似曾相识的敏感,在双眉紧蹙的瞬间,惊诧地差点喊出声来。丁燕红缓缓向前走了两步,看着王莲英问:"请问这位女士,你是……"王莲英答:"我是来看望一位老人的。"她偏不说自己是谁,看着对方居高临下的样子,并不买账。肖冰冰在两人对视和说话的口气中,已察觉她俩似乎认识,还是急忙介绍说:"王老师,这位是丁燕红司长。"又指着王莲英说:"丁司长,她是王莲英老师。"两人均未说话,显然这种介绍是多余的。对视有顷,丁燕红移目看了一眼银花宾馆的大楼,眼中恍然闪过古济宁的影子,她往前走了两步,三个人形成一个三角,盯着王莲英说:"看来,你是越来越年轻了。"王莲英回应说:"是吗?我看你是越来越漂亮了,差点都没认出来。"丁燕红刹那间红了脸,整过容的痛处被捅了一下,冷笑说:"在秦大上学时我就见过你,印象最深的是你由泪眼婆娑,到哭哭啼啼,又到号啕痛哭,引不少大学生围观,成了校园一景,也成一时热议的话题。"王莲英的脸唰地红了,讥讽说:"我也是那时见到你,一身时髦的打扮特别吸引人,还听大学生热议你的情诗写得最好,给一个人写了一本又一本。"肖冰冰吃惊地看着王莲英,这个被她视为恩师的人,平时说话慢声细语,笑容可掬,今天怎么完全变了样?丁燕红呵呵一笑,一副睥睨的眼神,嘲弄说:"后来又在北京见过你,开始我还以为是保姆,给古立俊老先生端屎端尿的,后来才弄清是你。古时有大将廉颇'负荆请罪',现今有人又上演了'赴京请罪',还想演绎新的传奇故事。"王莲英一时语塞,脸憋得通红,稍停后语无伦次地说:"我只听过自古都是男追女,《西厢记》里张生为追莺莺还翻过墙,有的女人却给男的铺路搭桥,千方百计弄到官场去,可人家就是不领情,剃头担子一头热呀!"肖冰冰看丁燕红怒目圆睁,便有点怕,她领略过她的激情和才情,还没见过她发怒,又不敢劝说,情急中赶忙拉了一把王莲英,小声说:"王老师,别、别再说了。"丁燕红放声笑了,逼视着王莲英挖苦说:"你也配说崔莺莺?她可不是那种水性杨花的女子,看人家落难了,就恩断义绝。难道你只听说过男追女吗?不是有女人先追到大学校园,再追到京城,如果不是在追男人,就是在追名逐利,现在竟追到了秦东,还谎说是看望老人,你不会是在追老头吧!"王莲英甩开肖冰冰,满脸怒容,大声斥责:"亏你还是个当官的,满嘴胡说八道,我是来看望关青山老人的!"她扭头看了看肖冰冰。肖冰冰知道王莲英的意思,但要开口实在有些为难。这两个女人都是冲着古济宁来的,谁都可能成为古济宁的夫人,谁都不能得罪,尽管内心向着王莲英,却不能表现出来。同时,她也深感自己的确没有能力扭转这种让人尴尬无比的场面。

一阵冷场。按说尽管不欢就此散去也就罢了,谁知丁燕红竟然不顾及身份地较了真,对着肖冰冰说:"她竟然当着你的面撒谎,关,关青山是……"肖冰冰忙说:"丁司长,关青山是一位抗日老壮士,是古总父亲古团长的老部下。"说完她便后悔不该提古济宁。丁燕红听了怪笑一声,耸耸肩说:"没看出有人如此工于心计,这叫醉翁之意不在酒,看望老人分明是幌子,虽不是谎言,却是名副其实的伎俩。"肖冰冰看王莲英气得脸都变了形,忙对丁燕红说:"丁司长,关青山老人是《秦东日报》上宣传的抗日壮士,快八十岁了。"丁燕红仍不依不饶,目光怪异地盯着肖冰冰问:"这和她有啥关系?她调到民政局工作了?"王莲英愤怒地喊道:"我爸当年多次嘱托,一定要找到他的老护兵关青山。"她自觉失言,急忙改口:"你们当官的难道,难道……"丁燕红眼睛像充了血,已口无遮拦:"你爸?还把古济宁老爸叫爸,你的脸皮真厚啊!"王莲英狂怒地吼道:"你这个当官的真没人性!"丁燕红啪地打了王莲英一个耳光。王莲英像头发怒的母狮就要冲上去,肖冰冰一把抱住王莲英,带着哭音说:"王老师,算了,算了,王老师。"这时周围已聚集了不少人,莫名其妙地看着这两个显然并不寻常的女人在不明不白地暴吵,在匪夷所思地动粗。丁燕红踉跄着走到小车前,惊诧不已却又无可奈何的司机艾增启匆忙打开车门,丁燕红斜倒着坐上车,门子刚闭上小车就唰地开走了。

不大一会儿,艾增启就把车开到了轻纺总公司的院子。这里聚集了好多人,大呼小叫的,情绪都很激动。这种场面艾增启见过,一看就知道是来机关上访的。他来过这里,清楚轻纺总公司和重工总公司是一个大院分处东西两边,两家小院是通的,就有意避开这些上访的,把车开到重工总公司的院子停了下来。丁燕红一直闭着眼睛生闷气,难怪古济宁老是不温不火的,原来前妻在后面拽着,藕断丝连的,他会不会还在想着和这个势利之徒重温旧梦呢?听司机说到了后,她才睁开眼睛,脑子里一片空白,一时竟不知道要到什么地方来,要来干什么,也不知道怎么就下了车。下车后一抬头看到了"秦东市重工业总公司"的大木牌,便有点生气地问:"小艾,车开到这里干啥?"艾增启说:"丁主任你不是要到轻纺总公司来吗?你看看那边。"丁燕红扭头看了看轻纺总公司院子里乱哄哄的人群,这才回过神来,说:"噢,是要到轻纺总公司来。"她轻轻笑了笑:"那边院子不好停车,你挺机灵嘛。"她竭力驱走胸中的闷气,让自己尽快恢复常态。看来那边院子至少有六七十个人,把轻纺总公司前边平房所有办公室的门都堵住了,有几个机关工作人员正在解释着什么。这边院子也有好几个人进进出出,像是在看热闹。丁燕红刚要走过去看看究竟,听到背后有人招呼:"丁主任你好!我隔窗子就看见你来了。"丁燕红回头看着这人,觉得挺面熟却一时想不起来。木宏州笑着说:"我是木宏州,省、市开企业改制座谈会,听过你讲话,还一块儿吃过饭。"丁燕红说:"噢,木总经理,市重工业公司的大老板。"她笑了笑:"我要到轻纺总公司去找周华说点事,你看看欢迎的人那么多,小车只好停在你这边了。"木宏州笑了,看来丁燕红挺幽默的,不像想象的那样难以接近,也诙谐地说:"我得感谢那些人,要不你还不到我们这里来呢,请丁主任先到我办公室喝杯茶。那边今天估计要演大戏,我安排人去把周华叫过来说事。"正说着那边院子就呐喊起来,比刚才还要乱。

丁燕红只好先来到木宏州的办公室。木宏州又是沏茶,又是递糖果和瓜子,还安排人去买水果,丁燕红挡也挡不住。木宏州当然知道她不光是省厅的领导,还是市长的老同学,接着又叫来办公室主任金大军,面授机宜,让他去打探情况,相机把周华叫过来。金大军年轻机灵,眨着眼睛笑着说:"一群讨债的,秦纺厂老债户来找任东山,他现在兼着秦纺厂党委书记,前几天和文佳秘书长去了外地,刚好把老好人周华老局长堵在办公室,我再去看看。"说完转身就走。丁燕红环视了一下木宏州的办公室,宽大的老板桌,时髦的大转椅,两张单人沙发和一张长沙发,一看都是真皮制品……木宏州看着不动声色的丁燕红,猜出了她在想什么,便问:"丁主任,你去过周华的办公室吗?"他看丁燕红点了点头,笑着说:"我春节前去给他送两包好茶叶,往那把藤椅上一坐,'咯吱'一声吓我一大跳,我以为要塌下去,一看没事,藤椅腿用绳子缠着,还绷着铁丝,结实着哩!"说着他先笑了起来。丁燕红从他脸上看到了嘲弄和不屑,以及难掩的炫耀和张扬。木宏州接着说:"多亏我们这类公司不搞什么经营,要不客户来了只要坐一下'咯吱'牌藤椅,惊魂一刻的同时估计生意也就黄了。"他略停了停,依然没有等来所有来客都赞扬过自己办公设施的类似的话,便换了个角度说:"轻纺也好,重工也罢,我们这种行政性公司,简直就是改革中产生的怪胎,爹不疼,娘不爱,外人嫌。原来是工业局的时候,工资按月发,经费按季拨,日子还能凑合着过。如今是到了年底,找领导找财政局,求婆婆告奶奶,要点钱勉强把大家的工资给发了。听说还要'断奶'呢!没办法呀,要活下去就得自己想办法。市上让抓紧中小企业改制,我就把几户半死不活的小企业出售了,资产一下子盘活了,企业起死回生了,总公司的日子也好过多了。说实在的,我们如今包袱也轻多了。"丁燕红一边喝茶,一边听木宏州半是诉苦半是炫耀地说着,听到这里眼前倒是一亮,这边的总经理比那边的总经理活多了呀,一个想法开始在眼前闪现。

## 第二十四章

工夫不大,金大军带来了具体的信息。原来是几个县棉花公司联合到秦东纺织厂讨旧债,厂长向平和书记任东山都跟着文佳去了新疆,这些人就找到了轻纺总公司,加上周华曾长期任秦东纺织厂厂长,便成了讨债的主要对象。金大军还说周华被困在办公室,别说出来,连口水现在也喝不上,上厕所都有人跟着。金大军看了看丁燕红,有点吞吞吐吐地说:"看样子那边总公司的人还有点幸灾乐祸,没有一个人给周局长护驾,把周局长一个人困在办公室。"他一直把周华称局长,从不叫总经理,但更多的同情已淡化了尊重。木宏州笑着说:"周华是个好人啊。"他又皱起双眉:"他当过秦纺厂厂长,对厂子很有感情。如今秦纺厂深陷困境,职工常来总公司闹事,搞得机关人人都有些烦,大家主张破产重组的意见他又听不进去。现在只要一牵扯秦纺厂的事,机关没人愿意再出头了,顶多出来说上几句,做做样子。"丁燕红听到这里,知道轻纺总公司大多数人其实是倾向秦东纺织厂破产重组的,看来这一闹未必是坏事,也许可以让周华能清醒一些。又想到吴芳几次谈到秦东纺织厂破产重组的条件还不够成熟,好像还在等。她在等什么?是不是想等瓜熟蒂落呢?

那边院子更乱了,一些债主正逼着周华弄饭吃。这时有人呼喊着要把周华办公室的东西拉出去卖了换饭吃。在一片混乱中,周华办公室的办公桌、沙发、椅子、书柜和一些办公用品都被搬了出来,乱七八糟地摆在院子里。机关干部纷纷走出来阻挡,眼看着就要发生冲突。这时金大军走进木宏州的办公室,有点紧张地说:"那边把周局长办公室的东西都抬出来了,说是要卖了换饭吃。"木宏州听了仰头笑了起来,说:"想搞拍卖?周华那些破烂卖完卖光卖净,也卖不过我这个茶几。"金大军问:"要不要报警?"木宏州不假思索地说:"别,报什么警?那是在炒作,里边定有高人,你去打听一下那群人里谁是头儿。"金大军说:"我刚才已弄清楚了,是一个戴墨镜的人,名字怪怪的,叫什么王倒煤,好像是浦湖县来的。"木宏州笑着说:"什么王倒煤?他叫王增,倒腾了多年煤炭运销生意,是浦湖县棉花公司停薪留职职工,我在浦湖当副县长时就认识。你去告诉他,凡事都要有个底线,今天谁也不能动周华一指头,就说是我说的。"他看金大军就要出门,又补充说:"谁要敢对周华动手动脚,那边不报警,咱就报警。"丁燕红说:"看来轻纺总公司有个好邻居。"木宏州笑着说:"谁愿意当这个邻居?浦湖是个七十多万人口的大县,我当常务副县长,也算一人之下,数十万人之上,相当兵团副司令吧,到这里来只领导十几个人,相当个小班长,还安排了个党委书记,给小班长赔了个大政委,还说要我放手工作,有啥放的?怎么放?"一边说一边直摇头。

丁燕红几次想离开,这会儿却不想离开了,她想等一下那边院子的情况,也发现木宏州挺健谈,也挺幽默,就笑着说:"你由副县到了正处,也算升了格嘛。"

木宏州不以为然地说:"这叫明升实降。现在一没钱,二没权,两手空空。不过我想清楚了,前两年重工系统比轻纺系统还要乱,让我到这里当消防队长,专职灭火。怕乱呀,要维护稳定嘛,也算是用我所长。我也看清楚了,我们这种行政性公司,命里注定是短命的,企业改制完了,都市场化了,总公司的使命也就完成了。我是系着绳子被抛下海,到时间又会被拉上来。"他看丁燕红听得很认真,兴趣也上来了:"我不像周华那样,整天愁眉苦脸,到什么山头唱什么歌嘛。我这边企业改制搞得快,现在没多少麻烦事了,就想着咋个给干部职工谋点福利,他们也不容易,也挺失落。想着在院子前边空地上集资盖一栋家属楼,改善一下大家的住宿条件。只可惜那边院子顾不上这些事,要不拉通盖一栋共用的家属楼,谁个能不高兴?"丁燕红听到这里点点头,有些感慨地说:"是呀,改革开放要推动经济社会发展,也得给干部职工带来实实在在的好处。"这时那边的动静好像越弄越大了,楼道里好像有人跑着出去看热闹。

西边院子里人越聚越多,除了两家总公司的干部职工外,两家后边家属区的人大多也被吸引着来参加"拍卖会"。被拍卖的是周华办公室的全部家具和办公用品:一张钢管床,漆皮已经斑驳脱落;一张老旧办公桌,一头沉型的,抬出后好容易才拼凑在一起;一个书柜,高高长长的,只是难以放稳,索性歪歪斜斜地靠在树上;被木宏州称之为"咯吱"牌的藤椅,在光天化日下明显地露出了它的腿伤;最占地方的是几张老式沙发,看起来挺结实,只是沙发罩已旧得不大分得出颜色……"拍卖会"的拍卖师是王增,穿一身蓝色西服,还算整齐,只是红领带有些松,歪斜着吊在胸前,戴一副偌大的浅色墨镜,让人咋看咋滑稽。王增举着周华的水杯在办公桌上啪地猛敲了一下,大声说:"各位女士,各位先生,秦纺厂拖欠我们八县六家公司棉花款少说也七八年了,至今不还,我们去厂子一个拿事的领导也找不见,只好来找老厂长周华,他也是秦纺厂的上级领导。已经大半天了,他连个态度也没有。我们是饿着肚子来的,又穷得叮当响,实在没办法只好当场拍卖总经理办公室的资产,先筹点饭钱。"说着他向周边拱拱手,然后用水杯又拍了一下办公桌,高声问:"谁家有小孩上学,愿买这张桌子做作业?十五元起拍,谁要?十元谁要?五元谁要?五元,五元!"大家嘻嘻哈哈地笑着,像在看一场演出。王增高高举起水杯,猛拍桌子,高叫:"一元!"只见水杯盖子飞了起来,杯子里的茶水溅了王增一身,现场哄堂大笑。王增摘下墨镜在身上擦了擦溅上去的水,也哈哈大笑。他指着办公桌说:"这货还不值两个烧饼的钱!"戴上墨镜后他指着藤椅说:"谁家有老人?这把藤椅可以坐着晒太阳,腿用铁丝加固过,算是钢筋铁骨呀,一元起拍,一元谁要?"他端起洒完水没了盖的水杯,又狠拍了一下桌子,高叫:"一毛!"他和大家一起笑了起来。随着笑声一片,人们嚷嚷着慢慢散去。周华一直站在一边,看着王增在作践他,在贬损轻纺总公司,脸上没有一丝表情,只有当大家发笑的时候,才痛苦地抽搐几下。开始他还真怕这些东西被拉走,那麻烦就大了,人也丢大了。又怕机关人员真和这些人干起来,出点啥事,就更不好收拾了。两相权衡便力劝机关干部不要阻拦,不要起冲突。后来王增搞起了现场拍卖,周华清楚两院干部职工和家属,谁也不会来捡这种便宜,就稍稍放心了些,这毕竟会当笑话传出去,让他蒙羞受辱。他还觉得有些蹊跷,开始还有人对他推推搡搡的,后来就没人再碰他了,这又让他感到有些宽慰。

金大军实在忍不住跑了回来,笑着比画着给木宏州描述了西院"拍卖会"的流拍过程。木宏州听得大笑不已,丁燕红也忍俊不禁,摇着头笑了起来。金大军说:"我和那边王文进主任怕外边有人来捡便宜,还安排了几个人在门口挡着外边的人。"木宏州说:"这个王增挺会炒作,只要不对周华动粗动野就别管。明天市政府大院就会有各种版本的'拍卖会'喜剧流行,这谁也没有办法。"丁燕红说:"什么喜剧?这是闹剧,恶作剧!当然也是对旧经济体制的批判,是对固守旧经济制度者带泪的嘲弄和讽刺。笑和闹的背后其实是铁的法则。"不管是什么剧,这幕剧还没有结束。

两院的家属们来也匆匆,去也匆匆。除了少数干部职工外,院子里只剩下各县来的人,这些人也有些累了,搬出来的沙发上、椅子上、床上和办公桌上坐满了人,有的靠在树上,有的坐在地上,横七竖八的。王增怕大家泄气,对站在一边的周华大声说:"周总呀,人家都叫我王倒煤,还真是倒了八辈子的霉,咋就碰上你这么个穷酸老总,咋看咋像个废品回收公司的老总!"周围又有了哂笑声,王增提高声音说:"我把你这些破烂家具估算了一下,最多也就值个百十块钱,还不够我们这些人喝一顿面汤。"大家又笑,七嘴八舌地嚷嚷着要周华管饭。王增把墨镜架在额头上,眼睛骨碌骨碌地转着,目光突然停在院子的一辆白色小轿车上。他灵机一动,戴好墨镜后说:"这样吧,大家跟着我王倒煤来了,就认个倒霉吧。咱就是把周总榨干了,也榨不出多少油来。"他手伸进胸口摸出几张百元票,递给身边一个人:"去吧,给每个人买份盒饭,速去速回。"周华以为快到吃饭时间了,这些人总该走了吧,一听让人去买盒饭,脸立即就拉长了。别看机关干部都知周华好脾气,可他没离开,谁也没有走。王增忽发奇想,快步走到白色小车前,用脚踢着小车高声问:"司机呢?谁是司机?"司机邵力就蹲在车旁不远处,他一个上午都守在这里,生怕有人擦了碰了他的车。王增踢车就像踢在他身上一样,要在平时早就发火了。邵力站起来说:"咋啦?"王增扶起墨镜打量了一下邵力:"你是司机?"邵力说:"咋啦?"王增看好些人围了上来,便调笑说:"你名字叫'咋啦'?我想把这个玩意儿卖了顶债!"说着他向围上来的人使了个眼色,立即有人高喊着要卖小车,还有几个人围住邵力要他把车钥匙交出来。周华急忙过来阻止,机关干部听了也来了好几个。

　　院子里骤然紧张起来,债主们的情绪被重新激活,没一个人再坐着了,都呼喊着要司机把钥匙交出来,有人眼看着就要动手。邵力比周华还着急,他开了十几年车,论技术是一流的,修车也很内行,更是爱车如命,每天都把车里里外外擦得干干净净,车窗玻璃上容不得一星点尘土。只可惜这辆老爷车已行驶了四十多万公里,早该报废了。这辆车如今除了邵力能开,别的司机谁也没法开。轻纺总公司有人说,开这辆车不用鸣笛,因为车的各个部位都在响,远远就能听见,有人还误以为是拖拉机违章进了城;有人说开这辆车不怕追尾,车后直冒黑烟,比警示灯更让后面的车辆警惕;有人说开这辆车最讲礼貌,从不超车,被别人超了也心理平衡。这些调侃的话邵力一清二楚,几年来他最大的愿望就是能开上一辆好车。特别是任东山兼任秦东纺织厂党委书记后,他的司机范平平开上崭新的奥迪车后邵力简直羡慕死了,一看见那辆新车眼睛珠子都能飞出来。有时他就想着干脆让这辆老爷车彻底趴下,也许就会有新车开了,可是周华从没提过换车的事,只好继续做着自己的好梦。在一片要卖小车的声浪中,债主们弄清了邵力就是司机,有个人听了王增的戏言误以为他的名字叫"咋啦",不断地高喊着要"咋啦"把钥匙交出来,惹得大家笑成一片,连邵力也忍不住想笑。这时给王增开车的司机讽刺邵力:"像你这样体面的帅哥,咋开这样一辆破车,丢人不丢人?"这话深深刺痛了邵力,他猛地想起有一次为一位省厅领导送行,从机关到高速路入口只几公里路程,他在前边开路,车慢点还显得庄重有礼貌,不料左边的车门子却松了,硬是关不上。他只好左手拉着车门子,右手把着方向盘,出尽了洋相,惊出了一身冷汗。这时有人推搡他,他突然嘴角露出一丝怪怪的笑容,有些滑稽地问:"我开的那号车,还用得上钥匙吗?"王增听了大笑,走到车门边只一拉门子就开了。王增的司机快速坐到司机位置上,拉着王增开车出了大院。邵力没有挡,其他干部也没有挡,周华大声喊着要去挡,却被好几个债主死死地挡着。

　　大院像炸开了锅,债主们高声喊着叫着,庆祝这一阶段性成果。机关干部喊着叫着要报警,却没一个人真的报警。周华喊着要报警,却被债主死死守着。金大军急忙跑来给木宏州报告:"木总,这下不得了啦,周局长的车被债主弄走了,他被债主箍得死死的,手机都取不出来,根本没法报警。"木宏州听了先是一愣,接着哈哈大笑。丁燕红说:"那边报警了吗?赶快报警嘛!"她不解地看了一眼木宏州。木宏州不慌不忙地说:"不用报警。只要周华不受到人身伤害,就不用报警。至于那辆小车嘛,根本就开不出秦东市区,周华的司机是市里数一数二的高手,也只在市区跑。大军,你快去给邵力说一声,让他瞅准方向赶快去把即将抛锚的车弄回来,别影响了交通安全。"他说的是那样肯定和自信,丁燕红半信半疑却也不好再说啥。金大军走后木宏州说:"丁主任,看样子上午你没法说事了,咱们一起出去吃个饭吧。"他清楚刚才吴芳和张洛朴都打来了邀请丁燕红吃饭的电话,还是想请丁燕红吃顿饭。丁燕红笑着说:"如果能叫上周华,咱们就一起吃个饭。"木宏州皱了皱眉说:"我知道丁主任想解周华于倒悬,也在考验我的办事能力,那就试试吧。"丁燕红站起来笑着说:"我相信你有智慧有能力解开这个难题,咱们到那边院子看看吧。"

丁燕红和木宏州来到轻纺总公司的院子,这里一片狼藉,各种家具和办公用品胡乱地摆着,凡能坐人的家具上都坐着人,债主们正在狼吞虎咽地吃盒饭,周华坐在一边闷着头抽烟。丁燕红走近周华打了个招呼,周华急忙站起来,苦笑着说:"丁主任,实在不好意思,听说你早就过来了,约好了给你汇报秦纺厂的事情,你看现在这个样子,实在是没有办法呀。"丁燕红环视了一下边吃饭边围上来的债主们,不紧不慢地说:"这种做法的确欠妥,不过他们也是迫于无奈。作为领导人要清醒地看到讨债背后的东西,看到更深层次的东西。在企业改制的大潮中,有些需要坚守,有些需要放弃,有些需要调整,有些需要改变,只有这样我们才能走出困境,才能继续前行。"她笑着一语双关地说:"革命导师说得好,只有解放全人类,才能解放我们自己。"周华很不自然地笑了。木宏州从一旁缓缓走了过来,笑着说:"周总已经解放了。我给王增打了个电话,他一边大骂,骂周总的破车没有把他拉到锦绣源饭店就灭火了,害得他还得步行去吃饭,一边让我捎话赶快派人去把车拖回来,不然交警要罚他的款,还一个劲地说他倒了大霉。"周围一片哂笑,有人还笑喷了饭。一个债主过来说:"王增打电话说,不能把周总饿晕了,下午还要接着对话。还说帐篷预定好了,要住下来打持久战。"木宏州骂道:"这个王倒煤不是啥好鸟,回头我再收拾这小子!"他拉了一把周华,周华会意就跟着他紧随丁燕红一起去吃饭。轻纺总公司的盒饭也买回来了,大家拿了盒饭又说又笑地回办公室吃饭去了。张洛朴再一次打来电话邀丁燕红吃饭,还说要介绍一位重量级人物,丁燕红笑着说她要会见某国国务卿黑格·倒煤王,说完就挂断了电话。

张洛朴从吴芳那里出来后就来到了新桃花源酒家,此时正坐在二楼一个雅间里。他对面坐着卫三乐,旁边是宋彩珍。这是宋彩珍经营的新店,老店桃花源酒家在秦东大学旁边。新店地处一条新开通的大街,市民仍按老习惯依从南向北的排序称为四马路,官方命名的"春风大街"却鲜有人叫。这里是城市规划的中心地带,现在并不繁华,人气不怎么旺,甚至还有些冷清,只有多处正在施工建设的工地上热火朝天,预示着这里注定不会平凡的未来。张洛朴这次到秦东来异常高兴。夫妻多年的冷战终于结束,名存实亡的夫妻关系得以了断。协议离婚后给了妻子一大笔钱,也算求得了某种平衡和安宁,妻子随儿子张隆远赴国外看孙子去了,眼不见心也不再烦。这虽非他的本意也非所愿,在妻子死活不愿和解的情况下,也算是一种解脱。儿子张隆的上司孙静安,经过运作安排到了省能源投资集团公司当高管,给高玉尽快解决婚姻难题帮了个大忙。孙静安推荐张隆接替了他在原公司的位置,给儿子国外发展铺平了道路,冲淡了儿子对他在处置家庭关系上的不满。如今简直就是各得其所,皆大欢喜。一场家庭危机得以化解,这让张洛朴更加自信,觉得商场上的一些运行规则,比如说互惠互利、互相交换、投桃报李等,完全可以运用到家庭和社会关系中,而且会游刃有余,左右逢源,虽说不上万事如意,却也心想事成。他这次来秦东既要为推进投资项目筹划布局,还要为解决个人问题投石问路。业务上的事,要大张旗鼓地公开高调运作,这是他一贯的作风和气魄。感情上的事,要精心策划,低调运作,这是他历经波折后得出的经验教训。张洛朴一边喝茶,一边天南海北地闲扯,几乎没有卫三乐插话的机会。宋彩珍笑眯眯地听着这位国企大老板神侃,不断地给他添茶递烟。如此良久,卫三乐笑着说:"看来张老板这次来秦东心情不错嘛。"张洛朴盯着卫三乐,说:"卫夫子好眼力,我的心情是很好。"卫三乐不以为然地说:"这还要什么眼力?闭着眼睛都能听出你心情大好特好。"宋彩珍只是笑,心想她家老夫子要是有张老板的口才,讲起课来岂不更受学生欢迎?张洛朴放下茶杯说:"借着我高兴,我把江伟请过来,一块聚聚怎样?"卫三乐淡淡地问:"哪个江伟?"张洛朴说:"你们秦东市委书记江伟呀。"卫三乐并不喜欢与官员结交,轻轻摇摇头,忽然一个念头冒了出来,市委书记岂能呼之即来,要不要试试这位爱说大话的老同学,他抬起头看到了妻子示意的眼光,知道生意人都盼着官方人士光顾呢。张洛朴看着卫三乐犹犹豫豫的样子,说:"你是怕我请不来江伟不成?"卫三乐淡淡地说:"要请就请他来吧。"张洛朴说:"这就对了,你是市政协委员,理应和书记结识,也便于建言献策,说不定今年换届还能提成市政协常委,岂不更有话语权!"宋彩珍高兴地说:"还是张董事长虑事深远,也难为张董事长一片好心。"张洛朴接通电话后,三言两语就约好了,江伟答应中午过来一起吃饭。宋彩珍高兴极了,这可是新店开张以来秦东最高领导首次光顾,便忙着张罗饭菜去了。

宋彩珍刚离开,张洛朴便问卫三乐:"古济宁来过你这里吗?"卫三乐知道他的意思,说:"他没有来过,丁燕红去年倒是来过一次,吃了顿饭,还即兴写了一首诗。"张洛朴笑着说:"丁燕红空有诗人情怀,激情有余,智商也高,情商实在有些太低了。"卫三乐说:"我早就想给古济宁做做工作。小丁对他可是一往情深,一直在苦追不舍,世间难寻这样的痴情女子。我和小丁是诗友,知道她在秦大上学时给古济宁写了不少情诗,毕业后在北京追,现在又追到秦东来了,回到原点上来了。俗话说事缓则圆,十来年过去了,够缓的了,也该圆满了。"张洛朴说:"我觉得咱几个老同学该下点功夫了,你一个,我一个,还有吴芳和文佳,共同做做工作,你看怎样?"卫三乐被他的热心肠感动了,说:"好啊,你约人,我当说客。不对,我当月老,你也当月老,两个月老一起把古济宁这个犟郎拿下!"说着就笑了起来。张洛朴知道卫三乐从不妄言,看来是要动真的了,笑着说:"好,一言为定。我再给吴芳说说,让她当红娘。"卫三乐说:"这几天我抽空写一篇文章,题目待定,劝说古济宁从速解决感情问题,要事业、家庭两不误,两兼顾。要列举丁燕红诸多优长和靓点,追溯她苦追苦恋的心路历程。多让古济宁念仁念义,动心动情,尽快走进婚姻殿堂。"张洛朴没有想到卫三乐如此古道热肠,更没想到他会出此奇谋怪招,笑着说:"题目就叫《劝婚篇》,定成名作名篇,流传于后世。"卫三乐听了摇摇头说:"本人向来只求能实实在在地把实事办实办好,别无他想。我叫三乐,除了知足常乐和自得其乐,还要助人为乐嘛!也许这样做能皆大欢乐!"这时宋彩珍拿着菜单来征求张洛朴的意见,张洛朴看后笑着说:"不用如此高档,就上你们这里的特色菜和特色小吃。你想想看,像他那样身份的人,中国土产的,国外进口的,洋人喜欢吃的,国人没吃过的,啥名菜、贵菜、洋菜、大菜没吃过?要吃这种菜我自会在省城安排。"他看着卫三乐问:"老夫子,你说呢?"卫三乐痛快地说:"就按张老板说的办,不然书记还不知道会想到哪里去了呢!"说罢笑着摇了摇头,张洛朴仰首大笑,宋彩珍却一头的雾水。

  张洛朴的电话响了,是江伟秘书打来的,告诉江书记已经动身。

  江伟上午特别忙,刚想喘口气就接到了张洛朴邀请他在新桃花源酒家吃饭的电话,便欣然应诺。用江伟的话讲,他最近有点像陀螺,早就转晕了,想停都停不下来,有人不断地在用市级换届的鞭子在抽啊!一把鞭子来自上边,省上有人给他打招呼,没想到北京也有人给他打招呼,拿这把鞭子的人口气都十分关心,有的还不说透,却最让他头疼。另一把鞭子来自市级四大班子和一些离退休老领导,这些人有的是吹吹风,有的是探探风,拿这把鞭子的人大都是商量的口气,表现得无关要紧的样子,却最难回避,也不能回避。还有一把鞭子来自市直部门和县上的领导,不仅人数多,找他的理由和办法更是五花八门,他也以各种理由能推辞的尽量予以推辞,让秘书一律挡驾,但效果并不理想,他终于清楚了拿这把鞭子的人动力最大,也最难应对。特别是有些人摸清了他只要在机关食堂吃午饭,饭后就会匆忙去办公室打开电脑浏览半个来小时,这是他多年养成的习惯。于是这些人就在这段时间来堵门,弄得他不但上不成网,午休时间也被占用了。让江伟想不到的是最近他是否在机关食堂吃饭竟成了热点信息,常在机关食堂吃饭的人的手机接听率急剧上升，食堂管理人员甚至做饭的大师傅也成了信息红人。江伟简直不胜其烦，就想着用吃午饭打游击的办法回避几天再说。听张洛朴说新桃花源酒家比较清静，正好可以和好久不见的棋友聊聊天，便欣然应邀，并提前半个小时下班赴约，给秘书交代几句后就直接来到了新桃花源酒家。江伟是第一次来这里，刚下车张洛朴和卫三乐夫妇就迎了上来。张洛朴和江伟握手后便介绍说："江书记，这位是秦东大学中文系教授卫三乐，主攻古代汉语。"江伟笑着说："久仰，久仰。"卫三乐笑着问好致意，不等张洛朴介绍，便指着宋彩珍说："这位是我老婆宋彩珍，是这里的店主。"张洛朴笑着说："卫教授夫人是秦东餐饮界的佼佼者，这里是新店，还管着一家老店。"宋彩珍和江伟握过手，就急忙招呼司机去了。

江伟站着饶有兴趣地看着这栋中西合璧的餐饮楼。门口蹲着两尊威武的石狮，石狮上还缠着红绸布，标示着这是家开张时间不长的新店。屋顶是传统的微翘的飞檐，灰色瓦当，为数不多的陶鸡瓦犬虽不显眼却平添了些活气。门脸看似灰色大砖，描着粗粗的白线，全然不输秦砖之厚重。台阶是青灰色的石条铺就，宽宽的缓缓的，气势不凡。站在此处，古朴大气的格调引人眼球，秦风汉韵扑面而来。拾级而上，大门两边是一副古朴苍劲而又浑厚圆润的隶体对联，上联是"景幽尽在秦水畔"，下联是"酒醇最是桃花源"。张洛朴一看便知是卫三乐亲书，便指着对联笑着说："都说文如其人，其实字也如其人、楼也如其人，一看便知酒家后面是古文专家。"他边进门厅边戏谑说："不过这都是表象，里边挺现代嘛，引领着秦东时尚新潮流。江书记，别看卫教授是钻故纸堆的，其实他最讲现实，是披着国粹外衣的超现实主义者。"说着哈哈大笑。卫三乐说："我只管外，老婆主内，室内装饰装修尽由店主折腾所为。"江伟说："听说桃花源酒家经营很有特色，可以满足各个层次的消费需求，能不能各处看看？"卫三乐站住微笑着说："我老婆是企业下岗职工，从大学校园的饮食摊点干起，后来到校外开了个饭店。我要她不管外面的世界如何，都要坚守为社会底层大众做普通饭菜的底线，就起名桃花源酒家，要成为当代城中现实版的桃花源。老店地处闹市区，除了秦大的学生，有农贸市场的菜农果农，有街巷中的小商小贩，有汽车站过往的旅客，尤以南塬进城务工经商的贫苦农民为多。这些普通学生和社会底层的人，都喜欢在老店吃最普通的饭菜。"江伟说："好啊，这种经营理念值得赞赏，也令人钦佩。营造闹市中的桃花源氛围，应该不是在逃避现实和拒绝现代文明，而是回归本源和坚守传统，相信这种风格和流派的餐饮也有相当的市场占有率。"卫三乐说："实话实说，店主经营的着力点和方向好像一直在变化，老店那边一楼经营大众饭菜，二楼以上就逐渐升级，名贵大菜慢慢都上了餐桌。到新店后，一楼主要是面向附近建筑工地的农民工,中午送盒饭,晚上吃饭的农民工才多一些。我喜好和各个阶层尤其是底层的人接触,所以大部分在老店和各色人等吃饭聊天。新店桃花源本色渐失,被店主胡乱折腾得已没啥好看的了,还是请江书记上二楼用餐吧。"张洛朴对江伟说:"老江,客随主便,那就上二楼吧。"他回过头笑对卫三乐说:"卫教授,成功者是不容指责的。夫人坚守本色的同时,依据市场需求进行调整,也是企业家的本分。开酒店就是要赚钱,不是搞慈善活动。别用书生之见去套企业经营,老夫子!"说完拍了一下卫三乐的肩膀,然后示意江伟前边走。江伟微笑着向二楼走去。

张洛朴和卫三乐招呼江伟刚刚落座,宋彩珍就走进雅间,微笑着说:"司机我已经安排好了,请问江书记喝什么茶?"张洛朴笑着说:"看来老板娘招呼起领导来还满在行嘛。"卫三乐马上纠正说:"什么老板娘,人家就是老板,我平时来这里只是蹭吃蹭喝而已。"宋彩珍白了卫三乐一眼,忙说:"江书记喝龙井行吗?"江伟看着精明的宋彩珍点点头。张洛朴说:"要上好的龙井,你们江书记最喜欢喝的就是龙井。"宋彩珍笑着说:"好,我们这儿备有明前龙井。"她让跟在身后的服务员去泡茶,微笑着欲问又止。张洛朴对江伟说:"刚才我已自作主张,不让今天上名菜、大菜,就品尝一下这里的特色菜和小吃,也做一次桃花源里人。"宋彩珍笑着说:"我们前不久引进了好几道川、粤名菜,有个大师傅做海鲜类挺有特色,也都准备好了。"她还是想以高规格招待市委书记。张洛朴摆摆手说:"别,别,我都说过了,吃这种大餐我会在省城安排,就按我说的办。"江伟笑着说:"我今天最想吃的是闻名秦东的桃花源烩菜,就吃这个吧。"宋彩珍听了愣在那里。张洛朴皱着眉头问:"桃花源烩菜属啥菜系?还闻名秦东。"卫三乐缓缓说:"张老板,说起来让你见笑了。这是我家店主在秦大校园摆摊时从民间学来的,后来办桃花源老店时做了些改进,一直延续了下来。"他看了张洛朴一眼,说:"其实,这种菜很普通,就是把豆腐、粉条、萝卜、白菜、豆角、菠菜等各类干鲜蔬菜烩在一起,加点肉的叫肉烩菜,没肉的叫素烩菜。主食配以烧饼、馒头、包子、稀饭、面条等,有的人还要点尖椒、酱菜、蒜、姜当作料。吃桃花源烩菜的多是些学生、农民工、小商贩和过往的旅客等。桃花源烩菜要说有什么特色的话,就六个字:普通、价廉、实惠。"张洛朴听了哈哈大笑,戏谑着说:"原来这就是桃花源烩菜的庐山真面目,有人吃吗?"卫三乐提高了声音:"怎么说话呢?吃的人挺多呢,我就喜欢吃这种菜,喜欢和吃这种菜的人聊天、交朋友,了解这些人的喜怒哀乐和酸甜苦辣,特别接地气嘛。"他看江伟听得很认真,接着说:"江书记,南塬下来的农民特别爱吃桃花源烩菜,许多人都是自带馒头,连面条都舍不得花钱吃上一碗,只要碗面汤喝……"说到这里他停了下来,声音有点低沉。江伟说:"我听人说卫教授喜欢和普通群众打交道,常常通过各种渠道反映他们的诉求。"卫三乐说:"南塬上的群众苦着哩,搞改革开放,发展经济社会,可不能落下他们,出现死角呀!"江伟说:"卫教授你说得很好,关注民生的精神令人钦佩。我前不久到南塬调研了三四天,那里的确还相当贫穷。我正在考虑,准备让市直部门对口支援南塬的几个乡镇,派干部轮流到村组开展扶贫帮困,让干部们也接接地气,多一些民本思想。"他看着仍然站在一边的宋彩珍,笑着说:"今天就吃桃花源烩菜,此菜源于民间,也让张董事长尝尝,给企业家添点平民意识,好多关注民生,多承担一点社会责任。"张洛朴笑着说:"好,今天就品尝一次桃花源烩菜,领略一下桃花源里的风味,也接受一次传统教育,还要看看教授夫人有何高招,能做出闻名秦东的特色好菜。"宋彩珍笑着说:"桃花源烩菜发明权在你老同学,现在又看成他的命根子。他研究了多年,提出这个菜要以味为核心,以养为目的,要源于民间,高于民间。还说只要桃花源酒家在,这个菜就要做下去。"她以爱怜和怨忧的眼光看了看卫三乐,接着说:"这几年最为市场化的餐饮业竞争越来越激烈了,现代餐饮业管理和运营也得标新立异,注重环境美、服务美、菜品美,既要为低端用户服务,也要为高端用户服务。"江伟听了直点头,很佩服宋彩珍能把两种经营理念巧妙地糅和在一起,而且有着深远的想法,看来这个精明的女人很不一般。卫三乐有点不高兴地对宋彩珍说:"别低端高端的了,快点去安排饭菜吧,加两个特色菜,来一瓶茅台酒,别让张董事长到处骂我铁公鸡,谁受得了!"说完向宋彩珍挥了挥手。

张洛朴从来喜欢自己说了算,吃桃花源烩菜本无所谓,心里还是觉得有点说不出的味道。听了卫三乐的话后大笑,心想知我者卫三乐也。他眉头一皱换了话题:"卫教授,大门口那副对联,字写得别具一格,很有秦汉古隶书的风韵,对联的意境也不错。没有记错的话,上联是'景幽尽在秦水畔',下联是'酒醇最是桃花源',对吧?"卫三乐说:"对呀,你的记忆力还是那么好。"江伟放下茶杯看了张洛朴一眼,心想记副对联算个啥,和他下围棋,几个月都过去了,他还记得上次下棋赢在什么地方或输在什么地方,一直以为他太过爱好和专注了,其实是他的记忆力的确太好了。张洛朴说:"对仗平仄就不说了……"其实他在这方面并不在行。卫三乐打断他的话:"这是我家店主从丁燕红诗里择了两句做大门对联用。去年丁燕红在这里吃饭时即席赋的诗,后来还发表在《秦东日报》上。"张洛朴笑着说:"这就对了,丁燕红是写现代诗的,咱就不讲究对仗和平仄了。你想想看,秦河是咱省的母亲河,几个大中城市包括秦东市,都沿河或夹河而建,已成省内最主要的工业长廊和核心经济发展带,繁华而又喧嚣,怎能说是'景幽尽在秦水畔',能幽得起来吗?桃花源酒家能傍得上'幽'吗?'幽'用在这里实在有些欠妥。"江伟不动声色地听着。卫三乐说:"你说的这点我十分赞同。我拟过一副对联,我家店主坚决不用,说是没人看得懂,怕影响店里的生意。这副对联谁都看得懂,可是有毛病嘛。"他使劲摇着头,说:"什么'景幽',幽什么幽?我看应该改成忧患的'忧'。你看那秦河污染成啥样子了,我们上大学那会儿河水是浑黄的,就已不堪,如今河水完全变黑变稠,还有刺鼻的臭味,河里的鱼早就死光了,农民也不愿用这黑乎乎的臭水浇地,还奢谈什么景不景幽不幽?全然不够真实嘛!当然,诗人写诗要营造意境,是否真实有时并不重要。苏东坡不是在并没有发生赤壁之战的地方,又写词又写赋吗?不也流传千古吗?丁燕红的诗写得还是挺不错的,只是这个'幽'的确不存在,而是堪忧虑,大忧患,忧啊,忧!"

江伟听到这里微微点头,他清了清嗓子说:"二位说的都有道理,卫教授的忧患意识更是振聋发聩呀。"他环视左右,继续说:"对秦东人来说,秦河是一条世代相伴的母亲河。河水流经之处,滋润着土地,养育着百姓,有说法将此称作'人类最佳生息地'。可这条大河是一条不断'长高'的大河,最近三十年来,由于泥沙淤积,河床不断升高,部分河段河道已高出地面三四米,堤岸高度甚至比附近村庄的两层楼房还高,使秦河居高临下,成了名副其实的地上'悬河'。近十几年来曾多次洪水成灾,是全省防汛的重中之重,治理秦河已成了秦东经济社会发展必须跨越的一道'门槛',否则你攒足劲又是这战略,又是那战略,搞上十年八年,一场洪水冲了你的核心经济带,必将重创全局,又得倒回去。"卫三乐边听边点头,张洛朴眯缝着眼睛,边抽烟边听下文。江伟略停后接着说:"治理秦东必须注重治水。首先要使秦河安澜,然后让其水清。要力争小洪不成灾,大洪不伤及全局。"卫三乐说:"小洪、大洪都要首先不死人,任何时候、任何情况下都要确保老百姓的生命财产安全。"江伟说:"卫教授说得对。"张洛朴说:"死了人,死多了人,上级会追究地方责任。"他笑了笑接着说:"看来,秦东市委书记和市长的乌纱帽,有一半掌握在秦河河神手中。"江伟说:"为官一任既要富民一方,也要安民一方。我说了先求安澜的事,还有水清的事,这就和对联中的'景幽'挂上了。最近半个世纪以来,由于肆无忌惮地过度索取,秦河已无法承载,特别是污染日益严重。随着秦河流域工业化、城镇化进程加快,工业及居民生活废污水排放量急剧增加,越到下游越严重,到了秦东市便成了卫教授说的黑乎乎的臭水,的确堪忧堪虑啊!"他的心情有些沉重:"秦河治污是全流域的事,听说省上正在制定《秦河治理规划》,将来我们秦东也要积极投入秦河治理。最近我正在考虑,在合适的时候要对秦河沿岸各地的污染程度、依河而居的群众的生存现状,以及综合治理还应考虑的哪些因素进行一次全面调研。"卫三乐说:"将来调研时,我愿以志愿者的身份参加,出不了大力出点小力,也为秦河治理做点事情。"张洛朴笑着说:"卫教授的调研经费我提供,好不好?"卫三乐不予理睬。江伟笑着说:"好哇,欢迎卫教授更多介入秦东的经济和社会工作。其实，秦东发展的忧患在秦河，机遇也在秦河。秦东市区现在只有三十多万人，将来要建成百万人口的大城市，'大秦东'必然要跨秦河向北发展，秦河肯定要成为'城中河'。这样秦河就变成了'大秦东'的希望所在。我们要围绕秦河建设富有农业特征的田园都市，在城市里有农家乐，有垂钓的鱼塘，搞休闲旅游。到那时，我们推开这扇窗户，却在这个城市里看到了悠然东去的秦河流水，看到了水波荡漾的秦河湖，在河岸湖畔的农民正在收获果实，秋风吹水绿，落叶满地黄，该是怎样一幅景象！"张洛朴看了一眼有些动情的江伟，笑着说："那样的话，对联就可以改用景美、景秀或景丽了。"他还是不认可"景幽"。江伟微笑不语。卫三乐却认了真："到那时还是丁燕红的'景幽'更妙，和下联出现的'桃花源'相呼应，营造一种和谐而别样的风情和意境。"张洛朴看着卫三乐不禁大笑，说："卫夫子大可不必认真，说说而已。这个丁燕红向来自命不凡，自视为才高八斗的大诗人，就算'幽'字用得妙，也不表明她的情商有多高。"他摇摇头，故作后悔地说："怎么又扯到情商上去了？不过，老卫你可是夸下海口的，说要促成丁燕红和古济宁的大事，别只说不落实。"卫三乐十分认真地说："刚才不是说过了吗？这是大事，我不会马虎，你想办法先把人约到。"张洛朴笑着说："这个我自有安排，咱俩联手当月老，用大门口狮子身上的红绸子把这一对旷男怨女拴在一起。"卫三乐想笑未笑，深深地点点头。

宋彩珍笑容可掬地带着服务员上菜来了，给每人放了一青花小碗桃花源烩菜，热气腾腾，香味扑鼻，上面撒几瓣桃花似的油炸食品，分外惹眼。江伟微笑着，刚想说点什么，这时又上来了几碟调味小菜，紧接着便端上来两个大拼盘，每个拼盘都是四种菜，各种菜虽都不多，却全是名贵菜。菜刚摆好，宋彩珍就把拆开的茅台酒拿了过来，她要亲自为客人斟酒。张洛朴看了看笑容退去的江伟，放下手中端起的酒杯，笑着对卫三乐说："卫兄，该你致祝酒词了。"卫三乐看了一眼笑着向自己点头的宋彩珍，端起了面前的酒杯。

# 第二十五章

双清里是秦东市区一条十分普通的巷道,巷道窄窄的,也不够直,仅有五六百米长的样子。能称为"里",显示着这是过去年代街道以里弄命名时留下来的名称,也标志着这条普通巷道在这座城市里的资历。

双清里这条普通的巷道,在二十世纪八九十年代曾经历过一段难得一见的繁荣兴旺。八十年代初期这里自发地形成了农贸市场,开始规模并不大,后来发展到半条巷道,再后来整条巷道都挤得满满的。

当即将跨入二十一世纪的时候,这条秦东市区极为热闹的巷道却在几年间便繁华不再,历史像变戏法一样又把双清里变了回去。双清里东端南北向的南池街上修建了一个现代化的农贸市场,所有的农产品都集中到那里经营去了。双清里西端南北向的兴民街上建了两个超市,附近居民购物大都到超市去了。这时的双清里,虽无法回归当年的宁静,却已不再那么喧嚣,成了秦东市区一条再普通不过的巷道。没想到随着春和堂药店的兴办,竟给这条巷道形成了新的亮点。

春和堂药店在双清里东端坐北朝南,西与市总工会机关相邻;东边是几家小商铺,然后就是南北走向的南池街;北边是正门向东朝南池街的工人俱乐部,过去这里放电影,搞文艺演出,召开会议,组织职工活动,曾红极一时,热闹非凡,如今已十分冷落,逐渐成了被遗忘的角落。春和堂前面是药铺,三大开间,一间卖西药,两间卖中药,二者之间靠南墙放一张桌子,是秦东有名的老中医辛清玉坐堂应诊的地方。药店东边有一个通道,可以进出小车,曾经是工人俱乐部的侧门;往里走是一个宽敞的院子,院子里有一排药房是从工人俱乐部租来的平房。平房的最西边是中药材库房,接着是厨房,再往东是辛清玉儿子辛友成的宿舍。宿舍最东边是一个套间,里间是辛清玉和方玉桂的卧室,外间是辛清玉的书房。

书房的墙上挂几幅人体经络图。靠南窗摆一张书桌，书桌上放一副雕花的厚重古朴的砚台，一个擦得锃亮的略带红色的铜墨盒，一个墨玉笔筒里插着几支毛笔。桌子中间放一叠黄色稿纸和一个放大镜，还有一支特别粗的钢笔。靠墙角放个书架，上边摆满了各种中医典籍，线装书居多，还有一些新版书和硬皮的精装书。桌旁一把暗红色的老式靠背椅子，上边铺着绣黄花的暗红色棉垫。辛清玉平时上午在前边的药店坐堂应诊，下午休息起来后在书房整理医案，或看看书报，偶尔会会客。

　　春和堂药店的开张，特别是辛清玉的坐堂应诊，给喧嚣渐失的双清里平添一抹亮色。每天清晨来这里站队挂号的人越来越多，也越来越早，好些人清晨五六点钟就来排队。有的人来时还带着凳子，即使下雨天排队的人依然不少。双清里排队挂老中医的号，很快就成了这里的一道风景线。来秦东市区开药店是辛友成的主意，他深信凭父亲高超的医术，一定能在城里站住脚，很快红起来。再者为了促成父亲与方玉桂的夕阳恋，让老人家有一个幸福的晚年，他硬是把父亲动员到城里来了。进城后让辛清玉有两个没有想到：首先是没想到城里竟然有这么多的人争着抢着看中医，他看到古老的中医依然充满生机，极富魅力。其次是没想到进城后，方玉桂竟然不顾市长婆婆的身份和优越的生活条件，毅然决然地来到药店和他生活在一起。其实还有一个没有想到，就是有地位有身份的人来得越来越多，最近这种感觉越发明显，越发强烈。

　　下午两点多，张洛朴来到了春和堂药店。中午他邀请江伟在卫三乐家的新桃花源酒家吃了一顿饭，聊得很愉快，酒也喝得不少。下午本想单独见见吴芳，因她要开会，便让王堂堂带着来看望吴芳的婆婆方玉桂。小车停在春和堂药店前边的梧桐树下，张洛朴缓缓走下车来，点燃一支香烟，笑眯眯地透过吐出的烟雾欣赏着"春和堂"三个隶书大字，古朴苍劲，金光闪闪，一看他便知是卫三乐所写。心想这个卫夫子看似清高孤傲，其实也挺世俗，给小小的中药店也写牌匾。仔细一想，不对，这家伙挺有心计，也挺现实。王堂堂说："咱们走那边的大门吧。"张洛朴说："好，你前边带路，我还以为要进药店呢。"他瞥了一眼两手提包的安一秋，跟着王堂堂走去。

　　一进院子，一股股中草药味便扑面而来，远远看去屋檐下挂着一串串黄色的瓜篓，别有一番韵味。一个中年男子正在切药片，几个人进了院子他连头都没抬。张洛朴来了兴致，缓缓走近切药片的男子。男子跨坐在长条凳上，凳上装有特制的半圆形的大刀片，男子一手拿药，一手持刀柄，在均匀快速地切着药片。一边放着一大篮子切好的药片，一边是落在席子上刚刚切好的药丝。张洛朴搭讪着问："正忙着切药哩？"那男子正是这里的店主辛友成，他应了一声，继续切着药。王堂堂介绍说:"张董事长,他是这里的店主辛友成师傅。"辛友成一看王堂堂也来了,忙停了下来,抬起头笑着说:"你们来了。"张洛朴拿起几片药,看了看,又比对了一下,接着又抓起一把药片比对了一下,惊讶地说:"不得了呀,你手工切的药片就像机器加工的一样,薄厚竟一模一样。"听了这话,辛友成像遇到知音一样,马上站了起来,离开长条凳抓了一把药丝,笑嘻嘻地说:"你再看看这药丝。"张洛朴接过药丝,边拨边看边比对,惊呼:"不得了哇,这药丝切得比大厨师切的菜丝还要规整,粗细一致,丝丝相似,这绝非一日之功。"王堂堂一下服了老板,原来他观察事物极其细致,自己来了多次就没这方面的感受。安一秋赶快放下手中的包,一手拿药片,一手拿药丝,也啧啧赞叹起来。辛友成双手在胸前的大围裙上擦了擦,笑着说:"我是跟家父学的,还赶不上他年轻时的功夫。家父经常给我说,开中药店首先是药要真。我们店的药绝对没假货,别说我父亲,我这一关就过不去。还要重炮制,像这味药吧,先要浸泡,水温要合适,浸泡时间要合适。然后切成片,切成丝,再在锅里炒一炒,还要用蜂蜜浸润。蜂蜜要选上好的槐花蜜,这样药效才会更好。"张洛朴听得直点头,笑着对似乎蛮有兴趣的安一秋说:"看来开中药铺也有绝活,就像你玩方向盘一样。"安一秋听了满脸堆上了笑容,这是捎带着表扬自己呀,他看了看手中提的东西,心想自己最大的绝活其实是能摸透老板的心思。就说提的这些礼品吧,都是孙静安送给张洛朴的,是从美国带回来的高档货,特别是西洋参和深海鱼油这些补品相当名贵。当张洛朴决定要看吴芳的婆婆,让他去买东西时,他便提醒孙静安送的东西还一直在后备厢放着。张洛朴立即表示就拿这些,还笑骂他是自己肚子里的蛔虫呢!其实,他哪里清楚这只是张洛朴在小试他的精明和忠诚程度而已。

　　张洛朴看了一眼旁边树下的一个铁碾槽,有些好奇地问:"这玩意儿是干啥用的?"辛友成几步走了过来说:"这是把药材碾碎用的,叫碾槽。"张洛朴摇摇头说:"那不太慢了吗?"辛友成捋了捋袖子说:"不慢,我给你碾碾看,一点都不慢。"安一秋说:"那你就给张董事长演示演示。"王堂堂看着十分自信的辛友成,心想买一台粉碎机多好,都啥年代了还用这种东西。辛友成很快拿来一包药材放在碾槽里,给碾槽两端各铺了一张报纸,然后笑眯眯地环视左右,突然双手抓住吊在树枝上的一条绳索,一个熟练的引体向上,双脚就踏在了放在碾槽内的铁轱辘把上,刹那间便站得稳稳当当。不等大家反应过来,辛友成腰子往下猫了猫,双腿一蹬,铁轱辘便转了起来。安一秋禁不住叫起好来。辛友成今天终于在城里遇到了知音,便抖起精神,拿出平生练就的绝活,双臂牢牢掌控着身体的重心和运行的方向,腰部和双腿自如地变化着发力部位和着力点,双脚灵活地操控着铁轱辘的正歪侧斜和起转缓止,这一系列动作既有体操动作的力度,又有杂技动作的精巧。辛友成使出浑身解数，尽展平生功力，为普普通通的碾药融进了深厚的历史传承和几多自信与期盼。几个人看得呆了，安一秋张着嘴却忘了喊好助阵。忽然间，辛友成的手臂腰腿在高速运行中连做几个动作，连惯、优雅又潇洒，铁轱辘越转越慢，瞬间一歪斜便停了下来，辛友成抓住绳索双臂一曲，轻轻跳了下来。张洛朴带头鼓掌，安一秋边鼓掌边喊好，王堂堂边鼓掌边赞道："辛师傅还有这绝活，堪比天神哪吒脚下的风火轮呀！"辛友成红着脸、喘着气，笑着说："献丑了，快五十岁的人了，比不得年轻时候了。"他指着碾槽前后的报纸："脚下的功夫也差了，还没用杆子边碾边拨药，报纸上就撒了那么多药屑，要放到过去，我父亲不说，我自己也羞死了。"王堂堂看了看，其实没撒多少药屑，他抬起头从辛友成的眼神中读懂了这并非自谦实为卖弄和炫耀，看来这两张报纸承载的功能并非只是接住碾出来的药屑。

　　张洛朴鼓完掌刚想夸上几句，忽然看见严玉华缓缓走进院子，好久不见了，她来这里干什么？他忽发奇想，怪怪地笑着挑逗安一秋："小安，你用手转汽车轮子在路上跑，功夫的确了得，可用脚转这铁轱辘，在槽子中活动恐怕就得甘拜下风了！"安一秋看了一眼张洛朴，眨了眨眼说："董事长，你不能长他人威风，灭自家人的志气嘛！"他看出了张洛朴要他活跃气氛的意思，故作自负和张扬地提高了声音："俗话说会推磨子就会推碾子，我能玩汽车方向盘，还玩不了这铁轱辘轮子？今天就给董事长展示一下才艺。"他对着王堂堂做了个鬼脸，也学着辛友成把袖子往上捋了捋，然后双手抓住绳索，忽然扭过头对王堂堂说："兄弟还不快点帮帮忙！"王堂堂和辛友成同时走近，两人扶住安一秋让他晃晃悠悠地站在了铁轱辘把上。刚刚站定，安一秋环顾左右说："此地有风险，站者需谨慎。"张洛朴大笑说："小安炒股亏大了，脑子进了点水，干啥都说有风险。"说着他看了一眼安一秋颤抖着的背影，扭头向严玉华来的方向挪了挪。安一秋发出警示后屁股一撅，大声说："推一推，推一下我的屁股，帮我启动一下风火轮。"王堂堂被他逗笑了，说："你的小车趴下后要人推屁股，你也要人推屁股启动？"安一秋说："快推，快推屁股，不会冒烟的！"王堂堂和辛友成同时笑了，一起推了一下安一秋的屁股。安一秋腰一扭，双腿一蹬，铁轱辘没转就歪倒了，他慌忙张开双手跳向一边，十分夸张地向前倒下，匍匐在地，双腿还连着抽搐了几下，慌得王堂堂和辛友成赶忙去扶。张洛朴却哈哈大笑，他知道这是安一秋在表演。严玉华也素知安一秋爱耍小聪明取悦张洛朴，一直冷冰冰的脸上露出了一丝笑意。安一秋站起来拍了拍身上的土，故作嗔怪："有这样助推的吗？把我弄了个大马趴。"他一眼就看见了严玉华，大声嚷着："让刚来的严经理还以为我抢着拾了个啥宝贝！"大家齐声笑了，知道他啥事也没有。张洛朴看着严玉华笑着说："小安是急着欢迎严经理，不过方向搞错了,方法也欠妥,也不问问她是否要搞欢迎仪式。"他显然是要严玉华主动说明来意。王堂堂看严玉华没有开口的意思,便说:"是我约严经理来请辛老先生诊脉,这不刚好两点半,辛老先生也该午休起床了。"张洛朴像是没有听见似的,他转向辛友成,从衣袋里摸出一张名片递过去,说:"辛师傅,你让我今天大开眼界,见识了中药材传统的加工制作工艺。不过有些要继承,要坚守;有些要改进,要与现代加工技术接轨。进了城还要学习现代企业管理,才能把你的生意越做越大。"王堂堂听了,对老板的说法深为赞同,自己来过多次怎么就想不到这些呢?辛友成听了点点头,笑着朝大家拱拱手忙自己的去了。他转身刚走几步就细看了看名片:啊呀,这么多头衔,又是董事长,又兼总经理,还有一大串协会、理事会的头衔,这分明是个大人物啊!大人物为啥要给自己发名片呢?好像最近以来有头有脸的人多了起来,什么秘书长、部长、局长、主任的名片,父亲的桌斗放了好多,这到底是为什么呢?这个乡下来的普通人回头看了看张洛朴,心中一团迷雾。

　　张洛朴看了一眼已把礼品提在手里的安一秋,对严玉华说:"我听小王说了,你最近身体一直不好,我打算看望方大娘后再去秦东中心医院看看你。"安一秋说:"张董事长早就安排了,看你的营养品都买好了,在车上放着呢。"张洛朴微微笑了,这个安一秋确实会说话,不过车上啥时候都放着各种礼品、营养品,一会儿给她带上些也好。王堂堂却有些纳闷,下午张洛朴给他打电话时并没有说要看望严玉华,见面后也没提呀。张洛朴微笑着看了看严玉华,入春了她仍穿一件灰色大翻毛领皮夹克,黑色紧身裤,一双黑色长筒靴,头戴米色羊毛线织的帽子,那最惹眼的瀑布似的黑发搭在肩后。明显清瘦了许多,脸上多了些白晰,少了些红润,完全是一个楚楚动人又让人怜惜的病美人嘛。张洛朴的心不禁一动,试探着说:"还是老毛病吧?你也是只顾着忙工作,也不知道爱惜自己的身体。"他委婉地指责着,一副怜香惜玉的样子。"是老毛病,住了几天院效果也不明显,小王说让辛老先生看看。"严玉华淡淡地说。王堂堂说:"我姐说,辛老先生出身中医世家,功力深厚,医术高明,好些省城和市内的中医名家都来这里拜访辛老先生,交流切磋。我就约严经理来这里把把脉,看看老中医。"张洛朴点点头,说:"好哇,急病看西医,慢病看中医嘛。"他微笑着对脸色冷冷的严玉华说:"刚好,我就陪你看看秦东的中医名家。"

　　严玉华脸上掠过一丝含怨带忧的苦笑,什么都没说,还能说些什么呢?都几个月了才见上一面,见了面却净拣好听的说,这有什么用呢?不过这几年来,自己升迁得也够快的了,除了去年已任秦东电厂副董事长和秦东市投资项目经理外,还兼任了韩县电厂的董事,特别是前不久被任命为省公司的总经理助理。这让省公司的中层领导们既羡慕又嫉妒，一时间各种议论纷至沓来，甚至有人暗中散布张洛朴要搞夫妻店了。尽管张洛朴对和妻子离婚的事严加保密，仍有个别人知道了，便扑风捉影地提前点起了鸳鸯谱。一直在秦东工作的严玉华，直到最近才知道元旦前张洛朴已经离婚了，如此重要的信息张洛朴竟然对她守口如瓶，这让她想得很多，也很痛苦。她觉得几年来张洛朴与她的关系，已发展到了一日不见便如隔三秋的地步。去年她离开机关到秦东来，既为了避免与丈夫的冷战愈演愈烈，让这段婚姻慢慢"安乐死"，还为了避嫌在秦东多和张洛朴幽会。她一直关注着张洛朴名存实亡的婚姻进程，虽然两人并没有约定同步或先后走出婚姻泥潭，而后携手步入新的坦途，但自我感觉是已经向共同的方向和目标走了好几年。可当他了断这段婚姻之后，竟只字未提，这葫芦里到底卖的什么药？让她想不通，猜不透，理还乱。更让她备感煎熬的是他竟然几个月都不见踪影，这分明是在回避什么，或者在暗示着什么。他这个人看似豁达，有点浪漫，且不拘小节，实则极有心计，善见风使舵和察颜观色，尽管自己尽量控制着情绪，却很可能已被他看出了几分，便竭力调整着情绪，力求不把心事露在脸上。

　　安一秋看一向和蔼的严玉华脸上冷冷的，也不大想说话，就笑着说："看老毛病还是中医好，中医能除根，副作用也少。"他并不清楚她有啥老毛病，只是顺着张洛朴说。王堂堂说："辛老先生是名中医，尤其擅长妇科和儿科。"他一直随姐姐称辛清玉为辛老先生，如今王莎莎已改称辛大爷了，可他依然称辛老先生："辛老先生看病，虽然不好说药到病除，但治疗效果是明摆着的，如果上午来准能看到站队挂号的长龙。我打小就不爱看中医，嫌药汤味难闻，喝着苦。看来是个误区，的确是个误区。"他平时寡言少语，惜言如金，说到辛老先生却一反常态。张洛朴看着这位外拙内秀的部下，弄不清他是出于对辛清玉和中医的认可，还是出于促使严玉华对辛清玉和中医的认可，笑着说："你说的有道理，咱们一起陪严助理去看名老中医。"说完看了一眼严玉华，她微微点头，说了声"谢谢"。

　　王堂堂正要请大家进屋，忽然看见了站在屋门口的祖母，就高兴地跑了过去，拉着祖母的手撒起娇来。几个人都走了过去，都没想到这个老成甚至有点呆板的博士原来也会撒娇。王堂堂的祖母方玉桂刚才在屋子里听到外边动静挺大，就走出屋子来看究竟。先是看到辛友成在树下踩着铁轳辘碾药，心想都快五十岁的人了也不怕闪了腰。莎莎几次劝买台粉碎机，他就是不听，说这是绝活，不能失传，还把碾槽由屋内搬到屋外的树下，就是切个药也喜欢在屋外切。不过说起来也怪，好些有头有脸的人还都好这一口，要么随便看看，要么随便说几句好话，这都会让辛友成高兴得像小孩一样。她还发现辛友成变得喜欢结交人了，见了人也比过去和气多了，还常到辛清玉这里来翻翻名片，看看都有哪些有头有脸的人来过。他好像特别愿意讨好莎莎,还听莎莎的话盖起了煎药房,为忙着上班和不方便煎药的人煎好药把药汤装在塑封袋子里,好像生意还不错。他看起来心眼多了,也活泛多了。接着她又看到了安一秋在碾槽上摔下的惊险一幕,她吓了一大跳,当看到他没事后才放下了心。她早就发现孙子也在场,就笑盈盈地站在门口等着王堂堂。当孙子拉着她的手撒娇时,她也像哄小孩似的在孙子的背上轻轻地拍着。

  王堂堂看大家走近了,就拉着祖母的手笑嘻嘻地说:"奶奶,我给你介绍一下我们公司的几位客人。"他指着张洛朴说:"他是我们公司的董事长、总经理,是大老板,是我的最高领导。"张洛朴笑着说:"大娘好!"严玉华和安一秋不等介绍都急忙说:"大娘好!"方玉桂笑呵呵地说:"好,好,你们也都好。"王堂堂接着介绍了严玉华和安一秋。严玉华见了老人就像见了亲人一样,拉着老人的手又问这又问那的,老人也乐了,两人说个不停。张洛朴站在一边端详起了这位老人,她白白净净的脸微微发胖,始终挂着慈祥的微笑,眼光是那么的和蔼可亲,略显稀疏的头发在脑后绾一个不大的老式发髻。穿一身略显宽大的名牌仿唐黑底暗红花裤褂,如今难得一见的小脚上穿一双自制的黑绒鞋。一看便知这是中国传统的贤妻良母。下垂的眼睑和眼角深深的鱼尾纹,显示着这是一位历经沧桑的老人,也可以窥见她不同凡响的坚毅。这位年愈古稀的老人,元旦前就从市政府家属院搬到这里。原来住房的档次和条件,是如今所住老旧平房无法比拟的,可见她并不贪羡物质享受。为了实现与辛清玉的夕阳恋,毅然走到了一起,可见她敢于追求幸福,又很重感情。张洛朴看着这位极其普通却又是市长婆婆的老人,十分清楚她晚年失去独子,内心的伤痛是无以复加的。想填补她儿子的位置,如能赢得老人的认同,对赢得吴芳的心会起一定的作用。在老人身上下点功夫无疑是值得的,他相信自己的判断和做法是明智的,会有效果的。

  严玉华似乎忘记了张洛朴的存在,竟与老人神聊起来。安一秋两手提着东西急着想进屋,看张洛朴不吭声只好待着。严玉华看着方玉桂的小脚,就像麦哲伦发现了新大陆一样,惊讶地说:"大娘呀,你还有一双如此小而俏的小脚啊!"方玉桂毫不介意,"咯咯咯"地笑了起来,像遇到知己一样高兴,略显不好意思地说:"都说这是老封建呢!"她看了一眼王堂堂,王堂堂马上把墙角奶奶平时晒太阳的椅子搬了过来。方玉桂坐在椅子上脱下鞋子,笑着说:"看看,你看看。我这双小脚,满世界都买不到一双合脚的鞋,只能自己做,袜子也是改过的。"严玉华看了惊叹不已。安一秋眼睛瞪得老大,脱口而出:"这就是戏上唱的'三寸金莲'吧,恐怕是秦东最后的小脚呀!"王堂堂白了一眼安一秋。张洛朴心想,这样的小脚小时候见得多了,自己的奶奶、姥姥都是这样的小脚,有啥稀罕的,他隐约觉得这是严玉华在有意摆弄自己。严玉华蹲下来摸着老人的小脚说:"这是封建社会极端男权的产物,根本不把女人当人看,如今余毒尚存……"方玉桂听不大懂,大概意思却是清楚的,笑着说:"我妈是哭着给我缠脚的,那时我小呀,又是哭又是闹,还咬我妈。"王堂堂"吭"地笑了,忙问:"奶奶也咬人?"方玉桂打了一下孙子,咯咯咯地笑着说:"后来脚缠小了,我不再哭了,可我妈还哭,常常偷着哭,睡梦中我妈搂着我的双脚把我哭醒过多次。"说到这里老人的声音有些低沉,稍停片刻,又笑着说:"我妈也是为我好呀,说脚小了就嫁得好。谁都知道老早里是兴过小脚的。可我妈后来没有给我妹妹金桂再缠小脚。金桂水里泥里、田里山里到处都能去,风风火火的,和男人一样啥农活都能干。给大女儿缠小脚是为了女儿好,不给小女儿缠小脚也是为了女儿好。世上只有妈妈好,世上只有妈妈好哇!"她是那样的从容、淡定,笑谈着曾经的苦难,好像是在诉说别人的故事。对妈妈一往情深,没有丝毫责怪的意思,这一点谁都看得出来。王堂堂说:"奶奶,你这是在为封建礼教涂脂抹粉。"严玉华唏嘘说:"是啊,世上只有妈妈好!"说着她瞥了一眼张洛朴。张洛朴看到这一瞥心里猛地一紧,她的言外之意再明显不过了,是怨恨他对她不好嘛。可这怎么说呢?这多年是走得近了一些,早超出了一般的朋友关系,可是再往前走并不合适。不过也给了她相当大的补偿呀,提拔得也够快了,虽算不上坐火箭,也算得上坐直升飞机了。再说自己离婚的事没有给任何人说呀,当然不给别的人说是怕有负面影响,不给她说只是想委婉地表明自己的态度。当然离婚的事迟早要传开,她知道后应该清醒一些才好,不该怨天尤人嘛。应该学学方大娘才好,她母亲没有跟上时代,错给女儿缠了小脚,可她的女儿并没有怨嗔。你严玉华理应审时度势,不要一棵树上吊死。这也难怪,她得有个慢慢接受的过程。

　　张洛朴看着慈眉善眼的方玉桂,笑着说:"大娘,去年在市政府家属院我去看过您。这次来,我看您身体不错,精神也不错嘛。"方玉桂穿好鞋,抬起头说:"想起来了,好像你拿的是韩国的高丽参,都说那是好东西,可我喝了也没起啥作用。后来还是喝了辛老头开的药才见效。过来这几个月,辛老头又开了些调理的药,身子骨就越来越好了,别看我的脚小走起路来也蛮有劲了!"张洛朴说:"大娘,这次我给您带了些美国的好东西,除了西洋参,还有深海鱼油,保管您喝了会走得更麻利。"他笑着以小脚女人的姿态走了几步,看着被逗乐了的方玉桂,接着说:"我还给辛老先生带了两瓶高档洋酒、两条高档洋烟,好让他享用后开更好的药方给您调理,越调理越好、越精神,一家出两个老寿星。"方玉桂听了"咯咯咯"地笑了,脸都乐红了,这个有点幽默的大老板想得倒周到,看望她也不忘给老头子带好东西,笑着说:"快,快到屋里坐,堂堂你快些招呼客人呀。"

## 第二十五章

严玉华和王堂堂扶着方玉桂,大家一起进到了辛清玉的书房。辛清玉正伏案看书,见老伴领进几个客人,便摘下老花镜,抬起头微微笑着。张洛朴走上前笑着说:"辛老先生好,咱俩去年在吴芳家见过一面,您老还是那样精神。"辛清玉点点头,笑着说:"请坐,都请坐。"严玉华和安一秋也向老先生问好,安一秋放下提包后就退了出去,到小车上休息去了。方玉桂忙着到卧室去端糖果盘。王堂堂给客人倒上茶,也坐了下来。辛清玉一直微微笑着,静静地看着每一位客人。他看客人坐定后,便轻轻把面前的线装《三国演义》推向一边。他平时除了钻研中医药典籍外,还喜欢中国古典文学名著,尤喜《三国演义》,在乡镇行医期间,如有闲暇便给老人们讲读三国故事,每当说到华佗被害、医书被焚,便热泪长流,唏嘘不已。

方玉桂从卧室端出了糖果盘,热情地招呼着客人。王堂堂指了指严玉华,对辛清玉说:"严经理最近身体有点不适,想诊诊脉,服中药调理一下。"方玉桂看了一眼孙子,他一直不叫辛大爷,今天竟然白搭话了,实在没有办法,这孙子犟呀,越是长大越是犟。辛清玉并不介意,说:"好哇。"他拿过一个海绵垫子,放在桌子边上。张洛朴对站起来的严玉华说:"你坐到凳子上,让辛老先生号号脉。"严玉华看都没看张洛朴,慢慢坐到凳子上,伸出了手臂。辛清玉三指搭腕,微微低首,静静地给她切起脉来。张洛朴点着烟慢慢地抽起来。方玉桂端着一盘黄豆,一粒粒地拣了起来。王堂堂静静地坐着。切脉良久,辛清玉让严玉华换一只胳膊,看了看她的脸色,少顷问:"你是不是头晕、头疼?"严玉华轻声答:"是的。"王堂堂说:"严经理那一天头晕、头疼得厉害,走路都有些不稳,硬拉着去医院,一量血压,高压超过了一百八十。"辛清玉又问:"你是不是总想发脾气?"严玉华提高了声音:"是啊,那天医生查房,听我给小王交代了几句工作上的事情,就要我工作上的事少操点心,要拿得起放得下。我一听就发火,简直是隔靴搔痒,说了几句工作上的话就是放不下吗?倒像是我的领导!"王堂堂听得瞠目结舌,那天她确实发了火,可主要是两人工作上意见不一致才引起的,医生只是劝了劝。难道高血压已影响到了她的记忆?又好像话里有话,这到底是怎么了?张洛朴听了便知是在向他亮剑,依旧不动声色地抽着烟。她高血压是老毛病,看来最近确实严重了,显然不是工作上的原因,是情感上受了严重刺激,与对他强烈不满有关,且看老中医怎么诊治。

辛清玉听了严玉华的话微微一怔,便明白了大半,这个清秀文雅的女人,其实心高性烈,她是心病加重了高血压,导致肝阳上亢,气血不和,阴阳两虚,且累积效应比较明显。辛清玉取下三指,抬起头说:"你的病是老毛病了,西医叫高血压。最近症状有点加重,与思虑过度有关,与冬春换季也有关。西医看过了,该做的检查都做了,该吃的西药也吃了。既然又找到中医,就不单要降压,还要解决西药解决不了的问题。"他说得是那样的从容和自信,接着说:"我给你开'加味长春方'配'龙骨牡蛎汤',调治调治。"说完他戴上老花镜,拿起钢笔,随即又放下钢笔,从笔筒拔出一支毛笔来,以对病人的最高礼遇,工笔正楷写好了药方,然后微笑着将药方双手递向严玉华。严玉华双手接过药方,含笑说:"谢谢,谢谢辛老先生。"张洛朴说:"必是辛老先生的名方啊。"辛清玉轻轻摇头说:"此方算不上今人的发明,也不是什么新特药。是在古代已有的'二十五味长春方'的基础上加了一味药,所以我叫'加味长春方'。也算不上名方,放在古代,二十五味长春方别说十大名方了,连前五十位都排不进去。"他看了看严玉华说:"我为什么要开此方呢?中医认为'十病九虚',身体虚弱、正不压邪是百病之源。而虚又分为阴虚、阳虚、气虚、血虚、阴阳双虚、气血两虚共六种。二十五味长春方是一个六虚同补的方子。这样的方子,古人是很少需要用的。但现代人尤其是工作忙碌的人,经常服用西药,对胃和肾都有负作用。肾是先天之本,胃是后天之本,先天和后天均受影响,所以现在许多人都显现六虚,让二十五味长春方有了用武之地。考虑到现在生活节奏快了,人们的压力大了,情感受刺激的多了,我又加了一味药,就叫作加味长春方。"张洛朴说:"那实际上成了二十六味药的大方,那得包多大的一包药,得用煮饭的锅才能煎药。"辛清玉笑着说:"这你就不知道了,加味长春方的制法为:把何首乌、人参、当归、茯苓、泽泻、地黄、熟地黄、山药、麦冬、杜仲、黄檗、女贞子、五味子粉碎成细粉,过筛;其余黄芪等十二味,加水煎煮两次,每次两小时,合并煎液,滤过,滤液浓缩成稠膏,加入上述粉末,混匀,干燥,粉碎成细粉,过筛,适量粉末加适量炼蜜与适量水。再由我亲自掌握,因人因病而异加入适量已磨成粉末的第二十六味药。然后泛丸,干燥,打光,即得。"张洛朴听了不禁笑着说:"听清楚了,原来是自制的丸药,属中成药嘛。"辛清玉说:"说对了。所配的'龙骨牡蛎汤'还是要煎服的。"严玉华对中医药不懂,听得尽管很认真,却没有听出什么眉目,还有些越听越糊涂的感觉。王堂堂说:"我奶奶服的好像就是加味长春丸。"方玉桂放下盛黄豆的盘子,看了一眼孙子,说:"就是,是你辛大爷专门为我配制的,喝了还真灵验。"辛清玉说:"一样也不一样,加味的剂量肯定不一样。"他看着王堂堂说:"再者你奶奶配的是六味地黄丸,她耳鸣、健忘,还腰酸腿软。虽然血压都有些高,但程度和其他症状却不同,所以配药及用量都不同。中医的精髓就在于'望闻问切'的功夫,把病认准;还在于'气血阴阳'的辨证,把药用好。这也恰恰是中医的长项,通过'补气血,调阴阳',让患者主要疾病好转的同时,全身得到调治。当然患者也要调适心情,主动配合,以达到综合治疗的效果。"

## 第二十五章

张洛朴听得直点头,去年见辛清玉时还把他看成是普通的江湖郎中,今天目睹和领教了他三指搭腕、望闻问切的风采,以及辨证施治、谈吐不凡的气质,深感这位老中医造诣极深,名不虚传。机会岂容错过?当即说:"听了辛老先生一席话,让我深感祖国传统医学的博大精深,我想请您老也给我号号脉。"辛清玉看着体形魁梧的张洛朴,说:"好哇。"严玉华起身让座,拿起药方坐到了沙发上。王堂堂要过药方看了看,起身找辛友成配药去了。辛清玉仔细看了看张洛朴白白胖胖的脸,伸出三根手指搭在了张洛朴的胖腕上,挪了两次方才切定。

切脉良久,辛清玉问:"平时吃饭还好吗?"张洛朴答:"这几年饭量比过去小多了。我年轻时爱好体育锻炼,上大学时吴芳当班长,我是体育委员,饭量在班上数一数二,这几年却吃不动了。"一说到吴芳,方玉桂停下拣豆子,认真听了起来。张洛朴略微停了一下,然后笑着说:"饭量都减得没法说了,只要看西医,无一例外都让节食减肥。食是节了,可肥也没减多少,特别是这肚皮越来越大,朋友们常拿我这有点过分的将军肚开玩笑,说我的肚皮……"他看了一眼严玉华没有往下说。严玉华脸上毫无表情,心想还好意思说,是比有些孕妇的肚子还要大,可里边没装啥好东西。方玉桂微微笑了笑,又拣起了豆子。辛清玉又问:"是否走路快了有些气喘?"张洛朴说:"不走路有时也有点气短。上次系统开大会,我做工作报告,开始还收放自如,抑扬顿挫地讲着,后来就有些气喘吁吁,虚汗直流,差点做不完报告。连我自己都纳闷,当年驰骋赛场的运动员咋成了这样子!"他听似贬损的口气中夹杂着自夸,脸色都有些泛红。辛清玉继续问:"是否容易疲劳?是否经常头晕还偶尔健忘?"张洛朴不假思索地说:"这些情况都有,只是程度有些不同。有一次陪主管省长检查工程建设,走着走着就有些头晕,腿也有些拉不动,差点走不完预定的路程。"稍停后笑着说:"省长问的几个数据竟一时想不起来,还多亏严经理一块跟着走,她是数字通,给我解了围。"严玉华瞥了一眼张洛朴,心想那也算健忘吗?是他根本没把那些数字当回事。什么多亏了我?还能记起我吗?过去每周都要打几次电话,现在几个月都不打了,那也叫健忘?各种段子尤其是荤段子记得比谁都多,张口就来,绘声绘色,添枝加叶,还有……王堂堂进来坐在她的身边,悄声给她说了配制丸药的事情,凡毛笔开的药方辛老先生都要亲自配制,需等上几天。辛清玉看了一眼王堂堂,从张洛朴的腕上取下手指,转而对严玉华说:"药方已递过去了,后天才能配制成丸药,配好了让堂堂给你送过去。汤药也在这里煎好装袋,一块送过去。切记,一定要静养一段时间。"王堂堂说:"还静养呢?她是个闲不住的人,又心里搁不住事,前段时间身体就不大好,还对中心广场改造项目做了认真的调研和测算……"他急忙停住,他俩都反对本公司介入这个项目,认为对投资方来讲没有效益,这样说不等于把严玉华推到风口浪尖上了吗？经过在秦东这一段时间共事，他深感这位老大姐工作严谨，虑事周详，忠诚敬业，论能力、水平、资历和贡献，都应该得到提拔使用。他对有些人的非议很不以为然，甚至有些反感，想替她说几句公道话，反倒有点像出卖她。王堂堂不再言语，后悔今天咋就这么爱说话了呢？

辛清玉看着这位问一答三，看似认真又有点满不在乎的患者，对张洛朴说："你这种体形，过去被誉之为富态，现在则称之为患富贵病，或者叫患时髦病。西医认为是营养过剩，要节食减肥。中医嘛，开出的药方却是补药。"张洛朴不禁"哦"了一声，自己都这样了还要补？辛清玉微微一笑，接着说："补气，要补气。中医的核心理论是'气'，认为生命来源于天地之气，天地之元气是生命的本源。其实你一进门，我就为你看病了。古人有句话说得好：'血虚则瘦，气虚则胖。'我给你开个药方补补气。"说完便戴上老花镜，拿起钢笔给他开药方，开好后推给张洛朴，十分自信却又淡淡地说："就按这个药方吃上几服吧，除了补气治虚，还能调理前列腺，改善生理机能，达到综合治疗，使全身疾病同时好转。"张洛朴听了着实有些吃惊，今天自己是随机看中医，没有具体想法，也没有像严玉华那样说清是主看高血压，自己的毛病他竟全清楚，简直不可思议，惊讶地说："我的前列腺还真有点问题，可您也没有检查和化验呀，简直太神奇了！"王堂堂说："我莎莎姐说，一位好中医，就是一所好医院。人走到哪里，医院就建在哪里，不需要昂贵的仪器检查，也不需要复杂的化验结果，三指搭腕，望闻问切，开方抓药，多年难以治愈的慢性病、疑难病，很快就能见奇效，而且花钱少，效果好，就是这么神奇！"说完他拿起开好的药方，交给了站在门外的辛友成。一直拣黄豆的方玉桂听孙子说到了孙女，情不自禁地夸了起来："莎莎经常帮她大爷抄抄写写，还买回不少医书，有些还是硬皮新书。她也迷上了中医，都快成中医先生了呢。"她难掩兴奋之情，深情地看着辛清玉接着说："说也怪，这城里人信中医的人咋越来越多了呢？你看天天早上排队挂号的人有多多，下雨天还打着伞排队，最近开小车来排队的人也不少。"辛清玉接过老伴的话头说："多年来一直刮着一股反对中医的冷风，说中医不科学，敌不过西医，要走向消亡。我就不信这邪，几千年来中医护佑世界上最大的民族，繁衍生息，代代相传，难道能说中医如今就不行了？难道能说中医走到了尽头？"他看着方玉桂："老太太说得没错，进城半年多来，我深感当今中医在城里广受欢迎。看中医的人相当多，大大出乎我的意料……"正说着门外有人叫着大姨，接着门帘一掀进来一个人。

进来的人是李晓南，他看了看屋子里坐着的几个人，笑了笑，先向辛清玉问好："大叔您好。"辛清玉微微点了点头。李晓南再看王堂堂，王堂堂低着头，一副不想搭理他的样子。方玉桂站起来示意李晓南，跟着她到里屋去。李晓南边走边回头,像是有啥话要说的样子。辛清玉看一眼方玉桂的背影,接着说:"看中医的人多了,像你们这样的城里人也来看中医,让我觉得心劲大了,好像也年轻了。我深感当今中医传承、提高和发展的重点又回到了城里,现在最典型的病在城里,一些怪病、罕见病多发生在城里,最大的患者群在城里,愿意花钱、舍得花钱也有钱的人大多在城里,医术高明、经验丰富的中医专家、医生和研究人员基本都在城里。"他看几个人都听得很认真,张洛朴还不断地点着头,微笑着提高了声音:"我说的不一定全对,但我到城里来行医,是晚年最为正确的选择,没想到还能为这么多的人看病,能为这么多的人解除烦恼和痛苦。"说完老人舒心地"呵呵"笑了。当他看到李晓南扶着方玉桂从里屋又出来了,脸上的笑容迅即消失了。王堂堂又低下了头。严玉华站起来说:"辛老先生,把我和张董事长的诊断费,还有医药费一块结算一下。"张洛朴听了心里有些轻松,忙说:"好,一块结算。"说着就想站起来告辞,再看方玉桂像有啥事的样子,就坐着没动。辛清玉笑了,说:"你们是王堂堂的上级嘛,还说这话?"张洛朴说:"辛老先生,这费用一定要收,小王知道我们都是公费医疗,公司会报销。"辛清玉说:"诊断费断然不能收,中药费要开就到前面去开了吧。"王堂堂说:"这个我来办。"说完他就站起来走了,连头也没扭。方玉桂刚要叫住孙子,李晓南捏了一下她的胳膊,她笑着对张洛朴说:"张董事长,这是我外甥……"李晓南忙说:"张董事长好,我叫李晓南,我早就听说你是大国企的大老板。"辛清玉知道这个年轻人又要揽生意,就戴上花镜拿过一本书看了起来。前不久王堂堂为这类事还和李晓南吵了一架,要他不要把生意揽到这里来,可他还是来了。方玉桂也实在是没有办法,她笑着试探:"我这外甥想找你帮点忙,不知道行不?"张洛朴说:"有啥事尽管说。"他回答得十分干脆。李晓南看了一眼低头看书的辛清玉,便想换个地方,可总不能到姨妈的卧室去吧,也不好说到外面去的话,他竟一时不知所措。张洛朴笑着说:"但说无妨,小李你有啥事?"李晓南哼哼唧唧又扭扭捏捏地说了一番。严玉华看出这个精明人带有明显的表演色彩,心中不禁暗笑,便知小巫遇见大巫了。张洛朴一听就明白他是想揽市天然气公司新建大楼室内装饰装修的活,直问:"你找过市天然气公司吗?你咋不早点说?"李晓南也只好明说:"找过市天然气公司的总经理曹希,他说这事得市建委的关立峰主任点头才行。我又找了关主任,他说市天然气公司改股份制了,省公司控股,得找最大的后台老板才能定点子。"张洛朴听了觉得这小伙子其实挺会找门路,也挺会说话,暗笑道你小子还在我面前装模作样,实在太嫩了点,便拿起手机拨通了关立峰的电话,先不着天不着地地聊了一阵子,然后才进入正题:"我说呀,关大主任,一位重要领导的亲戚,是秦东房地产界的名角,啊,他搞了多年室内装饰装修,听说你们秦东四大班子领导家的活儿都是他干的，啊，都是他那家公司干的。你问哪家公司？啊，哈哈，秦东著名的装饰装修公司嘛，你们建委应该知道。啊，他是想问天然气公司新建大楼要不要提升一下装饰装修的档次。啊？全包出去了，那咋办呀？你得想点办法，不看僧面看佛面嘛，这就看你的了，我想你会有办法的。啊呀，你问我现在在啥地方，啥地方？啊，在春和堂药店，嘿嘿嘿，请老中医看病嘛。啊，你也听说了老中医德高望重、医术高明。好，我等着你。好，就这样吧。"张洛朴云山雾海地打完了电话。辛清玉仍在专注地看书，显然对李晓南的事情并不关心。李晓南脸上似笑非笑，听着像是有点门儿，又像还没说妥，他终于领略了高手的风采。方玉桂微笑的脸上挂着难掩的茫然，怎么还扯到老头子身上去了？张洛朴笑着对方玉桂说："大娘，你放心，说好了。我给专管这事的领导说了。包管小李今后有干不完的活儿，挣不完的钱。"他看王堂堂走了进来，接着说："建委的关主任这就要来见我呢，等当面说好后我让堂堂再和小李联系。大娘，你就放心吧。"方玉桂这才放心地笑了，说："那我就替晓南谢谢你了。"严玉华暗笑着站了起来，她清楚，老板会想法给李晓南把事情办好，但他还是忍不住耍了一把这位年轻人。听口气他已答应等候关云峰，但那是不可能的。果然张洛朴起身告辞，十分客气地按着辛清玉不让他离座，又挡住方玉桂不让她出屋，还不忘给辛清玉留了张名片，并邀两位老人到省城去做客，然后双手握拳告别两位老人。李晓南急忙走出屋门去送张洛朴，出门一看辛友成也等在门外，两人一起把张洛朴一行三人送出院子。

刚回到院子，李晓南就对辛友成说："谢谢辛大哥，多亏你给我报信，说来了个大老板，这个张老板确实不一般，给建委主任打电话就像给儿子安排事一样。后面还得想办法会会建委主任。"他说着就给辛友成的包里塞了一盒烟，问："今晚请大哥吃火锅怎么样？"辛友成说："不啦，不吃啦，大哥只盼你常来，常指点大哥的生意，就谢天谢地了。"李晓南看着这个貌似老实其实蛮精明的准亲戚，说："你是个一点就通，一通就精的人，进城才几天就把生意打点得红红火火。你看看这煎药房也搞起来了，不错嘛。"他又指了指树下的碾槽，笑着说："也知道亮一亮加工绝活了，这就是我给你说的包装，也叫炒作。说到炒作你这个搞药材加工的就是内行了。今后争取让新闻媒体，就是那些记者，像乡下的媒婆一样再包装和炒作一下，也就是吹吹牛，你就发得更快了。"

李晓南转过身刚要离开，看见王莎莎夹着书走了过来，就赶忙打招呼。王莎莎一脸的冷漠，只轻轻点了点头就推门进去了，李晓南像逃跑似的匆忙离去。

张洛朴一行三人告别两位老人后，来到前边的药店门口。严玉华推说闻不惯中草药味就要离开，张洛朴让王堂堂去取给自己配的中药，然后急忙叫住严玉华。张洛朴要她把工作放下，好好休息一段时间，集中调治一下身体。严玉华似

## 第二十五章

乎并不领情,说她马上要到中心医院办出院手续,边上班边服中药调治。她偏不按张洛朴说的做,就是要让他知道她的病并非工作累的。其实她也清楚,张洛朴已对她的病因瞧出了八九成,只是没有说破罢了。这时关立峰快步赶了过来,他一看见张洛朴,就打着招呼,急忙过来和张洛朴握起了手。王堂堂提着中药包走了出来,大家都是熟人,彼此问着好,互相握手见过。关立峰下午一直在市政府机关开会,接到张洛朴电话后,答应想办法安排他说的事,也想通过他结识一下秦东名医辛清玉和见见吴芳的婆婆。恰好市政府机关与春和堂药店只隔着市总工会一个院子,关立峰就急匆匆赶了过来,看样子还差点让张洛朴走了。关立峰笑着说:"看样子你已经看完了病,连中药也配好了。"张洛朴知道他说的不是心里话,答道:"我想等等你,给你介绍认识一下辛老先生。不凑巧,江伟打来电话,让我到他办公室去一下。中午我们一起吃了顿饭,他还欠我一盘棋没有下呢,估计这会儿忙完了,想着放松一下。你看看,老朋友在催,实在没有办法嘛。"王堂堂听了大感惊讶,没有听到江伟和他通话呀,大概是自己前前后后跑药房时通的话吧。也许是老板又在玩手段,在合作项目的推进中,老板给这位爱摆老资格的市建委主任上了不少手段,不过事不过三呀,这种手段难道能反复使用吗?能每用都灵吗?严玉华听了一点不感到惊讶,老板当面撒谎并不少见。看来老板把对方算是摸透了,对方心里想的其实老板都清楚,不过这位难以对付的市建委主任似乎也在适应着老板。这位爱摆老资格,多次有意拖延项目合作的合作伙伴她也有些反感,让老板治治也有好处。

关立峰一听这话,知道今天在春和堂是没啥戏了,这只怨自己想得太简单了,就说:"刚好,严经理和小王都在,晚上我请你们三位一块儿吃顿饭,张董事长你看好不好?"张洛朴说:"我的晚饭你们江伟书记会安排。要不你就和严经理、小王一起吃饭吧。"严玉华和王堂堂都忙着说晚上还有别的事情。关立峰有些尴尬,稍停后对张洛朴说:"中心广场改造项目的各项准备工作都已做好,可资金还未到位,请张董事长过问一下。"这是他急着过来的另一原因。张洛朴说:"这类具体工作,你找严经理,她负责秦东合作项目的全面工作,你是知道的嘛。"他看着严玉华,想着我这是在抬高你的身价啊。接着又说:"不过,最近严经理身体不大舒服,刚刚请辛老先生给看了病,我已安排她休息一段时间,等她病愈上班后你们再商量着办。"关立峰听了让商量着办,说明张洛朴已经同意,便关切地对严玉华说:"严经理工作实在太忙了,别说病了需要休息,就是没病也该休息休息了。"他很客气地问:"严经理,不知董事长给你批了多长时间的病假?"严玉华愣了一下,低声说:"三个月到半年。"关立峰"啊"了一声,三人几乎同时看着严玉华。张洛朴没有想到严玉华闹起情绪来会来这一套,这显然是冲着他来的,你给她面子她偏不给你面子,刚才还执意不休假,这会儿又胡乱说了个无中生有的超长假,如同儿戏一般。她以往从未将情绪带到工作中呀,可能是她对中心广场改造项目有看法,这与她所处的位置和看问题的角度有关,不过也是在为本企业利益着想,这就怪不得她。王堂堂却在暗中叫好,看到了严玉华的另一面,尽管她平时对张洛朴半个不字也不说,到了维护企业利益的关键时刻,还是挺坚决,也挺有办法,用这种拖的办法也许是一种不错的选择。他看着严玉华有些苍白的脸上十分平静,还透着些许坚决与固执,不禁有些佩服。关立峰心里有些火急火燎,知道在中心广场改造上张洛朴一直是积极的,可在这关键时刻是否变卦了,演起了双簧?这个大老板向来摸不透,又变化多端,他思忖有顷,笑着说:"咱不急,严经理你好好养病,等半年以后,不,等你彻底康复以后再说。"张洛朴听了这位秦东政坛老手的话,也有点摸不透。为了尽快上这个各方瞩目的项目,关立峰下足了功夫,有点像押宝一样,怎么突然又淡了呢?张洛朴笑了笑,看似随意地说:"关主任,那这样吧,随后你找王堂堂办理,就让严经理安心养病吧。"说完漫不经心地瞥了一眼严玉华,正遇严玉华怪怪的眼神。王堂堂一听皮球踢到了他脚下,还由"商量着办"变成了"办理",便有些急,不加掩饰地说:"这个项目还需要进一步论证,这类市政工程项目是社会公益性项目,一般都是政府出资来搞,企业投资没啥经济效益,投资都难以收回。再说,政府直接用企业的投资搞公益性项目,万一中间出点啥问题,政府要承担责任的。"关立峰一听也急了,忙说:"我们准备了半年多,也沟通过,难道说不行就不行了吗?"他看着王堂堂直率而又固执的样子,心想吴市长的儿子这是怎么啦?张洛朴看关立峰着急上火的样子差点笑出声来,不过也没有想到,平时不大说话、表态谨慎的王堂堂,今天怎么一反常态?决策是我这个董事长的权力,这些话你不是早就说过了吗?我会考虑清楚的,也会运筹好的。再说,我这不是在给你母亲脸上贴金吗?这个书呆子怎么连这都不懂!他笑着说:"小王说得太对了,我们公司主要投资能源项目,当然也要追求经济效益最大化。考虑到秦东市财政太穷了,就变通着给市政项目上投点钱,算是对秦东市政府的支持,也算是省属大企业尽的一点社会责任。中心广场改造好了,市民满意,市政府出政绩,我们公司亮形象,我的老同学吴芳和老朋友关主任脸上都有光嘛。关主任你说呢?"关立峰松了一口气,笑着说:"还是张董事长站得高,看得远,不过小王说得也有道理。"张洛朴接着说:"中心广场改造项目方方面面都很关注,上午我还和吴芳说了说,既然关主任急着要干,那就先干起来吧,有啥问题边干边解决嘛!"王堂堂听老板不断地拿母亲说事,就不再说话。

张洛朴忽然问关立峰:"咱省上举办的东西部经贸洽谈会快开了吧?"关立峰

## 第二十五章

说:"四月上旬召开,马上就要开了。"张洛朴说:"东西部经贸洽谈会办了多年,规模越来越大,好多省市都派代表团来,国外来的企业也不少,影响也越来越大。有人建议把咱们的合作项目包装一下,在这会上再签一次合同,以强化宣传,扩大影响,助推招商引资,进一步打开秦东市和建委系统的招商引资工作局面。不知关主任意下如何?"关立峰说:"这个意见好啊。"他的双眉皱了起来,心想这当然是好事,市级党政班子换届在即,他上台阶的想法的确需要业绩支撑,也需要宣传造势,以利在竞争中胜出,可这样做合适吗?他清楚这是张洛朴的想法,想了想说:"肯定会有人提出咱们的合作合同签过了呀!"他看了看严玉华和王堂堂两位当事人。张洛朴说:"这有什么,再签一次有何不可?那次算是草签,这次算是正式签约。"关立峰依然双眉紧皱。张洛朴一眼就看出关立峰的心思,忽然放声笑了,说:"关主任,再次签约我已经给吴芳说过了。事涉市政府当然不能弄虚作假,自欺欺人,使企业蒙羞,让政府公信力受损,何况吴芳还是我的老同学呢。我上海的一个朋友愿意加盟咱们的合作项目,让我们的'二人转'变成'三国演义',舞台更加广阔,这不就变成了名副其实的东西部经贸合作了吗?"关立峰惊讶地瞪大了眼睛,东西部经贸合作是不假,可增加股东是大事呀,总得沟通商议后再定吧,又一想市长既然介入了,就听其自然吧。张洛朴继续说:"对了,市天然气公司对失去控股权一直耿耿于怀,'三国演义'一上演,这个问题就解决了。省天然气公司让出百分之五的股份,由百分之五十一变成了百分之四十六,就不再控股了;市天然气公司也让出百分之五的股份,由百分之四十九变成了百分之四十四,仍然是第二大股东,心理不就平衡了吗?其他谈妥的条款一概不变,你们也放心了,这样岂不皆大欢喜了吗?"关立峰分明知道这是张洛朴在玩把戏,笑着说:"这样好,还是张董事长想得周到,那就再签一次合同吧。啥时间一起会会上海的投资商,大家聊聊岂不更好。"张洛朴说:"我也是这么想的,最近我就邀这位朋友过来一下。听说前不久他到清水县去了一次,说是考察苹果汁加工项目。这方面有啥想法,就找严经理联系。"王堂堂太佩服老板了,没想到在企业运作、包装和宣传方面,他变起戏法来是如此的出神入化,堪比高明的魔术师。

张洛朴环顾左右,看大家情绪都不错,就问:"关主任,天然气公司综合大楼进展到啥程度了?"关立峰以为又要说领导亲戚搞装修的事,便说:"你电话上说了,随后让那个人来找我,我想办法给他帮点忙。这个工程如果干不成,就让他干点其他活。你说的事我还能马虎?"张洛朴说:"我有个想法,你看妥不妥。"关立峰说:"你说,你说。"张洛朴缓缓地说:"我想来个三位一体同步推进,一天之内干三件大事,必能在秦东产生轰动效应。上午在省城的东西部经贸洽谈会上正式签约,把天然气合作项目在省城的大舞台上宣传一下;下午在秦东市先举行天然气综合大楼的竣工仪式,把企业形象展示一下;接着在市中心举行中心广场改造项目的开工典礼,把招商引资成就展示一下。届时我在省上运作一下,并请有关领导出席签约仪式助助阵。市上安排四大班子领导成员赶个场子,先省城后秦东,也把群众活动搞得热热闹闹的,有声有色地把建委系统的工作和市上的招商引资推动一下。关主任,你看怎么样?"关立峰大声说:"好,好啊!回头我给吴市长汇报一下你的想法。"他高兴得竟有些眉飞色舞。严玉华和王堂堂互相看了看,都笑了,却都说不出为什么笑了。关立峰说:"省城的签约当然由你运筹,签约时间定了,三位一体活动的时间也就定了,只是……"张洛朴果断地说:"中心广场改造项目的资金,不存在问题。"关立峰说:"那我就放心了,不过天然气公司综合大楼的装修时间有点紧。"他微微低头若有所思,稍顷抬起头说:"张董事长,你说的那个想干装修的人是谁?"张洛朴淡淡地说:"我也不认识,一个年轻人。我在辛老先生那儿看病,小王的祖母领过来说了说。这样吧,你也别勉强,不要着急。"关立峰认真地说:"不是要赶时间吗?"他转身对王堂堂十分干脆地说:"小王,叫你那个亲戚明天来找我,给他调整些装修活路干,好保障综合大楼按时竣工,好实施张董事长提出的三位一体活动。"张洛朴听了大笑,三个人都被他笑得莫名其妙。张洛朴笑罢,一本正经地说:"有个名人说过:给我一个支点,我可以撬动地球。我们这个项目不算大吧,投资未必有开元大厦项目投资多吧,但同样可以用它轰动秦东,可以……"他没有说出也不可能说出埋藏心底的话,给三个人都留下了想象的空间。

看来事情说到位了,严玉华觉得该走了,她刚要告辞,关立峰却说:"三位一体活动还真有创意,也是件大事。我想搞个活动安排意见,省能投公司是不是派员参与一下。"他想着严玉华有病,张洛朴会让王堂堂参与。如果他参与这方面的工作,会有利于工作的推动,也好进一步结交,也许有啥事还能用上他。张洛朴看着脸挂笑意的关立峰,突然觉得有些不好琢磨,边思索边慢慢地说:"关主任的想法很好,不愧是政坛老手,想问题、办事情总是严丝密缝。不过有些不凑巧,严经理身体不大好,最近秦东电厂和韩县电厂还有些业务,这一摊子事都要小王去衔接一下,他也腾不出手。再说啦,对关主任来说这也算不上啥难事,你就看着办吧。"张洛朴猜度关立峰想让王堂堂参与其事,偏不遂其所愿。他清楚王堂堂是个一根筋,一直对中心广场改造有看法,再说在如何用人上岂容他人置喙!按说此事到此也就为止了,关立峰却循程序和礼仪惯例,画蛇添足地说:"好,那我就安排搞个三位一体总体活动的实施方案,请你过目后再呈市政府审定。"

张洛朴听了要市政府审定的话大为不悦,他是三位一体活动的原创者、启动者和主要推动者,怎么活动实施方案的审定权就落到市政府,落到吴芳那儿去了?他这个董事长也是正厅级,和吴芳是一个级别。他最反感的就是别人把他的正厅级打折扣,看得低于同级的政府官员。软肋被戳痛了,张洛朴环顾左右,自觉出气都粗了,忽然指着王堂堂提的塑料袋问:"小王,给我抓了几服中药?"王堂堂说:"五服。"张洛朴故作惊讶地问:"医生开了三服,怎么抓了五服?"王堂堂说:"没问题,辛老先生是开了五服。"他忙在塑料袋里翻着找药方,要证实自己说的是对的。张洛朴忽然笑了,笑得有些怪异,冷冷地说:"小王呀,刚才辛老先生还特意交代,服药不可过量,为此还讲了一个故事。"王堂堂问:"什么故事?是不是我送药方那会儿讲的?"关立峰问:"辛老先生还讲什么故事了?"张洛朴拽了一下王堂堂正找药方的胳膊,笑着问:"想听吗?"王堂堂和关立峰同时说:"想听。"严玉华一直不动声色,心中暗笑辛老先生何曾讲过故事?且看他又能编个啥段子。张洛朴看了一眼严玉华,煞有介事地娓娓道来:"辛老先生说,最近秦东有个县长想趁着市级换届上个台阶,就到处拉票,打招呼,请客送礼,忙得不亦乐乎。谁料在这个节骨眼上,县上出了个安全事故,县长被免职了。一听乌纱帽丢了,县长当即就跌倒在地,口吐白沫,直翻白眼,竟成了植物人。这下天塌了,县长太太哭得死去活来,鼻涕一把、泪一把,这可该咋办呀?"他略停了停,看三个人都好奇地听着,接着说:"抓紧看病呗。省城各大医院看了个遍,疗效甚微。这时有朋友建议,快去找辛老先生,或有奇方良药。于是县上有关领导陪县长太太找到辛老先生,辛老先生望闻问切之后,捻须微笑说,药方倒有,只是要遵医嘱,然后说出一个药方来。"他要吊足听者的胃口,摸出一支香烟,慢慢点着吐了一口,还在空中喷了一个烟圈。王堂堂禁不住笑问:"啥药方,几味药,你能记得清楚?"严玉华一脸平静,关立峰微微笑着,都等着听下文。

张洛朴故作神秘地说:"药方是个奇方,一味药也没有。辛老先生说,既然是因免职成了植物人,就拿个单子不断宣读恢复县长职务,不出三天定会见效。"关立峰笑了,方知是在说段子。张洛朴一本正经起来,不紧不慢地说:"县长太太回家后心想,这个老官迷不是想升官吗?干脆不宣读官复原职,直接宣读提拔为副市长岂不更好。于是就拿着拟好的单子,大声宣读起了提拔任命的内容,一遍刚念完,植物人竟然当即站了起来,高举双手欢呼,狂笑不已。县长太太高兴极了,岂料植物人突然倒了下去,两腿一蹬,直接见上帝去了。"王堂堂笑了,严玉华微微一笑,两人都很佩服这位会讲段子的上级。关立峰也笑了,却隐隐约约觉得有些不对劲。张洛朴没有笑,点评了起来:"人家辛老先生开的是恢复职务的药方,你偏要提拔一级,剂量大了吧,出大问题了吧!小王呀,你千万别只想着我是你的顶头上司,就想表现,随便给我加大剂量。"王堂堂虽然听出了蹊跷,还是把拿在手上的药单递了过去,说:"董事长你看,药方上写的服五服。"严玉华轻轻摇摇头,这个关立峰软磨硬顶,把个天然气合作项目拖得远远落在了开元大厦项目后面,让老板败给了老同学古济宁。老板这个人睚眦必报,一有机会就会让敢于向他叫板的人吃不了兜着走。只是今天这一招有点过分了,人家是对上台阶有想法,可今天是言听计从,为啥还要用软刀子戳人的痛处?当然也不能排除老板在杀鸡给猴看,看来自己得放明白点,不能再和他较劲了。关立峰终于悟出自己可能说了这个大克星不爱听的话,忙说市政府机关的会还没开完,告辞后悻悻地匆匆离去。

张洛朴似乎什么也没发生,笑着说:"晚饭我请你两位在秦东投资的大功臣,到城外那家锦绣源饭店去,那儿环境好,也安静。顺便把咱们建园林式大酒店的事情再议议,无论如何都要超过开元大酒店的规模和档次。"安一秋早就等在车旁,大家上车后小车便急驰而去。

## 第二十六章

关立峰离开春和堂药店,匆匆返回市政府机关大院,心里就像打翻了五味瓶,酸甜苦辣咸说不上是啥滋味。张洛朴接触得不算少了,没想到他今天又一次戏耍了自己。尽管张洛朴的"三合一"庆典会给自己脸上贴金,还是让关立峰有些挥之不去的怨愤。他本想直接到停车场坐车回单位,却鬼使神差般又走到了市长办公楼的三楼会议室。

三楼会议室的会议刚开完,主持会议的程杰人笑着对关立峰说:"关主任,开个短会你还遛号,又来去匆匆,不知有啥重要机密大事?"关立峰脸上怪怪的,有些不屑地说:"张大架子说他在春和堂药店等我说个事,我赶过去,他又走了。"程杰人问:"你说谁?"关立峰回:"省能投的张洛朴,张大谝,张大骗!"程杰人心里一动,忙问:"张董事长架子是有些大,他到春和堂去干啥?"关立峰摇摇头,半是讥讽半开玩笑地说:"这人谁能摸得透,大概是吹牛伤了元气,去找老中医看病呗。"他边说边挥手告辞。程杰人赶忙叫住就要离开的丁玉丽。下午由程杰人主持召开目标责任制落实座谈会,市直各部门主要领导和办公室主任或人秘科长参加会议,丁玉丽兼着市政府办公室人秘科长,也参加了会议。

程杰人从关立峰口里得知吴芳的老同学张洛朴去了春和堂,会前吴芳办公室的门锁着,秘书丁玉丽一直随他开会,便断定吴芳肯定在春和堂婆婆那里。他等的就是这个机会,这个机会终于来了。程杰人叫住丁玉丽后并没有说什么,一直回到他的办公室,放下笔记本和茶杯后才说:"下午刚好有点空,咱俩到春和堂药店去一趟,去看看老太太。"丁玉丽问:"要不要端上那盘金鱼?"程杰人故作淡淡地说:"要端就端上吧。"丁玉丽转身走去,边走边说:"冯智说过几次,金鱼养好了。"自从吴芳的婆婆搬到春和堂药店后,程杰人一直想给办点实事。刚搬过去时正值数九寒天,他想把机关的热水接通,把暖气片装上,还亲自带着机关锅炉房的水工看了现场。水工头张大山看后说,管道要过工人俱乐部,就得给人家供暖,多年来工人俱乐部一直就有这要求,这需申报并经主任办公会研究批准。程杰人不想让仵天才介入,只好做罢。为此,他觉得有些亏欠和遗憾,便一直想另有表示,讨方玉桂喜欢。思来想去觉得送东西有点俗,常去嘘寒问暖又有点空。有一次和丁玉丽说起此事,丁玉丽看秘书长把她当自己人,便建议他送一盆金鱼。她在市政府家属院时,就发现方玉桂喜欢养金鱼,养了几条红色的金鱼,常常一边喂食,一边叫着金鱼的名字和金鱼说话,喜欢得有点痴迷。后来又发现辛清玉也喜欢养金鱼,尤喜黑色金鱼,金鱼的眼睛越鼓越爱。两位老人常常围着金鱼盆,指指点点,说说笑笑,欢乐无比。春节期间,辛有成的小儿子来爷爷屋子玩,把中药渣当鱼食喂,结果金鱼全死了,两位老人为此难过了好长时间。程杰人听丁玉丽这样一说,当即让她去鱼市买几尾上好的金鱼先养着,选个合适时间再送过去。

丁玉丽离开程杰人的办公室,不一会儿又笑吟吟地回来了,背后跟着信息科科长冯智。冯智双手端着一个玻璃鱼盆,腋下夹着一个塑料包,一进门先仔细看了一圈,接着轻轻把鱼盆放在靠墙的圆凳上,然后又稳了稳,笑着说:"程秘书长,鱼盆放在这里刚好。"他还以为程杰人要自己养呢。自从丁玉丽给他说了程杰人要养金鱼后,他就跑遍了秦东市区的鱼市,按丁玉丽的吩咐精心挑选了一批金鱼,有红色的,有黑色且眼睛特鼓的。冯智是机关有名的养金鱼爱好者,也是行家。家里有个大鱼缸,缸里假山、玉石、名贵花草、输氧设施等一应俱全,还有饲料配制机、药品箱,相当现代和前沿。他办公室也有一个金鱼缸,虽比家里的小多了,但仍引领着机关养金鱼的新时尚。冯智经过多年潜心研究,深谙金鱼的生活习性和生长规律,令人不可思议的是还掌握了训练金鱼的绝招。这一爱好并不影响工作,他思路新,爱钻研,把信息科的工作搞得堪称一流。谁料去年儿子不争气,给他惹下了大麻烦。儿子伙同两个司机的儿子,偷了信息科开表彰会要用的几十支金笔,这还罢了,竟斗胆偷了几个领导的办公室,暴露了一些隐密而又敏感的内容,差点引发一场政治风暴。这小子还恶作剧地在程杰人全家福照片上画了个大叉叉,程杰人可是顶头上司啊!想起这些常使他梦中惊醒,深为政治前程担忧。后来又听说仵天才提出要调整他的职务,程杰人挡了这件事。冯智清楚仵天才是要立威,也有做给由锡平看的意思。也清楚程杰人是要立恩,有拉他的意思。冯智知恩图报,秘书长要他养几条金鱼简直太微不足道了,便使尽平生招数,把精心挑选的六条金鱼驯养得有如带上了神韵和仙气。

程杰人看冯智放下金鱼盆后对丁玉丽说:"小丁你端上鱼盆,咱们一块送过去。"冯智方知这金鱼原来要送人,忙说:"程秘书长,这些金鱼是有特技的。"丁玉丽挤挤眼,笑着说:"你咋不早说呢?快给程秘书长演示演示,也让我开开眼。"丁玉丽历来喜欢打探各类信息,和冯智的关系比较好,也一直有成全他的意思。冯智脸色微微发红,像是要自曝私密,不好意思地看了一眼程杰人,从腋下夹着的塑料袋中取出一柄小巧的捞鱼网。丁玉丽把鱼盆端到了办公桌上,半是认真半开玩笑地:"把绝招亮出来,别怕秘书长说你不务正业。"向来讷于言的冯智小声说了句"雕虫小技",便抵近鱼盆,用捞鱼网前端的金属圈在鱼盆上敲了两下,只见悠然自得的游鱼中,三条黑色金鱼像接到命令的特种兵一样机警,猛地游到了敲击点,又摇头,又摆尾,还试图发飙,似有跃出水面的冲动,鼓鼓的大眼睛大有寻寻觅觅之意。另外三条红金鱼却满不在乎,似乎这一切与它们毫无关系,依然怡然自乐,对黑色伙伴的异动竟视而不见。程杰人凝神细看,有些惊奇。丁玉丽瞥一眼程杰人,抿嘴微笑。冯智又在另一边用捞鱼网的木柄敲了两下,三条红金鱼以更加敏捷的反应和速度,眨眼间就聚集到了敲击点,却没有黑色金鱼那样劲爆和冲动,像水上芭蕾舞演员一样,优雅地扭动着靓丽的腰身,摆动着长长的尾巴,在展示着妙曼舞姿的同时,仰头吐着泡泡,像期待着什么。三条黑色金鱼听见木柄敲击声后,像泄了气似的,瞬间变得散漫起来,没有了一致的姿态和冲动,对三条红金鱼的激情起舞竟毫不动心,没有一点要介入其中的意思。程杰人看得呆了,惊讶不已,一股难以名状的喜悦直袭心头,不禁抬头赞道:"太神奇了,太不可思议了!"冯智听了微红的脸上露出一丝笑意,秘书长如此高兴,让他悬着的心终于落了下来。丁玉丽指着鱼盆说:"程秘书长,你快看,金鱼又恢复了常态。"程杰人看鱼盆里的金鱼又混到了一起,悠哉游哉,好像什么也没有发生一样。程杰人大喜,说:"小丁,你端上鱼盆,咱俩赶快送过去。"看来,这金鱼真要送人,冯智有些失落,转而一想,秘书长给人送金鱼,这人肯定不一般,对秘书长来说必然相当重要。冯智嗫嚅着说:"谁养这金鱼?我得给交代一下才好。"程杰人不解地问:"啊?还要交代什么?不就是敲一下盆沿,可以看金鱼表演吗?"冯智说:"敲盆时网头、网柄不一样,连敲几次后要喂食,喂的食也不一样,弄不好时间一长就玩不转了。"丁玉丽故作神秘地说:"程秘书长,金鱼的灵性都是冯科长训练出来的,这些绝招一般不外传,春和堂又不远,就让他过去把该交代的交代一下吧。"冯智一听春和堂顿时猜出了要送养的人,忙说:"还要交代一下配料、喂食、换水、供氧、防病等要注意的事项。"程杰人沉吟了一下,说:"好,那咱们一块走吧。"冯智听了把捞鱼网放进塑料袋,递给丁玉丽拿着,他端起鱼盆跟在程杰人身后一起走出办公室。

程杰人和丁玉丽下到一楼后,回头看冯智正小心翼翼地端着鱼盆,上半身像是固化的雕像,几乎一动不动,脚下轻轻地又十分沉稳地踏着楼梯,下到底层后脚还试探着擦了一下地板,然后迈步走来。冯智似乎在为走得慢略带歉意地笑了笑,程杰人发现他鼻尖上渗出了一层细密的汗珠,仅仅从三楼下到一楼呀,足见他认真的程度和紧张的程度。程杰人不禁心中一动,这个冯智呀,办什么事都极其认真,就是不爱说话,不擅交流。尽管程杰人早就明显感到冯智已成了真心拥护他的铁杆,开始还是不想让冯智跟着去春和堂。方玉桂搬家去春和堂时,吴芳只让程杰人知道,并叮嘱搬家时不要机关的人参与,几个搬运工都是从外边雇的。吴芳还交代,婆婆到春和堂后不要告诉其他人,好让婆婆在那里静心养老。程杰人当然理解吴芳的良苦用心和真实想法。好长一段时间外界无人知晓此事,但后来知晓的人越来越多了。这有什么办法呢?如今的社会就是这样,信息不仅越来越灵通,还会悄然改变一切,春和堂这个普通的药店很快就变得有些另类,被罩上了一层特殊的光环。程杰人多次去过春和堂,除带过一次水工外,都是独往独来,很快就发现此处已无密可保了,估计吴芳也有所察觉。今天丁玉丽同去,让冯智跟着谅无大碍,加上要养好这神奇金鱼的特殊需要,程杰人就让冯智跟着去送金鱼。

　　冯智尽管养金鱼是机关一绝,却极其低调,从不张扬,从鱼市到家里到办公室,金鱼都是提在黑色塑料袋里,也不主动与别人谈起养金鱼,更不会炫耀所养的金鱼。然而越是如此,他擅养金鱼的事越是被传得神乎其神。今天冯智端着一盆金鱼如此招摇,凡碰见的机关人员都觉新鲜,纷纷上前观鱼、逗鱼,几个工勤人员还问他端鱼去干啥。冯智只是笑,什么也不说。多亏丁玉丽不断打圆场,才走出机关大院。冯智松了一口气,以为养金鱼只是个人爱好,平常又如此低调,机关却仍有那么多人知道并关注着他养金鱼。会不会有人看穿了这次养金鱼背后的故事,让他有点如芒在背的感觉。要说冯智这次养金鱼还真是费了不少心血,也使出了浑身解数。他先是从市面上买了几十条上好的黑红两色金鱼,又从自家的鱼缸中选了些金鱼。开始在家训练,后来晚上在办公室训练,最后索性就睡在办公室训练。先分色分盆训练,后合盆混合训练。经过长时间训练和反复筛选,最终选定了红黑各三条鱼中精英。他以为这六条金鱼的上佳表现,定会赢得程杰人的喜欢,说不定这些金鱼会进一步为他扫除掉从政路上的荆棘和障碍。现在看来,程杰人是要把金鱼送给住在春和堂药店的市长婆婆。如果真是这样,肯定会提高这些金鱼的身价,也会提升程杰人的满意度,当然也增加了自己知恩图报的分量。想到这里,冯智脚下似乎也轻快了许多。

　　丁玉丽边走边和碰见的熟人打招呼,也替冯智做些遮挡,显得十分自信和优雅。她已不再是一个普通的人秘科长了,在许多人的眼里她是通天的角色,甚至比一般的县处级领导还要牛气。一出机关大门,她就越过冯智,紧走几步跟上了一路走在前面、见人只是点点头的程杰人,笑着和他扯起了闲话。

程杰人一路在前面走,碰到的人和他寒暄后,都大夸后面盆子里的金鱼,开始他并不在意,听着听着就想得多了起来。给市长婆婆送金鱼,不也是送礼吗?要不丁玉丽为啥还要遮遮掩掩,尽管这主意是她出的。不过这也可以理解嘛,如今送礼已成了一种常态和时尚,十分普遍,业已进入了社会生活的方方面面。尤其是官场送礼,也就是别人给官员送礼,小官给大官送礼,名目繁多,且不断演变和升级。最初,当人们尚难求得温饱时,送礼多为米面油和鸡鸭鱼一类,再后来这类入口礼品升级换档为名烟名酒和名贵滋补品,特别是国酒茅台和名牌洋酒成了极具象征意义的超级礼品酒,送礼人和收礼人看重的不是味儿,而是范儿。这算是送礼的初级阶段。随着经济的发展,名表、名服饰、名箱包等奢侈品悄然成为送礼新贵,这些奢侈品到了岁末尤其走俏。再往后定制金银产品又最受青睐,可根据受主的爱好,定制诸如金笔、金水杯等各类金银产品。这应算是送礼的第二阶段。再往后古玩字画开始登堂入室,把礼品的身价提到了匪夷所思的新阶段。一副眼镜架也能值几百万;一串乌突突的木头珠子手串会比一块劳力士金表贵得多,因为那是顶级沉香礼品。而艺术品有惯常礼品所不具备的风雅和别致,若得名家字画,价值更高,还能保值。其实,最大最公开的秘密,是从送礼的第二阶段起,信封便成了礼品中的"杀手锏"和"大哥大",里边装着柔软的硬通货,信封由薄变厚,再后来又出现了信封的衍生品,各种购物券和银行卡……想到这里,程杰人不禁心中感叹,如今已没有人能说清,今后的送礼和礼品会怎样变幻和发展。其实送礼的学问远比想象的复杂得多,了解行情不够,有实力也不够,还有会不会送的问题。比如,自古说官不打送礼的,可你提着大包小包到领导的办公室去,你是不会挨打,但你等于给领导送去了大大小小的炸药包,后果难以乐观。又比如,春节期间你把红包送给领导的儿子或孙子,领导会更加高兴,即使红包厚点也没啥。所以送礼的时间、地点、轻重以及受主和送礼者身份的把握都需要研判清楚、掌握精准。再说眼前的事吧,给市长的婆婆送什么就让自己绞尽了脑汁,自己是领导身边人,又有相当的职务和身份,礼品送重了有行贿之嫌,送轻了又觉没啥意思,不送吧又有些纠结,尤其是自己有了到人大或政协去的想法后,更是纠结不已。丁玉丽送金鱼的建议无疑是个金点子,可以同时让两位老人欢心,吴芳自然会高兴,这样的礼品更显礼轻情意重,可获四两拨千斤的功效。看来,冯智也算天降机缘,有了发挥特殊作用的机会。尽管自己看中的是他在信息工作上的能力和水平,期望的是他对自己的支持和拥护,没想到他的个人爱好,微不足道的雕虫小技也派上了用场,如果能让吴芳高兴,自己一定要设法让冯智满意。看来,今天让他随同去送鱼也算合适,如果丁玉丽端着个鱼盆岂不显得招摇,容易传些闲言闲语。程杰人又觉得丁玉丽的确是心向自己,是可靠的圈内人。这盆金鱼不光承载着自己的重大想法,还进一步考验和收纳了两个贴心的下属,他心里不禁生出一缕缕说不出的愉悦来。

三个人尚未进入春和堂后面的院子,就听到里边有人大声嚷着。此时,王莎莎正怒目圆睁对着辛友成发脾气。她从秦大回来看奶奶,听说李晓南又来这里揽生意,便知又是辛友成在通风报信,十分生气,不顾奶奶阻拦,赶到院子里训斥辛友成。辛友成只是不断地点头哈腰,一声不吭,王莎莎更是气不打一处来,瞪着辛友成,指着摆在地上的碾槽说:"辛叔,我都不好意思说,你一把年纪了,整天在院子里像演杂技,碾个中草药值得劳这么大的神?也不怕把腰闪了!"辛友成满脸尴尬,忽然憋出一句话:"这是在招商引资哩!"王莎莎听了忍不住笑了,站在边上的程杰人一行三人也笑了。王莎莎看来了客人,忙向程杰人一行招招手,回过头以不容商量的口气说:"该说的我都说了,辛叔,以后再也不要干这没名堂的事了!"辛友成听了连连答应,逃跑似的到前面药店去了。

丁玉丽和王莎莎熟悉,握住她的手笑着说:"王老师,还没见过你发脾气,挺厉害呀!"王莎莎说:"在气头上,有些话说得过了头,让你见笑了。"她看着程杰人接着说:"也让程秘书长见笑了。"程杰人笑了笑,指着冯智介绍说:"这位是信息科科长冯智。"冯智端着鱼盆,两人都笑着点了点头。丁玉丽看了一眼程杰人,对王莎莎说:"王老师,程秘书长听说你奶奶和辛大爷喜欢金鱼,特意安排冯科长调教驯养了六条金鱼,现在送过来了。"王莎莎忙说:"谢谢,谢谢程秘书长。"程杰人笑了笑,非常开心。他看了看方玉桂的屋子,忽然双眉紧皱,意识到吴芳没有来这里,如果来了王莎莎大概不会如此训她的叔辈,再说王莎莎见面后也只字未提她母亲呀。不过,有王莎莎在一切都能说清,也许更好一些,他的双眉又慢慢舒展了。

王莎莎正要把三位客人领进辛清玉的书房,里边快步走出一个人来,把三位客人吓了一跳。这是一位中年男人,衣衫褴褛,头发蓬松,略带忧郁的眼神里透着沧桑感,脸上挂着近似于孩童一样天真而单纯的笑容,披着一件尼龙编织的网状红色披风,披风虽经磨损却颜色依旧,只是有些脏兮兮的。这人在门口站定,看了看三位来客,憨憨地笑了笑,点了点头。他的神情和怪异的举止,让端着鱼盆的冯智差点站立不稳。王莎莎介绍说:"这是我奶奶前不久开始救助的一位城市流浪者。"她对着流浪者问:"也没见你过来呀?"流浪者说:"我刚从那边大门进来的,你没看见,我是第一次到屋里。"王莎莎继续介绍说:"听我奶奶讲,他喜欢披着尼龙披风在柳河北广场跳舞,有时给那帮老太太领舞,有时伴舞,大家都叫他'绳人哥'。""绳人哥"听了,忙说:"我跳个舞吧。"他像有表演癖一样,不愿放

## 第二十六章

过任何一个机会。不等王莎莎表态,他就向前走了几步,拉开架势跳起舞来。他的舞姿实在算不上优美,还有点笨拙,跳得却十分投入,动作幅度也比较夸张,不过模仿老太太步履的动作竟惟妙惟肖,加上脸上怪异的表情,一下子就把大家逗乐了。"绳人哥"见好就收,趁大家发笑时鞠了个超过九十度的躬,憨憨怪怪地笑着急忙离去。

辛清玉正在书房看书,方玉桂拿着一个篮子择荠荠菜。客人进屋后,王莎莎说:"奶奶,程秘书长看你们来了。听说您老人家和辛大爷都喜欢养金鱼,就送来一盆金鱼。"她指着放在茶几上的金鱼:"奶奶快看看,三条红色的,您喜欢;三条黑色的,辛大爷喜欢。"方玉桂放下菜篮子,给辛清玉使了个眼色,就凑近了鱼盆。辛清玉也笑呵呵地过来观鱼。程杰人说:"冯科长,你演示一下,让两位老人看看新鲜。"丁玉丽笑着说:"这金鱼可神着哩,通人性,知人意。"冯智从塑料袋里取出捞鱼网,在方玉桂坐着的一边用木柄敲了两下盆沿,三条红金鱼唰一下齐游过来,排成一排,昂着头,摇着尾,像是在向老太太致意。方玉桂何曾见过如此善解人意金鱼,笑着努努嘴,像是要和金鱼亲嘴。丁玉丽笑着说:"看看,红金鱼知道谁喜欢它,就游向谁嘛!"王莎莎高兴地直拍奶奶的肩膀。接着冯智又用捞鱼网的头部,在辛清玉站着的一边敲了两下盆沿,三条黑色金鱼唰的一下聚拢到了一起,可劲昂着头,奋力鼓着眼,大幅度摆着尾,大有跃出鱼盆的冲动。辛清玉看了下意识地伸出了双手,像要拦住跃跃欲试的金鱼。大家见状不约而同地笑了,辛清玉也哈哈大笑。丁玉丽边笑边说:"这黑金鱼是专逗辛老先生乐,也会认人呢!"冯智从丁玉丽手中拿过塑料袋,从里边取出三粒暗红色的鱼食,撒到了红金鱼那边,那鱼不争不抢,各得一粒,用嘴顶着稍做把玩,然后吞了下去,似乎还要精心品味似的,游动的速度和力度很快减了下来。冯智又把三粒黑褐色的鱼食丢到黑金鱼那边,那鱼奋力向前,互不相让,也各得一粒,瞬间便吞进肚里,身上的激情也瞬间全无。大家齐声称奇,方玉桂乐呵得合不上嘴,不知道说什么好。辛清玉昂首大笑,说:"这金鱼还真的神奇,可见世间万物皆有灵性。"程杰人微微笑着,看两位老人如此高兴,心里不知有多惬意,多舒坦。丁玉丽看在眼里,也暗暗高兴,接过话头说:"这叫逗鱼玩,不,应该叫乐有鱼,快乐有余!"冯智脸色平静,拿起捞鱼网郑重其事地说:"每逗鱼乐两次后,可给鱼喂一次食。刚才在程秘书长那里逗过一次,这次逗了就喂点食。事不过三,逗过三次后,一定要喂食。红鱼喂红食,黑鱼喂黑食。"王莎莎看得高兴,听得仔细,笑着说:"这个我记下了,金鱼演出所得就是一粒食呀。"冯智看似平静,其实心里极为高兴,没想到劳动成果竟得到了如此高度的认可,所产生的效果更难以预测,他拿起塑料袋要做进一步的交代。这时外边嚷嚷着来了一群人,门帘一掀进来了两个人。走在前面的是田丽丽，她没想到还有来得早的，天地如此之大，咋就聚到这间小屋里了呢？她竭力稳住心绪，笑对方玉桂说："方奶奶，仵秘书长带着人，来给春和堂通暖通热水来了。"不等方玉桂做出反应，王莎莎走过来一把握住田丽丽的手，两人在上海商品交易会相识，算是老朋友了。田丽丽忙把身后的仵天才介绍给王莎莎，仵天才笑着说："久仰，久仰，年轻有为的大学老师。"他一边说着一边瞥了一眼程杰人，两人目光正好相逢，便互相点点头，都有些尴尬。田丽丽一来就和王莎莎、丁玉丽聊上了，还拍拍打打的，像亲姐妹一样。冯智有些忐忑不安，心想仵天才怎么这个时候来了呢？仵天才对他跟着程杰人来这里，肯定会有想法，便恨不得有个地缝钻进去。冯智凑近王莎莎，低声说："王老师，这塑料袋里是三种鱼食，米黄色的平时给两种颜色的金鱼都能喂。这些鱼食够喂半年，完了我会配好送来。"他感觉仵天才正盯着他，立即改口说："到时间我会配好鱼食，让丁玉丽送过来。"说完他抬起头朝周边的人笑了笑，算是告辞，然后红着脸走出屋门。

　　冯智走出屋门后长出一口气，刚要离开却被站在门外的贾之岛一把拉住。贾之岛是后勤科科长，是随仵天才来的。贾之岛笑问："你也来了？还挺有面子，你看我只能站在门外等。"他指了指远远站着的七八个锅炉工、水工："他们更是如此，还得听我的命令呢！"冯智轻声说："我有啥面子，是跟着程秘书长进去的，屁股连凳子还没挨住，就出来了。"贾之岛摇摇头，若有所思地说："你跟程秘书长来，肯定有啥名堂，程秘书长无事不登三宝殿。"冯智看他手中拿着一卷裱好的字画，心中便明白了大半，回头看了一眼屋门，说："都一样，我是跟着程秘书长来送了盆金鱼。"都到了这种地步，实话实说反倒觉得轻松了。贾之岛并非科班出身，从打字员干起，当了办公室的政工科长，去年调整为后勤科科长。从干虚事到干实事，手中握有不少实权，管着几十号人呢，关键还在于等着提管后勤的副主任呢。他上学时曾酷爱诗歌创作，上小学时还在县报上发表过一首小诗，语文老师便刻意培养他，还给他讲了唐朝诗人贾岛把"僧推月下门"改为"僧敲月下门"的典故，鼓励他要像贾岛那样善于推敲，下苦功夫写诗。上初中时他就把名字贾之道改成了贾之岛，立志像贾岛那样成为一名诗人。命运总是捉弄人，他以后无论怎样刻苦努力、费神推敲，都写不出好诗来。他就转而练书法，倒应了无意插柳柳成荫那句话，十几年下来，他竟成了秦东市有名的书法家，还兼任了市书法协会的副会长。他犹喜写贾岛的诗句，今天按仵天才的授意就拿了一幅最拿手的书法精品。

　　"我今天送书法作品，是想找个识货的，宣传宣传嘛。"贾之岛听了冯智的坦言，索性直说，"主要是领着水工来给春和堂药店和后面主人住的地方接通热水管道，以便常年供热水，顺便把暖气片也安装好，尽管暖气供不了几天了，今后到了冬天就能和机关同步供暖。"冯智听得瞪大了眼睛,这不是拿公共资源给有特殊身份的人服务吗?仵天才竟敢公然搞不正之风,还经常挺着腰板训人,看人的眼神总有股找事挑刺的味道,我是儿子犯了事,你这是自己假公济私呀!这时田丽丽出来叫贾之岛,冯智便急忙离去。

贾之岛进屋后,第一眼要找的是程杰人,他清楚今天要在两个上司面前走钢丝,没想到程杰人看见他后满脸是笑,贾之岛顿觉安稳了许多,急忙朝程杰人笑了笑,算是打了招呼。仵天才也微微笑着,对贾之岛说:"我刚才把接通热水管道和安装暖气片的情况都说了,刚好程秘书长也在这里。"他转向程杰人:"贾科长这次可是出了大力,多方奔走,求婆婆告奶奶才说通了工人俱乐部,给市政府东家属院住户解决了停车场地,又给机关下苦的锅炉工、临时工聘请了省内名医辛清玉老先生做保健医生,还承诺免费熬中药,这是机关从来没有过的嘛。"程杰人听了,心中暗骂:你的鬼点子真多,打着为机关干部职工办事的幌子,彰显手中的权力,实现不可告人的目的。夸下属是假,讨好这里的主人才是真。程杰人想得很解气,心里却酸酸的,自己是正职,仵天才是副职,可这件事偏偏正职没办成。你看副职今天来前呼后拥的,这些随员又会怎样想?贾之岛被仵天才夸得有些不好意思,竟脱口说出这时不该说的话:"都是仵秘书长领导有方。"仵天才挥挥手,说:"马上安排工人们动起来,争取晚饭前全部完工。"贾之岛说:"一切都准备好了,也就是半个来小时。"他掀开门帘只摆了个手势,就听见外边的工人们你呼他叫地干起了活路。说话间,水工头张大山兴致勃勃地带着两个工人,抬着一个暖气片走了进来。张大山朝屋内的人点点头,刚准备到卧室去安装,突然发现程杰人也在这里,脸拉得老长,正逼视着他。张大山对着程杰人笑了笑,丝毫没有程杰人以为会出现的尴尬甚或惊恐。张大山的确很坦然,他是凭技术和下苦吃饭的,没有要提拔和别的啥想法,对上级之间的明争暗斗不闻不问,也不懂,不管哪个领导,只要开绿灯,让他干啥就干啥,让咋干就咋干,就这么简单。王莎莎跟着张大山进到奶奶的里屋看了看,发现这一切都是谋划好的,就又回到书房。

辛清玉从说水暖上的事情后,便一个人坐在书桌旁看书,似乎这一切与他无关,刚才观鱼的喜悦悄然退去,心里倒生出一些说不出的滋味来。他想:春和堂的经营和别的事情儿子说了算,可这儿是我的书房和卧室呀,机关的人找上门来,明显是冲着老伴,这背后有没有啥文章也说不清。不过人家是办好事,也不便说啥,可心里总觉得哪儿不对劲。好在今天王莎莎在这儿,相信她会处理好这些,无需多想,更无需多问,听其自然好了。仵天才从辛清玉看似平静的脸上,看出了他内心的不宁静,笑着对辛清玉说:"辛老先生,我妻子还找您看过病呢。"辛清玉抬起头,问:"是吗?病好了吗?"说到给病人治病,辛清玉又从书中走了出来,一脸的认真。仵天才说:"好了,大好了。她说您坐堂的地方,墙上一张年画已破旧了,我便让贾之岛写了一幅字,给您带来了,您先看看合适不合适。"贾之岛听了,立即把一直拿在手中的条幅放在书桌上,慢慢展了开来,大家都凑了过来。辛清玉站起来扶了扶老花镜,接着又取下老花镜,仔细看了起来。条幅写的是唐朝诗人贾岛的一首五言绝句:"松下问童子,言师采药去。只在此山中,云深不知处。"观之良久,辛清玉脸露欣喜,拍着桌沿说:"好诗,好字。"大家也都跟着叫好。辛清玉兴趣盎然,缓缓地说:"字兼颜柳之风,更有毛体风韵。笔法稳健厚重,结构端庄宏放,气势开张不羁,字形舒展大气。说通俗点,就是带劲,耐看。"众人听了实在佩服不已,贾之岛更是惊呆了,他临帖颜真卿和柳公权最早,学毛泽东书法用时最长,老先生可谓慧眼超人,绝非等闲之辈。田丽丽用手打了一下贾之岛,贾之岛忙说:"还请辛老先生,辛老师指教。"辛清玉哈哈大笑,说:"我早年也随家父练过书法,也曾临研楷书颜、柳,行书二王、赵、米、黄,汉隶曹全碑等名家法帖,不过早已生疏不堪。应该说你的书法让我开了眼界,我应该称你老师才好。"辛清玉刚才心中的不快,早已飞到云天之外,也不加掩饰地说:"其实,我更喜欢这首诗。我年轻时也常进山采药,看了诗句好像又回到了当年。贾岛这首诗脱其清奇苦僻的诗风,朴素清淡,无一惊人佳句而自成佳境,真是好诗啊,好诗。"王莎莎说:"辛大爷不仅中医学造诣极深,国学底子也非同寻常。"辛清玉看了一眼王莎莎这个如今的助手,摇摇头,深沉地说:"诗里的意境实在让人向往呀,采药深山,远离尘世,自然闲淡。可这种生活如今难觅,在越来越繁华的城市里更是无从谈起。"显然诗里的意境深为老先生所欣赏。王莎莎素知老先生的心境,像今天这种喧闹纷扰并非老人所愿所喜,就试探着问:"要不要我现在就挂到您坐堂的地方去?"辛清玉说:"不,不用挂到那里去。"仵天才和贾之岛的脸上掠过一丝难堪。程杰人微笑着瞅了仵天才一眼,心想拍马屁没拍到地方吧?辛清玉回头看了看,提高声音说:"就挂在这里的东墙上吧,挂在这里更合适。古人不是说中隐隐于市吗?其实,什么隐不隐的,心静才是真静、大静,才是真隐。如今啊……"老人忽然收住,脸上顿无表情,不再说话。大家都有些茫然,老人到底是喜欢这幅字,更喜欢这首诗呢,还是在追求某种意境,抑或是向往某种梦境、幻境?自以为对老人最为了解的王莎莎,似乎也没了底,却明显感到老人并不喜欢类似今天的这种生活状态。

程杰人发现方玉桂在大家看条幅时,一直在择菜,连头都没抬,弄不清是急着择菜,还是对条幅不懂或是不感兴趣。他便缓缓走过来和方玉桂搭讪,以冲淡欢乐过后难以捉摸的气氛中的别样味道,并重燃老太太的欢喜之情。程杰人笑问:"老人家,你这择的是啥菜呀?"方玉桂抬起头说:"荠荠菜呀,你看这荠荠菜多

## 第二十六章

好呀!"说着她推了推篮子让大家看。大家的注意力全到荠荠菜上来了,其实刚才大家都是看到了的。方玉桂用手捧起择好的荠荠菜又夸上了:"你们看这荠荠菜长得多好,多惹人喜欢,街道里买不到这么好的荠荠菜。"王莎莎挨着奶奶坐下,抓了一把荠荠菜细细看着,每一棵都是经过仔细择挑的,根部白里泛红,没有一片黄叶。这些新鲜的荠荠菜还带着露水,每一棵都仿佛是一朵绿色的玫瑰,散发着田野里青草的特殊香味。王莎莎不禁赞美说:"这些荠荠菜把春天带进了屋子,太美了,真的太美了!"又拉把奶奶笑了笑:"这是奶奶新结识的一位朋友送的。"方玉桂也笑了:"嘿嘿嘿,是一位流浪汉刚才送来的,说是在柳河滩一棵一棵挑选着用手抠出来的。"程杰人有些惊讶,问:"是那个蓬头垢面披着红披风的人吗?"方玉桂也有些惊讶,问:"咋啦,你也认识他?"程杰人摇摇头。丁玉丽抢着说:"我们刚来时,看见这个人从屋子里走了出去,都很吃惊,还担心这里会出啥事呢!"方玉桂笑了,说:"会出啥事呀?他是头一回来这里,也就送了些荠荠菜,放下就走了,弄得我连道谢的话都没来得及说。"说着又笑了,继续说:"北小桥广场那帮跳舞的老太太都叫他'绳人哥',我也叫'绳人哥',把我都叫年轻了呢!"人家听得齐声笑了,没想到慈眉善眼的老人还挺幽默。辛清玉看老伴乐了,就接过话头:"我俩每天早晨到北小桥广场去散步,那里有一帮老太太在跳舞,还有几个老头在敲鼓。最引人的还是绳人哥,他披一件细尼龙绳编织的红披风,在前边领舞,神情怪异,动作滑稽,很是逗人,特别引人注目。后来才知道他叫绳人哥,还和我们是邻居呢。"方玉桂放下择完的荠荠菜,有些感慨地说:"这些荠荠菜活过冬天才能长得这样好,可绳人哥挺过了冬天,活得还挺苦,他是个苦命人啊!"她眼睛闪烁着泪花:"老头子,你就给大家说说这个苦命人吧。"王莎莎看奶奶伤感的样子,忙抓住她的手。辛清玉沉吟了一下,慢慢给大家讲了绳人哥的辛酸和悲苦。

原来绳人哥是邻省深山老林里走出来的农民工。前些年秦东市的鸿关县掀起了国家、集体、个人一起上的掘金热,一个贫困小县一下子沸腾起来。山里山外,到处是挖矿的、背石的和炼金的,绳人哥和一帮乡邻也加入了运矿大军。相邻外省的一个县也是一样,还有点你追我赶的味道。有一年盛夏的一个晚上,许多农民工睡在一条小河的河床里乘凉。不料山上下了一场暴雨,洪水冲垮了山上金矿的尾矿坝,泥沙汹涌而下,把数十名乘凉的农民工冲走了。绳人哥当时铺着用来背矿石的尼龙袋睡觉,尼龙袋挂在了河岸的灌木丛上,绳人哥抓住尼龙袋逃过了一劫。第二天鸿关县派人查看灾情,发现下游两岸的河床上横七竖八地摆了几十具尸体,就把本县河床的尸体全部抬过小河,扔在了邻省的河床里,然后向邻省通报了灾情和惨状。邻省的人赶来后有些纳闷:洪水淹死人咋都冲到了界河这边？后来也没追究，来了个更绝的，全部予以就地掩埋，然后扬长而去。这件事让绳人哥极度悲伤，他日夜思念那些相识和不相识的乡邻们，好像到处都有这些死去者的身影，又到处都埋着他们的尸骨。他吃不下饭，睡不着觉，终于咬着牙齿，衔着苦痛，离开了鸿关县这个永远的伤心地，也再没有回过家，他实在不愿把这无尽的苦痛带回家乡。他像水中的浮萍一样漂来漂去，最后漂到了秦东市区，成了一个流浪者。不管谁问，都说他叫"剩人"，意思是死剩下的人。叫他"剩人"，与"圣人"相混，世间能有几人堪称圣人？如此模样的人如此称谓简直就是一种亵渎。他经常披一件不伦不类的披风，是尼龙绳子编织的，"绳"和"剩"是谐音，干脆就叫成了"绳人"，后来昵称"绳人哥"，倒也平添了些许浪漫情调。说到这里，辛清玉叹息着停了下来。

大家听了都有些说不出的味道，程杰人和仵天才都有些不自在。丁玉丽看方玉桂惯常慈祥的脸上，挂满了深深的同情和悲伤，便想岔开，说："他刚才还给我们表演了一段街舞，挺逗人的，还有些美国著名歌手杰克逊的招数。"方玉桂说："我就喜欢他跳舞快活的样子，那帮老太太也顺着他，让着他，尽量让他快活。"田丽丽问："绳人哥怎么还和您是邻居？"方玉桂说："他就睡在药店的西边嘛。"辛清玉说："他就睡在市总工会困难职工救助中心和市政府机关的界墙下。冬天睡在迎春花丛旁冒着蒸汽的热力井盖上'蹭'温，其他时间睡在屋檐下。"程杰人的脸上实在挂不住了，半天想不出一句合适的话来。仵天才沉着脸说："这简直是极大的讽刺，这样下去还得了。"方玉桂说："有一次市总工会有人还嫌绳人哥脏，要赶他走，老头子还说他香呢。"辛清玉说："那天我俩路过那里，看见几个干部正在训斥绳人哥，说他蓬头垢面脏兮兮的，我说他头枕花丛，发有余香，嫌弃他倒不如救助他呀！那几个干部说又不是下岗职工，救助没政策。"方玉桂说："人家不管，我就经常给送点吃的。"辛清玉笑了，说："绳人哥算是遇到救苦救难的观音菩萨了，什么包子、馒头、点心，过春节还把我的一瓶酒送去呢！"大家都笑了。方玉桂也笑了，说："光说人家，你还背着我送他一件棉大衣呢！"大家又笑，被两位老人的善心善举感染了。好长时间没吭声的王莎莎说："所有这些，两位老人都对一个人保密，还不让我说，我也挺为难的。"她摇摇头，又看了看程杰人和仵天才。程杰人和仵天才立即悟出两位老人是对谁保密，也难怪，两位老人是不想给吴芳添麻烦，怕市长难为情。仵天才板着脸说："田丽丽科长可能不清楚，文佳秘书长肯定清楚绳人哥的事情。他协调安全生产这一块，出了那么大的事，他肯定去过现场。好像也没听他说过，也不知道是怎样处理善后工作的？"他终于发现文佳涉及大要案，好像要追查责任似的重复着："这事文佳秘书长应该清楚，应该处理好善后工作，文佳秘书长有这个责任。"

## 第二十六章

"是谁在嚼我的舌根呀?"门帘开处,文佳笑着走了进来:"呀,这么多人,都坐不下了,我就站着受审吧。"大家都笑了。程杰人问:"你啥时从新疆回来的?"文佳说:"今天刚回来,明天要到省城去参加考官培训班,没找见吴市长,估计她在这里,就急着赶过来想把新疆那边的情况汇报一下。"仵天才脸上的尴尬尚未退去,心想什么汇报工作,是来看望老太太,手里提着大包小包,还要遮遮掩掩,和我一样情报出错了吧?就说这个田丽丽吧,给我说丁玉丽下午随程杰人开会,吴芳让她给婆婆买了一件衣服,尺码、颜色、款式都写得清清楚楚,她按单买好后给到了市长的手上,可是市长并没有来呀。文佳也是想讨老太太喜欢,恐怕想的是去"副",想当秘书长罢了。和市长是同班同学,还干这没名堂的事,显然文佳就是最大的竞争对手,仵天才顿生妒意。文佳笑着说:"大婶、大叔,带了点新疆的葡萄干和哈密瓜干,你们尝尝鲜。"田丽丽早已站起来让座,脸红红的,她清楚文佳是自己的直接分管上司,今天却跟着别的秘书长到这地方来了,生怕文佳想到别处去,心里多少有些不安。文佳也不客气,就坐到了田丽丽的位置上。田丽丽便斜靠在沙发背上。仵天才当然也不想得罪文佳,转着弯子说:"刚才两位老人说到救助一个流浪者,其实是在鸿关垮坝中大难不死,逃难到城里的一个农民工。你应该清楚那起重大安全事故。"文佳皱起眉头,略停片刻,声音低沉地说:"往事不堪回首,洪水冲垮金矿尾矿坝后,死了多少人,死了哪里的人,至今没有人能说清楚。那年我赶到鸿关县时,县上说事故处理完了,没咱们的事,你放心回去吧。县上说没事了,我也不能硬去找事。"文佳摇摇头,沉痛地接着说:"后来我才清楚了,简直是视人命为儿戏,要遭天谴的!那时体制上、制度上、法律上都不够健全,无能为力啊!要放到现在,那可是天大的事,省、市领导都要去,谁敢那样草草了事?谁敢那样不负责任?"看着仵天才表情怪怪的脸,忽然他有些警觉,问:"现在是不是要追查责任?"仵天才摇摇头,扭头对田丽丽说:"田科长,你回头和民政局联系一下,讲明情况,让救助一下绳人哥。"说完看了看方玉桂。

程杰人说:"不用,不用小田联系,我这就给民政局长打电话。"说着他就拨通了民政局长的电话,简要说了一下绳人哥的经历和生存状况,然后一字一板地说了他的意见:"不要小看对这位流浪者的救助,这是人民政府对人民的态度问题,是对已故者灵魂的慰藉,是对生者的安抚,是政治任务,也是一种救赎。"那边回答得十分干脆,答应马上就办的话,在场的人都听得清清楚楚。仵天才没有想到这位平时说话没啥水平,往往说不到点子上,有时还说得磕磕绊绊的秘书长,今天竟超常发挥,特别是最后说的几句话,句句带情也在理,还有些振聋发聩。

文佳从程杰人的通话中听清了绳人哥的遭遇,也看到了两位同事的态度,真的有了受审的感觉。当年在垮坝死人的处置上他的确负有一定的责任,尽管时过境迁,心里仍隐隐作痛。当时在事故死人这类问题上,瞒报或私了的情况并不少见,县上不愿揽事,硬要查处会出力不讨好,况且还涉及邻省,比较复杂。给主管领导汇报时,主管领导表态要按有关规定办,又没有具体意见,这事便被放下了。至于仵天才现在说起责任,显然别有用心,这人一心去"副",凡被视为对手的都会抓住机会出手的,不能不防。程杰人来这里也许是吴芳有安排,他协助市长工作,偶尔涉及家务事也是有的。仵天才来这里干啥?文佳探询的目光落在了仵天才紧绷的脸上。这时水工头张大山从里间出来了,后边跟着两个手拿扳子的工人。张大山边走边说:"暖气片装好了,屋子很快就会暖和起来。"方玉桂笑着说:"这下好了,老头子也不用整天弄火炉了。"辛清玉缓缓站起来,从炉子上取下轻轻响着又冒着热气的水壶,给自己杯子里添了些水,白色的水蒸气立即弥漫到了他的脸上,他轻轻摇摇头又看了看炉火,把水壶放到了炉子上,水壶马上又轻轻响了起来,像唱歌一样。文佳从辛清玉脸上,看出他对安装暖气似乎并不感兴趣。张大山走近后,觉察程杰人看都不看他,便朝文佳笑笑,然后对仵天才说:"仵秘书长,那我们先走了。"仵天才轻轻点点头,脸上毫无表情。贾之岛向张大山摆摆头,示意快走。文佳马上清楚了,是仵天才带人来这里安装暖气片的。文佳抬起头正遇田丽丽的目光,她马上避开了,急着说:"张师傅,我办公室的水管漏水哩。"说着便追了出去。丁玉丽对程杰人说:"程秘书长,我也回办公室去了。"说完向方玉桂打了个招呼,急匆匆追田丽丽去了。文佳说:"安装暖气片好啊,还能烧个十天半月,来的人还挺多嘛。"仵天才脸上有些不自在,也许说者无意,听者却有心,这不是在嘲讽自己吗?王莎莎笑着说:"文叔,安装热水管道和暖气片,涉及工人俱乐部和政府家属院,仵秘书长怕节外生枝,来看看。"她看了一眼程杰人接着说:"程秘书长是领着人来送金鱼,怕这人不熟悉地方。"仵天才和程杰人听了都轻松了许多,也暗暗佩服王莎莎会说话。贾之岛顿悟已无须再等仵天才发话了,马上站起来说:"我到前边去看看,完工后我们就回去了。"没有人吭声,仵天才连头都没抬,贾之岛向辛清玉打了个招呼,便急急忙忙地走了。

　　屋子里剩下三个客人,正副三个秘书长,鬼使神差般让三个人聚在了这里。程杰人心想,虽然判断失准,没碰见吴芳,王莎莎恰好在这里,看来她精得很哩,会把送金鱼的事告诉母亲,便想尽快离开。仵天才有些生气,这田丽丽的信息太不准确了,简直是拿他开涮,说吴市长要来这里,这么长时间了连个影儿都不见。不过王莎莎倒善解人意,吴芳定会知道他的一番心意的,便也想离开。文佳一来就说是赶着来给吴芳汇报工作,不便很快离开,就聊起了新疆见闻。方玉桂已择完荠荠菜,一听聊起了新疆,就扯上了辛清玉,说老头子的大儿子在新疆生产建设兵团工作,春节期间回来过,说新疆大得很。方玉桂兴趣一上来,程杰人和仵天才也跟着闲聊起来。

闲聊了一会儿,程杰人和仵天才对视了一下,都想提出告辞。吴芳这时掀开门帘走了进来,王莎莎急忙上前接过母亲手中的提包,笑着说:"我三个叔刚刚过来看望奶奶和辛大爷。"三个秘书长同时站了起来,打招呼后又都坐了下来。吴芳看三个秘书长同时来这里,心中有些诧异,怎么一起看望老人来了?怎么在这件事上如此一致呢?平时在工作上往往还想不到一起呢,尤其是程杰人和仵天才更是面和心不和。她发现茶几上添了一盆金鱼,书桌上放了一幅字画,沙发旁放着标有新疆字样的礼品袋,想得就多了起来。三位秘书长都是身边工作的左膀右臂,带点礼品来看婆婆也未超出人之常情,但在这敏感时期一起来,会不会有什么共同的想法?如果有为何不在办公室说呢?也许是……一时竟让吴芳十分费解。她迅速做出决断,不必多想多猜,也不必多问多说,家庭就是家庭,何况这里还是婆婆的家庭呢。吴芳给女儿说:"莎莎,我给你奶奶买了一件上衣,让奶奶试试,看合适不合适。"王莎莎从袋子里取出上衣,红底黄色小花,笑着给奶奶穿到了身上。方玉桂任凭孙女摆布,慈祥的脸上堆满了笑容。王莎莎前后抻了抻,吴芳也过来帮忙提了提领了。王莎莎绕着看了一圈后,大声说:"挺合适,不宽不窄,不长不短,款式新颖,花色漂亮,穿上又精神又显年轻。看来,市长在家政领域里也挺内行。"大家齐声笑了,正在看书的辛清玉也笑了。吴芳瞪了女儿一眼,说:"又耍贫嘴!"方玉桂笑着说:"合适,就是合适,我就喜欢这红底黄花,那帮跳舞的老太太好多人都穿这种外套。"文佳笑着说:"您老还不知道,你的身高、腰围、肩宽、腿长这些个人信息全泄密了。"吴芳又说:"莎莎,那个盒子里是一双胶鞋,是给你辛大爷买的,也拿出来让辛大爷试试。"王莎莎取出胶鞋后看了看,是双名牌运动鞋,说:"辛大爷,你试试看。"辛清玉拿起鞋看了看鞋码,穿上后走了两步,笑着说:"很合脚,穿上挺舒服,适合早晚散步时穿。"王莎莎笑对文佳说:"文叔,不瞒你说,我妈早就让我把辛大爷的个人信息全给她提供了。"文佳笑了,问:"你怎么就全招了呢?"大家齐笑,方玉桂咯咯咯地笑个不止,看起来比辛清玉还要高兴,她觉得吴芳没把老头子当外人,让她既宽慰又感激,眼睛一下子觉得湿漉漉的,差点掉下泪来。仵天才笑过后脸上闪过一丝不悦,心想文佳在这家人的眼里还是不一样,还有田丽丽只说了买上衣并没有说买胶鞋,看来她对自己还是有保留,不像对文佳那样。他哪里知道,胶鞋是吴芳让司机按所给尺码买的。

看两位老人开心,吴芳也很开心,她走过鱼盆旁随意看了看游动的金鱼,顺手挪了挪沙发边的礼品袋,然后坐到了沙发上。三个秘书长的心都悬了起来,生怕吴芳问起这些,与来时的想法竟截然相反。吴芳笑着问:"莎莎,你给辛大爷整理医案的事有进展吗?"三个秘书长听了,都松了一口气。看来,吴芳并未在意这些,好像故意避而不谈。仵天才用手撞了一下程杰人,程杰人立刻说:"吴市长,我们来看看两位老人,没啥事,我们先走了。"说着就站了起来,仵天才和文佳也站了起来。文佳显得有些尴尬,一来就说是要汇报工作,现在又要跟着走,一时竟不知所措。这时方玉桂开了口:"老文别急着走,我还有事要和你说说。"仵天才抢先一步走在了程杰人前面,两人告辞后都直回机关。仵天才一路都没说话,觉得无论怎样努力,都难以拼过文佳。看来吴芳一家把文佳当成了自家人,并深为选择今天到春和堂后悔。程杰人倒是了却了一个心愿,觉得王莎莎会把他的一片心意转达好,吴芳也会感知他的真实想法。程杰人一路上也没说话,刚才急着离开的想法虽和仵天才一致,但过去没有今后也不大可能走在一条道上,还能有啥话好说呢。

  吴芳知道婆婆留下文佳要说什么。好长时间以来,婆婆一直催着她找个心上人,她总是以各种理由拖着。丈夫在上大学时因公牺牲了,曾给了她极大的打击。当她尚未完全走出这个阴影时,古济宁就有过表示,可觉得丁燕红一直在苦追古济宁,就婉拒了古济宁。都说婚姻是自私的,似乎也不全是,不过那时她的确还没有考虑成熟。大学毕业后在工作中接触的人相当多,遇到各行各业优秀的男人也不少,却没有一个人能走进她的心里。去年以来和古济宁接触的又多了起来,他似乎旧情复萌,但又没有明确表达出来。对这个老同学,她始终有些吃不透、摸不清的感觉……不等婆婆开口,吴芳就问起文佳去新疆的情况,打破了她在这里从不谈工作的惯例。这让辛清玉感到有些不安,他恪守不闻不问吴芳工作的信条,今天竟避犹不及呀。估计老太太要和吴芳谈婚姻上的事情,这更加让他如坐针毡。辛清玉无奈之下只好到书本中寻求安宁,埋头看起了医书。这会儿,比辛清玉还不安的是方玉桂,她就是想借着文佳来了,说说吴芳的婚事。吴芳一说起工作上的事,方玉桂就有些火急火燎,又想孙女在场合适不合适由她自己去把握,老头子在场肯定不合适,就想着最好到里间去说。方玉桂一急就把菜篮子撸在怀里,一时又不知话该咋说。

  这时,门帘掀开了一条缝,辛友成向里边探头探脑地看着,王莎莎一眼就看见了,没好声气地说:"谁在外边哩?有啥事进来说!"辛友成愣了一下,有些不好意思地走了进来,向屋子里的人弯腰笑了笑,对辛清玉说:"爸,薛道长又来找您,人在药店里等着,您见不见?"辛清玉当即取下花镜,说:"见,我到药店去见他。"说着就走出屋去,辛友成也急忙跟着去了。

  方玉桂趁辛清玉出门截住吴芳的话,说:"今天下午,在老文前面,你的老同学张什么来着,也来过了,他还说去年在那边住时也来过。"王莎莎说:"是张洛朴叔叔,我回来时他刚走。"她忽然气呼呼地说:"那个李晓南鼻子挺灵,还赶过来找张叔叔揽工程。讨厌鬼！下次再让我碰上……"她看奶奶脸上有些不高兴，便不再往下说。吴芳听了心里一沉，轻轻摇了摇头。文佳当然清楚张洛朴来过，就是接了他的电话后文佳才来这里的，还以为他找吴芳找到了这里。其实吴芳当时并不在这里，结果碰上了程杰人和仵天才，闹得挺别扭。看来，张洛朴看望方玉桂，显然是来铺路的，之所以告诉他，是在提醒做吴芳的工作哩。想到这里，文佳倒是有了主意。方玉桂盯着孙女说："想起来了，你那位叔叔张董事长，是在外国上班吗？"三个人都有些莫名其妙，老太太怎么能提出这样的问题。王莎莎"吭"地笑了，问："奶奶，你看他像个外国人吗？他又不是高鼻梁、蓝眼睛呀！"她看奶奶嘴动了动，又说不出来，笑着又问："你是说他叫张董事长，名字是四个字，就是外国人吗？"文佳憋不住笑了。吴芳没好声气地问："奶奶啥时说他是外国人啦？"文佳笑着说："莎莎偷换概念，典型的偷换概念。"方玉桂嗫嚅着说："我是说他每次来带的都是外国的洋东西，洋酒、洋烟，还有洋参啥的。"吴芳心中一怔，这张洛朴是怎么啦？文佳脸上掠过一丝笑意，心想这家伙还真下功夫。王莎莎拍着奶奶的肩膀，笑着问："那堂堂还跟着张董事长坐进口车呢，我弟也在外国上班吗？"方玉桂故作生气，说："就你话多，看我敢不敢打你的嘴！"她拍了一下孙女的后背，挤了挤眼睛，说："快到前面去问问你辛大爷，晚上想吃啥饭，要不要吃荞荞菜，奶奶好去做饭。"王莎莎抿嘴一笑，站起来走了。她心想奶奶其实机灵着哩，她故意说些似乎多余也不大靠谱的话，大有抢夺话语权的意图，现在大概要进入正题了，就赶着她走。方玉桂看孙女笑盈盈地走了，并未立即进入正题，依然扯着刚才的话题，说："张董事长来时，带的那个女人挺厉害，敢给张董事长脸色看。如今啊，自己的老婆才敢那样呢！张董事长那么大的派，都认了嘛。"吴芳听得皱起了眉头。文佳也弄不清楚老太太想说什么，问："那个女人长啥样？"方玉桂说："头发又黑又长，搭在背后，年龄不算太轻，长得倒很漂亮。"文佳说："那是张洛朴的下属严玉华，她和咱堂堂一块儿在秦东搞投资项目。严玉华就是那种人，不苟言笑，看着挺厉害。"文佳看老人脸上疑云未散，索性直说："那女人不是张洛朴的老婆，现在他没了老婆，和老婆刚离婚。"说完，文佳忽觉方玉桂眼力非凡，她大概看出了张洛朴与严玉华不同寻常的关系。这方面自己虽有耳闻，总不能找老同学核实吧。吴芳听了却深为惊讶，原来张洛朴已经离婚了，那么他对她过分得热情，还有一再看望婆婆，是不是在发出某种信号，表达某种意向。方玉桂脸上的疑云更重了，她在估摸张董事长的官到底有多大，弄不清有没有儿媳官大。他有权有势又有钱，像是明摆着的，拿着那么多的洋礼，会不会有啥想法？方玉桂一时竟语不择词，喃喃道："张董事长那样的人，找个老婆恐怕不难吧。"吴芳、文佳都没有接话。

少顷,文佳说:"张洛朴元旦前办完离婚手续,老婆随儿子到国外去了。他们闹离婚多年了,上大学时就有矛盾,闹得不可开交。最终还是散了。"他无意为张洛朴当月老,把情况说清,任务就算完成了,有一种如释重负的感觉。他相信吴芳会处理好自己的感情问题。吴芳说:"上大学时,张洛朴妻子和古济宁前妻都到学校来过,我还调解过。这些,你都清楚。"文佳听了笑着说:"古济宁前妻是公开示好,想破镜重圆,是一厢情愿。张洛朴妻子是暗中进攻,张洛朴连招架之功都没有。"说完轻轻摇头。吴芳点点头,古济宁没有商量的余地,他的倔犟给她留下了极深的印象。张洛朴圆滑会变通,很快便与妻子重归于好,同样给吴芳留下了极深的印象。一年多来,两个同学从不同角度支持了她的工作,在初步打开招商引资局面上都功不可没。两个同学还用不同的形式向她表露了心声,该如何回应呢?这是还来不及深思熟虑的大事呀!方玉桂终于想到了合适的话,直奔主题:"老文,你可得劝劝你这些老同学,让老同学都把家成起来。"说完看了看吴芳。文佳笑了,说:"大婶,你这不是给我出难题吗?我们上大学时没开婚姻恋爱这门课,真开了这门课,我也不一定有你儿媳学得好。"方玉桂笑了,这层纸一下捅破了。吴芳也笑了,说:"老文,你也学会开玩笑了。"文佳说:"还真是这样的,当年我是班级的党支部书记,官最大,还管不好这类事。如今,你几个都比我官大,比我事干得大,我就更管不了啦。"方玉桂一听急了,忙说:"你干这事,就是当红爷,红爷啥事都能管得住呀!"文佳、吴芳齐声笑了。老人情急之下竟发明了"红爷"这个词,在老人心目中"红爷"相当于"红娘""月老",甚至地位还要高些,都是说媒的,成全人们婚姻大事的。文佳笑着说:"大婶,你的心思我全明白。我估摸着你儿媳迟迟不谈这事,是怕新女婿不好好孝敬您老人家。"方玉桂正色说:"我想不会的。再说,我也不在乎这个,有儿媳和孙子、孙女孝敬,我就知足了。"文佳看了一眼神情肃然的吴芳,接着说:"儿媳是怕您的孙子和孙女有意见,不同意咋办?"方玉桂又有些急,忙说:"没意见,他俩不会有啥意见。我支莎莎出去,是怕这女子说她妈思想封建……"文佳大笑,眼泪差点都笑出来了。吴芳也忍俊不禁,看着婆婆茫然的样子也笑了起来。方玉桂更急了,说:"我说的是真的,孙子、孙女都支持我的事哩,莎莎说这是黄昏恋,叫夕阳红,是老来福。你俩想,这女子还能不支持她妈办这事。堂堂啥话都没说过,这孩子是打小就不爱说话,可常来这里,他咋想的还不明摆着。"文佳看着老人布满皱纹的脸上尽显宽厚善良,眼睛里露着急切之情,着实有些感动,实在无话可说了,便把皮球踢给吴芳,说:"那就是怕影响工作呗,这就看……"吴芳说:"老文,别说了。"方玉桂意犹未尽,说:"青年夫妻,老来伴。谁都会老,老了没个伴,自个孤独,也成了孩子的负担。"吴芳被婆婆的一片真情深深感动了,老人家想了现在,还想了将来,想了儿媳,也想了孙子、孙女。这个辛苦操劳了一辈子的普通妇女,为了减轻儿媳的负担,让儿媳安心工作,老了还搬到条件这么差的地方来,还为儿媳操着心,真够难为她老人家了。文佳感觉吴芳被老人的真切关爱打动了,说:"大婶,这事您老人家说清了,心也尽了。您儿媳不是一般人,会处理好自己的事情,您就放心吧。"方玉桂说:"老文呀,你可得催着点。"文佳说:"您放心,大婶,一个月我给您汇报一次进展情况。"三个人都笑了。吴芳说:"政府那边还有点事,我得走了。"说着就站了起来,文佳也站了起来。方玉桂端起菜篮子,笑着说:"我去给老头子烧米汤,下点鲜嫩鲜嫩的荠荠菜。"看着婆婆高兴的样子,吴芳说:"妈,我和老文这就过那边去了,您做活悠着点。"吴芳一出房门,扭头对文佳说:"你到新疆去拿回来的钱虽不多,用好了会对秦纺厂的维稳起大作用,回头你给由市长汇报一下。"

吴芳说完抬头看见女儿正在远处训斥辛友成,这是王莎莎今天第二次训斥这位叔辈了。王莎莎脸涨得通红,杏眼圆睁,怒问:"你说,谁让你给这位道士通风报信的?你说呀,咋不说话呢?你不是嘴长爱说吗!"辛友成脸比王莎莎的脸还要红,都有些发紫了,两手不停地搓着,像犯了错的孩子一样,嘴里哼哼唧唧地啥也说不出。王莎莎看见母亲出来了,挥挥手让辛友成走了。

吴芳问:"莎莎,你怎么能以这种口气训你辛叔呢?"王莎莎说:"妈,你不知道,他一点规矩都不懂,整天在这里招事惹非,给你添乱添堵,要再不给点脸色,他还会成神弄鬼,兴风作浪哩!"吴芳说:"有那么严重吗?不要随便训斥任何一个人,再说可以让辛大爷说说他嘛。"王莎莎说:"他见了他爸像老鼠见了猫一样,老人家训他的话很难听,他满口说着是是是,可刚转过身就当成了耳边风,忘得一干二净。就这种人还不准员工叫掌柜的,要叫他老板或经理。"说完自己先笑了。文佳笑着直摇头,心想不能小看辛友成的生存智慧和手段,他生意做得还真不赖,把个春和堂打点得风生水起,名声越来越大。吴芳看女儿气消了,问:"到底是咋回事,值得你发这么大的火?"王莎莎故做俏皮地说:"你想听吗?我是为了你耳静,才大胆犯上训斥叔辈的。"

原来辛清玉和薛乙对传统的养生学有着共同的爱好,对中医针灸都深有研究,两人就成了深交。薛乙一心想修复双泉观,还想建秦东最大的中草药园,听说辛清玉与吴芳有这层关系后,薛乙便要辛清玉引见,被辛清玉婉拒。薛乙又找辛友成不停地打探消息,今天来后听辛友成说市长正好在这里,又要缠辛清玉。王莎莎说完这些,有点严肃地说:"春和堂就是个卖药的铺子,不是啥东西都交易的超市,也不是'社会超市',更不是'政治超市',不能所有的人都到这里来搞交易。今天下午这里乱成这个样子,谁能受得了!"说完她就有些后悔,文佳叔尚在当面,怎能这样说呢?文佳脸上闪过一丝难堪,心想别看这个年轻人不拘小节,有时还显得有些任性,其实心思挺重的。吴芳听了女儿的话,心中一动,略做思忖后果断地说:"我早有想法,想让你奶奶出去旅游一下。她多年身体不好,现在好多了,刚好又春暖花开,可和辛老先生一起去旅游。莎莎,你请个假吧,陪两位老人去各地散散心,开开眼界。"吴芳想给春和堂降降温,避免这里上演闹剧,尤其不能在敏感时期添乱搅局。王莎莎连声说好,笑着回屋去了。

　　吴芳和文佳刚刚走到市政府机关后门口,道旁闪出一个道士来,此人正是薛乙。他按辛友成描述的身材、长相、衣着以及可能的行进路线,在辛清玉婉拒引见后,便在这里等候吴芳的到来。薛乙躬身问:"请问,您是秦东市长吗?"吴芳打量了一下薛乙,明白了八九分,微笑着说:"是的,我是吴芳。"文佳料是薛乙,上前一步,说:"我是市政府副秘书长文佳,你有啥事给我说,我能办的就办了,办不了的再给吴市长汇报。吴市长现在有急事要回机关。"吴芳说:"那好,文秘书长你就代我接待一下这位宗教界的客人,有啥事可与民政局或市委统战部联系,需要我出面给我说一下。"吴芳说完笑着向薛乙点点头,就回办公室去了。薛乙脸露狐疑和遗憾,对文佳说:"市长不会认识我吧?我叫薛乙,是个云游四海的道士,现住在六泉寺旁边,想说说修复双泉观的事……"正说间,文佳的手机响了,是催他到考官培训班报到。文佳接完电话说:"薛道长,我还有事,你就长话短叙,我随后和有关方面联系,然后再答复你,好吗?"薛乙说:"好,就一句话,想办法弄点钱,把双泉观修复了!"文佳没想到这个道士出此难题,先是一怔,接着笑着说:"好,薛道长直率,我听清了,你就等着我的消息吧。"两人告别后,文佳匆匆去了办公室,薛乙缓缓向老城城隍庙走去,走不多远他又折回向六泉寺走去,步履似乎沉沉的。

## 第二十七章

　　文佳看薛乙离去后急忙回到办公室,拿了公文包就边给司机打电话边往停车场走去。上车后才给妻子打电话,说要去省城参加考官培训班。
　　晚上7点多钟,文佳赶到省城南郊一个部队招待所,他是市上最后一个报到的,前边的人都吃过饭了。签到后,工作人员让文佳把随身携带的手机交出会务组统管,并告知房间的电话也已关掉,不准会客和外出,司机送到后就需离开,实行封闭式培训。文佳立刻意识到这次培训纪律严明,非比寻常。他没有去客房,直接来到餐厅吃晚饭。客人已经走完,几个餐厅的服务员正在吃晚饭。文佳打了一份饭菜,独自临窗坐下,这才觉得轻松了。他一边吃饭,一边欣赏外面的景色。窗外不远处是碧波荡漾的湖水,垂柳嫩绿的枝叶直泻水面,美不胜收。文佳不禁触景生情,想起了故乡,想起了儿时在故乡湖水里玩耍的往事。文佳故乡在浦湖县的浦湖岸边。据县史载,浦湖在秦汉时有一百多平方公里的浩瀚水面,沿岸以"渡"命名的村镇多达两位数,足见当年水旱渡口之众多,舟楫商旅之繁盛。到明清时浦湖日渐瘦身,局部干涸,蜕变成大大小小的咸水池,有的连接着,有的隔断。伴随着这些咸水池的是茫茫十多万亩难事稼穑的盐碱滩,于是人们在称谓上便在"浦湖"后边加了个"滩"字,成了浦湖滩。儿时的文佳从未感到这个曾使无数代祖辈苦涩伤心和无奈的盐碱滩有什么不好,长满荒草的滩地成了儿时玩伴们的天然大乐园,每年暑假在滩里给牛羊割青草,给家里采野菜、晒柴火,在荒草中捉蚂蚱、蜻蜓,用土块追打草丛中的菜花蛇、牵着细狗撵野兔……荒滩里到处印下了孩子们的足迹,洒满了孩子们的欢声笑语,是如今的迪斯尼乐园永远无法比拟的。尤其让文佳难以忘怀的是那荒滩里一洼洼大大小小的水面,大的有百多亩、几十亩地大,小的有几亩、一半亩大,有的水深不可测,有的则连小孩的牛牛都淹不住。这些水面按说可以称之为小湖,毕竟是浦湖的子孙嘛,老百姓却称之为盐池,是明清两代熬制锅巴盐的盐池。现在这里早已不再熬盐巴了,就成了天然游泳池,是孩子们夏天嬉水游泳的地方,是文佳儿时玩得最为痛快的地方。青草割够了,柴火晒得差不多了,孩子们就脱得精光,先尿泡尿,用手接尿抹抹肚脐眼,据说是老辈人传下来的妙招,可避免受冷水刺激而肚子疼,然后就像下饺子似的纷纷跃入水中。各种游泳姿势都有,以狗刨式为主,谁也没受过正规训练,谁也不懂也不计较姿势的优劣,会潜泳的先没入水中,憋不住了才露出头来。孩子们常常打水仗,分拨打,也乱打,有的还潜入水下给脸上涂满乌黑的淤泥,猛地蹿出水面恶作剧,搏玩伴们一笑。独独文佳喜欢钻研游泳技术,他反复摸索后发现侧着身子游,双脚在水下蹬,要比正面趴在水上、双脚在水面打水的狗刨式要快,要灵活,也省力气。他还摸索着学会了仰着头在水上睡着向前游,那时玩伴们谁也不懂那叫仰泳,都说文佳会在水上睡觉,头枕在胳膊上,牛牛露出水面,还唱着歌儿。传着传着就邪乎了起来,说文佳还能坐在水上,练会了水中不沉的绝活。文佳无师自通,学会了游泳,还技高一筹,这让他很有优越感,也很自信,认为世界上没有学不会的东西。在学校里他是三好学生,工作后是先进工作者。可当领导后,却觉得并不得心应手。在党校听老师讲过领导科学,工作间隙也看过不少中外政坛名人的传记,如今还是找不到儿时游泳时洒脱自如的感觉。文佳不禁深为感叹,在游泳中学会了游泳,在工作中学会了工作,为什么在官场上却越来越不会当官了呢?就说这次去新疆吧,这是企业之间的经济纠纷,要讨账只能由秦东纺织厂去讨,最多市轻纺总公司也派员去,他完全可以不必去。由锡平认为要组建纺织企业集团,秦东纺织厂作为龙头老大不能不拿点启动资金。吴芳知道后,对文佳讲如果能讨回一笔资金,就可以作为实施秦东纺织厂破产的战略预备金。她和由锡平一样,也没有明说要文佳去新疆,文佳反复掂量后决定去一趟新疆。文佳带队到新疆后,费尽周折,总算落实了一部分资金,最为担心的两手空空难回秦东的状况没有发生,数额也超出了预设目标,这让文佳非常高兴。但令他没有想到的难题却突然降临了,在离开春和堂时吴芳的话让他犯了难。去新疆前她明确说讨回的钱要作为实施秦东纺织厂破产的战略预备金,当然是不能动的,可现在又说要用这笔资金来维护秦东纺织厂的稳定,并要他给由锡平汇报一下。这显然是要他来协调并用好这笔资金,这难度比讨要的难度大多了。首先是怎样给由锡平汇报,她前后说的不一样,如何体现市长的真实意图?由锡平想的又一直和吴芳想的大相径庭,如果由锡平问他是啥意见又该如何表态?想到这里,文佳不禁自嘲道:一个在小湖、小池中学了点游泳小技的人,在古人称之为宦海的官场中沉浮,岂能自在自如,岂能不呛水,只要不淹死就该谢天谢地了。文佳长叹一口气,看来古来许多官场达人感叹宦海沉浮之言并非虚妄。即便是汪洋大海,也未必就有宦海深不可测、变幻诡秘和难以适应。

文佳吃完晚饭,开始时的愉快轻松悄然退去,心头似压上了一块石头一样沉重。他走出餐厅,路灯已经全亮,透过湖岸摇曳的垂柳望去,并不算大的湖面在夜色笼罩下,似乎拓展到了远处朦胧的群山脚下,是那样的幽静深远,神秘莫测。文佳摇摇头,像是要挥去莫名其妙的沉郁和烦闷,急忙加快脚步向客房走去。

文佳让服务员打开房门后,市人事局的副局长门清早已吃过晚饭在房间看电视。两人见面后,门清握住文佳的手慢悠悠地直言说:"文秘书长,这次从市上选的考官就你一个是正处级,安排的是单间。吕晓说他打呼噜,让我住到你的房间来了。"文佳心想你俩是领导小组成员,咋安排都由着你们,就笑着说:"好啊,咱两个人住,谝着热闹呀。不过我也打呼噜,你要不介意就凑合一晚上吧。"门清是个直性子,索性全抖了出来:"我不介意打呼噜,吕晓人家是代组长,是工作需要住单人间。"说完脸上闪过一丝不屑和不悦。文佳看出他对吕晓有意见,显然不单纯是住不住单间的问题。文佳晚饭前就看了发给他的秩序册,上面明确了公开招聘工作领导小组组长是市委常委、组织部部长李宏国,副组长是市委常委、纪检委书记陈志正,领导小组成员有市委组织部副部长吕晓、市人事局副局长门清。领导小组成员还有其他几个部门的正副职领导,一般只是挂个名,具体工作主要由吕晓和门清负责。文佳对吕晓这位浦湖县的老乡是熟悉的,他曾给邓震西当过秘书,人很精明,材料写得也不错。如今他虽是副处级,但把一般部门的正处级都不放在眼里,副处级就更不用说了。他极善处上,对一般干部颐指气使,对李宏国却百依百顺。

外面有人敲门。门刚打开,吕晓便绕过门清径直握住文佳的手说:"师兄,你总算来了,我还怕你从新疆赶不回来呢。"文佳笑着说:"组织部有指示,谁敢违抗?不,谁敢马虎?"门清大惑,认真地问:"怎么成了师兄?没听说你俩在一个学校上过学。"文佳说:"叫反了,邓震西省长在县上任县委书记时,吕部长当过秘书;邓省长任行署专员时,我当过秘书,算是师出同门。不过按当秘书的先后次序,应该是我叫吕部长为师兄才对,尽管我多吃了十来年饭。"说着先自笑了。门清没有笑,显然这是吕晓用另类方式抬高自我身价,有这种必要吗?想到这里门清有点轻蔑地看了一眼貌似谦恭的吕晓。吕晓刚坐下,文佳便问:"招聘个招商局长,值得如此大动干戈吗?我翻了翻报到册,几十号人呢。"吕晓有点惊讶,问:"你不知道事情越搞越大了?"他忽然醒悟了:"噢,你去新疆后,市委决定扩大公开招聘的范围,一正七副,除招商局长外,还公开招聘城建、交通、国土、环保、计生、教育、安检等七个部门的副职。这是重大的干部人事制度改革,须搞得有声有色,产生大的社会效应,不能十人五马地捏弄一个招商局长,搞得冷冷清清,不成体统。其实,扩大公开招聘的事早在一个多月前就定下了,门局长还带队到外地做过专题考察。"门清眼睛从电视屏幕上缓缓移开,说:"是吕部长亲自带队考察,我是副手,是个助手罢了。"他轻轻摇摇头,这不也上了吕晓的圈套吗?吕晓摸了摸口袋,对文佳说:"把手机忘到我房间了,刚才由市长打来电话,想问你去新疆的情况。说给你打不通电话,知道你手机被统管后,让你用我的手机给他回过去。"说着就站了起来。文佳就跟着吕晓走出房门。门清是个细心的人,刚才还听见手机接短信的声音,以为是自己的手机,看了一下没有收到新短信,便知是吕晓的手机在响。现在他竟说忘带了手机,要是突然有人打来电话又该咋说?这人真是……

　　吕晓一走出房门就微笑着对文佳说:"李宏国部长也来了,你见一下吧。"文佳稍微犹豫了一下,说:"好,李部长来秦东后我在会议上、电视上见过,在公开场合握过手,还没单独和在小范围面对面说过话呢。"吕晓说:"这就是你老兄的不对了,人家都是有事没事、寻情钻眼地往李部长那里跑,套近乎,拉关系。你倒好,等着人家李部长看望你?"文佳笑了,说:"知我者,老弟也。我还真的是多年都没到组织部去过了,给谁说谁都难相信。"于是文佳跟着吕晓礼节性地看望了李宏国。

　　吕晓领着文佳来到他的房间,刚进门就说:"老兄,干脆你住到我这里,我搬到门清那里去住吧,一个人住能休息好。"文佳忙说:"不用,不用。领导小组开个小会,找人谈个话,方便也保密嘛。"文佳看着吕晓,没想到他竟会来这一套。吕晓借题发挥说:"保密?对别人保密,还对你老兄保密?"说着,他拿出一本册子来:"你看看,这是明天将宣布的分组名单。"文佳看了看封面,笑着放了下来。吕晓说:"都说组织部捏弄干部是在绝密中进行,现在不是要改革吗?这次实行公开招聘就是重大改革。不过,有些背后的故事,一般人还是不可能知道的。"文佳默默地听着,不想说什么。吕晓知道文佳向来谨慎,便毫无顾忌地把掌握的情况抖了出来,以显示一下他所处位置的重要,也有意和文佳拉拉关系。原来李宏国为了摆脱在招商局长运作上的困局,经运筹在市委同意后,下发了在全市范围内公开招聘招商局长的通知。不料符合条件的副处级几乎无人对招商局长感兴趣,认为招商引资难度很大,压力很大,没有实权,没有实惠,是辛辛苦苦给他人做嫁衣裳,还是个要从头干起的新设部门。稍好一点部门的副职,直接提拔都不愿去,谁还愿去参加招聘,和他人去竞争。结果只有两人报名参加,一个是浦湖县的副县长程东,因母亲有病,想从县上回来好照顾,后来又有些反悔;另一个是市轻纺总公司的副总经理任东山,十分积极,也相当自信,认为他虽是副职,享受

## 第二十七章

的是正处级待遇，条件绰绰有余。三人方为众，至少也需三人竞争，才好运作。后来李宏国动员吕晓参与招聘，吕晓大为吃惊，心想组织部的副部长要当正职，下到县上就是县委书记、县长，到市直部门去就是要害或红火部门的一把手，怎么能去竞聘没人看上的招商局长，简直太掉价，太倒牌子。吕晓很快就悟出并非自己干了什么错事，也没有得罪李宏国，这是李宏国在给他加压，要他想方设法物色和动员有能力有竞争力的人参加招聘。吕晓瞅准了清水县副县长郑雄飞，认为他在招商引资方面既有能力，也有业绩，是个不错的人选。吕晓就亲自到县上去动员郑雄飞，岂料郑雄飞想的是若县委书记秋梅能在市级班子换届中上一个台阶，县长祝克敬接任县委书记，他便有了升任县长的可能性，对市招商局长根本没有兴趣。吕晓使出浑身解数，软硬兼施，说服郑雄飞报了名。这样便有了三人报名，达到最低的运作基数。最后一天，省属秦河化肥厂的销售处长杜章九也来报了名，让吕晓彻底松了一口气。李宏国还是担心第一次公开招聘，弄不好会砸牌子，倒威信，想推到市级班子换届后再搞，吴芳却一直在催，弄得他极为被动。吕晓看出了李宏国的心思，建议扩大招聘范围，避免搞得冷冷清清。李宏国给市委领导汇报并经会议研究后，便有了这次一正七副的公开招聘。通知下发后，科级干部报名极为踊跃，一个岗位都是几十人报名，城建、交通、国土等岗位报名的人尤其多，本部门符合条件的几乎都报了名，县（市、区）党政部门报名的也大大超出了预料。通过笔试后各岗位都初录了前五名，再通过面试录取前三名，然后再对面试前三名进行组织考核，最后由市委常委会研究确定一名人选。一年试用期，试用合格后正式任命为市直部门副职。招商局长以选正职为由，没有参加笔试，直接进入面试。试想，只有四人参加招聘，还不到初录的最低名额，再去参加笔试岂不多此一举。说穿了，这个岗位这次面试只需去掉一个人，剩下的事就全交给组织部门去运作了。换句话说，组织部门认定的人，只要进入前三名，就会出任招商局长。

　　文佳听了吕晓的交底后，试探着说："如此说来，八个岗位中最好运作和最难运作的，其实就是这个招商局长。"吕晓看着文佳，有些夸张地说："老兄，你说得太对了！太经典了！这个岗位的人选运作不好，会出大问题，李部长最担心的就是这个，让你来是李部长亲自敲定，也给有关领导通了气。"文佳说："其实，我在这方面是个外行。不管正处副处，一个人的作用都非常有限，既然抽了一批县处级副职，大可不必抽我一个正处级，这不是把我放在火炉上烤吗？"吕晓说："我就怕老兄有顾虑，建议李部长把门清也放到这个组，将来搞好了，你老兄有功劳，万一出点啥问题，还有门清哩，他是领导小组成员嘛。"文佳听了不再吭气，觉得有些不靠谱，也有些不大对劲。功劳不功劳的无所谓，又能出啥问题呢，即使出点啥问题，作为其中一个考官又能负多大责任呢，便隐隐有些不舒服，又说不上为啥不舒服。

吕晓看了一眼不再说话的文佳，这才拨通了由锡平的电话，递给文佳后便翻起了当天的报纸。文佳拿起电话，说："由市长，从新疆回来还没来得及给你汇报情况，就被催着到考官培训班来了，一到这里手机就上交统管了，想给你电话汇报都不行了。"由锡平在电话里说："你去新疆很辛苦嘛，折腾了十几天，又是找当地政府，又是和企业谈判，还差点打官司，最后讨回一笔数额相当可以的资金，功劳不小啊！"文佳先是一愣，情况他已经知道了，急忙说："一块去的几个同志都出了大力，市政府法律顾问出了不少好点子，总算拿回来了一部分资金。"由锡平说："别小看这笔钱啊，轻纺系统要组建纺织企业集团，还离得了启动资金？这简直是天助秦东嘛。"文佳听得瞪大了眼睛，由锡平已经瞄准了这笔钱，并明白无误地先说了出来，这让他如何转达吴芳的意见，又怎样协调处置呢？由锡平接着说："任东山讲了，这笔钱如何使用、啥时使用，他听你的，你不点头，谁也不能动。这样好啊，这笔钱由你掌握我就放心了。"文佳听出是任东山给由锡平汇报的，顿时有种被人耍了的感觉。在回来的路上，文佳提出此事比较复杂，还有后续工作要做，最好回家后一块向市政府领导汇报。任东山坚持由文佳向领导汇报，领导有什么指示再由文佳来传达。任东山这样做，岂不是出尔反尔，这到底是何居心？由锡平又笑着问："文秘书长，你去省城怎么不给老婆打个招呼呀？"文佳说："她是知道的呀。""那她还到处在问，刚才还有人问到我这儿来了。"由锡平笑了笑，"她大概打不通你的手机，以为你失踪了呢。"文佳也笑了，说："这样好，排除了干扰，也让心能静一静。"由锡平说："我本来不想打扰你，十几天没见了，就想打个电话……"文佳忙说："由市长，你说到哪里去了，在机关没来得及见你，想着到这儿后再给你打电话，没想到手机被收缴了。"由锡平哈哈大笑，说："好，不说了，你就安心参加考官培训吧。噢，听说你还要考任东山，可别把他烤糊了呀。前一段他跟着你招商引资，鞍前马后，配合得还不错吧。好像他在这方面挺有特长的，清水县搞成的几个项目他都出了力嘛。"文佳终于听出了由锡平打电话的本意，却不好说什么，只好礼节性地"啊"着"噢"着。由锡平略停后接着说："看来，李宏国部长挺看重你，点名要你当考官，怕政府这边不让你去，还亲自跟我谈了。说实在的，他要不说我还真不会让你去。既然参与了，就安心当好考官。有一点，我和李部长的看法倒挺一致，就是相信你一定会把这件事干漂亮。"文佳忙说了声谢谢。由锡平笑着说了声再见，就挂断了电话。

文佳接完电话，手机拿在手里好久没有放下，简直说不出心里是什么滋味。吕晓放下报纸说："看来，老兄和由市长的关系很不一般，市长转弯抹角都要打电话问候一下老兄。"文佳苦笑一下,把手机放进衣袋里,马上又取出来交给吕晓,说:"这是你的手机,我的手机已经罢工了。"文佳看了一眼正用异样眼光审视他的吕晓,有些无奈地说:"我要是能和手机一样,也罢工一段时间该多好呀。"吕晓当然清楚文佳不是对手机被统管有意见,显然另有所指,明知故问:"由市长不会说考官的事吧?"文佳说:"说了。"他想由锡平能把电话打到吕晓这里,还有啥可保密,接着说:"还说了任东山许多好话。"吕晓笑了,说:"你老兄久历官场,能不知我们这些人说到底就是小媳妇,婆婆想吃面条,还能去烧稀饭不成。"文佳说:"问题是厨房里一大帮厨师,又要一起来做饭,婆婆又不明示,谁听谁的呀?"吕晓为文佳的天真抑或偏执所惊讶,说:"明示,还要多明呀?这就看你老兄的悟性和本事了。领导认为你在秘书长队伍中,沟通和协调能力名列前茅。再说了,就算任东山当了招商局长又咋啦?即使将来不胜任,还能调整嘛。"话说到这份上了,文佳笑了,说:"说的是,有领导小组的正确领导,我想会让所有领导满意的。"文佳知道这类事不能再说了,就站起来告辞。

文佳一回到房间,门清就问:"打个电话这么长时间?"文佳说:"闲谝了一阵子。"门清似乎摸透了吕晓,说:"吕晓人家通天呀,都是领导小组成员,可人家是核心成员,行使准副组长职权。明早才宣布分组情况,下午就告诉我咱俩分到一个组了。"文佳说:"刚才也给我说了,说让你下组是加强这个组。"门清皱皱鼻子,说:"什么加强?不就是要我去给任东山打高分嘛!什么公开招聘、公平公正透明,咋有股暗箱操作的味道?"文佳看着气呼呼的门清,很佩服他的率直和认真。门清略停片刻,说:"咱这个组和别的组一样,也是十个考官。有从省城高校、科研机构请的教学和研究人员,还有一名律师、一名金融高管,市上抽了四个人,除了你我,还有两名高学历科级干部。"文佳听了点点头。门清看文佳不说话,继续挑明了说:"说白了,你除了协调或者说引导、影响省城的考官外,你我还有个直接的任务就是要和那两名科级干部沟通。"文佳问:"吕晓为啥不亲自去沟通?"门清"吭"地笑了:"人家不是信任咱俩吗?"文佳今天第一次看见门清笑了,也会心地笑了,说:"咱俩不是更信任他吗?他毕竟是管干部的呀。"文佳打了个哈欠:"折腾了一天,还真有些累了,想洗洗热水澡早点儿睡了。"他起身要去卫生间放热水。这时听到有人敲门,门清推了一下文佳便过去开门。来人是陈志正,门清要招呼他进屋,他站着没动,说:"让文佳到一〇二房间来一下。"说完转身走了。门清只好到卫生间告诉了文佳。

文佳出了房门,边走边想陈志正叫自己干什么,政界当下流行让谁叫也不能让纪检委书记叫的说法,甚至一旦流传谁被纪检委叫去了,就说明这人摊上啥事了。不过俗话说得好,肚里没冷病不怕吃西瓜,怕个啥!也许是长时间没见老头想聊聊天。文佳记得第一次接触陈志正时,他在县上当县委书记。当时文佳随行署专员邓震西去县上检查工作,时值盛夏,邓震西拉肚子,一晚上没睡好觉,下午还要到黄河滩去看防汛工程。邓震西午休后文佳便悄悄守在门外,怕有人干扰。恰好陈志正来了,他刚从外地回来,赶来拜见邓震西。听文佳说明情况后,他就蹲在一边,一句话也没说。差不多有一个小时的样子,他站起来问文佳:"你知道毛主席的《为人民服务》一共多少字?"文佳愕然,说:"不知道。"陈志正说:"我刚才边背诵边计算,一共这个数。"他用指头比划了个四位数。文佳没有记住这个数,却对他二十世纪八十年代了还背诵《为人民服务》,留下了极为深刻的印象。六七十年代流行背诵"老三篇",这一页毕竟早就翻过去了,文佳实在按捺不住,问:"陈书记,你现在还背诵《为人民服务》?"陈志正似乎猜透了文佳的心思,说:"这个永远不会过时。当然为人民服务的内容和形式会有所变化,要与时俱进嘛!"

后边几天陈志正一直陪同邓震西检查,文佳发现陈志正不擅言谈,极少说话。最后汇报工作时,他只说了十几分钟,既实在又到位,既有见底又不乏亮点。让县长扬扬洒洒的长篇汇报相形见绌,落差极大。出任市纪检委书记后,谨言慎行的陈志正,更显严肃冷峻,给他从事的职业也平添了不少威严。到市上工作后,陈志正还落了一个"最后的粮票使用人"。在曾经的几十年时间里,由于物资匮乏,什么东西都要凭票购买,有粮票、布票、棉票、油票、肉票、糖票、烟票、自行车票、缝纫机票等,把各地各个时期的这类票统计下来,估计有数十种之多。最主要的是粮票,毕竟民以食为天,那时干部下乡,吃饭除了付钱还要付粮票。随着经济的发展,各种票便悄然退出历史舞台,到八十年代仅剩粮票一种,也渐渐不被看重了。没有哪一级发过通知,也没有谁做过规定,干部下乡渐渐地就不再付钱付粮票了。陈志正一直坚守着老规矩,每次下乡都必付钱付粮票,弄得随行人员和县上的接待人员都十分为难。有一次县上一个领导给陈志正说,吃饭早就不付钱粮了,你要是付了,连县上陪同人员都得付,这不是为难人吗?陈志正这才停用了最有标志性的粮票,时间定格到二十世纪八十年代末,有人便说陈志正是最后一个停止使用粮票的人。

文佳还清楚,生活中的陈志正还是一个收藏迷。有一次文佳受托从县上给陈志正带回一箱苹果,送到家里时正赶上他在欣赏收藏品。只见他手戴白色的丝棉手套,拿着放大镜,认真的样子就像在搞文物鉴定。面前放着厚厚的一摞大本子,装订十分考究。大本子里边全是粘贴有序的火柴盒图案,从清末民初还叫的"洋火",火柴盒上还粘着细沙起,一直到当下的火柴盒,林林总总,五花八门。陈志正看文佳挺有兴趣地凑了过来,便一页一页地翻着展示,对一些特殊的火柴盒图案还略做解释,让文佳大开眼界,有一种从历史的隧道中穿越的感觉。文佳方知为人严谨的陈志正其实还有着别样的爱好,禁不住问他有没有收藏粮票。陈志正知道文佳听到了这方面的传说,微笑着摇摇头,说一盒火柴几十年都卖两分钱,空盒便不值啥钱了,加上熟人朋友的帮忙,从全国各地几十年搜集了这么些火柴盒图案。粮票规定不准买卖,几十年都很紧张,他家里也一样,所以从来就没有想过收藏粮票。文佳听说后不好意思地笑了,陈志正实话实说和对火柴盒收藏的痴迷及认真的劲儿,文佳却一直刻在记忆里。

　　文佳在一楼的拐脚处找到了一〇二房间,房门开着,便在门框上敲了敲才走进房间,随手关上了门。端坐沙发上的陈志正站了起来,和文佳握了握手,指着沙发说:"坐。"文佳面前放着一杯刚泡的清茶,正冒着热气。文佳和陈志正平时并无交往,面对这个冷面纪检委书记并不感到拘束,全然没有刚才在李宏国房子的感觉。文佳坐定后说:"老领导也来这里督阵?"陈志正微微一笑,并不回答,问:"最近忙吗?"文佳不禁有些诧异,难道他真想聊天,又马上醒悟,这是想缓和一下气氛,毕竟他找谁谈话,谁的心里都会打着小鼓点,尽管这里并非他的办公室。文佳笑着说:"忙,今天刚从新疆出差回来,就又被抓到这里来培训。"他故意用了"抓",以传递并不拘束。陈志正看着文佳,进入主题:"市天然气公司不断有人告状,其他事情不谈,有人反映和省能投公司合作后,把原来争取的国债资金挪用到别的项目上去了。情况你应该清楚,我想了解一下。"文佳松了一口气,这方面的情况当然清楚,也并非挪用了国债资金。文佳就详细地谈了这个招商引资项目的洽谈、签约和进展情况,还特意说明了省能投公司破例担保,市天然气公司从银行贷款五千万元,用这五千万元贷款来搞中心广场改造和市政府招待所改造项目。文佳自以为说得够详细了,说完后陈志正还是不断地问这问那,尤其是数字:五千万元贷款到账没有,分项目各占多少资金,分别到账没有,各到账多少?文佳实在有些佩服,方知关于陈志正爱抠数字、对数字较真乃至敏感的故事并非全是杜撰。据说陈志正当县委书记时,对下边上报的植树造林数字一定要核到实处。有一次检查一个村的植树,他硬是打着手电筒,对新栽的树苗挨个清点了一个晚上,泡桐、杨树、槐树各栽了多少棵弄得清清楚楚,还对树形过差、树坑过小以及沙石坑移土过少的树苗都做了记号。第二天他严厉批评了谎报数字的村支书,严令对存在的问题立即采取补救措施,还约定盛夏三伏天要来检查树苗的成活率,如果达不到要求,将在全县通报批评。这之后全县谁也不敢马虎了。两三年时间这个县就成了全省、全国有名的植树造林先进县。他当市纪检委书记后,抓工作和办案一丝不苟,查办了一些大案要案,也保护了不少干部,市纪检委连续多年都获评省上的先进单位。

文佳根据掌握的情况，对项目运作涉及资金的数字也尽量说得详细准确一些。说到最后，文佳说："这些项目在具体运作过程中，资金可能会有些调整。""市天然气公司当初借财政的那笔钱还了吗？"陈志正问。文佳说："借了不到一百万元，说是要还的。"陈志正说："九十七万元，要盯紧。"文佳看着陈志正，这个即将到站的纪检委书记，还关注着这笔财政借款的偿还，敬佩之情油然而生。陈志正看着文佳，缓缓地说："这一年多来，是秦东招商引资发展最快的时期。这和走路一样，走得越快，越要注意脚下，绊倒了会跌得更重，甚至一蹶不振。"文佳听了直点头，这无疑是他有所告诫的肺腑之言，当然不单是说给自己听的。"市天然气公司总经理曹希，也参加了这次公开招聘，所以我要了解一下有关情况。你不要对别人说。"陈志正一副严肃认真的样子，他话题一转，"给你添点水吧。""不啦，不啦。"文佳边说边站起来告辞。

走出房门后，曹希的影子似乎就在文佳眼前晃动。曹希前几年争取国债资金出力不少，便以市天然气公司的功臣自居，加上与关立峰的特殊关系，在与省能投的项目合作上横生枝节，文佳协调沟通时他又软磨硬拖，搞得很不愉快。后来文佳发现曹希常去由锡平那里，似乎更加趾高气扬，在项目合作中迭出怪招，设障抵制。现在项目合作大局虽定，也不能排除他搞点啥名堂出来，陈志正说的话挺值得深思。文佳的确累极了，就加快脚步回房间去了。

第二天下午，两辆大轿车拉着全部考官和部分工作人员开到了长阳路中学。今天下午由于学校临时放假，偌大的校园变得出奇的寂静。校门口几个警察站着岗，校内还有流动警察在巡查，便添了些许的神秘和森严，引得不少路人侧目和猜测。门清第一个走下第一辆大轿车，他是两辆轿车的实际领队。陈志正坐着小车早就到了。紧随门清下车的是文佳，他看了看表笑着说："门局长，刚好一点半，按预定时间准确无误，你这个领队完全可以指挥航天发射嘛！"门清说："你是在说你的表准，机关谁不知道你的表相当于标准的北京时间。"文佳笑了，他还真是今天早晨对的表，这已成为职业习惯，凡有重大活动，他对时间的把握几乎到了病态的程度。门清和几个工作人员再次清点了考官人数，八十名考官一个不少。早就等在这里的八名工作人员，按分组各带十名考官分赴八个考场，直接进入工作岗位。每个职位的面试占两个教室，一个是面试的考场，一个是相邻的应试者的待考室。考官们是上午参加培训的，其实只是讨论了考题打分的标准和要求，出现问题时如何沟通和协调，明确了分数统计、审核和汇总的程序，还进行了模拟演练。考题大都有标准答案，有必答题，也有现场抽答题。下午两点才开考，考官们入座后一边喝茶，一边随便聊着。在招商局长职位面试室，门清坐定后对坐在旁边的文佳说："下到组上也好，就不操别的心了。"文佳点点头，看到

## 第二十七章

了门清脸上挂着淡淡的失落和不满。

这会儿,吕晓正有些火急火燎。他上午考官培训班还未结束就随李宏国赶了回来,刚刚由他主持给参加面试的人员开过会。李宏国讲完话就到休息室去了,吕晓却成了热锅上的蚂蚁。刚才开会应到会三十九人,实到三十八人,只任东山一人没有到场。开始时吕晓只是埋怨和生气,准备在任东山到后训斥一顿,催促的工作人员竟一直联系不上本人,吕晓便有些着急。等会开完了,任东山仍然联系不上,吕晓便有些焦躁不安。到底是哪个环节出了问题?工作人员说红头通知发给了市轻纺总公司,还电话通知了任东山本人,从组织者角度讲,没有任何问题和责任,吕晓却心跳加快,急不可耐。吕晓清楚由锡平对任东山的事极为上心,是政治博弈的一个重要棋子,想让吴芳知道当初他推荐的人是具备任职条件和实力的,更想让吴芳知道他属意的人不管用何种方式都会安排到位,让她品尝一下否定了任东山之后又不得不接受的滋味。为此由锡平几乎调动了一切可用的政治资源,运用了各种手段,并把吕晓作为重要的推手和具体运作者,还许以重要承诺。吕晓当然知道,由锡平是政坛老手,在秦东政坛呼风唤雨,无人能及,是得罪不起的。吕晓正六神无主,周华匆忙赶来了,他边走边说:"吕部长,门禁制度好严呀,要不是碰见公安局由进京局长,我还进不来呢。快点想办法吧,任东山被债主们堵在秦纺厂出不来,恐怕会误了面试。"吕晓生气地说:"那你为啥不去厂里把任东山解脱出来?"周华本来挺着急,盼着任东山考好早日离开轻纺系统,一看吕晓的架势,就很不舒服,冷冷地说:"这些债主上次围堵过我,我要是去了还能来这里?其实我是找文佳秘书长,他手机一直关着,联系不上。听说他是考官,不知能不能见见他?"吕晓口气缓和了许多,说:"咱俩先给李部长汇报一下吧。"

李宏国听周华说完情况,看看表说:"再有十几分钟面试就要开始,不管谁去做工作恐怕都来不及了。吕晓,你去找一下陈书记,看有没有别的办法。"吕晓走出李宏国的休息室,着实有些蒙,李宏国对这次公开招聘一直十分重视,也一直把招商局长职位看作重中之重,为了搞好这个职位的面试,选了文佳做考官,还亲自和由锡平做了沟通。在吕晓看来这一切都是在为任东山铺路,可当任东山脱不了身时,他好像并不那么在意。吕晓哪里知道,李宏国在这个问题上是需要做足功课,但并不真的想让任东山胜出,让吴芳不痛快,任东山自行或因故放弃其实是最好不过的事。吕晓心想,遇事沉着冷静也许是领导的风度,办法还是要自己想,便急忙拨了陈志正的手机,关机。这老头子凡事都死认真,要求面视后才给考官发还手机,要求工作人员面视期间一律关手机,可领导小组副组长也关什么机?

时间马上就要到了,各组应考者在工作人员带领下,纷纷从会议室出来走向各自的考场。应考者虽然都是领导干部,都是从上百个同级别领导中冲出的佼佼者,却都有些紧张,神情凝重,步履匆匆,几乎没有人说话,只有招商局长应考组的三位应考者显得与众不同。刚走几步,郑雄飞就问大大咧咧的程东:"程县长,紧张吗?"程东笑了:"紧张?和你PK还值得紧张!"他看吕晓快步走过来,就一把拉住,笑着说:"吕部长,我不想和郑县长比拼了,我甘拜下风,我举双手投降。"说着便要举手,一看吕晓的脸色,程东便悻悻地放下手。吕晓没搭理程东,几乎是小跑着走了。程东望着吕晓的背影,鄙夷地说:"不就是个组织部副部长吗,有啥了不起的!"郑雄飞挤挤眼,笑着说:"呵,你说得不对,组织部的副职就是和别的副职不一样,我还有求于人家呢。"程东说:"求什么求?我是老母亲有病想回城,才报名上这个火炉让人家烤的。前几天就后悔了,不想凑这热闹了。你要求他,还不如求我胡乱地应付一下呢。其实也无须求我,应是我求你尽量发挥好,把我烤糊算了。"说完先自笑了,一副满不在乎的样子。郑雄飞说:"不瞒老弟,我是被吕晓动员来的。但我有言在先,只是滥竽充数而已,千万别最后圈到我头上来。我是有求于人,是求人家放我一马呢。"程东恍然大悟,说:"我差点被你忽悠了,弄不好我也有求于人。随后我去找李宏国部长,说我弟调回来了,让我在县上再干两年。"走在前面的工作人员听了两位副县长的话,又是惊讶,又是不理解,想不到这世上还有副职不愿提正职的,大概是说笑话吧。跟在他俩后面的是省属秦河化肥厂的杜章九,他神情自若,步履轻松,这位硕士研究生学历的销售处长不像是去应试,更像是去参加商务洽谈,抑或是去参加某种论坛。前边两位副县长的交谈,他也听到了,只是付之一笑,觉得这也许是在开玩笑,也许是在为万一出局预铺台阶,大可不必嘛,也许是互相麻痹,大概是政坛人物小玩手腕而已,随他们去罢。不过,参加招商局长面试的人为什么仅有四个人呢?还有一个人直到现在竟没有露面。其他职位都是五个人参加最后的角逐,这到底是怎么回事呢?看着神情怪异、匆忙离去的吕晓,让杜章九不禁有些茫然。他摇摇头,都说商场复杂无比,看来官场才更令人扑朔迷离呢!

差十五分钟两点,招商局长职位考场里,面试组组长、主考官陈鹏再次宣读了一下考场规定,考场立即静穆下来,抽烟的考官掐灭了烟头,喝茶的放下了杯子,静待面试开始。坐在门口的两名工作人员,按照陈鹏的安排,已去东边紧邻的教室里抽号。陈鹏再次看了看表,他向来说话严谨,行事严谨。省城来的考官里,还有几个人和陈鹏一样,参加这类活动相当认真负责,有人甚至还较真得有些偏执,省考试中心能推荐他们都经过了认真筛选。看来一切都已准备就绪,只待面试开始。突然吕晓急匆匆走了进来,径直走到门清面前说:"门局长,马上就要开考了,任东山还没有到场,你也不着急?"门清看他的脸色挺难看,像是要追究责任似的,冷冷地说:"吕部长,皇上不急太监急什么?"他看似自嘲,口气谁都听得出来是冲着对方。吕晓愣了一下,没想到门清如此不留面子。文佳问:"吕部长,到底是咋回事?"一直把这个考场作为重点的陈志正也走了进来。吕晓看见陈志正后忙说:"任东山被债主堵在秦纺厂,直到现在还没来,陈书记你说说这该怎么办?"陈志正看了看表,眉头紧紧蹙了起来。文佳平静地说:"办法有。我可以和轻纺总公司周华总经理去解围,只怕是来不及了。"吕晓这才发现周华并没有跟着来,只怪自己走得太急了,也没顾上叫他。吕晓哪里知道,周华看他一个副部长如此拿势摆谱,就有意没有跟着来。

这时工作人员把抽号后的单子递给了陈鹏。陈鹏郑重宣布:"三名参加面试者已抽号结束,剩下的一号没人抽……"他犹豫了一下没有说出抽号结束。吕晓突然提出:"能不能延长一下面试时间?"他环视考场,没有一个人说话。吕晓说:"陈书记,李部长让你现场负责处置此事,刚才给你打电话你关了机。"陈志正依然眉头紧蹙,沉思不语,进入考场关机这是规定嘛,至于任东山的事如何处置,得按规定和程序来。吕晓催促再三,陈志正开口说:"你说个意见。"吕晓说:"干脆推迟一下面试时间,周华正赶去做工作,任东山马上就会赶来。"他灵机一动,周华没有跟来倒成了借口。以他对任东山的了解,既便周华不去解救,任东山也应能设法脱身,他的本事大着哩。陈志正看了看考官们,大家也都看着他,只有陈鹏在看表,谁也没有吭声。吕晓提高了声音:"这是特殊情况,任东山被债主们围堵,属于不可抗拒的外力因素。再说啦,我们是为秦东选拔新设部门的一把手,要做到无遗珠之憾!"他后面这句话倒像电击一样触动了陈志正,是呀,新设招商局和公开招聘招商局长是市委的重大决策,自己马上就要退休了,这也许是从政生涯中最后一次参与选拔干部,把这件事搞好,为每一位应考人负责,重任在肩,义不容辞。可是没有李宏国在场,能做重大决定吗?吕晓又说:"通过面试要取前三名,如果只有三个人参加,这面试还有必要搞吗?"一直没人吭声的考官中立即有几个人开了口,说即使三个人面试,也会排出先后次序来,说话的口气中似乎还带着不满的味道。陈鹏犹豫了一下没开口,只是微微摇摇头。他几次想宣布面试开始,三个领导小组成员都在现场,两个还站在考场中心,让他着实为难不已。吕晓说:"当今最严格的高考,也规定开考后十五分钟不到场才取消资格,难道这面试比高考还要严格?"他还想再拖一拖,认为李宏国应该会来这里。说到这份上了,好几个考官直摇头,领导小组成员都觉得这考试比不得高考,其他人还能说什么呢?陈鹏终于开口了,他指着手表说:"还15分钟哩,18分钟都过去了。"话音刚落,门里冲进一个人,大家都惊讶地把目光投向这个莽撞的来者。

来人正是任东山。他满头大汗，神色慌张，名牌西服的上衣少了一颗纽扣，红色领带松松地吊在脖子上，倒像小学生戴的红领巾，锃光闪亮的黑皮鞋上明显有他人踩过的印记。他这副滑稽的样子，差点让人笑出声来。吕晓看任东山来了，惊喜无比，吼道："你这家伙，简直叫人没法说！""特殊情况，来迟了，任东山向各位考官表示歉意，向主办方表示检讨。"任东山有点语不择词地说，说完深深鞠了个躬。门清"吭"地笑了，还主办方呢，还以为是来参加综艺节目的表演比赛哩。吕晓以极其权威的口气说："面试现在开始吧！"说完他看了看陈志正，陈志正轻轻点点头，尽管有些勉强，陈鹏还是十分清晰地看在眼里。陈鹏宣布："秦东市招商局长职位公开招聘的面试正式开始，请任东山进场。"任东山已经进场，他仍按规定宣布，并再次看了看表。陈志正走出考场，一眼就看到李宏国迈着惯有的沉稳步伐，正缓缓向这个考场走来。吕晓立即快步迎了上去。陈志正扭头走进考场隔壁的候考室，聚在这里的三位候考人和一名工作人员，一起站起来向这位秦东历史上最高级别的副市级监考人问好让座。

　　任东山迅速系好领带，轻拂一下头发，坐到了考室中间应考者的座位上。陈鹏看着已经平静下来的任东山，继续宣布："一号应试者没有抽号，剩下一号没抽，就按一号对待。每个应试者有两道必答题，两道选答题。面试时间为40分钟，请自行把握。考官可酌情提问和提示。"他看了看工作人员，对任东山说："可以答题了。"任东山拿起工作人员递给的必答题。第一道题是："结合实际，谈谈你对招商引资的看法，怎样才能搞好秦东市这样的经济欠发达地区的招商引资工作？"任东山看题后脸露欣喜，非常流利地回答了招商引资工作的重要性，与吴芳在大会上讲的几无二致，也就是说他对这个问题的回答水平相当高，与市长保持着高度的一致。接着他结合参加上海商品交易会的实际，谈起了怎样才能搞好招商引资工作。任东山以炫耀的口气说："上海之行，是我一次成功的招商引资实践，至少有三条经验可以借鉴。一是要充分发挥产业优势，敢以靓女招婿。清水县的苹果个大色艳，品质极佳，是我们的靓女，招了个乘龙快婿，引来了果汁加工大项目。"说到这里任东山感到考场的气氛活了许多，自我感觉顿时良好起来，接着说："二是要大张旗鼓地宣传秦东，破除酒香不怕巷子深的陈旧观念。清水县的酒圣酒，是我市轻工行业的骄子，只有隆重推出，才能产生轰动效应，就是由于我们的大制作、大气魄，搞了个上海交易会最大的拱门，放了个五层楼高的大酒瓶，才签了那么大的订单，又引来了大投资商。"文佳觉得他在借机给自己脸上贴金，有点贪天之功为己有的味道。"这第三嘛，"任东山有点做报告的感觉，似乎忘了是在面试，"就是要加大招商引资的投入力度，高投入才有高回报。比如在上海交易会上，我就用两条中华烟疏通了关系，拿下了在展馆大门口宣传酒圣酒的地盘。当然,这是花小钱办大事。"考场有人轻声笑了,文佳看着任东山直摇头。

任东山答题的自我感觉越来越好,一口气又回答了第二道必答题,这个题也没有超出他的准备范围。去新疆前,他曾从省城请了一位名家当辅导老师,做了极其充分的准备。接着任东山又信心满满地抽了两道选答题。第一道选答题陈鹏宣读后,任东山不由自主地抽搐了一下,像是受了某种刺激,竟紧张地张着口说不出话来。文佳看着突然失态的任东山,他刚才自信得有些自负的神态,炫耀得有些张狂的样子,一下子竟全然不见了。文佳顿觉"在招商引资中出现了群体性事件如何处置?结合实际谈谈你有何体会"这道选答题,好像是冥冥之中上天为任东山特意安排的,还出乎意料地触到了他的痛处和软肋。考官们大惑不解地看着愣在那里的任东山,陈鹏看了看表提醒说:"请一号应试者回答。"任东山这才回过神来,竭力走出面试前刚刚经历的让他丧魂落魄的群体性事件的冲击波,像是要抢着回答:"群体性事件,遇到群体性事件,处置群体性事件……"他摸了摸领带,控制了一下情绪:"一是立即报告领导,二是立即报警……"他又像卡了壳,怔在那里。先是静场,接着是一片轻轻的哂笑声。门清忍住笑,小声对文佳说:"看看,这就是吕晓生怕遗漏了的大明珠,简直就是落了层霜的驴粪蛋,漏馅了吧?"他也弄不清到底是对吕晓有成见,还是鄙夷任东山。文佳摇摇头,觉得任东山的回答太失水准,简直不可理喻。陈鹏觉得其人前后反差太大了,问:"那你自己难道就没事可做了?再说你不也是领导吗?"任东山的脸一下变得通红,刚才一紧张竟然只想了如何在困境中脱身的事。不过,谁被推来搡去都会紧张,都会冒虚汗;谁被拽着领带转来转去脖子都会疼痛,都会被勒得喘不出气来。任东山又摸了摸领带,豁出去了,只能将错就错做些解释和发挥了,便补充说:"当然也要自己做工作,比如我刚才被一大群债主围堵在办公室,债主们都很冲动,可能还混杂着个别不法分子,他们对我采取了极不人道的行为,我就立即报告了轻纺总公司的领导周华总经理,估计他做了不少工作,尽管效果并不好。这些债主还涉嫌违法,我想报警,但被困得死死的,没有了报警条件。我在这种非常情况下,在心急如焚情况下,仍然做耐心的说服工作,后来……"他停了下来,这并非在卖关子,而是在掂量,他稍稍压低声音说:"在最后时刻,在万不得已的情况下,我果断决策,承诺尽快满足债主们的要求,才得以解脱,才得以赶来参加面试。"文佳猛吃一惊,忙问:"你答应给债主还债了?"任东山说:"欠债还钱,天经地义。"文佳又问:"秦纺厂有钱还债吗?""这个你清楚。"任东山生怕文佳再问,转而看着陈鹏,怪怪地问:"我的回答没有超出试题范围吧?"文佳一愣,这不是想封他的嘴吗?显然任东山是用刚从新疆讨回的钱给自己解了围。这笔钱太重要了,是市政府要派大用场的战略资金,这一点任东山是清楚的,在新疆返回的路上文佳还反复给他说过,强调过这笔资金如何使用、何时使用,要请示市政府领导,一定要用在最需要的地方。任东山满口答应,谁知他出尔反尔,竟如此不负责任,不计后果。这种人难以信任,不堪重用。想到这里,文佳出气粗了,脸色变得十分难看,拿起笔就给任东山这道选答题画了个〇分,这个〇画得挺大,不大圆,戳透了打分册。门清看出了文佳的不满和生气,也猜出了事情的大概,心想任东山作为领导干部,处理群体性事件,首先想到的是两个立即报告,的确有失水准。但事出有因,整个回答也有可取的合理成分,也不能因对吕晓有意见而迁怒于任东山。门清犹犹豫豫地给画了五分,接着又改成六分,最后又改成八分。其他考官一开始就心里疙疙瘩瘩的,有的还放大了这个题回答中的不妥之处,这个分打得都很纠结。任东山这时有些心虚,连文佳也挑刺,其他人不会再发难吧?尽管他力图控制住情绪,还是有些心慌意乱,答完题后额头上竟渗出一层细汗。第二道选答题,任东山答得还算可以,可是已经不重要了,文佳和门清互相看了一眼,都心照不宣。

第二个应试的是程东,他穿一件咖啡色夹克衫,拉链开着,里边的蓝色圆领T恤衫筒在牛仔裤里,脚穿乳白色胶鞋。他面带微笑,缓缓走进考场,不像是来赴考,倒像是来参加朋友聚会。更令人大跌眼镜的,是他坐定后竟向着文佳举手轻摇了一下。文佳急忙低下头,装作没有看见,对这个老部下他再熟悉不过了,向来都是这样大大咧咧的。如今他以副县长的身份来参加面试,竟是这种作派,还毫不避嫌地跟考官摇手打招呼,全然无视这里是考场。陈鹏宣布面试规定后,程东开始答题。他拿起放在面前的必答题,用秦东人自嘲的醋溜普通话念了一遍。门清差点笑出声来,对文佳悄声说:"他还以为他是当考官来了。"程东念完两个考题后,又操着秦腔说:"现在,我来回答第一道题。这个招商引资嘛,是个大题目,我就先从战略层面谈谈自己的一孔之见。"他清了清嗓子,又用上了醋溜普通话,从国外说到国内,又从中央说到地方,再从东部说到西部,然后才说到了秦东。文佳想提醒他要把握好时间,又想到他一坐下就给自己摇过手,便有些顾忌。陈鹏看他说完战略层面的意思后已过去了15分钟,便提醒他要注意把握时间。程东笑着说:"谢谢,谢谢主考官。下面我简要谈一下其他方面的认识。"第一个题答完耗时近20分钟。程东又拿起考题,把第二题重复着念道:"你认为招商局应具备哪些职能?一个合格的招商局长应具备哪些素质?这也是个大题目。我认为首先得从顶层设计谈起,它可以是综合部门,也可以是职能部门,当然设成办事机构有些不太合适。还得弄清它是常设机构,还是临时机构。我觉得可以就以下几个方案做些探讨。"程东略做停顿,像是参加研讨会一样,逐一说

## 第二十七章

起了方案设想,边说边调整,边解释。门清听得入了神,他在人事局分管这方面工作,这位副县长想得竟比他还要细致,不过有些扯远了,有些简直就是画蛇添足。陈鹏再次提示程东把握好时间。程东刹住后说:"由于时间关系,招商局的内设科室我就不说了。下面,我简要说一下合格的招商局长应具备哪些素质。其实,这也是个大题目。"他抬起头,翻了翻眼皮,扳着指头说了起来。文佳开始有些纳闷,这时已看出程东是在故意拖延时间,他不可能不知道把握时间对考试的重要性,显然他是想放弃这次机会,既然如此为啥还要登台演这出没名堂的戏呢?文佳摇摇头,实在莫名其妙。接下来程东勉强答完一个选答题,面试时间就到了,第二个选答题根本没时间回答。门清对文佳说:"秘书出身的人好像有卖弄癖,要把一肚子的花蝴蝶全放飞出来。答得再细致再全面再深刻,少答一题,最高也不会超过七十五分。"

第三个面试的是郑雄飞,他穿着夹克衫、休闲裤,休闲中透着优雅,轻松自如而不掩精明干练。他微笑着环视考场,挺着腰板坐了下来。主考官宣布有关规定后,郑雄飞开始了答题。他的回答提纲挈领,简捷明快,两三分钟就答完了对招商引资的看法。接着说:"怎样才能搞好欠发达地区的招商引资,我认为应该结合实际,出台包括财政、税收、土地在内的一系列优惠政策,给投资商提供全方位的优质服务,要不断改善投资环境,还要四大班子重视,主要领导亲自参与,并形成全社会浓烈的招商氛围。我们清水县就是这样做的,不到半年时间就谈成了苹果汁加工销售、酒圣酒增资扩股、坑口电厂扩建和铝电联营等几个不错的项目。"几个考官几乎同时发问,有些项目是县上抓的还是市轻纺总公司抓的?郑雄飞毫不含糊地说都是县上抓的。门清不解地问文佳:"你最知底,郑雄飞说得对吗?"文佳说:"基本是对的。"郑雄飞又眉飞色舞地说:"我们清水县,现在正在倾全县之力,打造工业园区哩!"他几分钟就答完了第一道必答题,又拿起试题说:"第二道必答题,要求回答招商局的职能。这是组织人事部门考虑的事情,应'肉食者谋之',局外人岂容插手,岂容置喙。按现行体制,应是编办先拿出意见,报编委审核,经市委常委会研究同意。至于合格的招商局长应具备哪些素质,也应是组织人事部门考虑的事,或者说是市委、市政府领导考虑的事。我想,这招商局长也是局长,好像还没有一个大学开这个专业。都说行政干部是万金油,哪儿疼就往哪儿抹。不对,应是革命的螺丝钉,哪里需要就拧到哪里嘛!"有人轻声笑了。文佳看着突然神情滑稽的郑雄飞,心中暗笑这狐狸的尾巴到底还是露出来了,终于把善变、善辩、善忽悠的撒手锏拿出来了。文佳早就知道郑雄飞一直盯着清水县长的宝座,对市直一般部门的一把手根本就看不上。看来他也是在演戏,和程东的表演有着异曲同工之妙。郑雄飞看了看先有笑声后愣起来的考官们,言犹未尽地说:"这道题出得有问题。"门清惊讶不已,看着郑雄飞直摇头,觉得太离谱了。接下来郑雄飞以出人意料的简单快捷,不假思索地答完了随机抽到的两道选答题。语言简单得像走出个穿着极少而又骨瘦如柴的人,语速快得有点像相声演员在表演口技。文佳惊讶地看着郑雄飞,没想到他还有这一手,竟全然不把面试当回事。郑雄飞整个面试用时仅二十八分钟,陈鹏看了一眼表,又看着迅速离去的郑雄飞,几乎忘了给工作人员示意,让最后一名应试者入场。

四号应试者杜章九,跟着工作人员最后一个进入考场。陈志正也紧跟着进入考场,他巡视了其他考场,秩序井然,进展正常,对这里还是有些不放心,进门后就坐到了工作人员席上。杜章九西装革履,温文尔雅,彬彬有礼,一派学者风度。站定后他给考官们鞠了个躬,然后习惯性地扶了扶眼镜,坐了下来。面试开始后,首先谈招商引资的重要性。他高屋建瓴,侃侃而谈,从国际到国内,从政治到经济,从宏观到微观。有些说得很透彻很到位,有些点到为止,有些像内容提要的适度发挥,有些像写作提纲的略加阐释,有些像小标题式的直接标注,既思路开阔,又繁简得体。第一道题答完,刚好十分钟。第二道题不到八分钟就答完了,像是为答好后面的选答题挤了一点时间。选答题抽题后,杜章九凝神沉思有顷,第一道选答题放开发挥,像是课堂上的老师,又像是论坛上的辩手,和回答必答题时判若两人,整个时间快用完时戛然而止。杜章九缓了口气,说:"第二道选答题,'你是怎样招商引资的?举成功的招商引资项目加以说明',这道题我放弃。在秦河化肥厂我是搞销售的,到目前为止我还没有过这方面的实践。"他站了起来:"谢谢各位考官,谢谢各位工作人员。"说完便欠欠身子缓步离开考场。

杜章九下楼后看了看表,长叹一声,没有去会议室等候公布分数,直接回厂里去了。在他看来,四个题答了三个,最多只能得七十五分,淘汰无疑,没有去会议室等候的必要了。他哪里知道,程东和郑雄飞这会儿都坐着小车往回赶路呢,他俩的想法竟和杜章九的想法惊人地相似,都以出局者的心态往回赶,要说有什么不同的话,杜章九是略觉失意和遗憾,两位副县长则是深感解脱和轻松。其他组的应试者考完后都先后去了会议室,等候着面试分数、总分以及有关后续事宜的宣布。虽说会议室里不乏欢声笑语,偶尔还有调侃和打逗,但紧张急迫以及互相排斥的气氛却笼罩在每个人的心上,毕竟坐在一起的都是竞争对手,都在参与一场没有经历过的博弈。参加招商局长职位面试的,只需等候宣布面试一项分数,而等候在这里的仅任东山一个人。他心里七上八下的,一会儿觉得有正处级别和招商业绩突出的优势,一会儿又悔恨咋能让一个简单题跑偏呢! 这会儿又在想其他组的人都先后来齐了,他这个组别的人为什么都没来呢?

其他组的分数先后都出来了,唯有招商局长职位的分数还定不下来,考官们依然没有离开面试室。门清看了看正聊天的其他考官,对文佳说:"文秘书长,今天的面试有点神鬼莫测的感觉。一开始任东山在一个题的回答上出现重大失误,我觉得他有点悬了。谁料想后面的三位,每人都只答了三个题,他反而像坐了过山车一样又上来了,又惊险又刺激。"文佳说:"说的也是,其他三位最多只能得七十五分,杜章九应该说要高出一筹。如果是这样的话,程东和郑雄飞得有一人落榜……""而这两个人中没有落榜的人应该是最合适的招商局长人选。"门清抢着说。文佳点点头,说:"你说得也对,按这几个人的综合实力评判,应该是这样的。但有些因素是看不见的,却往往起着决定性的作用,也许……"文佳又摇摇头,没有往下说,似乎觉得任东山这回要如愿以偿了,他只要能入围,背后就有无形的手在托,其他人难以与其争锋,包括两位副县长。两位副县长不管谁入围,又都可能竭力做工作退出竞争。看来公开招聘领导干部,虽说是一项新的改革,但还需逐步改进和完善。门清正要给文佳说什么,看见吕晓在门外直向他招手,便起身到隔壁正在统计分数的教室去了。

突然出现的周华与出门的门清差点碰到一起,周华快步走到文佳桌旁,气喘吁吁地说:"文秘书长,任东山把从新疆讨回的钱全撒出去了,真是胆大妄为,岂有此理!"文佳看着气得脸色发青的周华,"呼"地站了起来,最为担心的事情这么快就被证实了!周华不等气喘匀,就说了任东山下午当着债主们的面答应清偿各县棉花公司的欠款,并且签了字。现在债主们正围着会计室闹着要取现金,秦东纺织厂已炸了锅,几百工人和债主们已闹了起来,弄不好会出大乱子,要文佳马上想办法去处置。文佳突然想到任东山面试回答的"两个立即",冷笑着说:"任东山呢?他人呢?他现在成了处理群体性事件的专家,立即报告领导、立即报警,这'两个立即'非常经典,很有创造性嘛,应该赶快让任东山出面,也让考官们开开眼,看看理论与实践相结合的典型范例。"在座的考官们听出了究竟,发出一片哂笑声。周华听得有些蒙了,很快就排除了文佳有讥讽他的意思,忙说:"任东山也太不像话了,连起码的常识都不懂,谁也不请示就敢签字动款,还到处说遇事要报告领导,这不是自己打自己的嘴巴吗?这事太大了,文秘书长你得拿主意,你得去一趟呀。"文佳还真待不住了,没有说话,可这得请假呀。考场没有人再吭声,考官们在想分数为啥还统计不出来,时间已经够长了,会不会有啥情况。有两名考官心中有数,却不露声色,这会儿就更有了底气。

## 第二十八章

　　文佳请假后跟着周华很快来到秦东纺织厂。一下车就直奔秦东纺织厂办公大楼。

　　秦东纺织厂办公大楼早已粉刷一新，春节前楼内也部分装修一新。原来在三楼办公的财务科，由于厂领导的办公室全部由单间改造成套间，便被挤到一楼的西半边。财务科的办公室全部安装了防盗网，一楼西侧多年锁着的小门为方便办公也打开了。今天这座大楼内外先后上演了两幕剧。第一幕剧是以三楼为中心，从上午10时许开始，直到下午1时半才结束。主要是各县棉花公司的债主们围堵任东山，本来债主们是找厂长向平，他一直在车间检查工作，结果堵住了党委书记任东山。后来有债主说别的厂是厂长说了算，秦东纺织厂是书记说了算，后来任东山还真的答应了还债，而且签了字。第二幕剧是以一楼为中心，当债主们到财务科兑现时，掌管财务专用章的大会计却没找见。这些债主们先是耐心寻找，时间一长就闹了起来。后来又来了几十名正在上班的工人，也跟着闹了起来，说是厂里有钱还债，也应该把多年来欠职工的工资补发了。于是两股讨账的力量就合在了一起，开始还相安无事，分别表达着各自的诉求，后来就磨擦不断。厂里来的多是些年轻力壮的一线工人，慢慢就把县上来的债主挤出了财务科。债主们渐渐感到气氛有些异常，先有言语不和，继而恶言相向，随后就有了肢体冲撞，最后演变成了两股力量的较量，大有谁赢了谁才能讨到钱的意味。两股力量的博弈从财务科一直绵延到大楼外面。秦纺厂工人人数上虽不占优，气势上却占着明显的压倒优势，大声喊叫着嚷嚷着，说厂里有钱应先付工人的欠薪。双方情绪尽管很对立，有的人还相当冲动，但看起来还不至于就能打起来。

　　文佳很快就判断出从新疆讨回的资金尚未动，在两股力量的互相制约下谁也别想拿到钱,心里顿觉踏实多了,就对周华说:"周总,没有你说的那么多人嘛,看样子也没有打起来,更不像你说的马上就会出人命。"周华一直要么站在文佳的后面,要么站在司机后面,他已从债主群里看到了一些熟悉的面孔,这些人前不久曾到轻纺总公司围堵过他,至今让他心有余悸。听了文佳的话,周华略显尴尬地说:"向平电话里是这么说的,还说这些人要砸财务室,我怕你上火还没说。"文佳心中有一种说不出的滋味,没好声气地说:"我上什么火?看来这些人还不至于打砸抢。"一直跟着周华的司机邵力忙说:"文秘书长,你可别小看这些人的能量,花招可多了,说不好后面会闹成啥样子。"周华看着乱哄哄的场面,说:"办公大楼堵得实实的,很难进去,咱们先到办公区外边找个地方再说。"文佳点点头,说:"打电话联系向平,让他一起来商量对策。"

　　文佳一行三人走出办公区,来到秦东纺织厂前院。这里变化真大,让好久没来过的文佳着实有些惊讶。刚才进门时坐在车上,心情急迫,这时四顾前院,竟让文佳恍然间有一种身在市政府大院的感觉。仔细看去,假山、喷泉、竹林、紫藤架,几乎是市长办公楼前景观的复制,只是草坪大多了,更加开阔,更有气魄。周华发现文佳看得入了神,说:"文秘书长,这些景观是去年秋季以后搞的。任东山说要重塑企业形象,先是搞了两次绿化美化,后来又增加了一些设施。"邵力说:"任总向来会来事,敢花钱,这前院中心区是照着市长花园建的,说要和市政府保持一致。"极会察言观色的邵力已看出文佳无心赏景,且脸挂不快之意,接着说:"任总最近又换了一辆高档新奥迪,他的座驾也和市长一致了。"邵力对任东山司机开高档车羡慕之极,嫉妒之极,就借机把任东山抖了抖,出出心头的恶气,反正都说任东山马上要当招商局长了,邵力便有点口无遮拦。周华轻轻叹了口气,一说到坐车他也很不舒服,一个正职坐的车还没副职坐的车轮子值钱,能忍受到这种程度已相当不容易了。文佳隔着办公区的栅栏门看了看刚才没有注意的那几辆新小车,边走边轻轻摇头。

　　一个大花坛旁边竖着一排宣传栏,刷着绿漆微微翘起的两檐、宽大的玻璃框架、一些装饰考究的大幅照片都挺引人注目。文佳走近一看,宣传栏的开头部分,是秦东纺织厂领导活动的照片。第一幅照片是任东山在去年年终秦东纺织厂总结表彰大会上讲话的照片,后边又有多张任东山检查工作和外出考察的照片,下面标注均为市轻纺总公司副总经理、秦东纺织厂党委书记任东山在参加某活动。玻璃框内还装着两张《秦东日报》,上边登载着宣传秦东纺织厂的长篇通讯,报纸已经发黄,文佳细看是去年十月份的报纸。为了那次宣传任东山请了多家媒体,在厂里采访了好多天,最后驻在五星级宾馆里炮制出了曾轰动一时的系列报道。文佳把其他内容也大体看了看,不无揶揄地说:"看来,秦纺厂挺重视宣传工作，搞得有声有色。这些照片拍得挺有水平，完全可以参赛参展，只是表彰奖励的先进个人照片拍得有点小气。"周华听出文佳话里有话，不加掩饰地说："我多次给任东山说过，要多做些实实在在的事，可人家说宣传是提升企业形象、增强员工信心、凝聚各方力量的重要手段。不过宣传归宣传，也不应过分突出个人。实在叫人没法说呀！"邵力说："听任总的司机说，办公大楼的楼顶还要竖大型宣传画呢，说向厂长挡也挡不住，你们看楼顶正焊铁架子哩。"文佳抬头看去，几个工人正在楼顶抬钢筋。邵力狡黠地眨了眨眼睛，趁着两位领导对任东山不满，气冲冲地说："叫我说，秦纺厂有钱胡折腾，还不如给轻纺总公司上缴些，把周总的车也换换。再怎么说，周总也是正职，凭啥副职和下属坐的车比周总的好……"周华说："小邵，你去车上把我的水杯取一下。""好。"邵力答应着，心想下午出来走得急，就没来得及拿水杯，分明是支自己走。他刚走了两步，又禁不住说："秦纺厂到底是厂长负责制，还是书记负责制？他就是把厂长兼上，也归周总领导。"说完就到车上睡觉去了。文佳听了觉得邵力倒是一语中的，点到了秦东纺织厂当前管理体制的软肋上，再看周华脸上的表情，恍然大悟邵力只不过是代言人而已。不过邵力挺聪明，在贬损任东山的同时，不忘向周华表忠心。

"文秘书长好！周总好！"黄一鸣打着招呼大踏步走来，他握住文佳的手后笑着说，"我知道你会来，能从新疆讨回那笔款，真的很不容易，不能谁想花就能花，更不能胡花乱花，花得没名堂。"文佳问："资金不会出啥问题吧？"黄一鸣又握了握周华的手，满有把握地说："文秘书长你放心，你讨回的钱一分钱都不会出问题。"他指了指办公区正哄闹的债主，然后像摇鹅毛扇一样摇摇手，故作神秘地压低声音说："我略施小计，从车间派了几十名身强力壮的小年轻，让他们装作讨要补发工资，在财务科连挤带拥地就把县上的债主晾到一边去了。任东山签了字又怎样，单据举得再高也兑不了现，还不是废纸一张。"黄一鸣今天不再称任东山为书记，在他看来未来的招商局长再怎么着也管不到自己头上来。周华说："听说刚才差点打起来，你也不怕出啥事？"黄一鸣笑了，看着一贯谨慎小心的上级说："不会出事，咱的人是故意耍横，不会动真的。真的打起来，别看咱的人少，可都是精兵强将，虽不敢说以一当十，一个顶几个是没问题的。再说了，咱的人就是顶不住也没事，管财务专用章的大会计在这儿呢。"说着他便把跟在身后的大会计郑音和介绍给文佳。

郑音和上前几步，笑眯眯地和文佳握手问好。文佳看着大胖脸、浓眉毛、谢了顶的郑音和，觉得十分眼熟，原来是刚刚在光荣榜上看到过他的照片。周华问："听说财务科连打字员都被堵在办公室，你怎么出来了？"郑音和有些不好意思，依然笑眯眯地说："我是上厕所才没被堵在办公室。"黄一鸣笑着说："郑大会

## 第二十八章

计前列腺肥大,小便次数勤,今早又喝了一大碗醪糟,差不多二十分钟跑一趟厕所。有一次从厕所出来后,看许多债主围住了财务科,怕回到办公室出不来,就待在厕所躲过一劫。不然的话,资金安全先不说,恐怕郑大会计裤子安全先会出问题。那些债主就会胡吹牛,说把秦纺厂大会计吓得尿了……"黄一鸣话没说完先自己笑了。郑音和苦笑了一下,脸色绯红,他又想上厕所了还有些急迫,回办公楼显然不行,别说憋不住,就是能憋住也不敢去,到别的厕所去又有点远,情急之下急忙往不远处的假山走去,走了几步便小跑起来。黄一鸣看着郑音和急迫的样子忍不住又笑了。周华对文佳说:"老了,郑会计老了,年轻时他会两只手打算盘,珠算比赛全省第一,如今竟坐都坐不住了。"黄一鸣说:"老头子去年就退休了,任东山坚持要返聘,年轻会计都下岗了,让老头子占个位子。老头子的特点就是胆小听话呗。我今天偏把老头子叫在我身边,就是要让签了字的单据不起作用。"

郑音和急急忙忙地跑到假山后边,拉下运动裤,长长出了一口气,随着哗哗的排尿声,传来一片笑声。郑音和急忙转了转身子,笑声更大了,他又转了转身子。接着就听到有人怪声怪气地说:"说个谜语大家猜:弟兄十名,抬炮出城;一阵大雨,收兵回营。这是干什么?"又是一片笑声。随着紧张状况的消失,郑音和边提裤子边仔细看去,透过一片青翠碧绿的竹子,隐约看到几个人在活动。突然听到有人喊:"卧底说了,高个子,大胖子,秃头,就是秦纺厂管账的,这撒尿的老头子会不会是要找的大会计?"又有人说:"恐怕就是的,卧底说他还是个尿罐子,十五分钟就撒一次尿。"有人怪笑着说:"那完全可以申报尿频率吉尼斯世界纪录!"郑音和脸一下子红到了耳根,腿也抖了起来,急忙转身就走。一片笑声中,有人喊:"抓住大会计呀!"一个人大声喝住:"现在抓大会计有屁用,咱们的人早就被挤出了财务室。"郑音和似乎又想尿尿,怎么他这个老头子也被人盯上了?心想去年到站后就立马办了退休手续,他这个"尿罐子"总算可以回家好好伺候瘫痪在床的老伴了。老两口在秦东纺织厂干了一辈子,竟一贫如洗,双手过钱无数的大会计,实在是囊中羞涩,为补贴家用,任东山要返聘也就答应了,还挺感恩戴德呢。老头子不得不看任东山的脸色,让一辈子的好名声里掺进了不少杂音,如今后悔莫及,就想着尽快辞职回家养老,也伺候伺候晚年不幸患重病的老伴。郑音和边走边推测,认定竹子后面恶作剧的几个人中,定有讨债闹事的挑头人。

还真的被郑音和猜对了,假山旁竹子后就是各县棉花公司债主们的临时指挥部,为首的王增就在这儿。王增这么多年倒贩煤、办煤矿赚了大钱,可是一个怪癖比财富还要见长,就是越来越喜欢指挥别人。他常说西汉开国名将韩信指挥千军万马是多多益善,他也是。不过时势造化不同了,他只能指挥些非军人,不时搞点动静出来，以吸引世人的眼球，也自娱自乐，收心理上满足的奇效。说也怪，世界之大无奇不有，有人赌博上瘾，有人吸毒上瘾，有人嫖妓上瘾，有人买彩票上瘾，而腰缠万贯的王增却指挥上瘾，患上了不见医学经典的"指挥癖"，而且越来越严重，到了一发而不可收的境地。去年秋季，在浦湖县有名的产煤区，他指挥上演了一幕阻拦国务院关井压产检查组的闹剧，用他的话讲与京官和钦差大臣过了一次招。事后他高兴地畅饮三天，遍请了参与者，不分妇孺皆有犒赏，在乡下风传一时，让他倍感风光和满足。前不久，他又指挥各县棉花公司的职工，在市轻纺总公司机关大院里上演了一幕闹剧，公然戏弄处级领导，拍卖领导办公室财务，开走机关唯一的小轿车，弄得满城风雨。虽然没有闹出啥结果，王增还是给追随者发了红包。他在五星级酒店开怀畅饮，大醉而归，一连几天都如脚踩云端，比瘾君子抽了大烟还要亢奋飘忽。上次没弄出个结果来，反而吊足了王增的指挥瘾，这次他下足了功夫，撒金如撒豆，各县棉花公司来的人他管吃管喝，还要求有领导带队，一心想把游兵散勇指挥成有组织的序列队伍。浦湖县棉花公司原经理鲁大年，坐着王增的高档小轿车也来了，上衣口袋里还揣着王增塞的红包，但老头子不是来坐镇指挥的，是在一线带着职工冲锋的。指挥权牢牢掌握在王增手里，他要的就是这种感觉。让王增没有想到的是，这些一线带队冲锋的领导能力实在有限，看似组织有序的债主队伍很快就败下阵来，被秦东纺织厂的小年轻挤出办公大楼，七零八落地坐在草坪上。王增当年的老领导鲁大年一筹莫展，一脸沮丧，看来眼看到手的钱要黄了，讨回旧账的想法又要落空了，老头子像泄了气的皮球一屁股坐在草坪上，后悔不该来为现职领导火中取栗，也后悔不该让老部下牵着鼻子来蹚这浑水，可一摸兜里的大红包，就又站了起来，想联系一下王增，看下一步有啥打算。刚好王增派的联络员过来了，传达了王增重新组织力量，做好新一轮冲锋的准备。各县棉花公司的职工又重新聚拢在一起，乱哄哄地喊着要采取新对策，大家都不愿再这么耗下去了。

　　王增斜躺在假山旁的一个石凳上，旁边放着啤酒、香烟和一堆吃的东西。他喷了一个烟圈，伸了伸胳膊却不看手上戴的名表，懒洋洋地问："现在几点了？"立即有人报了时间。王增说："噢，马上都6点了，估计大伙的肚子也饿了，该再冲一冲三楼领导办公室了，咱也搞个虚张声势，冲完这帮领导再吃晚饭。我一直怀疑厂领导里边有人在背后捣鬼，让煮熟的鸭子飞了，必须刹刹这些人的威风。"他转了转眼珠，问："你们说说，今晚咱在哪个酒店吃饭？"几个联络员七嘴八舌地争了起来，有的说这个酒店饭菜有特色，有的说那个饭店的环境优雅……王增突然吼道："你们一个子儿不出，还挑起饭店来了！"他看一下子没人吭声了，就哈哈大笑，说："行，就挑个最好的饭店犒劳一下大家，赶快去个人把我的话传过去，好鼓舞一下士气。"几个联络员立即又说又笑起来,争着要去传达总指挥的最新指令,一个跑得快的年轻人一溜烟似的跑了过去。正在这时厂区一片大乱,刚刚下班的工人蜂拥到办公大楼前,高声叫喊着,要厂里补发多年拖欠的工资,有的还喊着要报销医药费、工伤费、差旅费。下班的工人越来越多,办公大楼被围得里三层外三层,有的人还冲上办公楼,上上下下、里里外外挤满了情绪激动的工人,大家异口同声要的都是钱。情绪在传染也在升温,渐渐地不满变成了愤怒,叫喊升级为漫骂,拥挤推搡出格成砸门砸窗。工人们多年的积怨一下子被刚讨回的钱引燃了,如同干柴烈火熊熊燃烧起来。王增派出传达命令的联络员惊恐万状地跑了回来,添盐加醋地描述了突发的骇人场景。

王增再也躺不住了,呼地站起来,一边搔着头皮,一边透过竹丛隐约看去,工人们叫骂呐喊的声浪似乎能把身边的假山推倒。他怎么也想不明白,秦东纺织厂的职工怎么对自己厂的领导是如此态度,意见是如此强烈,看样子全然不像前面那些小年轻有点演戏的味道。鲁大年跟着联络员也慌慌张张地跑了过来,他边擦汗边喘气,半天说不出话。王增看着昔日的老领导,想起他曾经多年颐指气使过他在棉化公司看大门的老父亲,后来又领导和训斥过他的老经理,心里顿生丝丝快意,觉得美妙无比,便慢慢坐在石凳上,取出一根烟轻轻弹了弹,缓缓说:"鲁经理别着急,有话慢慢讲。"他刚要点烟,又递了过去,说:"鲁经理抽根烟吧,好烟。"鲁大年摆摆手,说:"小王,王总呀,我看今天是闹不出啥名堂了,你听这阵势多可怕。没想到秦纺厂不光欠各县棉花公司的货款,还拖欠本厂职工的工资、医药费啥费的,估计那点钱怕是轮不到我们了。"几个联络员都站在了老领导一边,说鲁经理说得有道理。王增慢悠悠地点着烟,长长地抽了一口,好久才缓缓吐出烟雾来,吐完烟斜睨着鲁大年问:"那你说该咋办呢?"鲁大年指了指声浪有增无减的办公区,说:"除了我这个老头子,其他县带队的都是些年轻经理,都喊叫着撑不住了,厂里只来了几十个愣头青咱就吃了亏,现在成百上千的工人在闹腾,咱还想吃肉,怕是连骨头也啃不上了……"王增突然怪笑一声:"喝些肉汤也不错啊!"他这一来倒把几个联络员吓了一跳,老领导说的可是实情呀,怕是肉汤也不一定能喝上。鲁大年憋不住又说:"那几个年轻经理推着我过来给你说说情况,汇报汇报,看你有啥想法。"一个联络员忙说:"他们正等着王总的指示呢!"鲁大年忙说:"是的,是的。"王增脸上挂上了志得意满的笑容,颇有大将风度地说:"不怕,再坚持一会儿,说不定乱中有变。实在不行了,咱们再撤,再鸣金收兵。"鲁大年一脸的无奈,嘴唇动了动,转身走去。王增心里微微一颤,说:"鲁经理你过来歇会儿,再去还不把你挤散架,让传令兵去就行了。"说着他手指对着几个年轻人弹了一下,上午才任命的联络员,这会儿职务又调整成了传令兵,几个年轻人倒是争着抢着要去履行这一重要职责。

郑音和在王增贴身联络员后来又变成传令兵的调笑声中,慌慌张张办完急事,又急急忙忙走回原地。文佳看了一眼有些不耐烦的郑音和,催促说:"黄厂长你再催一下向厂长。"黄一鸣说:"他电话上说马上就来,马上就到。"他上下打量了一下郑音和,哂笑说:"郑大会计,你跑到假山后面去搞啥秘密活动?"郑音和下意识地看了一下自己的运动裤,脸色绯红,刚才由于受了干扰,裤子竟尿湿一大片,他急中生智,岔开话题:"假山后面人不少哩,像是县上棉花公司的头头脑脑,在那里密谋啥事哩,真得防着点。"黄一鸣先是警惕地看了看,接着笑着说:"不怕,不怕他们密谋策划,翻不了大浪,一切都在我掌控之中。"他像诸葛亮摇鹅毛扇似的摇了摇手,显的是那样的自信。一阵铃声响过,下班时间到了。接着厂区便传来了让黄一鸣没有料想到的呐喊声,听了呐喊着的诉求,黄一鸣脸色大变,竟和郑音和一样顿时有些内急,这岂不是弄假成真,让那几十个去隔离县上债主的年轻人打开了潘多拉魔盒吗?秦东纺织厂最不愿出现的情况出现了,谁也难以控制这个局面啊!县上的债主来后向平再三打电话让他到车间去商量对策,他都以在办公室被围推了,他从内心深处瞧不起向平,不愿就近接受他的指挥,却极自负地说有他应对,一分钱都出不了财务科。相当一段时间以来,黄一鸣只听任东山的,一心想挤走向平他任厂长。任东山报考招商局长职位后,黄一鸣态度有所转变,今天有事后就主动实施妙招,还在电话上给向平通报,实际上是炫耀了一番,并不失时机地指责了任东山的不负责任。这下可好了,外面着的火还没扑灭,厂内的烈火又熊熊燃烧起来。大家都感到了事态的严重性。周华一脸的愁云,摇着头说:"弄假成真了,弄假成真了,这下更没法收拾了!"郑音和说:"秦纺厂早就债台高筑,现在是外债逼得紧,内债问题也出来了,其实最大的债主是几家银行,不过都是国有银行……"

这时前院又涌进一群人,年龄大都六七十岁了,为首的是老锅炉工李正正,他佝偻着身子,手里拿着一柄长烟袋锅,烟杆油黑发光,两端的铜烟锅、烟嘴锃光闪亮,这会儿他没有抽烟也没有别在腰后,显然是作为一种武器拿在手里以壮声威。他一边挥舞着烟袋杆,一边骂骂咧咧:"任东山这小子,也太不把老工人当回事了,能把钱先给外人,也不补发我们的工资,良心叫狗吃了!"后面有人愤怒地附和着,有的说任东山要调走了,走之前要把秦东纺织厂的钱弄完才甘心;有的说这小子啥本事都没有,就会胡花钱;有的说我们就认向平,去找向平补发工资。

董莉拄着拐杖也来了,老劳模明显老了,满头白发,一脸皱纹。这个秦东纺织厂辉煌时期的标志性人物,实际上才是退休职工的主心骨,大家都听她的跟着她走。她不慌不忙地走着,身后跟着一大群老职工,几个年轻点的女职工还护在她的两边。周华一眼就看见了董莉,急忙上前招呼,文佳几个人也跟了上来。董莉停下脚步,喘着气说:"周局长、文秘书长你们都来了,来了好啊。"她看一眼黄一鸣,用拐杖在地上戳了戳:"厂子多年有困难,退休职工都能体谅,现在有了钱就该先给特困户解决点问题,有病的总得给点救命钱吧!"她话音刚落,后边就有一个坐着轮椅的老人被推到了黄一鸣身边,这位老人一边呻吟,一边流泪,一边用手拍打着轮椅诉说着。郑音和在旁边说:"董劳模的看病钱也没报销,她从来不吵也不说,老是跑着给别人讨看病钱。"周华抓住董莉的手说:"董师傅你放心,厂里一定想办法给特困户、伤病老人解决点问题,你老人家就请回吧。"文佳看着老劳模,心里简直不是滋味,已经是春暖花开的季节,她还穿着厚厚的棉衣、棉裤,头上笼着头巾,一副病病怏怏的样子,还要到厂里来讨欠薪,为特困户讨公道。

这时又从家属区涌来一帮老人,有的老太太系着围裙,有的手里拿着油腻腻的锅铲,有的手上沾着白生生的面,显然是正在做晚饭急着赶来了。一个老太太冲过来,劈头盖脸地说:"补发工资也不能谁来得早就给谁呀!这世上哪有这道理?我来晚了一步也得给,不然我就拼老命。"说着她挥了挥手中的锅铲,一脸的怒容。大门口也进来了一支特殊的队伍,门卫说什么也拦不住。为首的是苏向芝大妈,她推着在外摆理发摊的小车子,上边放着锅、壶、盆、刀、剪、裙等一应理发用具,后边跟着秦东纺织厂在大街小巷摆地摊的年老和下岗的职工,有挑担的,有拉车的,有提箱的,有背袋子的……花花绿绿,疙疙瘩瘩,聚在一起像赶集的,又像是逃荒逃难的。苏向芝看见董莉后把小车子停在一边,擦了一把头上的汗,和董莉打了个招呼,然后转过身以惯有的稳重和淡定对黄一鸣说:"黄厂长,这些人在外摆摊都是为了养家糊口,也是出于无奈,厂里补发工资也不能不通知这些人呀。"黄一鸣看了看苏向芝和她身后的摆摊队伍,两手一摊说:"没有补发工资呀。"好几个摆摊的嚷嚷着质问没有补发工资为啥这么多人都来了?说着说着有人就爆了粗口,几个年轻点的还推搡起了黄一鸣。

这时聚拢在办公区的工人们似乎达成了共识,他们认为要补发工资、报销医药费什么的,还是找向平靠谱,便不再攻讦和唾骂任东山,在一个工人带领下,全场齐呼:"我们要向平,向平出来!向平出来!"这呼声极具震撼力,这呼声里有期盼,有愤怒,有无奈,有追寻,淹没了办公区和前广场所有其他的声音。

文佳没有多说什么,一直在静静地观察,也在深深地思考。突然他觉得扭转秦东纺织厂走向的重要节点到来了。自从去年春季他到秦东纺织厂调研起,就密切关注着这个秦东最大国有企业的走向。一部分人力主破产重组,一部人则坚决反对,决策层的意见尤其对立。吴芳多次对文佳说过,秦东纺织厂破产重组是重大的战略举措,要尽量取得共识,要耐心等待合适的时机。文佳突然觉得这个合适的时机到来了,不过这个合适的时机竟是有了一笔钱后才不期而至的。对讨得这笔钱,各方有着不同的想法,可谁都不会想到一个极度缺钱的企业,当它突然有钱后,生命的拐点却到来了。这有点像有些饿汉不是饿死的,而是在极度饥饿时突然有饭吃而撑死的。想到这里,文佳又联想到吴芳在他去新疆讨债前,曾明确说如能有一笔钱,就可作为秦东纺织厂破产重组的战略预备金,回来后她又说可以用来维护稳定,要他给由锡平汇报一下,商量一下这笔资金如何使用。可见吴芳已经预见到这笔资金使用上的不确定性,实际上她早已看出秦东纺织厂危机四伏,随时可能成为影响全局的不稳定因素。尽管丁燕红多次催促实施秦东纺织厂破产重组,吴芳却不为所动,她是在等待时机,等待瓜熟蒂落。文佳不禁以手加额,终于悟出了吴芳在处置秦东纺织厂问题上的苦衷,也感受到她等待已久的时刻终于到来了。文佳刚才看到乱局后的焦虑不安顿时散去,是呀,当一股洪流奔涌而来,谁也阻挡不住,也就只能顺势而为了。

　　周华看到职工群情激愤,要和向平对话,刚才还在焦急地等待着向平来一起商量对策,现在又生怕他出来会发生意外,就对黄一鸣说:"老黄,你给向平打个电话吧,不要他到这儿来了,万一出点啥事就不好了。"黄一鸣说:"你是怕他出来被人撕得吃了?不会的。他刚才还说马上就过来,再等等看。"不过眼前的景况着实让黄一鸣大感意外,怎么职工都喊起了向平?半年多了谁不知道厂里的实权在任东山手上,可见人心向背在关键时刻才能凸现出来。工人们未必是想把向平怎么样,只是觉得任东山实在是太不值得信任了。不过向平即便出来了,又能怎么样?黄一鸣突然觉得异常的迷茫,前一段和任东山走得太近了,这未必明智,可今后又靠拢向平就有前途吗?这个自以为左右逢源的精明人,脑子里竟一片空白。黄一鸣看了一眼无奈而又焦虑的周华,轻轻摇摇头,这个上司向来怕事又没主见。他又看了看刚才也有些着急上火,这会儿却显得异常平静的文佳,心里觉得踏实多了,他知道这位副秘书长是处置群体性事件的行家和高手,有文佳在场怕什么!

　　办公区齐声呐喊慢慢停了下来,聚在前院的老职工又嚷嚷起来。假山和竹丛后边的几个人骂骂咧咧地出来了。郑音和往一边躲了躲,生怕被这些人认出来,其实这会儿谁还关注他呢。王增刚走出竹丛就看见了周华,他快步走了过来,旁若无人地大声说:"周总,你还认得我么?我就是拍卖你办公室家具的主儿,人称王倒煤,没想到只要碰见你就更倒霉。我把话撂到这儿,今日又没讨到债,眼看着煮熟的鸭子也飞了,真是倒了八辈子血霉!不过欠债还钱,天经地义,除非秦纺厂关了门,不然就没个完,我还要来,你就等着!"说完他向从厂区那边撤出的债主们招了一下手,鲁大年拖着疲惫的双腿走在前边,看见王增招手后便奋力走来。王增看了一眼灰头土脸的鲁大年,不禁亢奋地提高嗓门说:"鲁经理不要慌,今天在五星级酒店给你压惊,也犒劳大伙,等养足了精神再来算总账!"王增挺胸抬头以最高权威的姿势,向他指挥的队伍挥了挥手,然后对文佳几个人说:"各位领导,后会有期,后会有期!"说完王增在众人的簇拥下十分张扬地离去。紧跟在王增队伍后边的是些女工,她们该喊也喊了,该闹也闹了,还急着回家接孩子做饭呢。这两股人流首尾相接,很快就混在了一起,已不像刚才那样对立了。

　　董莉已弄清了事情的原委,就开始做退休职工和家属们的工作,要大家先回去,由她代表大家和厂领导沟通,争取给大家解决些实际困难。李正正早就带着一帮人,汇合到办公大楼前的洪流中去了,剩下的人都围在董莉身边。周华说:"请大家相信董劳模,都回家去吧,真要补发工资,报销医药费、工伤费,肯定少不了退休职工。市政府的文秘书长也在这里,请大家相信我不会当着文秘书长的面说假话,大家请回吧!"这时办公区的呐喊声又起,人数虽然少了些,声音反而更大了,除了喊向平外,要求补发工资的呼声更加集中明确,看样子一点没有收场的意思。退休人员觉得只要骨干力量不罢休,他们的诉求就不会落空,都慢慢地回家去了。董莉送走坐轮椅的病人后,就在几个人的搀扶下要到办公区去,文佳急忙说:"董师傅,你到那边去干啥?周总和黄厂长都在这儿,有啥话对他俩说嘛!"董莉说:"工人们都喊着要向平出来,我也去见见向平。"周华说:"董师傅,补发工资是黄厂长的主意,你找黄厂长不就对啦!"黄一鸣没想到周华竟如此出拳,明显感到了领导对自己的不满和嘲弄,也明显感到了职工蓄积已久的怨愤一旦爆发就很难遏止,心里更慌乱、更没底了。他发现文佳越来越镇定自若,全然不像周华那样紧张焦虑,就灵机一动对文佳说:"文秘书长,我们不能总在这里等向厂长,咱们到工人俱乐部去等吧。"他想离开这里眼不见心不烦。周华说:"可以,这个主意好,让文秘书长缓缓气,喝口水。"董莉拉住黄一鸣的手说:"那我就给你说说,咱厂退休老工人日子过得苦,这个你是知道的,文秘书长去年来厂里调研也知道了……"文佳听了脑海里立即浮现出了董莉和几个老太太去农贸市场捡菜叶的情景,许多老工人依然住棚户的状况,心里很不是滋味。董莉说着说着就掉下了眼泪,声音哽咽着说不下去了。文佳走过来扶住董莉,动情地说:"董师傅,你不要说了,这些情况在场的都清楚,市政府领导也清楚,我们一定会想办法解决这些问题。你老人家请回吧,向平一会儿来了,我们一定会研究你提的问题。"董莉点头说:"那好,我身体不大好,就不再等向厂长了。"说完看了看办公区,拄着拐杖往回走,剩下的老工人和家属都跟着董莉回家去了。郑音和一听要去工人俱乐部,就急急忙忙先去了那边。黄一鸣看着郑音和着急慌忙的样子,抿嘴一笑,便招呼文佳和周华往工人俱乐部走去。

秦东纺织厂工人俱乐部在厂区前院的东北角,这个秦东第一个企业工人俱乐部是二十世纪六十年代,秦东纺织厂第二任厂长彭友田修建的。

秦东纺织厂工人俱乐部曾是厂里最具魅力的地方,是周末最为热闹的地方,这里放映过电影,举办过舞会,搞过小型文艺演出,是职工舞蹈队的活动基地,也是"文化大革命"中文艺宣传队排练节目的地方。这里召开过各类会议,举办过学习班、研讨会、报告会,也开过批斗会。如今这里的娱乐功能已不复存在,随着电视的普及和社会生活的多元化,加上工厂经营的每况愈下,为生计所累的工人谁还有心思来这里。厂里的会议也越来越少,学习研讨活动多年都不搞了,工人俱乐部的各项功能日渐萎缩,不经意间成了被遗忘的角落。这个见证了秦东纺织厂创业的艰难和曾经的辉煌的地方,如今正在感受着这个企业的急剧衰微乃至奄奄一息。屋顶的机瓦换过多茬,颜色斑驳,长满杂草。窗上的玻璃多已破损,沾满尘垢,挂着蜘蛛网。残存的窗帘已分不清颜色和材质,窗台上落满了灰尘和鸟粪。

文佳多次来过秦东纺织厂,却从未涉足工人俱乐部,来到西门口他站了下来,抬头欣赏着上边石刻的"秦纺工人俱乐部"七个隶体大字,不禁赞道:"这汉隶石刻堪称精品,定是名家所写所刻。"黄一鸣没想到文佳对书法和石刻蛮有兴趣,说:"文秘书长真有眼力,这是老厂长彭友田到京城请名家写的,请裕平县最有名的雕刻师傅刻的。"文佳说:"将来必成文物级的石刻,可以说这是工人俱乐部的镇馆之宝。黄厂长回头安排人把石刻擦擦,别让宝贝蒙尘纳垢啊。"郑音和接住话茬说:"还是文秘书长识宝爱宝。"他刚从厕所出来,接着说:"是得有人管管这里了,秦东第一个现代化厕所,尿池水管锈死了,长满了荒草,池子缝里的椿树长得比墙还高,彭厂长看了非气死不可。"黄一鸣笑着说:"郑大会计最关心的是厕所,是小便池嘛!"郑音和瞥一眼黄一鸣,忽然认真了起来,大声说:"这厕所不是一般的厕所,就得有人管管!"他拉住文佳激动地诉说了起来。

当年秦东纺织厂工人俱乐部建好后,彭友田十分满意,请了各方面的领导和名流来参观指导,到场的人都倍加赞赏。当有些人上厕所时惊讶地发现了格局上与众不同,倒不是旱厕改水厕的超前,而是女厕比男厕大,比男厕的坑位多出许多,这在当时是匪夷所思的事,因为所有地方的公厕,都无一例外的是男厕比女厕大。有人说大概是厕所牌子挂错了,有人说大概是设计上出了问题,弄得大家莫名其妙,莫衷一是。具有讽刺意味的是,"文革"期间彭友田在他一手建成的工人俱乐部里接受了多次批斗。批斗会上曾有人批他重男轻女,不关心女工。

彭友田回敬说："你去一趟这里的厕所就知道了,如果能找出第二个女厕比男厕大的公厕来,我服这一条。"立即有人反过来批他,说他就喜欢和漂亮女工在这里跳舞,搂搂抱抱的,说他眼里只有女工,连厕所也是女大男小。彭友田反讥说:"纺织厂女工多,这是常识。从实际出发,把女厕所建大点多设些坑位,难道也是罪过?至于和漂亮女工跳舞,的确有过,爱美之心人皆有之,难道这有错吗?再说跳舞的动作和姿势,大家公认我最高雅、最标准,你们跳舞可都是跟我学的呀!"说毕哄堂大笑,批斗会开成了娱乐会。后来恼羞成怒的造反派,硬是打断了彭友田的右腿,他是爬到厕所去大小便的,可是当他爬到厕所时裤子已经又湿又臭,是郑音和把彭友田从厕所背回家,又陪着家人把他送到医院。郑音和说完这些,眼圈红了,大家听得心里沉甸甸的。郑音和说:"这多年我上厕所的次数比谁都多,却从不到这里来,怕想起那些伤心事。今天实在没办法才来这里,我还是想说,要把这个厕所管起来。"

"郑大会计怎么到哪里都只关心厕所呀?"随着话音从工人俱乐部走出一个人来,原来是秦东纺织厂的总工程师秦凯。秦凯和大家握手后接着说:"我是在办公室送走三家银行的催息人,出门后绕着来这里的。听说领导要在前院议事,我估计要到工人俱乐部来就直奔这里。"他看着文佳直言说:"文秘书长,事情都摆明了,今天各方面都是冲着你带队讨回的钱来的。三家银行看样子这回是铁了心,可是讨回的钱再多,也不够堵一家银行的窟窿,还有县上棉花公司的旧债,再加上工人要补发的工资……""还拖欠外省大量的货款呢。"郑音和补充说。秦凯说:"是呀,给谁家还账我都不反对,总得留一点更新设备和搞技术改造的钱吧!"黄一鸣扭过脸,不屑地皱了皱鼻子,他一直对这个紧跟向平的厂技术权威有看法,认为秦凯和向平一样不懂政治,不识时务,对秦凯说的很不感兴趣。秦凯又对周华说:"周总你最清楚,秦纺厂再不更新设备、不抓技改,就会完全丧失竞争力,被挤出市场,这次无论如何也要给点钱。"黄一鸣按捺不住地问:"向厂长不是一直在抓技改上的事吗?"秦凯愣了一下,有些恼怒地说:"你啥意思?向厂长是主抓技改,不过具体工作都是我在做……"郑音和悄悄拉了一下秦凯的衣服,他才收住下面的话,气呼呼地站在一边。周华看了看办公区那边,丝毫没有缓解的迹象,不无忧虑地说:"这样吧,资金使用的问题,我们要商量一下,秦总的意见会考虑的。"他扭头对文佳说:"文秘书长,我们到里边去吧。"黄一鸣瞪了秦凯一眼,忙着招呼文佳走进工人俱乐部。秦凯大声说:"务请各位领导研究一下我的意见!"说完悻悻地看着郑音和,郑音和这才清楚自己早该离开了,压根儿就不该到这里来,商量大事连总工程师都不能参与,自己算个什么呢?秦凯叹了口气,缓缓地说:"向厂长让我给你捎话,说你请病假,批准你休息一个星期。"郑音和张着口,一句话也说不出来,没有请病假呀,不过他很快悟出了个中奥妙,看了一眼纷乱不堪的厂区,急忙去追赶已转身回家的秦凯。

一进入工人俱乐部,立即让人眼前一亮,里边灯火通明,浓烈的文化气息扑面而来。偌大的大厅,被设计新颖别致的大展板隔出了约莫大半的地方,布满大大小小的彩色照片,以及堪比书法作品的文字简介。文佳正在疑惑,只见肖冰冰走上前来,她笑着说:"文秘书长,欢迎你第一个来参观我们的摄影展。"文佳早就知道她喜欢摄影,依然有些惊讶地说:"不得了啊,你偷偷办起了摄影展,是想一鸣惊人吧!"话音刚落,一下子又围上来好几个人,大家都熟悉,一下子热闹了起来。原秀山故作认真地纠正说:"哪里是偷偷办?是明目张胆地办,大张旗鼓地办,唯恐天下人不知地办!"他看文佳笑了,接着说:"今天刚好布完展,明天正式对外展出,还想请文秘书长来剪彩呢。"文佳摆摆手:"我对摄影是外行,大外行剪什么彩?"他看着李菊和白银。黄一鸣说:"李经理和白助理都爱好摄影,厂里也大力支持他们,这实际上是两家企业和新闻媒体搞的三方四人摄影展。"李菊笑着点点头。

文佳边看摄影展,边和陪他的几个人聊着。整个摄影展排场大气,极具特色,分了四个展区。第一展区"秦东新面貌",有秦东著名的自然景观和人文景观,有市区新貌,有群众舞蹈和歌唱的文化娱乐活动等摄影作品,其中开元大厦开工典礼及建设场景尤为炫目。文佳看了觉得很振奋,很有冲击力,禁不住赞叹说:"不看署名也知道这些是原站长的佳作,不愧是摄影名家,拍出了秦东山川的灵秀和气魄,也拍出秦东的沧桑巨变和人民群众新的精神风貌。"原秀山说:"过奖了,文秘书长过奖了。有些反映招商引资的照片,是按照市政府的意图拍的,是为了扩大宣传嘛。"他笑对肖冰冰:"其实,好些照片是和肖冰冰合作拍摄,她的水平已超出好些人的想象了。"文佳也笑对肖冰冰,点着头说:"名师出高徒呗。"他突然发现本来爱打扮的肖冰冰竟浑身珠光宝气,还散发着奇异的香味。李菊笑着说:"肖经理已经成了师傅,带着我和白银两个徒弟呢。"肖冰冰忙说:"她俩也爱上了摄影,我们是互相交流切磋,师傅还是原大记者。"文佳笑着说:"看来摄影也能成为联结企业的纽带,也能让企业家成为合作伙伴。"大家都高兴得笑了起来。黄一鸣看几个人看影展如此开心,也凑了过来。

第二展区是"秦纺新气象",文佳心中不禁一惊,却不按顺序随意转悠了起来。他看着几幅貌似市长办公楼前花园的美景图,真的不知说什么好。原秀山却赞道:"这是李经理的摄影佳作,算是标志性的转型之作。"李菊有些不好意思,忙说:"哪里,哪里,只是小学生的作业而已。""转型之作?"文佳有些不解,问,"难道李经理要在摄影领域发展?"白银笑着说:"是我们李经理的业余爱好转型了,其实只是增加了摄影爱好。"原秀山笑着纠正:"是的,是增加了一种新才艺,更加多才多艺了。"白银也笑着补充:"我们李经理在文学和艺术方面都极有潜质,加上原站长的精心指导,在摄影方面也要刮目相看了。"

　　李菊听了赞扬的话不再说什么,只是微微笑着,心里十分受用。自从把女儿汪小菊送贵族学校上学后,她就把秦东当作工作和生活基地,平时驻秦东纺织厂,周末回省城和丈夫、女儿团聚。秦东没有多少工作量,业务上又有白银料理,李菊基本上没多少事情。她向来耐不得消闲,便精细阅读起了酷爱的四大古典名著,后来又忽发奇想,结合现代公司管理写起了研究性文章,还一发而不可收。她写的第一篇文章是《从三国三大公司看总经理在公司经营管理中的重要作用》。文章认为三国时代最有作为的是曹操,他是央企的总经理,皇帝汉献帝虽是董事长却并不拿权,结果曹操把相当于央企的魏国治理得最为强大。文章认为刘备实际上是民营企业的大老板,尽管他以皇叔自居,实际上皇八代、皇十代都开外了,皇气早就稀释得几近于无了,也没做过 DNA 鉴定,说不定还是山寨版的皇叔。他本人是个编席织鞋的小手工业者。另外两个股东,关羽是推车叫卖的小商贩,张飞就是一操刀杀猪的小屠户。尽管他们的公司挂着国企牌子,实际上算是借壳上市。这家公司的总经理诸葛亮,实际掌控着大权,把个民营企业搞得风生水起,敢和央企一争高下。文章强调指出,孙权继承父兄遗产,一手经营地方国有企业,董事长兼总经理,尽管占尽地利,却既没有曹操把控的央企强大,又没有刘备经营的民企有名。这些足以说明,总经理在企业经营管理中的重要性。李菊写的第二篇文章是《从唐僧看总经理对员工的管理艺术》,文章认为唐僧是大唐皇帝这个董事长聘任的取经公司总经理,他在艰难的取经途中却能管好员工,大有经验可以借鉴。孙悟空是最有能力的员工,但爱摆挑子,好犯上,难管理,既不能随意辞退,又不得不经常敲打惩戒,爱不得,也恨不得。猪八戒能力一般,毛病也多,好耍小聪明,爱占小便宜,还有些贪色,但对总经理还算拥护,既难以重用,又不能不用。沙和尚能力平庸,却对总经理忠诚不二,人品又好,尽管只能挑担打杂,难有大的作为,又不能不作为依靠的对象。唐僧这个总经理虽不会降魔伏妖,却善于管理员工,用人所长,终成一番大业。李菊文章写好后,就请大笔杆子原秀山润色。原秀山很欣赏文章的创意,也想结交这个爱好多样的女经理,就对两篇文章做了认真的修改加工。后来又搞了个压缩版,推荐到省城小报的副刊上先后发表了。当汪达其看到妻子的大作后,竟半天没有说出一句话来。他根本没有想到妻子在钻研这方面的内容,难怪她对当副董事长不感兴趣,对当总公司旗下分公司的经理也不感兴趣,原来是想当总经理。可她也不想想自己是这种料吗?她过去常夸《红楼梦》里王熙凤的管理才能,对探春也很赞赏,估计第三、四篇文章会写这方面的内容,也许还要研究《水浒传》里宋江架空晁盖的故事……如果只是耍耍笔杆子也还罢了,倘若动起真来……汪达其坐不住了,来了一趟秦东,当面夸了妻子文笔大有长进,越来越精彩,还提出可以编成小册子正式出版。背后却给白银面授机宜,让她相机行事,不得有误。在汪达其看来,李菊少过问总公司的经营管理,就是对企业的支持,不插手则是企业之大幸。让她管理一个下属公司,既是想满足她、拴住她,也是出于无奈。汪达其还给白银讲了《三国演义》中马谡的故事,说读书再多,没有实践经验,又言过其实的人是不堪大用的。白银深谙董事长的良苦用心,便按照汪达其的授意尽量诱导和拓展李菊的兴趣和爱好。先是带李菊跳舞,并让秦东纺织厂参加新千年汇演的几个骨干陪舞助兴。接着又动员她跟原秀山学搞摄影,也许李菊有这方面的艺术细胞,很快就上了瘾,长枪短炮地买了好几台高档摄像机,还订了几种摄影杂志,购买了不少摄影理论书籍,像模像样地真玩起来,而且进步很快。用原秀山的话说,爱文学的人容易爱上摄影,爱上了又会融会贯通,互相促进。李菊迷上摄影后和肖冰冰也接触得多了,不知不觉间两人又明里暗里飙起富来,还有些越飙越热,白银看在眼里喜在心上,便适时介入当起了李菊的参谋,更助推了她在这方面的兴趣。李菊今天也珠光宝气,一身名牌,丝毫不逊肖冰冰。

"秦纺新气象"除了李菊所摄,还有白银陪练的摄影作品,有从各个角度拍摄的装修一新的办公大楼,有排成一溜的小轿车,有生产车间的繁忙景象,有职工欢快的舞蹈场面,有惹人注目的领导活动……文佳皱着眉深深思索起来,拍摄"秦纺新气象"的人真是这样想吗?别人看了真的认可吗?这也许是美好的幻影,在美好幻影后面隐藏着深深的危机,也不能排除某种阴谋和陷阱,这背后说不定还有尚未浮出水面的故事。周华刚才忍不住到外面看了看,厂区依然纷乱无比,再看文佳一副忘了外面的样子,心里更加焦躁起来,就让黄一鸣督促向平,也联系任东山,让他们赶快来这里议事。

摄影展的第三部分是"时尚在流行",刚一看令人眼花缭乱,仔细一看,文佳差点笑出声来,这简直是两个女人的时装模特秀。肖冰冰和李菊这两个年龄有点悬殊的女人,如同时装模特一般,在各种场合各种背景下,摆出了各种或优雅或张扬的姿势,有的衣着珠光宝气,又透又露;有的衣着古朴典雅,庄重传统;有的追求清新,显得从容洒脱、温婉可人;有的凸现华丽,尽展奢华美艳,性感霸气;有的大有明星的闪耀感,有的极具名模的风姿妖娆。再细看,两人肩上或手上的包,脖子上的项链,腕上的表,手上的钻戒,脚上的鞋,无一不是名牌,几乎是一张照片一个款式。再细看,这实际上是两个女人在炫富。李菊是有钱又有闲,加上白银的鼓吹和助推,经常与肖冰冰交流时尚方面的信息,还互相飙上了。你有意

## 第二十八章

大利名包,我就来双意大利名鞋;你手腕上的名表换了款式,我手上的戒指添了钻石。每当时令、衣饰变化时,白银就要给李菊拍照,有时李菊也自拍。肖冰冰有个怪癖,喜欢有对手,她竟意外地在秦东找到了李菊这个飙富的对手,慢慢也成了谈得来的知音和忘年交,还成了爱好一致的摄影发烧友。这个年轻的富二代有的是钱,飙富中始终处在领先位置,每飙一段时间后就回北京重新披挂一次,当刺激得李菊也跟进后,她再如法重演一回,心想对方总有招架不住的时候。没想到李菊就在省城调整和补充飙富装备,也输不到哪里去,但摄影作品的艺术性却相去甚远。肖冰冰的影像数量虽然少一些,却极其引人眼球,那多是原秀山精心所摄,绝对是一流的,不是什么人都能拍出这样水平的。李菊已想好了,到夏季后一定要请原秀山拍几幅艺术水准高的照片,以弥补这一憾事。文佳看到一幅少女穿着极少,露出半个乳房和深深的乳沟,却伸着两根指头,眯缝着一只眼傻笑的怪样子,忍俊不禁"吭"地笑了。大家眼光唰地齐聚文佳,文佳有些不好意思,忙指着一幅照片问:"这位老头怎么穿着唐装在浇花?"李菊笑着说:"这是我公公,他一生虔诚敬佛,喜欢作务花木,去年就在六泉寺当起了义务花工,栽种了不少牡丹、芍药和别的花卉。过春节时我给他买了一件唐装,他说啥都不穿。前不久我就哄他说这六泉寺的佛,是唐僧从西天请回来的,穿唐装佛就高兴,他才穿着唐装照了这张相。你看他笑得多甜蜜,多开心,又多不自然。"原秀山说:"这张照片是'时尚在流行'中最有价值的一幅作品,背景是佛院,脚下是花圃,一年迈老人穿着吉庆的唐装,憨笑着颤微微地浇花,既有穿越时空的韵味,又有时尚新潮的元素。"大家听了都点头称是。文佳凑近再看,发现另一张照片上的道士是薛乙,他坐在佛殿前的石凳上和李菊公公品茶。文佳刚想问这道士怎么在寺庙里活动,忽然想到了薛乙前不久面见吴芳的事,立即意识到也许这后面有文章,无论如何得过问一下薛乙给自己所谈的事了。文佳忽然感到,这个摄影展既是生活场景的再现、时代前行的缩影,似乎也可成为富人炫富的道具、精英张扬个性的平台,也有一些捉摸不透甚至扑朔迷离的元素。

影展最后一部分是"遗忘的角落",这个题目有点怪怪的,立刻就引起了大家的注意。猛一看这些照片给人一种不美的感觉,有秦东市区被诟病的脏乱差,有被讥为城市牛皮癣的墙上、电线杆上的野广告,有难以入目的被损坏的公用设施,有冷冷清清、破败萧条的停产、半停产企业,有生活窘迫甚至一贫如洗的下岗职工,有漂着垃圾、颜色乌黑的城中河,有坑凹不平、路面残破的市区道路……这些摄影作品初看让人直皱眉,甚至身上起鸡皮疙瘩,细看却令人震撼,发人深思。文佳站在一幅大照片前凝视良久,感慨良多。这显然是开元大厦重新动工前拍的照片,主体部分是闹市区长满荒草、堆满垃圾和杂物的大土坑,边上是一群老太太盛装骑着布艺毛驴在扭秧歌,破败与欢乐的不协调散发着强烈的嘲讽。文佳说:"这幅作品与'秦东新面貌'里拔地而起、火热建设的开元大厦形成鲜明对照,这变化也够大的呀!"原秀山说:"事实上我在拍的时候已经开始在变化,我也意识到这种变化会很快很快。"肖冰冰说:"所以一定要赶在变化前去拍摄。"原秀山说:"对,摄影其实也是一个选择,也是一种判断。我就是喜欢选择拍即将没有的东西,现在这幅照片的价值才开始凸现出来。如今的变化也太大太快了,让人应接不暇,紧迫感也越来越强烈。"文佳说:"拍一些该变未变的东西,也许还能起一点促变的作用。"

一幅标着"城区一角"的作品深深吸引了文佳。画面上是一个垃圾填埋场,有生活垃圾,主要是建筑垃圾,几辆渣土车正在倒垃圾,还有几辆在排队。垃圾场周围一群人正在争着抢着刨垃圾,有的还抡着铁锤在砸砖石,这些人在捡钢筋、铁丝、铝条等废旧物料。垃圾堆扔满了五颜六色的塑料袋,有的飘挂在附近的树枝上。垃圾场前边是柳河,旁边是一栋在建大楼。整幅作品显得紧张繁忙又肮脏杂乱,给人无序而又无奈的感觉。白银看文佳看得认真,凑上来说:"现在城里的垃圾越来越硬,建筑垃圾越来越多,说明城市建设在加速,问题也跟着来了。去年秦东纺织厂前院搞改造,把旧地砖、旧花坛都拆了,偷偷倒在柳河河道里,被曝了光、罚了款,惹得任书记大动肝火,差点开除司机。"文佳指着照片说:"建筑垃圾增多的确说明城市建设在加快,如果管理跟不上肯定会出现这样那样的问题。"原秀山说:"这几十年来,人类文明与地球生态变化的幅度之大、速度之快,远远超出了人类的想象。我的摄影不仅要真实记录外在环境,还想唤起人类对大自然的敬畏、对物的珍惜、对生存生活方式以及未来发展模式的探索和发现。也许我想得太多太大了,但这是我努力的方向。"文佳说:"看来,不能把摄影仅仅归结于技术层面,摄影也是作者心境和价值观的反映,在拍摄外部世界的同时,也在反映作者的内心。"

肖冰冰指着一幅作品笑着说:"开饭了,开饭了!"大家都笑了,不过这才觉得是该吃饭了,李菊忙说:"今天晚饭,我请客。"文佳顺着肖冰冰所指看了看,笑着说:"这幅作品的名字竟叫'开饭了',毕竟是画里开饭,但愿李经理不会画饼充饥。"照片拍的是秦东纺织厂棚户区吃饭的场景,主体部分是围着石桌吃饭的老两口,石桌上放了一碟青菜、一碟辣椒,一人端着一碗稀饭,满头白发的老头笑着给满脸皱纹的老伴碗里夹菜。在两个老人周围,有的一家数口围在一起吃饭,有的大人追着给小孩喂饭,还有一些人聚在一起边聊边吃。人们的背后是低矮破旧的房子,边上搭着晾晒的被褥,放着各种杂物,看上去吃饭的人们都很高兴,很随意也很惬意,甚至还有些浪漫,但仔细看会让人心里越来越沉,照片上的欢乐无论如何也掩盖不住职工生活的困窘和艰辛。文佳边看边摇头,脸色越来越凝重,叹息着说:"这幅作品太有震撼力了,也太引人深思了。我去年调研时去过那儿,照片没有注明我也看得出来。"他直起身,稍停了一下说:"你们看看这幅作品,再听听外边工人们的呐喊声,秦纺厂走向何方难道还不清楚吗!"李菊和白银听得愣了起来,工交口的秘书长说的是那样坚决,那样不容置疑,可是并没有说清秦东纺织厂的走向呀。肖冰冰不关心秦东纺织厂走向,说:"这部分摄影是原站长的力作,大多是新作,有的是他最为满意的精品。如果不是这部分内容不好发表,他就不会同意联合举办摄影展。"白银笑着说:"这里的摄影作品根本就不在同一水平,我们也想沾沾原站长的灵光之气,慕名看他作品的人肯定很多,我和李经理的习作也就搭顺车亮相了。"大家听得笑了起来。李菊说:"文学记载了当时社会的真实情况,尤其是《红楼梦》《三国演义》《水浒传》等古典名著,这是文学的一个重要功能。跟着原站长搞摄影后,觉得摄影反映的社会生活是各种艺术中最直接最真实的。"文佳听了点点头,接着又皱起了眉头。原秀山说:"各种艺术都有它的长处,摄影艺术既要客观真实地反映社会生活,也应渗透作者对社会的担当和责任,如能引起人们的思考和追求那就更好了。"文佳听得直点头。肖冰冰向来不认为摄影会有太大太多的功能,说:"摄影就是一门艺术,可以用影像来捕捉生命中最美的东西,表现人生最可贵的价值,谁看了'时尚在流行'那部分都会有美的享受。"李菊清楚肖冰冰对那部分摄影的爱好从不掩饰,甚至到了偏执的程度,不过这和自己的看法竟不谋而合,便直言说:"肖经理说得太好了,完成和欣赏摄影作品应是一种美的享受,这一点和文学作品的功能是一样的。"原秀山说:"你俩说得都对,搞文学创作可以靠想象靠回忆,摄影必须立足现实世界,捕捉眼前存在或发生的事物,既要拍自己喜欢和自以为美的东西,也要对自己以外的东西感兴趣。既要证明'我'的存在,还要证明'我们'的存在,我们这一代人的存在。用心去寻找生活中最美的东西,生命中最可贵的价值,然后通过影像来捕捉,赋予摄影生命力,这样才能拍到有深度和广度的作品。"文佳边看边听边深思,深感这些摄影作品的确较多较真实地反映了秦东社会生活的方方面面,也抓住了当前招商引资这个要务,但毋庸讳言的是也掺杂着不少虚假的成分,有光鲜和亮丽的一面,也有污秽和阴暗的一面;有真善美,也有假恶丑;体现了社会主流奔腾前行的波澜壮阔,也映射出阴沟暗渠的藏污纳垢;洋溢着上升中的欢欣,也流露出不能忽视的隐患;既可为人们普遍接受,又可迎合一些人的口味,也肯定会受到部分人的不满甚至指斥……这恰恰是当前社会生活日益多元化的真实状况,尽管不是全部,却至少是全豹之一斑。文佳看了这些摄影作品,也听了原秀山极具专业色彩的一些评说,深有感触地说:"我会照相但没有研究过摄影专业,看了这个别具一格的影展,感觉总体上很好,比较客观真实地再现了当前秦东的社会生活,总的格调积极向上,有些作品很有生命力,也很有震撼力。"原秀山说:"文秘书长过奖了,那就请你给整个摄影展起个名吧。"大家齐声说好。文佳推辞不过,说:"这个摄影展是反映二十世纪末和二十一世纪初秦东社会生活的,就叫'世纪之交'吧。"大家又齐声说好。原秀山急忙以手示意,白银立即取过一张纸,说:"那就请文秘书长题写一下影展名吧。"肖冰冰也忙着取笔取墨。只见文佳摆摆手,沉着脸向周华那边走去,原来是任东山来了。

　　文佳竭力拂去心头的不快和重压,尽量以平和的口气问任东山:"任总,面试成绩还可以吧?"一直垂头丧气的任东山,突然发飙:"可以个屁,被刷掉了!"他似觉不妥,又降低了声调:"考官中有个偏执狂,就没有给我打分,说我面试迟到应取消资格,还死不改口,说考试规则不能随意修改。《中华人民共和国宪法》还多次修改呢,何况我真是特殊情况,是因公不能脱身才导致迟到的……"文佳截住他的话:"主考官不是同意你面试了吗?"任东山说:"具体内情你应该比我清楚,你不也是考官吗?"文佳被噎得说不出话来,不过很快平静了下来,心想他面试被刷正牢骚满腹,可以理解,也不必计较。周华看任东山火气正盛,便岔开话题:"任总,厂里的情况你知道吗?"任东山说:"咋能不知道,我走的时候厂里就乱得没法收拾,听说后来又有人火上浇油。"他略停了一下,看着黄一鸣说:"我等候面试宣判时,向平就不断给我打电话,后来黄厂长又催命似的叫我赶快到这里来,说这是文秘书长和周总的命令。"黄一鸣听他竟用了"宣判"一词,笑着说:"这说明厂里一刻都离不开任书记,出了大事更离不开任书记。"周华也附和说:"是呀,这事闹大了,市委、市政府都很关注,我们都在等着你回来一起商量个办法。向平可能出不来,也不等他了。"任东山说:"有文秘书长在此,再大再难的事都不怕,谁不知道他是解决这类问题的专家。"早就站在边上的原秀山说:"任书记这话不假,现在到了见证奇迹的时候。"李菊几个人也围了上来,厂里出现危机大家都清楚,现在就想看看领导层怎样运筹帷幄。周华看着文佳说:"文秘书长,你就拿主意吧。"文佳不慌不忙地说:"解铃还须系铃人。"周华和黄一鸣一齐看着任东山。任东山环视大家后说:"我可以去解铃,怎样个解法,还需文秘书长明示。"文佳微笑着拿过一页纸,写下两个字,让周华看了看,然后递给任东山。任东山看了看,呼地站起身来,转身就要走,突然又撂下一句话:"文秘书长,我是因公迟到被刷的,我要上诉!"说完扭头向办公区走去。

# 第二十九章

　　清明,是中华民族寻根祭祖的传统节日,也是人们踏青赏春放飞心情的日子。这天早晨,文佳和妻子章燕早早来到村里的公坟,一起给父亲烧纸钱。文佳望着插在坟头的纸幡,伫立在父亲坟前,久久一句话不说,章燕陪在一旁也没有说话。父亲是"文革"结束后的第二年去世的,迄今已经二十三个年头了。坟头上当年栽的迎春花已经开过,枝枝蔓蔓扯着罩着,坟头一片翠绿。文佳从妻子手中要过铁锨,给坟头上培了些土,也给几株裸根的迎春花培了些土。妻子以为他培完土就会离开便先走了。文佳拄着铁锨却一动未动,他脸色凝重,心情低沉。他在默默地给父亲诉说着,如今自己的儿女已长大成人了,却和妻子闹翻了,如果父亲在世也会难过。文佳还请父亲在天之灵,保佑自己度过眼前的夫妻关系危机。

　　文佳与妻子闹翻已经好多天了。好长时间以来,文佳忙得简直像走马灯一样,先是带队去新疆讨债十多天,回来在家待了一顿饭的功夫,又去省城参加公开招聘领导干部的考官培训,接着参与了招商局长的面试,面试尚未结束又去秦东纺织厂处理强行讨债的群体性事件。直至任东山按照文佳所授机宜,去做本厂讨薪职工的工作后,文佳才抽身拖着疲惫的身子回到家中。回家后家里人已经吃完晚饭,岳母忙着要给他重新做饭,妻子却冷冷地一言不发,手一甩到卧室去了,关门的声音让耳朵有点背的岳母吃了一惊。文佳一边吃着岳母做的饭,一边笑着给岳母解释,他还以为妻子在为迟迟没送岳母回家的事生气呢。岳母笑着说本来迟早回家不大要紧,有个多年未见的表兄从外省回来了,说是清明上完坟就要返程,她一直想见见这位表兄,最好清明前回家。文佳当即就答应第二天处理一下堆积的事情,后天清明节一定早早送岳母回家。文佳吃完晚饭后走进卧室,笑着对章燕说:"我和老人家说好了,后天一大早就送她回家。我们也一起给父亲上个坟,好几年清明都没回过老家了。"妻子趴在床上没有动,也没吭声。文佳双手作揖,笑着说:"掌柜的,我给你陪罪道歉,今后一定按你的指示及时迎送老人家,决不再犯这次的低级错误。"章燕突然翻身下床,瞪着眼睛问:"难道你只犯这种低级错误吗?"文佳吓了一跳,被问得莫名其妙。章燕抹了一把脸上的泪水,气呼呼地说:"兔子都不吃窝边草,你倒胆子大吃起窝边草来了,还老牛吃起嫩草来了。"文佳更加丈二和尚摸不着头脑,有点生气地说:"有话好好说,谁吃什么草不草的?你不给做饭,我刚刚吃了老岳母做的饭,怎么又横生起枝节来了?"章燕走前两步,大声说:"不要明白装糊涂,我只问你从新疆回来那天晚上干什么去了?"文佳说:"你是知道的呀,我去省城参加考官培训会,不是给你说过吗?"章燕紧追不舍:"还带着一个科长是吗?"文佳说:"开什么玩笑,又不是搞日常工作带科长干啥?再说按规定任何人都不能带呀。"章燕说:"不对吧?那天晚上向平找科长都找到咱家来了。"文佳觉得有些蹊跷,妻子是个直人,平时有啥说啥,今天怎么绕来绕去的,就说:"有啥话你就直说,好不好!"章燕极其生气地讲了起来,说是文佳走的那个晚上,向平找不见妻子田丽丽,电话也一直打不通,其他人都说不清,就来家找主管秘书长文佳。结果文佳的电话也打不通,越是打不通章燕就越是打,一个晚上她都没睡,一直打到天亮。天亮后她又给向平打电话,听说田丽丽一夜未归,一直打不通电话。章燕知道田丽丽年轻漂亮,又听了些风言风语,从见向平时的眼神和口气上,两人便同病相怜地生了相同的闷气。章燕憋了好几天,越说越气,声泪俱下,说完就放声痛哭。文佳听了如同晴天一声霹雳,这个莫须有故事简直太有杀伤力了,难怪妻子气成这样。他竭力控制住自己的情绪,平静地给章燕讲了那晚一到培训班,为了保密所有人的手机都被统管,当然任谁也联系不上了。说罢笑着问:"你看我是那种人吗?"章燕不再哭了,她擦了擦眼泪,并不直接回答:"怎么那样凑巧呢?"文佳听出妻子心里的疑团并未消失,便想着一定要把田丽丽那晚的情况弄清后再说。

　　一连几天妻子不再提起这事,似乎一切都恢复了正常,话却比往常少了许多。今天一大早送岳母回家后,文佳与妻子一起来给父亲上坟,发现妻子依然不愿多说话。文佳心想这也只能慢慢来。好在日久见人心,相信妻子终归会释然的。文佳赶上先走几步的妻子,说:"公坟埋的人越来越多了,听说有的人上坟还烧错了纸。现在烧错纸损失可大了。"他故意卖个关子,稍停后接着说:"现在天堂银行发行的冥币可不得了,竟然有千元、万元甚至千万元和亿元的超大面额,该能买多少东西呀?"章燕不以为然地说:"还不如给先人烧些小面额的钱,买个菜呀肉呀的,还是小票子实用,你给个千元票子,还没法找钱呢。"看妻子搭话,文佳心中一喜,说:"你看看,公坟里立碑的越来越多了,咱进城时还没有一家立碑,咱啥时候也给老父亲立块碑。"章燕说:"咱进城时村里还穷,刚刚能吃饱饭。这多年村里越来越富了,立碑的人自然多了。给父亲立碑的事你拿主意。"文佳看妻子的话多了起来,心里更觉高兴,就指着不远处说:"那块地方曾是咱家族的墓地,记得当年栽满了柏树,夏天阴森森的,是生产队社员们劳动休息的好地方。后来就把那一大片坟全平了,其他家族的老坟也都平了,"文革"中还把许多墓碑当成"四旧"砸了。不过话说回来了,如果老坟不平,到处都成了坟地,那也不成。现在搞公坟制有它的好处,将来怎样搞谁也说不清,我倒觉得子孙后代的生存空间更加重要。"章燕微笑着讥讽说:"你的官不大,操的心还不小,连子孙后代的事也想上了。"文佳哈哈笑了,笑得非常舒心。

章燕指着一片梨园深情地说:"你看看那梨花开得多漂亮,咱家那里也曾有块承包地,要不进城的话,咱家也会有个梨园。"文佳放眼望去,梨花盛开,一片雪白,宛如天上飘落的云彩,笑着说:"你要不进城,一定是村里的务梨能手,会发大财的。咱村是全县有名的酥梨基地,秋季梨成熟时客户云集,家家票子数得哗哗哗,比过大年还高兴。"章燕笑了,她年轻时当过生产队的妇女队长,向来争胜好强,文佳一夸便高兴得脸浮红潮,似乎回到了当年一样,她不无自豪地说:"刚分田到户时,有些人还想看我的热闹,没料想一个妇女带着三个孩子,种的庄稼谁看了谁夸。第一料麦子收了近两千斤,装了十九袋子,比生产队三四年分的麦子都多。"文佳说:"那时我正上大学,你一个人在家操持,你是咱家的大功臣呀!"章燕突然一脸认真地问:"你说的是实话?"文佳听出弦外有音,马上回应:"我在学校收到你的来信,高兴极了,除了夸你种地能行外,还给同学说我老婆一个人在家带三个孩子,还供我和女儿一大一小两个学生,是个标准的典型的中国式贤妻良母,虽天仙美女下凡来,安能动我心哉!"章燕听了脸色泛红,笑着说:"但愿你说的是真话,但愿永远这样!"

文佳大喜过望,没想到一回到故乡妻子的情绪竟慢慢好了起来,有同感的话多了,感情上的裂隙也显得小了。文佳也能看得出妻子从内心深处还是相信自己的,这大概就是所谓的感情基础吧,毕竟一起风雨前行了三十多年啊。

文佳指着一座新立的墓碑说:"你看那墓碑多气派,是公坟最高大的,还盖了碑亭,那是给志刚爷立的。"这时鼓乐声大作,两人转身看去,一大队穿着白衣的男男女女正向公坟走来。文佳对妻子说:"参加志刚爷立碑仪式的人来了。"话音未落,不远处鞭炮齐鸣。文佳拉了一下妻子,朝着文志刚的墓碑走了过去。走在白衣队伍前边的是文一民,看见文佳两口后他急走几步,对文佳和章燕说:"文佳哥你上坟来了,嫂子也来了。"章燕笑着说:"是一民呀。"文佳看文一民头戴孝帽,身穿孝衫,浑身上下全是白,只是脚上穿一双黑光锃亮的皮鞋。这时鼓乐声停了下来,白衣队伍开始在坟前聚拢,准备举行仪式。文佳盯着文一民说:"差点没有认出你来,孝衣一身,可还是让脚上这双意大利名牌皮鞋暴露了总经理的身份。"按辈分文佳应叫文一民为叔,因文佳年龄大出好多,反而成了哥,文佳便开起了叔弟的玩笑。文一民倒认了真,急忙解释:"我媳妇给我准备了一双白鞋,不合脚没法穿,想给皮鞋蒙块白布,又没法缝,倒让文佳哥见笑了。"文佳摇摇头,说:"你们要举行仪式了,我急着要走,让我和你嫂子先行个礼吧。""行啊,行啊。"文一民高兴极了,村上最大的官要给父亲行礼,这该是多大的荣耀呀。文佳和章燕缓缓走到墓碑前,文佳站定后细看了一遍碑文,不禁肃然起敬,他深深地鞠了三个躬。章燕也跟着鞠了躬。文佳转过身来,看了一眼穿白衣的孝子和亲朋队伍刚要离去,忽听文一民大声喊:"孝子们,谢啦!谢秦东市政府秘书长文佳和夫人章燕!"白衣队伍里的孝子竟立即跪倒一大片,给文佳两口行了磕头礼。文佳急忙作揖回谢,然后携妻离去。走出不远,文佳对章燕说:"志刚爷一生坎坷,早年参加过抗美援朝,在部队上当过文书,转业后当了教师,整风反'右'时被错划为右派,后来回村务农。巨大的心理创伤,让他变得寡言少语,喜欢一个人干活,在生产队的菜园里一干就是十几年,把菜园当成避风的港湾,可是运动来了照样跑不脱。"文化大革命"中,他被揪了出来,戴高帽、游街批斗、扫马路、掏公厕,一样都少不了。最让他伤心的还是给子女带来的影响。就说文一民吧,从小学到初中学习成绩都非常好,老师都说他是名牌大学的苗子,升高中时却因父亲是'右派'分子未被推荐。父子俩为此抱头大哭,志刚爷哭着说是他毁了小儿子的前程。"章燕说:"志刚爷摘'右派'帽子那年,我还在村里种地,老人高兴得像孩子一样,痛哭流涕,还放了好些鞭炮。"文佳说:"悲剧呀,不过能有这结果也让老人欣慰。再后来国家还给这些错划'右派'发生活补贴,听说志刚爷一分都舍不得花,要全部用于孙辈的读书。只可惜文一民了,高中没上成就跟着大伯志坚学了建筑手艺,再后来就跟着文登走了出去。"章燕说:"少了一个大学生,多了一个农民企业家。"文佳说:"去年我听一民讲,前两年他父亲不顾年老体弱执意要到东北去旅游,其实是到中朝边界去了一趟,看了看鸭绿江大桥,隔江遥望了当年曾经战斗过的地方。"他接着说:"文一民现在有的是钱,听说让老父亲住的是五星级宾馆,吃的是山珍海味,出门坐的是高档轿车,结果被老父亲痛斥了一顿,说有钱不会给村里的学校去捐。"章燕说:"我看一民比你文登哥强得多,他迟早会单飞的。"文佳指着前边说:"呀,刚说到曹操,曹操还真就到了。"章燕一看见急急忙忙走来的文登,立刻笑了起来。

文登老远就大喊起来:"兄弟你也回来了,老哥一看你就是给老父亲上坟来了,燕儿也回来了,哈哈哈!"文佳被文登重重地拍了一下肩膀,忙移开一步,笑着说:"你也是给老人上坟来了?"文登又拍了一下文佳的肩膀:"错!秘书长判断错误,老哥家上坟的人马还没来。一民给他大立碑,我先过来看看。"说着他抬起左手亮了亮提着的两瓶茅台酒:"意思意思,我的二掌柜的过大事嘛。"章燕撇嘴笑着说:"大老板就该大气魄呀。"文登看章燕一脸的不屑,哈哈大笑着抬起右手,大拇指和食指做数钱状擦了擦,说:"这个当然有,老哥为人处事你还不知道?"说着上前一步又拍了一下文佳:"村口我哥家门前那辆红旗是你的车吗?"文佳说:"是的。"文登手一挥说:"这样吧,你坐我刚买的新大奔回城吧,司机在车上睡觉哩,今天我不回铜城,也不用车。"文佳知道他意在显摆自己的座驾,笑问:"那我的车拉谁?"文登说:"放空,你的车放空,在前边开路,坐大奔权当是老哥送你回了趟秦东。"章燕说:"扎这势干啥?你兄弟可消受不起。"文登说:"咋消受不起?我兄弟给咱家族争了光,放在古代,要坐四抬大轿,前边还有人鸣锣开道,用新奔驰送送市政府秘书长还咋啦?"章燕当了真,忙说:"别胡闹,让市政府机关人知道了笑话。"文登说:"机关还咋啦?过几天我还要去市政府机关找我兄弟办事呢!"他说出了心里话。文佳只是笑。文登又要拍文佳,看文佳往边上挪了挪,就对章燕说:"别人都说我兄弟有个贤内助,管着我兄弟,既然燕儿不愿意,我也就不勉强了。不过今天中午饭我请客,你俩一定要赏个脸。"文佳笑着说:"谢谢老哥的好意,我还要赶回去参加一个开工仪式呢,以后有机会在省城吃你的鲍鱼宴吧。"文登大笑,说:"还是我兄弟最了解我,那我去去一民那边,就不送你们了。"话音未落,坟地鼓乐声又起,那边的仪式正在有序地进行着。

这时村里又三三两两地走出不少人,有老人,有小孩,还有不少妇女,青壮年男子却并不多,看来如今上坟队伍的构成发生了明显的变化。文佳记得小时候上坟,青一色的男子,青壮年居多,其余是老头和小孩,如今村里的青壮年男子大多外出打工,上坟队伍的构成便悄然发生了历史性的变化。这些上坟的人有的手里拿着纸幡,有的拿着香火和冥币,这些是传统的祭祀物;有的拿着煮熟的鸡蛋、面条、面皮和花馍,还有饮料和酒类,这些是二十世纪八十年代以来增加的祭祀品;最吸引眼球的是有人还拿着纸糊的金元宝、电冰箱、空调和小轿车,这是近年来新增的祭祀靓品。毕竟是农村,尚未看到二奶、小三一类的祭祀异类。文佳和章燕站在村口,和这些乡亲们一一打招呼,文佳一个都不漏掉,生怕有人说他有官架子,和老人聊几句身体健康,和妇女聊几句家常,还要逗逗叫不上名字的小孩。章燕和妇女们聊得更起劲,嘻嘻哈哈的都非常高兴。好几个人聊着聊着就把文佳拉到一边,认真地说上些话,要么是说孩子考学的事,要么是说子女工作安排的事,要么是帮忙办各类证照的事,要么是说帮忙批宅基地的事,还有的竟提出给儿子活动减刑的事……似乎文佳是个什么都能办的人。能办不能办都得认真地听,都得热情地先搭住,否则就会招骂,这是文佳回家最为头疼的事情。这类事被章燕形容为村里人给他"下蛋",有些"蛋"能孵出小鸡,有些"蛋"是孵不出小鸡的,还有些"蛋"其实就是顽石,上帝也没法伺候。当"蛋"越来越多的时候,走来一个大高个,不容分说把文佳拉到了一边,章燕也跟着走了过来。大高个是文宏波,省城一家大型国企的退休工人,按辈分文佳应称呼其为爷,这位爷却非要文佳叫他叔,说年龄差距不大,叫爷会把他叫老,文佳就一直称其为叔,并戏称为叔爷,成了非常知己的忘年交。章燕也跟着文佳叫叔。当然也多次出现过令人啼笑皆非的场面,就是文宏波与其兄文宏海同时出现时,文佳称其兄为爷,称其弟为叔,大家便有些尴尬,不过次数多了也就习以为常了。一阵寒暄之后,文宏波正色对文佳说:"前几年你给咱村上要钱打了两眼深井,这事好得很呀,可背后有人说你拿了村里的回扣。我听了非常生气,这不是给你脸上抹黑吗?"章燕听了有些气呼呼的,文佳直摇头。文宏波说:"你俩听了别生气,咱只要走得端行得正,谁爱说啥说啥去。我碰见村书记两口子听说你回来了,正等着要见你,我估计不是给学校要修缮钱,就是给村里要安装自来水的钱。书记有本事就自己去找钱嘛!你最好不要管这些闲事。村干部自己胡弄,把钱装到腰包去了,有人偏要胡编排你。划不着,实在划不着管闲事。"这位忘年交叔爷谆谆告诫着文佳,让文佳和章燕听了着实有些感动。文宏波再三邀文佳夫妻俩去家里坐坐,文佳以要赶回去参加庆典仪式婉言谢绝了。文宏波不再勉强,说:"文佳呀,我女儿菁菁在咱镇上当计划生育专干好多年了,一直转不了正,你无论如何得想点办法,给娃转个正,我也就放心了。"文佳说:"我今天真的顾不上了,以后专门抽时间,先走镇上后走县上,给各方面做些工作,争取把菁菁的事情办好。"章燕笑着说:"宏波叔,我监督他,过一段时间再提醒他,让他跑菁菁的事。"文宏波说:"这么说我就放心了。我还得去坟里烧纸,儿子在前边等着我呢。"说完他就告辞走了。

　　文佳和章燕刚进村,迎面走来了文西定和李翠玲夫妻俩,大家见面分外高兴。文西定和李翠玲都是文佳的学生,都以老师相称。李翠玲前年当了村党支部书记,她沉稳干练,待人热情,一见面就要文佳夫妻俩去家里小坐。文佳看看表说:"我上午还要回城参加中心广场改造项目的开工仪式,以后有机会再去家里坐坐。"章燕指着停在一旁的小车:"司机都等在边上了。"她生怕文佳又染村上的事。李翠玲说:"文老师事情忙我也不勉强了。"她对文西定说:"你去家里把那些材料拿来。"文西定便急忙回家去了,他前多年曾任村委会主任,性子急脾气大,作风硬朗,工作没少做,人也没少得罪,后来在妻子劝说下主动辞职不干了。前年李翠玲担任村党支部书记兼村委会主任后,文西定又成了影子内阁成员。

## 第二十九章

妻子在前面干,他在后面撑腰,遇到解不开的疙瘩时他就会站出来。他认为没有品级的村官要干好,有时就要厉害一些,就要像铁匠那样敢于用锤子敲打炽红的铁块。妻子没这方面的特质,由他来弥补,好在村民们包括一些难缠的"刺头"也都认账。一个沉稳,一个火爆;一个主演,一个帮衬;一个唱白脸,一个唱红脸。构成了一个奇特的村级运行模式,被镇上一些领导称为"文兴村模式"。当然也不止这些原因,李翠玲这几年把文兴村的工作干得风生水起,年年都被镇上评为先进。尽管也有人说把两委会办成了夫妻店,还到镇上告状,但镇上并不理会,这使得李翠玲两口底气更足。

文佳看着他当年的学生如今成了村里的当家人,由衷地感到高兴和欣慰。刚刚聊了几句,文西定就赶了回来,边走边说:"文老师,给您带上一箱酥梨,咱村自产的挑装梨。"到车上放下梨箱后他给文佳递来一份打印好的材料。李翠玲说:"去年以来,县上加大了招商引资工作,还把任务层层分解下划,镇上给咱村也下达了招商引资任务。"她看文佳翻着材料,继续说:"咱村经过调研,还咨询了有关专家,想围绕浦湖滩的硭硝加工招商引资……"文佳不等李翠玲说完就拍了一下材料,高兴地说:"好啊,前多年我去山西看人家围绕盐湖搞开发,就想到了咱村的硭硝厂。"文西定说:"我当村主任时文老师就讲过。可我们没钱买现代化的设备。"文西定不好意思地笑了笑:"文老师你别笑话,当时有人吵吵着要分硭硝厂的旧设备,被我用拳头教训了一顿,才保住了硭硝厂。后来翠玲怕我吃亏硬劝我辞了村委会主任。我不后悔,现在看来硭硝厂派上了用场。"文佳听了哈哈大笑,说:"你呀,学生时就常打架,我管不住,如今有人能管住了。"章燕也笑了,说:"现在凡是能管住的男人就是好男人,如果管不住那麻烦就大了。"文佳瞥一眼妻子,说:"言归正传,西定用拳头保下来的硭硝厂你们有啥新的想法?"李翠玲说:"文老师,你也知道市、县对浦湖的整体开发已经启动,咱村想着能搭上这趟顺风车,在咱村的滩地里先走一步。年前南方两家制玻璃的企业来看过,前不久一家制洗衣粉的企业也来看过,都有投资搞硭硝加工基地的意向,又都觉得基础设施条件比较差,都正在犹豫中。"文佳说:"你直说吧,想让我帮点啥忙?"章燕心里不禁一沉,她最怕村里人给他"下蛋",怎么鸡屁股底下掏"蛋"来了,就瞪了一眼文佳。文西定说:"翠玲想让您给上边说一下,给些钱把咱村的路修一下,把通向滩地的路也修一下。"李翠玲说:"本来想请您给村里的学校要些钱,现在学生越来越少了,缓一缓看情况再说。当前招商引资更急迫一些,也是大事,听说您既管招商引资,又管交通工作,想请您帮忙先把路修好,还给您准备了一份咱村招商引资的总体设想,想请您指导指导。"文佳知道妻子瞪他的意思,却出乎她意料地说:"行,这份材料我带上,就知道村里在想干什么。至于修路的事,你们打个专题报告,通过镇、县报上来,我给市交通局长说一下,争取从通村公路建设费中解决些资金。"李翠玲高兴地说:"好,我马上就安排人写报告,下一周我送到您那儿去。"文西定说:"文老师,还是到家里喝杯茶吧。"文佳说:"不喝了,我还得赶回去,时间还真的有些紧张呢。"

  文佳告辞后匆忙往回赶,要赶上参加中心广场举行的改造项目开工仪式。这是张洛朴精心策划的"三合一"庆典仪式之一,即上午在省城参加天然气合作项目的签字仪式,然后赶回秦东举行天然气综合大楼的竣工仪式,接着在中心广场举行改造项目的开工仪式。张洛朴对"三合一"庆典活动寄予了很大的希望,想借此形成轰动效应,为吴芳在秦东推行的招商引资造势,同时也取悦吴芳,以推进他与吴芳不寻常关系的发展。关立峰也极其重视这件事,在他看来这是天赐良机,在市级班子换届前夕宣传一下市建委系统的工作业绩,无疑对他上个台阶大有好处,于是亲自抓这项活动的安排协调工作。今天参加这一活动的有市委书记江伟、市长吴芳、市政协主席吕增辉、常务副市长由锡平,还有市政府秘书长程杰人以及有关部门的负责人。文佳虽不协调市建委的工作,但负责招商引资工作,所以也在参加活动的领导人名单中。考虑到这段时间与妻子有点矛盾并答应今天送岳母回家,文佳只好让丁玉丽给关立峰捎话,他因故只参加最后在中心广场举行的改造项目开工仪式。

  文佳上车后想休息一会儿,今天起得早,下午还有活动,就轻轻闭上眼睛不再说话。章燕似乎要弥补最近生气多说话少,喋喋不休地聊起了村里的事,还掰着手指算起了村里有几个老人年龄上了八十岁。文佳怕她不高兴,便时不时地附和上几句,不过一说起高龄老人心里不禁动了起来。是啊,俗话说人活七十古来稀,现在八十岁以上的老人越来越多,活九十岁都不稀奇了,文佳竟也掰指头算了起来。突然手机响了,是张洛朴打来的,他先是大声质问文佳为啥不参加省上的签约仪式,不等文佳解释,又大声斥责关立峰无能,被清水县的几个政客要了,还爆粗口骂了几句,接着又不容置疑地发了一通牢骚,就挂了电话。文佳从未见过张洛朴如此大发脾气,这到底是怎么了,竟惹得这位大老板如此大动肝火。原来是这样的,经过张洛朴的运作,在省城举办的东西部经贸洽谈会上,秦东的天然气合作项目被大会安排第一个签约,省、市有关领导都出席了这一隆重的仪式。出乎张洛朴意料的是签约台上的全套人马未动,只是增加了清水县几位党政领导,又连续签了清水县的酒圣酒厂改扩建、铝电联营和苹果汁加工等三个招商引资项目。投资商于洛行在签约台上没离地一口气签了四个项目,引起了极大的轰动。张洛朴站在签约台长长的出席人队伍里,非常生气也极为尴尬,觉得第一个签约项目完全成了陪衬。唱惯了主角的人非常不习惯给他人跑龙套,不习惯给他人做嫁衣裳,一气之下他不等签约结束就走下签约台,驱车往秦东去了。关立峰还以为他去上厕所,只有吴芳知道张洛朴的心思,微微笑了笑。不过后面签约的确和他没啥关系,提前离开也可以理解。张洛朴上路后仍然在生闷气,就想到文佳为啥没来,他要是参与其事肯定不会这样安排,于是就连张洛朴自己也不清楚,为啥竟冲着文佳大发雷霆。

　　文佳并不介意张洛朴的冲动,也听出了究竟,一个正厅级国企大老板被一个小县的领导有意无意地压下去了,那种滋味肯定不好受。可以断言清水县策划包装这三个项目的是郑雄飞,他早就瞄上了县长的位子,终于找到了一个公开表演的平台,岂能轻易放过,这一策划也无疑得到了县委书记秋梅和县长祝克敬的支持。秋梅想借市级班子换届上个台阶的想法很强烈,这个展示招商引资政绩的绝佳机会肯定不会放过。祝克敬虽然比较淡定,但书记升迁了,他转任书记的可能性就增大了,在这件事上也就顺其自然了。以这三个人的政治经验和活动能量,在张洛朴不设防的情况下,让张洛朴唱主角的美梦破灭似乎并不困难,也不意外。这时手机又响了,是郑雄飞打来的,说是有两个投资商要谈秦浦高速公路项目,想见一下他。文佳看了看表,便约好在中心广场东侧的银花宾馆大厅见面。

　　文佳的车到银花宾馆门前停了下来,文佳一看表刚好11时,提前了半个小时,就让司机先把章燕送回家。文佳看了看不远处早已准备好的规模宏大的庆典现场,缓缓走进了银花宾馆的门厅。郑雄飞笑着迎了上来,说:"都说文秘书长时间观念强,我们刚坐下你就赶到了。"秋梅和祝克敬也迎上前来,寒暄过后秋梅给文佳介绍了上海来的两位投资商,一个是于洛行,是今天在省上大会签约的主角,穿一身深蓝色毛料西服,打着红色条纹领带,显得严谨而又干练。另一个是于洛行的哥哥于洛言,米黄色的T恤衫,浅蓝色的休闲裤,白色的运动鞋,浑身透着潇洒和精明。秋梅介绍客人后笑着说:"我们是一起去省城,参加东西部经贸洽谈会的大会签约仪式,仪式结束后于老板的哥哥,也是于老板,想过来说一下秦浦高速公路项目的事情,既是专程,也是顺道吧。"她看了一眼于洛言示意他说说。郑雄飞却抢着开了口:"文秘书长,听说省能投的董事长张洛朴是你的老同学,他能量可大得很呀,大会那么多合同要签约,硬是把咱市上天然气合作项目排到了第一。不过我们秋书记略施小计,不费吹灰之力就搭上了顺车,把我们清水县的三个项目合同也放在前面签了。"他显得非常高兴,丝毫也不掩饰得意的神情,接着说:"不过,没有想到这位大老板脾气也大,不知啥原因,签约还没结束他就拂袖而去,估计是嫌县上抢了他的风头。"祝克敬说:"今年省上要统计各地市大会签约的合同数和引进资金额度,还要评比排名次,所以各地市都尽量做工作,争取多签些合同,咱市上也是一样,我们县上的项目也就搭上了张董事长的顺车。"文佳觉得祝克敬像是在冲淡郑雄飞略施小计的说法。秋梅说:"其实市上的项目也好,县上的项目也好,都和于洛行老板有关,一条龙签四个合同也是顺理成章嘛。"文佳点了点头,知道如果真的略施小计,恐怕也是郑雄飞的鬼点子,刚才的说法不过是为了讨好和抬高秋梅而已。文佳对郑雄飞半开玩笑地说:"郑县长,得罪了张洛朴和市直部门,对你当了招商局长后的工作可不利呀。"郑雄飞急忙摇着手说:"我早就不做那梦了,今天签约时秋书记就给江书记和吴市长说了,清水县这几个招商引资项目还要我来抓落实,就不到市直部门去了。吴市长还要求把清水县搞成县级招商引资的典型呢,我只能在清水县下咱的死苦了。"文佳听得愣了起来,简直太佩服这几个在基层工作的县处级领导了,竟然把在他看来的难事玩得如此轻松自如,如此滴水不漏。

这时市政府办公室的调研员王天杰领着几位客人进来了,老领导来了文佳急忙迎了上去。王天杰不等站定就直说:"文佳,刚才碰见你的司机,听说你在这里。我知道你最近忙人难找,就把几位投资商带过来了,先见见面。秦浦高速公路是大项目,可以慢慢谈。"王天杰是文佳上中师时的老师,又是多年的直接领导,由于年龄的原因,如今当了正处级调研员,名义上是协助市政府办公室的主要领导工作,实际上是有名无实,没有任何实权。虽名为调研员,其实并无调研任务,也从没有调研过,平时就是看看报纸、喝喝茶,偶尔代表市政府办公室参加一些无关紧要的活动或会议,有时也改改材料什么的。王天杰从市政府办公室主要领导岗位退下来后,余威尚存,余热亦有,又是个闲不住的人,就主动干起了招商引资上的事情。他曾给文佳说,古人认为修路架桥是积德行善、功德无量的事情,现在是改善基础设施条件,造福民众,所以他对秦浦高速公路项目尤感兴趣,想在当调研员期间能为这一项目的洽谈和实施出点力。文佳看着王天杰竟有些为难,接待吧这里还有一拨,马上还要参加外面的开工仪式,实在是分身无术,不过让他欣喜的是这一项目的招商引资是越来越热了。王天杰看出文佳有些为难,直言说:"如果你实在太忙,你就把秦浦高速招商引资的大原则说说,然后我领他们到交通局去洽谈具体事情,也就耽误你十分钟吧。"

文佳说:"那也行,这里还有几个客商也来谈秦浦高速公路项目,如果大家都不介意,我就一起说说怎么样?"秋梅、祝克敬和郑雄飞已经听清了王天杰的来意,便一起过来和这位德高望重的原市政府办公室主任握手致意。与两拨投资商沟通后,都同意文佳的提议。这种场面要说正常,也属正常,文佳说一说市政府对这个项目招商引资的总体设想,虽不是新闻发布会,至少是一种表态;这种场面要说尴尬,也的确尴尬,这两拨投资商毕竟不是合作伙伴,而是竞争对手。

王天杰趁机把带来的两个投资商介绍给文佳,实际上也是介绍给大家。为首的是高风,是在外地退休后回到本市的老新闻工作者,他穿一身休闲装,红光满面,身体硬朗,满头白发格外引人注目,豁达地笑着,与所有的人一一握手,然后点点头,潇洒自若地坐在服务员搬来的布墩上,习惯性地拿出了录音机,就像当年搞新闻采访一样。另一位中年人童无忌,是省城一家破产企业的中层领导,穿一身黑色西服,胖胖的方脸上毫无表情,黑森森的胳腮胡更显冷峻威严,他双手向大家拱了拱,算是打了招呼,然后就挨着高风坐在布墩上。文佳招呼王天杰坐到自己坐的沙发上,等大家都坐定后就坐到了服务员搬来的布墩上。文佳笑着说:"实在没有办法,只能这样了,好在秦东市政府关于秦浦高速路项目招商引资的政策是公开透明的,对所有想投资修建这条高速路的投资商优惠条件是一致的。"他环视了一下两拨投资商,接着说:"下面我就简要谈一下秦东市政府对建设这条高速路的总体设想,以及有关优惠政策和操作程序……"文佳边说边解释,说完后看了看表,笑着问:"还有什么地方没有听清楚吗?"高风说:"听清楚了,秦东市是想以国外通行的 BOT 的形式建设这条路,这种模式在东南沿海经济发达地区已有成功先例,在西部则具有开创意义。我们公司想先考察调研一段时间,然后再具体洽谈。"说着就站了起来:"那我们就先告辞了。"然后笑着和大家一一握手,童无忌一声未吭也站了起来,跟着王天杰和高风一起走了。

王天杰一行刚走出大厅门,于洛言就冷冷地说:"那也叫投资商?倒像是到处打探消息的包打听,更像逛商场扫便宜货的主儿。我上次来没见上文秘书长,还和市交通局谈了整整一天呢。十几个亿的大项目,这才谈了十几分钟就拍屁股走了,怕是混吃混喝来了吧!"文佳看于洛言一副桀骜不驯又尖酸刻薄的样子,就知道这是个难对付的投资商。于洛行说:"哥呀,说点正经的吧。"于洛言说:"文秘书长,我上次随我弟来清水县考察项目时,就初步考察了秦浦高速这个大项目。我当时就有个想法,觉得把秦浦高速延长到清水县更好。"文佳高兴地说:"你的想法太好了,其实秦东方面也有这想法,只是资金不好解决,才决定先修秦浦段,二期再延伸到清水去,真是不谋而合呀。"秋梅说:"我们的意见是不搞一期二期了,一起修最好,有利于秦河北几个县的整体开发。"郑雄飞说:"于洛行老板也大力支持,说是高速修到清水,对他投资的三个项目都有好处。于老板还正在考虑要在清水县投资新的项目。"祝克敬说:"于洛行老板也表示,如果哥哥投资修建这条高速路,他会帮忙融资,鼎力相助。"于洛言说:"资金不成问题,我上海和外地的朋友多,资金一点问题都没有。将来如果我们干,还可以抽出一部分资金用于秦东市区的城建。你看一个中等城市土里土气的,实在不成个样子。"他口气挺大,极为炫耀和张扬,大有舍我其谁的意味。

肖冰冰忽然像一朵祥云一样从门外飘然而至,她打扮得极其时髦新潮,大有明星范儿,她看见文佳后便扭扭腰身轻移几步,笑着说:"文秘书长,稀客呀,好久也不见您来指导工作了。"文佳说:"肖经理可是越来越漂亮了,我给你介绍几位领导和投资商吧。"刚介绍完,肖冰冰便夸张地说:"文秘书长,我刚才见证了一个惊心动魄的场面,现在心还在狂跳。"文佳问:"是吗?"他一点也看不出她仍然处在紧张之中。肖冰冰发现并未引起文佳的关注,接着又说:"我是代表公司去向天然气公司大楼竣工表示祝贺,没想到仪式搞得那么大,那么隆重,那么热烈。你的老同学张洛朴也出席了仪式,还讲了话,那派头,那口气,那神态,完全盖过了市委书记和市长。"说到这里她戛然而止,有点像卖关子。大家都在听她说话,想知道究竟何事让她惊心动魄。文佳笑着说:"你就畅快点说吧。"肖冰冰莞尔一笑:"仪式进行得很顺利,我代表外地企业刚讲了几句话,就出现了异常,严重的异常,我还以为我啥话讲得不合适,你猜怎么了?"她看了一眼文佳,他不动声色地听着,倒是郑雄飞按捺不住地说:"肯定是有人捣乱会场!"肖冰冰一下子就泄了气,仍然夸张地说:"出现了骚乱,严重的骚乱!"文佳心中为之一紧,忙说:"肖经理,你就说说骚乱吧。"

原来是仪式正在进行时,市天然气公司的一百多名职工来到现场,高呼要求严惩贪腐分子曹希,要求重新研究分房方案。曹希刚刚意气风发地讲完天然气公司综合大楼的建设情况,心里正得意着哩,职工们的呼喊一下子就让他傻了眼。关立峰气得脸色铁青,直抽搐。张洛朴走到关立峰面前像训下属一样,冷嘲热讽地说了一大堆难听话。整个仪式给弄得没了欢庆气氛,弥漫着尴尬、扫兴和无奈。肖冰冰说:"市政府的程杰人秘书长亲自出面做职工的工作,弄得到场的领导都很没面子,我看这些职工有围堵的意图,就悄悄溜了回来。"文佳听了肖冰冰绘声绘色的叙述,虽觉不至于到惊心动魄的程度,但事态的确比较严重,里边肯定有深层次的原因。自从陈志正在省城的考官培训班上过问曹希的情况后,文佳也有意了解到曹希的一些情况。曹希这几年受命筹建市天然气公司,在市政府只给了九十多万元启动资金的基础上,干得风生水起,有关立峰的大力支持,有由锡平的尽量关照,他就放开手脚,通过各种渠道,运用多种方法,争取了大量的建设资金。对于一个财政穷市来讲,的确贡献不小,让其他部门和行业都很羡慕,市上各方面领导也比较满意。谁料告状的人却越来越多,告状的内容主要是行贿,说是曹希通过多方和大量的行贿获取国债资金和各种补助资金。陈志正当然对这些情况是掌握的,只是不便查处,特别是在他快退休前更是犹豫不决,怕落个不给招商引资保驾护航的名声,就一直拖着。最近这一段告状的内容添了胡花乱支、买高档车等内容。尤其在分房问题上职工意见严重分歧,情绪十

## 第二十九章

分对立,估计是曹希觉得这次公开招聘成绩考得不错,组织上也考察过了,升任市建委副主任问题不大,就草率地定了分房方案,引发了职工闹事。自从介入天然气合作项目以来,文佳和曹希接触比较多,觉得曹希工作上的确有一套,有些做法的确触碰了法律底线,却又都是打着为公的旗号。实在是让人爱不得又恨不得,让纪检部门容不得又动不得。在这种情况下,只要本单位安安宁宁也就过去了。一般情况下,都是民不告官不究,水安鱼自安。一旦这种微妙的局面被打破了,就会树欲静而风不止,甚至形成暴风骤雨,就谁也爱莫能助了。想到这里文佳轻轻摇摇头,自己今天没有去,这个难题就让程杰人去破解吧。秋梅几个县上领导以及于氏兄弟,觉得这根本算不上什么惊心动魄的故事,就站起来告辞。

文佳送走客人后,正想给关立峰打个电话询问一下情况,肖冰冰对他说:"古总和丁司长下楼来了。"文佳回头一看,笑着迎上前去,说:"这就奇了,怎么在这里我们碰到了一起?"古济宁说:"这就奇了,怎么你竟然在这里?今天张洛朴过'三合一'庆典的瘾,你应该去现场组织指挥呀。"文佳说:"我今天家里有点事,回了一趟老家,现在是等着参加'三合一'庆典的最后一场仪式。"丁燕红笑着说:"我是在省城参加了秦东市的第一场签约仪式,算是参加了'三合一'庆典的一,没有去参加市天然气公司综合楼的竣工仪式,没有去二,看来你俩也都没去二,咱们都没有二。"三人一起放声笑了,肖冰冰没有理解"二"的含义,被笑得莫名其妙。丁燕红笑着伸出两根手指,对一脸茫然的肖冰冰说:"知道'二'的意思吗?不是一加一等于二。我们三人现在都要去参加'三合一'庆典的'三',改造中心广场是件大事,我们都去祝贺一下。"古济宁说:"张洛朴刚才给我来电话,火气很大,说话很冲,竟爆粗口大骂关立峰,说他啥事都干不了,连个庆典活动都安排不好,还想趁换届升官。看来国企大老板的脾气也大,还命令式地让我务必到中心广场参加最后一场庆典仪式。应他之邀,我专程从北京赶来捧场,还能不参加这场仪式?"丁燕红笑着说:"不管怎么说,我现在在管企业的省厅工作,也算他的上级吧,他竟也给我下最后通牒,要我务必参加中心广场的仪式,其实他大可不必操这份心,会务安排联系不是有关立峰吗?"文佳笑着说:"张老板向来好大喜功,爱讲排场,特别爱面子,我也被在电话上呛了几句,咱们就一起去给张洛朴圆圆场吧。要不是出意外,中心广场的活动怕都开始了,咱们快点走吧。"说完三人一起向中心广场的庆典现场走去,肖冰冰也跟着一起去了。

刚出银花宾馆大厅,丁燕红就问起了秦东纺织厂的情况。文佳简要地说了说前段秦东纺织厂发生的群体性事件。肖冰冰说:"要不是文秘书长妙计安秦纺,还不知道会乱成啥样子呢。"丁燕红笑着问:"不知文老兄出何妙计安秦纺?"文佳看古济宁也蛮有兴趣地看着他,忙摇摇手说:"缓兵之计,治标不治本,不值一提，谈不上什么妙计，要不了多久恐怕会起更大的波澜，谁也无法起死回生。"丁燕红笑了："我还以为你是扁鹊再世，真能起死回生呢。在我看来秦纺厂只能走破产重组这一条路，别无选择，是体制上的问题，积重难返，病入膏肓，任是神仙下凡也无灵丹妙药了。"肖冰冰说："文秘书长能让秦纺厂安定下来，很不容易，也很神奇。"丁燕红瞥了一眼肖冰冰，不屑地说："那肯定是用了麻醉剂，职工暂时睡着了，可醒来后呢？"她突然话题一转："文老兄，我刚才还给老古说，要他做好收购秦纺厂的准备。现在是企业低成本扩张的最佳时期，机不可失，时不再来，你说呢？"文佳说："我同意你的看法。可以断言秦纺厂已无法生存下去了，快则数月，慢则半年，秦纺厂就会进入破产程序。到时候老古就可以先吃下秦纺厂然后再说。"古济宁听了文佳的话，略做忖思后说："老文，秦东最大的国企实施破产重组，这无疑是件大事，市委、市政府肯定有想法，到时候看情况再做计较吧。"丁燕红盯着古济宁说："老古这人，干啥事都犹犹豫豫，拖泥带水。"说到这里她脸唰地红了。古济宁不禁心中一动。文佳盯着古济宁说："老古呀，当断不断，反受其乱，千万不能再优柔寡断了，是到了快刀斩乱麻的时候了！"肖冰冰听得瞪大了眼睛，老板干事业何曾优柔寡断过？文佳显然是借题发挥，话里有话，她就有意走慢了一些，好让这三个老同学能敞开去谈。

中心广场改造项目开工仪式的各项准备早已全部就绪，只等有关领导的到来。原定上午11时半举行仪式，由于市天然气公司部分职工堵在综合大楼前，所以无法按时举行仪式。马上就要12时了，出席仪式的领导才陆续到场。这是"三合一"庆典最后的仪式，显然市建委是作为重头戏安排的，场面大，人也多，加上围观的群众，人显得愈加多。

领导们下车后三三两两地往举行仪式的主席台走去，不知道是两地奔波的原因，还是刚才仪式进展不顺利的原因，好些领导显得有点疲惫，大多脸色凝重，步伐似乎也有些迟滞。张洛朴走在江伟和吴芳中间，依然谈笑风生，似乎前面并未有过不快，善于调整情绪的确是他的一大特长。一看到文佳他笑着问："文老兄，你为啥不参加今天的活动？"文佳笑笑："我这不是来了吗？"张洛朴回头看了看关立峰，拉下脸说："都说你安排各类活动是滴水不漏，今天可是屋漏偏逢连阴雨啊！"文佳看出他是在给关立峰造难堪，便笑着说："不经风雨怎能见彩虹，你看这里安排得多气魄，是秦东多年来最大规模的开工典礼呀，不然的话对不起贵公司帮忙融资呀！"文佳如此一说，张洛朴乐了，笑着说："这是个重大项目嘛，影响深远着哩，无论怎样造势和宣传都不为过。"他也觉得现场的确比去年开元大厦开工仪式还要隆重，心里顿感惬意了许多。吴芳看张洛朴像小孩似的时恼时笑，微笑着说："张董事长说得没错，这个项目投资不算太大，但的确是个重大项目。

商业是城市繁荣的标志,甚至是一个城市的地标。改革开放后的秦东,商业发展的步伐在不断加大,现在迫切需要形成中心城市的中央商圈,并引领和助推城市发展。实施中心广场改造项目,就是为中央商圈的形成打造平台。""这是重大的战略构想,"关立峰抢着说,他今天备受张洛朴的嘲讽和奚落,也看出一些领导对活动安排出漏洞的不满,就想弥补一下,"沿秦风大街和酒圣街十字一路向东,可以看出过去这里的繁华。文体用品店、土产日杂店、小餐馆、服装店都显得陈旧过时了,已满足不了中心城市发展的需要,所以通过中心广场的改扩建,尽快打造新的中央商圈的确很重要,也很急迫。"

古济宁素知张洛朴爱摆谱,好强要胜,却愿意屈身陪着吴芳,从省城一直到秦东来参加这对企业并不重要的活动,显然内心深处别有想法。他如今成了单身,会不会对吴芳产生了……古济宁不禁心里一沉,他向来不苟言笑,却急忙接住关立峰的话笑着说:"开元大厦刚好位于秦风大街和酒圣街十字的中心地段,南面向着中心广场,这一项目竣工后必然会带动周边商业氛围的快速形成,并逐步形成繁华的中央商圈,让秦东市商业中心的黄金地段有了最时尚的商业坐标。"他向来不愿多说话,看大家听得很认真,便接着说:"从世界范围看,美国洛克菲勒中心的繁华喧嚣,日本六本木的霓虹街道以及法国巴黎'拉德芳斯'的优雅迷人,都让生活在城市里的人向往不已,这些世界著名的城市综合体,涵盖了各式各样的生活功能。秦东很难达到这种程度,但也要不断完善中央商圈内各个业态的配比,进一步增加餐饮、娱乐休闲业态,形成非单一购物的综合商业格局。"吴芳听了直点头。由锡平笑眯眯地说:"秦东古称'三秦要道,八省通衢',自古以来商贾往来,有着发展商业的历史积淀和资历,通过建设中央商圈,周边的土地会极大地升值,还可以推动城市建设。我们一期先改扩建中心广场,二期要拓宽字圣、酒圣街,把城市最中央建设得更漂亮、更繁华。"江伟环顾四周,笑着说:"大家说得好啊,建设中心城市的中央商圈,一定要以人为本,着眼于民生。商业、办公、居住、酒店、展览、餐饮、会议、文娱和交通等城市生活空间要在中央商圈有机结合,在各部分间建立一种相互依存、相互助益的能动关系,并逐步形成多功能、高效率的城市综合体,让老百姓感到最适合人居,生活更方便快捷,更舒适惬意,满意度、幸福度更高。"吕增辉说:"江书记说了我们打造中央商圈的出发点和落脚点。"大家纷纷赞同称好。这时曹希跑着来了,他算中心广场改造项目的直接出资人,角色不可或缺。关立峰看曹希满脸流汗的狼狈样子,估计是程杰人做了职工工作才放他来的,便对他说:"看来程秘书长是来不了啦,今天你就不讲话了,整个议程要做点调整。"

12时稍过,在中心广场举行的中心广场改造项目开工仪式开始了。本应程杰人主持,改为由锡平主持。江伟做了简短的讲话。张洛朴以投资人和省、市企业界代表的双重身份讲了话,他的即席讲话充分发挥了演讲才能,讲得意气风发,极富鼓动性,风头盖过了江伟。最后他煽情地讲道:"许多人都说秦东市区像个大堡子,土里土气,我觉得更像个灰头土脸的农家姑娘。今天开工的项目就是要对这个农家姑娘进行梳妆打扮,一定要把她包装得像大明星一样靓丽,光彩照人,魅力无穷,然后再招个帅哥做乘龙快婿,并以此为契机极大地促进秦东的招商引资,推动秦东的经济发展。让我们都拿起画笔来,为秦东女儿添光添彩!"他的讲话立即淹没在热烈的掌声中。最后他又补充了一句:"我们企业将进一步加大对秦东的投融资力度,让我们携起手来,共创秦东更加美好的未来!"这句话赢得了更加热烈的掌声,他脸放红光,回过头来和江伟、吴芳握了握手,然后回到了自己的位置上。接着吴芳宣布正式开工,三辆推土机同时轰鸣着从广场最南端推起土来,数百鸽子腾空而起,无数气球冉冉升空,鼓乐声大起,鞭炮齐鸣,礼花弹炸响在空中,市建委系统组织的花车巡游也开始了……

  整个开工仪式也就二十来分钟的样子,紧凑而热烈。仪式刚结束,关立峰就热情地招呼领导和客人去吃午饭。张洛朴一点也不给关立峰面子,当着江伟和吴芳的面大声说:"今天我请客,吃饭的地方随便挑。"古济宁笑着说:"不,今天我请客,算是对开工的祝贺,也算是个答谢,毕竟中心广场改扩建、开元大厦项目受益最大呀。"江伟看出几个秦大同学要小聚,就说他还有个客人在机关等着,就先告辞走了。吕增辉和由锡平看书记走了,也都说有事先后走了。几个市上领导一走,把关立峰晾在那里左右为难。丁燕红笑着说:"老张和老古都是客人,争什么争?理应是文老兄请客才合适。"文佳笑着说:"行啊,我代表吴市长请大家吃饭吧。"张洛朴突然认了真,说:"今天这里都是同学,没有市长,你只能代表你。"他看了一眼吴芳:"我有个想法,市政府招待所的改造项目该启动了,我的意思是让文老兄负责,并出任董事长一职。今后我们来吃饭就更方便了,文老兄也无须代表谁请客了,怎么样?"吴芳看大家都在看着她,说:"政府官员在企业任职需要研究一下,还得履行一定的审批程序,让我回头和有关方面沟通一下。"丁燕红说:"这是可以的,按特殊情况处置嘛。"张洛朴说:"文老兄出任董事长我放心,先按四星级酒店的标准改造,一千万元不够还可以追加。只要文老兄当董事长,啥话都好说。"吴芳当然理解张洛朴其实是在给她帮忙,也让文佳有点实权,就表态说:"行,回头我和由市长沟通后再做决定。"张洛朴说:"行,是大前提,剩下的是如何运作的事情。"吴芳听了淡淡一笑。张洛朴看了看古济宁又看了看丁燕红,怪怪地笑着说:"今天我请客,谁也别争了,就去卫三乐家的新桃花源酒家,现在就走。"丁燕红讥讽说:"你个财大气粗的国企大老板,好意思去沾卫三乐家酒店的小便宜?"张洛朴哈哈大笑:"我说大诗人呀,你把老兄看扁了,上个月我还让给他家新酒店打了十万元,就是为了吃饭方便。走吧,既然是我请客,岂有让卫夫子买单的道理,但卫夫子今天一定要请到场。"文佳听了大悟,张洛朴今天要和卫三乐联袂出演红娘,共促古济宁和丁燕红的婚事。这件事张洛朴谋划已久,也夸下了海口,今天总算等到了机会。古济宁说:"我好久没见卫三乐了,他打了多次电话说想见见面,今天倒是个机会。"丁燕红笑着点点头。吴芳开始还想去卫三乐家新酒店助助兴,隐隐之中她觉得张洛朴吆喝着去吃饭似乎另有文章,还是不去为好,推辞说:"你们去那里会会卫三乐也是好的,我家里有些事,得回去一下,以后有机会再陪大家吃饭。"丁燕红拉了一把吴芳,又说起了秦东纺织厂破产重组的事,说针对西部大开发,国家出台了一系列优惠政策,一定要抓住机遇,适时实施破产重组。吴芳点点头,告辞走了。文佳看了一眼张洛朴,犹豫了一下说:"我老婆有病,我也要回去一下。"张洛朴说:"主人都走完了,剩下客人自娱自乐,真没办法呀,我这强龙也压不住……"他哈哈大笑起来:"你们自便吧,我们三个也自便了。"说完他就招呼古济宁和丁燕红一起去了新桃花源酒家。被晾在一边的关立峰半天没有说话,既尴尬又怅惘更无奈。曹希看其他人都走了,跑过来招呼关立峰,说:"关主任,咱们走吧,饭我已安排好了,咱们自己人吃饭更畅快一些,你看张洛朴那架子摆得比书记、市长还大,难怪有人叫他张大架子,这种人就不知道天高地厚,咱何苦理他!"他看关立峰呆呆地站着一动不动,又说:"今天中心广场开工仪式搞得特别好,各方面都非常满意,比原来预想的效果还要好。"关立峰突然放声大笑,把曹希吓了一跳。笑罢,关立峰说:"走,吃饭去,上茅台,不醉不散。"

## 第三十章

　　清明这天上午,汪达其陪妻子到中心广场改造项目开工仪式现场摄影;中午夫妻俩陪父亲在城内酒店吃了午饭,饭后稍稍休息了一下;下午两时许夫妻俩又陪父亲来到了秦东纺织厂工人俱乐部,想让父亲看看摄影展,也散散心。

　　汪诚对看摄影展没有多少兴趣,却架不住儿子和儿媳的再三劝说,就跟着汪达其和李菊来到了秦东纺织厂工人俱乐部。一进入展区,几个工作人员立即迎了上来,白银也早就等在这里。汪诚笑眯眯地跟在儿子后面,平生第一次参与了高雅的艺术活动。他看儿子静静地站在几个大字面前,便也挺了挺身子,抻了抻今天新换的唐装,一脸的庄重和认真。汪达其指着几个苍劲有力的大字说:"你们这影展的名号蛮有气魄嘛!"站在汪诚后面的李菊说:"'世纪之交'的影展名是文佳秘书长给起的,说我们虽然是个人影展,反映的内容却是宏大叙事,所以提议以'世纪之交'命名。"紧跟李菊的白银说:"这一命名得到了社会各界人士的赞同,认为名实相副,涵义深远。这四个大字还是文秘书长让市政府办公室的一个书法家写的,给我们的影展增色不少。"汪达其立即回过头来,机警地问:"文秘书长来过这里?"白银说:"来过,刚布完展就来过。"李菊说:"摄影展开馆那天还被原秀山请来参加了剪彩活动。"汪达其点点头,心想这位秘书长是支持摄影展还是关注秦东纺织厂?他刚想问问却变了个角度淡淡地说:"有机会我会会文秘书长。"

　　汪达其对第一展区"秦东新面貌"不怎么感兴趣,只是夸摄影人的取景理念和角度独特,摄影的技术一流,堪称摄影精品。李菊、白银都夸汪达其眼力非凡,说原秀山的确是当今摄影界的大腕、名家,很有影响力。突然汪诚兴奋地说:"哎呀,这不是我们六泉寺吗?"汪达其听父亲用上了"我们",忙笑着说:"爸,那张照片名叫'蓬勃兴起的农家乐',是说农家饭菜店越来越多了。"汪诚不满儿子的解释,指着照片的背景说:"你看这个角,就是我们六泉寺大殿的翘檐嘛。"李菊看老人认了真,忙说:"爸,你说得对,这就是六泉寺大殿的翘檐。"她笑指一家农家饭店:"爸,这家饭店叫'快活寨',和《水浒传》里的'快活林'差不多,咱还在那里吃过饭呢。"老人快活地笑了,指着照片说:"还没见过这么大的照片呢,上面的人和我个子差不多。你看吃饭的这个老太太,眼睫毛都能看得清。我说达其呀,啥时把你妈的照片也放大一张给我带来,可别放这么大呀。"汪达其说:"行,昨天我给我妈上坟时就有这想法。"汪诚看了一眼儿子,点点头。

一到第二展区汪达其的眼睛都直了,"秦纺新气象",一个半死不活的企业竟被冠以"新气象",一看署名竟是妻子和白银的大作。他扫视了一眼内中又冠以"火热繁忙的生产第一线"版块的几十幅照片,指着其中一幅说:"这个纺织女工最多最显繁忙紧张的车间,应该是第一车间。"白银惊讶地说:"是呀,是第一车间,你是……"她没有说完,觉得不该这样问董事长。汪达其不无嘲讽地笑着说:"第一车间的设备都是些老旧设备,其中还有新中国成立前的设备。用这样的设备生产自然人多,热气高,干劲也大嘛。"他看了白银一眼:"听说这些老掉牙的设备,早就上了纺织行业限产压锭的单子,秦纺厂咋还没有淘汰呢?"白银说:"听说是为了维稳,能让尽可能多的人有班上。"汪达其听了摇摇头,原来自己充足的供料,竟让落后产能得以苟延残喘,实在是匪夷所思。他看了一眼第五车间的照片,那个车间的人最少,但设备是一流的,生产的细纱质量最好。那个车间才是这个厂子有竞争力的车间,却没有引起摄影人的兴趣,只拍了两张小片。

接着是冠名"服务周到的后勤保障"版块,有机修车间、锅炉房、医务室等。汪达其很快就把目光锁定在库房,从照片上看几个库房堆满了棉花包、棉纱和棉布。汪达其一眼就看出这经过了精心摆布和特意安排,不禁眉头一皱,突然本能地感到了某种危险正在袭来,忙问:"最近厂里的生产正常吗?"其实最近秦东纺织厂的情况他了如指掌,自从债主逼债引发群体性事件以来,他一直密切关注着秦东纺织厂。白银回答:"正常,生产一切正常。"李菊说:"现在还没弄清文秘书长到底是何妙计安秦纺的。《三国演义》上,诸葛亮和周瑜商议破曹之策时,同时在手心写了个'火'字,最后孙刘联军在赤壁以火攻打败了曹操的八十三万大军。听说债主和职工闹事那天,文佳在一张纸上不知写了啥,任东山书记照办后厂里就安定了下来,挺神奇的嘛!"汪达其心想,秦东纺织厂早已从根子上烂了、朽了,大厦将倾,任是谁人也无能为力,他凭企业家特殊的敏感判断,危险似乎就在眼前,立即果断地说:"库房里已交付给我们的成品,必须今天全部运回省城。我们运来的原材料,今天必须全部交付秦纺厂。另外,从今天起暂停采购和运输原材料。"汪达其极少具体过问秦东纺织厂的生产经营,今天突然表态让李菊和白银很不理解。李菊不禁问:"为什么?"汪达其说:"不为什么,就这么办!"李菊素知丈夫的脾气,他认定了的事情就必须按他说的办,就不再吭声。白银清楚除了要听董事长的,还得听李菊的具体命令,就看着李菊只等她表态后就立即去办。李菊却指着照片说:"这'丰富多彩的业余生活'版块是我拍的,达其你看这些摄影作品怎样?"汪诚对一个企业的景况丝毫没有兴趣,一听儿子、儿媳净说些他不大听得懂的事情,就一个人又回到前一个展区去看六泉寺一角,寻觅自己的梦境去了。

汪达其顺着妻子的指点,看起了秦东纺织厂'丰富多彩的业余生活',有职工唱歌、跳舞的欢快场面,有女工腰鼓队在新千年庆典晚会上的激情表演,还有李菊和白银盛装参与的画面。汪达其看了拍手称好,说:"跳舞好啊,既能娱悦,又能健身,可以给你俩多置办些服饰,还可以学点洋舞嘛。"李菊一听就高兴了,说:"白银啥舞都会,不管是中国的传统舞蹈、现代舞蹈、民族舞蹈她都会,外国的芭蕾舞、踢踏舞什么的她也会,只是我年龄偏大了,怕是学不了啦。"汪达其笑着说:"你还有人家舞蹈家杨丽萍年龄大?你看你这张照片上的舞姿多妙曼呀,我看不输杨丽萍。"李菊心里一喜,却拉下脸说:"你胡说啥呀,我怎么能和人家杨丽萍比呢!这张照片是我玩着自拍的。"说着脸竟红了,没想到丈夫是如此支持她向多才多艺的方向发展。

汪达其看起了另一版块"深入细致的领导视察"。向平他是熟悉的,当年他贩布时是管业务的副厂长,人不错,也有才,是厂里技术上的尖子,生产经营上的顶梁柱。只是生不逢时呀,前几任厂长都是行政领导转任的,只有他懂技术、懂管理,但这个秦东最大的企业却要在他的手里轰然倒下,这个残酷的现实可能很快就会到来。汪达其认为秦东纺织厂如果没有钱,继续和自己的企业联手,搞来料加工,可能还可以苟延残喘,如果有一笔钱反而会很快寿终正寝。这笔钱将引发蓄积已久的各种矛盾,这些矛盾的集中爆发谁也无法协调、平衡和解决,只有破产重组一条路可走,别无选择。看着照片上的黄一鸣,他禁不住直摇头,这个副厂长简直太熟悉了,黄一鸣精通业务,擅于结交,人品却实在不敢恭维。听说他一直想当厂长,取向平而代之,这只能助推秦纺大厦的坍塌。照片上的任东山书记,不像前两位那样熟悉,听说是派到秦东纺织厂维护企业稳定的,这是目前的头号大事,这个担子的确是太重了。听说这位书记极爱揽权,加上他又兼着上级机关的职务,难免大权独揽,把厂长职权范围内的许多事都干了,这岂不又走回了党政不分的老路,厂长还能有积极性吗?从照片看,就数他出现得多,还前呼后拥的,全然不像是企业领导在检查指导工作,倒像是在表演,简直太离谱了。汪达其回头看了看刚才看过的版块,心中暗笑什么"丰富多彩的业余生活",还不如称作"破败前的歌舞升平",眼前这一版块干脆冠名"领导作秀"算了。一个千疮百孔的企业全然没有了危机感,要么粉饰,要么作秀,还奢谈什么新气象呢!

再往前走是冠名"美如花园的厂区景观"版块。白银指着一幅放大了的仿市政府花园靓照,笑着说:"董事长,这是任东山书记亲自设计、亲自监工,去年修成的秦纺厂前院大花园,挺别致也挺有气魄。这是李经理拍摄的,这幅作品还可以吧?"汪达其不答,稍顷问:"修这个花园花了多少钱?"白银怔了一下,一时无语。"花钱倒不算多。"郑音和刚进来,跟在白银后面看影展,便接住了话茬。白银回头看是郑音和,便把他介绍给汪达其。汪达其笑着说:"白银呀,我和郑大会计认识的时候,你还在上小学呢!"说着就和郑音和的手握在了一起,握手的同时郑音和极其专业而又隐秘地用手指暗暗比画了几下,苦笑着摇摇头。汪达其惊讶地说:"花了这么多钱,还说不多,到底是国有企业嘛。"郑音和低下头不再说什么。汪达其猛然醒悟,郑大会计在为尊者讳,不,在为当权者讳,望着郑音和会心地点点头。李菊和白银只是愣愣地看着两个人在公开地秘密交流着。汪达其笑着说:"多年没见了,郑大会计身体可好?""好什么好,浑身都是毛病,老了,不行了。听说老弟如今发大了,还听说你在暗中撑着秦纺厂这个烂摊了。"汪达其笑了笑,搪塞了几句。白银看老板不愿暴露真实情况,急忙岔开话题:"郑大会计,你今天怎么还有兴趣来这里参观指导?"郑音和说:"对摄影我是外行,只是看看,谈不上什么指导。"他看白银满脸狐疑,解释说:"我在市中心医院住了几天院,今天刚出院,也不知道厂里安宁了没有?""哎呀,原来你是扮演《水浒传》里'神行太保'的角色,打探消息来了。"李菊半开玩笑地说。郑音和脸有些发红,不好意思地说:"哪里,哪里,我明天假满要上班,总是安安宁宁的好嘛。"汪达其心里一沉,这几天厂里之所以安安宁宁,说不定与郑音和有极大的关系。厂里的钱非经他之手是动不了的,明天他一上班,钱的问题不又凸现出来了吗?糟糕,库房的原材料和产品需立即着手解决,事不宜迟。他刚要开口给妻子和白银做进一步的安排,却又改变了主意。索性顺其自然吧,也许汇隆公司受些损失,有利于后面的运作,也能博得职工的同情。塞翁失马,焉知非福?也许受点损失,甚至受点大的损失,对实现未来的目标更为有利。白银看汪达其一副沉思的样子,半开玩笑地说:"任书记说修这个大花园有利于提升企业形象,有利于企业招商引资,关键是可以与市政府保持一致,只是这片竹子茂密得像,像什么来着?"李菊接住说:"像《红楼梦》中大观园的竹林呗,只是修竹后面常常演绎些男盗女娼的故事出来。"白银抚掌叫绝,笑着说:"李经理知古晓今,还真说得贴切。如今秦纺厂山寨版市政府公园修竹后面,可别再演绎些匪夷所思的故事出来。"汪达其和李菊听了大笑。郑音和说:"你们聊,我没啥事,没啥事,我先走了。"说完就急急忙忙奔厕所去了。

接着是"安居乐业的职工之家"版块,一排排的职工住宅楼,楼前的草坪、花坛和春节期间挂的灯笼、贴的春联尽皆入照。汪达其略微看了看,抬起头认真地问:"秦纺厂的棚户区为什么没照上?"李菊说:"那怎么能上照片呢?破破烂烂,脏兮兮的,简直就是贫民窟,拍成照片要多难看有多难看,你怎么对这感兴趣呢?"白银说:"秦纺厂的贫民窟有人很感兴趣,原站长拍过不少,在最后一个展区选有这方面的照片。"汪达其听了点点头。

汪达其眼睛突然一亮,他专注地看起了"做出贡献的劳模先进"照。第一幅大彩照是全省、全国劳动模范董莉,汪达其对她太熟悉了,敬佩之情油然而生。当年黄一鸣让人把他捆绑在篮杆上备加羞辱时,是董莉给他送来一杯水,并解开了他的双手。董莉的牌子硬,黄一鸣也不能说啥。听说这位老劳模晚景凄凉,经常到农贸市场捡烂菜叶,有机会一定要去看望一下这位为秦东纺织厂做出重大贡献的老劳模,将来如果能收购秦东纺织厂,一定要善待她。照片上还有郑音和、苏向芝、李正正和一批不认识的年轻人,这些人都在不同时期为秦东纺织厂发展做出过贡献,可这个企业并未像他们期待的那样有好的发展,让他们安居乐业,老有所养,他们赖以生存的基础看来并不怎样牢靠。

第二展区的最后一个版块是"安享晚年的离退休人员",汪达其驻足一看,第一幅照片是第二任厂长彭友田,据说第一任厂长已经去世。照片上彭友田正在和郑音和下象棋,彭友田举着一个棋子做沉思状,他明显地老了,满头银发,额头布着几道深深的皱纹,只是那姿态和神情,让人一眼就能看出这是一个意志坚强、卓尔不群的老人,有着不同寻常的经历和人生。与其对弈的郑音和一只手端着茶杯,一只手按着一个被吃掉的棋子,笑眯眯地看着神情专注的对手,看来这位老人和老领导的关系非同一般。谁都知道棋逢对手带劲,其实棋逢知己才更乐呵呢。听说彭友田受企业不景气的影响,现在日子过得挺紧巴,从老人的衣着就能看出来。可这个性格倔强的人,在任时不沾公家一分钱的便宜,离休后从不向组织提任何个人要求。可这张照片却贴在"安享晚年的离退休人员"中,真的是这样吗?对这些人,企业不应该忘记,他们真有困难,企业和社会应多加关照才是呀。

看完第二展区,汪达其伫立良久,心想妻子和白银用镜头记录下的这些内容,有些和自己记忆中的秦东纺织厂是吻合的,有些则被过分夸张地美化了,并注入了她们的感情。看来不管怎样,这两位女人是深深地爱上了这个企业。是呀,不管谁只要把理想和事业融入了秦东纺织厂,都会爱上这个企业。向平就是这样,如今妻子和白银也是这样。不过向平虽然极其热爱这个企业,却难以让企业起死回生。不能说他没有本事,只是企业病入膏肓,又受体制的诸多限制罢了。妻子虽深爱这个企业,可她没有管好企业的能力和潜质,将来如果让她管理这个企业,恐怕前景也好不到哪里去。看来白银虽然没有向平经营管理方面的经验,却具有经营管理这个企业的热情和潜质,她毕竟还是工科大学毕业的高才生。她有时显得有些稚嫩,在很大程度上仅是一种姿态,或者是一种求生存、谋发展的智慧,是演给妻子看的。看来今后要继续引开妻子的核心关注和兴趣,将来好给白银留下足够的经营和发展空间。

白银看汪达其陷入了深思,便悄悄地站在一边。李菊拉了一把汪达其,说:"你发什么愣,对我俩的摄影有何评价呀?"汪达其笑着说:"太好了,真是太好了,我在想给你再配一台高档相机,还想着让你给老父亲拍一组他喜欢的照片,最好多拍几张六泉寺的大彩照。"这时李菊才想起汪诚是跟着看摄影展的,这会儿人怎么不见了,就急忙东张西望起来。白银眼尖,一下就瞅见了老人,笑着说:"老人家在东边的角落里坐着打盹呢。"汪达其早就知道父亲在那边休息去了,摆摆手说:"别打搅他,让他多睡一会儿,刚才工作人员已经给他披了件衣服。"

正说话间,肖冰冰飘然而至,宛如一朵漂亮的云彩骤然坠落,她像银铃般地笑着说:"呦,李菊大姐今天穿得好好漂亮呀!"李菊看着肖冰冰笑了:"你才穿得漂亮嘛,像个下凡的仙女呀!"白银哂笑说:"还说呢,你俩穿的是一个品牌的衣服呀!"李菊、肖冰冰互相看了看,都不好意思地笑了。李菊穿一件红底黄花抹胸长裙,时尚而雍容华贵。肖冰冰穿着一袭黄底红花抹胸长裙,性感而轻盈飘逸。两人穿同一款式的名牌衣裙,却各有风度,同具魅力,站在一起足以秒杀无数靓女贵妇。白银看看这个,又瞅瞅那个,脸上挂满了羡慕甚至嫉妒,发直的眼里几乎能滴出血来。她知道李菊为了买这件价值五位数的高档衣裙几乎跑遍省城,没想到肖冰冰也随随便便地穿着一件,她翻了翻眼皮嘟囔说:"穿同一款名牌,还互相……"她咬咬牙没有往下说。李菊接住话茬:"还互相吹捧呢!"肖冰冰笑了:"还互相嫉妒呢!"白银灵机一动,提议:"你俩站在一起,我要来一幅新的作品,叫时尚在融合。"李菊摆摆手,指了指正在看摄影展的汪达其,意思是要避过他。汪达其心有灵犀,忙笑着说:"你们拍,随便拍,别管我。"肖冰冰笑着打招呼:"你是汪董事长吧?"李菊这才急忙把二人做了介绍。肖冰冰说:"久仰汪董事长的大名,今天得在这里相遇,真是太幸运了。"汪达其笑着说:"哪里,哪里。我对贵公司在秦东建设开元大厦佩服之至,真有眼力,捷足先登,必成秦东商贸行业的旗舰呀!"说着话锋一转:"这第三展区'时尚在流行',全是你三个人的杰作呀,让人眼花缭乱,又美不胜收呀!"肖冰冰听出他的话褒中含贬,笑着说:"这是我们三个人的习作,还请汪董事长直言指教。"白银也笑着说:"美不胜收的是肖经理和李经理的杰作,有瑕疵的多是我拍的。"李菊说:"有毛病的都是我拍的。"她有些不大高兴,埋怨汪达其不给她面子可以,再怎么说也得给人家肖冰冰面子呀。汪达其笑了,说:"对摄影我是外行,我说的话都别介意。你们的'时尚在流行',我粗粗看了一遍,总的还不错。不过时尚应是社会生活的方方面面,我看照片主要反映的是服装当然也包括饰物时尚的流行。"李菊说:"那当然啦,服饰是时尚最活跃最具张力也最有代表性的方面,历来都是引领时尚流行嘛。你看《红楼梦》里那些小姐和少妇的服饰描写得是多么漂亮时尚,多么细致入微,包括丫鬟用的手帕、香包和扇子都写得极时尚,极有特点……"肖冰冰吃惊地瞪大了眼睛,原来李菊不仅和自己在服饰方面飙富、飙时尚,还知古通今并在理论上有所研究,一股妒意直涌心头,口里却说:"李经理说得好,有深度,有见地。"汪达其的眼睛里露出了欣喜的光芒,看来妻子钻研的领域是越来越宽泛了。白银说:"纺织行业也随服装时尚的流行,在不断调整着。流行西服和夹克,毛纺和化纤品走俏。现在又流行全棉织品,秦纺厂这样的棉纺厂又有了生存下去的必要和可能。"汪达其笑了笑,不置可否。肖冰冰说:"汪董,我们的座驾不也反映了时尚在流行吗?"汪达其说:"这方面我也注意到了。过去流行自行车,中国被称为自行车王国,大街小巷挤满了自行车。后来流行摩托车,白天晚上都能听到嘟嘟声。现在流行小轿车,小轿车越来越多了,升级换代之快超出了人们的想象,总有一天路上会塞满各种大小车辆。"白银说:"是呀,你看照片上这些小轿车越来越漂亮,越来越高档,也越来越昂贵。"说完她正遇李菊明显不满的目光,脸唰地红了,这不失言了吗?李菊最近和肖冰冰飙车正酣,正和汪达其闹着要购一辆豪华越野车呢。肖冰冰笑着说:"这很正常啊,如今的小轿车既涉及企业形象,也是一个人身份、权力、地位和金钱的象征。不说坐一辆破车,你就是坐一辆低档车,谁还和你谈生意?进政府机关大门,保安也会冷脸盘查的。"

汪达其避开小轿车说:"民以食为天,你们在这个领域关注不够呀。有饭吃,是人类赖以生存的底线。二十世纪六十年代的三年困难时期,粮食极度短缺,曾流行过'瓜菜代',就是用瓜果蔬菜包括野菜代替粮食来填饱肚皮,那能叫时尚吗?现在城里时尚吃西餐,吃鲍鱼、鱼翅,喝茅台、五粮液和高档洋酒,流行得起来吗?普通老百姓吃得起吗?我看秦东最时尚的倒是政府的放心早餐,我吃过,便宜实惠,方便快捷,深得市民的欢迎。所以在'食'这方面,流行的不一定时尚,时尚的也不一定流行。"李菊立即反驳说:"对这方面我关注不够,不过我不认同你的说法。在'食'领域,不但要看吃的内容是否时尚,还要看吃的形式是否时尚。过去人们待客一般都在家里,现在时尚去饭店待客。过去人们除夕都是在家里守夜聚餐,现在时尚在饭店辞旧迎新。这些不光在大城市流行,现在中小城市也流行起来了。"汪达其连忙叫好,看来妻子真的在诸多领域都有钻研的兴趣,这实在是一件好事、幸事,一定要加以鼓励。肖冰冰和白银也连连叫好。汪达其指着展板说:"其实,从这些大大小小的照片看,衣食住行都有意无意地涉及了。你看那张照片,肖经理后边在建的开元大厦多气魄。我说的'住'是指整个房地产业。中国人历来主张居者有其屋,期望安居乐业,现在又时尚每个家庭有自己的单元房,当然有钱人想的是豪宅和别墅。随着城市化的加快和人们收入的增加,中国的房地产必将成为重要的支柱产业,房地产市场必将繁荣数十年。看来,只有传统观念和时尚结合在一起,才更为流行,更有力量,更能持久,更有市场。"大家都望着汪达其,认真地听他说,他的话太精彩也太深刻了。汪达其对肖冰冰说:"我太佩服你们老板了,在打造商贸行业旗舰的同时,率先大踏步地进入了秦东的房地产行业。"肖冰冰听他夸起了古济宁,以不无自豪的口气说:"我们古总的确正在谋划大举进军秦东的房地产市场,想收购几个破产企业,盖一批住宅和写字楼,分享秦东的房地产盛宴。"她回避提到秦东纺织厂,知道这是商业机密。汪达其听了心里猛地一惊,手里拿着的墨镜差点掉到地上,果不其然北京这家企业,就是自己收购秦东纺织厂的最大对手!汪达其急忙稳了稳情绪,看似随意地说:"说起时尚,除了衣食住行外,还应加上玩,我指的主要是旅游方面。"这时突然有人大叫了一声,原来是原秀山来了,汪达其看了一眼此人就戴上了墨镜,接着又摘下墨镜自顾自去看最后一个展区"遗忘的角落"去了。

原秀山对着第四展区的两个参观者大声说:"邱、胡二位主席,实在对不起呀,中午吃饭关立峰把我灌得多了,所以迟到了,务请二位主席原谅。"李菊、白银和肖冰冰看老师来了一起迎了上来。肖冰冰摆摆手说:"酒气这么大,喝了有一瓶吧?""一瓶?"原秀山一副不屑的样子,"关立峰早被几个人抬着出去了,曹希这小子现在还在桌子底下趴着哩。他俩心情不好,拿茅台撒气,人喝了一多半,桌椅板凳喝了一少半,当然地毯也没少喝。想把我放倒,做梦!连门都没有!酒气大,不全是嘴里的,还有这衣服上洒的,你看看连袜子都湿透了。"他抬脚亮袜子时差点摔倒,肖冰冰急忙扶住,笑着问:"没事吧?"原秀山说:"没事,啥事也没有。我看这酒气也有你嘴里吐的,丁燕红没少给你灌酒吧?"肖冰冰笑着说:"看来你还真喝多了,我今天可是滴酒未进啊。"原秀山斜视着肖冰冰,说:"骗人!张洛朴和丁燕红吃饭能离了酒?丁燕红能饶了你,还是张洛朴能饶了你?还骗我!"肖冰冰说:"骗你干啥?"她认真起来:"我们已经到了新桃花源酒家,还没坐定丁燕红就接到家里的电话,说他父亲病危。她站起来就走,急呼呼地赶往飞机场。我们老总古济宁说丁老是他的恩人,陪着丁燕红也回北京去了。我一个人在尤有水家的羊肉馆吃了一碗煮馍就到这里来了,真的是滴酒未沾。啊呀,差点忘了一件大事!"原秀山看她一惊一乍的,忙问:"有啥大事?怎么啦?"肖冰冰说:"我吃羊肉泡馍时,倒有几个人边吃煮馍,边大口喝着白酒,还神秘兮兮地说着秦纺厂工人俱乐部。"原秀山大笑,说:"还议论这儿呢,不就是想看看摄影展吗?又不收费,想看就来呗!"肖冰冰一脸的认真,说:"不像是要看摄影展,听他们的口气,是要在这里搞啥活动,设立什么指挥部。"原秀山拍了一下胸脯,极其自负地说:"我原某人领衔在这里办摄影展,就是天王老子来了,也别想在这里插一脚,还设什么狗屁指挥部呢!不怕,什么事都不会有!"汪达其在不远处听了个真切,心想一定是秦东纺织厂的债主又要闹事发难了,心头不禁一颤,很快又平静了下来。心想是福不是祸,是祸躲不过,还是顺其自然,相机行事吧。李菊和白银似乎隐隐约约感到了某种危机的存在,看原秀山一副自负和满不在乎的样子,都没有说啥。

听到原秀山大声喊叫的市文联主席邱德布和市作协主席胡书美已经走了过来,原秀山便把大家做了互相介绍。白银对原秀山说:"我们汪董事长也来了。"说完也把汪达其请过来做了介绍。原秀山握住汪达其的手说:"久仰,久仰,全省知名的民营企业家,今日方得幸会。"汪达其笑着说:"哪里,哪里。听李菊讲她现在是你的学生,蛮崇拜你呀。"原秀山说:"贵夫人可不得了呀,不但写一手漂亮的文章,还学啥会啥。去年爱上摄影后,一发而不可收,现在已大有长进。"他看了看邱德布和胡书美,说:"我还准备把李经理推荐给摄影家协会和作家协会呢。"邱德布笑着说:"这是好事嘛,我们文联的各个协会都欢迎企业家加盟,大门什么时候都给李经理敞开着。"胡书美轻轻点了点头,他早就注意到李菊从企业管理角度写的文章,觉得别具一格,很有创意。原秀山再次道歉说:"今天实在对不起二位主席,中午被关立峰灌的酒多了,迟来了一个小时,实在不好意思。晚上我请客赔罪,现在务请二位主席对摄影展不吝指教,多提些指导意见。"邱德布听了哈哈大笑,笑罢说:"谁不知道原站长是摄影大师,我俩岂能班门弄斧,贻笑于大方,是吧老胡?"他看胡书美微微点头,接着说:"我俩仔细看了一遍,摄影展真实地再现了秦东二十多年来的沧桑巨变,特别是近年来的日新月异。尤其是第一展区'秦东新面貌',立意高远,手法新颖,气势磅礴,酣畅淋漓,用史诗般的镜头记录了秦东改革开放和招商引资取得的重大成果,再现了秦东经济社会发展的壮丽画卷,很鼓舞人心,很有震撼力呀。"肖冰冰说:"这是原站长多年的苦心积累,是从一千多幅照片中精选的。为办好展览,还补拍了不少镜头。在拍开元大厦这个招商引资项目时,为了取晚霞背景,他守候了整整一个星期;为了拍夜景,连续用了三个晚上,连晚饭都顾不上吃。"

胡书美缓缓地说:"摄影展也不乏警世之作,比如第四展区'遗忘的角落',也让我们看到了经济社会发展中存在的诸多问题。"他略做思忖:"这要放在过去就是问题,有暴露社会阴暗面之嫌。"邱德布笑着说:"记得'文化大革命'期间,有个意大利著名摄影记者在访问中国时拍了许多照片,当时说拍的负面镜头多了,是否定'文化大革命',被批得狗血淋头。现在看来那些摄影作品也有其真实的一面。"胡书美说:"从古今中外的文学史看,歌功颂德的作品未必就好,揭露社会阴暗面的作品未必就不好,后者往往更有生命力。我倒觉得第四展区更真实,更深刻,更发人深思,更令人清醒,对经济社会的发展也许是一剂良药。"肖冰冰看了一眼遇知音后满脸喜悦的原秀山,笑着说:"有些作品还有刺,'路中能养鱼'那幅作品,是嘲讽秦东的南大门道路坑洼不平,下雨后坑里有深深的积水,都能养鱼。"说着她先笑了,大家也笑了,她接着说:"还有一幅姊妹篇叫'无须叫醒',是表现到了秦东的东大门,路况太差,颠簸太厉害,卡车上打瞌睡的民工全被颠醒了,当然无须叫醒了。这两幅照片太有讽刺意味了,让人一看就知道秦东的进城路段该整修了,只是不知道当政者看了是何滋味?"汪达其也被感染了,深沉地说:"不过,有些作品让人费解,同样摄的是秦纺厂,有的是歌舞升平和安居乐业,有的却是棚户区,说难听些就是贫民窟。后者其实更真实,更令人深思和关注。"白银听了心头一沉,看来老板对她作品的真实性有所质疑,惹老板不信任可是职场之大忌啊!她看了看李菊,却一副无所谓的样子,心里才稍微宽舒了一些。原秀山脸上的笑容迅速退去,郑重地说:"都说摄影能最迅速最真实地反映社会生活,其实也不尽然,这往往与摄影者的理念和心态有着直接的关系。不过就摄影而言,什么算是真实的,怎样才能真实,还需要冷静地思考和认真地探索。"他环视左右,接着说:"第二展区'秦纺新气象'和第三展区'时尚在流行',是镜头直拍的产物,应该说是真实的,但有些可能是假象,可以说是真实的假象。这如何来辨识,显然是个难题,不光涉及摄影者也涉及观影者的素质和认知能力。"李菊听了一怔,这两个展区的内容他是认可的呀,看来他只是容忍而已。她清了清嗓子,把弯子绕得很大,笑着说:"可惜摄影技术是近现代才有,才发展起来的。《水浒传》里捉拿人犯时都用的是画像,要是贴上大照片,李逵还敢挤在人群里看官府捉拿他的告示吗?画像当然比不得照片,难道说画像就不真实了吗?再说《西游记》里的孙悟空吧,他会七十二变,你说他变成山大王、小妖精就不是孙悟空了?还是这个猴子呀。你说他变成庙宇就不真实了吗?二郎神不是照样认出了孙猴子,当然这与孙猴子把尾巴变成庙后的旗杆有违常理有关,也可以说是因为变得不真实了,才被二郎神认出了真实的孙悟空。所以就摄影而言,真实与否,真实的成色如何……"汪达其笑着打断她的话:"你刚跟着原站长学摄影,就要有孙悟空跟师傅学七十二变时的信心和毅力,多学些技术和手法,理论上的事以后慢慢再钻研吧。"邱德布笑着说："不简单呀，真不简单，我还是第一次听人把摄影说得像变戏法一样有趣。"胡书美说："把摄影和古典名著联系到一起，很有创意。"白银笑着说："老爷子刚才只看了照片中六泉寺的一角，一眼就认出了六泉寺，可见原站长作品真实性的魅力。""什么真的假的，"汪诚缓缓走近，直率地说，"照的相再真也是假的，我务的花圃里花真香，照片里的花哪一朵有香味呢？"大家听得都愣了起来。

汪达其拉着父亲忙着告辞，李菊和白银也跟着走了。

第二天上午，原秀山早早来到摄影展馆。他本来想见好就收，今天就撤展，谁知钱升昨天说要组织系统内干部职工来参观，就决定再延长一天展出。但昨天多个渠道的信息让他心中不安，他深知许多展出的作品都是他珍爱的精品、孤品，被视为宝贝，平时是不轻易示人的，这次展出期间，让他牵肠挂肚不已。尽管肖冰冰一再保证作品安全无虞，说她会尽心尽力地协助李菊、白银搞好保护，可这会儿还不见她的人影呢。原秀山便有些后悔，不该延长展出时间，钱升说是要组织系统内职工看影展，很可能只是个姿态，这种人惯常耍嘴皮子、小手腕。还真让原秀山猜准了，钱升本想落个空头人情，谁知原秀山当了真，只好上班后随便派了几个人，吆喝了几家旅行社的经营人员，统共七八个人松松垮垮地来看摄影展。直到这些参观者快要走了，肖冰冰才来了，不大一会儿李菊和白银也来了。紧跟着展厅大门又进来了一拨人，前呼后拥的。

这拨人为首的是王增，嘴角叼一根中华烟，站定后歪着头眯着眼扫视了一下展厅，两根手指夹着烟屁股，吐了大大一个烟圈，说："这地方不错，比上次选在竹丛旁指挥强多了。行，指挥部就设在这儿啦！"说完，就一屁股坐在旁边的沙发上。原秀山看来者不善，心里腾地一下，走过来问："请问各位是来看摄影展吗？"王增斜看了一眼原秀山，慢悠悠地吐了一口烟，没有搭理原秀山。原秀山声音大了些，问："你们是来看摄影展吗？"王增以手示意，鲁大年忙上前说："我们不是来看摄影展。"这次他不再担任联络员，成了指挥部成员。原秀山看了看眼前这位老头子，显然不是这拨人的核心成员，便大声对鲁大年说："不是看摄影展到这里来干啥？"他当然已经听清了王增要在这里设什么指挥部的话，仍然明知故问。鲁大年嘴里咕噜了两句，连他自己也没有听清，就红着脸站在了一边。这时一个中年汉子走上前来说："我们想借用一下这个地方。"他是浦湖县棉花公司现任经理齐勇，看老经理为难的样子，就走上前来搭话。肖冰冰也走上前来，说："这里正在办摄影展，你看还有参观人员嘛。"她看了一眼旅游局派来的七八个人，这些人一看有异常动静，都慢慢围了上来。

齐勇提高声音说："是临时借用。"这时站在齐勇身后的一位大胖子撑不住

## 第三十章

了,喘着粗气走到一把藤椅旁,试了试,缓缓坐了下去,接着又长出一口气。他是外省来的一名债主,也算是指挥部成员,代表着一个方面。"假如不借呢?"原秀山来了劲,他看不惯满脸横气的王增,重复着问,"假如不借呢?"白银上前对齐勇介绍说:"他是省报著名记者原秀山。""那就是名妓!"王增开了口,"我只知道宋朝有个名妓叫李师师,明朝有个名妓叫李香君,还没听说过别的什么名妓。"原秀山听了大怒,圆睁双眼大喝一声:"流氓!"只听咔嚓一声,坐在藤椅上的大胖子惊得猛一颤,竟瞬间压碎藤椅,面朝天重重地摔倒在地上,他无奈的哎哟声和粗重的喘息声,以及滑稽的仰卧姿势,立即引来笑声一片。王增边笑边示意几个小伙子赶快去扶,没想到三个小伙子竟把卡在破碎藤椅里的大胖子扶不起来,又是一阵笑声。这时一个壮汉三步两步走上前去,拨开那几个年轻人,一只脚踩住破藤椅,两只手扶住大胖子的两腋,只轻轻一拔,就像拔根萝卜似的把大胖子放到了边上。接着两手像小孩玩折叠一样把破碎的藤椅折叠在一起放到一边,撒了一地的碎屑。然后他有意无意地捋了一下衣袖,露出了粗壮无比的胳膊和疙疙瘩瘩的肌肉块。如此神力,把大家看得目瞪口呆。这位壮汉看了一眼原秀山,像铁搭似的站在了齐勇的身旁。壮汉正是高小三,是秦东出了名的讨债专业户。

王增双手叉腰站定,瞥一眼原秀山,冷冷地说:"流氓?流氓碰到了名妓,有的好戏看啊!"他把正抽的大半根烟扔在地上,狠狠地踩了一脚:"老子坐不更名,行不改姓,姓王名增,人称'王倒煤',是个倒贩煤的个体户。这年头,碰见我的人不一定都倒霉,但老子想让谁倒霉,谁就会倒霉,倒大霉,倒血霉。"高小三看王增示意,就走到了原秀山的身边。肖冰冰急忙拉了一把原秀山,他虽满脸的不惧和不屑,脚下还是向外挪了挪。王增以蛮横霸道的口气说:"就这么定啦,讨债指挥部就设在这里!不是借用,是占用。这里是秦纺厂的地方,秦纺厂欠我们债,这里也有我们的份额。"他睥睨原秀山:"谁要敢说半个不字,我就让高小三像折叠藤椅一样把他折叠起来,把这些破照片毁得一张也不留!"不等原秀山说话,李菊忙上前说:"王倒,不,王师傅,凡事都好商量,你们要用这里就用吧,只是要确保这些照片的安全,不能损坏和丢失一张。"鲁大年说:"这个请你们放心。我七十多岁的人了,我向你们保证,一张照片都不会出啥问题。"齐勇也笑着说:"我们也是出于无奈,九省十一县的债主要联合讨债,没个统一的指挥行吗?那岂不乱了套!真那样的话,谁还会和我们协商呢?"白银指着李菊对已坐在沙发上的王增说:"王老板,她是我们汇隆公司的李经理,我们也是外地公司,原记者也是省属新闻单位的领导,我们之间没有啥恩怨,我们要互相体谅、和谐共处呀。"王增这才正眼看了看文质彬彬的白银,脸上掠过一丝笑容,说:"好,互相体谅,和谐相处。那你们现在就走吧,我马上就要发号施令了,别碍手碍脚的。"原秀山知道现在是秀才遇到兵,有理说不清,就直了直身子说:"只要你们能确保摄影作品的安全,少展出一两天也没啥关系。我们这里留下两个工作人员,一是值班,二是保证你们的开水供应,好吧?"王增大度地一笑,略带调侃地说:"也好。文人都心眼小,其实没人要这些花花绿绿的破照片,要留就留两个打杂的吧。"话说到这份上了,原秀山和几个徒弟只好稍事收拾了一下,无可奈何地走了。钱升派来的七八个人意外地看了一场热闹的戏外戏,也说说笑笑地走了。

　　王增带来的人很快把几张桌子拼了起来,算是指挥部的指挥台。王增端坐在东边正中的一把椅子上,鲁大年、齐勇和大胖子分两边坐下,其他五六个年轻人也随意坐了下来。指挥部的第一次会议就算正式开始了。鲁大年先把两个主要人物向大胖子介绍了一下,然后问大胖子:"师傅,怎么称呼你?"大胖子看了看被介绍的正、副指挥王增和齐勇,笑道:"我排行老大,大家就叫我大胖吧。"王增笑着说:"行,大胖师傅你一个人代表着几个省的债主呢,你先说说吧。"大胖又圆又大的脸上堆满了笑容,喘着粗气说:"几个省的债主都交代过了,我们人地两生,一切都听从王总指挥的号令,王总指挥你就放手指挥吧。"说完又呼哧呼哧地喘起了粗气。鲁大年建议:"要吸取上次的教训,先让咱的人把办公楼包围起来,不准厂里人员出入,然后再视情况采取措施。"王增笑着说:"兵贵神速,办公大楼现在已经被包围了,各个厂领导的办公室和财务科都有专人围堵,楼内一个人都跑不出来。这次来阴的,不喧哗,不呐喊,悄悄来,干实活。"鲁大年说:"内线的情报肯定没问题,郑大会计今天肯定被堵在办公室了。听说老头子每隔十五分钟要上一回厕所,这就麻烦了。"齐勇笑了:"这好办,把办公室的痰盂当尿盆不就结了。"鲁大年摇摇头,不无认真地说:"财务科多数是女同志呢。"王增不习惯正襟危坐地说事,就站起来说:"去个人到厂区看看,第一炮打响了没有?"说完就转悠着看摄影展去了。

　　王增突然大喊:"天助我也!正发愁没有指挥图呢,你们快来看,这'秦纺新气象'不就是布置好的指挥图吗?既具体又直观,简直太好了!"齐勇急忙往王增那边走去。

　　王增看到摄影展"秦纺新气象"这一展区后,就像当年麦哲伦发现美洲新大陆一样惊喜,觉得奇货可居,大有挖掘的价值和发挥的余地。他首先按照"深入细致的领导视察"中的领导姿态,摆了个大指挥官的架势,一只手叉在腰上,一只手夹一根香烟,头一动不动地发出了一号命令:"立即通知浦湖县棉花公司的弟兄们,把办公楼前摆的那一溜排小车中的几辆高档车先开到大门外,具体放到什么地方待商量后再定。"齐勇立即电话联系上了一线的领队,返回的信息却让人大跌眼镜,原来拍照时的几辆高档车皆非厂里所有,厂里的几辆新车今天都不

## 第三十章

在,门前只有两辆旧车,问要不要开走。王增听了说:"旧车也要扣,有令必行!"突然他想起了开周华旧车时闹的笑话,忙制止说:"旧车就不扣了,要令行禁止!"他轻轻放下了叉在腰上的手,觉得扎起势来其实并不舒服。

王增双手背在身后,弯腰细细地看着"繁忙火热的生产第一线"版块,突然吐掉嘴里的烟屁股,大声说:"什么繁忙火热,我让它变成冰锅冷灶。齐副指挥,你来一下。"齐勇被叫蒙了,边走边说:"总指挥,你还是叫我老齐吧,有什么事情?"这位棉花公司经理在自己公司原职工面前全然没有了尊严,这有什么办法呢?棉花公司早就成了空壳,王增却是浦湖县的首富,最大的煤老板,有钱能让鬼推磨嘛,老经理都七十多岁了还跟着跑来跑去,何况自己这个两手空空的穷经理,不都是为了讨些债,好安抚一下生活困难的职工吗?而讨债期间的全部费用都由王增承担,能不听从人家的指挥吗?王增思忖片刻说:"我想让外省的债主们扣押部分生产设备,逼厂里停产,逼厂里拿钱来赎,实在不行就变卖部分设备顶债,这样说不定咱们还能出奇制胜。"鲁大年也跟着齐勇过来了,他小心翼翼地问:"扣押厂里的设备,他们会不会报警?"王增笑了,说:"那就和秦纺厂打官司嘛,债主们多次起诉到法院,不都是石沉大海了吗?"齐勇说:"只要不打架斗殴,就不会有大的问题。"王增果断地说:"叫大胖过来,我要下达第二号命令。"大胖听说叫他,急忙从一个粗笨的大木椅上站起来,喘着粗气来到王增面前。王增怪笑两声,对大胖说:"你给外省来的几个领队打电话,下达我的二号命令。"大胖说:"好,好,他们刚才还在电话上催问咋弄呢。"王增指着一张照片诡秘地说:"让一部分人去五号车间,从照片上看都是些女工,人又少,设备可能是最好的。挑好设备拉,能拉多少是多少,厂里来的人多了,就停下来和他们闹,吸引的人越多越好。这一路算是佯攻,听懂了吗?不是主要进攻方向,是起配合作用。"他略停片刻,指着另一张特大照片接着说:"再去一部分人,这部分人要多,要有些厉害人,把你们带来的大车全用上,必要时再雇上些大车,去厂内秦宇公司的车间,去拉扣厂里从韩国引进的最先进的设备。据掌握最近秦宇公司停产检修,车间人比较少。一去就霸王硬上弓,谁挡就把谁先扣起来,伤几个人不要紧,但不能把人打死。拉了设备就走,设备先放在秦纺厂在城外闲置的分厂里。只是把设备挪了个窝,是出于无奈,也不怕公安出面。厂里要是给钱,再把设备拉回去,不给钱就卖了抵债。"大胖边听边应着边喘着粗气。王增说完,鲁大年和齐勇齐声称好,都从心底深处佩服这位昔日的部属如今的总指挥,看来他不光指挥上瘾,也确有指挥才能和气魄,他从普通职工能干到私企大老板,腰缠万贯,绝非随便浪得虚名。大胖听了先是满脸的为难,接着又堆满了烂漫的笑容,喘着粗气说:"总指挥高明,实在是高明,不过让我照猫画虎,说不定会画出一条狗来。"看他傻傻的样子，齐勇忍不住笑了。大胖也憨憨地笑了，说："还是总指挥直接下达二号命令吧，再说我还不知道一号命令是啥呢。"王增满脸不高兴，不满地说："你拨电话，拨通后由我直接下达二号命令。"别看大胖粗笨，拨起电话来倒极其熟练，他玩儿似的连续拨通了几部电话，由王增直接下达了二号命令。王增亲授了个中奥妙和执行时的要领及要规避的风险，显然比刚才说的要全面和细致许多。大家听了更加佩服总指挥。王增更是自我感觉良好，又把手叉在了腰里，不过大半截中华烟还叼在嘴角，让整个姿势有些怪怪的。

　　王增乘兴继续看着照片，忽然高兴地指着"服务周到的后勤保障"版块说："看看这几个仓库，堆满了布匹、棉纱和棉花，这是上帝给县棉花公司安排的，不把这些弄到手，就对不住神灵。"鲁大年惊得瞪圆了眼睛，难道要抢仓库不成？齐勇却来了劲，提醒说："成品好变现，原料不好变现。"王增说："老齐，你给咱公司那些人下达我的第三号命令，让他们火速赶往厂区仓库，趁厂区两处抢扣设备的乱劲，把仓库里的全部布匹拉走，棉纱能拉多少拉多少，全部先运到城外秦纺厂的分厂里，然后派专人看守。行动越快越好，要与外省人拉扣设备形成联动。"齐勇立即以王增的名义下达了指挥部的第三号命令，还加了一句话：要把进展情况随时报告指挥部。王增听了齐勇下达的完善后的第三号命令，满意地点点头。

　　王增再次看了看"深入细致的领导视察"版块，对照着照片把他的指挥状态做了些调整，笑着说："齐副指挥，有个非常非常重要的事情要办。"他看了看齐勇，指着照片上的任东山说："这个人你不认识吧？他叫任东山，是秦纺厂的党委书记，还是轻纺总公司的副总经理。我来了两次都没碰上他，这次来又听说他不在厂里，这次我非要会会他不可。我判断他肯定在轻纺总公司，这里一乱那里立即就知道了，轻纺总公司一旦知道了，总经理周华肯定要把他叫到自己的办公室商量事。只要任东山不出秦东城，这会儿他肯定愁眉苦脸地坐在如坐针毡的周华的办公室。"齐勇以为他要去轻纺总公司会会任东山，忙说："总指挥，这里一分钟都离不开你，现在会不会任东山无关大局。"王增笑了笑，说："不，我现在还不想会任东山，就像演戏一样，双方主帅最后才出场过招。这恰恰是事关全局的大事，我想让你代我先去会会任东山。"齐勇心想王增一贯直来直去，这会儿怎么绕来绕去的，忙说："行，我就代表你去会会任东山。"王增猛地站直，大声说："齐副指挥听令，我的第四号命令是，派你带领其他县棉花公司的讨债队伍，直扑轻纺总公司将任东山连人带车扣押到秦纺厂城区的分厂。等把各方面的事情办妥后，我再直接会会任东山。"鲁大年急忙问："这不是绑架人质吗？"王增哈哈大笑，说："老领导呀，别人能这么说，你怎么能这么说呢？这就看齐副指挥的手腕如何，就看他如何临机处置，现场如何发挥了。要有于千军万马中取上将首级的能

## 第三十章

力和智慧呀!"他拍了一下齐勇的肩膀:"我相信你能完成这一艰巨的任务,搞定了任东山秦纺厂就群龙无首,就会任由我们摆布。"齐勇蛮有信心地说:"不用带多少人去,力擒不如智取。"王增会心地大笑,说:"我早就知道齐副指挥堪当大任!"

今天早晨,向平还没有睡醒,办公室主任唐生春就敲开了他办公室的房门。唐生春把装在塑料袋里的两个包子放到桌子上,说:"向厂长你赶快吃早点吧,上次讨债的那些人又来了。"向平一夜未睡,工人都上班了他才拉开钢丝床躺下,尚未睡熟又被叫了起来,他看了一眼有些慌乱的唐生春,一边洗脸一边问:"人比上次多吧?"唐生春说:"人比上次多多了,他们不声不响地先围住了办公楼,任何人都不准进出。多亏我提前给你买了早点,要不怕没得吃了。"向平洗罢脸,说:"他们是有备而来。"他不假思索地说:"唐主任,我说你记。第一,要求财务科全体人员坚守岗位,立即冻结一切支付业务;第二,要求各车间工人坚守工作岗位,任何人不准擅自与外来讨债人员发生冲突;第三,立即向市轻纺总公司报告。"唐生春问:"要不要立即向任东山书记报告?"向平拿起桌子上的包子,边向外走边说:"你把我桌子上的文件和资料收拾一下,房门开上。我去秦总工的办公室,那里是秦纺厂今天的应急指挥中心。"唐生春知道向平已胸有成竹,立即首先拨通了财务科的电话。

向平最近心情极坏。厂里从新疆讨回一笔可观的资金,这本是件好事,现在却成了烫手的山芋。先是各路债主纷纷找上门来,四大国有商业银行来了三家,前两天城市信用社也派员上门讨债;各县棉花公司不光派人来冲击了一次厂办公大楼,事后还发来了最后通牒式的讨债公函;外省的债主也纷纷来电来函催债,并扬言要采取统一行动;昨天韩国天宇公司也派员来催货款,还提出如再拖延将诉诸国际法庭。接着就发生了最令人头疼的事,厂内职工和离退休人员联手追讨拖欠的工资、医药费、差旅费和工伤补贴等。厂里这么多难事就够揪心的了,偏偏任东山因应聘招商局长失利情绪不佳,又要躲债主纠缠,这一段时间根本就不来厂里上班,这等于把一个大而烂的摊子全压在了他一个人的身上。而最让他揪心上火的事,还在家里。自从妻子田丽丽彻夜未归又打不通电话,想找文佳询问也一夜未打通电话后,他久藏心中的怨愤一下子全泄了出来。没想到田丽丽的反响远超他的想象,除了让向平拿出她不忠的证据来,还要跳楼以证清白,后来喝了大量的安眠药差点儿弄出人命来。田丽丽被医院抢救过来后回了娘家,并提出要办离婚手续。向平在家里没法待,就又住起了办公室。刚好秦凯一直找他要在技术改造上做些文章,而秦宇公司又安排了大检修,他就和秦凯带着厂里的技术骨干一头扎进秦宇公司的车间,搞起了技术改造,想通过技术上的改造升级，增加产量，提高质量，增强企业的核心竞争力，以走出目前的困局。向平一旦钻进技术领域，就什么都忘了，越干越有劲，越干越投入，常常一干一个通宵，昨晚又干了一个通宵。

向平匆匆来到秦凯的办公室。秦凯也是刚刚从家里吃过早点来到办公室。向平胡乱地吃完两个包子，端过秦凯递过的茶杯。秦凯问："包子是什么馅的？"向平愣了起来，说："我也不知道是什么馅的。"秦凯笑了，说："别慌，你是主帅，应处变不惊，临危不惧。"向平问："债主围楼的事，你已经知道了？"秦凯笑着说："岂止是知道了，还亲眼看到了。今天上午我来晚了，他们开始不让我进楼，有人说这是厂里的总工，是自投罗网来了，就又把我推了进来，想堵在楼里边。好在我在四楼办公，上次他们就只堵三楼领导的办公室，我这里是安全的。"向平说："今天，咱俩再加上唐生春在你这里组成应急指挥中心。"秦凯说："我是技术干部，不大会处置这些非常事务，也给你出不了啥好点子。不过，我首先给你提个建议，你办公室的门不能只锁里边的暗锁，最好在外边加把明锁，这些人就不会以为你在里边撞你的门了，免得撞开门丢了重要东西。"向平笑着说："我让唐生春拿走了文件和重要资料，把门开着，这样还能吸引他们一直在那里等我。"秦凯不好意思地笑了笑，说："妙、妙招。"停了停问："应急指挥中心，任书记和黄厂长还来不来？"向平看了看这个比自己还书生气的书生型总工，笑了："刚才我都说过了，是唐生春和咱俩组成应急指挥中心嘛，唐生春已经在执行任务了，一会儿他会来这里。"向平看了一眼一脸迷茫的秦凯，只好解释说："任书记不会来这里，一有情况更不会来。"秦凯大悟，上次出现危机时，职工大声喊着要向平出来，说明在职工的心目中向平才是他们当家人，而那些债主们对任东山则是恨之入骨，显然任东山不会再来这里自讨苦吃。至于黄一鸣估计另有任务。

任东山这时也没闲着。轻纺总公司一接到报告，工作人员就给周华做了汇报，周华立即把任东山叫到自己办公室。不等任东山坐定，周华就说："刚才秦纺厂报告，说是又来了许多各地的债主讨账，人数比上次要多得多，你说这事咋个处置？"任东山说："赶快给文佳秘书长报告，他是工交口的副秘书长，又是处理群体性事件的专家，再难的事也难不住他。"周华说："上次就是他面授机宜，由你出面平息了怒火正盛的闹事职工的情绪，不知你是怎样巧施妙计安秦纺的？"任东山从西服内袋里摸出一张纸递给周华，周华展开一看，纸上写着"承诺"两个字。他沉思良久，说："这两个字我看过，我是说你是怎样按这两个字，让能把办公楼哄倒的职工散去的？"任东山说："很简单。"周华直问："你承诺了些什么？"任东山说："他写完这两个字交给我，就立马走人了。"周华追着问："那你都承诺了些什么？"任东山没好声气地说："职工要什么我就承诺什么！"周华"啊"了一声就不想再问了,可还是忍不住:"你具体承诺了些什么?"任东山惊讶地看了一眼一脸认真的周华,极不情愿地说:"我承诺给棉花公司签了字的付款票据无效,还承诺给职工补发拖欠多年的工资,补发拖欠职工的医药费、差旅费和工伤补助费。""落实了吗?"周华急了,他这一段时间随省上考察团在外地考察,昨天刚回来。他接着说:"这笔钱是不能随便支配的。"任东山不无调侃地说:"你没回来,谁敢乱花这皇上买马的钱呀。再说向平早就安排郑大会计住院去了,你即便没在家里这钱也花不出去。"周华虽然听着不舒服,但这钱尚在心里顿觉宽慰,他强装笑脸说:"任总,你是秦纺厂的书记,现在厂里出了这么大的事,一把手不在现场恐怕不好交代,你还是回厂里和向平商量着处置好这突发事件吧。如有必要,我随后也会到厂里来。"任东山说:"周总,不是我不愿意回厂里去,我回去只会激化矛盾,我不被债主撕着吃了,也会被职工撕着吃了。现在看来文佳秘书长的良策,实际上是我的催命符,你总不能眼睁睁地把我往绝路上逼吧!"周华一时说不上话来,知道这位助手最近气不打一处来,志在必得的市招商局长的位子黄了,企业职工不断有人寻他的事,到处告他的状,告他不顾企业困难,不管职工死活,买高档小车,住豪华宾馆,大肆挥霍企业资财,随意支配刚刚讨回的救命钱……让已经焦头烂额的任东山再去救火,的确有些强人所难。周华想了想,说:"那你以企业的名义给文佳秘书长报告一下吧,看他有何良策。"任东山说:"让向平报告吧,他应该更掌握情况。"周华没想到这位部下一点面子也不给,就生气地说:"好,那你先去吧,有事我再叫你。"任东山站起来就走,没说一句话,连头都没回。

向平一接到周华的电话,胸有成竹地说:"请周总放心,这次债主闹事已在预料之中,只不过来得晚了几天。我早有预案,防着这一招。新疆讨回来的钱,一分都动不了,已给银行打了招呼,没有文佳秘书长的签字和印章一律不支付,厂财务科也做了相应的防范。再者,我已给各车间下了死命令,上班期间要坚守岗位,不许和外来债主起冲突,不会再像上次那样失控。"周华在电话上说:"好,很好。一定不能和外来的债主起冲突,要我们的职工骂不还口,打不还手,确保不出啥意外,不惹啥麻烦。""好!"向平大声说,"我立即把你的指示通知各车间。我和秦凯、唐生春组成了应急指挥中心,你有什么指示随时告诉我们。"周华问:"黄一鸣呢?"他没有提任东山。向平说:"黄一鸣不是陪着韩国客人找你去了吗?"周华说:"没有,没有来呀,是不是过一会儿才来。"他挂断了电话。

向平刚接完周华的电话,唐生春就满头大汗地跑了进来。他成了应急指挥中心最忙碌的人,既要跑上跑下地观察、了解和收集情况,又要不断地用座机、手机传达向平的指令。秦凯则急坏了,一有不好的信息就着急,一有危机就冒虚汗,火烧火燎的,虽不出办公室头上的汗却不比唐生春少。到后来秦凯索性把座机拿在手里,承接了唐生春一部分工作,头上的汗反而少了一些。向平一开始挺镇静自若,自以为早有预料和相应安排,后来就挺不住了。不知不觉间就乱了手脚,又忙乱,又上火,简直就像热锅上的蚂蚁。他看唐生春着急慌忙地跑了进来,就擦了一把头上的汗说:"沉住气,不要慌乱嘛。"唐生春喘着气,一时竟说不出话来。向平又擦了一把头上的汗,急忙问:"快点说,有啥情况?"唐生春说:"一部分债主要强行拉走五车间的纺纱设备,车间的女工要死保,一个女工当场晕倒了。"向平说:"赶快把晕倒的女工送市中心医院抢救,快,快打电话!"秦凯说:"这些女工是好样的,五车间全是先进设备,如果拉走就损失大了。"他不等向平发话,就接通了五车间的电话,竟忘记了自己的身份,以命令的口气说起了要保护先进设备的话来。向平刚想发作又忍住了,心想秦凯也是好意,可是一旦引发大的冲突,出现不测,后果不堪设想。想到这里他的脊背直冒冷汗。突然座机又响了,向平一把从秦凯手里拿过话筒。话筒里传来了秦宇公司车间近乎绝望的男哭音,说是来了一大群债主,拿着棍棒,开着卡车,要抢拉几台刚刚完成技术升级的厂里最先进的设备。向平惊得手一颤,话筒差点掉下来。秦凯也隐约听出了情况的突变,惊得张着口说不出话来,知道那可是他和向平谋划了半年,辛苦了十多天的技改成果啊,而偌大个车间因停产检修没有几个工人,要护住设备必须另行组织力量。话筒那边得不到具体的指示,竟放声痛哭起来。向平的手不由自主地放下话筒,就像瘫了似的挨着秦凯坐了下来。唐生春又快步跑了进来,脚下差点绊倒。向平头几乎抬不起来了,秦凯惊恐地问:"咋啦,又咋啦?"唐生春说:"不好了,不好了啊,一大批债主拥到仓库去了,看样子是要抢拉仓库的成品和原材料。"秦凯惊得跳了起来,脸上一点血色都没有了。向平久久不吭声,突然他拨通了仓库的电话,果断地下达着命令:"仓库的所有管理人员都要出面做工作,给债主讲清楚,汇隆公司所租仓库的成品布和原材料不能动,这些东西不属于秦纺厂,千万不能动,一定要配合汇隆公司的人员守护好这些东西。"向平生怕汇隆公司仓库的东西被抢拉后影响以后的合作。秦凯这会儿似乎看透了,无可奈何地说:"向厂长,谁能给债主做通工作?就是讲清了所有权,这些人会听我们的话吗?"向平也无可奈何地说:"我们想了那么多的预案,做了那么多的安排,咋就没想到这些呢?我看这些人的行动经过了精心策划,肯定有高人在背后指挥着。"说完他心里又直嘀咕,厂里会不会有人暗中帮债主,只是不好说出口来。秦凯和唐生春听了向平的话,什么也说不出来,都觉得实在没有什么办法了,看来情况越来越紧急,已危机四伏了。

王增的指挥部里热闹极了,开始时的紧张气氛已荡然无存。当王增得知向平办公室的门开着却没堵住人时竟哈哈大笑。大家被他笑得莫名其妙,他却半是调侃半是解释:"门开着,说明向平就在楼上,他肯定是秦纺厂今天的总指挥。千万别找他,别堵他,放开让他指挥。要换成任东山多少还有些麻烦,向平一个一门心思搞技术的秀才懂什么应变门道?他指挥得越多越具体,越有利于我们的行动。我就是要不按常规出牌,玩晕他,玩死他。"王增随即命令去堵向平办公室的那拨人,就在他的办公室看报喝茶玩麻将,装作等候向平,以麻痹对方的指挥人员。王增该摆的谱摆了,该扎的势也扎了,当总指挥的瘾今天也过足了,就半躺到沙发上,边抽烟边喝啤酒。鲁大年坐在指挥桌旁了解情况、掌握进程,不时地给王增汇报。不过传来的都是喜讯,只有五车间抢扣设备受阻,说是有几个女工为了保护设备,连命都豁上了,俗话说横的怕不要命的,还真拿这些女工没办法。王增表态说,五车间本来就是佯攻,主攻方向是秦宇公司的车间。强调说秦宇公司挂着中外合资的牌子,设备最为先进,这里是秦纺厂的软肋,主攻这里才能收到事半功倍的奇效。他最担心的是齐勇能不能把任东山扣住,他很想亲自会会这位秦东纺织厂如今的当家人,和这位擅权、自负又长期在政坛行走的人过过招,让任东山尝一尝签字后反悔又躲着不露面而自酿的苦酒。不过,他相信齐勇有这种智慧和能力,而他的这位名义上的老板还想着法在他面前表现呢!想到这里王增顿时感到乐不可支,妙不可言,一种莫名的满足感直涌心头,不禁叹道,在如今这个世界上,有钱才是大爷,有钱才可以支配一切,包括自己的新老上司。

第二天,市政府迅即向秦东纺织厂派驻了联合工作组,处置群体性事件,主要做维护企业稳定和职工的思想工作。通过各种大小会议,特别是召开职工代表大会,经过充分酝酿讨论,终于通过了企业走破产重组的路子这一决议,并将职代会决议上报市轻纺总公司审批。

## 第三十一章

2000年5月下旬，秦东市召开了人大、政协的换届大会，这是秦东市政治生活中的一件大事。两会都充分肯定了招商引资工作的重要性和取得的可喜成绩，都把这项工作写进了工作报告和会议决议。但市政协选举却出人意料地出了大问题，大会主席团提名的石一平、林天阁、郝俊鹏三名民主党派候选人全部当选，市政协委员联合提名的候选人程杰人也高票当选，而由大会主席团提名的秋梅、关立峰、伍志豪三名中共党员候选人却全部落选。一石激起千层浪，一时间秦东的政界和民间议论纷纷，流传着各种不同版本，有"选人不当"说，有"有人捣鬼"说，有"民意难违"说，有"会议安排失误"说，有"党委、政府不和"说……这无疑在秦东引起了极大的思想混乱，也必不可免地影响了各方面的关系和各项工作的正常进展。

两会结束后，今天阳光酒店的一号豪华雅间11点刚过就来了几位客人。为首的是任东山，他没有往酒桌上坐，进屋后先来到雅间西北角的沙发旁。他看了看就斜靠在一张长沙发上，跟在他后面的南金山取出一根中华烟向他递了过去，任东山刚接住烟，就有两个打着火的打火机伸了过来。任东山看也没有看，拿出自己的打火机把烟点着，然后把打火机往茶几上一放。这是一个漂亮的镂花纯银打火机，几个人不禁眼前一亮。南金山素知任东山的作派，故作惊讶地说："呀，这么漂亮精致的打火机，还是纯银的。"任东山微微一笑："还是南矿长识货，要是喜欢你就拿去吧。"南金山夸张地摇摇头，说："君子不夺人之爱，不能拿，实在不能拿。"任东山说："什么君子小人的，不就是个打火机吗？拿着拿着，今天你买单，破费大着哩。"南金山把两手捏合得像鸡爪子一样，笑着说："我是个挖煤的煤黑子，两手黑得就像乌鸦爪子，不配拿这个银光闪亮的精致玩意儿。"大家听得笑了起来。南金山忽然问："黄厂长，向平怎么还没来？"黄一鸣说："刚才我打电话催了。"

向平这会儿还在厂里,最近心情糟透了,厂里的事情弄得他有些失魂落魄。在企业走投无路的情况下,市政府给厂里派驻了工作组,通过艰难做工作,厂里召开了职工代表大会,经反复讨论最后同意走破产重组的路子。只要提到企业破产,向平就难过得想以头撞墙,他大学毕业后就来了秦东纺织厂,全部梦想都在这里,所有寄托都在这里。几十年的奋斗,几十年的追求,难道企业竟要在自己任内破产,这个残酷的现实令他无论如何难以接受。家里的事情也让他备受煎熬,他曾怀疑过妻子与文佳有染,后来弄清楚了,文佳确实是去省城参加了考官培训班,手机也确实是被统管了。妻子那一晚真的是因酒醉没有回家,手机是没电了才打不通。弄清了事情真相后,他还为自己的神经过敏感到好笑,也感到对不起妻子,特别是对不起大力支持自己工作,经常为秦东纺织厂忙得团团转的文佳。按说这件事已经过去了,但最近这件事竟从外面传到了自己的耳朵里,还传得神乎其神,有鼻子有眼,甚至说是自己亲自抓住的。向平觉得十分恼火又有些匪夷所思,自己何曾抓住过?再说这事又何曾对人说过?他万万没有想到,那天晚上他到处找妻子和文佳,给一些好事者制造了充分的联想和演绎空间。仵天才知道后还委婉地问过田丽丽。田丽丽因给仵天才提供了不确实的市长行踪信息,被仵天才冷嘲热讽后心情郁闷才喝醉了,仵天才追问醉酒的事,她自然说得含糊其词又遮遮掩掩,这便让仵天才有文章可做。程杰人就任市政协副主席后,仵天才就急着要上秘书长,他当然清楚最大的竞争对手是文佳。如果公平竞争,鹿死谁手就很难说清,如果文佳的形象被损毁了,天平就会向自己倾斜。仵天才便找了几个贴近自己的科长故意问田丽丽那天醉酒不归的情况,又故意打听文佳那晚去了哪里。几个科长被问得莫名其妙,有好事者便四处打听,添盐加醋,以讹传讹,慢慢地在机关传开了文佳与田丽丽喝酒,双双大醉,一夜未归,向平到处找妻子,最后捉奸在床……这种绯闻故事,传起来又快又容易增加作料和发酵粉,没想到竟传到了向平的耳朵里。虽说谣言止于智者,这个世界上又有多少智者呢?而谁又愿意当这个智者呢?向平尽管早就弄清了根底,毕竟人言可畏,听了这种绯闻还是十分郁闷,十分生气。上午他正在筹划如何展开生产自救,稳定企业的事情,任东山要他去阳光酒店吃饭,说要商量成立秦东纺织企业集团的事情。这不是要和市政府唱反调吗?便支吾着不想去。没料到黄一鸣不断地打电话催促,说是任总说了他必须去。

向平来后人就齐了。凉菜一上来,南金山便吆喝着要服务员倒酒。任东山说:"有点奇怪,一坐到酒席上,我就想起了前不久市政协会的闭幕宴会。南矿长、向厂长也是政协委员,都参加了最后的闭幕宴会,那是大会安排的最丰盛的一顿宴会。本来是庆祝选举顺利结束,大会胜利闭幕的喜庆宴会,鸡鸭鱼虾齐备,白酒红酒都有。谁料想,这顿饭只一部分人吃得舒心,还有许多人吃得闹心,更有一些人吃不下去这顿饭,根本就没有到宴会厅去。"南金山说:"我那天喝的酒不少,深感民意不可违,民意力量大如天呀!"任东山说:"说得好,说得好!民意是主要的,但也不可忽视其他因素嘛。"他是这里的最高领导,想竭力把事情表述得全面一些。其他两位政协委员都表了态,黄一鸣便看着向平,看他如何表态。两会虽然早已结束,关于市政协选举的议论似乎远没有结束,许多人对此仍然有着极其浓厚的兴趣,黄一鸣就是这样。岂料向平低着头并不说话,似乎他就不是政协委员,就没有参加市政协大会。这多少让黄一鸣有些失望,他是想看看向平到底是什么政治倾向,听说市级领导层的分歧可大着哩,委员们的分歧会外比会内还大呢。黄一鸣试探着说:"没想到拥护程杰人的人竟然有那么大的力量,让他一个人打败了三个正牌的候选人。"南金山笑着说:"纠正一下,不是拥护程杰人的人有多大的力量,是站在程杰人后面的人才真正有翻江倒海的力量。"同六六忙问:"在秦东谁能翻江倒海,能让程杰人顺利胜出?"其实他早就听到了许多传言,只是想让面前的三个政协委员证实一下。一向寡言直爽的章省民开了口:"听说吴芳市长极力支持程杰人秘书长上台阶。"南金山哈哈大笑,说:"章老兄,你是只知其一,不知其二。真正在后面出了大力的是由锡平副市长,他人脉广,有奇才奇招,能呼风唤雨,他才是真正让程杰人上台阶的幕后推手。在秦东只要他想干的事,没有干不成的!"任东山听了南金山的话轻轻摇摇头,他这几年一直紧跟由锡平,去秦东纺织厂兼任党委书记,解决正处待遇,就是由锡平建议和力排众议的结果。开始还感激不尽,可后来才发觉这等于把他放在火炉上烤。后来参加市招商局长的公开招聘,由锡平说过会全力支持他,可结果呢?竟铩羽而归,而让省属企业的一名处长杜章九当上了招商局长。由锡平只是安慰了几句,说以后机会多着哩,机会又在哪里?任东山越想越多,前几天由锡平又把他叫去,对秦东纺织厂职代会讨论通过实施破产的决议很不以为然,认为职代会是受了某种胁迫。由锡平还是认为组建秦东纺织企业集团更为合适。还说南金山组建纺织企业集团的积极性仍然很高,还暗示周华将另有任用。任东山理解由锡平的良苦用心,决心放手一搏。想到这里,任东山故意对南金山说:"由市长尽管能量大,但他是有身份的人,总不能在政协会上直接出面说程杰人的事吧。"

南金山深为由锡平所信任,由锡平做工作把他从印染厂副厂长提拔到南井头煤矿当矿长,解决了正处问题,还答应给他解决回城的问题,答应组建好秦东纺织企业集团以后让他当第一任董事长兼总经理。由锡平给南金山透露,市委那边曾安排调查市政府办公室几个科长在市政协会上的活动情况,最后只能不了了之。听了任东山的问话,南金山咬咬牙,横下一条心,不无演绎地说:"任总,这个你就不知道了。由市长略施小计就把你说的难题破解了,他让自己的秘书和司机给政协委员去送书,书的主编是程杰人,委员们又不傻,谁还不知道由市长的意思是让投程杰人的票。"向平听了眼睛瞪得老大,自己的书就是由锡平的司机送的,自己为啥没想到这里去?他忍不住说:"我那本《怎样提高行政机关的公文质量》,就是由市长的司机米小安送的,他可是什么话也没说呀……"任东山叹了口气,摇着头说:"由市长的司机机灵着哩,哪像我那司机范平平,弄不好就给我惹点事出来。"同六六笑着说:"你的司机范平平也机灵着哩,听说你想换掉他?"他对坊间流传的浦湖县棉花公司经理齐勇智擒任东山的故事略知一二,故意逗这位上级。任东山端了一下酒杯,又放下了,问:"你想听吗?"同六六笑着说:"想听,想听,大家都想听,我们每人敬你一杯酒,你再讲给我们听。"大家齐声说好,掀起了酒桌上的第一波高潮。

任东山当然知道同六六想听什么,也知道大家感兴趣的是他遭绑架的事。他连饮五杯酒,心想反正事情已经过去了,便以酒遮脸,半是逗乐半是认真地说:"我清楚同六六想听什么,我也清楚到处流传着齐勇智擒任东山的故事,版本还挺多,其实都被人篡改和夸大了。今天我权当说故事,把真相告诉大家,以正视听。"任东山环视了一下,接着说:"说来惭愧,本人当领导的单位轻纺总公司只有一辆破车,除了喇叭不响,什么地方都响的破车。就这辆破车还是两个司机争着要开,常常为了开车争得脸红脖子粗,有一次还动了手。周华总经理偏袒另一个比较老诚点的司机,范平平常常处于下风。后来我到秦纺厂兼任党委书记,配了好车,我就让范平平给我开车,把周总的司机眼红死了。范平平自从开上好车以后,一天能擦几遍车,车上有粒灰尘都要擦去。有时我回乡下老家,车停在巷道里,他就蹲在车旁看着,生怕乡下的小孩在车上刻了划了。他人一下子也上了一个档次,穿衣讲究了,还买了一双上好的皮鞋。见了人也彬彬有礼了,还注意了使用一些文明用语,当然服务质量也大大提高了。可以说一辆车改变了一个人。"章省民说:"怪道我的司机说话粗鲁,原来是我的车太破了。"任东山知道他是个直人,笑了笑并不介意。向平皱了皱眉,范平平把公车开成了私家车,任东山的老婆、孩子和亲朋都用上了,这也叫服务质量大大提高了? 任东山喝了口茶,继续说:"范平平啥都好,就是脑子少根弦。大家都说他机灵,机灵倒是机灵,有时却犯糊涂。"同六六笑着说:"序曲太长了,大家想听智擒的故事。"任东山说:"小同,你的鬼心事我清楚。其实很简单,浦湖县棉花公司的齐勇自称是省监察厅的干部,说要查处车辆严重超标的事情,要逐一登记封存,还要处理用车的领导包括司机。范平平这小子没见过世面,一听查处的话就吓糊涂了,按齐勇指定的地方拉着我去给人家说清楚,人车一到秦纺厂的城区分厂就被扣了,就是这些。"说完他摊开双手,意思是故事到此为止。同六六听了直摇头,心想这哪里有流传的故事精彩呢?而且把遭绑架轻描淡写地说成是被扣。说是故事吧,干巴巴的连个细节都没有。实在忍不住,他又问:"听说被绑架时、被扣时范平平还举着双手,像投降一样,听说还尿了一裤子……""胡说!"任东山有些生气,"哪里有这事,谁吃饱了撑的,净瞎编这些!估计给我编得更多,大家千万别信!"

南金山看任东山真的生气了,急忙招呼大家吃菜。任东山说:"吃了半天饭了,也该谈谈正事了,谈到秦纺厂的破产,说到底还是一家之言,也没有最后定点子。今天叫大家来吃饭,这饭是好吃,但未必好消化,要消化得就要多动动脑子,多想想办法,看看怎样才能把说了好久的纺织企业集团组建起来。"同六六问:"不是秦纺厂职代会都讨论通过了破产,而且文都报到轻纺总公司了吗?"任东山说:"是报到轻纺总公司了,那又怎么样呢?总公司只有周华一个人同意破产方案,他能一个人说了算吗?再说他原本是不同意破产的。"南金山说:"三家纺织企业曾商量过多次,也报过一个方案,但始终没能进入实质性的操作。看看人家工作做得多扎实,我们也应该搞一个更具操作性的方案出来才好。"章省民对组建纺织企业集团是同意的,但对南金山出面捏合并不认同,认为这是狗逮老鼠多管闲事,今天要不是任东山出面他还不来呢,便直戳戳地问:"三家企业组建企业集团,谁来牵头呢?"同六六说:"自然是老大秦纺厂牵头呗,向厂长牵头呗。"向平一听,想了想说:"厂里刚刚搞了个实施破产的意见报到了总公司,又让我牵头搞另一套方案,这合适吗?"南金山说:"这有啥不合适的?又不是秦纺厂一家搞的方案,你只是《三国演义》中的一家嘛,一部《三国演义》讲的就是分分合合,分久必合嘛,就是这个道理。"向平接着问:"职代会讨论同意破产,厂里把文都报到了总公司,能说变就变吗?能翻得过来吗?"任东山听了觉得这的确有问题,由锡平却未必这样想,他刚想说点什么,南金山开了口:"向厂长,政协大会你是参加了的,三个主席团提名的候选人不是都没当选吗?这是市委同意、省委批复了的呀,按说是铁板钉钉,铁定了的呀,由市长略施小计,不是让程杰人翻盘了吗?秦纺厂职代会讨论同意破产,能怎么样?文报到轻纺总公司了,又能怎么样?这关键要看主管市长由锡平的态度,他可是个说一不二的强势人物呀!"任东山没有想到南金山把话说得如此直白,不过倒是说出了自己想说而说不出口的话。向平思忖再三,皱着眉头说:"政协选举的事太复杂了,恐怕谁也说不清,个别领导起了一定的作用,当然不可否认。不过这两件事有不一样的地方,对成立纺织企业集团热心的人太少了……"南金山手一挥,对着向平说:"组建秦东纺织企业

# 第三十一章

集团,不是我有多热心,有人还怀疑我想当集团公司的董事长,这是天大的冤枉。是领导认为我在秦纺和秦印两家纺织企业待过,情况比较熟,让我穿针引线,吆喝吆喝。说白了,我是奉命行事,身不由己。"向平忙说:"南矿长,你误会了,我说的不是这意思。"黄一鸣笑着说:"凡事都是可以变化的,这就得看企业的意愿,还得看政治的经济的环境变化。我相信各位和我一样,都是组建企业集团的热心人嘛。"任东山笑着说:"黄厂长说得好,凡事都不能看死了嘛!"向平看着黄一鸣,就像是个陌生人一样。心想好你个黄一鸣,前段在厂里喊破产只有你嗓门高,说实施破产是秦东纺织厂的唯一出路,今天又把自己打扮成组建企业集团的热心人,简直是看风使舵,还脚踩两只船。

任东山说:"吃也吃得差不多了,喝也喝得差不多了,得定一下正事了,谁负责起草一个详尽的组建纺织企业集团的材料报到总公司?"同六六说:"这自然是老大哥企业的事了,前边报过的一个方案就是他们起草的。"章省民附和着说:"当然是秦纺厂负责干这件大事了。"向平依然坚持自己的意见,说:"我们厂刚刚报送了实施破产的文,咋能接着起草内容相反的文呢?"黄一鸣笑着说:"这个方案还是南矿长牵头起草吧,他是个救苦救难的热心菩萨嘛。"大家笑着说这想法好。南金山摆摆手,说:"我是煤矿的矿长,吆喝吆喝可以,怎么能粗人干细活呢?"黄一鸣说:"你干最合适不过了。"南金山说:"那就让我和黄厂长一起干。"黄一鸣急忙说:"这事我没法干,我们厂申报破产的文就是我起草的,咋能开这玩笑呢!"向平心中暗骂:你就是这种两面三刀的人,干这种事脸不变色心不跳。便语含讥讽地说:"黄厂长各类材料都写得好,干这个挺合适。"任东山说:"别再推来推去的了,就由南老兄牵头,黄厂长协助,从三家企业各抽一个人,在印染厂找两间办公室秘密起草,先拿出个稿子来再说咋个运作。事就这样定了。再喝几圈酒咱就散了吧。"

酒席散后向平肚子有点不适,去了趟卫生间,刚好碰见汪达其,两人就在卫生间聊了一会儿。向平没有想到汪达其就在他吃饭的隔壁请由锡平吃饭,更没有想到汪达其竟是通过妻子田丽丽把由锡平请来的。汪达其对秦东纺织厂的前景早就看透了,知其迟早要走破产拍卖的路子,所以就特别关注秦东纺织厂的走向。他清楚由锡平力主成立秦东纺织企业集团,但这显然难以实现,秦东纺织厂的破产重组势在必行。不管怎样,不管采用何种方法和形式,将来要达到顺利收购秦纺厂的目的,没有由锡平的支持和帮助是不可能的。为此,汪达其一直想结识由锡平,却苦于没有门路。精明通达的汪达其最后把引见人瞄准到了田丽丽身上。他当年贩布时田丽丽尚在秦纺厂,那时虽无深交,也算是熟人。汪达其还详细打探和研究了由锡平和身边工作人员的相处之道。总的讲,由锡平实行的是主管秘书长文佳——科长田丽丽——秘书党文的三点一线式的工作运行模式。文佳负责联系有关部门，协调处理一些大事难事复杂事；田丽丽在文佳的领导下负责起草、修改各类公文，办理各种日常事务性工作；秘书党文主要是办理和处置各种比较直接的服务性工作，上传下达，直接对由锡平负责。党文的编制在市经贸委，不受市政府办公室的管理，也不参加市政府办公室的任何活动，这是由锡平的一个绝招，让秘书只为他一人服务，不受任何人包括文佳、田丽丽的领导。在三个身边工作人员中，由锡平最倚重的是文佳，他是工作上的参谋和助手；最亲近的是田丽丽，平时虽接触不多，但有心人还是能看出这其中的奥妙；最贴近的是党文，公私活动党文都会参与，对由锡平忠诚无二，又了如指掌，又不对文佳、田丽丽负责，可最大限度地保守秘密。汪达其摸清底子后，做了具体的分析和筹划，通过文佳约请由锡平，以文佳的严肃和谨慎，肯定不会同意；通过党文约请由锡平，党文身份有点低，再说也不熟悉；通过田丽丽约请由锡平，成功的可能性很大，甚至比找其他部门领导还要得力。只要约请一次，吃上一顿饭，以后就完全是自己的事了。汪达其通过田丽丽约请由锡平吃饭，终于成功了。尽管山珍海味由锡平并不稀罕，汪达其还是安排了阳光酒店里最高档的珍馐佳肴。席间，汪达其也看出来了，田丽丽敬的酒由锡平都是一饮而尽，来而不拒。同样的，凡由锡平让喝的酒，田丽丽都毫不推辞地一饮而尽。汪达其记得很清楚，自己敬由锡平的酒有六杯被田丽丽代喝了。很明显由锡平并非不能饮酒，看来这就是一种关系。田丽丽本来就楚楚动人，酒一喝多，面带粉色，声尤娇柔，浑身洋溢着青春的气息，更显诱人的性感和魅力。汪达其心想，这哪里是自己在请由锡平吃饭，倒成了陪人喝酒的角色。三个人酣畅淋漓地喝了两瓶茅台酒，汪达其只喝了八小杯，其余的酒都在由锡平和田丽丽的杯盏交错中喝光了。只要由锡平喝得高兴，目的就达到了，汪达其也很高兴。酒足饭饱后，由锡平说他还要等一个朋友来谈点事。汪达其知趣地赶忙告退，由锡平让田丽丽送送客人，似乎是他在请客似的。汪达其离开后没想到在卫生间碰到了向平，聊了几句后赶忙走了，庆幸没有说漏田丽丽尚没有离开，谁能知道田丽丽现在干什么去了？

田丽丽送走汪达其后回到雅间，看由锡平仰头靠在椅子上半闭着眼睛，便说："由市长你的朋友啥时候能过来？要不我先回机关去了。"由锡平说："不等朋友了，我头有点晕，想休息一会儿，你去开个房间吧。"田丽丽让服务员去开三楼的总统间，向平走到卫生间门口忽然看到田丽丽飘然而过，又退回卫生间，原来妻子陪由锡平吃完饭还没有离开。他忽然萌生了一种奇怪的想法，想看看田丽丽到底要干什么。他再次走到卫生间门口，便看见由锡平打着酒嗝，剔着牙缝，走了过去，还用手机大声说："在三〇一房间？好，我马上到。"向平知道由锡平要去酒店的总统间,就远远随着。他看得真切,先是服务员打开房门,领着田丽丽进去了,很快服务员出来了,接着由锡平进去了。向平突然快步迈向总统间,到房门口后又猛地停了下来,心禁不住狂跳起来,他俩这是要干什么?自己又想干什么?向平用手摸着额头,又掉转身慢慢退了回来,心里成了一团乱麻。这多年他坚守秦东纺织厂,不肯听从妻子劝说到政界谋个一官半职,夫妻之间摩擦不断,特别是近年来在秦东纺织厂经营日渐困难的情况下,夫妻之间感情几乎滑到了冰点,他甚至怀疑妻子是否有了外遇。前一段他怀疑过妻子和文佳有染,后来就算弄清楚了,这只是自己神经过敏罢了,今天又亲眼看见……向平不敢再往下想,又回到了卫生间,不知道该怎么办,却有意无意地躲着人。

　　由锡平一进总统间就关上了门,还摸了摸门锁。田丽丽看在眼里,心里不禁一动,忙问:"你的头还晕吗?要不要叫机关医务室的王大夫来一下?"由锡平摇摇头,说:"头晕稍微有点强,就不叫王大夫了,休息一会儿就好了,大概是酒喝得有点多了。"说着他就坐到中间的长沙发上。田丽丽知道他的酒量,今天固然喝得不少,也不算很多,就说:"那你休息吧,我先回机关去了。"说着她就要走。由锡平说:"别忙,你先坐下,我有话要对你说。"他拍了拍自己坐的长沙发。田丽丽装着没看见,坐到了旁边的短沙发上,从肩上取下挎包拿在手里。由锡平又拍了拍自己坐的长沙发,不待他开口,田丽丽说:"要不要我给你倒杯茶?"说着就要站起来。由锡平忙说:"不用,不用,刚才喝了不少茶嘛,现在是酒足饭饱……"他又打了个酒嗝,笑着说:"我把你从秦纺厂调到市政府办公室好几年了吧?"田丽丽说:"是好几年了。"她看着由锡平笑眯眯的样子心里便有些乱乱的。由锡平说:"在官言官,在商言商。到了官场上就要说提拔、说升官的事嘛,你这个科长也该动动了。"他斜靠在沙发背上,跷起一条腿,笑眯眯地盯着田丽丽。田丽丽说:"怎样动呢?听说丁玉丽要当办公室副主任了。"由锡平知道田丽丽一直和丁玉丽较着劲,尽管她的能力比丁玉丽强,由于丁玉丽给吴芳当秘书,她现在却处在下风,一直觉得憋屈。他便叹口气说:"世事难料呀,只知道把程杰人推出去,就会给你们这些人也创造些晋升的条件,谁知道情况如此复杂,现在机关里和社会上还有人说政协选举中我做了手脚,对我横加指责,最近我好憋闷呀,心里沉甸甸的,一喝酒心里就格外堵得慌,就什么毛病都出来了。"田丽丽不知道他想说啥,略做思忖后说:"我也听说了,对这些闲言碎语你也别往心里去。"由锡平又收回话头:"关于你的提拔任用,我已经和包括吴市长在内的有关领导沟通过了,下一步调整中层领导时,安排你在市政府办公室当个副主任。"田丽丽惊喜不已,忙说:"谢谢由市长,我有这种能力吗?"田丽丽一脸的笑容,还想再落实一下。由锡平看了一眼似乎动了一下的门锁,说:"你完全具备这方面的能力、条件和机遇。"

他突然捂着肚子:"我的肚子有点疼……"说着直趋里间去了。田丽丽以为他去了卫生间,就想着要离开。里间传出了由锡平的呻吟声,田丽丽便走过去说:"我让王大夫先过来一下,然后再去市中心医院看医生。"说着就掏出了手机。由锡平说:"不用,不用,都不用。是刚才吃得不合适,肚子发阵痛。"嘴里是这样说的,呻吟的声音却明显加大了。田丽丽只好走近里间,说:"要不要我叫司机过来,直接去中心医院吧。"由锡平说:"不要叫司机,你给我揉揉肚子吧。"田丽丽犹豫了一下,慢慢走了过去。她看到由锡平已经躺在里间的床上,把上衣撩了起来,露出了雪白雪白的肚皮。田丽丽觉得脸上热辣辣的,她轻轻把手按在由锡平的肚皮上,接着慢慢揉了起来。由锡平依然呻吟着,却和刚才呻吟的音调和韵味大相径庭,完全是舒服至极的轻呻慢吟。田丽丽往上看了一眼由锡平,正遇他放出火辣辣光泽的双眼,比刚才的笑眯眯更让她心跳加速。由锡平看看田丽丽艳如桃花的双颊,又看看她胸前颤巍巍的双乳,不禁浑身血液奔涌。他不再呻吟而改成了喘息,好像揉肚子的人没用力,他倒在用力似的。田丽丽其实也没鼓太大的劲,她柔软的双手光滑而细腻,所到之处让由锡平舒服至极。他轻声指点和引导着这双颇具魔力的手,揉摸的部位逐渐下移,他也将裤子不断往下拉,直到露出了黑森森的阴毛。由锡平看着满脸潮红的田丽丽,眼睛里几乎都能喷出火来。田丽丽的双手已触到了阴毛,由锡平还不断拉着她的手下移,两个人都喘息起来。田丽丽看到阴毛下面的裤子被顶了起来,不好意思地闭上了双眼。由锡平却突然把她的手直接按到了突兀竖起的地方,田丽丽惊得叫了一声。由锡平就势拉了一把田丽丽,她趔趄了一下倒在床上。由锡平侧身紧紧抱住田丽丽,在她的嘴上脸上耳朵上眉毛上狂吻起来,接着双手捧住她的双乳,又摸又揉又搓。田丽丽意乱心迷,没想到事情迅速发展到了这步田地,也有点欲罢不能了。由锡平喃喃地说:"丽丽呀,你的奶头好大好圆好弹性啊……"说着他先是脸贴在乳头上、乳沟里,接着他的嘴竟狂吸起了她的双乳。瞬间他的一只手直下田丽丽的裤带处,田丽丽还想守住最后的禁区,忙说:"由市长,别,别……"由锡平喘着气说:"别叫由市长,叫由哥,叫哥……"田丽丽喘息着扭捏着拦挡着,裤子还是被解开了,由锡平一下子就摸到了禁区,笑着说:"都湿成这样子了,还挡我的手。"田丽丽听了像泄了气的皮球一样,一下子就平展展地睡在了床上,紧闭双眼,任由由锡平摆弄。由锡平就像一个经验丰富的猎人,看着已经捕获的猎物,似乎不再猴急了,要慢慢地享用。他先是一件一件地把田丽丽的全部衣服脱光,连袜子也脱了,然后把自己也脱得一丝不挂,这才爬了上去。田丽丽睁开双眼,看着双眼像放电的由锡平,说:"由哥,没有套子咋办?"由锡平伸开一只手说:"由哥早就准备好了,让我先感受一下再戴,好不好?"田丽丽看了一眼他的下身,差点叫了起来,那东西竟是如此的……她立即闭上眼睛,喃喃地说:"随你的便,由哥,可别留下后遗症……"

由锡平终于如愿以偿。为这一天的到来,他谋划了好几年,终于抓住了田丽丽一心想升迁的软肋,被他一举拿下。两人重新穿戴整齐,由锡平拿着刚才剪下的田丽丽的一小撮阴毛,小心翼翼地放进他的收集簿,还编了号。田丽丽看着这本精致的收集簿,惊诧不已地问:"由市长,你这是干什么?"由锡平笑着说:"丽丽,这是我的秘密,收集簿平时在家里的柜子锁着,从不示人,当然对你我就不保密了。"他看了一眼满脸疑云的田丽丽,索性打开收集簿,边翻边说:"丽丽呀,你看看这些都是女人的阴毛,一个小塑料袋装着一个女人的阴毛。有的是几根,有的是一小撮;有黑色的,有棕色的,有黄色的;有卷着的,有舒展着的,有长的,有短的,有粗的,有细的。这些阴毛是否和人的性格有关、长相有关、年龄有关,甚至和性欲有关,我已经收集和研究了多年。你的阴毛被编为三十八号,我还要做些比对和研究。"田丽丽吃惊地张着口,一时竟说不出话来,原来这位可以呼风唤雨又道貌岸然的副市长,竟多年研究这类旁门左道的东西,简直匪夷所思!她猛地想起了这位副市长的另一个怪癖来。有一次田丽丽去由锡平家里给他送文稿,发现他在阳台上正痴痴地拿着望远镜看什么,他的妻子叫了几声,他才知道来人了,急忙收起望远镜。离开后她有些好奇地顺着由锡平眺望的方向察看了一下,远处是一所学校并无欣赏价值,近处与由锡平居处一墙之隔的地方是临秦区畜牧兽医站兼配种站,其时一头毛驴正配种,那东西吊得老长老长,羞得田丽丽跑着离开了,当时她想着由市长总不会闲着没事看毛驴配种吧。现在看来,他完全可能有这种怪癖。

由锡平一边抽烟,一边喝茶,多日以来的憋闷和烦躁荡然无存。他眯缝着眼睛看着已穿好衣服的田丽丽,怪怪地笑着说:"丽丽呀,我这个由姓比你那个田姓多了半竖。这突出来的半竖相当是犁头,是用来耕田的。今天,我这个老由耕了你的嫩田。哈哈哈,老由犹硬半出头,耕田犁地乐悠悠。哈哈哈!"他大笑起来,突然看到田丽丽潮红的脸上挂满了尴尬和若有所失,便急忙收住笑声。他瞬间就恢复了常态,像演员在表演一样,咳了一声,看着田丽丽说:"你和任东山联系一下,听说他正在组织人搞秦东纺织企业集团的组建,你催一催让他抓紧搞。"田丽丽说:"好吧,那我先走了。"说完她转身就走,扭门锁时发现暗锁也是锁上的,她回过头来正遇由锡平深不可测的目光,他点了点头,似乎在说这下你该明白了吧。田丽丽说:"总统间的钱我已结清,你随时可以离开。"田丽丽像是做了贼似的,走出房间后这边看看,那边看看,然后看了看表,这才急忙离开了这让她终生难以忘怀的地方。让田丽丽没有想到的是她根本无须看表,丈夫向平给她看着表哩,几乎是以分和秒计算的,她在阳光酒店总统间总共待了一小时又三十八分钟。田丽丽走了,向平仍然没有离开这里,他还想再等等看总统间除了由锡平还有没有别的人要出来,尽管他知道这是多余的,就像中间他曾火急火燎地去扭了一次门锁一样。向平心里又窝火又憋屈又无奈。这时任东山打来了电话,说由市长让田丽丽传话,催促组建纺织集团的事情,要他赶快确定一名工作人员由黄一鸣带着去找南金山。向平听了顿时气不打一处来,呛道:"我还没回到厂里呢,事情就这么急呀!"任东山被呛得一时说不出话来,接着又告诉向平吴市长正催着研究秦东纺织厂破产的方案呢,所以一定要抓紧时间。向平大声说:"我们到底是听由市长的,还是听吴市长的!"说完他就关了手机,第一次重重地顶撞了任东山。

任东山的话是真的,吴芳下午专门把周华叫去,询问了秦纺厂目前的状况,要他抓紧研究秦东纺织厂的破产事宜,尽快报请市政府常务会研究。送走周华吴芳来到市长小餐厅吃晚饭。

今天晚饭只吴芳一个人,来得还有些晚。吴芳刚一到,大师傅便忙着炒菜备饭。吴芳一边喝茶,一边等着吃饭。她最近因市上换届的事心情一直不大好,开始她非常满意,新一届党委、人大、政府和政协都把招商引资作为重大的发展战略,写进了报告和决议,得到了与会党代表、人大代表和政协委员的一致赞同,全市上下在扩大招商引资上达成了共识,形成了合力。这种局面形成不易,令吴芳非常高兴,极其满意,也深受鼓舞。让她没有料到的是在市政协选举中出了大问题,主席团提名的三个中共党员候选人竟全部落选,在机关和社会上造成了极大的负面影响,流言蜚语满天飞,流传着各种版本的说法和传言。甚至有人说市政府为推出程杰人打压了党委提名的三个候选人,最终政府打败了党委,还导致民主党派打败了中共,简直离奇之至,荒谬之极。她确实推荐过程杰人,都是依法按程序来的,这有什么错呢?但她凭直观和感觉发现领导层之间明显形成了一些误会和嫌隙,但又不好去解释,更不好逢人就去解释。当然她还听到了一些关于由锡平的传言,这不好去问他本人,更不好去调查去落实。这件事也直接影响到了市政府新一任秘书长的确定,任用文佳吧,正好给人以口实,说她是为老同学谋这一位置;任用仵天才吧,他跟由锡平太紧,岂不把自己架空了。关于文佳的使用,需改变一下思路,位置可以不变,但得让他干点实实在在的事情。刚好张洛朴提出让文佳兼任市政府招待所的董事长,这个主意倒不错。再说张洛朴是个难对付的人,文佳兼任董事长,改造项目才好落到实处。主意拿定后,吴芳就让值班室联系文佳,让他马上到小餐厅来一趟,想先沟通一下再运作。

文佳刚好吃过晚饭,听说吴芳让他马上到市长小餐厅去,心想必有要事紧事,很快来到了小餐厅。

　　吴芳正在吃饭,看文佳来了,问:"老文,你吃过了吗?"文佳说:"吃过了,刚刚吃过。"说完就坐在吴芳的对面。文佳仔细看了看餐桌,吴芳面前摆着四碟菜,一碟青笋炒肉片,一碟小葱拌豆腐,一碟削了皮的黄瓜块,一碟青辣椒。一小碗红豆大米稀饭已喝得不多了,碟子里放了半个雪白的馒头,显然她已吃了半个,她又拿起了剩下的半个馒头。文佳看了,心想市长吃的都是家常饭菜,不像想象中吃得多么好呀,看来这里大师傅的厨艺未必都能用得上。吴芳似乎看透了文佳的心思,用筷子指着说:"还是家常饭菜好,清淡点好,就这还血脂高、血压高、血粘度高呢。"说着她用手拿起一块黄瓜吃了起来:"这黄瓜块我最喜欢吃,什么调料都不加,绿色纯天然。大师傅也清楚,只要我来吃饭都有这道菜。"文佳笑问:"这也算一道菜?"吴芳微微一笑:"算呀,有时还上白萝卜块或洋葱块,都不加任何调料。"她咬了一口黄瓜,话题一转:"我想和你商量一下你工作安排上的事。"文佳看她一副郑重其事的样子,心不禁突突地跳了起来。吴芳接着说:"你在政府干了多年,对政府工作熟悉,大家都说你的工作是一流的,善于协调各方,所以就继续在这里工作吧。"文佳心跳进一步加速,以为她要说任秘书长的事了。吴芳看了一眼文佳说:"我想着今后多给你安排些实实在在的事,给你多压些担子。"文佳清楚当秘书长的事没戏了,悬着的心反倒腾的一下落了地,不由得点点头,说:"我干的是参谋和助手的事,虚是虚了点。我一贯主张要虚事实干,把虚事干实,如果有实事可干,就争取把实事干好吧。"吴芳笑了,说:"好,把虚事干实,把实事干好。"这时服务员来问吴芳还要点什么,吴芳说吃好了,让把桌子上的碗筷收拾掉。

　　服务员给吴芳添了茶,给文佳端来一杯刚泡好的茶。吴芳说:"市政府招待所的改造作为招商引资的一个子项目,去年就提出来了,张洛朴却迟迟不肯投钱,他提出让你兼任董事长。我想着只有你才能降服住这个国企大老板,也只有你才能尽快把这个子项目搞起来,搞成功。这是个实实在在的事情。"她看了看文佳,并没有停下来征求他的意见,继续说:"市招的硬件设施落后了,生意越来越清淡,但毕竟在市政府机关隔壁,市政府在这里开会、接待客人要方便一些。再说还有几十名职工,市招再这样下去,这些职工的生计也会成为问题。"文佳说:"市招是事业单位企业化管理,公务员到企业兼职行吗?"吴芳说:"这是特殊情况,需要特殊办理。为了这个招商引资项目的实施,市政府常务会可以研究确定,然后报市委批准。虽然审批程序复杂了一些,但不存在大的障碍。"文佳听吴芳把话说到这份上了,显然她是想好了的,也没有征求意见的意思,只能看作是提前打招呼了。他想了想,也无法推辞更无法拒绝啊,吴芳也是良苦用心,在想着法儿让他干点实实在在的事情,自己不是一再要求要到市直部门去,想干点实实在在的事情吗?现在有了一千万元的项目,难道不是实事吗?吴芳看文佳迟迟不表态,笑了笑说:"我考虑再三,觉得你干这个项目挺合适。"看来不表态是不行了,文佳说:"不管怎样,这是市政府办公室抓的招商引资项目,我就尽力把这个项目落实好。"这时小餐厅的门开了,是市招的所长文晓风进来了。

文晓风一进来就问:"吴市长,你吃过饭了吗?""吃过了。"吴芳示意他坐下,"刚好,我想问你市招改造项目的资金落实到啥程度了?"文晓风说:"张董事长慷慨答应给一千万元,用于市招的改造,可一直没有落到实处。最近我去找市天然气公司的总经理曹希,他好像根本就没有把市招改造当回事。"文佳心想,曹希参加市建委副主任的公开招聘落选了,本来情绪就不好,市纪委又正在查他的经济问题,心情糟透了,还能把这当回事吗?吴芳看着文佳说:"看来这事还得你去找张洛朴。"文佳说:"老张这人你又不是不了解,历来是雷声大雨点小。老省长邓震西很关心市招的改造,曾让我给张洛朴说过解决资金的事,他当时满口答应,转过身大概又忘了。"吴芳说:"回头我也给他说说资金的事。"文晓风站起来说:"文秘书长,你哥找你来了。"文佳愣了一下,问:"他人在哪儿?"吴芳站起来说:"我先走了。"说完她就拿起皮包走了。

文佳从小餐厅走到院子里,忙问:"我哥在哪里?他从新疆回来一趟可不容易呀。"文晓风看文佳如此看重他的这位哥哥,庆幸刚才把他安排到总统间是做对了。文晓风有点疑惑地说:"你哥看样子不像是从新疆回来的,说他叫文登。"文佳说:"噢,是他来找我,是我堂兄,我还以为是我亲哥从新疆回来了,他差不多十五六年没回来过了。"他满脸的急迫之情瞬间退去,略停了停说:"我平时也没留意过市招的状况,你想改造哪些部分呢?"他想文登找自己准是添堵添麻烦来了,就想晾一晾他,也顺便了解一下市招改造的内容。文晓风看了看文佳有些淡漠的眼神,似乎猜透了他的心思,马上说:"文秘书长若有兴趣,我领着你边看边说,你还可以参谋指导。"文佳说:"好哇,刚吃过饭,肚子有点涨,转转再去会客。"他已不再称哥而改为客了,文晓风便尽量看得细一些,说得具体一些。文晓风在前,文佳跟着,看了两栋住宿楼、几个会议室和洗衣房、游泳池,文佳在市招已经说不清活动过多少次了,似乎只有今天才看得真切,才印象更为深刻。文佳对文晓风说:"就转到这里吧,这也完成了我每天晚饭后的必修课,转一转觉得浑身都舒服。平时不大留意,今天这一看我深感市招应该改造了,否则很难再经营下去。"文晓风说:"市区的宾馆饭店越来越多,大都比市招的硬件好,再不改造市招就死路一条。"天黑了,路灯也亮了。文佳笑着说:"还得去见见我文登哥呢。"文晓风说:"你这位哥气魄挺大,坐一辆奔驰,来后满院子直呼你的名字,市长们都称你为秘书长,至少也叫你老文。一看这架势,我不敢怠慢,就安排他在总统间休息等你。"

文佳跟着文晓风一进总统间,文登几乎是蹦了起来,说:"兄弟,你和市长吃的是满汉全席吧?吃了这么长时间,让我等了这么长时间。"文佳笑着说:"市长说了一些工作上的事情,实在没有办法呀,让你久等了。"文登说:"我是晚到你家五分钟,章燕说你被市长叫去了,要是我早到就让市长慢慢去等吧!"文佳听了哈哈大笑,文晓风心想这家伙还真能吹牛。文佳这才发现高小三也在场,高小三说:"文叔,你们谈吧,我到外面去一下。"文登指着高小三的背影说:"我的司机兼保镖,去年跟我跑了一阵子,我回铜城后他不愿跟着去,今年我又到秦东来了,他又跟着我。不是老哥吹牛,我开的工资全市最高,不过高小三一个顶俩,既能开车又能当保镖。"文佳说:"你现在身价大涨,连保镖也有了。"文登说:"高小三还讨债有方,在秦东出了名,这个你应该知道。老哥如今不需要他讨债了,我都是和信誉度高的大企业和各级政府打交道,干的都是大活,不需要扛着槁撑船到处讨债了。"文晓风给文佳倒了一杯茶,又给文登茶杯添了水,有点想走的意思。文登喝了一口茶,说:"文所长这人不错,听说我是你哥,不光给我开总统间喝茶等你,还亲自去找你。"文晓风说:"文老板,这是应该的。"他觉得文登看似粗鲁,竟很会说话,就又不想离开了。"咱们都姓文,五百年前是一家,我说话也就不回避了。"文登看了一眼文晓风,对文佳说,"兄弟,我无事不登三宝殿。今天来找你是想请你给我的朋友帮个忙,对你来说也不是多么难的事。听说市政府招待所要投资一千万元搞改造装修,对吧?我的朋友李晓南,实话实说他是你们吴芳市长的亲戚,他怕给市长惹麻烦,不想出面。想请我给疏通疏通,把这个改造项目的工程揽下来。他知道你是我弟,让我给你说说。我想这对你也不是啥大事难事,不就是一句话的事嘛。刚好文所长也在这里,说明这是天意,我也就敞开说了。"文晓风听得惊讶不已,如此大的事在他嘴里竟成了小事一桩,还说得如此轻松。文佳笑着说:"好老哥哩,市招的改造项目,现在八字还没见一撇,说实话资金还没落实哩,你说的这事还早着呢!再说啦,将来各方面条件就是具备了,恐怕也要招投标,大概不会随便议标。"文佳说完看了一眼文晓风,希望他也能说点类似的话,让文登不再纠缠这事。文晓风说:"文老板,既然文秘书长是你弟弟,你说的事将来招标时一定会关照。"文登说:"文所长痛快,将来一定不会亏待你!"文佳皱皱眉,心想这文登怎么什么话都敢讲呢,看来和他打交道务必小心谨慎一些。不过文晓风的话更让文佳想得多了起来,这是有意讨好自己呢,还是把自己推辞的话没当回事,或是有别的想法,看来文晓风也不是一个好对付的主儿。文登看文佳一副沉思的样子,笑着说:"兄弟你别犯愁,小事一桩,这种修修补补的活路,能赚几个钱?李晓南这小子大概也觉得让市长说这种小项目难开口,才托老哥找你疏通,恰好又碰上文所长这个畅快人,这天意如此,挡都挡不住呀!"

文登突然心血来潮,说:"听说这里用的是地热水,我想洗个桑拿浴……"文晓风不等文登说完就抢着说:"好哇,地热水洗澡蒸桑拿,那是本馆的特色服务项目。"文登对文佳说:"兄弟你也洗洗吧,今晚我买单。"文佳说:"我还有事情,要去趟办公室。"说完就起身告辞,走到走廊时对送出门的文晓风说:"我还真的有点事,你就代我招呼招呼这位哥。"

文佳刚到楼下,高小三赶了过来,说:"文叔,我有个事情想请教一下。"文佳站住,说:"啥事?你说。"高小三往前凑了凑,有些不好意思地说:"文叔,你听了别笑话。"文佳看着这个铁塔似的壮汉,脸上竟挂着难得一见的羞怯,笑着说:"你说,有话直说无妨。"高小三说:"我想办个讨债公司,你看行吗?"文佳想了想,认真地问:"为什么要办讨债公司呢?"高小三说:"文叔,你是清楚的,我上学不多,也没别的啥本事,就靠这身肌肉吓唬吓唬人,当然有时也用自伤自残的手段威逼人,帮别人讨讨债,弄几个小钱花,没想到找我的人越来越多。看来如今经济越来越繁荣了,世道人心却下滑了,有许多人不讲诚信,不讲道德,欠债不还的事到处都有。我想开个讨债公司,正儿八经地帮帮这些讨不到债的人,也算做点好事,也为自己讨碗饭吃吧。"文佳看他说得恳切,沉思有顷,问:"你知道外地有讨债公司吗?"高小三知道文佳向来谨慎,不会随便表态,便实话实说:"这个我倒不清楚,我是觉得这个社会越来越复杂了,有一批社会精英,也有一批社会渣滓,但大量的还是普通人。我不会成为精英,也不想成为渣子,就是想当一个自食其力的普普通通的人。文叔,你清楚我为帮别人讨债,进去过几回,但我不认为自己是社会渣滓,我想凭自己的特长吃饭,不想危害社会,也不想危害他人。我的想法不会有错吧?"文佳听了非常惊讶,没想到高小三想得这么多。他老爸高双江老师傅一生本本分分地靠下苦吃饭,曾为这个恶名在外的儿子找工作伤透了脑筋。如今高小三提出办讨债公司,至少算是想走正路。文佳思忖再三,笑着说:"办公司当然好,但叫讨债公司有点太露太刺激,我建议你办个咨询公司,可以把帮人讨债作为主要业务,这样可能比较好一些。"高小三高兴地说:"文叔,我听你的,就办一家咨询公司,工商部门也好注册一些。不过有啥过不去的坎儿,我还会寻你。"文佳说:"行,遇到啥难办的事情,我一定帮你想办法。"

文佳看了看高小三手上拿着擦车用的小拖把,笑着说:"这下就不用再给我这位难伺候的老哥开车了。"高小三说:"你这位老哥对我倒挺好,工资也开得多。他这个人其实也没啥大毛病,就是有些怪毛病,爱扎势,爱摆谱,爱吹牛,还爱往女人堆里钻。他的公司现在主要是文一民管理经营,他只是挂个名,当然也在外

## 第三十一章

联系工程，走有关人员的门路，手法很老套，也很奏效，就是出手阔绰。他大部分时间是到处游山玩水，吃饭穿衣倒不大讲究，最大的怪癖是爱拍女人的屁股。"说着高小三先笑了起来，接着又补充了一句："我敢打赌，今晚他又要拍屁股了。"文佳摇摇头，朝高小三挥挥手，转身回机关去了。

不出高小三所料，文登到洗浴中心后拍女人屁股的欲望越来越浓，本想着市政府招待所的洗浴中心，应该是名副其实洗澡的地方，服务应该比较正规，可是凭他的直觉感到这里的服务和其他宾馆的洗浴中心并无二致，服务项目也很多，还包含着特殊服务。他倒不想享受特殊服务，却想逐一欣赏一下这里小姐的芳容，看看是否比别处小姐要漂亮一些。文登找到了这里的管理人员，是一位四十多岁的中年妇女，文登直接亮牌说："我是市政府招待所文所长的朋友，我也姓文。"中年妇女笑着说："欢迎文老板，我承包了这里的洗浴中心，我也姓文，叫文茜。"文登哈哈笑了，说："原来是一家人，我也称你文老板吧。"文登暗想这个女人也姓文，弄不清和文晓风是啥关系，这里是她承包了的，显然不归文晓风管理。想这么多干啥呢，他掏出一叠百元大票，挺了挺肚皮说："先拿着，我想检阅一下，检阅一下你这里的小姐，这是给你的管理费。"文茜没有接钱，看着出手如此阔绰的文登，差点笑出声来，竟公然提出要检阅小姐，便问："检阅？怎么个检阅法？"文登把钱啪地往桌子上一拍，怪笑着说："就是让你这里的小姐全部集合起来，统统脱光，让我检阅一遍！"文茜吃了一惊，见过要小姐的，也见过要两个小姐打双飞的，还没见过胃口如此之大的客人，不禁戏谑说："你要齐射，打机关枪？"文登仰头大笑："打机关枪？还打排炮呢！我早就没那本事了，那个早就不行了，只是饱饱眼福，过把瘾，过把瘾嘛。不过说好了，来不了真的，但我会动手动脚。桌上摆的是给你的安排费，小姐的出场费另付，按正式出台付费。"文茜听了立即明白了，他是要脱光的小姐站成队让他捏揣捏揣罢了。多年不遇的特殊顾客呀，就当即答应下来。

文茜把洗浴中心的五名小姐集中起来后，面授了服务内容，小姐们听得笑了起来，接着有人提出还可以约些别处的小姐来一起接受检阅，看看这个傻冒到底有多少钱。文茜笑着说："可以，当然可以，只是别叫得太多了，嚷嚷出去，公安上来查处就不好了。"文茜安排五个小姐脱得一丝不挂，笑嘻嘻地排着队来接受文登的检阅。文登顿时眼前一亮，立即走了过来，忽然拉下脸极不满意地说："只有这几个人，有啥检阅的！这样吧，先都退出去，我要单挑，一个一个地检阅。"小姐们又笑着退了出去。文登打起精神，高声叫道："一号，接受检阅！"站在最前边的小姐光着身子惴惴不安地走了进来，文登走近一看，笑着说："好大的奶头。"说着就伸手去摸，一号侧身躲了一下，文登不高兴地问："你不要百元票啦？"一号立即挺直身子，文登揣摸了几下，看着她的屁股说："滚圆滚圆的屁股，像个企鹅，老子拍一下，看看弹性如何？"文登抡起手臂啪地拍了一下，说："好弹性，好劲道！"说完摸出一张百元票，笑着问："这钱挣得容易吧？"一号一把拿过钱笑着跑了出去。文登从手提包中取出一瓶酒，仰着脖子灌了几口。这是他的习惯，每当检阅高兴时，都要猛喝几口酒。接着是二号、三号，文登正检阅得兴高采烈的时候，文茜走了进来，对文登说："文老板这样检阅速度太慢，还是站成队集体检阅吧。"文登不高兴地说："再剩两个没检阅，还排什么队？是怕影响了你的生意，还是嫌我给的钱少？"文茜笑着说："又来了一批小姐，少说也有二十多个，干脆分组检阅吧，每五个人一组，怎么样？"文登大喜过望，取出酒瓶又猛灌了几大口酒，挺了挺肚皮，说："好，五人一组，就五人一组吧。"他摸了一下装钱的口袋，一挥手说："让快点，老子检阅完还要早点休息呢。"

　　正当文登兴高采烈地检阅小姐时，他刚才休息等人的总统间来了一位客人，这客人正是文晓风再三邀请的张洛朴。张洛朴听说文晓风为了让他来秦东时多光顾市招，专门提前贷款装修了总统间。这次来秦东他就想在这里小住一个晚上，也想重温一下去年在此住宿时的风流美梦。文晓风陪张洛朴来到总统间后，张洛朴转着看了一圈，果然总统间已装修一新，新贴了壁纸，更换了吊灯，沙发、茶几、桌椅也全换成了新的，东墙上挂的毛主席诗词镜框还装上了金边，整个总统间显得时尚文雅而又金碧辉煌。张洛朴不禁心中高兴起来，看来文晓风是个识趣之人，也是个有心之人。其实，文晓风对邓震西也是说专门为他来住提前装修的。只是不知道若邓震西和张洛朴同来，这房子该如何安排？张洛朴这次来秦东是出于万般无奈，自从他与妻子离婚后，严玉华也与丈夫正式办理了协议离婚手续。她不断地催促张洛朴，要求正式办理结婚手续。可是张洛朴却一推再推，严玉华为此连续害了两场病。前不久严玉华放话，如果张洛朴继续推脱她将采取非常措施，让他吃不了兜着走。张洛朴知道这个漂亮而又极有心计的女性万一被逼急了，也会干出不够理智的事情。他安排严玉华兼任秦东电厂副董事长后，又做了不少工作，最近让严玉华被任命为省能源投资集团公司的工会主席，这个职务虽然没有实权，却可以享受集团公司副职的待遇。他是专程来秦东告诉严玉华这个消息的，也是来安抚她，希望她感念他的努力和付出，不再纠缠他。同时他还想帮文佳活动一下秘书长的职位，前不久他听说秦东市政府的秘书长当选市政协副主席后，觉得文佳上秘书长的位置铁定了，谁知后来又传出了不利的消息，这次来秦东想问问相关情况，再做做工作，其中包括做江伟的工作。也想催催文佳，让抓紧做吴芳的工作，想尽快把他和吴芳的个人问题向前推进一下，一旦婚事明朗后，严玉华就不会再纠缠了。

## 第三十一章

文晓风明显感到张洛朴像是有啥心事,不像以往那样爱说爱笑爱开玩笑,便竭尽全力想让他高兴,拿来了中华烟,拿来了糖果、瓜子,又拿来了好几种时鲜水果,张洛朴脸上依然没有一丝笑容,全然不见往日的风采,这让文晓风十分纳闷。文晓风忽然有了主意,笑着对张洛朴说:"张董事长,我把总统间的洗浴设施全换成了新的,还带有自动按摩装置,我给你去放地热水,你好好洗个澡。"张洛朴说:"等会儿再说。"文晓风拍了一下后脑勺,心中骂道,那个自动按摩装置是给邓震西量身定做的呀!忙说:"前不久来了个地质专家,说咱这里的地热水富含多种矿物质,用来洗澡好处很多。"他忽然觉得杜撰这些有啥用,接着说:"我已安排了一个按摩手法极佳的高级女按摩师,洗完澡后给你做个全身按摩,可以解疲乏,去忧郁,通脉络,增饮食,助睡眠……"张洛朴打断他的话:"快别贫嘴了,你快成江湖郎中了。"文晓风故作憨态笑着说:"我早就拜江湖郎中为师了!"两人都笑了起来。这时文晓风打电话叫来的女按摩师进来了,就是刚才被文登拍过屁股的漂亮性感的一号小姐,这会儿竟然堪称高级按摩师,只见她挺着一双巨乳,笑吟吟地朝着文晓风点点头,便骚首弄姿地站在一边听候吩咐。文晓风看了看面露喜色又两眼直瞅按摩女胸部的张洛朴,知道他已认可这位按摩女,便挥挥手说:"去里间把热水放上,客人洗完澡后再好好做按摩。"一号小姐得令后扭着滚圆滚圆的屁股走向里间去了。

张洛朴看文晓风各方面安排得十分妥帖,心中甚为满意,脸上挂上了笑意,话也多了起来,说:"这次来秦东要小住两天,处理点棘手的事情。住在你这里离市政府近,顺便和你们吴市长、文秘书长说些事情。"文晓风高兴地说:"好啊,以后来秦东就住在这里,住多久都行,这里是专门为你提前装修的总统间呀。"张洛朴用手在空中画了个圈,笑着说:"不错,装修得不错。"文晓风看张洛朴正在兴头上,便试探着问:"张董事长,市招改造项目的资金不知啥时能落实?"张洛朴看着文晓风一双精明的眼睛揶揄说:"你猜猜我在哪里吃的晚饭,猜对了马上就能落实。"文晓风看着一脸狡黠的张洛朴,笑着说:"在饭店吃的饭。"张洛朴大笑着说:"恭喜你,答对了!在该落实的时候落实。"文晓风听了这模棱两可的话也笑了,估计再说也说不出啥眉目,就站起来说:"张董事长,热水放得差不多了,你洗个热水澡吧,我先走了。"他刚要出房门,迎面碰在了高小三的肩上,就像撞在了一堵墙上一样又弹了回来。只见高小三搀扶着醉醺醺的文登,跟跟跄跄地闯了进来。

文登睁开发红的眼睛,用手指着文晓风毫无避讳地说:"好哇,文所长,我原以为市政府招待所是个干净地方,没想到小姐也好多,好多……"文晓风说:"文老板,说话要负责呀,本招待所没有你说的小姐。"文登侧着身子歪着头说:"小姐好多,好漂亮,好骚,好会挣钱呀,哈哈哈……"文晓风正色说:"文老板,本招待所向来不经营这些污七八糟的……"文登笑着打断他的话:"还不经营?我是刚刚拍完小姐的屁股过来的,边拍边喝酒,拍完一个喝一口酒,你看把我都喝成啥样子了,你说小姐多不多?小姐多得到处乱蹿,说不定都蹿到总统间来了。"张洛朴听了很不高兴,脸唰地拉了下来,觉得文登是在指桑骂槐。文晓风一看张洛朴脸色十分难看,便想着如何尽快支走文登。谁知文登酒劲发作,越发控制不住了,踉跄了一下放肆地说:"文所长,这里晚上不要安排小姐,我没那本事,也没那兴趣,我不像有些家伙见了小姐就像笨狗见了稀屎一样,急里忙里扑着上!"张洛朴一听勃然大怒,喝斥说:"哪里来的粗货,在这里满嘴喷粪!"张洛朴正在用手机给严玉华发短信,要她明天早晨到这里来谈谈,听了文登的话怒不可遏地站了起来。文登圆睁醉眼,这才看清办公桌后还坐着一个人,他回击说:"谁喷粪啦?喷到你嘴里啦?"张洛朴正要大发作,一号小姐走出里间,小声说:"洗澡水放好了。"文晓风急忙示意她先进去。文登看了一眼一号小姐,怪笑一声喊道:"看看,都看看,小姐到处乱蹿吧!这不是我刚才拍过屁股的一号小姐吗?哈哈哈!泡别人刚刚拍过屁股的妞没味道!"刚刚坐下的张洛朴呼地站了起来,更加怒不可遏。文登看在眼里,伸出一根指头,指着张洛朴说:"小三,他要是敢动,你就修理修理。"高小三睁了睁三角眼,眼睛像能喷出火来,握了握一双拳头,只听骨关节嘎嘣嘎嘣直响,胳膊上的肌肉像吹气一样顿时暴了起来。文晓风怕惹出事来,急忙给文佳打电话,要他赶快过来。文登突然挣脱高小三的搀扶,踉跄着跑到痰盂旁一阵狂吐,饭菜混合物溅了一地,立即满屋子酒气熏天。张洛朴拿起皮包,几乎是冲了出去。文晓风急忙过来致歉,被人高马大的张洛朴使劲拨了一下,文晓风重重地撞到了高小三的胸脯上,就像又撞到了墙上一样被弹了回来。张洛朴冲出总统间怒气冲冲地走了,任凭跑着追赶的文晓风说什么张洛朴连头也没回。

# 第三十二章

张洛朴从市招的总统间不顾一切地冲了出来,怒气冲冲地来到院子里,把正在洗车的司机安一秋吓了一跳。安一秋忙过来问:"张董事长怎么了?"张洛朴没好声气地说:"遇到一条恶狗。"安一秋吃惊地问:"没有咬着吧?"他看张洛朴脸上似乎闪过一丝痛苦的表情,忙着说:"要是咬着了,就得马上去打狂犬疫苗。"张洛朴看他认真的样子,说:"还真让你说中了,那家伙像是一条疯狗。"安一秋惊恐地说:"如果是疯狗,必须马上打狂犬疫苗,一刻也不能耽误,咱们赶快到这里的中心医院去吧!"张洛朴说:"着什么急?疯狗倒是条疯狗,咬也咬了,就是没咬着。"安一秋长出一口气,笑着说:"张董事长好身手,再厉害的疯狗也难近身。""张董事长,你千万别生气啊!"追下楼的文晓风喘着气说,知道张洛朴是把文登说成了疯狗,接着说:"我不知道他竟是一条疯狗,只听说他是文佳秘书长的哥,就把他安排在总统间小坐一会儿,谁知他狗咬吕洞宾,不识好歹。你可千万别生这类疯狗的气呀!"安一秋这才听明白了,说:"我还以为真的有疯狗。就说嘛,疯狗怎么能跑到楼上去呢?"他带着教训的口吻接着说:"这类不识好歹的人怎么能安排到总统间呢?你不是说总统间是专门为张董事长装修的吗?怎么张董事长还没住呢,就安排不三不四的人进去了呢?"张洛朴本来就有气,听了安一秋的话,一股火气直冲头顶,他大声说:"小安,咱们走!"说完就直趋小车,拉开车门坐了上去,把个文晓风晾在了一边。安一秋立即小跑着上了车,不等吩咐就将车直接开到阳光酒店去了。

张洛朴的车停稳后,安一秋就去阳光酒店的大厅登记这里也被称为总统间的房子。张洛朴进到总统间刚刚坐定,文晓风就提着一个大袋子笑吟吟地进来了,又是点头又是哈腰地连连道歉着。他一路开着车紧跟张洛朴的车来到这里,一进阳光酒店就在这里的小卖部买了些高档烟、茶和糖果。张洛朴看着文晓风,不无嘲弄地说:"这里的总统间倒像是专门为我准备的,每次来登记都空着。"文晓风说:"这个怪我,这个的确怪我。"他差点就要打自己的脸,看张洛朴掏烟忙从手上的大袋子里掏出一条中华烟,说:"这是我给您买的烟,还有茶叶和糖果。"张洛朴掏出自己的熊猫烟,点着一根,把烟盒往茶几上一放,说:"烟你拿着,我不习惯抽中华烟,其他东西就更不需要了。"说完不屑地挥了挥手,意思是都拿走。文晓风尴尬地笑着说:"您不抽中华烟可以送人呀。"张洛朴说:"那好呀,就送给你吧,所有的东西都送给你。"文晓风一时竟不知道该怎样说才好,语无伦次地重复着刚才说过的话:"都怪我,今天这事全怪我,是我瞎了眼没认清那条疯狗,让您生了气。"张洛朴奚落说:"你的眼睛很好,很有眼光嘛。"文晓风说:"这家伙挺能扎势,开的是奔驰,穿的是名牌,笨狗扎的狼狗势!我以为文佳秘书长的哥,应该是有素质的人,谁知竟是这货色,简直叫人恶心!"

"是谁在说我哩?还笨狗狼狗的!"文佳大声说着进到了总统间,一进来就对着张洛朴说,"我就知道你要住这里的总统间。我在政府大院正散步,接了晓风的电话急忙赶到市招,保安说你没住就走了,我就直奔这里。怎么样?虽不敢说是料事如神,却也拿准了张大老板吧!"张洛朴说:"没办法呀,还是你那位哥厉害,吕洞宾见了也要让三分,我能不回避吗?"文佳皱了皱眉说:"我那位堂兄是不认识吕洞宾,不知者不怪嘛。他是个搞建筑的民企老板,爱喝酒,凡喝必醉,醉了就胡来。他要是知道你是国企大老板,酒早就吓醒了,还敢胡来?你千万别生气,别往心里去,我在这里代为赔罪道歉了!"张洛朴哈哈大笑,说:"老兄太当真了,太当真了!"文晓风说:"应该是我赔罪道歉,都怪我没有安排好。"文佳说:"不怪你,只怪我那位哥喝醉后天王老子都不认,这实在没办法。"张洛朴笑着说:"我还真是服了你那位老哥,不知喝了多少酒。连饭带酒吐了一痰盂,满屋子都是酒气,把个总统间弄得像个烧酒作坊。拿痰盂里的东西去喂猪,至少能醉倒几头大肥猪。"大家齐声笑了。

张洛朴看着文晓风说:"差点误了正事,本该晚上要和你商量一下市招改造的事。"文晓风听了忙笑着点头,心里却在想,在那边总统间自己又不是没提此事,他只是打哈哈,全然没当回事,但愿在这边能正儿八经地谈谈。张洛朴接着说:"市招改造项目是天然气合作项目的子项目,我很重视这个子项目的实施。不过先要实行股份制改造,成立一个有限责任公司。不知晓风意下如何?"文晓风说:"好哇,成立有限责任公司,这个办法实在好哇!"他犹豫了一下,还是忍不住问:"那市天然气公司的一千万元,占的比例也太小了点吧?"文佳心想,下午饭时吴芳谈及要自己兼任市招改造项目的董事长,张洛朴提出要成立有限责任公司,看来他俩是通过气,便等着张洛朴的下文。张洛朴听了文晓风的话先是一愣,不知他说的什么意思,就问:"晓风,你是不是觉得一千万元有点少?我倒觉得有点多了。"文晓风生怕张洛朴减少资金,急忙解释说:"不是这意思,不是这意思,一千万元不多也不少,刚好!我只是觉得这样的话我的担子更重了。"张洛朴看了一眼文晓风,心中暗道这小子想董事长、总经理一肩挑,本事不大权欲倒不小。张洛朴看了一眼满脸沉思的文佳说:"晓风,按股份比例,你应该是董事长,还要兼总经理。不过话说回来了,如果让别的人当董事长,你觉得行不行?"文晓风立即认真起来,说:"这不是行不行的问题,关键要看《公司法》是怎样规定的,如果不合法,工商局这一关过不去。"张洛朴说:"组建公司肯定要按《公司法》办理,不管谁投一千万元,也不会改变市招大股东的地位,按规定董事长应由市招方面出任。不过,要是派个董事长去呢?"文晓风笑着说:"谁派呢?派谁呢?"说完脸上挂满了轻松和不解,心里很不以为然。文佳心里一沉,看来文晓风认为他自己是董事长的不二人选,连一句谦逊的虚话都不肯说。张洛朴冷笑说:"招待所是市政府的招待所,市政府是产权所有者,要是派个董事长还不行吗?"文晓风说:"这个当然可以,不过……"他没有往下说,心想自己是市政府办公室任命的正科级所长,是市招的法人代表,难道还能派个级别更高的人不成?张洛朴直言说:"如果派个县处级领导来当董事长,你欢迎吗?"文晓风也直言说:"这得看是谁了。"张洛朴一下子拧灭了还有一半长的烟,直起身子说:"要是让文秘书长兼任新建公司的董事长呢?"文佳没料到张洛朴竟把话说到这份上了。文晓风先是一怔,接着缓缓地胸有成竹地说:"文秘书长是干大事的,还能看上这差事?要是市政府真的派文秘书长来当董事长,我一百个欢迎,绝对服从文秘书长的领导。"张洛朴看了一眼一脸平静的文佳大笑起来。文佳看了看文晓风,正遇他满是妒意的目光,文佳轻轻摇了摇头,一时竟不知该说什么才好。心想这个张洛朴呀,真是没法说,不该揭锅的时候怎能乱揭锅呢。不过也好,今天总算对文晓风的真实想法有了了解,也许有利于今后的工作。

文晓风知道文佳还要和老同学张洛朴聊聊天,就站起来告辞。张洛朴指着那一包东西说:"晓风,把你的东西带走。"文晓风笑着说:"还是放下吧。"张洛朴坚持说:"不,一定要把东西带走。"他沉着脸像是还在生文晓风的气呢。文晓风张开双手,尴尬地笑着,看着文佳像是求救似的。文佳清楚张洛朴在人面前向来说一不二,也不好说啥,笑着问:"安一秋呢?"张洛朴随便答:"大概在隔壁住着。"文晓风恍然大悟,提起一大包东西微笑着走了。文晓风刚出门,张洛朴就对文佳说:"看来文晓风这个人挺会糊弄人,也挺贪权,不一定好对付呢!我答应给市招一千万元的改造资金,却信不过这个文晓风,也说不上是什么原因。我给吴芳说过几次了,想让你兼任新建公司的董事长,把一千万元的改造资金用好,不知你意下如何?"文佳说:"不瞒你说,我还从来没有想过这件事。说来也巧,今天晚饭时吴芳刚刚给我谈了让我兼任董事长的事,也说了是你提出的。晚上又碰到你,岂非天意?"张洛朴笑问:"这么说你已经答应吴芳了?"文佳说:"不答应又能怎么样?她是经过认真考虑的。"张洛朴轻轻摇了摇头,出乎文佳意料地说:"不过,我有点反悔,让你兼任董事长的话说得早了些。前不久我听说市政府的秘书长到市政协当副主席去了,这岂不是给你腾出位子了吗?当了秘书长还兼那董事长干啥?"文佳说:"秘书长的位子是腾出来了,那事情太复杂了,好位子还是让别人去坐吧。"张洛朴不以为然地说:"你这个人就是谦让有余,竞争不足。当今这个世界就不兴谦谦君子,一旦有个位子出来,许多人就蜂拥而上,非争得头破血流、你死我活不可……"文佳打断他的话:"咱不凑这热闹。"张洛朴说:"你干了多年副秘书长,政府工作熟悉,长于综合协调,又任劳任怨,是一流的秘书长人选。吴芳多次给我夸过你,她那里是不成问题的。我这次来秦东有一项重要任务,就是找江伟谈谈你任市政府秘书长的事。"文佳说:"谢谢你的好意。市政府秘书长人选,吴芳的意见应是主导性的意见,她能给我谈兼任董事长的事,想法岂不已经摆明了。"张洛朴拍了一下自己的脑袋说:"这就怪我把董事长说得早了些,我明天再去找她谈秘书长的事,她怎么连孰轻孰重都分不出来呢!"文佳说:"你不知道,她也为难呀。看似腾出了一个位子,由于程杰人当选市政协副主席在秦东政坛引起了巨大的反响,各种流言蜚语传得沸沸扬扬,吴芳被置于政治旋涡的中心,在人事问题上她需慎之又慎呀。"张洛朴说:"有这么严重吗?"文佳把市政协换届选举的情况、大会后各方面的反响以及各种传言详细说了说,说完感慨万千地说:"人言可畏呀,我如果当了秘书长,岂不把吴芳置于十分难堪的境地?"张洛朴说:"传言也好,谣言也罢,都经不住时间的检验,吴芳该怎么做还怎么做才好嘛。"文佳摇摇头说:"事情未必这样简单,这政治上的事情,总是那样的扑朔迷离。所以你千万别掺和我的事,还是听其自然的好。"张洛朴说:"我是个搞企业经营的,是商海中的泳者,没想到宦海是如此深不可测。既然如此,老兄就兼任董事长吧,不妨学学陶朱公范蠡吧!"文佳说:"我是公务员,学不得陶朱公,范蠡是在退出官场后才经商的,鱼和熊掌不可兼得。如果兼了董事长,我恐怕只能抓一抓市招的改造项目,其他经营上的事情我不会去管,也管不了。""好,想到一块儿去了。"张洛朴说,"我的本意也是想让你管好这一千万元的使用。"

张洛朴问:"古济宁最近来没来秦东?"文佳说:"好久没有见到古济宁了,他一心想为家乡干点儿事情,只是太忙了。开元大厦项目上的事,主要是肖冰冰在打理。"张洛朴说:"这个人太固执了,固执得不可理喻,丁燕红一直追他,追了十几年了,他就是不能接纳丁燕红。"文佳说:"古济宁在感情问题上受过挫折,在这个问题上比较慎重。""这不能叫慎重,叫变态。"张洛朴纠正说,"上一次我终于抓住了古济宁和丁燕红,还有卫三乐,我和卫夫子准备摊开好好谈一谈他俩的事情。谁知刚坐到卫三乐家新桃源酒家的餐桌上,丁燕红家里来了电话说是她父亲病危,丁燕红急匆匆走了,古济宁也跟着走了,事情没有说成。"文佳说:"听说丁燕红的父亲病故了。"张洛朴说:"这有利于解决古济宁的思想问题,他在北京下海经商,就是怕别人说他攀龙附凤,走老干部的门路。如今没这层顾虑了,事情就好办了。"文佳说:"恐怕事情没有那么简单,古济宁的前妻王莲英也到了秦东城里,办了一所幼儿园,她正通过古济宁父亲的一个老部下做古济宁的工作,还想着复婚的事哩。"张洛朴说:"这个我听说了,听说那个女人长得漂亮极了,不过依古济宁的个性,覆水难收,复婚断然不可能。"文佳说:"事情远比这复杂多了。"张洛朴当然清楚文佳说的是古济宁曾追过吴芳的事,这正是张洛朴心病之所在,只是不便明言罢了。文佳看张洛朴一副沉思的样子,说:"古济宁的事情,单纯靠劝说很难奏效,当然这方面的工作还要做。你可以和卫三乐联系继续做古济宁的工作,卫三乐与丁燕红关系非同一般,又一心想促成她和古济宁的婚事,说不定卫三乐还有奇计奇谋呢。"张洛朴笑着说:"卫夫子曾夸下海口,说他一定要把这事促成。"文佳也笑着说:"卫夫子为人做学问让人十分佩服,不过他当月下老的水平还有待实践检验。"张洛朴说:"你是同学们的老书记,也该做做月下老呀!"文佳清楚他一语双关,忙表态说:"古济宁的事情我曾给他说过,以后有机会一定再做做工作。"张洛朴听了点点头,接着又轻轻摇摇头。

张洛朴看出文佳有想走的意思,忙说:"吴芳自从婆婆搬到春和堂以后,又住到了办公室,恢复了宿办合一。"文佳说:"好几个家在省上和外地的副市长也是宿办合一,他们都习惯了。"张洛朴看出文佳有回避的意思,便直奔主题:"我给你说过了,让你当月下老,把我和吴芳的事撮合撮合。我现在也成了单身,各方面条件可以说门当户对。"他看了一眼眉头紧皱的文佳:"她是秦东市长,正厅级;我是国企董事长,也是正厅级,我月薪是她的数倍。儿女都长大成人了,都没啥负担了,当然她还有个婆婆。这简直就是天设地造嘛,天意不可违呀!"文佳知道回避不过去了,认真地说:"我从来没有当过月老,不过深知婚姻这事太复杂了,虽然有时也简单,非常简单,只要你情我愿,一拍即合,就成就了一桩美满姻缘。但一般情况下,并不都是如此简单。吴芳单身十几年了,接触过的优秀男人能少吗?愿意给她当红娘和月老的人能少吗?为啥她依然单身,其中必有复杂的原因。她虽然是老同学,但这类事不宜过问,也不便去说什么。"张洛朴哈哈大笑,说:"当年你是党支部书记,她是班长,搭过班子。再说你是老大哥,有啥话不能说,你一定要给我当月老,把这事提起来。"文佳皱着眉头,沉思片刻,笑着问:"你为啥不直接找她谈谈,都什么年代了,难道你还要搞父母之命、媒妁之言吗?"张洛朴笑着说:"批得好,不过我不是要搞老一套,是怕直接对吴芳说,万一被她拒绝了就难以收场,后面的话就不好说了,事情就更难以推进了。"文佳问:"你是让我给你打前站,探听一下她的虚实?"张洛朴笑着说:"知我者,文老兄也,不,文书记也!你现在依然是我和吴芳的老领导。"文佳笑着说:"依然是你俩的老同学。既然把话说到这份上了,容我考虑筹划一下再说。"张洛朴笑着说:"行!"他素知文佳说话实在办事认真,便不再勉强他。

这时有人敲门,是王堂堂和安一秋。安一秋一进门就提过来一大包东西,说:"这是文晓风专门给张董事长送来的。"文佳看张洛朴笑了,说:"敢让张董事长受委屈的人绝对没有好果子吃,用这点东西就想抹平张董事长受了伤的心灵,简直是白日做梦!"张洛朴哈哈大笑,说:"放下,放到茶几上。我是那种小肚鸡肠的人吗?再说我能和文秘书长的哥哥去争住市招的总统间吗?还有,我不离开市招文秘书长能来这里赐教于我吗?"几个人听了齐声笑了。安一秋放下袋子后便转身离去。

王堂堂寒暄过后刚坐下,文佳就起身告辞。张洛朴笑着说:"但坐无妨,堂堂又不是旁人,你是他伯,我也是他伯。吴芳曾让堂堂叫我叔,我当时就纠正过了,我比吴芳大整整六个月,大一百八十天呀!"说完他先笑了,文佳和王堂堂也笑了。文佳重新坐下后,张洛朴笑对王堂堂说:"堂堂,你很少找伯,今天来了有啥事你就说。""张董事长,"王堂堂开了口,他并没有称伯,"我想回集团公司上班。"他是个直人,向来寡言,今天更是开门见山。张洛朴看着这个满腹学问的博士,笑问:"为什么?"王堂堂答:"我在这里工作不方便。"张洛朴继续和部下玩简捷,问:"为什么?"王堂堂答:"我母亲是这里的市长呀。"张洛朴问:"这不更方便吗?"文佳看出张洛朴有逗这位部下的意思,不过觉得挺有趣,有点像听相声似的。王堂堂抬起头,接着说:"这恰恰是不方便之所在,我不想在母亲的光环下工作,也不想给母亲添麻烦。"张洛朴说:"说具体点。"文佳看了一眼故作严肃的张洛朴,差点笑了出来。王堂堂愣了一下,觉得已经说得够具体了,稍停后接着说:"我在这里工作,经常有人来找,而且越来越多,都想通过我找我母亲办事,办吧是给母亲添麻烦,也不是我的性格;不办吧是给母亲树反对者,是我不愿意看到的。最近又传来许多流言蜚语,让人听了不胜其烦,不如一走了之。"张洛朴听了哈哈大笑,说:"堂堂呀,你终于说了心里话,看来你这个博士不是纯书生,还是挺懂政治的嘛。"文佳看了一眼深皱眉头的王堂堂,说:"堂堂说的是实情,如今的确有那么一些人,专门寻门子找路子,手里提着大包小包,净出些难题,让人不胜其烦。""这个我理解,"张洛朴看着王堂堂说,"行,我同意你回集团公司,交接完手续,马上回去上班。"他清楚市天然气公司完成股份制改造后,这里的工作量已经不大了,原想着王堂堂在秦东可以多和家人团聚,既然如此还不如做个顺水人情。

张洛朴看着脸上露出笑容的王堂堂,问:"你母亲最近还好吗?"王堂堂说:"有些不大开心的样子,好像有啥心事,估计与前不久的换届有关。"张洛朴说:"是吗?"文佳感慨地说:"真没想到啊,市政协的换届选举竟在秦东政坛掀起了轩然大波,千奇百怪的流言蜚语满天飞,搞得人事关系紧张,作为市长岂能置身事外,岂能想得不多。"王堂堂说:"还是文叔能理解我母亲。"他还是按母亲说的称文佳为叔而非伯。张洛朴说:"市长虽然谈不上日理万机,也够紧张繁忙的了,一个单身女人还要顾家,要是心情欠佳,真的不堪承受。叫我说还不如回省上当厅长呢。"王堂堂说:"我莎莎姐也是这么说的,我母亲却下决心要在秦东干一番事业,她现在宿办合一,工作不分昼夜。"

张洛朴刚要说什么,文佳站起来告辞,说:"我家里还有点事,要早点回去。"王堂堂也站起来说:"我给严经理买的药还要早点送过去。"张洛朴看了看王堂堂,说:"堂堂呀,你抓紧交接手续,回去给严玉华说,我明天上午要到你们办公的地方看望她。"

第二天上午,张洛朴前往严玉华办公的地方去看望她。这里离开元大厦工地很近,约有一百多米。下车后,张洛朴突然说要到开元大厦工地上去看看,安一秋跟着张洛朴缓步来到工地边上。工人们正在紧张忙碌地施工,看样子主体工程快要完成。张洛朴看着高大宏伟的大楼,心中对古济宁不禁由衷地钦佩起来。这位老同学的确有眼力,也很有魄力,回秦东的第一天就敲定了这个位居闹市区的项目。这个项目无疑将成为秦东的地标式建筑,必将成为秦东商贸行业的旗舰。再看施工工地,既紧张忙碌,又有条不紊,看来这位京城有名的民企老板的确名不虚传。张洛朴一边看着一边点着头,心中赞叹不已。这时他发现有人在那里指指点点地摄影,原来是原秀山和肖冰冰。张洛朴笑着打招呼:"原大记者,又来这里采风。"原秀山看是张洛朴忙过来握手问好,肖冰冰也向张洛朴问好。原秀山笑着说:"拍些资料照片,这是要重点宣传的招商引资项目。"肖冰冰说:"原站长说了,工程竣工后要写一篇长篇报道,还要办一个摄影展,我也跟着拍了不少资料照片。"她指了指拔地而起的高楼,笑问:"张董事长也对这个工程感兴趣?"张洛朴笑着说:"是啊,这是我老同学古济宁在秦东的处女作嘛,当然感兴趣啦!"肖冰冰一脸的自豪,兴奋地说:"工程进展还可以吧?主体工程马上就要完成,比预定时间快了一个多月。"原秀山看了一眼肖冰冰说:"开始是古济宁直接抓,后来就全权委托肖冰冰了。"正说话间古济宁的电话来了,肖冰冰拿起手机大声说:"古总,请您放心,工程进展一切顺利,一周之内确保完成主体工程。"她看了一眼原秀山:"这会儿我和省报的大记者原秀山正在工地摄影。他建议主体工程完成时搞个庆祝仪式,啊,不搞啥大的活动,就是放些礼花弹,放些鞭炮什么的。噢,噢,知道啦。"肖冰冰无可奈何地对原秀山说:"你的建议古总没有采纳,说主体完成后只允许慰问一下施工工人,要尽量低调一些。还说这几天他要来一趟秦东,要求务必在一周内完成主体工程。"原秀山笑着说:"农家盖房上梁时还要放鞭炮呢,主体封顶时务必要热闹热闹,当然可以从简,这类事没有必要给他汇报。重要的是一周能完成主体工程吗?"肖冰冰胸有成竹地说:"快则三天,慢则五天就可以完成主体工程。"张洛朴看着自信满满的肖冰冰,笑着说:"肖经理挺能干嘛!我们公司缺的就是这样的人才。"肖冰冰有些不好意思地说:"张董事长过奖了,你们的严玉华经理才真正是个人才呢!"说着脸竟红了,她觉得自己说了一句违心的话。张洛朴看着向来不服人的肖冰冰哈哈大笑,说:"你俩忙吧,我是随便看看,我还要去看看我们生病的严玉华经理呢。"说罢转身走了,安一秋也跟着走了。

很快张洛朴又回到了城市信用社酒圣大街营业部的小楼前,严玉华就在这栋小楼的二楼办公。严玉华原来在阳光酒店租房办公,她嫌那里的房租贵,开支大,后来就租下了这里的二楼。严玉华租赁的二楼有四五间办公室,一个会议室,一个小餐厅。最多时有十几个人办公,一般情况下四五个人办公,最近只剩下三个人,除了严玉华和王堂堂,还有临时雇来的女工宁叶叶。宁叶叶是厨师、清洁工,还兼负看门的责任,这比她拾荒挣的钱要多一些。她是古济宁推荐的,严玉华对她的勤快和老诚十分满意。严玉华和王堂堂各有一间办公室,是特意装修过的,空调、电视、电脑、打印机以及高档桌椅等器具一应俱全,是张洛朴特意关照配齐的,这里的配置丝毫不低于集团公司员工的配置水平。不过张洛朴是第一次到这里来,刚到二楼口王堂堂就迎了上来,王堂堂问候之后径直把张洛朴领到了严玉华的办公室。安一秋把一大包营养滋补品和一箱牛奶放下后,就拉着王堂堂出去闲聊了。

严玉华正坐在沙发上看电视,张洛朴进来后她就把电视机关了。她给张洛朴倒了一杯茶,然后就坐到办公的椅子上去了。张洛朴坐到严玉华对面的沙发上,看了一眼脸色发白的严玉华说:"你最近身体不大好,我过来看看。"严玉华脸上毫无表情地说:"谢谢,谢谢你的关心。"张洛朴点着一根烟,看着严玉华说:"顺便告诉你一个消息,最近经过多方面沟通和研究,决定任命你为集团公司的工会主席。"他略停片刻,看她没有表态,接着说:"工会主席享受集团公司副职的待遇,虽然没有多少实权,但毕竟是提拔了,工作也相对清闲一些,有利于你治病和

## 第三十二章

保养身体。"严玉华淡淡地说:"谢谢,谢谢组织的照顾。"张洛朴惊讶地看着严玉华,对这次提拔她竟全然没有了过去的喜形于色,她过去是十分看重职务变化的呀!再说这和组织照顾是不沾边的,难道她不明白这是他做工作后的提拔,是一次重要的晋升,是许多人求之不得的好事。张洛朴皱了皱眉头说:"你仍然继续兼任秦东电厂的副董事长,还有一定的实权。"他想这一下该高兴了吧,没料到严玉华依然无动于衷,这让张洛朴多少有些难堪。他为了严玉华职务晋升没少做工作,集团公司许多资格老、贡献大的老中层领导都瞄着工会主席的职务呢,她的任命不知让自己得罪了多少中层领导哩!她竟然丝毫没有领情的意思。记得第一次把她提为中层副职的时候,她是那样的兴奋,那样的激动,简直到了忘情的地步。也就是在那个时候,自己趁势示好并第一次和她发生了关系。虽然她很勉强,还是半推半就地满足自己长久的强烈欲望。再后来她母亲重病,自己慷慨解囊,大把大把地花钱为其母亲看病。时间不长,又把她提拔为中层正职,她又一次兴奋和激动得到了忘乎所以的地步。于是他和她就有了第二次、第三次……张洛朴深刻地感到有了权和钱,这个世界上就没有办不成的事情。他到企业检查工作时带着她,到外地出差时带着她,白天上班时找她长时间谈工作,晚上在办公室看文件时叫她来聊天,几乎到了形影不离的地步。时间长了,自然有人说三道四,有些话也传到了他的耳朵里。他慢慢地转移了目标,开始了广泛猎取,什么洗浴中心、歌舞场馆、宾馆酒店都成了他撒网和寻欢的地方。猎物既要漂亮又要年轻,出国时还寻洋妞开洋荤。多年寻欢作乐之后,他感到这些用权用钱能换来一时欢娱的猎物品位太低,也腻了烦了,看到严玉华也丝毫引不起兴趣了,甚至产生了一种赶快推离开去的想法。泡其他妞,付钱后一走了之,而严玉华显然无法一走了之。经过反复的考虑和权衡,他想到了再投一次严玉华所好,然后彼此两清,从此了断这段纠缠多年的地下情缘。谁知自己费了九牛二虎之力,甚至冒天下之大不韪,给她谋来工会主席位子,她竟毫不动心,全然没了当年被提拔时的兴奋和激动,显然更谈不上感恩和报答。这让张洛朴感到异常诧异,十分尴尬,极其难受,也让一向足智多谋的张洛朴竟没了主意。

张洛朴心情异常复杂地看着严玉华,只得转换了话题:"你现在主要是哪儿不舒服?听说辛清玉老先生给你诊治的效果挺不错。"严玉华不凉不热地说:"也没啥大的毛病,主要是心慌气堵,经常失眠,有时头晕头疼。""那你为啥不继续让辛老先生诊治呢?"张洛朴觉得严玉华口气有些和缓,接着说,"辛老先生是秦东的名医,尤其擅长妇科,对治疗你这类疾病经验非常丰富,你应继续让他诊治呀。"严玉华说:"辛老先生是名医不错,可是医生只能医病并不能医命。我是命运不好呀,这只有一个人能医。"张洛朴忙问:"哪个名医能医,咱去找,马上去找。"严玉华脸色开始泛红,眼睛里露出了希冀的光芒,说:"这人远在天边,近在眼前。"张洛朴立即泄了气,原来她还心存幻想,思忖片刻后说:"我改变了你的职务,还可以改变你的工作环境,这难道不是在改变你的命运,我已经付出了很大的努力呀!"严玉华的脸抽搐了一下,说:"可是你也极大地改变了我的家庭,使我的家庭支离破碎……"说到这里严玉华开始抽泣起来。张洛朴一时无话可说。严玉华边抽泣边说:"那一年是你提拔我担任了集团公司中层副职,我内心深处是感激你的,你竟仗着这层关系占有了我。去秦东电厂开会那一夜,你以酒遮脸,让我再次蒙羞,后来又……"她哭了起来,想起那一夜他厚着脸皮的无赖,貌似可怜的跪求,如愿时的疯狂,事后假惺惺的忏悔。张洛朴也想起了那个无比美妙的夜晚,还有以后多次美妙的时刻,可如今面前的这个严玉华却无论如何也引不起自己丝毫的兴趣了。张洛朴说:"你身体不大好,秦东事情也不太多了,你可以回集团公司上班。"严玉华停止了哭泣,抬起头毫不领情地说:"我要坚守秦东。公司不是想建个园林式酒店吗?这件事才刚刚起步,我手上的事我要把它干完干好。"她的回答大大出乎张洛朴的预料,他看着严玉华固执的样子,说:"有些事后边还可以安排别的人来搞嘛。"严玉华的脸又抽搐了一下,痛苦地说:"你知道我已经离婚了,孩子上大学去了,我一个人住在这里就挺好,不回省城还不伤心。"张洛朴知道她说的是气话,说:"我是一片好意啊。"严玉华猛地抬起头,火辣辣地看着张洛朴,大声说:"你有一片好意,那咱们结婚吧!"张洛朴被她突如其来的要求弄蒙了,一时竟不知如何是好。严玉华接着说:"你离婚了,成了单身;我也离婚了,也成了单身。其实离婚的原因是一样的,你是太花心,老婆受不了;我是因你而被流言弄脏了,丈夫受不了。干脆咱俩结婚吧,就一切都归零了。"张洛朴惊讶地看着严玉华,没想到这个平日里说话挺文雅的部下,把话说得如此难听,简直是在打他的耳光,当然她也在违心地给她自己泼脏水。既然她把话挑明了,也就没有必要披着藏着了。张洛朴稳了稳神,直截了当地说:"咱俩结婚是不可能的。至于咱俩的关系,别人说归说,可以看作是谣言,是中伤,是别有用心。如果结了婚,岂不是证明了别人的说法是事实。再说咱俩的年龄差距也大了点。"严玉华固执地说:"别人说的本来就是事实,并非谣言。不过说归说,如果真的结了婚,别人再说过去的事也就没有了意义。再说我也不在乎你的年龄大了许多。"张洛朴没想到向来争胜好强又极爱面子的严玉华,会不顾一切地纠缠,竟如此当真,甚至有点痴情。他觉得两人之间的事情应该两清了,这就像是生意场上的往来,如今已是各得其所、钱货两清。以前不过是逢场作戏,不能当真,即使自己有过一些许诺,她也曾说过山盟海誓的话,其实都是激情时刻的非理性话语,只可以临时助兴,万万不能当真。事已至此,张洛朴再次明确表态:"玉华呀,我认真考虑过了,我们真的不合适,毕竟人言可畏呀。依你现在的社会地位,完全可以找一个上流社会的上流人士,完全可以组建一个幸福美满的新家庭。"严玉华刚要开口,张洛朴忙说:"这事再不说了,今后也不提了。"他使劲摆摆手,迅速扭转了话题:"王堂堂主动要求回集团公司工作,我已经答应了。你如果愿意回去,就一块儿回去。如果不愿意回去,我就从集团公司给你派个助手,或者由你选一个合适的人,你看怎么样?"严玉华没好声气地说:"我考虑一下再说。"张洛朴只好站起来告辞。

　　张洛朴走出严玉华的办公室,只见安一秋从外面慌慌张张地走了过来。安一秋说:"张董事长,开元大厦工地全乱了。"张洛朴问:"你到开元大厦工地去了?"安一秋说:"咱刚才去工地,我看见了养藏獒的老头,就过去问他家里养没养啥好品种。"张洛朴看王堂堂从办公室出来了,就对着安一秋哂笑说:"你走到哪里都对狗感兴趣,封你个狗司令怎么样?"王堂堂说:"大家早就叫他狗司令了。"安一秋笑了笑比画着说:"开元工地全停工了,外面来了一大帮人,说是收税的,还有收费的,都是机关干部,话没说到一块儿,就要求停工整顿,现在工地上已停止了施工。"王堂堂说:"开元大厦虽是市上的重点招商引资项目,建设期间仍是一波三折。"张洛朴看了看表说:"估计文佳又该忙活起来了,本想去他那里转转,现在看来是不能去了。这样吧,堂堂你去叫一下严玉华,咱们去阳光酒店吃中午饭,算是给你俩送行。"王堂堂惊问:"严经理也回省城。"张洛朴说:"她还没拿定主意,你再做做她回省城的工作吧。"

　　下午刚上班,肖冰冰就急急忙忙地来找文佳,一进办公室就说:"文秘书长,不得了啦!"文佳看着满头是汗的肖冰冰问:"怎么啦?"肖冰冰说:"都说开元大厦是市上的重点招商引资项目,可是今天上午来了一批政府部门的领导和干部,在工地上闹腾。一到工地先是训斥,接着是吵闹,然后强制停工,到了下午又升级成强拉工地的建筑材料,挡都挡不住。"文佳听了非常生气,下马村村民阻碍施工还可以理解,机关干部怎么能这样搞呢!文佳立即给司机打电话,接着又给史二东打了电话,然后收起桌子上的文件说:"你要晚来十分钟我就到县上下乡去了,咱们走吧,到开元大厦工地看看去。"

　　很快文佳来到了开元大厦工地,大门敞开着,几辆架子车正往外拉钢筋,长长的钢筋拖在后面,在地上划出道道深痕,扬起阵阵细尘。文佳到大门口后,对着拉架子车的人喊道:"你们是哪里来的?为什么要拉走工地上的钢筋?"拉架子车的人都莫名其妙地看了看文佳,依旧照拉不误。史二东大喊:"市政府文秘书长问你们哩!"那些拉架子车的人齐声笑了,其中一个说:"我们只认钱,不认人,不管什么长不长的。"一个约莫五十多岁的男子走了过来,背着手牵着一只大狗,亮着嗓门大声说:"拉架子车的都是我们下马村的村民,是市地税局出钱雇的,他们只管挣钱,别的一概不管。"文佳便问:"你是……""我叫雷汉公,"雷汉公笑着说,"别人都叫我雷公爷。"雷汉公指着继续拉建筑材料的村民说:"你别跟他们计较,都是为了挣几个钱嘛。我也一样是为了挣几个钱才来这里的。"史二东问:"你拉条狗转悠也能挣钱?"雷汉公看了看拉架子车的人,扬扬得意地说:"我是被雇来专门看护工地上的各种材料的,什么钢筋呀,水泥呀,模板呀,铁钉呀,锤子呀……"文佳打断他的话:"你看管的这些东西,他们正在往外拉呢!"雷汉公说:"这个就不能怪我了,我只防小偷小摸。你别看我们村那些村民人模人样的,到了晚上都变成了贼娃子,都想到工地上偷点摸点,啥都拿,水泥整袋往回背都不嫌重,有人钢筋、模板偷得堆了一院子,可笑的是有人连人家做饭的锅都偷走了。"文佳问:"村干部为啥不管呢?"雷汉公说:"村干部不偷就不错了,大家都把开元大厦看成是唐僧肉,不吃白不吃,吃了也白吃。"史二东问:"咋把市上招商引资的重点项目都当成唐僧肉了呢?"雷汉公说:"就是唐僧肉啊!新千年庆典搭建彩楼时,我们村里人挣了树枝钱,也挣了搭建钱,后来还挣了拆除钱和打扫钱,一个萝卜两头切呀。老年舞蹈队的老头老太太也挣了钱,在工地上敲锣打鼓地跳了跳舞,说是帮村里催还了征地拆迁款,后来这跳舞钱也算到了工地头上。"文佳说:"今天用架子车拉建筑材料又挣了一笔钱,往回运还可以挣一笔钱,这项目还真成了唐僧肉!"史二东忍不住说:"你既然是看管材料的,也挣钱,这些人拉材料你至少也该挡一挡呀!"雷汉公哈哈大笑,大声说:"我只管小偷小摸,主要是晚上看管。贼娃子害怕我的二獒,用药毒死了,我难受了一个多星期。今天跟我上班来的是三獒。"他指了指身后的大狗:"今天大家是大白天拉东西,还是政府部门雇人拉,这就不是小偷小摸啦,简直就是明着抢嘛!有人小偷小摸,我才能干上这挣钱的差事。等把东西抢完了,我还看管个屁,怕是没钱挣了哩,可又有啥办法呢!"说完哼着秦腔走了。肖冰冰一直没有说话,看文佳开始挺着急,慢慢又缓了下来,知道他是在了解情况,筹划对策,这时她实在按捺不住地说:"下马村有人说'靠山吃山,靠水吃水',咱这里有个招商引资的大项目,就要靠它发财。没想到政府部门也有吃唐僧肉的想法,简直太可怕了!"文佳深深皱起了眉头,最近各县(市、区)都有反映,说是在招商引资中都出台了一系列优惠政策,可是执行起来却很难。各地都不同程度地出现了坑商骗商的现象,甚至有的地方出现了"关门打狗"的想法,弄得投资商叫苦连天,后悔不已,有的已经产生了走的想法。让人难以理解和难以容忍的是,有些政府部门从部门利益出发,不是主动提供服务,而是登门干扰,特别是有的行政执法部门竟不认地方政府出台的优惠政策。投资商普遍反映政府机关门难进、脸难看、事难办,有的投资商盖了几十个公章事情还办不到头。看来刁难投资商的情况市直部门也露了头,今天一定要刹一刹这股歪风。

主意拿定后,文佳继续往进走,发现十几个穿标志服的人员正在吆喝着拉工地上的材料,为首的是前不久从市建委提拔的地税局的副局长贾安,正在现场指挥。接着见到了市建委的科长邱长富。他俩都是来催工程拖欠的税款和各种基建费的。还见到了市安监局的科长尤志和,说是来排查安全隐患的。令文佳没有想到的是新任的市政协副主席、市地震局的副局长林天阁也来了,说是要补地震评估报告。文佳看出这实际上是市建委牵的头,是关立峰在暗中谋划和导演了这次不文明执法。文佳本可以项目环境保障组组长的身份,将这些工作人员赶出工地,可是林天阁是副市级领导,这让文佳犯了难。文佳当机立断,以受吴芳市长委托的名义召开了现场协调会,他声色俱厉地批评了这种破坏投资环境的做法,果断逼停了不文明执法,强行恢复了工地施工。这是文佳第一次未经领导同意,召开的火药味极浓的协调会,问题虽尽快得以解决,却留下了后患。

## 第三十三章

6月中旬的一天,吴芳乘飞机来到北京,有几件事情需要她亲自督促、亲自跑一跑。下午4时许,飞机稳稳地停靠在停机坪上,同行的秋梅和丁玉丽一边招呼着吴芳一边带上行李,三人一起走下飞机,走出机场。秋梅前不久从清水县委书记调任市政府秘书长,这是她以秘书长的身份首次陪市长外出。她在市政协选举中落败后,各方面都盯着她的动向,出乎所有人预料的是秋梅竟然接替了新任市政协副主席程杰人原来的职务。这一来在许多人看来极具讽刺意味,认为市政府领导极力推出了程杰人,但市政府领导心仪的秘书长人选仵天才和文佳都搁浅了,却由程杰人击败的秋梅来担任市政府秘书长。当然坊间传得更邪乎,有的说这是市委那边的有意安排,是偏不让市政府这边推荐的人当秘书长,还有人说这是上边的意思,是要惩诫市政府这边的有些领导。当然看法归看法,传言归传言,秋梅还是正式出任了市政府秘书长。丁玉丽已今非昔比,前不久被提拔为市政府办公室副主任,但依然给吴芳当秘书。

前来接机的是秦东市驻北京办事处主任韦东祥,他早早就等候在候机大厅,还让司机何盼举了个牌子,牌子上写着"秦东市北办"五个字。吴芳一行三人刚进入候机大厅,丁玉丽一眼就看见了何盼举着的牌子,接着又看到了丈夫韦东祥,高兴地说:"吴市长,他们在那儿。"韦东祥也看见了妻子丁玉丽,接着就看见了吴芳,已挤着走了过来。韦东祥边问候边接过吴芳的行李箱,何盼也接过丁玉丽的行李箱。丁玉丽给丈夫和何盼介绍了秋梅,何盼马上又提上秋梅的行李箱。吴芳笑着对韦东祥说:"东祥呀,我把你爱人也带过来了,怎样安排我可不管了。"韦东祥笑着说:"早就安排好了,咱们现在先去长兴宾馆住下,晚饭也安排好了。"何盼说:"是去年新建的五星级宾馆,条件挺不错。"吴芳皱了皱眉头,说:"我想先去咱办事处转转。"韦东祥根本没有料到市长会提出这个要求,一时不知所措。

丁玉丽笑着说:"咱办事处实在太寒碜了……"丁玉丽想替丈夫推脱,可一时竟想不出合适的话来。秋梅说:"吴市长既然想去转转,那就先去一趟咱办事处吧。"于是大家放好行李上了车,直趋秦东市驻北京办事处。

　　小车走了一个多小时拐进一条胡同,接着来到一个不大的家属院,车停在了一栋家属楼下。楼道的门脸上挂着一个写有"秦东市驻北京办事处"的牌子。韦东祥下车后招呼说:"到了,咱们进屋吧。"这栋家属楼的东单元一楼西户便是秦东市的驻京办事处。吴芳一行进屋后,韦东祥把办事处的另外三个成员师桂芝、山浪涛和叶燕一一介绍给吴芳。谁也没有想到市长会来这里,大家既激动又有些不知所措。吴芳并不入座,说要看看大家工作和生活的地方。这是个三室一厅的单元房,一百四五十平米的样子。一间房子住着何盼和山浪涛,一张床叠得整整齐齐,床头的桌子上整齐地摆放着书籍和杂志;另一张床则被子还没有叠,床头的桌子上乱七八糟地堆着衣服和杂物,房子里散发着书香和汗臭的混合味。何盼红着脸说:"昨晚睡得迟了,没来得及叠被子。"叶燕"吭"地笑了,说:"马上天就黑了,你还说昨晚的事。"师桂芝笑着说:"何盼呀,你看看人家山浪涛那边收拾得多整洁,你看也该看会了吧。"何盼红着脸说:"马上改,马上改。"说着他就叠起了被子,被子里扇出了一股怪怪的气味,丁玉丽急忙退了出去。吴芳摇摇头,轻声对韦东祥说:"大家长年在外,你要多注意改善居室的卫生条件。"接着来到了另一个房间,一股股脂粉的香味扑面而来,两张床都叠放得十分整齐,西边床头的桌子上摆满了各种化妆品,还放着一个玻璃瓶,里边插着几枝丝网花;东边床头的桌子上放着几件叠放得平平整整的衣服。丁玉丽指着西边笑着说:"西边肯定是叶燕的领地。"叶燕故意笑着说:"不对,西边是师大姐的床。"师桂芝情不自禁地把东边桌子上的衣服压了压。秋梅笑着对叶燕说:"那一堆口红、唇膏什么的早就把你供出来了。"吴芳看着叶燕笑了笑,指着北边墙上挂的一幅十字绣牡丹说:"这幅画绣得不错,尽显了牡丹的雍容华贵,还有立体感。"叶燕说:"那是师大姐绣的,她既不跳舞又不打麻将,闲了就绣十字绣。她给每个房间都绣了一幅,还准备给大厅绣一幅大的呢。"吴芳说:"刚才何盼他们那间房子的奔马图我看了看,也挺不错。"说完她心想女同志长年在外,如无其他爱好,搞点十字绣既可打发寂寞的时光,也可陶冶性情,是件好事情。师桂芝觉得当市长的吴芳心细如发,还挺有平民味儿。第三间房子稍大一点,里边除了一张床外,还有一张大办公桌,一个书柜,显然这是韦东祥办公兼住宿的地方,墙上挂着一幅旭日东升的山水风景绣图,给人一种昂扬向上的感觉。韦东祥说:"我是宿办合一,他们四人是在客厅办公。"约莫三十多平米的客厅里,中间偏北摆了并在一起的四张桌子,既是办公的地方,也是开会的地方,还是会客的地方。东边墙上挂着一幅世界地图和一幅中国地图，西边墙上挂着一幅北京市区图。北边是窗户，窗台上放了几盆花。南边靠墙摆放着一台电视机，看来大厅还有休闲娱乐功能。吴芳还看了看厨房。师桂芝笑着说："我们五个人平时都是在这里做饭吃，厨房就是我们的机关食堂。外边的客厅也算是我们的餐厅。"看完后吴芳一行三人才坐在客厅的办公桌旁，叶燕迅速给客人泡上茶。韦东祥说："咱们秦东是个穷市，驻北京办事处就是这么个状况，整个家底也就相当北京市的一个普通家庭。""快十年了，"何盼接过话题，"我是第一个来办事处的，直到现在还这样寒碜，赶不上人家一个县的办事处。"吴芳也没有想到，一个地级市的驻京办事处，竟设在一个胡同的家属楼内，便一时无语。韦东祥说："吴市长，时间不早了，咱得赶快去先住下来，再去吃饭。"吴芳说："你们安排的五星级宾馆就不去了，另找一个机关的招待所住下来。晚饭嘛，我看今晚就在你们这里吃吧。"韦东祥略显为难地说："住宿和晚饭都安排好了呀。"何盼说："以往书记、市长来北京我们都是这样安排的。"吴芳说："这次我来咱就变一变吧。"韦东祥一时没了主意。丁玉丽对韦东祥说："你还愣着干什么？赶快先弄饭吃，住宿的事吃完饭再说。"韦东祥看着秋梅还想说什么，秋梅笑着说："韦主任，啥话也别说了，就按玉丽说的办，难道丁主任还指挥不动你？"大家都笑了。师桂芝一下来了劲儿，说："刚好，我怕办事处要忙一段时间，今天下午买了一个星期的菜，只是没啥高档菜，恐怕满足不了要求。"吴芳说："有啥菜吃啥菜，就像你们平时吃饭一样，就吃家常饭，这样最好。"秋梅问："你们谁是大厨呀？"叶燕抢着答："师大姐呗，师大姐是我们机关食堂的大厨，我的水平只能帮帮厨而已，其他三位都是纯粹的食客。"韦东祥说："这是我们的福气，没想到师大姐厨艺挺高。"何盼说："不是我吹，要说师大姐的厨艺，就六个字：干净利索好味道。"山浪涛笑着说："那是七个字呀！"大家都笑了。师桂芝说："别听他们说，我就会做家常饭，时间长了他们也就吃习惯了。你们先喝茶，我这就去烧菜做饭。"叶燕说："那我帮厨吧。"师桂芝说："今天不用你帮厨，东西都是现成的，我一个人就行了。"她要显示一下不凡的身手，何盼不是说自己利索吗，就让大家领略一下利索的程度，给市长和秘书长留个深刻的印象，当然饭菜风味的独特是更重要的方面。机会难得，师桂芝打起十二分的精神，来到小厨房，一显大身手。

　　大家围着四张办公桌坐了下来，没有人说开会，却自然而然地形成了开会的形式，也许这已约定俗成，但凡领导在场即便聊天也显得十分正规和拘谨。大家喝着茶等候师桂芝炮制的美餐，更是等着市长和大家聊些什么。吴芳想尽量让气氛轻松一些，先开了个玩笑，说："小丁呀，你得感谢秋秘书长，是她执意要让你跟着来一趟，才促成了你和韦主任今天的鹊桥相会，你俩怎样感谢秋秘书长呢？"

丁玉丽会意,笑着说:"一会儿我炒一盘菜,让秋秘书长多吃些,作为报答。"大家笑了。韦东祥红着脸说:"一会儿我给秋秘书长多敬几杯酒。"秋梅笑着说:"板是吴市长拍的,你俩还得感谢吴市长呢,总不能让吴市长多吃几口菜多喝几杯酒作为报答吧?"大家又笑,气氛一下子轻松多了。吴芳喝了口茶,问:"咱秦东的驻京办事处是啥时候设立的?"韦东祥说:"是一九九二年设立的,我是第三任驻京办主任了。""一九九二年七月十八日正式成立。"何盼说得更具体了,"我是最早来的那一拨,我刚来是搞联络,后来办事处买了一辆车,没有司机,我就学着开了车。"山浪涛斜睨了一眼何盼,心想这个爱在领导面前表现的人,是不会放过今天这个机会的。叶燕心想领导还没问你干啥工作呢,急什么急?韦东祥说:"何盼现在是协助我搞沟通联络工作,司机是兼职。"何盼听了脸上立刻堆满了笑容,主任在上级领导面前没有把他说成是司机,说的是兼职,这说明一个人顶两个人用,而且主要工作是协助主任,这让他很露脸。丁玉丽说:"驻京办事处是新生事物,是改革开放的产物……"韦东祥打断妻子的话,说:"驻京办是地方驻在京城的办事机构,古已有之,有上千年历史了,汉魏时期叫'邸府',明清演化为'同乡会'和'会馆'。我们现在叫驻京办。"丁玉丽脸微微一红,瞪了一眼韦东祥。秋梅看了一眼丁玉丽,说:"当代的驻京办是改革开放激活的,随着改革开放的推进,各地设立的驻京办像雨后春笋般地发展了起来。清水县前几年也设立了驻京办,开始我还以为我们搞得比较早,后来才知道人家早就设立了。"山浪涛说:"据我所知,目前县级单位的驻京办有近五千家,市级单位驻京办有近五百家,副省级以上单位驻京办有五十二家,如果加上各级政府职能部门及各类开发区管委会设的联络处或办事处、各种协会、国有企业和大学的联络处,各种驻京机构大约有近万家之多。"丁玉丽向来重视也喜欢探听、掌握和传播各类信息,惊讶地说:"偌大个京城,浪涛竟然掌握了这么多这么具体的信息。"韦东祥说:"吴市长,山浪涛在办事处负责信息汇总工作,有的办事处叫情报收集。他掌握的信息比较多也比较具体。"吴芳说:"叫什么不重要,不过掌握尽量多的信息的确十分重要,现在是信息爆炸的时代嘛。"秋梅正要说什么,厨房传来了叫喊声。

师桂芝正在厨房喊叶燕,叶燕笑着说:"师大姐的凉菜备好了,真是个快手。"她边说边快步向厨房跑去,山浪涛也跟着去端菜。很快凉菜就上齐了,一共八个凉菜,有蒜片乳瓜、洋葱木耳、醋泡花生、凉拌苦瓜、芹菜洋葱火腿沙拉、凉拌海蜇丝、牛肉片和罐头鱼。吴芳说:"太丰盛了,我就想吃家常饭。"韦东祥笑着说:"别看样数多,其实都是家常菜,没一样名贵菜。"叶燕指着一盘菜说:"就这盘芹菜洋葱火腿沙拉稍微高档一些,是我们的镇厨之菜,平时一周才能吃得上一次。也是师大姐的看家菜,色香味俱佳,且十分独特,是她从一个名师那里学来的。"秋梅微微一笑说:"听你这一说,未曾动筷唾液倒是分泌了不少。"大家齐声笑了。"不过,"秋梅缓缓说,"只是这盘菜的洋葱和那盘洋葱木耳的洋葱重了。"大家这才仔细看了看,还真的是重了。吴芳轻轻点点头,心想秋梅这人倒是极其细心。叶燕是师桂芝的粉丝,忙辩白说:"巧妇难为无米之炊,要是知道吴市长要在这里吃饭,我和师大姐早做准备,肯定不会让大家吃重样菜。"吴芳笑着说:"无所谓吃重样菜,两盘洋葱的味道肯定不一样。"叶燕说:"味道差别太大了,大家一尝便知。"韦东祥已打开一瓶酒圣酒,笑着说:"无酒不成宴,今天在京城我们用家乡的名酒欢迎吴市长和秋秘书长的到来。"叶燕说:"还有丁主任呢!"何盼说:"这是近十年来,市长第一次莅临办事处视察工作,难得,难得。"

酒过三巡后,韦东祥开始敬酒,吴芳和秋梅喝酒后韦东祥便坐下来说:"按资历下边应由何盼敬酒,不过叶燕是办事处负责接待工作的,就先由叶燕敬酒吧。"叶燕嚷道:"韦主任,你还没有给丁主任敬酒呢!"韦东祥笑着直摆手。何盼说:"韦主任不给丁主任敬酒,我们谁也不端酒杯。"山浪涛看着韦东祥只是笑,看他如何应对。吴芳和秋梅也笑看着韦东祥。韦东祥被逼无奈,只好端起酒杯走到丁玉丽面前,却不知说什么好。丁玉丽莞尔一笑,问:"你不欢迎我来?"韦东祥忙说:"欢迎,欢迎。"两人急忙碰杯都一饮而尽。叶燕看着不过瘾,说:"吴市长和秋秘书长让你俩得以团聚,该一起敬酒了吧。"韦东祥说:"大家先吃菜,先吃菜,一会儿再敬。"吴芳问:"咱们驻京办就你们五个人?"韦东祥答:"就我们五个人,编委核定的编制是五个人。"何盼说:"最初的编制是三个人,一个领导两个兵,后来才调整成五个编制。人家驻京办的人数比我们多多了,我们还没有人家县级驻京办的人数多呢!"山浪涛说:"这倒是真的,据说目前仅五十二家省级驻京办就有工作人员约八千人,其中机关约一千三百人,所属宾馆、饭店、招待所约六千七百人。市、县以下没有具体的统计数据,但肯定是一个巨大的数字。我跑过好些市、县的驻京办,大都比我们的人数多。"这时厨房的师桂芝又喊了起来。

叶燕和山浪涛急忙去厨房端热菜,热菜很快就端出了三大盘:一盘是秦东的带把肘子,是家乡名菜;一盘是麻婆豆腐,属川味菜;一盘是糖醋鱼,是师桂芝的拿手菜。叶燕介绍了三种菜的特点,说:"这三种菜同时上,可谓五味俱全,又可引出思乡之情。后面还有三个热菜,我提前预报一下,有清新黄瓜酿海虾、可乐鸡翅和蛋黄焗南瓜。尤其是蛋黄焗南瓜,是师大姐的一绝,我们平时十天半月才能吃上一次。"秋梅笑着说:"你们挺有口福呀。"韦东祥说:"师大姐是办事处的会计兼出纳,还兼着内勤。她与丈夫离异后一个人生活,女儿在北京上大学,她就主动要求到这里来工作。没想到她既熟悉业务还长于厨艺,就像我们的家长一样,让办事处温馨得就像一个家,没有她这里不知会冷清成什么样子。"吴芳说:

## 第三十三章

"让我去给她敬一杯酒。"秋梅和丁玉丽也跟着吴芳一起到厨房来敬酒。师桂芝挺大方地接受了敬酒,并高喊叶燕,要叶燕代她向三位领导敬酒。叶燕便代师桂芝向三位领导分别敬了酒。她知道丁玉丽也能喝几杯,瞄上她说:"丁主任今天鹊桥相会,喜事临门,需连饮三杯。"丁玉丽听丈夫讲过叶燕负责接待,什么场面都见过,是个八两不多、一斤照喝的不醉之身,自然退避三舍,忙说:"我喝酒不行,喝一杯吧,另两杯让东祥替我喝。"叶燕没想到酒竟转到顶头上司头上,只好按下与她飙酒的想法。大家开始吃热菜,叶燕、何盼、山浪涛先后给三位领导敬了酒,都特别关照了上司的爱人,大家酒喝得痛快,菜吃得惬意,饭桌上洋溢着欢乐的气氛。秋梅心中叹道:以往每次来北京,都是清水县驻京办安排在宾馆酒店吃住,钱花得比今天要多几倍,却难觅今天有如家宴般的温馨和舒畅。看来在京城也可深入基层,也可体恤下属。

吴芳今天特别高兴,边吃边问:"咱们的驻京办都有哪些职能?"韦东祥看着吴芳说:"咱们的驻京办成立较晚,发展也较慢,经过八九年的探索,历经三任领导,逐步确立了三项主要职能:一是沟通联络,二是接待服务,三是信息汇总。总的讲五个人干三件事。"何盼看了看吴芳接着说:"韦主任说的只是咱们驻京办的职责,人家驻京办钱多,人多,权大,神通可大哩!"他索性放下筷子:"我是协助韦主任搞联络的,见得多了。人家搞联络的,主要是和国家部委的头头脑脑拉关系,套近乎。有的驻京办给部委没有专车的司局长、处长配上了高档专车,比机关配的车还要方便、实惠,既不用管司机的工资,也不用管修理和加油。哪个领导家里需要保姆就给配上培训好的保姆,需要接送子女上学的就派司机按时接送。人家那联络真到位,那感情联络得真没得说。人家驻京办啥事都能办,啥大事都能拿下来。咱们的办事处如果有人家的条件,肯定比他们干得还要好。"叶燕鄙夷地看了一眼何盼,这个向来以驻京办二把手自居者,今天又拼命表现了起来,简直是个人来疯,要说二把手师桂芝才配呢,可惜她今天只顾显示厨艺,没有把握住显示的大方向,她简直就不懂政治!山浪涛看了一眼向来不修边幅,今天却打扮一新的何盼,接着说:"人家搞信息工作的,条件好、手段多,神通也就大多了。有的驻京办简直就像一个'情报机构',可以说是派出地的'耳目',总能第一时间将相关信息传回派出地,传回一把手的耳朵。对很多地方政府而言,早一天、晚一天知道上头的动向,很重要。从大方向来说,很多时候甚至还决定着地方政府政策的制定。"吴芳早就停下了筷子,边听边点头。丁玉丽向来重视各类信息,她看着这个精干的年轻人,心中叹道这是个搞信息汇总的好手,如果充分给其提供各方面的条件,一定会把工作搞得很好,一定要给丈夫谈谈让他发挥好这个年轻人的作用。叶燕看吴芳听得很认真,也放下筷子说:"人家驻京办有钱,接待服务也搞得有声有色。领导来了住五星级高档宾馆,吃山珍海味,到各景点旅游,到高档娱乐场所娱乐,吃喝玩乐样样都能服务到位,接待出高规格来。更重要的是地方领导要请客送礼,要向上级领导表示表示时,都由驻京办来具体运作,所有的费用都由驻京办承担。当然啦,最忙的是逢年过节,地方上用大车小车拉,用飞机火车送,弄来了大量的五花八门的各类礼品,都要驻京办配合上去送。可以说人家驻京办接待服务的重点就是请吃请喝送礼品,当然啦,现在还要送购物券、银行卡之类。人家把这叫花小钱钓大鱼,叫'跑部钱进'。当然啦,我们没有这种条件,只能看着人家大显身手。"吴芳听得直摇头,没想到驻京办的水竟这样深这样浑。秋梅笑着说:"叶燕说的这些都是公开的秘密,上级也曾三令五申要求各地整顿驻京办,规范驻京办的工作,可是收效甚微。我在县上时,县驻京办还打报告要仿照和学习外地的一些做法呢,不认为这有什么不妥。"韦东祥说:"还把这当作经验交流呢。"

这时师桂芝端着一盘菜上来了,看大家说得热闹忍不住听了几句,笑着说:"我给大家端来一盘'清新黄瓜酿海虾',算是海味菜。这菜的特点是黄瓜青,海虾白,青是青,白是白,寓意着清清白白。咱们秦东驻京办就像这盘菜一样,办事向来清清白白。"吴芳听了直点头,一下就看出了这个女人的不同寻常。何盼的脸上抽搐了一下,他向来对师桂芝也以二把手自居心存芥蒂,多亏她今天钻到厨房去了,要不肯定会盖过他的风头,会弄得领导真把他当司机看,就毫不客气却有些底气不足地嘟囔说:"你清清白白,人家有权有钱的部委也清清白白,咱什么事也别想办了。"师桂芝没想到这个平时与她明争暗斗的司机,竟当着市长和秘书长的面顶撞自己,就狠狠地瞪了一眼何盼转身回厨房去了。韦东祥知道两位部下又斗上了,笑了笑说:"我们也送东西,都是咱秦东的土特产,什么花生呀,大枣呀,花椒呀,还有咱针织厂的针织品,高档一点的是咱的酒圣酒,不过比起人家的五粮液和茅台来又差了许多。实事求是地说,逢年过节我们都要送礼,一直没有断过。"丁玉丽微笑着问:"咱们送的东西也太不值钱了,人家能在意吗?能起作用吗?"秋梅说:"千里送鹅毛,礼轻情意重呀!"吴芳说:"是呀,我们不能把送礼变成行贿,不能把驻京办搞成行贿上级的落脚点。"她看着韦东祥:"东祥呀,不过话说回来了,中国人请客送礼的学问也是博大精深呀,在很多中国人心中,请客送礼跟行贿受贿是有区别的,请客送礼是带有人情味、亲情味的,实在攀不上亲情味、人情味的,也多少要攀上一些友情味。我赞成你们逢年过节送点儿东西,联络一下感情,也宣传一下秦东。再说,中国毕竟是礼仪之邦,所以我还建议你们把送礼当作一种文化好好研究一下,借助礼物表达好一种社会的联结,以适应目前这种社会现状,把驻京办应办的事情办好。"她看了看叶燕继续说:"叶燕是

## 第三十三章

搞接待的,可以多动动脑子,把各方面的情况吃透,把送礼这门学问钻深,花点小钱办好我们的大事。韦主任可要支持呀。"韦东祥笑着说:"支持呀,我一直支持她成为我们这方面的专家。"叶燕红着脸笑了,心里豁亮多了。

师桂芝端出了最后一盘菜,笑着说:"这是第六道热菜,也是最后一道热菜,寓意六六大顺。这道菜是橙黄色的蛋黄焗南瓜,橙和黄是京城特有的主色调,我们办事处要给京城添光加彩,不能涂黑抹脏。"大家齐声称好。何盼也不得不承认这个女人的确了得,一道普通菜也能说出名堂来。韦东祥沉思了一下说:"驻京办究竟怎样才能办好,究竟要走向何方,的确需要认真思考。有许多驻京办已经成为地方政府和党委的驻京'大使馆',工作人员极其'牛气',优越感十分强烈,神通十分广大,他们在京城巨大的活动能量和对派出地经济发展的影响,一般人根本无法想象。还有许多驻京办从过去单一'跑部钱进'转换到了亦官亦商的年代。一些驻京办的资产已经迅速膨胀,建了宾馆、酒楼,经营地方土特产,甚至涉足房地产开发。"山浪涛说:"有一个省的驻京办,已有固定资产近二十个亿,光五星级酒店就有两家,还有好多辆奔驰、宝马什么的。"韦东祥接着说:"在亦官亦商的身份下,只要稍微动点心思,那么,国有资产很容易变成私有财产。近年来在全国引起震荡的一些腐败大要案中,驻京办负责人已经多次牵涉其中。"何盼接着说:"有人给那些驻京办编了个顺口溜,说那些驻京办是'迎来送往,拦截上访,请客送礼,腐蚀部长'。说那不叫驻京办,应叫'蛀京办',像蛀虫一样危害京城,败坏风气。"他终于说了几句有水平的话。吴芳看了一眼何盼说:"在这方面一定要引以为戒,我们驻京办千万不能出问题,出了问题一定要严查严办。"

最后上的是主食,是家乡十分流行的扯面。师桂芝干净利落地做了一桌饭菜,累得满头是汗,心里却乐滋滋的,她根本没想到会在京城给如此高级别的领导人做饭。等每个人都端上热腾腾的扯面后,她才卸去围裙也端了一碗扯面坐了过来。吴芳再一次向师桂芝道了辛苦,师桂芝笑着说:"我的厨艺不行,大家不一定能吃好,但一定要吃饱。"吴芳说:"挺不错,饭菜做得挺不错,有几个菜挺有特色。"秋梅说:"一个人做八个人的饭,利索的程度很少见,师大姐的身手的确不凡。"丁玉丽笑着说:"我要是有师大姐的一半能耐就高兴死了。"韦东祥沉着脸说:"你呀,要是有师大姐十分之一的能耐,我就谢天谢地了!"说得大家都笑了起来。丁玉丽的脸一下子红了,心中骂道:这家伙怎么连场合都不看,一再地让自己没面子。吴芳停下筷子说:"今天在办事处吃饭很开心,也很温馨。现在人也齐了,我有几句话要说。我们办事处的条件的确很差,谁让我们是穷市呢,条件只能慢慢来改善。在条件受限制的情况下,大家工作挺努力,也挺不错,我感到很欣慰。我想说三个意思。"她略微停了停接着说:"一个意思是,咱们的办事处既要为领导服务，还要为群众服务，不能只为领导办事，不为普通百姓办事。要不断地强化公共服务，努力为本地区基层组织、社会组织和群众在京活动提供服务。比如说，这几天我们秦东市的一批企业要来京跑项目、争取资金，虽然有省上部门带着他们跑，市上也要来部分领导和干部，我们办事处也可以帮帮忙，提供一些必要的服务。"秋梅说："吴市长非常重视企业这次随省厅进京跑项目，她还要和市直几家企业一起跑项目。希望咱们办事处尽量多给这些企业提供相应的服务。"吴芳接着说："第二个意思是，驻京办现有的沟通联络、接待服务、信息汇总三大职责还不够，要把招商引资这个内容加进去，这是个大题目，可以做大文章。市委、市政府已经把招商引资确定为战略重点，我们办事处也要把招商引资作为重点，要主动联系，提供信息，牵线搭桥，促进我市的招商引资工作。我要说的第三个意思是，要讲诚信，讲操守，端正办事处工作的指导思想。不要搞那些乱七八糟的东西，不能当'蛀虫'，要以诚待人，以诚交友，用诚信去感动朋友，感动上级。当然也要承认现实，研究现实，适应现实，要把握好度，有我们的底线，千方百计地做好工作，努力完成好各项工作任务。要说我就说这三个方面的意思。"韦东祥当即表态，要坚决贯彻执行吴市长的三条重要指示，其他四个人也都简单表了决心。

这顿算不上丰盛的晚餐吃的时间倒不短，既畅所欲言，又温馨浪漫，大家都十分满意。饭局刚结束，韦东祥就说："时间不早了，我送吴市长一行去宾馆休息。"吴芳说："宾馆就不去了，让谁把房子退了吧。我们找个机关或企业的招待所住下就行了。"不等韦东祥开口，何盼就说："市长咋能住招待所呢？我到办事处快十年了，还没有哪个领导来京不住星级宾馆。"吴芳说："我们是穷市呀，再说了，住哪里还不是睡觉，有一张床就行了。"韦东祥说："这怕不合适吧？"叶燕说："当然不合适，不符合我们的接待标准。"吴芳笑着说："接待标准还不是人制订的，今后的接待标准都要降一降。"她看韦东祥还在犹豫，笑着说："我住五星级宾馆还不适应哩，不但失眠，还做噩梦，难道你们想折腾我吗？"韦东祥笑着说："行，那就寻个招待所住吧。"何盼说："寻个星级饭店容易，寻个招待所还有点难，咱从来就没有和招待所打过交道。"他看了一眼吴芳，看她一脸的冷峻，忙笑着改口："离这里不远就有一家招待所，价格不高，服务又好。"说完就出门开车去了。大家把吴芳一行一直送到小车旁，吴芳对丁玉丽说："小丁，你今晚就住在办事处吧。"丁玉丽急忙摇着头说："我还是去招待所吧，万一晚上有啥事也方便些。"车上的人刚坐定，坐在副驾驶座上的韦东祥就让开车，何盼却摇下玻璃大声说："今晚就不回来了！"叶燕笑着问："今晚又不是住高档宾馆你还不回来？"何盼说："这不是要照顾韦主任吗？"车里车外的人都笑了起来。在一片笑声里，小车唰地冲了出去。

不大工夫,何盼就把小车开到了一家企业的招待所,很快就办完了入住手续。韦东祥和何盼帮着吴芳和秋梅拿上行李到了房间。吴芳住定后,秋梅说:"吴市长你就早点休息吧。"丁玉丽说:"吴市长,晚上有啥事你随时叫我。"她虽然已是办公室副主任,仍然不忘尽秘书的职责。吴芳说:"这几天我随时可能用车,何盼你和东祥都住下来吧。"何盼瞥了一眼韦东祥和丁玉丽,忙笑着答应,心想自己早就和市长想到一块去了,这就叫先见之明,这就是水平!

韦东祥一进客房就把门关死了,一把抱住丁玉丽就要接吻,丁玉丽扭过头嗔道:"都老夫老妻了还来这一套!"韦东祥说:"先让我亲一口丁主任。"一听韦东祥称丁主任,丁玉丽马上掉过头,像注射了兴奋剂一样,紧紧抱住韦东祥激吻起来。两人好长时间没有这样激情澎湃了,虽说是久别胜新婚,但让丁玉丽如此亢奋的因素则主要是新近的提拔,看来官位还有神奇的提神作用。韦东祥激情逐渐消退,丁玉丽仍意犹未尽,她双目紧闭,两颊潮红,久久地吻着,喃喃地说:"抱紧点,抱紧点,难道你刚才没吃饱?"韦东祥禁不住笑了,说:"行啦,行啦,我的丁大主任,我的舌头都被你咬痛咬麻了。"丁玉丽假装生气,一把推开韦东祥,拉长脸问:"你在京城是不是有了相好的?"韦东祥顿时认了真:"你可别胡说呀!"他看着丁玉丽说:"纵然京城美女如云,谁能比得上我的丁主任!"丁玉丽"吭"地笑了,说:"别一口一个丁主任,叫人听着生分,听着见外,还有些恶心。"韦东祥摸透了妻子,笑着说:"好,我不叫丁主任了。听说市政府办公室分工,让你分管驻外办事处,你该是我的上司了,不叫丁主任,难道叫丁管家?现在里里外外,我都归你管了。"丁玉丽听了舒坦极了,说:"办公室分工,让我协助秋秘书长分管几个对外办事处,是协助分管,不是分管,是因为我分管着办公室的信息科,要加强这方面的工作。"韦东祥心想,分管信息工作倒是妻子的特长,不过她有时嘴不牢,爱传播小道消息,这可是从政的大忌呀,就笑着说:"难怪你吃饭时和山浪涛说个不停,是在联络感情,还是布置工作?山浪涛这个人不错,善于收集汇总信息,而且人品好,从不传播小道消息。"说到工作上的事,丁玉丽一脸的自豪,当然也听出了丈夫的弦外之音,却不计较,继续说:"我这个副主任可不是白捡的,是战胜最强劲的对手田丽丽才赢得的。田丽丽你知道吧,机关的文章快手,由锡平的手下爱将,文佳的得力助手,她一直认为办公室副主任非她莫属,但最后副主任还是落在了我的头上。在领导身边工作,综合协调能力才是最重要的,舞文弄墨说到底是雕虫小技。"韦东祥看着志得意满的妻子说:"古人云伴君如伴虎,在领导身边工作,你的优点领导看得清,你的缺点领导也看得清,还是要多加小心,多加注意,否则迟早会吃大亏。"丁玉丽说:"你说得有道理,田丽丽就是跟领导跟得太紧了,闲言闲语太多,才吃了大亏。我虽然当了副主任,但吴市长仍让我跟着她,继续搞秘书工作,说有了职务更便于协调,便于工作。这说明,说明啥问题呢?"韦东祥说:"说明领导容忍了你的缺点,但不说明你没有危机。"丁玉丽说:"我的提拔与政治上争斗也有关系,市政协换届选举之后,严重影响到了市级领导之间的关系,也影响到了干部的任用。秋梅当了市政府秘书长以后,在副秘书长中震动很大。仵天才没当上秘书长,除了继续兼任办公室主任,还兼任了法制办公室主任;文佳没当上秘书长后兼任了接待办公室主任,还兼任了市政府招待所的董事长。这是一种平衡,也是一种安抚。田丽丽还算不错,经过由锡平做工作,当上了法制办公室的副主任,虽然没有当上市政府办公室的副主任,但也提拔成了副处级……"韦东祥似乎对这些并不感兴趣,打断妻子的话:"不早了,赶快洗个鸳鸯澡,早点儿睡觉吧,我都困了。"丁玉丽说:"你哪里是困了,是猴急了。你先洗澡,洗了先睡吧。我还得再等一等,怕吴市长有啥事要叫我。"韦东祥说:"都快12点了,吴市长早就睡了,更不会叫你的。"丁玉丽仍是一副不为所动的神情,说:"吴市长肯定还没有睡觉,你没有我了解她。"

吴芳的确还没有睡觉,这次进京她安排的事比较多,快12点了她仍在打电话。进到房间后,她先给已经进京的市经贸委主任薛谦打电话,了解企业进京跑项目的事。这次是省上组织各有关厅局进京跑项目,吴芳让对市上的项目筛选后组织了一批企业进京跟随省上厅局跑项目,吴芳给省上有关厅局打了招呼,而且她随后进京准备陪同跑一些重点项目。接着她又给市轻纺总公司总经理周华打了电话,周华正坐在火车上,明天一早赶来会同吴芳,一起去跑秦东纺织厂破产进国家优化资本结构试点盘子的事。再下来她给市交通局长孔里打了电话,询问了秦浦高速公路两条腿走路的情况,让他和市公路局副局长杨剑三明天到京,以便插空跑一跑这个大项目。接着她和先期到京的丁燕红通了电话,商量了跑秦东纺织厂破产项目的事。再接着又和古济宁通了电话,要他和王大成教授取得联系,她要择机去拜会一下王大成,说一下城市规划编修的事。然后又给市招商局长杜章九打了电话,询问和安排了招商引资上的事。12点都过了,吴芳的电话还没有打完,手机已显示电量不足,她想到了丁玉丽,想把她的手机要过来,可一想丁玉丽和丈夫久别重逢,还是不打扰为好。她又想到了秋梅,就拨了秋梅的电话,秋梅却已关机。她忽然觉得秋梅的确是一位合格的县委书记,担任秘书长却还需要继续磨合。程杰人当秘书长时二十四小时从不关机,任何时候电话都是畅通的,秋梅倒好,关了机睡大觉。其实,秋梅担任秘书长以后一直在调整自己。首先对秘书长做了定位,她认为这个位置固然重要,甚至有些耀眼,但毕竟只是领导的参谋和助手,是为领导和机关服务的,用俗话说就是个兵头将尾,是伺候领导的大秘书,和当县委书记全然不同。来时秋梅就想过,这次到北京来事多烦杂,得多长几个心眼,把服务工作搞好,可是她还是早早就睡了,还关了手机。

吴芳每晚都睡得很晚,还有个习惯,事情没有办完就睡不着觉。她已洗了脸刷了牙准备上床,却禁不住又拿起手机拨通了丁玉丽的电话,几分钟后丁玉丽拿着手机过来了。吴芳笑着说:"实在不想打扰你,我的手机没电了,只好借你的手机用一用。"丁玉丽说:"没事。"说着她就放下手机:"吴市长还有啥事吗?"吴芳深情地看了一眼自己的副主任秘书,说:"没啥事了,你快去休息吧。"丁玉丽说:"吴市长你打完电话也早点休息吧,明天的事情可多了。"吴芳说:"好,打完电话我就休息。"丁玉丽轻轻拉上房门,几乎是小跑着回房间去了。吴芳拿起丁玉丽的手机,给远在秦东的文佳拨通了电话。文佳的手机也是从不关机,他从床上爬起来说:"吴市长,这么晚了你还没休息?"吴芳说:"又打扰你的休息了。没办法呀,明天我的事多,安排得满满的,只好这么晚了给你打电话。"吴芳略停了停,接着说:"前段时间你说了治理投资环境的事,我觉得这事很重要。你可能还不知道吧,地税局已经告了你的状,市直部门领导的认识水平尚且如此,说明非得治理投资环境不可了。原来说让你明后天赶来北京,一起跑一下秦浦高速路的事,现在看来还是留在家里吧。这段时间你着重搞点调查研究,起草一个好的报告。我回来后开个治理投资环境的动员大会,这项活动搞上两三个月,为进一步扩大招商引资创造一个良好的投资环境。"文佳说:"好,我明天就安排这事,动员报告我亲自起草。"吴芳这才满意地关机睡觉了。

丁玉丽回到房间关上门,很快脱掉衣服,钻到了毛巾被里,一边钻一边说:"我昨天才洗过澡。"韦东祥一下子抱紧了丁玉丽,说:"洗没洗澡没关系。"丁玉丽说:"我说得不错吧,吴市长晚上肯定会叫我的。这下好了,她把我的手机拿去了,再想叫也叫不成了。"她双手搂紧韦东祥的脖子,在他的额上亲了起来,韦东祥却脖子一伸舌头直奔她的嘴唇,两张嘴唇紧紧地咬在了一起。一个有些疯,一个有点急。几个月没见面了,两人都使出了浑身解数,把青春的活力发挥到了极致。很快两人便进入了疯得有些狂、急得有些火的癫狂状态。十几分钟过后,韦东祥一边擦汗,一边喘息,平平地躺在了床上。毛巾被早已掉到床下,丁玉丽懒得去取,她侧着身子,双目紧闭,一只手搭在韦东祥的胸脯上,说:"几个月的紧张和压力全飞到九霄云外去了。"韦东祥说:"市长还在紧张地工作哩。"丁玉丽嗔道:"谁让你又说工作上的事哩,市长就像个永动机,有忙不完的工作,给她当秘书谁也吃不消,不过又有啥办法呢?""好啦,好啦,不说这些事了。"韦东祥捡起毛巾被,"赶快睡吧,明天你的事还挺多呢。"

第二天，吴芳起得很早，洗罢脸做了十几分钟的室内体操，才去吃早点，吃过早点要去跑秦东纺织厂进国家优化资本结构试点盘子的事。她一直非常重视秦东纺织厂的破产，想通过搞好秦东最有影响企业的破产重组，把秦东的企业都推向市场，进而以企业为主体，加大招商引资的力度，充分调动起全社会招商引资的积极性。如果能让秦东纺织厂的破产重组进入国家优化资本结构试点的盘子，就可以冲消两亿多元的银行债务，甩掉历史包袱，重组的企业将会更有活力，赢得更好的前景。为此，她在秦东纺织厂的事情上下了大的功夫。为了统一领导之间的认识，她找由锡平深谈了一次，讲了实施秦东纺织厂破产的重大作用，由锡平对这些当然一清二楚。再者市政协换届后，政治上善于纵横捭阖的由锡平感到了空前的压力，认为市委和一些领导在有意找他的岔子，便愿意和吴芳改善关系，以渡过眼前的危机。当吴芳提出不要再搞什么秦东纺织企业集团，应首先解决好秦东纺织厂的破产重组时，主管工交的由锡平满口答应，还提出了釜底抽薪的办法，顺便调整了力主组建纺织企业集团的南金山的职务。南金山被任命为市煤炭总公司的正处级副总经理，回到了城里。南金山对由锡平简直有些感激涕零，跟得更紧了。经过市政府常务会议和市委常委会的讨论，一致同意对秦东纺织厂实行破产重组。各方面的障碍都排除了，剩下最大的问题就是争取秦东纺织厂破产能进国家优化资本结构试点的盘子了。为了实现这个目标，吴芳和丁燕红商量好这次进京跑一跑这件大事。丁燕红昨晚已说好吃过早点就来这里会合。

一连两天，吴芳在丁燕红的陪同下跑了五六个国家部委，汇报了秦东纺织厂破产的进展情况，以及想纳入国家优化资本结构试点盘子的迫切愿望。也许是上级有意关照西部欠发达地区，也许因为丁燕红既是国家部委的副司长又兼着省上厅局的领导职务，也许由于吴芳的真诚感动了上级机关，不管是出于何种原因，跑得十分顺利，各有关部委的主管司局都表态支持秦东纺织厂破产进盘子，吴芳的心情轻松多了。最后只剩下最为关键的国家财政部一家了，准备第三天早晨去跑，恰在这时候丁燕红的母亲住院了，医院还发了病危通知，丁燕红只得去看护病危的母亲。吴芳就和一直跟着跑的几个人商量，大家都觉得这事要抓紧，一口气都不能松，尤其是财政部更为重要，应接着跑。吴芳果断决定接着去找财政部主管司局长汇报工作，恳请支持。

第三天一大早，吴芳和秋梅、丁玉丽、周华直接来到财政部专门办理优化资本结构试点相关问题的办公处。这里离财政部不算太远，是在一栋写字楼上临时租的。询问后一行人来到了贺平司长办公的地方。这是一个三间连通的大办公室，从中间正门进去，靠门摆着一张大办公桌，靠墙摆了一圈沙发，这里是接待来客和工作人员王秋丽办公的地方。西边有个侧门，里间是贺平司长的办公室。东边也有个侧门，里间是老司长刘敬堂的办公室。吴芳一行到来时，王秋丽正在打扫贺平的办公室，她听到外边这么早就有人来了，就出来招呼。秋梅记人特别准，她一眼就认出了王秋丽，急忙上前说："你是小王吧？王秋丽，咱们是老相识了。"王秋丽手里拿着抹布，愣愣地站着，嘴里"啊啊"着，硬是想不起来秋梅。秋梅提示说："小王，去年秋季你在清水县检查关井压产时咱们见过一面。"王秋丽说："啊，对啦，我们检查组去过清水县。"一提到清水县，她马上有了印象，眉头不禁皱了起来。秋梅说："我叫秋梅。"丁玉丽说："她当时是清水县的县委书记。"秋梅接着说："当时我和县长正在外地招商引资，听说国务院检查组马上要走，赶回来见了一面，算是送行。"王秋丽说："对，想起来了，秋书记为我们送过行。"她很不自然地笑了笑，显得有些冷淡，并没有对秋梅的热情做出相应的回应。在清水县检查关井压产，给王秋丽留下了难以磨灭的印象，她大学毕业参加工作后第一次下乡，就在清水县的山沟里磨破了脚，反复品尝了被县上忽悠的滋味，还领略了什么叫上有政策下有对策，对清水县没留下什么好印象。秋梅送行的事她只是嘴上说想起来了，实际上早就淡忘了，她只是对秋梅超人的记忆力感到惊讶。吴芳早就看出了王秋丽内心的冷漠，估计王秋丽对清水之行有着很深的成见，便走过来从脸盆架上拿起一块抹布笑着说："小王，我们一起帮你打扫卫生吧。"说着就擦起了茶几和沙发的扶手。吴芳的这一举动谁也没有想到，不光王秋丽没有想到，几个随行人员也没有想到。秋梅灵机一动，急忙拿起门后的拖把就要拖地，还给丁玉丽使了个眼色，丁玉丽也找了条抹布擦起桌子来。把个周华弄得十分尴尬，站在边上直搓手，跟着干吧，还真插不上手，不干吧，市长、秘书长都干上了，总不能站在边上看吧，只好走出办公室，找了一个拖把，和一个清洁工一起拖起了楼道。

秋梅一边拖地一边给王秋丽介绍："这位是我们秦东市的市长吴芳。"王秋丽十分惊讶地看着吴芳，她就是秦东市市长呀。吴芳着一身藏青色的西服，穿一双锃亮的黑色中跟皮鞋，显得十分的干练，擦茶几和沙发的动作十分娴熟和到位。王秋丽走到吴芳跟前说："吴市长，怎能让你擦灰呢，还是我来吧。"吴芳笑着说："没关系，一起擦快嘛。"她抬起头一脸的诚恳。秋梅继续介绍："那位是市政府办公室的副主任丁玉丽。"王秋丽笑着说："都是丽字辈的，谢谢丁主任帮忙。"丁玉丽看她开起玩笑，也笑着说："都是丽字辈的，还谢什么呢？"大家都笑了起来。十几分钟时间，四个人便把三个连通的办公室打扫完了。王秋丽招呼三个客人坐下，给每人泡了一杯茶，问："吴市长你们来得真早，有啥重要事情？"吴芳说："我们是来找贺平司长，想汇报一下秦东纺织厂进优化资本结构试点盘子的事情。"

王秋丽说:"我还以为秋书记来看望刘敬堂司长。去年刘司长带队检查了清水县的关井压产,本来准备通报批评清水县,县上的县长和局长找到北京给刘司长汇报了整改情况,还表了决心,才撤销了通报。"秋梅说:"我现在调到市政府,担任秘书长,已经不管县上的事了。"王秋丽说:"刘司长也不管关井压产的事了,去年他就到了退休年龄,因熟悉矿山企业特别是煤炭企业的情况,就被抽调到这边来协助贺平司长。这不,把我也带过来了。"她看了一眼吴芳:"贺司长说他的办公室净是文件和重要资料,不让清洁工打扫这里,我就每天早晨早到半个小时打扫这里的卫生。"这时周华满头大汗地走了进来,丁玉丽问:"周总,你怎么满头大汗?"周华说:"我在外面帮清洁工拖了一会儿楼道。"王秋丽也给周华倒了杯水,笑着说:"你们是客人呀,还帮着打扫卫生,这是我到机关工作以来第一次遇到,还是市长亲自带着干。"吴芳笑着问:"贺司长快上班了吧?"王秋丽说:"贺司长是两边扯,大多数时间是在财政部上班,那边事更多。只是上午才到这边来,有时来得早,有时来得晚,有时刚来那边有事又走了,有时干脆就不来了,一连几天来不了的情况也有。"她看了看表:"刘敬堂司长马上就来了,他是准时上班,几乎是不差分秒,不过他只管矿山企业这一块,不管纺织企业。""小王呀,怎么能说我上班不差分秒,今天就迟到了一分钟呀。"刘敬堂微微笑着,精神抖擞地走了进来,全然不像六十开外的样子。秋梅站起来说:"刘司长,您好!"说着就走上前去伸出了手,刘敬堂定睛一看,说:"稀客呢,你是清水县的秋书记,对吧?"秋梅笑着点点头,又说了自己的新身份,两人的手握到了一起。秋梅接着介绍了吴芳几个人。刘敬堂说:"如果我没有猜错的话,你们是来跑进优化资本结构试点盘子的事。"秋梅说:"您说对了,我们是来汇报秦东纺织厂破产进盘子的事。"刘敬堂说:"最近跑这事的一拨又一拨,整天人流不断。你们找贺司长可要耐心等候呀。"说完他进到自己的办公室去了。

上班时间到了,来的人越来越多,大家都是跑进优化资本结构试点盘子的事,显然多是竞争对手,有找刘敬堂司长的,大多数是找贺平司长的。王秋丽坐在自己的办公桌前,不断地给一拨又一拨的人说着贺司长说不准啥时间来的话,找刘司长的则先后领到刘敬堂的办公室去了。等候贺平的人,有中途走掉的,也有走了又来,来了又走的,11点过后等候的人走得差不多了。秋梅不断地看着手表。吴芳却没有走的意思,她要等到下班。吴芳清楚在定盘子的最后阶段,拿事的人一般要采取回避的办法,往往又会在快下班时来处理一些紧急事务,等就要等到最后时刻。

一连三天上午,吴芳一行人都来得最早,走得最迟,来了就帮着王秋丽打扫卫生,周华就帮着清洁工拖楼道,这让刘敬堂十分感动。第三天上午快下班时,

## 第三十三章

刘敬堂走出自己的办公室,看吴芳在专心致志地看一本书,一副旁若无人的样子。刘敬堂笑问:"吴市长看的什么书,如此专注?"吴芳听是刘敬堂在问,抬起头笑答:"我的一个老同学写的一本书,叫《百家实话录》,是针砭时弊,呼吁当政者关心群众生活的书。"刘敬堂拿起书,看了看说:"我在秦东检查关井压产时,你们的郑雄飞副县长送了我一本。作者卫三乐是大学教授,对社会现状十分了解,没想到他是你的同学。"吴芳说:"这本书是一面镜子,可以帮助我们把社会现状看得更清楚一些。"刘敬堂有些感慨地说:"是呀,这本书文风犀利,力透纸背,针针见血,发人深思,如此敢说真话实话的人并不多见。你可以让秦东更多的干部读读这本书。"他看了一眼秋梅:"老秋呀,你现在离开清水了,见了郑雄飞让他也认真读读这本书,要告诫他,千万不要再忽悠上级派来的人,更不能忽悠老百姓了。可以断言,他虽然送了我这本书,他可能还没有读过,至少是没有认真读过。"秋梅笑着答应了,说:"去年你来检查关井压产时,清水县的确有弄虚作假的情况,事后我们做了认真的整改,县政府的几个领导还来京专门向您做了检查。"刘敬堂说:"那是你们怕挨通报批评,不过县政府的检查还比较深刻,几个领导也比较诚恳,以后也就没有再通报你们。我一生最喜欢真诚,犯了错只要真诚地改,就能原谅。"刘敬堂接着说:"你们已经跑了三个上午,没有见上贺司长,但真诚之心足以感动这里的每一个人,市长亲自带人打扫卫生的事已传到财政部那边去了。这样吧,据我所知贺司长这几天一直事多,不一定到这边来,如果你们愿意的话,今天晚上我带着你们去贺司长家里去见他。"吴芳站起来,握着刘敬堂的手说:"这样太好了,太感谢刘司长了。晚上我们先来您家里接您吧。"刘敬堂说:"好,晚上 7 点整我在楼下等候你们。"

　　吴芳就近简单吃了午饭,临时和市经贸委主任薛谦等人开了个小会,商量了跑项目和争取资金的事,下午在薛谦的陪同下到国家有关部委跑了跑,一直忙到 6 点多。吴芳在车上吃了个烧饼,从薛谦带来的土特产中带了两份礼品,匆匆赶到刘敬堂的住处,接着又赶往贺平的住处。

　　贺平的住处相当远,8 点多才赶到他住的小区。两辆小车停在一栋高矗的住宅楼前,刘敬堂一下车就对吴芳说:"今天还算顺利,没有遇到堵车。"吴芳笑了笑,说:"托刘司长的福,但愿一切顺利。"秋梅提着两个大塑料袋子也跟了上来,袋子里装着秦东产的花生、花椒、黄花菜、大枣等土特产。丁玉丽从后面车上提下一箱浦湖县产的酥梨,周华端着一箱清水县产的富士苹果。"电梯坏了。"走在前面的刘敬堂说,"真不凑巧。"他摇摇头。吴芳走近一看,电梯旁贴着一张正在维修电梯的纸条。吴芳问:"贺司长住几层?"刘敬堂说:"十六层,怎么办?"秋梅抬起头看了看高高矗立的大楼,轻轻叹了口气。丁玉丽提酥梨箱的手上下闪了闪,似乎在评估酥梨的重量。端着苹果箱的周华面带难色,轻轻摇了摇头。刘敬堂看着吴芳,大家都把目光投向她。"既然已经来了,再说这事不能再拖了。"吴芳小声说,突然她抬起头,"刘司长,您六十多岁的人了,实在不忍心让您爬这么高的楼。"看着一脸诚恳而又露着坚毅的吴芳,刘敬堂说:"我没问题,只是他们几个还带着东西……"周华说:"没问题,不就是一箱苹果嘛。"秋梅、丁玉丽都说没啥问题,吴芳说:"既然都说没问题,咱们就走上去,只是让刘司长受累了。"刘敬堂笑着说,"我家住七层,除了带重物,一般都是走楼梯,也是一种锻炼,是一种强迫锻炼。去年在清水县的山沟里检查关井压产,许多年轻人还跟不上我哩。"

刘敬堂、吴芳在前,其他人跟在后面开始爬楼梯。前几层大家又说又笑,似乎没有什么,到了第六层,丁玉丽喘着气说:"要不要歇一会儿?"吴芳对刘敬堂说:"刘司长歇会儿吧。""行。"刘敬堂畅快地说,"一般不带电梯的楼房,最高也就是六层嘛。"周华擦着汗说:"机关单位分房,都不愿要六楼,嫌高呗,看来爬楼梯六楼是个坎儿。"吴芳说:"走慢一点,一鼓作气再爬六层楼吧。"大家鼓起劲,继续往上爬,说笑声少了许多,喘息声却明显多了起来。刘敬堂不紧不慢地走着,每一步都踏得很稳,也微微喘息起来。吴芳还想把说说笑笑延续下去,没上几层就喘息得说话的声音也变了调,她擦了把汗对刘敬堂说:"刘司长,您累了就歇一歇。"刘敬堂看发胖的吴芳行动渐渐迟缓起来,说:"走慢一点,走够六层再歇吧。"秋梅提着两个袋子重虽不重,却不断地磕碰着楼梯,两只手说什么也抬不高了,脸上的汗把眼睛浸得发酸。吴芳看了看从她手中硬要过一个袋子提着。丁玉丽开始用袖子擦汗,汗水从额头到脸上直流到下巴再滴到地下,提的酥梨箱从一只手换到另一只手,换来换去得换个不停。周华端着苹果箱,任凭汗珠流淌,张着口不停地喘着粗气。走到十一层,丁玉丽一个趔趄差点摔倒,把酥梨箱重重地放在地上,眼冒金花,有些恶心,实在是走不动了。吴芳对秋梅说:"秋秘书长和小丁换提酥梨箱吧,把你提的袋子给我。"说着就从秋梅手中要过另一个袋子。刘敬堂也已气喘吁吁,对吴芳说:"干脆给我一个袋子,咱俩一人提一个袋子吧。"吴芳不肯,喘息着说:"刘司长您年纪大了,能走上去就够意思了,怎么还能让您提袋子。"刘敬堂说:"干脆歇一会儿吧,不要非到十二层再歇。"大家停了下来,互相看着彼此的狼狈相都笑了。吴芳说:"歇好了一鼓作气,直上十六楼。"

走到十四层,周华实在撑不住了,他腰疼得有些直不起来,下巴上不停地滴着汗水,汗水滴到箱盖上又流了下去,上衣的前襟和后背全湿透了。他想笑却笑不出声来,结果带着哭音说:"歇一会儿吧,实在一鼓作不了气啦!"他的怪声调让大家齐声笑了。不等有人发话,周华就把苹果箱放到了楼梯的扶手上,他的腰实在弯不下去了,没法把箱子放到地上,就用胸脯顶着箱子,边喘粗气边用袖子擦汗,看大家笑了,他也笑了。这一笑,让大家休息的质量提高了不少。歇了一会儿,吴芳握紧拳头说:"这下一定要一鼓作气爬上十六楼。"她提的一个袋子刚才就被刘敬堂要去了,她右手提起袋子,左手往上指了指,就带头爬起楼梯。

大家终于爬上了十六楼,喘息稍定,刘敬堂按了按门铃,贺平的妻子开了门,看是刘敬堂,急忙把一行人让进屋里。贺平的妻子对刘敬堂说:"看样子你们也是爬楼梯上来的。老贺刚才还说,电梯坏了,今晚肯定没人来,他就洗澡去了。他下午也是爬楼梯上来的,出了一身汗。"刘敬堂笑着说:"大妹子,你们这高档豪华小区电梯也坏?"贺平妻子说:"这还是第一次,没想到让你给赶上了。"刘敬堂说:"可把人折腾够了,让大家领略了一下什么叫汗流浃背。""还有什么叫气喘吁吁。"贺平从洗浴间缓缓走了出来,边走边笑着说,"我一听就知道是你刘老兄来了。"刘敬堂说:"今晚过来不是玩车马跑,是陪几位客人来。"接着刘敬堂把吴芳一行介绍给贺平。寒暄过后,贺平正色说:"刘老兄,我向来不收别人的礼品,你怎能让客人带这么多礼品?"刘敬堂说:"我怎么挡也挡不住,他们说这是地方上的土特产。"吴芳忙说:"都是我们秦东本地产的土特产,是想表达一下我们的心意,也有想借此宣传宣传的意思。"贺平听了直摇头,依然一脸的认真。刘敬堂笑着说:"我和贺司长是大学的同学,他历来凡事都较真,你说拿的是土特产,他不放心哩,这样吧。吴市长你就让贺司长开箱验验吧!"吴芳笑着说:"让我借机宣传一下吧。"她先打开苹果箱,说:"这是秦东市清水县的优质红富士苹果,如今除了在国内外市场畅销鲜果外,还引来上海一家企业投资建成了省内最大的苹果汁加工厂。"接着她打开酥梨箱,说:"这是秦东市浦湖县的绿色环保酥梨,最大的特色是酥甜爽口,咬一口,果汁直顺胳膊流。"她幽默地做了个看胳膊的姿势,大家都笑了。贺平没有笑,两眼紧盯着两个塑料袋子。吴芳会意,只好解开袋子,翻着介绍了大枣、花生、花椒、黄花菜等干果菜蔬。贺平这才松了一口气,说:"刘老兄怎么能陪客人带这么多土特产呢?"贺平依然不肯松口。刘敬堂说:"我从没把客人带到你家来,这次是我被他们感动了。吴芳是一市之长,连续三个上午带着随员给我们打扫办公室,还拖了楼道,我还没遇到过。为了见上你来得最早,走得最晚,一片赤诚,谁见了都会感动的。"贺平惊讶地问:"吴市长就是连续几天打扫卫生的那个市长?"刘敬堂说:"是呀。"贺平说:"这件事办公室主任已经给我说了,也传到了财政部机关。"刘敬堂说:"老同学呀,你是知道的,我也向来不收别人的礼物。不过他们千里迢迢带来的土特产能拒绝吗?礼轻情意重呀。再说了他们带着这些东西爬了十六层楼,那岂止汗流浃背、气喘吁吁,那是怀着一颗赤诚的心呀,怀着一颗滚烫滚烫的心呀!"贺平很少见到刘敬堂大动感情,忙笑着说:"我听老兄的,收下这些土特产,这是西部贫困地区同志的一片心意。不过下不为例呀!"刘敬堂说:"这就对了,否则客人会伤心的。"

大家坐定后,刘敬堂说:"吴市长,你把秦东纺织厂的情况给贺司长说说。"吴芳刚要开口,贺平说:"别忙,让我拿个本本记上。"他向来办事认真,在家里说工作也要记下。刘敬堂微笑着点点头,两人在这方面竟十分相似。很快贺平从书房拿来了笔记本和钢笔,坐下后对吴芳说:"吴市长你说吧。"吴芳刚说了几句,贺平又要去打电话问问这方面的情况。过了十几分钟,他又回来坐下。吴芳接着又谈,从大的方面谈了秦纺厂的概况,目前的经营状况和必须走破产重组路子的理由,以及争取进国家优化资本结构试点盘子的迫切愿望。贺平说:"我刚才打电话询问了一下,你们省报了两家棉纺企业进盘子,但指标有限,只能进一家。另一家是省属企业,省上的意见是要保省属企业进盘子,我们初步研究的意见和省上是一致的。"吴芳说:"秦东是个穷市,发展经济的困难特别多,希望对我们后进地区能予以关照。"秋梅说:"刚才吴市长说了,秦纺厂的破产重组,市上是作为重大的战略措施来抓的,迫切需要甩掉历史包袱……"贺平说:"我得让王秋丽把省上报送的材料拿来看看。"周华忙说:"材料我带了。"说着他从公文包取出了一份材料递给了贺平。刘敬堂笑着说:"贺司长今年底就要退休了,办起事来依然丁是丁,卯是卯,毫不马虎。"贺平微微一笑,一边仔细地翻看材料,一边问周华,中间又到书房打了一次电话。贺平沉思良久,问刘敬堂:"刘司长,你说说这事该咋办?"刘敬堂不时看着贺平,已观之良久,微微一笑说:"你已心中有数,就明示吧!"贺平说:"你知道对这类事,我向来都说要研究研究,有人不是叫我研究司长吗?"他先自我调侃,接着笑了起来。刘敬堂看老同学笑了,便知道吴芳没有白跑。吴芳看到贺平今天晚上第一次笑了,心中沉了一下,好些领导表态前笑了,就可能大事不妙,接着就会以各种理由解释。秋梅也心里一沉,既然已经自我调侃了,弄不好他又要说"研究研究"了,谁都知道那仅是一句托词而已。丁玉丽心想刘敬堂到关键时刻怎么不表态呢? 其实他是不用表态的,他能陪着来又爬了十六层楼,贺平还用问他的意见吗? 周华有点莫名其妙的紧张,盯着贺平眼珠一动不动,跑了好几天,成败如何,就看他的表态了。贺平并不急于表态,又翻起了材料。显然这次他并非看材料,只是一种习惯性动作,因为老花镜刚才已经摘下,放在盒子里了。吴芳看在眼里,知道这位办事认真的老司长是在做最后的权衡或构想。几个客人谁也没有再说话,静静的,只有刘敬堂微微笑着在品茶。

贺平翻了一会儿材料,方才抬起头来,看到一圈眼睛都在盯着他,尤其是吴芳眼睛里充满了期盼。他掀开材料,缓缓地说:"两家纺织企业同样都很困难,省属企业规模还大一些。秦东市进盘子的愿望又是如此强烈,实在令人作难啊。"他稍做停顿:"这样吧,增加一个指标,秦东纺织厂也列入这次的盘子。这可是几个亿的事,明天我给主管副部长汇报一下。"刘敬堂笑着问:"要不要研究研究?"贺平也笑了,说:"研究的程序不能少,下周一要开会把这批进盘子的企业确定下来。"刘敬堂对吴芳说:"你们来得真及时,运气也真好,否则会错过这次机会,甚至会错过整个机会。以后审批会越来越严格,竞争会越来越激烈。"他看了一眼贺平:"我这是第一次也是最后一次陪客人找老同学说公事了。"贺平说:"我很快就到站了,我是第一次没说研究研究,大概也是最后一次在家里说公事了。原以为电梯坏了,不会有人来找了,结果刘司长陪着客人爬楼梯找来了。"刘敬堂笑着说:"看来,秦东的客人还得感谢坏了的电梯,电梯要是没坏,说不定贺司长还出去了呢。"贺平的妻子刚好出来了,说:"还真让刘司长说准了呢,我俩原定要去看个朋友。"吴芳心想,还真要感谢坏了的电梯呢,爬十六层楼方能显出我们的诚意来,贺平肯定也考虑了这个因素。刘敬堂笑着站了起来,说:"咱们走吧,司长夫人要赶我们了。"大家都站起来告辞,这才想起还有十六层楼梯要下呢。大家跟着刘敬堂慢慢地朝下走,楼梯里顿时一片欢声笑语,大家显得轻松多了。

  吴芳一连忙了五六天,上午跑秦纺厂的事,下午跑争取项目和资金的事,晚上开会汇总情况和商量对策,中午和晚上要请人吃饭,中间还抽空看了一次丁燕红病危的母亲,的确忙得团团转。第六天晚上,吴芳安排完有关事宜,决定去北京兴华集团公司总部拜访一次古济宁。古济宁几乎天天都要邀请吴芳及其随员吃饭,中间还亲自来过两回,都没有落到实处,连多说几句话的时间也没有。听说吴芳晚上要过来看看,古济宁吃过晚饭便早早来到公司总部的办公室,等候着吴芳的到来。

  晚上8点多,吴芳独自来到了北京兴华集团公司总部。古济宁的办公室在这栋写字楼的第八层,吴芳刚上到八楼,一位女服务员就走过来,问明后就把她领到古济宁的办公室。这是一个三开间的大办公室,里边的套间是卧室,外边两间是办公和会客的地方。两人一见面古济宁就埋怨上了:"市长还真忙呀,简直是日理万机,恐怕比国务院总理还要忙呢,五六天了想宴请一下都不给机会。"吴芳笑了:"还日理万机呢? 恐怕千机、百机都理不了。实话实说,日理十机已累得我受不了啦。"古济宁给吴芳泡了一杯茶,说:"喝一杯明前西湖龙井,泄泄火,天气是越来越热了。"吴芳打量了一下办公室,一个宽大的棕黑色老板桌,桌上一个带钟表的工艺品上插一面小国旗,还有一个极其精致的笔筒,里边插着几支明光闪闪的签字笔,桌上再无他物,一看主人就是个喜欢简洁明快的人。西边是落地玻璃窗,透过窗子可以看到车水马龙的大街和万家灯火;南边是一排书柜,摆着满满当当的各类书籍;东边墙上是两幅地图,一幅是中国地图,一幅是北京市区图;北边墙上是一幅书法作品,只是落款写得太草,图章是篆书,几乎没人能看出这是哪个名家所写。房子的东南角放有一尊铜像,吴芳以为是尊财神铜像,心中不禁生出些许失望和遗憾,原来涉猎商场的人都会染上铜臭味,看来古济宁也不能幸免。她仔细一看原来是关羽的铜像,好奇地问:"老古,但凡商场人士供奉的都是财神赵公明,你的身旁怎么摆了一尊关羽的铜像?"古济宁笑着说:"我知道你一定会发现这个和询问的。这是肖冰冰的老爸肖一老人家送我的,肖老是我刚下海时的靠山,也是我的指路人和恩人。肖老一生经商,却从未信奉过财神,只信奉关公。他的办公室放了一尊大号的关公铜像,送我一尊小号的关公铜像。"吴芳问:"这有什么讲究吗?"古济宁答:"自古以来,关公以忠义著称于世,我之所以接受了这尊关公铜像,是忠取其诚,义延及信,取诚信之意。我是第一批下海经商的国家干部,后来有人回头上岸了,有人呛水,有人甚至淹死了,而我坚持了下来,幸存了下来,是诚信起了重要作用。其实讲不讲诚信与摆不摆关公铜像没有必然联系,诚信在我们共产党人的字典里也查得出来,也很重要。我之所以把关公铜像摆在这里,很大程度上是为了肖老高兴。他虽然年纪大了,却常来我的办公室转转,还在指点我的经商呢。"吴芳听了直点头,再看古济宁时,似乎觉得他身上的商人气息少了许多,精明儒雅中倒平添了不少忠肝义胆之气。

　　古济宁说:"过几天我还想去趟秦东,听肖冰冰讲,有几个市直部门对开元大厦项目建设有些意见,我想去了解一下情况,把有些问题处理好。肖冰冰毕竟年轻,处理这些事情还有些毛糙。这没有办法,所有人都要经过一定的历练才能成熟。再说,肖老把女儿交给我带,也是一片良苦用心呀,我需让她在历练中得到提高。"吴芳说:"文佳给我说了,那次开元大厦工地停工,主要是有些政府部门粗暴执法所致。有些部门对招商引资优惠政策有看法,明里讲落实,暗里打部门利益的小算盘。当然该缴纳的税费也有拖欠的问题。"古济宁沉吟了一下说:"有些实在难以落实的优惠政策,我们可以不享受,免得让你和文佳被动,秦东人都知道我们是同学关系。"吴芳坚定地说:"这样不好。该落实的政策一定要落实,在这方面必须一视同仁,不能片面考虑关系,否则会带来一定的负面影响。"古济宁说:"如今许多人都喜欢搞上有政策,下有对策,让你没法公正公平地执行优惠政策。再说,以我们公司的实力,多交点税费影响不是很大,权当支援了家乡的建设,也给你和文佳少添点麻烦。"吴芳说:"你的心情可以理解,但不要这样做,这会给以后的招商引资带来负面影响,说政府不讲诚信,后患无穷。我已让文佳做些调研,下一步准备开展治理投资环境的活动。通过治理投资环境,进一步推动全市的招商引资。"古济宁深情地看着吴芳说:"你在下面工作的确太辛苦了,你可以到北京来工作嘛。"提这个问题让吴芳感到太突兀了,她从古济宁的眼神里读懂了这个不善言词的老同学的想法,她略做思忖后说:"到北京来工作谈何容易。"古济宁说:"我多年在京城打拼,有些人脉关系,说白了我也有经济实力,咱们共同努力,完全可以实现共同在北京奋斗的目标。"吴芳看他几乎把话挑明了,犹豫了一下说:"我在下面工作了这么多年,还真的有了感情,还真的离不开那一方热土,特别是到秦东以后,我决心干一番事业,以回报母校的培养,为母校所在地的人民谋福祉。"古济宁看她婉拒了来京城发展的想法,说:"在这一点上咱俩的想法是一致的,我在秦东投资开元大厦项目,也有回报母校培养、回报家乡人民养育之恩的想法,我是地地道道的秦东汉子呀!"他有些激动,脸都红了,接着说:"当然啦,也有助你一臂之力,和你共同奋斗的想法。如果你有想法,我还可以继续加大在秦东的投资,还可以逐步把投资重点转移到咱省城去,咱们就在省城共同奋斗后半生。"吴芳脸也红了,这个平时寡言少语的人竟把话说到这份上,竟如此执着。吴芳想到了丁燕红,她从学生时代就热恋古济宁,毕业后又设法把他安排到北京,一直苦追不舍,一往情深,至今仍痴情不改,自己怎么能横插一杠子呢?都说爱情是自私的,可是再自私也不能不考虑这层因素。她又想,古济宁是商界奇才,这辈子只能经商了,自己这辈子也只能从政了,政商是不可能合流的,尽管并无这类规定,尽管许多人包括丁燕红在内并不这样看,她还是坚信自己的理念和判断。吴芳沉思良久,发自肺腑地说:"经商办企业是门大学问,我懂的不多,如何谋划,如何经营我都是门外汉。不过我对你在秦东投资建设开元大厦是挺感激的,因为你既为家乡建设做了贡献,也支持了我的工作;也挺佩服的,因为你干的项目影响和效益都不会差;对你今后扩大投资也是挺欢迎的,因为秦东毕竟是你的家乡,发展前景也不错。至于是否要把投资重点转移到省城去,我觉得你应该冷静思考,实事求是地做出决断。"古济宁深深地点点头,又轻轻地摇摇头,知道自己和吴芳只能是同学,是至交挚友,是事业上的合作者,关系无法取得突破,无法再向前发展了。吴芳说完这些话,觉得轻松了许多。是呀,难以继续发展的关系,不管是明说还是暗示都是一种了断,也是一种解脱,解脱了自己,也解脱了对方。两人都说出了心里的话,也都坦然了,两人脸上的红潮也都渐渐退去。古济宁说:"你在京城的活动这么多,想请你吃顿饭也难呀。""几件事赶到了一起,忙得团团转,有几次午饭都是在车上吃的,啃烧饼呗。"吴芳笑了笑,"这样吧,明天中午咱们一起吃个饭,让你尽一尽地主之谊。"古济宁说:"好,谢谢你给我这个机会,不过你的所有随员和下属,我要一并宴请,一共有几十号人呀?"吴芳说:"全部宴请就不必了,他们都要各忙各的,随同我一起工作的几个人出席就可以了,四五个人吧。"古济宁笑着说:"你呀,让我怎么说呢,难道几十号人能把我吃穷?"两人都笑了。

## 第三十四章

丁玉丽这几天特别地忙碌,特别地惬意,深切地感受到了领导信任的力量和权力的魅力。吴芳进京后事情特别多,找她的人也特别多,就不再让丁玉丽跟着跑了,让丁玉丽守在招待所,一方面了解各方面工作进展的情况,一方面接待各方面来找她的人,当然也有照顾丁玉丽多和韦东祥团聚的意思。丁玉丽就紧紧抓住这个表现工作能力和施展手中权力的机会。丁玉丽通过韦东祥把山浪涛叫来,让他帮忙收集情况、汇总信息。秦东市进京人员跑项目、争资金的情况,争取秦东纺织厂破产进国家优化资本结构试点盘子的情况,包括吴芳视察秦东驻京办的情况,很快就被山浪涛汇总整理成几份简报,丁玉丽修改了一下,让秋梅看后作为进京的情况通报传真发回秦东,连续发在了市政府机关信息通报上,后续材料还正在收集编发中。丁玉丽还把叶燕通过韦东祥叫到了自己身边,协助搞接待工作。丁玉丽知道接待工作放在平时是件琐碎的事情,放在当下、放在京城,却是体现身份、地位和权力的工作。凡进京的各个部门和各个企业的头头脑脑,哪个不想在市长面前有所表现呢?哪个不想请市长出面陪上跑项目、争资金呢?他们又都清楚市长的确很忙,难得见上一面,难得陪跑一次。越是这样,大家越是往这个招待所跑得勤,抱的希望大。丁玉丽坐镇招待所,看似搞接待,实则起着协调和安排的作用。一般说来谁家的事情重要,谁家的事情紧急,就可能被丁玉丽安排见市长,或建议市长陪上跑跑。当然这方面市长提前都有考虑和安排,但到京城后变化和调整也很正常。这样的话,在部门和企业的领导看来,丁玉丽手中就握有很大的权力。丁玉丽让叶燕负责迎来送往、倒茶递烟,这样越发显得她身份的重要和工作的非比寻常。韦东祥看妻子工作起来如此排场、张扬,心里多少有些不舒服,就尽量少来少问少参与,只是每天晚上还是必来的。

这天上午,孔里和杨剑三来得很早,吴芳动身更早,两人还是没见上市长,只好来见丁玉丽。一进丁玉丽的房间,孔里就笑着喊:"丁主任,你喷了多少法国香水?这么香!"丁玉丽笑着说:"孔局长把玩笑开到北京来了,我从来不用法国香水。"叶燕听了只是笑,自己有法国香水,今天并没有使用,也许这是官场上的一种应酬罢了。杨剑三嗅了嗅,房间里的确有一股淡淡的脂粉味儿,这很正常,两个女人在这里活动,即便不浓妆,也会淡抹,何必小题大做。孔里故作认真地说:"这里便是丁主任在京城临时办公的地方了。"孔里一口一个丁主任,叫得丁玉丽心里乐滋滋的。他以往是一口一个丁大秘书地叫,也曾让她十分受用。如今丁玉丽鸟枪换炮了,孔里也及时更换了称谓。丁玉丽摇摇头说:"办什么公呀,是替吴市长接待一下各路诸侯,协调安排一下领导的日程罢了。"说完微笑着看了看孔里和杨剑三,一脸的自负和得意,似乎她在代行市长职权,抑或是在给市长派活。叶燕给坐在沙发上的两位客人倒了茶水,悄然坐在旁边的椅子上。孔里读懂了丁玉丽脸上不同往日的表情,略带调侃地说:"丁主任,都说你是秦东信息方面的权威,几乎无所不知,你估计我和杨局长是干什么来了?"丁玉丽把头往后一仰,靠在椅背上,她只在二人进来时站了站,一直坐在办公桌后的椅子上没动,她转了转眼珠,说:"不就是想让吴市长陪你们跑跑项目,这还用估计?"杨剑三听得心里直发笑,这不是明摆着的吗?两位处级领导怎么玩起了小孩玩的游戏,他哪里知道这是孔里在讨在领导身边工作的丁玉丽的欢心。孔里笑着说:"丁主任,你说得不对,我俩是给市长汇报工作来了。"丁玉丽说:"这两天吴市长没时间听汇报,回到秦东再抽时间汇报吧。"她早猜出孔里还会卖关子,忍不住"咯咯咯"地笑了。杨剑三是个直人,直戳戳地说:"孔局长,你就别绕弯子了。"他直对丁玉丽说:"就是想请吴市长带着我俩跑一跑秦浦高速公路项目。"叶燕惊讶地看着杨剑三,这个直筒子公路局副局长怎么能扫交通局长的雅兴呢?孔里看了一眼杨剑三,并不计较,笑着对丁玉丽说:"这不,杨局长把谜底揭开了,丁主任你就看着安排吧!"丁玉丽说:"今天肯定不行,吴市长的活动已安排满了。"她稍顿了顿:"明天吧,上午吴市长可以跑一跑,下午和晚上已有安排,后天就回秦东了。"这下该孔里着急了,忙说:"一个上午跑不完,我和杨局长已跑了好几天,秦浦高速路的贷款和招商引资都有些眉目了,才请市长最后去往实里拍一拍。"杨剑三说:"孔局长主要跑国家西部开发行,我一直跑联合国东亚开发公司,两个地方扯得太远,半天时间肯定不够,只能跑一个地方。"丁玉丽说:"这没办法,明天下午吴市长要去看望丁燕红司长病危的母亲,晚上要去拜访王大成教授,这些都是一推再推安排到最后的。"

孔里听了丁玉丽的话,眼珠飞快地转了转,不禁有些莫名其妙的高兴。秦浦高速公路项目是市上的大项目,市政府则要求两条腿走路,经过文佳协调,由孔里牵头落实贷款,由杨剑三牵头加快招商引资。文佳还说过,交通局和公路局谁家先落到实处,秦浦高速项目就由谁家牵头建设。因此交通局和公路局这两个职责重叠又互不隶属的部门,既是合作伙伴,又成了竞争对手。孔里看了看杨剑三,忽然有了主意,说:"杨局长你先给丁主任说说,这几天跑招商引资的情况,以及请吴市长出面的想法。"杨剑三愣了一下,也没有谦让,把这几天跑联合国东亚开发公司的情况说了说。丁玉丽听得挺认真,听完后直截了当地问:"人家答应投资秦浦高速项目了没有?"杨剑三说:"没有最后答应,这家是这几年接触过的一二百家投资商中最靠谱的,已经有了派公路和桥梁专家到秦东考察的设想。再说招商引资这事太复杂了,即使他们答应投资,我们还有几个硬条件,他们符合了,才可以实质性推进。"孔里眯缝着眼睛问:"咱们提的几个硬条件,他们符合吗?"杨剑三手一摊如实地说:"他们应有三个亿的自有资金,还没验资,这个最核心的硬件还没有落到实处。"丁玉丽对秦浦高速项目的招商引资并不十分清楚,但杨剑三坦率的说词她还是听明白了,也就是说项目洽谈还不够成熟,还没有到拍板的时候。丁玉丽问:"现在让吴市长去那里主要是干什么?"杨剑三没有想到丁玉丽会这样问他,这话的潜台词是吴市长现在去那里有必要吗?他愣了一下说:"吴市长现在去,可以表明市政府重视的程度,可以推进一下这个项目的进展。"说毕他看着丁玉丽,似乎她就是吴市长似的。丁玉丽听了脸上毫无表情,她转而问孔里:"孔局长,你跑国家西部开发行的情况还好吧?"孔里说:"情况非常好。我先和杨局长一起跑了跑,接着我又去了几趟,国家西部开发行公路水运处的处长柯玉霞是咱秦东人,她极力促成此事,基本同意给秦浦高速项目贷款。"杨剑三听得瞪大了眼睛,他俩一起跑时情况很不理想。孔里单独跑后还感叹贷款难,贷十几个亿更难呢,怎么情况突然又变得非常好了,再说一个处长表态同意贷款又能起多大的作用呢?不等丁玉丽再问,孔里接着说:"柯玉霞处长说了,如果咱市长能出面,她可以领着市长去见一下主管上级,把这件事再往实的落一落。"他看着丁玉丽:"丁主任,情况就是这些。"丁玉丽说:"好。"她微笑着看了看孔里,心想他毕竟是交通局的一把手,对她又挺看重的,再说事情也跑得比较到位,比较实在,况且柯玉霞处长也答应领着市长去见上级,看来安排市长明天上午跑国家西部开发行是顺理成章的事。她刚要表态,可看了下杨剑三,张开的口又闭上了。他的脸色竟是那样难看,显然他的心思很重也很强烈。她知道吴芳很重视秦浦高速公路项目,更倾向以招商引资来推进,在由锡平对这个项目的招商引资大热了一段时间又凉了的情况下,她抓得更紧了。杨剑三说的情况,却让丁玉丽难以做出有利于他的表态。丁玉丽欲言又止的状况孔里看在眼里,对她的基本想法也猜了个八九不离十。丁玉丽犹豫了一下还是开了口:"二位局长把情况都说了,等吴市长回来后我给她汇报一下,她不管是去哪里,我都会在第一时间通知你俩,咱就一起去跑跑咱市上目前最大的基础设施项目。"她的表态可以说滴水不漏,还流露出要一起跟着跑的想法,足见她很重视这个项目,也很支持他俩的工作。孔里笑着站了起来,说:"那好,我俩就告辞了。"杨剑三也跟着站了起来。

等二天上午,吴芳按照丁玉丽的建议,带着一行人,前往国家西部开发行落实秦浦高速公路项目的贷款。一行人见了秦东的乡党柯玉霞,去了几个处室,所到之处工作人员都很热情,但都表示省上没有报送这个项目,让市上再做些工作。吴芳清楚省高速集团公司也想上几个大项目,落实资金难度不小,让报市上的项目显然十分困难。她早有思想准备,从国家西部开发行出来后,笑着说:"这里水的深浅总算摸清了,看来贷款修秦浦高速公路的难度很大呀,我们得把重点放在招商引资上。"孔里尽管心里不是滋味,却点着头,脸上挂着尴尬的笑容。丁玉丽瞪了一眼孔里。杨剑三摇了摇头。秋梅一脸的平静。

吴芳一上车就从车窗探出头,对孔里和杨剑三说:"随便吃点午饭,下午到联合国东亚开发公司去一趟。"孔里说:"好,那我俩在前边带路,找个地方吃午饭。"杨剑三听说下午要去联东开,顿时笑逐颜开,对孔里说:"孔局长,我就估摸吴市长一定会继续跑秦浦高速项目。"孔里看他得意的样子,没好声气地说:"你有先见之明嘛。"吴芳关上车窗说:"下午活动调整一下,去联东开跑一跑秦浦高速公路的招商引资吧,我看多跑跑很有好处。"丁玉丽说:"不去看丁司长母亲了,我给丁司长打个电话吧。"吴芳说:"行,就说我有别的事,以后有机会一定去看望老人家。"

几个人简单吃过午饭,就驱车赶到了目的地。联合国东亚开发公司设在一栋高大宏伟的写字楼上,杨剑三把大家带到了九楼。楼厅挂一副铜质牌子,上面镌刻着"联合国东亚开发公司"。铜牌前是一半圆形的宽大的服务台,一个年轻漂亮的女服务员笑容可掬地打着招呼。杨剑三向前说明来意,女服务员领着他向办公区走去。吴芳对着铜牌观之良久,对秋梅说:"秋秘书长,听说过这个公司吗?"秋梅说:"没有,现在北京的各种投融资机构非常多,像这种以联合国冠名的十分罕见。"丁玉丽说:"牌子挺大的,也不知道是啥级别?"孔里笑着说:"杨剑三说这是联合国的下属公司,应该是国家级的,相当于国务院吧。"丁玉丽知道孔里对杨剑三有些成见,就看着他笑了笑。孔里小声对丁玉丽说:"杨剑三都快把这个准国务院的门槛踢断了。"

过了很长时间杨剑三过来了,笑着说:"走吧,咱们到会客室去。"一行人跟着杨剑三,先来到一个大而气派的办公区,里边用玻璃隔断隔成了数十个大小不等的办公间,整个办公区里工作人员坐得满满当当。这里的办公设施绝对是一流的,高档办公桌上放着电脑、打印机等现代化办公设备。工作人员穿着统一的工作服,男的穿一身深蓝色的西装,只有领带才有点个性特点;女的统一着浅蓝色的裙装,也许只有皮鞋才能有点个性特点。这么多的人在偌大的办公区工作,却无杂乱喧嚣之感,如此独特的办公场面,让秦东客人大开眼界。丁玉丽啧啧称赞:"办公区就像一架正在运行中的宏大机器,气魄非同寻常。"孔里说:"说得好,比喻生动形象。"杨剑三把大家领到会客室,一个青年男子迎了上来,他西装革履,鲜红的领带,戴一副金丝眼镜,胖胖的脸上挂着笑容。丁玉丽心想,这里的老总好年轻呀。杨剑三介绍说:"这位是张总的秘书魏澄。"然后把大家介绍给魏澄。魏澄把吴芳让到中间坐北向南的两张沙发的宾客座上,秋梅、孔里、丁玉丽、杨剑三依次坐在西边坐西向东的沙发上。一名穿着时髦的女服务员给大家每人倒了一杯茶。魏澄待客人坐定后坐在东边坐东向西的第一个沙发上,看着吴芳说:"吴市长请用茶,我们张总正在接待一个客人,请稍等片刻。实在不好意思。"吴芳微笑着说:"没关系。"她喝了几口茶,站了起来,看起墙上挂的照片。这些装潢精美的彩色照片上的主角,是联合国东亚开发公司总经理张普,有他在国外活动的照片,更多的是在北京和国内各地活动的照片,不少是和各级政要活动的照片,有几个京城高层政要的照片也赫然入目。几个人跟在吴芳后面也看起了这些明显带有宣传甚至是炫耀意味的彩色大照片。杨剑三前几天已经看过了,禁不住指指点点地讲解起来,还特别指着一幅照片说:"这是张总去咱省时拍的一幅照片,上边有一个副省长还有好几个厅长。"吴芳已经注意到了这幅照片,照片下面的介绍有些含糊,只标明了张普在某地和某领导合影,因何事合影并未标明。因为是等人,照片也就看得有些慢,对有些照片虽并不关心也无兴趣,大家也看得很细致。照片看完后,张普仍然没有现身,大家重新坐了下来。魏澄又拿来几本画册,分发给客人翻阅。内容和墙上的内容大体差不多,只不过照片更多,前边还有对联东开的简介。反正是等人,大家又翻起了画册。吴芳详细看了看前面的文字简介,这类宣传画册她见得多了,介绍情况时不分巨细出奇地详尽,介绍业绩时抓大不放小极尽炫耀和夸张。等的时间够长了,张普还没有露面。魏澄似乎并不着急,像是心里很有底似的。孔里小声对杨剑三说:"杨局长,该催催了。"杨剑三说:"吃饭前我就给魏秘书打电话联系了,他说下午张总刚好有空,可以见见吴市长。再等等看吧。"吴芳已经放下宣传画册,从公文包中取出笔记本写起了什么。魏澄慢慢喝着茶,客人的举止他已看在眼里,心想张总该来了吧,不能让客人等的时间太长了。杨剑三实在按捺不住,说:"魏秘书,要不要去看看张总接待完了没有。"魏澄说:"张总知道吴市长在这里等他,说事情谈完立即就过来。"吴芳看了看手表,又埋头在笔记本上写了起来。秋梅和丁玉丽相视着摇了摇头。杨剑三走过来坐在魏澄旁边,小声说:"魏秘书,张总不会忘记吧?"魏澄说:"不会的,市长在这里等他,怎么能忘记呢?张总会客不喜欢工作人员打扰。"他不想去催,看杨剑三火急火燎的样子,只好站起来说:"好吧,我去催催看。"说完魏澄站起来走了。

不一会儿魏澄来了,他脸上隐隐挂着一丝不快,边走边在心里埋怨,这谱摆得有些过了。张普根本就没有会客,是故意让地方长官等一等,以显示他身份的不同寻常。魏澄坐下后说:"各位乡党,实在不好意思,张总说让大家再稍等片刻。"秋梅问:"魏秘书是哪里人?"魏澄说:"我老家在咱省城。"杨剑三说:"魏秘书是咱们乡党,我每次来都是找他联系的。"魏澄说:"杨局长自从和张总谈过一次后,最近天天往这里跑,想把项目合作往前推进一下,诚心诚意令人感动。"孔里看了一眼杨剑三,原来他仅仅和自己一起见过张普那一面,最近一直是跑着见秘书,可见他白跑了几天,空有热情而已。

杨剑三忽然站了起来,说:"张总来了。"大家的眼光一齐射向刚刚进门的张普,他穿一件白衬衣,捅在裤子里,显得很精神。微秃的头上留着背头,微胖的圆脸上露着一丝笑容,步履缓慢而又沉稳。杨剑三急忙迎上前去,双手紧紧握住张普的手,张普微微点头。杨剑三把吴芳、秋梅和丁玉丽介绍给张普。张普最后握住孔里的手笑着说:"孔局长,我们见过一面。还没有来得及问你是孔子的第七十几代孙呢!"大家坐定后,张普对吴芳说:"实在不好意思,让市长久等了。没办法呀,一个大客户非要让给他的项目投资,那个黏劲呀,实在没法说。"说着他掏出几张名片,递给吴芳一张,把其余的递给走过来的魏澄。魏澄给其他人每人递了一张名片。服务员给张普沏了一杯茶,给其他人添了水。吴芳看着这张特制的双层折叠式名片,上面一大串各种头衔印得满满的,最前面的头衔是"联合国东亚开发公司董事长、总经理"。后边还有各类理事长、会长、研究员、特聘教授等十几个头衔,吴芳只是大体上扫了一眼。吴芳看着这位既像政界名流,又像商界大佬,还有些学者风度的老总,开口说:"非常感谢张总在百忙中抽出时间会见我们。""不客气,整天都是这样。"张普不知是要进一步解释一下,还是想借机炫耀一下,接着说,"不过我始终把握一条,给大学生讲课从来不迟到。其他人包括位高权重的人就随便一些,好在这些人都能理解。"吴芳听了觉得怪怪的,竟一时无语。孔里说:"张总,我们吴市长非常重视秦浦高速公路项目的招商引资,把今天下午原定的活动取消了,专程来和您谈这个项目的事。"杨剑三听了,补充说:"是啊,这是秦东招商引资方面最为成熟,也是最大的一个项目,吴市长非常重视,想让这个项目能有较大的实质性进展。"

张普喝了一口茶，看了看吴芳说："秦浦高速公路是市上准备承建的一个重大项目，是要把省上已经修成的两条高速公路连接贯通起来。这很有创意，是个好项目。"他拍了拍刚才带来的材料袋："这是孔局长、杨局长第一次见我时带来的材料，我详细看了看，这个项目的确比较成熟，各项前期工作都做得比较细，初步设计已经搞完，专家也论证过了，施工图纸也快完成了。可谓万事俱备，只欠东风了。只要资金落实了，马上就能动工。"吴芳说："张总一语中的，我们现在缺的就是资金，现在各地都在千方百计地引资融资，竞争激烈，难度越来越大。"杨剑三说："吴市长让我们加大招商引资的力度，已经先后与近二百家投资商洽谈过，都没有取得实质性进展。这个项目所需资金量太大，招商引资的难度也就更大了。"张普环视左右，突然笑了，说："这个项目并不算大呀，秦浦高速全长四十七点八公里，所需资金十三点五亿元人民币，实在算不上什么。不过，我咨询过公路专家，说十三点五个亿有点少，真要建好这条高速公路还需增加三到五个亿。"张普口气这么大，大家都惊讶地看着他。吴芳却低下头，若有所思的样子。杨剑三说："张总说得对，在更大范围看，秦浦高速项目的确不算大，对地处西部的秦东市来说，就是个大项目了，我们招商引资的难度还真的挺大。"秋梅说："我在清水县当过县委书记，当初论证项目时，我们曾提出把秦浦高速延长到清水县，再增加三十公里，如果资金问题能解决，这个方案会更好一些。"她看着张普试探着说扩大投资的事。魏澄说："杨局长也给我说过这个设想，我还没来得及给张总汇报。"张普等着吴芳表态，吴芳却一脸的平静，不像其他人面露喜色，也没有要说话的意思。张普清了一下嗓子，说："这个设想好，西部要大开发呀，干就干大项目。如果再延长三十公里，总投资也就二十多个亿吧。"

　　张普口气如此之大，说得如此轻松，让吴芳反而觉得有些悬，她又看了一眼放在茶几上的特制名片，愈发觉得有些不踏实。魏澄和吴芳一样，对张普今天异常的高调也心生疑虑。他对老板向来十分佩服，最近却开始怀疑起来。魏澄知道张普曾答应上海的老板于洛言，只要他肯出三千万元，就可以由联东开把这个项目拿下来，然后转让给于洛言的企业承建。这种倒卖项目是张普惯用的手法。开始魏澄觉得联东开以中介的形式参与招商引资无可厚非，后来发现运作中多有欺诈行为，就慢慢有了看法，到运作秦浦高速公路项目时便有了某种戒心，今天甚至产生了一种乡党们正在掉入陷阱的感觉，心里很不是滋味。杨剑三看吴芳一直不说话，猜摩了一番，笑着说："张总，我看还是先谈前期工作已经成熟的秦浦高速公路吧，延长到清水县的事可以作为二期工程考虑。先把十三点五亿落到实处吧。"吴芳看着眼前张普的名片，轻轻点了点头。张普看到了吴芳这一轻微的动作，立即掉转话头，说："吴市长，秦浦高速公路的前期工作虽然做得扎实,如果要投资十几个亿,我们还是要派人实地考察一下。"吴芳抬起头来说:"好呀,我们会大力协助和配合,还可以提供相关的资料。"张普看出吴芳虑事稳妥务实,接着说:"近期我们会聘请有关的公路和桥梁专家到秦东实地考察一下,届时请安排孔局长和杨局长配合一下。"杨剑三急忙说:"这没问题,考察一下好啊,前边我接触了那么多的投资商,还没有一个这样做,都是一般性地谈一谈,看一看,把工作做细做实的极少,有些就是骗子,骗吃骗喝,我们陪着到处游山玩水,最后一走了之。更可恶的是有些还拿着假合同去招投标,去骗更多的人,秦东公安已立案好几起。"张普听到这里,心中一沉,看来这个有点性急的直筒子杨剑三,是吃过亏的,就想先出一招试试看,问:"那么所聘专家在秦东考察的费用谁出呢?魏澄你人体估算一下,在秦东的考察费用需多少钱。"说到钱的事,各方一时不好表态,气氛有些尴尬,吴芳却警觉了起来。魏澄略做思忖,说:"可以少请些专家,按三五个算,考察一周时间,恐怕需一百五十万元左右。"孔里一听需这么多钱,按捺不住说:"市上给秦浦高速项目仅仅安排了一百万元的前期工作经费,根本就不够,施工图纸搞出来后,没钱还拿不回来呢。一百五十万元的考察费我们拿不出来。"孔里看了一眼正盯着自己的吴芳,立即读懂了吴芳的眼神,知道自己说对了。吴芳心想,洽谈在没有实质性进展的情况下就提钱,一定要慎重,要谨防上当受骗。张普听了哈哈大笑,说:"一百五十万元,小意思,你们拿不出来,我们拿。"魏澄心想,其实根本就不需要一百五十万元,自己只是出个难题,想让秦东的乡党清醒清醒,也让张普没法再使招数,谁知张普竟一口把这事应了下来,可见他决心在这个项目上做大文章。

杨剑三看张普畅快地认下了一百五十万元的考察费用,觉得的确有气魄,有实力。不过按理也应该由考察方认这个费用,就直奔主题,说:"都答应聘专家考察了,贵方还没有承诺要承建这个项目呢!"张普说:"贵方还没有承诺让我方承建这个项目呢,我方就答应出一百五十万元聘专家去考察,这还不能说明我方的诚意吗?"说完他看着吴芳,似乎有些不高兴。吴芳说:"招商引资是秦东市委、市政府确定的战略重点,通过招商引资建设秦浦高速公路是我们的一项重点工作,我们的决心是坚定的,诚意是毋庸置疑的。我们欢迎所有的投资商包括贵公司,到秦东去建设这条高速公路。今天能见到张总很高兴,我们十分欢迎张总到秦东去转转、去看看,去考察一下,尽快把投资的事确定下来。"

张普听了吴芳的表态,说:"吴市长的态度很明确,那我们就把合作合同签了吧。"接着说:"杨局长之前多次还和我们的副总联系过,前不久副总出国去了,留下了杨局长提供的一份草拟的合同书,我们做了些修改,最好这次把合同签了。"吴芳听了觉得有些突然,她是想有突破性的进展,没想到对方提出了签合同的想法。她看了看孔里和杨剑三,想先听听他们的意见。杨剑三对孔里小声说:"我是送了他们一份咱们搞的制式合同书,但签合同是有条件的。"孔里小声说:"好些骗子打着招商引资的旗号,拿着合同或假合同到处招标,发包工程,非法融资,这种事见得多了,得防着点。"杨剑三不以为然地看了一眼孔里,提高声音说:"我们也想尽快把合同签了。我们具体分管这项工作的文佳秘书长本来是要来的,后来因故没有来。他再三强调,签正式合同必须具备两个条件:一是投资商给秦东开的账户上打两千万元的履约保证金,以显示投资方的诚意,资金实行签约方双控;二是投资方要给自己在秦东开的账户上打三亿元人民币的自有资金,以显示投资方的实力,当然资金要查验核实。只要具备这两个条件才能正式签合同。"魏澄多次接触此事,当然知道这些条件,也清楚张普对这两个条件十分反感,曾说过谁家账户上有这么多现金打来打去?不知他今天该如何应对。张普说:"两千万元的履约保证金是个小意思,我们随时可以到秦东开个账户打过去。至于三亿元的自有资金也不存在问题,但不一定非要在秦东开户打来打去的,我们可以出示北京的账户,以证明我们的实力。为了合作顺利,我们可以不考虑商业机密。"魏澄吃惊地瞪大了眼睛,知道公司的账户上根本没有这么多钱。看来张普要下大赌注,变大戏法了。孔里听得将信将疑,低下头什么也不想说。杨剑三听了,脸上露出了笑容,觉得适当变通一下也未尝不可,也许稍微灵活一下就会大功告成。他看吴芳和秋梅都脸色凝重,便忍住不再说话。吴芳和秋梅对望了一下,缓缓地说:"签涉及十几亿元的经济合同是件大事,除了基本条件要具备外,还有许多具体细节需要洽谈,双方的权利义务和所要承担的责任都要明确,还得咨询一下有关法律方面的专业人士。同时,我们还要履行相关的行政程序,市政府常务会议要讨论,市委要同意,还需要给其他班子通报一下情况。"她略停片刻:"既然张总提出要签合同,说明有足够的合作意愿和诚意,让我们倍感欣慰。其实,尽快签合同也是我们的愿望。为了把工作做得更扎实更稳妥,我们是不是先签一个意向性的东西,把双方前边做的工作和今后要做的工作确认一下。"秋梅说:"可以先签个框架协议,确认一下已做的和要做的工作。这个框架协议可以由孔里局长和联东开的副总来签。"孔里看了一眼略感失落的杨剑三,心想你个公路局的副局长再跳再蹦,也到不了哪里去。

张普的脸色变得十分难看,左边脸上的肌肉抽搐了一下。魏澄猜度老板要发脾气了,一般都是跑项目的追着要签合同,这次是张普主动提出签合同,结果热脸遇到了冷屁股,他能不生气吗?张普却哈哈哈地笑了,笑罢不无揶揄地说:"我虽然没有在中国的官场行走,没杀过猪还没见过猪哼哼?中国的官场都在拼命追求政绩,都争着抢着往脸上贴金。你们专程来北京跑了好多天,难道愿意空着手回去？难道愿意把金随便贴到什么人的脸上去？"他觉得有些出言不逊，收敛了一下，接着说："秋秘书长说签个框架协议，这个想法不错。我们的副总出国去了，就由我和孔局长签字吧。"气氛马上变得有些异常。丁玉丽小声对杨剑三说："简直太无理了，说话粗鲁张狂，连场合都不分，还兼着什么教授呢！"魏澄没有想到老板先出重拳，接着又轻抚起来，还愿放下身段与孔里签字。吴芳听了很是生气，这不是矛头直指自己了吗？竟说得如此不雅，如此伤人自尊。她尽量让自己平静下来，缓缓地说："张总说得并不错，的确有一部分官员在拼命追求政绩，喜欢往自己脸上贴金，但我们到北京来，到贵公司来，只是想把秦浦高速公路项目谈成，别无所求，就这么简单。"她环视了一下："真的就这么简单。既然张总愿意在框架协议上签字，那么秦东方面就由我签字吧。"秋梅带头鼓掌，杨剑三站起来鼓掌，大家一起鼓掌，气氛一下子变得欢乐而和谐。吴芳说："就让魏秘书和杨剑三起草个简要的框架协议吧。"张普说："好，搞个一两页的框架协议。"他看了看魏澄，回头对吴芳说："今天晚饭我请客，宴请一下秦东市的贵客、将来的合作伙伴。"吴芳说："还是我们请客吧，秋秘书长你安排一下。"张普认真地说："我请客，我要尽一下地主之谊，等我到秦东后你们再请客吧。"吴芳笑着说："那就恭敬不如从命了。"魏澄没有想到老板主动请引资方吃饭，今天这是怎么了？老板这葫芦里卖的是什么药？据说告状的人越来越多，北京市公安系统已在调查联东开和老板的经营活动，难道老板还要撒大网、钓大鱼吗？简直不可思议。

框架协议签订后，大家一起来到顺风大酒店吃饭。这是一家有名的豪华大酒店，雅间装饰得金碧辉煌，尽显京城的大气魄。大家刚刚坐定，吴芳的手机响了，她边接手机边向外走去，是文佳打来的，说杨剑三刚才告诉了一个好消息，说是秦浦高速公路签了框架协议，他高兴地按捺不住才打电话的。吴芳走出雅间后说："文秘书长，你不是高兴，是不放心，或者说有疑虑才打电话的。只是签了个意向性的框架协议，既可有效推进，又不束缚我们的手脚。你要按原定的两条腿走路的办法，继续做好这方面的工作。这次我去了一下国家西开行，觉得贷款难度很大，要把重点放在招商引资上。这次虽然签了框架协议，我总觉得不踏实，特别是对方口气越大，越急于谈成，我越觉得不踏实。我赞成你的做法，既积极又稳妥。具体情况，我回来后再详谈。"

吴芳挂断电话后发现黄天高笑容可掬地站在面前。黄天高问："吴市长你怎么在这里？"吴芳说："联合国东亚开发公司的老总请吃饭。"黄天高说："这个公司名头好大啊！"吴芳笑了笑，不置可否。黄天高异常高兴地说："吴市长，我和李禾这次终于把红星蛋粉厂的技改项目跑成了。"说着他把跟着自己的李禾介绍给吴芳："这是红星蛋粉厂的厂长李禾，去年红星蛋粉厂引资成功后他被评为全市商业系统的招商引资先进个人。"吴芳笑着和李禾握了握手，李禾不失时机地表扬起了上级，说："去年红星蛋粉厂招商引资成功，全凭黄局长带着我们才跑成的。"黄天高笑着说："应该说这是市上把招商引资作为工作重点取得的成果。"吴芳看着略显亢奋的黄天高，她很欣赏这位商业系统招商引资的主将。去年他为开元大厦的建设做了不少工作，又谈成了红星蛋粉厂的引资。他虽然爱表现，爱夸功，但有许多过人之处，工作也干得挺不错。黄天高眨了眨眼睛说："吴市长，真没有想到在北京'跑部钱进'的人这么多，简直能挤破头。我们白天跑，晚上也跑，总算把红星蛋粉厂的技改项目跑成了，技改资金后半年就能落到实处。你亲自到北京督战，我们如果跑不成，回去咋交代！"李禾说："多亏黄局长点子稠，办法多，有奇招妙招。那么多的人都垂头丧气地回去了，我们的项目却跑成了。"黄天高听了心里乐滋滋的，忍不住又夸起了下属："李禾不但会经营管理，跑项目也是一把好手，这次能跑成红星蛋粉厂的技改项目，李禾出力不小。"李禾听了脸上堆满了笑意。

吴芳听两人互相夸奖着，笑着说："你们干得好啊，把红星蛋粉厂的技改搞上去，可以进一步打开商品销路，进一步把企业做大做强。不知道你们今天又请谁吃饭？"黄天高笑着说："还真让你说中了，我们是请客吃饭。请财政部的贺平司长和王开轩教授吃饭，他俩是跑成红星蛋粉厂技改项目的功臣。"吴芳看着脸露得意之色的黄天高，惊讶地说："请贺平司长吃饭，你俩的神通大呀，竟然能请动贺平司长。我们跑了多次连面都没见上，后来还是一个老司长领着我们到他家里去了一趟，带的一点地方土特产还差点被退了回来。"李禾说："黄局长知道贺司长管着技改资金这一块后，就想方设法通过各种关系做贺司长的工作，最后把这个项目跑成了。"黄天高笑着说："贺司长谁的脸色都不看，找了几个人包括中组部的人说话都不灵。事情非跑成不可呀，这该怎么办？"黄天高卖了个关子："没办法，我就去求儿子，没想到儿子倒有办法。他的老师王开轩教授是研究蛋粉去腥的专家，我们技改就搞的是蛋粉去腥。没想到老教授对这个技改项目特别感兴趣，更没想到贺平司长是王开轩的得意门生。通过这层关系，红星蛋粉厂的技改项目竟跑成了。"李禾说："贺平司长今天来吃饭，也是王开轩教授叫来的。"黄天高说："老教授对蛋粉去腥极其感兴趣，说蛋粉作为食品添加剂在国外使用得很普遍，但冲服并不广泛，主要是有一股腥味，在国内市场也是一样，要打开国内外市场，必须解决好蛋粉去腥。他还答应去秦东帮忙指导，并建议我们搞卵磷脂项目。都说贺司长没人请得动，老教授一个电话他就答应了，还要亲自去接王开轩教授，估计他俩也快来了。"李禾说："今天我们是答谢一下王教授和贺司长，也想把这个项目推进得快一些。"吴芳说："好啊，一会儿我还要给贺平司长敬酒,感谢一下他对秦纺厂进优化资本结构试点盘子的关照。"黄天高说:"太好了,也顺便邀请一下王开轩教授到秦东去指导红星蛋粉厂的工作。""行啊,一会儿你俩来叫我。"吴芳向黄天高、李禾点点头,进饭厅去了。

吴芳晚饭还没有吃完,古济宁就早早来到顺风大酒店,晚上他要陪吴芳去王大成教授家谈秦东城市规划方面的事情。他坐在大厅边等边想心事,自从那晚吴芳婉拒他的求婚后,心里有说不出的失落、怅惘、遗憾,甚至有些煎熬。虽然婚嫁之话他一字未提,意思说得却够明白了。吴芳虽然没有说一个不字,但真实的想法表达得够清楚了。他一连几天都心绪不宁,吃不好饭,也睡不好觉,清楚地知道这辈子两人之间只能是同学、朋友关系了。既然走不到一块儿,还是尽量少见为好,免得尴尬,也求个心静。一度他曾这样想。可是他又想,吴芳是个事业心极强的人,既然自己一贯支持她,学生时代支持她当好班长,现在支持她当好市长,将来有条件仍要支持她的工作。尤其是现在,她在家乡和母校所在地主政一方,一定要有始有终地支持她的工作。吴芳婉拒求婚后怎样想,他不知道,仍然提出要陪她去找王大成教授,说明她依然很信任和倚重他这个老同学。既然她没有变,自己就要一如既往地支持老同学、老朋友。当吴芳提出要他陪着去见王大成教授时当即就答应了下来,当丁玉丽告诉他吴芳在顺风酒店吃饭后他就早早地赶了过来。

古济宁等来了吴芳,一见面就埋怨起来:"老吴,老同学请你吃顿饭咋就这样难呀,从到京第一天起到最后一顿晚餐你都不给机会,都落不实,别人请你吃饭你就有时间?"吴芳笑着说:"不是我不给你机会,是真的没有办法落实。这多天一直是我请别人吃饭,唯独今天是别人请我吃饭,还跨了两桌饭局,另一桌我还要给帮过忙的人敬酒。"古济宁说:"咱们走吧,时间不早了。"吴芳这才把秋梅介绍给古济宁,古济宁和秋梅握过手后说:"我的车在前边引路。"

古济宁的车在前,吴芳的车在后,穿越了繁华的闹市区,来到京城著名的建筑学和城市规划专家王大成教授的家。古济宁轻按门铃,开门的是女主人。一进入居室,走过装饰简洁的走廊,便是客厅,给人第一眼的感觉就是简洁明快,空间通透舒畅,华美而不豪奢。东边墙上是一幅巨大的"松鹤图",前边是一圈沙发,两边各放一盏落地式台灯,中间放一张红木大茶几,上边摆放着一把青瓷茶壶和几个带碟的茶碗。显然这里是会客的地方。北边墙上挂一幅苏绣"牡丹图",边上是几乎挨住屋顶的高大的红木立柜,前边是古朴厚重的红木桌椅,桌上摆着一个放着茶具的木盘,顶棚上吊着一盏四方形的印有精美图案的吊灯。看来这里是主人和家人及朋友休闲娱乐的地方。西边是电视墙,两侧放了几大盆花木。南边是落地式大窗。地板是自然原木地板,烘托出温馨气氛,还增加了中式家具的稳重感,配以浅色地毯更增加了舒适的气氛。室内装饰风格和家具风格完美融合,典雅而又别致,呈现出一种和谐之美、宁静之美。显然,这里浓郁的中国风,有着文化的沉淀,不乏岁月的痕迹,昭示着主人对中国传统文化有着深厚的感情和很深的造诣。仔细体味,这里并没有全装成传统的中式风格,巧妙采用了简洁明快的新中式风格,既能表现出内敛、质朴的风格,也凸现了主人的与时俱进和不拘一格。

王大成教授端着茶杯从书房出来了,他穿着一件杏黄色的短袖和略显肥大的休闲裤,足蹬布鞋,显得儒雅、高逸、洒脱。吴芳和丁玉丽在秦东见过王大成,寒暄后吴芳便将秋梅介绍给王大成。王大成连声说:"久仰,久仰。"古济宁像是对秋梅也是对大家说:"王老是咱韩县下方村人,既是乡党,也是我房地产业务上的指路人和合作者。我承建的项目从规划到设计许多出自王老手笔,尤其是我的古建项目都出自王老手笔。"秋梅看着王大成说:"韩县的下方村是个好地方,我去过。那个村子的民居建筑极具特色,保存得也比较好。"吴芳说:"多是明清时形成的民俗建筑群落,最早的有元代的建筑,数百年了。能比较完整地保存下来十分罕见,听专家说与那里特殊的地形地貌有关。如今已在开发那里的旅游业,有些破损的房屋已经修复,路也通了,去那里旅游的人越来越多。"丁玉丽灵机一动,笑着说:"听说秦东有名的老中医辛清玉也是下方村人。"王大成说:"是啊,辛清玉老兄,继承家学,医术精湛,闻名遐迩,堪称一代名医。听说他到秦东坐堂应诊去了?"丁玉丽听到这里,心突然狂跳起来,后悔提到了辛清玉,如果再说下去,就该提到吴芳婆婆黄昏恋的事了。此事本无所谓,但吴芳在公开场合从不谈论家人,大家都很清楚。秋梅看丁玉丽脸红了,知其自悔失言,心想在这种场合最好以秘书身份出现,不要想着还是办公室副主任,多嘴多舌的。吴芳笑着说:"自古地灵人杰,下方村不光出了一位名医,还出了王老这样著名的建筑学和城市规划专家。历史上下方村也出过好几个杰出人物,难怪无数人都盛赞下方村的神奇和奥秘。"王大成笑了,忙说:"下方村的确出了几位先贤才俊,不过本人才疏学浅,盛名之下其实难副。说实在的,故乡钟灵毓秀,实堪赞美。"他脑海里立即闪现出了魂牵梦绕的故乡,满脸的自豪和幸福。

王大成十七岁那年,离开故乡进入清华大学学习建筑专业。六年大学生活后,他又继续开始专业的研究生学习,师从著名建筑大师梁思成教授,学习研究中国建筑史的园林课题,在导师的指导下开展更系统专业的学习,这为他日后的建筑设计和城市规划,打下了坚实的专业基础。由于自小生长于下方村,深受民俗古建筑无穷魅力的熏陶,加上秦东曾是汉唐文化的发祥地,拥有众多的汉唐遗迹,这些都对王大成日后潜心古建研究起到了重要的作用。王大成尽管在专业

## 第三十四章

领域里名重京师,平时却非常谦和低调,对名利地位看得很淡。他兴趣广泛,乐于旅游,喜欢收藏,爱好古典诗词,还钟情于民间乐舞,和年轻人一样对生活充满着热情。在繁忙的工作之余,把自己的生活安排得丰富多彩,异常充实。到了晚年,他十分热衷于对家乡发展做些贡献,他指导学生为古济宁搞了秦东开元大厦的设计,对下马村城中村改造规划做了指导,还利用几次到秦东活动的机会,对秦东的城市规划做了些了解并进行了独特的考察,时时刻刻都在想着如何为这方热土挥洒出自己的激情和智慧。

吴芳发现一提到故乡,王大成立即神采焕发,激情难抑,便直奔主题:"王老,您是建筑学和城市发展规划方面的权威专家,我们这次来见您,是想就秦东城市发展规划问题做些咨询和请教。"王大成说:"大家共同探讨吧。"吴芳说:"秦东市王老是熟悉的。改革开放以来城市建设虽然有了很大发展,但仍然相当落后。秦东市虽然是省上的东大门,是秦东政治经济文化中心,看起来却像个'大堡子'。在我看来,秦东市最大的特点是散,面积扯得很大,摊得很开。"古济宁说:"秦东就是有些散,听张洛朴说,他投资入股市天然气公司后效益一直上不去,主要是市区太散,发展居民用户受限制。"秋梅说:"简直就是个'大堡子',高层建筑凤毛麟角,城区南北道路只有两条路可以贯通,剩下三条都是'断头路'。"她知道吴芳要和王大成谈城市规划的想法后,做了不少这方面的功课,来京前就查阅了相关资料,了解了相关情况,她说得如此具体,吴芳听了直点头。王大成若有所思地说:"秦东市区分布的确有点散,这是一大特点。其实还有一大特点,就是近水,北有秦河绕城而过,南有柳河穿城而过。"他略停片刻:"这恰恰是秦东城市发展的优势之所在,可以考虑在此基础上,建设'现代田园城市'嘛,让'采菊东篱下,悠然见南山'的意境再现,把现代化的城市服务和农村田园风光有机地结合起来,把城乡一体结合起来,演绎一种新的都市生活。还有,水是城市的眼睛,是一座城市的灵气所在,要大胆围绕秦水做文章,给秦东这座城市增添灵气,带来生机,让秦东市民在家门口泛舟嬉水,赛似江南水乡,把秦东打造成魅力无穷、别具特色的新型现代城市。"古济宁说:"王老的意见很有创意,难怪他几次和我到秦东都到处跑看看,陪同的人还说秦东土里土气的有啥好看的。看来,如果真打扮起来,秦东也可以由丑小鸭变成俊天鹅。关键是咱家乡的底子不错呀!"

吴芳笑着直点头,说:"建现代田园城市这个创意实在好。我们要让更多的农民进城来,让这些过惯了田园生活的农民,在城市安居乐业,在不远的将来把秦东建成拥有百万人口的大城市。"王大成说:"中国的城市化进程已经开始加速,城市人口目前还占不到总人口一半,还有很大的发展空间,应该抓住机遇,加快城市基础设施建设,大气纵横地推进城市化进程。"古济宁说:"秦东的城市建设欠账太多,主要是投入不足。开元大厦挖了个大坑一放就是几年,还是我去后才重新开工建设。"丁玉丽说:"开元大厦现在成了秦东第一高楼,成了地标式建筑。"秋梅看了一眼丁玉丽,心想给设计者和建设者说这话实在有些多余。吴芳说:"老古说到了问题的症结上,对于发展中的秦东来说,搞城市基础设施建设,资金是重中之重。为了解决资金问题,回去后就着手组建秦东城市建设投资开发公司,开始经营城市,建立起多渠道、多元化的投融资体系,最大限度地盘活城市存量资产,积极推动实施城市基础设施建设项目。"王大成说:"既然要大气魄搞城市基础设施建设,就要跨秦河经营,要把绕城河变成城中河。"吴芳说:"临秦区一直想在秦河北搞一个工业园区,已进行了充分的调研与论证。工业园区作为政府与市场的结合点、产业集群的孵化器、体制机制的试验田、现代城市的先行者,我们很看好也很重视这个工业园区的建设,通过这个工业园区的建设也就可以走出跨秦河经营城市、发展城市的路子。"秋梅说:"临秦区创建这个工业园区设想以引进和摆放工业项目为主,工业化是城镇化的经济支撑,城镇化是工业化的空间依托,城镇化落后必然阻碍工业化发展,所以吴市长特别重视城镇化发展。"丁玉丽看一眼秋梅,心想这到底说了些啥呀,绕来绕去的,直说吴市长重视城镇化不就结了。古济宁说:"老吴在秦东把招商引资作为重点工作,城市建设搞好了,招商引资的环境和条件也就更好了。"吴芳说:"说到城市建设,我们准备重新修编秦东城市总体规划。王老是这方面的权威,我们想聘请王老当我们的修编顾问,参与指导秦东城市总体规划修编工作。"王大成听了,放下手中的茶杯说:"我很高兴当这个顾问,愿意为家乡发展做些力所能及的工作。"古济宁说:"王老对故乡的建设,特别是城市建设向来都很关心。还说过秦东地处中华文明的发祥地,尤其是汉唐文明的遗存比较多,适宜建一个现代化的博物馆,如果能落实,他愿担纲设计。"吴芳说:"王老的这个设想,我们在搞城市总体规划修编时一定会考虑进去。"王大成说:"秦东市高度重视城市总体规划修编是对的。城市总体规划设计要高起点、高标准、高品位,秦东要坚持'大绿、大水、大空间'的理念,建设宜居、宜业、宜游的新型现代田园城市。"吴芳说:"王老说得是啊,我们准备把市上城建系统的所有负责人和各县(市、区)的政府一把手、主管领导都拉出去培训,培养大家的规划意识。如果不这样,秦东还会走'有钱就修一段'的老路子,经常修修补补,城市建设水平永远都不会提高。基础设施好了,还要搞好公共服务,建好医院、学校、公园、体育场和文化场所。让市民有跳起来、唱起来、乐起来的地方,这样生活才能逐渐有品位和质量,城市才能有吸引力。"秋梅说:"我们将以人口和产业聚集为主攻方向,做大中心城市,做强县城,积极发展重点镇,加快建设秦东城市群。"丁玉丽心想,秘书长又扯远了,她根本想不到秋梅在城建方面做足了功课,想在这次进京活动中显示她是领导的得力助手和参谋。王大成环顾左右,缓缓地说:"研究城市发展史的专家有一个共识:城市化快速发展阶段是形成城市风貌特色的关键阶段。而此间起步的十五到二十年则是关键的关键。在这个关键的关键时刻,秦东市搞城市总体规划修编是明智之举,我本人是大力赞同的。如有必有,我可以邀请几位资深同行专家,一起参与修编和评审。"吴芳非常高兴地说:"太好啦,太感谢王老啦。"她看了一眼丁玉丽,丁玉丽立即从包里取出了聘书。吴芳拿过聘书双手递给王大成,郑重地说:"王老,这是秦东市政府给您的聘书,聘请您担任秦东市城市总体规划修编工作顾问。"古济宁说:"实际上是顾问委员会主任。"王大成双手接过聘书,笑了:"还升官了呢!"大家齐声笑了。吴芳站起来告辞,大家随即都站了起来。

  吴芳走到小车旁,抬头看了看满天的星斗,感慨地说:"这次进京的任务总算完成了。"秋梅看着吴芳疲惫的样子说:"是呀,明天一早就要回去了。"吴芳突然打了个趔趄,丁玉丽急忙走前一步扶住。古济宁忙问:"怎么啦?老吴!"吴芳说:"没事,有点头晕。"秋梅说:"太疲劳了,进京一个多星期整天忙得团团转,就是铁打的人也吃不消。"丁玉丽问:"要不要去看医生?"古济宁说:"这附近有家医院,赶快去让医生瞧瞧。"吴芳还要硬撑,刚走了几步就又打了个趔趄,差点摔倒。秋梅果断地说:"立即去医院!"

# 第三十五章

上午刚上班,关立峰就催着办公室主任拿来一份材料。他边看材料边抽烟,嘴里吐着烟,鼻子喷着烟,一根续着一根地抽,不大一会儿就满屋子都是烟。一段时间以来,他心情极其不好,市政协副主席落选后他沮丧、痛苦、煎熬,装了一肚子的怨气,看什么都不顺眼,干什么都没心情,老觉得别人都跟他过不去,都有意为难他,甚至觉得有人想在政治上陷害、整垮他。就说前几天市建委被吴芳在大会上点名批评的事吧。这是市上第一次召开的全市治理投资环境大会,规模大,规格高,轰动极大。吴芳在大会上做了动员报告,列举了影响、损害和破坏秦东市投资环境的种种表现,批评了一些部门和个人的错误做法,特别是点名批评了市建委等几个部门在开元大厦工地上的过激行为,引起了极大的震动和反响。市建委被点名批评后,联系到市政协副主席的落选,关立峰更气不打一处来,认为这是落井下石,就索性消极对抗起来,不大抓治理投资环境,对整改工作敷衍应付。

关立峰正在看材料,黄天高敲门进来了。黄天高一只手搭在额前,故作四下张望状,大声问:"关主任在吗?这烟雾弥漫的……"关立峰看是黄天高,坐着没动。黄天高往前走了几步,用手挥了挥烟雾,看着关立峰大声笑着说:"哈哈哈,原来真佛被香烟遮住了。"关立峰冷冷地说:"找真佛你走错门了。我如今是墙倒众人推,别人不寻事就谢天谢地了,还真佛呢!"嘴里这样说,心里却有些好受起来,毕竟黄天高是部门的主要领导,他能在自己倍感孤立时登门,说明自己在不断受打压的情况下,依然有人不敢小视。黄天高猜透了关立峰此时的心境,用手往上指着说:"苍天无眼,不公啊,不公!不能这样对待一个做出了巨大贡献的老臣呀!"关立峰说:"怨苍天的屁事。"他指了指沙发让黄天高坐下:"累朝累代还杀功臣呢,我算个什么?"毕竟黄天高在替他鸣不平,关立峰走过来给他递了一根烟。黄天高接住烟看了看是名牌烟,笑着说:"我给你带了两条新出的高档玉兔牌香烟,你先品尝一下。"说着他把装在黑色塑料袋里的两条烟递给了关立峰。关立峰嗜烟如命,听说是新出的高档烟,便迫不急待地拆开一盒,点燃了一根烟自顾自地抽了起来。先是慢慢地抽,似乎在仔细品味,接着大口大口地抽,还一连喷了几个烟圈,显得有些贪婪而忘情。黄天高笑眯眯地看着关立峰在抽烟,像看小品演员在表演。

关立峰抽了大半根烟后方才点着头评价说:"黄局长,这烟不错,香而不浓,别有韵味;绵而有劲,独具一格。不错,真的不错。"黄天高听了有些夸张地说:"听说玉兔牌香烟,借鉴了熊猫和中华香烟的用料和配方,是咱省上要创牌子的新产品。"他看关立峰脸上露出了笑容,就开起了玩笑:"玉兔牌香烟,是月宫里嫦娥怕吴刚孤独闹情绪,送给他的香烟。""你的意思是我闹情绪?"关立峰脸上刚刚露出的一丝笑容瞬间全无,"闹又怎么样?有些事放在谁身上都会闹情绪,我想嫦娥也会闹情绪,还安慰吴刚呢!"黄天高忙着解释:"我不是这意思,真不是这意思。要说闹情绪,我最近情绪也很不好。"他看着一肚子怨气的关立峰,皱了皱眉:"就说我们商业局吧,去年还被评为招商引资先进单位呢,又是表彰又是奖励的,可前几天在治理投资环境大会上还挨了批评呢。""没有批评你们局呀!"关立峰瞪大了双眼,"我也参加了大会,没听到批评你们局嘛。"黄天高说:"咋没批评呢?吴市长说啦,说是开元大厦工地上多次出问题,在很大程度上是由于协调工作没有做好,这不是批评我们局吗?"关立峰突然"哈哈"大笑,说:"你这是自作多情,要么就是神经过敏。那次大会后我去找文佳想问个明白,文佳说他还把批评自己的话写进了报告。说他是开元大厦项目协调小组的组长,协调工作没有做好,他负主要责任。再说啦,下马村村民闹事,那应由临秦区协调;几个部门闹事,不,市长批评的是不文明执法,由你这样一个部门领导去协调,你协调得了吗?"关立峰的脸上挂着明显的轻蔑和不屑。黄天高有些尴尬,哈哈一笑说:"那我也有责任,其实为了开元大厦项目有个好的施工环境,我们局做了大量具体工作,要不去年局里能评上先进单位,我能评上先进个人?现在文佳承担了些责任,其实是想摘个大桃子。如今呀,谁会来事谁就有桃子吃,谁不会来事屁股就会挨板子。"黄天高不失时机地炫耀了一下部门和自己,也顺便攻击了一下文佳,以取悦关立峰。关立峰说:"有些板子简直挨得莫名其妙,文佳还说,领导层怀疑四部门去开元大厦工地是建委牵的头,是我在背后出谋划策,这简直是无中生有。"黄天高早就听说,那次四部门去开元大厦工地执法,挑头的实际上是市建委。黄天高故作愤愤不平地说:"这完全是莫须有的罪名,是天大的冤枉,谁都知道建委这几年在城市建设中是大手笔,城市面貌变化之大是秦东历史上最好的时期。谁都说你是城建方面的第一功臣,有功不赏,却乱加罪名,胡乱猜忌。严重的赏罚不明,严重的不公呀!"他这次来就是想在关立峰情绪不好的时候,安慰他,讨好他,也趁势解决一下想解决的问题。关立峰听了轻轻摇摇头,抽出一根玉兔牌香烟,续着抽了起来,边抽边把面前的材料拉近一下。黄天高看在眼里,急忙说:"以你老兄的资历、政绩和能力,就是提个市委常委或副市长也是合格的,提个政协副主席还被极不正常地弄了下来,这叫啥事呀?叫我说不干这个有名无权的破差事也好。说到大会上的点名批评,那就更是毛毛雨了,你老兄是经过大风大浪的人,就别往心里去,大家心中都有一杆秤呢!"黄天高一口一个老兄,又直抚关立峰心病之所在,只是所求之事已话到嘴边却没有说出来。关立峰长抽一口烟,又慢慢吐了出来,似乎早就看透了黄天高的心事,盯着黄天高说:"黄局长,有什么事你就直说吧。"黄天高笑着说:"也没啥大事。红星蛋粉厂的技改项目在北京跑成了,我们想扩建一下这个合资企业,想请建委配合搞好拆迁,在有关收费上最好减免一下。"关立峰沉吟不语,心想红星蛋粉厂想扩建的事已说过多次,市建委不是不配合,只是市商业局太抠门,该出的钱也不想出。今天打着技改的旗号,还好没有打吴芳的旗号,又选择自己十分被动的时候来找,这个黄天高蛮有心机,不过他的态度也蛮好。黄天高看着关立峰,皱起了眉头,心想向来强势的关立峰难道不吃这一套?难道选择的时机并不合适?

  关立峰瞥了一眼眉头紧皱的黄天高,似笑非笑地说:"你们原来就有这想法,也说过多次。行,看在黄局长的面子上,就按你们说的办。"他顺便调侃了一下:"不过黄局长也够抠门儿的,算不上铁公鸡,至少是个瓷公鸡。"黄天高大喜过望,嘿嘿一笑,摸了一把脸,说:"还是关主任畅快,那就谢谢啦。"关立峰说:"谢什么?我现在算是想开了,也看透了,工作再卖力,成绩再突出,不一定会有好报。我现在只要不越红线啥事都敢办,想给谁办就给谁办。啥事都可以顶着不办,该办的事也可以找一千条理由不办。看来,咱的命也就是官至七品休,再也上不去了,不过谁也把咱咋不了啦!"他拿起面前的材料扬了扬:"在全市治理投资环境大会上点名批评,还有人往我身上泼脏水,落井下石。我们也搞了个材料,说明一下,申辩一下。我们是依法依规办事,怎么就成了破坏投资环境?我就是不服!"黄天高知道关立峰有一肚子怨气,没想到他会当着自己的面如此发泄,更没有想到还要顶风硬上,说:"依你老兄的资历和威望,完全可以上书市长,说明情况。不过目前正在治理投资环境的风头上……"关立峰不等他把话说完便哈哈大笑,心想你也太小看我了,再有意见也不会傻到直接上书市长,肯定有别的领导要到市建委来,这份材料肯定会派上用场。笑罢,关立峰斜视着黄天高,说:"谢谢你的好意。"黄天高对关立峰大笑有些莫名其妙,隐约感到关立峰虽然把他当知己,却不把他当回事,甚至有些瞧不起的意思,就心生一丝不快。

这时有人敲门,郭梦龙夹着皮包走了进来。他和关立峰打招呼后向黄天高点点头,坐了下来。郭梦龙脸上没有任何表情,瞅了一眼烟灰缸,掏出了自带的烟盒。关立峰忙说:"别,郭主任请品尝一下新出的玉兔牌香烟。"郭梦龙放下手中的香烟,点着了关立峰递的玉兔烟,慢慢地吸了两口,又轻轻吐了出来,却并不品评。黄天高知道郭梦龙向来不苟言笑,也不擅交际,很少在部门间走动,打消了马上离开的念头,想看看此人要演什么戏。关立峰看郭梦龙没有品评玉兔牌香烟的意思,便等着这位稀客开口说事。黄天高笑着说:"都说秦东有'三大烟筒',除了王天杰没来,你两个大烟筒今天算是碰到一块儿了,要不要比拼一下?"关立峰问:"比拼什么?"黄天高搔着头说:"你这一问还真把我难住了,比拼抽烟量吧,恐怕耗时太长,比拼到明天这个时候也难分出胜负来。再说办公室浓烟滚滚,别人还以为是失火了,咱也不能让消防车空跑一回吧!"关立峰笑了,郭梦龙脸上也露出一丝笑容。黄天高兴趣来了,接着说:"都说关主任只抽高档烟,从来不抽中低档烟……"关立峰截住说:"谁说啦?我在县上工作时还抽过九分钱一包的'羊群'烟呢。"黄天高说:"关主任早就鸟枪换炮了,现在的关主任应该说是一座高耸的现代化的钢筋水泥烟筒吧。"关立峰含笑轻轻点了点头,心想这家伙挺会说话,也挺幽默。黄天高看着一直不说话的郭梦龙,说:"听说郭主任抽烟的特点是范围极其广泛,是吧?"郭梦龙说:"你是说我什么烟都抽吧?高档烟抽,中低档烟也抽,的确是这样的。"关立峰说:"那么郭主任也是一座钢筋水泥烟筒吧?"郭梦龙说:"我充其量算是砖砌的烟筒吧。"关立峰大笑,原来郭梦龙也懂幽默,且有自知之明。黄天高笑着说:"那么郭主任就是一座砖砌的高耸的大烟筒了。"其实这个定位和他想的完全一样,只是由郭梦龙自己说出来更好一些,接着说:"王天杰是个妻管严,老婆每月留给他的烟钱只能买中低档烟,低档烟买得还要多一些。他现在退居二线了,又没有人送高档烟……"他自觉失言,轻笑一声,急忙扭转了话题:"不过,几十年来王天杰抽过的烟要是堆起来,能堆半屋子,能开个香烟专卖店。"关立峰和郭梦龙都静静地听着,看他如何定位这个大烟筒。黄天高扫视了一下二人,立即感到这两个烟鬼其实挺在意别人如何评价秦东三大烟筒,稍停片刻慢慢地说:"王天杰就是一座土垒的高耸的大烟筒,属于文物级的老旧烟筒。"关立峰会心地笑了。郭梦龙轻轻点了点头,又慢慢摇了摇头。

郭梦龙来找关立峰协商重要事情,没想到说到了秦东"三大烟筒"上,半天入不了正题。他这几年抓秦东经济开发区的招商引资出了大力,尤其是吴芳任市长后工作更加卖力,去年被评为省、市招商引资先进个人。今年秦东经济开发区又发生了转折性的变化,转型为高新技术产业开发区。为了推进高新区的招商引资,他准备把高新区通往市中心区的一条道路拓宽取直,说了多次没有和市建委说到一块儿,市建委以拆迁难度大和缺乏资金为由,一直不愿把应由市建委承揽的一段接头路纳入年度计划,致使郭梦龙的这一想法落不到实处。这次治理投资环境大会上,市长点名批评了市建委,还列举了市建委的一些错误做法,这让郭梦龙感到很解气,认为向来霸气十足的关立峰总该收敛一些了。今天他来找关立峰就是想趁此风头推进一下此事,甚至带着指责问罪的意味。他不想当着黄天高的面说此事,可黄天高一直没有走的意思,只好把正抽的大半截烟掐灭,问:"关主任,高新区报送到建委的文件你看到了吗?"关立峰看了一眼一脸肃然的郭梦龙,问:"什么文件?"郭梦龙有点不高兴地说:"高新区通往市中心那条干道拓宽取直的文件。"关立峰说:"我还没有看到。"郭梦龙提高声音说:"不是说各家送来的文件半个月就答复吗?我们的文件送来几个月了怎么一点回音也没有?"黄天高听得一愣,郭梦龙怎么能这样说话呢?关立峰听他话带情绪,有些不高兴地说:"我马上让人查一下。"说着他就打了个电话。郭梦龙似乎意犹未尽,接着说:"吴市长在大会上严厉批评了这种拖拉推诿的不良作风。"关立峰一听他抬出了吴市长,直戳戳地说:"这也得看什么事情,看能不能办。"显然他有些生气了,猛抽了一口烟,又猛喷了出来。黄天高知道郭梦龙触到了关立峰的痛处,着实有些不解,这个寡言少语的人,怎么说起话来这样冲?关立峰也有点刹不住了,讥讽说:"我们怎么能和开发区比作风,噢,如今是高新区了,高新区是招商引资先进单位,高人一等;我们是治理投资环境的活靶子,是挨批的对象。"郭梦龙刚要发作,黄天高忙抽出一根玉兔烟递给他,生怕弄得更僵。

这时邱长富拿着秦东高新区报送的文件进来了,他对着两位客人笑了笑,将文件放到了关立峰的办公桌上,小声说:"关主任,这是你要的高新区文件。"关立峰看都没看就厉声问:"为什么迟迟不送给我?"邱长富吃了一惊,这是他交代过的事,说是先放一放,怎么又严加追问了起来?邱长富看了一眼满脸不快甚至有些恼怒的郭梦龙,不禁恍然大悟,边想边说:"机关收文后办公室主任立即就批到几个相关科室沟通、研究,大家都很重视,最后让我们科汇总后拿个意见给主管领导汇报一下,程序走完后才会送你审定。"关立峰对邱长富的回答相当满意,觉得他悟性很好,也挺会演戏,却故作不高兴地说:"程序太多,办事太慢,难怪大会上挨批。"他看了一眼正大口抽烟的郭梦龙:"事情郭主任已经催了,你说说你们商量的意见是什么?"邱长富眨眨眼,心想你说过这条路现在不能修,让先放一下,我们还商量什么?根本就用不着商量,这你比谁都清楚,岂不是明知故问吗?既然领导要演戏,那就接着演吧,邱长富略做思忖后说:"各科室沟通后都认为目前拓宽取直这条路的条件还不成熟,先放一放再说。"郭梦龙有些急眼了,极其不

## 第三十五章

满地问:"条件怎么不成熟?我们的工作人员多次和你们的科室沟通,大家都是同意的,这不是阳奉阴违吗?"黄天高已经看出了关立峰和部下在演戏,而郭梦龙还蒙在鼓里,这个把秦东高新区搞得风生水起的人物,怎么在有些方面是如此的不开窍呢?你是求人家办事来的,不拿一炷高香也就罢了,怎么能拿着一根棍子,还抡来抡去的,且看剧情下面如何发展,黄天高索性慢慢品起茶来。"阳奉阴违?没有呀!"邱长富看了看把脸歪向一边,随意翻看秦东高新区材料的关立峰,对郭梦龙说:"郭主任,你这个批评我们不能接受,我们敢阳奉阴违吗?"他知道关立峰听了这话肯定比他还生气,只是憋着罢了。关立峰放下手中的文件,其实这个文件他早就看了,一直在等着郭梦龙来找他当面商量,把这事情办了,好落个顺水人情。关立峰知道郭梦龙不爱走动,有时还摆摆老资格,拿拿架子,没想到他今天竟来了,更没想到来后竟是如此作派,开口闭口都想寻点啥事,甚至在自己的伤口上撒盐。

关立峰瞅了一眼大口大口抽烟的郭梦龙,看出他心里也极不平静,慢慢吐出一口烟,缓缓地说:"郭主任,别和这些搞具体工作的人计较,不是正在治理投资环境吗,整改后这些问题就会纠正。"黄天高看关立峰摆出了息事宁人的样子,笑着说:"是呀,各部门都正在抓整改。"说着他又递给郭梦龙一根玉兔烟。关立峰看郭梦龙把黄天高递的烟重重地放在了茶几上,便接着说:"你们的文件我看了看,实事求是地讲,拓宽取直这条路是大好事,可是今年的城建计划年初就下达了,当时这个项目没有列进去。你也清楚市财政每年拨给建委的资金少得可怜,许多好事想办都办不成,想追加个项目难上加难,这个你要理解。"黄天高看关立峰话说得有些委婉,显然留有商量的空间,就微笑着捡起茶几上的那根烟,不等他递给郭梦龙,郭梦龙便把他的手按住了。只见郭梦龙从公文包里取出了一份红头文件,啪地一声拍在了茶几上,说:"这是市政府刚刚印发的关于治理投资环境的文件,其中第九条是专门为高新区写的,要举全市之力推动高新区的发展,促进高新区的招商引资。要求各部门大力支持高新区的工作,特事特办,提供各方面的服务。这一条你们看到了没有?执行不执行?"说完他狠抽一口烟,脸色铁青,喘着粗气,猛一下拧灭了烧到手上的烟头。黄天高吃了一惊,看来刚刚好转的局面要发生逆转。关立峰也有些吃惊,只知道此人有些直,有些犟,却没有想到竟到了如此地步,也板下脸,没好声气地说:"市政府的文件我们当然执行,但也要从实际出发,修路是要钱的,可钱呢?有了钱立即就修路。"邱长富说:"关主任说的是实情,今年财政资金到位慢,有些已列入计划盘子的项目怕也开不了工,关主任正为这事发愁呢。没列入计划盘子的项目就更没指望了,关主任也实在没办法。"郭梦龙刚要说什么,一看关立峰头朝上,背靠在椅子上,叼着一根烟,满脸横着惯常的傲慢和霸气,便呼地一下站了起来,哼都没哼一声,拿起皮包径直走向房门,摔门离去,连头也没回。黄天高慌忙追了出去。

邱长富看了看敞开的房门,有些担心地说:"关主任,郭梦龙这样走了,传出去怕有些不好。"关立峰坐正后说:"对牛弹琴没用,对这头犟牛弹琴更没用,他根本就没有听出我话中有话。不过没事,黄天高追出去了,凭他那三寸不烂之舌,能把石头说开花,能把死人说笑,一定会把郭梦龙这头犟牛哄回来。只要郭梦龙回头说几句好话,说几句不冲的话,啥事都能变通。"邱长富向来佩服上司,听了这话却觉得有些悬,这头犟牛有点像发怒的牛魔王,恐怕只有孙悟空才能拉得回来。他没事了却站着没有走,想看个究竟。关立峰也没有让他走的意思,想让他见证一下自己的判断。关立峰续了一根烟,慢慢地抽了一口,轻轻地吐了一个烟圈。好长时间没有动静,邱长富想走,却又不便走,后悔没及时离开,生怕郭梦龙真的不回头让关立峰难堪。邱长富心里正七上八下时,门外传来了黄天高哈哈大笑的声音,接着黄天高拉着郭梦龙走了进来。黄天高笑着说:"郭主任拉肚子,走得急了点,还差点儿拉到裤子上。"关立峰、郭梦龙看着表演中的黄天高,想笑却都笑不出来。邱长富悄然笑了,这个县处级撒谎的水平,不,周旋的能力简直太小儿科了,不过也算长见识了。黄天高接着说:"郭主任今天来,是想请关主任吃中午饭的,我已经答应作陪,沾沾光。"郭梦龙听了惊诧无比,下意识地点了点头,心想我何曾说过这话,不过真的能请关立峰吃顿饭也不错,要是请不动就单请黄天高吃顿饭,他可谓用心良苦,刚才还打了保票,说能促成此事。关立峰心中暗笑,演戏演到我这儿来了,不过郭梦龙能回过头来,他已经满足了,说:"我中午的饭局已经有了,吃饭的事就免了吧。""饭还是要吃的,另寻个时间吧。"黄天高拉了拉郭梦龙,"郭主任,把你的难处给关主任说吧。关主任会理解你,支持你。"郭梦龙一时竟不知从何说起,愣在了那里。关立峰缓缓地说:"事情都说清楚了,不必再说了。"郭梦龙朝着关立峰点点头,心想原来他也挺善解人意。关立峰从郭梦龙的眼神里看出了他指责问罪的意味已不复存在,就拿定了主意,只等着郭梦龙开口说句好听的话了。黄天高没想到机会来了,就摆在面前,郭梦龙竟无动于衷。他心中暗叹一声,没办法呀,帮人要帮到底,就笑着说:"关主任,郭主任刚才说了,他是求你来了,求你给他帮个忙,好尽快改善一下高新区的投资环境。事成后他要给你发一个一吨重的功勋章呢!"说完他先大笑起来,大家也都笑了。关立峰今天终于看到郭梦龙点着头笑了,顿觉释然,笑着说:"一吨重的功勋章我就不要了,转让给黄局长吧。郭主任急着要拓宽取直这条路我理解,也支持,修就修吧,没钱我来筹,修路时间郭主任定。"他拿起笔在秦东高新区的文件上飞快地批下"同意"二字,签名后递给邱长富,说:"送回办公室,让办公室主任

## 第三十五章

拟个市区这边修路的指挥部成员名单,抓紧落实这个新列的项目。"郭梦龙走过去紧紧握了握关立峰的手,说了声谢谢。黄天高鼓起掌来,大声说:"好啊,好!还是关主任办事痛快。"邱长富也情不自禁地鼓起掌来,也跟着叫了好,其实他早就想上这个项目了,好趁机为亲朋好友办点实事。

这时,一行人走了进来,走在前面的是由锡平,笑着问:"什么好啊?大呼小叫的,还鼓掌。"关立峰急忙迎了上来,邱长富悄然退了出去。大家握手寒暄后,黄天高笑着说:"由市长,我们叫了好,鼓了掌,还准备开庆祝会呢。关主任不大功夫就拍板定了两件大事,要协助我们搞红星蛋粉厂的扩建拆迁,还要配合高新区拓宽取直通市区的道路。关主任真有魄力,是个干实事的人。"郭梦龙看事情说完了,由市长又来了,就急着要走。黄天高却借题发挥上了,说:"由市长,不公呀,太不公了!建委这几年干了这么多的实事大事好事,不表彰奖励也就罢了,吴市长还在治理投资环境大会上点名批评,简直太不公了!"黄天高相信只要对吴芳有意见,由锡平必然心里暗暗高兴。由锡平自然心领神会,笑着问:"我来了,不影响你俩说事吧?"黄天高看他替关立峰下逐客令,忙说:"我俩的事情说完了,就先走了。"说完和郭梦龙一起离开了。

关立峰看了看由锡平,又看了看文佳、田丽丽和党文三个随员,微笑着说:"有啥事,由市长让党文大秘书打个电话我就来了,哪用亲自到这里来,还劳了文秘书长和田主任的大驾。"他略停了停:"如今我这里晦气可是正浓着哩!"由锡平正在点烟,听他后面的话弦外有音,便没有接话。文佳清楚关立峰积了一肚子的怨气,笑着说:"由市长上午刚好有点空,就临时决定来建委调研,检查一下落实治理投资环境大会精神的情况。"由锡平吐出一口烟,微笑着说:"今天我来你这里,是想听听建委的同志对治理投资环境有些啥想法和意见。没有打招呼就来了,你不会介意吧?"他尽量把话说得委婉一些,淡化了一下文佳所说的检查。他深知关立峰在市政协选举中落选后心理落差大,情绪变化大,为人处事更加霸气,还添了些许随意和难以捉摸。这次在治理投资环境大会上被批评后,更是装了一肚子的气,上次落选不好明着发泄,这次竟无所顾忌,甚至有些和上级对着干的味道。明里暗里有人把关立峰的情况传到了由锡平的耳朵里。由锡平与关立峰个人关系一直不错,市政协换届后感到关立峰明显地疏远了,显然是怨恨他支持程杰人时伤害了自己。这种事没法解释,只会越描越黑。大会批评的事却可以从多角度多方面做文章,就安排了这次调研,想趁机安抚一下关立峰,也出出主意,不至于让他陷入误区,更加被动和难堪,也为日后进一步争取关立峰留下足够的空间。

关立峰从语气和神态上,感受到了由锡平官话后面的意蕴,立即给办公室主任打电话,让各科室负责人到大会议室参加调研会。打完电话他看了看正襟危坐的文佳和有些志得意满的田丽丽,就有些按捺不住,笑着说:"听说吴市长在治理投资环境大会上的报告,是出自田主任的手笔?"田丽丽不失时机又略带炫耀地说:"没办法呀,我以为到法制办任职后就跳出写材料这个苦海了,谁知还是把这个苦差事压到了我头上,足足下了三天苦才拿出了初稿。"她前不久被提拔为市政府法制办公室副主任,临时抽调到治理投资环境办公室任副主任,所以执笔起草了这个报告。关立峰不无讥讽地说:"都说田主任是政府机关的大笔杆子,真是厉害呀,笔杆子就像刀子一样,刀刀见血呀。"田丽丽脸唰地红了,刚才黄天高替关立峰鸣不平时她就觉得气氛有些不对,没想到关立峰竟拿她开刀说事。文佳看关立峰向报告的起草人发难,便解释说:"市政府为了开好这次治理投资环境大会,做了充分的准备,前后搞了一个多月的调研,还发了数千份民意调查表,广泛征求和听取了各方面的意见,在此基础上才起草了这份工作报告。报告中批评的确是多了一些,有些还比较严厉。会后各方面反映却特别好,说不如此就不能振聋发聩,就不能有效治理投资环境。"关立峰说:"文秘书长是这方面的权威,我在文秘书长面前对报告评头品足,就有些班门弄斧了,不过对建委的许多批评不够实事求是,把我们正常的执法执规也说成是破坏投资环境,这就不能服人。"田丽丽也不示弱地说:"我到法制办后查阅了一下,许多地方性的规范性文件早就修改和废止了,可有些部门从部门利益出发,仍在执行,这难道不应该批评吗?"文佳说:"为了扩大招商引资,市上制定了一系列优惠政策,有些部门却从部门利益出发,迟迟不愿执行,或者断章取义地加以执行,这也必须加以纠正。"两人虽未提市建委,剑锋所指却谁都看得出来。关立峰有些火药味十足地说:"批评建委的话应该核实一下再写进报告,有些批评简直是无中生有,乱打棍子。"由锡平慢慢地抽着烟,静静地听部下争辩,清楚关立峰这时看似针对着报告的起草人发难,实际上是对做报告的人有意见,谁都知道报告一旦形成就由领导负责了。由锡平一直和吴芳有些拧,虽然在推举程杰人任市政协副主席时曾与吴芳保持了一致,但这并不能改变他埋藏在内心深处的痼疾,又慢慢地和吴芳暗中较上了劲。他觉得关立峰对吴芳意见强烈这未必是坏事,此人在部门领导中还是有相当的影响力。

关立峰拿起面前的材料说:"凡事都要实事求是,要以理服人。报告批评建委也就那么几小段,有的只是一两句话,我们搞了个说明材料,几十页,一个本子。"说着他就要给由锡平送过来:"由市长,我们这不是什么答辩和回应,更不是和上级对着干,只是说明情况,还事实一个本来面目。"由锡平摆摆手,说:"材料先让党文拿着,今天我想直接听听干部们的想法和意见。"这时市建委的办公室

## 第三十五章

主任来说科长到齐了,大家就起身去会议室参加调研会。

走出办公室,关立峰凑近由锡平说:"我主持会议,有几个刺儿头我会加以控制和引导。"由锡平点点头。大家刚刚离开关立峰的办公室,一个穿一身名牌的女人急呼呼地来到这里,她敲了敲门,又扭了一下门把,门关着,自言自语地骂道:"邱长富这小子,怎么捉弄老娘!说由市长来找关立峰,怎么连个人影都没有?"这时有人告诉她他们去会议室开会去了。这个女人是邱长富的妻子苟芝红,也在市建委上班,是机关工勤人员。自从邱长富在治理投资环境大会上被不点名却点事地批评后,她窝了一肚子的火,认为这影响了丈夫的升迁,也影响了她弟弟公司的生意,就想找市上的领导理论。苟芝红心想在关立峰办公室闹闹无所谓,丈夫是领导的心腹,若去会议室找由锡平怕就闹大了,转而想去大门口堵由锡平理论。

苟芝红在大门口等得有些不耐烦,独自一人来到会议室外看究竟。她听邱长富说,市建委内部对市长点名和不点名的批评,有部分科长特别是几个手握各种审批大权的科长,抵触情绪极大,不断闹腾,对整改推三阻四。要是放在以往,关立峰会把这些科长整治得服服帖帖,但这次他却不大理会这些,甚至有意怂恿,还让办公室把这些人的意见汇集起来,整理成材料。邱长富觉得心中积怨已久的关立峰这次要向上级摊牌了,有意给妻子透个讯,让她见机行事。苟芝红从窗户看到科长们齐刷刷地坐在办公室,在关立峰的主持下挨个儿发言,大家说的都是好话呀,都说了治理投资环境的重要性、必要性,表示要认真落实吴芳市长报告的精神,表态支持整改,要创造更好的投资环境,有的还谈了科室的具体想法。关立峰不时插话,似乎在鼓励和肯定这些科长的说法和态度。由锡平她认识,电视上和宣传照片上见得多了,他似乎很满意,还不时停下手中的笔问上几句。几个意见强烈的科长被放到后面发言,关立峰看了看手表,说时间不多了,要言简意赅,不要扯得远了。这几个科长好像都在看关立峰的脸色行事,虽然提了些意见,态度并不激烈,根本没有出现邱长富所说的只要市政府来人,市建委就会大闹腾、大爆炸的局面,与她的想象也相去甚远,竟一时摸不着头脑。听关立峰的口气,这调研会马上就要结束,她给自己鼓了鼓气,就向楼下门厅走去,不管怎么样,都要问问由锡平,至少要为丈夫辩解一下。她拿定主意,站在一楼门厅等候着由锡平的到来。

调研会结束了。关立峰把由锡平一行送到楼梯口笑着说有些内急,就匆匆去了卫生间,他对跟在身后的邱长富小声说:"你们后边几个科长意见没表达充分,可以给领导再说说嘛。"邱长富会意,立即叫上几个意见强烈的科长追了下去。

由锡平一行刚刚走到一楼门厅,苟芝红掠了掠长发,摆着略显肥胖的腰身急急地走了过来。她对着由锡平说:"你是由市长吧?"由锡平一愣,仔细一看是位打扮得珠光宝气的中年妇女,有些发福的圆脸上眉毛描得又细又长,嘴唇抹得格外红,两个耳环大得几乎坠到了肩上,尤其是脖子上的金项链粗得像挂着一条绳索。由锡平看了一眼陪送的市建委副主任张大刚,对着苟芝红慢慢点点头。张大刚刚要介绍苟芝红,从外面走进门厅的米小安抢着说:"由市长,她是邱长富科长的爱人苟芝红。"他最近正在给一位亲戚帮忙办事,没少到邱长富家里去,自然认识苟芝红,就急忙抓住讨好这个女人的机会。苟芝红显然不满意这样的介绍,说:"我是建委的职工。"她斜视了一眼米小安,接着说:"我找由市长想反映些情况。"张大刚忙对苟芝红摆摆手,苟芝红并不理会,不等由锡平表态,就圆睁杏眼,气呼呼地大声诉说起来:"市政府为什么要在大会上点名批邱长富?他犯了什么错,值得在大会上往臭里弄?搞得我全家人都不得安宁,听说要撤邱长富的职,还要调整我的岗位,连儿子在学校里也被人羞辱,说他爸是秦东闻名的摔科长,什么都敢摔,他到底摔了什么?摔出了这么大的事!"文佳走过来问:"你是说治理投资环境大会上的事吧?"苟芝红没好声地说:"就是的!"文佳说:"大会上没有点名批评邱长富呀。""谁说没有点名批评?机关都传遍了,连外边都在传,说准备收拾邱长富,科长快撤了,说有的投资商高兴得放了鞭炮,还向市政府送了感谢信。"田丽丽笑着说:"这是编造的故事吧?不过市上大会的精神的确让投资商十分振奋。"邱长富领着几个科长已经站在了门厅,只是还没插上话。邱长富说:"吴市长在大会上批评建委管审批基建程序的科长,说他故意刁难投资商,给投资商使脸色,当面把投资商的审批表摔到了地上,这不是批评我邱长富是批评谁?"几个跟随邱长富下来的科长,也在一边附和着说这其实就相当于点了名。邱长富是关立峰的心腹,科室又很有实权,向来蛮横霸道,办事认钱不认人,特别是在办理审批手续过程中要介绍工程,指定监理公司,指定购买物资的公司,从中为自己和亲友谋取私利,因此机关内外许多人对他极为反感。他又善于对机关内部人施以小恩小惠,送点小东小西,帮忙办点私事,在大家眼中便成了"好坏人"。那几个科长为了科室利益,也跟着邱长富来起哄。

田丽丽走近邱长富,有些咄咄逼人地说:"邱科长,报告中是批评了摔投资商审批表的科长,关键要看这是不是事实,如果是事实难道这种做法不应该批评?"邱长富也不客气地说:"田主任,你要这样说,那还真要把你起草的报告抖一抖。"看来他也知道报告是田丽丽起草的:"报告中说我摔了投资商的审批表,有啥依据?有人证吗?有录像资料吗?这完全是无中生有,胡说八道!"田丽丽气得脸直抽搐,连话也说不出来。文佳说:"邱科长,报告的起草和形成是经过充分调研的,给各投资商都发了调查表,你的问题是投资商反映的,摔审批表的事是半年前投资商举报的。"邱长富一时语塞,苟芝红立刻走上前来,双手往腰里一叉,说:"那是投资商编造的,故意抹黑长富。长富说过这事,是电风扇吹的,电风扇把投资商的审批表吹落到了地上。分明是给长富栽赃,冤枉好人。"邱长富看了一眼妻子,实在佩服她的脑子转速快。快到下班时间了,许多干部都围在门厅看热闹。

　　文佳观之良久,觉察到这是有人设的局,看苟芝红蛮横的脸上多了几分得意,问:"这位大妹子,投资商举报说是春节前去找邱科长,那是数九寒天,难道还开电风扇吹凉?"周围的人全都笑了。苟芝红大窘,脸憋得通红,急不择言地说:"那就是窗户吹进来的风把审批表吹到了地上。"文佳看着她依然蛮横但底气已泄的脸,讥讽说:"冬天开着窗,估计是凛冽的西北风吹进了房间。"周围又是一片哄笑声。苟芝红恼羞成怒,强词夺理地吼道:"摔审批表是绝对没有的事,是投资商胡编乱造,想整我家长富,我们一家人可怎么活呀!由市长你可得为长富做主啊!"说着她竟哭了起来,一边抽泣一边嘟囔着。周围的人看着她并不高明的表演都暗自笑了,邱长富摔审批表已不是第一次了,还骂过人,赶过人呢。张大刚看苟芝红闹得实在有些过头,几次想制止一下,却碍于邱长富是关立峰的红人,便站着没吭气,心想关立峰闻讯肯定会来。由锡平看闹成这样了,关立峰却迟迟没有露面,心里就明白这是他在作祟,在借机发泄市政协落选的积怨,给自己制造难堪。当然也是在发泄被点名批评的不满,以科室和部门利益驱使手握实权的科长,剑指报告和做报告的吴芳。这让由锡平既生气,又有些莫名的快意,对苟芝红说:"你说的邱长富的事,我知道,会妥善处理,请你放心。"邱长富清楚妻子的作用已经发挥到了极致,该收场了,就对苟芝红说:"孩子该放学了,你赶快回家去做饭吧。"苟芝红掠了一下长发,看了一眼正在听科长讲意见的由锡平,大幅度地摆着腰匆匆离去。

　　孔里悄然站在市建委的门厅,像一个富有经验的侦察员一样,仔细看了看这里的情况,然后笑盈盈地上楼去找关立峰。

　　由锡平当然知道这些科长看似对市长批评有意见,实际上是在竭力维护科室和部门利益,不想取消一些收费项目,不想降低有些收费标准。这一点可以想到,态度如此强烈却没有料到,他估计这与关立峰背后的怂恿不无关系。由锡平看了看表,微笑着说:"大家都比较忙,也该回家吃饭了,意见我都听清楚了。其实大家的意见,建委已经形成了文字材料,我们回去后好好研究一下。"党文从公文包里取出那份材料,说:"关主任已经给了这份材料,意见和建议都挺详细。"几个科长和已经明显少多了的围观者这才散去。张大刚和邱长富一直把由锡平一行送到小车上，看着小车驶去后才离开。

孔里一边上楼梯一边想，这关立峰肯定不好对付，都敢把由锡平晾在门厅，还会把自己放在眼里？孔里今天是来请关立峰吃饭的，认为他在屡屡受挫的情况下，威气应该有所收敛，对政绩的追求应该有所淡化，此时只要自己放下身段，不管是公事还是私事应该好办一些。孔里敲开关立峰的房门后，故作惊讶地说："关主任，你真能坐得住，由市长被你的部下围在门厅，就像开批斗会一样，你却稳坐这里，真好定力呀！"关立峰缓缓站起来，指着沙发说："请坐。你说的情况我不知道呀。"心里却说你第一个把现场信息传递过来，多谢啦。孔里心想你装什么不知道，你是在刹领导的威气，泄心中的怨恨，骗骗别人可以，也来骗我，笑着换了话题："关主任是秦东烟民的领袖，是烟民们顶礼膜拜的偶像。我给你带了两条新出产的高档香烟，想让你先品为快。"说着把两条烟双手递了过去。关立峰一听又有新产品，嘴角露出一丝笑容，他拿起烟看了一下，不屑地笑着说："玉兔牌，我已经品尝过了。"说着他从桌上拆开的烟盒里抽出一根玉兔烟，递给孔里，说："你也抽一根玉兔吧，我正抽玉兔呢。"孔里接住烟后顿时说不出话来，有一种热脸贴在冷屁股上的感觉。孔里一进门，关立峰就知道他干什么来了。去年在关立峰政治生涯的关键时刻，大家都捧市建委，促他上一个台阶，孔里竟给他下绊子。去年市交通局改造二级公路时，在市区修了一段过境路。年底市建委开新闻发布会，宣传城市建设新成就，把这段市区过境路的改造工程也列了进去。市交通局知道后极为不满，认为市建委摘了市交通局的桃子，如果只是说说乃至指责一下也就罢了，市交通局竟将此事告到了由锡平那里，还扬言要再往上告。多亏由锡平做了些工作，孔里才把此事放了下来。今年市交通局又要在市区修一段过境路，需市建委配合拆迁。市建委提出了一个条件，说是要考虑城市的总体规划，要求把这段改造工程延伸到正在筹建的秦东博物馆去。孔里认为这属城建项目，是市建委想着法给市交通局出难题，故意让他难堪。他曾多次派人与市建委协商，还找了由锡平，关立峰却毫不退让，把口封得很死，让孔里毫无办法。

孔里看关立峰微眯的眼睛里闪着嘲弄，叼烟的嘴角露出一丝蛮霸，真想转身就走，他还是强压下心中的不快，点燃手中的玉兔烟，自我解嘲似的笑着说："我又不是孙猴子，不可能比王母娘娘先尝蟠桃。"他看关立峰一时没有反应过来，就晃了晃手中点燃的玉兔烟，接着说："各路神仙，神通再广大，也不可能比王母娘娘先尝到仙桃的滋味呀！"关立峰被这个并不高明的比喻惹笑了，这毕竟是在奉承自己，笑着说："你不是孙猴子，我也不是王母娘娘呀。"孔里笑着说："每年仙桃上市，都是王母娘娘先尝鲜。每款高档烟上市，秦东都是你先品尝，你是关父爹爹呀!"关立峰大笑,说:"作家造了个王母娘娘,你封了个关父爹爹,你真是太有才了!"孔里说:"听说中国的名牌烟,包括各省市的特产烟,不管是公开上市的还是内部销售的,没有你关主任没抽过的。"说到这里关立峰兴趣大增,不无自豪还有些炫耀地说:"这倒不假,实话实说,国产名烟早就抽遍了,国外名烟也抽了不少,你来看看。"说着他转过身打开了一个镶着许多小框子的柜子,里边整整齐齐地摆放着世界各国产的香烟,每种品牌尽管只摆一盒,却也五颜六色,琳琅满目,让孔里大开眼界。原来秦东竟有如此嗜烟之人,堪称超级烟迷、烟痴。孔里不禁赞叹道:"没想到关主任已进入世界级著名烟民行列。"关立峰说:"平生就这点嗜好,我要尝遍天下名烟。我出国啥都可以不买,烟是必买的。当然也有国内市场买的和朋友送的。"他看了一眼孔里:"唉,而今而后我恐怕只剩下抽烟还有提升的空间了。我死了恐怕只有各个烟厂会真的怀念吧。"孔里知道他的心病又犯了,忙说:"下个月我要去欧洲考察,一定给你带些外国香烟。"关立峰说:"那我就提前谢谢啦。"突然他意识到一说到香烟就有些不能自已,似乎在随着孔里起舞,还有点落入圈套的感觉。

  房门打开了,邱长富走了进来,他看了一眼孔里,张了张嘴又闭上了。关立峰脸色凝重,望着邱长富。邱长富吞吞吐吐地说:"领导都走了,人也散了。"关立峰吐出一口烟,略显轻松地说:"知道了。"邱长富看关立峰脸上的乌云瞬间散去,便转身走了。这些孔里全看在眼里,知道这是副导演在向导演汇报门厅剧演出的进程。他也看出关立峰并不想把这出闹剧演到失控的地步,还是有底线的,看了看表说:"关主任,我是来请你吃中午饭的。"关立峰吐出一口烟,下意识地挥了挥眼前一直缭绕不断的烟雾,似乎要让自己清醒清醒,脸上毫无表情地说:"我中午有事。"孔里说:"我的办公室主任一直和你的办公室主任保持着热线联系,说你中午没有任何公务饭局。"关立峰说:"中午家里有点事。"孔里狡黠地笑了,说:"我老婆在你夫人的办公室谝了一上午,下班前才离开,底子早吃清了,你家里啥事都没有。"关立峰一时无言,心想他请我吃顿饭下足了功夫。交通局如今也是炙手可热的红火部门,局长都牛逼得很。孔里能亲自来请吃饭,还说了许多恭维的话,也够意思的了,心中已有些松动。孔里看他依然紧绷着脸,不肯点头,生怕不给面子,笑盈盈地说:"我们几个副局长都在阳光酒店恭候着,另外我还叫了公路局的副局长杨剑三,他和我并称秦东的大酒缸。今天我才听他说了,其实秦东的三大酒缸应该把你算进来。文晓风听说也挺能喝,只是个科级不够格。"这话说到了关立峰心里,他其实并不服什么秦东三大酒缸之说,嘴里却说:"我只是偶尔敞开喝,平时都只是应付场面。"孔里说:"我一直想安排秦东真正的三大酒缸聚会一次,对决一次。杨剑三更是热心,还请来了摄影师,要记录下这一历史性的盛况,也让大家见识一下关主任烟酒双雄的风采。"会会这两个大酒缸也是好的,关立峰不禁心花怒放,却哂道:"狗屁风采,别叫什么烟酒双雄,传出去不好,想招惹纪检委上门不成!"他深深地抽了一口烟,又缓缓地吐了出来,心中暗道:如今天王老子都不怕了,去就去,就抽名烟喝名酒,可着劲儿来,谁还能咋的?再说孔里想办的事算个啥?想堵死就不松口,想放也就放了,都无所谓。孔里已从关立峰抽烟的姿态上看出今天这顿饭是吃定了,只要他能去,相信能在酒桌上把这个强势部门霸气十足的一把手忽悠倒,顺利拿下;相信在酒桌上能把天下最难的事情摆平,办成功。孔里站了起来,说:"走吧关主任,我的车在下面等着呢。"关立峰慢慢装上剩下的半盒烟,说:"这几天肚子不舒服,实在不能喝酒,不过倒想见识一下你们到底能喝到什么程度。"孔里听出他今天在酒场上要动真的了,说:"你肯定能成双料冠军,咱们走吧。"关立峰说:"走吧。"说着掏出了手机。孔里笑着说:"不用给嫂子打招呼,我们的人早就给你把假请了。"关立峰一怔,这孔里算计得滴水不漏,可不能小觑他呀。

　　由锡平的小车很快就回到了市政府机关大院,一路上谁也没有说话,心里都不是滋味。文佳生了一肚子闷气,一进机关大门就对党文说:"党文,你给关立峰打个电话,就说由市长终于回到机关了。"田丽丽听文佳话里有话,气呼呼地说:"简直有些过分,全不把市政府领导放在眼里,由市长被堵在门厅他一直都没露面。"由锡平不紧不慢地说:"不用打电话,这些情况关立峰肯定知道了,有人会告诉他。"他没有说出关立峰在一手导演岂能不知的话。党文把手机装了起来,说:"我把关主任给的材料复印一下,给各位市长送上一份。"他想让领导层都知道一下关立峰对治理投资环境的态度,认为这不单纯是对吴市长批评的态度问题。田丽丽说:"这个办法好,既然是关立峰的意见书,那最好也复印给各秘书长和治理投资环境领导小组各成员吧。"车已停在大院的停车场了,由锡平并没有急着下车,略做思忖说:"这份材料给文秘书长吧,怎样处理由文秘书长看着办。"说完他才慢慢下了车。这时党文的手机响了,是关立峰打来的,说他今天拉肚子,几乎走不出卫生间,事后才知道由市长门厅被堵的事,请由市长谅解一下,回头他将严厉批评这几个科长和苟芝红。党文说后,文佳暗想这关立峰直到现在还在演戏。田丽丽说:"让他给由市长直接解释,直接道歉。"她依然气呼呼的。由锡平脸上掠过一丝笑容,看来关立峰并不想过分得罪自己,毕竟有着多年的老交情、老关系,他真正有成见的不是自己而是吴芳。

　　文佳拿着党文给他的材料,觉得沉甸甸的,一边上楼一边寻思这烫手的山芋该如何处理。很明显,市建委是治理投资环境的另类典型,如果整改工作做不好,今后会成为招商引资的阻力。关立峰是个老资格的强势人物,连由锡平也不想过分得罪他,自己也应该慎重一些。田丽丽要扩大影响的想法固然不可行,但置之不管也不行。他长叹一声,由锡平经常把一些棘手难办的事情交给自己,有什么办法呢?谁让自己是搞综合协调的副秘书长呢!文佳刚走到自己办公室门口,文晓风就迎了上来,笑吟吟地说:"文秘书长,我等你好长时间了。恭喜呀,你的批文已经出来了。"文佳看着脸挂恭维和谄笑的文晓风,问:"何喜之有?什么批文出来了?"文晓风从衣袋里掏出一份红头文件,边递边说:"组织部刚刚把文件打印出来,我就拿了一份赶快过来,好让你在第一时间看到。"文佳看了看文件,是市委组织部关于自己兼任市政府招待所董事长的批复,不禁心中一动。

　　文佳进到办公室把市建委的材料放到堆放着的文件夹上,下意识地拍了拍。然后把市委组织部的文件放在面前,再次看了看发文的时间,的确是当天的文件。文晓风笑着说:"我知道你不抽烟,给你带了两条新出产的玉兔牌高档烟,好招呼人。"文佳说:"办公室放的招待烟就够用,你还带什么烟?"文晓风说:"这玉兔烟最近可火爆啦,成了有身份和地位的象征,都是通过关系从内部弄烟呢!"文佳心想,我就不抽烟,难道别人抽烟也能提高我的身份和地位?他拿起烟随意看了看说:"那就谢谢啦。"

## 第三十六章

　　天气越来越热了,文佳上午一到办公室就打开了空调。市政府招待所组建"秦东迎宾馆有限责任公司"已几个星期过去了,他并没有到公司去上班。公司那边的许多职工还以为文佳以副秘书长的身份,不愿意干这个科级干部的事情。其实文佳除了忙别的工作外,把相当多的精力都放到了对公司工作的运筹上。他详细地考察了秦东宾馆酒店业的发展现状,还到省城和外地市考察了机关招待所的管理和经营状况。他深感这个行业发展的迅速远远超出了他的想象,尤其是民营宾馆酒店给这个行业注入了极大的活力。如今的宾馆酒店越办越高档,越是高档越红火。昔日各级政府机关和部门的招待所则风光不再,普遍走了下坡路,有的经营十分困难,甚至面临着关门倒闭的危险。他终于认识到市政府招待所的改造其实是个烫手的山芋,只在现有圈子里边做文章,前途并不美妙。于是他想到了扩张,想通过扩张性改造,给新组建的公司增大发展空间,增强竞争力。他主意拿定后,从市政府办公室请了两个退居二线的科长,一起沿着市招待所的四周转了好多天,一起反复商量反复筹划,初步形成了一个扩张性的改造方案。实施这个方案无疑困难很多,文佳下决心干好这件事,不管付出多大代价,都要在自己退休前干一件实实在在的事情。这个改造项目是招商引资的衍生项目,也算是对老同学吴芳大力推行招商引资的支持。

　　文佳刚刚浇完晾台上的太阳花,气温高,太阳刚出来,太阳花就迎着朝阳精神抖擞地打开了花瓣,五彩缤纷,一片烂漫。文佳心情极好,一边喝茶,一边赏花,一边想今天要干的事情。有人敲门,接着门打开了,是公司的几位老总来了。文晓风是新任的总经理,跟在他后面的是两位副总经理江枫和艾娟娟。文晓风不等坐下就说:"文秘书长,你任董事长都这么长时间了,也不过去指导公司的工作,我们实在等急了就赶过来向你汇报工作来了。"文佳赶忙招呼大家坐下,说:

## 第三十六章

"董事会成立那天我就说了,正常的经营管理工作,就由你们几位负责,涉及改造项目时我再和大家一起商量。"文佳对文晓风使用"指导工作"一词一直觉得怪怪的,大概他还以为在给副秘书长说事呢。文佳看文晓风正抽着烟,便递给江枫一根烟。江枫是老退伍军人,资深副所长。江枫接住烟,笑着对文佳点点头。文佳对艾娟娟说:"艾经理不抽烟,就请喝茶吧。"艾娟娟离开座位弯了弯腰,笑着说:"文秘书长,文董事长,你就叫我小艾吧,叫娟娟也行。"文佳忙示意她坐下。艾娟娟是市天然气公司派来的代表,是管财务的副总经理,是关立峰的外甥女。她俊俏的脸上始终挂着微笑,一双机灵的大眼睛看看这个,又看看那个,似乎在不断地观察和搜索着什么。

文晓风生怕文佳有别的事情,忙着说:"文秘书长你是大忙人,我们给你汇报一下工作吧。"文佳笑着说:"刚才已经说了,不用汇报,日常经营管理你们商量着办就行了。既然大家来了,就跟着我绕市招走一圈,在市招周围转转看看。"文晓风已耳闻文佳对市招改造有一套新的想法,试探着问:"咱们到市招周围看啥呀?"文佳说:"咱们边看边商量,我总觉得市招改造只在市招圈子里边修修补补不行,想把改造的思路放得更开一些。"文晓风说:"那当然好啊,我们跟着董事长,干就干一流的改造工程,打造星级酒店。"他最近情绪很好,前边虽然摆了个董事长,事情若干漂亮了,得益最大的却是他。文佳年龄大了,事情干得再漂亮政治上也没有什么意义了。

几个人随着文佳先来到了市政府大院的礼堂前。文佳指着礼堂说:"市政府礼堂在秦东首屈一指,可是利用率太低,每年开人代会和政协会时用上那么几天,偶尔机关开大会时用一下。这对资源实在是一种浪费,我想给领导谈一下,交由市招新组建的公司经营,我们就有了全市最好的会议大厅。"文晓风说:"这个主意太好了!市招和市政府仅一墙之隔,我们一直留着偏门,市上开大会时方便与会人员进出。我们把礼堂拿到手,经营管理起来十分方便。无本万利,这简直是天助我们呀!"艾娟娟看着中式风格的大气漂亮的礼堂,高兴地说:"秦东所有的宾馆饭店都没有这样的会议大厅,这就有了举办大型会议的核心竞争力。"她知道自己当副总经理在很大程度上是出于关立峰的关系,也知道自己对酒店行业并不熟悉,就拿定一个主意,要跟定一把手,一把手要说好,就举双手赞成。江枫抬头看着礼堂,心想这是市政府办公室管理的国有资产,能无偿划拨给市招这个企业化经营的事业单位吗?何况现在又组建了新的公司。也许文秘书长出面做工作可以实现这个想法。接着看了与市招相邻,早已经营惨淡的第一百货大楼和秦风电影院。这两处文佳已看过多次,有意兼并这两家企业,扩大新公司的地盘,拓展新公司的经营范围和规模。还看了市政府对面废弃多年的一块空地,想给职工盖家属楼。大家跟着文佳看得仔细,听得认真,想得也多。江枫感到了文佳对新公司的事的确是上心了,不再担心市政府副秘书长兼任董事长只是挂个名。艾娟娟暗暗庆幸,多亏到这里当了副总,不仅公司会越搞越大,自己还能在这里分一套房子。文晓风心里十分不爽,生怕扩张性改造拖的时间太长,短时难以见效,影响自己的升迁,就想给文佳出点难题,让他知难而退。大家跟着文佳看了一圈后,文晓风提出新公司的管理人员,一起到市招议议怎样落实好文秘书长的设想。

大家刚到市招大门口,文晓风指着一家烤肉店说:"文秘书长,咱先得把市招的脸面弄干净!"这家烤肉店在市招的西邻,夹在市招与市政府东邻的一栋商贸楼之间。在这片面积不大又是个狭长的刀把形空地上,近年来演绎了不少故事。这里先是开了一家礼品回收店,是冲着市政府机关来的,主要是回收名烟、名酒,生意十分兴隆,店主赚得盆满钵满。店主却有个嗜好,专爱打听和传播别人的隐私。据说纪检部门还从这里了解过情况,取过证。消息不胫而走,这家小店的生意便日渐衰落,还不断有人寻事,工商税务部门也经常光顾。再后来,这个店主便进了看守所。前年有一个新疆人租下了这个小店,专卖烧烤的羊肉串,生意红火极了,特别是到了晚上,里里外外坐满了吃羊肉串喝啤酒的人。这里整天烟熏火燎的,连市招的招牌都熏黄熏黑了,严重影响了市招大门口的形象,市招却毫无办法。后来这个新疆人突然得病死了。街坊里便传说这是一块不祥之地,好久没人租用。去年,一个本地人接管了新疆人的摊子,仍打着新疆烤羊肉串的牌子,还加烤其他肉类,生意依然红火无比。文佳一行人来到这里后,文佳看着脚下粘满油污的地砖,用手挥了挥眼前的烟雾,说:"这简直太不像一回事了,市招的大门口整天烟雾滚滚,呛得客人进出都捂着鼻子,大门口周边又弄得脏兮兮的,这不光有个形象问题,还影响经营,必须解决这个问题。"文晓风说:"我们和这家店主谈过。他横得很,说嫌脏嫌熏,就干脆把市招搬走算了。还放出狠话,说谁再寻他的麻烦,他就要动刀子,说在这块刀把形地皮上不动动刀子,就压不住台。"艾娟娟听了直摇头,心想敢动刀子的人谁能有啥办法。江枫缓慢而坚决地说:"这个问题必须解决,采取什么办法还可以商量。"

文佳看店门口,一个戴着标志式新疆维吾尔族小帽的年轻人正在烤肉,显然是刚开门,没有几个顾客。他走近后说:"小伙子,正忙着呢!"小伙子抬头说:"吃烤肉请里边坐。"文佳一听口音便知是当地人,笑着说:"我们随便看看。"文佳一行进到店里,一个正在切肉的胖大汉子热情地过来招呼。文晓风笑着说:"假老板,不用招呼,都是自己人。"胖大汉子听叫他假老板,咧着嘴笑了,说:"文所长真逗,今天有工夫来邻家串门了。"胖大汉子打着新疆人的旗号卖烤肉,人们都叫他

"假新疆",开始他还挺忌讳,后来慢慢也就习惯了,只要生意不受影响,爱叫什么叫什么吧。时间长了他的真姓名反倒无人知晓了。艾娟娟看着这位老板忍俊不禁,轻轻地笑出声来。他那硕大的头上顶了一个小圆帽,咋看都不协调,实在有点滑稽。上身挂着一件油腻腻的汗衫,已分辨不出是白色还是黄色,滚圆滚圆的大肚皮撑得汗衫格外显得前短后长。宽大的短裤,无法遮掩其腿出奇的粗壮和满腿黑森森的体毛。艾娟娟心想,这种形象实在难得一见呀。文晓风指着文佳说:"这位是市政府副秘书长文佳。"胖大汉子点点头,弄不清文佳是多大的官,但清楚太大的官是不会吃到这里来的。文佳笑着说:"贾师傅好。"他还以为胖大汉子姓贾呢。胖大汉子翻了翻眼皮,算是回应。文晓风眨眨眼,想逗逗这个冒牌货,指着江枫说:"假老板,这位是税务所的江所长。"江枫不禁一愣。胖大汉子忙把手在汗衫上抹了抹,紧紧握住江枫的手,又是点头又是哈腰,胖脸上憋满了谄笑,几乎能绷出肉来。江枫觉得这玩笑开得有点过了。艾娟娟似乎还没有完全明白过来时,文晓风指着她说:"这位女士是工商所的艾所长,别看是女同志,权可大着哩。"胖大汉子望着艾娟娟,笑得嘴都张开了。艾娟娟看了一眼他那满口黄得发黑的牙,似乎闻到了臭味,再看他一副要握手的样子,不由自主地后退了两步,急忙举起一只手摆了个打招呼的姿势,说:"贾老板好,贾老板好!"文晓风看着被晾起来的胖大汉子突然大笑起来。胖大汉子似乎也觉察到了什么,看着江枫说:"老同志看着好眼熟啊!"江枫说:"我是江枫。"胖大汉子脸色突变,对文晓风说:"文所长,你闲得没事,拿我逗乐子,还让江所长假装税务所长唬我!"文晓风调侃说:"不管怎么样,他终归是个所长,也确实姓江,总比你这个假新疆地道吧。如今这真真假假,假假真真,让工商局的打假办也犯愁呀!"胖大汉子双手往腰间一叉,像一尊罗汉一样,气冲冲地说:"你们是来找事的!不就是嫌我店里的烟雾大,门口弄得脏吗?这有什么办法呢!"文晓风板起脸说:"你不能光顾自己赚钱,不管邻家遭殃!你也不怕别人动真的?"胖大汉子突然从案板上拿起一把明晃晃的刀子,像耍杂技一样颠了一下,然后猛地高举过头,又狠狠地扎在一块红肉上,刀尖透肉扎进了案板。他捋了捋衣袖说:"动真的,动什么真的?我这把神刀也会动真的。都说这块刀把地邪气重,自从我用了这把在六泉寺祭拜过的神刀后,妖魔鬼怪都避着走,难道还怕你文晓风不成?"他指了指扎在肉中的刀子,撂下狠话:"谁敢找我的茬,我就让神刀穿透他的喉咙!"文佳看了看小腿一直在发抖的烤肉店老板,忙说:"贾老板,我们来转转,看看,不是来找茬。"他早已胸有成竹,经过前段的了解,知道这个粗鲁的汉子其实是个大孝子,他老母亲多年瘫痪在床,一直都是他伺候,母子相依,过得很不容易。看了他刚才色厉内荏的表演,既忍俊不禁,更觉不忍。心想要解决这块刀把地上的问题,别无良方,更不能来硬的,只能把这块地买下或长期租下,还得解决好这母子俩的生计问题。江枫怕文晓风又逗这位邻家老板,便对文佳说:"咱们走吧。"艾娟娟不等文佳发话拔腿就走。

　　大家走出烤肉店后,文佳意犹未尽地说:"还有市招对面的十几间机关旧房,一直由市政府办公室管着,有的是闲人住着,有的空着,我想设法要过来,收拾一下,将来安排临时工住宿,上班和管理都比较方便,今天就不看了。"他看了看表,说:"上午还剩一点时间,咱们回所里有啥事再说说吧。"

　　大家越走越热。艾娟娟不时擦着脸上的汗,气喘吁吁,上气不接下气,一进市招的院子才长出一口气,其实院子里一点不比外边凉快。院子里一个老太太正坐在一棵槐树下乘凉,她穿一件杏黄色的绸短袖衫,绣有红花的黑色绸裤挽到了膝盖上,头上有几朵树上落下的小黄花,手里轻轻摇着一把缝着花布边的竹扇。她正悠闲地专注地看着一只吊在槐树上的虫子,虫子扭动着身躯缠着口中吐出的细丝往上升,升着升着就掉下来了,缓一缓虫子又顽强地继续往上升。文佳看了心中称奇,这简直就是一幅绝妙的风俗画,便走近槐树细看了一下老太太,惊讶地差点叫了出来,这不是吴芳的亲戚方金桂老人吗!老太太看了一眼文佳,张了张嘴唇却没有说话。文晓风忙上前介绍:"方阿姨,这位是文秘书长,现在也是这里的董事长。"老太太饱经风霜的脸上露出了慈祥的笑容,欠欠身子说:"见过,好面熟,好像在哪里见过。"文佳笑着说:"方阿姨,在吴市长家见过,去年我们见过一面。"一听是在吴芳家见过,老太太用充满善意而又不乏精明的目光打量了一下文佳,接着大声笑着说:"啊呀,想起来了,你是芳芳的老同学,老文!"文佳惊讶地笑着说:"方阿姨你的记性太好了,简直太好了!"江枫和艾娟娟看文佳和市长的亲戚叙起了旧,便悄悄地离开了。文晓风问:"方阿姨,你怎么一个人坐在这里?"老太太呵呵笑着说:"乡下人享受不了空调,凉快是凉快,可憋闷得慌。人嘛,咋能像鸟一样关在笼子里边?"她摇了摇手中的竹扇,笑着说:"我进城来就带着我这把用了多年的竹扇,还是这个东西好,能扇凉,能赶虫子,有时还能当坐垫。哈哈哈,听说诸葛亮一年四季都带把扇子,你们是文化人,是这回事吗?"文晓风笑着附和:"是的,是这回事。"文佳笑了,却不置可否。老太太也笑了,她清楚这种说法也许不靠谱,站起来招呼说:"老文,到屋里坐坐吧,我有话要对你说。老头子也来了,也想见见你。"说着就要过来拉文佳。盛情难却,文佳知道老人是个爱热闹的人,就跟着老太太去客房。老太太一边走一边说:"我让在一楼找个房间住下就行了,他们硬要安排到二楼的总统间,我一个老太太住总统间合适吗?有女人当总统的吗?"文佳笑了,说:"有呀,有女人当总统,你住挺合适。"说完又笑。文晓风笑着说:"还有李叔和你一起住总统间,李叔是男的呀,总统还是男人多。"老太太脸上掠过一丝不屑,说:"差点把死老头子忘了。那男的要是总统,女的是什么,是叫皇后吗?"文佳和文晓风齐声笑了。文晓风说:"不叫皇后,叫总统夫人。你享受的是总统夫人的待遇。"老太太突然回过头认真地说:"我实在是待遇不起呀,先去把空调关了。"文晓风一愣,笑着说:"这个容易,进门就关。"

　　文佳随老太太来到总统间,李升堂正和儿子李晓南及儿媳看电视。文晓风一进门就说:"文秘书长,也是我们的董事长,看望李叔来了。"打过招呼后文佳坐了下来。老太太说:"先把空调关了吧,你们能待遇起,我可待遇不起呀。"李晓南看母亲不容分说的样子,只好无奈地关了空调。老太太刚坐下,并不热却扇起了扇子,对文佳说:"老文呀,这人一进城就变了,变得奇奇怪怪,变得让人没法说。就说辛清玉老先生吧,是咱秦东出了名的老中医,在乡下看病看得好好的,偏要进城。一进城就迷上佛呀道呀的,迷就迷吧,现在竟迷得搬到寺院还是道观去住了,去就去吧,还把我姐带着去了。"老太太的头使劲摇了摇:"就说我姐吧,放的城里的宽房大屋不住,住到那种地方去,听说最近还要住到塬沟沟里搭的棚屋去,还不如我在乡下住的房子呢。没想到一辈子给人治病的名医老了老了竟自己中邪了,还带累了我姐。"李升堂对文佳说:"文秘书长,我老两口是来给我姐过寿的,她住到塬沟沟去了,我俩只好住到这里来了,给你们添麻烦了。"他仍不失农村基层老干部的风度,说完还欠了欠身子。李晓南说:"文所长很热情,把我爸妈安排到总统间,听说这种安排是开了先例,非常感谢。"文佳看了看显得志得意满的李晓南,知道他经常以市长亲戚的身份,到处寻情钻眼,包揽工程,推销产品,在秦东的生意做得风生水起,人也大红大紫起来。文佳说:"原来你们是来给吴市长的婆婆过寿。"老太太放下扇子,站起来说:"我儿子如今有钱了,说要在城里买寿礼,我没答应,钱能买来贵重东西,能买来人心吗?我就是要从乡下带东西,把我的心意带来。你俩看看我带的这些东西好不好?"说着解开一个布口袋,里边装着红枣,她手捧一把红枣说:"你俩看看红得闪亮,又大又肉,一个赛似一个,都是我一个一个挑的上好大红枣。"文佳看了赞道:"这是新品种吧?这么大,这么红润,简直赛似工艺品,拿到市场上肯定是抢手货。"老太太又解开了一个装红豆的布口袋和一个装黄豆的布口袋,对自家的豆子夸了又夸。文晓风笑着问:"这些都是您老人家一个一个挑的吧?"老太太说:"是的,都是我一个一个挑的,坏了的,小些的,一个都不要。"文佳点点头,这老人对姐姐可是一片真情啊。接着老人又解开了一个小点的装着芝麻的布袋子,她捧了一把芝麻,说:"你俩看这芝麻,白亮白亮的,都能闻见香味,也是我一个一个挑的。"说完咯咯地笑了,她自知说顺了嘴,脸一下子红了。大家也笑了。文晓风有些调侃地说:"你挑芝麻恐怕要戴眼镜吧?"老太太说:"你这说对了,我戴着老花镜,把芝麻里的沙粒、土粒、草梗和碎叶全都捡了出来,吃着放心,吃着肯定放心。"说着老人有些伤感地摇摇头:"这是我最后一次给我姐送自家地里产的东西了。"文佳不解地问:"这是怎么回事?"老太太说:"我儿子要把媳妇接到城里来,明年就没人种地了。"说完又摇了摇头。李晓南有点炫耀地说:"公司大了需要一个财务总监,用自家人放心,没办法呀。我在城里买了一套房,想把父母接来一块儿住。全家都进城,为城市化做点贡献。"文佳看着一脸得意的李晓南,突然有一种暴发户的感觉,就急着想告辞。

　　这时门开了,文登提着大包小包进来了。他扫视了一下屋子,大声笑着说:"大伯,大妈,我看你俩来了。"李晓南站起来不热不凉地给父母介绍:"这是我的一个朋友,文登文老板。"文登看着文佳笑着补充:"也是文秘书长的哥哥。"李晓南说:"他俩是堂兄弟。"文登瞪了一眼李晓南,觉得这话说得有些多余。文登已经在秦东立足,借着与钱升的关系干了一些建筑工程,还经常打着文佳的旗号办事。后来他发现李晓南已悄然成为秦东能呼风唤雨的角色,就想着法儿与李晓南套近乎。李晓南对他并不感兴趣,最近还有意无意地避着他。文登一直想把市招改造的活儿帮李晓南拿下来,作为一个大礼包送给他,和他建立起非同一般的关系。今天进屋后文登就有些泄气,原来文佳也来看望李晓南的父母,看来人家的背景还是不一般呀,这个忙还有什么帮头呢?文登和两位老人寒暄几句后,还是打起精神来,笑着对文佳说:"兄弟呀,听说你兼上了市招的董事长,这实在是太好了,哥在这里恭贺了。哥上次就给你说过了,市招改造这活就让晓南兄弟干了吧!"他就像在给部下安排工作,说得轻松还带有命令的意味。文佳只是轻轻笑了笑,什么也没说。李晓南一心想揽市招的活,文登也多次吹嘘能给他帮上忙,后来他发现文登和文佳的关系不像文登吹嘘的那样,这个爱说大话的人其实更多的是有求于他。不过文登今天再次把这话挑明,倒是很有必要。文晓风不热不凉地看着文佳这位堂兄,他上次让张洛朴大为光火,让自己十分尴尬,这次又当面给文佳出了个大难题,且看文佳如何应对。文登看文佳笑而不答,本当到此为止,他却再次摆起了谱,说:"老哥知道如今市招的事你说了算数,改造项目不管玩什么招数,竞标也罢,议标也罢,实际上最后都要你拍板。晓南的公司搞装修改造的水平在秦东数一数二,这个你应该知道,这个活让他来干各方面都会满意的。"看说儿子生意上的事情,两位老人都没有说话,看起了电视。话说到这份上了,文佳不能不表态了,说:"这个改造项目怎样实施,我还要和文所长他们商量,肯定要按有关规定和程序办理。"他看了一眼李晓南:"当然,有些情况我还要给吴市长汇报一下。"说完他就站起来告辞走了。文晓风也跟着告辞,他拍着老太太的肩膀说:"阿姨,这里需要什么就找我。"

文佳从总统间出来后刚走到楼梯口,迎面碰到了王天杰。王天杰说:"太巧了,我刚要找你,却在这里碰到了。走,你和我到五楼去,会会两个投资商。"老领导相邀,文佳实在没法推辞,就对文晓风说:"你先去忙吧,今天中午饭就安排在这里,我要请王主任吃顿饭。"王天杰边上楼边说:"没想到要投资秦浦高速公路项目的投资商如此多,找我帮忙联系的公司有好多家,我都推辞了。我就认定了高风和童无忌这家公司,给他俩帮忙,我要帮到底。他俩和你在银花宾馆见过一面,今天你们好好谈谈。"很快两人来到五楼正对楼口的一间客房前,墙上挂着"秦东高风高速公路投资开发有限公司"的牌子,牌子还散发着油漆味,显然是新挂的。进到房子后,高风忙迎上前来,紧紧握住文佳的手,热情地说:"文秘书长好,欢迎你来我们公司做客。"文佳看着满头白发却又红光满面的高风,笑着说:"我们见过。我是碰巧遇见王主任,上来随便看看。"接着童无忌也和文佳握了握手。落座后,文佳看了看这间普通客房,也是这家公司的总部,一应办公家具全是旧的,墙上的壁纸都发黄变黑了,窗台上还放着几个吃饭的瓷碗,让人感觉寒酸之外,对公司的实力不能不产生某种怀疑。王天杰开门见山,对文佳说:"不瞒你说,吴市长在北京草签秦浦高速路的框架协议后,许多投资公司都有看法。"高风说:"是呀,我从去年开始就一直运作秦浦高速公路项目,北京、上海、广州、深圳都跑了,国外也去过几次,到处引资。把一百多万元都花了,这是我一生的积蓄和从亲朋那里借来的钱呀,可是杨剑三始终都不愿意和我们草签协议,为什么北京的公司就能签?"王天杰说:"老高是咱秦东人,前年退休后不愿享清福,想给家乡干点实事,开始跑招商引资。去年听说市上要修秦浦高速,就和杨剑三联系上了,一直跑秦浦高速的引资。六十多岁的人了,吃了那么多苦,花那么大的代价,谁看了都感动,都佩服。"童无忌说:"草签个合同也好,协议也好,到外边去引资就容易多了,不然难度就大多了。为了跑成这个项目,我把省城的公司都变卖了,钱花得像流水一样。人家北京的公司倒抢先签了框架协议,让我们心里简直不是滋味。"高风说:"我们前段时间到北京还专门了解了那家公司,他们对修秦浦高速根本就没兴趣。我们回来后就注册成立了公司,继续运作秦浦高速引资的事,也不是想和谁对着干,就是想把这件事情干成。"王天杰说:"老高这家公司也想签个类似的东西,就是签个委托引资的合同或协议也行。文佳你是协调工交口的副秘书长,又一直在抓这件事,就想办法促成一下吧。"文佳实在有些为难,说:"在北京签了框架协议后,各方面都有些反响,当下如果再签类似的东西需要征得有关领导的同意,我先和方方面面沟通一下再说。"这时文佳的电话响了,是孔里打来的,说他正在市招的院子里,有要事需要见面。

文佳来到楼下，等在院子的孔里过来说："文秘书长，首先恭贺你兼任了市招的董事长。我听说你到这边来了，就想顺便给你介绍一位投资商。这位投资商也在运作秦浦高速项目，我想这并不影响北京联东开运作这个项目。"文佳听了不禁皱起了眉头。孔里看着文佳疑惑的样子，笑着说："狡兔还三窟呢，我们要干这么大的项目，得多留几手才对。不能只靠某一家，不能在一棵树上吊死。"文佳听了这话倒认了真，问："你是说在北京签的框架协议只是狡兔的一窟？"孔里忙说："不是这意思，北京的框架协议是吴市长签的，合法有效。"他看了看周围，压低声音说："那也不能捆住我们的手脚呀，国与国之间签的条约也未必都能落到实处，有的成了废纸，有的还被撕毁了呢。"文佳问："你是这样想的？"孔里说："如今是市场经济，怎样有利怎样来，怎样能把事办成怎样来。"文佳认为还是要积极推进北京签订的框架协议，否则会对吴芳带来负面影响。孔里生怕文佳推辞不去，刚要开口劝说，文佳却果断地说："走，去会会这位投资商。"他想了解掌握一下北京框架协议签后的动向，听听投资商都有些啥想法，也想见识见识当今招商引资的复杂状况。

文佳随孔里上到市招后楼的三楼，在一个挂铜牌的地方停了下来。黄灿灿的铜牌上是十个红色大字——"惠民路桥有限责任公司"。进到里边，有一种豁然开朗的感觉，地上铺着红地毯，东边正中放一张特大号的写字台，写字台后坐着一位正在抽烟的男子。孔里一进房门就大声说："卢总，我把文秘书长请来了！"抽烟的男子急忙过来握住文佳的手说："我叫卢汉义，欢迎文秘书长来公司指导工作。"文佳看卢汉义六十多岁的样子，中等个儿，头发花白，脸色红润，两眼不大却极有神且转速很快，给人一种自信而又精明的感觉。坐定后文佳细看了一下这间极其宽敞的办公室，原来是一间小会议室改造装修成的。真皮沙发、红木茶几和玻璃书柜都是新购置的，窗帘、壁纸全是新换的，靠南窗还摆了几盆碧绿青葱的花木，整个房间显得很阔绰，很有气魄。孔里坐定后，先点着了卢汉义递来的中华烟，对文佳说："文秘书长，你不抽烟就品茶吧，这茶是卢总从福建带来的正宗的武夷山大红袍。"文佳喝了一口，果然味道不错。孔里看了看眯着眼抽烟的卢汉义，说："卢总是福建人，搞过企业，当过地方官员，退休后想到大西北来投资路桥工程，造福欠发达地区。"文佳说："好啊，欢迎卢总到秦东来修路架桥。"文佳再次端详起了卢汉义，原来他既从过政又经过商，这类亦官亦商的人不可小视，如今正是这类人大显身手的时候。不过，既然在官场上干过，现在怎么还会运作秦浦高速项目呢？难道他不知道已草签框架协议的事？这可是官场的大忌呀。卢汉义看着文佳，眼珠转了转，似乎看透了文佳的心思，说："我的公司一直在省城，为了运作秦东的项目，前不久才搬来这边。"他看了看孔里："我运作

## 第三十六章

秦浦高速项目已经一年多了,不是最早的,也是最早的那一批,这个孔局长最清楚。"孔里说:"他是我接触的第一个南方投资商,去年我在上海商品交易会上宣传秦浦高速项目时就开始接触卢总,后来卢总又多次到秦东来,接触就更多了。他是真心实意想干这个项目。"卢汉义说:"我也是第一个和秦东签引资协议的,比北京草签的框架协议早多了。"文佳大吃一惊,以为自己听错了,问:"你是第一个和秦东签引资协议的?""是呀。"卢汉义从办公柜里取出一个硬皮塑料本,打开后翻了翻然后递给文佳。文佳看了看这份引资协议,盖着市交通局的公章。他突然想起了市交通局纪检组长给他说过,有人曾花钱从局里拿到一份引资协议。现在看来,市交通局的确和投资商签过引资协议,当然钱的事很难说清楚。孔里并不避讳,坦然地说:"当时为了推进秦浦高速的招商引资,我就签了这份引资协议。应该说起了不小的作用。"卢汉义又拿出一份银行对账单,对文佳说:"这是我们公司引来的四亿元资金,已经到账,你看看这个。"文佳详细地看了银行的对账单。从对账单上看,这确实是惠民路桥有限责任公司的四亿元存款。这可是一笔巨资呀!他心中不禁一动,看来北京的框架协议签得有点早了。卢汉义一直盯着文佳,从他的脸上很快就捕捉到了某种变化,笑着说:"我有这四个亿的资金,如果签有正式合作合同,就可以从银行贷到八个亿。不足部分可以通过招投标解决,谁中了标,谁再垫一部分资金。这样就完全可以干好秦浦高速项目。"文佳心里又是一动,曾听好几个人说,有些投资商伪造秦浦高速项目的假合同,到处搞招投标骗钱,卢汉义和市交通局签了引资协议,他会不会也行骗?却又想不管是谁要骗四个亿恐怕绝非易事。看来,招商引资这潭水还真的是深不可测。孔里说:"现在看来,我们在北京的框架协议签得是有些早了,应该是谁最有实力,再和谁签协议或正式合同。"文佳有些不解地说:"在北京签的框架协议是你极力促成的呀!"孔里摇摇头说:"事情是发展变化的,要适应这种变化。我请你来的意思,是想请你给吴市长做些工作,干脆一步到位,和卢总签个正式合同。"文佳听了有些吃惊,这种话是能随便说的吗?问:"你是说给吴市长说说?"他总感觉这中间有些蹊跷,一时拿不准该怎么办。卢汉义说:"秦东市不能一女两嫁呀,既然先和我签了引资协议,就不应该和北京的公司再签什么框架协议。实话实说,我之所以把公司搬到这里来,就是冲着市招在市政府的隔壁,也知道协调交通口主抓秦浦高速项目的文秘书长兼着市招的董事长。我就是要千方百计把这个项目拿到手。"文佳没想到卢汉义竟也冲着自己来了,再看孔里微微笑着,明白了这主意是孔里出的,他俩的关系早已非同一般。

孔里看文佳不再说话,就试探着问:"听说政府办公室老主任王天杰是你的老师?"文佳说:"是的。"他不解地反问:"你问这干啥?"孔里笑着说:"你的老师在帮一家公司招商引资,也瞄准了秦浦高速公路项目。好像和北京这家公司也在对着干。"文佳说:"这个我知道,王主任退二线后还想干点实实在在的事情,就帮着投资商跑跑路,联系联系人,也出出主意。"孔里笑了,说:"那也要把投资商的底子摸清呀,就说他帮忙的高风吧,过去虽然在新闻单位和国企干过,对如今的市场经济却一窍不通,在商海里扑腾,非淹死不可。如今的投资商真假难辨,有些假的把自己包装得更像真的。高风是见庙就烧香,是佛都磕头。只要是投资商就请吃请喝,就请来考察秦浦高速项目,折腾了一年多,一个钢镚也没引来,几百万元却打了水漂。说实在的,高风就是一个不断被假投资商骗来骗去的受骗者。实在是可怜啊!"卢汉义轻蔑地说:"穷得叮当响,还想和我们公司较劲,高风竟把公司的招牌挂到市招的前楼上了。我知道后先是吃了一惊,他们有市政府的老主任帮着,又把公司办到了市政府招待所,这里又是市政府副秘书长兼董事长,谁都会想到这家公司有来头,有大背景。"他略做停顿,不无调侃地说:"我让人过去看了一下,一个公司就两个人,只租了一间五楼最差的房子办公,那个穷酸劲儿,让我们的人差点掉下眼泪。"说完他禁不住笑了。孔里说:"惠民路桥公司租了这里后楼三楼的半层楼办公,后边业务量大了,还要增加办公室。卢总还开玩笑说,只要高风愿意到后楼来,他可以让两间房子给高风办公呢!"文佳听了,知道他俩尽管瞧不起高风这家公司,却也把其当作有政府背景的竞争对手防着。文佳说:"看来,如何推进秦浦高速路项目,需要认真做些研究了。"孔里说:"说老实话,一段时间我对这么大的项目搞招商引资没有信心,没想到后来竟有一二百家企业来运作这个项目,其中也不乏像卢总这样运作有方、大有成效又极具实力的投资商。更没想到北京框架协议签订后,秦浦高速公路项目的运作竟有多家企业展开了竞争。这种情况,恐怕吴市长也没有想到。"文佳说:"有竞争是好事啊,说明这是个好项目,也说明我们包装宣传得好,这里面也有你一份功劳。"他看卢汉义在给孔里使眼色,就果断地说:"既然有竞争,就可以考虑设置些条件作为门槛,谁能跨过这个门槛,就让谁登堂入室。不过这是我的想法,还需要做些沟通和协商。"孔里看了看并不满意这种回答的卢汉义,说:"文秘书长说得已经够清楚了,也够到位了,也就不要为难文秘书长了。"文佳说:"我在市招的几个助手还等着我去开会哩。"说着站起来告辞。孔里追到外面,对文佳说:"我今天过来还要陪北京联东开的先遣人员吃中午饭,下午他们的老总来了后,你还得出面陪同呢,你看要不要请市政府领导也出面陪同一下。"文佳看着永远琢磨不透的孔里,想了想说:"你中午吃饭时了解一下情况后再定。"

文佳请老领导也是老师王天杰在市招吃午饭,王天杰又叫上了高风和童无忌。吃完饭文佳刚要回机关,却听见有人叫他,原来是杨剑三。杨剑三一把拉住

## 第三十六章

文佳,说:"文秘书长,刚出来透透气就看见了你,简直太巧了,这是天意。北京联东开和上海的投资商来了,你见见他们吧,也好商量一下后面的事咋安排。"文佳用手在鼻子前边摆了摆,说:"酒味这样浓,你又喝得多了。"杨剑三说:"没有喝多,喝了不到一斤,不算多,实在不算多。"文佳说:"两个大酒缸碰到一块儿了,不喝多才怪呢。"杨剑三问:"你知道孔局长也来了?"文佳笑而不答。杨剑三压低声音说:"孔里这个人有些阴阳怪气,人家联东开是来落实框架协议的,协议还是他在北京促成的,他对秦浦高速招商引资并不感兴趣,就不想陪客人吃饭,让我一个人陪,是我发了脾气他才来的,早知如此还不如直接找你联系呢。"文佳也越来越觉得孔里在秦浦高速项目招商引资上忽冷忽热,让谁都难以适应。他想了想,说:"秦浦高速的事,一般还是先找孔局长。"杨剑三说:"招商引资都到这种地步了,他还迷恋从银行贷款呢,他一心想由市交通局来修这条路,说是能给交通系统带来好处,叫我看他是想自己从中间大捞好处……"他突然收住,笑着说:"喝多了,今天喝多了。"他紧紧拉着文佳来到了一楼餐厅的贵宾间。刚一进门杨剑三就高声说:"文秘书长下乡刚回来,听说两位老总来了,就赶过来看望。"孔里一愣,看了一眼杨剑三,忙站起来给文佳介绍于洛言和魏澄两位客人。文佳落座后笑着说:"我和于总在银花宾馆见过一面,算是老熟人了。"于洛言微秃的头上渗着一层细汗,更显光亮,脸色通红,一直红到了脖子根,看人时使劲睁着眼睛,显然是酒喝得多了。他今天遇到了秦东三大酒缸的两个大酒缸,能招架到现在这种程度已经相当不错了。于洛言推了一下酒杯,笑着说:"是老熟人了,好像还吃过一次饭,对吃过一次饭。"他拍了一下饭桌,似乎在肯定自己说得没错。文佳笑了笑,知道他的确喝得多了,从来就没一起吃过饭。文佳对魏澄说:"魏总是咱省城人,咱们算是乡党了。"魏澄笑着点点头,说:"我在北京就听杨局长说了,秦浦高速项目一直是文秘书长在协调,在主抓招商引资。"杨剑三说:"魏澄是联东开老总的大秘书,享受的是副总待遇,大家都叫他魏总,秦浦高速运作的具体工作都是他在做。"杨剑三给文佳倒了一杯酒,说:"文秘书长,你给两位客人每人敬一杯酒,再接着聊。"不等文佳端起酒杯,于洛言已经端着酒杯站了起来,微微晃了一下说:"互敬,互敬,我也敬文秘书长这个老朋友。"文佳看着如此客气的于洛言,他通红的脸色和绽放的笑容,并没有掩盖住过度的自负和傲慢。文佳和他碰了一下杯,于洛言一仰脖子就喝完了。文佳说:"我不能喝酒,就意思意思吧。"于洛言脸上的笑容瞬间全无,猛睁了一下眼,很不高兴地说:"当了秘书长,把胃交给党,你代表的是党和政府,不能意思意思!"杨剑三扶着文佳的胳膊说:"于总是个痛快人,都喝成那样了,还干了你敬的酒,你就喝了这杯酒吧。"孔里故意笑着问:"我代文秘书长喝行不行?"于洛言说:"不行!"他拉下脸有些较真的样子。文佳看了一眼一直扶着自己胳膊的杨剑三,笑着说:"好,破个例,干了这杯酒。"说着慢慢喝完了这杯酒。接着文佳和魏澄碰了杯,互相敬了酒,魏澄满杯一饮而尽,却并不勉强文佳。文佳看着这个约莫三十出头的年轻人,微胖的圆脸上始终挂着一丝忧郁,身上不乏商人的精明,更多的却是文人的气质。孔里说:"魏总真是海水不可斗量。在北京我就见识过魏总的海量,这次较量了一番,更是让人惊叹和佩服。喝了这么多酒,他脸色一点都没变,魏总堪称酒仙啊!"杨剑三说:"要不是晚上还有一场酒宴,魏总真的放开喝,我和孔局长这两个秦东的大酒缸恐怕也难以招架。"于洛言比画着说:"你俩是酒缸,我俩是酒瓮,这叫酒缸碰酒瓮,碰得咚咚咚。咱让文秘书长当评委,今天分出个高低来。"杨剑三看着于洛言,笑着说:"这是预赛,晚上再决赛吧。"于洛言哈哈大笑,歪斜着双眼对杨剑三说:"别以为我喝多了就糊弄我。晚上张普从省城赶来了,还有我弟洛行从清水县赶来了,吴芳市长要出面,熊东来副市长也要出面,那场合喝酒只能意思意思,还能分出个高下来?别糊弄我,我一点也没喝多。"他端起酒杯后又放了下来,嘴里嘟囔了几句就不再说什么。杨剑三对文佳说:"北京的联东开组织和上海的大绿地公司要联手建设秦浦高速,准备成立秦浦高速建设运营公司,公司经理由于洛言老总担任。"于洛言听了精神又上来了,挺了挺胸脯说:"真要干成这个项目,还非得请我加盟不可。"他看了一眼魏澄:"别看张普的牌子硬、腕儿大,真要干这个项目,还得依靠我们这样有实力的公司。"魏澄说:"于总的弟弟于洛行也很有实力,听说在你们在清水县投资不少,干得不错。我们和于洛行是朋友,和他哥哥的合作就更顺畅了。"杨剑三说:"于总今天上午过来,是想给新组建的公司看个办公地点,我推荐了市招,所以先来这里看看。"孔里听了,心想凑什么热闹,这里已经有两家瞄着秦浦高速项目的公司了。魏澄说:"这里离市政府近,有事好找市政府,听说文秘书长兼任这里的董事长,就更好了。"于洛言摇着手说:"不是我不给文秘书长面子,这里的确不行,要租就租一栋楼,至少也要租上几层吧。再说这里的条件太差,房间太小,设施太陈旧,要租就租高档一点的写字楼。"他摆出一副财大气粗的派头:"更让我难以忍受的是,这里竟有两家没名堂的穷酸公司挂牌办公,还都冲着秦浦高速,这恐怕要取缔吧!"孔里说:"市场经济,要允许竞争,他们爱折腾就让折腾吧。"于洛言眯缝着眼看了看孔里,不以为然地摇摇头,忽然又大笑起来,笑罢不无揶揄地说:"龟兔赛跑是老掉牙的故事,没想到竟冒出了两只乌龟想和兔子赛跑,兔子该和哪一只赛呢?还是和两只都赛呢?再说兔子已经先跑了出去,也没有睡觉的意思,这游戏规则恐怕也难制订吧!"孔里看出来于洛言虽然喝得多了点,在大事上却一点不糊涂,便不再说什么。文佳一直认为北京签的框架协议可以推动秦浦高速项目的招商引资,但最终能否合作成功,还得看

# 第三十六章

企业的实力和资金运筹的情况。于洛言这只兔子先跑了,当然是好事,但愿能很快跑到终点。魏澄说:"我们张总这次来秦东是想把正式合同签了。"于洛言半眯的眼睛睁大了,说:"把正式合同签了好,不然还有乌龟在做和兔子赛跑的美梦。"文佳心想,签正式合同必须慎之又慎,应设置门槛。曾经议过投资企业应有三分之一的自有资金,应给指定账户上打两千万元的履约保证金,这些前提条件需要再沟通协商一下。文佳看了看半眯着双眼的于洛言,心里有些犯嘀咕,开始以为他的确喝多了,可发现他在大事上一点都不糊涂,又觉得他可能在故作姿态,也许此人城府深不可测,就问:"于总,上海方面就来了你一个人?"于洛言侧了侧头,说:"我弟媳柳薇这次也来了,她先到清水县的酒圣酒厂去了,她和那里签有供货合同,还想入点股。我弟弟洛行陪着去了,听说熊东来副市长也去了,他们还要谈别的投资项目。"文佳点点头,说:"我和你弟媳在上海有一面之识,她很有才华和气魄,酒店办的在上海绝对是一流的。非常欢迎她也来秦东寻求发展。"孔里说:"我也在上海领略过柳总的风采,她堪称上海酒店行业的一枝花,是个能呼风唤雨的领军人物。"于洛言说:"她年纪太轻,心高气傲,总想着干大事,难免力不从心,还望文秘书长多多支持她在秦东的瞎扑腾。"他对弟媳向来既佩服又嫉妒,说完先自笑了。文佳也笑了,对孔里和杨剑三说:"对柳总在秦东的瞎扑腾,你俩也要支持呀!"大家都笑了,于洛言脸上的笑容却没有了。

"笑什么笑?笑什么笑?"突然一个男子跟跟跄跄地闯进了贵宾间,他是市招的管道工满红星,他一只手拿着扳子,一只手指着屋子的人说:"笑什么笑?大盘全绿了,绿惨了,绿惨了……"杨剑三急忙过来问:"你是干什么的?"满红星大大咧咧地说:"干什么的,修管道的!"他挥了挥扳子,趔趄了一下。杨剑三急忙后退两步,酒气如此重,还有一股酸臭味,便没好声气地说:"你喝多了,走错地方了。"满红星说:"谁喝多了?你们才喝多了呢,你看看这里摆了多少酒瓶子?呀,全是好酒,清一色的茅台酒,让我也喝上两杯。"说着他就走近了酒桌,伸手要端酒杯。站在旁边的女服务员急忙上前对满红星说:"满师傅,你赶快走吧,不要影响客人吃饭。"满红星说:"他们不打电话我还不来呢,说是水管漏水了,叫我赶快过来修理。好吧,酒就不喝了,水管修好就走。"说完他跟跟跄跄地向卫生间走去。杨剑三说:"没有谁打电话,没有让来修水管呀。"很快满红星满脸怒气地从卫生间走了出来,厉声问:"你们拿老子开心是吧?水管没漏水,修什么修?"他把扳子举起来晃了晃,像要打人的样子。满红星如此粗鲁放肆,大家脸色都很难看。女服务员急得满脸通红,忙说:"满师傅,他们是客人,没人叫你来修水管,你怕是搞错地方了。"谁也不会想到这竟是文晓风冲着文佳搞的恶作剧,想让文佳知道这里的水浑着哩!满红星晃了一下身子,喷着满嘴的酒气对女服务员说:"我又没喝多,还能听错？耽误了我看大盘,今天我的股票要是赔了,他们都有责任,他们必须给我道歉!"女服务员说:"我给你道歉行吗？我给你道歉,我给你道歉!"说着还给他鞠了个躬。满红星笑着说:"女娃娃的腰软和,还给我鞠了个躬,这会儿说不定大盘都红了!"杨剑三说:"这下好了,师傅可以走了。"满红星突然变了脸,说:"不行,越是赶我走,我偏不走。让他们带班的领导过来给我道个歉,我立马就走。"文佳看着满红星又黏又横的样子直摇头,他听说管道工满红星是邓震西的外甥,前多年还算可以,这几年迷上了炒股,有时上班时间也跑到证券大厅去炒股,开始还赚过些小钱,后来就亏得一塌糊涂,股票一跌就喝酒解闷,常常喝得醉熏熏的,误了不少事,也闯过不少祸。

  孔里实在憋不住了,站起来大声说:"这位师傅,你不是要领导给你道歉吗？你们的最高领导就在这儿坐着。"满红星一愣,圆睁醉眼仔细看了看,说:"逗我玩是吧？我们的领导连个影儿都没有,要在这儿我这个月的奖金就没了!"孔里指着文佳说:"这位就是你们新任的董事长,难道你不认识？"满红星看了一眼文佳"吭"地笑了,使劲摇摇手说:"别逗了,是有点眼熟,我不可能再上当受骗了。说实在的,我只认所长,不认什么董事长,谁管我的工资、奖金我就认谁,别的什么长,就是地球长、宇宙长我也不认!"文佳生气地把头扭到了一边,看来要搞好市招,除了要抓硬件改造,也要抓内部管理。孔里挤挤眼说:"这么说,你还得认厕所的所长,他还管你的拉屎拉尿呢!"大家齐声笑了。这时,文晓风接到文佳刚才的电话磨蹭着走了过来,一进贵宾间就对满红星说:"老满,还不快走,小心这个月的奖金又没有了!"满红星先是一惊,接着来了个立正的姿势,说:"文所长,他们酒喝多了,把我骗来寻开心,又逗我玩,还说什么董事长也在这儿。"文晓风指着文佳大声问:"你不认识文秘书长？他就兼着咱们的董事长!"满红星看了看满脸不高兴的文佳,顿时酒醒大半,忙对着文佳和客人"嘿嘿"一笑,深深地鞠了个躬,转身就走,一脚没踏好差点跌倒,扳子也掉到了门外。他滑稽的样子惹得大家笑了起来。文晓风说:"市招的老工人,炒股赔惨了,老父亲重病多年,妻子要离婚,儿子上学要花钱,过得很不顺心。股市一跌就喝酒,一听说大盘绿了手就发抖,还尿裤子呢! 市招这类货色多着哩!"于洛言费劲地睁睁眼,不屑地说:"你们秦东人怎么都好喝酒呢？没有量就别喝嘛,丢人现眼的。"魏澄看了一眼醉眼蒙眬还在硬撑的于洛言,弦外有音地笑着说:"爱喝酒的人见了酒连命都不要了,还害怕丢人现眼？"杨剑三笑着说:"没想到呀,文晓风一来,秦东的三大酒缸就聚齐了,这大概还是第一次。"他还想把喝酒继续下去。于洛言看了看尚未喝酒的文晓风,忙对魏澄摇头示意。魏澄看着有点示弱退避的于洛言笑了笑,对孔里说:"饭就吃到这儿吧,我和于总下午还有事呢。"

## 第三十七章

黄天高正陪着孟可芹视察红星蛋粉厂的生产车间,新上任的副局长武天才神情紧张地过来给他说了些情况。黄天高正在兴头上,脸上的笑容顿时凝固了。今天在这里举行了红星蛋粉厂扩建暨技改项目开工典礼,这是黄天高精心策划、精心组织的一场活动,规模大,场面隆重。今天的庆典活动唯一让黄天高不满意的是活动的规格不够高。当他联系市委和市政府一把手出席这个活动时,被两边的秘书长以领导另有安排为由婉拒了。最后市级领导只落实了主管商贸的副市长孟可芹。孟可芹前不久被省委列为重点考察对象,在厂区刚才举行的庆典大会上做了热情洋溢的讲话,仪式结束后又兴致勃勃地来到蛋粉生产车间视察。

孟可芹视察完蛋粉生产车间,缓步来到厂区的大门前,她边走边看遍插的彩旗和地上一大片散落的鞭炮皮。她还特意看了看吊在空中的十余个氢气球,每个氢气球下面都吊着长长的条幅,条幅上写着祝贺的内容和口号。尽管这些她刚来时就看过了,此刻依然看得兴味盎然,尽管她觉得这次庆典搞得张扬了一点,但总体上还是满意的。黄天高一直笑容满面不离左右地陪着孟可芹,在走向厂区大门时却眉头紧皱。孟可芹的轻松愉快和黄天高此时的冷峻不快,让跟在旁边的厂长李禾有些纳闷,这庆典活动完全是按黄天高的意见安排的,难道他还不满意?武天才又慌慌张张地过来了,这次他没有回避孟可芹,对黄天高说:"黄局长,实在不好办,路被堵实了,孟市长的车无论如何也过不去。"孟可芹问:"怎么回事?"武天才说:"下马村的村民把路堵死了,他们要专拦你的0011号车告状。"武天才看孟可芹面露疑惑,便把他掌握的情况简要地给孟可芹说了说。原来下马村这几年村里矛盾相当复杂尖锐,村民们认为红星蛋粉厂扩建工程征地款压得低了,是刘大毅和刘秀秀父女得了好处让步的结果。今天上午一百多名村民,在村口专拦市长的车,强烈要求增加征地款,要求查处村组干部,矛头明显对着刘大毅父女。拥护刘大毅父女的村民也来了一大帮,不同意见的村民还发生了争执,加上看热闹的,现场越发混乱。史二东跟着孟可芹来参加庆典活动,觉得让孟可芹去解决这些复杂的矛盾和问题并不合适,就对黄天高说:"黄局长,下马村的情况复杂,村民的工作你要派人去做。"他平时不爱说话,今天觉得副秘书长没有来,就率先说出自己的意见。李禾说:"派人去做工作顶啥用?这是无理取闹。征地补偿标准是双方谈妥的,现在想反悔,哪有这道理?还不如把公安局的车叫过来开路,带着孟市长的车通过村道。"黄天高忽然灵机一动,心中有了数,微笑着说:"大家再说说,有啥办法才能通过下马村的村道?"

　　孟可芹倒很坦然,缓缓地说:"这有什么?基层群众反映问题,我去听听也好。"说着就要上车。史二东忙提醒:"孟市长,你上午还要去开元大厦参加一个会议。"孟可芹看看表说:"误不了。"黄天高笑着说:"孟市长你大概还不知道吧,下马村有一批上访专业户,最大的特点是黏,黏上谁谁就走不脱。"孟可芹说:"不会吧。"李禾说:"这是真的,我有这方面的深刻体会。我们厂收购下马村的鸡蛋是签了合同的,实行的是优惠价。村民还是不满足,来了几十个人整天坐在我的办公室不走,把我整得一周上不成班。后来只好让步,既增加了收购量,又提高了收购价。"史二东说:"你们先派人去做做工作吧!"他是个一根筋,仍坚持要商业局派人去。黄天高看了看一脸莫可奈何的武天才说:"武局长你是负责现场安全保卫的,又刚从临秦区上来,人地两熟,你带几个人去做村民的工作吧,我陪孟市长在厂里等你的消息。"武天才心想,你和这里的人更熟悉,不去做工作倒让我去,谁不知道这里水深水浑,却又说不出口,就带了几名工作人员准备去做村民的工作。史二东是个直性子,看武天才面露难色,也知道他多次代表区政府去下马村调处过棘手难题,现在避犹不及,更不愿再染指村里的事情,便自告奋勇地说:"我也去,我和武局长一块儿去。"黄天高急忙给史二东使眼色,史二东接着说:"又不是去闯地雷阵,怕什么?"孟可芹点点头,回头对黄天高说:"我们干脆一块儿去吧,不用等了。"黄天高说:"前面虽然不是地雷阵,可肯定是烂泥潭,陷进去就难拔腿。"李禾说:"孟市长千万先别去,让打前站的人先做做工作再说。实在不行,我就动员厂里的职工,给你在前边开路,护送你离开下马村。"孟可芹急忙摆摆手,说:"不会那么严重吧,不能让工人和村民去起冲突。"

　　黄天高看着孟可芹认真的样子,哈哈一笑,指了指离去的武天才说:"武局长善于讲大道理,讲起来一套一套的,就让他给村民们上上课,也让村民们给他补补课。他脾气好,有耐性,就让他去和村民们纠缠。我们嘛,另寻妙招。"说到这里他停了下来,卖了个关子。李禾说:"和下马村村民纠缠,恐怕折腾到天黑孟市长也走不了,是得另寻妙招。"站在边上的几个厂里的副职和中层领导也附和着

## 第三十七章

李禾的说法。孟可芹不慌不忙地说："要不还是让我去见见下马村的村民。"她一副若无其事的样子,还向司机招了招手。黄天高笑着说："别,孟市长。我让武局长摆足给市长疏通道路的架势,是为了把下马村的村民吸引在村道里。然后我们不往东去下马村,改往西行走城外,绕道去开元大厦开会。这叫声东击西,不费吹灰之力,就能摆脱村民的纠缠。"李禾拍着手大声说："妙,妙招!黄局长还懂孙子兵法。"周围的人一致说好。一个中层领导提醒说："西边正修路,工厂大门西边挖了一道沟,还堆着土,小车根本过不去。"黄天高狡黠地笑着,胸有成竹地说："西边的路基已经修好,小车可以通过。至于那道沟,立即动员工人先填平再说,用不了十分钟小车就可以过去。"李禾听了急忙安排下属去填那道并不算深的土沟。黄天高有点卖弄地对李禾说："狡兔还三窟呢,何况我们⋯⋯"他突然觉得比喻并不恰当,忙改口说："凡事都得多长个心眼,要不是我上午来后绕着厂区转了转,看到新修的路基可以通行,遇到这类特殊情况哪来的妙招呢!"李禾笑着说："还是黄局长深入实际,虑事周祥,又足智多谋。"

一道不大的土沟很快就填平了,这条下马村村民认为不可能通行的道路出乎意料地开通了。黄天高脸上挂满了自负和得意,李禾也显得轻松多了。孟可芹心里却有些七上八下,这样走了究竟合适不合适,传出去会有怎样的议论和评价,自己正处在关键时期,会不会产生负面影响?黄天高催着孟可芹上车,看她有些犹犹豫豫,就笑着说："快点走吧,要不下马村的村民会到厂里来堵你。"李禾说："下马村的村民来厂里闹事是家常便饭,说来就来,谁也没有办法。我们曾报过警,警察来了也没办法。"这时商业局一个干部过来报信,说武天才被村民围住还推推搡搡的,他实在受不了,让请黄局长过去一下。黄天高略带调侃地说："你去告诉武局长,让他再坚持一下。他吉人自有天相,过一会儿就没事了。"说完他小声对李禾说："这个慈眉善眼的武天才空有一肚子学问,口才也好,干实事不行,办难事就更小儿科了。这么个副手,真拿他没办法,听说他常来村上,今天再让下马村的村民教教他怎样面对难题。"孟可芹说："要不我们在厂里开个中层以上干部会,听听大家对今后企业的发展还有啥想法。"黄天高没有想到孟可芹会突然提出这个问题,忙说："孟市长,我们还要去开元大厦开会呢,大家都在等着我们。"他猜摩这位平时低调而又小心谨慎的副市长肯定想得多了,接着说："这也是没办法的办法,特殊情况特殊处置。大家都很忙,被堵在人堆里怎么能行呢!"孟可芹只好点点头,说："那咱们走吧,你在前边带路。"黄天高手一挥,对司机说："走,咱们走前边。"黄天高的车在前,孟可芹的车在后,沿着新修的路基走向城外,然后绕道到开元大厦去了。事后黄天高到处给人吹嘘他声东击西智送孟可芹的故事,炫耀他并借机推销他写的《商战五十策》一书,以懂兵法的商界奇才自居。加上李禾的渲染和演绎,故事传得更加有声有色。令人没有想到的是故事的流传却给孟可芹涂上了一层不敢面对群众,不善于解决难题的色彩,这正是她所顾虑和忌惮的。

黄天高和孟可芹的小车绕道来到了新落成的开元大厦。这座秦东市最大的商厦已成为市区的地标建筑,前不久曾举行过简朴的竣工典礼,如今大厦已部分投入运营。裙楼搞租赁经营,由朱亚芝全租后分租给各商户。主楼酒店由肖冰冰经营,她对经营酒店不感兴趣,却十分热衷社会活动,喜欢出头露面,广交各方人士。在原秀山的建议下,她联络了一些商界的头面人物,准备成立秦东商界联谊会。这些想法首先得到了朱亚芝的大力支持,她曾在国有企业经商多年,担任过基层领导,还担任过临秦区商业局的局长,后来下海经商,成为秦东商界有名的女强人。她早就瞄准了开元大厦,认为这里地处市区的黄金地段,先承租了开元大厦的裙楼,后来又看中了主楼的酒店,如今还盘算着将来买下整个开元大厦。她看准肖冰冰不是经营酒店的料,迟早还要租出去。所以当肖冰冰提到成立秦东商界联谊会时,她极力支持,并希望她最好全身心地投入这方面的活动,好加快自己愿景的早日实现。肖冰冰的想法还得到了宋彩珍的大力支持。随着经营业绩的彰显,宋彩珍开始追求知名度,一心想在一些社会组织中担任一定的角色,甚至还想过当选人大代表的事,期盼着有一天能和有市政协委员头衔的丈夫卫三乐平起平坐。有原秀山的策划,有朱亚芝和宋彩珍的支持,肖冰冰劲头十足,经常奔走在各个企业和行政机关,鼓吹和筹划成立秦东商界联谊会的事。

孟可芹和黄天高刚走进开元大厦一楼的大厅,早就等在这里的肖冰冰立即迎了上来。肖冰冰今日没有穿一日三变的高档裙装,穿了一身正装,洒脱不羁中平添了一些庄重干练,她笑盈盈地握住孟可芹的手说:"孟市长好!听说你被下马村的村民堵住了,我还怕你来不了呢!"黄天高夸张地说:"老黄略施小计,就摆脱了村民的围追堵截。纵然围堵万千重,我自来去自由。"肖冰冰笑着说:"黄局长算是摸透了下马村,对付村民的办法有的是。"黄天高摆摆手,故作认真地说:"快别这样说,我当知青时曾和他们一起摸爬滚打过多年,他们都是我的准乡亲,许多人都是老朋友了,不能用'对付'这个词。"孟可芹一路都在评估今天的行动,总觉得有些不对劲,看黄天高不做任何解释,反而又是炫耀又是吹嘘,心里就有些腻歪,淡淡地说:"应该用'应对'这个词。"肖冰冰笑着改口:"对,应该用"应对",应对村民,黄局长是应对村民的专家。"黄天高听了大笑,笑罢又觉得这不像是在夸自己,倒像是在讽刺自己。肖冰冰说:"人快到齐了,我们先到八楼我的办公室,人到齐后再开筹备会。"孟可芹和黄天高便跟着肖冰冰来到八楼肖冰冰的办公室。

## 第三十七章

肖冰冰的办公室里,朱亚芝和宋彩珍正在喝茶聊天,见孟可芹和黄天高来了,都站了起来。肖冰冰指着朱亚芝说:"这位是朱亚芝大姐,她是秦东商界的名人,现在承租了开元大厦的裙楼。"朱亚芝微笑着和孟可芹握了握手。黄天高说:"朱经理的祖上在清末民初是秦东著名的商人,曾输茶于陇青,贩盐于川黔,鬻布于苏湖。后来还以她的祖上和南金山的祖上为核心,形成了名震三秦的商业资本集团。我写《商战五十策》时曾做过专门的调研,对这段历史有些了解。朱经理继承了祖上的秉赋,是咱秦东的商界名流。"肖冰冰说:"朱大姐也是秦东商界联谊会的主要发起人之一。"孟可芹端详了一下朱亚芝,她黑里透红的脸上挂着优雅的微笑,深邃明亮的眼睛里透着精明,虽已年届中年却浑身洋溢着青春的活力。孟可芹笑着说:"久闻朱经理的大名,今日幸得会见。"肖冰冰接着介绍宋彩珍,说:"这位是新桃花源酒家的老板宋彩珍大姐。"孟可芹说:"见过,见过。我在新桃花源酒家吃过饭,那里的饭菜很有特色,有浓郁的秦地农家风味,尤其是野味菜做得地道。那里的环境更是美极了,一派田园风光,在那里吃饭让人心旷神怡,烦恼全无。"黄天高笑着说:"新桃花源酒家的田园风光的确美极了,却没有世外桃源那种不知有汉何论魏晋的韵味。"肖冰冰说:"新桃花源酒家已被评为全国、全省餐饮行业的先进单位,宋大姐还出席了表彰奖励大会。新桃花源酒家已成为全市餐饮行业的龙头老大,宋大姐已成为这个行业的领军人物。她也是秦东商界联谊会的发起人之一。"孟可芹笑着说:"好哇,有朱经理和宋经理的发起和参与,这件事就一定能够办好。"

大家坐定后,黄天高说:"肖经理,有什么重要事情和筹备会怎么开,你就给孟市长汇报一下。"孟可芹点点头,说:"就请肖经理把情况说说吧。"肖冰冰简要说了该组织发起和筹备的情况。孟可芹说:"秦东商界联谊会的宗旨很明确,说透了就是要办成企业家之家,大家联络感情,交流信息,互相帮忙,这些都很好。特别是联络国内外的秦东商家,动员和鼓励他们回乡创业,很符合秦东的实际,这也是扩大招商引资的重要途径。"黄天高说:"清末民初,秦东在外的商家抱团打拼,形成了著名的秦东商帮,他们曾将大量的白银和钞票带回秦东。现在动员秦东在外的商家返乡创业正当其时,我们商业局正在做这方面的工作,如果能有秦东商界联谊会的配合,效果肯定会更好一些。"孟可芹说:"黄局长说得很好,我相信秦东商界联谊会一定会办好,会创出佳绩。"

肖冰冰看了看朱亚芝和宋彩珍,说:"我们拿不准谁担任秦东商界联谊会的会长最合适,请孟市长和黄局长能确定一下。"要说有难题,这便是她的难题。她开始想自己担任会长,原秀山要她别出这个头,当个常务副会长主持工作就可以了。她觉得有道理,自己毕竟年轻,资历和威望不够,加上又是从北京来的,对当地的情况并不熟悉，也就同意了。这样就只能从朱亚芝和宋彩珍两人中选一人当会长了，没想到两个人都想当会长。出现这种情况让肖冰冰十分为难，她不想得罪任何一位鼎力支持自己的发起人。原秀山给她出主意，要办好这件事一定要打出有利招商引资的旗号，一定要让官方介入，只有官方介入此事才能办得顺遂，有什么解不开的疙瘩就去找官方。现在，肖冰冰就把这个难题合盘端在了孟可芹和黄天高面前。孟可芹说："这种民间性质的社团组织，应该充分发挥自主嘛，这个你们商量着定就行了。"黄天高亮了底牌说："几个发起人都想把联谊会搞成半官半民的社团组织，说这样有利于开展工作，才能充分发挥作用，为秦东经济发展做些贡献。当然这有些非驴非马，不过是个骡子也不错呀！"他笑了笑，接着说："当然要以民办为主，带点官方色彩就可以了，便于对外联络嘛。不过联谊会领导班子的组成还是按孟市长说的办，你们商量着定为好。你们有人选意见吗？"尽管黄天高绕来绕去，肖冰冰还是听清了，她刚要开口，丁玉丽和田丽丽推门进来了。

丁玉丽和田丽丽与孟可芹打过招呼后，丁玉丽还没落座就笑着说："我今天把田主任赢了，我赢了！"田丽丽笑而不语，其他人都有些莫名其妙。孟可芹看着这两个向来面和心不和的竞争者，很难走到一起的两个女人竟一起来到了这里，不知这里面还有没有别的什么缘由。丁玉丽坐下后对孟可芹说："我说孟市长肯定大力支持成立秦东商界联谊会，今天肯定会出席筹备会，说不定你已经到了开元大厦。我和田主任打了赌，怎么样？我赢了吧！"孟可芹微微笑着，心里着实有些惊讶，这个一把手身边的人竟把自己摸得如此之透。田丽丽笑着说："我也说了，孟市长肯定支持这个新兴的社团组织，一定会关注这个组织的组建，只是没有想到孟市长今天会和我们一起来参加这最后的筹备会。"孟可芹听了，这才明白黄天高为什么说是半官半民的组织，不光有他的参与，市政府机关也有领导干部参与其事。看来自己有个明确的态度就可以了，不一定介入太深，这个度一定要把握好。低调和小心谨慎在她的心里又占了上风。肖冰冰说："我们筹建秦东商界联谊会，得到了丁主任和田主任的大力支持。"丁玉丽说："我第一时间得到这个消息，很高兴，这是好事，我和田主任商量过如何支持一下。田主任和企业家熟悉，可以做些联络工作。再说啦，这是商界三个女强人发起的，前期还有省能投的严玉华，后来又有秦纺经营的合作人李菊和白银参与。都说三个女人一台戏，六个女人肯定能演出一幕好戏来。后来我和田主任也参与了，如果加上孟市长，就是九个女人一台戏，一定会演出一幕大剧来！"她说得兴奋而又激动，竟把自己和副市长摆在了一起。田丽丽听了心中不禁暗笑，得意可不能忘形啊！黄天高说："丁大主任你这就不对了，成立联谊会是整个秦东商界的事，怎么能弄成妇女联合会呢!"丁玉丽脸唰一下全红了,忙说:"对,还有黄局长的支持和参与。"她迅速予以反击:"听说黄局长当知青时曾和'七仙女'共同奋斗过,如今又要和九个女人一起共事了。"向来能说会道的黄天高竟一下子被噎住了。肖冰冰说:"参与其事的男同志也不少,阳光酒店的总经理鱼海清,银花宾馆的总经理李德广,他们都参与了。"田丽丽说:"我还动员了由锡平市长的儿子'茗香阁'的老板由同亮,他答应参与,但不愿出头露面,害怕有人说他打着老爸的旗号拉帮结派。"黄天高说:"由同亮的活动能量很大,交往也多,应该继续做工作,让他多发挥些特殊作用。"孟可芹听了淡淡地说:"要顺其自然,不要过分勉强。"她担心把这个组织搞得太复杂了,弄得不伦不类。田丽丽说:"南金山的积极性倒是挺高,不过他是煤矿的矿长,是搞工业的。"她实在是不想让这个爱搅局的人参与进来。丁玉丽说:"消息是我告诉他的,我想商界应该是个大概念,不要受局限,再说他挖的煤不也卖了吗?这不也是商业行为吗?"田丽丽听了心里有些不舒服,后悔今天和她一起来到这里。恰好田丽丽的手机响了,是丈夫向平打来的,她出去接了电话,回来后说:"实在抱歉,机关来了个电话,说是有急事要我回去处置,我只好先走了。"丁玉丽愣了一下,知道她是借故离开,接着站起来说:"有孟市长在此,啥事都好办,我也有点事,我也告辞了。"她知道有孟可芹在,自己也难发挥大的作用,就也走了。肖冰冰无奈,只好送走了两位请来的副主任。

　　李菊和白银来了。大家见过后李菊看了看肖冰冰,只见她今天穿了一身名牌正装,让李菊无比惊讶的是两人竟穿着同一品牌同一款式的正装,颜色也完全一样。自从两人飙富以来,虽多次趋同,但完全相同却是第一次,而这一次竟是在公开的正式的庄重的重要场合,让李菊心里别是一番滋味。李菊悻悻地说:"来晚了,实在对不起。秦纺厂要破产重组,我们公司去留难定,所以我不想参与此事了。刚才我丈夫告诉我公司决定竞标收购秦纺厂,而且下了死决心,务求成功。让我放心参与秦东商界联谊会,我就和白银一起又来了。"白银说:"我们李经理对这事挺上心,说自古工商不分家,工业企业的产品最终也要进入流通领域,整个企业界搞个联谊组织是大好事,是大好事岂有不参与的道理。"肖冰冰忙说:"来得不迟,一点都不迟。"她看着李菊,也发现她俩的衣着竟完全一样,心里不禁有些失落,这一次竟只飙了个平手。不过听了李菊的话,她倒是吃了一惊。古济宁在丁燕红的鼓动下也准备参与秦纺厂的收购,让肖冰冰留意此事,现在一个强有力的竞争对手出现了,李菊丈夫说的又是那样的坚决和自信,让肖冰冰心里想得多了起来。李菊不屑地看了一眼肖冰冰,不大情愿地站起来说:"你们正说事,我到会议室去等开会,那里人多聊着热闹。"说罢转身离去,白银也跟着走了。

肖冰冰轻蔑地看了一眼李菊的背影,再次提出了会长的人选问题:"黄局长是老商业,又是老秦东,对各方面情况了如指掌,你说说由谁担任会长合适。"这时南金山闪了进来,他一眼就看见了孟可芹,急忙走过来握了握手,笑着说:"我挖煤的南黑子给孟市长摇旗呐喊来了。"他又握了握黄天高的手说:"我投奔商界来了。听说要组建秦东商界联谊会,我高兴极了,举双手赞成!我的祖上和朱亚芝老总的祖上,曾在甘肃成立过秦东商会,也都当过会长。看来现在到了复兴秦东商帮的时候。我们秦东的企业家要抱团打拼,走联手发展之路!"他说得慷慨激昂,说完特意握住朱亚芝的手说:"朱大姐,我们两家的祖上曾联手创造过秦东商帮的辉煌,现在咱俩又走到了一起,这是天意啊!"朱亚芝笑着说:"老弟说得对,现在是秦东企业家再创辉煌的最好时期,大家理应联手干点事情。"宋彩珍过来握住南金山的手笑着说:"久仰,久仰。我在大会上听过南矿长的发言,留下了深刻印象。"接着她做了自我介绍。南金山笑着说:"我是个直性子,在大会上爱提意见,容易给人留下印象,所以有人把我挖煤的南黑子叫南大炮。不过今天我不是来提意见的,是来唱赞歌的,是来呐喊助威的。"肖冰冰说:"南矿长如今还是市煤炭总公司的副总,今天本当要到省上参加个活动,最后没有去,专程过来参加我们的筹备会。"南金山点点头,点燃一支香烟,坐下后说:"有人说我是跨界参与这事,其实工商从来不分家,我还给由市长说过,他也支持我参与组建秦东商界联谊会的事。"孟可芹听了心中一动,眉头不禁紧蹙,原来由锡平支持他参与此事,谁都知道南金山是由锡平的心腹,越发觉得这水太深了,根本不像自己想象的那样,顿时萌生退意,有了新的想法。

肖冰冰看南金山丝毫没有离开的意思,看了看表对黄天高说:"黄局长,你说说让谁担任秦东商界联谊会的会长合适。"南金山听了也没有回避的意思,心想来得太是时候了。他自从助推组建秦东纺织企业集团公司胎死腹中后,一直不甘心认输,总想再弄点响动出来,以证明他的组织能力和社交能力。当他从丁玉丽那里得知要组建秦东商界联谊会的信息后,就多方活动,多次找黄天高说这事。南金山心想黄天高一定会推荐他这个秦东正处级资深企业家,特别是当着他的面,还能推荐别的人不成?黄天高略停片刻,一字一板地说:"还是按孟市长的意见办,你们自行推选会长人选吧。"他瞥了一眼盯着自己的南金山,轻轻抽了一口烟。南金山听了心中很是不快,人家是看得起你才征求你的意见,你可以推荐呀,何必拿孟可芹做挡箭牌!肖冰冰没想到政界的人如此不好玩,索性直说:"我想会长应在朱亚芝和宋彩珍两位大姐中产生比较合适,两位领导就从中确定一个人吧。"孟可芹和黄天高惊讶地看着这个率性天真的年轻人,看来她的确太年轻了,根本就不懂得玩人的规则,这类事只能在底下沟通协商,怎么能把夹生饭直愣愣地端出来呢！朱亚芝也没想到肖冰冰这样走棋，全然没了章法，说："让宋彩珍经理当会长吧，她年轻有活力，思路开阔，在酒店行业知名度也高。"宋彩珍笑着说："我不行，还是让朱大姐当会长吧，她资格老，经验丰富，给我们当班长合适。"她也没有想到肖冰冰会这样表态。肖冰冰看孟可芹十分平静地品着茶，似乎没有听见她和两位大姐说的话。再看黄天高，他慢慢地抽着烟，也没有表态的意思，一时竟没了主意，愣在了那里。南金山看场面僵住了，哈哈一笑，说："这有啥难的，就让肖冰冰当会长吧，她是主要发起人。"他清楚这不大可能，只是为了讨好肖冰冰而已。肖冰冰说："我当个常务副会长，搞搞具体工作就可以了。"她说得很直率也很坦然，大家都点了点头。南金山觉得机会来了，笑着说："你们都不愿意当会长，难道要让我当会长不成？"他找到了切入点，立即单刀直入。黄天高没想到南金山还真的看上了这个会长头衔，竟不加掩饰，甚至有点厚脸皮。孟可芹看南金山一脸的自负，大有舍我其谁的气概，心里十分反感。没有一个人说话，屋子里只剩下喝水的声音。肖冰冰更加没了主意，无可奈何地说："这事定不下来，今天的筹备会还咋开？"孟可芹果断地说："可以提几个候选人，让大家投票选举产生。"黄天高说："这个办法好，更显得民主一些。"肖冰冰笑了，说："行，就按孟市长说的办。"她没想到这事竟这样简单，真好玩，接着说："还想请孟市长担任名誉会长。"这是原秀山给她策划的。孟可芹笑着说："我就不挂这个衔了，名誉会长就让黄局长担任吧。"黄天高说："还是孟市长当名誉会长合适。"孟可芹说："黄局长是商界元老，最合适，最合适不过，这事就这么定了。"她说得毋庸置疑，还轻拍了一下桌子。黄天高微微笑了笑，心想当就当呗，说不定将来还真的能搞出点名堂来。孟可芹说："我还有点事，需要回机关。筹备会我就不参加了，让黄局长代表我参加吧。"说完她就站起来告辞。黄天高大感不解，参加这个会是说好的，怎么说走就走，她向来行事风格不是这样呀，今天这是怎么了。直到送走孟可芹，他还没有想明白。

　　筹备会议开得十分顺利，大大出乎肖冰冰的意料。《秦东商界联谊会章程》，只有个别人提了些修改意见就全票通过了。联谊会的活动经费也不存在问题，几个发起人承担了大头，其余部分也就顺利落到了实处。联谊会总部和活动场所，肖冰冰早就安排在开元大厦八楼，大家都十分满意。最让肖冰冰为难的会长人选，其实许多人都猜到了她的心思，朱亚芝高票当选了会长，肖冰冰以全票当选了常务副会长，宋彩珍当选了副会长。黄天高当选了名誉会长，南金山当选了高级顾问。最后大家商议了当前要开展的工作，并对适时召开成立大会做了安排。肖冰冰清楚，筹备会进行得如此顺利，与黄天高的深度介入不无关系。当然原秀山的出谋划策也起了重要作用，他熟悉社会，也深黯官场，肖冰冰按他的指点运作，自然也就顺风顺水。筹备会刚结束，肖冰冰就急不可耐地来到十六楼，给等在这里的原秀山通报情况。

肖冰冰敲开一个高档客房，原秀山正在里边摆弄相机。他看着欣喜难抑的肖冰冰问："怎么样，一切顺利吧？"肖冰冰竭力沉下脸，故作不高兴地说："还一切顺利呢，选举出了大问题，选出的人让人不满意。"原秀山看了一眼这个向来天真幼稚得与年龄不符的漂亮女人，放声大笑起来。肖冰冰哂道："你笑什么？你以为你是诸葛亮，你以为你料事如神！"原秀山早就摸透了肖冰冰，这个富二代在婚姻问题上受挫后，精神上备受打击，一度曾到了崩溃的边缘。古济宁把她带到秦东后，由于环境的改变，她心灵上的创伤得以慢慢平复，但依然任性不羁，她跟着原秀山学摄影，开始把他当老师，后来当兄长，再后来就成了朋友。原秀山笑罢，揶揄说："连骗人都不会，骗人时还把骗人写在脸上。我一看你的脸，就知道今天的选举很顺利，人选你非常满意，我说得对吧？"肖冰冰有些惊讶，故意说："你说得不对！"原秀山笑着说："我要是说对了呢？"肖冰冰说："你具体说说看，如果真说对了，我奖你一个吻。"原秀山立即抓住不放，说："一言为定，一言为定！"他扳着指头如数家珍地说："会长朱亚芝，常务副会长肖冰冰，副会长宋彩珍，怎么样？"肖冰冰说："没错。"原秀山说："那好，你落实奖励吧！"说着把脸伸向了肖冰冰。肖冰冰摇摇头说："这都是你策划好的，还有名誉会长呢。"原秀山眨眨眼，说："我只问你一句话，孟可芹来了没有？"肖冰冰以为他要说孟可芹，这也是他策划的，笑着说："来了。"她看原秀山犹豫的样子，就想增加点难度，接着说："来了，没参加筹备会又走了。"原秀山瞥了一眼肖冰冰，微微一笑，果断地说："名誉会长是黄天高。"他太了解官场的奥妙了，摆出一副胸有成竹的样子。肖冰冰吃惊地瞪大了眼睛，说："还真让你蒙对了！"原秀山大笑，说："什么蒙对了，这些都在我的掌控之中，没这能耐还能给你当高参？快点来落实奖励承诺！"说着把脸又伸了过来。肖冰冰说："还有个高级顾问，你没有说呢。"原秀山说："这个位置原来是给黄天高设计的，他当了名誉会长，这个位置自然是由他来安排和运作。是谁我说不清楚，但这个人肯定有一定身份，也有点来头。"肖冰冰按捺不住地说："南金山当选了高级顾问。"原秀山放声大笑，说："这下更热闹了，南金山和黄天高一样，喜欢把事情往大地弄，又特爱折腾，凡事都想弄出点动静来。三个女人就是一台好戏，有你们三个爱表演的女人，再加上这两个吹鼓手，秦东商界联谊会一定会搞得风生水起。当然，我随时都准备着动员各个新闻媒体为你们呐喊助威。"肖冰冰听了兴奋得脸色通红，她一心想搞出点名堂来，以证明自己的社交能力，说不定这就是自己从事社会活动的开端，成为社会活动家的开端。原秀山以教导的口气说："切记，在中国要干成点事情，一定要取得官方的支持，这样才能一帆风顺,至少不会困难重重。"肖冰冰说:"取得官方的支持没问题,你现在要重点策划一下开成立大会的事,这是件大事,一定要搞得隆重热烈一些。"原秀山笑着说:"别扯那么远,先落实一下奖励承诺吧!"他往肖冰冰跟前挪了挪。肖冰冰火辣辣地看着原秀山,问:"你对奖励倒挺在意呀?"原秀山读懂了她的眼神,欲擒故纵地说:"那就算了。"说着他又往前挪了挪,几乎挨住了肖冰冰,明显感到她的呼吸在加快。肖冰冰猛地抱住原秀山,在他的脸上狂吻起来。原秀山也紧紧抱住肖冰冰,接着两人的嘴吻在了一起。两人越抱越紧,肖冰冰把舌头探进了原秀山的嘴里,浑身在微微发抖。时间一分一秒地过去了,两人似乎意犹未尽,肖冰冰抽出被原秀山轻轻咬住的舌头,双眼紧闭,两只手从原秀山后背移到了脖子上,身子软绵绵地挂在他的身上,丰满的乳房紧紧贴在他的胸前,嘴里轻轻地呢喃着。原秀山觉得浑身躁热,血流加快,呼吸急促,禁不住一把抱起像喝醉酒一样的肖冰冰,快步向里间屋里走去。

古济宁在省城办了点事后就赶来秦东,要为关青山过八十五岁大寿,还邀请了有关人士参加寿宴。他走进一楼大厅后没有看见肖冰冰,她每次都会在这里迎候自己,今天大概是太忙了,就没有在意,直接上二楼到关青山的房子去了。

开元大厦峻工典礼那天,关青山参加完简朴而热烈的庆祝仪式,就从银花宾馆搬到了开元大厦酒店二楼的一间客房里住了下来。客房的外间是会客室,布置得简朴而温馨,靠东墙是一台大彩电,彩电一边放着饮水机,一边放了一盆花。西边墙上挂一幅弥勒佛的绣像,佛挺着大肚子盘腿端坐着,笑呵呵的。客厅的沙发、茶几、小凳和茶具都古朴而略显粗拙。里间屋里就更简朴了,只有一张床,床头上的墙上挂着一把带着红绸的大刀,那是伴随老人数十年被视为镇宅之宝的标志性器物。这时老人正在试着王莲英给他带来的一件铁锈红绸袄。他穿上绸袄后左瞅瞅,右扯扯,笑得合不上嘴,一个劲儿地说:"穿上这像个啥呀,穿上这像个啥呀!"王莲英扯扯老人的后背,看了一眼墙上弥勒佛的绣像,笑着说:"大叔穿上这件绸袄真像笑佛呀!"老人哈哈大笑,说:"我要成了佛那还得了!"老人自从遇到古济宁后越来越爱笑了,请回弥勒佛后更加爱笑了,好像要和佛比赛谁更爱笑似的。

古济宁掀开门帘走了进来,放下手中提的两个大包,看了一眼王莲英对关青山说:"关大叔,我给你贺寿来了。"关青山笑呵呵地说:"太让你费心了,大老远从北京赶来给我过寿,实在让我过意不去。"古济宁说:"这是应该的。"他拍着老人的肩头说:"大叔穿上这件绸袄更显精神,也年轻多了。"关青山指了指王莲英,笑着说:"这是你媳妇莲英刚刚给我拿来的,穿着挺合身,挺舒服。"古济宁脸上的笑容瞬间消失了,有些尴尬地看了一眼王莲英。王莲英倒很坦然地说:"济宁你坐下吧,你是从北京刚赶过来的吗?"古济宁说:"我刚从省城赶过来。"他搀着关青山先坐下,然后自己也坐了下来。老人一坐下就对古济宁说:"你媳妇莲英不简单呀,办了个幼儿园是全城最好的。'六一'儿童节那天,我还去看过一次娃娃们唱歌跳舞。"古济宁忙岔开话题,问:"关大叔最近身体还好吧?"关青山说:"好,好着哩,我心宽胃口开,饭量好,身子骨硬朗着哩。"他看了一眼王莲英,又把话题拉了回来:"你媳妇莲英经常过来,给我提羊肉泡馍,知道我爱吃这个,还常提双份的,要用大老碗吃。"他丝毫也不掩饰对王莲英的爱怜和感激。古济宁说:"你在这里住得惯?"关青山说:"住得惯,住得挺好。"老人又固执地把话题拉了回来,"这房间是你媳妇莲英一手布置的,我住着挺舒心,大家都说好,说是符合,符合……"王莲英说:"符合您老的身份。"关青山大笑,说:"我有啥身份? 就是一个老兵呗!"古济宁说:"您是抗日壮士,是英雄,历史不会忘记您,人民也不会忘记您。"关青山说:"你爸才是英雄呢,上了战场带着我们总是冲在最前头,他那把大刀能把鬼子的胆吓破,硬是杀出了我们秦东兵的威风。老团长要是还活着那该有多好啊! 他还有两套刀法要教给我呢。"老人一提到老团长就脸色凝重,语调也低沉下来。古济宁往老人身边坐了坐,拉住老人的手抚摸着说:"我爸说过,您老的刀法够好了,能赶上您的没有几个人。"关青山看了看古济宁,又看了看王莲英,关爱而直率地问:"听说老团长临终前有过交代,要你俩和好,对吧?"关青山固执地再问了一遍,在他看来老团长的话就是铁板钉钉,就像战场上发出的命令,必须听,必须照办。古济宁看着老人眼巴巴地等着自己回答,满脸都是真诚和期待,情深意切而又固执。古济宁嘴角抽搐了一下,露出一丝苦笑。老人不禁眼角一扬,固执地说:"你说出来呀!"他把手从古济宁的手中抽了出来。王莲英说:"关大叔,您别说了,别为难济宁了。"老人瞪了一眼王莲英,说:"既然老团长说过这话,我就要问清楚,就要按老团长说的把这事促成,老团长指到哪里,我就要打到哪里!"一直笑呵呵像笑佛一样的老人,这会儿脸色阴沉冷峻,浑身透着一股军旅生涯炼就的特有气质。古济宁十分尴尬,没有料到关青山老人会当着王莲英的面把这个问题和盘端了出来。他缓了缓神,笑了笑说:"关大叔,谢谢您心里惦念着我爸,也惦念着我。"关青山也笑了,竟像小孩子一样天真地笑了,在他看来古济宁今天终于笑了,这事就有希望了。王莲英看关青山笑了,心里却沉了下去,老人竟把复杂的感情问题看得像打仗一样,以为可以立刀见血。如果硬要看成是打仗,就该继续追击呀,有些该说的话还没有说,有些说了还没有到位。古济宁找到切入口后继续发力,笑着说:"您老人家说的话,我会认真考虑的。"关青山认真地纠正说:"这是老团长说过的话,是你爸说过的话。"古济宁说:"是呀,多谢您老关心我和王莲英的事,也感谢王莲英在您老身上倾注了那么多的心血。

## 第三十七章

王莲英是个能干的女人,人也漂亮,现在又事业有成,前途无量,什么事都会办得很好。"说着他看了一眼王莲英,她脸上掠过一丝失望和不快,显然已听出了古济宁话中有话。古济宁略停片刻,索性把话说到位:"王莲英是个聪明人,她一定会和我一样,掂量出我爸和您老说话的分量,我们都会把事情想得很透彻,办得很周全,您老尽管放心好了。"关青山似乎听明白了,似乎又没听明白,皱着眉笑着说:"我放心,我放心。"说完看了看王莲英。王莲英脸色苍白,心想关青山说话的分量怎能和老爸相比,古济宁的话分明是给她费尽心思搬动关青山的回应,这话听似含糊,实则明确无误,她的心一下子就像掉到了冰窖里。

门开了,胡书美捧着一束鲜花进来了,直趋关青山,笑容可掬地说:"关老,我给您祝寿来了,祝您寿比南山不老松,福如东海长流水。"关青山笑呵呵地站起来,接过花束闻了闻,说:"花真香啊,谢谢胡主席。"王莲英在这里见过胡书美,她竭力平复了一下心情,很有风度地给古济宁介绍:"老古,这位是秦东市作协的胡书美主席,省内知名作家。他最近一直在采访关大叔,想写一部长篇小说。"古济宁看了一眼已改称自己为老古的王莲英,握住胡书美的手,说:"久仰,久仰。"关青山说:"济宁是带着我们打日本鬼子的老团长古立俊的儿子。"胡书美使劲摇了摇古济宁的手说:"古总,你的情况我知道,你来秦东投资兴建开元大厦,对打开秦东招商引资的局面起了重要作用,没想到你还有一个英勇抗日的爸爸。我几年来一直在搜集素材,准备写一部反映中条山抗战的长篇小说,也搜集到不少古立俊团长的事迹,如果你有时间我还想采访你呢。"古济宁说:"我家里保存着父亲的抗战日记,也许对你有些用处。""那好呀!我一定要好好研究一下这些极其难寻、极其珍贵的一手材料。"胡书美大喜过望,接着说:"不过,我采访你还有个想法。原秀山想就开元大厦的建设写一篇长篇通讯,听说已经写得差不多了。我则想写一部秦东市招商引资的长篇小说,开元大厦的建设是一个重要方面,我想在你方便的时候咱俩深入地谈谈这方面的情况。"古济宁看着激情洋溢的胡书美说:"行啊,不过开元大厦也没有多少可写的。"胡书美说:"不,你是咱秦东走出去的大企业家,又不忘支持家乡的发展,有得写,值得写。"说完他记下了古济宁的电话号码,握了握关青山的手就要告辞。古济宁要留胡书美参加寿宴,胡书美婉言谢绝了。王莲英站起来说:"我送送胡主席。"胡书美匆匆而来,又匆匆而去。他上午写作,一般不会客也不外出,今天特意来为关青山祝寿,竟意外地见了古济宁,还谈妥了查阅古立俊日记和采访古济宁的事,这让他格外高兴,一出房门就哼上了秦腔,竟忘了送行的王莲英,头也不回地扬长而去。王莲英心中暗想,这个作家好像神经有点问题,今天也够扫兴,更无心参加寿宴就悄然离去。

古济宁看了看表,自言自语地说:"肖冰冰咋还不见人呢?"关青山刚要说话,只听外边有人高声问:"老古来了吗?"古济宁一听便知道是张洛朴来了,就走出房门来迎接。张洛朴握住古济宁的手说:"老古呀,今天我们可把你堵住了!现在是难得一见呀,看来民企老板比国企老板的架子大多了。"古济宁说:"国企老板的指头也比民企老板的腰粗,我凭什么能跟你比,还摆什么架子呀!"他看卫三乐和丁燕红都笑着站在一边,恍然觉得他们是有预谋的。卫三乐微笑着伸出两根指头说:"张老板说的第二句话,关于架子大小的问题可以争论,说不定争论半个世纪都难有个结论。不过第一句话说得好,主要是'堵住'这个词用得准确生动形象。"古济宁再看丁燕红,她正含情脉脉地盯着他,心中便知刚才的判断是正确的,他们三人除了祝寿还有一致的目标和方向。张洛朴和卫三乐放下手中提的袋子。丁燕红捧着一大束鲜花走到关青山面前说:"关老,我们三个人给您老人家祝寿来了。"关青山笑呵呵地要站起来,古济宁把老人按住,说:"您坐着,他们都是我的老同学。"接着古济宁指着卫三乐说:"这位是秦东大学的卫三乐教授,他再三说要看望您这个抗日壮士,我就邀请他来参加您的寿宴。"张洛朴笑着说:"关老,我和小丁是卫教授邀来的,除了参加您今天的寿宴,还要为下一场宴会做些准备。"关青山怔了一下,说:"别,别再张罗下一次了,过一次八十五岁大寿我就心满意足了。"卫三乐笑了,说:"不用您老管,老古清楚要准备什么宴会。"张洛朴说:"卫教授费尽心思,想安排一次老同学西厢聚会,今天终于实现了。不过不是我这个张生唱主角,是古生唱主角。"关青山越听越糊涂,索性只是呵呵呵地笑着。古济宁急忙岔开:"关大叔,我介绍一下,这位说个不停的是省能源投资集团公司的董事长张洛朴。"张洛朴笑着双手半握,微微弯腰作了个揖。关青山乐了,急忙也作揖还礼,动作有些滑稽,大家都笑了。老人实在禁不住,像小孩一样嘀咕说:"他的名字好记,萝卜、萝卜、白……"丁燕红听得笑弯了腰,说:"是白萝卜还是红萝卜,实在不好说,这萝卜准备开个会,让白菜、土豆、南瓜、大葱等等的都参加呢!"大家齐声笑了。古济宁笑着介绍:"这位开玩笑的是国家部委的丁燕红司长。"张洛朴收起笑容说:"还是省经贸委的副主任,是我的上司,管着我呢,要不她敢乱说萝卜要开蔬菜大会。"他看着古济宁挤挤眼:"现在兴女人管男人,男人得听女人的,男人要围着女人转,有人却不按规矩来,简直不合时代潮流。"说完他拉了一把古济宁,让古济宁挨着丁燕红坐下来,然后他挨着卫三乐坐了下来。卫三乐对关青山说:"我从《秦东日报》上看到关壮士的报道,一直仰慕不已,后来又听古济宁谈起您的传奇经历,更想看望您老。还想着听听您老有啥想法和要求,好编进我要写的《百家实话录Ⅱ》里去,好替您老鼓与呼,喊一喊。今天有幸见到您,并能给您祝寿,深感荣幸之至。"关青山笑呵呵地点着头。张洛朴笑着说:"今天是古济宁为您老办寿宴,本该应是他和小丁一起为您办寿宴。"

卫三乐说："是呀，今后就会是老古和小丁一起为您办寿宴了。"关青山突然问："小丁是谁？"张洛朴大笑，说："小丁就是丁司长，就是丁主任呀。"关青山更糊涂了，问："怎么又成了两个人？"大家笑得前仰后和。丁燕红笑着说："关老，小丁就是我。"说完便有些后悔，觉得不该由自己来说。张洛朴对古济宁说："看看，人家小丁都愿意共同举办下次寿宴了，你也该答应了吧？"卫三乐笑着说："默认也是答应，你就别逼老古了。"古济宁实在想不出来该如何回答，低头喝起茶来。关青山心想，古济宁和他的同学竟对给自己过寿这样重视，一个人办寿宴还要改成两个人来办，着实有些过意不去，认真地说："我过不过寿，办不办寿宴，这不大要紧，你们就别再为这小事操心费神了。"张洛朴说："好，我们都听老人家的，不说寿宴的事了，说点别的。"卫三乐会意，接着说："说说准备喜宴……"他突然煞住："说说西厢聚会的事吧。"张洛朴竖起大拇指说："英雄所见略同。"关青山顿时如坠雾中，不知他们到底要说什么，他突然醒悟了，最好别介入年轻人的谈话，索性闭目养起神来，很快就发出了微微的鼾声。丁燕红把老人的一件上衣轻轻披在了他身上。

卫三乐从皮包里取出一本诗集，收起脸上的笑容，对古济宁说："老古，我以老同学的名义，要和你郑重地说说你的终身大事。"他从未如此严肃认真过："这是小丁这几年写给你的诗，前不久我硬把底稿要了过来，稍做整理后打印了几本。今天给你带来一本，你先翻翻。"卫三乐把诗集递给古济宁："可以说字字饱含深情，句句绽露心声。十几年了，如此情深意切，如此痴情不改，在当今这个社会何处去寻觅。我想纵然是铁石心肠，也会为之动情。"张洛朴从古济宁手中拿过诗集翻了翻，感叹说："难得呀，实在难得呀！堪称现代版的痴情女子，绝对上演的是传奇故事。卫教授你也要给我一本诗集，让我领略一下当代女诗人不同凡响的情怀。"丁燕红说："二位老兄快别夸过头了，这些诗只是我多年来心声的自然流露。就诗的水平而言，还很幼稚，还望二位老兄多多指教。"这些诗是她写给古济宁的，从不外传。吴芳从北京跑项目并见过古济宁后，几次打电话要丁燕红找古济宁认真谈谈，还要她找几个老同学促成一下，说她的终身大事到了水到渠成的时候。丁燕红就再次托文佳做了古济宁的工作。卫三乐一直主动要促成此事，又导演了今天这次聚会。张洛朴乐见此事告成，也乐意当助演的角色，他坚信下一步就会上演自己的大戏。

丁燕红虽有诗人的激情，特别是朗诵诗歌时喷发的激情，总能赢得观众的掌声，见了古济宁却有些矜持，她也弄不清这是什么原因，总是见一次自责一次。就说今天吧，她见了古济宁后想好的许多话又说不出口，要不是卫三乐和张洛朴，很可能会出现冷场，要不就又会说工作上的事情。其实古济宁也是一样，上学时是高才生，现在是精明有为的企业家，智商无疑是一流的，可在情感问题上却幼稚得要命，见了丁燕红在这方面就几乎无话可说，说了也是言不及义。

张洛朴忽然拍着茶几笑着说："难怪这么长时间找不到老古，现在总算弄清缘由了。"卫三乐莫名其妙地问："你弄清到底是啥缘由？"张洛朴捧着手中的诗集朗诵道："柳荫下花丛中，恍然间看到了你的身影。凝神细寻觅，唯有香淡风轻，却原来你在我的心中……"他停下说："卫教授，老古跑到小丁的心中去了，或者说小丁把老古装到心中去了，你我还能见得上老古吗？"说罢大笑。卫三乐也抚掌大笑。关青山睁开睡眼，迷迷糊糊地说："济宁不是在这儿坐着吗？"大家又被逗乐了。关青山笑了笑，一脸的茫然。古济宁："关大叔，您要是累了，就上里间躺着吧。"关青山似乎意识到自己不该醒过来，说："不啦，就坐在这儿打盹吧。"说着又闭上了眼睛。张洛朴说："我从诗集中还发现个秘密……"丁燕红一把夺过诗集，嗔道："就你爱耍贫嘴，不说话谁还能把你当哑巴不成！"卫三乐说："有啥秘密，全都是公开的秘密。"张洛朴眼珠一转，笑着转移了话题："我明白了，小丁是要亲手把诗集送给老古，这也好，这也好。"这一说还真让丁燕红为难了，她拿着诗集竟有些手足无措。古济宁看了看丁燕红，两人的目光刚好相遇，她的目光竟是那样温柔而又多情，似乎还有深深的忧怨和期盼，却全然不见了往日的激情与浪漫。古济宁不禁为之一动，轻声说："燕红，这本诗集就送给老张吧，他刚才不是还向老卫讨要吗？"卫三乐脸上瞬间布满了阴云，很不高兴地说："老古，这就是你的不对了，这不是一本普通的诗集，其实就是小丁一颗滚烫的心。我刚才之所以直接给你，是想表达一下我真诚的期盼之情。"他以为古济宁在婉拒，心里就像压上了一块大石头。张洛朴沉着脸急忙说："我和老卫的心情是一样的，一直真切地期盼着你俩能心心相印。老古，你不能冷落了小丁这颗滚烫的心！"他极少这样严肃认真过。卫三乐站起来说："小丁，由你亲手把诗集给老古更合适一些，这个历史性的任务还是由你来完成吧，我和老张算是这一历史性时刻的见证人。"张洛朴也站了起来，说："老卫说得对，说得对。"古济宁看三个人都严肃庄重地站着，也站了起来，说："大家都坐下，有话慢慢说，都坐下吧。"卫三乐一动不动，眼睛盯着古济宁，根本没有坐下来的意思。丁燕红手捧诗集，像一尊雕塑似的一动不动，脸上的表情也凝固了，她在等待古济宁的明确表态。古济宁说："其实我也有一本诗集。"说着他从随身携带的皮包中取出一本装订得十分精美的线装册子来："这是燕红多年来写给我的诗，我一首未落地全部珍藏着，前不久我把这些诗用传统的工艺装订在一起，就有了这本线装诗集。"张洛朴从古济宁手中拿过散发着淡淡书香的线装诗集，慢慢翻了翻，又轻轻嗅了嗅，赞叹说："这是地地道道的原版真迹，弥足珍贵，彰显了老古深沉的真情。"他拍了一下古济宁的肩

## 第三十七章

膀:"你这叫深藏不露呀,酒是窖藏时间越长越醇香,感情也是一样,时间越长越深厚,越纯真。"卫三乐竖起大拇指说:"老张这几句话说得好,说得到位,说得有水平。"他接着对古济宁说:"老古,我是搞学问的,凡事总想有个明确的结论,不喜欢含含糊糊,不喜欢模棱两可。"

"那老卫喜欢什么呀?"文佳边往进走边问。高玉也一起来了,笑着问:"卫教授在发表什么高论?"文佳看几个人都一本正经地站着,再看了看古济宁和丁燕红的神情,立刻心中有了底,笑着说:"我来迟了,没有配合老卫和老张搞本专业和本行业以外的事情,实在有些遗憾。"他握住古济宁的手使劲摇了摇。古济宁清楚文佳的深意,文佳连续几个晚上给他打电话,一谈就是几个钟头,要他珍重和丁燕红的感情,并流露出这也是吴芳的意思。看来同学们对他的个人问题,的确是关爱有加也费尽了心思。古济宁指了指关青山说:"关老正在打盹,过一会儿再祝寿吧。"文佳和高玉看了看关青山,放下手中提的礼品。张洛朴不想让古济宁转移了话题,笑着说:"老文来了,他是我们班当年的最高领导,高玉是我们的师妹,大家共同来见证一个重要的历史性时刻吧!"张洛朴看高玉有些纳闷的样子,就把手中拿着的线装诗集递给她,挤挤眼睛说:"高校长,认真学着点,看人家丁司长写给古董事长的诗多有水平。"高玉拿着线装诗集,认真地看了起来,很快就有些爱不释手。文佳从丁燕红手中拿过打印的诗集,翻了翻,又和高玉拿的线装诗集比对了一下,笑着扬起手中的诗集说:"这本诗集是老卫汇编的,还写了小序,干脆归我吧。"张洛朴笑着说:"卫夫子,你就另送我一本吧。"他看大功基本告成,谑称起了夫子。卫三乐笑着说:"本来就给你留有一本。"说完他指了指高玉。张洛朴会意,从高玉手中拿过线装诗集,笑着说:"这是老古的珍藏版,平时秘不示人,更不会送人,还是还给老古吧。"张洛朴双手捧着线装诗集,微微弯腰直趋古济宁。古济宁看了一眼摆足绅士风度的张洛朴,也弯弯腰,双手接过线装诗集,轻声说:"谢谢,还是老同学理解我。"说着他打开皮包,就像在装一件宝物似的,小心翼翼地把线装诗集重新装了进去。丁燕红看在眼里,喜在心中,看来古济宁十分在意她多年来写给他的情诗,只是他还未明确地表露心声,这又让她有些遗憾。古济宁装进线装诗集后,从包里拿出一个精致的红色小盒,轻轻打开小盒,里边是一条黄灿灿的金项链,然后又轻轻合上盒子,双手捧着。还是张洛朴反应快,高声笑着说:"这条项链是老古给小丁的定情物!"古济宁深情地看着丁燕红,点了点头。丁燕红脸色微红,眼圈发潮,手微微抖了起来,她等待和期盼的幸福时刻终于到来了。卫三乐兴奋地说:"天下有情人终成眷属,老古和小丁必将比翼齐飞,此乃天下之绝配! 这下我们这些月老和红娘也就放心了。"张洛朴抢过话头说:"卫夫子差矣,没送进洞房我们的任务就没完成,今天先举行赠送项链仪式,算是定情。我来主持这个历史性的仪式,大家都听我指挥。"张洛朴在大家的笑声中,故意把古济宁和丁燕红摆弄过来,又摆弄过去,还硬逼着古济宁行单膝跪拜礼,郑重赠送定情项链。经文佳协调,古济宁最后行了九十度的鞠躬礼,郑重地向丁燕红赠送了定情项链。大家一起鼓掌,齐声喊好,屋子里洋溢着欢乐的气氛。丁燕红按捺不住澎湃的激情,快步走过去紧紧地抱住古济宁,古济宁也紧紧地抱住丁燕红。

卫三乐看着泪眼婆娑的丁燕红,心里乐滋滋的,突然却有一股莫名的不快袭上心头。他看张洛朴像喝醉了酒似的,又是喊又是鼓掌,有意把欢乐的气氛鼓捣得越来越浓烈,便觉得有些难以言表的失落。为了促成此事卫三乐可谓费尽心思,又是联络,又是汇编诗集,还向丁燕红和几个同学夸下海口,特别是精心策划了今天的聚会。张洛朴本来答应今天当助演,却分明扮演了主角,抢了他的戏,这让他多少有些妒意,觉得有些不舒服。其实这会儿最不舒服的是关青山,卫三乐一行来后,他开始还能迷糊过去,后来就不行了,越想迷糊越是清醒。今天这么多有头有脸的人来贺寿,让他感到了从未有过的尊荣和幸福,也终于发现王莲英的事是无论如何都帮不上了。多么好的一个女人,对人体贴入微,又长得漂亮。凭什么古济宁看上的竟是没有王莲英漂亮温柔的小丁?他静静地听着这帮老同学时而隐晦时而直率、时而郑重其事时而欢快不羁的交谈。他时不时眯缝着眼睛看看,一颗心似乎不断地往下沉,也不想再看丁燕红了。卫三乐看张洛朴炫耀中夹杂着卖弄,张扬中有些亢奋,就转向关青山,说:"关老,我们大声说笑,没影响您老休息吧?"他早就看出了老人的不自在。文佳和高玉急忙走近老人。关青山睁开微闭的眼睛,直了直身子说:"没事,没事。都说人老了爱钱怕死没瞌睡,可我是不爱钱,不怕死,瞌睡倒是不少,一闭上眼睛就迷糊了。"说完他"呵呵呵"地笑了。卫三乐轻轻摇摇头,觉得有些蹊跷,这老头这次笑得很不自然,显然也说得言不由衷。文佳和高玉先后向老人贺了寿,老人连声道谢,依然笑呵呵的,却眉毛紧蹙,眼神有些游离。古济宁仔细看了看老人,问:"关大叔,您是不是哪儿不舒服?"关青山看了一眼脸上泛着红晕的古济宁,打起精神说:"好着哩,好着哩。"却情不自禁地闭上了眼睛。古济宁忙说:"燕红,你过来一下,一块扶老人到里间歇一会儿。"关青山突然睁大眼睛,摆着手说:"不用,不用,我就坐在这儿歇着。"

关立峰手提一个大礼包,满面笑容地走了进来。放下大礼包后他双手合揖,对关青山说:"三叔您好,祝您八十五岁大寿愉快!"关青山笑着站起来,说:"劳驾关主任也过来,谢谢。"文佳说:"现在是关书记了。"张洛朴问:"怎么,当什么书记了?"文佳说:"关主任已就任秦东职业技术学院的书记,副市级级别,荣升了。"关立峰摆摆手,笑着说:"什么荣升不荣升,这么大年纪了,功名利禄早就看淡了,全是过眼烟云嘛。"不等别人招呼他就坐了下来,取出一盒高档烟放在茶几上,然后点燃一支烟旁若无人地抽了起来。他如今心情舒畅极了,市政协副主席没选上,曾让他极度地痛苦、不满、遗憾和怨恨,甚至和上级领导产生了某种对立情绪,也不可避免地影响到了工作,在治理投资环境中还被当成了反面典型。许多人都替他捏着一把汗,有人还准备着看他的热闹,一度曾盛传组织上要免他的职。没料想他竟被提拔了,成了副市级,还有职有权,强似当个市政协副主席。这件事实在出乎大多数人的预料,实在是扑朔迷离,实在让人揣摩不透。于是有人研究起了这一官场现象。关立峰曾淡淡地对挚友说:"敢赌才能赢。"他在赌什么,和谁赌,却没有也不会对任何人说。今天他来给关青山祝寿,心情格外高兴。他常给人讲,关青山对他来讲是个福星,曾帮他改写了秦东的拆迁史,为他在城市建设上创造辉煌业绩添了彩,还传开了他关照抗战老兵的美誉,不但传得久远,传遍了官场内外,还带上了传奇色彩。关立峰一手握着关青山的手,一手拍着他的肩膀,激情洋溢地说:"大福星,老寿星,抗日壮士,秦东英雄,祝您福寿双至,长命百岁!"文佳看着志得意满又喜气洋洋的关立峰,忽然悟出人在让他人愉悦的同时,往往最能放大和释放自己的情绪。

　　宋彩珍和李德广也来了,每人捧着一大束鲜花来为关青山祝寿。他俩在八楼参加完秦东商界联谊会筹备会后就到这里来了。两人向关青山恭贺后,李德广笑着说:"开元酒店这边条件比我们银花宾馆条件好多了,只是在闹市区养老不够清静。"张洛朴说:"我正在筹备,准备在秦河边上建园林式酒店,建成后关老壮士可以住到那里去。"丁燕红笑着说:"你说话可得算数。"张洛朴反讥说:"看来你已经提前当起了古府大管家,老古还没说话你就管上了。"丁燕红毫不客气地打了张洛朴一拳。宋彩珍捅了一下卫三乐,关切地小声问:"你的策划成功了?"卫三乐摸了摸下巴,笑吟吟地大声说:"老卫啥时候放过空炮!"说完看了一眼古济宁。古济宁竟是一脸的不高兴,他在想肖冰冰人在哪儿呢?这么多祝寿的人都来了,她怎么还连个影儿也没见!

　　原秀山胸前挂着相机来了,肖冰冰紧跟在后面。原秀山脸上绽放着异常兴奋的光彩,微笑着说:"来得早不如来得巧,各路贺寿的诸侯都到了,我正好赶上照相。冰冰你来安排布局,我来拍照。"肖冰冰脸色潮红,刚才的浪漫和疯劲儿尚未退尽,她把一束鲜花送到关青山手上,说:"关老,这是原站长送给您老人家的。"然后回头说:"我刚才去安排寿宴,来晚了。"显然这是说给古济宁听的。古济宁一眼就看出她是在撒谎。原秀山镜头对着关青山,说:"先给老寿星拍张纪念照,关壮士站好啦。"他刚要按下快门,突然停下问:"冰冰,这绸褂是你买的吧?

怎么把老壮士打扮成了老华侨？身上少了些豪迈和英雄气概，拍不出老英雄的精气神来。"肖冰冰看着关青山极不自然的站姿和有点滑稽的表情，禁不住掩嘴笑了起来，忙说："这衣服不是我买的，肯定是王莲英大姐买的，也肯定是她让您穿上的，关老对不对？"关青山阴沉了好长时间的脸上立刻又挂满了笑容，像孩子似的说："对啦，说对啦，是莲英这孩子买的，刚刚给我换上。穿上这衣服挺合身，也喜庆。"其实他并不想穿这从未穿过的衣服，觉得怪怪的，有些不自在，只是想替王莲英说几句好话。老人的举动古济宁看在眼里，老人的想法也猜出了八九分，古济宁轻轻地摇了摇头又点了点头。关青山向来不喜欢照相，《秦东日报》宣传他时为了照相还费了不少周折哩，这会儿他却像孩子似的催着说："照吧，照吧，我穿衣戴帽都听莲英的，她说好肯定差不了。"说完咧着嘴笑了笑。张洛朴笑着说："原大记者是省内著名的摄影家，论照相得听他的才行呀。"关青山无所适从地看了看脸色平静的古济宁和一脸不高兴的丁燕红，脸上的笑容瞬间消失，嘴角微微抽搐着。古济宁说："随老人的便吧，原站长你就摄张绸褂照吧，然后再按你的要求多摄几张生日照。"关青山像孩子似的开心地笑着照了张"老华侨"照，接着在大家的说笑声中任由原秀山导演和肖冰冰摆布，一连拍了好几张生日照，可是竟没有一张笑得真诚、自然和灿烂，有的笑得有些扭捏，有的笑得有些勉强，有的笑得有些做作，有的似笑非笑，始终没有拍出原秀山想要的老军人的风采和气概来。拍完后原秀山直摇头，心想不就是说了句"老华侨"，至于这样吗？等在寿宴上调适老人的心情后，再拍几张满意的照片吧。

　　寿宴马上就要开始了，原秀山拿出一份稿子来，对古济宁说："古总，这是我写的一份关于开元大厦建设的通讯稿，请你过目。我想在省报上宣传一下，总编已经答应在头版发表。"古济宁说："谢谢原站长的好意，宣传就不必了，再说这个项目在全省也算不上什么。"原秀山说："宣传还是需要的，吴芳市长早就同意了，这是秦东打开招商引资局面的重要项目，亮点不少，启迪颇多，在全省有很大的宣传价值。写这篇长篇通讯，我蓄意已久，也下了不少功夫，只是对你的采访还有些不够，你总是推三阻四的。低调点好，可是也得考虑一下社会影响的需要，也得照顾一下我这个记者的情绪吧。"古济宁笑了，说："好，我看后把稿子还给你。我有啥好采访的？你经常和肖冰冰在一起，我的想法和所作所为她是再清楚不过了。"原秀山微微一笑，看来他和肖冰冰过分亲密的来往古济宁是知底的。这个寡言而又儒雅的企业家，其实挺精明，也挺细心。只是这个向来内敛沉稳的企业家，今天怎么显得有些异样，始终和丁燕红站在一起，紧紧地挨着，还时不时亲昵地说着什么。丁燕红一声没吭，很快看出了原秀山脸上的疑惑，笑着说："原大记者，寿宴结束后请你给我和老古摄张合影留念。"原秀山先是一怔，接着高兴地合起了双手,想说却没有说出来,有点怕理解错了。卫三乐看着向来爽直的原秀山竟一反常态,立即猜透了他的心思,笑着说:"定情照,要拍,要拍好,留作永久的纪念。"张洛朴也凑了上来,说:"还要给我们这些月老和红娘摄影留存,今天这宴会既是寿宴也是喜宴,要皆大欢喜。"后面来的几个人一下子都知道了今天对古济宁和丁燕红来说是个不寻常的日子,纷纷表示了祝贺。古济宁说:"今天是寿宴,要让关老高高兴兴地过好八十五岁大寿。"卫三乐说:"定情喜宴后面补办,我和我家店主来操办。"他生怕张洛朴再抢了风头,急忙表了态。宋彩珍也急忙附和了丈夫。文佳高兴地说:"这样安排再妥善不过了,主题明确,我们还可以享用两次美餐,也可以体验一下新桃花源酒家的别样风味,说不定小丁灵感来了,还能吟出好诗呢。"高玉说:"燕红姐一定会像曹植一样,当场吟出好诗,说不定会成为千古绝唱呢。"丁燕红笑而不语,一脸的兴奋和自信。关青山听了办喜宴的事,脸又沉下了,眉头紧皱,斜看一眼丁燕红后竟闭上了眼睛。关立峰走近问:"三叔,您哪里不舒服吗?"关青山摇摇头。李德广说:"老人家向来身体很好,没灾没病的。"他也有些纳闷,这个向来笑呵呵天真得像个孩子似的老人好像也有啥心事。

## 第三十八章

江伟今天特别兴奋,上午他刚刚在秦东高新区主持开完市委二届三次全委扩大会的总结会。他没有想到这种开市委全委扩大会议的形式,得到了与会人员的充分肯定,而且收到了意想不到的效果。这次市委全委扩大会,除了全体市委委员外,市直各部门的一把手也参加了会议。会议主要是观摩各县(市、区)招商引资工作的进展情况。会议的开法是以看为主,每到一地都要看招商引资项目,有的到生产车间看,有的到建设工地看,还重点看了已建成的工业园区和正在建设的工业园区。基本不听汇报,各方面的情况都是在观摩的过程中介绍的。一天走三个县(市、区),一连四天,包括最后到的秦东高新区共观摩了十二个地方。今天上午在秦东高新区对全委扩大会做了总结。总结会上,吴芳着重结合这次观摩,讲了全市招商引资工作的进展情况和存在的问题,并对搞好今后工作讲了几点意见。江伟最后讲话,充分肯定了全市的招商引资工作,重点表扬和不点名地批评了几个县(市、区)和市直部门,指出今后每年都要召开一次这样的全委扩大会,通过观摩,鼓励先进,鞭策后进,对不胜任此项工作的要采取组织措施,以强力推动全市的招商引资工作。江伟的讲话震动很大,大家深感本届市委特别是江伟书记对招商引资工作高度重视,也感到了肩上担子的沉重。谁都看得出来,今后头上的乌纱帽已和招商引资工作连在了一起。总结大会一结束,王志东就给江伟说,大家普遍反映这次全委扩大会开得好,他的讲话对大家触动很大,鼓舞很大,收到了超出预想的奇效。江伟趁着高兴,立即调整了工作日程,说要马上出发检查防汛工作,让王志东做些安排。

其实,让江伟高兴的不只是改变会风后全委扩大会的效果奇佳,更重要的是找到了一条如何与吴芳共事的路子。吴芳先于江伟到秦东市任职,她到职后不久就提出了以招商引资为突破口,推动秦东经济发展的战略构想,并很快就付诸实施。江伟到秦东任职后,通过深入调研感到吴芳的想法是正确的,就给予了不少支持。随着招商引资工作的不断推进,吴芳在秦东的威望与日俱增,风头大有压倒书记的可能,这让江伟心里有一股说不出的味道。江伟一度想用抓项目建设来替代抓招商引资,这样似乎更全面,但没有抓招商引资的提法重点突出。后来又想以更高层次更响亮的提法来冲淡招商引资,比如突出强调以民为本,关注民生等。经过长时间的思考,江伟终于想明白了,只需强化自己作为导演的色彩,让吴芳回归演员的角色,就可扭转这种被动局面。江伟心中有了数,把观摩招商引资工作纳入了市委全委会议的重要内容,想每年搞一次,形成党委抓招商引资的格局,时间一长就会显现出奇特的政治效应。

王志东很快就安排好了江伟检查防汛的事宜,这是半月前就定了的事情,今天因为在高新区刚开完会,就先检查地处高新区的西门屯。一年多来王志东已完全摸透了江伟,像这类事情即便是临时决定,也会安排得滴水不漏,恰到好处,让江伟满意。熊东来是市委常委、副市长,前不久因分管防汛工作的副市长去中央党校学习,他临时接管了防汛工作,被王志东叫来陪江伟检查防汛。熊东来一来,就冲着江伟说:"江书记,一连开了四天会,也不给人留点时间处理日常事务,再说检查防汛也得提前给有关方面通知呀。"江伟看着直率的熊东来,笑着直言:"你要实在太忙,就不去了。不过检查防汛也用不着通知下面,我想来去自由,更想看看真实的情况。"熊东来笑着说:"我有多忙,再忙也要陪书记检查防汛,这是当前的大事。不通知下面,直接去看,这样最好,省得听下面又长又夸张又蒙人的汇报,也省得跟上一大群摇旗呐喊不起啥作用的陪同队伍。"跟在熊东来后面的市水利局局长白才清和秦东高新区管委会主任郭梦龙,都听得笑了。王志东和冯少平看着敢如此敞开口和市委书记说话的熊东来,都多少有些惊讶,也有些不习惯。几个人都要全程陪江伟检查防汛,只有郭梦龙仅陪江伟检查西门屯的防汛工作。

郭梦龙的车在前边带路,一行人先来到秦河防洪大堤与外市的交界处。江伟边走边看边问,郭梦龙学过水利,在杏水县又搞过多年防汛,对这方面的情况了如指掌。尽管他平时不大喜欢说话,这时却是有问必答,回答得相当细致和专业,把个市水利局长白才清晾在了一边。江伟听着听着眉头紧皱,摇了摇头说:"看来,这里堤坝的防洪标准实在是太低了。如今高新区已成为全市高新产业的聚集区,是全市经济发展的重要引擎,要确保汛期不出问题。这样的防洪标准,实在让人揪心。"白才清忙说:"这里是按防十年一遇的防洪标准修的大堤,标准的确是太低了。"他抓住机会继续说:"这么多年秦河由于行洪不畅,淤沙抬高了河床,实际上已达不到防十年一遇的洪水标准了,这里的防汛形势已空前严峻。"

他脸色冷峻，似乎洪水马上就要来了似的。熊东来直戳戳地问："为什么不提高防洪标准？"郭梦龙说："加高加宽堤坝需要大量资金，咱们是个穷市呀。"熊东来不以为然地说："再穷也要想办法拿出些资金修坝，不能等洪水破了堤，死了人，遭了灾，才想起应拿钱修堤坝的事。"他较真的劲儿上来了，说完了还紧紧地盯着郭梦龙。王志东看着熊东来，轻轻摇了摇头，心想大家都是陪书记检查防汛，跟着走就行了，说那么多干啥？再说钱的事是谁也难以解决的老大难问题。少顷，江伟微微笑着说："熊市长说得很好，再穷也得拿钱修堤坝。这样吧，才清同志你尽快拿个抢修防洪堤的预算方案，最近和我一起到省上去争取些资金，让市财政也设法调配些资金。如果资金有限，今年先把高新区这里的防洪标准提高一下。"郭梦龙微笑着直点头。王志东没想到刚开始检查，江伟就在老大难问题上表了态，按常规领导都是在最后才说钱这类硬事。熊东来说："这样吧，我也到国家水利部门跑一跑，争取些防汛资金，部里我有几个熟人。"王志东看到江伟微笑的脸上掠过一丝难得一见的神情，心想这个熊东来怎么能抢书记的风头，过后再提此事不是更好吗？江伟淡淡一笑，说："好啊，熊市长出马在北京做些工作，防汛的资金问题就好解决了。"说完就沿着防洪大堤继续往前走，冯少平急忙上前问："江书记，让司机把车开过来吧？"江伟头也不回地说："不用，走着看大堤吧。"冯少平感到江伟语气有些异样，就吩咐几辆小车跟在后面缓缓向前移动。

江伟谈笑自若地沿着防洪大堤往东走，白才清和郭梦龙陪在左右，不时回答着江伟的问话。紧跟在后面的王志东头上慢慢冒起了汗，没想到江伟越走越快，既然如此还不如坐上车。走不多远熊东来肥胖的身躯已是大汗淋漓，他力图跟上江伟，还是慢慢地落在了后面。冯少平跟着熊东来不紧不慢地走着，想和他聊上几句，却一时想不到话题，再看他狼狈的样子，就不想再说什么了。恍然间冯少平觉得熊东来似乎和自己一样，也只是个随员而已，需要紧跟主要领导，若一时跟得不紧，同样会被抛在后边，主要领导似乎并不在乎。江伟走了好长一段后方停下脚步，指着不远处的一个村子问："那个村子是西门屯吧？"郭梦龙说："那就是西门屯。"江伟说："村子绿树环绕，四周农田连片，环境挺美，只可惜离秦河太近了。"白才清说："西门屯是全市唯一处在秦河防洪大堤内的村庄，这个村是明代移民大搬迁形成的。据说是从山西大槐树底下迁来的，所以村子里栽的槐树特别多，百年以上的大槐树就有二十多棵。"郭梦龙说："大槐树在大汛时就变成了救命树，这就像我在杏水县修的避水楼台一样，大水来时就能上到高处避水。"说到避水楼台他一脸的自豪，那是他的一大创造，也是他主政杏水时的一大政绩。熊东来赶了上来，站定后依然喘着粗气。白才清看了一眼熊东来，指着西门屯说："西门屯那一块地势高出周围许多，比这里的防洪大堤略低一些，发大水时西门屯就成了一个孤岛,不光严重影响着村民的正常生活,还严重威胁着村民的生命财产安全,是全市防汛的重点之一,也是高新区防汛的焦点。"熊东来喘息未定,以手遮阳仔细地看着这个建在河床中的村庄,感到了防汛的压力,突然问:"为什么不把西门屯搬迁到安全地带呢?"白才清说:"这已经说了好多年,一是缺钱,二是村民不愿搬,难度很大,也很复杂。"熊东来刚要说什么,江伟开了腔:"老郭,你们对西门屯今年防汛有啥安排?"郭梦龙说:"西门屯今年度汛,我们制订了防、抢、撤三套方案,防汛器材、物料的准备比往年都要充分,还准备搞一次防汛演练,以确保大汛不死人,把财产损失降到最低……"熊东来说:"还得有长远的设想,要设法把这个村子整体搬迁出来。"郭梦龙看了一眼熊东来,略停了停,对江伟说:"江书记,我想在西门屯建一批避水楼台,这样花钱少,见效快,老百姓也容易接受。"白才清说:"市防汛指挥部已批准了高新区今年的度汛方案,但如果遇到特大汛情,村子里的救命大槐树恐怕作用有限,这实在令人担心。"他没有正面反对建避水楼台,委婉地把自己的意见表达了出来。江伟听了轻轻点点头。熊东来皱了皱眉头,两眼瞪着白才清,很不高兴地说:"有话直说,为啥要绕来绕去?既然发大水大槐树作用有限,就是修了避水楼台,也解决不了根本问题,是吗?"白才清脸"唰"一下红了,既然熊东来把话挑明了,索性直截了当地说:"如遇大汛,村民即使撤到避水楼台上,只是一时逃得了性命,还得设法组织撤离,既危险,代价也高,不能从根本上解决问题。"

王志东问:"江书记,要不要到西门屯去看看?"熊东来说:"还用进村去看吗?这不秃子头上的虱——明摆着,一个偌大的村子横在河滩里,一旦有大洪水,不管三七二十一先撤再说。"江伟看了一眼熊东来,心想去不去看需要我表态,你怎么连这常识也不顾了?江伟却笑着说:"京官说去不去无所谓,我们今天就不去西门屯了。"他环视左右,果断地说:"西门屯的防汛,高新区要作为今后一段工作的重中之重,要依据汛情认真落实好防抢撤三套方案,底线是不能死一个人。关于今后怎么办?水利局和高新区要认真研究,由才清同志牵头,在充分听取专家意见和论证的基础上,尽快拿出一个方案来,然后报市政府常务会议研究决定。要从长远考虑,从根本上解决好西门屯的防汛问题。"

江伟看看表,说:"时间还早,我们接着检查吧。"郭梦龙说:"中午饭我们已经安排好了,吃过饭再检查吧。"王志东说:"原来准备去西门屯,让你安排中午饭,现在行程做了调整,就免了吧。"他回头看着江伟说:"现在去检查柳河水库区的防汛吧。"江伟说:"好,抓紧时间。"

江伟一行穿过市区,沿着柳河来到了柳河川源区的第一村灰堆村。这个传说因秦始皇在此焚书而得名的村子,竟如此的普通,村子呈台阶式布局,最低处和柳河滩差不多在一个高程上,然后背靠长寿塬逐渐抬高了三层。如今这个村成了市上防汛的重点之一,说具体点是村子最下边的一层住户成了防汛的重点。如果说柳河水库是高悬在秦东市区头上的一大盆水,这盆水一旦倾覆,首先遭殃的是灰堆村,是灰堆村最底层的住户。最底层是饱经历史沧桑的老村,上边的三层是后来逐步新建和搬迁的新户。很明显由于政府多年的动员和组织底层住户搬迁,灰堆村的老村已呈衰败之状,道路坑洼不平,房屋低矮破旧,有些已无人居住的院落,墙壁坍塌,荒草丛生。老村像年迈的老人一样,少了生气和活力,与上边三层新建的充满现代气息的村巷相比,落差实在太大了。然而由于老村的存在,江伟一行才来到了这个名气很大却又不被关注的古老而又年轻的村子。江伟刚一下车,白才清就走过来介绍:"江书记,这里就是秦始皇焚书坑儒的地方。"王志东纠正说:"是焚书的地方,老村南边还有个焚书台。"白才清笑着说:"是秦始皇焚书的地方,村子因此叫灰堆村。焚书台其实是一片高地,早被洪水冲刷平了。"熊东来饶有兴趣地说:"灰堆村应该有灰烬的遗迹,规模不会小吧!"江伟笑了笑说:"两千多年了,恐怕早已灰飞烟灭,荡然无存了。"王志东说:"前几年还有专家来这里考证,想找到当年的灰烬遗存,最后连一把灰也没找到。"熊东来摇摇头,说:"那灰堆村已名不副实了,为啥不改个更响亮点儿的名字呢?"江伟说:"叫灰堆村不但能体现出深厚的历史积淀,内涵也比叫其他名字丰富得多。"王志东说:"说来也怪,这个村历史上文人辈出,但成就都不大;做官的也不少,但都官至七品休。据说是当年焚书后,村人拾到不少烧剩的残书、残竹简,所以后代人要么学识不全面,要么学识不精深。"白才清说:"更奇怪的是,凡来灰堆村凭吊过的文人学士都大有出息,大有成就,尤其是汉唐盛世的许多名家和显贵都曾来过这里。"熊东来抬了抬脚,笑着说:"这里的每一寸土地,说不定都让历史上的名人踩过,说不定汉武帝和唐太宗也踩过这里。"他向来说话实在,竟然也想象丰富起来。大家都听得笑了,冯少平还用力在地上踩了踩。王志东说:"近几年来,灰堆村涂上了越来越多的神秘色彩……"江伟接过话头,笑着说:"那何不把高中学生安排到这里转转,好多考些重点大学。"王志东也笑着说:"我要说的就是这事,现在市区的高中生都喜欢结队到这里游览,祈盼能考上个好大学。许多人还真的考上了名牌大学,现在被传得沸沸扬扬。"江伟环顾四周后认真地说:"这里自然风光独特,历史文化积淀深厚,是难得的旅游资源,要加以开发利用,把这里建设成秦东重要的休闲娱乐地。志东回头找旅游局长谈谈,让他尽快拿个方案。"王志东说:"好,现在到村里去看看吧。"熊东来说:"这里总体态势一目了然,把地处低处老村的村民搬迁到高处去不就结了。"他不想到村里去转悠,觉得太费时间。江伟好像没有听见似的,迈着沉稳的步伐缓缓向村里走去。其他人都迅速跟了

## 第三十八章

上去,熊东来愣了愣,也跟了上去。

江伟在村里看得很细,问得也很细。白才清对这里的情况十分了解,他紧跟江伟,有问必答。在问到剩下的村民为什么不积极往上搬迁时,白才清笑着说:"这里的村民不知道从啥时候起,特别讲究起了数字。村子里把老村以上逐渐新建的三个层次的民宅,依次叫一道巷、二道巷和三道巷,再往后搬迁的要上四道巷,村民忌讳四和死是谐音,所以再动员也没人愿意搬迁。"王志东说:"听赵崇敏说问题好像已经解决了呀。"白才清只是卖了个关子,接着说:"还是赵崇敏点子稠,他和村干部调研后决定在四道巷建村里的文化娱乐设施,最近又提出用来招商引资,准备发展农产品加工业。让老村剩下的村民搬到五道巷去,已经有了规划。"熊东来说:"这个赵崇敏不光点子稠,还挺能黏人,他黏着我非让我给他介绍投资商到柳河川塬区来,用这里的泉水搞凉茶加工。说已经弄到了正宗的灰堆村明清时独一无二的凉茶秘方,要打造西部饮料第一罐。"他脸露笑意,不加掩饰地夸起了赵崇敏。江伟微笑着点了点头,赵崇敏的确是一员干将,硬是在不太长的时间把秦河北工业园区搞出了眉目。江伟笑着把话题拉了回来:"才清呀,尽管这个有名的古村落没有什么文物遗存,防汛却不能马虎,动员村民搬迁到安全地带的事,你要和临秦区商量着抓紧进行。"

熊东来听江伟已明确做了指示,就转身准备往回走。江伟瞥了一眼熊东来,微微一笑,继续往前走去,他早已拿定主意,今天要走完这个充满神秘色彩的村子,尽管这个村子看起来和其他村子一样的普通。江伟正走着站了下来,皱着眉头看起了墙上的一条老标语。大家也停下看了起来,很快就笑声一片,熊东来的笑声最大,冯少平笑得弯起了腰。原来墙上写着:"一胎上环,二胎结扎,三胎电焊火补。"在大家的笑声中江伟摇了摇头。王志东笑着说:"标语串了,串得离谱了。前边的字在旧墙上,后面的'电焊火补'四个大字在新砌的屋墙上写着,是这家'电焊火补'门市部的招牌。"冯少平说:"字体也不一样,不过这完全可以写进今古奇观。"再往前走又出现一幅旧标语,虽然字迹有些斑驳脱落,仍依稀可辨。冯少平看江伟看得很认真,便念道:"逮着就扎,跑了就抓,上吊给绳,喝药给瓶。"大家听了没有一个人说话。熊东来沉吟片刻说:"这个村子好像上演过恐怖片,让人觉得阴森森的。"王志东说:"灰堆村曾是全市、全省计划生育的先进村,市县乡曾多次在这里召开过计划生育现场会。"江伟说:"你当过市计生委主任,对这里的情况比较了解,这些标语该不会是你拟的吧?"王志东从江伟的表情和说话的口气中,已经清楚了江伟的想法,笑着说:"这些标语都是基层拟的,还有什么'该扎不扎,房倒屋塌;该流不流,扒房牵牛''宁添十座坟,不添一个人''宁可血流成河,不准超生一个',有些已不大记得清了。"熊东来说:"看来,计划生育先进村的标语还算委婉温和一些。"他的大实话中明显暗含讥讽。江伟思之良久,说:"计划生育是一项基本国策,需坚决地贯彻执行,但这些冷漠、强制甚至有恐吓意味的标语口号,容易激起群众的反感和抵触,也容易引发矛盾和纠纷。应该从群众的视角出发,搞些体现人文关怀,具有人性化的标语,使计划生育宣传效果更好,更能融入百姓生活。"王志东说:"听说国家计生委已经察觉了部分'暴力'标语的副作用,正在研讨如何解决这方面的问题。"熊东来说:"我是个独身主义者。我认为计划生育随着经济社会的发展,情况会变得越来越好,当然不会都像我一样,那就成了巨大的社会灾难。"他坦然地笑了笑:"这些恐吓式的计生标语肯定是短命的,物极必反,这是规律。也许有一天,我们会发现如果人口不断减少,不光这类离谱的标语,就是人性化的标语也要再调整。"大家听了都觉得他说得有道理,也很直率,但不该直率到竟指向书记刚刚提出的人性化标语。江伟说:"熊市长说得太好了,太深刻了,也想得长远。"他觉得这位往往坦率得有些直白和浅薄,耿直得有些任性和粗鲁,也常常让别人不悦甚至难堪的副手,不光敢言其实还挺有思想。江伟说:"看来,在村里转转还挺有趣,挺有收获。不过'四道巷'那里我们就不去了,没有防汛任务,也避讳一下四嘛。"大家齐声笑了。江伟也笑了,说:"检查完老村,再顺便到焚书台那儿看看地形,别人该不会说我们是游山玩水吧!"大家又笑。熊东来没有笑,说:"王秘书长,你看都啥时候了,总不能让大家饿着肚皮吧。"王志东说:"检查完灰堆村,我们就回城吃饭,我已经给市政府招待所的文晓风所长打过电话了。"

所谓的"焚书台",灰堆村因此得名的地方,其实只是柳河河畔一块略高出河床的高地。如今这块高地已被洪水冲刷得像春蚕咬过的桑叶,有些凸了出来,有些凹了进去,从垮塌处看全是黄土和沙石,丝毫没有灰烬的颜色,一把灰烬也找不到。大家都感到索然无味,很是失望。江伟却饶有兴致,不光看得认真仔细,还不时用手比画着说着,似乎在竭力还原着当年焚烧竹简可能的情况和细节。然后他肃然站立,似乎在凭吊已经逝去的历史和随风飘去的烟尘。没有人打扰书记的遐思,都在静静地等着。突然江伟望着远方说:"少平,给你出个题目,如何通过恢复焚书台,把灰堆村打造成旅游景点,同时还要解决好这里的防汛问题,推进这里的招商引资工作。当然文章可以生发开去,范围写得更大一些。"冯少平一时没有反应过来,连忙说:"好,回头我写一篇调研报告。"王志东先是一愣,接着笑着说:"这是一篇大文章,文章做得好,说不定江书记会让你来实施。"熊东来看了一眼王志东,说:"你干脆说提拔他来当临秦区的副书记或副区长嘛。"说罢大笑,大家也笑了。江伟却不动声色。

熊东来看看表,说:"这下该回去吃饭了吧。"江伟问:"能不能就近简单吃点饭?"冯少平看了一眼王志东,说:"这附近有不少农家乐饭店,有的很有特色,可以选一家吃中午饭。"王志东说:"好,好啊,就去农家乐吃中午饭。"江伟笑着说:"也好让熊市长品尝一下秦东农家乐饭菜的风味嘛,也许还能给京官留下深刻的印象,将来回味无穷呢。"熊东来开心地说:"好,就近,方便,也接地气。"

　　离开灰堆村,几辆小车沿着一条刚刚改造过的公路向柳河水库方向开去。公路两边庄稼茂密,瓜菜连片,鸡鸣狗吠,柳河贴着公路蜿蜒向市区流去,一派田园风光,美不胜收。白才清的小车在一家农家乐饭店的门前戛然而停,江伟和熊东来的小车也跟着停了下来。江伟下车后缓步前行,刚走了几步就被这里的粗犷、古朴、原生态的风貌和韵味吸引住了,情不自禁地停下脚步,兴致盎然地端详起了这家农家乐饭店的外部形象。圆木搭建的颇有秦风汉韵的门楼,未剥皮的木料呈灰褐色,给人以沧桑和厚重感。门楼上插着五彩旗子,旗子不大,平添了不少洒脱和活泼。门楼正中上方挂着一个横匾,上面刻着"锦绣源山庄"四个字,字写得令人难以恭维,涂的金粉也有些脱落,似乎更显乡间情趣,依然引人注目。门楼两边乃至整个院落的围墙用竹子编成,围墙外是长满庄稼和蔬果的农田。熊东来跟在江伟后面,不断地擦着汗水,却也兴致勃勃。江伟笑着说:"熊市长到这里定是一番别样的感受和情趣呀,单是大门两边这副对联就够有意思的。"熊东来擦了一把汗,看着对联大声念道:"大块吃肉大碗喝酒,大吃大喝大摇大摆。"接着又念了一遍,摇着头说:"我不懂音律,好像也品不出这副对联的高明之处。"看江伟兴致如此之高,几个人都认真地琢磨起了对联。王志东说:"让少平改一改,必能生辉不少。"他自忖猜透了江伟的心思,便想让冯少平展露一下才华。冯少平脸一红,先顺着书记的意思说:"这副对联的确挺有意思。"他看了一眼王志东:"如果真的要改,可以给上联后面添上'胜过梁山好汉',给下联添上'强似活佛济公',不过也顾不得音韵平仄了。"熊东来又大声念道:"大块吃肉大碗喝酒胜过梁山好汉,大吃大喝大摇大摆强似活佛济公。好,好像生动形象了许多。"王志东和白才清也连着说好。江伟微微一笑,说:"这样一改,文人学士的味道倒是浓了,可是与这里的整体环境却不协调了。这个酒店营造的是古朴中有些粗犷,原生态中多点野性,配上这副不大讲对仗平仄的对联可以加重这种氛围,令人在这里能享受一种无拘无束、了无挂碍,甚至是放浪不羁带来的轻松和愉悦,可以换心境,调情趣,得以充分的休憩,享受别样的闲适。"熊东来说:"是得这样,来这里吃饭就啥都别想了,也不要讲究什么礼仪,不要分贵贱尊卑,就痛痛快快地吃,痛痛快快地喝。对联还是原汁原味的好,别再画蛇添足了。"冯少平脸涨得通红,心想今天算是演砸了,看了看江伟和王志东,心里又踏实了起来,小露了一下才华,也许有些多此一举,但对前程并无大碍。

王志东转了大半圈,选定了院落里一个雅间。雅间独处院落的西北角,地势略高,像间亭子一样,用木料和竹子搭成,四周透风,隔着竹帘可以看到院落外边的农田和正在耕作的村民。江伟非常满意,大家都很高兴。刚刚坐定,只见几个人端着碗盆走了进来。为首的是钱升,一进来就说:"江书记、熊市长,你们一来到这里我就看见了。我们三个先送几样野味过来,请各位领导品尝品尝。"跟在钱升后面的是高大魁梧的邱德布和瘦小精干的汪达其。三个人把端来的野味摆好后,钱升指着碗盆介绍说:"这一盆是野兔肉,这一盆是野鸭肉,这一碗是难得弄到的獾肉,这一碗是极佳补品野生甲鱼肉。全是柳河川塬区上好的野味,请各位领导品尝。"熊东来用审视的眼光看着钱升,问:"都是地道的野味吗?"正在兴头上的钱升愣了一下,笑着说:"地道,绝对是地地道道的野味,是汪总这几天带着人在附近的山里和双泉沟里弄到的。噢,我还忘了向各位领导介绍汪总哩。"他拍着汪达其瘦削的肩膀做了介绍。邱德布补充说:"汪总不光是省内知名的企业家,还是个大孝子,他是带着人专门到这里来给老父亲搞野味吃的。没想到老爷子如今信佛又信道,今年春节过后就什么肉都不吃了,说啥都不肯享用这些野味,汪总就邀我俩来这里尝鲜。这是汪总用来孝敬老父亲的野味,肯定不会以假充真。刚好江书记、熊市长也来了,就与民同乐,放心享用吧,这也是天意呀!"说完爽朗地笑了。这时冯少平从小车上拿来了一箱酒圣酒,给了向来豪爽洒脱的邱德布两瓶,笑着说:"邱主席,这酒是酒圣酒厂的姜小军厂长上午刚送的,肯定是地地道道的酒圣酒,就请你们品尝品尝。"王志东问:"是不是这家农家乐的野味做得好,你们才从城里赶来的?"钱升说:"你说得对,这是市区锦绣源酒店前不久新开的连锁店,突出野味,要称霸柳河川塬区。听说这家酒店和桃花源酒家较上了劲,还要在秦河畔搞个锦绣源渔村呢!不过这只是一方面的原因,更重要的是邱主席拉着我来会一位道家朋友,结果今天人没见上。"邱德布说:"这位道长名叫薛乙,是位奇人,和我一样喜爱书法,竟成至交。钱局长说这里发展旅游业,离不开薛乙道长的帮忙,也想会会这位道长。"王志东忙对钱升说:"江书记刚才检查防汛时,还提出要钱局长围绕灰堆村的资源,把这个旅游景点搞起来。回头咱俩再细谈。不过道长能给发展旅游业帮上忙吗?"钱升说:"道长当然能给这里发展旅游业帮上忙。去年秋季我到欧洲转了一圈,许多著名的旅游景点都有教堂,有的景点是以教堂为主包装起来的。所以我几次来柳河川塬区调研,觉得六泉寺已成气候,来这里朝拜和旅游的人越来越多,如果道教能像佛教一样对等地发展起来,这里将形成佛道两旺的局面,产生独特的魅力。再搞上些别的旅游设施,加上这里特有的地形地貌和自然风光,就能把柳河川塬区打造成别具一格的旅游休闲胜地,成为秦东发展旅游业的重要一极。"说到这里,他看了看凝神静听的江伟,接着说:"薛乙道长还真是宗教界的一个奇人,他一心想恢复重修与六泉寺相隔不远处的道教双泉观,四处奔走,到处化缘,十分执着。一旦双泉观得以恢复重修,岂不是给我们发展旅游业帮了忙。当然帮忙是互相的,我最近正在帮薛乙道长搞双泉观恢复和发展的规划,初步方案已经出来了……"钱升说得异常兴奋,拼命抓住这个在市委书记面前表现的机会,要不是邱德布拉他的衣角,还会接着说下去。汪达其静静地站着,他的目的很简单,只要书记今天能认识他就心满意足了。钱升很不情愿地收住了表现欲,笑着说:"各位领导慢慢用餐,我们先走了。"邱德布和汪达其跟着钱升一起离开了。

熊东来看了看摆在桌上的野味,问:"这家饭店还有啥特色菜?"站在边上的服务员拿着菜谱走了过来,王志东接过菜谱翻了翻,说:"这农家乐饭店菜品还挺多,江书记你想吃点啥菜?"熊东来从王志东手中拿过菜谱刚要翻,白才清说:"这家饭店最大的特色是狗肉做得好,经常有省城的人专门赶来吃狗肉。不过狗肉是大盆上,不够文雅。"熊东来啪地放下菜谱,说:"狗肉好哇,要吃就吃城里没有的特色菜。"王志东看了看江伟。江伟微笑着说:"好,今天就大盆吃一次狗肉和野味,别的菜就不点了,主食上些烧饼和馒头就可以了。让大城市来的熊市长品尝一下乡间百姓饭菜的别样风味,体验一下农家乐独特的浪漫情怀,也享受一下田园风光营造的难得的幽静舒适。"熊东来说:"江书记说得好,到哪山唱哪歌,今天就别讲什么礼节,越畅快越好,就要落实门口的对联,要大碗喝酒,大块吃肉,还有大什么来着?"大家都笑了,没有人接下文。狗肉很快就端上来了,挺大的粗瓷盆,肉堆得满满的,不是刀切的,是手撕的。中间一大盆狗肉,四周是几样野味,让别样的风情迅速弥漫开来,让这些惯常在城市宾馆饭店吃饭的人,倍感新奇和刺激,又兴奋又激动。服务员给每人倒了一杯酒,并没有用碗,更别说是大碗,这让熊东来多少有些失望,却没有再说啥,他清楚以自己的酒量不宜主动提出动碗。王志东说:"江书记说这里的对联有情趣,大家先共同干一杯酒,然后随便大块吃肉,大碗喝酒吧。"大家都笑着举杯先和江伟碰了杯,然后互相碰了杯,一场让熊东来久久难以忘怀的午餐开始了。

钱升又来了,后面跟着汪达其。钱升酒喝得满脸通红,进来后直趋江伟,说:"江书记,我和汪达其老总给您敬酒来了。邱德布非要大碗喝酒不可,说是对联上都写了,是这里的规矩。后来用小碗喝,没喝几碗就说话结巴,站都站不起来了。""谁说我站不起来了?"邱德布跟跄着走了进来,端着一个小黑碗,走到江伟跟前推了一把钱升,钱升没动他却差点摔倒。邱德布挣扎着站直后说:"钱副局长,你是副处,我是正处,给江书记敬酒应该由我先来,对吧?这是官场上的规矩。我这个文联主席虽然没权没钱没势没地位,开重要会议没有我,开一般会议坐在后排,但还是正处级嘛!"他说话一点也不结巴,把胸中的块垒直吐了出来。王志东生怕邱德布再说出不得体的话,忙给尴尬无奈的钱升使了个眼色,钱升退到了一边。邱德布看了一下酒碗,不好意思地笑着说:"酒洒完了,来给我添满,实实在在的,我要敬江书记。"江伟端起酒杯说:"给我也添满,我就喜欢实实在在的,我也敬邱主席。"说完站起来碰了一下邱德布的酒碗一饮而尽。江伟知道邱德布豪放不羁的性格,也欣赏他的书法。秦东人都知道江伟喜欢书法,书法小有名气的人都千方百计和他建立私人关系,唯独不见邱德布。没想到邱德布今天特意来给他敬酒,还如此豪爽。邱德布给江伟敬完酒刚走几步,又回过头对着酒桌上的其他人说:"对不住各位了,恕难再敬。"说完就转身掀帘子,连掀几次才踉跄着走了出去。原以为打着鼾的邱德布已经酒醉睡着了,谁知他竟赶着来抢先给江伟敬了酒,还出言不逊,让钱升敬酒的兴致大减,想好的祝酒词也忘了。他给江伟敬酒后给其他人每人也敬了杯酒,然后就离开了,似乎也忘掉了跟着他的汪达其。汪达其彬彬有礼地给江伟和其他人分别敬了酒,江伟还问了些企业经营上的事。熊东来笑着对汪达其说:"汪总送的野味太有诱惑力了,我回北京时能不能给弄几只野兔?"汪达其说:"没问题,你回北京时提前一天告诉我,我一定给你打几只野兔。你的手机号是多少,让我记下来。"大家都笑了。熊东来先是一笑,看汪达其一副认真的样子,便把手机号说了出来。

江伟和大家痛痛快快又匆匆忙忙地吃完饭,就驱车直至双泉沟。这里有几处塬坡去年就出现了滑坡的危险,塬坡下散居着不少人家,成了汛期的一大隐患。车停在沟口,江伟一行沿着一条小路向沟内走去。这道沟因有两股泉水,故名双泉沟。沟内树木茂密,野花烂漫,双泉汇入的小溪缓缓流淌着。进沟走不多远,白才清指着半坡上林荫掩映处的房舍说:"那里有几户人家,旁边的塬体已现裂缝,专家建议把这几户人家搬迁到沟外去,临秦区还没有实施。"江伟说:"我们上去看看。"白才清在前带路,江伟紧随其后,大家沿着一条小路走了上去。这里住着三四户村民,家家大门虚掩,除了树上的蝉在鸣叫外,几乎没有任何声息。白才清走到第一家门前,敲了敲院门,然后推开虚掩的门走了进去。屋门里走出一个老太太,笑着问:"你们是来给辛老先生祝寿的吧?"白才清说:"我们是来检查防汛的,你们家在滑坡危险区,来看看情况。"老太太摊开双手说:"你们又来催,实在没办法呀,儿子儿媳去南方打工,孙子也带走了。辛老先生说我们家是'青壮进城去,老妪守家园'。家里只剩下我一个老婆子,咋个搬迁呀?再说也没钱呀。"熊东来说:"搬迁补助款不是拨下去了吗?下面的工作总是拖拖拉拉。"他差点要发脾气。这时辛友成和王莎莎也走出屋门,站在门口看着几位不速之客。江伟猛地看去,王莎莎简直就是年轻了的吴芳,他顿生疑惑却岔开话题问:"请问今天是哪位辛老先生过寿?"善言爱言的老太太兴趣上来了,说:"辛老先生是秦东有名的老中医呀,看病神着哩。去年就租住到我家,说是这里安静好写书,怕住在城里有人找,不是怕有人找他,他是医生不怕人找,是怕有人找市长的婆婆办事惹麻烦……"熊东来听糊涂了,侧着头说:"先打住,市长的婆婆是怎么回事?"王莎莎急忙走了过来,说:"我叫王莎莎,是吴芳的女儿。今天是辛清玉老先生过寿,辛清玉老先生想必都知道吧。"她已看出这些人是市上的领导,就先截住熊东来的话题,接着说:"请问你们是市上的领导吗?"王志东把一切都听清楚了,忙笑着给王莎莎介绍了江伟和其他几个人。辛友成一听来的是大官,赶忙返回屋子去了。冯少平悄悄给熊东来说了市长婆婆的有关情况,熊东来便不再说啥。

　　江伟这会儿犯了难。王志东一下就猜透了江伟的心思,不过也犯了难,是招呼江伟进屋去呢,还是就此离开呢? 真不该选这户人家进来了解情况。这时薛乙走了出来,边走边说:"听说秦东最大的官员来了,贫道有失远迎,还望恕罪。"他径直走到江伟跟前,弯腰拱手说:"以贫道的眼力,你是这里最大的官,贫道薛乙有礼了。"王志东赶忙介绍了江伟,接着又介绍了其他人,最后又做了自我介绍。薛乙一一施礼后对江伟说:"江书记,我知道你忙,也知道以我的身份没法去找你,没想到今天竟在这里见到了你,这绝非巧合,实乃天意。贫道向来不爱啰唆,我就直说了,请你支持一下恢复双泉观的事情。"白才清说:"薛道长,江书记今天来检查防汛,时间安排得很紧,你最好另找时间说这事吧。"薛乙瞪了一眼白才清,说:"也许我这一生只能见这一次这么大的官,我岂能违天意,丧失我道家在秦东发展的机会呢? 我本不想啰唆,却不能不多说了。"他十分动情地说了自己为恢复双泉观,风餐露宿四处化缘的往事,还说了找吴芳无果的苦闷,最后睁着一双泪眼执着地说:"不管领导支持不支持,贫道都要在有生之年把双泉观重修起来。"江伟听了薛乙的倾诉有些感动,听说吴芳没有把这当回事后心中更是有了主意,笑着说:"谁说领导不支持宗教事业,我们党有着一贯的明确的宗教政策呀。再说了,我刚才路过六泉寺,远远望去那里山门生辉,很有人气。如果能重修双泉观,柳河川塬区就会佛道并存,两教皆旺;也会成为奇特的旅游资源,有利于把柳河川塬区打造成秦东的旅游休闲胜地。所以说,薛道长为重修双泉观的奔波和努力应该得到支持呀。这样吧,市上庆祝新千年时铸了一口大钟,叫'秦东千禧钟',一直临时寄放在市文化馆里,就把这口大钟永久性放到重修后的双泉观吧。"王志东鼓掌说:"这是江书记对重修双泉观的支持,对秦东宗教事业的支持。钟的事由我来落实,这口钟定会成为将来新修双泉观的镇观之宝。"熊东来说:"薛道长,你真厉害,没费吹灰之力就从江书记手里弄了一口大钟,这可是吉祥物,也是摇钱树,什么民政部门、旅游部门都会冲着这口大钟来找你,有些企业也会来凑热闹,比你四处化缘至少能强一百倍。"大家听他说得如此直白都笑了,江伟却不动声色。薛乙大喜过望,面对江伟鞠躬说:"多谢江书记,多谢江书记。"他挺直身子后说:"贫道还有个请求,想请江书记题写'双泉观'观名,以壮道家声威。"江伟爽快地答应说:"好啊,但壮声威却谈不上。"王志东知道江伟虽酷爱书法,自从任秦东市委书记以后却极少题字,没想到江伟答应得如此爽快,忙说:"等江书记题好后,我安排专人给你送来。"薛乙不慌不忙地说:"里屋备有笔墨,请江书记里屋挥毫,留下墨宝再走。"江伟心中一喜,正好借此进去看看,说:"盛情难却,盛情实在难却呀。"他边说边迈步向里屋走去。薛乙紧走几步,跟着江伟进到里屋。大家也跟了进去。

　　进到里屋,迎面是间宽敞的厅房,里边坐着好些人正在聊天。薛乙大声说:"辛老先生,来贵人了,来贵人了!"里边的人都站了起来。薛乙指着辛清玉说:"江书记,这位是秦东名医辛清玉老先生。他是贫道的至交,医术超群,兼通道家养生,视富贵如粪土,从繁华的城市住到这穷僻处著书立说,堪称有道家风骨的亦俗亦道的奇人。"江伟看精神矍铄的辛清玉儒雅地行着拱手礼,也拱手说:"久仰辛老先生大名,幸得今日相见,祝您生日快乐,健康长寿。"辛清玉先是一怔,接着笑着说:"谢谢,谢谢江书记。"房主老太太说:"刚才我就以为他们是来给辛老先生祝寿呢。"王志东说:"顺便祝寿也是江书记和我们一行人的意愿和情意。"薛乙指着方玉桂正要介绍,王莎莎抢先对江伟说:"江叔,她是我祖母。"她拉住方玉桂的手。慈眉善目的方玉桂脸上挂满了笑容,张了张嘴却什么也没说。江伟摸着方玉桂的后背,亲热地笑着说:"伯母呀,见到您老人家真高兴,您老人家要多保重身体,也要照顾好辛老先生。"他看了看王莎莎:"莎莎也要常来这里,照顾好老祖母,帮辛老先生多做些事情。"他以知情者的亲密口气说完后,按着几位老人都坐了下来。薛乙指着刚坐下的汪诚说:"这位老者是省内知名企业家汪达其的老父亲,擅长种树务花,他信佛也信道,都极虔诚,是我和辛老先生的朋友。"汪诚抬抬身子,憨厚地笑着说:"佛家也好,道家也好,都是教人向善学好,都好,都好。"大家听得笑了。薛乙指着辛友成说:"这位是辛老先生的儿子辛友成,现在成了市区中药连锁店的大老板,生意做大了,善心也多了。"一直站着的辛友成弯弯腰,笑着说:"江书记好,大家好,请各位领导多多关照。"他的脸上堆着谄笑混杂着自负和张扬。辛清玉瞪了一眼辛友成,轻轻摇摇头。薛乙看了看门外,说:"还有两位也来了,你俩赶快进来吧。"话音刚落陆泉和"绳人哥"走了进来。薛乙笑着说:"你俩来得正好,快来见过江书记。"他指着陆泉说:"江书记,这位是六泉寺的和尚陆泉,是我的忘年交,更是佛界难得的青年才俊,精通佛家经典又深谙商家精髓,他经营六泉净水,赚得盆满钵满,整修了大殿,重建了山门,扩大了寺

## 第三十八章

院,让六泉寺香火更旺,信徒日增,远近闻名,游客如织,实乃佛门大幸,让贫道又喜又妒。"陆泉微微弯腰,轻声说:"薛道长过奖了,实不敢当。"他抬起头,接着说:"今天是辛老先生寿诞,慧泉法师让我携六泉寺僧众的敬仰之情来祝寿,得遇江书记,实乃佛门之幸,陆泉有礼了。"说罢双手合十,深深鞠了一躬。江伟笑着对陆泉说:"不必多礼。看来这里是佛道两家亲,僧俗共和谐嘛。"薛乙指着手捧一大束白色紫薇花的"绳人哥"说:"这位是当年鸿关泥石流灾难的幸存者,是辛老先生和方老太太的常客。今天刚好碰见江书记来这里检查防汛,足见此人福大命大,有造化,有造化。""绳人哥"怪怪地一笑,对辛老先生说:"我路过六泉寺给您折了些紫薇花,祝您老人家长命百岁!"说着将花放在了茶几上,这才对江伟说:"你是我见过的最大的官,听他们说你是检查防汛来了,如果那一年你也检查防汛的话,我的那些乡党就不会死得那样惨那样冤。"王志东说:"鸿关泥石流灾难已经过去四五年了,不堪回首呀!"他在为江伟解脱,尽管没有这种必要。江伟看"绳人哥"穿一身橘红色的衣服,上衣上印着"秦东环卫"几个字,笑着问:"你现在是环卫工人?""绳人哥"一下子来劲了,眼睛闪过一丝怪异的光芒,极度兴奋地说:"这是辛老先生和方老太太给我谋的差事,让我有饭吃有衣穿。一说到这事,我就想跳舞报答。"说着他就跳起舞来。看着他跳舞让人觉得很新奇,很刺激,甚至有些震撼,这是一个劫后余生之人的感恩之举,是心灵深处最真诚最朴实最不加掩饰的表达。跳完舞他喘息着站在一边,薛乙拍了拍他的肩,笑着走向一张大书桌。

薛乙很快备好了笔墨纸砚,其实文房四宝在这里是常备的,辛清玉和薛乙都喜爱书法,有时还邀邱德布来这里以墨会友,切磋书法。江伟走近书桌,拿起一支毛笔,蘸饱墨汁,若有所思地看了看冯少平压着的宣纸,稍顷,他运足气力挥笔写下了"双泉宫"三个大字,然后后退一步,站定后长出了一口气。大家连连称好。熊东来看了一眼薛乙,问:"不是叫双泉观吗?"薛乙说:"叫'双泉宫'更好,既有历史传承,又预示着要有新的发展。好,太好了,谢谢江书记。"辛清玉看了感叹说:"看来重修双泉宫指日可待,我和薛道长在双泉宫筹建养生馆和百草药园的事也有了着落,喜甚,幸甚。"江伟笑着说:"我还有事,就此告辞了。"江伟走出院门后对送行的房东老太太说:"老人家,住在这里汛期有滑坡危险,要积极搬迁呀。"薛乙说:"我们都在促成搬迁,辛老先生已经答应帮忙……"辛友成抢着说:"我拿些钱,小意思。"他摆出一副大款的模样。薛乙指着汪诚说:"老汪头也答应搬迁时资助些钱,他儿子汪达其就听老爸的。"汪诚憨厚地笑了笑。白才清对房东老太太说:"除了政府补助,还有好心人赞助,今天江书记又亲自来检查督促,你可要带头搬迁呀。"老太太一脸的认真,说:"我没问题,这事得儿子回来拿主意。"熊东来看了一眼有些失望的白才清,笑了笑说:"老人家你好实在,净说大实话。"薛乙说:"请放心,这家一定会成为第一个搬迁户,带个头。我想让老人家给双泉宫做邻居。"

白才清带路,一行人看过第一个滑坡体后,沿着两边长满野草花的小路继续向双泉沟深处走去,要去看一处更为严重的滑坡体,还有滑坡体上住着的几户人家。一路走去,竟看到了多处极其简陋且形状怪异的草棚房舍,有的用茅草或防雨棚布搭成,石桌石凳,相当原始;有的用青砖红瓦构建,柴扉竹墙,别具情趣。这些简陋怪异的建筑,有的在半坡上,有的在溪水边,有的在庄稼地旁,有的在林荫深处,草棚房舍的里里外外都有人在悠闲地活动着。熊东来看了十分惊讶和不解,指着一处茅草庵棚说:"江书记,没想到改革开放这么多年了,秦东市还有这么穷苦的人家,真让人不可思议,不敢置信。"白才清说:"熊市长,这你就有所不知了。这并非普通人家的住处,是一些现代隐士的居所。我多次来这里检查防汛,接触过一些隐士,了解一些情况。"江伟挺有兴趣地说:"现代隐士,这也算是一种新的社会现象。"白才清看江伟兴致盎然的样子,接着说:"这些现代隐士经历有别、身份各异、互不相识,但经常能听到他们相近或完全相同的表达。他们既想远离现代喧嚣,却又选择离城市最近的深沟隐居,到沟里来是为了到沟外去做事,他们最终理想是感恩图报社会。"江伟说:"也不能排除有些人是来这里休闲娱乐,调整身心。通过清风明月、茅棚蓑衣的隐者生活,求得自然文明与现代文明的平衡。随着经济社会的发展,休闲娱乐的生活方式会得到进一步的普及,以平衡快节奏的生活方式,这是辩证的,也是必然的。"白才清说:"是呀,许多隐士在这里抚琴练拳,品茗修心,过着神仙般的生活。他们不都是出家人,儒释道兼学,可能是受薛乙道长的影响吧,道家门徒偏多一些,在沟内也在沟外,有出沟多年的创业者,有隐居多年仍住沟内者,也有入沟不久的大学生,还有省城来的,在他们身上串联了传统隐士文化和快节奏的当代生活。"江伟突然把王志东叫到身边,说:"你回去问一下财政局长,在秦东市民休闲娱乐方面有啥考虑没有。"王志东嘴里答应着,心里却犯起了迷糊,竟一时不知道江伟的意图。冯少平说:"刚才王莎莎悄悄给我说,汪达其、辛友成出资已落实,加上薛乙多年筹的款,估计差不了多少。双泉观,不,双泉宫重修后,就会迅速带动柳河川塬区的旅游和休闲娱乐业的发展。"江伟笑着点点头。王志东不禁恍然大悟,看了一眼冯少平,这小子精明得很呀,简直就像书记肚子里的蛔虫,是该赶快提拔让这小子离开了。他有些自愧弗如的感觉,又有些莫名其妙的不快。不过江伟给他出的题也够难的,既要把领导的话转达得委婉得体,又明白无误;还要让财政局长把资金运作得合情合理,无可挑剔。

# 第三十八章

第二个滑坡体更为严重，江伟看得很细致，还走访了几户村民，最后给白才清下了死命令："今年主汛期将至，要下决心落实好双泉沟防滑坡的预案，工作要做细做实，落实到每一个人，包括沟内散居的隐士，要确保不因灾死亡一个人。对于搬迁的事要高度重视，不能只喊不落实，要尽快落实补助资金，市、区财政都要拿钱，两年内无论如何都要彻底解决双泉沟村民的搬迁问题。"熊东来说："我负责给临秦区委、区政府传达江书记的指示，要立军令状，出了问题要追究领导责任。"江伟看看表说："咱们得抓紧时间，该去柳河水库大坝了吧。"白才清指着一条沿坡而上的小路，说："走这条小路近多了，可直通柳河水库大坝，还可以顺便检查一下柳湖塔园的防汛护坡工程。"王志东看大家有些累，开着玩笑说："熊市长走平路都喘大气，你让他爬坡，走不动了你背他呀！"熊东来擦了一把汗，也开起了玩笑："就走这条小路，我爬不动了，你俩轮流着背，压不死，也压成残疾人。"说完他在大家的笑声中带头走向小路。冯少平赶紧走上前去，笑着说："上坡时我就推着熊市长，免得一次就致残两个人。"大家又笑了起来，疲劳似乎减轻不少。

大家踏着野草花，在绿树丛中，沿着沟间小路攀援而上，虽然累点，却别有番情趣。不多时就到了柳湖塔园的北侧中部，大家情不自禁地停了下来，边喘气，边欣赏起了眼前的奇景，柳湖塔园里竟如九天白云飘落到了这里，胜似春光里的千树万树梨花开，美过北国寒冬飘落的大雪。熊东来喘息未定，惊讶地说："这么大一片白色紫薇花海，我还是第一次看到，真美呀，美极了！"江伟感叹说："洁白高雅中透着虚幻和神秘，美妙中引人凝思和遐想。在这类似天国的地方，这大片的白紫薇无疑可以营造出一种特殊的气氛和意境。种此花的人，或者说这里的经营者，可谓匠心独具，思想深邃，必有过人之处。"白才清压低了声音说："不瞒江书记，这是曾任秦东地委书记的白子卫让栽的大片白紫薇。他常年在外工作，很少回家看望老母亲，老母亲念儿心切，就在家中院子里栽了一株白紫薇，取白子卫的谐音，老人观花如见子……"说到这里他看江伟脸色变了，就先停了下来。江伟不禁大窘，按官场的潜规则，后任领导一般是不评价前任领导的，何况白子卫是省内有名的被处以极刑的大贪官，更何况刚才竟做了比较正面的评价。王志东是白子卫从当时的行署带到地委又提拔起来的干部，对白子卫的感情相当复杂，看白才清没有把话说完，接着说："白子卫的母亲病故后，他顶住家人和亲戚的压力，坚持火化，并放置在柳湖塔园这个市区最早的公墓里。为了纪念亡母，让亡母每天能看见儿子，也让他能守护在母亲身边，白子卫让人从六泉寺和外地精选引种了一批白紫薇。如今这里的白紫薇园已成秦东一大景观，只是来这里赏花的人并不多，人们对极乐世界多少有些忌讳。"白才清看了一眼王志东,心想我话还没说完你就抢过去了,谁不知道你是白子卫的铁杆,笑着说:"我和白子卫是同村,我是大学毕业后分配到市水利局的。"他先生硬地撇清了和白子卫的关系后说:"我们村的人都说白子卫很孝顺,小时候家贫很可怜,工作后常年在外奔波,虽然公务繁忙,却不忘给母亲打电话,捎东西,嘘寒问暖,还经常给村里的长辈打电话。在母亲和乡人眼里,他是个好人加孝子。"王志东对白才清忙着撇清和白子卫的关系很是不屑,心想难道后来白子卫没关照你提拔你,听了他后面说的话却直点头。江伟已恢复常态,严肃地说:"白子卫能爬到那样的高度,说明他的确不是一般人,他还是有非常卓越的才干,曾经也是为人、品德很好的人,并且干出了很大的成绩,有突出的贡献,而这样高素质的人,怎么可能没有孝心呢?只是在这个过程中,堕落变质了,忘记了党性原则、党纪国法,没有了良心理性、操守人格,而变得利令智昏,陷入深渊,一失足成千古恨。"他心想,既然刚才说到了白子卫,就得说得更清楚一些。王志东听了江伟对白子卫的评价,绷紧的弦松了下来,略做思忖后说:"许多机关干部都不觉得白子卫十恶不赦、一无是处,他不分昼夜,不休节假日,常年忙工作,这些都给大家留下了深刻的印象。"熊东来听了直摇头,刚想呛王志东几句,白才清却接着说:"白子卫给村里修了路,打了井,办了不少好事,村民们都很感激。"熊东来憋了好久的气撒了出来,气呼呼地说:"贪官拿国家的钱给家乡办好事,给自己赢得好口碑,其实是很卑鄙的。"他略做停顿:"攫取国家和人民的不义之财来孝养父母,取之无道,那同样是不对的,怎么能与中国传统道德的标杆——'孝子'挂钩了呢?"他没提白子卫,也把题目放大了说。大家看着说完还有点气呼呼的熊东来,一时不知该说些什么才好。江伟本不想再说什么了,却不得不说,也不再提白子卫,心平气和地缓缓说:"孝道是中国的传统美德。虽然对父母孝顺是好事,但相对于对国家对人民的赤胆忠心、兢兢业业来,这种小家庭内的孝心只能是'小孝';而为国为民的忠才是'大孝'。古人说得好,'自古忠孝难两全',忠才是第一位的,有时候要懂得为忠而舍孝。现在条件下并不需要舍孝,忠孝基本上可以做到两全。而有些人相反舍忠而为孝,那就是本末倒置,完全不可取了。"他没有在贪官给家乡办事上说什么,这类事牵涉到评判角度,也牵涉到许多利益和具体情况,再说也不想造成附和熊东来抑或与其意见相左的情况。

白才清立即把话题引开,指着通向柳湖塔园高处的坡道说:"这条路是借着坡势修成,如有大雨很可能冲垮塌,虽然加固了几次,但依然是个隐患。今年又制订了新的护坡加固方案,只是资金还没有落实。"他看江伟一路检查防汛都表态要在资金问题上给予支持,估计在这里也会给予支持。王志东看了一眼江伟说:"这条坡道应该用石块或水泥砌上去,从根本上解决问题。"白才清说:"这次方案就是这么定的,只是资金尚未落实。"熊东来说:"回头通知柳湖塔园,让他们想办法尽快落实防汛护坡工程方案,我们不能在汛期死一个活人,也要让这些逝去人睡得安稳。"江伟说:"就按熊市长说的办,要抢在大汛前完成。"白才清仍有些不甘心,一心想为这里争取些资金,说:"要不要顺便到塔园上边去看看?主殿和其他设施都在上边,管理人员和工作人员也都在上边。"王志东已从江伟的眼神得出了答案,知道书记不会在容易引起误会的敏感问题上随便表态,就笑着开玩笑,说:"看来白局长对极乐世界还蛮有兴趣,还是抓紧时间去看柳河水库吧,那里才是柳河川塬区防汛的重中之重。"熊东来有点不耐烦地说:"走吧,这里已经看了,是皮癣之恙,柳河水库才是大汛期的心腹之患,走吧。"说着他就带头向水库方向走去。

# 第三十九章

　　江伟一行离开柳湖塔园,抄捷路来到柳河水库大坝。大家详细检查了这里的防汛情况,讨论了防汛预案,江伟胸有成竹后才结束了这里的检查。

　　柳河川塬区的防汛检查结束后,白才清继续在前边带路,江伟一行来到了和临秦区接壤的杏水县的秦河防洪堤上。已进入丰水期的秦河算不上宽阔,浑黄的河水缓缓流淌着,显得是那样的平常。其实,秦河到这里已成悬河,河床已然高出大堤两岸特别是南岸的村舍和农田。由于更南面塬山相连,地势更高,这里便形成了夹槽地带。杏水和芝水两县,沿秦河防洪大堤形成了东西走向,长达数十公里的"二水夹槽"。"二水夹槽"里村镇密布,住着数十万人,已成为秦东市和全省的防汛重点。白才清边走边说着这里防汛的严峻性,以及各方面所做的工作,还顺便介绍了前几年几次溃堤形成的水患,后来又扯到了新中国成立初和民国时的水患。白才清滔滔不绝地说着,其他人几乎插不上嘴。白才清正兴致勃勃地说着,熊东来冷不丁地问:"才清,这里最危险的地段在哪里?"他觉得白才清有些絮烦,就想截住他的话。白才清胸有成竹地说:"就今年而言,'二水夹槽'地带最危险的仍是南山支流。在长达数十公里的地带,分布了四五条南山支流,这些支流平时水很小,有时还断流,但山里发洪水,那就是另一番景象。最要害的是南山支流的堤坝普遍单薄,年久失修,破堤几率高。更要命的是南山支流入口处容易形成秦河水倒灌,使南山支流更易破堤,雪上加霜,造成更大的灾害。"熊东来说:"为啥不看看这些最危险的地段呢?"白才清说:"后面就要看南山支流的情况。"说着他看了看江伟。江伟说:"先看一条较大的南山支流,从入秦河口一直看到入山口。"白才清说:"大家请上车,我在前边带路,先看石灵河入秦河口处,然后沿石灵河大堤向南,哪里行洪不畅或堤坝有险情,我就停下来,再看再议。"

## 第三十九章

白才清在前边带路,先看了石灵河入秦河口的大堤,然后小车沿大堤向南缓缓开去。走不多远,前边开来一个车队,各种小轿车一辆接着一辆,阵容庞大,浩浩荡荡。大堤较窄,白才清的小车小心翼翼地尽量靠边停了下来,想让车队先行通过。车队前边的一辆警车和一辆小车刚通过,紧随其后的一辆小车戛然停下,郑雄飞从车里走了出来。他随意理了一下头发,走到了白才清的车前。白才清也走下车来。郑雄飞握住白才清的手笑着说:"白大局长的越野车我认识,你肯定是来检查防汛,怎么不打个招呼呢?"白才清看这位新上任的县长,满脸的志得气扬,说:"是来检查防汛,你呢?"郑雄飞说:"我也是来检查防汛,刚到杏水嘛,情况不熟,到处走走看看。你来检查防汛应该打个招呼,我好安排人陪陪你,我好陪陪你呀。"白才清看了一眼郑雄飞身后长长的车队,恍然间觉得他今天要出状况了,故意含含糊糊地说:"领导不让通知下边,再说我下来检查也不能让你陪呀。"郑雄飞看了一眼白才清车后的两辆小车,脸上的表情突然紧张起来,瞬间又恢复了平静和自信,试探着问:"白局长,你是陪领导来的?"白才清说:"是呀。"他没有说出陪的是哪位领导,想看看这位官场新秀如何应对。郑雄飞不满地看了一眼白才清,急忙往后面的两辆小车走去。郑雄飞脚步走得快,脑子运转得更快,不管哪位领导来了,都要应对,还要随机应变。他从清水县副县长升迁杏水县县长,时间并不长。他本来一心谋划着在清水县上个台阶,可是市委考察时拥护他的人相当热烈,反对的人又特别激烈,最后只好把他安排到杏水县,把杏水县县长调到清水县任县长去了。今天是他上任后第一次检查防汛,各部门的一把手陪同,各新闻单位随同,前边警车开道,后边各类小车依次跟进。沿着石灵河大堤望去,小车摆成的长蛇阵,着实气势不凡,引得田间地头的村民无不注目,无不指指点点。

郑雄飞走到第一辆奥迪车旁,停下后向里边望去。他看见车前坐的是江伟,笑着说:"江书记,你来啦。听白局长说你是来检查防汛工作。"江伟说:"是呀,'二水夹槽'是省、市的防汛重点,我来看看。"王志东和冯少平已经下车,郑雄飞急忙和书记的两位随员握起手来。熊东来也从后面的奥迪车上下来了,边看前边的车队边走了过来。王志东说:"没想到在这里碰到了郑县长,你忙什么呀?"郑雄飞看了看车里坐着的江伟,提高嗓门说:"杏水县和清水县不同呀,防汛成了头等大事,想搞一次全面的防汛大检查……"说着他又急忙和已经站定的熊东来握了握手。熊东来皱着眉头,指了指大堤上长长的车队说:"还真是大检查呀,阵容够庞大的!"他去年以国务院关井压产小组成员身份,在清水县检查关井压产时就认识了郑雄飞,对清水县以真真假假的手法糊弄检查组十分反感,对郑雄飞也印象不佳。到秦东工作后却觉得郑雄飞的确很能干,特别是在国有煤矿改制和招商引资方面很有成绩,也很配合他的工作。但对郑雄飞好张扬、善忽悠的作风仍很有意见。要提拔郑雄飞为杏水县县长,他作为市委常委投了赞成票,估计换个环境,郑雄飞就会有所反省,有些毛病也会改掉。没想到如今还是这副架势,就有些反感。江伟也从车上下来了,说:"雄飞,你也是检查防汛,我们想到一块儿去了。"郑雄飞说:"杏水不同清水,清水利多,想着法儿用好水就行了;杏水害多,要千方百计地防着水,说不定哪一天水就会带来灭顶之灾,我一到杏水就觉得治理杏水必先治水,治水必先弄清基本情况……"熊东来截住郑雄飞的话,问:"看来你是带有调研性质的大检查?"郑雄飞瞥了一眼熊东来,说:"是呀,检查加调研,我刚到杏水县情况不熟,只能这样了。"熊东来听了心里顿时来了气,以质疑和教训的口气说:"搞调研这么多人出动,乱哄哄的,效果怕未必好。"郑雄飞要是再不说啥也就过去了,偏他看见县上的几个主任、局长也围了上来,觉得面子上下不来,便说:"防汛事关重大,情况比较复杂,需引起各方面的重视,都得掌握具体情况,才能应对今年严峻的汛期。"熊东来本不想让郑雄飞难堪,却按捺不住地说:"毛主席当年搞调查研究,难道事情不重大不复杂?好像也没有如此兴师动众呀!"王志东知道郑雄飞今天碰到了克星,吃不了也得兜着走。白才清倒想看看这位极善应对上级的政治新秀,今天如何摆脱这场尴尬甚至是危机。冯少平心想,市委书记检查防汛是轻车简从,一个新任县长却是如此的排场张扬,两种场面又碰撞到了一起,有戏看,也许能学到些官场门道。郑雄飞的几个随员听了熊东来的话,都有些变脸失色,这话是批评,也是嘲讽,还是鞭挞。而说这话的人是市委常委、副市长,旁边站着的是秦东市最高领导市委书记,这下可不得了啦!

所有的人都注视着郑雄飞,看他如何应对。郑雄飞脸上瞬间挂上的尴尬又瞬间消失了,微笑着说:"我们是这样安排的,先领着大家看看全县防汛的现状,然后找个防汛最薄弱的地方开个现场会,既是检查,也是调研,还是一次会议,把各个部门的责任往实里夯一夯,把全县的防汛工作向前推一推。"他说的是那样从容,那样自信,脸上挂着惯常的笑容。说完他看着江伟,意思是不想再和熊东来说什么了,想听听江伟有啥话要说。郑雄飞的几个部下惊喜不已,尤其是具体安排这次防汛检查的县政府办主任和县水利局局长,他俩对郑雄飞简直佩服得五体投地,县长竟能想出还要开现场会这一招。尽管事前并无这项安排,把大家聚在一起,通报一下情况,说说防汛要求,难道不是开现场会吗?而现场会是难免车多人众的。江伟深知郑雄飞的长处,也掌握他的一些毛病。对这种优点突出、缺点明显的干部,既要敢于使用,也要善于敲打。他还没有下车就看到了郑雄飞身后浩浩荡荡的车队,心里着实不是滋味,就想着今天要好好敲打一下这位

## 第三十九章

志得气扬的新任县长,好让他从天上回到地上。耿介爽直的熊东来不等他敲打,就把投枪匕首似的言语抛了出来,这样教训教训郑雄飞也许很有好处。不过他刚上任,该给的面子还得给。江伟微微笑着,以洞悉一切的眼光直逼郑雄飞。郑雄飞的自信和从容瞬间消失了,变得有些惶惑和不安。江伟收起笑容,和缓而不乏力度地说:"让大家实地感受一下防汛的严峻性,多了解些实际情况,也好呀。至少可以引起各方面的重视,达到某种宣传动员的效果。开个现场会,通报一下情况,安排一下工作,提些要求,鼓鼓劲,造造势,也是需要的。但一定要把工作做细做实,切忌大轰大嗡走过场。"郑雄飞的脑子在飞速运转着,已经有了好几个预案。江伟并没有当众批评郑雄飞,但敲打的意味谁都听出来了。郑雄飞顿时松了一口气,浑身也来了劲,像大会发言表态似的提高声音说:"江书记,我们一定按你的要求,努力把工作做细做实,并尽快修订细化整体防汛方案,与各乡镇签订目标责任书,完成向当地驻军防汛抢险技术交底。层层分解防汛目标任务,签订包区域、包河流、包水库、包危重滑坡防汛目标责任制。要对河道工程、行洪断面进行实地勘测,修订细化防洪预案。要进一步储备编织袋、编织布、救生衣、救生圈、冲锋舟、橡皮舟、铅丝,河堤堆置土牛,组建巡堤查验队伍、抢险队伍,落实抢险机械、运输车辆,在山洪灾害重点村设立简易雨量站、简易水位站、自动雨量站、自动水位站、视频监测点。"他说得神彩飞扬又干脆利落,稍微停顿了一下,加重语气接着说:"还要实行行政首长负责制,我是全县防汛的第一责任人,清水县,不,杏水县的防汛出了问题,就打我的屁股,就拿下我的乌纱帽。"说完他还做了一个弯腰卸帽的动作。大家都轻声笑了。王志东调侃说:"你现在吃的杏水县的粮,还念念不忘清水县呀!"郑雄飞笑着说:"喝了多年清水,对清水县的感情深呀。"白才清听得直点头,看来人家这个县长也不是白捡的,不光善于应对,防汛工作的方方面面都有所考虑,话说得还挺专业。熊东来轻轻摇摇头,半开玩笑地说:"你的口才挺不错,不逊相声演员,要是从事演艺,一定会成为国家一级演员。"他对郑雄飞的作派心存疑虑,也不感兴趣,仍继续敲打着。郑雄飞微微一笑,并不介意,对江伟说:"江书记,你今天来了,我就陪你一起检查杏水的防汛吧。"江伟早已胸有成竹,郑雄飞刚到杏水县,对各方面情况包括对防汛情况尚不熟悉,他还在了解和掌握情况,陪自己检查防汛就意义不大。再说让浩浩荡荡的车队跟着,招摇过境,也太张扬、太不成体统了。江伟郑重地说:"陪我们检查防汛就免了吧,我们来了也不能干扰你们的正常工作,打乱你们的工作安排。我们对杏水县的防汛检查也就到此为止。该说的都说了,最后我再强调一点,今年汛期不管何种情况,即使遭了大水,杏水县都不能因水灾死亡一个人。这是底线,是我们整个防汛工作的底线。"他说得很坚决,略停了停,语重心长地叮嘱:"雄飞呀,'二水夹槽'是全市、全省防汛的重点,你肩上的责任重啊,丝毫不能懈怠,不能马虎,务必把杏水的防汛工作搞实搞好,务必不能出大的问题。"郑雄飞像宣誓似的说:"请江书记放心,我一定按你的指示办,把杏水县的防汛工作搞实搞好。"江伟对王志东说:"时间还早,咱们到芝水县去看看防汛情况吧。"王志东已猜到了江伟的想法,悄悄和白才清商量过了,说:"白局长你继续在前边带路,咱们掉头上秦河大堤,去芝水县境内检查防汛。"

江伟一行走不多远,突然下起雨来,而且越下越大,江伟只好让返回秦东。王志东安排大家到市政府招待所去吃晚饭。

市政府招待所正热闹得不可开交,满院子都是人,大呼小叫的。原来是突然降临的一场大雨,让餐厅屋顶积满了雨水,雨水正顺着四面的墙壁往下流淌,形成一道道水帘直泻地面,哗哗哗地四面溅起无数水花,竟形成了难得一见的雨中奇观。很快就要开饭了,这阵势让人看了实在揪心。文佳冒雨从市政府赶了过来,一只手打着雨伞,一只手在不停地擦着汗。站在边上的文晓风说:"还没到主汛期,我们就遭了灾,这实在没办法经营了。文秘书长赶快启动市招改造吧,不然还会出大问题。"文佳说:"你赶快派人上去排水呀,急着把我叫来看这水帘洞!"文晓风双手一摊说:"刚才已经派人上去了,工人说实在没有办法弄,到了下决心改造的时候了,人不催天在催!"文佳听他又在借题发挥,气呼呼地说:"就算是明天改造,今天总要先解这燃眉之急呀!"文晓风说:"这倒是,只是这雨还在下,人上去很危险,出了事咋办?"文佳气得不再搭理文晓风,给市政府机关的水工房打了个电话。时间不长,水工头张大山就带着几个人,扛着梯子,拿着工具,从市招的侧门过来了。张大山抬头看了看,像往常一样大大咧咧地说:"文秘书长,没多大事,很快就会把水排掉。"文佳说:"越快越好,别弄出什么事来。"张大山看文佳焦虑的样子禁不住笑了:"这对水工来讲就像医生遇到普通的感冒病人,小毛病。他们上去十来分钟,我上去四五分钟就能搞定。"他袖子一捋,决定亲自上,要给文佳露一手。他上到梯子上后回头开起了玩笑:"文秘书长,你再欣赏四五分钟的水帘洞吧,我要当一回孙悟空。"他还真像猴子一样冲破水帘嗖嗖几下就登到屋顶去了。

文佳回头一看不见了文晓风,却见江枫站在后边。文佳问:"文晓风呢?"江枫说:"听说江书记来了,他急着招呼去了。"文佳皱皱眉,心里有一种说不清的滋味,抬头看着餐厅的屋顶。江枫说:"屋顶积水本不是啥大事,我正准备安排人上去疏通,他却把这事揽在手中,还把你叫了过来,小题大做。"他向来不爱说话,这时禁不住又说了起来:"他这是在逼宫,开始我还以为是在逼着你赶紧启动市招改造,后来我觉得这不是他的本意,他是想逼你走,他想当董事长兼总经理。"文佳回过头,吃惊地问:"是吗？他刚才还催着要改造市招。我给他解释过多次,要准备充分一些,改造方案要进一步完善,我还想着再多争取些资金。看来,咱们在谋事,他在谋人。"江枫说:"这小子越来越狂了,听说他省委组织部的那位当副部长的同学,已经给市委领导打过招呼,说是要给他安排个好位置。"文佳说:"我早就看到了,只要是市级领导来这里,他都要出面接待,花样迭出,百般讨好,用公款买私谊,给个人晋升铺路子。现在又从省上走起了上层路线……"他突然收住,没有再往下说。

张大山站在屋顶大声喊:"好啦,下水管道通啦！"他的喊声刚落地,水帘就开始变细变稀。他像得胜归来的将军一样,快步走到文佳面前,有点自卖自夸地说:"文秘书长,怎么样？前后也就四五分钟吧,没这两下子还当什么水工队长呢！"文佳笑着说:"我早就知道你了得,这里的工人没办法,我才请你过来帮忙。"张大山爽直地说:"他们是懒,不想冒雨上去,这其实是个小活路。"他竖起小拇指晃了晃。江枫递过一盒烟,张大山毫不客气地装进兜里,向几个帮手挥了挥手,转身离去。江枫看水帘已不复存在,长长出了一口气,说:"文秘书长,给你开间客房休息一下吧。今晚吃饭的客人多,我得去各处看看。"文佳说:"你忙去吧。我就在这儿待会儿,我还要陪客人吃饭哩。"文佳看着江枫离去的身影,深深感到市招的事挺复杂,小小的地方水却深不可测,实施改造项目的难度大大超出了自己的想象。

餐厅变水帘洞的事还没处置完,文晓风就扔下文佳急着来招呼江伟。他心里紧张而又无奈,最高档的贵宾厅已由文佳安排吴芳宴请投资商。原定江伟中午来吃饭,文晓风已给安排了贵宾厅,结果没有来,突然得知晚饭要来,弄得文晓风有些措手不及。文晓风见到王志东后方知道江伟一行只有五个人,加上司机也不过八个人,才松了一口气,就把江伟一行安排在了一个高档雅间用餐。江伟在总统间稍事休息后,文晓风便招呼他来到雅间。文晓风看水帘洞的问题已经解决了,心里不禁有些异样的纷乱,如果能让江伟看到那一幕,也许会对文佳这个董事长的能力产生怀疑,当然也可能对自己不利,这会是一把双刃剑。何况吴芳也有宴请,今天实在有些弄险。不管怎样,先应付好当下的事情再说。江伟刚坐定,文晓风就从服务员手中拿过菜谱说:"江书记,想吃点什么？我们前不久请了一个南方大师傅,海鲜做得特别好。"他满脸挂笑,想紧紧抓住这难得的表现机会。江伟说:"吃烩菜吧,清淡一些,简单一些。"王志东从文晓风手中拿过菜谱,看了一眼有些惊诧和疑惑的文晓风,说:"烩菜,你们菜谱上肯定没有。秦东乡下的老百姓喜欢吃,也叫乱炖,有荤有素,少不了萝卜、白菜和豆腐,需放点姜、葱、蒜,菜要熟而不烂,味香而清淡。"这是他常陪江伟吃饭总结出来的,说完把菜谱递给了冯少平,说:"少平,你再点上几样小菜。"江伟会心地点点头。文晓风这时倒急了,说:"总得点几个喝酒菜呀。"王志东摸透了江伟,中午在农家乐吃饭时喝了不少酒,晚饭一般不会再喝,就说:"喝酒菜就不点了,也不喝酒。"文晓风看着江伟像求救似的说:"这怎么行呢?江书记忙碌了一天,再说无酒不成席呀!"江伟说:"晚上我是滴酒不饮了,有几样小菜就行了。"他看了看喜欢喝两口的熊东来,微微笑着说:"你可以给熊市长拿瓶酒,需要啥下酒菜由熊市长定。"熊东来哈哈一笑,从提兜里拿出半瓶酒圣酒,晃了晃,狡黠地说:"我早有准备,这是中午喝剩的酒,等的是书记有句话。下酒菜就不要了,有几样小菜就谢天谢地了。当年上山下乡时,半条黄瓜、一根辣椒,就是下酒菜,如今从地上好到天上去了。"白才清讨好地说:"加一盘酱牛肉吧。"他知道这是熊东来的最爱。熊东来忙说:"不要加,江书记能特许我喝两口,我就心满意足了。"

　　文佳下午到市政府招待所来,除了处置餐厅屋顶漏水,还有一项重要任务就是要陪吴芳一起宴请于洛言、于洛行兄弟俩。秦东市政府也想尽快实施这个项目,文佳牵头,双方参与,参考外地 BOT 项目的实施情况,起草了《建设经营移交秦浦高速公路的合同书》,双方几经讨论修改,得以定稿,并经秦东市政府常务会议讨论,征得市委主要领导同意,给市人大、市政协做了通报,最后双方同意在秦东市签订正式合同。上午在市政府常务会议室举行了秦浦高速项目的签约仪式,仪式简朴而隆重,吴芳出席并代表秦东市政府签了字,这一秦东市最大的招商引资项目的正式签约终于尘埃落定。本来中午吴芳要宴请上海大绿洲集团公司的董事长于洛言,以及张普的代表魏澄,因为洛言要等去清水县的弟弟上海大绿地集团公司的董事长于洛行,以及弟媳柳薇,所以宴请改在了下午。张洛朴和于洛行是老朋友,又是天然气合作项目的合作伙伴,还有其他事情需要沟通,也应邀来参加晚宴。

　　文佳想先见一下张洛朴,可是他并未应约早来,来得最早的是于洛言和魏澄,陪同的是孔里和杨剑三。文佳招呼客人在贵宾厅坐下喝茶后,又走出贵宾厅。

　　吴芳来了,后边跟着秋梅和丁玉丽。文佳对吴芳说:"两位客人已经到了,在贵宾厅里等着。"大家刚要进贵宾厅,章显却高声喊:"文秘书长,于总回来了。"原来是章显和江立仁陪着于洛行和夫人柳薇从清水县考察项目回来了,要一起参加晚上的宴请。宾主互相握手致意后进到了贵宾厅,接着又是一阵谦让,大家方才按宴会桌上的桌签一一落座。文晓风适时走了进来,他招呼领导尤其是主要领导,的确拿捏得十分到位。他笑盈盈地走到秋梅跟前,毕恭毕敬地说:"秋秘书长,有啥吩咐你随时说。"说完他看了一眼吴芳,显然这话也是说给市长听的。秋梅说:"好哇。"她看了看文佳,开起了玩笑:"你们董事长在这里呀,有啥事他能不管?"文晓风笑着说:"文秘书长是管大事的,这类事不能让他操心。"秋梅故作认真地问:"你说宴请客人是小事?"文晓风急忙辩白:"不是这意思,不是这意思。"他脸一下子涨得通红,大家都笑了起来。文晓风本来想先露个面表表态,再到江伟那个雅间去,结果被秋梅调侃得有些尴尬,反而不好马上就走,索性拉了一把椅子坐在老同事江立仁边上,和他小声聊了起来。

　　文佳看看表,就差张洛朴了,上午他还说要早点过来,可现在还不见影儿,就拨通了他的电话。张洛朴边走边大声说:"老文呀,催什么催!我前脚已踏进了门槛,你还在催呀!"张洛朴话音未落人已走进贵宾厅。文佳迎了上来,笑着说:"就你来得迟,还不让人催。"张洛朴大笑,说:"我来得不迟,于洛行老总下车时我也在下车,不过我还看见一号车停在院子里,就去约了晚上的棋局。"秋梅和文佳听了都吃了一惊,一号车停在院子里,难道江伟也在这里吃饭,这后面的应酬就复杂多了。吴芳听了心里一动,不过很快就恢复了平静。张洛朴像首长一样,从吴芳开始转了一圈和所有的人握了握手,然后挨着吴芳在她的右边坐了下来。他刚坐稳,就看了一眼坐在他右边的于洛行,对坐在吴芳左边的于洛言说:"洛言老总,我知道你弟弟洛行是个干大事的,没想到你一出手就在秦东拿了个十几亿的大项目,有胆略,有气魄。佩服,实在佩服。"于洛言客气地说:"怎能和你这个国企大老板比呢?你伸根指头也比我的腰粗呀。"张洛朴大笑。秋梅看人到齐了,就请吴芳致祝酒辞。张洛朴摆摆手说:"别忙,听于洛行老总说,熊市长对他在清水县的投资项目支持很大,何不把熊市长也请来。"文晓风正在和江立仁闲聊,听了这话就不假思索地说:"熊市长正陪江书记在三号雅间吃饭呢。"秋梅听了脸上掠过一丝不安,文佳心里咯噔一下,看来今天的应酬还真的是遇到难题了。江立仁对文晓风挤挤眼,小声说:"这话你不该明说。"文晓风恍然大悟,早就该抽身出去,两边应付,不,应该是四下应付,这下也被动了。他急忙招手叫着女服务员一起到了门外,却对着女服务员说:"你出来干啥?在这里站上一分钟,里边吴市长致辞敬酒后再给客人添酒呀。"女服务员听得一头雾水,呆呆地站了站,又赶忙进去给客人添酒,她哪里知道这是文晓风上演的脱身术。

　　文晓风低着头向三号雅间走去,忽然又折转身向十号雅间走去。到十号雅间门口后,他诧异地看了一眼静静地站在门外的女服务员,轻轻叩了一下门,然后扭门走了进去。里边只有五个人,慢慢地吃着饭,显得很文静,还有点严肃,不像是吃饭,倒像是商量啥事。正中坐着已从市纪检委书记任上退休的陈志正,他的左边坐着省纪检委的处长牛学东,他和牛学东有私交,被牛学东特意请了来。陈志正的右边坐着市纪检委副书记吉力,是陪牛学东吃饭的主角。饭桌上还坐着牛学东的随员杨增润和市纪检委干部赵小平。菜和主食都是陈志正点的,档次并不高也不算低,喝的是地产酒圣酒。大家自斟自饮,低调而又随意。看惯了热闹的酒席场面,文晓风还有点不适应,又不得不应酬,笑着说:"陈书记,好久不见老领导了,我先给您敬杯酒。"陈志正指着牛学东说:"先给牛处长敬酒,他是客人。"吉力给牛学东介绍说:"这位是市政府招待所的所长文晓风,现在是新建公司的总经理。"牛学东再三谦让,要陈志正先喝,陈志正正色说:"按规矩来。"牛学东推不过只好端起酒杯浅浅喝了一口。牛学东这次专门来了解孔里的情况,并督促立案调查。省纪检委收到关于孔里的告状信实在是太多了,引起了有关领导的重视,专派牛学东来到了秦东。文晓风逐一敬酒后便急着想告退,在这里敬酒全然没有气氛,冷冷的淡淡的,还有些压抑。也许是由于一惯严谨冷峻的陈志正在场,也许是这个行业的职业习惯如此。文晓风想给女服务员交代几句就离开,女服务员却在门外,难道她也耐不住这种气氛而主动站在门外,不,也许她是被支走的,文晓风几乎产生了赶快逃离的想法。文晓风刚要告退,牛学东缓缓地问:"听说文佳秘书长兼任你们这里的董事长?"文晓风说:"是的,他正在这里陪客人吃饭。"话一出口,他就后悔不迭,怎么把江立仁刚才的点拨又忘了?牛学东说:"你告诉文佳秘书长,我想见见他。"文晓风说:"好,好,我这就去告诉他。"他走出房门后以手拍头,心想官场上的事真复杂,应酬起来得多长个心眼,千万不要没事找事。他抬起头看见女服务员还站在门外,就放下手,张了张口,却什么也没说就走了。

　　文晓风擦了把汗,想调整一下情绪,就来到十八号雅间。这里是两个人的饭局,是卢汉义请高风吃饭,这两个常住这里的私企老板,平时互不来往,还有些明争暗斗,今天卢汉义请高风吃饭,让文晓风深感意外。文晓风推门进去后,雅间里只有两个老板,女服务员也不在场。卢汉义朗声笑着说:"文总呀,我就知道你一定会来。快,快来,先喝一杯茅台再说。"高风笑指空椅,让文晓风坐下。文晓风笑着说:"我肯定要给两位老板敬酒,你俩是店里的常住客户,更是老朋友了嘛。"卢汉义要给文晓风倒酒,文晓风按住他的手,自己倒了一杯,然后端起来说:"我借花献佛,敬二位老板,来,碰一下,咱们碰一下。先喝为敬,我先干啦!"说着就仰头喝了个满杯。卢汉义说:"痛快,痛快。"说着也仰头干了一杯酒。高风微微一笑,轻轻举杯慢慢喝了一口酒。卢汉义指了指桌上的菜,脸露炫耀却故作遗憾地说:"唉,菜还没点齐,高老板就硬挡着不让点,显得我小气,也实在让我觉得过意不去。"文晓风看了不禁心中一惊,这么多菜了,还没点齐。除了几盘凉菜外,主菜是一盘龙虾,一盘大闸蟹,一盘带把肘子,一盘烤鸭,中间是一盆鱼翅汤,两人面前的小碟里还盛着鲍鱼。菜点得虽无章法,却多是名贵菜,价钱也不菲。

## 第三十九章

看来,腰缠万贯的老板出手真够阔绰。卢汉义扫了一眼脸露惊讶的文晓风,不无表演地说:"贵店还有啥特色菜,不妨再推荐推荐。"高风忙说:"别、别再推荐啥特色菜了,吃不完都浪费了。"卢汉义哈哈大笑,说:"文总你看看,实在没办法。你也坐下一块吃吧。"文晓风说:"不了,我还有事,你两位老板慢慢用,有啥吩咐就给服务员说。"卢汉义直率地说:"女服务员被我赶出去了,碍手碍脚的,我嫌不畅快,我和高老板要痛饮茅台,一醉方休。"高风微笑不语,脸上露着一丝神秘。文晓风恍然大悟,他俩席间可能涉及商业机密,就告别走了。其实文晓风只猜对了一半,虽事涉机密,却并非商业机密。卢汉义要联络高风告状,要状告秦东市政府与上海大绿洲公司签秦浦高速公路项目合同中有猫腻。卢汉义没有把这个项目拿到手心有不甘,知道高风也很有意见,就想鼓动高风出头告状。他俩也知道市长正在宴请北京和上海的投资商,就心里越发不平衡,特别是卢汉义还有些愤恨,决心联手高风和别的投资商,把秦东搞个天翻地覆,至少也要在秦东政界掀起轩然大波。

文晓风从十八号雅间走出后,慢慢向贵宾厅走去,要把牛学东的话转给文佳。他吸取了刚才的教训,想瞅个合适的机会再说。文晓风一进贵宾厅就笑着说:"我给客人和各位领导敬酒来了。"说着把酒瓶拿在手中,要挨个儿敬酒。他先走到吴芳跟前就要添酒,吴芳指着于洛言说:"先给于总敬酒。"文晓风便先给于洛言敬了酒,接着依次给吴芳等人敬酒。敬到张洛朴时,张洛朴挡着酒杯说:"哪有只让客人喝自己不喝的道理?"他示意服务员拿来个酒杯,说:"去年你一连十大杯酒,掏走我一千万元,今天说啥也得喝出点气魄来……"文佳急忙截住说:"张董事长,你说的一千万还没有全部到账呢!"张洛朴手一挥,豪爽地说:"这没问题。我喝一杯,文晓风喝十杯,算是一轮。喝的轮数越多,说明合作的诚意越大,当然资金落实得就越快。"文佳听了直摇头,这个老同学竟把正事拿到酒场上开起了玩笑,实在是匪夷所思,也无可奈何。文佳灵机一动,半开玩笑地说:"张董事长,你应该知道文晓风可是秦东三大酒缸之一,动起真来,恐怕酒会把你灌得趴到桌子底下去。"他看张洛朴一副不以为然的样子,指了指孔里和杨剑三说:"没想到秦东的三大酒缸都来了,张董事看来要吕布战三英了!"他倒着说三英战吕布,把大家都惹笑了。张洛朴有点怯阵了,故作不悦地说:"你把我比作口碑不佳的吕布,有些损了吧?既然如此,我就不挑战三大酒缸了。"说完就端起自己的酒杯一饮而尽,文晓风也急忙把酒干了,还向张洛朴亮了一下杯底。文晓风继续敬酒,敬到孔里时,张洛朴大声说:"别忙,既然同列三大酒缸,就要换大杯子。三大酒缸一起来,来一次对决,让大家开开眼。"章显附和着说:"这个想法有创意,秦东酒界一直说要三大酒缸对决一次,听说一直没有机会聚在一起,今天终于有了这个难得的机会。"酒桌上叫好声一片。杨剑三脸露喜色,把面前的酒杯拉了拉,一副摩拳擦掌的样子。孔里心里有事,把面前的酒杯一扣,说:"我拉肚子,实在不能喝酒。其实,关立峰的酒量才是一流的,他应该名列三大酒缸。"在他心目中,文晓风级别有点低,不能并列三大酒缸,却接着说:"关立峰应该取代我,列入秦东三大酒缸。"大家看他脸色的确不好,也不再勉强。文晓风也听出了孔里的弦外之音,敬酒的兴趣便减去大半。

  文晓风敬完酒,小声对文佳说:"省纪检委的牛学东处长想见见你。"文佳扭头问:"是吗?他在哪里?"文晓风依然小声说:"他在十号雅间。"文佳说:"牛学东是我大学同学。"说着就站了起来,说:"牛学东也在这里吃饭,我去看看。"张洛朴笑着说:"老同学来了,省纪检委的吠天犬来了,我也去给他敬杯酒。"孔里脑袋只觉嗡的一下,省纪检委的吠天犬是玩笑话,说明这个人肯定是个办案高手,说不定与自己有关呢,他已觉察到自己可能要出大事了。吴芳端起酒杯说:"我也去看看这位老同学。"也跟着文佳去了十号雅间。吴芳几个刚走,于洛行说:"熊市长对我和柳薇在秦东的投资多有支持,我俩想去敬敬酒,请文总经理引领一下。"其实他还想趁机结识一下江伟,只是不便明说。秋梅不等文晓风答应,就站起来说:"我陪于总和柳总去吧。"她正发愁如何应对江伟那边哩,于洛行夫妇一去,吴芳在此宴请的事就全明了,刚好趁此给书记敬敬酒,以免留下心结。秋梅和文晓风引领着于洛行夫妇走后,孔里、章显心里就有些七上八下,想着要不要过去给江伟敬酒。孔里心想,自己正处在悬崖边上,也许只要江伟拉一把就什么事也没有了。章显心想,自己正处在上升通道,江伟一言九鼎,何不敬敬酒,加深一下印象呢?杨剑三看吴芳走了,觉得拘束全无,就拿过酒瓶自斟自饮起来。丁玉丽很快就猜透了秋梅的心思,想着自己也应去给江伟敬杯酒,但很快又想通想透了,无论怎样表现,自己都被看成是吴芳的人,既然如此也就顺其自然吧。魏澄既不大喝酒,也不大动筷子,多是默默地抽烟。他觉得自己已完全被边缘化了,尽管是自己的公司和秦东市签的建设秦浦高速项目的框架协议,但实质性运作和正式签约的却是上海大绿洲公司。自己公司的老板又被公安机关立案调查,实在是命运难卜,他心里就像压了一块巨石,感到沉重而郁闷。于洛言是今天被宴请的主角,一直谈笑风生,敬酒必喝,虽已喝得满脸通红,汗流不止,仍然来者不拒,畅快而又豪迈,摆出一副大老板干大事的大气魄。其实他心里并不平静,干十几亿元的大项目,筹措资金是个大问题。公司形象包装得挺到位,自己表现得也挺有派,可是这些都不能掩盖公司缺资金的现实,只能靠贷款来解决,而从银行贷款至少需要三四个亿的自有资金,这就成了大难题。同时,要顺利贷到款肯定也离不开秦东市政府的支持和配合,这些都需要做相应的工作。尽管他的心里并不轻松,仍不断地和孔里说这说那。他能看出孔里心绪不佳,以为只是拉肚子这类小毛病,无论如何也想不到这是最后一次和孔里接触。

秋梅很快回到了贵宾厅,她趁机给江伟敬了酒,礼仪到了,心里也踏实了。秋梅刚坐定,就传来了张洛朴的说笑声,吴芳和文佳也一块儿回到了贵宾厅。

吴芳几个刚回到贵宾厅,熊东来就进来了。他那一桌,只有他一个人拿了大半瓶酒在喝,毕竟江伟在座,也没人陪着喝,便觉有些拘谨也不过瘾,于洛行夫妇敬酒后更激起了他喝酒的兴趣。他一进贵宾厅就笑着说:"我要回敬于总夫妇,还要敬一下于总的哥哥大于总。"吴芳先是一愣,很快就明白过来,指着熊东来给于洛言介绍说:"于总,他是市委常委、副市长熊东来同志。"熊东来听了,举起酒杯对于洛言说:"好,先给大于总敬酒。"他猛地把自己拿来的酒瓶往桌上一放,说:"你们喝的是茅台,我拿的酒圣酒,'圣'就剩下吧。"他拿起桌上的茅台酒瓶,给于洛言已是满杯的酒里再添了些酒,酒溢得顺着于洛言的手指直往下流。他又把自己杯里的酒往孔里的酒杯里一倒,大半溢到了外面,酒把桌布渗湿了一大片。接着他给自己杯里也倒满茅台酒,然后和于洛言碰杯后一饮而尽。于洛行说:"熊市长是个痛快人,喝酒痛快,办事更痛快。我们来秦东投资有他这个痛快领导支持关照,实在是一种幸运。"熊东来大笑,爽直地说:"于氏兄弟来秦东投资,这是秦东人民的幸运。但愿于氏家族大赚钱,秦东大发展,皆大幸运,皆大幸运!"大家一齐拍手称好。熊东来兴趣大增,索性一一敬酒,皆满杯满饮,十分豪爽。敬完酒,他把自己拿来的酒圣酒瓶往孔里面前咚地一放,心不在焉的孔里吓了一跳。熊东来诧异地说:"你怕什么?你是秦东的大酒缸,剩下的'圣'酒归你啦。"说完他向大家拱拱手,打了个酒嗝,满意地转身离去。

熊东来的敬酒给贵宾厅带来了轻松和欢乐,走后却让酒桌上的几个人心里十分纠结。文佳心想,自己是协调工交口的副秘书长,是这场宴会的具体安排者,江伟心里非常清楚,如果不去敬酒,书记心里肯定会不舒服。可是吴芳、秋梅都没有行动也没有态度,自己不能越过她俩行事,且看看秋梅如何举动再做决定。孔里心里越来越乱,想给江伟敬酒的想法也越来越强烈,可又不便实施,心里愈加烦乱和沉重。吴芳看起来还是那样的沉稳自如,其实心里也想得很多,觉得应该去给江伟敬杯酒,好长一段时间以来,多有书记、市长不和的传闻,甚至有人说市长风头盖过了书记,如果不去给江伟敬杯酒,岂非给人以口实,也会让江伟心生不快。不过江伟也应过来给投资秦浦高速公路的投资商敬杯酒,这是秦东目前最大的招商引资项目,他过来一下气氛大不一样,影响也大不一样。她一时拿不准举止,只好再等等。

熊东来回到三号雅间后,有点炫耀地说:"和贵宾厅那一大桌每人喝了一满杯,十好几杯呢,还可以吧?"说完爽朗痛快地笑了。他的轻松愉快并没有传导给大家。王志东心里特别纠结,一直在后悔自己这个老秘书长,怎么没有把握好两个一把手在特定场合需要回避的潜规则呢?这也让他十分为难,不说招商引资事大,按常理应该给近在咫尺的吴芳去敬杯酒,可是不知江伟是何想法,把握不好,书记会不高兴,实在有些两难。江伟心里也不平静,贵宾厅宴请的是秦浦高速公路项目的投资商,应该去敬杯酒,以表尊重和支持。按说吴芳应该先过来敬杯酒,尽管他这一桌除了熊东来并没有人喝酒。外界有一种说法是市长不大把书记放在眼里,当然说法归说法,可也不能不顾及身份先去敬酒,说不定传出去会被夸大得走了样子。冯少平也感到了气氛的微妙,不断地观察着江伟和王志东,江伟依然平静,王志东脸上却微露一丝惶惑。冯少平猜透了王志东的心思,想给他帮点忙,却一时不知所措。白才清觉得饭吃得有些沉闷,就笑着问:"熊市长,你怎么把酒瓶和酒杯都喝丢了?"熊东来说:"什么喝丢了!我给他们敬酒,我也喝好了,还把那些玩意儿拿回来干啥?"冯少平接住话头,忙笑着问:"那王秘书长要代表江书记去给投资商敬酒,拿什么过去?"熊东来一脸的认真,直白地说:"人家喝的是茅台,拿喝剩下的酒圣酒敬贵宾,岂不是寒碜人!"王志东看了一眼冯少平,心领神会地笑着说:"那我只能空着手代表江书记,过去给投资商敬酒了。"说着就站了起来。谁也没有想到江伟也站了起来,说:"这么近,还派什么代表,我也去给投资秦浦高速项目的投资商敬杯酒。"冯少平急忙站起来,想跟着江伟一起去,猛一想有王志东陪着,自己无须多此一举,就又坐了下来。白才清看冯少平站起后也站了起来,接着也坐了下来,知道自己虽是部门主要领导,其实这时候和秘书的地位差不了多少,不可弄出笑话来。

文佳正在低头喝闷酒,忽然手机响了,他接完电话,皱着眉说:"十八号雅间有两个客商可能喝多了,非要我过去一下,说是刚才在院子里看到了我,实在没办法推辞。"他眨了眨眼,补充说:"再说我是这里的董事长,是客都得应酬嘛。"他想趁机先去给江伟敬杯酒,拿起酒瓶和酒杯出门后先向三号雅间走去,刚走几步看见王志东迎面走来,后面跟着江伟。文佳站定笑着说:"我正要去给你两位领导敬酒呢,你俩要到哪里去?"王志东说:"江书记要去贵宾厅给投资商敬酒,刚好你领着走吧。"文佳晃了晃手上的酒瓶,自嘲说:"我这个酒店的董事长,还是慢了半拍,过一会儿还要给江书记补敬酒。"江伟看着笑得并不自然的文佳,心想这位老资格的副秘书长,在应酬方面也许并不擅长。"老文,你拿着酒瓶干啥?我准备回敬一下你们几位老同学。"牛学东站在文佳身后说。文佳回头看是牛学东,便把他介绍给江伟和王志东。这时孔里一手提酒瓶,一手拿酒杯走了过来,后面跟着章显、杨剑三和江立仁,他们以回敬熊东来为名,也准备去给江伟敬酒。几个人迅速围了上来,纷纷向江伟表达要去敬酒之意。江伟微微笑着,轻轻点着头。王志东说:"大家都请回,江书记要去给投资秦浦高速项目的投资商敬酒,大家都请回吧。"

"文秘书长,打电话请你请不动,我俩给你敬酒来了。"卢汉义拿着一瓶茅台酒,高声喊着走了过来。文佳见状,急忙紧走两步,晃了晃手中的酒瓶说:"我还没来得及给二位老板敬酒去呢。"走廊里站着这么多显然都有些身份的人,卢汉义打量了一下,心里便明白了八九成,他身子忽然趔趄了一下,使劲晃了晃手中的酒瓶,眼皮一翻像是酒醉似的说:"文秘书长拿一瓶茅台,我拿一瓶茅台,看看,孔局长也拿一瓶茅台。"他手指着孔里手中的酒瓶:"你们和我们喝的都是茅台,不管是公款还是私钱,只要给够人民币谁都可以喝国酒,这很公平,对吧?可以公平地喝国酒,办起事来却未必公平!这为啥?"高风十分惊诧地看着卢汉义,他虽然喝得多了一些,却并未喝醉,这突然怎么了,就急忙拉了一把有点情绪失控的卢汉义。卢汉义甩了一下高风的手,又趔趄着向前走了两步,大瞪双眼说:"拉什么拉?不平则鸣!为什么秦浦高速项目签约的是上海的公司?不是先和北京的公司签过框架协议吗?这中间有啥文章,是咋回事?"文佳急忙说:"卢总,有话咱俩好好聊,你先让领导过去,领导还有事。"卢汉义扶了扶眼镜,依然横在走廊中间,指着孔里说:"孔局长,在北京签框架协议,在秦东正式签合同,你都是当事人,你说说为啥把我们公司刷掉,这难道公正公平吗?"孔里多次接触过卢汉义,这位老板平时虽然气魄大了点,爱摆谱,也爱吹嘘,但还比较文雅,今天怎么变成了这个样子,是酒喝多了吗?这会儿怎么又撇下文佳向他发难,让本已心事重重的孔里不禁有些慌乱。他急忙走上前,拉着卢汉义说:"卢总,回头咱俩好好聊聊,还有文秘书长,咱们好好聊聊,好不好?"卢汉义不理不睬,反倒仰头对着瓶子喝了一口酒,似乎更来劲了。高风心里明白了,卢汉义是在演戏,刚才还说要秘密告状,这会儿又装醉公开闹上了,这个人简直难以琢磨,无法理喻。高风无可奈何地摇摇头,脸上的汗珠直往下滴。王志东脸上的汗珠也直往下滴,他从来没经过这种场面,几拨要敬酒的人竟聚在了酒席外的走廊里,这会儿又被堵住吵吵嚷嚷起来,实在有违礼仪,有失大雅,特别是江伟被堵在走廊里,让向来善于应对的王志东竟束手无策,心乱如麻。卢汉义如此大的动静,惹得院子里站了不少的人看热闹,有客人也有市招的职工。江伟一直站着没动,也没说一句话。他在想招商引资是个极其艰难而又复杂的社会系统工程,既要大力推进,并制定一系列好的政策,又要公正公平公开,并对投资企业有全面的了解,还需要对出现的问题及时予以解决。他还想到吴芳在工作中是否出现了大的疏漏,会产生怎样的社会效应,要不要弥补,又该怎样……江伟越是一言不发,王志东越是心急火燎,他把文佳拉在一边,紧急商讨起了对策。这时文晓风急急忙忙地赶来了,拉着卢汉义说:"卢总,你是这里的老住户,该懂这里的规矩吧,快回雅间吃饭去吧!"他看卢汉义没有动,接着说:"江书记应酬多,你就别干扰了,好不好?"卢汉义突然大笑,他的猜想已被验证,今天果真把秦东的高官堵在这里,话也挑明了,于是大声说:"为啥不早说是江书记呢?"他故意晃了一下身子,文晓风和高风急忙扶住他,高风还趁机使劲捏了一下他的胳膊,两个人急忙把卢汉义连扶带拖地弄回十八号雅间去了。

贵宾厅外边的走廊里热闹,里边也很热闹。要敬酒的人刚走,张洛朴就看着吴芳,敲着桌子开起了玩笑:"拆开的两瓶酒,都让人拿着去敬别人了,难道不让我敬在座的客人和市长了?"他话音刚落,站在他背后的女服务员,就把一瓶刚拆开的茅台酒放到了桌上。张洛朴回头看了一眼微笑的女服务员,"嘿嘿"笑了,说:"这叫善解人意,一定能找个如意郎君,噢,如今叫白马王子,一定能找个白马王子。"他看女服务员窘得红了脸,狡黠地说:"我不是说你,是说天下所有善解人意的女人,定能赢得白马王子的青睐。"说完瞥了一眼吴芳,正遇吴芳深邃而极具穿透力的眼神。张洛朴示意女服务员给桌上人都添酒后,举起酒杯说:"老吴,秦东市的大项目秦浦高速今天正式签约,你是一市之长,我以老同学的名义敬你一杯酒,以示祝贺。"吴芳说:"咱俩刚才不是喝过了吗?"张洛朴笑着说:"咱俩是啥关系,喝得再多也不为过,如能天天喝岂不更好!"说着就举杯一饮而尽,伸出空杯说:"先喝为敬,市长请,一定要满饮。"吴芳端起杯子抿了一口,笑着说:"我没酒量,别逼我好不好?"张洛朴刚要端吴芳的酒杯硬劝,丁玉丽却已端了起来,说:"我代吴市长喝完这杯酒。"说完就喝了下去。张洛朴脸上掠过一丝不快,嘲弄说:"还是女同志善解人意啊!"张洛朴扭转身指着面前已斟满酒的酒杯说:"快添满,我要给于氏家族精英敬酒。"说着他举着酒杯站了起来,说:"两位于老总,还有柳总,你们是于氏家族的代表,也是于氏家族的骄傲,我祝于氏家族事业兴旺,也祝你们在秦东投资成功,赚得盆满钵满。"于洛言、于洛行两兄弟一饮而尽,并连连道谢,显得十分高兴。张洛朴直呼痛快,说:"我们三个名字都带'洛','洛'者乐也,就是要大乐,痛痛快快地乐。"柳薇慢慢呷了一口,轻轻放下酒杯。张洛朴干杯后指着柳薇的酒杯说:"柳总,感情……"他刚要说感情深一口闷,却迅即改口说:"这就是你的不对了,对茅台感情不深,这可是国酒呀,是酒中之王,怎能不干呢?"柳薇笑着说:"我到秦东后还就是想喝酒圣酒,酒圣酒在我们酒店销售得挺不错,深受顾客的好评。"于洛行笑着说:"她对酒圣酒是情有独钟,这次来秦东就是要亲自考察酒圣酒厂,想进一步加强合作,扩大投资,打开销路,提高知名度。"柳薇笑着说:"张董事长说茅台是酒中之王,我们也可以把酒圣酒打造成酒中之后,与茅台相匹配。"吴芳说:"柳总说得实在好,我们就是要把酒圣酒打造成与茅台相匹配的天下名酒。"女服务员笑盈盈地端来一杯酒,说:"这是从熊市长刚才拿来的酒圣酒瓶里倒的,请用酒圣酒。"张洛朴大笑,端过酒杯后,故意压低声音对女服务员说:"还是女人善解人意嘛!回头我让文董事长提拔你当大堂经理。"满桌皆笑,女服务员大窘。柳薇不等张洛朴再劝,从他手中接过酒杯,满饮后笑着说:"这酒圣酒真的有特色,还大有提升品位的空间。"张洛朴说:"我相信柳总一定能打造出堪称酒后的名酒来,成为秦东市一张名片,成为秦东市招商引资的丰硕成果,成为秦东市的一大盛事。"他略做停顿,看着吴芳大声说:"为此,我提议吴市长和柳总拍张合影以志今日之幸会。不,吴市长先和于氏家族来张合影。"吴芳说:"可惜今天没有请摄影记者。"她觉得张洛朴有些喧宾夺主,还有些强人所难,就婉言推脱。张洛朴从自己的包里取出一款新上市的相机,笑着说:"不需要请摄影记者,让大家见识见识我的摄影水平。"说着就摆弄好了相机,接着指拨着吴芳和柳薇站在落地窗前的中间,于洛言、于洛行分站两边。四人站好后,张洛朴专业而又夸张地摆了个拍摄姿势,在叫好声中按下了快门。大家刚走两步,张洛朴摆着手说:"别急,别急,说好了的,还要给两位女同志单独照个合影。市长和老总,都是女强人,女中豪杰,难得聚在一起。好,笑一笑,我照啦!"他念叨着按下了快门。魏澄独自抽着烟,吃菜不多,喝酒也不多,话就更少了,看似沉稳实则心事重重。尽管吴芳、秋梅和其他人都给他敬了酒,他的脸上始终没露过一丝笑容。这一切丁玉丽都看在眼里,在北京共同起草秦浦高速项目框架协议时,他是何等的活跃呀,不光反应快、点子多,还爱开玩笑,今天却是如此的沉默寡言,甚至有些木讷呆滞。不过当魏澄看到张洛朴大秀摄影身手时,实在按捺不住竟差点笑出声来。张洛朴给吴芳和柳薇摄完影,笑着说:"老吴你别动,咱两个老同学也合个影。"说着就急忙走过来和吴芳站在了一起。吴芳微笑着说:"张董事长,你那个新潮玩意儿这里可没人会摆弄,还是以后有机会再照吧。"几个人听了纷纷摇头,表示不会摆弄这款新相机。其实,再新款的相机一点拨就能拍照,既然吴芳这样说了,大家就只好顺着市长的意思来。张洛朴顿时着急起来,机会难得呀,为了搞一张他和吴芳的双人照,他煞费苦心,精心谋划,难道表露心迹、撬动吴芳感情的良机就这样流失了吗?丁玉丽看着张洛朴猴急的样子,也怕魏澄被冷落了,就笑着说:"魏总是摄影行家,让魏总帮帮忙吧。"魏澄看了一眼把秘书称为魏总的丁玉丽,知道不好推脱,她清楚上次在北京洽谈项目时,所有的照片都是他拍的。魏澄走过来从张洛朴手中拿过相机,随意翻转着看了看,轻轻点点头,接着退后几步,专业而优雅地摆好了拍照的姿势。魏澄刚要按快门,却见张洛朴向吴芳身边挪了挪,刚站定又扭头微笑着向吴芳身边再挪了挪,他的身子已贴紧了吴芳。正在这时王志东大声说着话进来了。

王志东边走边说:"各位好!江书记给投资秦浦高速路项目的客人敬酒来了。"江伟紧随其后,满面笑容地挥挥手,一眼看见吴芳正和张洛朴并排站在窗前。吴芳刚要走开,张洛朴一把拉住吴芳,对江伟说:"老江先别急,等我和老吴合完影再敬酒。别急,别着急。"他拉吴芳的手放下了,身子靠吴芳却更紧了,魏澄迅速按下快门,终于松了一口气,没想到这张合影竟如此难拍。张洛朴的小动作,秋梅全看在眼里,暗笑张洛朴有些过分,有失身份,便有些鄙夷之意。又觉得这些超出普通同学关系的小动作背后,必定有深层次的缘由,难道这位单身男老板有意于单身女市长?想到这里她又有些佩服张洛朴示爱的独特和大胆。江伟端详合影人表情,立即猜透了张洛朴的心思,却一时看不透一脸平静的吴芳是否心有灵犀。秋梅看了看四周笑着说:"刚才吴市长和投资秦浦高速项目的几位客人合了影,张董事长也顺便和老同学吴市长留个影。"她显然是在做解释,却说的是那么的随意和自然。文佳听了心中暗笑,他对张洛朴太了解了,一进门就看出张洛朴又在演戏。

吴芳站着从于洛言开始逐人给江伟做着介绍,江伟一一给上海和北京的客人敬了酒。吴芳刚坐定,江伟走近她说:"咱自己人也来一杯。"陪同的王志东端着酒杯,微笑着跟在江伟后边。吴芳边站起来边目视秋梅、丁玉丽,边笑着说:"好,咱们一起来。"秋梅、丁玉丽迅速站起来,举起了手中的酒杯。五个人互相碰了杯,江伟酒到嘴边却停住说:"吴市长,今天我看了几处防汛准备情况,问题比较多,有些还比较严重。我的意思以两办的名义发个文,强调一下防汛,把防汛作为当前的中心工作抓一下。"吴芳说:"好。"她扭头对秋梅说:"回头和市防汛办联系一下,尽快起草个加强防汛工作的通知。"江伟说:"我已给志东同志说了,他已安排白才清代为起草通知,请吴市长把把关。"吴芳说:"好。"二人说着话都没有喝酒。秋梅、丁玉丽看江伟就要转身都急忙干了和书记碰过的杯,看吴芳坐下后她俩才坐了下来。王志东看了看无意关注他的吴芳,高高仰起头喝了一点酒。他今天算是开了眼界,着实佩服两个一把手的酒场应对,是那样的自然从容,既不失礼仪,也不失身份,还不失时机地谈了工作,根本没有出现自己所担心的尴尬局面,这让他长长出了一口气。江伟转过身,看见文佳几个人都还站在边上,便笑了笑。文佳说:"江书记,该我们给你敬酒了,还是跟着你去你那边敬酒吧。"其他几个人都说好。江伟举起刚才碰过却没有喝的酒杯说:"互敬嘛,我也敬各位。"他站着没有动。文佳笑着说:"恭敬不如从命,我们就在这里给江书记敬酒吧。"他看了一眼站着的几个人:"江书记随意,我干了。"说完他先和江伟碰了杯,接着和跟在江伟身后的王志东碰了杯,小声说:"王秘书长也随意。"碰杯后文佳笑着说:"先喝为敬,我干啦。"他敬完酒就退到了一边。接着是孔里上前给江伟敬酒,他心中的隐忧融进了期盼和渴求,超乎寻常的恭敬,脸上堆满了谄笑。和江伟碰杯后孔里又和王志东喝了个满杯。然后和文佳一样站在边上。章显和江立仁也依次给江伟敬了酒。敬酒变得和书记接见一样,几个人以各种恭敬的姿态,又是笑脸,又是弯腰,又是仰脖,又是亮杯,尽情地表达着对市委书记的尊敬和忠诚。几个人都是满饮,唯恐剩下半滴酒。江伟却滴酒未进,只是做了做喝酒的样子。这一幕张洛朴看得格外真切,深感权力的极端重要和地方长官的尊贵威严,不禁妒从心生,高声说:"老江,你给客人敬了酒,给自己人也敬了酒,唯独给我不敬酒,是什么意思?"江伟微微一笑,以十分知己的口气说:"你既是参与投资秦东的客人,又是我多年的老朋友,还能不给你敬酒?不过有个条件,喝了这杯酒就免了今晚的棋局,我不胜酒力,也实在有些累了。"张洛朴会心地哈哈大笑,摆出一副知己而又爽快的样子,端起酒杯说:"行,依你,谁的地盘谁做主!"两人分别向前走了几步,碰杯后都一饮而尽。张洛朴极其夸张的仰首姿势,再加一个使劲亮杯的动作,惹得大家都笑了起来。江伟对着文佳几个人说:"你们都坐呀,还站着干什么?"文佳笑着说:"我是这个酒店的董事长,得送送你呀。"江伟环顾四周,说:"你个董事长呀,还有个客人呢,人呢?我给他也要敬杯酒。"大家都愣住了,不知道说的是哪位客人。江伟盯着文佳说:"省纪检委的牛处长呀。"文佳顿悟,忙说:"也没注意,他大概回吃饭的雅间去了。"满座皆惊,原来江伟竟是如此的心细如发,竟把敬酒看得如此之重!牛学东的确是回雅间吃饭去了,他本想着给几位老同学回敬一下酒,没想到碰到江伟来敬酒,就悄然退了回去。

# 第四十章

上午，文佳正在办公室看文件，任东山在门框上敲了两下，掀开门帘笑眯眯地走了进来。不等文佳招呼，任东山就一屁股坐在文佳对面的椅子上，笑着说："文秘书长，我是来向你辞行的。"文佳看着西装革履，一身名牌，满面春风的任东山，问："你要到哪里去？""欧洲，欧洲呀。"任东山看着微皱眉头的文佳，有些诧异地说："你还不知道？我要随市经贸代表团出访欧洲。"文佳点点头，不热不凉地说："好，好哇。"任东山说："没办法呀，由市长非要让我去不可，还说这是江书记的意思。"他一脸的得意，还有点炫耀的味道，这一下子就刺痛了文佳。市上对组织经贸代表团出访欧洲非常重视，江伟书记任团长，由锡平副市长任副团长，既要考察学习，也要开展招商引资等经贸活动。文佳是协调工交口和招商引资工作的副秘书长，又分工协助由锡平工作，理应随团出访欧洲。由锡平却以秦东纺织厂的破产工作正处在关键时期，让文佳督促协调这方面的工作，改由仵天才副秘书长随团出访。这理由的确充分也很有力，文佳心里却很不是滋味，不光是失去了一次难得的出国机会，还觉得由锡平是有意打压他。文佳打量着有些得意忘形的任东山，知道他根本就没有必要来给自己辞行，就故意问："你走了，秦纺厂的破产工作谁搞呀？由市长说这项工作正处在关键时期。"任东山先是一愣，接着说："文秘书长，这事你放心，最近我全力抓紧秦纺厂资产移交工作，进展很快。资产移交后，收购方就能投入生产，一切都在按程序进行，一切都很顺利。"他略微停了停，笑着说："既然说到秦纺厂破产，我就多说几句。现在看来，实施秦纺厂破产完全正确。破产后可以按有关政策冲销拖欠各银行的二点一四亿元的呆坏账，我们不用给银行还账了，这不就等于不费吹灰之力就得到了几个亿吗？还产生了四千万的拍卖所得，引来了市外一家知名的民营企业。这难道不是给市上的招商引资争光添彩吗？"文佳听了直点头，尽管话说得轻松直白，但的

## 第四十章

确有道理。任东山看着文佳,笑了笑问:"这难道不该发个脸盆大的奖章吗?"文佳笑着说:"好啊,谁要不嫌重,就天天戴在胸前吧。"任东山收住笑容,认真地说:"文秘书长,说实在的,要是真的发奖章,还真的应该发给我。"文佳诧异地看着任东山,心想这是怎么了?还以为在开玩笑,没想到他竟动了真。任东山眨眨眼,说:"市上不是正在评选招商引资先进吗?秦纺厂既打开了破产重组的局面,又取得了招商引资的丰硕成果,市轻纺总公司已在初评中被定为先进单位,前几天又拟将我报为先进个人。听说这几天要征求你的意见,请你给兄弟多说几句好话。"文佳听到这里,终于明白了任东山今天来找他的真实目的,说:"听说省上对秦纺厂实施破产重组评价很高,要予以表彰奖励。市上当然也要表彰奖励,不过这事需要由市长同意。"他对任东山在这方面的工作并不满意,又不想得罪任东山,只好说得委婉一些。任东山说:"由市长的态度很明确,只要你同意,兄弟定先进就顺当多了。"他眼睛紧盯文佳,既自负又有些咄咄逼人。文佳吃了一惊,看来人家的工作早就做好了,就应付着说:"好,好,我知道了。"任东山似乎并不满意文佳的回答,说:"轻纺总公司评先进,我是副总,应有份;秦纺厂特殊的招商引资成绩显著,我是厂党委书记,负总责。领导就是以这为理由让我当先进的,当然我再三推辞,还是推不掉,实在没办法。"文佳看他差点又把由锡平的牌子打出来,便心里不高兴,说:"好,好,我知道了。祝你一路顺风,欧洲之行愉快。"任东山问:"你要捎点什么东西吗?"说着站起来告辞,临出门时握着文佳的手,笑着说:"文秘书长,你一定要给兄弟多说些好话,兄弟现在正处在关键时期呀。"文佳拍了一下他的肩膀,说:"好,好,我知道了。"他看了一眼任东山离去的背影,心想这位在秦东纺织厂实施破产重组中,并未起多少正面作用的由锡平的心腹,明显是在谋求更大的目标,当招商引资先进只是想造造舆论而已。文佳摇摇头,重新回到了办公桌前。

　　下午,文佳在办公室随意翻着手头的杂志。秘书长都是这样,协助的市长外出后,事情就少多了,压力就小多了。上午由锡平到欧洲去了,文佳中午睡了个好觉,下午更是如释重负,有着难得的轻松。周华敲门进来了,显得十分焦急。文佳说:"周局长,有啥事坐下说。"周华说:"秦纺厂的职工又把市区的主干路堵了。"他并没有坐下。文佳说:"上午任东山还说秦纺厂一切顺利,职工怎么又把路堵了?"一提起任东山,周华就气不打一处来,气呼呼地说:"这还不都是任东山惹的祸,各方面工作还没做好,就急着要移交资产,说要赶在他出国前把这事办到头。一心要出风头,抢头功。这不,他上午刚走,下午职工就把金鑫公司接收资产的人赶走了,还堵了市区的路。"正说着秋梅给文佳打来电话,说是秦东纺织厂职工又把市区路堵了,电话都把市长热线打爆了,让他赶快去看看。文佳叫来卫坪并给司机打过电话后说:"走,周局长,咱们去看看。"到楼下后,任东山的司机范平平急忙上前,一边向文佳问好,一边招呼周华上车。文佳看着崭新的奥迪车,笑着说:"周局长现在鸟枪换炮了,坐上高档新车了。"周华自我揶揄说:"我这个正职是趁人家副职出国才临时坐坐高档车。我那辆破车,前几天又送到修理厂去了。"

  周华车在前,文佳车随后,很快就到了秦东纺织厂的北门口。文佳下车后仔细看了看,这里并没有出现严重堵车的情况。一根绳子一头拴在秦纺厂北门口护栏上,越过秦风大街道路后,另一头拴在对面的护栏上,这种情况曾出现过多次。卫坪不久前被提拔为工交科副科长,看了现场后不禁窃笑,难怪都说周华软弱无能,这么简单的事情还要拉上文佳来。在这道拦车绳子的两端各坐着十几位老职工,多是些女职工。文佳认识苏向芝和郑音和几个老职工,向他们打了个招呼,就向厂里走去。文佳压根没提堵路的事,这让周华很意外,卫坪也很纳闷,爱看热闹的范平平急忙跟了上去。

  文佳刚进到厂区,迎面碰上了由进京。文佳说:"由局长,老职工把秦风大街路堵了,你这个公安局长怎么无动于衷呢?"由进京看了一眼跟在后面的周华,笑着说:"杀鸡用得着牛刀吗?十几个老职工,周总派人去说说不就散了。"不等周华开口,他接着说:"市委、市政府两个秘书长,都给公安局打了电话,要求立即打通市区主干道。秦纺厂堵路已不是第一次了,这种套路玩多了,也就不新鲜了。我来后看了看阵势,没有他俩说得那么严重,就立即通知交警支队安排人力到两边的主要道口疏导车辆,绕道而行。堵不到几辆车,造不成大的影响,他们还有劲儿吗?再说如果动硬的,都是些老职工,说不定还惹下一堆麻烦事呢。这事拖一拖,也许就不了了之了。"文佳看着由进京自信轻松的样子,会心地笑了,说:"我刚才看了秦风大街现场,就估计有高明人已经采取了措施,果不其然。"

  由进京笑着挤挤眼,狡黠地说:"文秘书长肯定是要去南门看看,我刚从那边过来,我陪你再去一趟,那边的情况还真有些猜不透呢!"文佳说:"好啊,咱们一起去看看长阳大街被堵的情况。"一行人很快就穿过秦东纺织厂的家属区,来到了秦纺厂的南门口。这里比北门外热闹多了,除了几个老职工,大多是年轻职工,大呼小叫,又吵又闹。这边是把路两边的护栏搬到了路中间,严严实实堵了长阳大街。文佳刚到就有人认了出来。为首的老职工李正正半驼着背,一闪一晃地走了过来,伸出一杆长烟袋拦住文佳,有些结巴地厉声说:"文秘书长,你是市上的大官,大官,可要为我们这些没人管、没人管的老职工做主呀!"范平平看了一眼李正正有点滑稽的样子,忍住笑给文佳介绍:"这位是厂里的老锅炉工李正正师傅。这根长烟袋,是他给天宫的太上老君烧炼丹炉时偷下凡的。"李正正挥起长烟袋,差点要打范平平,怒喷说:"去你的,别胡说八道!我啥时偷过人?"周围一片笑声。周华说:"李师傅,有话好好给文秘书长说。"卫坪认识李正正,那年秦东纺织厂职工抢吃市政府食堂馒头时,他撞翻了卫坪的饭碗,弄了两人一裤子的稀饭,他却挥着长烟袋赶着打卫坪。

　　文佳看了看长阳街,路虽堵得严实,车辆并没堵多少,便知交警已经采取了相应措施,心也就静了下来,回头问李正正:"李师傅,你这么大年纪了,还来长阳大街堵路?"李正正"嘿嘿"一笑,挺了挺腰板说:"没,没办法,这没办法……"边上的年轻人见他言不及义,乱纷纷地说,李师傅是这里的头儿,是现场指挥,爱上访,会堵路,善煽动,敢带头……听起来像是夸老师傅,却有点别样的味儿。看来这帮年轻人既把他捧为头儿,又不把他当回事儿。李正正听了却激动得脸上放光,拿长烟袋的手都有些抖。周华说:"李师傅这么大年纪了,应该待在家里享享清福,来这里折腾个啥呀?"李正正突然拉下脸说:"享狗屁,狗屁清福,厂子都卖了,谁,谁发工资?你让我喝风屙屁呀?现在不闹腾,就只剩下喝风屙屁了!黄厂长说了……"他突然收住,意识到说漏了嘴,竟把黄一鸣带了出来。文佳恍然大悟,黄一鸣很可能是堵路的幕后策划者,他有时极力支持秦东纺织厂破产重组,有时却消极应付,甚至暗中捣鬼,让谁也琢磨不透。范平平对文佳附耳低言:"李正正和黄一鸣是一个村的。"文佳点点头。周华当然听出了蹊跷,就拨了黄一鸣的手机。文佳笑着说:"黄一鸣的手机不通。"周华惊讶地看了一眼文佳,说:"手机关机。"文佳说:"你试着给向平拨个电话。"周华拨后说:"也关机。"他略停片刻,拨了办公室主任唐生春的电话。

　　文佳看了一眼李正正,略带调侃地笑着说:"李师傅,你不说为啥要堵路了,说说今天堵路都有啥要求和啥想法。"不等李正正开口,周围的年轻人就嚷嚷起来。卫坪大声说:"大家别乱嚷,一个一个给文秘书长说。"一个年轻人说:"我们是国有企业职工,给国家干了多年,现在企业破产了,卖了,今后要给私企老板打工了,心里憋屈,实在心有不甘。"大家齐声附和着。有人还说宁喝国有企业的汤,也不去吃私有企业的肉;有人还骂政府把企业搞烂了,把职工推到社会上不管了,比资本家的心还黑。发泄了好一阵子后,一个身穿一身名牌的年轻人大声说:"我早就把秦纺厂看透了,早就到南方打拼,自谋生路去了。不过企业破产了,也该给我们一笔钱呀。我虽然看不上这点小钱,但不给是不行的。"一个衣冠不整的年轻人说:"还有我们这些合同工、临时工,也得有个说法,不然我们是不答应的。""别都说自己的事!"一个年龄大点的人喝斥了一声,周围立刻静了下来,他轻扶了一下眼镜,对着文佳说:"文秘书长,秦纺厂是秦东市最大的国有企业,为秦东市的经济发展曾做出过重大贡献,怎么说破产就破产了呢?职工不单是看重国企职工的身份,更是对企业有着深厚的感情。"周围掌声一片。这个人用手压了压,立刻静了下来,他接着说:"还有秦纺厂破产拍卖的问题,为什么评估资产价值近亿元,却拍卖了四千万元,这中间有何猫腻?再说,社会上多有传言,都说拍卖是暗箱操作,有违国家法律、法规。"他停了下来,看了看周围。这帮年轻人立即放声乱喊乱嚷起来,有的说拍卖有假,真正的买受人是市长的老同学,有的说是卖给了市长的亲戚,有的直言当官的肯定得了好处……文佳静静地听着,一言不发,不过他已看出这位中年人是现场实际的领头人,至于他和黄一鸣是什么关系,有无联系,却很难说清楚,看来水很深,情况很复杂。等大家嚷嚷得差不多了,这位中年人才和缓地又开了口:"当然啦,即使要真的实施破产,职工安置岂能置之不管?固定工要安置好,合同工、临时工也得有个说法,还有离退休人员更不能忽视。这些问题没有解决好,就要把资产移交给私企老板,这是根本不可能的,是不是?"周围的年轻人高呼着附和起来,有的说再搞资产移交就砸烂这些资产,有的说谁敢去移交就砸断谁的腿。大家情绪异常激动,气氛异常紧张。

唐生春急乎乎地跑来了。周华劈头问:"厂里的领导都到哪里去了?怎么没一个人出面?两条大街被堵了,他们难道都不闻不问!"唐生春看文佳也在场,紧绷的脸上绽出一丝苦笑,摇摇头说:"企业破产了,厂领导班子早就不上班了,我都见不上,电话也打不通。"周华说:"怎么能这样呢?那资产移交工作是谁主持的?"唐生春脸上挂上了怪怪的笑容,说:"你是知道的呀,实施破产一直是任书记亲自抓,推进得蛮快呀,有些程序也省了。资产移交更是任书记亲自抓,说移交结束就大功告成了……"他看了看周围的职工,摇摇头停了下来。

由进京急急忙忙赶了过来,对文佳挤挤眼,故意放开嗓门说:"秦风大街的路通了,北门外的老头老太太都回去给孙子做饭去了。"说完又给文佳挤挤眼。文佳高声说:"今天大家就秦纺厂实施破产和资产移交反映了不少意见,我回去后给市政府领导汇报一下,并协调有关方面研究一下,然后给大家一个答复。现在请大家都回去吧,也让长阳大街的交通尽快恢复正常。"由进京打完手机,举起手高声说:"都赶快回家吃饭吧,折腾了半天,肚子都饿扁了吧!"说完看着明显泄了气的职工们,还做了个鬼脸。等在路上的几十名交警接到由进京的指令后,迅速搬开了堵在路中间的护栏。下班时间到了,各种机动车辆匆匆开过,一切都恢复了正常。职工们看着畅通无阻的长阳大街,下午堵路时憋足的劲儿已消失殆尽,纷纷回家去了。

第二天,文佳因由锡平出国就直接给吴芳汇报了秦东纺织厂职工堵市区路的情况,并和有关方面做了些沟通。上午秦东纺织厂那边很平静。下午文佳处

## 第四十章

置了市招的几件事情,就想到高新区和秦河北工业园区去,想看看古济宁在那两处新上的项目。他没有想到古济宁竟以怕给吴芳添麻烦为由,果断地放弃了低成本收购秦东纺织厂的机会,以极大的热情和魄力投资了两个新项目。更让他没有想到的是高新区和秦河北工业园区竟发展得如此之快,不断有企业入驻,不断有新项目开工,一片热气腾腾,充满了生机和活力。其实,文佳也有放松一下的想法。他刚要离开办公室,电话响了,周华告诉了一个令他十分吃惊的消息:秦鸿高速公路被秦东纺织厂的职工堵了!这可是大事啊,这条高速公路横贯全省腹地,是国家的主干交通要道,堵了这条高速公路将会产生严重后果。事不宜迟,分管交通的由锡平不在,文佳就直接去找吴芳报告。

吴芳正在办公室议事。她上午听了文佳关于秦东纺织厂职工堵市区道路的汇报后就一直在运筹此事,先翻了翻手头收集的外地纺织企业实施破产重组的资料,当然包括职工上访和发生群体性事件的内容。下午她叫来了薛谦和郝俊鹏商议此事。薛谦多年任经贸委主任,一直是秦东纺织厂破产重组的主要策划者和参与者。郝俊鹏虽是乡企局长,但曾任过秦东纺织厂的厂长,又是市工商联主席、市政协副主席,后来又是秦东纺织厂破产重组领导小组的副组长,特别是对企业破产重组有深入精到的研究,曾在多个报刊上发表过这方面的文章。吴芳想进一步了解一下秦东纺织厂实施破产重组的有关情况,探讨一下如何应对可能发生的各种不测。吴芳看文佳神色慌张的样子,指了指沙发让他坐下。文佳着急地说:"秦纺厂职工把秦鸿高速公路堵了。"吴芳又指了指沙发,说:"先坐下,坐下说。"文佳看吴芳十分镇静,便坐了下来,这才看了看薛谦和郝俊鹏。薛谦憋不住问:"不是说堵的是市区的路吗?"文佳说:"那是昨天,今天堵的是高速公路,只十几分钟各种车辆就堵了几公里。"丁玉丽急匆匆地进来了,不等站稳就说:"吴市长,值班室接到市公安局的报告,说是秦纺厂几百名职工,下午3点半把秦鸿高速公路堵了。现场极为混乱,情况十分严重,他们已经安排交警支队派出几十名交警去现场疏导。还接到省公安厅的电话,询问和催促解决堵高速公路的事。"吴芳果断地说:"你立即打电话,让市公安局安排足够的警力,全力疏通秦鸿高速公路,并及时把情况报告市政府和省公安厅。同时通知市轻纺总公司,让组织机关全体干部到现场去做工作,全力以赴动员职工回厂。"丁玉丽听后立即转身离去。薛谦说:"秦纺厂实施破产重组,前段一直比较顺利,没想到情况突变。"郝俊鹏说:"这很正常。从外地的经验看,破产重组没有一家是风平浪静的。我们这里开放程度不够,职工思想转变难度更大,任何一项改革都会很艰难,都可能涉险啊……"他看了一眼沉思的吴芳,没有再往下说。吴芳突然问:"文秘书长,你有啥想法?"文佳说:"让我先到现场去看看。"吴芳站起来说:"我们一块儿去。"薛谦说:"让我们三位先去,协助督促现场有关部门做做工作,实在不行,你再去。"吴芳说:"还是一块儿去吧。昨天职工堵市区路,没有引起大的反响,所以今天就升级了,市政府领导再不出面事态还会升级。"郝俊鹏对吴芳说:"几百人堵路,加上围观群众,现场肯定十分混乱、复杂,去后恐怕很难做工作,你的安全也成问题。"吴芳坚定地说:"文秘书长昨天摸了秦纺厂职工的想法和要求,我想针对性地和职工对话,动员职工撤出高速公路。秦纺厂实施破产重组,事涉职工的切身利益,矛盾、悬疑多,信息庞杂、立场多元,如果遇到突发事件,领导人不及时出面和职工对话,只是强行硬推,很可能造成严重后果,使这项改革付出极高的成本。"这时丁玉丽又进来了,急乎乎地说:"省委、省政府办公厅都来了催问电话,另外市公安局从现场报告,堵路的职工和过往司机有起冲突的危险。"吴芳手一挥,果断而坚决地说:"走,咱们一块儿去现场。"

吴芳一行驱车很快来到了秦东纺织厂职工堵高速公路的地方。看来不光堵了秦鸿高速公路,也堵了与高速公路并行的一条二级公路。这里人山人海,有秦东纺织厂的数百名职工,有更多的围观群众,而且人越来越多。堵在高速公路和二级公路上的各种机动车辆一眼望不到尽头,许多操着各种口音的司机口出怨言,有的车还在无奈地按着喇叭。谁也没有想到竟会出现这样的场面,这在秦东还是第一次。文佳竭力使自己冷静下来,让小车停在人流外面,几个人陪着吴芳步行向人群中间走去。由进京和周华在现场接到文佳的电话,匆忙赶了过来。他俩满头大汗,说职工根本就不听他们的话,交警虽多也毫无办法。吴芳什么也没说,在几个人的簇拥下,走到人群中间靠近高速公路的地方。

吴芳刚站定,就有人认了出来,市长来了的消息迅速传了开来。吴芳要上高速公路,由进京、周华坚决拦了下来。吴芳看了看周围,在丁玉丽的帮扶下爬上一辆堵在二级公路上的大卡车。她要过由进京手上的喇叭,理了一下额前的短发四面望了望,高声说:"秦纺厂的职工同志们,现场所有的同志们,大家静一静。我是秦东市市长吴芳。"喧嚣无比的声音很快小了下来,吴芳稍停后接着说:"我是和秦纺厂的职工同志们对话来了。由于现场特殊的情况,我只能这样高高在上地唱独角戏了。"她想先缓和一下气氛,但音高不减:"今天,这里发生了大家都不愿看到的事情,已严重影响了交通畅通和正常的社会秩序,引起了省委、省政府的高度重视。虽然一段时间以来,市级有关部门和秦纺厂清算组对广大职工所关心的问题,通过各种渠道,采取多种形式,在不同场合进行了反复答复,但却没有达到停止上路、积极对话、协商解决问题的目的,酿成了全省东西大动脉秦鸿高速公路以及市区主要干线道路的交通中断。我以秦东市市长的名义,对据我所知职工提出的有关问题做以下解释。"全场出乎意料地安静下来,吴芳不慌不忙地说："首先，我谈一下秦东纺织厂破产的问题。秦东纺织厂的破产是不得已而为之。经审计、评估、核查确认，秦纺厂现有资产一点八亿元，负债三点一六亿元，累计亏损达一点六亿元，仅每年支付的银行利息一项即达到三千万元，年亏损最多时达五千二百多万元，按现在企业生产情况是难以偿还的。加之银行商业化经营，企业得不到贷款，生产则无法维持。另外，部分债主强拉设备，抵偿债务，甚至还对部分厂领导的人身安全形成威胁。针对这种情况，市政府采取了相应的措施，同意让秦纺厂破产的意见。因此，秦纺厂破产是必要的，也是正确的。我们只要严格按照国家有关政策，做好各方面的工作，就可以搞好企业的破产重组，把坏事变成好事。"文佳看了看镇定自若的吴芳，心里着实有些佩服。人群不断地向吴芳站着的卡车移动，丁玉丽警惕地看着，准备随时保障吴芳的安全。

吴芳清了一下嗓门，继续说："第二个问题，说一说关于拍卖的合法性问题。秦纺厂破产资产的拍卖是严格按照国家有关法律、法规进行的。一是按规定选择了省拍卖中心作为拍卖方。二是在拍卖前进行了广泛的宣传，力争提高出售价格。三是拍卖整个过程公开、透明，金鑫集团公司的确是在拍卖前夕联合了其他公司共同参与竞买的，但得到了省拍卖中心的审查和认可。市政府和市政府任何部门都没有干预过正常的依法拍卖，没有什么不可告人的事情。我可以负责地告诉大家，省拍卖中心认为这次拍卖合法，秦东市中级人民法院也认定合法。"她说得坚定有力，掷地有声。薛谦听得直点头，还情不自禁地握了握拳头，像是给吴芳鼓劲加油。他也参加了拍卖会，目睹了拍卖的全过程。现在有人要否定拍卖，实在让他捏着一把汗。

"最后，我谈一谈大家最为关心的关于职工安置问题。"吴芳环顾全场，胸有成竹地说，"秦纺厂目前职工共分为七类：一是离休人员，二是退休人员，三是即将退休人员，四是按政策规定可以提前退休人员，五是固定工，六是合同制工人，七是临时工。"接着她对各类人员将依据什么政策规定，用拍卖所得中多少资金，如何予以安置，一一说来，如数家珍，具体而又详细，有些地方还联系有关法律、法规和秦东纺织厂的实际略做说明和阐释。职工们听得十分认真，现场核心区的秩序越来越好，一些围观的群众则悄然离去。周华一直惴惴不安地站在大卡车旁边，当市长讲到职工安置时，他既佩服又惊讶，没想到吴芳竟然把这种政策性极强又极具体的事情弄得如此清楚。其实这些在破产预案中都涉及了，只是她和薛谦、郝俊鹏商议后有所调整和补充。吴芳按类别讲了职工的安置问题后，信心十足地说："市政府完全有能力按照国家有关规定，安置好全部职工！我今天着重讲以上三个方面的问题，有些职工关心的问题可能没有涉及，我将派几名领导干部于今天晚上8时,去厂里听取职工的意见,随后尽快予以研究解决。"吴芳稍停了一下,一些职工开始交换着看法,大多数职工却意犹未尽,想听听市长还有啥要说。围观的群众不断有人散去。丁玉丽轻松多了,不再担心吴芳的安全了。薛谦对文佳直夸市长讲得好,文佳直点头。

吴芳换个手举起喇叭说:"同志们,今天出现这种情况是我们大家都不愿看到的。虽然大家的心情是可以理解的,但这种行为是令人痛心的,影响了秦东乃至我省的对外开放形象,影响了秦东市的正常工作和生活秩序。希望大家能保持冷静态度,顾全大局,维护社会秩序的稳定,马上撤离现场,尽快恢复秦鸿高速公路和二级公路通车,积极回到企业参与对话,理解支持企业改制,为秦纺厂下一步恢复生机、走出困境创造良好条件。谢谢大家!"说完她面向职工鞠了个躬。丁玉丽急忙扶着吴芳下了卡车。

吴芳讲完后,职工队伍先是慢慢松动,接着就蜂拥着回家去了。剩下的围观者更是快速四散离去。高速公路和二级公路上被堵的车辆纷纷鸣着喇叭匆忙驶去,像是庆幸终被放行,又像在发泄积蓄已久的不满。

吃完晚饭,文佳带着丁玉丽和卫坪来到了秦纺厂的北大门,薛谦、郝俊鹏、周华已等在这里。看见文佳来了,唐生春急忙从门房走出来,不等站稳就先解释说:"文秘书长,我已不是办公室主任了,也不代表见不上面的领导,更不是职工的组织者和指挥者。啥都不是,就是个跑腿的。"他看了一下表:"文秘书长真准时,8点还不到就来了。咋个征求职工意见,你定个点子吧。"周华严肃地说:"生春,你没有避得不见人,这很好。但也不要推得一干二净,今晚你要负起责来,协助文秘书长把征求职工意见的事办好。这是在落实吴市长下午当众表的态,事关重大。"唐生春"哼"了一声,连看都没看周华一眼,心里想要不是文佳抓住不放,说啥也不会来这里揽这差事,你还以这等口气下命令呢!文佳说:"让职工推选上七八名代表,十几名也可以,一起座谈一下,讲讲都有些啥意见、啥要求。"

让文佳没有想到的是,职工的意见如此之多,如此之强烈,共征求了一百二十四条意见。意见涉及方方面面,对职工安置诉求多,对拍卖资产质疑多,对企业破产从反感发展到了反对,让文佳等人感到问题远超预想的复杂和严重。还让文佳没有想到的是,征求完职工意见,凌晨1点多回到机关时吴芳仍没有休息,第二天还要去省上开会。她了解情况后连夜召集有关部门领导,部署安排了有关工作,让文佳感到了吴芳对这项工作的高度重视和极大的压力。更让文佳没有想到的是,之后连续两天部分职工依然断断续续地堵了高速公路,让文佳等负责这项工作的同志连续折腾了两天,身心异常疲惫,也让文佳充分感受到了改革攻坚和职工观念转变的极端艰难。然而,让文佳万万没想到的事情还在后面。

## 第四十章

秦鸿高速公路连堵三天后,吴芳没有参加完省上的一个重要会议,连夜赶回秦东开会研究解决这一难题,要求各有关方面要全力做好工作,尽快打通这条交通大动脉。很显然,这件事已在全省造成了极大的负面影响,引起了省上领导的重视,到了非解决不可的时候了。

吴芳连夜安排后的第二天,文佳吃完早饭就来到高速公路市区中段。这时秦东纺织厂的职工也三五成群地赶来这里。高速公路市区段地基比较高一些,职工要爬着水泥衬砌的斜坡才能上到高速公路上。一连几天职工上高速公路,已用砖块垒起了一道台阶式通道。这里一大片草坪已被踩平,卖各种小吃、瓜果、香烟的小贩来了,一些晨练的、遛狗的也来了。下马村的雷汉公牵着自己的"秦东神犬",叼着一根自制的长长的黑棒棒卷烟,晃晃悠悠地过来了。哭丧妇乔凤东一瞅西一瞅地来了,想看看这里能否出现有偿表演的商机,她已捕捉到了秦东纺织厂职工今天准备大闹的信息。郝俊鹏迈着沉稳的步伐来了,他一连几天陪着文佳在一线做工作,文佳越是劝他回去休息,他越是坚持到职工中去做工作。他放下身段,和职工谈心,拉家常,交朋友,不愠不恼,不急不躁,拉近了和职工的距离,渐渐恢复了当年职工对他的尊敬和信赖。周华神情紧张地来了,说职工今天可能有异动。一直跟着文佳的卫坪瞥了一眼周华,说:"高速公路又堵上了,今天职工明显多,情绪好像也更为激动。"文佳不动声色地看了看表,心里盘算着如何实施昨晚商定的疏路方案。薛谦急匆匆地来了,说是去了一下设在秦东大学的临时指挥部,临时做了些安排。文佳几个人越过二级路踏着草坪,向高速公路被堵处慢慢走去。一辆警车急驶而来,由进京跳下车来直趋文佳,大家一齐聚拢过来。由进京神色庄重而威严地说:"文秘书长,公安干警已全部到位,除了市局和临秦区的干警外,还从高新区和杏水县抽调了部分警力,总计二百余人。你下令我们就上路。"文佳想缓和一下气氛,笑着说:"不急,先礼后兵嘛。先让周总带的机关干部上去动员劝说,实在不行再动硬的。先让公安干警在指定地点休息待命。"由进京大声说:"好,服从命令听指挥。"说完他又驱车离去。文佳对周华说:"按预定方案,你让机关干部现在上路做工作吧。"郝俊鹏说:"我也一块儿去。"他对周华叮嘱说:"让干部拉开距离,三三两两地上,别太集中了,让职工反感。要讲策略、讲方法、有耐心、求效果。"说完他就拿了一瓶矿泉水,缓缓地向职工队伍走去。

文佳和薛谦、周华实际上形成了一个现场指挥中心。三个人焦急地等待着郝俊鹏和机关干部做工作的情况。很明显今天高速公路上的职工比前几天要多得多,但紧邻的二级公路并没有堵,显然背后有高人谋划,要的是影响,而不是完全把路堵死。其实交警这几天也加强了远处的交通疏导,堵路的压力远没有各级党政领导的压力大。文佳的手机响了，传来了田丽丽从欧洲打来的电话。她寒暄几句后说："由市长这几天很关心秦纺厂职工堵高速公路的情况，听说今天形势更加严峻，就请示了江书记，让你动员公安干警立即采取果断措施，尽快打通秦鸿高速公路。"文佳听了心里顿觉一直往下沉，简直没了底。看来由锡平虽远在欧洲，对秦东纺织厂发生的情况却十分清楚，现在又开始插手指挥了，还打着江书记的旗号，这让文佳万万没有想到。看来，他这个现场指挥要听两个指挥部的指挥了。实在没办法呀，不过预案也包括了动用公安，文佳和薛谦、周华商量了一下，就给由进京打电话，让他亲自带队上路强行疏散职工，打通高速公路。

　　由进京很快就带着几百名公安干警赶过来了，他见过文佳，核实了指令，然后就带着公安干警冲上高速公路去了。由进京手拿喇叭高声喊着话，要职工们撤离。公安干警按事先的布置，上路后呈人字状排开队伍向前推进，堵在路上的车跟着公安干警从分到两边的职工队伍中间向前开进。只待公安干警变成二字形，将职工全挡到两边，路就算疏通了。疏路行动刚一开始，高速公路上就沸腾了，职工们高声呼喊着、叫骂着、抗争着，行进中的大小车辆都杂乱而持续地鸣着笛，路下的围观者也大呼小叫起来，路人带来的大狗小狗也朝着高速路狂叫起来。文佳的心骤然紧张起来，眉头紧皱，一动不动地站着。薛谦不断地擦着头上的汗，情不自禁地原地踏着步。周华微微张着嘴，目不转睛地盯着纷乱不堪的高速公路。一直跟在文佳身边的卫坪看三位领导如此紧张，觉得大可不必，还暗自发笑，但很快却惊恐地叫了起来。只见高速公路的斜坡上先是小凳子、座垫、矿泉水瓶子等杂物纷纷摔了下来，接着几顶警察的大盖帽也被摔了下来。显然高速公路上发生了激烈的冲突，各种杂乱的声音更大更响更令人揪心。很快又传来了女职工尖厉的群哭群叫声，一阵紧似一阵，气氛越来越紧张，空气似乎也要爆炸了。接着高速公路下也传来了号啕大哭的声音，原来是雷汉公的"秦东神犬"一时狂躁扑倒了哭丧妇乔凤。乔凤久未展露其秦东第一哭神的风采，趁机拼命秀起了哭技。她哭中有骂，骂中有唱，有板有眼，抑扬顿挫，竟引来一大拨人围观，无意中配合和哭援了高速公路上的职工。据说时间不长职工中还有人给她送了矿泉水和烧饼。

　　文佳搓起了双手，自觉狂跳的心都能蹦出来。薛谦握了握双手，手心早已汗涔涔的。周华微微闭上眼睛，不敢再看这惊心动魄的场面。卫坪终于理解了几位领导的心情，看来高速公路上随时可能出现不测，作为现场指挥责任重大呀！由进京满头大汗地过来了，后边跟着郝俊鹏。由进京喘息着说："文秘书长，情况比预想的要复杂得多。职工和警察起了冲突，动手动脚的，有的女职工硬往车轮子底下钻。强行疏了半个钟头路，只前进了不到十米，就有十几个干警受了伤，一个干警的眉骨被打得鲜血直流,血把眼睛都糊住了。"文佳忙问:"职工有受伤的吗?""这还用说!"由进京气呼呼地说:"都是爹妈养的,这些年轻干警谁会束手挨打,不像我手腕被一个女职工咬出了血,也只能忍着。"郝俊鹏不无指责地说:"文秘书长,怎么突然就上干警了呢?咱的干部正在路上做工作,我正和职工现场指挥者谈条件呢,岂不失信于人吗?"薛谦说:"这怪不得文秘书长,他也是受人指挥嘛。"卫坪说:"国外有人遥控指挥。"文佳瞪了一眼卫坪,生怕把事情越弄越复杂。高速公路上又是一阵急促爆烈的呐喊和叫骂声,让人惊心动魄。周华焦躁地说:"这该怎么办呢?这还得了!"文佳说:"由局长,你说说你的意见。"由进京喘息已定,坚决地说:"我想再增加一些警力,除市区全部出动外,再从附近几个县紧急抽调部分警力,务必尽快疏通高速公路。我干公安以来,还没吃过败仗呢,今天也不能丢人!"薛谦摇摇头说:"继续强疏怕会出问题,后果难以预料。"文佳说:"郝主席,你的意见呢?"郝俊鹏说:"我的意见很明确,不要动硬的,这太危险了。继续与职工对话,动员职工下路。"文佳沉思有顷,果断地说:"让公安干警先撤下来再说。"由进京看文佳说得十分坚决,丝毫没有商量的余地,说:"好,我马上去。"说完转身走了。郝俊鹏的认真劲儿并未受挫,有些固执地说:"我还得到路上去,不然职工会说我骗他们,会瞧不起我。我已经说过,一切都可协商解决。我必须继续去协商,去解释。"说着就上路去了。

很快公安干警全部撤了下来。高速公路上一片欢呼声和鼓掌声,还夹杂着打呼哨的声音。由进京带着公安干警到附近一家企业的院子里去休整。共十八个干警受了伤,其中一位伤势较重,眉骨被李正正的烟锅砸骨折了,已送往医院治疗。不过李正正也被撞翻在地,这会儿正在高速公路上挂吊瓶呢。秦东纺织厂职工医院的全体医护人员已赶到现场,这些穿着白大褂的人,一个个沿着砖垒的台阶往高速路上爬,格外惹人注目,加上坐着的躺着的伤者,和高高挂起的吊瓶,竟构成了一道奇特的图景。让人惊恐和揪心的是,高速公路上已迅速堆起了一堆堆的建筑垃圾,有砖头、瓦片和水泥块,有些水泥块还露着断了的钢丝茬,一看就知道这不是用来堵路的,是用来做武器的。这些极其原始的武器,竟将现代化的高速公路烘托得如同战场一般。接着高速公路上又打出了一个超大的横幅,上面贴着七个大字"要秦纺,不要破产"。职工上路的想法似乎更加统一和明确,摆出了一副不达目的誓不罢休的态势。文佳给吴芳电话汇报了疏路受阻和被迫撤出公安干警的情况。吴芳表示同意现场指挥的举措,要他们一切从实际出发,并继续加强对话劝说职工撤离现场。吴芳的表态让文佳吃了一颗定心丸,也让现场的几位领导松了一口气,但大家的压力依然未减,领导越是信任越是让人感到责任重大。

一场激烈的冲突过后,现场的气氛开始缓和了。小商小贩们活跃了起来,叫卖声此起彼伏,有些干脆把吃的喝的直接送到高速公路上去了。堵路和疏路的都十分清楚,这只是短暂的平静,双方都在酝酿着新的博弈和较量。文佳几个人正在商议进一步的对策,市政府办公室机要科的通讯员给文佳送来一个红色文件夹。文佳一看是急件,急忙打开文件夹。里边只夹了一页纸,上面写着:"江伟书记急电:秦鸿高速公路连续几天被堵,影响极其恶劣。现场指挥人员要果断坚决,不要犹豫,不要请示,务必于今天尽快疏通这条大动脉。"上面市委秘书长王志东批:"速呈市政府领导阅示。"市政府秘书长秋梅批:"速请吴市长阅示,并请文佳秘书长阅。"吴芳签了个名字,阅而未示。文佳看了领导签名的时间,每个人都不同寻常地具体到了时、分,而且后两人签名仅隔十分钟,送到他这里只用了二十分钟。文佳反复看后,在自己的名字上画了个圈,也写下了具体时间。难题从天而降,这一来自欧洲的紧急指令该如何执行?文佳把文件夹让薛谦和周华看了看,三人一时无语。卫坪也凑过来看了看,觉得一场大的行动马上就要展开了,心里竟有一股莫名的冲动。文佳沉思良久,说:"看来,江书记虽远在欧洲,但对这里发生的情况却很关注。"薛谦说:"好像对具体情况也比较清楚。"卫坪看了一眼周华插话说:"肯定有人不断地向国外报告情况。"周华以为卫坪说自己,忙说:"前天田丽丽电话上问我堵路的情况,我以为她是关心丈夫向平,但问得又细,还问了黄一鸣的电话,也许是由市长……"他没把话说完。文佳却听清楚了,深深感到这事是越来越复杂了,越来越棘手了。文佳正疑虑重重,王志东给文佳打来了电话,询问疏路的情况,市委秘书长直接与他联系政府事务,让文佳感到有些意外,更让他猜不透的是,王志东还告诉他武警驻秦东部队已联系好了,已调动二百名官兵正在高新区待命,如何使用由文佳现场调度。这些也让薛谦和周华如坠雾中,简直弄不清来头和背景。由进京匆匆赶来了,说局长告诉他已从邻县抽调了一百多警力,正在向这里集结,由他直接指挥参与疏路。他一脸的怨气和怒容,摆出一副就要行动的架势,以为这一切都是文佳通过有关渠道安排的。卫坪给这位副局长说了说红色文件夹的指令和王志东的安排,由进京的脸上闪过一丝惊讶和不解,很快就又跃跃欲试,准备大干一场。

文佳在市政府工作以来,还从来没有如此为难过。如果说田丽丽最初从欧洲打来的电话,没有说清楚到底是谁的指令,渠道也不那么正规,可以执行也可以设法应付。后面则明白无误的是江伟书记的指示,而且是从正式渠道传达的,自己还画了圈,不执行能行吗?不坚决执行能行吗?他的眉头越皱越紧,心情越来越沉重。薛谦看出了文佳的难处,轻声说:"老弟,要沉住气,不要着急,千万不要着急,这事太复杂,太重大,越急越容易出问题。"文佳点点头,一句老弟让他感到了温暖和体谅,几句话也让他清楚了薛谦的基本态度。文佳扭头有意淡淡地问周华:"周局长,你是怎么想的?"周华忧心忡忡地看一眼文佳,却毋庸置疑地说:"你是说下一步我们该怎么办,这个当然要听上级领导的,我们只是执行人员。"文佳顿悟,这个平时唯领导是从、缺乏主见的人,今天倒是提醒了自己。是呀,要听上级领导的,市长也是上级领导,她对书记的指示是阅而无示,这就说明市长是相信自己这个现场总指挥的,给自己执行上级领导指示留下了足够的空间。既然如此,就要从实际出发,完成好上级领导的重托。文佳主意已定,对由进京说:"由局长,现场情况十分复杂,职工情绪极其冲动,高速公路上堆积了那么多的砖石瓦块,再发生冲突,激烈的程度肯定超过刚才,弄不好会造成严重失控,后果不堪设想。你先让调来的武警战士和公安干警都休息待命,没有我的同意,任何人不准擅自行动。"由进京说:"好,那我走了。"他如释重负,走得比来时还快,其实他只是嘴上带着劲,撒着怨气,心里也着实没底。薛谦和周华都松了一口气,都从心里佩服文佳的果断和坚决。卫坪说:"文秘书长的决策完全正确,不然伤上一大片,死上几个人,谁负责?上级有指示,但没有让你把人往死里整,最后还不是现场指挥当替罪羔羊。能干到县处级容易吗?再说……"他看文佳脸露不悦,急忙收住口。薛谦拍了一下卫坪的肩膀,卫坪感到很有力,知道自己说对了,只是太直白了。文佳说:"看来,要进一步加大干部上路做工作的力度,并适当做些让步和妥协,既要讲原则,还要讲策略。郝主席一直在路上的职工群里做工作,我们三个也一起去,有事好商量,也好互相策应。"薛谦说:"文秘书长,你不要陷进具体事情,还是回临时指挥部吧,你要居中掌握全面情况,灵活指挥方方面面。就让我和周总去路上做工作吧,和郝主席在一起三人为众,可以商量着办,有啥大的问题再和你电话联系。"周华说:"这样最好。"薛谦和周华说完就上路去了。

　　文佳迈着沉重的步伐,来到疏路临时指挥部。疏路临时指挥部原来设在轻纺总公司,为了就近议事和指挥昨天就改到了秦东大学。这是秦东大学后门口的两间空房,为了方便,学校打开了平时关闭的后门。这里布置得很简单,几张木桌拼在一起算是会议桌,周围有十几把木椅,靠墙放了几张沙发和一台饮水机。文佳进来后,党文和王文进立即迎了上来。这里只有他们两个工作人员。由锡平出国去了,秘书党文被文佳安排到这里值班,党文平时虽事事都听由锡平的,但谨言慎行,办事细致认真,这让文佳比较放心。王文进是轻纺总公司的办公室主任,在这里工作更是驾轻就熟,很是合适。文佳坐定后问:"省上的丁燕红主任呢?"党文说:"丁主任昨天下午听了各方面的汇报后,就一直在市劳动局指导修订秦纺厂的职工安置方案。"王文进说:"她认为这个方案是结束堵路和稳定大局的关键,一直抓住不放。"文佳听了点点头。丁燕红是省政府派来协助秦东市解决秦东纺织厂职工堵路和有关问题的,来后对堵路似乎并不怎么着急,而是一头扎进了职工安置方案的修订里。这个方案的修订在文佳带队去秦东纺织厂征求意见的当晚,吴芳就亲自做了安排,可几天过去了在原定方案的基础上还是拿不出个成熟的方案来。文佳刚喝了几口水,丁玉丽敲敲门进来了,说:"吴市长和丁主任来了。"话音未落,吴芳和丁燕红就进来了。不等文佳开口,丁燕红对文佳笑着说:"一线总指挥回来了!"文佳说:"败下阵来了。"吴芳微笑着轻轻摇摇头。丁燕红正色道:"何出此言?岂能轻易言败!"说罢又笑了。文佳看她们两人轻松自若,并无忧色,也轻松了许多,说:"可以不言败,不过路还堵着哩,现场指挥不够果断坚决,也犹豫了。"他看了看吴芳,自我调侃说:"不要请示倒是做到了,我自作主张,停止了强行疏路,变成了对话为主。这明显有些抗旨的味道,冒天下之大不韪了。"丁燕红尚不知内情,大笑着说:"什么抗旨不抗旨的,我和吴大姐当年都是你的部下嘛。"丁玉丽抢着说:"将在外君命有所不受呀!"她已知道文佳没有按江伟指示强行疏路,不过话一出口便觉有些不妥。吴芳瞪了一眼丁玉丽,她当然知道文佳所指,也理解他的苦衷,见面后为减轻他的压力,避而不谈,至少不把话挑明。从某种意义讲,他其实也替她承担了部分责任,就严肃认真地说:"实事求是,一切从实际出发,在任何时候、任何情况下都是正确的。我尊重你在现场做出的抉择。"她略停了停:"我们面对的是秦纺厂的职工,他们曾经为秦东经济社会的发展做出过很大贡献。我们不能如临大敌,强行动硬,万一失控,造成严重后果,我们就会愧对秦纺厂职工,愧对秦东人民。"丁燕红说:"吴大姐说得太好了,只要心里装着广大职工,事情就好办了。之所以走到这一步,与当初的安置方案不完善有很大关系。事涉职工的切身利益,安置方案竟搞得如此粗疏,如此不切实际,简直如同儿戏。"文佳说:"这是轻纺总公司牵头搞的,说研究讨论过多次。"丁燕红说:"我早就说过让周华负责搞秦纺厂的破产重组不合适,还给你们推荐了合适的人选,当然我的做法也未必妥当。"吴芳摇摇头,她当初也有换将的想法,可情况复杂呀,民意测验时这位优柔寡断的总经理竟全是称职票,还得到了由锡平的力挺。丁燕红看了看坐在一旁的党文和王文进,理解吴芳的确不便说人事方面的事情,就换了个角度说:"市劳动局和轻纺总公司搞了好几天,修订的安置方案仍没有用足用活中央和省上的政策,仍然不敢有所突破。四千万元拿在手中,适当向职工安置倾斜一下,完全符合优化资本结构试点政策,必要时就是要花钱买安宁。我给他们讲了,不要老想着要从这笔钱里省出一部分来,好留给机关留给财政,干这个干那个的,要始终把职工放在心上,把安置好职工放在首位。"吴芳说:"这个方案出台也太慢了,老文那天晚上去秦纺厂征求意见回来,我就安排有关部门抓紧修订安置方案,直到你来了听说还在扯皮。"丁燕红说:"现在方案拿出来了,正在打印。""可高速公路还堵着呢!"文佳说,他有点心焦,"职工今天还打出了'要秦纺,不要破产'的横幅,他们想走回头路。"吴芳坚定地说:"走回头路是不可能的,这口号有些走极端。"丁燕红说:"绝对不能走回头路!从全国看,有些地方被破产企业职工一闹,政府顶不住就走回头路,反复折腾,后果很严重,教训很深刻。一定要硬着头皮顶住,坚定不移地走秦纺厂破产重组的路子。"文佳说:"高速公路连续四天被堵,已造成了极其恶劣的影响,北京和省上都过问了。"丁燕红说:"有的地方职工还堵了铁路呢,情况比这还严重。这是改革必须付出的代价,是社会转型期的阵痛,要看开看透,坚决顶住。"吴芳说:"职工思想转变有个过程,一下子接受企业破产的确很纠结也很痛苦。走回头路的想法,可能有一定市场,只要把思想工作做扎实、做到位,特别是把职工安置好,秦纺厂的破产重组一定会取得成功。不过,当前必须让职工先回到厂里,能够平心静气地对话,理性地协商解决问题。"她看了看丁燕红和文佳:"应该缓和一下和职工紧张对立的气氛,创造必要的对话协商条件,留有足够的转变思想的时间。这样,就需要讲求策略,灵活处置职工的诉求了。"说完她微皱双眉,慢慢地踱起了小步,似乎房子里只有她一个人似的。吴芳思之良久,停下脚步,大声说:"党文,你记一下。"党文猛地一惊,说:"好。"他急忙拿出笔和纸。吴芳说:"告诉市委王志东秘书长,通知今晚8时召开市委常委扩大会,人大、政府、政协领导班子的成员列席会议,专题研究秦纺厂职工堵高速公路的问题。并通知经贸委、轻纺总公司、劳动局、民政局、广电局等部门,以及市委宣传部、秦东日报社,还有市总工会,让主要负责人列席会议。"说完她如释重负地长出一口气,笑着说:"咱三个老同学,顺便去看看华仁老师吧。"文佳心事重重地说:"你俩去吧,我想到高速公路去看看。"吴芳问:"你不是安排过了吗?"文佳说:"还是有些不放心。"吴芳问:"领导干部都有谁在现场?"文佳说:"郝俊鹏、薛谦、周华,还有由进京。"吴芳说:"足矣,有一个郝俊鹏在现场即可无虑。你放心,咱们走吧。"丁燕红笑着说:"走吧,要拿得起放得下,大将风度何在?"丁玉丽一听"大将"二字,心里不由一动,看来省厅领导也把文佳视为"大将",心里稍有些释然。三人刚出门,丁燕红提议:"先去卫夫子那儿坐坐,然后一块儿去看华老师。"

卫三乐的办公室里,充盈着欢乐和温馨。高玉和张洛朴也在座,几个人正在给高玉还未满月的儿子起名字。卫三乐说:"夫妻俩都是高级知识分子,竟给儿子起不下个名字,简直匪夷所思,堪称今古奇观。"张洛朴嗤笑说:"我的副总孙静安加上高副校长,给儿子起的乳名'宝宝',也太俗气了,那是寻常百姓家才叫的,和猫猫、狗狗是一个档次。"说着大笑:"还不如叫蛋蛋、球球呢!"卫三乐看一眼张洛朴笑着说:"你总是没个正经相。"高玉说:"他要是正儿八经了,太阳岂不从西边出来了?"张洛朴收起笑容,故作一本正经地说:"刚才卫教授提议名叫孙高,确有高明之处,既包括了父母双方的姓氏,又寄托了对孩子未来的期盼,孩子将来一定能步步登高,高人一等,高高在上,高不可攀,高处不胜寒……"卫三乐嚷道:"打住,打住,正经话你从不超过三句半。"高玉"吭"地笑了,说:"多亏还没定那个名,不然叫你调笑死了。"张洛朴说:"我倒给孩子想了一个绝好名字,极其响亮,如果叫出去必将世人皆晓,名垂史册,流芳千古,只是和一位军事家有点重名。"卫三乐说:"愿闻何名?"张洛朴一字一板地说:"姓孙,名子,叫孙子!"卫三乐喷出一口茶,笑骂:"太不正经了!太出格了!"高玉红着脸站起来,使劲捶打起了张洛朴的后背。这时,吴芳三人进来了。文佳笑问:"什么事这么热闹?"丁燕红笑着说:"还打起来了,校长也打人呀!"吴芳环视了一下卫三乐的办公室,微微笑着。卫三乐站起来说:"高玉让帮忙给她儿子起个名字,张洛朴说这是他的强项,他是这方面的专家,又是孩子的正伯、副爷级长辈,竟给孩子起名叫孙子。"大家一齐笑了起来。张洛朴说:"两个博士能当高校校长、国企高管,翻遍了字典、词典和《辞海》,竟然给儿子起不下一个名字,真是不可思议。"卫三乐说:"人家是可选的名字太多了,让你参谋参谋,你竟信口开河,让人啼笑皆非。"吴芳笑着把话岔开:"看来老卫的办公条件挺不错呀。"卫三乐说:"是的,我是兼了学校对外联络顾问,才分配了这个办公室。学校是想让我这个政协委员多对外发挥点作用,才封了个对外联络顾问,才享受了这待遇。"高玉说:"这几年秦大在扩校和改善基本条件方面步子迈得很大,这还要感谢吴大姐,感谢吴市长的大力支持。"吴芳说:"这是应该的。我是想顺便去看看华仁老师,也想叫上华仁老师的高足老卫,没想到你和老张也在这里,这简直好极了,咱们一起去看看华老师。"张洛朴抚掌大笑说:"这简直太巧了,我从外地回省城,高速路被堵只好绕道进城,想约他两位去看望华老师。这叫什么来着,叫不约而同、不谋而合,这简直就是天意啊!"卫三乐笑着说:"这几个词用得还算得当。"丁燕红笑着说:"'天意','天意'用得有点诗意,至少还有点想象力。"张洛朴脸上闪过一丝异样的笑容,说:"这的确是'天意'啊!"他从皮包里掏出一张照片,双手递给吴芳,说:"我们的合影照,给你带过来了。"吴芳一怔,脸上挂满了茫然。丁燕红看吴芳犹豫的样子,便拿过照片,照片很大,塑胶封着,装潢极其考究。丁燕红仔细端详着照片,她的脸就像盛夏的天空一样,一会儿风起云涌,雷电交加,一会儿雨过天晴,彩虹万丈,说不清她是激动和高兴,还是纳闷和不解,抑或是喜忧参半……观之良久,直到视线有些模糊,才将照片慢慢递向吴芳,瞬间她看到了卫三乐的目光,又转而把照片递给了卫三乐。卫三乐一看照片,脸上的表情顿时凝固了,一动不动地注视着照片,却似乎什么也没有看见。稍顷,他轻轻地把照片放到了茶几上,有意往高玉面前推了推。高玉看两位学兄学姐的表情诡异,行为蹊跷,便知照片大有文章,自己年轻大可不必掺和,就没有去拿照片。文佳走过来拿起照片,先是心中一惊,仔细一看立即想起来了,这不是吴芳在市政府招待所宴请于氏兄弟时,张洛朴和吴芳照的合影吗?张洛朴笑容满面,吴芳一脸平静。难怪丁燕红和卫三乐有些异样,这是一种误会。他刚要解释,突然觉得这有必要吗?该怎样说呢?张洛朴的心思他十分清楚,也曾多次要他从中撮合,自己没这种兴趣和能力也就罢了,又岂能轻言妄语。也许这张照片里寄托着张洛朴的期冀和热望,渗透着筹谋和手段。不过,不管张洛朴有何妙算终归要与吴芳过招,而她本人就在当面,只能看吴芳怎样应对了。张洛朴从有些发呆的文佳手中拿过照片,再一次双手递给吴芳。吴芳已迅速调整了情绪,看了看照片,笑着说:"老张对摄影的兴趣是越来越高了。我一看就想起来了,这是那天在市招宴请投资商时顺便所摄,还是一位投资商用老张的高档相机所摄。谢谢,谢谢老张也给我送来一张。"说完她把照片递给高玉。卫三乐说:"我还以为是珠联璧合了呢,想着又要酒足饭饱一回了。不过你俩虽都经历了风雨,也该雨过再绸缪了!"他说得含含糊糊,却也清清楚楚,说完仰首哈哈大笑。丁燕红不热不凉地说:"毛主席诗云:'天若有情天亦老',信矣,信矣。"大家一时不解其意,都看着丁燕红。张洛朴顿悟,这不是嘲讽他暗示的天意并无吗?我为你和古济宁的结合可是出了大力的,不领情还则罢了,怎能如此冷漠呢!张洛朴竟气得说不出话来。高玉看了照片,笑言:"现在许多照片都是合成的,貌虽合神却离,既然这是张真的,就给我留下吧。"她看了一眼张洛朴,却把照片递给了吴芳。吴芳把照片装进衣兜,还用手按了一下。张洛朴笑了。卫三乐含笑拍了一下张洛朴,说:"走吧,咱们去看华仁老师吧。"

  吴芳一行走过秦东大学后门后沿着栅栏墙一直往东走。这两年秦东正在创建国家卫生城市,所有的机关单位开墙透绿,秦东大学将砖围墙改成了栅栏。后门往东是一个新建的花园,名为"乐天苑",这里花木葱茏,池水清澈,犹以秦东最长的紫藤花廊最具特色,也最为有名。这个花园建成后,华仁每天早晨 8 到 9 时、下午 5 到 6 时,必到花园来散步、赏花和观鱼。卫三乐熟悉恩师的习惯,看 5 时已过就把大家领到这里来了。果然华仁教授正沿着紫藤花廊在散步,还有一个人陪着。看见华仁后,张洛朴老远就喊:"华老师,我们看您来了!"华仁缓缓转过身来,微微笑着。大家走近后,张洛朴笑着说:"华老师,您好!多年没见了,您老人家的身体还是这样硬朗。"华仁精神矍铄,红光满面,看着张洛朴说:"他们几个我都见过,只有你多年未见了。"张洛朴笑问:"您还认识我?"华仁说:"张洛朴。"卫三乐揶揄说:"除了你,谁那么远就喊起来?"大家都笑了。华仁也笑了,说:"当年体育特长,是吧?"张洛朴自我调侃说:"四肢发达,头脑简单。"大家又笑。卫三乐说:"如今是国企的董事长,大老板。"他转身对着华仁:"张洛朴给您带的名茶、洋酒、洋烟,还有滋补品,已让司机送到您家里去了。我知道您在这儿,就领着他们到这里来了。"文佳一直心不在焉,一个劲儿地透过栅栏看着不远处堵着的高速公路,那里已没有上午疏路时那么喧嚣和纷乱,但动静依然不小。吴芳放眼看着母校这两年新建的办公楼、教学楼、实验楼和其他设施,的确宏伟气魄又充满现代化的气息,母校发展迅速果然名不虚传,这让她因堵路隐隐不安的心情稍有缓解。高玉指着陪华仁散步的汪达其说:"我给大家介绍一位新校友,这位是秦大经济管理系的一位特招生,省金鑫集团的董事长汪达其。他已修两年博士课程,还有一年毕业。"卫三乐说:"他也是华老师去年收的关门弟子。小汪爱好广泛,对国学更是钟爱有加。"吴芳握着汪达其的手,笑着说:"久闻大名,你就是秦纺厂的收购人?"汪达其说:"是的,吴市长。第一天高速路被堵,你讲话时我一直站在这里听,华老师也听了。"文佳说:"汪董事长是神龙见尾不见首,我协调工交口,多次想会会你,没想到今天在这里见了面。"汪达其笑着说:"怕打扰文秘书长的工作,一直没有去拜访你。那天晚上你去秦纺厂征求职工意见,我也看到了。"丁燕红惊讶地说:"看来汪董事长并非一心只读圣贤书,两耳亦闻秦东官场事。"知道汪达其是秦纺厂的收购人后,她就一直注视着这个精明干练的小个子。古济宁曾极力夸奖这是个爱学习、善谋划、讲现实、会运作,极有发展前途的企业家。所以,古济宁除了不想给吴芳惹麻烦外,也不想和汪达其竞买秦纺厂,以成就这个民企新星。她想刺激一下汪达其,故意给"秦东事"加上"官场"二字,看他有何反应。张洛朴说:"岂止两耳,两目也时刻盯着秦东官场,未曾谋面就认下了市长和秘书长,绝非等闲辈能为!"他向来瞧不起民营企业家,话里带着讥讽。汪达其对这些似乎并不介意,笑着说:"民营企业起步阶段,离不开政府的支持,需要广泛的人脉。我到秦东谋发展,当然时刻关注着政府的政策走向,关注着政府领导的言行,特别是对民营企业的态度。当然,我们的企业最终要走市场,不是走人脉,这样企业才能越做越大。"文佳看了看依然被堵着的高速公路,说:"看来,这几天汪董事长每天都到这里来看高速公路被堵的情况,更想了解市政府的态度。"汪达其说:"是的,我担心呀,简直寝食难安。据我所知外地有些企业破产已经走了回头路,终止了破产程序。不过华老师对我讲,他坚定地相信自己的学生,说秦纺厂的破产绝对不会走回头路。"华仁微微笑着,胸有成竹地说:"我的学生我了解。吴芳认准了的事情,一定会坚定不移地做下去,而且一定能做好。如今吴芳主政一方,意志和决心更不可低估,何况还有文佳这几位同学的参与和支持。"吴芳听了很受鼓舞,深情地看着自己的老师。华仁接着说:

"从历史上看,每次大的变革,都要付出大的代价,也必将推动社会大的发展。改革开放是中国历史上最为深刻的大变革,必然会付更大的代价,也必将促成中国进入新的更为辉煌的盛世。秦纺厂破产虽然只是这场大变革长河中的一朵浪花,同样也要付出一定的代价,甚至可能影响参与者的荣辱乃至升迁,而成功后也必将对秦东经济社会的发展起到良好的作用。我要告诫吴芳的是,一定要顶住来自各方面的压力,坚定不移地走好已经认定的路子。"吴芳说:"好,华老师说得太好了。我一定谨遵您的教诲。"卫三乐说:"华老师的确说得太好了,我觉得当前的任何改革,都要让最广大的群众参与其中,并能给他们带来利益。秦纺厂的破产重组,一定要取得广大职工的理解和支持,并解决好关乎他们切身利益的问题。"文佳拍了拍卫三乐的肩,说:"老卫的说法很现实,也很实在。"张洛朴调侃说:"把卫夫子给你们请去当顾问吧,用他的《百家实话录》做理论指导,啥事都好办。"丁燕红瞪了一眼张洛朴,说:"你呀,嘴太贫了点,谁都不饶过。"卫三乐瞥了一眼张洛朴,摇摇头,什么也没说。高玉小声对吴芳说:"高速公路通了,工人们撤了。"她知道吴芳对此很揪心,却有意淡淡地说。吴芳看了看高速公路那边,脸上掠过一丝轻松,情不自禁地握了握拳头,心里的想法更加坚定和成熟了。文佳的电话响了,是郝俊鹏打来的,这个秦东有名的最不揽权的领导,竟不经请示,也不顾薛谦和周华的反对,当场向高速公路上的职工表态,只要职工回厂不再堵高速公路,可以暂停秦纺厂的资产移交。事关重大,文佳急着想向吴芳汇报。吴芳似乎并不着急,她对汪达其说:"汪董事长,事缓则圆,你也不要着急,相信市政府一定会把秦纺厂的破产重组搞好搞到位。"汪达其微笑着点点头。忽然起风了,天空乌云翻卷,看样子要下雨了。大家告别华仁,匆匆离去。汪达其扶着华仁回屋去了,刚进门铜钱大的雨点就掉了下来,顷刻大雨如注。

# 第四十一章

　　一连四天,秦东普降大雨。熊东来一下子成了秦东市的大忙人。他到秦东挂职副市长以来,一直戏称自己是市政府的"临时工",也一直奉行"三不":不要给他配协助工作的副秘书长,不要跟班的秘书,不要配备专车。他曾说过,自己只分管秦东高新区和市煤炭总公司的工作,不需要浪费那么多行政资源。时间长了,大家才清楚,他就是这脾性,喜欢特立独行,来去自由。负责农业口的副市长去北京学习后,他临时代管这方面的工作,事情便多了起来。四天前那个晚上,吴芳主持的市委常委扩大会上,做出了两条重要决定:一是暂缓秦纺厂资产移交,以缓解职工的对立情绪。二是分两条线做工作,由分管政法工作的市委副书记负责厂外工作,维护交通畅通和市区秩序的稳定;由熊东来副市长负责厂内工作,组织相关机关干部进厂开展对话和以职工安置为重点的政策宣传,继续推进秦东纺织厂的破产重组。这样熊东来这个挂职副市长,一下子就成了市政府涉事最多的副市长。

　　下午刚上班,熊东来就冒雨赶来秦东纺织厂,一进会议室,他就冲着正在开会的文佳说:"文秘书长你们先停一下。"几个人都站起来,忙着招呼熊东来坐下。熊东来说:"坐什么坐,我的屁股哪有这福气!"他压了压手,让大家都坐下:"厂里的情况还好吧?"文佳说:"情况相当好,职工情绪已稳定下来。厂里召开了原党政班子会、党团员会、职工代表会、离退休人员会,广泛开展了对话和入户走访,还通过厂内有线电视进行了宣传,反对破产、质疑拍卖的声音越来越少。现在职工安置成了工作重点,安置方案已经公布,劳动局的干部这两天正在给职工解惑释疑……"不等文佳说完,熊东来就说:"好,情况比我预想的好,可见各位本事大啊!"大家都笑了。薛谦说:"还是熊市长领导得好呀。"熊东来摆摆手,说:"我领导什么呀?四天了只来过一次,一来就把担子压给你们几位。说是要去走访一下退休的老厂长和一位全国劳模,我也没顾得上。"周华说:"可你一来就果断表态,拘留了几个带头打砸办公楼的人,还留驻了几名公安干警,起到了应有的震慑作用。"郝俊鹏说:"都说熊市长是一员福将,遇难呈祥,走到哪里哪里的事就好办了。"熊东来哈哈大笑,说:"哪里,哪里。只不过纵有天大的事,我也吃得香、睡得香罢了,这大概才算是福吧。"薛谦笑着说:"郝主席说得不错,熊市长挂帅负责厂内工作后,就大雨下个不停,有人想再去堵路也吆喝不起来了,看来老天也在助熊市长。"熊东来收住笑容,提高声音说:"天助个屁,天要折腾我老熊了!一连几天大雨,大小河流一齐涨水,防汛全面吃紧,我这个防汛指挥部的副总指挥,虽说是代理,肩上担子重啊!"他环视了一下,接着说:"我今天就是为这事来的。看来市委、市政府关于秦纺厂工作的决策是正确的,你们工作也做得好,这边的大局迅速稳了下来,我就撒手不管了。这边的工作由薛主任、郝局长和周总共同负责,把职工安置好,把资产移交好,把破产重组搞到头,恢复正常后你们的任务就算完成了。噢,我说得多了,有些话应该让由市长或吴市长来说。"熊东来没有提文佳让大家有些意外,文佳倒松了一口气,说:"熊市长说得好,说得到位。"熊东来看着文佳说:"文秘书长,我没有解脱你的意思。据气象部门预报,秦东的大雨今天就会结束,可秦河中上游的大雨还将持续,我们下游的防汛将更加吃紧。你是市政府副秘书长,不能再泡在这里了。要赶快回机关,掌握各方面的情况,尤其是防汛方面的情况。"他索性直言:"我要拉你的飞差。我一直不要配助手,可特事特办,我不请示也不汇报,还要挑拣着给自己拉一个老牌秘书长做助手。"大家都笑了,郝俊鹏说:"秦东政界恐怕只有你敢如此行事。"熊东来略带夸张地说:"这话说对了,挂职时间一到我就拍屁股走人,谁怕谁呀!"说着就笑了起来,接着大声说:"文秘书长,马上回机关待命,要随叫随到。"文佳说:"好!我把吴市长当初运筹的秦纺厂破产战略预备金安排好,就马上回机关。"他看了看熊东来:"就是我从新疆讨回来剩余的钱和处置秦纺分厂的钱,吴市长说了一定要用好,让其发挥应有的作用。"熊东来点点头,转身就匆匆去了市防汛指挥部。

　　秦东市汛情突变,形势严峻。江伟提前结束了在欧洲的访问,一下飞机就从机场驱车来到秦东防汛的前哨阵地西门屯。这个村坐落在距秦河河道五百米远的滩地上,孤岛一样地远离大堤,若发洪水,必然首当其冲。8月26日至31日的秦河一号洪峰,流量并不大,却让这个村遭受了灭顶之灾。江伟站在慢慢行进的船头上,心情沉重地看着这个沉浸在水中的村子。船在村子里穿行,木瓦房、砖房、水泥楼房,都"长"在水里。这个村子里特有的数十株大槐树虽依然枝繁叶茂,树身却隐匿到浑黄的泥水里,从远处看像是漂在水上的灌木从。船行进时产生的水浪把一间平板房的朱红铁门撞得哐啷哐啷响,铁门露出水面一尺多高,被荡开了半扇，门楣上挂着"四时吉祥"的匾。两排四列长长的"人"字形房顶，一定是村子的学校，门窗和围墙都沉在水下了，已听不到孩子们琅琅的读书声。一排挣扎出水面的枣树，有点招摇地随风摇摆着，枣子有的红了，紧贴着水面。枣树后露出了农家屋顶的平台，上边整齐地码着一捆捆芝麻秆，一幅和美的农家乐图画就这样被无情浸泡了。村口外以抢救文物为名重修的河神庙也不例外地泡在了水中，仅两只眼睛露出水面的新塑河神，似乎在无可奈何地观察着眼前的惨景，哀叹着自己的失职。

巡视良久，江伟痛心地摇摇头，叹道："惨啊，可惜上次检查防汛时没到村子来，如今竟成一片泽国，损失太惨重了。""好在没有死一个人。"站在江伟身旁的张达明说，他随同江伟出访欧洲，又一起提前回到秦东。当得知秦河出现洪峰后，江伟果断决定提前回国。张达明知道秦东纺织厂职工堵高速公路闹得那么大，由锡平一再要求提前回国处置，江伟也没有放行，后来一听说秦河出现洪峰，却执意要亲自回国，便知防汛在江伟心中的重要，就提出陪江伟一起回秦东参与防汛。张达明清楚江伟一直把他当作重要助手，而市委尚缺一名副书记，这让他早就有了想法和期待。江伟看他态度诚恳而又坚决，就答应了。同时回国的还有田丽丽，理由是丈夫向平"失踪"了，秦纺厂职工堵高速公路以来，就一直联系不上。家里出了大事，江伟只好同意她也提前回国。沉吟半响，江伟说："是啊，没有死人这是万幸。今年防汛不死一个人这是底线。"站在江伟身后的姜树青看了一眼身旁的郭梦龙，说："郭主任是水利专家，也是防汛专家，他看了水势后，马上要求动员村民紧急撤离。幸亏高新区全是现代化装备，一下子出动了上百辆大小车辆，还有数百名干部职工，硬是生拉死拽，抬上车就拉走，才使得全村男女老幼全部安然无恙。"江伟看了一眼这个已内定接郭梦龙管委会主任职务的少壮派，微微一笑，不过他已感到撤离村民肯定是一件大难事，转而问："一号洪峰的流量还没超过每秒两千立方米吧？"郭梦龙说："一号洪峰只有一千六百立方米/秒，可是由于泥沙淤积，秦河河床不断升高，加上今年河水含泥沙量大，行洪速度很慢，所以水位大大超过以往的高程，让小水酿成大祸，使西门屯遭到灭顶之灾。"江伟点点头，又问："村民安置得怎样？"郭梦龙一边点烟一边说："都安置在管委会大院和几家企业的大院里。"姜树青说："请江书记放心，我们把受灾村民当客人，不，当亲人对待，虽然大鱼大肉不多，但一日三餐还算丰盛，住的也不差。毕竟只有一千五百多人嘛，如今的高新区完全招待得起。"看着说话腰粗气壮的姜树青，江伟满意地点点头。说话间船回到了秦河南岸大堤。

江伟登上大堤后放眼往两边望去，只见刚刚加高过的大堤上到处堆着沙袋、木料、铁丝等防汛物料，还有一些来来往往运物料的车辆正在忙碌着。有的地方还插着旗子,搭起了帐篷。江伟看了直点头,说:"看样子,大堤上的防汛抓得挺紧啊。"郭梦龙说:"你上次检查大堤防汛后,解决了不少资金,我们又筹措了一些,就日夜突击加高了防洪大堤。现在正在突击拉运防汛物料,以防出现更大的汛情。"江伟说:"这里的防汛不但关乎高新区能否安全度汛,还影响着整个秦东市区。这里一旦溃堤,洪水就会直奔市区,威胁几十万人的正常工作和生活,甚至造成生命财产的重大损失。这里的防汛实在是至关重要啊!"向来低调务实的郭梦龙自信地说:"高新区已做了全面动员,各机关单位和企业的机动车辆以及挖土机、吊车等施工设施,已全部动员,并编了号,一旦出现重大汛情随时可以调动,将组织起一支现代化的防汛抢险大军,高新区现在已有这样的实力。"江伟说:"有备无患,你们的准备工作做得不错,但不能满足于现状,宁可把可能遇到的困难想得多一些,严重一些。也许今年的防汛对我们将是一次极其严峻的考验。"郭梦龙弹了一下烟灰说:"是啊,今年的汛情明显不同于往年,我在杏水县搞了多年的防汛,还没遇到过今年这种小水成大灾的情况。"江伟一脸的严肃,凝视着郭梦龙说:"你是水利方面的专家,又有多年的防汛经验,秦东市的北大门就交给你了!"郭梦龙庄重地说:"我一定尽全力搞好高新区段的防汛。"张达明说:"江书记是临阵拜大将啰。"江伟郑重地强调:"不是搞好高新区段的防汛,是镇守好秦东市的北大门。这里不出大的问题,秦东市区就安然无恙,今年防汛你就立了大功,就有大功于秦东人民。"郭梦龙从江伟逼视的眼光里,看到了强烈的期待和信任,还领略到了某种强烈的暗示。前不久江伟曾看似无意地对他说过,年底召开的市政协会上将补选几位副主席,似乎他已在书记考虑的范围之内,今天江伟把话说到这份上,意味就明显多了。郭梦龙避开江伟的目光,扔掉还有半截的香烟,坚决地说:"今天起我就搬到大堤上办公,大汛不过我就不撤,坚决把好秦东市的北大门!"江伟郑重其事地问:"你能做到今年不垮堤、不进水吗?"郭梦龙直率地说:"江书记,我深感今年的汛情不同于往年,我不敢保证不垮堤、不进水,但我保证即使垮了堤,进了水,也一定能尽快堵得住,守得住,不造成大的灾害。"说完点着了一支烟。几个人以为江伟会很失望,都以异样的眼光看着似乎时刻也离不开香烟的郭梦龙。江伟点点头,斩钉截铁地说:"好,就这样定了。今年不管汛情如何,即使垮了堤,进了水,也要堵得住、守得住,无大灾,特别是不能死一个人。梦龙同志,我再强调一下,秦东的北大门就交给你了!"说完紧紧握住郭梦龙的双手,郭梦龙扭头吐掉口角叼的香烟,像要说什么,却什么也没说。江伟又拍了拍郭梦龙的手背。王志东说:"江书记,咱们回机关吧,你得休息一下了,时差恐怕还没倒过来呢。"江伟说:"不急。"他微笑着问:"少平,你咋还没上任去?"王志东说:"少平任命为临秦区副区长的文在你出国那天就发了,市委组织部已去临秦区宣布了任命,市委办公室的欢送会也开过了,少平要等你回来后再去赴任。"江伟说:"等我回来干啥?少平马上去临秦区政府上班,第一件事是协助赵崇敏搞好柳河水库的防汛。要主动请缨,驻到水库大坝上,死守大坝,确保安全,绝不能让顶在秦东市民头上的这盆水倾覆。"冯少平说:"好,我马上去临秦区政府报到,明天就上柳河水库大坝。"江伟点点头,说:"还要注意柳河川塬区的安全度汛,那里受滑坡威胁的农户也要去看看,另外吴市长的婆婆和辛清玉老先生也要关照一下。"冯少平连连答应着。江伟说完又微笑着对田丽丽说:"丽丽,你也该赶快回去看看向平了。有了向平的消息,要第一个告诉我呀。"田丽丽红着脸说:"好,谢谢江书记。"

残阳如血,把浑黄的秦河水照得泛着红光,让泡在水中的西门屯更显别样的凄惨。江伟凝视着滔滔而来的秦河水,说:"张部长,让你的小车先送冯少平和田丽丽回去,你乘我的车一起到防汛指挥部去一趟。"张达明高兴地说:"好。"他感觉到江伟已把他当作防汛工作的重要助手了。冯少平刚要上车离开,江伟突然说:"少平,你明天去见一下市财政局长,让他给你特拨点抢险资金。"说罢向冯少平挥了挥手,回头对王志东说:"志东,你给财政局长说一下,让给冯少平带上几十万元抢险资金,好让他上任后说话有点分量。"王志东说:"好,我马上打电话。"

秦东市防汛指挥部空气异常紧张而又沉闷,让人感到有些窒息。这是市水利局办公楼二楼的一个会议室,周围墙上贴满了秦东江河湖泊示意图,中间围着桌子坐着水利和气象方面的专家。市防汛指挥部副总指挥熊东来站在一张防汛示意图前,一动不动地沉思着。白才清一脸的凝重,坐在桌前一根接着一根地抽烟,烟灰缸里的烟头越垒越高,有的烟头都掉了出来,他还往上撂。大家都不说话,只有靠墙的座钟叮当叮当地响着,让人听得心烦。秦河一号洪峰刚刚过去,二号洪峰又以每秒五千一百立方米的流量,向秦东凶猛扑来。接到省防总的汛情预报后,熊东来立即召集水利、气象专家,紧急商讨迎战二号洪峰方案。根据预测流量,秦东应该启动以防、抢为主的二号度汛预案。但是专家结合秦河的实际情况,认为自黄河中游的大水库建成以来,秦河河床泥沙淤积十分严重,秦河入黄河口高程比建库前抬高了五米。秦河已由过去的地下河变成了地上悬河。洪峰流量虽未达到启动三号预案的标准,但洪水水位肯定突破历史最高水平,倒灌南山支流不可避免。而支流堤坝设防标准仅为五年一遇,根本无法抵挡秦河洪水的冲击。二号洪峰极有可能给秦东带来难以预料的灾害,专家建议提前启动三号度汛预案。

熊东来听了专家的意见,久久地站在防汛示意图前沉思着,这位向来敢说敢为、果断坚决的人想得多了起来。他清楚自己虽是副总指挥,其实只是代去京学习的副市长行事,是个临时负责人;也清楚这是人命关天的大事,既要慎之又慎,又要敢于负责,敢当敢为,来不得半点犹豫和推诿;还清楚这是他到秦东挂职以来面临的最大考验,面前这些专家们,还有白才清和防汛指挥部的工作人员,都在看着他,看他如何表态和处置。思之良久,熊东来转过身来,以毋庸置疑的口气坚决地说:"我同意专家们的意见,撤!立即组织群众撤离。"白才清抬起头,一时不知所措,心想应该听听自己的意见再定,自己虽然是处级领导,可也是副总指挥,再说做出如此重大的决定,得按程序来呀。这时吴芳匆匆走了进来,她是刚从杏水县防洪堤上检查完赶来的。熊东来没有寒暄,指着围坐的专家说:"吴市长,水利和气象专家就汛情会商了一个下午,直到现在还没吃晚饭呢。"吴芳和专家们一一握过手,笑着说:"各位专家辛苦了,不过只要天没塌下来,就得吃饭嘛。"其实她也没吃晚饭。熊东来直言说:"天还真要塌下来了。"吴芳收起笑容,对白才清说:"白局长,你说说当前的汛情和专家们的意见。"说完她边坐边打开自带的水杯。白才清说完后,吴芳说:"专家们建议提前启动三号预案,熊市长刚才的表态我也听到了。才清你搞了多年防汛,说说还有啥顾虑?"白才清说:"如果全线实施以'防、抢、撤'为主的三号预案,必须撤离三百三十五米高程以下居住的二十多万群众,这不是一件轻而易举的事情……"不等白才清说完,熊东来就说:"前不久,不是搞过一次撤离演练吗?"白才清:"只是在杏水县搞了一次局部演练,还不是动真的都死了人。"熊东来说:"别说得那么邪乎,听说那个老人是心脏病突发死了,就是不演练也可能出问题。"吴芳心想,江伟一再强调和亲自安排的防汛演练,实际上走了过场,县上不重视,村民不当事,如果真要组织大规模的撤离还真的有难度,需要精心粗织,有序撤离。白才清知道熊东来的直脾气,换了个角度说:"如果劳师动众,撤出群众之后,洪水却没有成灾,仅此一举,搬迁、安置、运输等造成的损失怎么办?劳民伤财,势必招来怨声一片,还有可能要追究领导责任,谁来承担……"熊东来再次打断白才清的话,有点激动地说:"可是,你想过没有,如果真的成了灾,死了老百姓咋办?演练死了一个人,你都耿耿于怀,如果淹死了成千上万的人,这个责任该有多大,谁能承担得起!撤离的责任我老熊敢负,大不了把副市长撤了算啦!"白才清的脸色十分难看,心想你只是个挂职的副市长,年底就到期了,不撤也快免了,说话竟这样吓人,在市长面前也装起老大来了。吴芳心中主意已经拿定,问:"白局长,你是啥意见?"白才清说:"撤!"他说得十分坚定,毫不含糊。熊东来使劲看着白才清,突然大笑,说:"好,原来我们的意见是一致的。"吴芳喝了一口水,毋庸置疑地说:"水利和气象专家建议提前启动'防、抢、撤'为主的三号度汛预案,防汛指挥部的两位副总指挥也一致同意,我完全同意大家的建议和意见,应立即下达命令,组织沿秦河乡镇群众撤离。"说着站了起来,看着白才清。白才清以为她要正式下达命令,立即打开了面前的录音设备,要录下这极其重要的命令,既要坚决执行,又要作为资料保存。吴芳一脸的严肃和凝重,稍做思忖后又缓缓地坐下了,说:"白局长,你立即和省防汛总指挥部联系,把我们的决定汇报一下,越快越好。"熊东来听了一愣,接着轻轻摇了摇头。白才清马上理解了吴芳的苦衷,像这样重大的决定,以往都要市委书记点头的,尽管市长是防汛指挥部的总指挥。白才清刚站起来,王志东进来了,他对白才清压压手说:"别忙,江书记回来了,听听他的意见再给省上汇报。"白才清心中一喜,觉得今天实在太巧了,需要谁时谁就来了,像是冥冥之中有谁在安排,简直神奇得不可思议。转而一想,又觉得这太正常了,事关重大,该来的人肯定会来的。

王志东的话音刚落,江伟迈着沉稳的步伐进来了,后面跟着张达明。江伟略事寒暄,就急切地询问当前洪峰的流量、水位等情况。白才清站到防汛示意图前,指着图简练而又重点突出地介绍了雨情、汛情,说得熟练而又专业。接着又说了专家们的建议、吴芳和熊东来的意见,以及执行起来存在的困难、问题和顾虑,说得准确而又到位。熊东来听得直点头,这才发现白才清的水平和能力不可小觑,他哪里知道,白才清搞了多年防汛,自从江伟直接抓防汛以来,更是做足了这方面的文章,决心在防汛中赢得江伟的信任,争取在市政协补选副主席时能上个台阶。白才清说完后,吴芳对江伟说:"江书记,没想到你在最关键的时刻从国外回来了,我们的意见虽然一致,但决心一时难下,请你做决定吧。"指挥部里静悄悄的,大家都屏住了呼吸,目光齐刷刷地投向了江伟。江伟的脑海里立即浮现出了西门屯被洪水袭后的一番惨景。今年的洪水与往年大不同啊,如果无数村舍被洪水猛袭,让数十万群众在洪水中挣扎,那后果将不堪设想,那将是对人民最大的犯罪。座钟的走秒声强烈地敲击着每一个人的心,空气似乎快凝固了,几分钟就像过去了几年。"撤!"江伟大手一挥,果断而坚决地拍板,"面对洪水灾害,宁可信其有,不能信其无,生命利益高于一切!我们就是付出再大的代价,也比让老百姓付出生命好得多!"熊东来说:"这是一个奉民为天、忠于人民的抉择!"吴芳说:"白局长,立即通知临秦区、杏水县和芝水县的党政一把手马上赶到市防汛指挥部开会。"不到半个小时,临秦区的新任书记兼区长赵崇敏赶到,接受命令后立即返回,连夜组织群众撤离。不到一个小时,杏水县的县长郑雄飞赶到,江伟拍着他的肩膀说:"雄飞呀,人民的生命高于一切,你们县委书记在上海治病,你的担子特别重呀,一定要组织动员好这次大撤离,务必做到乡不漏村、村不漏户、户不漏人。"吴芳紧紧握住郑雄飞的手,叮嘱说:"撤离和防抢的底线是不能死一个人。"江伟强调说:"是呀,死一个人我唯你是问。"郑雄飞接受命令后转身就走,还没上车就给县政府办公室下达了立即召开紧急会议的命令。接着芝水县的党政一把手赶到,接受命令后立即返回。直到这时大家才松了一口气,工作人员提来一大袋夹着卤肉的烧饼。江伟说:"原来大家都没吃晚饭,就一块吃秦东名吃肉夹馍吧。"熊东来笑着纠正:"不对,是馍夹肉,秦东人都口误了!"大家齐声笑了。张达明咬了一口烧饼,取出手机当场给广电局长下达命令,要其立即安排沿秦河三个县区的电视台插播防汛紧急撤离的命令,要求不间断地播出。白才清见状忙放下手中的烧饼,亲自拟起了紧急撤离命令。他迅速似好稿子,递给了熊东来。熊东来看后拔笔一挥,写了一个大大的"发"字,并签下名字和时间,还看了看手表准确到了分。

入夜11时左右,临秦、杏水、芝水三县区陆续展开了秦东历史上规模空前的群众撤离。自黄河中游的大水库建成以来,秦河就从未间断过对秦东的袭扰,尤其在南山支流集中的杏水、芝水二县的"二水夹槽"地带,防汛已经成了每年夏秋季节的必修课,大水防,小水防,年复一年,人们在"狼来了"的喊声里紧张着也麻痹着。当人们从睡梦中惊醒,被督促着转移时,很多人表现出极度的不以为然和不满。撤离工作遭遇了极大的困难。很多村子,干部们挨家挨户地动员做工作,可村民就是死活不愿走,干部们好不容易把他们一个个地拉到村口,一不留神他们又偷偷地溜了回去。有的翻墙躲进后院,有的藏在庄稼地里,想着法子和干部们捉迷藏,到处上演着让人哭笑不得的悲喜剧。

杏水县是大撤离的重点,涉及数十个村庄,十二万多人,撤离的难度自然也最大。郑雄飞在全县科以上紧急干部会上做了简短的动员,并给乡镇书记和乡镇长下了死命令,务于天亮前将沿秦河各乡镇的十二万多人全部撤离到安全地带,不能漏一户一人。紧急会一结束,县直各部门领导干部除值班人员外,都立即下到乡镇去协助和督促撤离。紧急会刚开完,郑雄飞点着一根烟,问县政府办公室主任曾红:"你看这样安排部署行吗?"曾红说:"行,演练时就是这样安排部署的,只不过真要撤离了却赶到了晚上。"说完后他仔细留意着郑雄飞脸上的表情,他正在适应着这位新任顶头上司,生怕说错话和办错事。郑雄飞看着这位文采不错、虑事周详的新部下,对他的回答既满意又不满意,微笑着说:"你说得对,要动真的了却偏偏赶在了晚上。情况特殊就得有特别的招数。"秘书桑志奇猜着郑雄飞的心思说:"叫我说,防汛演练中各乡镇都有作秀的成分,有的撤离时嘻嘻哈哈的,有点像儿戏。"郑雄飞瞪了一眼新挑选的秘书,话倒是说到点子上了,只是有点难听,要知道演练的总指挥是他这个新任县长呀。显然县长、主任、秘书这个"三点一线"的工作架构尚在磨合之中。郑雄飞以教导的口气说:"政府工作多、杂,且变数大,有时还十分紧迫,能预则立,善变则通。"他缓缓抽了一口烟,猛一挥手："走，咱们到杏水工业园区去一趟，我在那里藏有一支奇兵。"曾红说："我已安排司机一直等在车边。"桑志奇拍了一下带着相机的包，对曾红笑了笑，意思是我知道县长好这个，已有准备。

一到杏水工业园区管委会办公楼前，李庆庆就迎了上来。郑雄飞边下车边问："都准备好了吗？"李庆庆说："按照你的吩咐，全都准备好了。"李庆庆是郑雄飞调任杏水县长后，上下做了不少工作，才从清水县挖了过来。李庆庆提任杏水县委常委，兼任杏水工业园区管委会主任，主抓工业园区的工作。曾红紧紧握住李庆庆的手，使劲摇了摇什么也没说，他实在太佩服这位"跑主任"了，一直想着好好请教一下这位主任应对郑雄飞的诀窍。郑雄飞听了李庆庆的话，笑着说："老搭档办事我放心。"他回头对曾红说："这里组织了五十辆摩托车，要带着提前录好的录音到下面去喊话。"曾红说："市上已安排在电视节目中不间断地插播撤离命令。"郑雄飞哈哈大笑，说："当面劝说，推着拽着抬着都不一定走，没几个人理会电视上的命令。再说夜深了，谁还看电视，有的家还没有电视呢。这简直是给聋子唱大戏，白费精神，白费声。"曾红脸顿觉烧烘烘的，后悔不该说这话。李庆庆说："咱们的录音只录了三句话：'我是县长郑雄飞，洪水马上就要来了，请父老乡亲们赶快撤离！'准备用高音喇叭反复播。"郑雄飞说："让摩托广播队立即出发，分赴几个要撤离的乡镇，走街串村一个劲儿地播，群众撤不完就转着播个不停。"五十辆整装待发的摩托车，立即风驰电掣般地开了出去，很快高亢急迫的高音喇叭声就划破了寂静的夜空，响起了县长郑雄飞的撤离命令，似乎县长像孙悟空一样分身变成了若干个县长，县长的命令立即传遍了撤离区的角角落落。

郑雄飞看了一眼曾红，吐出一个烟圈，故意卖个关子，问："曾主任，你说下一步咱们该怎么办？"曾红不假思索地说："到乡镇去看看，督促一下。"桑志奇暗中叫好，主任说到点子上了。郑雄飞问："就这样下去？"曾红刚要说各新闻单位都安排了，一声令下就会赶来随行。郑雄飞的手机响了，电话是江伟打来的，电话那边江伟说："雄飞呀，情况危急，要动真的来实的，要靠前指挥，要到一线去。"显然江伟生怕郑雄飞这时还来虚的，误了大事，就叮嘱了几句，也有敲打的意味。郑雄飞高声说："请江书记放心，我这就要去撤离难度最大的杏林镇，从工业园区带一支四五十辆车组成的抢险车队去支援那里。"江伟说"好"的声音很大，站在边上的曾红也听清了。江伟点到即止，挂断了电话。曾红这才清楚了，郑雄飞藏在这里的奇兵是工业园区组成的抢险车队。这可是一支生力军呀，这让曾红不禁叫奇叫绝，佩服得五体投地。李庆庆小跑着过来说："郑县长，抢险车队已全部准备到位，只等你的命令。"桑志奇说："曾主任让我打了电话，新闻媒体的记者马上就赶来了，要不要等上几分钟？"郑雄飞手一挥，果断地说："立即出发，抢险车

## 第四十一章

队跟我去杏林镇拉运撤离的群众。"说完他快步直趋等在一边的小车,曾红和桑志奇跑着跟了上去。

夜深了,杏水县沿秦河一带的几十个村庄却比白天还要喧嚣,马达轰鸣、喇叭声声、敲门声、喊人声,划破了往日寂静的夜空。可着嗓子喊的乡镇和村组干部在村里"围追堵截"不愿撤离的群众。飘忽不定却又无处不有的郑县长的命令,更是一声盖过百声,震撼着人心,催人快点上路。在七八条撤离的道路上,由县政府组织的军车、客车,以及群众的农用三轮车、摩托车、自行车等车川流不息。雨淅淅沥沥地下个不停,一辆辆狭小的三轮车里挤满了人,多数是老人和小孩。天快亮时,大部分人员总算撤完了,但是撤离路上仍然车灯闪烁,一些撤出来的人又急匆匆跑回去,大包小包地运送东西。许多人还是不相信洪水真的会涌出大堤,淹没村庄,淹没田地,淹没他们世代居住的家园。"你说水到底会不会进村?""可怜了我家母猪,马上就要下崽了,没人给喂,下崽后奶水不够可咋办?""娃的书装在包里都忘拿了。"群众边撤离边议论着洪水,惦念着家园。一位头发花白的老大爷,突然向警察恳求:"我的成千斤黄花菜还没卖出去呢,那是给孙子娶媳妇准备的钱呀!"说着就痛哭流涕。这时有人大声喊:"我们还是回去吧!"群众一下子就像疯了似的,强行冲破了干部和民警的阻拦,蜂拥着向村庄奔去。郑雄飞一路督促着,并了解和掌握着各撤离乡镇的进展情况,尽管急得满头大汗,赶到杏林镇时天已麻麻亮。到这里后,眼前的情景把所有的人都惊呆了,大批大批的群众不是往外撤而是往回跑。游动摩托车上播着的郑雄飞的喊话声不绝于耳,书记和镇长声都喊哑了,可是仍然挡不住回撤的人流。郑雄飞让一辆大卡车停在路中间,他站在车上用高音喇叭大声喊:"各位父老乡亲,我是县长郑雄飞,我郑雄飞到现场来了,我就在你们面前,我有话要对你们说。"人流终于慢慢停了下来。郑雄飞接着说:"我只强调一句话:洪水马上就要来了,请父老乡亲们赶快撤离!各位父老乡亲,作为一个县长,我和你们的心情是一样的,也盼望着你们能很快回到自己家里。但是,我希望看到的是你们健康地回去,是活着回家去!可是现在大洪水马上就要来了,你们一旦回去,就再也出不来了。庄稼淹了,我们可以再种;家园淹了,我们可以重建;可我们的生命只有一次,丢了就再也没有了。命都没有了,我们还要东西干什么?群众的命都没了,我这个县长还怎么当!当县长还有啥意思……"本想说三五分钟的话,说了一两分钟,郑雄飞就哽咽着说不下去了。郑雄飞这番掏心窝子的话一下子让人群冷静了下来。郑雄飞看着车下黑压压的人群,动情地说:"父老乡亲们,我郑雄飞给大家鞠躬啦!"说着连鞠三躬:"还是一句话:洪水马上就要来了,请父老乡亲们赶快撤离!"郑雄飞刚说完,李庆庆就指挥身后的车队赶快拉运群众。要返回的群众重新踏上了撤离的道路。

东方的天空露出了鱼肚白,太阳马上就要出来了。远方传来了令人震惊的消息,洪水进村了!很快洪水就追着撤离的人群汹涌而来。郑雄飞的小车走在撤离人群的最后面,曾红看着直扑车轮的洪水,庆幸地说:"真险呀,我的心都快跳出来了。"桑志奇拿着摄相机抓拍下了这惊险的一幕。熊东来坐着防汛指挥部的越野车来了,目睹了这一惊险时刻。大家的车停在安全地方后,熊东来紧紧握住郑雄飞的手,说:"我怕你老兄像当年忽悠我一样,忽悠市上领导,酿成大祸……"郑雄飞见直率的熊东来还不忘当年关井压产时的往事,就笑着打断他的话:"这是人命关天的大事,来不得半点虚的假的,在这节骨眼上,谁搞花拳绣腿,谁就会对人民犯罪。"熊东来说:"真险啊,天微微亮,二号洪峰就扑来了,三条南山支流先后被冲开了五个决口。洪水已淹没了十几个乡镇的近百个村庄,家园、田地、庄稼瞬间就陷入一片汪洋。"他看了看有些吃惊的郑雄飞:"这是我掌握的最新消息,洪水还在加大,形势还在恶化。不过,你老兄能把十几万人及时带出险境,功劳着实不小!"郑雄飞脸上掠过一丝笑意,他知道熊东来是从来不夸人的,能把话说到这份上,说不定自己升任县委书记他还能说些好话。熊东来看着汹涌的洪水,感叹说:"昨晚大撤离的决策的确英明正确,它,挽救的是成千上万条生命。虽然遭受了有史以来最大的灾情,但安全地撤离了二十多万群众,功不可没!功不可没!"

文佳匆匆忙忙地赶来了,见了熊东来先递过来个塑料袋,说:"熊市长,里边是几个包子,有点凉了,是你的早点。"熊东来拿过包子,咬了一口说:"拉你个飞差,你没意见吧?"文佳说:"秦纺厂那边的事我已交代过了,就专心跟着你抗洪抢险吧。"熊东来说:"走着看,我会及时放你走的。反正由市长不在,不会有人再拉你。再说,市上宣布进入了非常时期,特事特办嘛。"原来昨晚江伟、吴芳安排完临秦、杏水和芝水三县区的大撤离后,就立即召开了市上四大班子和市直部门一把手参加的紧急动员会。会议宣布秦东市进入紧急防汛期,抗洪救灾成了压倒一切的头等大事。会议决定在市防汛指挥部统一协调指挥下成立抢堵、救灾、巡堤查险、抢险物料保障、安全保卫、新闻宣传等六个专业指挥部。市上六名领导分别担任专业指挥部指挥。熊东来担任抢堵专业指挥部的指挥,命令一宣布,他就让文佳随自己行动。熊东来三两口吃完一个包子,笑着说:"看我这个人,要有福同享呀。"说着就递给郑雄飞一个包子。郑雄飞笑着说:"有难还要同当呀!"说着就咬了一大口包子。熊东来说:"郑县长,我把我的抢堵指挥部都搬到你这儿来了,还不是有难同当吗?"文佳说:"郑县长,你立即安排人在秦河大堤上搭个帐篷,我要让熊市长的指挥部马上投入运行。"

## 第四十一章

秦东市这次洪灾,全是由于秦河倒灌,南山支流溃堤造成的。"二水夹槽"地区一夜之间被淹一百五十平方公里,平均水深接近两米,昔日良田变成一片汪洋。更严重的是秦河三号洪峰接踵而至,如不抢堵后果更加不堪设想。沿秦河三县区立即全力以赴投入了抢堵南山支流决口和守卫秦河大堤的战斗。杏水河东堤决口最大,形势最为严峻。这里的秦河大堤与杏水河交界处的大桥垮塌,秦河水直接倒灌入杏水河,又从决口处冲出,淹没了大堤内的村舍和田地。熊东来的指挥部就设在离杏水河决口处不远的秦河大堤上,在文佳的安排下,指挥部的工作很快就有序运转了起来。卫坪按文佳的要求已经和市防汛指挥部以及三个县区的防汛指挥部取得了联系,并正在与其他决口处的抢堵人员联系,以保障指挥和信息的畅通。熊东来和文佳站在秦河大堤上,一会儿看看汹涌而来的秦河水,一会儿看看从杏水河决口处喷泄而出的洪水,焦急地等待着抢堵大军的到来。10点多钟,杏水县组织的二千多名抢堵大军来了,这些年轻力壮的小伙子站满了秦河大堤和杏水河西堤,指挥员一声令下,抢堵大军开始从两端抢堵杏水河入秦河口正在汹涌倒灌的秦河水。水急浪猛,沙袋刚一填下去就被大水飞速地冲走,填一袋,冲一袋,这里就像个无底洞,几个小时过去了一点效果也没有。熊东来急得直跺脚,大声喊道:"郑县长人呢!郑雄飞人呢!"文佳说:"我已经联系过了,他正往这儿赶呢。"

郑雄飞带着一个车队浩浩荡荡地来了。熊东来一看见郑雄飞就大声训斥:"郑县长,几个小时了抢堵没一点进展,你倒吃饱睡好了才来。"郑雄飞摸了一把没洗的脸,说:"情况我清楚,电话都打爆了。"曾红张了张口,刚要说郑县长一夜未合眼,直到现在也只是吃了一个你给的包子。郑雄飞似乎看出了曾红的心思,朝他摆摆手,有点卖关子地说:"熊市长莫急,且看我如何妙计堵洪水。"郑雄飞带来的车队除了运来不少抢堵物料外,还拉来了六辆报废的汽车。这些报废的汽车装满沙袋后被推下大堤,水没挡住,汽车倏地不见了踪影。大家都有些失望。熊东来看了直摇头,知道郑雄飞鬼点子多,可这招并不灵呀。郑雄飞却笑着说:"好着哩,有这六辆汽车垫底,抢堵就有了底气。"其实他心里一下子没了底,这一奇招并未出奇效,暗暗有些着急上火。

杏水县的驻军战士开来了。带队的团参谋长发出的第一个命令,不是吹军号,不是喊口号,而是率先跳进水里打起了木桩。他的行动就是无声的命令,八百多名士兵似猛虎下山,哪里危险哪里冲,沙袋一袋袋往下填,又一袋袋被卷走,战士们急了,扑通通地跳进水里,在坝头拉起了人墙。县上的抢堵队伍也不甘示弱,许多人纷纷跳下水中,有的打木桩,有的和战士们紧紧地拉在一起,筑成了更加厚实的人墙。岸上的战士和抢堵人员,奋勇争先地扛起了沙袋。秦河岸边、杏水河畔,上演了一幕军民携手,同筑血肉大堤拦洪水的感人一幕。

白才清带着几个水利专家赶来了,他不无忧虑地对熊东来说:"又增加了两处决口,二水夹槽区都在全力抢堵决口,以杏水河决口最为严重。江书记和吴市长让我带几位水利专家先来这里,一会儿他俩也要过来。"熊东来说:"好哇,你和专家来了好哇,人多办法多呀。"他边和几个专家握手,边说:"洪水大大超过了预想,各种物料都准备不足,有人建议给水里投入些禾秆和树枝,你们觉得怎样?"几个专家一致称好,说这些梢料,还可以打成捆,投放到水里,投放要和抛沙袋配合好,要掌握好速度和技巧。曾红说:"郑县长已安排人去砍运树枝,梢料很快就会运来。"白才清说:"这样搞太慢,干脆把我家杏园的几亩杏树砍了做梢料吧。"曾红说:"你们村子已淹了,人都过不去,怎么砍树呢?"熊东来和文佳这才知道白才清家也被淹了,他不仅没说,也没去看看家里人是怎样安置的。白才清说:"杏水河东岸破堤被淹,我家在杏水河西岸还有几亩杏园,离这儿也比较近,曾主任你就快点安排人随我去砍树吧!"文佳问:"白局长也不和家里人商量一下?"白才清说:"事情紧急,再说现在到哪儿去找我爸,这事我做主了!"熊东来手一挥,说:"好,马上派人派车,随白局长去砍树运梢料,专家都到现场去指导投放,越快越好!"白才清带头砍自家杏园很快就传开了,村民们也纷纷砍了自家的这树那树做梢料,有的还砍了自家即将成熟的玉米,把秆运来做梢料。

日落前,杏水河入秦河处的大堤终于合龙了。人们硬是用塑料沙袋垒起了一条银色的长堤,将汹涌倒灌的秦河水挡住了。杏水河东岸决口处依然流淌着杏水河的来水,但水流毕竟小多了。江伟和吴芳站在秦河大堤上,欣喜地望着这条横卧水中的"银龙"。江伟赞道:"军民携手,半天时间就筑起了这道血肉大堤,把秦河洪水挡在了堤外,这一壮举值得赞扬,值得大书特书。"跟在身边的张达明说:"我已安排各家新闻媒体,尽快深入一线,及时宣传报道抗洪救灾,可能有的记者已赶到了这里。"吴芳看着滔滔奔流的秦河水,不无忧虑地说:"省防汛指挥部通知,秦河三号洪峰预计明天下午到达秦东境内,虽然流量比二号洪峰小,但也让人担心。"江伟对郑雄飞说:"这里的抢堵队伍不但不能撤,还要加强。我已经和部队首长说了,参加抢堵的部队官兵就住在县城待命。"说着拍了一下郑雄飞的肩膀:"雄飞呀,回县城洗个澡,特别是要睡个好觉,说不定后边的任务更艰巨。"郑雄飞笑着说:"你们市上领导也一样,折腾了一天一晚上,也该好好休息一下了。"说完还特意看了看熊东来。江伟对熊东来说:"熊市长,在基层干比在京城苦多了,累多了,没想到你竟然一头扎到大堤上来了。"吴芳笑着说:"这样的京官太接地气了,老百姓可是一片赞声呀。"熊东来听了直摇头,深有感触地说:"这次防汛抢险,学到的东西太多了,感受太深了。"江伟说:"走吧熊市长,和我们一起回秦东,回去休整一下。"熊东来说:"不啦,我说过我的指挥部就设在杏水县,我还是和郑县长回县城吧。真的要好好睡一觉了,不说还不觉得,一说我的眼睛就有些睁不开了。"大家听得笑了起来。

秦东市的秦河沿岸在二号和三号洪峰之间,出现了一段相对的安宁。几条南山支流入秦河口都堵住了,秦河不再倒灌。南山支流决口堵了几处,还有几处没堵。滔滔洪水从决口处向东流去,形成了秦东历史上空前的大水面。昨晚郑雄飞睡了个好觉,天刚亮就到村民安置点上去了。县城和县城周围的村镇,一下子涌来了十几万人,吃喝拉撒睡都成了大问题。特别是有些村民冒死回家拿东西,更让管理干部头疼。郑雄飞和乡镇干部一一见面,落实和解决群众生活中出现的诸多具体问题。直忙到下午,还有些安置点没有来得及去。突然他的电话响了,说是由于秦河中游突降暴雨,三号洪峰提前到来,而且流量比预计的要大,秦河防汛空前吃紧。郑雄飞立即赶往秦河大堤,半路上就传来了惊人的消息,杏水入秦河处昨天筑起的防洪堤被洪水冲垮了。比昨天更大的洪水通过杏水河决口处直冲县城而来,县城北边的工业园区首当其冲,大有被淹的危险。郑雄飞急忙驱车赶到工业园区,看到李庆庆边跑边喊,正组织人员准备抢堵和撤离。吴芳也赶来了,她听说杏水工业园区危急,急忙带着田丽丽赶来了。秋梅升任省信访局副局长,丁玉丽母亲病危住院,吴芳就把田丽丽带在身边应急。吴芳决心把这个工业园区建成全市的示范园区,给予了极大的支持,园区发展也是最快的,如今洪水袭来让她着实捏着一把汗。紧接着熊东来也赶来了,杏水工业园区新进了两户果汁生产企业,是他帮忙引进的,曾宣称这里条件极佳,没想到现在竟面临着洪水威胁。形势危急,郑雄飞把有关事项安排后就急忙赶往决口处。吴芳要乘冲锋舟,沿途查看水情,从水中赶往决口处。

驻杏水部队给吴芳安排了一艘冲锋舟,同行的有张达明、熊东来、田丽丽,还有张达明带来的胡书美和原秀山以及《秦东日报》和秦东电视台的两位记者。曾红是郑雄飞留下带路的。冲锋舟的驾驶员要大家都穿上救生衣,却少了一件。原秀山说自己脖子上挂着摄像机,穿救生衣不方便操作,就坚持不让再去找救生衣,还率先跳上了冲锋舟。冲锋舟贴着水面像飞一样出发了,站在上面放眼望去,极目处,除了洪水还是洪水,湖海一样地看不到边。原秀山和两位新闻记者曾多次采访过这儿,对这儿村庄、农田和道路的模样记忆犹新。而现在,坐在冲锋舟上从它们的头顶滑过,不知道露出水面的这些屋顶是哪个镇子哪个村庄了,也不知道经过的农田是玉米地还是黄豆地还是其他?这里全省最大的杏林也只露出些枝枝梢梢,所有的一切都已面目全非。冲锋舟的四周漂浮着家具、被子、衣服、门板、瓜果和一个又一个泡胀了的牛羊猪狗的尸体……看着如此惨状,吴芳眉头紧皱,心里沉甸甸的。原秀山忙着从各个角度,拍下了这让他惊心动魄的惨景,边拍边说:"这些都是将来争取救灾款不可缺少的资料,惨呀,实在让人心痛。"胡书美觉得这个搞摄影的想的竟是领导要考虑的问题,就提醒说:"水下那失去的家园是要拍下来,抢堵现场还有更激动人心的抗洪壮歌呢,有我的创作素材,也有你拍摄的好场面呢!"张达明说:"看来,我把作家和摄影家带来是带对了。"原秀山笑着纠正:"我是自己要来的,作家是你带来的。"张达明看了一眼有些较真的原秀山笑了。吴芳看了一眼坐在船头的原秀山,说:"胡主席说得对,原站长可以多拍些其他有代表性的场面和人物,还可以返回县城后拍些安置点的场景。"原秀山扬起头开起了玩笑:"这几天我更要紧跟吴市长,还要拍下领导抗洪救灾的精神风貌!"吴芳摇摇头,看着落日映照下的水流,心里越来越着急。随着冲锋舟的快速行驶,船头荡起的浪花水珠打湿了原秀山的衣服,也溅到了摄像机上,他用衬衣袖子擦了擦摄像机上的水珠,专注地抓拍着眼前的场面。突然,他自言自语地说:"可惜我没有让肖冰冰也跟着来。"

经过一个多小时的行驶,前面出现了一片开阔的水面,周围的村庄也少了,原秀山打开摄像机想再拍一些资料,当镜头从左面九十度摇到正面,发现前面有浪花翻滚,心想这一定是个好镜头,得赶快拍下来。当他把镜头推上去拍摄时,顿时惊呆了,发现前面激流翻滚,正在接近汹涌澎湃的大缺口。原来,前面就是秦河和杏水河大堤,抢堵的秦河堤下午决堤后,汹涌倒灌的洪水和杏水河来水一起通过大缺口向东喷泄。大家立即反应过来前面有危险,这时距大缺口已不到一公里远,水流之大之猛远超预想,从这里靠岸已无可能。吴芳果断命令冲锋舟折返,另寻上岸地点。就在这关键时刻,冲锋舟重重地撞在了水下的一根水泥杆上,螺旋桨断了,船失去了动力,顺着洪水快速向大缺口冲击下的危险区漂去。一瞬间,大家感觉到了事态的严重性,眼前就是汹涌的大浪,缺口方向更是浪大水急。船上的空气似乎都凝固了,所有人都意识到了前面也许就是死亡。吴芳用低沉而有力的声音说:"大家不要慌,沉住气。"冲锋舟转眼已进入缺口正对的方向,开始颠簸,瞬间激流将船快速向前推去,大家紧抓船舷冲向第一个巨浪,巨浪将船猛地掀起,发出巨大的声响,紧接着又是第二个巨浪和第三个巨浪,一个比一个厉害,冲锋舟被巨浪轻而易举地掀起又落下。当冲锋舟被第三个巨浪掀起还没有落下时,一丈多高的第四个巨浪又直冲而来。它比前面来得都要猛烈,一声巨响,冲锋舟被狂掀起来,抛向空中向后翻去,转眼间所有的人都被摔了出去,和冲锋舟一起掉进了正对大缺口的汹涌翻滚的洪流中。

曾红落入水中后,呛了一口水,口中的河水充满了泥土味,脑子里闪过一个念头:"这下天塌了,自己是带路的,这带的是什么路呀?让一船人葬身洪水,这是天大的罪过呀!"他是秦河边上长大的,自幼学会了游泳。他跃出水面后,看见冲锋舟倒扣着,所有的人都落入水中,几个人拼命抓着翻落下来的船舷,突然船又沉了下去,被激流快速冲走。吴芳手一松被船舷打了出去,曾红一把抓住她。为了赶快找到安全的地方,两人抓住了一截树干,曾红用手拼命地划向有树的地方。近一个小时过去了,终于在一棵树旁停了下来。还没有来得及喘口气,吴芳就对曾红说:"其他同志都怎么样了?他们都冲到哪儿了?得赶快和岸上取得联系,来营救大家。"曾红说:"吴市长你把牢树,千万不要动,我这就游上岸去让赶快营救其他同志。"说完他就奋力向岸边游去。吴芳这才长出一口气,抬头一看一条草绿色的蛇缠绕在树上,正吐着长长的信子,瞪着她,像是随时要发动攻击的样子。吴芳从小就怕蛇,脑子嗡的一下,手差点松开了树干。她竭力镇静下来,咬咬牙,用手奋力向蛇打去。蛇一下子掉落水中,头向回摆了摆无奈地向别处游去。吴芳打蛇的手紧握成拳头,挥了挥,然后紧紧抓住树干。心想,但愿其他同志也能在各种困难和不测中死里求生。

　　熊东来被洪水打翻时,喝了一大口全是虫子的河水,又恶心,又无法呕吐,脸色蜡黄。他本来已漂到冲锋舟边抓住了舷板,为了减轻船上的负担,试图去抓一根漂过来的木头,结果没有抓住,抓船的手也松开了。田丽丽大喊一声:"熊市长快抓住木头!快抓住木头!"说着她抓船舷的手奋力推了一下木头,她离开了船舷,随着木头到了熊东来身边,熊东来顺势抓住木头。两人紧紧抓住木头,随着洪水漂流而下。走了两个人,翻落的冲锋舟倾覆的危险大大减轻,后来漂到了一片树多的地方,几个人先后或抓住树干,或爬到树上,或骑在树杈上,等待岸上来人救援。曾红奋力游到岸上,郑雄飞正在秦河决口处组织抢堵,得知市长一行落水后急不可耐,可这里没有船没有冲锋舟,就马上报告给刚才赶到这里指挥抢堵的江伟。江伟立即联系驻军,部队上迅即出动三艘冲锋舟来到出事水面展开搜救。郑雄飞让开动高音喇叭,不断地喊着,让落水的人抓紧树干,不要乱动,冲锋舟正在搜救。水面太辽阔了,天又黑了,搜救工作的难度相当大。三艘冲锋舟一轮又轮地搜寻,搜寻的面积越来越大。直到晚上10点多钟,吴芳、张达明、胡书美等人都先后被救上岸,可是熊东来、田丽丽和原秀山三个人还没有寻到。江伟坚决地说:"要继续加大搜寻范围,活要见人,死要见尸,一定要把三个人都找回来!"

　　熊东来和田丽丽抱着那根木头,随水漂流而去,一个多小时过去了,被一棵斜倒的树木拦了下来。两人都已精疲力竭,互相鼓励着奋力爬上树,骑在了上面。树下腐烂的家畜尸体让两人简直无法呼吸,附近长时间浸泡的房屋在不停地倒塌,让田丽丽感到了莫名的恐惧。夜深了,几近虚脱的两人,湿衣服贴在身上,有些透心的凉。田丽丽实在支撑不住了,牙咯噔咯噔地直打颤,几乎话都说不出来了。她惊恐万分地说:"熊市长,我怕是不行了,就要掉下去了,就要掉下去了……"熊东来挪了挪他那肥胖的身躯,说:"小田,一定要撑住,掉到水里就完了。"他已听到了她牙打颤的声音,担心极了。田丽丽断断续续地说:"我实在……实在是不行了,不行了……"她绝望的声音变得凄厉起来,说着就身子一歪。熊东来一把抓住田丽丽,说:"挺住!要坚决挺住!"田丽丽也一把抓住熊东来,顺势一歪,靠在了熊东来的身上。熊东来明显感到了她呼吸急促,浑身颤抖,生怕她掉到水里去,情不自禁地把她抱了起来。田丽丽微微颤抖的双手使劲挂在了熊东来的脖子上,脸贴在了他的胸前。熊东来使劲抬起头,差点让骑在树上的身子失去平衡,便不敢再动,呼吸却急促了起来。"冷……冷呀,实在冷……"田丽丽说话的声音依然在颤,身子依然在抖。熊东来感到了她的心跳,抱她后背的手这才发觉她身上的救生衣没了,只穿着薄薄的衬衫,就问:"好险啊,你的救生衣呢?"田丽丽说:"挂掉了……没系带子,让树枝挂掉了。"她说话的声音大了些:"冷……冷得受不了啦!"仲秋时节的夜风贴着水面吹来,着实让人感到寒气逼人。熊东来的手从胸前慢慢插了进去,想解下自己的救生衣给她穿上御寒。他的手动作轻而缓慢,还是触到了田丽丽温软而凸起的胸脯。她轻轻地哼了一声。熊东来忙说:"我把救生衣解下来,给你穿上挡寒气。"田丽丽摇摇头,身子却抖了抖,她实在太冷了,就又点点头。这些熊东来都感觉到了,就贴着田丽丽的胸脯,轻轻解下了自己身上的救生衣,然后又轻轻地披在她的背上,刚要在她的胸前系好,田丽丽却把手从他的脖子上取下来,紧紧地抱住了熊东来。熊东来只好把救生衣搭在头顶的树枝上。两颗心都在剧烈地狂跳着,田丽丽还在发抖,熊东来生怕发生意外,也把田丽丽紧紧地抱住。熊东来宽厚的胸脯紧紧地贴着田丽丽温软的胸脯,两人都感到了暖流在奔涌。熊东来平生是第一次抱一个女人,还贴得这样紧,抱的时间这样长,而且还要生死相依地紧紧抱下去。田丽丽开始时生的欲望压倒了一切,在已无生命之虞又渐感温暖的同时,也慢慢恢复了常态。她凸起的胸脯依然紧紧地贴着熊东来,继续吸纳着他体内不断供给的热量。这不是她第一次紧贴一个男人的胸脯,她曾无数次地紧贴过向平的胸脯,可是却越贴越隔膜,越贴越僵硬。她希望他到政界来发展,能出人头地,可他却钟爱所谓的专业,一心想成为一名优秀的企业家,道不同难以相谋。这还罢了,前不久向平竟提出要分手,态度还相当坚决。她知道向平牛一样的犟脾气,这条路显然已走到了尽头。她这次从欧洲提前回来就是为解决这个问题的,当然也有怕江伟回国后由锡平趁机纠缠她的原因。熊东来还以为她是关心向平在秦东纺织厂职工堵路时的所作所为,才提前回国的,并特意安排她到秦东纺织厂的工作组去。当然熊东来也很欣赏她的笔杆子和对法律的努力钻研,多次让她参与了煤炭企业的改制和招商引资。田丽丽心想,熊东来是个直人,说话做事都直来直去,从不掺假,现在把她抱得这样紧,肯定也没有掺假,他是真心怕她掉到水里去。听说他还是个独身主义者,不知是真是假,但愿是假的。田丽丽的胸脯挺了挺,感到了他的力量和能量,微微抬起头,缓缓地说:"熊市长,感谢你,是你救了我。"熊东来愣了一下,说:"不,是你救了我的命,要不是你奋力掀那根木料,我怕已葬身洪水。"他说得很认真,也毋庸置疑。田丽丽也较了真,说:"不,要不是你把我从水中拉上树,我怕早就淹死了,淹不死也冻死了。"说完她又使劲抱了抱熊东来,觉得他胸怀博大又装着一颗真诚的心。突然由锡平那多毛的胸脯在她眼前一晃,让她顿感屈辱、后悔和无奈,情不自禁地挣扎着摇了摇身子。熊东来以为她已不冷了,忙松了松手。田丽丽身子一抖,有些慌恐地以更大的力度抱紧了熊东来。熊东来也紧紧地抱住田丽丽,轻声问:"你哪儿不舒服?还冷吗?"田丽丽略显夸张地说:"冷,还是冷……"熊东来说:"那你就别动。"听了他率直的话,田丽丽把脸紧紧地贴在他的胸前。熊东来闻到了一股女人头上特有的馨香味,田丽丽身上的脂粉并未被无情的洪水冲刷完,并顽强地增添着一个中年女性的魅力。熊东来鬼使神差地嗅了嗅,刚嗅完就有些后悔,还自责地摇了摇头。田丽丽敏锐地感到了他在嗅自己头上的香味,这是法国著名的香水,洪水冲不掉,就是反复地冲洗也难掉的。看来,洪水无情,香水倒有意呀!田丽丽深情地说:"我们现在是生死相依呀!"熊东来像是因刚才的失态而不好意思,低声说:"是的,真的是生死相依呀。"田丽丽把紧贴熊东来胸脯的脸偎了偎,呢喃着说:"但愿能永远生死相依。"熊东来说:"怎么能这样讲呢!"他较起真来了,手松了松却又立即抱紧了。田丽丽说:"听说你自称是独身主义者?"熊东来说:"我是说过这话。"说完他又解释说:"只是没有找到合适的另一半。不,长期以来我的确奉行独身主义。"说完自觉脸上发烧,连他自己也不知道到底想说什么。田丽丽知道这个直人还没有学会撒谎,就抱得更紧了,想把心贴得更近一些,说:"实话实说,我和向平的婚姻已走到了尽头,他已正式提出了离婚,我也在离婚协议上签了字。"她停了下来,不知下面的话该怎么说。"你看天快亮了。"熊东来惊喜地说,想把话岔开。田丽丽看着熊东来,认真地说:"我结过婚,生过孩子,还犯过生活作风方面的错误,像你这样的厅局级官员怕是不会接受的。"熊东来听她如此直率,连隐私都说了出来,着实有些吃惊,沉思了好一会儿,想得很多。眼前的女人虽近中年,却依然美貌不凡,还是个才女,今天她不光救了他,对他也算交了心,着实真诚无比。他感到田丽丽的心在狂跳,嘴唇张着,双眼流露着无限的期盼,突然他使劲抱了抱田丽丽,说:"你如此率直真诚,我喜欢。""你不嫌弃我吗?"田丽丽单刀直入。熊东来说:"过去的就让它过去吧。"田丽丽猛地抬起头,疯了似的狂吻熊东来,脸上、鼻子上、眼睛上……最后两张嘴热吻在一起,田丽丽咬着熊东来伸出的舌头,久久不动,她的眼泪顺着脸往下流,身子也抽搐了起来。她没有想到终于在生死患难中,找到了可以依赖终身的另一半。熊东来擦了擦她脸上的泪珠,深感生死相救的无比珍贵和难舍,也深感男女相依的无限魅力和深情,原来人世间男人和女人在一起是这样的美好,这才是真实的人生呀!天大亮了,一艘搜救了一夜的冲锋舟发现一件挂在树杈上的救生衣,就顺水搜索着前进,最后又发现了熊东来和田丽丽。冲锋舟急驶而来,船上的人高声喊着话。当冲锋舟逼近熊东来和田丽丽时,早已筋疲力尽的田丽丽立即晕了过去,早已浑身僵直的熊东来也撑不住倒了下去,两人几乎同时落入水中。冲锋舟上的人急忙救起熊东来和田丽丽,全速向县城驶去,把两人送往医院抢救。

　　太阳半杆高了,冲锋舟的搜救还没有结束,又增加了不少木船参与搜救。原秀山仍然没有找到!肖冰冰得知原秀山落水没有找到的消息后,立即从秦东赶来,她站在冲锋舟上,拼命地喊着:"原站长,原老师,你在哪儿!"后来又改喊:"原记者,原秀山,你在哪儿!"再往后就直呼:"秀山,秀山,你在哪儿!"开始声调十分高亢,慢慢就有些沙哑,到后来就有些凄厉且带上了哭音。她不停地喊着,后来干脆边哭边喊,直至泣不成声。张达明从水中被救起后,休息调整了一下,天不明就带着肖冰冰一起找原秀山。他看着火急火燎满脸泪水的肖冰冰,心里既着急又酸楚。船上有人劝了劝肖冰冰,谁知越劝她越是拼命地哭喊,嗓子都喊出了血。当原秀山的遗体被找到时,肖冰冰竟抱着遗体哭得昏了过去。原秀山为抗洪抢险献出了宝贵的生命,当他被找到时,他靠着一棵小树端坐在水中,一缕乌黑的头发漂在水面,双手紧紧抱着吊在胸前他极其珍爱的摄像机,保持着他惯有的标准的职业动作。这里是水中的一块高地,他只要站起来,就会露出水面,就有了生的希望。也许他实在太累了,无法再站起来;也许他站起来过,又无力地坐进了水中;也许他被洪水冲到这里时,已经没有了生命体征……不管何种情况,他在抗洪抢险中光荣地殉职了!这个穷山沟走出来的孤儿,自学成才的新闻界奇才,永远地离开了他深深挚爱的事业,也永远地离开了心心相印的女友。秋风为之悲鸣,秦水为之淌泪。后来省报社和秦东市为这位著名记者、摄影家举行了隆重的追悼仪式,并将他追认为烈士。肖冰冰将一颗硕大的珍珠放进了原秀山的骨灰盒里,这颗珍珠冰清玉洁、晶莹璀璨,有人说这是原秀山给肖冰冰的定情之物,有人说这是肖冰冰给恩师和密友的回报和最高评价。全省新闻界永远传颂着原秀山,秦东人民永远不会忘记原秀山。

　　江伟双眼通红,眼泡肿胀,身上的迷彩服沾满了泥浆,他在杏水河抢堵现场

## 第四十一章

度过了难忘的一夜。他既要指挥现场抢堵,又要督促搜救吴芳等落水人员,还要过问另外几处决口的抢堵。多亏熊东来在秦河大堤上设了临时指挥部,文佳在这里不断地给他提供着各方面的信息,传达着他发往各方面的指令。最令文佳惊心动魄的是,秦东高新区西门屯处秦河大堤当晚的决口。洪水直接危及秦东高新区,也严重威胁着秦东市区,抢堵的重要性远超这里。当他心急火燎地把这个消息告诉江伟时,江伟却显得极其镇静,只说了声我知道了,一点没有赶回秦东市区的意思。江伟果断而坚决地给现场总指挥郑雄飞下达了赶天亮务必堵住决口的命令。他相信郭梦龙这个水利和防汛专家,在有充分准备的情况下,一定能以最快的速度堵住决口。当然他也想着先尽快堵住这里,再去看那里,关键时刻决不能慌乱,决不能顾此失彼。太阳升起后,经数千军民携手奋战,这里的决口终于堵住了。一条沙袋垒起的扭曲的银白色长龙,再一次横卧水中,在朝阳映照下显得特别壮观,汹涌澎湃的秦河水再一次被挡在了堤外。没有了倒灌的秦河水,杏水河缺口的水流速度大大地减缓了。江伟站在秦河大堤上,面对朝阳长长地出了一口气,接着便驱车赶往秦东高新区的决口处。

吴芳被从洪水中救出后,回杏水县城洗了个澡,吃了一碗热面,换了一身迷彩服,就赶往秦东高新区的抢堵现场。太阳升起不久,这里的决口也被堵住。郭梦龙一夜没有合眼,累得腰疼病犯了,就到大堤上的指挥部休息去了。吴芳到后没有打扰这位年近六旬的现场总指挥,向姜树青问了问情况,就绕着淹没区一路查看起来。

由锡平带着一帮人来了,两辆小车在前,后边是一辆货车。他是昨晚从欧洲回来的。在欧洲他代表秦东市与一个中等城市签了建立友好城市的协定,还签了几个引进资金和设备的合同。回到秦东的当晚,他就决定第二天去看望和慰问在一线抗击洪水的军民,这是露脸又讨人喜欢更能赢得人心的事。没想到在看望和慰问的第一个点上,竟遇到了市委书记和市长。寒暄之后,他顺便给江伟简要汇报了欧洲之行的成果。他竭力让炫耀和揽功变得随意自然,不露痕迹,但依然难掩志得意满之情。汇报完他半开玩笑地说:"我没有资格慰问江书记和吴市长,我这就去杏水县。"他给姜树青这里留了些糕点、牛奶、饮料、毛巾、肥皂等慰问品,并嘱咐代为问候郭梦龙后便匆匆离去。

由锡平在杏水县城和周边,看望和慰问了安置点的灾民,以及在临时教室上课的孩子们。他特意看望了辛清玉老人。辛清玉带着几个徒弟,在这里用大锅熬制中草药,散发给灾民饮用,以去病防疫,给当地的卫生部门帮了大忙,被传为佳话。由锡平还慰问了"绳人哥"。曾在洪水中逃生的"绳人哥"先到大堤上去帮忙运沙袋,后来到这里来帮辛清玉熬中药,还给灾民们跳舞解闷,竟成了这里的开心果。由锡平还看望了六泉寺的小和尚陆泉和双泉宫的道长薛乙。陆泉在这里设了个供水点，免费给灾民送"六泉净水"。薛乙在这里免费给灾民针灸治病。最后由锡平到县上接收援助和捐赠的仓库去看了看，并慰问了那里的工作人员，市内外各地援助和捐赠的物资堆得满满的，还不断在运来和发走，这让由锡平一行备受感动。

从县城出来后，由锡平带队来到秦河大堤上，开始看望和慰问这里巡堤查险的人员。市直各部门基本上是领导带队，全员出动，按划分的区段巡堤查险。洪水浸泡了多天，秦河大堤和杏水河支堤险象环生，布满了裂缝，出现管涌、渗漏和垮堤的危险随时可能发生。机关干部职工连续几天，仔细在堤旁的草丛中、庄稼地和树林里搜寻，生怕放过一个疑点。夜晚，大家强忍着阴冷潮湿、蚊虫叮咬和睡眠不足的煎熬，反反复复地巡查着，不敢有丝毫懈怠。由锡平代表市委、市政府来看望和慰问大家，所到之处大家都很高兴，他赚足了人气。由锡平沿秦河大堤向东走到杏水河入秦河口，看到这里插了几十面红旗，大堤上挤满了人，有列队而站的部队官兵，有随便挤在一起的干部和村民，大家身上沾满了泥巴，显得十分疲惫。由锡平正在纳闷，黄天高笑着走了过来，两人握手寒暄后，由锡平表示了慰问。黄天高一边表示感谢，一边用手指着说："由市长，你看杏水河支堤上挂横幅的地方，是我的巡堤指挥部。"由锡平看去，一幅特别大而显眼的横幅上写着"商业系统是抗洪抢险的坚强后盾"。由锡平笑着说："还是黄局长会宣传造势。"黄天高忙说："由市长快别这样说，你看看人家张达明多会宣传造势，要搞个大堤合龙仪式。江书记亲临指挥，抢堵成功了，就谢天谢地啦！还要搞什么仪式，这明显是想给江书记脸上贴金，美其名曰要鼓舞士气，新闻媒体来了一大帮，真是……"他突然收住，没有再说下去，转而满面笑容地说："由市长你刚出国回来，有些情况还不大清楚，我们商业系统不仅担负着巡堤查险任务，还承担着物料与食品供应保障任务。不管道路多泥泞，交通多不畅，我们都要按时把所需的矿泉水、火腿肠、方便面、烧饼、蒸馍、榨菜运往大堤，决不能让英勇抢险的子弟兵挨饿，不能让抢险一线的人员挨饿。"由锡平走近两步说："你们局的巡堤查险安排在这里，险了点也难了点，但对你而言却是天赐良机呀！"黄天高看他一副知心的样子，立即会意，情不自禁地向由锡平靠了靠说："昨晚，我亲自背着各种食品，送到了抢堵一线，也送到了江书记的手里。"由锡平看他也不遮掩，压低了声音说："市政协差的三个副主席，年底开大会要补齐，争的人特别多，捷足者先登。你是老资格了，可别错过这个机会。"黄天高以期待的口气说："这还要靠由市长的支持和提携。"他从心底深处服了由锡平，经由锡平一点拨，一个动员商贸企业、机关干部职工捐赠和争取上级扶持的想法，迅速在他头脑中闪现，他高兴得一拍大腿叫了声好。由锡平笑问:"什么好啊?"黄天高自知失态,急忙说:"你来得好啊,咱们一起去参加大堤合龙仪式吧。"由锡平摇摇头,说:"我慰问一线的任务还没有完成呢。"说完就继续慰问去了。

  秦河大堤上的合龙仪式迟迟没有进行,张达明一直在等候江伟和吴芳。江伟和吴芳看了秦东高新区的秦河决口处,又到杏水县的工业园区看了灾情,两处都未成大灾,两人这才急急忙忙地赶来参加合龙仪式。两人到大堤上后,全傻眼了,列队等候的战士们都疲惫地坐在地上,许多人都睡着了,其他人散乱地坐着,许多人还横七竖八地躺在地上。大家都太累了,十几个小时的高强度抢堵决口,许多人还是浸泡在水中,体力消耗极大,疲惫至极。看了这种场面,江伟十分后悔竟答应了张达明搞合龙仪式的建议。吴芳看了直摇头,她听文佳讲,搞这个仪式的点子是郑雄飞出的,也是他现场组织的,不禁心中感叹,这类作风何时才能改变!怎样才能根治!看见江伟和吴芳来了,张达明给工作人员下令:"赶快组织场面,合龙仪式马上就要开始。"中央电视台和省上两家新闻单位的记者,已拍摄了现场的情景,听说合龙仪式要开始,都离开了现场。央视的一位记者十分不满地说:"这是滥用行政资源,典型的作秀,极端的形式主义。战士和群众用酣睡在抗议,你们难道还要搞这种大堤合龙仪式!"后来,一位特邀资深新闻评论家大声疾呼:此类作风已成顽症恶疾!只有敢于亮剑,用铁的纪律来约束,用钢性制度来规范,才能恢复和光大党的优良传统作风,赢得党心民心。

## 第四十二章

上午,市委、市政府要在市政府招待所召开抗洪救灾总结暨表彰大会。文晓风早早就来到会议室楼前招呼与会人员,他今天心情特别好,满面笑容,不管认识和不认识都要打个招呼。看见康辉后文晓风紧走几步,握住康辉的手说:"康局长,你来得早啊,欢迎,欢迎!"康辉说:"我早点来,是想迎接老领导郑雄飞县长,秋季抗洪抢险我去杏水县支援见过一面。眨个眼就到年底了,想着和老领导多说几句话。"文晓风说:"没想到康局长还挺重情义,等郑县长来了我给你开个装修漂亮的客房,你们好好聊聊。"康辉前不久从清水县委办公室主任提拔为市招商局副局长,正春风得意,笑着说:"你是想展示一下新装修客房的效果吧?还挺会宣传嘛。"文晓风不加掩饰地说:"不瞒康局长,还真有这意思,这是市招改造后承办的第一个大会,可惜只开半天,不住宿,其实客房改造后效果非常好,只是这次与会人员无法享受了。"说着他直摇头。市招改造项目拖了好久,文佳一心想搞成秦东的一个星级饭店,无奈文晓风并不配合,文佳知道他有省委组织部那位同学撑腰,不想弄得太僵,给吴芳添些不必要的麻烦,就以身体欠佳为由,在抗洪抢险之前辞去了市招的董事长。文晓风就以总经理的身份搞了几个月改造,快到年底时完成了改造任务。康辉对这些也有耳闻,就试探着问:"听说你要提副处级,大概快了吧?"文晓风急忙摆手否认:"我有何德能?不就是改造了个市招,虽然大家都说改造得好,有了天翻地覆的变化,可我能翻得了天吗?"他话虽这样说,脸上却满布得意之色。康辉心想,你就是翻了天呀,文佳副秘书长都被你挤走了,还想翻到哪里去?他轻轻地拍了一下文晓风的肩膀,说:"提拔了一定要请我喝酒。"他俩已喝过几次酒,还较上了劲。文晓风说:"行啊,咱俩一定要决个高下,孔里进去了,听说贪的不少,最少也得判十年以上,这个大酒缸算是彻底打碎了。大家都说你来了刚好顶上,要不秦东三大酒缸,岂不少了一个?"说完哈哈笑了。康辉自以为喝酒在秦东首屈一指，没有对手，不以为然地说："我在清水县被叫作酒瓮，现在改叫酒缸，有些不妥。"文晓风看着如此自负的康辉，竟一时说不出话来。康辉忽然快步迎上前去，郑雄飞来了，后面还跟着李庆庆和曾红。郑雄飞代表县上参加会议，李庆庆和曾红以先进个人身份来参加会议。康辉握住郑雄飞的手说："郑县长，我来得早就是为了迎接你，还有李主任这个老搭档。"李庆庆说："康主任，不，康局长是代表招商局来参加会吧？"康辉说："我是因在清水县率队支援杏水县抗洪被评为先进个人，以这个身份参加会。"曾红说："这完全名副其实，康主任那才是真正的支援呢，送来了那么多的物资，还带队上大堤参加抢险。"康辉忙把文晓风介绍给郑雄飞："郑县长，这是文晓风总经理，市招的大拿，位列秦东三大酒缸。"郑雄飞说："老康有了新对手，不，酒友，新酒友。"说完大笑。文晓风忙招呼几个人去一间新装修的客房小坐。在几个人对客房装修的赞美声中，文晓风乐滋滋地离开了。

　　文晓风刚走到院子里，迎面碰上了黄天高，立即笑着打招呼："黄局长好，来参加大会呀！"黄天高说："是呀，这年末岁首会真多，难怪叫会议旺季。"文晓风递给黄天高一根烟，笑着说："有市委、市政府召开的会，有部门召开的会，有企事业单位召开的会，有全局性大会，有各类专业会，大会套小会，一个会接着一个会。"黄天高抽了一口烟，笑着说："看来你的生意挺兴隆。"文晓风得意地说："市招一改造，大家都看好，难题也来了，联系会议的人越来越多，简直都排不过来了。"黄天高猛地想起来了，郑重其事地说："我们商业系统的会，就定在这个月8号吧。""别忙，我们的会是8号开呀！"白才清冷冷地说，他也是来开会的，脸无表情地站在黄天高身边。黄天高看了一眼白才清，拉下脸硬生生地说："我们的会期已经定了，不可能更改。"白才清说："我们联系会议的人说了，我们去得早，要按先来后到的规矩办。"他没有退让的意思。文晓风耳闻他俩最近较上了劲，现在算是眼见为实了。他正安排人和商业局、水利局协调，让一家8日开会，一家9日开会，按说都是好日子。没想到问题出在两个一把手身上，看来都瞄上了"八"这个好日子，各不相让。其实是两人心里憋着更大的事。市政协要补选三位副主席，伍志豪虽然换届选举时落选，由于是统战部长，按有关规定这次仍要提名，看来这次是铁定要当副主席了。秋梅到省上任信访局副局长去了，关立峰到秦东职业技术学院任书记去了，两人都提拔为副厅级了，这无疑给其他人的晋升提供了机会。据民主推荐和组织考察的意向看，郭梦龙资格老，在抗洪抢险中守住了秦东北大门，在秦东高新区转轨和招商引资中做出了突出成绩，得到江伟和吴芳的共同支持，所以呼声最高。白才清在抗洪救灾中表现突出，尤其在灾后争取秦河和南山支流治理项目和资金上成绩显著，深受江伟信任和支持。黄天高在招商引资中,支持古济宁投资建设开元大厦,争取资金扩建了红星蛋粉厂,又力推商业系统的改制,吴芳因之力挺黄天高晋升市政协副主席。黄天高左思右想,积怨难释,突然大笑说:"才清呀,你既有才,又头脑清楚,要说规矩的话,难道不知道老哥比你年龄大,该让让老哥?"白才清听他话里有话,更不相让,讥讽说:"难道年龄越大,就可以越不讲规矩?你们开会的时间定了,我们开会的通知都发了呢!"黄天高越发恼怒,便口无遮拦,直戳戳地说:"今天开大会说抗洪救灾,你们水利上开会还不是说这事!说白了就是脸上涂了脂,还要再抹上些粉,也不怕把脸抹厚了!"白才清大为光火,气呼呼地说:"你们开会,还不是想吹吹招商引资的伟大成果!看如来佛镀金,就给土地爷脸上贴金,越贴越恶心,再贴也成不了大神仙,也进不了天宫!"前来开会的人越来越多。引得好些人注目观望。张达明不动声色地站定,想劝劝两位斗嘴的局长,却一时无从开口。黄天高勃然大怒,满脸通红,口出粗言:"白才清,你还嫩,和老哥较劲还有点嫩。你以为我不知道你想咋,你的屁股一撅,我就知道你想拉啥屎!"白才清也怒不可遏,回敬说:"我知道你老奸巨猾,故意和我过不去,你心里想啥,路人皆知!"张达明看两人盛怒之下竟无所顾忌,连官场的潜规则都不顾了,把不该说的话都快挑明了。他十分清楚两人一直在为市政协副主席位子明争暗斗,在市上领导层找了这个找那个,还都到省上找了人。自己左右不了这些,也不能眼看着两个局长在这里当众出丑。张达明"咳"了一声,笑着说:"开会时间马上就到了,两位局长消消气,有啥事以后再说,赶快进会场吧。"白才清不好意思地笑了笑,不再说啥。黄天高余怒未消,指着匆忙跑来的文晓风说:"你跑到哪里去了?你倒是表个态呀,8号到底是让谁家开会?我们的会议通知早传真发下去了,给省厅领导的邀请函也发出去了,咋个都不能更改了!"文晓风只是笑,他是怕把事闹大了,跑着去请由锡平。由锡平紧跟着来了,笑着拍了拍黄天高的肩膀说:"黄局长火气还挺大呀,小事一桩,不就是都要在8号开个会吗?都想发,发发发,大家发,好事嘛。我保证让你满意,也让白局长满意。回头我来安排,就都别为难文晓风了。"由锡平已胸有成竹,安排一家到市政府礼堂开大会不就结了,那里的条件更好也更排场,平时除了市委、市政府在那里开会,部门不允许在那里开会。他当然清楚两位局长较劲的真实原因,这的确是个难题,让他也十分为难,支持白才清吧,吴芳不满意;支持黄天高吧,江伟不高兴。黄天高听了由锡平的话,就顺坡下驴,不再死犟,自嘲说:"芝麻大点事,也让由市长费心了。"说着就跟着由锡平向会场走去。白才清也紧走几步,跟着张达明向会场走去。

　　胡书美迈着八字步,不慌不忙地向会场走来,他也是抗洪救灾的先进个人。他在抗洪抢险时落水险些丧生,后来以生花妙笔写了《抗洪历险记》《洪水袭秦东》《痛悼亡友原秀山》等长篇通讯,先后被中央及省主流媒体采用,其中一篇还得了优秀通讯大奖。目前正在酝酿写一部抗洪抢险的长篇小说。文晓风急忙握住胡书美的手,笑着说:"作家好,胡主席好。"胡书美从公文包里取出一叠稿纸,说:"宣传市招装修改造的文字部分写出来了,你先看看。图片部分,你抓紧搞。"文晓风说:"你写的稿子代表秦东的最高水平,我最放心了。图片部分,我正联系人拍摄,可惜原秀山不在了,要不请他拍摄再合适不过了。"胡书美听了脸一沉,说:"一提原秀山我就心痛,他献出了最宝贵的生命,老百姓受了前所未有的大灾,可有些人却因此而又追名又逐利,人心不古,世风日下,简直是绝妙的讽刺和无情的批判。"文晓风一怔,未解其意,忙说:"胡主席,我给你的稿费,不,润笔费是这些。"他伸出巴掌,展开了五个指头。胡书美看了一眼,似乎有些生气地说:"不说这个,要不是领导搭话,我根本没闲时间给他人做嫁衣裳。"文晓风更加捉摸不透,小声说:"这个可以商量,还可以增加。"胡书美瞥了一眼文晓风,扬长而去。文晓风摸了摸后脑勺,心想文人真难对付,也弄不清哪个领导还搭过话,看来宣传市招装修改造的水还挺深呢。"文总好。"冯少平打着招呼,紧紧握住了文晓风的手。文晓风看着春风得意的冯少平,说:"祝贺你又当上了临秦区的常委,快当常务副区长了吧?"冯少平并不接话,笑着说:"市招改造得挺不错,面貌焕然一新,功劳不小呀。快了,你快鸟枪换炮了。"他在江伟身边工作时,就清楚这位开酒店的小人物背后有一棵大树,也清楚这个小人物快提拔了,虽有些鄙夷却也念其经常殷勤招待自己,就说了几句体己话。文晓风听到"快了"一说很是受用,尽管冯少平已不再在书记身边工作。冯少平因抗洪抢险期间坚守柳河水库,被评为先进个人来参加会议,他微笑着拍了拍文晓风的肩膀,点点头进会场去了。文晓风觉得冯少平这作派简直和领导像极了,几年来蹭饭吃,讨酒喝,顺便要条烟,既有狐假虎威的魄,又有低眉顺眼的味,这状况怎么突然就从他身上消失了呢?又一想人家现在就是领导,人家是副处级,自己只是个科级,真是官高一级压死人呀!

  江伟和吴芳不约而同,在最后时刻来到会场,两人坐定后,张达明宣布大会开始。张达明刚刚就任市委副书记,又是抗洪抢险的重要指挥者。谁都知道,他在抗洪抢险期间搞的合龙仪式是个败笔,被央视和多家媒体做了负面报道,事后他顶着压力做了大量的弥补性工作,亲自带人去有关新闻媒体做沟通和解释,并大多取得了谅解,有些媒体还做了不少正面宣传。他组织市级各新闻媒体和文化单位,大幅度、大动作、有针对性地对抗洪救灾做了宣传,对秦东市后来争取上级支持,争取治水项目和救灾资金起了重要作用。今天是他履新后第一次主持市级规格的大型会议,就意气风发地滔滔讲来:"同志们:在世纪之交,在新千年刚刚拉开序幕之际,我们秦东市遭遇了一场百年不遇的洪水袭击。大灾面前英雄的五百四十万秦东人民,在市委、市政府的正确领导下,砥柱中流,奋勇抗击,取得了抗洪抢险的决定性胜利。接着又奉民为天,开展了前所未有的救灾工作……"他不愧当过宣传部长,口若悬河,文采飞扬,只是讲得过长了一些,似乎有卖弄之嫌。

　　大会的第一项议程是吴芳做工作报告。《报告》充分肯定了抗洪抢险取得的重大胜利,灾后重建取得的重大进展;对抗洪救灾中成绩显著的先进集体和先进个人,给予充分肯定和大力表扬;对灾后重建和群众安置提出了具体要求。吴芳的报告不时被热烈的掌声打断。快要结束时,吴芳停了下来,清了一下嗓子,离开稿子讲道:"同志们,抗洪救灾工作历时数月,在这段时间里这项工作是我们秦东的中心工作,是重中之重。全市上下全力以赴,使这项工作取得了前所未有的成绩,创造了秦东抗洪救灾史上的奇迹。但是这项工作说到底是阶段性的中心工作,对此我们要有清醒的认识,应该及时调整思路,适应新的形势。"她喝了口水,看了看台下,很明显大家对市长脱稿讲话更有兴趣,所有的人都注视着吴芳。吴芳缓缓地说:"同志们,一个人得了病,看病固然重要,但更重要的是在病情缓解后要设法提高身体的基本素质,这才是治本之举、长远之策。秦东经济发展滞后,又遭洪水重创,抗洪救灾是必需的,作为阶段性中心工作是正确的。但从长远看,我们还是要把全市的工作及时调整到以招商引资为重点的轨道上来,在已经打开局面的基础上,不断加大工作力度,特别是要把各个工业园区的建设抓紧抓好。这样才能把经济搞上去,为灾后重建提供强有力的财力和物力保障。关于招商引资我们还要开专门的会议,我就不多讲了。"说完她又低头念稿,很快就做完了工作报告。全场又是一阵热烈的掌声。这会儿,江伟心里很不平静。吴芳脱稿讲话时,他掐灭了烟头,微微抬起头,慢慢地脸色变得十分难看。会前讨论工作报告时,他提出当前和今后一段时间的中心工作,仍是灾后重建和灾民安置,这涉及几十万人的生产和生活,涉及秦河和南山支流的治理,涉及秦东的长治久安,这是大事更是难题。对这提法大家都是同意的,工作报告也是这样写的。讨论中吴芳讲了她的看法,应者并不多,只有熊东来讲了与她类似的观点。会上虽然没有明确否定她的看法,通过了工作报告,就等于确认了他的提法。吴芳作为市长难道连这点常识都不懂,显然不是。是吴芳觉得他快要离开秦东了,她将接任市委书记,便不再把他当回事,公然向他亮剑了。联系在市政协副主席人选上她和自己较劲的事,江伟更是气不打一处来,越想越生气,脸色铁青还不时微微抽搐。张达明听了吴芳的脱稿讲话,着实吃了一惊。关于中心工作,在起草《工作报告》时江伟就交代过,讨论《工作报告》时又反复强调并加以明确,这些吴芳都是清楚的。她现在这样公开拧着讲,是犯了政治上的大忌,弄不好会付出惨重的代价。他看了看坐在主席台上的其他领导,似乎都毫无表情,再看江伟后不禁轻轻摇了摇头。吴芳讲完后,江伟象征性地轻拍两下手。张达明一改热情洋溢的样子,漫不经心地拍了拍手。其实主席台上的人眼睛都亮着哩,礼仪性的掌声与台下热烈的掌声形成了鲜明对比。

大会的第二项议程是表彰奖励先进。领奖后,接着是先进集体代表发言。第一个发言的是郑雄飞,他的发言出乎所有熟悉者的预料,没有大讲特讲杏水县在抗洪救灾中取得的成绩,着重强调和详细描述了市委、市政府领导的直接指挥和亲自参与,以及所发挥的关键性作用;大讲了部队官兵以及市直各部门、各兄弟县(市、区)所做的工作,还列举了一些感人的典型事例。让许多人玩味不已的是,郑雄飞几次提到在上海治病的县委书记,说他重病在身依然多次打电话询问抗洪救灾的事。曾红大惑不解地对坐在旁边的李庆庆说:"咱书记一直在上海住院,整个抗洪救灾期间都没回来过,郑县长还提这干啥?"李庆庆笑了笑,没有回答。心里想,这还猜不透吗?郑雄飞是从另一个角度,委婉地向大家说明全县的抗洪救灾是他一个人顶着,发挥了县委书记和县长的双重作用,一个顶俩。如果县委书记久病甚至发生不测,他应是顺理成章的继任者。

第二位发言的先进集体代表是郭梦龙。许多人都想听听这位水利专家是如何临危受命扼守住秦东北大门的,谁知他轻描淡写地提了一下西门屯方向抗洪抢险的事,然后话锋一转,说:"各位领导,同志们:'以史为鉴,可以知兴替','去事之戒,来事之师'。秦河洪水业已成为历史,但它带给秦东人民的经验、教训及反思十分深刻,值得认真总结研究。"说到这里他推开发言稿,像专家学者演讲似的屈指细诉起来。他先讲了多年平静的秦河为何今秋肆虐成灾,小水缘何酿成大灾。他极其专业地以事实和数据说话,一下子就把人吸引住了。接着他又话锋一转,直言灾起黄河中游的大水库,让许多人着实吃了一惊,多年来这一直是个有争议也极其敏感的话题,一度甚至被视为禁区,他竟然在大会上从总结教训的角度,把这个问题亮明了。这让好些人替他捏了一把汗。黄天高吃惊地瞪大了眼睛,心想这家伙是不想当市政协副主席了,在拿脚踢乌纱帽玩。江伟听了却在心里暗暗称赞,郭梦龙不但熟悉治水也敢讲真话。郭梦龙讲的更多的是,如何保卫辛辛苦苦建起的家园,提出根治秦河水患需标本兼治、多管齐下,还谈了他心目中的十年规划。尽管他似乎偏离了发言的方向,与会人员却听得相当投入。江伟看着郭梦龙心想,好哇,你当了市政协副主席后,就牵头搞一次根治秦河水患的大型调研,搞个提案带到省上和北京去,好好发挥一下你的专业知识和行政经验。郭梦龙的讲话在一片热烈的掌声中结束了。

再接下来是先进个人代表发言。第一个发言的是西门屯村党支部书记西门达,讲的最多的是该村极其严重的灾情,曾几度哽咽。大家以为他要提救济的事,不料他破天荒地提出要整体搬迁该村。主席台下静静的,主席台上却有人带头鼓起掌来,接着台上台下掌声大作。熊东来脸上挂着满意的笑容,看来他竭力促成的搬迁方案可以正式启动了。

第二个发言的先进个人代表是曾红。他的发言没什么特点,许多人纷纷小声议论着这位科级干部,说他在抗洪抢险中救了一船人,救了几位市级领导,提拔重用是必然的,飞黄腾达指日可待。有些人在想,会游泳的人多了去,谁能碰上这样的机会?李庆庆一直为曾红捏着一把汗,生怕这位把他当老师的高徒出错。好在曾红在发言中,一句话也没有提自己救人的壮举。这就对了,这件事如果说了,主席台上的人也许会淡忘,因为他已经当了先进,也宣扬过了。如果不提,主席台上的人就还记得,就会想方设法给他带来进一步的好处。看来曾红也非等闲之辈,看似胆小谨慎,似乎没有主见,其实很有心计,也善于适应环境。郑雄飞脸上绽出了笑容,他已经在极力推荐曾红出任副县长,这不光是给下属办好事,其实也是在向上级领导示好,在办领导想办又不好直说的事,一举两得,何乐而不为?张达明看了一眼熊东来,这位在灭顶之灾中抱得美人归的好激动的人物,竟是一脸的平静。张达明颇有感慨地想,这世界就是这样,一场大的灾难过后,无数人倾家荡产,痛失家园;有的人因之失去了宝贵的生命;有的人却因此而披红戴花,乃至升官发财。从长远看,通过当前的救灾和未来的根治水患,还会有力地推进秦东经济社会发展。历史就是这样前进的。张达明猛地想到自己不也是这次大灾的受惠者,脸竟有点烧乎乎的,不过很快就恢复了常态。他看了看离开发言席的曾红,大声宣布:"会议进行最后一项议程,请市委书记江伟同志做重要讲话,大家欢迎!"

江伟刚扶了扶麦克风,台下的摄影记者就一齐忙了起来,几个文字记者快速走上主席台,敏捷而熟练地把录音机摆放到了江伟面前。江伟没有讲话稿,正视台下,以惯有的沉稳不紧不慢地讲了起来。他肯定了吴芳做的《工作报告》,要求回去后认真传达贯彻落实;肯定了秦东军民在抗洪救灾中取得的重大胜利,以及先进集体和先进个人所做出的重要贡献;指出了灾后重建的任务还相当艰巨,当前灾民生产生活上的困难还很多,一定要继续努力做好这方面的工作。他讲得简明扼要,条理清晰,显得深思熟虑,胸有成竹。大家以为他的讲话就要结束了,都做好了鼓掌的准备。江伟却话题一转,说:"同志们,今天一位同志的发言十分发人深醒,足以振聋发聩,这就是郭梦龙同志对洪水袭秦东的反思。梦龙同志是水利专家中的行政领导,行政领导中的水利专家。"他微微笑了笑,想缓和一下气氛:"他敢言直言,敢讲真话,从专业角度深刻地阐释了治理秦东必先治水的道理。从根本上治理秦河和南山支流,是十分艰巨的长期任务,需要树立长期奋斗的思想,以愚公移山的精神,锲而不舍地抓上十年八年,以根治秦东水患,确保秦河安澜,确保秦东经济社会快速稳定地发展。任何一蹴而就的想法,都是短视的,不符合秦东实际的。"讲到这里他略停了停,接着又讲了搞好这项工作的要求,涉及县(市、区),涉及市直部门,讲得具体又到位。江伟对这项工作熟悉到这种程度,让许多人没有想到,也让许多人佩服不已。有些人却慢慢发现了他和吴芳讲的有些不一样,主席台上的人更是品出了其中的况味,这些人还从未经过党政一把手在大会上唱不同的调子,上演对台戏。张达明眉头紧皱,这让他十分纠结和为难。看来,今天各新闻媒体的报道必须统稿,那又该怎样统呢?吴芳要把工作重心转到招商引资上去,江伟要求重点抓根治水患和灾后重建,这本来很正常的并行不悖的两项工作,由于两人各自过分的强调,似乎变得矛盾和冲突起来,甚至需要各级各部门在执行中选边站。两个党政一把手怎么能这样公开较劲呢?会场上掌声大作,张达明这才知道江伟的讲话结束了。他觉得脑子有点乱,刚才想好的结束语竟一句也想不起来,便拿过秘书预先写好的主持词照念起来,念完套话后即宣布大会结束。

江伟、吴芳和吕增辉开完抗洪救灾总结暨表彰会的当天,就到省上参加省上的人大和政协换届大会去了。吴芳走后的第二天,已到任数月的市政府秘书长祝克敬,终于抽时间召开了一次市政府办公室的全体干部职工大会。秋梅调任省信访局副局长后祝克敬接任市政府秘书长,机关曾一时盛传清水县是产市政府秘书长的专业县。仵天才和文佳虽然心里很不舒服,这次两人并没有明争暗斗,都清楚这类特殊位置一般是争不来的,也就顺其自然,不闻不问。也许是领导层出于平衡上的考虑,仵天才除已兼任市政府办公室主任外,又兼任了市政府法制办公室主任,文佳兼任了市政府新设的应急办公室主任。文佳因之前专任副秘书长职务,向来不参加办公室召开的会议,这次要宣布兼任职务也去参加了会议。会议结束后文佳刚要离开,祝克敬叫住了他,说:"文秘书长,今天晚上咱们要一块儿去趟省城,吴市长要谈市人代会上《政府工作报告》稿的修改,她特意叮咛除了其他主要起草人外,一定要叫上你。"文佳说:"我早就不分管这方面的工作了,叫我去干啥?"祝克敬扶了扶眼镜,眯缝着眼睛笑着说:"你是秦东的大笔杆子,在这方面比我特长,再说我刚接手这项工作,领导不放心呀。"文佳看着文质彬彬的祝克敬,笑着说:"我愿在你的麾下尽点微薄之力。"祝克敬认真地说:"咱俩都在吴市长的麾下尽心尽力,共同把报告起草好,修改好。最后还要仰赖你在文字上把把关。""行,那咱就晚上一块儿去。"文佳看了看挺率直的新任秘书长,"估计是吴市长听了省长做的《政府工作报告》后,有了新的想法。"祝克敬点点头,心想文佳还真是这方面的行家里手。

文佳以为吴芳去省上开人代会,事会少些,没想到见了吴芳后越发忙了起来。祝克敬把他在科研机关工作的习惯带到了党政机关,做事严谨精细,一丝不苟。这是他第一次负责起草《政府工作报告》,听了吴芳的修改意见后,先后听取了各县(市、区)的意见,又召集市直有关部门负责同志进行了讨论,接着邀请市委的笔杆子参与了讨论,还去人大和政协机关征求了意见,起草人员更是不断地开碰头会讨论,大会套小会,一个会接一个会。这些活动得到了由锡平的支持,有几个规模大点层次高点的会他还亲自参加,并发表了自己的看法,对文稿的修改提了不少意见。文佳清楚由锡平历来对《政府工作报告》的起草并不重视,这次却一反常态,令他有些纳闷。不断从省两会传回的消息,让文佳慢慢意识到,秦东的政局将发生重大变化,由锡平的信息的确够灵通,反应的确够迅速。文佳还发现,由锡平几乎每天都要在外边吃饭,聚会的多是四大班子成员和市直部门一把手。终于一个震动秦东的消息传回来了,江伟当选了省人大副主任。但议论的焦点迅速离开了江伟的晋升,转到了吴芳将接任市委书记,由锡平将升任市长。这种推测并非没有道理,也不是空穴来风,文佳也是这样想的。以文佳多年从政的经验看,《政府工作报告》的修改该缓一缓了,江伟的职务发生了变化,尽管暂时还任着市委书记,市上两会恐怕要推迟了。至于将来谁来做这个《政府工作报告》,还真的不好说。由锡平一反常态地关注并参与《报告》的修改,似乎是在表明支持吴芳的态度,也许是认为这个《政府工作报告》最终要由他来做,算是提前介入。在省人代会结束的前一天,祝克敬对文佳说:"《政府工作报告》的修改可以告一段落了。"他没有说原因,文佳也没有问,两人似乎都松了一口气。

省上两会结束后的第三天,市上召开市直机关干部大会,传达了省人代会的精神。会议由省人大副主任、市委书记江伟主持,由市长吴芳传达会议精神。吴芳传达完省人代会精神后,对当前的工作做了安排部署,只字未提市上开两会的事情,让人觉得市上两会推迟已成不争的事实。令人感到意外的是,江伟在会议结束时竟没有讲话,让人明显感到了权力已开始转移。其实,市上两会的准备仍在紧锣密鼓地进行着,当晚在市委常委会上为上报谁为市政协副主席候选人,江伟和吴芳仍各持己见,因省上已催促多次,所以必须有个结果。会议开成了马拉松,开开停停,停停开开,又是个别沟通,又是集体讨论,个别沟通时互不相让,讨论时又集体失声。天快亮时,只好将有争议的白才清和黄天高都报了上去,连同意见一致的伍志豪、郭梦龙,三个缺额报了四个候选人。

一夜未眠的秦东市的头头脑脑们,第二天早晨又在市政府招待所出席了以市委、市政府名义召开的秦东市招商引资总结表彰大会。这个会准备的时间超长,早在秋季洪水袭秦东之前就开始准备,由于抗洪救灾一直被推迟到年终才召开。由锡平主持会议,虽然一夜未眠,仍精神抖擞,开场白简短有力,接着大声宣布:"现在,进行大会第一项议程,请秦东市市长吴芳同志做《工作报告》。"他刚说完就带头鼓掌,会场掌声十分热烈,谁都清楚今天的掌声内涵丰富,意蕴深远。吴芳理了一下额前的短发,用深邃而富有激情的目光看了看台下,开始做报告。她回顾了几年来招商引资工作取得的成绩,总结了这项工作的主要做法和经验,指出了存在的问题和困难,着重强调了今后工作的目标任务和具体要求。一夜未睡,她声音有些沙哑,却始终激情洋溢,意气风发,显得对未来充满了信心。

接着大会进行表彰奖励。由锡平宣读了表彰奖励的文件后,首先请先进单位上台领奖。第一组有市商业局、市建委、清水县、杏水县和秦东高新区。黄天高代表市商业局上台领奖,面带笑容,步履矫健,显得异常兴奋。市商业局是抗洪救灾的先进集体,他是先进个人,拿了双奖;这次市商业局又获招商引资的先进单位,他又是先进个人,再次拿了双奖。会后他戏称自己成了领奖专业户。这是其次,他被上报市政协副主席候选人,才是真正让他兴奋难抑的动力。黄天高从江伟手中接过奖牌,握过手后刚要转身,却突然走过去和吴芳握了握手,当他看到江伟的目光后又急忙和熊东来也握了握手,然后才转过身去接受拍照。江伟带头鼓掌,看着黄天高的背影微微一笑。这些由锡平全看在眼里,心想你个黄天高简直太幼稚了,本来就希望不大,江伟只要在上边稍微走动一下,你的升迁就全成泡影。你心里想啥,江伟一眼就能看穿,竟在他面前玩小把戏。接着第二组上台领奖。由锡平念名单时,故意把市轻纺总公司排到了第二位,依次为临秦区政府、市轻纺总公司、市政府办公室、市招商局和秦东驻京办事处。临秦区政府是赵崇敏上台领奖,他是最后一次作为兼任区长出席会议,接替他区长职务的人选已经确定,只待正式发文。他直趋江伟,接过奖牌后与江伟紧紧握了握手,然后转过身来等着摄像。周华代表市轻纺总公司领奖。秦东纺织厂被汪达其四千万元收购后,又投资五千多万元更新设备和改造厂房。市轻纺总公司还抓了其他两户纺织企业的改制,拓宽了招商引资渠道,并带动一批中小企业纷纷进行资产重组,通过拍卖、租赁等方式引进了一批市外的投资者,有力地促进了全市的招商引资。市轻纺总公司被评为先进单位是名至实归。周华的脸上没有一丝笑容,他清楚秦东纺织厂的破产重组一直是吴芳亲自在抓,否则早就流产了,而他仅仅是按吴芳的要求做了些具体工作,还深受各方面的诟病,要不是民意测验尚好,他早就被免职或调离这个岗位了。吴芳尊重民意,但也没少批评过他,在他犹豫和动摇时批评得还相当严厉,并及时给他配备了两名得力的副手。周华怀着感激、自责的复杂心情，给吴芳鞠了一躬，在接奖牌时和吴芳握了握手。吴芳在欢快的音乐声中微笑着对周华说："干得不错，破产重组后期干得挺不错。"听了吴芳肯定和鼓励的话，周华脸上绽放出了难得一见的笑容，动情地说："谢谢，谢谢吴市长。"说完又鞠了个躬，然后转过身紧走两步和其他三人站齐，他尚未站稳闪光灯就闪了起来。由锡平一直笑眯眯地看着周华领奖的过程，相信细心的吴芳一定会觉察并满意这种次序上的微调。他心想，类似的调整应该多一些，还要延伸到更高层次和重要领域，要不了多久必会产生大的作用。

接下来给招商引资先进个人颁奖，黄天高等三十人先后分批次上台领了奖。会场充满了隆重热烈欢快的气氛，大家深深感到招商引资已在秦东结出了丰硕成果，更加深入人心，成了不可逆转的滚滚洪流。上午的大会在表彰奖励后宣布休会。

下午是现场观摩。几辆大轿车拉着与会人员先来到秦东高新区。姜树青负责介绍情况，他是这次表彰奖励的先进个人，又分工负责秦东高新区的招商引资工作。姜树青着重介绍了原秦东经济开发区改转为秦东高新技术产业开发区以来的发展状况。尽管他竭力想显得平和一些，还是难以自抑，说着说着就激情四溢。这也难怪他，与会者听了秦东高新区这两年发展如此迅速，也激动不已，纷纷小声议论着、赞叹着，这种情绪无疑会传导到他身上。郭梦龙始终一言不发，心甘情愿把这个表现平台交给主要助手姜树青，也算用心良苦。市上的几位领导虽然都没说啥，但心中的满意都挂在脸上。看了两户新引进的高新企业后，姜树青把观摩人员领到了一个正在建设的工地上，这里全是机械化施工，呈现出一幅井然有序又高效的现代化施工图景。姜树青在观摩人员稍事观察和品评后，介绍了该项目的投资规模、产品特点、发展前景以及对地方税收的贡献，许多人听得直咂舌，现场一时议论纷纷，气氛顿时活跃起来。姜树青似乎在卖关子，稍停了停，对站在前面的吴芳说："吴市长，这个大的高新项目是你的老同学古济宁老总投资建设的，前段时间他还来工地看过一次。"大家的眼光齐聚在吴芳身上。吴芳说："我知道。古济宁多次夸高新区全方位的保姆式服务搞得好，根本不用他多操心，说选对了投资地方。他和高玉夫妇引来的几家国外大企业正在洽谈中。"熊东来说："古济宁老总是个有战略眼光的企业家，在京城很有影响力，现在又不显山不露水地在秦东打出一片新天地，我们一定要支持这样的企业家、实干家！"由锡平刚要顺便夸几句，看了一眼微笑不语的江伟，又把话咽了下去。秦东高新区到处是工地，超乎想象的发展速度，接近一个县的国内生产总值，给观摩人员留下了极其深刻的印象。

接着来到秦河北工业园区，这是临秦区招商引资的主要平台。这里地处秦河北岸,通过三座大桥与市区连通,面积比秦东高新区要大得多,设想更宏伟,规划标准更高,显然少壮派赵崇敏与秦东高新区飙上了。在工业园区管委会办公楼前面的大广场上,赵崇敏向站在前面的几位领导介绍了工业园区管委会主任柯令东,这位年轻得令人惊诧的有硕士头衔的主任,指着一面高墙上的工业园区规划示意图,简要地介绍了情况,就带着大家来到一家果酒生产企业参观。大家先停在生产车间门口,听了柯令东和车间主任简短的情况介绍。大家刚要进生产车间参观时,赵崇敏突然大声说:"我再补充两句,这个项目也是古济宁老总的企业投资兴建的,目前主要是生产葡萄酒。秦河北方圆数十公里是葡萄优生区,这几年葡萄种植发展很快,这个酒厂建成后将发展更快,形成了良性互动,并有力地带动了涉农工业的发展,促进了产业结构的调整,也会使一大批农户迅速脱贫致富。"说完他特意看着吴芳,希望未来的市委书记能说上几句。吴芳心照不宣,只是轻轻点点头。江伟却开了口,指着边上堆着的一大堆防汛物料冷冷地说:"崇敏呀,这些东西时刻在提醒着我们。今年汛期把工业园区折腾得够呛了吧,我想就此回过头来说说工业园区长远规划的事。刚才听柯令东总体情况介绍时我就想说。"谁都听得出来,他是实在憋不住了,大家都屏息静气,想听听这位很快就会成为原市委书记的领导有何高见。江伟稍停后接着说:"秦河北工业园区总体规划很好,方方面面都涉及了,唯独没有把防洪考虑进去。紧贴极易成灾的秦河,竟没有这方面的规划,这是严重的疏忽和缺陷。"柯令东似乎想说什么,机敏的赵崇敏急忙向他示意。江伟看了看赵崇敏,笑着说:"当然,这是水利部门的事,是市上考虑的事,甚至可以说是省上考虑的事,但作为秦河畔的工业园区难道就不应该有所考虑,并在发展规划上有所体现吗?说透了这涉及发展理念和战略构想的问题。好,我就不多说了,点到为止。"说完他带头向葡萄酒生产车间走去。观摩完葡萄酒厂后,柯令东又带着大家看了几处工地,还看了两户从国外引进的企业,在秦河北工业园区的活动就结束了。

车队返回时,缓缓驶过前半年新建成的秦河大桥,这是秦东境内最宏伟的一座现代化桥梁,车上的人赞叹着、品评着。一座大桥落成了,一个交通局长却落马了。几个月前,孔里被立案侦查,这在秦东引起了极大的反响,至今仍是人们议论的焦点之一。车队很快就回到了秦河南岸,进入了下马村的秦河景观休闲区。这里沿秦河新建了湿地公园,公园里架起的曲桥连接着几个新颖别致的小亭,散布着一些粗犷又极具野趣的人和动物的雕塑。湿地里的芦苇枝叶早已干枯,仍挺着白色的芦花迎风摇曳,俯仰有度,似乎在欢迎客人的到来。紧挨湿地公园是连片的葡萄园,随着园内葡萄的叶落果卸,让藏匿在果园里的十数家农家乐饭店都显露了出来。时值淡季,看不到络绎不绝的食客,也听不到吆五喝六的划拳声,有些人的脑海里却依稀留存着旺季时的热闹景象。下车后,赵崇敏介绍了这里的建设和设想后,不无遗憾地说:"来得不是时候,看不到休闲娱乐业井喷式发展的盛况。区上大力支持下马村搞秦河景观长廊,可以带动村上第三产业的发展,也可以给秦河北工业园区的创业者提供一个休闲娱乐的场所,还可以提升和改善投资环境,吸引更多的投资商来秦东发展。没想到好几家企业还为建设景观长廊赞助了资金,其中葡萄酒厂赞助最多。"下午的观摩活动到此结束。

晚上,大会在市政府招待所的宴会大厅设宴招待与会人员。宴会活动由文佳组织安排,他已好长时间不愿到市招来了,这里成了他的伤心地,他主动辞去董事长后让许多人大惑不解,还受到了张洛朴的嘲弄和指责。文佳自然不愿别人当面提起市招改造的事,就有意安排几位特邀代表在二楼的贵宾厅就餐,由他陪同。文佳招呼江伟、吴芳等领导进入一楼的宴会大厅后,就直接到贵宾厅去了。新装修的宴会大厅里,灯火辉煌,喜气洋洋,吴芳热情洋溢地致辞后,宴会就在欢快的音乐声中开始了。

二楼的贵宾厅里,也是灯火辉煌,却高雅清静了许多。七个特邀代表,加上文佳和冯智,围着一个可以安排十四五个人的大圆桌坐着,更显宽敞舒适。冯智打开一瓶酒圣酒,给每个人都斟满后将酒瓶给了站在旁边的服务员。他以信息工作在招商引资中起了重要作用,被评为先进个人。冯智刚给大家斟完酒,就接到祝克敬从宴会大厅打来的电话,便急忙下楼去了。文佳举起酒杯要大家一起干,并逐一碰杯。大家喝下第一杯酒后,文佳笑着说:"我竟然忘了互相介绍一下,罚酒一杯。"酒桌上的气氛一下子活了起来。

酒过三巡后文佳正给客人敬酒,吴芳给特邀代表敬酒来了。祝克敬在前,笑着说:"吴市长给各位敬酒来了。"吴芳笑着说:"大家都请坐,我要一一敬酒。"跟在吴芳身后的冯智急忙一手拿酒杯,一手提酒瓶走近吴芳。文佳眉头紧皱,拉了一下祝克敬悄声问:"江书记呢?"祝克敬心知其意,也悄声说:"说是出去接个电话,好长时间没回来,我才陪吴市长上来敬酒。"吴芳兴致勃勃地给每一位特邀代表敬了一杯酒,最后一位是陆泉。吴芳看着身着僧衣的年轻和尚,笑着说:"你们的'六泉净水',就像你坐在这里一样引人注目,成了秦东独特的知名品牌。我给经营有方,年轻有为的小师傅敬一杯酒。"陆泉站起身来,微笑颔首说:"谢谢吴市长。如今是汪达其董事长在经营'六泉净水',贫僧已退出经营圈子,只一心向佛了。"原来汪达其父亲汪诚几年来虔诚信佛,以六泉寺为家,汪达其为还父愿投资数千万元,彻底更新改造了原有设备,合作建成了一个现代化的饮用水生产企业。六泉寺每年的股份分成也相当可观,成了招商引资中僧俗联手合作发展的一段佳话。灰堆村也有加盟意愿,想共同打造省内最大的饮料生产基地。汪达其说:"陆泉小师傅是'六泉净水'品牌的创始人,现在功成身退,要潜心研究佛经,还准备和双泉观一起创办秦东佛道经院,佛道结盟,包容共进,联手发展,这尚无先例。"文佳说:"汪董事长已经表态,准备投资支持创办佛道经院,以促进佛道研究,培养这方面的人才。"吴芳饶有兴趣地问:"听说紧挨六泉寺的双泉观恢复重建搞得挺不错?"李菊说:"双泉观,现已改名双泉宫,恢复重建正在加紧施工,布局奇特,金碧辉煌,《西游记》里的道观怕没一个比得上。我常去那里看我公公,顺便也看看在建宫观,去一次一个样。"她的兴趣来了,接着说:"没见过我公公这样的怪人,神奇古怪的《西游记》里都找不到,既信佛又信道,又痴又迷,先是在六泉寺的角角落落种花种草,后来又在双泉宫的工地上搬砖搬瓦。现在又信上了老中医辛清玉,逼着儿子捐款,搞个什么养生馆。"汪达其说:"家父就是这脾性,他说佛家也好,道家也好,都是劝人向善,都是好人家,好人家为啥不联起手来?咱家干脆出钱盖房子,让两家人住在一起。"大家听得直笑。汪达其接着说:"家父深信薛乙道长的针灸术是天下第一奇,针到疼止;现在又深信老中医辛清玉的医术冠绝天下,药到病除。非要我捐款建个养生馆,我也答应了,钱都划出去了,就建个秦东特有的道家和中医兼有并长的养生馆。"大家听了齐声称好。文佳笑着说:"看来有了经济支撑,才能更好地兼容并蓄。"李菊说:"是啊,《西游记》里的佛道两家往往水火不相容,我们这里却在上演佛道两家亲,佛道同发展。当然,这些都离不开领导的支持。听说要不是江书记搭话,秦东千禧大钟是不会放到新修的双泉宫去的。"文佳听了心里顿觉不是滋味,清楚薛乙到处在传播吴芳不支持道教,也在炫耀得到了江伟大力支持,还把他夹在了中间。吴芳脸上掠过一丝难以察觉的不快,便告辞大家,刚要出门却回过头说:"那里就差建一所孔子学院了,如能兴建,就会形成儒释道齐头并进的局面。"说完就转身走了。

黄天高满脸通红,显然是酒喝得多了,吴芳刚走他就来了,一进贵宾厅直趋肖冰冰,说:"肖总,可惜老朋友古济宁没有来,不过肖总来了就能代表嘛,我敬肖总一杯。"肖冰冰几个月来心情一直不好,今天是第一次外出参加这样的宴会。她看着黄天高说:"黄局长,我胃不好不能喝酒。"黄天高说:"贵公司把一个大荒草坑,变成了秦东的地标式建筑,秦东人民都看在眼里,记在心里,无论如何都要敬你一杯酒。"肖冰冰说:"这离不开黄局长的支持呀,我应该给你敬酒才好。"黄天高大笑,心想这公道话投资方说出来才更有力,让有些居心叵测,想摘桃子的人脸红去吧!他端起酒杯对其他人说:"来,我也敬各位嘉宾和文秘书长一杯酒。"赵崇敏笑容满面地进来了,后边跟着冯少平。黄天高一仰脖子干了酒,没有理睬赵崇敏便匆匆离去。

赵崇敏笑着和大家打了招呼,对肖冰冰说:"肖总,首先给你敬杯酒,你在下马村的地盘上,硬是竖起了一座令世人仰视的地标式大厦,让当年王公大臣下马的地方大放异彩,实在功不可没,我敬你第一杯酒。"肖冰冰说:"这离不开赵区长,对,离不开赵书记的支持呀。"赵崇敏笑着说:"这是应该的嘛。"赵崇敏知道肖冰冰因原秀山的离去心情欠佳,畅快地说:"我满饮以表谢意,肖总意思意思就行了。"说完干了一杯,肖冰冰轻轻抿了一下酒杯。接着赵崇敏又以古济宁投资秦河北工业园区和下马村沿秦河景观长廊为由和肖冰冰对饮两杯。肖冰冰象征性地抿了三次酒,脸上露出了久违的笑容。接着赵崇敏和冯少平一起给汪达其、李菊和陆泉敬了酒,感谢他们的合作,使招商引资项目在柳河川塬区结出了丰硕的奇异之果。

赵崇敏和冯少平前脚刚走,周华、任东山和向平来了。三个人走到汪达其和李菊身边,周华先开口:"汪董事长、李经理,我三个要敬你两口酒,感谢贵公司收购重组秦纺厂,又投资几千万元更新设备,让秦纺厂重振昔日雄风。"任东山说:"也大大拓宽了秦东市招商引资的路子,让我这个重工业总公司的总经理,以轻纺系统的先进个人来领奖,这是从来没有过的事呀!"说完笑了起来,得意之情绽露无遗,接着说:"对了,我还要代表我现在的副总黄一鸣给二位敬酒,他今天没有来,但再三叮咛要代他敬酒。"周华看着任东山,心里五味杂陈,当年的副手如今和自己平起平坐了,人都调走了还来领奖,风头盖过了自己。向平一句话没说,跟在周华的后面给客人敬酒,他调任轻纺总公司的副总,也被评为招商引资的先进个人,虽然满足了田丽丽当年的设想,终究还是分了手,尽管分手是他提出来的,情绪却很低落。这一拨还没走,木宏州已笑盈盈地站在了边上。

新任市建委主任的木宏州端着酒杯,还拿着酒瓶子,高声对文佳说:"文秘书长,我是下山摘桃子的。人家前任关立峰干得好,市建委评了先进,却由我来领奖,实在是无功受禄呀。"文佳看着神采焕发的木宏州笑说:"一任接着一任干嘛!"机关盛传关立峰升任秦东职业技术学院党委书记时,竭力推荐的是木宏州,而非他的副手,足见两人的关系。木宏州对张洛朴派来的代表严玉华和王堂堂说:"关主任离任时再三交代我,一定要和省'能投'搞好关系,善待合作对象。我借此机会给二位合作项目的开创者敬三杯酒。"严玉华轻声说:"喝一杯就可以了。"木宏州说:"你听我说,首先我代表关立峰老主任敬二位一杯,他是你俩的老朋友,这杯酒该喝了吧!"严玉华点点头,轻轻一抿。王堂堂浅浅喝了一口。木宏州看两人的酒几乎没动,还是都给添了点,接着说:"张洛朴董事长没有来,你二位代表他受我一敬,这杯酒也该喝了吧!"严玉华虽不情愿,却也不好推辞,勉强又抿了抿。王堂堂又喝了一口酒。木宏州满饮了两杯酒后笑着说:"这第三杯酒嘛,文秘书长刚才说了,要一任接着一任干,今后我要和贵公司继续精诚合作,共同推进合作项目取得新的更大的发展。"严玉华说："你比关主任更会劝酒。"王堂堂没有喝酒,木宏州看在眼里,说："不行,王经理没有喝,要补上!"一直一言未发的王堂堂,认真地说："你说的是为今后合作的事喝酒,这是张董事长考虑的事。还有,我要纠正一下,我不是什么经理。"大家看着王堂堂较真的样子都轻声笑了。文佳没有笑,皱着眉头问："筹建会展中心和园林式酒店什么时候才能有实质性进展?"严玉华和王堂堂都没有回答,文佳也没有再问。

在一阵说笑声中,郑雄飞来了,后面跟着章显和姜小军。郑雄飞进来后,大声笑着说："我们给柳经理敬酒来了。"姜小军急忙上前给柳薇添了酒,他这次也被评为先进个人。章显说："我这个大煤黑子,也要给柳经理敬酒。"柳薇听煤黑子前带了个"大"字,恍然大悟,笑着说："首先要祝贺你荣升煤炭总公司总经理,也感谢你几年来对我们合作项目的关心和支持。"章显笑着说："促成酒厂改制和合作是我的副业。我是协助熊市长搞煤炭企业改制和招商引资时,结交了于洛行这位大老板,没想到大老板的夫人是个女强人,把个酒圣酒厂搞得风生水起。"郑雄飞看了一眼有些抢风头的章显,忙问："柳总,于老总今天咋没来?我还想会会这位大老板呢。"柳薇说："他有别的事,没有来成。"郑雄飞说："烦请柳总代为转达,说我郑雄飞虽然不在清水县干了,我们仍然是好朋友,并邀请于老总到杏水县来投资。我保证让他满意,让他发大财,赚得盆满钵满。"说完大笑,碰了一下柳薇的酒杯,说："来,共同干杯,欢迎柳总到杏水县去看看,最好搞个新的合作项目。"章显说："我是沾了贵公司的光,当了先进个人。希望贵公司继续搞好与煤炭企业的合作,把铝电联营项目搞得更大一些。"姜小军等郑雄飞、章显与柳薇碰杯后,也和柳薇轻轻碰了一下杯,笑着说："祝我们合作愉快!"几个人一起干杯后,郑雄飞三人又给其他人敬了酒。

江伟在宴会开始不久,就出去接了个电话,时间比较长,进来后脸上几乎没有表情,吃了几口菜便以身体不适为由提前离开了。宴会快结束时,吴芳的电话响了,她也走出去接电话,电话里传来了张洛朴的声音："老吴呀,告诉你一个好也不好的消息。今天下午省委常委会已研究决定,江伟不再担任秦东市委书记。"他停了停,接着说："新任命的秦东市委书记是铜城市的市长王益平……"吴芳的心猛地一抽,只觉头"嗡"的一下。张洛朴说："王益平比你还年轻,又是市长提书记,说明省委想让你回省上哪个厅局任职。这是好事,好事呀,对个人和家庭都好,看来组织上考虑得挺周到……"张洛朴后面的话吴芳一句也没听清,说:"知道了,再见。"张洛朴的话还没说完,吴芳就挂断了电话。

第二天上午,大会继续组织观摩。先去清水县看招商引资项目的建设情况,接着去杏水县看了杏水工业园区的建设情况。江伟没有参加,省委领导要找他谈话,一上班他就去了省城。吴芳带队观摩,平静如常,只是眼圈有些发黑,略显疲惫。一到清水县酒圣酒厂的小广场,由锡平一眼就看出吴芳和自己一样,昨晚失眠了。他昨晚得知市委书记易人的消息后,十分震惊和遗憾。吴芳没有接任市委书记,他没有升任市长,这大大出乎他的预料。事情怎么能这样呢!他尽管并非真心拥护吴芳任市委书记,可他真心需要她现在的位置。久历官场的由锡平竟不知道该怎么和吴芳说这件事。熊东来缓步走来,看着市政府的一、二把手,兴趣盎然地说:"清水县的招商引资项目我熟悉,干脆由我担任讲解,其他人讲解未必能讲透。再说,我挂职到期了,成了局外人,就讲得更客观。"由锡平说:"你啥时候都最敢讲真话实话。"吴芳说:"好哇,你就当一回级别最高的讲解员。"熊东来突然问:"江书记呢?他今天上午咋没来?他应该来呀,我到站了还来站最后一班岗,他还顶着书记的乌纱帽咋就罢工了呢?"他说话声音很大,引得许多人围了过来。由锡平知道他的直脾气,走近他小声说了几句话。熊东来听了瞪着眼睛,半天说不出话。猛地他对早就迎候在这里的姜小军说:"还等什么?简单讲讲,然后领着参观,要快。"姜小军先是愣了愣,看了一眼直趋吴芳的熊东来,马上举起小喇叭讲了起来。熊东来走近吴芳,直言不讳地说:"吴市长,这中间有问题,很明显有人做了你的文章,真是明枪易躲暗箭难防。"吴芳轻轻摇摇头,一言未发。江伟没有来观摩,慢慢传了开来,一时议论纷纷。当然也有人开始动用自己的信息渠道,时间不长就有了确实的消息。上午观摩在议论、猜测中照常进行着,吴芳和由锡平都很少发问。熊东来一直阴沉着脸,一声不吭。两个县准备都很充分,安排也紧凑有序。一到杏水工业园区,郑雄飞就举着喇叭兴高采烈地讲了起来。熊东来毫不客气地说:"让工业园区负责人讲,要讲真话实话。我最不爱听大话虚话,千万不能忽悠人,让大家取点真经回去。"郑雄飞被莫名其妙地弄了个大红脸,悻悻地把小喇叭递给李庆庆。看完杏水工业园区,上午的观摩就结束了,秦东鲜有的议论波却仍在起伏涌流。

中午吃饭时,议论中心转到了吴芳,没有人再说江伟了,那一页已经翻过去了。大家都在分析猜测吴芳为什么没有当上市委书记,说法五花八门,无奇不有,莫衷一是。多数人还是替吴芳感到惋惜和遗憾,逐渐又转到了对吴芳未来的议论和猜测上,有的人还把对由锡平的议论加了进来。议论和猜测的主体自然是秦东政界大大小小的头头脑脑们,这似乎关乎着他们的命运和前程。直到下午开总结大会时,与会人员的心绪仍然难以专注起来。总结大会上,由锡平照着准备好的总结讲话稿念了一遍,一句话也没多说。原定江伟要做重要讲话,由主持会议的吴芳来讲。吴芳简要地就贯彻这次大会精神强调了几点,总结大会一个多小时就结束了。

## 第四十二章

文佳上午就得到市委书记变动的消息,心里有说不出的滋味,总结大会一结束,他就准备回机关。程东紧走几步赶上文佳,说:"文秘书长,不要急着走,我想请教你个问题。"文佳看着几个月前升任市交通局局长的老部下,停下来问:"最近忙不忙?"程东说:"你知道,老弟再忙都不怕,就怕被人放在火炉上烤。"文佳有些莫名其妙,又问:"这是咋回事?"程东说:"秦浦高速路项目现在成了大火炉,北京联东开的老总张普是个大骗子,被央视曝光了。上海的于洛言贷不到款,项目迟迟开不了工。其他几家没拿到项目的公司又不断地在省上告黑状。前一段都把问题归到孔里身上,反正他进去了,成了死老虎。慢慢就会有人把脏水往吴市长身上泼,谁让她没当上书记呢!"文佳听了心直往下沉,知道秦浦高速公路项目已经给吴芳带来了负面影响,自己一直抓这个项目,也有责任呢。程东接着说:"这个项目招商引资难度太大,听说交通局干部一直想咱们自己干,既可增加干部收入,又能安排一批人就业。就是让省上干,咱们只负责拆迁和环境保障也不错,也能增加不少经费。"文佳没想到程东竟是这样想的,就有点生气。程东压低了声音说:"许多人都推测吴市长可能要走,也许我就不会再坐这个大火炉了。"他看文佳的脸色十分难看,忙改口说:"我倒觉得吴市长刚刚打开局面,特别是招商引资工作取得了重大进展,走了可惜,对秦东是个重大损失。你长期在领导身边工作,我想请教你吴市长到底会不会走呢?"文佳心想,原来秦东还有盼着吴芳走的人。他看着老部下,没好声气地说:"这事谁能说得清,我还想请教别人呢!"程东看见吴芳正在走来,急忙说:"随便说说,随便说说而已。"说完就转身离去。吴芳走近文佳,说:"老文,我刚才已告诉祝克敬,城市规划研讨会推迟一下,等我听了水利专家们考察后的意见再定。你告诉一下北京的王大成教授,让他暂缓来秦东。"文佳说:"好。"吴芳接着说:"古济宁和丁燕红下午要过来辞行,说是要到国外去发展。你接待一下,晚上安排一起吃个饭。"说完就自顾自回机关去了。文佳愣了一下,难怪古济宁半年来一直在国外跑,好久没见上面了,原来他早就有了想法。文佳想快走几步赶上吴芳,又摇摇头,放缓了脚步,他觉得吴芳似乎在有意回避着什么,看来她现在不想和任何人多谈,包括他这样的老同学。

文佳回到办公室给几个老同学分别打了电话,看了看今天省报上公布的人事任免,就早早来到花馨宾馆。几年没来了,这里变化很大,特别是主楼后边面貌全非,当年大片的空地上如今建成了全城最有名的娱乐城,有高档歌舞厅、棋牌室和洗浴中心。当年文佳嘲笑这里像孙悟空变的庙宇,把尾巴变的旗杆放到了后边,有些不伦不类。如今这里后边的生意却异常兴隆,客人络绎不绝,且大多衣着考究,出手阔绰,不乏政界、商界名流。对此,文佳早有耳闻,现在看来孙悟空已把尾巴变成了极为时髦的娱乐场所,可依然隐约觉得这里仍是尾巴。当年这里种着花花草草,如今花草少了,据说更"花"了,心里竟涌上一股莫名其妙的怅惘。雅间定在二楼,文佳缓步走上楼来,迎面碰到了熊东来和田丽丽。文佳问:"熊市长你两……你俩是来这里吃饭的?"他犹豫了一下没有说出"两口",两人虽然登记了,也住到了一起,却没办婚礼。其实,熊东来根本就不介意这些,准备回京后补办婚礼。熊东来摇着头说:"不在这里吃了,另寻个地方。""为啥呢?"文佳问。"不为啥,凭感觉不想在这里待。"熊东来答。田丽丽笑着说:"老熊推开窗子看了看酒店后边,说这里阴气太重,不宜久待,硬要换个地方。"文佳笑问:"熊市长也懂风水,讲阴阳?"熊东来摆摆手说:"丽丽今天生日,我俩庆祝一下。明天要同游一下省内几个著名景点,然后一块回北京。我挂职期满,她调动利索,一切顺水顺风,不想沾染这里的阴晦之气。"说完他拉着田丽丽的手向楼下走去。

丁燕红挎着古济宁的左臂缓缓来到预定的雅间,文佳正等在里边。文佳不等两人坐定,就问:"你俩怎么想着要到国外去?"丁燕红说:"老古乘风气之先,在北京打造了一片新天地,这几年又回馈了故乡,现在想到国外去寻求新的发展。我嘛,你也清楚并不合适在政界干,还是想圆诗人梦,也就辞了公职,和老古一起到国外去闯荡。"文佳问:"你写的诗外国人愿意看吗?"说完便后悔不该这样问。丁燕红微微一笑,说:"我俩刚才去看望华仁老师,他可不是这样看的。"她看文佳急切想听的样子,故意停了停,接着说:"华仁老师建议我俩先到欧洲去发展,说那里文化积淀深厚,又有着灿烂的现代文明,有利于中西文化的交流。他认为中华民族的伟大复兴,离不开文化的繁荣和传播。还鼓励我去做一个传播中华民族优秀传统文化的使者,给我压了一个重重的担子。"文佳说:"好,华老师想得深远!一个推经济,一个传文化,你俩真的是璧联珠合呀!"古济宁拉开窗帘,一直默默地看着酒店的后边。文佳的电话响了,雅间门外传来了卫三乐的说笑声。

卫三乐来到雅间门口,对一起来的高玉说:"'袭人',这间雅间名号为'袭人',贾宝玉的丫鬟花袭人也有了商业价值。这里'袭人'无花,若有花就更'袭人'了!"他脸上掠过一丝怪怪的笑意。高玉淡淡地说:"花袭人,一个善解人意的丫鬟。"丁燕红闻声走了过来,不屑地说:"花袭人,一个善讨主子欢心的侍妾。"说完她看着雅间门楣上的"袭人"二字,眉头紧锁。文佳叹息着说:"花袭人,一个值得同情,身不由己,后来落得凄凄惨惨的薄命女子。"古济宁凝视良久,对着主楼后边自言自语地说:"其后难测,其后难测。"几个人都莫名其妙地看着古济宁。卫三乐问:"老古,你发什么幽情呀?"古济宁摇头不语。文佳说:"老古,吴芳打来电话,说她胃不好,就不来吃饭了,说她明天一早到机场为你和丁燕红送行。"丁燕红很不高兴地说:"她说什么?"卫三乐说:"什么胃不好?这是托词。我当了几年政协委员,对当官的算是摸透了,她是不想在酒桌上谈政治。她政治上受挫,我们谁还会给她伤口上撒盐,正好借此机会劝慰劝慰,帮她走出阴影嘛。"丁燕红说:"不就是没当上市委书记吗?"她摇摇头,把难听话咽了下去。文佳站起来说:"她的政治生活出现了不确定性,前程难测,内心正在经历着怎样的波折和磨难,站在我们的立场很难知晓……"不等文佳说完,卫三乐说:"别说得那样玄乎,我去请她,看她来不来。"文佳说:"我话还没说完呢,也许她仅仅是不愿到这里来,怕触景生情,想起当年第一次在这里聚会时的热闹欢快,如今竟要话别。"说完就拍了一下头,后悔自己越说越复杂了。古济宁开了腔:"那就换个地方吃饭吧。"卫三乐说:"就放到市政府招待所吧。"文佳心猛抽一下,那里也是伤心之地呀,想了想说:"放到阳光酒店吧,那里阳光灿烂,前途一片光明。"卫三乐说:"那就让我去叫吴芳吧!"文佳笑着说:"这非你所长,还是让张洛朴去请吧,他正和牛学东一起往秦东赶,让他直接去请吴芳,凭他那张嘴都能把观音菩萨从南海请来。"卫三乐说:"那倒不一定,就让张洛朴去请吴芳吧,他巴不得去干这个美差呢!"大家都笑了。

2007年10月至2009年2月构思
2009年3月至2013年12月草拟
2014年元月至2016年7月修改

# 后　记

　　青年时期,我做过文学创作的梦。

　　步入中年后,我多次筹划过文学创作,也动过笔,终因工作压力大,只好搁置。

　　退休后,文学创作的冲动更加强烈。一是想圆文学创作梦。退休后时间充裕,生活无虞,身体尚好,文学创作的条件相当理想。二是想回报社会。"文化大革命"结束、恢复高考后,我以老三届学生的身份,于32岁时考入大学,带薪上学,还计算工龄,让我庆幸不已,又感激不尽。以文学的形式,再现中国教育史上这段盛事之一斑,以报三春之晖,便始终萦绕心头。三是想反映所处的时代。进入渭南市政府机关工作后,改革开放的步伐不断加大,经济社会快速发展,我用笔墨描绘这种伟大变革的欲望与日俱增,退休后这种欲望得到延续和强化,就义无反顾地投入了文学创作。

　　文学创作是一件极其艰苦的事业,对此我有着充分的思想准备。2007年退休后,通过一年多的构思,我决定以一个中等城市的招商引资为平台,展开故事,刻画人物,展现社会生活。2009年3月开始,创作进入草拟阶段。我每天早晨6时起床,早饭后稍事锻炼,于7时半到8时开始起草,直至中午12时,下午搜集素材或构思情节。如此坚持了近5年,雷打不动,不敢懈怠。草拟完成后,用两年多时间进行了多次修改,直至2016年夏定稿。前后历时8年多,完成了长篇小说《秦河东流》的创作。

　　这部小说的创作,得到了乔俊武、耿天安、王发琪、鲁双寅、王玉鼎、关键、胡广佑、许崇民、杨永信、张改明等领导、同学和朋友的不断鼓励和鼎力支持,还得到了太白文艺出版社副总编邓积仓和责任编辑曹彦同志的精心指导和真诚帮助,对此我谨表衷心地感谢!

作　者<br>
2016年9月8日